Gustav Freytag

Die verlorene Handschrift

Roman

Gustav Freytag: Die verlorene Handschrift. Roman

Erstdruck: Leipzig (S. Hirzel) 1864. 3 Teile.

Neuausgabe mit einer Biographie des Autors
Herausgegeben von Karl-Maria Guth
Berlin 2016

Der Text dieser Ausgabe folgt:
Gustav Freytag: Gesammelte Werke. Band 6, Leipzig: Hirzel / Berlin:
Verlagsanstalt für Literatur und Kunst Hermann Klemm, [o.J.].
Gustav Freytag: Gesammelte Werke. Band 7, Leipzig: Hirzel / Berlin:
Verlagsanstalt für Literatur und Kunst Hermann Klemm, [o.J.].

Die Paginierung obiger Ausgaben wird hier als Marginalie zeilengenau
mitgeführt.

Umschlaggestaltung von Thomas Schultz-Overhage unter Verwendung
des Bildes: Illustration, Tim Tempelhofer, 2014

Gesetzt aus der Minion Pro, 11 pt

Die Sammlung Hofenberg erscheint im
Verlag der Contumax GmbH & Co. KG, Berlin
Herstellung: BoD – Books on Demand, Norderstedt

Die Ausgaben der Sammlung Hofenberg basieren auf zuverlässigen
Textgrundlagen. Die Seitenkonkordanz zu anerkannten Studienausgaben
machen Hofenbergtexte auch in wissenschaftlichem Zusammenhang
zitierfähig.

ISBN 978-3-8430-9108-4

Bibliografische Information der Deutschen Nationalbibliothek

Die Deutsche Nationalbibliothek verzeichnet diese Publikation in der
Deutschen Nationalbibliografie; detaillierte bibliografische Daten sind
im Internet über www.dnb.de abrufbar.

Inhalt

Erster Teil

Erstes Buch

1. Eine gelehrte Entdeckung.

Es ist später Abend in unserm Stadtwald, leise wispert das Laub in der lauen Sommerluft und aus der Ferne tönt das Geschwirr der Feldgrillen bis unter die Bäume.

Durch die Gipfel fällt bleiches Licht auf den Waldweg und das undeutliche Geäst des Unterholzes. Der Mond besprengt den Pfad mit schimmernden Flecken, er zündet im Gewirr der Blätter und Zweige verlorene Lichter auf, hier läuft es vom Baumstamme bläulich herab wie brennender Spiritus, dort im Grunde leuchten aus tiefer Dunkelheit die Wedel eines Farnkrautes in grünlichem Golde, und über dem Wege ragt der dürre Ast als ungeheures weißes Geweih. Dazwischen aber und darunter schwarze, greifbare Finsternis. Runder Mond am Himmel, deine Versuche den Wald zu erleuchten sind unordentlich, bleichsüchtig und launenhaft. Bitte, beschränke deine Lichter auf den Damm, der zur Stadt führt, wirf deinen falben Schein nicht allzuschräge über den Weg hinaus, denn linker Hand geht es abschüssig in Sumpf und Wasser.

Pfui, du Lügner! da ist der Sumpf, und der Schuh blieb darin stecken. Aber dir ist das gerade recht, Täuschen und Betrügen ist deine liebste Arbeit, du Phantast unter den Sternen. Man wundert sich allgemein, daß die Menschen der Vorzeit dich als Gott verehrten. Einst hat das griechische Mädchen dich Selene gerufen und sie hat dir die Schale mit purpurnem Mohn bekränzt, um durch deinen Zauber den treulosen Geliebten zu ihrer Türschwelle zu locken. Damit ist es für immer vorbei. Wir haben die Wissenschaft und Photogen, und du bist herabgekommen zu einem armen alten Gaukler, der fern von Menschen im Walde umherflackert. Zu einem Gaukler! Man erweist dir noch allzuviel Ehre, wenn man dich überhaupt als lebendes Wesen behandelt. Was bist du denn eigentlich? eine Kugel ausgebrannter blasiger Schlacke, luftlos, farbenlos, wasserlos. Bah! eine Kugel? Unsere Gelehrten wissen, daß du nicht einmal rund bist, auch darin lügst du. Wir von der Erde haben dich nach unserer Seite in die Länge gezogen. Du bist gewissermaßen zugespitzt, und deine Gestalt ist erbärmlich und unregelmäßig. Du bist nichts als eine Art großer Erdrübe, welche sich in ewiger Sklaverei um uns herumwälzt.

Der Wald lichtet sich, zwischen der Stadt und dem Wanderer liegt noch eine weite Rasenfläche mit ihrem Weiher. Sei gegrüßt, du grüner Talgrund; wohlgepflegte Kieswege ziehen sich über die Waldwiese, hier und da erhebt sich lustiges Gebüsch und eine Gartenbank. Auf der Bank rastet bei Tage der wohlhäbige Bürger; die Hände auf das spanische Rohr gestützt, sieht er stolz nach den Türmen seiner guten Stadt hinüber. Ist heut auch die Flur verwandelt? Vor dem Wanderer breitet sich's wie eine wogende Wasserfläche, und es wallt, brodelt und ballt sich um die Füße, in endlosen Nebelmassen soweit das Auge reicht. Welches Geisterheer wäscht hier seine grauen Gewänder? Sie flattern von den Bäumen, sie ziehen durch die Luft, mattscheinend, zerfließend, sich wieder verwebend. Und höher erheben sich die dämmrigen Gebilde. Sie schweben dem Wanderer über das Haupt, die düstern Massen der Bäume verschwinden, auch den Himmel verbirgt die Dämmerung, jeder Umriß löst sich auf in ein Chaos von bleichem Licht und wogender Unform. Noch dauert die feste Erde unter den Füßen des Schreitenden, und doch wandelt er geschieden von allen wirklichen Gestalten der Erde unter leuchtenden körperlosen Schatten. Hier sammelt sich's und dort wieder zu schwebendem Scheine. Langsam schweifen die Luftgebilde an dem Flor, der den Wanderer umhüllt. Hier dringt eine gebeugte Gestalt heran, einem knienden Weibe vergleichbar, das vor Schmerz zusammenbricht, dort ein Zug in langen wallenden Gewändern wie römische Senatoren, an ihrer Spitze ein Kaiser mit der Strahlenkrone, aber die Krone und das Haupt zerfließen, kopflos und gespenstig gleitet der große Schatten vorüber. – Dunst der feuchten Wiese, wer hat dich so verwandelt? Wetter! das tat wieder der Alte dort oben, der gaukelnde Mond.

Weicht hinterwärts, täuschende Bilder der Dämmerung. Das Tal ist durchschritten, vor dem Wanderer schimmern erleuchtete Fenster, hier ragen die nächsten Häuser der Stadt, zwei stattliche Häuser und zwei Hausbesitzer! Hier wohnen Menschen, Steuerzahler, rührig Schaffende; sie hüllen sich zur Nacht in warme Decken und nicht in deine wässrigen Gespinste, o Mond, welche als rollende Tropfen von Haar und Bart träufeln; sie haben ihre Launen und ihre Biederkeit und schätzen deinen Wert, Mond, genau nach den Summen, die du der Stadtkasse an Gaslicht ersparst.

In dem Hause zur linken Hand glänzt aus der obern Fensterreihe eine Lampe nahe den Scheiben. Vergeblich mühst du dich, bleiches Wolkenlicht, deine trügenden Strahlen auch dort hineinzuwerfen. Denn ihn, der dort wohnt, sollst du mit deinen Possen nicht kränken, er ist ein Kind der Sonne und ein Held dieser Geschichte. Es ist der Professor Felix Werner, ein gelehrter Philolog, noch ein junger Herr, aber von wohlverdientem Ruf. Da sitzt er an seinem Arbeitstisch und blickt auf verblichene alte Schrift; ein ansehnlicher Mann; wenn er aufsteht, von guter Mittelgröße, dunkles gelocktes Haar umgibt ihm ein großes Antlitz von kräftiger Bildung, nichts Kleines darin, helle treue Augen unter dunklen Brauen, die Nase leicht gebogen, die Muskeln des Mundes stark entwickelt, wie bei einem beliebten Lehrer der studierenden Jugend natürlich ist. Jetzt gerade fährt ein feines Lächeln darüber und die Wangen sind ihm von der Arbeit oder geheimer Aufregung gerötet. Verschwinde hinter einer Wolke, Mond, die Gesellschaft meines Professors ist mir lieber.

Der Professor sprang von seinem Arbeitstisch auf und durchschritt einige Male eifrig das Zimmer, dann trat er an ein Fenster, welches auf das Nachbarhaus hinsah, stellte zwei große Bücher auf das Fensterbrett, legte ein kleineres darüber und brachte dadurch eine Figur hervor, welche einem griechischen P ähnlich sah und durch den Lichtschein dahinter für die Augen im Nachbarhause sichtbar wurde. Nachdem er dies telegraphische Zeichen gezimmert hatte, eilte er wieder an den Tisch und beugte sich von neuem über sein Buch.

Der Diener trat leise ein, das Abendessen wegzuräumen, welches auf einem Seitentisch zurechtgestellt war. Da er die Speisen unberührt fand, blickte er mißbilligend auf den Professor und blieb lange hinter dem leeren Stuhl stehen. Endlich rückte er sich in militärische Haltung: »Der Herr Professor haben das Abendbrot vergessen.«

»Räumen Sie ab, Gabriel«, befahl der Professor.

Gabriel bewies keinen guten Willen. »Der Herr Professor sollten wenigstens ein Stück kalten Braten zu sich nehmen. Aus Nichts wird Nichts«, fügte er wohlwollend hinzu.

»Es ist nicht in der Ordnung, daß Sie hereinkommen, mich zu stören.«

Gabriel nahm den Teller und trug ihn zum Professor. »Nehmen der Herr Professor wenigstens ein paar Bissen.«

»So geben Sie«, sagte der Professor und aß.

Gabriel benutzte die Pause, in welcher sein Herr widerstandslos bei verständlicher Tätigkeit verweilte, zu einer respektvollen Anmahnung: »Mein seliger Hauptmann hielt sehr auf ein gutes Abendessen.«

»Jetzt aber sind Sie ins Civile übersetzt«, versetzte der Professor lächelnd.

»Es ist aber auch nicht in der Ordnung«, fuhr Gabriel hartnäckig fort, »wenn ich allein den Braten esse, den ich für Sie hole.«

»Ich hoffe, Sie sind jetzt zufrieden«, versetzte der Professor und schob ihm den Teller zurück.

Gabriel zuckte die Achseln. »Es ist zum wenigsten guter Wille. Der Herr Doktor war nicht zu Hause.«

»Ich sehe. Sorgen Sie dafür, daß die Haustür geöffnet bleibt.«

Gabriel machte Kehrt und entfernte sich mit den Tellern.

Wieder war der Gelehrte allein, das goldene Licht der Lampe fiel auf sein Antlitz und die Bücher, welche um ihn lagen, schneller rauschten die weißen Blätter unter der Hand des Nachschlagenden und in starker Spannung arbeiteten seine Züge.

Da pochte es an die Tür, der erwartete Besuch trat ein.

»Guten Abend, Fritz«, rief der Professor dem Eintretenden entgegen, »setze dich auf meinen Platz und sieh hierher.«

Der Gast, eine zarte Gestalt, mit feinen Zügen und einer Brille vor den Augen, rückte sich gehorsam zurecht und ergriff ein kleines Buch, welches Mittelpunkt eines Kreises von aufgeschlagenen Werken in jedem Alter und Format war. Mit Kennerblicken musterte er zuerst den Deckel: geschwärztes Pergament mit alten Noten und darunter geschriebenem Kirchentext, er warf einen spähenden Blick auf das Innere des Einbands und suchte nach den Pergamentstreifen, durch welche der übelerhaltene Rücken des Buches mit dem Deckel verbunden war. Dann erst sah er auf das erste Blatt des Inhalts, auf die vergilbten Buchstaben des geschriebenen Textes. »Das Leben der heiligen Hildegard – die Hand des Schreibers aus dem fünfzehnten Jahrhundert«, – sprach er, und sah den Freund fragend an.

»Nicht deshalb zeige ich dir das alte Buch.« Sieh weiter. Der Lebensgeschichte folgen Gebete, eine Anzahl Recepte und Wirtschaftsregeln von verschiedenen Händen bis über die Zeit Luthers hinaus. Ich hatte diese Blätter für dich gekauft, du konntest darin vielleicht etwas für deine Sagen oder Volksaberglauben finden. Bei der Durchsicht aber traf ich auf einer der letzten Seiten diese Stelle, und ich muß dir jetzt das

Buch noch vorenthalten. Es scheint, daß mehre Generationen eines Mönchsklosters das Buch benutzt haben, um Bemerkungen einzuzeichnen, denn auf diesem Blatt ist ein Verzeichnis von Kirchenschätzen des Klosters Rossau. Es war ein dürftiges Kloster, das Verzeichnis ist nicht groß oder nicht vollständig. Es wurde von einem unwissenden Mönch, soweit man aus seiner Schrift schließen kann, etwa um 1500 gemacht. Sieh, hier Kirchengerät und wenige geistliche Gewänder, und hier einige theologische Handschriften des Klosters, für uns gleichgültig, darunter aber zuletzt folgender Titel: »Das alt ungehür puoch von ußfart des swigers.«

Der Doktor prüfte neugierig die Worte. »Das klingt wie Überschrift eines Rittergedichts. Und was bedeuten die Worte selbst: Ist der Ausfahrende ein Schwieger oder ein Schweigender?«

»Versuchen wir das Rätsel zu lösen«, fuhr der Professor mit glänzenden Augen fort, und wies mit dem Finger auf dasselbe Blatt. »Eine spätere Hand hat in lateinischer Sprache dazugeschrieben: ›Dies Buch ist latein, fast unlesbar, fängt an mit den Worten: *lacrimas et signa* und endet mit den Worten: Hier schließt der Geschichten – *actorum* – dreißigstes Buch.‹ Jetzt rate.«

Der Doktor sah in das erregte Gesicht des Freundes: »Laß mich nicht warten. Die Anfangsworte klingen vielversprechend, aber ein Titel sind sie nicht, es mögen im Anfange Blätter gefehlt haben.«

»So ist es«, versetzte der Professor vergnügt. »Nehmen wir an: ein, zwei Blätter haben gefehlt. Im fünften Kapitel der Annalen des Tacitus stehen die Worte *lacrimas et signa* hintereinander.«

Der Doktor sprang auf, auch ihm flog ein freudiges Rot über das Antlitz.

»Setze dich«, fuhr der Professor fort, den Freund niederdrückend. »Der alte Titel vor den Annalen des Tacitus lautete wörtlich übersetzt: ›Tacitus vom Ausgange des göttlichen Augustus‹, besser Deutsch: ›Vom Hinscheiden des Augustus ab.‹ Wohlan, ein unwissender Mönch entzifferte auf irgendeinem Blatte die ersten lateinischen Worte der Überschrift: ›Taciti ab excessu‹ und versuchte sie ins Deutsche zu übersetzen. Er war froh zu wissen, daß *tacitus* schweigsam bedeutet, hatte aber nie etwas von dem römischen Geschichtschreiber gehört, und übertrug also wörtlich: Vom Ausgange des Schweigenden.«

»Vortrefflich«, rief der Doktor. »Und der Mönch schrieb seine gelungene Übersetzung des Titels auf die Handschrift. Triumph! Die Handschrift war ein Tacitus.«

»Höre noch weiter«, ermahnte der Professor. »Im dritten und vierten Jahrhundert unserer Zeitrechnung bestanden die beiden großen Werke des Tacitus, die Annalen und Historien, in einer Sammlung vereint unter dem Titel: Dreißig Bücher Geschichten. Wir haben dafür mehre alte Zeugnisse, sieh her.«

Der Professor schlug bekannte Stellen auf und legte sie vor den Freund. »Und wieder am Ende der verzeichneten Handschrift stand: ›Hier schließt das dreißigste Buch der Geschichten.‹ Dadurch schwindet, wie mir scheint, jeder Zweifel, daß diese Handschrift ein Tacitus war. Und um das Ganze zusammenzufassen, war das Sachverhältnis folgendes: Zur Zeit der Reformation befand sich eine Handschrift des Tacitus im Kloster Rossau, der Anfang fehlte. Es war eine alte Handschrift, sie war durch die Zeit und ihre Schicksale für Mönchsaugen fast unlesbar geworden.«

»Es muß aber an dem Buch noch etwas Besonderes gehangen haben«, unterbrach der Doktor, »denn der Mönch bezeichnet es mit dem Ausdruck: ungeheuer, welches etwa unserm Wort unheimlich entspricht.«

»So ist es«, bestätigte der Professor. »Man darf mutmaßen, daß entweder eine Klostersage, die sich daran geheftet hatte, oder ein altes Verbot, das Buch zu lesen, oder wahrscheinlicher eine ungewöhnliche Beschaffenheit des Deckels oder Formats diese Bezeichnung verursacht hat. Die Handschrift enthielt beide Geschichtswerke des Tacitus, welche durch fortlaufende Bücherzahl verbunden waren. Und wir«, fuhr er fort und warf in der Aufregung das Buch, welches er in der Hand hielt, auf den Tisch, »wir besitzen diese Handschrift nicht mehr. Keines von den beiden Geschichtswerken des großen Römers ist uns vollständig erhalten; uns fehlt, wenn wir die Lücken zusammenrechnen, wohl mehr als die Hälfte.«

Der Freund durchschritt hastig das Zimmer. »Das ist eine von den Entdeckungen, die das Blut schneller in die Adern treibt. Dahin und verloren! Aber es überläuft Einen heiß, wenn man deutlich empfindet, daß so wenig fehlte, einen kostbaren Schatz des Altertums für uns zu retten. Er hat Völkermord, Brand und Zerstörung von anderthalb Jahrtausenden überdauert, er liegt noch zu der Zeit, wo das Morgenrot der neuen Bildung bei uns hereinbricht, glücklich verborgen und unbeachtet in einem deutschen Kloster, wenige Wegstunden von der großen Völkerstraße, auf welcher die Humanisten hin und her wandern, die Bilder römischer Herrlichkeit im Haupte, begierig nach jeder Überlieferung aus der Römerzeit suchend. Und kaum eine Tagreise entfernt erblühen Universitäten, auf denen die Jugend sich begeistert in lateinischen Versen und Prosa übt. Es lag so nahe, daß irgendein Mönch aus Rossau einem Ordensbruder davon erzählte, der die Kunde nach Mainz oder Köln trug. Es scheint unbegreiflich, daß nicht einer von den lateinischen Schullehrern, die sich damals über das ganze Land verbreiteten, Nachricht von dem Buche erhielt und den Brüdern etwas von dem Wert eines solchen Denkmals sagte. Und wie natürlich war, daß der geistliche Herr, welcher die Oberaufsicht über das Kloster übte, von dem geheimnisvollen Bande erfuhr und neugierig die verblichenen Blätter umschlug. Selbst dann wäre doch eine Kunde in die Welt gedrungen und die Handschrift uns wahrscheinlich irgendwo erhalten. Aber nichts von alledem. Und im besten Fall hat ein Zeitgenosse von Erasmus und Melanchthon, ein armer hungernder Mönch, die Handschrift an den Buchbinder verkauft, und abgeschnittene Streifen kleben noch irgendwo an alten Einbänden. Sogar dafür ist diese Nachricht wichtig. Das war eine schmerzliche Freude, die dir das kleine Buch bereitet hat.«

Der Professor faßte die Hand des Freundes, die beiden Männer sahen einer dem andern in das treue Gesicht. »Nehmen wir an, der alte Erbfeind erhaltener Schätze, das Feuer, habe auch diese Handschrift verzehrt«, schloß der Doktor traurig. »Wir sind Kinder, daß wir den Verlust empfinden, als hätten wir ihn heut erlitten.«

»Wer sagt uns, daß die Handschrift unwiederbringlich verloren ist?« entgegnete der Professor in unterdrückter Bewegung. »Noch einmal setze dich vor das Buch, es weiß uns auch von den Schicksalen der Handschrift zu erzählen.«

Der Doktor sprang an den Tisch und ergriff das Büchlein von der heiligen Hildegard.

»Hier hinter dem Verzeichnis«, sprach der Professor und wies auf die letzte Seite des Buches, »steht noch mehr.«

Der Doktor starrte auf das Blatt, lateinische Buchstaben ohne Sinn und Wortabsatz waren in sieben Zeilen zusammengeschrieben, darunter stand ein Name: F. Tobias Bachhuber.

»Vergleiche diese Buchstaben mit jener lateinischen Bemerkung neben dem Titel der unheimlichen Handschrift. Es ist unzweifelhaft dieselbe Hand, feste Züge des siebzehnten Jahrhunderts, hier das *s, r,* das *f.*«

»Es ist dieselbe Hand«, rief der Doktor vergnügt.

»Die Buchstaben ohne Sinn sind kindliche Geheimschrift, wie man sie im siebzehnten Jahrhundert übte. Diese hier ist leicht zu lösen, jeder Buchstabe ist mit seinem folgenden vertauscht. Auf einen Zettel habe ich die lateinischen Worte des Textes zusammengestellt. Die Worte lauten auf Deutsch: Beim Herannahen des wütenden Schweden habe ich, um den verzeichneten Schatz unseres Klosters den Nachstellungen des brüllenden Teufels zu entziehen, dies alles an einer trocknen und hohlen Stelle des Hauses Bielstein niedergelegt. Am Tage Quasimodogeniti 37. Also am 19. April 1637. – Was sagst du nun, Fritz? Es scheint doch, die Handschrift war bis in den dreißigjährigen Krieg nicht verbrannt, denn Frater Tobias Bachhuber – sein Andenken sei gesegnet – hat sie in dieser Zeit noch einer Betrachtung gewürdigt, und da er ihr in dem Verzeichnis eine besondere Anmerkung gönnt, wird er sie zuverlässig bei der Flucht nicht zurückgelassen haben. Die geheimnisvolle Handschrift war also bis zum Jahre 1637 im Kloster Rossau, und der Frater hat sie im April dieses Jahres mit anderer Habe in der hohlen und trocknen Stelle des Schlosses Bielstein vor Baners Schweden verborgen.«

»Jetzt wird die Sache Ernst«, rief der Doktor.

»Ja, es ist Ernst, mein Freund; nicht unmöglich, daß die Handschrift noch irgendwo verborgen dauert.«

»Und Schloß Bielstein?«

»Es liegt nahe bei dem Städtchen Rossau. Das Kloster hat unter dem Schutze des geistlichen Schirmherrn bis zum dreißigjährigen Kriege in dürftigen Verhältnissen fortbestanden; im Jahre 1637 wurde Stadt und Kloster durch die Schweden verwüstet. Die letzten Mönche verloren sich, das Kloster wurde nicht wieder eingerichtet. Das ist alles, was ich zur Zeit erfahren konnte. Für das Weitere erbitte ich deine Hilfe.«

»Die nächste Frage ist, ob das Schloß den Krieg überdauert hat«, versetzte der Doktor, »und was bis jetzt daraus geworden. Schwerer wird zu ermitteln sein, wo Bruder Tobias Bachhuber geendet hat, und am schwersten, durch welche Hände sein kleines Buch auf uns gekommen ist.«

»Das Buch fand ich heut bei einem hiesigen Antiquar, es war neuer Erwerb und noch nicht in sein Verzeichnis aufgenommen. Die weitere Auskunft, welche der Verkäufer etwa geben kann, werde ich morgen holen. Es lohnt doch, nachzufragen«, fuhr er kühler fort, bemüht, einen Strom verständiger Erwägung über die aufbrennende Glut seiner Hoffnungen zu leiten. »Seit jener geheimen Notiz des Fraters sind mehr als zweihundert Jahre verflossen, die zerstörenden Kräfte waren in dieser Zeit nicht weniger tätig als früher, vor andern Krieg und Raub der Jahre, in denen das Kloster zu Grunde ging. So sind wir zuletzt nicht weiter, als wenn die Handschrift einige hundert Jahre früher verloren wäre.«

»Und doch steigt mit jedem Jahrhundert die Wahrscheinlichkeit, daß die Handschrift bis zur Gegenwart erhalten ist«, warf der Doktor ein, »selbst wenn man für jedes Jahrhundert eine gleiche Zahl von Angriffen auf das Bestehende annimmt. Aber die Zahl der Menschen, welche das Merkwürdige eines solchen Fundes ahnen, ist seit jenem Kriege so groß geworden, daß wenigstens eine Zerstörung durch rohe Unwissenheit fast undenkbar wird.«

»Wir dürfen darin auch dem Wissen der Gegenwart nicht zu viel vertrauen«, warf der Professor ein. »Wenn es aber wäre«, fuhr er auf, und seine Augen strahlten, »wenn uns die Kaisergeschichte des ersten Jahrhunderts, wie sie Tacitus geschrieben, durch ein günstiges Geschick zurückgegeben würde, es wäre ein Geschenk, so groß, daß der Gedanke an die Möglichkeit einen ehrlichen Mann wohl berauschen darf, wie römischer Wein.«

»Unschätzbar«, bestätigte der Doktor, »für unsre Kenntnis der Sprache, für hundert Einzelheiten römischer Geschichte.«

»Für die älteste Geschichte deiner Germanen«, rief der Professor.

Beide maßen wieder mit schnellen Schritten die Stube, schüttelten einander die Hände und sahen einer den andern fröhlich an.

»Und wenn ein günstiger Zufall auf dieser Spur zu der Handschrift leitete«, begann Fritz, »wenn sie durch dich dem Tageslicht zurückgegeben würde, du, mein Freund, du bist auch der beste Mann, sie herauszugeben. Der Gedanke, daß deinem Leben eine solche Freude und so ruhmvolle Arbeit werden könnte, macht mich glücklicher als ich sagen kann.«

»Finden wir die Handschrift«, versetzte der Professor, »so kann sie nur von uns beiden zusammen herausgegeben werden.«

»Von uns?« frug Fritz verwundert.

»Von dir mit mir«, entschied der Professor, »das soll deine Tüchtigkeit in weiteren Kreisen bekanntmachen.«

Fritz trat zurück. »Wie kannst du glauben, daß ich so etwas annehmen würde?«

»Widersprich mir nicht«, rief der Professor, »du bist vollkommen dafür geeignet.«

»Das bin ich nicht«, versetzte Fritz fest, »und ich bin zu stolz, etwas zu unternehmen, wobei ich deiner Güte mehr verdankte als meiner Kraft.«

»Das ist ungeschickte Bescheidenheit«, rief der Professor wieder.

»Ich werde es nie tun«, entgegnete Fritz. »Du verleugnest dein Zartgefühl, wenn du nur einen Augenblick daran denkst, daß ich mich vor dem Publicum mit fremden Federn schmücken könnte.«

»Ich weiß besser als du«, rief unwillig der Professor, »was du vermagst und was dir frommt.«

»Jedenfalls frommt mir nicht, dir, der du bei der Arbeit selbst den Löwenanteil haben würdest, den Lohn dafür heimlich abzunagen. Nicht meine Bescheidenheit, sondern meine Selbstschätzung verbietet das. Und dies Gefühl sollst du ehren«, schloß Fritz mit großer Energie.

»Nun«, lenkte der Professor ein, die auflodernde Empfindung bändigend, »vorläufig geberden wir uns wie der Mann, welcher Haus und Acker vom Erlös eines Kalbes kaufte, das ihm noch nicht geboren war. Sei ruhig, Fritz, nicht du, nicht ich werden die Handschrift herausgeben.«

»Und niemals werden wir erfahren, was römische Kaiser an Thusnelda und Thumelicus gefrevelt haben«, sagte Fritz und trat wieder teilnehmend zu dem Freunde.

»Aber es sind doch nicht Einzelheiten, welche uns den größten Gewinn brächten«, begann der Professor ruhiger, »und nicht, daß wir diese missen, macht uns den Verlust der Handschrift empfindlich. Denn für die Hauptsachen versagen andere Quellen nicht. Das Wichtigste wäre immer, daß Tacitus der erste und in mancher Hinsicht der einzige Geschichtschreiber ist, der höchst auffallende, unheimliche Seiten der menschlichen Natur dargestellt hat. Seine Werke sind uns zwei geschichtliche Tragödien, Scenen des Julischen und des Flavischen Kaiserhauses, markerschütternde Bilder der ungeheuren Umwandlung, welche durch ein Jahrhundert der größte Staat des Altertums, die Seelen der Gehorchenden, die Charaktere der Herrscher erfahren; die Geschichte einer Tyrannenherrschaft, welche die edlen Geschlechter vertilgt, eine hohe und reiche Bildung heraustreibt und verdirbt, vor allem die Herrschenden selbst mit wenigen Ausnahmen entmenschlicht. Wir haben bis zur Gegenwart kaum ein anderes Werk, dessen Verfasser so spähend in die Seelen einer ganzen Reihe von Fürsten blickt, so scharf und genau die Verwüstungen schildert, welche die dämonische Krankheit der Könige in den verschiedensten Naturen hervorgebracht hat.«

»Mich hat immer geärgert«, sagte der Doktor, »wenn man ihm vorwarf, daß er zumeist Kaiser- und Hofgeschichte geschrieben. Wer darf Trauben von einer Cypresse verlangen und behagliche Freude an dem großartigen Staatsleben von einem Manne, der durch einen großen Teil seines Mannesalters täglich Messer und Giftbecher eines wahnsinnigen Despoten vor seinen Augen sah.«

»Ja«, fuhr der Professor beistimmend fort, »er gehörte zu den Aristokraten, deren Häupter hoch über die Menge herausragen, eine Körperschaft, unfähig zum Regieren, unwillig im Gehorsam. In dem Gefühl einer bevorzugten Stellung waren sie die unentbehrlichen Diener, die stillen Feinde und Rivalen der Fürsten, in ihnen bildeten sich die Tugenden und Laster einer gewaltigen Zeit zu ungeheuren Erscheinungen. Wer sollte die Geschichte römischer Fürsten schreiben als ein Mann aus diesem Kreise? Durch Palastintriguen und stillen Einfluß dunkler Nebengestalten entwickeln sich die Tatsachen, die schwärzeste Missetat verbirgt sich hinter den steinernen Wänden des Palastes, das Gerücht, das leise Gemurmel des Vorzimmers, der lauernde Blick versteckten Hasses sind oft die einzigen Quellen des Geschichtschreibers. Uns bleibt vor solcher Zeit nichts übrig, als bescheiden das Urteil des Mannes zu schätzen, der uns von diesen fremdartigen Zuständen Kunde überliefert hat. Wer die erhaltenen Bruchstücke des Tacitus ehrlich und gescheit betrachtet, der wird seinen sichern Blick in die tiefsten Falten eines römischen Gemütes bewundernd ehren. Es ist ein erfahrener Staatsmann, ein kräftiger und wahrhafter Geist, der uns die geheime Geschichte seiner Zeit so erzählt, daß wir die Menschen und all ihr Tun verstehen, als ob wir selbst Gelegenheit hätten, ihnen in das Herz zu sehen. Wer das vermag für spätere Jahrtausende, der ist nicht nur ein großer Geschichtschreiber, er ist auch ein bedeutender Mensch. Und vor solcher Gestalt habe ich immer eine tiefherzliche Ehrfurcht empfunden, und ich halte für eine Pflicht ernster Kritik, das Mäkeln der Kleinen von solchem Bilde fern zu halten.«

»Schwerlich hat einer seiner Zeitgenossen«, bestätigte der Doktor, »so tief die Schwächen der eigenen Zeitbildung gefühlt als er. Immer hat mich gerührt, wie er das Schwerflüssige seiner Sprache, das Vieldeutige des Ausdrucks mit der Scheu und Vorsicht entschuldigt, welche unter der Herrschaft des Scheusals Domitian auch in die Seelen der Besten geschlagen wurden.«

»Ja«, schloß der Professor, »er ist ein Mann, soweit das in seiner Zeit noch möglich war, und das ist zuletzt die Hauptsache. Denn was uns am meisten fördert, ist doch nicht die Summe des Wissens, die wir einem großen Manne verdanken, sondern seine eigene Persönlichkeit, die durch das, was er für uns geschaffen, ein Teil unseres eigenen Wesens wird. Der Geist des Aristoteles ist für uns noch etwas Anderes als die Summe seiner Lehren, welche wir aus den erhaltenen Büchern zusammensuchen. Und Sophokles bedeutet uns etwas ganz Anderes als sieben erhaltene Tragödien. Die Art, wie er dachte, fühlte, das Schöne empfand, das Gute wollte, die soll ein Stück von unserm Leben werden. Dadurch vor allem wirkt das Wissen aus vergangener Zeit befruchtend auf unser Sein und Wollen. In diesem Sinne ist auch die schwermütige, trauervolle Seele des Tacitus für mich weit mehr als selbst seine Schilderungen des Kaiserwahnsinns. – Sieh, Fritz, und deshalb sind mir dein Sanskrit und deine Inder nicht recht, ihnen fehlen die Männer.«

»Sie sind wenigstens für uns schwer erkennbar«, erwiederte der Freund. »Aber wer, wie du, die homerischen Gesänge den Studenten erklärt, der darf nicht verkennen, welcher Reiz darin liegt, in die geheimnisvollsten Tiefen des menschlichen Schaffens hinabzusteigen, in die Periode der Menschheit, wo noch die junge Volkskraft den Einzelnen, welcher in ihr arbeitet, unserm Blicke verdeckt, und das Volk selbst in Poesie, Sage, Recht, wie ein Einzelwesen Lebendiges gestaltend, vor uns tritt.«

»Wer sich nur damit beschäftigt«, versetzte der Professor eifrig, »der wird leicht phantastisch und weich. Das Studium solcher Urzeiten wirkt wie orientalischer Mohnsaft. Die Arbeit unter diesen schillernden, undeutlichen Gebilden, welche im Dunkel aufleuchten und wieder verschwinden, verführt zu ungeregeltem Combiniren; wer sein Lebtag darüber verweilt, wird auch in den Gesichtspunkten, durch die er sein eigenes Leben bestimmt, schwerlich Willkür fernhalten.«

Fritz stand auf. »Das ist unser alter Streit. Ich weiß, du willst mir nichts Hartes sagen, aber ich empfinde, daß du dabei an mich denkst.«

»Und habe ich Unrecht?« fuhr der Professor fort, »wahrlich ich habe Respekt vor jeder geistigen Arbeit, aber meinem Freund möchte ich die gönnen, welche für ihn am segensreichsten ist. Dein Suchen im indischen Götterglauben und deutscher Mythologie lockt dich von einem Rätsel zu dem andern; in dem endlosen Gebiet von unklaren Anschauungen und Bildern unter wesenlosen Schatten soll eine junge Kraft nicht immer weilen. Zwinge dich zu einem Abschluß. Auch aus äußern Gründen. Es taugt dir nicht, Privatgelehrter zu sein, das Leben ist zu bequem, der äußere Zwang, ein bestimmtes Gebiet von Pflichten fehlen dir. Du hast mehre von den besten Eigenschaften eines Lehrers. Sitze nicht im Hause der Eltern, du mußt Universitätslehrer werden.«

Dem Freunde stieg eine dunkle Röte langsam über die Wangen. »Es ist genug«, rief er gekränkt, »wenn ich zu wenig an meine Zukunft gedacht habe, du sollst mir darüber keine Vorwürfe machen. Es war mir vielleicht zu große Freude, an deiner Seite zu leben und der stille Vertraute deiner kräftigen Arbeit zu sein. Etwas von dem Segen, den das Leben eines Mannes allen mitteilt, die an seinem geistigen Schaffen teilnehmen, habe ich in deiner Nähe doch auch empfunden. Gute Nacht.«

Der Professor ging auf ihn zu und faßte seine beiden Hände. »Bleibe«, rief er, »bist du mir böse?«

»Nein«, erwiderte Fritz, »aber ich gehe.« Er schloß leise die Tür.

Der Professor ging mit starken Schritten auf und ab, machte sich Vorwürfe über seine Heftigkeit und sorgte um die Stimmung des Freundes. Endlich warf er die Bücher, welche Telegraphendienste verrichtet hatten, heftig auf die Bretter zurück und trat wieder an den Arbeitstisch.

Gabriel leuchtete dem Doktor die Treppe hinab, öffnete die Haustür und schüttelte den Kopf, als sein Nachtgruß bei dem Herrn nur kurze Erwiederung fand. Er löschte das Licht und horchte nach dem Zimmer seines Herrn. Als er die Schritte des Professors hörte, entschloß er sich, noch einige Züge lauer Abendluft zu schöpfen und stieg in den kleinen Hausgarten. Dort stieß er auf den Hausbesitzer Herrn Hummel, welcher wahrscheinlich in derselben Absicht unter den Fenstern des Professors spazierte. Herr Hummel war ein breitschultriger Mann mit einem großen Kopfe und eigensinnigem Gesicht, wohlhäbig und gut erhalten, von ehrbarem und altfränkischem Anstrich. Er rauchte aus seiner langen Pfeife mit einer sehr dicken Spitze, an welcher eine Reihe kleiner Kirchturmsknöpfe hinter einander stand.

»Ein schöner Abend, Gabriel«, begann Herr Hummel, »ein gutes Jahr, das wird eine Ernte!« Er stieß den Diener vertraulich an: »Da oben hat's heut etwas gegeben, das Fenster stand offen. Nicht daß ich horchen wollte, aber ich mußte so manches vernehmen, Gabriel!« schloß er bedeutsam und bewegte mißbilligend seinen Hausbesitzerkopf.

»Er hat wieder das Fenster aufgemacht«, versetzte Gabriel ausweichend. »Die Fledermaus und die Motte werden bei der freien Aussicht zudringlich, und wenn er mit dem Doktor discurrirt, sind beide manchmal so laut, daß die Leute auf der Straße stehen bleiben und zuhören.«

»Verschluß ist immer gut«, bestätigte Herr Hummel. »Was hat's denn eigentlich gegeben? Der Doktor ist der Sohn von da drüben, und Sie kennen meine Meinung, Gabriel, ich traue nicht. Ich will Niemandem zu nahe treten, aber was von jenem Hause kommt, darüber habe ich so meine Ansichten.«

»Worüber es ging?« antwortete Gabriel, »ich hab's nicht gehört, aber das kann ich Ihnen genau sagen, es ging über die alten Römer. Sehen Sie, Herr Hummel, wenn wir die alten Römer hätten, so wäre Vieles bei uns anders. Das waren Eisenbeißer, die verstanden zu fuuragieren. Sie führten Krieg, sie eroberten hier und dort.«

»Sie sprechen ja wie ein Mordbrenner«, sagte Herr Hummel mißbilligend.

»Ja, sie taten es nicht anders«, erwiederte Gabriel selbstzufrieden, »sie waren ein eigennütziges Volk und hatten Haare auf den Zähnen wie die Igel. Und was am wunderbarsten ist, wieviel Bücher diese Römer bei alledem geschrieben haben. Kleine und große, viele auch in Folio. Wenn ich die Bibliothek abstäube, nimmt es mit den Römern kein Ende, jede Art von Kaliber, und manche sind dicker als die Bibel. Nur sind alle schwer zu lesen, wer aber die Sprache versteht, erfährt Vieles.«

»Die Römer sind ein abgestorbenes Volk«, versetzte Herr Hummel, »als es mit ihnen zu Ende ging, kamen die Deutschen. Der Römer würde es bei uns niemalen tun. Das Einzige, was uns helfen kann, ist die Hansa. Das ist die Einrichtung. Mächtig zur See, Gabriel«, rief er und schüttelte den Rock desselben an einem Knopfe, »die Städte müssen es unternehmen, Bündnisse, Capitalaufnahme, denn Handel ist da, Credit ist da, an Menschen fehlt's nicht. Schiffe bauen, Flaggen aufhissen.«

»Und wollen Sie mit Ihrem Kahne auf das große Meer?« frug Gabriel und wies mit der Hand auf einen kleinen Kahn, der an der hintern

Seite des Gartens umgestülpt auf zwei Hölzern lag. »Soll ich mit meinem Professor auf die See gehen?«

»Davon ist nicht die Rede«, versetzte Herr Hummel, »aber die jungen Leute, welche zuvörderst unnütz sind. Mancher könnte etwas Besseres tun, als bei seinen Eltern zu Hause sitzen. Warum soll Ihr Doktor von drüben nicht als Matrose für's Vaterland mitgehen?«

»Ich bitte Sie, Herr Hummel«, rief Gabriel erschrocken, »der junge Herr? Er hat ja ein kurzes Gesicht.«

»Tut nichts«, brummte Hummel, »dafür gibt's auf der See Fernröhre, und er kann's ja meinetwegen bis zum Kapitän bringen. Ich bin nicht der Mann, der seinem Nächsten etwas Böses wünscht.«

»Er ist ein Gelehrter«, entgegnete Gabriel, »und dieser Stand ist auch nötig. Ich versichere Sie, Herr Hummel, ich habe über das gelehrte Wesen nachgedacht, ich kenne meinen Professor genau und zuweilen den Doktor, und ich muß sagen, es ist etwas an der Sache, es ist viel daran. Manchmal bin ich zweifelhaft. Wenn der Schneider den neuen Rock bringt, merkt so Einer nicht, was Jedermann weiß, ob ihm der Rock sitzt oder ob auf dem Rücken Falten sind. Wenn er auf den Einfall kommt, von einem Bauer eine Fuhre Holz zu kaufen, die vielleicht doch nur gestohlen ist, so bezahlt er hinter meinem Rücken das Holz viel teurer als jeder Mensch. Und wenn er unversehens ärgerlich wird und sich streitet über Dinge, die wir beide ruhig miteinander besprechen, so wird mir die Sache zweifelhaft. Wenn ich aber dann sehe, wie er sonst ist, barmherzig und freundlich sogar gegen die Fliegen, die um seine Nase tanzen – denn er holt sie mit dem Löffel aus dem Kaffe und setzt sie draußen auf's Fensterbrett – und wie er aller Welt das Beste gönnen möchte, und wie er sich selber gar nichts gönnt und noch tief in der Nacht liest und schreibt, so wird mir seine ganze Geschichte gewaltig. Und ich sage Ihnen, ich lasse nichts auf die Gelehrten kommen. Sie sind anders als wir, sie verstehen nicht, was unsereiner versteht. Aber wir verstehen nicht, was sie verstehen.«

»Nun, man hat auch seine Bildung«, versetzte Herr Hummel. »Was Sie sagen, Gabriel, haben Sie als ein achtbarer Mensch gesprochen, aber das Eine will ich Ihnen anvertrauen, man kann eine große Wissenschaft haben und ein recht hartherziges Subjekt vorstellen, das sein Geld auf Wucherzinsen gibt und seinen guten Freunden die Ehre abschneidet. Und deswegen meine ich: die Hauptsache ist Ordnung und Grenze und seinen Nachkommen etwas hinterlassen. Ordnung hier«, er wies auf seine Brust, »und Grenze dort«, er wies auf seinen Zaun, »daß man sicher weiß, was einem selbst gebührt und was dem Andern gehört. Und für die Kinder ein festes Eigentum, auf dem sie sitzen; dann mögen diese wieder für ihre Kinder sorgen. Das ist, was ich unter Menschenleben verstehe.«

Der Hausherr verschloß die Tür des Zaunes und die Tür des Hauses, auch Gabriel suchte sein Lager, aber noch lange brannte die Lampe in der Arbeitsstube des Professors, und ihre Strahlen kreuzten sich an der Fensterbrüstung mit dem bleichen Schein des Mondes. Endlich verlosch die Leuchte des Gelehrten, das Zimmer stand leer; draußen am Himmel fuhren kleine Wolken an der Mondscheibe vorüber, und dämmrige Lichter tanzten jetzt als Beherrscher der Stube über den Schreibtisch, über die Werke der alten Römer und über das Büchlein des seligen Frater Tobias.

2. Die feindlichen Nachbarn.

In künftigen Zeiten wird, wie man hört, auf dem Erdball eitel Freude und Liebe sein. Die Menschheit wird in wassergrünem und himmelblauem Gewande einhergehen, Sandalen an den Füßen und Palmzweige in der Hand, um dem letzten Haß und der letzten Bosheit Salz auf den Schwanz zu streuen und diese Nachtvögel für das große Museum der Zukunft auszustopfen. Bei solcher Jagd wird man finden, daß das letzte Nest der Unholde zwischen den Wänden zweier Nachbarhäuser hängt. Denn zwischen Nachbar und Nachbar nisten sie, seit der Regen vom Dach des einen Hauses in den Hof des andern rieselt, seit der Sonnenstrahl durch eine Hausmauer der andern vorenthalten wird, seit Kinder die Hände durch den Zaun stecken, um Beeren zu naschen, seit der Hausherr nicht abgeneigt ist, sich selbst für besser zu halten als seine Mitmenschen. Und es gab zu unsern Tagen wenig Gebäude im Lande, zwischen denen Widerwille und feindliche Kritik so arg wirtschafteten als zwischen den beiden Häusern am großen Stadtpark.

Viele erinnern sich der Zeit, wo die Häuser der Stadt noch gar nicht bis an den waldigen Talgrund reichten. Damals hatte die Talgasse nur wenige kleine Menschenwohnungen, dahinter lag ein wüster Raum, Frau Knips, die Wäscherin, trocknete dort Bürgerhemden und ihre beiden unartigen Jungen warfen einander mit den Holzklammern. Da hatte Herr Hummel einen Trockenplatz am letzten Ende der Straße gekauft und hatte darauf sein schönes Haus gebaut in zwei Stockwerken mit steinernen Stufen und eisernem Gitter, und dahinter ein einfaches Arbeitshaus für sein Geschäft, denn er war Hutfabrikant und trieb die Sache sehr ins Große. Und wenn er aus seinem Hause trat und die Vorsprünge des Daches und die Gipsarabesken unter den Fenstern musternd überschaute, so sah er von allen Seiten Licht und Luft und freie Natur und empfand sich als den vordersten Pfeiler der Civilisation gegen den Urwald.

Da begegnete ihm, was manchem Pionier der Wildnis die Ruhe stört: sein Beispiel fand Nachahmung. An einem finstern Morgen des März kam ein Wagen mit alten Brettern an den Wäschplatz gefahren, der ihm gegenüber lag, schnell wurde ein Plankenzaun zusammengeschlagen, Tagelöhner mit Haue und Handkarren begannen Grund zu graben. Das war ein harter Schlag für Herrn Hummel. Aber sein Leid wurde größer. Als er zornig über die Straße schritt und den Maurermeister nach dem Namen des Mannes frug, der gegen Licht und Ruhm seines Hauses feindlich arbeiten ließ, da erfuhr er, daß sein künftiger Nachbar der Fabrikant Hahn sein sollte. Von allen Menschen auf der Welt war dieser der größte Tort, den ihm das Schicksal antun konnte. Nicht eigentlich als Bürger betrachtet, er war nicht unreputirlich, es ließ sich gegen die Familie nichts Schweres einwenden, aber er war Hummels natürlicher Gegner, denn das Geschäft des neuen Ansiedlers bewegte sich auch um Hüte, und zwar um Strohhüte. Diesen leichten Plunder zu verfertigen ist nie für eine ernste Männerarbeit gehalten worden, es war nie ein zünftiges Handwerk, es hat nie das Recht gehabt, Lehrlinge frei zu sprechen, es ist sonst nur von italienischen Bauern betrieben worden, es hat sich als eine Neuerung mit andern schlechten Sitten erst spät in der Welt verbreitet, es ist im Grunde gar kein Geschäft, man kauft Strohbänder und läßt sie durch zusammengelaufene Mädchen im Wochenlohn aneinandernähen. Und es besteht eine alte Feindschaft zwischen Filzhut und Strohhut. Der Filzhut ist eine historische Macht, durch Jahrtausende geheiligt, nur die Mütze duldete er neben sich, als gemeine Einrichtung für Werkeltage. Da erhob der Strohhut seine Anmaßungen gegen verbrieftes Recht und beanspruchte frech die Hälfte des Jahres. Seit der Zeit schwanken die Wagschalen des irdischen Beifalls zwischen diesen beiden Attributen des Menschengeschlechts. Wenn der unstäte Sinn der Sterblichen nach dem Stroh zuschwankt, bleibt der schönste Filz, Felbel, Seide und Pappe unbeachtet stehn, von der Luft ausgezogen, von Motten zerbissen. Hinwiederum wenn die Neigungen der Menschen nach dem Filz hinfluten, trägt alles Geborne, Frauen, Kinder und Kindermädchen, kleine Männerhüte, dann liegt das Stroh kläglich, kein Herz schlägt dafür und die Hausmaus nistet in dem schönsten Geflecht.

Das war für Herrn Hummel ein starker Grund zum Zorn. Aber es wurde noch ärger. Er sah täglich, wie das feindliche Haus aus dem Boden wuchs, er beobachtete die Gerüste, die aufsteigenden Mauern, die Zieraten der Gesimse, die Fensterreihen, – es war zwei Fenster länger als sein Haus. Das Erdgeschoß hob sich in die Höhe, ein zweiter Stock, zuletzt gar ein dritter – alle Fabrikräume des Strohmanns wurden dem Wohnhaus einverleibt. Das Haus des Herrn Hummel war zu einem unbedeutenden Dinge herabgedrückt. Da schritt er zu seinem Advocaten und forderte Rache wegen entzogenem Licht und verschlechterter Aussicht. Natürlich zuckte dieser die Achseln. Das Recht Häuser zu bauen gehörte zu den Grundrechten der Menschheit, es war auch gemeines deutsches Herkommen in Häusern zu leben, und es war voraussichtlich hoffnungslos zu beantragen, daß Hahn auf seinem Grundstück nur ein. Leinwandzelt errichten dürfe. So war durchaus nichts zu tun als sich mit Geduld zu fügen, und Herr Hummel hätte sich das selbst sagen sollen.

Seitdem waren Jahre vergangen. Zu derselben Stunde vergoldete das Sonnenlicht die Parkseite der beiden Häuser, stattlich und bewohnt standen sie da, beide gefüllt mit Menschen, welche täglich aneinander vorbeigingen. Zu derselben Stunde trat der Briefträger über beide Türschwellen, die Tauben flogen von dem einen Dach auf das andere, die Sperlinge an den beiden Hausrinnen traten in die gemütlichsten Beziehungen; um das eine Haus roch es zuweilen ein wenig nach Schwefel, um das andere nach versengten Haaren, aber derselbe Sommerwind trieb vom Walde den Harzgeruch und den Duft der Lindenblüten durch beide Haustüren. Und doch, die tiefe Abneigung der beiden Häuser hatte sich nicht verringert. Das Haus Hahn empfand einen Widerwillen gegen versengte Haare, und die Familie Hummel hustete in ihrem Garten zornig, sooft eine Spur von Schwefel in dem Sauerstoff der Luft geargwöhnt wurde.

Zwar wurde das anständige Verhalten zu der Nachbarschaft nicht ganz mit Füßen getreten, wenn auch der Filz eine Neigung zu bärbeißigem Verhalten hatte, das Stroh war biegsamer und bewies in mehren Fällen seine Nachgiebigkeit. Beide Hausherren hatten eine bekannte Familie, in welcher sie zuweilen zusammentrafen, ja beide hatten einmal vor demselben Täufling gestanden und darauf geachtet, daß einer nicht weniger Patengeld gab als der andere. Deshalb entstand ein unvermeidliches Grüßen, so oft man ihm nicht aus dem Wege gehen konnte. Aber dabei blieb es. Zwischen dem Markthelfer, welcher die Strohhüte schwefelte, und den Arbeitern, welche über den Hasenhaaren walteten, bestand glühender Haß. Und die kleinen Leute, welche in den nächsten Häusern der Straße wohnten, wußten das und taten redlich das Ihre, um das bestehende Verhältnis aufrecht zu erhalten. Auch konnte in der Tat das Wesen der beiden Hausherren schwerlich zusammenstimmen. Der Dialekt war verschieden, die Bildung hatte einen anderen Strich, was der eine an Leibgerichten und andern Einrichtungen des Lebens lobte, mißfiel dem andern; Hummel war aus einem Baumstamm des nördlichen Deutschland an das Licht geflogen, Hahn aus einer kleinen Stadt in der Nähe herzugeflattert.

Wenn Herr Hummel von seinem Nachbar Hahn sprach, so nannte er ihn das Strohfeuer und den Phantasten. Herr Hahn war ein sinniger Mann, still und fleißig über seinem Geschäft, in den Freistunden aber ergab er sich ausfallenden Liebhabereien. Unleugbar waren diese darauf berechnet, dem wandelnden Publicum, welches zwischen den beiden Häusern nach der Waldwiese und den grünen Bäumen hinauszog, einen guten Eindruck zu machen. In dem kleinen Garten hatte er nacheinander die meisten Erfindungen gehäuft, durch welche moderne Gartenkunst die Erde verschönert. Zwischen den drei Fliederbüschen erhob sich ein Felsen aus Tuffstein gemauert mit schmalem und steilem Pfade zur Höhe, daß nur feste Bergsteiger ohne Alpenstock die Expedition nach dem Gipfel wagen konnten, auch sie in Gefahr, mit der Nase in den zackigen Tuffstein zu fallen. Im nächsten Jahre wurden, nahe am Gitterzaun, in kurzen Entfernungen Stangen errichtet, an denen Schlinggewächse hinaufliefen; zwischen je zwei Stangen hing eine bunte Glaslampe. Wenn die Lampenreihe an festlichen Abenden angezündet war, warf sie einen magischen Glanz auf die Strohhüte, welche unter dem Fliederbusch zusammensaßen und die Urteile der Vorübergehenden einsammelten. Den Glaskugeln folgte das Jahr der Papierlaternen. Wieder im nächsten Jahre erhielt der Garten ein antikes Aussehen, denn eine weiße Muse glänzte, von Epheu und blühendem Lack umgeben, bis weit in den Wald hinein.

Gegenüber solcher Neuerungssucht hielt Herr Hummel fest an seiner Vorliebe für's Wasser. An der Hinterseite seines Hauses zog sich eine schmale Wasserader nach der Stadt. Alljährlich wurde sein Kahn mit derselben grünen Ölfarbe angestrichen, er setzte sich in seinen Freistunden am liebsten allein in den Kahn und ruderte sich ein wenig auf den Häusern in den Park, nahm seine Angel zur Hand und ergab sich dem Vergnügen, Weißfische und anderes kleines Wasservolk zu fangen.

Ohne Zweifel war das Haus Hummel legitimer, das heißt eigensinniger, wunderlicher, schwerer zu behandeln. Von allen Hausfrauen der Straße erhob Frau Hummel die größten Ansprüche, durch seidene Kleider, durch eine goldene Uhr an goldener Kette. Sie war eine kleine Dame mit blonden Locken, immer noch recht hübsch, sie war im Theater abonniert, gebildet und zartfühlend und konnte sehr böse werden. Sie sah aus, als wenn sie sich aus nichts etwas mache, aber sie wußte Alles, was auf der Straße vorging. Nur den eigenen Gatten vermochte ihre Regierungskunst nicht immer zu bewältigen. Doch bewies Herr Hummel, tyrannisch gegen alle Welt, seiner Frau große Rücksicht. Wenn sie ihm im Hause zu stark wurde, ging er stillschweigend in den Garten, und wenn sie ihm auch dahin folgte, verschanzte er sich in der Fabrik hinter einem Bollwerk von Haaren.

Aber auch Frau Hummel war einer höheren Gewalt unterworfen, und diese Macht übte ihr Töchterchen Laura. Von mehren Kindern war ihr nur dies eine geblieben, alle Zärtlichkeit und weiche Empfindung der Mutter war ihm zu Teil geworden. Und es war ein prächtiger kleiner Balg, die ganze Stadtgegend kannte sie, seit sie die ersten roten Schuhe trug, schon auf dem Arm der Wärterin war sie oft angehalten und beschenkt worden. Lustig wuchs es auf, ein dralles Mädchen mit zwei großen blauen Augen und roten Bäckchen, mit dunklem Kraushaar und einem schlauen Gesicht. Wenn die kleine Hummel die Straße entlang spazierte, ihre Händchen in den Taschen der Schürze, war sie die Freude der ganzen Nachbarschaft. Keck und kurzab wußte sie sich in alle zu schicken und blieb mit dem kleinen Mäulchen Niemandem etwas schuldig. Sie gab dem Holzhacker vor der Tür ihre Buttersemmel und trank mit ihm aus seiner Schale den dünnen Kaffe, sie begleitete den Postboten die ganze Straße entlang, und ihr größtes Vergnügen war, mit ihm die Treppen hinaufzulaufen, zu klingeln und seine Briefe zu übergeben; ja sie hatte sich einst am späten Abend aus der Stube geschlichen, saß neben dem Nachtwächter auf einem Ecksteine und hielt sein großes Horn in ungeduldiger Erwartung des Stundenschlages, zu welchem das Horn ertönen würde. Frau Hummel schwebte in einer unaufhörlichen

Angst, daß ihre Tochter einmal gestohlen werden müsse, denn mehr als einmal war sie auf viele Stunden verschwunden, dann war sie mit fremden Kindern in ihre Wohnung gegangen und hatte mit ihnen gespielt; sie war die Vertraute vieler kleiner Straßenjungen, wußte sich bei ihnen in Respekt zu setzen, gab ihnen Pfennige und empfing als Zeichen der Achtung Brummteufel und kleine Schornsteinfeger, die aus gebackenen Pflaumen und Holzstäbchen zusammengesetzt waren. Sie war ein gutherziges Kind, das lieber lachte als weinte, und ihr lustiges Gesicht machte das Haus des Herrn Hummel wohnlicher als die Efeulaube der Hausfrau und das mächtige Brustbild des Herrn Hummel selbst, welches recht eigensinnig auf Laura's Puppenstube heruntersah.

»Das Kind wird unerträglich«, rief Frau Hummel zornig und trat, die betrübte Laura an der Hand, in das Wohnzimmer. »Sie quirlt den ganzen Tag auf der Straße umher. Jetzt, als ich vom Markte kam, saß sie neben der Brücke auf dem Stuhl der Obstfrau und verkaufte ihr die Zwiebeln. Jedermann blieb stehen und ich mußte mein Kind aus dem Gedränge herausholen.«

»Das Wurm wird gut«, versetzte Herr Hummel lachend, »warum willst du ihr die Jugend nicht gönnen?«

»Sie muß aus dem ordinären Verkehr heraus. Es fehlt ihr aller Sinn für das Feinere, sie kennt noch kaum die Buchstaben und sie hat einen Abscheu vor dem Lesen. Auch ist Zeit, daß mit den französischen Vocabeln ein Anfang gemacht wird. Die Betty der Regierungsrätin ist nicht älter und sie weiß ihre Mutter schon so zierlich chère mère zu nennen.«

»Die Mutter Schere und Möhre und den Vater Kohlrabi«, versetzte Herr Hummel. »Die Franzosen sind ein artiges Volk. Wenn du so besorgt bist, deine Tochter für den Markt abzurichten, dann ist das Türkische immer noch besser als das Französische. Der Türke bezahlt dir Geld, wenn du ihm das Kind verhandelst, die Andern wollen alle noch etwas dazu haben.«

»Sprich nicht so ruchlos, Heinrich!« rief die Gattin.

»Und du bleib mir mit deinen verdammten Vocabeln vom Leibe, sonst verspreche ich dir, ich lehre das Kind alle französischen Redensarten, die ich kenne, es sind ihrer nicht viele, aber sie sind kräftig. Baisez moi, Madame Ümmel.« Damit ging er trotzig aus dem Zimmer.

Das Ergebnis dieser Beratung war aber doch, daß Laura in die Schule ging. Es wurde ihr sehr schwer, zu schweigen und zu hören, und längere Zeit waren die Fortschritte wenig befriedigend. Endlich kam auch in die kleine Seele der Ehrgeiz, sie klomm die untern Staffeln der Bildung bei Fräulein Johanne heran, dann wurde sie in das berühmte Institut von Fräulein Jeannette befördert, wo die Töchter anspruchsvoller Familien das höhere Wissen erhielten. Dort lernte sie die Nebenflüsse des Amazonenstromes, viel eghyptische Geschichte, tippte auf den Deckel eines Elektrophors, sprach Französisch über das Wetter, las Englisch in einer kunstvollen Weise, welche sogar dem gebornen Briten die Anerkennung abnötigte, daß in dem Institut eine neue Sprache erfunden werde, und wurde endlich in allen Feinheiten eines deutschen Aufsatzes gebildet. Sie schrieb kleine Abhandlungen über den Unterschied zwischen Wachen und Schlafen, über die Gefühle der berühmten Cornelia, Mutter der Gracchen, über die Schrecken eines Schiffsbruchs und die wüste Insel, auf welche sie sich gerettet hatte. Zuletzt erwarb sie Kenntnisse in der Abfassung von Strophen und Sonetten. Bald stellte sich heraus, daß Laura's Hauptstärke nicht in der französischen, sondern in der deutschen Sprache lag, ihr Stil wurde die Freude der Anstalt, ja sie begann ihre Lehrerinnen und die liebsten Mädchen in Gedichten anzusingen, welche den schwierigen Versbau des großen Schiller vom Kranze aus goldenen Ähren bis zur Form aus Lehm gebrannt sehr glücklich nachahmten. Jetzt war sie mit achtzehn Jahren ein hübsches rosiges Fräulein, immer noch rund und lustig, immer noch die Gebieterin des Hauses, und bei allen Leuten auf der Straße beliebt.

Die Mutter, stolz auf die Bildung der Tochter, hatte ihr nach der Confirmation ein Oberstübchen geräumt, das auf die Bäume des Parkes hinaussah, und Laura richtete sich ihr kleines Heimwesen zu einem Feenschloß ein, mit Efeu, mit einem kleinen Blumentisch, mit einem allerliebsten Schreibzeug aus Porzellan, auf welchem Schäfer und Schäferin nebeneinander saßen. Dort oben verlebte sie ihre schönsten Stunden bei Feder und Löschblatt, denn sie schrieb vor jedermann verborgen ihre Memoiren.

Aber auch sie teilte die Abneigung ihrer Familie gegen das Nachbarhaus. Schon als kleines Ding war sie bei dieser Haustür schmollend vorübergegangen, noch nie hatte ihr Fuß den Hausflur betreten, und wenn die gute Frau Hahn einmal einen Handschlag von ihr forderte, so dauerte es lange, bevor sie die kleine Hand aus der Schürze zog. Von den Bewohnern des Nachbarhauses war ihr aber der junge Fritz Hahn am peinlichsten. Sie traf selten mit ihm zusammen, und dann wollte das Unglück, daß sie immer in einer Verlegenheit war und Fritz Hahn ihren Gönner spielen konnte. Als sie noch gar nicht in die Schule ging, hatte der älteste Sohn der Frau Knips, schon ein erwachsener Schlingel, welcher hübsche Bilder und Geburtstagswünsche malte und an die Leute in der Nachbarschaft verkaufte, sie einmal zwingen wollen, das Geld, das sie in der Hand hielt, für einen Teufelskopf auszugeben, den er gemalt hatte und den Niemand auf der Straße haben wollte. Recht widerwärtig und boshaft behandelte er sie und sie geriet gegen ihre Gewohnheit in Angst, gab ihre Groschen hin und hielt weinend das greuliche Bild zwischen den Fingern. Da kam Fritz Hahn seines Weges, fragte nach dem Handel, und als sie ihm die Gewalttat des Knips klagte, entbrannte er von einem so heftigen Zorn, daß sie wieder über den Fritz erschrak. Er fuhr auf den Burschen los, der sein Mitschüler war und schon eine Klasse höher saß, und begann auf der Stelle eine Prügelei, welcher der jüngere Knips, die Hände in der Tasche, lachend zusah. Und Fritz drängte den garstigen Buben an die Wand und zwang ihn, das kleine Geldstück herauszugeben und seinen Teufel wieder zu nehmen. Aber diese Begegnung half gar nicht dazu, ihr den Fritz lieb zu machen. Sie konnte nicht leiden, daß er schon als Primaner eine Brille trug und daß er immer so ernst vor sich hinsah. Wenn sie aus der Schule kam und er mit seiner Mappe in die Vorlesung ging, suchte sie ihm jedesmal aus dem Wege zu gehen.

Noch später einmal stieß sie mit ihm zusammen – sie saß unter den ersten Mädchen im Institut, der älteste Knips war bereits Magister und der jüngere Lehrling im Geschäft ihres Vaters und Fritz Hahn sollte gerade Doktor werden –, da hatte sie sich auf dem Kahn zwischen die Bäume des Parkes gerudert, bis der Kahn an eine Wurzel stieß und ihr Ruder in das Wasser fiel. Und als sie sich darnach bückte, gingen Hut und Sonnenschirm denselben Weg, und Laura sah verlegen um Hilfe nach dem Ufer. Da kam wieder Fritz Hahn in tiefen Gedanken daher, er hörte den leisen Schrei, welchen Laura bei dem Unfall ausstieß, sprang sofort in das schlammige Wasser, fischte Hut und Sonnenschirm und zog den Kahn an das Ufer. Hier bot er Laura die Hand und half ihr auf festen Grund. Laura war ihm wohl Dank schuldig, auch hatte er sie mit Achtung behandelt und Fräulein genannt. Aber er sah doch sehr lächerlich aus, die hagere Gestalt verbeugte sich ungeschickt und die Gläser waren starr auf sie gerichtet. Und als sie darauf erfuhr, daß er von dem Sprung in den Sumpf einen schrecklichen Katarrh davongetragen hatte, da wurde sie heißzornig auf sich selbst und auf ihn, weil sie geschrieen

27

hatte, wo gar keine Gefahr war, und weil er zu so unnötigem Ritterdienst gestürmt war; sie würde sich schon allein geholfen haben, und jetzt dächten die Hahns, sie sei ihnen wer weiß welchen Dank schuldig.

Darüber hätte sie ruhig sein können, denn Fritz hatte sich still umgezogen und die Kleider in seiner Stube getrocknet.

Freilich, daß die beiden feindlichen Kinder einander mieden, war natürlich, denn Fritz war eine ganz andere Natur. Auch er war das einzige Kind und auch er war von einem gutherzigen Vater und einer übersorglichen Mutter weich erzogen. Von klein auf ein stiller, in sich gekehrter Knabe, anspruchslos, fleißig in den Büchern, hatte er sich neben dem Haushalt der Eltern seine eigene Welt in der Wissenschaft ausgebaut, welche von der großen Heerstraße seitab lag. Während um ihn das Leben lustig summte, saß er über die Grundstriche und Haken des Sanskrit gebeugt und untersuchte die Familienverwandtschaft zwischen dem wilden Geisterheer, das über der Teutoburger Schlacht dahinfuhr, und zwischen den Göttern der Veda, welche über Palmenwälder und Bambusrohr in das heiße Gangestal hinabschwebten. Auch er war Freude und Stolz seines Hauses, die Mutter ließ sich nicht nehmen, jeden Morgen selbst den Kaffe hinaufzutragen, dann setzte sie sich mit ihrem Schlüsselbund ihm gegenüber und sah schweigend zu, während er sein Frühstück verzehrte, schalt leise über sein Nachtarbeiten am letzten Abend und sagte ihm, daß sie nicht ruhig einschlafe, bis sie über sich den Stuhl rücken höre und die Stiefeln klappern, die er zum Reinigen vor die Tür stellte. Nach dem Frühstück bot Fritz dem Vater Gutenmorgen, und er wußte, daß dem Vater Freude war, wenn er einige Minuten mit ihm durch den Garten schritt, das Wachstum der Lieblingsblumen betrachtete und vor allem, wenn er dem Vater zu einer Verschönerung seine Zustimmung geben konnte. Das war der einzige Punkt, wo Herr Hahn mit seinem Sohne zuweilen in Gegensatz geriet. Und da er den Gründen des Sohnes nicht zu widerstehen vermochte und den eigenen starken Verschönerungstrieb auch nicht bändigen konnte, so schlug er gern den Weg ein, der selbst von größeren Politikern für nützlich erachtet wird, er bereitete seine Pläne heimlich vor und überraschte durch Tatsachen.

Bei solchem Stillleben war dem jungen Gelehrten der Verkehr mit dem Professor das beste Vergnügen des Tages, seine Erhebung, sein Stolz. Er hatte noch als Student die ersten Vorlesungen gehört, welche Felix Werner an der Universität hielt. Allmählich war eine Freundschaft entstanden, wie sie vielleicht nur unter hochgebildeten und wackern Gelehrten möglich ist. Er wurde der hingebende Vertraute für die umfangreiche Tätigkeit seines Freundes. Jede Untersuchung des Professors und ihre Erfolge wurden bis auf Einzelheiten besprochen, jede Freude, die ein neuer Fund machte, teilten die Nachbarn. Täglich sahen sie einander, viele Abende vergingen ihnen in der schönen Art der Unterhaltung, welche den Deutschen eigentümlich ist, in einem Gespräch, das zwischen Erörterung und Geplauder schwebt, wo zwei Geister, welche beide die Wahrheit suchen, sich im Austausch ihrer Ansichten gegenseitig fördern. Dann rührte in Jedem, angeregt durch das feine Verständnis und die Einwürfe des Andern, eine schöpferische Kraft kräftig die Schwingen, und blitzschnell und ungeahnt öffneten sich dem Sprechenden und dem Hörer neue Gesichtspunkte, ein tieferes Verständnis. Mit dem besten Teil ihres Lebens wuchsen Beide zusammen. Freilich war Fritz als der jüngere auch der, welcher sich am meisten der feurigen Natur des Freundes bequemte, er war mehr Empfänger als Gebender. Aber gerade deshalb wurde das Verhältnis so fest und innig. Nicht ohne kleine Störungen, wie das bei Gelehrten natürlich ist, denn beide waren von schnellem Urteil, beide hochgespannt in den Forderungen, die sie an sich selbst und an die Menschen machten, beide von seiner, leicht erregter Empfindung. Aber solche Gegensätze wurden bald überwunden, sie trugen nur dazu bei, die liebevolle Rücksicht, mit welcher die Freunde einander behandelten, zu vergrößern.

Durch diese Freundschaft wurde das schwierige Verhältnis der beiden Häuser ein wenig gemildert. Auch Herr Hummel konnte nicht umhin, dem Doktor eine kleine Rücksicht zu gönnen, da sein hochverehrter Mieter den Sohn der Feinde auffallend auszeichnete. Denn auf seinen Mieter ließ Herr Hummel nichts kommen. Durch dunkles Gerücht war ihm verkündet, daß der Professor in seiner Art ein berühmter Mann sei, und er war geneigt, irdischen Ruhm besonders hochzuachten, wenn dieser bei ihm zur Miete wohnte. Auch war der Professor ein vortrefflicher Mieter, er protestierte nie gegen eine Maßregel, welche Herr Hummel als oberste Polizeibehörde des Hauses verfügte; er hatte Herrn Hummel einst wegen Anlage eines Capitals um Rat gefragt, er hielt nicht Hund nicht Katze, gab keine Tanzgesellschaften, sang nicht zum Fenster hinaus und spielte auf keinem Flügel Bravourstücke. Und was die Hauptsache war, er bewies gegen Frau Hummel und Laura, wenn er ihnen einmal begegnete, eine ritterliche Artigkeit, welche dem gelehrten

Herrn sehr wohl stand. Frau Hummel war von ihrem Mieter begeistert, und Hummel hatte gut befunden, die letzte notwendige Erhöhung der Miete nicht vorher im Familienkreise zu besprechen, weil er einen Widerspruch seiner gesammten weiblichen Bevölkerung voraussah.

Jetzt hatte der Kobold, welcher zwischen beiden Häusern hin und her lief, Steine in den Weg werfend und den Menschen Eselsohren bohrend, auch die beiden freien Seelen seines Reviers gegeneinander aufgeregt. Aber sein Versuch blieb kümmerlich: die wackern Männer waren nicht fügsam, nach seiner mißtönenden Pfeife zu tanzen.

Früh am nächsten Morgen trug Gabriel einen Brief seines Herrn zum Doktor hinüber. Als er in den feindlichen Hausflur trat, kam ihm eilig Dorchen, das Dienstmädchen der Familie Hahn, entgegen, einen Brief ihres jungen Herrn an den Professor in der Hand. Die Boten tauschten die Briefe und zu gleicher Zeit lasen die Freunde ihre Zuschriften.

Der Professor schrieb: »Mein lieber Freund, zürne mir nicht, daß ich wieder einmal heftig wurde, die Veranlassung war so abgeschmackt als möglich. Was mich verstimmte, war, ehrlich gesagt, daß du so unbedingt verweigertest, einen Lateiner mit mir herauszugeben. Denn die Möglichkeit, Verlorenes zu finden, welche wir im gefälligen Traume durch einige Augenblicke annahmen, war mir doch auch darum so lockend, weil sie uns beiden eine gemeinsame Tätigkeit in Aussicht stellte. Wenn ich versuche, dich in den engern Kreis meiner Wissenschaft zu ziehen, so wirst du voraussetzen, daß ich dabei nicht nur durch persönliche Empfindungen, sondern weit mehr durch den naheliegenden Wunsch bestimmt werde, für die Wissenschaft, auf welche ich mich beschränken muß, deine Kraft zu gewinnen.«

Fritz dagegen schrieb: »Lieber teurer Freund, ich trage das peinliche Gefühl mit mir herum, daß meine Empfindlichkeit von gestern uns beiden einen schönen Abend verdorben hat. Meine nur nicht, daß ich dir das Recht bestreiten will, mir die Weitschweifigkeit und Systemlosig- keit meiner Arbeiten vorzuhalten. Gerade weil deine Äußerungen eine Saite berührten, deren stillen Mißklang ich selbst zuweilen empfinde, verlor ich für einen Augenblick die Unbefangenheit. Du hast sicher in Vielem Recht, nur das Eine bitte ich dich zu glauben, daß meine Weigerung, mit dir eine große Arbeit zu übernehmen, weder selbstsüchtig noch unfreundschaftlich war. Ich bin mir bewußt, daß ich ein, wenn auch für meine Kraft zu umfangreiches, Gebiet nicht verlassen, am wenigsten aber mit einem neuen Kreis von Interessen vertauschen darf, in welchem mein mangelhaftes Können dir nur zur Last sein würde.«

Beide waren nach Empfang dieser Briefe doch etwas beruhigt. Da aber einzelne Äußerungen derselben jedem von ihnen eine weitere Auseinandersetzung notwendig machten, so setzten sich beide hin und schrieben einander wieder kurz und gedrungen, wie gedankenvollen Männern ziemt. Der Professor antwortete: »Für deinen Brief, mein teurer Fritz, danke ich dir von Herzen. Nur das Eine muß ich wiederholen, du hast von je deinen eigenen Wert zu niedrig angeschlagen, und wenn ich dir einen Vorwurf machen darf, so ist es nur dieser.«

Fritz endlich antwortete: »Wie tief und gerührt empfinde ich in diesem Augenblick deine Freundschaft für mich. Nur das will ich dir noch sagen, unter Vielem, was ich von dir zu lernen habe, ist mir nichts nötiger als deine bescheidene ›Beschränkung‹. Und wenn du mit diesem Worte deine umfassende und resultatvolle Tätigkeit bezeichnest, so zürne nicht, daß auch ich für meine Arbeit darnach ringe.«

Der Professor ging nach Absendung seines Briefes unruhig in die Vorlesung und hatte das Bewußtsein, daß er zerstreut vortrage, Fritz eilte auf die Bibliothek und suchte emsig alle Notizen zusammen, welche über Schloß Bielstein aufzutreiben waren. Am Mittag nach der Heimkehr las jeder den zweiten Brief des Freundes, dann sah der Professor oft nach der Uhr, und als es drei schlug, setzte er schnell seinen Hut auf und ging mit großen Schritten über die Straße in das feindliche Haus. Während er den Türgriff an der Stube des Doktors faßte, fühlte er von innen einen Gegendruck, kräftig riß er die Tür auf, Fritz stand vor ihm, ebenfalls den Hut auf dem Kopf, im Begriff, zu ihm hinüberzugehen. Ohne ein Wort zu sagen, umarmten einander die beiden Freunde.

»Ich bringe gute Nachricht vom Antiquar«, begann der Professor.

»Und ich vom alten Schlosse«, rief Fritz.

»Höre zu«, sagte der Professor, »der Antiquar hat das Buch des Fraters von einem Kleinhändler gekauft, der im Lande umherzieht, Gerät und alte Bücher zu sammeln. Der Mann wurde in meiner Gegenwart herbeigeholt, er hat das Büchlein in der Stadt Rossau selbst aus dem Nachlaß eines Tuchmachers erstanden, mit einem alten Schrank und einigen geschnitzten Schemeln. Es ist also wenigstens möglich, daß die handschriftlichen Bemerkungen am Ende, die sich ohnedies ungeübtem Blick entziehen, seit dem Tode des Fraters niemals Aufmerksamkeit erregt und niemals Nachforschungen veranlaßt haben. – Vielleicht gewährt noch ein Kirchenbuch in Rossau Nachricht über Leben und Tod des Mönches Tobias Bachhuber.«

»Wohl«, bestätigte Fritz vergnügt, »es besteht dort eine Gemeinde seiner Confession. Schloß Bielstein aber liegt eine halbe Stunde von der Stadt Rossau auf einer waldigen Anhöhe – sieh hier die Karte. Es war früher Eigentum des Landesherrn, im vorigen Jahrhundert ist es in Privatbesitz übergegangen. Das Gebäude aber dauert noch, es wird in dieser Landeskunde als altes Schloß aufgeführt, welches gegenwärtig Wohnhaus eines Herrn Bauer ist. – Auch mein Vater weiß von dem Hause, er hat es auf einer Geschäftsreise von der Landstraße gesehen und schildert es als ein langgestrecktes Gebäude mit Erkern und hohem Dach.«

»Die Fäden verflechten sich zu einem guten Gewebe«, sagte der Professor, sich behaglich zurechtsetzend.

»Halt, noch eins«, rief der Doktor geschäftig. »Die Sagen dieser Landschaft sind von einem unserer Freunde gesammelt. Der Wackere ist zuverlässig. Laß sehen, ob er eine Erinnerung aus der Umgebung von Rossau ausgezeichnet hat.« Er schlug eilig nach, sah in das Buch und blickte den Freund sprachlos an.

Der Professor ergriff den Band und las die kurze Notiz: »In der Umgegend von Bielstein erzählt man, daß vor alten Zeiten die Mönche einen großen Schatz im Schlosse vermauert haben.«

Wieder stieg die alte unheimliche Handschrift vor den Freunden aus dem Boden, deutlich sichtbar, mit den Händen zu greifen.

»Unmöglich ist ja nicht, daß die Handschrift dort noch versteckt liegt«, bemerkte endlich der Professor mit künstlicher Ruhe. »An Beispielen für dergleichen Funde fehlt es nicht. Es ist noch nicht lange her, da wurde in dem alten Hause eines Gutsbesitzers meiner Heimat eine Zimmerdecke durchgeschlagen, es war eine Doppeldecke, der leere Raum dazwischen enthielt eine Anzahl Urkunden und Papiere über Eigentumsrechte, daneben einigen alten Schmuck. Der Schatz war auch zur Zeit des großen Krieges versteckt worden, und durch Jahrhunderte hatte Niemand auf die niedrige Decke der kleinen Stube geachtet.«

»Natürlich«, rief Fritz, sich die Hände reibend, »auch in den Bekleidungen der alten Rauchfänge sind zuweilen leere Räume; ein Bruder meiner Mutter fand beim Umbau seines Hauses an solcher Stelle einen Topf mit Münzen.« Er zog seinen Beutel. »Hier ist eine davon, ein schöner Schwedentaler. Der Oheim gab mir ihn bei der Einsegnung als

Heckgroschen und ich trage ihn seit der Zeit in der Börse. Ich habe manchmal harte Versuchung ihn auszugeben bekämpft.«

Der Professor untersuchte genau den Kopf Gustav Adolphs, als ob dieser ein Nachbar des versteckten Tacitus gewesen wäre und in seiner Umschrift eine Kunde von dem verlorenen Buch brächte. »Es ist richtig«, sagte er nachdenkend, »wenn das Haus auf einer Anhöhe liegt, könnten selbst die Kellerräume trocken sein.«

»Allerdings«, erwiederte der Doktor. »Häufig wurden auch die dicken Wände doppelt gemauert und der Zwischenraum mit Schutt ausgefüllt. Es ist in solchem Fall leicht, durch kleine Öffnung einen hohlen Raum im Innern der Mauer hervorzubringen.«

»Für uns aber«, begann der Professor sich aufrichtend, »erwächst jetzt die Frage: Was haben wir zu tun? Denn eine solche Kunde, wie groß oder gering ihre Bedeutung auch werden möge, legt dem Finder doch die Pflicht auf, alles Mögliche zu tun, was die Entdeckung fördern kann. Und diese Pflicht haben wir ungesäumt und vollständig zu erfüllen.«

»Wenn du öffentliche Mitteilung von dieser Überlieferung machst, so gibst du die Aussicht, die Handschrift selbst zu entdecken, und Alles, was sich daran knüpfen mag, aus den Händen.«

»In dieser Sache muß jede persönliche Rücksicht schwinden«, entschied der Professor.

»Und wenn du jetzt die gefundenen Klosternotizen bekanntmachst«, fuhr der Doktor fort, »wer steht dir dafür, daß nicht die behende Tätigkeit eines Antiquars oder eines Ausländers allen weiteren Nachforschungen zuvorkommt? In solchem Falle mag der Schatz, selbst wenn er gefunden wird, nicht allein für dich, auch für unser Land, ja für die Wissenschaft verloren gehn.«

»Das letzte wenigstens darf nicht geschehn«, rief der Professor. – »Und auch, wenn du dich an die Staatsregierung jener Landschaft wendest, ist sehr zweifelhaft, ob dir Verständnis und guter Wille entgegenkommt«, erörterte der Doktor siegreich.

»Es fällt mir nicht ein, die Angelegenheit fremden Beamten zu überlassen«, erwiederte der Professor. »Wir haben aber ganz in der Nähe Jemand, dessen Glück und Scharfsinn im Aufspüren von Seltenheiten wunderbar sind. Ich habe Lust, dem Magister Knips von der Handschrift zu sagen: er mag seine Korrekturen auf einige Tage bei Seite legen, für uns nach Rossau reisen und dort das Terrain untersuchen.«

Der Doktor fuhr in die Höhe: »Das darf niemals geschehen. Knips ist nicht der Mann, dem man ein solches Geheimnis anvertrauen darf.«

»Ich habe ihn doch stets zuverlässig gefunden«, entgegnete der Professor. »Er ist bei vieler Wunderlichkeit geschickt und wohlunterrichtet.«

»Mir wäre eine Entweihung deines schönen Fundes, den trödelhaften Mann dafür zu verwenden«, versetzte Fritz, »und ich werde es nie billigen.«

»Dann also«, rief der Professor, »bin ich entschlossen. Die Ferien sind vor der Tür, ich gehe selbst in das alte Haus. Du aber, mein Freund, auch du wolltest dir einige Reisetage gönnen, du mußt mich begleiten: wir reisen zusammen, schlag ein.«

»Von Herzen«, rief der Doktor, die Hand des Freundes fassend. »Wir dringen in das Schloß und citieren die Geister, welche über dem Schatze schweben.«

»Wir sprechen zuerst ein verständiges Wort mit dem Eigentümer des Hauses. Was dann zu tun ist, wird sich finden. Unterdeß bewahren wir die Angelegenheit als Geheimnis.«

»So ist es recht«, stimmte Fritz bei; die Freunde stiegen vergnügt in den Garten des Herrn Hahn hinab und berieten, um die weiße Muse gelagert, die Eröffnung des Feldzuges.

Fest eingedämmt durch methodisches Denken war die Phantasie des Gelehrten, aber in der Tiefe seiner Seele strömte doch reichlich und stark dieser geheimnisvolle Quell aller Schönheit und Tatkraft. Jetzt war in den Damm ein Loch gerissen, lustig ergoß sich die Flut über seine Saaten. Immer wieder flog ihm der Wunsch zu der rätselhaften Handschrift. Er sah die Maueröffnung vor sich und den ersten Schein der Leuchte, der auf die grauen Bücher in der Höhlung fiel; er sah den Schatz in seinen Händen, wie er ihn heraustrug und nicht mehr von sich ließ, bis er die unleserlichen Seiten entziffert hatte. – Seliger Geist des Frater Tobias Bachhuber! wenn du etwa deine Ferienzeit im Himmel dazu verwendest, auf unsere arme Erde zurückzukehren, und wenn du dann bei Nacht durch die Räume des alten Schlosses gleitest, deinen Schatz hütend und unberufene Neugierige schreckend, o so winke freundlich dem Manne zu, der jetzt naht, dein Geheimnis ins Sonnenlicht zu tragen, denn er sucht wahrhaftig nicht für sich Gewinn und Ehren, sondern er beschwört dich als ein Redlicher im Dienst guter Gewalten.

3. Die Reise ins Blaue.

Wer aus höhern Regionen auf die Gegend von Rossau herniederblickte, der konnte an einem sonnigen Erntemorgen des August zwischen den Weiden der Landstraße eine Bewegung wahrnehmen, welche den Toren der Stadt zustrebte. Für nähere Betrachtung wurden zwei wandelnde Männer erkennbar, ein größerer und ein kleinerer, beide in hellen Sommerkleidern, welchen durch die Gewitterregen des letzten Tages aller Glanz abgespült war, beide mit ledernen Reisetaschen, welche am Riemen von der Schulter hingen; der größere trug einen breitkrempigen Filzhut, der kleinere einen Strohhut.

Die Wanderer waren Fremdlinge, denn sie hielten zuweilen an und beobachteten Tal und Hügel mit Genuß, was den Eingeborenen des Landes selten einfiel. Die Gegend war von Vergnügungsreisenden noch nicht entdeckt, in den Wäldern waren nirgend glatte Pfade für die Zeugstiefeln der Städter gebahnt, selbst der Fahrweg war keine Kunststraße, in den ausgefahrenen Wasserlöchern stand das Regenwasser, die Glöckchen der Schafherde und die Axt des Holzfällers wurden nur von den Bewohnern der Umgegend gehört, welche auf dem Felde arbeiteten oder zwischen zwei Orten ihrem Geschäft nachgingen. Und doch war die Landschaft nicht ohne Anmut, die Umrisse der waldigen Hügel schwangen sich in kräftigen Linien, hier und da ragte Gestein zu Tage, ein Steinbruch zwischen Ackerflächen, ein Felshaupt zwischen den Bäumen des Waldes. Von den Bergen am Horizont zog ein kleiner Bach in gewundenem Lauf dem fernen Flusse zu, umsäumt von Wiesenstreifen, hinter denen sich die Ackerbeete bis zu den belaubten Höhen hinaufzogen. Fröhlich lag die einsame Landschaft im Morgenlicht, seitab von der großen Völkerstraße.

In der Niederung vor den Reisenden erhob sich rings von Hügeln umgeben der Ort Rossau, ein Landstädtchen mit zwei plumpen Kirchtürmen und dunklen Ziegeldächern, welche über die Stadtmauer ragten wie Rücken einer Rinderherde, die sich gegen ein Rudel Wölfe zusammengedrängt hat.

Die Fremden schauten von der Höhe mit warmer Teilnahme auf Schornsteine und Türme hinter der alten Mauer, welche mißfarbig, geborsten und geflickt vor ihnen lag. Dort war einst ein Schatz bewahrt worden, der wiedergefunden die ganze civilisierte Welt beschäftigen und Hunderte zu begeisterter Arbeit aufregen würde. Die Landschaft sah durchweg aus wie andere deutsche Landschaften, der Ort durchweg wie andere arme Städtchen. Und doch war irgendein kleiner Zug in der Gegend, der den Reisenden eine fröhliche Hoffnung nährte. War es der lustige Zwiebelaufsatz, welcher die dicken alten Türme krönte? oder war es das Torgewölbe, welches gerade vor den Reisenden den Eingang zur Stadt in lockendes Dunkel hüllte? oder die Stille des leeren Talgrundes, in welchem der Ort ohne Vorstadt und Außenhäuser lag, wie auf alten Karten die Städte abgebildet werden? oder die Viehherde, welche aus dem Tore ins Freie zog und aus dem Anger leichtfertige Sprünge machte? oder war es vielleicht die kräftige Morgenluft, welche den Wanderern um die Schläfe wehte? Beide empfanden, daß etwas Merkwürdiges und Vielverheißendes in dem Tale schwebte, welches sie als Suchende betraten.

»Denke die Landschaft, wie sie sich einst dem Auge bot«, begann der Professor, »der Laubwald schloß sich in alter Zeit enger um den Ort, er formte die Hügel höher, das Tal tiefer, wie in einem Kessel lag damals das Kloster mit den Hütten seiner abhängigen Landleute. Hier im Süden, wo das Gelände sich steil hinabsenkt, haben die Mönche sicher einst ihren Klosterwein gebaut. Um das Kloster schlossen sich allmählich die Häuser der Stadt. Nimm den Türmen die Mütze, welche ihnen vor hundert Jahren aufgesetzt wurde, und gib ihnen die alten Spitzen zurück, an die Mauern setze hier und da einen Turm, und du hast einen hübschen Steinkasten, der ein geheimnisvolles Stück Mittelalter einschloß.«

»Und auf demselben Weg, der uns hierher geführt, zog einst ein gelehrter Mönch mit seinen Handschriften in das stille Tal, um hier die Brüder zu lehren oder sich vor mächtigen Feinden zu verbergen«, sagte hoffnungsvoll der Doktor.

Die Reisenden schritten am Anger vorüber, der Hirt sah gleichgültig nach den Fremden, aber die Kühe stellten sich an dem Grabenrand auf und starrten auf die Wanderer und das halbwüchsige Volk der Herde brummte ihnen fragend zu. Sie traten durch die dunkle Torwölbung und sahen neugierig die Gassen entlang, welche hier zusammenliefen. Es war eine kleine ärmliche Stadt, nur die Hauptstraße war mit schlechten Feldsteinen gepflastert. Unweit des Tores ragte hoch der schräge Balken eines Ziehbrunnens, daran hing eine lange Stange mit dem Eimer. Von Menschen war wenig zu sehen, wer nicht in den Häusern arbeitete, war auf dem Feld beschäftigt. Denn die Halme, welche in den Steinritzen der Torwölbung hingen, verrieten, daß Erntewagen die Feldfrucht zu den Höfen der Bürger fuhren; neben vielen Häusern waren hölzerne Tore geöffnet, dann sah man in die Hofräume, in die Scheuern und über Düngerstätten, aus denen kleines Federvieh pickte. Die letzten Jahrhunderte hatten so wenig als möglich an dem Orte geändert, noch standen die niedrigen Häuser mit dem Giebel gegen die Straße, zuweilen streckte sich eine hölzerne Dachrinne über den Weg, statt der Schilder reichten noch die Zeichen der Handwerker, aus Blech und Holz geschnitten, farbig bemalt, in die Straße hinein, ein großer hölzerner Stiefel, ein Greif, welcher eine ungeheure Schere in der Hand hielt, ein schreitender Löwe, der eine Brezel anbot, und als schönstes Stück ein regelmäßiges Sechseck, aus bunten Glasrauten zusammengesetzt.

»Hier hat sich Vieles erhalten«, sagte der Professor.

Die Freunde kamen auf den Marktplatz, einen unregelmäßigen Raum, dessen kleine Häuser sich durch bunten Anstrich herausgeputzt hatten. Dort starrte von einem unansehnlichen Gebäude ein rotbemalter Drache mit geringeltem Schwanz, aus einem Bret geschnitten, von einer Eisenstange gehalten, in die Luft. Darauf stand mit übelgeschwungenen Buchstaben: Gasthof zum Lindwurm.

»Sieh«, sagte Fritz, auf den Lindwurm weisend, »die Phantasie des Künstlers hat ihm einen Hechtkopf mit dicken Zähnen ausgeschnitten. Der Wurm ist der älteste Schätzehüter unserer Sage. Es ist merkwürdig, wie fest die Erinnerung an dies Sagentier überall im Volke haftet, wahrscheinlich stammt auch dieses Schild aus einer Überlieferung des Ortes.«

So stiegen sie auf ausgetretener Steintreppe in das Haus, ohne zu ahnen, daß sie schon längst von scharfen Augen beobachtet wurden. »Wer mögen die sein?« frug den dicken Wirt ein Bürger, der seinen Morgentrunk einnahm, »wie Geschäftsreisende sehen sie nicht aus, vielleicht ist einer der neue Pastor vom Kirchdorfe.«

»So sieht kein Pastor aus«, entschied der Wirt, welcher Menschen besser kannte. »Es sind Fremde, zu Fuß, kein Wagen und keine Sachen.«

Die Fremden traten ein, setzten sich an einen rotgestrichenen Tisch und bestellten das Frühstück. »Eine hübsche Gegend, Herr Wirt«, begann der Professor, »kräftige Bäume im Walde.«

»Bäume genug«, versetzte der Wirt.

»Die Umgegend scheint wohlhabend«, fuhr der Professor fort.

»Die Leute klagen, daß sie nicht genug verdienen«, antwortete der Wirt.

»Wieviele Geistliche haben Sie am Orte?«

»Zwei«, sagte der Wirt höflicher. »Der alte Pastor ist aber gestorben. Es ist unterdeß ein Candidat hier.«

»Ob der andere Pfarrer zu Haus ist?«

»Ist mir unbekannt«, sagte der Wirt.

»Sie haben doch ein Gericht hier?«

»Einen Ortsrichter, er ist jetzt auf dem Amt, es ist heut Gerichtstag.«

»Hat nicht vor Zeiten ein Kloster in der Stadt gestanden?« nahm der Doktor das Verhör auf.

Der Bürger und der Wirt sahen einander an. »Das ist lange her«, versetzte der Herr der Schenke.

»Hier in der Nähe liegt das Schloß Bielstein?« frug Fritz weiter. Wieder sahen der Bürger und der Wirt einander bedeutungsvoll an.

»Es liegt so etwas hier in der Nähe«, erwiederte der Wirt zurückhaltend.

»Wie lange geht man bis zum Schloß?« frug der Professor, geärgert durch die kurzen Antworten des Mannes.

»Wollen Sie dorthin?« entgegnete der Wirt, »kennen Sie den Gutsbesitzer?«

»Nein«, antwortete der Professor.

»Haben Sie denn etwas bei ihm zu tun?«

»Das ist unsere Sache, Herr Wirt«, versetzte der Professor kurz.

»Der Weg geht eine halbe Stunde durch den Wald, er ist nicht zu fehlen«, schloß der Wirt die ungemütliche Unterhaltung und verließ die Stube. Der Bürger folgte ihm.

»Viel haben wir nicht erfahren«, sagte der Doktor lächelnd, »ich hoffe, der Pfarrer und Richter sind redseliger.«

»Wir gehen geradezu nach dem Gute«, entschied der Professor.

Draußen steckten der Wirt und der Bürger die Köpfe zusammen. »Wer die Fremden sein mögen?« wiederholte der Bürger, »geistlich sind sie nicht, und an dem Richter war ihnen auch nicht viel gelegen. Hast du gemerkt, wie sie nach dem Kloster und dem Schlosse frugen?« Der Wirt nickte. »Ich will dir meinen Verdacht sagen«, fuhr der Bürger eifrig fort: »sie kommen nicht umsonst her, sie suchen etwas.«

»Was sollen sie suchen?« frug der Wirt nachdenkend.

»Es sind verkleidete Jesuiten, sie sehen mir sehr apropos aus.«

»Nun, wenn sie mit den Leuten auf dem Gute anbinden wollen, die sind Manns genug, mit ihnen fertig zu werden.«

»Ich habe mit dem Inspektor zu tun, ich will ihm doch einen Wink geben.«

»Menge dich nur nicht in Geschichten, die dich nichts angehen«, warnte der Wirt. Der Bürger aber drückte die Stiefeln fester, die er unter dem Arm trug, und fuhr um die Ecke.

Schweigend schritten die Freunde aus der gemeinen Nüchternheit des Lindwurms auf die Straße. Sie erfrugen von einem Mütterchen am entgegengesetzten Stadttor den Weg nach dem Schlosse. Hinter der Stadt erhob sich der Pfad vom Kiesbett des Baches zu einer waldigen Höhe. Sie traten an einen Schlag Buschholz, aus dem einzelne hohe Eichen emporragten. Der Regen des letzten Abends lag noch in Tropfen auf den Blättern, das dunkle Grün des Sommers glänzte im Sonnenstrahl einzelne Vögelstimmen, das Hämmern des Spechts unterbrachen die Stille.

»Das gibt eine andere Stimmung«, rief der Doktor erfreut.

»Es gehört wenig dazu, ein gut besaitetes Menschenherz in neuer Melodie klingen zu machen, wenn nicht gerade das Schicksal mit rauher Hand darauf spielt. Etwas Baumrinde mit grauem Flechtenbart, eine Handvoll Blüten im Grunde und wenige Noten aus der Kehle eines Vogels«, versetzte der Professor weise. »Horch, das ist kein Gruß, den die Natur dem Wanderer gönnt«, unterbrach er sich lauschend. Von fern klangen menschliche Stimmen, ein leiser Choral tönte wie aus den Baumgipfeln in ihr Ohr.

»Höher hinauf«, rief der Doktor, »zu der geheimnisvollen Stätte, wo alte Kirchenlieder aus den Eichen rauschen.«

Sie stiegen noch einige hundert Schritt in die Höhe und standen auf einer Terrasse des Waldhügels, die an der Seite von Bäumen umschlossen, in der Mitte gelichtet war. In der Lichtung stand eine kleine hölzerne Kirche, von einem Friedhof umgeben, dahinter erhob sich auf einem massigen Felsblock ein langes altes Gebäude, das Dach durch viele spitze Giebel gebrochen.

»Das fügt sich gut zusammen«, rief der Professor und sah neugierig über die Waldkirche nach dem Schlosse hinauf.

Aus der Kirche scholl ein Trauergesang stärker in das Ohr. »Laß uns hineingehen«, sagte der Doktor, auf die geöffnete Pforte des Friedhofs weisend.

»Mir ist gottseliger hier draußen zu Mute«, erwiederte der Professor, »und mir widersteht's, unberufen in Freude und Leid Fremder einzudringen. Das Lied ist zu Ende, jetzt kommt des Pfarrers Sprüchlein.« 47

Fritz aber war auf die Steine der niedrigen Mauer geklettert und betrachtete die Kirche. »Sieh die massiven Strebepfeiler. Es ist der Rest eines alten Baues, sie haben ihn durch Tannenholz ergänzt, Turm und Holzdach blau vor Alter, es lohnt das Innere zu sehen.«

Der Professor hielt die lange Ranke eines Brombeerstrauches, welche über die Mauer herabhing, in der Hand und sah bewundernd auf weiße Blüten, grüne und gebräunte Beeren, welche in dicken Büscheln beieinander standen. Undeutlich drangen die Laute einer Männerstimme an sein Ohr, und unwillkürlich neigte er das Haupt, den Sinn aufzufassen.

»Laß uns doch hören«, sagte er endlich und betrat mit dem Freunde den Friedhof. Sie zogen die Hüte und öffneten leise die Kirchtür. Es war ein sehr kleiner Raum, der Ziegelbau des alten Chores von innen weiß getüncht, das übrige von gebräuntem Holz, die Kanzel, eine Galerie, wenige Bänke. Vor dem Altar stand ein offener Kindersarg, die Gestalt darin ganz mit Blumen bedeckt, wenige Landleute in schmuckloser Tracht daneben, auf den Stufen des Altars ein alter Geistlicher mit weißem Haar und treuherzigem Gesicht, am Haupt des Sarges aber die schluchzende Frau eines Arbeiters, die Mutter des Kleinen. Und neben ihr eine kräftige Frauengestalt in städtischer Tracht, sie hatte den Hut abgenommen, hielt die Hände gefaltet und sah auf das Kind unter den Blumen hernieder. So stand sie regungslos, die Sonne fiel schräge auf das gelockte Haar und die regelmäßigen Züge des jungen Gesichts. Fesselnder aber als der hohe Wuchs und das schöne Haupt war der Ausdruck tiefer Andacht, welche über sie ausgegossen war. Unwillkürlich faßte der Professor den Arm des Freundes, ihn zurückzuhalten. Der Geistliche sprach sein Schlußgebet, die stattliche Frau neigte das Haupt tiefer, dann beugte sie sich noch einmal zu dem Kleinen herab und legte einen Arm um die Mutter, welche sich weinend an die Trösterin lehnte. So stand die Fremde und sprach leise über dem Haupte der 48 Mutter, während ihr selbst die Tränen aus den Augen herabrollten. Wie Geisterlaut klang das Murmeln der tiefen Frauenstimme in das Ohr der Freunde. Dann hoben die Männer den Sarg vom Boden und folgten dem Geistlichen, der auf den Friedhof führte. Hinter dem Sarge ging die Mutter, das Haupt an der Schulter ihrer Führerin. Die Frau schritt bei den Fremden vorüber, verklärt vor sich hinschauend, sie flüsterte ihrer Gefährtin Bibelworte zu. »Der Herr hat's gegeben, der Herr hat's genommen. – Lasset die Kindlein zu mir kommen«, vernahmen die Freunde. Die Mutter hing gebrochen am Arme der Fremden und, wie durch den leisen Ton fortgeführt, wankte sie zu dem Grabe. Ehrfürchtig schlossen sich die Freunde dem Zuge an. Der Sarg wurde in das Grab gelassen, der Geistliche sprach den Segen, jeder der Anwesenden warf drei Hände voll Erde auf das geschwundene Leben. Dann traten die Landleute auseinander und machten der Mutter und ihrer Begleiterin den Weg frei. Die Fremde reichte dem Geistlichen die Hand und geleitete die Mutter langsam über den Friedhof auf den Weg, der zum Schlosse führte.

In einiger Entfernung folgten die Freunde, ohne einander anzusehen. Der Professor fuhr sich über die Augen: »Dergleichen macht immer weich«, sagte er traurig.

»Wie sie am Altare stand«, rief der Doktor, »eine Seherin der Vorzeit, als trüge sie einen Eichenkranz auf dem Haupt. Sie zog das arme Weib sich nach durch ihr Murmeln. Es waren zwar unsere ehrlichen Bibelsprüche; aber jetzt verstehe ich, was das Wort raunen in alter Zeit bedeutete, wo man auch den Worten eine zauberische Kraft zuschrieb. Sie beherrschte der Trauernden Seele und Leib, und ihre Stimme regte auch mir das Herz auf. Wer war dieses Weib, war es Mädchen oder Frau?«

»Es ist ein Mädchen«, erwiederte der Professor nachdrücklich. »Sie wohnt im Schloß und wir werden sie dort treffen. Laß sie voraus und uns am Fuß des Felsens warten.«

Sie saßen lange auf einem vorspringenden Stein, der Professor wurde nicht müde, ein Büschel Moos zu betrachten, er bürstete es mit der Hand und legte es bald nach der einen, bald nach der andern Seite. Endlich stand er schnell auf. »Was auch kommen möge, jetzt gehen wir.«

Sie stiegen einige hundert Schritt bis zur Höhe. Die Landschaft vor ihnen war plötzlich verwandelt. Zur Seite lag das Schloß mit einem gemauerten Hoftor und großen Wirtschaftsgebäuden, vor ihnen neigte sich eine weite Fläche Ackerlandes von der Höhe hinab in ein flaches Tal. Das einsame Waldbild war verschwunden, um die Wanderer rührte sich kräftig das Leben des Tages, der Wind trieb Wellen durch das Ährenmeer, Erntewagen fuhren auf den Feldwegen heran, Menschenstimmen riefen, die Peitsche knallte und die Garben flogen von starker Hand geschwungen über die hohen Leiterbäume.

»Holla, was suchen Sie hier?« frug hinter den Fremden eine tiefe Baßstimme in befehlendem Ton. Die Freunde wandten sich schnell um. Vor dem Hoftor stand ein mächtiger breitschultriger Mann mit kurzgeschorenem Haar und sehr energischem Ausdruck im sonnenbraunen Gesicht. Hinter ihm steckten Wirtschaftsbeamte und Knechte neugierig die Köpfe durch das Tor und ein großer Hund fuhr bellend gegen die Fremden. »Zurück, Nero«, rief der Landwirt und pfiff den Hund zu sich, dabei sah er mit kaltem Polizeiblick auf die Fremden.

»Herr Gutsbesitzer Bauer?« frug der Professor grüßend.

»Der bin ich, und wer sind Sie?« gab der Gutsherr die Frage zurück.

Der Professor nannte die Namen und den Ort, von dem sie kamen. Der Wirt trat einen Schritt näher und prüfte das Aussehen der Beiden von oben herab.

»Dort wohnen ja wohl keine Jesuiten«, sagte er; »wenn Sie aber hierher kommen, Verborgenes zu finden, so war die Reise unnütz, hier finden Sie nichts.«

Die Freunde sahen einander an, sie standen nahe am Hause, aber fern vom Ziel.

»Sie machen uns fühlbar«, erwiederte der Professor, »daß wir ohne Vermittlung eines Dritten an Ihre Wohnung treten. Obgleich Sie aber über den Zweck unseres Herkommens bereits eine Vermutung ausgesprochen haben, ersuche ich Sie doch, uns deshalb eine Erklärung vor weniger Zeugen zu gestatten!«

Die feste Haltung des Professors verfehlte nicht ganz die Wirkung. »Wenn Sie in der Tat ein Geschäft zu mir führt, so werden wir das allerdings besser im Haus abmachen. Folgen Sie mir, meine Herren.« Er lüftete ein wenig seine Mütze, wies mit der Hand nach dem Tor und schritt voraus. »Nero, Teufelshund, kannst du nicht Ruhe halten!«

Der Professor und der Doktor folgten, an sie schlossen sich Wirtschaftsbeamte und Knechte und der knurrende Hund. So wurden die Fremden in einem ungemütlichen Zuge nach dem Wohnhaus geführt. Trotz ihrer mißlichen Lage sahen sie doch mit Neugierde auf den großen Hof, auf die Arbeit des Einscheuerns, auf einen Trupp Gänse, welcher, durch den Zug gestört, breitbeinig und schnatternd über den Weg schritt. Dann überflog ihr Auge das Wohnhaus, die breiten steinernen Stufen mit Bänken an beiden Seiten, die gewölbte Tür, das übertünchte Wappen am Schlußstein. Sie traten in einen geräumigen Hausflur, der Gutsherr hing seine Mütze auf einen Kleiderrechen, drückte mit schwerer Hand die Klinke der Wohnstube und machte wieder eine Handbewegung, welche höflich sein sollte und die Fremden zum Vortritt einlud. »Jetzt sind wir allein«, begann er, »womit kann ich Ihnen dienen? Sie sind mir bereits als zwei Schätzesucher angekündigt. Wenn Sie das sind, so muß ich Ihnen rundheraus erklären, daß ich von solchen Torheiten nichts wissen will. Im übrigen bin ich bereit, mich Ihrer Bekanntschaft zu freuen.«

»Nun, Schatzgräber sind wir nicht«, entgegnete der Professor, »und da wir den Zweck unserer Reise überall als Geheimnis bewahrt haben, so begreifen wir nicht, wie Sie etwas Entstelltes über die Veranlassung unseres Kommens hören konnten.«

»Der Schuster meines Hofverwalters hat ihm die Nachricht mit zwei versohlten Stiefeln zugetragen, er hat Sie im Gasthofe der Stadt gesehen und aus Ihren Fragen Verdacht geschöpft.«

»Er hat mehr Scharfsinn angewandt«, erwiederte der Professor, »als bei unsern harmlosen Fragen nötig war. Und doch hat er nicht ganz Unrecht gehabt.«

»Also ist etwas daran«, unterbrach der Landwirt finster, »in diesem Fall muß ich die Herren bitten, sich selbst und mich nicht weiter zu bemühen. Ich habe keine Zeit für dergleichen Narrheiten.«

»Vor Allem haben Sie die Güte, uns anzuhören, ehe Sie uns in so kurzer Weise das Gastrecht aufkündigen«, versetzte der Professor ruhig. »Unser Kommen hat keinen andern Zweck, als Ihnen eine Mitteilung zu machen, über deren Wert Sie dann selbst entscheiden mögen. Und nicht nur wir, auch Andere könnten Ihnen einen Vorwurf daraus machen, wenn Sie unser Gesuch ohne Prüfung abweisen. Die Sache geht Sie mehr an als uns.«

»Natürlich«, sagte der Wirt, »diese Redensarten kennt man.«

»Doch nicht ganz«, entgegnete der Professor, »es ist ein Unterschied, wer sie braucht und welchem Zweck sie dienen.«

»Nun denn, in des Teufels Namen, sprechen Sie, aber verständlich«, rief der Landwirt ungeduldig.

»Nicht eher«, fuhr der Professor fort, »als bis Sie sich bereit zeigen, eine ernste Angelegenheit so anzuhören, wie sie verdient. Es ist eine kurze Auseinandersetzung nötig, und Sie haben uns noch nicht einmal zum Sitzen eingeladen.«

»So nehmen Sie Platz«, versetzte der Landwirt und rückte einen Stuhl.

Der Professor begann: »Durch Zufall habe ich vor kurzem in einem geschriebenen Buche unter andern handschriftlichen Aufzeichnungen der Mönche von Rossau einige Bemerkungen gefunden, welche für die Wissenschaft, der ich diene, möglicherweise wichtig sind.«

»Und welches ist Ihre Wissenschaft«, unterbrach ihn der Landwirt ungerührt.

»Ich bin Philologe.«

»Das bedeutet alte Sprachen?« frug der Landwirt.

»So ist es«, fuhr der Professor fort. »Die Notiz eines Mönches in dem erwähnten Bande meldet, daß um das Jahr 1500 eine wertvolle Handschrift, welche die Geschichtserzählung des Römers Tacitus enthielt, in dem Kloster vorhanden war. Das Werk des berühmten Geschichtschreibers ist uns in einigen andern wohlbekannten Handschriften nur sehr trümmerhaft erhalten, es scheint, daß die damals in dem Kloster vorhandene Handschrift sein Werk vollständiger enthielt. Eine zweite Notiz desselben Buches meldet aus dem April des Jahres 1637, daß damals die letzten Mönche des Klosters in schwerer Kriegszeit Kirchengerät und die Handschriften des Klosters an einer hohlen und trocknen Stelle des Hauses Bielstein vor den Schweden verborgen haben. – Das sind die Worte, die ich gefunden, weitere Tatsachen habe ich Ihnen nicht mitzuteilen. Die Echtheit der beiden Bemerkungen ist für uns zweifellos, ich habe Ihnen eine Abschrift der betreffenden Stelle mitgebracht, das Original bin ich bereit, Ihrer eigenen Einsicht zu unterwerfen oder der eines sachverständigen Beurteilers, den Sie wählen wollen. Ich füge nur noch hinzu, daß wir beide, mein Freund und ich, sehr gut wissen, wie ungenügend die Mitteilungen sind, welche wir Ihnen machen, und wie unsicher die Aussicht, daß sich jetzt nach zwei Jahrhunderten noch etwas von dem damals vergrabenen Eigentum des Klosters vorfinde. Und doch haben wir eine Ferienreise dazu benutzt, Ihnen Nachricht von dieser Entdeckung zu geben, selbst auf die naheliegende Gefahr einer vergeblichen Untersuchung. Wir haben uns aber zu dieser Reise verpflichtet gefühlt. Nicht vorzugsweise um Ihretwillen, obgleich die Handschrift, wenn sie sich fände, von sehr hohem Wert sein würde, sondern zunächst im Interesse der Wissenschaft, denn nach dieser Richtung wäre ein solcher Fund in der Tat unschätzbar.«

Der Landwirt hatte aufmerksam zugehört, das Papier, welches der Professor vor ihn auf den Tisch legte, ließ er unberührt. Jetzt begann er: »Daß Sie mich nicht täuschen wollen und daß Sie die Wahrheit nach allen Seiten mit guter Meinung sprechen, sehe ich ein. Ihre Auseinandersetzung ist mir verständlich. Ihr Latein vermag ich nicht zu lesen; und das ist auch nicht nötig, denn was die Tatsachen betrifft, so glaube ich Ihnen. Aber«, fuhr er lächelnd fort, »die Herren Gelehrten haben in der Ferne eines nicht gewußt, daß dieses Haus das Unglück hat, in der ganzen Gegend für den Ort zu gelten, an welchem alte Mönche ihre Schätze vermauert haben.«

»Das war uns allerdings nicht unbekannt«, fiel der Doktor ein, »und es konnte uns die Bedeutung der schriftlichen Notizen nicht verringern.«

»Da waren Sie in großem Irrtum. Es liegt doch auf der Hand, daß ein solches Gerücht, welches durch mehre Menschenalter in einer Gegend geglaubt wird, fortwährend abergläubische und gewinnsüchtige Personen in Bewegung gesetzt hat, diese vermeinten Schätze aufzuspüren. Wie können Sie annehmen, daß Sie die ersten sind, welche auf den Gedanken kommen, nachzusuchen? Dies ist ein altes festes Haus, aber es würde fester sein, wenn es nicht vom Keller bis unter das Dach Spuren zeigte, daß man in früherer Zeit Löcher hineingeschlagen und die Schäden nachlässig ausgebessert hat. Erst vor wenigen Jahren habe ich Kosten und Mühe gehabt, einen neuen Dachbalken einzuziehen, weil Dach und Decke sich senkte, und die Untersuchung ergab, daß gewissenlose Menschen ein Stück des Balkens ausgesägt hatten, jedenfalls um in einen Winkel des Daches hineinzugreifen. Und ich sage Ihnen geradeheraus, wenn mir etwas das alte Haus verleidet, in dem ich seit zwanzig Jahren Glück und Unglück erfahren habe, so ist es dies widerwärtige Gerücht. Gerade jetzt wird in der Stadt die Untersuchung gegen einen Schatzgräber geführt, der Narren durch das Vorgeben betrogen hat, er könne aus diesem Berge einen Schatz beschwören. Noch wird seinen Mitschuldigen nachgespürt. Ihren Fragen in der Stadt haben Sie zuzuschreiben, daß die Leute dort, welche viel von dem Betruge reden, Sie für Helfer des eingezogenen Gauners gehalten haben. Daher auch mein rauher Gruß. Ich mache Ihnen deshalb meine Entschuldigung.«

»Und Sie wollen sich nicht dazu verstehen«, frug der Professor unzufrieden, »unsere Mitteilung zu weiterer Nachforschung zu benützen?«

»Nein«, versetzte der Landwirt, »ich will mich nicht selbst zum Narren machen. Wenn Ihr Buch nichts weiter meldet, als was Sie mir gesagt haben, so dient diese Nachricht zu gar nichts. Haben die Mönche hierherum irgend etwas versteckt, so ist Hundert gegen Eins zu wetten, sie haben es in ruhiger Zeit selbst wieder herausgeholt. Wäre aber gegen alle Wahrscheinlichkeit das Versteckte damals an seiner Stelle geblieben – es sind seitdem einige hundert Jahre vergangen –, so hätten es längst andere hungrige Leute herausgegraben. Das sind, verzeihen Sie mir, Ammengeschichten, nur gut für Spinnstuben. Ich habe einen Widerwillen gegen solches Gelüst, das an den Mauern wühlt. Der Landwirt soll im Acker schaufeln und nicht in seinem Hause. Unter Gottes Sonne liegen seine Schätze.«

Dem Professor wallte das Blut über die kalte Art des Mannes, er bezwang mit Mühe den ausbrechenden Zorn, indem er an das Fenster trat und einem Haufen Sperlinge zusah, die heftig gegeneinander schrien. 55 Endlich begann er, sich umwendend: »Ihre Weigerung ist ein Recht des Hauseigentümers. Wenn Sie darauf bestehen, so werden wir Sie allerdings mit dem Bedauern verlassen, daß Sie die mögliche Bedeutung unserer Mitteilung nicht zu würdigen wissen. Ich habe diese Begegnung nicht vermieden, obgleich mir wohlbekannt war, wie zufällig die Eindrücke sind, welche bei einer ersten Unterredung mit Fremden den Entschluß bestimmen. Sie würden vielleicht mehr Rücksicht auf unsre Nachricht genommen haben, wenn sie Ihnen durch Vermittlung Ihrer Regierung zugleich mit der Forderung, genaue Nachsuchung anzustellen, zugegangen wäre.«

»Reut Sie, daß Sie diesen Weg nicht eingeschlagen haben?« frug lächelnd der Landwirt.

»Offen gesagt, nein. Ich habe in solcher Angelegenheit kein Vertrauen zu einem Beamtenprotokoll.«

»Ich auch nicht«, versetzte der Landwirt trocken. »Wir stehen unter einem kleinen Landesherrn, aber er ist fern, wir sind von fremdem Gebiet umschlossen. Bei Hofe habe ich nichts zu tun, es vergehen Jahre, ehe ich nach unsrer Residenz komme; die Regierung plagt uns nicht übermäßig und in meinem Bezirk leite ich die Polizei. Wenn meine Regierung Ihren Wünschen Wichtigkeit beilegte, so würde sie wahrscheinlich von mir einen Bericht einfordern, und das würde mir einen Bogen Papier und eine Stunde Schreiberei kosten. Vielleicht, wenn Sie laut zu trommeln verstehen, sendet sie mir auch eine Commission in das Haus. Die meldet sich bei mir zum Mittagsessen und ich führe sie nach Tisch in die Keller, sie pocht der Form wegen ein wenig an die Wände und ich lasse unterdeß einige Flaschen aufkorken. Zuletzt wird schnell ein Papier beschrieben und die Sache ist wieder abgemacht. Ich bin Ihnen dankbar, daß Sie diesen Weg nicht eingeschlagen haben; im übrigen vertrete ich mein Hausrecht auch gegen den Landesherrn.«

»Es ist, so scheint mir, vergeblich, zu Ihnen von dem Wert zu sprechen, den die Handschrift haben würde«, warf der Professor ihm finster entgegen.

»Es wäre verlorene Mühe«, sagte der Landwirt. »Ob eine solche Seltenheit, auch wenn sie in meinem Eigentume zu Tage käme, für mich selbst einen wesentlichen Wert hätte, ist fraglich. Und den Wert für Ihre Wissenschaft kenne ich nur aus Ihrer Versicherung. Aber für mich und für Sie rühre ich keinen Finger, weil ich nicht glaube, daß ein solcher Schatz auf meinem Eigentum verborgen ist, und weil ich nicht den Willen habe, um etwas Unwahrscheinliches ein Opfer zu bringen. Dies, Herr Professor, ist meine Antwort.«

Der Professor trat wieder schweigend an das Fenster. Fritz, der sich in stiller Empörung zurückgehalten hatte, empfand, daß es Zeit war, dieser Unterredung ein Ende zu machen, er erhob sich zum Aufbruch: »Und Sie haben uns wirklich Ihre letzte Meinung gesagt?«

»Ich bedaure, Ihnen keinen andern Bescheid geben zu können«, versetzte der Landwirt und sah mit einer Art Mitleid auf die beiden Fremden. »Es tut mir in der Tat leid, daß Sie den Umweg zu mir gemacht haben. Verlangen Sie meine Wirtschaft zu sehen, jede Tür soll Ihnen geöffnet sein. Die Mauern meines Hauses öffne ich Niemandem. Ich bin übrigens bereit, Ihre Mitteilung als Geheimnis zu bewahren, um so lieber, da dies auch in meinem Interesse liegt.«

»Ihre Weigerung, irgendwelche Nachforschungen auf Ihrem Eigentume anzustellen, macht ein ferneres Geheimhalten dieser Nachricht unnötig«, entgegnete der Doktor, »meinem Freunde bleibt jetzt nichts übrig, als seine Entdeckung in einer wissenschaftlichen Zeitschrift zu berichten, er hat dann seine Pflicht getan, vielleicht daß Andere Ihnen gegenüber glücklicher sind als wir.«

Der Landwirt fuhr auf. »Donnerwetter, Herr, sind Sie des Teufels? Sie wollen die Geschichte in der Zeitung Ihren Collegen erzählen? Wahrscheinlich werden diese ebenso denken wie Sie.«

»Zuverlässig werden Hunderte die Sache genau so ansehen wie wir, und Ihre Weigerung ebenso verurteilen wie wir«, rief der Doktor.

»Herr, wie Sie mich beurteilen, ist mir ganz gleichgültig, ich muß Sie bitten, mich so schwarz zu schildern, als Ihre Wahrheitsliebe irgend zuläßt«, rief der Landwirt unwillig. »Aber ich sehe voraus, daß das alles

nichts helfen wird. Verwünscht seien die Mönche und ihr Schatz! Jetzt
habe ich jeden Sonntag und jede Stunde Ihrer Ferien einen Besuch wie
den Ihren zu erwarten, fremde Gesichter mit Brillen und Regenschirmen,
welche den Anspruch erheben, unter das Holzgestell meines Milchkellers
zu kriechen und in der Schlafstube meiner Kinder an der Decke herum-
zuklettern. Zum Teufel mit diesem Tacitus!«

Der Professor ergriff seinen Hut: »Wir empfehlen uns Ihnen«, und
ging nach der Tür.

»Halt, meine Herren«, rief der Wirt unruhig, »nicht so schnell. Lieber
will ich noch mit Ihnen beiden zu tun haben, als mit einer unablässigen
Wallfahrt Ihrer Collegen. Weilen Sie noch einen Augenblick, ich mache
Ihnen einen Vorschlag. Sie selbst sollen durch mein Haus gehen, Sie
mögen den alten Bau vom Boden bis zum Keller untersuchen. Es ist
eine harte Zumutung für mich und meine Hausgenossen, ich will das
Opfer bringen. Finden Sie eine Stelle, die Ihnen Verdacht einflößt, so
reden wir darüber. Dagegen versprechen Sie mir, daß Sie gegen meine
Hausleute von dem Zweck Ihres Hierseins schweigen. Meine Arbeiter
sind ohnedies aufgeregt; wenn Sie dem unseligen Gerücht neue Nahrung
geben, so kann ich nicht dafür stehen, daß nicht meine eigenen Leute
auf den Einfall kommen, mir an einer Ecke des Hauses die Grundmauer
durchzustoßen. Mein Haus ist Ihnen den ganzen Tag geöffnet, so lange
sind Sie meine Gäste. Dann aber, wenn Sie mündlich oder schriftlich
über die Sache reden, fordere ich den Zusatz, es sei von Ihnen das
Mögliche geschehen, mein Haus durchsucht, aber nichts gefunden
worden. Wollen Sie diesen Vertrag mit mir eingehen?«

Der Doktor sah zweifelnd auf den Professor, ob der Stolz des Freundes
sich solcher Bedingung beugen werde. Wider Erwarten flog ein Strahl
von Freude über das Antlitz des Gelehrten, und er erwiederte artig: »Sie
haben uns in einem Punkt mißverstanden. Nicht wir beanspruchen die
verborgene Handschrift aus Ihrem Eigentum herauszuholen, sondern
wir sind nur gekommen, um Sie selbst für den Versuch zu gewinnen.
Daß wir in einem fremden Hause, unbekannt mit den Räumen und
ungeübt in dieser Art Nachforschung, nichts finden werden, ist uns sehr
deutlich. Wenn wir dennoch die lächerliche Lage, in welche Sie uns
versetzen, nicht vermeiden und Ihr Anerbieten annehmen, so tun wir
dies nur in der Hoffnung, daß uns in den Stunden unseres Hierseins
gelingen wird, Ihnen selbst ein größeres Interesse an dem möglichen
Funde beizubringen.«

Der Landwirt bewegte abweisend das Haupt auf den hohen Schultern. »Ich habe nur das Interesse, die Sache so schnell als möglich in Vergessenheit zu bringen. Sie mögen tun, was Sie für Pflicht halten. – Meine Geschäfte verhindern mich, Sie zu begleiten, ich übergebe Sie meiner Tochter.«

Er öffnete die Tür des Nebenzimmers und rief: »Ilse!«

»Hier, Vater«, antwortete eine klangvolle Altstimme. Der Landwirt ging in das Nebenzimmer. »Komm hervor, Ilse, ich habe heut einen besondern Auftrag für dich. Da drin sind zwei fremde Herren von einer Universität. Sie suchen ein Buch, das vor alten Zeiten in unserm Hause versteckt sein soll. Führe sie durch das Haus, schließ ihnen alle Räume auf.«

»Aber Vater –« unterbrach ihn die Tochter.

»Tut nichts«, fuhr der Landwirt fort, »es muß sein.« Er trat näher an sie und sprach leiser: »Es sind zwei Gelehrte, sie haben einen Sparren –« er wies nach dem Kopfe. »Was sie sich einbilden, ist verrückt, und ich gebe ihnen nur nach, um in Zukunft Ruhe zu haben. Sei vorsichtig, Ilse, ich kenne die Leute nicht. Ich muß auf's Vorwerk, dem Hofverwalter will ich sagen, daß er sich in der Nähe des Hauses hält. Sie scheinen mir zwei ehrliche Narren, aber der Teufel mag trauen.«

»Ich fürchte mich nicht, Vater«, erwiederte die Tochter, »das Haus ist voll Menschen, wir werden schon mit ihnen fertig werden.«

»Sorge dafür, daß die Mägde nicht herumstehen, während die Fremden an den Wänden klopfen und messen. Sie sehen mir übrigens nicht aus, als ob sie viel finden würden, wenn auch alle Wände aus Büchern gemauert wären. Aber daß sie irgendwo einschlagen oder die Wand beschädigen, das leidest du nicht.«

»Recht, Vater«, sagte die Tochter. »Bleiben sie über Mittag?«

»Jawohl, dein Dienst geht bis zum Abend. In der Molkerei wird dich die Mamsell vertreten.«

Durch die Tür hörten die Freunde Bruchstücke der Unterredung, sie gingen nach den ersten Worten der Anweisung schnell an das Fenster und sprachen laut miteinander über eine große Strohanhäufung am First der Scheuer, die nach der Behauptung des Doktors ein Storchnest war, während der Professor die Ansicht vertrat, daß Störche nicht auf solchen Höhen nisteten. Dazwischen sagte der Professor leise: »Es ist unbequem, in dieser demütigen Lage auszudauern. Aber wir vermögen nur durch unser Beharren den Hauswirt zu überzeugen.«

»Vielleicht entdecken wir doch etwas«, antwortete der Doktor. »Ich habe einige Erfahrung in Maurerarbeit, als Knabe fand ich beim Bau unseres Hauses Gelegenheit, schöne Kenntnisse in Statik und Balkenklettern zu erwerben. Gut, daß der Tyrann uns allein läßt. Unterhalte du die Tochter, ich will derweile an den Wänden klopfen.«

Wer jemals einer undeutlichen Spur nachgegangen ist, der weiß, wie schwierig in der Nähe erscheint, was in der Ferne so leicht dünkt. Während zuerst die trügende Göttin Hoffnung alle guten Möglichkeiten mit hellen Farben malt, regt die Arbeit des Suchens selbst jeden Zweifel auf. Die lockenden Bilder verbleichen, Kleinmut und Ermüdung werfen ihre Schatten. Zuletzt wird pflichtmäßige Ausdauer, was im Anfange ein frisches Wagen war.

4. Das alte Haus.

Der Landwirt trat ein, die Reitgerte in der Hand, hinter ihm die hohe Gestalt vom Friedhof. »Hier meine Tochter Elise, sie wird meine Stelle vertreten.«

Die Freunde verneigten sich. Es war dasselbe schöne Antlitz, aber statt der hohen Rührung lag jetzt eine geschäftliche Würde in ihren Zügen, sie grüßte ruhig und lud die Herren zum Frühstück in das Nebenzimmer. Was sie sprach, waren einfache Worte, aber wieder lauschten die Freunde verwundert auf die tiefen Töne ihrer melodischen Stimme.

»Bevor Sie sich hier umsehen, müssen Sie an meinem Tisch niedersitzen, das ist bei uns Brauch«, sagte der Landwirt in besserer Laune als er bis dahin gezeigt, auch auf ihn übte die Gegenwart der Tochter besänftigenden Einfluß. »Wiedersehen zu Mittag.« Damit ging er zur Tür hinaus.

Die Freunde folgten in den Nebenraum, ein großes Speisezimmer; Stühle standen längs der Wand, in der Mitte eine lange Tafel, an deren oberem Ende drei Plätze gedeckt waren. Das Mädchen setzte sich zwischen die Herren und bot die kalten Speisen. »Als ich Sie auf dem Friedhof sah, dachte ich, daß Sie den Vater besuchen würden, der Tisch wartet schon eine Weile auf Sie.« Die Freunde aßen ein wenig und dankten für mehr.

»Ich bedaure, daß unser Kommen auch Ihre Zeit in Anspruch nehmen soll«, sagte der Professor ernst.

»Meine Aufgabe ist leicht«, antwortete das Mädchen, »ich fürchte, die Ihre wird Ihnen mehr Mühe machen. Das Haus hat viele Stuben, und dann die Kammern und die Verschläge auf dem Boden.«

»Ich habe bereits Ihrem Herrn Vater gesagt«, erwiederte der Professor lächelnd, »daß wir keinen Wert darauf legen, wie Maurer das Gebäude zu untersuchen. Betrachten Sie uns als Neugierige, welche das merkwürdige Haus nur soweit sehen wollen, als es sich sonst einem Gaste öffnet.«

»Das Haus mag wohl für Fremde merkwürdig sein«, sagte Ilse, »uns ist es lieb, denn es ist warm und geräumig. Als der Vater das Gut einige Jahr besaß und zu Kräften gekommen war, hat er meiner seligen Mutter zu Liebe Alles bequem eingerichtet; denn wir brauchen großen Raum, es sind sechs jüngere Geschwister, und es ist ein großes Gut; die Herren von der Wirtschaft essen bei uns, dann der Hauslehrer und die Mamsell und in der Gesindestube auch zwanzig Leute.«

Der Doktor sah seine Nachbarin enttäuscht an. Wo war die Seherin geblieben? Sie sprach verständig und sehr bürgerlich, mit ihr konnte man wohl auskommen. »Da wir nun einmal auf hohle Räume ausgehen«, begann er schlau, »so würden wir uns am liebsten Ihrer Leitung anvertrauen, wenn Sie uns sagen wollten, ob man in der Wand oder auf dem Boden oder irgendwo hier im Hause von Stellen weiß, welche beim Klopfen eine Höhlung verraten.«

»O, daran fehlt es nicht«, erwiederte Ilse. »Wenn man in meiner Stube an die Hinterwand des kleinen Wandschrankes pocht, so merkt man, daß dahinter ein leerer Raum ist, und dann ist die Steinplatte unter der Treppe und mehre Platten in der Küche und noch viele andere Stellen im Hause. Und bei allen haben die Leute ihre Vermutung.«

Der Doktor hatte seine Brieftafel herausgezogen und schrieb die verdächtigen Orte nieder.

Die Betrachtung des Hauses begann. Es war ein prachtvolles altes Haus, die Mauer des Unterstocks so dick, daß der Doktor mit gespannten Armen nicht die ganze Tiefe der Fensternischen einfassen konnte. Eifrig übernahm er das Klopfen und Messen der Wände. Die Keller waren zum Teil in den Felsen gesprengt, an einzelnen Stellen ragte das ungeglättete Gestein noch in die Räume und man erkannte, wo die Mauer auf dem Stein gelagert war. Es waren mächtige Gewölbe, die kleinen Fenster in der Höhe durch starke Eisenstäbe geschützt, in alter Zeit bei feindlichem Anlauf eine feste Zuflucht wider Geschosse und Feuer. Und Alles war schön trocken und hohl. Denn das Haus war ganz nach den

Ansichten gebaut, welche der Doktor schon früher über alte Gebäude so verständig ausgesprochen hatte: Mauer von außen und von innen, dazwischen Schutt und Steinbrocken. Natürlich klangen die Wände deshalb an vielen Orten hohl wie ein Kürbis. Der Doktor pochte und notierte fleißig, die Knöchel seiner Hand wurden weiß und aufgetrieben, aber die Fülle guter Möglichkeiten machte ihn kleinlaut.

Aus dem Keller traten sie in den Unterstock. In der Küche brodelten große Kessel und Töpfe, und neugierig sahen die arbeitenden Frauen auf das Benehmen der Fremden, denn der Doktor klopfte wieder mit den Absätzen auf den steinernen Fußboden und faßte die geschwärzte Seitenwand des Herdes mit den Händen an. Dahinter kamen Wirtschaftsräume und die Gaststuben. In einer derselben fanden sie eine Frau in Trauerkleidung beschäftigt, die Betten in ein neues Gewand zu hüllen. Es war die Mutter vom Friedhofe. Sie trat an die fremden Herren und bedankte sich, weil sie geholfen hätten, ihrem Kinde die letzte Ehre zu erweisen. Die Freunde sprachen ihr freundlich zu, sie wischte mit der Schürze die Augen und ging wieder an ihre Arbeit.

»Ich bat sie, heut zu Haus zu bleiben«, sagte Ilse, »aber sie wollte nicht. Ihr wäre gut, wenn sie etwas zu schaffen hätte, und wir würden ihre Arbeit brauchen, weil Sie doch zu uns kämen.« Es tat den Gelehrten wohl, daß sie wenigstens von den weiblichen Mitgliedern des Hauses als berechtigte Gäste aufgefaßt wurden.

Sie betraten die andere Seite des Unterstocks und betrachteten noch einmal die einfachen Zimmer, die sich zuerst den Ankommenden geöffnet hatten. Dahinter lag das Arbeitszimmer des Gutsherrn, ein kleiner schmuckloser Raum, darin ein Schrank mit Jagdgerät und Reitzeug, ein Bretergestell für Akten und einige Bücher, über dem Bett Säbel und Pistolen, auf dem Schreibtisch das kleine Modell einer Maschine und Proben von Getreide und Sämerei in kleinen Säckchen; an der Wand aber standen in militärischer Ordnung der riesige Wasserstiefel, der Juchtenstiefel, der Reitstiefel mit Stulpen, an der äußersten Ecke auch Zwerge von Kalbleder, wie sie gewöhnliche Menschen tragen. In dem Nebenzimmer hörten sie eine Männerstimme und kindliche Antworten in regelmäßigem Wechsel. »Das ist die Schulstube«, sagte Ilse lächelnd. Als die Tür geöffnet ward, schwiegen Solo und Chorstimmen, dem Gruß der Eintretenden antwortete aufstehend der Lehrer, ein Seminarist von verständigem Gesicht. Verwundert starrten die Kinder in die unerwartete Störung. An zwei Tischen saßen drei Knaben und drei Mädchen, ein kräftiges blondhaariges Geschlecht. »Das ist Clara, Luise, Riekchen, Hans, Ernst und Franz.« Die vierzehnjährige Clara, fast erwachsen und ein verjüngtes Abbild der Schwester, erhob sich mit einem Knix, Hans, ein derber Bursch von zwölf Jahren, machte den unbedeutenden Versuch eines Bücklings, die andern blieben stramm stehen, sahen unverwandt auf die Fremden und tauchten, nachdem sie einer lästigen Pflicht genügt hatten, wieder auf ihre Plätze nieder. Nur der kleine Franz, ein rotbäckiger Krauskopf von sieben Jahren, blieb in der Pein seiner Aufgabe grimmig sitzen und benutzte die Unterbrechung, um für die nächsten Antworten noch schnell etwas aus seinem Buche einzusammeln. Ilse strich ihm über das Haar und frug den Lehrer: »Wie geht's heut mit ihm?« – »Er hat gelernt.« – »Es ist zu schwer«, rief Franz erbittert. Der Professor bat den Lehrer, sich nicht stören zu lassen, und die Reise ging weiter: Schlafzimmer der Knaben, Zimmer des Lehrers und wieder Wirtschaftsräume, Plättstube, Kleiderkammer – der Doktor hatte seine Brieftafel bereits eingesteckt.

Sie kehrten in den Hausflur zurück, an der Treppe wies Ilse auf die Steinplatte, der Doktor kniete nieder, versuchte und sagte kleinlaut: »Wieder hohl.« Ilse betrat die Treppe.

»Hier oben wohne ich und die Mädchen.«

»Unsere Neugierde hat vorläufig hier ein Ende«, erwiderte rücksichtsvoll der Professor. »Sie sehen, auch mein Freund verzichtet.«

»Man hat aber von oben eine Aussicht«, sagte die Führerin, »diese wenigstens müssen Sie betrachten.« Sie öffnete eine Tür.

»Dies ist mein Zimmer.« Die Freunde blieben vor der Schwelle stehen. »Kommen Sie herein«, sagte Ilse unbefangen. »Von diesem Fenster sieht man die Straße, auf der Sie zu uns kamen.« Zögernd traten die Zartfühlenden näher. Es war wieder ein bescheidener Raum, nicht einmal ein Sopha darin, die Wände mit blauer Farbe gestrichen, am Fenster ein Nähtisch und einige Blumenstöcke, in einer Ecke das Bett mit weißer Gardine verhüllt.

Die Freunde traten an das Fenster und schauten von der Höhe auf den kleinen Friedhof und die Gipfel der Eichen, auf das Städtchen im Tale und auf die Baumreihe dahinter, welche in gekrümmter Linie bis zu der Höhe lief, wo sich die Aussicht in die Ferne schloß. Der Blick des Professors haftete an der alten Holzkirche. Wie hatten sich in wenig Stunden die Stimmungen geändert! Auf die frohe Erwartung war gefolgt, was beinahe wie Entsagung aussah, und doch wieder auf die Ungeduld eine wohltuende Ruhe.

»Das ist unser Weg in die Fremde«, wies Ilse, »wir sehen oft nach der Richtung aus, wenn der Vater verreist ist und wir ihn erwarten, oder wenn wir von dem Postboten etwas Gutes hoffen. Und so oft Bruder Franz erzählt, daß er einst in die Welt gehen werde, fort von dem Vater und von uns Geschwistern, dann denkt er sich die Straßen in der Welt immer wie diese aussieht, als einen Fußsteig mit dicken Weidenköpfen.«

»Franz ist der Liebling?« frug der Professor.

»Er ist mein Nesthäkchen, wir verloren die gute Mutter, als er noch die Kindermütze trug. Das arme Kind kennt die Mutter gar nicht, und als er einmal von ihr geträumt hatte, da brachten die andern Kinder heraus, daß er sie im Schlafe mit mir verwechselte, denn sie trug mein Kleid und meinen Strohhut. – Dies ist der Wandschrank«, sagte sie traurig, auf eine Holztür in der Wand deutend. Die Freunde folgten schweigend, ohne bei dem Schranke anzuhalten. Vor der gegenüberliegenden Stube blieb sie stehen, die Tür öffnend: »Dies war das Zimmer der Mutter, es ist unverändert, wie sie es verließ, nur der Vater bleibt des Sonntags einige Zeit darin.«

»Wir geben nicht zu, daß Sie uns weiter führen«, sagte der Professor. »Ich kann Ihnen nicht sagen, wie peinlich ich unsere Lage Ihnen gegenüber empfinde. Verzeihen Sie uns das unzarte Eintreten in Ihre Häuslichkeit.«

»Wenn Sie das Haus nicht weiter sehen wollen«, erwiederte Ilse mit dankendem Blick, »so geleite ich Sie gern in unsern Garten und durch den Hof. Der Vater wird nicht loben, wenn ich Ihnen etwas vorenthalte.«

Eine Hintertür des Flurs führte in den Garten; die Beete durch Buchsbaum eingefaßt, waren mit Sommerblumen besetzt, mit den altheimischen Bewohnern unsrer Gärten. Am Hause liefen Weinreben bis unter die Fenster des Oberstocks und die grünen Trauben blickten überall aus dem hellen Laub. Eine lebendige Hecke schied die Blumenbeete vom Gemüsegarten, wo auch der Hopfen an großen Stangen hinaufkletterte. Weiter ab senkte sich ein großer Obstgarten mit frischem Rasengrund einem Seitental zu. Es war auch hier nichts Merkwürdiges zu sehen, geradlinig waren die Blumenbeete, in Reihen standen die Obstbäume, der ehrwürdige Buchsbaum und die Hecke waren nach der Schnur geschnitten und ohne Lücken. Die Freunde schauten von Beet und Blumen immer wieder auf das Haus zurück und freuten sich über die braunen Mauern hinter dem saftigen Weinlaub und über die Arbeit des Steinmetzen an den Fenstern und am Giebel.

»Es war zur Zeit unserer Vorfahren ein Haus der Fürsten«, erklärte Ilse, »und sie kamen damals alle Jahre zur Jagd hierher. Jetzt aber ist nur der dunkle Wald dort hinten noch herrschaftlich, dort steht auch noch ein Jagdhaus, und der Oberförster wohnt darin. Und selten kommt unser Fürst in die Gegend. Es ist lange Zeit her, daß wir unsern lieben Landesherrn nicht gesehen haben, und wir leben wie arme Waisen.«

»Gilt er hier im Lande für einen gütigen Herrn?« frug der Professor.

»Wir wissen nicht viel von ihm, aber wir denken uns, daß er gut ist. Vor vielen Jahren, als ich noch Kind war, hat er einmal in unserm Haus gefrühstückt, weil es in Rossau keine Gelegenheit gab. Damals war ich erstaunt, daß er keinen roten Mantel trug, und er strich mir über den Kopf und gab mir den guten Rat, zu wachsen. Das habe ich seitdem redlich abgemacht. Und es heißt schon, er wird in diesem Jahre wieder zur Jagd kommen. Kehrt er wieder bei uns ein, dann muß das alte Haus seinen besten Staat antun, und in der Küche gibt's heiße Wangen.«

Während sie friedlich unter den Obstbäumen dahinschritten, tönte vom Hofe her eine helle Glocke. »Das ist der Ruf zum Essen«, sagte Ilse, »ich führe die Herren zu ihrem Zimmer, das Hausmädchen wird sie abholen.«

Die Freunde fanden in der Gaststube ihre Ledertaschen und wurden kurz darauf durch ein leises Klopfen an der Tür geladen und in das Speisezimmer geführt. Dort wartete ihrer der Gutsherr, ein halbes Dutzend sonnengebräunte Beamte der Wirtschaft, die Mamsell, der Hauslehrer und die Kinder. Als sie eintraten, sprach der Landwirt mit der Tochter in einer Fensternische; wahrscheinlich hatte die Tochter günstig über die Fremden berichtet, denn er kam ihnen mit unumwölkter Miene entgegen und sagte in seiner kurzen Weise: »Nehmen Sie an unserm Tische vorlieb.« Dann stellte er die Fremden den Anwesenden vor, indem er ihre Namen nannte und hinzufügte: »Zwei gelehrte Herren von der Universität.« Jedermann stand hinter seinem Stuhl nach Würde und Alter gereiht, obenan der Wirt, neben ihm Ilse, auf der andern Seite der Professor und der Doktor, dann zu beiden Seiten die Herren von der Wirtschaft, dahinter die Mamsell und die Mädchen, der Lehrer und die Knaben. Der kleine Franz am untern Ende des Tisches trat an seinen Teller, faltete über dem Brot die Hände und sprach eintönig ein kurzes

Tischgebet. Darauf rückten zu gleicher Zeit alle Stühle, zwei Mädchen in der Tracht der Landschaft trugen die Speisen. Es war ein einfaches Mittagsmahl, nur zwischen den Fremden stand eine Flasche Wein, die Eingebornen gossen goldbraunes Bier in die Gläser.

Schweigend und eifrig verrichtete Jeder sein Werk, am oberen Ende des Tisches wurde Unterhaltung geführt. Die Freunde sprachen dem Landwirt ihre Freude über Haus und Umgebung aus, und der Hausherr lachte spöttisch, als der Doktor die dicken Wände des Hauses rühmend hervorhob. Dann schweifte das Gespräch auf die Umgegend hinaus, auf den Dialekt und die Art des Landvolks.

»Wieder ist mir in diesen Tagen aufgefallen«, sagte der Professor, »wie fremd und mißtrauisch die Landleute hier uns Städter beobachten. Unsere Sprache, Sitte, Gewohnheit betrachten sie wie die eines anderen Volkes. Und wenn ich zusehe, was der Feldarbeiter mit den sogenannten Gebildeten gemein hat, so empfinde ich schmerzlich, daß es viel zu wenig ist.«

»Wer ist daran schuld«, entgegnete der Landwirt, »als die Gebildeten selbst. Nehmen Sie mir nicht übel, wenn ich Ihnen als einfacher Mann sage, daß mir diese Bildung ebensowenig gefällt als die Unwissenheit und Störrigkeit, welche Sie an unsern Landleuten in Erstaunen setzt. Sie selbst z.B. machen eine weite Reise, um alte vergessene Schriften zu finden, die einst ein gebildeter Mann in einem untergegangenen Volke geschrieben hat. Ich aber frage, was haben Millionen Menschen, die mit Ihnen eine Sprache sprechen, Ihres Stammes sind und neben Ihnen leben, von all der Gelehrsamkeit, die Sie für sich und eine kleine Zahl wohlhabender und müßiger Leute erwerben? Wenn Sie zu meinen Arbeitern reden, die Leute verstehen Sie nicht. Wenn Sie von Ihrer Wissenschaft etwas erzählen wollten, meine Knechte würden vor Ihnen stehen wie Neger. Ist das ein gesunder Zustand? Und ich sage Ihnen, solange dieser Zustand dauert, sind wir noch kein rechtes Volk.«

»Wenn Ihre Worte einen Vorwurf gegen meinen Beruf enthalten«, erwiederte der Professor, »so sind sie ungerecht. Gerade jetzt ist man eifrig bemüht, was in der Arbeitstube der Gelehrten gefunden wird, auch dem Volke zugänglich zu machen. Daß dafür nach mancher Richtung noch mehr geschehen sollte, leugne ich nicht. Aber zu allen Zeiten hat ernste wissenschaftliche Forschung, selbst wenn sie zunächst nur einem sehr kleinen Kreise verständlich ist, ganz unsichtbar und in der Stille Seele und Leben des gesammten Volkes beherrscht. Sie bildet die Sprache, sie richtet die Gedanken, sie formt allmählich Sitte, Rechtsgefühl und Gesetz nach den Bedürfnissen jeder Zeit. Nicht nur die praktischen Erfindungen und der steigende Wohlstand werden durch sie möglich, auch, was Ihnen nicht weniger wichtig erscheinen wird, die Gedanken des Menschen über sein eigenes Leben, die Art, wie er seine Pflichten gegen Andere übt, der Sinn, in welchem er Wahrheit und Lüge auffaßt, das alles verdankt jeder von uns der Gelehrsamkeit seines Volkes, wie wenig er sich auch um die einzelnen Forschungen kümmern möge. Und lassen Sie mich einen alten Vergleich gebrauchen. Die Wissenschaft ist wie ein großes Feuer, das in einem Volke unablässig unterhalten werden muß, weil ihm Stahl und Stein unbekannt sind. Ich gehöre zu denen, welche die Pflicht haben, immer neue Scheite in das große Feuer zu werfen. Andere haben die Aufgabe, die heilige Flamme durch das Land, in Dörfer und Hütten zu tragen. Jeder, der an der Verbreitung des Lichtes arbeitet, hat sein Recht, und keiner soll von dem Andern gering denken.«

»Darin liegt Wahrheit«, sagte der Landwirt aufmerksam.

»Wenn das große Feuer nicht brennt«, fuhr der Professor fort, »werden die einzelnen Flammen sich auch nicht verbreiten können. Und glauben Sie mir, was einen ehrlichen Gelehrten bei den schwierigsten Untersuchungen, unter denen ihm das Leben dahinschwindet, immer erhebt und stärkt, das ist gerade die unerschütterliche Überzeugung, welche durch lange Erfahrung tausendfach bestätigt ist, daß seine Arbeit zuletzt doch der ganzen Menschheit zu Gute kommt; sie hilft nicht immer neue Maschinen erfinden und neue Culturpflanzen entdecken, sie ist deshalb nicht weniger wirksam für Alle, auch wo sie lehrt, was wahr und unwahr, was schön und häßlich, was gut und schlecht ist. In diesem Sinne macht sie Millionen freier und dadurch besser.«

»Ich sehe wenigstens aus Ihren Worten«, sprach der Landwirt, »daß Sie Ihren Beruf hoch halten. Und das freut mich überall, denn das ist die Art eines tüchtigen Mannes.«

Bei dieser Unterredung wurde beiden Männern behaglicher zu Mute. Der Inspektor erhob sich, und im Nu rückten sämmtliche Stühle der Würdenträger und der Kinder, die Mehrzahl der Tischgäste verließ das Zimmer. Nur der Wirt, Ilse und die Gäste saßen noch einige Minuten beieinander, jetzt in ruhiger fortrollender Unterhaltung. Dann ging man in das Nebenzimmer zu dem angerichteten Kaffetisch, Ilse schenkte ein und der Landwirt betrachtete von seinem Sitze die unerwarteten Gäste.

Der Professor setzte die leere Tasse hin und begann: »Unsere Aufgabe hier ist beendigt, wir haben Ihnen für die gastliche Aufnahme zu danken. Ich möchte aber nicht scheiden, ohne Sie noch einmal an das zu erinnern –«

»Warum wollen Sie jetzt fort?« unterbrach ihn der Landwirt. »Sie haben heut schon einen längern Weg gemacht, Sie finden weder in der Stadt noch in den Dörfern dahinter ein erträgliches Unterkommen und in dem Drang der Ernte vielleicht nicht einmal eine Fuhre. Lassen Sie sich's zur Nacht hier gefallen, wir haben ohnedies noch unser Gespräch von heut Morgen aufzunehmen«, fügte er mit Laune hinzu, »und mir liegt daran, daß wir in gutem Einvernehmen scheiden. Sie begleiten mich ein Stück in das Feld, wo ich allerdings nötig bin. Wenn ich auf das Vorwerk reite, mag Ilse wieder meine Stelle vertreten. Am Abend sprechen wir dann ein verständiges Wort miteinander.«

Die Freunde waren bereit, auf diesen Vorschlag einzugehen. In gutem Einvernehmen schritten die Männer durch das Erntefeld. Der Professor freute sich über die großen Ähren einer neuen Art Gerste, welche noch ungemäht, dicht wie Rohr vor ihnen stand, und der Landwirt sprach bedächtige Worte über diese anspruchsvolle Halmfrucht des deutschen Landmanns. Sie blieben stehen, wo gerade die Arbeiter beschäftigt waren. Dann trat zuerst der Beamte, der die Aufsicht führte, dem Gutsherrn entgegen und berichtete, darauf schritten sie über die Stoppeln zu den Garben; der schnelle Blick des Landwirts übersah die zusammengelegten Mandeln, die emsigen Leute und die harrenden Rosse am Erntewagen; die Freunde aber betrachteten mit Anteil, wie der Herr des Gutes mit seinen Beamten und Arbeitern verkehrte, kurze Befehle und beflissene Antworten, Eifer der schaffenden Leute und frohe Mienen, wenn sie die Zahl der Garben meldeten, überall ein wohlgefügtes Wesen, sichere Kraft, ein wackeres Zusammengreifen. Sie kehrten zurück mit Achtung vor dem Manne, der in seinem kleinen Reiche so fest herrschte. Auf dem Rückwege blieben sie bei den Füllen stehen, welche sich hinter der Scheuer auf eingezäuntem Raum tummelten, und als der Doktor vor andern zwei galoppierende Braune rühmte, fand sich's, daß er richtig die besten Pferde gelobt hatte, und der Landwirt lächelte ihm wohlwollend zu. Am Eingang des Hofes führte ein Knecht das Reitpferd, einen mächtigen Rappen von starken Gliedern und breiter Brust, der Doktor klopfte den Hals des Tieres, der Landwirt sah nach dem Riemzeug. »Ich bin ein schwerer Reiter«, sagte er, »und habe Not, ein dauerhaftes Tier zu finden.« Er schwang sich wuchtig in den Sattel und griff an seine Mütze: »Auf Wiedersehn heut Abend.« Und sehr stattlich sahen Roß und Reiter aus, als sie den Feldweg entlang trabten.

»Das Fräulein erwartet Sie«, sagte der Reitknecht, »ich soll Sie zu ihr führen.«

»Haben wir Fortschritte gemacht oder nicht?« frug der Doktor lachend, den Arm des Freundes fassend.

»Ein Kampf hat begonnen«, erwiederte der Freund ernsthaft, »wer mag sagen, wie der Ausgang sein wird.«

Ilse saß von den Kindern umgeben in einer Gaisblattlaube des Gartens. Es war ein herzerfreuender Anblick, das junge blondhaarige Geschlecht beieinander zu sehen. Die Mädchen saßen neben der Schwester, die Knaben trieben spielend um die Laube, große Vesperbrote in der Hand. Sieben frische, wohlgeformte Gesichter, einander ähnlich wie Blüten desselben Baumes und doch jedes Leben in einem andern Zeitraum seiner Entfaltung, von Franz, dessen runder Kinderkopf einer lustigen Knospe glich, bis zu der schönen Fülle in Antlitz und Gliedern, welche in der Mitte saß, am hellsten durch das gebrochene Licht der Sonne beleuchtet. Wieder erregte den Freunden das Aussehen des Mädchens, der Klang ihrer Worte das Herz, als sie den kleinen Franz zärtlich schalt, weil er dem Bruder das Butterbrot aus der Hand geschlagen hatte. Wieder starrten die Kinder mißtrauisch auf die Fremden, aber der Doktor beseitigte das Ceremoniel der ersten Bekanntschaft, indem er Franz bei den Beinen nahm, auf seine Schultern setzte und sich mit seinem Reiter in der Laube niederließ. Der kleine Bursch saß einige Augenblicke betroffen auf seiner Höhe und die Kinder lachten laut, daß er so erschrocken aus runden Augen auf den fremden Kopf zwischen seinen Beinchen herabsah. Aber das Gelächter der Andern machte ihm Mut, er begann lustig mit den Beinen zu baumeln und schwenkte sein Vesperbrot triumphierend um die Locken des Fremden. So war die Bekanntschaft gemacht, wenige Minuten darauf fuhr der Doktor mit den Kindern durch den Garten, ließ sich jagen und suchte die Jauchzenden zwischen den Beeten zu fangen.

»Ist's Ihnen recht, so möchte ich Sie an eine Stelle führen, wo wir am liebsten auf unser Haus hinsehen«, sagte Ilse zum Professor. Von den Kindern umschwärmt, schritten die Großen den Weg hinab, der zur Kirche führte, und bogen um den Friedhof herum. Der Fels, auf welchem die Gebäude des Gutes lagen, senkte sich hier steil in ein schmales Tal, das von der andern Seite durch einen höheren Bergrücken eingeengt wurde. Ein gewundener Fußpfad lief in den Grund hinab, dort umsäumte ein Wiesenstreif das strudelnde Wasser des Baches. Aus dieser Tiefe zog sich der Pfad auf der andern Seite wieder in den Laubwald hinein, unter Goldweiden und Erlen stiegen sie einige hundert Schritt hinan. Vor ihnen erhob sich aus dem Geröll und Gebüsch ein Felsblock: sie traten um die Ecke und standen an einer Steingrotte. Der Felsen bildete Portal und Wände einer Höhle, welche etwa zehn Schritt in den Berg hineinreichte. Der Boden war eben, mit weißem Sand bedeckt, Brombeeren und wilde Rosen hingen von oben über den Eingang herab, gerade in der Mitte hatte sich ein großer Busch Weidenröschen angesiedelt, er stand mit seinen dichten Blütenrispen wie ein roter Federschmuck über dem Felsbogen der Grotte. Die Spur einer alten Mauer an der Seite verriet, daß die Höhle wohl einmal in arger Zeit die Zuflucht Bedrängter oder Gesetzloser gewesen war; am Eingange lag ein Stein, dessen Oberfläche zu einem Sitze geebnet war, in der Dämmerung des Hintergrundes stand eine steinerne Bank.

»Dort ist unser Haus«, sagte Ilse und zeigte über das Tal nach der Höhe, wo hinter den Obstbäumen des Gartens das Giebelhaus emporstieg. »Hier sind wir im Gebirge. Sie sehen, der Hof ist so nahe, daß man einen lauten Ruf von drüben bei stiller Luft hören kann.«

Aus dem Dämmerlicht der Höhle sahen die Freunde in das helle Licht des Tages, auf das Steinhaus und auf die Bäume, welche seinen Fuß umgrenzten. »Jetzt ist es still im Walde«, fuhr Ilse fort, »die Vögel sind fast alle verstummt, die kleinen fliegen am Rande des Holzes und suchen reifen Samen, denn ihr Hauswesen ist zu Ende, sie leben jetzt in der großen Gesellschaft. Auch die im Garten zahm waren, werden ausgelassen und kümmern sich wenig um den Menschen und sein Futter.«

»Dort rauscht es leise, wie gurgelndes Wasser«, sagte der Professor.

»Ein Quell fließt nebenbei über Steine herab«, erklärte Ilse. »Jetzt ist er schwach, aber im Frühjahr strömt vieles Wasser von dem Berge zusammen. Dann ist das Rauschen laut und der Bach im Tale fährt wild über die Steine; dann überdeckt er auch die Wiesen dort unten, er füllt den ganzen Grund und steigt bis an das Gebüsch. – Hier aber ist für uns alle in warmen Tagen ein lieber Aufenthalt. Als der Vater das Gut kaufte, war die Höhle verwachsen, der Eingang mit Steinen und Erde verschüttet und die Eulen wohnten darin. Und der Vater hat den Platz gesäubert.«

Der Professor trat neugierig in den Raum und schlug mit dem Stock an den rötlichen Felsen. Ilse sah ihn von der Seite an. Jetzt bekommt auch er das Suchen, dachte sie bekümmert. »Es ist alles altes Gestein«, sagte sie beruhigend.

Der Doktor war mit den Kindern um die Höhle herumgeklettert, er machte sich von Hans los, der ihm gerade anvertraute, daß er weiter unten in dichtem Erlengestrüpp das leere Nest einer Beutelmeise wisse.

»Das ist ein wundervoller Ort für die Sagen der Gegend«, rief er bewundernd, »es gibt keine schönere Heimat für die Geister des Tales.«

»Die Leute reden dummes Zeug davon«, entgegnete Ilse abweisend. »Hier sollen kleine Zwerge wohnen, und sie sagen, man kann ihre Fußtapfen im Sande erkennen, und Vater hat den Sand doch erst hineinfahren lassen. Aber die Leute fürchten sich doch, und wenn der Abend kommt, gehen die Frauen und Kinder der Arbeiter nicht gern vorüber. Uns aber verbergen sie's, denn der Vater leidet den Aberglauben nicht.«

»Ich sehe, die Zwerge stehen hier nicht in Gunst«, erwiederte der Doktor.

»Da es keine gibt, soll man nicht daran glauben«, versetzte Ilse eifrig. »Unsre Leute möchten es wohl noch gern tun. Der Mensch soll an das glauben, was die Bibel lehrt, nicht an wildes Zeug, das, wie sie im Dorfe sagen, durch den Wald und die Nacht dahinfährt. Neulich war eine alte Frau im nächsten Dorfe krank, kein Mensch trug ihr Essen, recht häßlich haben sie sich über ihre Niederlage gefreut, weil sie meinten, das arme Weib könne sich in eine schwarze Katze verwandeln und dem Vieh schaden. Als wir es erfuhren, drohte der Frau die Gefahr, in Einsamkeit umzukommen. Und deshalb ist es häßliches Geschwätz.«

Der Doktor hatte sich unterdeß die Zwerge in der Brieftasche angemerkt, sah aber jetzt ohne Freude auf Ilse, die aus dem Hintergrund der Höhle sprach, in dem gebrochenen Scheine zwischen Fels und Licht selbst einem Sagenbilde ähnlich. »Der alte Scheich Abraham und der Gauner Jacob, der seinen blinden Vater mit dem Bocksfell an den Ärmeln betrügt, sind ihr ganz recht, aber unser Schneewittchen gilt ihr für häßliches Zeug.« Er steckte die Brieftafel ein und ging mit Hans zur Behausung der Beutelmeise.

Der Professor hatte mit Ergötzen den stillen Ärger des Freundes beobachtet, aber Ilse wandte sich auch zu ihm: »Mich wundert, daß Ihr

Freund solche Geschichten aufschreibt, das ist nicht gut, dergleichen muß in Vergessenheit kommen.«

»Sie wissen, daß er selbst nicht daran glaubt«, erwiederte der Professor entschuldigend, »was er aber darin findet, das sind nur alte Überlieferungen des Volkes. Denn diese Sagen sind in einer Zeit entstanden, wo noch unser ganzes Volk an diese Geister ebenso glaubte, wie jetzt an die Lehren der Bibel. Er sammelt solche Erinnerungen, um zu erkennen, wie Glaube und Poesie unserer Vorfahren war.«

Das Mädchen schwieg. »Das gehört also auch zu dem, was Sie heut Mittag von Ihrer Arbeit sagten«, begann sie nach einer Weile.

»Es gehört auch dazu.«

»Es hörte sich gut an«, fuhr Ilse fort, »denn Sie sprechen anders als wir. Sonst, wenn man von Einem sagte, er spricht wie gedruckt, meinte ich immer, es sei ein Vorwurf, aber es ist das richtige Wort«, setzte sie leiser hinzu, »und es macht Freude zu hören.« Dabei sah sie aus der Tiefe der Grotte mit ihren großen Augen auf den Gelehrten, der am Eingange stand, an den Stein gelehnt, hell von den Strahlen der Sonne beschienen.

»Es gibt aber auch sehr viele Bücher, welche schlecht schwatzen«, antwortete der Professor lachend, »und nichts ermüdet so sehr, als lange Buchweisheit aus lebendigem Munde.«

»Ja, ja«, bestätigte Ilse, »wir haben auch eine Bekannte, welche eine gelehrte Frau ist. Wenn die Frau Oberamtmann Rollmaus uns des Sonntags besucht, so setzt sie sich auf dem Sopha zurecht und greift mit einem Gespräch den Vater an. Der Vater mag sich winden, wie er will, um ihr zu entgehen, sie weiß ihn fest zu halten, über Engländer und Tscherkessen, über Kometen und die Dichter. Aber die Kinder sind dahinter gekommen, daß sie ein Lexikon für Conversation hat, daraus nimmt sie Alles. Und wenn sich in einem Lande etwas ereignet oder die Zeitung von etwas Lärm macht, so liest sie im Lexikon darüber nach. Wir haben dasselbe Buch angeschafft, und wenn ihr Besuch bevorsteht, so wird überlegt, welcher Name gerade an der Zeit ist. Dann schlagen die Kinder vorher am Sonnabend Abend diese Sache auf und lesen vor, was nicht gar zu lang ist. Und auch der Vater hört zu und sieht auch wohl noch selbst in das Buch. Und am andern Tage haben die Kinder ihre Freude daran, wenn der Vater die Frau Oberamtmann mit ihrem eigenen Buche überwindet. Denn unser Buch ist neuer, ihres ist schon alt und die neuen Begebenheiten stehen nicht darin, von diesen weiß sie wenig.«

»Also der Sonntag ist die Zeit, wo man hier Ehre einlegen könnte«, sagte der Professor.

»Im Winter sieht man sich auch manchmal in der Woche«, fuhr Ilse fort. »Aber es ist nicht viel Verkehr in der Umgegend. Und wenn einmal ein Besuch kommt, der uns gute Gedanken zurückläßt, so sind wir dankbar und wir bewahren sie in treuem Herzen.«

»Die besten Gedanken sind doch, welche dem Menschen aus seiner eigenen Tätigkeit aufsteigen«, sagte der Professor rücksichtsvoll. »Das Wenige, was ich von dem Gute hier gesehen, mahnt, wie schön das Leben gedeihen kann, auch wenn es weit von dem lauten Geräusch des Tages abliegt.«

»Das war ein freundliches Wort«, rief Ilse. »Und einsam ist es hier auch nicht, und wir kümmern uns auch um die Landsleute draußen und um die große Welt. Wenn die Herren Landwirte zum Besuch kommen, wird nicht immer von der Wirtschaft gesprochen, und es fällt wohl etwas für uns jüngere ab. Und dann ist unser lieber Herr Pastor, der uns auch zuweilen aus der Fremde erzählt und mit uns zusammen die Zeitungen liest, welche der Vater hält. Und wenn darin zu Beiträgen für einen guten Zweck aufgefordert wird, dann sind die Kinder am schnellsten bei der Hand und jedes gibt sein Scherflein vom Ersparten, der Vater aber reichlich. Und Hans als der älteste sammelt und hat das Recht solches Geld einzupacken, und in den Brief setzt er die Anfangsbuchstaben eines Jeden, der dazu gegeben hat. Kommt dann später im Gedruckten eine Quittung, so sucht jedes zuerst seinen Buchstaben. Mehrmals war einer falsch gedruckt, dann sind die Kinder ärgerlich.«

Aus der Ferne hörte man Ruf und Lachen der Kinder, welche mit dem Doktor von ihrem Ausflug zurückkehrten. Das Mädchen erhob sich, der Professor trat zu ihr und sagte mit warmer Empfindung: »Sooft mir einst die Bilder dieses Tages lebendig werden, wird mein Herz voll Dank dieser Stunde gedenken, wo Sie zu einem Fremden so ehrlich über Ihr glückliches Leben gesprochen haben.«

Ilse sah ihn mit unschuldigem Vertrauen an. »Sie sind mir nicht fremd, ich sah Sie ja am Grabe des Kindes.«

Der fröhliche Schwarm schloß beide in die Mitte und zog weiter das Tal hinauf.

Es war Abend, als sie zum Hause zurückkehrten, wo der Landwirt sie bereits erwartete. Nach dem Abendbrot saßen die Erwachsenen noch eine Stunde zusammen. Die Fremden erzählten von ihrer Stadt und Neuigkeiten aus der Welt, dann wurde, wie Männern ziemt, auch über Politik gesprochen, und Ilse freute sich, daß ihr Vater und die Fremden sich darin vortrefflich verstanden. Als der Kuckuck über der Hausuhr die zehnte Stunde ausrief, trennte man sich mit freundlichem Nachtgruß.

Das Hausmädchen hatte den Fremden zur Ruhe geleuchtet, Ilse saß auf dem Stuhl, die Hände im Schoß gefaltet, und sah schweigend vor sich hin. Der Gutsherr kam aus seinem Zimmer und nahm den Nachtleuchter vom Tisch. »Bist noch wach, Ilse? Nun, wie gefallen dir die Fremden?«

»Gut, Vater«, sagte das Mädchen leise.

»Sie sind nicht so dumm als sie aussehen«, sagte der Wirt auf und abgehend. »Das von dem großen Feuer war recht«, wiederholte er, »und das über unsere kleinen Regierungen war auch recht. Der Jüngere wäre ein guter Schullehrer geworden, und der Große, es ist beim Himmel schade, daß er nicht ein vier Jahr Wasserstiefeln getragen hat, er wäre ein gescheidter Inspektor. Gute Nacht, Ilse.«

»Gute Nacht, Vater.«

Die Tochter erhob sich und folgte dem Vater an die Tür. »Bleiben die Fremden morgen hier, Vater?«

»Hm«, sagte der Wirt nachdenkend. »Über Mittag bleiben sie jedenfalls, ich will ihnen doch das Vorwerk zeigen. Sorge für etwas Ordentliches zum Essen.«

»Vater, der Professor hat noch nie in seinem Leben ein Spanferkel gegessen«, sagte die Tochter.

»Ilse, wo denkst du hin, meine Ferkel wegen des Tacitus!« rief der Landwirt. »Nein, damit komm mir nicht, bleibe bei deinem Federvieh! Halt! noch eins, reiche mir den Band T aus dem Schranke, ich will doch einmal über den Burschen nachlesen.«

»Hier, Vater, ich weiß, wo es steht.«

»Sieh doch!« sagte der Vater, »Frau Oberamtmann Rollmaus! gute Nacht.«

Der Doktor sah durch das Fenster in den dunklen Hof. Schlaf und Frieden lag über dem weiten Raum, aus der Ferne klang der Schritt des Wächters, der die Hofstätte umkreiste, dann bellte halblaut der Hofhund. »Da stehen wir«, sagte er endlich, »zwei echte Abenteurer in der feindlichen Burg. Ob wir etwas daraus forttragen, ist sehr zweifelhaft«, fügte er hinzu, seinen Freund bedenklich anlächelnd.

»Es ist zweifelhaft«, sagte der Professor, mit großen Schritten die Stube durchmessend.

»Was hast du, Felix?« frug Fritz besorgt nach einer Pause, »du bist zerstreut, das ist sonst nicht deine Art.«

Der Professor blieb stehen. »Ich habe dir nichts zu sagen. Es sind starke, aber unklare Empfindungen, welche ich zu bewältigen suche. Ich fürchte, dieser Tag hat eine Bedeutung gewonnen, gegen welche ein vernünftiger Mann sich zu wehren hat. Frage mich nicht weiter, Fritz«, fuhr er fort und drückte diesem kräftig die Hand, »ich fühle mich nicht unglücklich.«

Fritz versank in Bekümmernis, setzte sich zu seinem Bett und spähte nach einem Stiefelknecht. »Wie gefällt dir unser Wirt?« fragte er kleinlaut und ließ, um sorglos zu erscheinen, den Stiefel im Holze knarren.

»Ein tüchtiger Mann«, erwiederte der Professor, wieder stehenbleibend, »seine Art ist anders, als wir's gewöhnt sind.«

»Es ist altsächsischer Stamm«, setzte der Doktor das Gespräch fort, »breite Schultern, Hünenwuchs, offene Züge, Wucht in jeder Bewegung. Auch die Kinder sind von derselben Art«, fuhr er fort, »die Tochter hat etwas von einer Thusnelda.«

»Der Vergleich paßt nicht«, entgegnete der Professor rauh und setzte seinen Marsch fort.

Fritz spannte den zweiten Stiefel in das Joch und knarrte in den leisen Mißklang hinein. »Wie gefällt dir der älteste Knabe? Er hat ganz das helle Haar seiner Schwester.«

»Das ist gar nicht zu vergleichen«, sagte der Professor wieder kurz.

Fritz setzte die beiden Stiefeln vor das Bett, sich selbst auf den Bettrand und begann entschlossen: »Ich bin bereit, deine Stimmung zu achten, auch wenn sie mir nicht ganz verständlich ist, aber ich bitte dich doch daran zu denken, daß wir diese Gastfreundschaft uns eigentlich erzwungen haben, und daß wir sie nicht über die Frühstunden des nächsten Tages in Anspruch nehmen dürfen.«

»Fritz«, rief der Professor mit tiefer Empfindung, »du bist mein zartfühlender lieber Freund, habe heut Geduld mit mir«, und dabei wandte er sich wieder um und trat, das Gespräch abbrechend, an das Fenster.

Fritz geriet vor Sorgen ganz außer sich; dieser großartige Mann, sicher in allem, was er schrieb, voll von Rat und festem Entschluß vor den dunkelsten Textstellen – und jetzt arbeitete in ihm, was sein ganzes Wesen erschütterte. Wie durfte dieser Mann so gestört werden! Er sah mit majestätischer Klarheit in eine Vergangenheit von mehren tausend Jahren zurück, und jetzt stand er am Fenster einem Kuhstall gegenüber, und ein Ton klang durch das Zimmer wie Seufzen. Was sollte daraus werden? Diesen Gedanken wälzte der Doktor unablässig hin und her.

Lange ging der Professor mit großen Schritten auf und ab, Fritz stellte sich schlafend, sah aber unter der Bettdecke hervor immer wieder auf den kämpfenden Freund. Endlich löschte der Professor das Licht und warf sich auf das Lager. Bald verrieten seine tiefen Atemzüge, daß die wohltätige Natur auch dies pochende Herz für einige Stunden zu leisem Schlage gebändigt hatte. Aber der Kummer des Doktors hielt hartnäckiger Stand. Von Zeit zu Zeit erhob er den Oberleib aus den Kissen, suchte tastend seine Brille vom nächsten Stuhle, ohne die er den Professor nicht ersehen konnte, und spähte durch die runden Gläser nach dem andern Bette hinüber, nahm die Brille wieder in leisem Seufzen ab und legte sich in die Kissen zurück. Diesen Akt der Freundschaft wiederholte er mehre Male, bis auch er in festen Schlaf verfiel, kurz ₈₁ bevor die Sperlinge im Rebenlaub ihren Morgengesang anstimmten.

5. Zwischen Herden und Garben.

Die Hofuhr schlug, Wagen rollten vor dem Fenster, die Glöckchen der Herde läuteten, als die Freunde erwachten. Einen Augenblick sahen sie erstaunt auf die Wände des fremden Zimmers und durch das Fenster in den sonnigen Garten. Während der Doktor Notizen einschrieb und das Bündel schnürte, trat der Professor hinaus in das Freie. Draußen hatte längst das Tagewerk begonnen, Beamte und Gespanne waren auf das Feld gezogen, geschäftig eilte der Hofverwalter um die offenen Scheuern, die Schafe drängten sich blökend vor dem Stall zusammen, von den Hunden umkreist.

Die Landschaft glänzte im Licht eines wolkenlosen Himmels. Über dem Boden schwebte noch der Dämmer, welcher das Licht der deutschen Sonne auch an hellen Morgen bändigt und mit seinem Grau versetzt. Noch warfen Häuser und Bäume lange Schatten, die Kühle der tauigen Nacht haftete an den schattigen Stellen und die kleinen Luftwellen trieben bald die Wärme des jungen Tageslichts, bald den erfrischenden Hauch der Nacht dem Gelehrten an die Wange.

Er schritt um die Gebäude und den Hofraum, um sich die Stätte zu begrenzen, die er von jetzt als eine fremdartige Erinnerung in der Seele tragen sollte. Die Menschen, welche hier wohnten, hatten ihm zögernd ihr Wesen aufgeschlossen, Manches in diesem einfachen Leben zwischen Haus und Flur erschien ihm lieb und begehrenswert. Was hier Tätigkeit gab, Eindrücke und Willen, das konnte er zum größten Teil mit seinen Augen übersehen, denn die Aufgaben für jedes Leben, die Pflichten des Tages wuchsen aus dem Hofe und den Beeten der Landschaft, nach der Ackerscholle formten sich die Ansichten über das Fremde, beschränkte sich das Urteil. Und lebhaft empfand er, wie tüchtig und glücklich die Menschen leben konnten, denen das eigene Sein so fest verwachsen war mit der Natur und den uralten Bedürfnissen der Menschen. Er selbst aber, welch andere Gewalten regierten sein Leben! Er wurde geführt durch tausend Einwirkungen alter und neuer Zeit, nicht selten durch Gestalten und Zustände der fernsten Vergangenheit. Denn was der Mensch treibt, ist ihm mehr als vergängliche Arbeit des Tages, und Alles, was er getan, wirkt als ein Lebendiges in ihm fort; der Naturforscher, welchen die Sehnsucht nach einer seltenen Pflanze auf die steile Höhe führt, von der er den Rückweg nicht findet, der Soldat, den die Erinnerung an alte Kampfaufregung in neue Schlachten wirft, sie werden geleitet durch die Gewalt der Gedanken, welche ihre Vergangenheit in ihnen lebendig gemacht hat. – Natürlich! der Mensch ist kein Sklave dessen, was er gelebt hat, wenn er sich nicht dazu erniedrigt; sein Wille ist frei, er wählt, was er mag, und zerwirft, was er nicht bewahren will. Aber die Gestalten und Bilder, welche einmal in seine Seele gefallen sind, arbeiten doch unablässig ihn zu leiten, oft hat er sich gegen ihre Herrschsucht zu wehren, in tausend Fällen folgt er fröhlich ihrem leisen Zuge. Alles was war und Alles was ist, das lebt über seine Erdentage hinaus fort in jedem neuen Dasein, worein es zu dringen vermag, es wirkt vielleicht in Millionen, durch lange Zeiten, die Einzelnen und die Völker bildend, erhebend, verderbend. So werden die Geister der Vergangenheit, die Gewalten der Natur, auch was man selbst geschaffen und erdacht hat, ein unveräußerlicher, Leben wirkender Bestandteil der eigenen Seele. Und lächelnd sah der Gelehrte, wie fremde, tausend Jahr alte Erinnerungen ihn selbst hierher unter Landsleute geführt hatten, und wie dem Manne, der hier herrschte, so sehr verschiedene Tätigkeit den Sinn und das Urteil weit anders gestaltete.

Zwischen seine Gedanken tönte behaglich aus dem Stall das Brummen der Rinder. Aufblickend sah er eine Reihe geschürzter Mägde, welche die vollen Milcheimer nach dem Gewölbe trugen. Hinter ihnen ging Ilse im einfachen Morgenkleid, das blonde Haar glänzte gegen die Sonne wie gesponnenes Gold, frisch und kräftig schritt sie dahin wie der junge Tag. Der Gelehrte empfand Scheu, an sie zu treten, er sah ihr sinnend nach; auch sie war eine der Gestalten, welche fortan in seinem Innern fortleben sollten, ein Bild seiner Träume, vielleicht seines Wunsches. Wie lange? wie mächtig? – Er ahnte nicht, daß seine römischen Kaiser schon in der nächsten Stunde tätig sein sollten, diese Frage zu beantworten.

Quer über den Hof kam der Landwirt, er rief ihm den Morgengruß zu und frug, ob der Professor ihn auf einem kurzen Gange ins Feld begleiten wolle. Als die Beiden nebeneinander der Sonne entgegen schritten, beide tüchtige Männer und doch so verschieden an Haupt und Gliedern, in Haltung und Inhalt, da hätte wohl Mancher den Gegensatz mit warmem Anteil betrachtet, und nicht zuletzt Ilse; aber wer nicht die Augen eines Schatzgräbers oder Geisterbanners hatte, der konnte doch nicht bemerken, wie verschiedenartig das unsichtbare Gefolge kleiner Geister war, welches beiden um Schläfe und Schultern flatterte, Schwärmen unzählbarer Vögel oder Bienen vergleichbar. Die Geister des Landwirts waren in heimischer Wirtschaftstracht, blaue Kittel oder flatternde Kopftücher, darunter wenige Gestalten in den unbestimmten Gewändern von Glaube, Liebe, Hoffnung. Hingegen um den Professor schwärmte ein unabsehbares Gewühl fremder Gebilde mit Toga und antiken Helmen, in Purpurgewand und griechischer Chlamys, auch nacktes Volk in Athletentracht, und solche mit Rutenbündeln und mit zwei Fliederwischen an den Hüten. Das kleine Gefolge des Landwirts flog unablässig auf die Ackerbeete und wieder zurück, der Schwarm des Gelehrten achtete nicht sehr darauf und hielt sich gesammelt. Endlich blieb der Landwirt vor einem Flurstück stehen, sah liebevoll darauf und erzählte, daß er dies Stück durch Unterpflügen grüner Lupinen – einer damals neu eingeführten Cultur – gedüngt habe. Der Professor hielt überrascht an. In seinem Gefolge entstand ein Durcheinanderschwärmen, ein kleiner antiker Geist flog an die nächste Erdscholle und zog vom Haupt des Professors ein zartes Gespinst, das er dort anhing. Unterdeß erzählte der Professor dem Landwirt, wie das Unterackern der grünen Hülsenfrucht einst bei den Römern bräuchlich gewesen, und wie er erfreut sei, daß jetzt nach anderthalb Jahrtausenden dieser alte Fund in unsern Wirtschaften wiederum entdeckt sei. Dabei kam man auf die Veränderungen im Landbau, und der Professor erwähnte, wie auffallend ihm gewesen sei, daß dreihundert Jahre nach Beginn unserer Zeitrechnung die Getreidebörse in den Häfen des schwarzen Meeres und Kleinasiens so große Ähnlichkeit mit der modernen von Hamburg und London gehabt habe, während jetzt dort im Osten auch viele andere Culturpflanzen gebaut würden. Und endlich berichtete er ihm gar von einem Waarentarif, den ein römischer Kaiser aufgestellt hatte, und daß gerade die Preise des Weizens und der Gerste, der beiden Früchte, von denen damals die übrigen Preise und Löhne abgehangen hätten, auf dem erhaltenen Steine zerstört wären. Und er setzte hübsch auseinander, weshalb dieser Verlust so sehr zu bedauern sei. Da ging wieder dem Landwirt das Herz auf, und er versicherte dem Professor, das sei gar nicht übermäßig zu beklagen, denn man könne diese verlorenen Werte aus den Preisen der übrigen Früchte mit Halm und Hülse sicher bestimmen, weil alle Früchte untereinander im Großen betrachtet ein festes und altes Wertverhältnis haben. Er gab diese Verhältnisse ihres Nahrungswertes in Zahlen an, und der Professor erkannte mit freudigem Erstaunen, daß sie wohl auf den Tarif seines alten Kaisers Diocletian passen könnten.

Während die Männer diese anscheinend gleichgültige Unterhaltung führten, flog ein bösartig aussehender Genius, wahrscheinlich Kaiser Diocletianus selber, vom Professor hinüber unter die bäuerliche Genossenschaft des Landwirts, stellte sich in seinem Purpurgewand mitten auf den Kopf des Herrn, stampfte mit den Beinchen an die Hirnschale und veranlaßte dem Landwirt die Empfindung, daß der Professor ein verständiger und gediegener Mann sei, und daß diesem Mann nützlich sein werde, weitere Belehrungen über Wert und Preise der Früchte zu erhalten. Denn es tat dem Landwirt doch sehr wohl, daß er dem Gelehrten auf dessen eigenem Gebiet Bescheid sagen konnte.

Als nach einer Stunde die beiden Wanderer zum Hause zurückkehrten, blieb der Landwirt an der Tür stehen und sagte mit einiger Feierlichkeit zum Professor: »Als ich Sie gestern hier einführte, wußte ich wenig, wen ich vor mir hatte. Es ist mir peinlich, daß ich einen Mann, wie Sie, so unwirsch begrüßt habe. Ihre Bekanntschaft ist mir eine Freude geworden, man findet hier selten Jemanden, mit dem man sich über allerlei so aussprechen kann wie mit Ihnen. Lassen Sie sich's, da Sie doch eine Erholungsreise machen wollen, auf einige Zeit bei uns einfachen Leuten gefallen. Je länger, desto besser. Es sind freilich jetzt nicht die Wochen, wo der Landwirt seinen Gästen das Haus bequem machen kann, Sie würden vorlieb nehmen müssen. Wollen Sie arbeiten und brauchen Sie Bücher, wir lassen sie hierher kommen. Und sehen Sie nach, ob das bei den Römern nicht etwa Wintergerste war, die ist leichter als unsere. – Schlagen Sie ein und machen Sie mir die Freude.« Er hielt dem Gelehrten treuherzig die Hand hin.

Über das Antlitz des Professors fuhr es wie ein helles Licht. Er ergriff lebhaft die Hand des Gastfreundes: »Wenn Sie meinen Freund und mich noch einige Tage behalten wollen, ich nehme Ihre Einladung von ganzem Herzen an. Ich darf Ihnen sagen, daß mir der Einblick in einen neuen Kreis menschlicher Interessen wertvoll ist, noch weit mehr aber das Wohlwollen, welches uns hier entgegenkommt.«

»Abgemacht«, rief der Landwirt heiter, »jetzt rufen wir Ihren Freund.«

Der Doktor öffnete seine Tür. Als der Landwirt mit warmen Worten die Einladung gegen ihn wiederholte, sah er einen Augenblick ernsthaft nach dem Freund hinüber. Da dieser ihm freundlich zunickte, nahm auch er für die Tage an, welche ihm vor dem beschlossenen Besuch bei Verwandten noch frei waren. – So geschah es, daß Kaiser Diocletianus, fünfzehnhundert Jahre nachdem er die Erde unfreiwillig verlassen hatte, seine tyrannische Macht an dem Professor und dem Landwirte ausübte. Ob noch andere geheime Arbeit antiker Gewalten dabei tätig war, ist nicht erforscht.

Ilse hörte schweigend den Bericht des Vaters, daß die Herren noch einige Zeit ihre Gäste sein wollten, aber ihr Blick fiel so klar und warm auf die Fremden, daß diese freudig fühlten, sie seien auch hier willkommen.

Sie waren von dieser Stunde wie alte Bekannte eingeführt in das Leben des Hauses, und beiden, die nie auf dem Lande gelebt, war, als müßte das sein, und als wären sie selbst zurückgekehrt in eine Heimat, in der sie sich schon einmal vor Jahren getummelt hatten. Es war ein geschäftiges Treiben, und doch lag auch jetzt, wo die Arbeit heiß drängte, so heitere Ruhe darüber. Ohne viele Worte, sicher verbunden wirkten die Menschen in Haus und Hof nebeneinander. Das Tageslicht war der oberste Schirmvoigt, der aufgehend zur Arbeit trieb, erlöschend die Spannung der Glieder löste. Wie die Arbeiter nach dem Himmel sahen, um ihre Werkstunden zu ermessen, so richteten Sonne und Wolke auch die Stimmungen des Tages nach ihrem Zuge, bald Behagen, bald Sorge darnieder sendend. Und langsam und leise, wie die Natur die Blüten aus dem Boden treibt und die Früchte zeitigt, wuchsen auch die Empfindungen der Menschen dort zu Blüte und Frucht. Im friedlichen Zusammenleben, aus kleinen Eindrücken setzt sich das Verhältnis der Tätigen zueinander zurecht. Wenige warme Worte, ein freundlicher Blick, der kurze Anschlag einer Saite, welche im Innern lange nachtönt, genügen, zwischen Garben und Herden, zwischen Auszug und Heimfahrt vom Felde ein festes Band um verschiedenartige Naturen zu schlingen; ein Band, gewebt aus unscheinbaren Fäden! aber es erhält dennoch leicht eine Stärke, die durch das ganze Erdenleben dauert.

Auch die Freunde umgab der Frieden, die alltägliche Tüchtigkeit, die kleinen Bilder des Landes. Nur, wenn sie das alte Haus betrachteten und der Hoffnung gedachten, welche sie hierher geführt, kam ihnen etwas von der Unruhe, welche Kinder vor einer Weihnachtsbescherung empfinden. Die still arbeitende Phantasie warf ihren bunten Schein über Alles, was dem Hause angehörte, bis herab auf den Beller Nero, der schon am zweiten Tage durch heftiges Schwenken des Schwanzes den Wunsch ausdrückte, auch von ihnen in die Tischgenossenschaft aufgenommen zu werden.

Es war dem Doktor sehr der Beachtung wert, wie stark sein Freund durch dies ruhige Leben angezogen wurde, und wie fügsam er sich in die Bewohner des Hauses schickte. Der Gutsherr brachte ihm, bevor er auf das Vorwerk ritt, einige landwirtschaftliche Bücher und sprach zu ihm über Getreidesorten, der Professor antwortete so bescheiden wie ein junger Herr in Stulpstiefeln und vertiefte sich sogleich ernsthaft in diese fremden Interessen. Auch zwischen Ilse und dem Professor offenbarte sich ein Einvernehmen, über dessen Ursache der Doktor unruhig nachsann. Wenn der Professor zu ihr sprach, geschah es mit inniger Verehrung in Stimme und Blick, und auch Ilse wandte sich am liebsten zu ihm und war in der Stille unablässig um sein Behagen bemüht. Als er ihr bei Tische ein Tuch aufhob, überreichte er es mit ehrfurchtsvoller Verbeugung, wie einer Fürstin; als sie ihm seine Tasse in die Hand gab, sah er so glücklich aus, als hätte er den geheimen Sinn einer schwierigen Schriftstelle gefunden. Dann am Abend, als er mit dem Vater im Garten saß und Ilse hinter seinem Rücken aus dem Hause trat, verklärte sich sein Angesicht, und er hatte sie doch gar nicht gesehen. Und da sie den Kindern das Abendbrot austeilte und den kleinen Franz wieder schelten mußte, weil er unartig war, sah der Professor plötzlich so finster drein, als ob er selbst ein Knabe wäre, den der Unwille der Schwester bessern sollte. Diese Beobachtungen gaben dem Doktor zu denken.

Weiter, als kurz darauf der wackere Hans dem Doktor den Vorschlag machte, bei einem freundschaftlichen Blindekuhspiel mitzuwirken, da nahm Fritz als selbstverständlich an, daß der Professor unterdeß den Vater in der Laube unterhalten werde. Er selbst hätte sich's kaum getraut, seinen gelehrten Freund zu dieser Ausschweifung aufzufordern. Wie erstaunte er aber, als Ilse das Tuch zusammenlegte, zu dem Professor trat und ihn aufforderte, sich zuerst als Blindekuh umbinden zu lassen. Und der Professor sah auf dieses Ansinnen ganz glücklich aus, bot Haupt und Hals sanft wie ein Opferlamm der Verhüllung und ließ sich von Ilse in den Kreis der kleinen Wilden führen. Lärmend umringte der Schwarm den Professor, die dreisten Kinder zupften ihn am Rockschoß, sogar Ilse wußte einen Knopf seines Rockes zu fassen und zog leise daran, er aber geriet über dieses Zucken in Aufregung, fuhr mit den Händen umher und achtete keinen Angriff der schwärmenden Jugend, nur um die Frevlerin zu ergreifen. Als ihm dies nicht gelang, schlug er mit dem Stocke auf und ging wie der blinde Sänger Demodokus tastend umher, um einen Phäaken mit der Stockspitze zu fassen. Jetzt traf er richtig auf Ilse, sie aber hielt das Stockende ihrer Schwester hin, und Clara pfiff daran, der Professor aber rief: »Fräulein Ilse!« Und Ilse freute sich herzlich, daß er falsch geraten, und der Professor sah darüber sehr betreten aus.

Aber dabei blieb es nicht. Dies Landgeschlecht mutete dem Professor ferner zu, den Dritten abzuschlagen, als schwarzer Mann zu kommen und ähnliche anstrengende Übungen, bei denen ein Umherhuschen, Umwenden, Laufen und ein Hüpfen über die Grenze unvermeidlich war. Alles dies machte der Professor recht lüderlich mit. Ja, er bewies darin eine Kunstfertigkeit, welche die Kinder bezauberte. Er sprang wie ein Knabe über die Buchsbaumbeete, unternahm das Kunststück, mit jeder Hand eines zu fangen, schlug mit dem zusammengedrehten Taschentuch kräftigst auf die Rückseite der Knaben und traf Ilsens Hände mit einem so achtungsvollen Schlag, daß Bruder Franz erzürnt ausrief: »Das gilt nicht, das war zu wenig.« Ilse aber bekannte sich getroffen, nahm das Tuch und schenkte es jetzt dem Professor gar nicht, sondern schlug ihn damit herzhaft auf die Schultern, und als er sich erstaunt umdrehte, lächelte sie ihm ein wenig zu und übergab ihm das Tuch wieder.

Es war unleugbar, die laute Fröhlichkeit der wohlgebildeten Kinder war ansteckend, auch der Doktor wurde bald von einer derben ländlichen Lustigkeit erfaßt. Auch er sprang und klatschte in die Hände und boxte während des gemeinsamen Spiels noch zum Privatvergnügen mit Hans dem ältesten, so oft sie nebeneinander zu stehen kamen. Während er selbst lachte und auf einem Beine herumsprang, freute er sich als beobachtender Weiser über die großen und kleinen Mädchen, wie gut ihnen die kräftigen Bewegungen des wilden Spiels standen. Denn es war unverkünstelte Natur und volle Hingabe an das Spiel. Wenn Clara, die zweite, dem Bruder entlief oder im Kreise umherfuhr, so war sie bis auf ihr bescheidenes Röckchen einer spartanischen Wettläuferin wohl zu vergleichen. Als Ilse darauf am Baum stand und mit der Hand einen Ast über sich faßte, um sich zu stützen, so sah ihr gerötetes Antlitz, von den Blättern des Nußbaums bekränzt, so schön und glücklich in die Welt, daß auch der Doktor ganz davon hingerissen wurde.

Bei solcher Bacchantenstimmung war es nicht zu verwundern, daß der Professor zuletzt Hansen zum Wettlauf herausforderte: zweimal im Viereck, längs dem Zaune. Unter dem Jubel der Kinder verlor Hans seine Wette, wie er selbst behauptete, weil er die innere Seite des Vierecks gehabt hatte, aber die allgemeine Stimme verwarf durchaus diese Entschuldigung. Als die Wettläufer wieder bei der Laube ankamen, reichte Ilse dem Professor seinen Überziehrock, den sie unterdeß vom Kleiderrechen des Hausflurs geholt hatte: »Es wird spät, Sie dürfen sich bei uns nicht erkälten.« Und es war gar nicht kalt, er aber zog den Rock auf der Stelle an, knöpfte ihn von oben bis unten zu und schüttelte seinen Mitstreiter Hans vergnügt an den Schultern. Darauf setzten sich alle in der Laube nieder, um abzukühlen. Hier mußte auf die stürmische Forderung der Kleinen unter allgemeinem Chorgesange ein Taler wandern, und von dem strengen Teil der Familie wurde laut gerügt, daß der Taler zweimal zwischen Ilse und dem Professor auf die Erde fiel, weil sie einander den geheimen Läufer nicht fest genug in die Hand gegeben hatten. Durch dies Spiel war die Gesangeslust der Jugend erweckt worden, Klein und Groß sang zusammen aus voller Kehle solche Lieder, welche sich als gemeinsames Gut erwiesen: »An der Saale kühlem Strande«, das Mantellied und »die Glocke von Capernaum«, dieses als Canon. Darauf sangen Ilse und Clara, von dem Doktor ersucht, zweistimmig ein Volkslied, sehr einfach und schmucklos, und vielleicht traf eben deshalb die melancholische Weise das Herz, so daß es nach dem

Lied still wurde und die fremden Herren gewissermaßen gerührt vor sich hinsahen, bis der Landwirt die Gäste aufforderte, auch etwas zum Besten zu geben. Sogleich stimmte der Professor, aus seiner Bewegung auftauchend, mit wohltönendem Basse an: »Im kühlen Keller sitz' ich hier«, daß die Knaben begeistert die Reste aller Milch austranken und mit den Gläsern auf den Tisch stampften. Wieder äußerte sich die Gesellschaft als Chor, sie unternahmen das liebe alte Fragezeichenlied: »des Deutschen Vaterland«, soweit die Kenntnis der Verse reichte, und zum Schluß versuchte sich Alles zusammen an Lützows verwegener Jagd. Der Doktor hielt als fester Chorsänger die Melodie bei den schwierigen Noten schön zusammen und der Refrain klang wundervoll in der stillen Abendluft, die Töne zogen das Weinlaub der Mauer entlang und über die Gipfel der Obstbäume bis an das Gehölz des nächsten Hügels und kamen von dort als Echo zurück.

Nach diesem Hauptstück trieb Ilse die Kinder zum Aufbruch und geleitete die Unzufriedenen in das Haus, die Männer aber saßen noch lange im Gespräch zusammen, sie hatten miteinander gelacht und gesungen und ihre Herzen waren geöffnet. Der Landwirt erzählte aus seinen früheren Tagen, wie er sich da und dort versucht hatte und endlich hier festgesetzt. Der Kampf um das Leben war auch ihm schwer und langwierig gewesen, er erinnerte sich in dieser Stunde gern daran und sprach darüber in der guten Weise eines tätigen Mannes.

So verlief der zweite Tag auf dem Gute zwischen Sonne und Sternen, zwischen Garben und Herden.

Am nächsten Morgen weckte den Professor ein lauter Gesang der geflügelten Hofgenossen. Der Hahn flog auf einen Stein unter dem Fenster der Gaststube und ließ gebieterisch seinen Morgenruf erschallen, die Hennen und junges Hühnervolk standen im Kreise um ihn her und versuchten dieselbe Gesangskunst zu üben. Dazwischen schrieen die Sperlinge, welche im Weinlaub geschlafen hatten, aus vollem Halse, aber sie drangen nicht durch; dann flogen die Tauben heran und gurrten die Triller. Zuletzt kam noch eine Herde Enten zu dem Sängerbund und begann schnatternd den zweiten Chor. Der Professor sah sich genötigt, das Lager zu räumen, und der Doktor rief unwillig im Bett: »Das kommt von dem gestrigen Singsang. Jetzt lärmt der Brotneid aller zünftigen Hofmusikanten.« Darin aber war er im Irrtum, das kleine Volk des

Hofes sang nur aus Amtseifer, es meldete zuerst dem Gute, daß ein unruhiger Tag bevorstehe.

Als der Professor in das Freie trat, glühte noch die Morgenröte mit feurigem Schein am Himmels, und der erste Lichtstrahl fuhr über die Felder, gebrochen und zitternd wie in Wellen. Der Grund war trocken, an Blatt und Rasen hing kein Tautropfen. Auch die Luft war schwül, und matt nickten die Blumenköpfe an den Stielen. Hatte in der Nacht eine zweite Sonne geschienen? Vom Gipfel eines alten Kirschbaumes aber klang unaufhörlich das helle Pfeifen der Golddrossel. Der alte Gartenarbeiter Jacob sah kopfschüttelnd nach dem Baume: »Ich dachte, der Spitzbub wäre fortgezogen, er hat unter den Kirschen arg gewirtschaftet, jetzt gibt er vor seiner Reise noch eine Nachricht, heut kommt etwas.«

Schnell rollten die Wagen auf das Erntefeld, die Pferde waren unruhig, schüttelten die Köpfe und schlugen mit dem Schweife die Flanken, und die Knechte klatschten ohne Aufhören mit der Peitsche. »Heut stechen die Fliegen«, sagte im Vorbeifahren grüßend der Großknecht, »es kommt ein Wetter.« Der Landwirt trat aus dem Hause, statt des Morgengrußes rief er dem Professor zu: »Das Wetterglas ist gefallen, es ist etwas im Anzuge.« Ilse kam von der Molkerei: »Die Kühe sind unruhig, sie brüllen und arbeiten gegen einander.«

Rot hob sich die Sonne aus trockenem Qualm, die Arbeiter im Felde fühlten die Mattigkeit in den Gliedern und hielten immer wieder bei der Arbeit an, das Antlitz zu trocknen. Der Schäfer war heut mit der Herde unzufrieden, seine Hammel waren auf Kraftübungen versessen; statt zu fressen stießen sie mit den Köpfen zusammen und das Jungvieh hüpfte und tänzelte wie an Drähten in die Höhe gezogen. Unordnung und Widersetzlichkeit waren nicht zu bändigen, der Hund umkreiste die Aufgeregten unaufhörlich mit hängendem Schwanze, und wenn er heut ein Schaf in das Bein zwickte, so merkte es lange den Schaden.

Höher stieg der Sonnenball am wolkenlosen Himmel, heißer wurde der Tag, ein leichter Dunst hob sich vom Boden und machte die Ferne undeutlich, die Sperlinge flogen unruhig um die Baumgipfel, die Schwalben fuhren längs dem Boden und zogen ihre Kreise um die Menschen. Die Freunde suchten ihr Zimmer auf, auch hier empfand man die ermattende Schwüle, der Doktor, welcher einen Plan des Hauses entwarf, legte den Bleistift hin, der Professor las von Ackerbau und Viehzucht, aber er sah oft über sein Buch nach dem Himmel, öffnete das Fenster und schloß es wieder. Das Mittagsmahl war stiller als sonst, der Landwirt sah ernst drein, seine Beamten nahmen sich kaum Zeit, ihre Teller zu leeren. »Es kommt heut ungelegen«, sagte der Hausherr beim Aufstehen zu der Tochter, »ich reite an die Grenze; bin ich nicht vor dem Wetter zurück, so sieh nach Haus und Hof.« Und wieder zogen die Menschen und Rosse auf das Feld, aber heut war ihnen der Weg zur Arbeit sauer.

Die Hitze wurde unerträglich, die Nachmittagssonne brannte auf die Haut, Fels und Mauer fühlten sich heiß an, den Himmel überzog ein weißes Gewölk, das sich zusehends verdichtete und zusammenfuhr. Eifrig trieb der Knecht die Pferde zur Scheuer, die Arbeiter hasteten die Garben abzuladen, im schnellen Trabe fuhren die Wagen, noch eine Ladung unter das schützende Dach zu retten.

Die Freunde standen vor der Hoftür und blickten auf die schweren Wolken, welche vom Himmelsrande heraufzogen. Das gelbe Sonnenlicht kämpfte kurze Zeit gegen die dunkeln Schatten der Höhe, endlich verschwand auch der letzte grelle Schein, glanzlos und trauernd lag die Erde. Ilse trat zu ihnen: »Seine Zeit ist gekommen, gegen vier Uhr steigt es herauf, selten zieht es aus dem Morgen über das ebene Land, dann aber wird es jedesmal schwer für uns, denn die Leute sagen, es kann nicht über die Berghöhe, auf die Sie vom Garten aus sehen. Dann hängt es lange über unserm Felde. Und der Donner, sagt man, rollt bei uns stärker als anderswo.«

Die ersten Stöße des Windes fuhren heulend an das Haus. »Ich muß durch den Hof, zum Rechten sehen«, rief Ilse, band schnell ein Tuch um das Haupt und drang, von den Männern begleitet, gegen den Sturm vorwärts zu dem Hofgebäude, in welchem die Spritze stand, sie sah zu, ob die Tür geöffnet und Wasser in den Tonnen war. Dann eilte sie vorwärts nach den Ställen, während die Strohhalme im Wirbel um sie herumfuhren, mahnte die Mägde noch einmal durch muntern Zuruf, sprach schnell einige Worte mit den Beamten und kehrte nach dem Hause zurück. Sie warf einen Blick in die Küche und nach dem Herde und öffnete die Tür des Kinderzimmers, ob alle Geschwister beim Lehrer versammelt waren. Zuletzt ließ sie noch den Hund herein, der an der geschlossenen Hoftür ängstlich bellte, und trat dann wieder zu den Freunden, welche vom Fenster der Wohnstube in den Aufruhr der Elemente blickten. »Das Haus ist verwahrt, so gut die Hand des Menschen vermag, wir aber vertrauen auf stärkeren Schutz.«

Langsam wälzte sich das Wetter näher, eine schwarze Masse nach der andern schob sich heran, unter ihnen stieg ein fahler Dunstschleier wie ein ungeheurer Vorhang höher und höher, der Donner rollte, kürzer die Pausen, wilder sein Dröhnen, der Sturm heulte um das Haus, jagte zornig dicke Staubwolken um die Mauern, Blätter und Halme flogen in wildem Tanze dahin.

»Der Löwe brüllt«, sagte Ilse, die Hände faltend. Sie neigte auf einige Augenblicke das Haupt. Dann sah sie schweigend zum Fenster hinaus. »Der Vater ist auf dem Vorwerk unter Dach«, begann sie wieder, einer Frage des Professors zuvorkommend.

Ein tüchtiges Wetter tobte um das alte Haus. Die es zum erstenmal an dieser Stelle hörten, auf freier Höhe, an der Seite des Bergrückens, von dem das wirbelnde Getöse des Donners zurückschallte, meinten solche Gewalt der Natur noch nicht erlebt zu haben. Während der Donner tobte, ward es plötzlich finster in der Stube wie bei einbrechender Nacht, und immer wieder wurde die unheimliche Dämmerung durch den Schein der feurigen Schlangen zerrissen, welche über den Hof dahinfuhren.

In der Kinderstube war es laut geworden, man hörte das Weinen der Kleinen. Ilse ging an die Tür und öffnete. »Kommt zu mir«, rief sie. Ängstlich liefen die Kinder herein und drängten sich um die Schwester, sie faßten ihre Hände, die jüngsten klammerten sich an ihr Gewand. Ilse nahm die kleine Schwester und legte sie in die Hände des Professors, der neben ihr stand. »Seid still und sagt leise euren Spruch«, mahnte sie, »jetzt ist keine Zeit, zu weinen und zu klagen.«

Plötzlich ein Licht so blendend, daß es zwang, die Augen zu schließen, ein kurzer markerschütternder Krach, der in mißtönendem Knattern endete. Als der Professor die Augen öffnete, sah er in dem Schein eines neuen Blitzes Ilse neben sich stehen, das Haupt ihm zugewendet, mit strahlendem Blick. »Das hat eingeschlagen«, rief er besorgt.

»Nicht in den Hof«, versetzte das Mädchen unbeweglich.

Wieder ein Schlag und wieder ein Feuerschein und ein Schlag, wilder, kürzer, schärfer. »Es schwebt über uns«, sagte Ilse ruhig und drückte das Haupt des kleinen Bruders an sich, als wollte sie ihn schützen.

Der Professor konnte den Blick nicht abwenden von der Gruppe in der Zimmermitte. Die edle Gestalt des Weibes vor ihm, hoch aufgerichtet, unbeweglich, umringt von den angstvollen Geschwistern, gehoben das Antlitz und um den Mund ein stolzes Lächeln. Sie hatte in unwillkürlicher Empfindung eines der teuren Leben seiner Obhut anvertraut, er stand in der Not der Entscheidung neben ihr als einer der Ihrigen. Auch er hielt das Kind fest, das ihn ängstlich umschlang. Es waren kurze Augenblicke, aber zwischen Blitz und Schlag loderte die Glut in ihm zu hellen Flammen auf. Die neben ihm stand im Wetterschein, von blendendem Licht umgossen, sie war es, die er sich forderte für sein Leben.

Länger dröhnte der Donner, der Regen schlug an das Fenster, ein Wasserguß rasselte und klatschte um das Haus, die Fenster zitterten in einem wütenden Anprall des Sturmes.

»Es ist vorüber«, sagte die Jungfrau leise. Die Kinder fuhren auseinander und liefen an das Fenster. »Nach oben, Hans«, rief die Schwester und eilte mit dem Bruder aus dem Zimmer, um zu sehen, ob das Wasser doch irgendwo Eingang gefunden. Der Professor sah sinnend nach der Tür, aus der sie geschwunden war, der Doktor aber, der unterdeß, das Knie in den Händen, ruhig auf dem Stuhl gesessen, begann kopfschüttelnd: »Diese Naturerscheinung ist für uns ungemütlich. Seit die Blitzableiter in Mißcredit gekommen sind, hat man nicht einmal den Trost, daß solche Stange dem Codex Sicherheit gegen die Zudringlichkeit von oben gewährt. Das ist ein schlechter Aufenthalt, mein Freund, für unser armes altes Manuscript, und es ist wahrlich Christenpflicht, das Buch so schnell als möglich aus diesem Donnerwinkel zu retten. Wie kann man ferner noch mit Gemütsruhe eine Wolke am Himmel sehen? Wir werden immer daran denken müssen, was hier alles möglich ist.«

»Das Haus hat doch bis jetzt vorgehalten«, erwiederte der Professor lächelnd, »überlassen wir die Handschrift unterdeß den guten Gewalten, denen die Menschen selbst hier so fest vertrauen. – Sieh, schon bricht der Sonnenstrahl durch den Dunst.«

Eine halbe Stunde später war Alles vorüber, über den Bergen lag noch die dunkle Wolke und aus der Ferne tönte gefahrlos der Donner. In dem leeren Hofe regte sich wieder das Leben. Zuerst zog in fröhlichem Eifer der Entenchor aus seinem Versteck, putzte die Federn, untersuchte die Wasserlachen und schnatterte längs den Wagengleisen. Dann kam der Hahn mit seinen Hühnern, vorsichtig schreitend und die quellenden Körner pickend, die Tauben flogen an Vorsprünge der Fenster, wünschten einander mit Verbeugungen Glück und breiteten die Federn im neuen Sonnenlicht, Nero fuhr in kühnem Sprunge aus dem Hause, trottete durch den Hof und bellte herausfordernd in die Luft, um die feindliche Wolke vollends zu verscheuchen. Dann schritten die Mägde und Arbeiter wieder rührig über den Platz und atmeten erfrischt den Balsam der feuchten Luft. Der Hofverwalter kam und berichtete, daß es zweimal in den Berg nebenan geschlagen. Auch der Landwirt ritt in starkem Trabe herein, tüchtig durchnäßt, um zu sehen, ob Haus und Hof ihm unversehrt geblieben. Er sprang fröhlich vom Pferde und rief: »Es hat draußen eingeweicht, aber Gottlob, daß es so vorübergegangen. Solch Wetter ist hier seit Jahren nicht erlebt.« Die Leute hörten noch eine Weile, wie der Großknecht erzählte, daß er eine Wassersäule gesehen, die als ein großer Sack vom Himmel bis zur Erde hing, und daß es jenseit der Grenze stark gehagelt. Dann traten sie gleichmütig in die Ställe und genossen die Ruhestunde, die ihnen das Unwetter vor der Zeit verschaffte. Und während der Landwirt zu seinen Beamten sprach, rüstete sich der Doktor, mit den Knaben und dem Lehrer in das Tal hinabzusteigen und dort die Überschwemmung des Baches zu betrachten.

Der Professor aber und Ilse blieben im Obstgarten, und der Professor erstaunte über die Menge der braunen Hausträgerinnen, der Schnecken, welche jetzt überall hervorkamen und langsam über den Weg zogen; er nahm eine nach der andern und setzte sie vorsichtig aus dem Wege, aber die Unverständigen kehrten immer wieder auf den festen Kies zurück und erhoben den Anspruch, daß die Fußgänger ihnen auswichen. Dann sahen die beiden nach, wie die Fruchtbäume das Unwetter ertragen hatten. Sie waren arg zerzaust, beugten ihre Zweige tief herab, und viel unreifes Obst lag abgeschlagen im Grase. Der Professor schüttelte vorsichtig an den regenschweren Ästen, um sie von der fremden Bürde zu befreien, er holte einige Stangen und unterstützte einen alten Apfelbaum, der unter seiner Last zu erliegen drohte, und beide lachten herzlich, als ihm bei der Arbeit das Wasser aus den Blättern, wie aus kleinen Rinnen, auf Haar und Rock hinablief.

Ilse schlug bedauernd die Hände zusammen über die vielen gefallenen Früchte, es hing aber doch noch viel an den Bäumen, und es war immer noch eine reiche Ernte zu hoffen. Der Professor gab ihr teilnehmend den Rat, das gefallene Obst zu backen, und Ilse lachte wieder darüber, weil das meiste noch zu unreif sei. Da gestand ihr der Professor, daß auch er als Knabe geholfen habe, wenn seine liebe Mutter das Obst auf dem Trockenbret ordnete. Denn seine Eltern hatten auch einen großen Garten an der Stadt gehabt, in welcher sein Vater Beamter gewesen. Und Ilse hörte mit leidenschaftlichem Anteil zu, als er weiter erzählte, daß er als Knabe den Vater verloren und wie lieb und gescheidt seine

Mutter um ihn gesorgt, und wie innig sein Verhältnis zu ihr gewesen, und daß ihr Verlust der größte Schmerz seines Lebens sei. Dabei schritten sie den langen Kiesweg auf und ab, und in beiden klang durch die heitere Stimmung der Gegenwart ein Ton des Leides aus vergangenen Tagen, gerade wie in der Natur die Bewegung des heftigen Unwetters leise nachzitterte und das reine Licht des Tages von unzähligen blitzenden Edelsteinen auf Laub und Halm erglänzte.

Ilse öffnete eine Pforte, welche aus dem untern Teil des Obstgartens ins Freie führte, sie stand still und begann mit zögernder Bitte: »Ich habe einen Gang vor in das Dorf, um zu sehen, wie der Herr Pfarrer das Wetter überstanden hat. Wird Ihnen recht sein, unsern guten Freund kennen zu lernen?«

»Wenn er Ihnen lieb ist, so bin ich dankbar, daß Sie mich zu ihm führen«, antwortete der Professor.

Auf feuchtem Fußpfade schritten sie in die gewundene Verlängerung des Tals, welche sich an der Seite des Friedhofs hinzog. Dort lag mit zusammengedrängten Häusern ein kleines Dorf, meist von Arbeitern des Gutes bewohnt. Das erste Gebäude unter der Kirche war das Pfarrhaus, mit Holzdach und kleinen Fenstern, wenig von den Wohnungen der Landleute verschieden. Ilse öffnete die Tür, eine alte Magd eilte mit vertraulichem Gruß entgegen. »Ach, Fräulein«, rief sie, »das war heut schlimm, ich dachte, der jüngste Tag wäre vor der Tür. Der Herr hat immer an dem Kammerfenster gestanden und nach dem Schloß hinaufgesehen und für Sie die Hände in die Höhe gehoben. – Jetzt ist er im Garten.« – Durch die Hintertür traten die Gäste in einen kleinen Raum zwischen Giebeln und Scheuern der Nachbarhöfe, wenige niedrige Fruchtbäume ragten über die Blumenbeete. Der alte Herr in dunklem Hausrock stand vor einem Spalier und arbeitete emsig. »Mein liebes Kind«, rief er aufsehend, und sein gutherziges Angesicht lachte vor Freude unter dem weißen Haar, »ich wußte, daß Sie heut kommen würden.« Er verneigte sich vor dem fremden Gast und wandte sich nach den Begrüßungsworten wieder zu Ilse. »Denken Sie das Unglück, der Sturm hat unsern Pfirsichbaum geknickt, das Geländer ist abgerissen, die Zweige zerschlagen, der Schaden ist unersetzlich.« Er beugte sich zu seinem kranken Baume herab, dem er gerade mit Baumwachs und Bast einen Verband aufgelegt hatte. »Es ist der einzige Pfirsich hier«, klagte er dem Professor, »auf dem ganzen Gute haben sie keinen, und in der Stadt vollends nicht. Aber ich darf Sie nicht mit meinen kleinen Leiden belästigen«, fuhr er mutiger fort, »bitte, kommen Sie mit mir in die Stube.« Ilse trat in eine Seitentür neben dem Hause. »Was macht Flavia?« frug sie die Magd, welche den Besuch erwartend an der Pforte stand.

»Munter«, antwortete Susanne, »und der Kleine auch.«

»Es ist die gelbe Kuh und ein junges Ochsenkalb«, erklärte der Pastor dem Professor, während Ilse mit der Magd in den engen Hofraum trat. »Ich sehe nicht gern, wenn die Leute dem Vieh christliche Namen geben, da muß unser Latein aushelfen.«

Ilse kehrte zurück. »Es ist Zeit, daß das Kalb fortkommt, es ist ein unnützer Brotesser.«

»Das hab' ich auch gesagt«, schaltete Susanne ein, »aber der Herr Pfarrer will sich nicht dazu entschließen.«

»Sie haben Recht, mein liebes Kind«, erwiederte der Pfarrer, »nach menschlicher Weisheit wäre es ratsam, das Öchslein dem Schlächter zu überliefern. Aber das Öchslein sieht die Sache ganz anders an, und es ist eine muntere Creatur.«

»Wenn man's aber darum fragt, erhält man keine Antwort«, sagte Ilse, »und deswegen muß sich's gefallen lassen, was wir wollen. Erlauben Sie, Herr Pfarrer, daß ich das mit Susanne hinter Ihrem Rücken abmache. Unterdeß holst du die Milch von oben.«

Der Pfarrer führte in seine Stube. Es war ein kleiner Raum, weiß getüncht, spärlich möbliert, darin ein alter Schreibtisch, ein schwarzbestrichenes Bücherbret mit einer kleinen Anzahl ältlicher Bücher, Sopha und Stühle mit buntem Kattun überzogen. »Hier ist seit vierzig Jahren mein Tusculum«, sagte der Pastor vergnügt zum Professor, der verwundert auf den dürftigen Hausrat blickte. »Es würde größer sein, wenn der Anbau zu Stande gekommen wäre, es waren auch schon Pläne gemacht, und mein Herr Nachbar hat sich sehr darum bemüht, aber seit meine selige Frau dort hinaufgezogen ist« – er sah nach der Höhe des Friedhofs – »will ich nichts mehr davon hören.«

Der Professor sah zum Fenster hinaus. Vierzig Jahre in dem engen Bau, dem schmalen Tal, zwischen dem Friedhof, den Hütten, dem Wald! Ihm wurde gedrückt zu Mut. »Es scheint, die Gemeinde ist arm«, sagte er, »zwischen den Bergen liegt nur wenig Feld. Und wie ist's im Winter?«

»Ei, die Füße tragen noch«, erwiederte der geistliche Herr, »man besucht dann auch gute Freunde; nur der Schnee wird zuweilen lästig, einmal waren wir ganz eingeschneit und Herr Bauer hat uns herausschaufeln müssen.« Er lächelte behaglich bei der Erinnerung. »Es ist nicht einsam, wenn man lange Jahre an einem Orte gelebt hat, man hat die Großväter gekannt, die Väter aufgezogen, man lehrt die Kinder und hier und da schon die Enkel, man sieht, wie die Menschen sich von der Erde erheben und wieder hinabsinken, gleich den Blättern der Bäume. Und man merkt, daß Alles eitel ist und eine kurze Vorbereitung. Liebes Kind«, sagte er zu Ilse, welche jetzt eintrat, »setzen Sie sich zu uns, ich habe Ihr liebes Gesicht seit drei Tagen nicht gesehen, und wollte nicht hinaufkommen, weil ich hörte, daß Besuch bei Ihnen ist. Ich habe auch etwas für Sie«, setzte er hinzu und holte einen beschriebenen Bogen vom Pult, »es ist Poesie dabei.«

»Denn auch der Musengesang fehlt uns nicht«, fuhr er gegen den Professor fort. »Freilich ist er demütig und von der bukolischen Art. Aber glauben Sie mir, für Einen, der sein Dorf kennt, gibt es wenig Neues unter der Sonne. Es ist im Kleinen hier Alles, wie in der übrigen Welt im Großen, der Schmied ist ein heftiger Politikus und der Schultheiß möchte gern ein Dionysius von Syrakus sein. Auch den reichen Mann der Schrift haben wir, freilich auch mehre Lazarusse, zu welchen dieser Dichter gehört; und unser Tüncher ist im Winter ein Musikus, er spielt gar nicht schlecht auf der Zither. Das alles arbeitet durcheinander und möchte gern oben hinaus, und es macht zuweilen Mühe, die gute Nachbarschaft unter ihnen zu erhalten.«

»Er will seine grüne Wand wieder haben, soviel ich verstehe«, sagte Ilse, von dem Blatt aufsehend.

»Seit sieben Jahren liegt er in seiner Kammer, zur Hälfte gelähmt, mit heftigen Schmerzen und unheilbar«, erklärte der Pfarrer dem Gast, »er sieht durch ein kleines Fensterloch in die Welt, auf die Lehmwand gegenüber und die Menschen, welche davor sichtbar werden. Und die Wand gehört dem Nachbar, sie war durch mein liebes Kind mit wildem Wein bezogen. In diesem Jahr aber hat der Nachbar – unser reicher Mann – daran gebaut und das Grüne abgerissen. Das ärgert den Kranken. Ihm ist schwer zu helfen, denn jetzt ist nicht die Zeit, Neues zu pflanzen.«

»Es muß doch Rat werden«, warf Ilse ein. »Ich will mit ihm darüber reden. Verzeihen Sie, es soll nicht lange dauern.«

Sie verließ das Zimmer. »Ist's Ihnen recht«, sagte der Pfarrer geheimnisvoll zu seinem Gast, »so zeige ich Ihnen diese Wand, denn ich habe mir die Sache viel überlegt, aber ich finde keine Abhilfe.« Schweigend stimmte der Professor bei. Die Männer schritten die Dorfgasse entlang, an der Ecke faßte der Pfarrer den Arm seines Begleiters. »Hier liegt der Kranke«, begann er halblaut, »er hört schwer in seiner Schwäche, aber wir müssen doch leise auftreten, daß er uns nicht merkt; denn das stört ihn.«

Der Professor sah dichtbei am dürftigen Hause ein kleines Schiebfenster geöffnet und Ilse davorstehen, von ihnen abgewandt. Während der Pfarrer ihm die Lehmwand zeigte und die Höhe, welche für die Laubumkleidung nötig sei, hörte er auf das Gespräch am Fenster. Ilse sprach laut hinein und von dem Lager antwortete eine schrille Stimme. Erstaunt vernahm er, daß nicht vom Weinlaub die Rede war. – »Und hat der Herr ein gutes Gemüt?« frug die Stimme. »Er ist ein gelehrter Mann und ein guter Mann«, antwortete Ilse. »Wie lange bleibt er bei Ihnen?« frug der Kranke. »Ich weiß nicht«, war Ilsens zögernde Antwort. »Er soll ganz bei Ihnen bleiben, denn er ist Ihnen lieb«, sagte der Kranke. »Ach, das dürfen wir gar nicht hoffen, lieber Benz. Aber dies Gespräch hilft nicht zu guter Aussicht auf gegenüber«, fuhr Ilse fort. »Mit dem Nachbar rede ich, aber zwischen heut und morgen wächst doch nichts. Da habe ich mir ausgedacht, der Gärtner schlägt hier draußen unter dem Fenster ein kleines Bret fest und wir setzen unterdeß die Blumenstöcke aus meiner Stube darauf.« – »Das benimmt mir die Aussicht«, entgegnete die Stimme unzufrieden, »ich kann dann die Schwalben nicht mehr sehen, wenn sie vorbeifliegen, und ich sehe wenig von den Köpfen der Leute, die vorbeigehen.« – »Das ist richtig«, versetzte Ilse, »aber wir machen das Bret so niedrig, daß nur die Blumen durch's Fenster gucken.« – »Was sind's für Blumen?« frug Benz. »Ein Myrtenstock«, sagte Ilse. »Der blüht nicht«, versetzte Benz mürrisch. – »Aber zwei Rosen blühen und ein Vanillestrauch.« – »Den kenne ich nicht«, warf der Kranke ein. »Er riecht wundergut«, sagte Ilse empfehlend. »Dann kann er kommen«, bewilligte Benz, »aber Basilikum muß auch dabei sein.« – »Wir wollen sehen, ob's zu haben ist«, erwiederte Ilse, »und um das Fensterholz zieht euch der Gärtner eine Epheuranke.« – »Der ist mir zu schwarz«, widersprach der ungenügsame Benz. »Ei was«, entschied Ilse, »wir probieren's. Ist's euch nicht recht, so wird's geändert.« Damit war der Kranke einverstanden. »Aber der Gärtner soll mich nicht warten lassen«, rief er, »ich möchte es morgen haben.« – »Gut«, sagte Ilse, »am frühen Morgen.« – »Und meinen Vers zeigen Sie Niemand«, bat Benz, »auch dem fremden Herrn nicht, er ist nur für Sie.« – »Das bleibt unter uns«, sagte Ilse. »Ruft eure Tochter Anna, lieber Benz.«

Sie rüstete sich zum Aufbruch, der Pfarrer zog seinen Gast leise zurück. »Wenn der Kranke solches Gespräch gehabt hat«, erklärte er, »ist er für den nächsten Tag zufrieden. Und morgen macht er ihr wieder einen Vers. Er schreibt, unter uns gesagt, manchmal Nonsens, aber es ist gut gemeint, und ihm ist es die beste Unterhaltung. Nämlich die Leute im Dorfe scheuen sich, an sein Fenster zu treten, und sie gehen auch nicht gern vorüber. – Für mein Amt aber ist dies die härteste Arbeit. Denn die Leute sind in dem Aberglauben verstockt, daß Krankheit und Erdenleid von bösen Mächten stammen und daß sie durch Haß angetan werden oder zur Strafe für begangenes Unrecht. Wenn ich ihnen predige ohne Aufhören, daß Alles nur eine Prüfung ist für das Jenseits, die Lehre ist ihnen zu groß und hoch, nur die Schwachen glauben sie, wer aber gesund und trotzig dasteht, der sträubt sich gegen die Wahrheit und das Heil.«

Der Gelehrte sah nach dem kleinen Fenster, aus dem der Kranke auf eine Lehmwand blickte; und er sah wieder nach dem geistlichen Herrn, der in dem Tal seit vierzig Jahren für die heilbringende Wahrheit kämpfte. Ihm wurde das Herz schwer, und sein Auge flog aus der dämmernden Tiefe zu den Berggipfeln, welche noch im frohen Licht der Abendsonne glänzten. Da trat sie wieder zu ihm, sie, welche herabgestiegen war, die Hilflosen und Armen zu bewachen, und als er neben ihr der Höhe zuschritt, da war ihm, als ob sie beide aus dumpfer Erdennot emportauchten in leichtere Luft. Aber auch die jugendliche Gestalt, das schöne ruhige Antlitz neben ihm glänzte vom Abendlicht umsäumt so fremdartig, seinem irdischen Wesen ungleich, ähnlich einem der Boten, welche einst Jehova in die Zelte seiner Getreuen sandte. Und er freute sich, als sie über die lustigen Sprünge des Hundes lachte, der ihnen bellend entgegenfuhr.

So schwand wieder ein Tag dahin zwischen Sonnenlicht und Wolkenschatten, in kleinen Erlebnissen, in stillem Sein. Wenn die Feder davon erzählt, ist es gering, wenn aber ein Mensch darin lebt, treibt es ihm den Strom des Blutes kräftig durch die Adern.

6. Eine gelehrte Frau vom Lande.

Es war Sonntag, und auch das Gut trug sein Festgewand. Auf dem Hof standen die Scheuern geschlossen, Knechte und Mägde schritten in ihrem besten Staat daher, nicht wie geschäftige Arbeiter, sondern in der behaglichen Muße, welche dem deutschen Landmann die Poesie des mühevollen Lebens ist. Von dem Kirchturm rief das Glöckchen zum Gottesdienst, Ilse ging mit den Schwestern, das Gesangbuch in der Hand, langsam den Fels hinunter, in kleinen Gruppen folgten die Mägde und Männer. Heut blieb der Gutsherr in seiner Arbeitsstube, um die aufgelaufene Schreiberei zu erledigen. Vorher aber klopfte er an das Zimmer der Freunde und machte ihnen einen kurzen Morgenbesuch. »Heut kommen Gäste, Oberamtmann Rollmaus mit seiner Frau er ist ein tüchtiger Wirt, die Frau ist sehr auf Bildung versessen. Nehmen Sie sich in Acht, sie wird Ihnen zusetzen.«

Schlag zwölf Uhr fuhren zwei wohlgenährte Braune einen halbgedeckten Wagen vor das Haus. Die Kinder eilten an das Fenster. »Die Frau Oberamtmann kommt!« riefen aufgeregt die jüngsten. Ein stämmiger Mann in dunkelgrünem Rock stieg aus dem Wagen, eine kleine Dame in schwarzer Seide folgte mit Sonnenschirm und einer großen Schachtel. Der Hausherr und Ilse traten ihnen in der Haustür entgegen, der Wirt rief lachend seinen Willkomm zu und führte den Oberamtmann in das Familienzimmer. Der Herr Oberamtmann trug unter seinem schwarzen Haar ein rundes Angesicht, das durch Luft und Sonne mit gleichmäßigem Rotbraun dauerhaft übermalt war, dazu kleine scharfe Augen, Nase und Lippen reichlich und rötlich hervorstehend. Als er Stand und Namen der beiden Fremden erfuhr, verbeugte er sich zwar ein wenig, sah aber mißfällig, daß diese beiden Städter in den anspruchsvollen schwarzen Frack gekleidet waren, und da er eine unbestimmte, aber kräftige Abneigung gegen alle unnützen Schreiber und Hungerleider hatte, welche so hier und da die Güter besuchen, etwa um Bücher zu schreiben, oder auch weil sie sonst keinen rechten Aufenthalt haben, so nahm er gegen beide eine mürrische und beobachtende Haltung an. Erst nach einer Weile erschien die Frau Oberamtmann, sie hatte unterdeß mit Ilse's Hülfe ihre gute Haube, ein Kunstwerk mit zwei dunkelroten Rosen, aus der Schachtel geholt, und sie drang jetzt mit ihrem spitzen Näschen in die Gesellschaft, vom Kopf bis zum Fuß geglättet, rauschend, knixend, lächelnd. Schnell fuhr sie von einem zum andern, küßte die Mädchen auf den Mund, erklärte den Knaben, daß sie in den letzten Wochen sehr gewachsen seien, und hielt endlich erwartungsvoll vor den beiden Fremden. Der Landwirt stellte vor und verfehlte nicht, wieder beizufügen: »Zwei Herren von der Universität.« Die kleine Dame spitzte gleichsam die Ohren und ihre grauen Augen erglänzten. »Von der Universität!«

rief sie, »ei, welche Überraschung! Diese Herren sind seltene Gäste in unserer Gegend. Es ist freilich auch bei uns für gelehrte Herren wenig zu holen, denn der Materialismus herrscht bei uns, und die Lesebibliothek in Rossau ist wirklich nicht in den besten Händen, neue Sachen sind niemals zu haben. Darf ich mir noch die Frage erlauben, welches Studium die Herren haben, Wissenschaft im Allgemeinen oder etwas Besonderes?«

»Mein Freund mehr das Allgemeine, ich das Besondere«, erwiederte der Professor, »außerdem etwas alte Sprachen, dieser Herr Indisch.«

»Wollen Sie nicht die Güte haben, auf dem Sopha Platz zu nehmen?« begann Ilse, dazwischentretend. Die Frau Oberamtmann folgte mit Widerstreben.

»Also Indisch«, rief sie niedersitzend und ihr Gewand zurechtstreichend. »Das ist eine seltene Sprache. Sie tragen ja wohl Federbüschel und ihre Kleidung ist mangelhaft, und die Beinkleider, wenn man das erwähnen darf, hängen herunter, wie bei manchen Tauben, welche auch lange Federn an den Beinen haben. Man sieht sie zuweilen abgebildet; in dem Bilderbuch meines Karl vom letzten Weihnachten sind diese wilden Männer deutlich zu sehen. Sie haben barbarische Sitten, liebe Ilse.«

»Warum ist aber Karl nicht mitgekommen?« frug Ilse, um die Herren von der Unterhaltung zu lösen.

»Es war nur wegen der Rückfahrt im Finstern. Denn der Wagen ist zweisitzig, und neben Rollmaus kann kein Drittes eingeschachtelt werden. Da muß Karl beim Kutscher sitzen, und das arme Kind wird Abends immer so schläfrig, daß ich Sorge habe, es fällt herunter.«

Als die Oberamtmann die Aussicht eröffnete, bei finsterer Nacht heimzufahren, sah der Doktor den Freund mitleidig an, aber der Professor hörte so aufmerksam nach der Unterhaltung, daß er das Bedauern gar nicht bemerkte. Ilse frug weiter und die Frau Oberamtmann stand ihr allerdings Rede, sah aber zuweilen begehrlich nach dem Doktor, dessen Verhältnis zu den Indianern in Karls Bilderbuch ihr lehrreich erschien. Unterdeß waren die Landwirte sogleich in ein Gespräch über die Eigenschaften eines Rosses gesunken, das irgendwo in der Nähe zu gemeinnütziger Tätigkeit aufgestellt war, so daß der Doktor sich zuletzt an die Kinder wandte und mit Clara und Luise plauderte.

Nachdem eine halbe Stunde ruhiger Vorbereitung vergangen war, erschien das Dienstmädchen an der Tür des Speisezimmers. Der Landwirt lud ein, zu Tische zu gehen, und bot ritterlich der Frau Oberamtmann seinen Arm über die Sophalehne. Die Dame knixte und fuhr neben ihm durch die Tür, der Professor führte Ilse, der Doktor aber Schwester Clara, welche errötete und sich sträubte, bis er Luise und Riekchen an seinen andern Arm hing, worauf auch noch Franz seinen Rockzipfel faßte und ihm auf dem Wege hinter seinem Rücken zuraunte: »Heut gibt's einen Truthahn.« Der Oberamtmann aber, welcher das Führen der Damen als eine lästige Erfindung betrachtete, machte einsam den Schluß und begrüßte im Saale die aufgestellten Herren von der Wirtschaft mit den Worten: »Ist das Korn herein?« – »Versteht sich«, grüßte der Inspektor dagegen. Wieder nahm Alles nach Rang und Würden Platz, auf dem Ehrensitz die Frau Oberamtmann, zwischen ihr und Ilse der Professor.

Es war für diesen kein ruhiger Mittag, zwar Ilse war stiller als gewöhnlich, aber seine neue Nachbarin stellte ihm wissenschaftliche Aufgaben. Sie zwang ihn, von der Einrichtung seiner Universität zu erzählen, und in welcher Weise die Studenten belehrt würden. Der Professor tat das ausführlich und mit guter Laune. Es gelang ihm aber nur kurze Zeit, sich und Andern die peinliche Empfindung fern zu halten, welche die Reden der Frau Oberamtmann wohl verursachten. »Also philosophisch sind Sie?« sagte die Rollmaus. »Das ist ja sehr interessant. Ich habe es auch mit der Philosophie versucht, aber der Stil ist zu unverständlich. Was enthält denn eigentlich die Philosophie?«

»Sie gibt sich Mühe, die Menschen über das Leben ihres eigenen Geistes zu belehren und dadurch fester und vielleicht besser zu machen«, beantwortete der Professor geduldig die mißliche Frage.

»Das Leben des Geistes«, rief die Oberamtmann aufgeregt, »aber glauben Sie denn auch, daß die Geister nach dem Tode der Menschen erscheinen können?«

»Haben Sie Beispiele davon?« frug der Professor. »Es würde gewiß Allen willkommen sein, darüber zu hören. Ist dergleichen hier in der Gegend vorgekommen?«

»Weniger mit Geistern«, erwiederte Frau Oberamtmann, mißtrauisch nach dem Hausherrn blickend, »aber mit Ahnungsvermögen und was man Sympathie nennt. Denken Sie einmal, in unserm Hause diente ein Mädchen, sie hätte es nicht nötig gehabt, aber die Eltern wollten sie auf einige Zeit von sich tun. Denn im Dorfe war ein armer Bursch, der aber ein großer Geiger war, der strich Morgens und Abends mit der Violine um ihr Haus, und wenn das Mädchen hinauskommen konnte, saßen sie miteinander hinter einem Busch, er spielte auf der Geige und sie hörte zu. Deswegen konnte sie nicht von ihm lassen. Sie war ein sauberes Mädchen und schickte sich im Hause zu Allem, nur daß sie immer traurig war. Und der Geiger wurde zu den Husaren genommen, wozu er auch paßte, weil er sehr entschlossen und unterminiert war. Nach einem Jahre kommt die Köchin zu mir und sagt: ›Frau Oberamtmann, ich halte es nicht länger aus, die Jette treibt Nachtwandel. Sie steigt aus dem Bette und singt das Lied von einem Soldaten, den der Hauptmann erschießen läßt, weil es nicht anders sein konnte, und stöhnt dazu, daß es einen Stein erbarmen möchte, und am Morgen weiß sie nichts von ihrem Singen, aber sie weint immer still fort.‹ Das war die Wahrheit. Ich rufe sie und frage sie ernsthaft: ›Was hast du? Ich kann das mysterielle Wesen nicht ausstehen, du bist mir eine Charade.‹ Darauf jammerte sie sehr und meinte, ich solle sie doch nicht für so etwas halten, sie sei ein ehrliches Mädchen, aber sie hätte eine Erscheinung gehabt. Und nun kam Alles heraus. Der Gottlob war in der Nacht an ihrer Kammertür erschienen, ganz hager und traurig, und hatte gesagt: ›Jette, es ist vorbei mit mir, morgen muß ich dran glauben.‹ Ich suchte ihr das Zeug auszureden, aber ihre Angst steckte mich an, ich schrieb an einen Offizier, den Rollmaus von der Hasenjagd kannte, und fragte, ob das eine Dummheit wäre oder von dem sogenannten Ahnungsvermögen herkäme. Da schrieb er mir ganz erstaunt zurück, es wäre richtig Ahnungsvermögen, an demselben Tage war der Geiger vom Pferde gestürzt, hatte ein Bein gebrochen und lag in dem Lazarett zum Tode. Jetzt bitte ich Sie, ob das nicht eine Naturerscheinung war.«

»Was wurde aus den armen Leuten?« frug der Professor.

»Ach die!« erwiederte die Frau Oberamtmann, »es ließ sich helfen. Denn ein Kamerad von dem Gebrochenen war aus unserm Dorf, welcher eine kranke Mutter hatte; dem schrieb ich die Forderung, daß er jeden dritten Tag einen Brief an mich schickte, wie es dem Kranken ging, und es konnte mit Speck und Mehl gutgemacht werden. Da schrieb er, und die Sache dauerte viele Wochen. Endlich aber wurde der Geiger geheilt und kam am Stock zurück. Beide waren so blaß wie dieses Tuch, als sie zusammentrafen, und fielen einander vor meinen Augen ohne Rücksicht um den Hals, worauf ich mit den Eltern des Mädchens ein Wort sprach, welches wenig nutzte. Dann aber mit Rollmaus, dem unsere Dorfschenke gehört, und der gerade einen guten Pächter suchte. Das brachte die

Geschichte zum Ende, oder wie man zu sagen pflegt, zum commencement du pain. Denn Rollmaus war zwar mit der Geige nicht zufrieden, weil er meinte, diese sei ein Anzeichen von leichtem Geblüt, aber die Leutchen halten sich ordentlich. Dann zuerst war ich Pate, dann Rollmaus. Es sind aber keine Erscheinungen mehr vorgekommen.«

»Das war von Ihnen brav und liebevoll gehandelt«, rief der Professor kräftig.

»Man ist ja bei alledem auch Mensch«, entschuldigte sich die Frau Oberamtmann.

»Und ich hoffe, ein guter Mensch«, versetzte der Professor. »Glauben Sie mir, verehrte Frau, in der Philosophie und anderer Gelehrsamkeit gibt es verschiedene Ansichten. Man streitet sich über Vieles, und leicht hält Einer den Andern für unwissend. Aber was Redlichkeit heißt und Menschenfreundlichkeit, darüber sind die Ansichten selten verschieden gewesen, und wo man diese Eigenschaften findet, hat Jedermann Freude und Hochachtung, und diese habe ich jetzt vor Ihnen, Frau Oberamtmann.«

Das sagte er herzlich der gelehrten Frau. An seiner andern Seite hörte er ein leises Rauschen des Gewandes, und als er sich zu Ilse wandte, begegnete er einem Blick so voll von demütiger Dankbarkeit, daß er mit Mühe seine Haltung bewahrte.

Die Frau Oberamtmann aber saß lächelnd und zufrieden mit dem philosophischen System ihres Nachbars. Wieder kehrte sich der Professor zu ihr und sprach mit ihr davon, daß es gar nicht leicht sei, Hilflosen auf die rechte Art wohlzutun. Die Frau Oberamtmann gab zu, daß die Leute ohne Bildung ihre eigene Art hätten, aber »man kann leicht mit ihnen fertig werden, wenn sie nur erkennen, daß man's gut meint.« Und der Professor veranlaßte allerdings noch ein kleines Mißverständnis, als er der Oberamtmann achtungsvoll in seiner Sprache bemerkte: »Ganz recht, zuletzt ist auch auf diesem Gebiet geduldige Liebe die Voraussetzung einer fruchtbaren Tätigkeit.«

»Ja«, bestätigte die Rollmaus verlegen, »allerdings; diese gewisse Tätigkeit, welche Sie erwähnen, fehlt bei uns gar nicht, und sie heiraten meist gerade noch zur rechten Zeit, aber die geduldige Liebe, welche Sie sehr richtig Voraussetzung nennen, ist bei unsern Landleuten nicht immer vorhanden, denn sie sorgen bei einer Heirat oft mehr um Geld als um Liebe.«

Wenn aber auch einzelne Noten in dem Concert am obern Tisch nicht recht zueinander stimmten, so verging doch der Truthahn und die Sahnmehlspeise – ein Meisterwerk aus Ilse's Küche – ohne widerwärtigen Zusammenstoß des gelehrten Wissens. Und Alle erhoben sich wohl miteinander zufrieden. Nur die Kinder, deren unschuldige Bosheit am dauerhaftesten ist, empfanden ein Mißfallen, daß heut Frau Oberamtmann in keinen Kampf eintrat, in welchem das Conversationslexikon als oberster Kampfrichter waltete. Während nun die Männer im Nebenzimmer Kaffe tranken, saß Frau Rollmaus wieder auf dem guten Sopha, und Ilse hatte einen harten Stand die neugierigen Fragen zu beantworten, mit denen sie jetzt wegen der beiden Fremden angegriffen wurde. Unterdeß belagerten die Kinder das Sopha und lauerten auf eine Gelegenheit, um selbst einen kleinen Feldzug gegen die ahnungslose Frau Oberamtmann zu unternehmen.

»Also sie forschen nach, und in unserer Gegend. Nach Indianern kann es nicht sein, ich wüßte nicht, daß hierherum welche aufgetreten wären. Es müßte denn ein Irrtum sein, und sie müßten Zigeuner meinen, solche kommen vor. Denken Sie, liebe Ilse, erst vor vierzehn Tagen ein Mann und zwei Weiber, jede mit einem Kinde. Die Weiber sagten wahr; was sie dem Hausmädchen prophezeit haben, ist wirklich merkwürdig, und am Abend fehlten zwei Hühner. Sollte es wegen der Zigeuner sein? aber das kann ich nicht glauben, da dies bloß Kesselflicker sind und nichtsnutzige Leute. Nein, deretwegen forschen sie nicht.«

»Wer sind denn aber die Zigeuner?« frug Clara.

»Liebes Kind, sie sind Vagabonden, welche früher ein Volk waren und sich verbreiteten. Sie hatten einen König und Briefe und Jagdhunde, obgleich sie große Spitzbuben waren. Ursprünglich aber sind sie Egypter, eigentlich aber auch Indianer.«

»Wie können sie Indianer sein«, rief Hans ohne alle Ehrerbietung, »die Indianer wohnen ja in Amerika. Wir haben auch ein Conversationslexikon, und wir wollen gleich nachsehen.«

»Ja, ja«, riefen die Kinder und liefen mit dem Bruder zum Bücherschrank. Triumphierend brachte jedes einen Band getragen und stellte die neuen Einbände zwischen den Kaffetassen vor Frau Rollmaus auf. Diese blickte keineswegs erfreut auf die geheime Quelle ihrer Kraft, welche hier vor Aller Augen bloßgelegt wurde.

»Und unseres ist neuer als das Ihre«, rief der kleine Franz, die Hand schwenkend. Vergebens bemühte sich Ilse durch abweisende Winke diesen Ausbruch des Familienstolzes zu unterdrücken. Hans hielt, das Wort Zigeuner suchend, den letzten Band fest in seinen Händen und eine Niederlage der Frau Oberamtmann war nach menschlichem Dafürhalten nicht mehr abzuwehren. Aber plötzlich sprang Hans auf, hielt den Band in die Höhe und rief: »Hier steht der Herr Professor!« – »Unser Herr Professor steht im Conversationslexikon!« schrieen die Kinder. Familienfehde und Zigeuner waren vergessen, Ilse nahm dem Bruder das Buch aus der Hand, die Oberamtmann stand auf, um die merkwürdige Stelle über Ilse's Schultern selbst zu lesen, alle Kinderköpfe drängten sich um das Buch, daß sie wieder aussahen wie ein Bündel Knospen am Fruchtbaum, und alle spähten neugierig nach den Zeilen, die für ihren Gast und sie selbst so ruhmvoll waren. In dem Artikel standen die gewöhnlichen kurzen Notizen, welche über lebende Gelehrte gegeben werden, Ort und Tag seiner Geburt und die – meist lateinischen – Titel seiner Schriften. Alle diese Titel wurden trotz der unleserlichen Sprache mit Jahreszahl und Format laut abgelesen. Ilse sah lange in das Buch, dann reichte sie es der erstaunten Frau Oberamtmann, dann zogen die Kinder den Band einander aus den Händen. Das Ereignis machte auf Groß und Klein einen Eindruck, der in literarischen Kreisen niemals erreicht werden konnte. Am glücklichsten war die Frau Oberamtmann, sie hatte neben einem Manne gesessen, der nicht nur selbst nachschlug, sondern auch nachgeschlagen werden konnte. Er war jetzt für sie berühmt im Allgemeinen, ohne Einschränkung, und sie empfand zum ersten Male in ihrem Leben, daß sich mit solchem gedruckten Mann recht behaglich verkehren ließe. »Welch ein ausgezeichneter Gelehrter!« rief sie. »Wie waren doch die Titel seiner Schöpfungen, liebe Ilse?« Ilse wußte es nicht, Auge und Gedanken waren ihr an den kurzen Bemerkungen über seine Lebensverhältnisse festgeheftet.

Diese Entdeckung hatte die gute Folge, daß Frau Oberamtmann für heut gänzlich die Waffen streckte und sich beschied, keine Kenntnisse zu verraten, denn sie sah ein, daß heut eine Concurrenz mit dieser Familie unmöglich war, und sie ließ sich zu einer anspruchslosen Unterhaltung über Hausangelegenheiten herab. Die Kinder aber stellten sich in achtungsvoller Entfernung vor dem Professor auf und betrachteten ihn neugierig noch einmal von oben bis unten, und Hans teilte dem Doktor leise die Neuigkeit mit und war sehr betroffen, daß dieser nichts daraus machte.

Nach dem Kaffe schlug der Landwirt seinen Gästen vor, den nahen Berg zu besteigen und den Schaden zu betrachten, welchen der Blitz angerichtet. Ilse belud eine Magd mit dem Abendbrot und einigen Flaschen Wein, und der Zug setzte sich in Bewegung. Vom Felsen ging es in das Tal hinab über den Wiesenstreif und den Bach, dann die Berglehne hinauf durch Unterholz in den Schatten hochstämmiger Fichten. Der Regen hatte die steilen Wege ausgespült und unregelmäßige Wasserrinnen furchten den Kies. Auch die Frauen schritten tapfer über die feuchten Stellen. Wer aber nicht aus Tracht und Haltung des Professors erkannte, daß er in sicherem Gefühl seiner Männlichkeit auftrat, der hätte wohl argwöhnen dürfen, daß zwar die Frau Oberamtmann ein verkleideter Herr sei, der Herr Professor aber eine weichbeschuhte Dame. Denn die Rollmaus umschwebte ihn ehrerbietig und war nicht von seiner Seite zu bringen. Sie machte ihn auf Steine aufmerksam, bezeichnete mit der Spitze ihres Schirmes die trockensten Stellen, blieb zuweilen stehen und sprach die Befürchtung aus, daß ihn der Weg zu sehr angreifen werde. Der Professor ließ sich die Huldigung der kleinen Dame erstaunt gefallen und sah nur einige Male fragend auf Ilse, über deren Gesicht dann ein schalkhaftes Lächeln flog. Auf der Höhe wurde der Pfad bequemer, einzelne Laubbäume unterbrachen das dunkle Grün der Fichten. Der Gipfel selbst war gelichtet, zwischen den Steinen breitete das Haidekraut seine dichten Büschel, an denen in üppiger Fülle die rötlichen Blüten hingen. Ringsumher übersah man die Landschaft mit ihren Höhen und Tälern, in der Tiefe den Bach und seinen grünen Saum, das Gut mit seinen Feldern, das Tal von Rossau. Auf die sinkende Sonne zu aber hob sich in langgeschwungenen Bogen eine Erdwelle hinter der andern, jede nach der Entfernung anders mit dämmerigem Blau gefärbt, bis in das helle Grau der Gebirgskette am Horizont. Das war unter heiterem Himmel, in reiner Bergluft ein erfrischender Anblick, und die Gesellschaft lagerte vergnügt im Haidekraut, wo es die weichsten Polster bot.

Nach kurzer Rast brach die Gesellschaft, von Hans geführt, zu der Stelle auf, an welcher der Wetterstrahl den Baum gefällt hatte. In einem Schlag hoher Nadelbäume war der Ort der Verwüstung. Eine starke gesunde Fichte war durch den Strahl erschlagen und zerworfen, ein wüstes Durcheinander von Zweigen und riesigen Splittern des weißen Holzes lag im Umkreis des gebrochenen Stammes, der ohne Krone, geschwärzt, bis auf den Grund gespalten noch etwa haushoch über die Trümmer hervorragte. Aus dem Gewirr der Äste am Boden erkannte man, daß auch der Grund aufgewühlt war bis unter die Wurzeln der nächsten Bäume. Ernsthaft sahen die Erwachsenen auf die Stätte, wo ein Augenblick das kräftige Leben in häßliche Unform verwandelt hatte. Die Kinder aber drangen jauchzend in das Dickicht, griffen nach den schuppigen Zapfen des vergangenen Jahres und schnitten Äste von dem Gipfel, jeder bemüht, das größte Gehänge der gelben Schuppenfrüchte davon zu tragen.

»Es ist nur einer von Hunderten«, sagte der Landwirt finster, »aber es tut doch weh, solche Verwüstung gegen die gewohnte Ordnung zu betrachten und an das Verderben zu denken, das so nahe über unsern Häuptern dahinfuhr.«

»Macht diese Erinnerung nur Mißbehagen?« frug der Professor, »ist sie nicht auch erhebend?«

»Die Hörner des Widders hängen an den Zweigen«, sprach Ilse leise zum Vater, »er wurde das Opfer, damit wir verschont blieben.«

»Ich meine auch der Mensch, der von solchem Strahl getroffen wird, er sollte, wenn dieser Augenblick noch zu einem letzten Gedanken Zeit läßt, sich selbst sagen: es ist ganz in der Ordnung.«

Der Landwirt sah den Professor fragend an: »Sprechen Sie darüber zu uns einige Worte«, begann er feierlich. »Man hat an diesem Orte einen Wunsch nach einem gemeinsamen Gedanken, der von dem Mißbehagen frei macht.«

»Ich bin nicht geübt in der Sprache erbaulicher Betrachtung«, sagte der Gelehrte, »und ich vermag nur weltliche Worte zu reden. Wir vergessen leicht im Behagen des Tages, was wir immer im fröhlichen Herzen tragen sollten, daß wir nur unter Bedingungen leben, wie alles Andere auf Erden und am Himmel. Zahllose Kräfte, fremdartige Gewalten sind um uns in unaufhörlicher Arbeit, jede nach festen ihr eigenen Gesetzen wirkend, auch unser Leben erhaltend, tragend, beschädigend. Die Kälte, welche den Kreislauf des Blutes hemmt, die einbrechende Woge, in welcher der menschliche Leib versinkt, der schädliche Dampf des Bodens, der den Ahtem vergiftet, sie sind keine zufälligen Erscheinungen, die Gesetze, in deren Zwange sie auf uns eindringen, sind ebenso uralt und ebenso heilig als unser Bedürfnis nach Speise und Trank, nach Schlaf und Licht. Und wenn der Mensch seine Stellung unter den Gewalten der Erde erwägt, so heißt leben nichts Anderes als tätig gegen sie kämpfen und denkend sie verstehen. Wer das Brot schafft, das uns nährt, und das Holz zieht, das uns wärmt, jede nützliche Tätigkeit hat keinen anderen Zweck, als uns zu verteidigen und stärker zu machen durch freundliche Benutzung oder Überwindung dieser Mächte. Schon bei dieser Arbeit merken wir, daß zwischen jeder lebendigen Regung in der Natur und in unserem eigenen Geiste eine geheime Verbindung ist, und daß alles Lebendige, wie feindlich es im Einzelnen sich befehde, doch zusammen eine große, unermeßliche Einheit bildet. Und Ahnung und Gedanke dieser Einheit sind zu allen Zeiten das Herrlichste gewesen, was der Mensch in sich hervorzurufen vermochte. Deshalb ist dem Menschen die zweite Aufgabe geworden, eine unwiderstehliche Sehnsucht und ein unwiderstehlicher Trieb, den innern Zusammenhang dieser Lebensgewalten zu erfassen. Und das ist es, was uns fromm macht. – Nicht bei jedem Menschen ist die Arbeit die gleiche, aber das Ziel ist dasselbe. Die warme Empfindung des einen ahnt ewige Vernunft in Allem, was ihm unbegreiflich erscheint, und er nennt diese in kindlichem Vertrauen mit dem ehrwürdigsten und herzlichsten Namen. Und wieder andere suchen emsig die einzelnen Gesetze und Kräfte des Lebens zu beobachten und ihren großen Zusammenhang ehrfurchtsvoll zu verstehen, und diese sind es, welche der Wissenschaft dienen. Wer glaubt und wer forscht, beide tun im Grunde dasselbe, sie üben die höchste Bescheidenheit, denn sie empfinden, daß alles einzelne Leben, eigenes und fremdes, unendlich klein ist gegen das große Ganze. Und wer, vom Blitzstrahl getroffen, noch zu glauben vermöchte, ich gehe zum Vater, und wer in solchem Augenblick mit Interesse zu beobachten vermöchte, wie sein Nervenleben aufhört, sie haben beide ein gottseliges Ende.«

So sprach der Professor vor der geborstenen Fichte, die letzte Äußerung Ilse's im Herzen. Die Kinder hörten dem kräftigen Tonfall seiner Worte ein Weilchen zu, dann wurde ihnen die Sache lang, Hans fuhr den Schwestern mit seinem Nadelzweige in die Ärmel, sie schlugen mit ihrer Fichtenrute nach ihm, die Brüder kamen zu Hilfe, und ein Gefecht mit grünen Zweigen zog sich von dem Stamme abwärts in das Dickicht. Der Oberamtmann sah verwundert auf den Redner und faßte den Verdacht, dieser Mann gehöre zu einer neuen Klasse von Volksaposteln, die zur Zeit hier und da auftauchten. Seine Frau stand, die Hände über dem Sonnenschirm gefaltet, andächtig da und nickte zuweilen bestätigend mit dem Kopfe, bis sie endlich den Gutsherrn leise anstieß und flüsterte: »Das gehört zu der Philosophie, von der wir sprachen.« Der Landwirt jedoch erwiderte nichts, sondern hörte mit geneigtem Haupt, um dem Sinn besser zu folgen. Ilse aber wandte die Augen nicht von dem Sprechenden ab, fremdartig klang seine Rede und Einiges regte ihr geheimes Bangen auf, sie wußte nicht weshalb. Aber sie hätte nichts dagegen sagen können, denn der Quell warmen Lebens, der aus dieser Menschenseele hervorbrach, wirkte wie ein Zauber auf sie. Die Wahl der Worte, die neuen Gedanken, der edle Ausdruck seines festen Antlitzes nahmen sie unwiderstehlich gefangen. Es war nach der Ansicht des Doktors eine seltsam zusammengeladene Gesellschaft für den schwerverständlichen Vortrag eines Professors, und der Redner hatte, an eine einzige denkend, als ein sorgloser Säemann gesäet. Aber wer vermag zu sagen, wie das Saatkorn der Worte in den Hörern haftet und aufblüht, vielleicht verdorrte es auf dem Stein, vielleicht auch entwickelte sich's in einer Seele zu neuem Leben.

Die Gesellschaft kehrte zu dem Lager auf dem Gipfel zurück. Hinter den Bergen sank die Sonne und von ihr her strich der Wind über die Höhen, der milde Abendschein vergoldete zuerst die Spitzen des Haidekrauts und die Gestalten der Menschen, dann stieg er hinauf über ihre Häupter bis zu den Gipfeln der Bäume, und bläulicher Schatten deckte den Boden, die Baumstämme, die Fernsicht. Oben aber am Himmel schwebten die kleinen Lichtwolken aus Gold und Purpur, bis auch dort die glühenden Farben in rosiger Dämmerung erblaßten. Der Nebel stieg aus der Tiefe und im einförmigen Grau schwanden die Farben des Himmels und der Erde.

Lange sah die Gesellschaft in die wechselnden Lichter des Abends, endlich rief der Gutsbesitzer nach dem Inhalt des Korbes, die Kinder waren geschäftig auszupacken und die kalten Speisen in der Runde zu bieten. Der Landwirt goß den Wein in die Gläser, stieß kräftig mit seinen Gästen an und freute sich des guten Abends. Hans lief auf einen Wink des Vaters ins Gebüsch und holte einige Kienfackeln hervor. »Es ist heut keine Gefahr«, sagte der Landwirt zum Oberamtmann, während er die Fackeln anzündete. Die Kinder drängten sich zum Fackeltragen, aber nur Hans wurde mit diesem Ehrenamte betraut, die Herren vom Lande trugen die anderen selbst.

Langsam wand sich der Zug den Bergpfad hinab, die Fackeln warfen ihr grelles Licht auf Nadelbüschel und Steine und auf die Gesichter der Menschen, welche in den Biegungen des Weges rot leuchteten wie der aufgehende Mond und wieder in Finsternis verschwanden. Die Frau Oberamtmann hatte schon einige Mal versucht, auch den zweiten der großen Fremden zum Gespräch heranzuziehen, jetzt gelang es ihr bei einer schlechten Wegstelle. »Was Ihr Freund sprach«, begann sie, »war sehr schön, denn es war lehrreich. Er hatte ganz Recht, man soll gegen die Gewalten kämpfen und man soll den Zusammenhang suchen. Aber ich versichere Sie, einer Frau wird das schwer. Denn Rollmaus, der doch für mich die erste Naturgewalt ist, hat einen Haß gegen Gründe, er ist immer dafür, daß Alles nach seinem Kopfe geht. Und als ein rechtschaffner Mann hat er darin auch Recht, aber für Wissenschaft ist er nicht sehr, und auch wegen eines Claviers für die Kinder habe ich meine Not mit ihm. Und ich suche wohl die Gründe und Kräfte, und was man sonst Zusammenhang nennt, und man liest, was man kann, denn man will doch auch wissen, was in der Welt vorgeht, und sich aus dem Gewöhnlichen erheben. Aber manchmal versteht man's nicht, und wenn man's auch zweimal liest. Und wenn man's hat, dann ist's vielleicht schon veraltet und es gilt nichts mehr, und man möchte gar alles Forschen aufgeben.«

»Tun Sie das doch nicht«, ermahnte der Doktor, »es ist immer eine geheime Freude, wenn man etwas weiß.«

»Nicht wahr«, fuhr die Frau Oberamtmann fort, »wenn ich in der Stadt lebte, ich würde mich ganz in die Wissenschaft vertiefen, aber auf dem Lande ist man zu allein, und dann die große Wirtschaft, und auch der Mann, und man hat zu tun, daß man's dem recht macht. Denn Sie glauben nicht, was für ein tüchtiger Wirt er ist. – Rollmaus, halt deine Fackel zur Seite, der ganze Rauch schlägt dem Herrn Doktor ins Gesicht.« Rollmaus wandte mit leisem Gebrumm die Fackel ab. Seine Frau drängte sich an ihn, faßte seinen Arm und hob sich zu seinem Ohr: »Ehe wir wegfahren, mußt du die fremden Herren zu uns einladen, damit die Schicklichkeit beobachtet wird.«

»Er ist ein freier Winkelprediger«, antwortete der Oberamtmann mürrisch.

»Um Gotteswillen, Rollmaus, begehe keine Ruchlosigkeit und blasvomiere nicht«, fuhr sie fort, ihm den Arm drückend, »er steht ja im Lexikon.«

»In deinem?« frug der Gatte.

»In dem hiesigen«, versetzte die Frau, »was auf eins herauskommt.«

»Es stehen Viele in Büchern, die weniger wert sind als Andere, die nicht darin stehen«, sagte der Mann ungerührt.

»Damit widerlegst du mich nicht«, entschied die Frau, »ich sage dir und ich avertiere dich, er ist ein berühmter Mann, und der Anstand verlangt, daß wir darauf Rücksicht nehmen. Und du weißt, was den Anstand betrifft –«

»Sei nur ruhig«, besänftigte Rollmaus; »ich habe ja nichts dagegen, wenn es sein muß. Ich habe deinetwegen schon in ganz andere saure Äpfel gebissen.«

»Meinetwegen?« frug die Oberamtmann gekränkt. »Bin ich unvernünftig, bin ich ein Tyrann, bin ich eine Eva, welche mit ihrem Manne unter dem Baume steht, mit lüderlichem Haar, und nicht einmal mit einem Hemde? Willst du dich und mich mit solchen alten Zuständen vergleichen?«

»Na«, sagte Rollmaus, »gib dich zufrieden, wir wissen ja, wie wir miteinander stehen.«

»Siehst du wohl, daß ich Recht habe?« versetzte besänftigt die Frau Oberamtmann. »Und glaube mir, ich weiß auch, wie Andere miteinander stehen, und ich sage dir, ich habe so eine Ahnung, es spinnt sich etwas an.«

»Wer spinnt?« frug Rollmaus.

»Es ist zwischen Ilse und dem Herrn Professor.«

»Das wäre der Teufel!« rief der Oberamtmann lebhafter, als er den ganzen Tag gewesen war.

»Still, Rollmaus, man hört dich, vernachlässige nicht die Discretion.«

Ilse war zurückgeblieben, sie führte den jüngsten Bruder, dem Ermüdung den Schritt unsicher machte. Ritterlich weilte der Professor neben ihr. Er machte sie aufmerksam, wie gut sich der Zug ausnehme, die Fackeln wie große Glühwürmer an der Spitze, dahinter die scharf beleuchteten Gestalten, der wechselnde Feuerschein an Baumstämmen und grünen Zweigen. Ilse hörte längere Zeit schweigend zu, endlich begann sie: »Und das Liebste am heutigen Tage war, daß Sie so gütig zu unserer Nachbarin sprachen. Als sie neben Ihnen saß, war mir weh zu Mut. Denn mir kam vor, als wäre demütigend für Sie, die ungeschickten Fragen unserer Freundin zu hören, und auf einmal war mir, als ob Sie auch gegen uns eine immerwährende Nachsicht üben müßten, und das quälte mich. Weil Sie aber so freundlich das Gute anerkannten, das unsere Frau Oberamtmann hat, merkte ich doch, daß es Ihnen keine Überwindung kostet, mit uns einfachen Leuten zu verkehren.«

»Liebes Fräulein«, rief der Professor erschrocken, »ich hoffe, Sie sind überzeugt, daß ich der wackern Dame nur sagte, was wahre Herzensmeinung war.«

»Ich weiß es«, fuhr Ilse lebhaft fort, »und die treue Seele vor uns fühlt es auch. Sie war heut den ganzen Tag ruhiger und heiterer als sie sonst ist. Und dafür muß ich Ihnen danken. Ach, von Herzen«, fügte sie leise hinzu.

Da Lob aus geliebtem Munde nicht die kleinste Freude des Menschen ist, sah der Professor glücklich auf seine Nachbarin, welche jetzt im Dunkeln den Bruder zu schnellerem Schritte trieb. Er wagte das Schweigen nicht zu brechen, beiden waren die reinen Herzen geöffnet, und ohne ein Wort zu reden, fühlten sie den Strom warmer Empfindungen, der von einem zum andern zog. »Wer aus seinen Büchern unter andere Menschen tritt«, begann endlich der Professor, »dem macht die pedantische Gewohnheit des Bücherlesens zuweilen leichter, aus einem fremden Leben heraus zu holen, was ihm für das eigene dienlich sein kann. Denn zuletzt ist in jedem Leben etwas Ehrwürdiges, wie oft es auch durch wunderliche Zutat verdeckt ist.«

»Uns ist geboten, den Nächsten zu lieben«, sagte Ilse, »und wir mühen uns, das zu tun; aber wenn man findet, daß diese Liebe so heiter, so hoch und sicher gegeben wird, ist es doch rührend. Und wo man solche Gesinnung vor sich sieht, wird sie ein Beispiel und erhebt das Herz. – Komm, Franz«, sagte sie zum Bruder gewandt, »es ist nicht mehr weit nach Haus.« Aber Franz stolperte und erklärte schlaftrunken, daß ihn seine Beine schmerzten. »Auf, kleiner Herr«, rief der Professor, »laß dich tragen.«

Ängstlich wehrte Ilse: »Das kann ich nicht zugeben, es ist nur der Schlaf, der ihn träge macht.«

»Bis wir im Tale sind«, sagte der Professor und hob den Knaben an seine Schulter. Franz schlug ihm den Arm um den Hals, drückte sich an ihn und war bald fest entschlafen. Sie kamen an eine steile Biegung des Weges, der Professor bot seiner Gefährtin den freien Arm, sie aber weigerte sich und stützte sich nur ein wenig auf die dargebotene Hand. Und ihre Hand glitt hinab und blieb in der des Mannes liegen. Hand in Hand schritten beide den letzten Teil des Berges abwärts in das Tal, keines sprach ein Wort. Unten löste Ilse leise ihre Hand aus der seinen, er ließ sie los ohne Wort und Druck, aber die wenigen Minuten umfaßten für beide eine Welt von seligen Gefühlen. »Komm herab, Franz«, bat Ilse, und nahm den schlafenden Bruder vom Arm ihres Freundes. Sie beugte sich zu dem Kleinen nieder und sprach ihm Mut ein, und weiter ging es zu der Gesellschaft, welche am Bach die Zurückgebliebenen erwartete.

Der Wagen des Oberamtmanns fuhr vor. Wortreich waren die Abschiedsgrüße der Frau Oberamtmann; auch der Starrsinn des Gatten war durch die Vorstellungen seiner Frau gemildert, und als er die Mütze in der Hand hielt, bequemte er sich mit erträglichem Anstande zum Biß in den erwähnten sauren Apfel. Er trat auf die Schreiberleute aus der Stadt zu und ersuchte sie, auch ihm das Vergnügen ihres Besuches zu schenken, und als er die freundlichen Worte sprach, übte die Einladung selbst auf sein ehrliches Gemüt eine weitere besänftigende Wirkung, er streckte auch noch die Hand aus, und als diese ihm kräftig geschüttelt wurde, näherte er sich der Ansicht, daß die Fremden im Grunde auch nicht so übel wären. Der Gutsherr begleitete die Gäste zu dem Wagen, Hans reichte die Schachtel hinein, und beide Landwirte beobachteten unter dem letzten Gutnachtruf noch mit Kennerblicken, wie die Braunen anzogen.

7. Neue Feindseligkeit.

Während zwischen dem Professor und dem Doktor eine helle Frauengestalt aufstieg, wollte das Schicksal, daß zwischen denbeiden Nachbarhäusern eine neue Fehde entbrannte. Und das ging so zu.

Herr Hahn hatte die Abwesenheit seines Sohnes zu einer Verschönerung des Grundstücks benutzt. Sein Garten lief nach dem Parke spitz zu, und er hatte viel darüber nachgedacht, wie diese Spitze zu einer guten Wirkung verwertet werden könnte. Denn die kleine Erhöhung, die er dort aufgeworfen und mit Rosen besetzt hatte, erwies sich als ungenügend. Er beschloß also, ein hübsches wasserdichtes Sommerhaus für solche Besucher des Gartens zu zimmern, welche nicht geneigt waren, bei schlechtem Wetter nach der nahen Wohnstube zurückzugehen. Alles war schon vor der Abreise des Sohnes weislich überlegt, den Tag darauf ließ er einen schlanken Holzbau errichten, mit kleinen Fenstern nach der Straße, oben statt des Daches eine Plattform mit lustigen Bänken, deren Latten über die Holzwände und den Gartenzaun kühn in die Luft der Straße vorsprangen. Die Sache sah gut aus. Als aber Herr Hahn herzlich vergnügt seine Gattin eine kleine Seitentreppe auf die Plattform hinaufführte und die wohlgerundete Frau Hahn, nichts Arges ahnend, auf der Luftbank niedersaß und von dort oben verwundert auf die Welt herunterblickte, da ergab sich, daß die Spaziergänger gerade unter ihr wegschritten, und wer längs dem Zaun ging, sah den Himmel über sich verdunkelt durch das Gefieder des großen Vogels, der auf seinem hohen Sitz der Straßenwelt den Rücken kehrte. Da klangen schon in der ersten Viertelstunde so spitze Reden herauf, daß die arglose Frau Hahn dem Weinen nahe war und ihrem Hausherrn mit ungewohnter Energie erklärte, sie werde sich nie wieder als Henne behandeln lassen und die Plattform nicht wieder besteigen. Die Familienstimmung wurde dadurch nicht besser, daß Herr Hummel während dieser Ausstellung der Frau Hahn am Zaune des Nachbargartens gestanden und über die nichtswürdigen Redensarten des Volkes recht höhnisch gelacht hatte.

Hahn aber, nach kurzem Kampfe zwischen Stolz und Rücksicht, gab der besseren Stimme seines Innern Gehör, entfernte die Bänke und die Plattform und errichtete über dem Sommerhause ein schönes chinesisches Dach. An die Vorsprünge des Daches aber hing er kleine Glocken. Wenn sich der Wind erhob, tönten die Glocken leise. Dieser Einfall wäre eine entschiedene Verbesserung gewesen. Aber die Schlechtigkeit der Menschen gönnte dem Kunstwerk keine Ruhe. Denn die Straßenjungen machten sich ein Vergnügen daraus, einzelne Glocken durch lange Gerten in Bewegung zu erhalten. Und in einer der nächsten Nächte wurde die Nachbarschaft sogar durch ein vielstimmiges Glockenconcert aus dem Schlummer geweckt.

Herrn Hahn däuchte im Schlafe, daß der Winter gekommen sei und eine lustige Gesellschaft Schlitten fahrend sein Haus umkreise; er horchte auf und erkannte mit Entrüstung die aufgeregte Tätigkeit seiner Glocken. Im Nachtkleide eilte er in den Garten und rief zornig in die Luft hinaus: »Wer ist hier?« Augenblicklich verstummte das Geläut, ringsum tiefes Schweigen, friedliche Stille. Er stieg zum Gartenhaus hinauf und sah die unsichern Umrisse seiner Glocken, welche noch unter dem Nachthimmel schwangen, aber rundumher war Niemand zu entdecken. Er ging nach seinem Bett zurück, aber kaum hatte er sich zurechtgelegt, so fing der Lärm wieder an, hastig und rufend, als sollte eine Weihnachtsbescherung eingeläutet werden. Und es wurde auch eine eingeläutet, aber keine fröhliche. Wieder stürmte er ins Freie und wieder schwieg der Lärm, aber als er sich über das Gitter erhob und umherspähte, sah er im Garten gegenüber die breite Gestalt des Herrn Hummel am Zaun stehen und hörte eine dröhnende Stimme rufen: »Was sind das für verrückte Phantastereien?«

»Es ist unerklärlich, Herr Hummel«, rief Herr Hahn begütigend über die Straße hinüber.

»Unerklärlich ist nichts«, rief Herr Hummel, »als der Unfug, Glocken auf offner Straße in die freie Luft zu hängen.«

»Ich verbitte mir Ihre Ausfälle«, rief Herr Hahn tief verletzt, »ich habe das Recht, auf meinem Grundstück aufzuhängen, was ich will.«

Und nun begann ein Kampf der Ansichten über die Straße, schrecklich und kläglich zugleich. Dort Hummels Baß, hier Hahns scharfe Stimme, welche in hohe Tenorlagen hinüberhüpfte; beide Nachtgestalten in langen Schlafröcken, getrennt durch Straße und Verschanzungen, aber wie zwei antike Helden mit starken Worten gegeneinander fechtend. Wenn man auch nicht den wilden Anstrich erkennen konnte, den Herr Hahn durch die rote Farbe seines Schlafrocks erhielt, so ragte er doch auf der Höhe neben seinem chinesischen Tempel und seine Arme hoben sich imponierend von dem dämmerigen Horizonte ab, Herr Hummel aber stand im Finstern, überschattet von wildem Wein. »Ich werde Sie bei der Polizei belangen, weil Sie die bürgerliche Ruhe stören«, rief Herr Hummel zuletzt und fühlte in seinem Rücken die kleine Hand seiner Frau, die ihn beim Schlafrock faßte und ihn umdrehte und leise beschwor, keine Scene zu geben.

»Und ich werde vor Gericht fragen, wer Ihnen das Recht gibt, Ihre Injurien über die Straße zu werfen«, rief Herr Hahn ebenfalls auf dem Rückzuge, denn unter dem Getöse des Kampfes hatte er häufig die leisen Worte gehört: »Komm zurück, Hahn«, und seine Frau händeringend hinter sich gesehen. Er war aber nicht in der Stimmung, das Schlachtfeld zu verlassen. »Licht her und eine Leiter«, rief er, »ich will diese Schändlichkeit ermitteln.« Eilfertig erschienen Leiter und Laterne, von dem erschrockenen Dienstmädchen zugetragen. Herr Hahn stieg zu seinen Glocken hinauf und suchte lange vergeblich, endlich entdeckte er, daß Jemand ein Geflecht von Pferdehaaren mit den einzelnen Glocken in Verbindung gebracht und dieselben von außen wie an einem Strange geläutet hatte.

Auf diese wilde Nacht folgte ein wüster Morgen. »Gehen Sie zu dem Manne hinüber, Gabriel«, sagte Herr Hummel, »und fragen Sie ihn um des lieben Friedens willen, ob er gutwillig sogleich die Glocken abnehmen will. Ich fordere meinen Schlaf. Und ich leide nicht, daß Nachtgesindel an mein Haus gelockt wird, um den Zaun streift, in meinem Garten die

Pflaumen stiehlt und in meine Fabrik einbricht. Dieser Mann läutet die Spitzbuben aus der ganzen Umgegend zusammen.«

Gabriel versetzte: »Um des lieben Friedens willen gehe ich hinüber, aber nur wenn ich mit Höflichkeit sagen darf, was ich für gut halte.«

»Mit Höflichkeit?« wiederholte Hummel und blinzte dem Vertrauten schlau zu. »Sie verstehen Ihren Vorteil nicht. Eine so schöne Gelegenheit, deutlich zu werden, kommt Ihnen so bald nicht wieder. Und es wäre jammerschade, wenn man sich das entgehen ließe. Aber ich habe so meine Ahnungen, Gabriel, höflich oder nicht, mit dem Manne werden wir nicht fertig. Er ist boshaft und störrig und verbissen. Er ist ein Bulldog, Gabriel, da haben Sie seinen Charakter.«

Gabriel trat bei dem armen Herrn Hahn ein, der noch leidend vor dem unberührten Frühstück saß und mißtrauisch auf den Bewohner des feindlichen Hauses blickte. »Ich komme nur zu fragen«, begann Gabriel schlau, »ob Sie vielleicht durch Ihren Herrn Sohn Nachricht von meinem Professor bekommen haben.«

»Keine«, versetzte Herr Hahn traurig, »es gibt Zeiten, wo Alles quer geht, lieber Gabriel.«

»Ja, das war heut Nacht ein schlechter Schabernack«, bedauerte Gabriel.

Herr Hahn sprang auf. »Unsinnig hat er mich genannt, einen Phantasten hat er mich genannt. Darf ich mir das gefallen lassen? Als Geschäftsmann und in meinem eigenen Garten? – Wegen dem Spielwerk mögen Sie Recht haben, man muß nicht zu viel Vertrauen auf die Menschen setzen. Jetzt aber ist meine Ehre gekränkt, und ich sage Ihnen, die Glocken bleiben, und sollte ich alle Nächte einen Wächter dazustellen.«

Vergebens sprach Gabriel verständige Worte. Herr Hahn blieb unerbittlich und rief dem Abgehenden noch nach: »Sagen Sie ihm, vor Gericht sehen wir uns wieder.«

In der Tat ging er zu seinem Sachwalter und bestand auf einer Klage wegen nächtlicher Injurien.

»Gut«, sagte Hummel, als Gabriel von seiner fruchtlosen Gesandtschaft zurückkehrte. »Diese Leute zwingen mich, Sicherheitsmaßregeln für mich selbst zu treffen, ich will dafür sorgen, daß keine fremden Pferdehaare an mein Haus gebunden werden. Wenn bei denen drüben die Spitzbuben mit den Schellen läuten, so sollen bei mir die Hunde bellen. Wurst wider Wurst, Gabriel.«

Düster ging er in seine Fabrik und schnaubte wild umher. Sein Buchhalter, der das Aussehen eines gedrückten Mannes hatte, weil er neben Herrn Hummel nie recht aufkommen konnte, fühlte sich verpflichtet, zeitgemäß zu reden und bemerkte schüchtern: »Die Einfälle von A.C. Hahn sind abgeschmackt, alle Welt hält sich darüber auf.« Aber die Rede gedieh ihm nicht. »Was kümmern Sie dieses Mannes Einfälle?« rief Hummel, »sind Sie Hausbesitzer und sind Sie Prinzipal dieses Geschäfts oder bin ich es? Wenn ich mich ärgern will, so ist das meine Sache und geht Sie gar nichts an. Sein neuer Commis Knips trägt einen frisierten Lockenkopf und riecht nach kölnischem Wasser. Machen Sie sich doch über den lustig, das ist Ihre Gerechtsame. Und was die übrige Welt betrifft, so ist ihr Schelten auf dieses Mannes Erfindungen gerade so viel wert, als ob ein Sperling vom Dache schreit. Wenn er alle Tage ein Schellengeläut auf seine Schultern hängt und damit in sein Comtoir geht, so bleibt er für dieses Straßenvolk immer ein reputirlicher Bürger. Nur mir gegenüber ist das ein ander Ding. Ich bin sein Nachbar bei Tag und bei Nacht. Und wenn er Suppen einbrockt, so fällt auch mir der Löffel hinein. Im Übrigen verbitte ich mir alle Verläumdungen auf Mitmenschen. Was gesagt werden muß, besorge ich allein, ohne Associé. Merken Sie sich das.«

An einem der nächsten Abende stand Gabriel vor der Tür, sah auf den Himmel und wartete, ob eine kleine schwarze Wolke, welche dort oben langsam dahinschiffte, das Bild des Mondes verdecken würde. Gerade als dies Ereignis eintrat und die Straße und die beiden Häuser im Dunkel lagen, fuhr ein Wagen vor das Haus und die Stimme des Hausbesitzers frug hinter dem Leder hervor: »Alles in Ordnung?«

»Alles in Ordnung«, erwiederte Gabriel und knöpfte den Schurz auf. Herr Hummel stieg schwerfällig herab, hinter ihm klang ein unwilliges Knurren. »Was steckt da in der Finsternis?« frug Gabriel neugierig und griff in den Wagen, aber er zog schnell die Hand zurück: »Das Grobzeug will beißen.«

»Ja, das hoffe ich«, versetzte Herr Hummel, »es soll beißen. Ich bringe Wachhunde mit gegen die Glockenspieler.« Er zerrte am Strick zwei undeutliche Gestalten heraus, welche auf dem Boden mit heiserem Gekläff umherfuhren, Gabriels Beine bösartig umkreisten und den Strick wie eine Schlinge um ihn zogen. »Die Menge muß es bringen«, rief Gabriel, »zwei Stück!« Der Mond hatte die Wolke überwunden und beleuchtete hell die beiden Hunde. »Das sind seltsame Tiere, Herr Hummel, es ist eine schwierige Race. Zwei Köter«, fuhr er abschätzend fort, »kaum von Mittelgröße, es ist dickes Format und ihr Haar ist zottig, über die Schnauze hängen die Borsten wie ein Schnurrbart. Die Mutter war eine Pudelin, der Vater ein Affenpintsch, auch ein Mops muß mit in der Verwandtschaft gewesen sein und der Urgroßvater war ein Dachshund. Ein schöner Bau, Herr Hummel, so etwas ist selten. Wie sind Sie zu diesen Mondkälbern gekommen?«

»Das war ein eigener Zufall. Im Dorfe hatte ich für heut keinen Hund erhalten; als ich durch den Wald zurückfuhr, scheuten die Pferde und wollten nicht vorwärts. Während der Kutscher mit ihnen hantierte, sah ich auf einmal neben dem Wagen einen großen schwarzen Mann stehen, wie aus dem Boden heraufgeschossen. Er hielt die zwei Hunde am Stricke und lachte höhnisch über die Schelte des Kutschers. ›Was soll's?‹ rief ich ihn an, ›wohin führt ihr die Hunde?‹ – ›Dem, der sie haben will‹, rief der Schwarze.«

»Hebt sie in den Wagen«, sagte ich.

»Ich reiche nichts«, brummte der Fremde, »ihr müßt sie euch holen.« Ich stieg ab und frug: »Was verlangt ihr dafür?«

»Nichts!« sagte der Mann. Die Sache wurde mir bedenklich, aber ich dachte, man kann's doch probieren, ich trug die Burschen in den Wagen, sie waren lammfromm. »Wie heißen die Hunde?« rief ich aus dem Wagen.

»Bräuhahn und Gose«, sagte der Mann und lachte wie ein Teufel.

»Das sind keine Hundenamen, Herr Hummel«, warf Gabriel kopfschüttelnd ein.

»Das sagte auch ich dem Manne, und er versetzte: ›Getauft sind sie nicht.‹ – ›Aber der Strick ist euer‹, sagte ich, und denken Sie, Gabriel, dieser schwarze Kerl antwortete mir: ›Behaltet ihn, ihr könnt euch dran hängen.‹ Ich wollte ihm die Hunde wieder aus dem Wagen werfen, da war der Mann im Walde verschwunden wie ein Irrwisch.«

»Das ist eine niederträchtige Geschichte«, rief Gabriel bekümmert, »diese Hunde sind in keinem christlichen Hause gewachsen. Und wollen Sie wirklich solche Gespenster behalten?«

»Ich will's probieren«, sagte Herr Hummel. »Zuletzt ist ein Hund ein Hund.«

»Nehmen Sie sich in Acht, Herr Hummel, in den Tieren steckt etwas.«

»Dummes Zeug!«

»Sie sind scheusälig«, fuhr Gabriel fort und zählte an den Fingern: »sie haben keine menschlichen Hundenamen, sie sind angeboten ohne Geld, kein Mensch weiß, was diese Bestien fressen.«

»Auf den Appetit werden Sie nicht lange zu warten haben«, versetzte der Hausherr. Gabriel zog ein Stück Semmel aus der Tasche, die Hunde schnappten darnach. »In dieser Weise sind sie zuverlässig«, sagte er ein wenig beruhigt. »Aber wie soll man sie in Ihrem Hause rufen?«

»Der Bräuhahn mag bleiben, was er ist«, versetzte Herr Hummel, »aber in meiner Familie soll kein Hund Gose heißen. Ich leide dieses Getränk nicht.« Er sah feindselig auf das Nachbarhaus hinüber. »Andere Leute lassen sich das Zeug täglich über die Straße holen, das ist für mich kein Grund, ein solches Wort in meinem Haushalt zu dulden. Der Schwarze heißt von jetzt ab Bräuhahn und der Rote Speihahn. Damit abgemacht.«

»Aber, Herr Hummel, das sind lauter injuriöse Namen«, rief Gabriel, »damit wird das Übel ärger.«

»Das ist meine Sorge«, sagte Herr Hummel entschlossen. »Bei Nacht bleiben sie im Hofe, sie sollen das Haus bewachen.«

»Wenn sie nur leibhaftig aushalten«, wandte Gabriel ein, »die Art kommt und verschwindet wie sie will und nicht wie wir wollen.«

»Sie werden doch nicht des Teufels sein«, lachte Herr Hummel.

»Wer spricht vom Teufel?« versetzte Gabriel schnell. »Einen Teufel gibt es nicht, das leidet der Professor nimmer, aber von Hunden hat man Beispiele.«

Damit zog Gabriel die Tiere in den Hausflur, Herr Hummel rief in die Stube: »Guten Abend, Philippine, hier habe ich dir etwas mitgebracht.«

Frau Hummel trat mit dem Lichte in die Tür und sah erstaunt auf das Geschenk, das zu ihren Füßen winselte. Durch diese Demut wurde das stolze Herz der Hausfrau zum Wohlwollen gestimmt. »Aber sie sind häßlich«, sagte sie zweifelnd, als der Rote und der Schwarze zu ihren beiden Seiten niedersaßen, das Gesäß gesenkt, mit dem Schwanze wedelnd und unter den langen Augenhaaren zu ihr aufblickend. »Und warum zwei?«

»Sie sind nicht für die Ausstellung gearbeitet«, entgegnete Herr Hummel begütigend, »es ist Landwaare. Der eine ist nur Ersatzmann.«

Nach dieser Vorstellung wurden sie in einen Verschlag getragen, Gabriel prüfte noch einmal ihre Fähigkeit im Fressen und Saufen, sie erwiesen sich durchaus als regelmäßige, wenn auch nicht durch Leibesschönheit ausgezeichnete Hunde, und Gabriel stieg sorglos zu seiner Kammer hinauf.

Als die Uhr zehn schlug und das Gittertor, welches den Hof von der Straße schied, geschlossen wurde, ging Herr Hummel selbst zum Hundezwinger hinab, um die neuen Wächter in ihren Beruf einzuweihen. Aber er erstaunte sehr, als er ihnen die Tür öffnete. Denn ohne sein ermunterndes Herrenwort abzuwarten, stürzten die beiden Creaturen zwischen seinen Füßen in den Hof hinaus. Wie von einer unsichtbaren Peitsche getrieben, fuhren sie um das Haus und die Fabrik herum, ohne Aufhören, immer neben einander. Und keineswegs stillschweigend. Sie waren bis dahin gedrückt und kleinlaut gewesen, jetzt wurden sie, entweder wegen guter Leibesnahrung oder weil ihre nächtliche Stunde gekommen war, so geräuschvoll, daß sogar Herr Hummel erstaunt zurücktrat; ihr heiseres, scharfes Gebell übertönte das Horn des Nachtwächters und die Rufe des Hausherrn, welcher ihnen Mäßigung anempfehlen wollte. Ohne Aufhören ging die wilde Jagd im Hofe herum und ein unendliches Gekläff begleitete den Sturmlauf. Die Fensterflügel des Hauses öffneten sich. »Das wird eine lebendige Nacht, Herr Hummel«, rief Gabriel hinunter.

»Aber Heinrich, das ist ja unerträglich«, rief die Gattin aus der Schlafstube.

»Es ist nur die erste Freude«, tröstete Herr Hummel und zog sich in das Haus zurück.

Aber diese Ansicht erwies sich als ein Irrtum. Durch die ganze Nacht klang das Gebell der Hunde aus dem Hofe. Auch in den Häusern der Nachbarschaft wurden Läden aufgerissen und laute Scheltworte nach dem Hof des Herrn Hummel geworfen. Am nächsten Morgen stand Herr Hummel unsicher auf. Selbst ihm war sein kräftiger Bürgerschlaf durch die Vorwürfe der Gattin gestört worden, welche jetzt zornig und mit Kopfschmerzen behaftet beim Frühstück saß. Und als er in den Hof trat und die Beschwerden einsammelte, welche ihm seine Leute von der Außenwelt zutrugen, da war auch er einen Augenblick schwankend, ob er die Hunde für eine Bereicherung seines Hausstandes halten dürfe.

Das Unglück wollte, daß gerade in dieser Stunde der Markthelfer des Herrn Hahn mit herausfordernder Miene in den Hof trat und meldete: Herr Hahn müsse darauf bestehen, daß Herr Hummel das unerhörte

Gebell abschaffe, er werde sich sonst genötigt sehen, sein Recht bei der Polizei zu suchen.

Dieser Angriff des Gegners entschied den innern Kampf des Herrn Hummel. »Wenn ich das Bellen meiner Hunde ertrage, so können's andere Leute auch ertragen. Dort spielen die Glocken, hier singen die Hunde, und wenn Jemand vor der Polizei meine Ansicht hören will, so soll er genug zu hören bekommen.« Er ging in das Haus zurück und trat würdig vor seine leidende Hausfrau. »Du bist meine Frau, Philippine, du bist eine kluge Frau und ich gebe dir nach in jedem Dinge, worin du mir einen verständigen Willen zeigst.«

»Sollen zwei Hunde zwischen dich und mich treten?« frug mit schwacher Stimme die Gattin.

»Niemals«, versetzte Hummel, »Hausfriede muß sein, und dein Kopfschmerz ist mir nicht recht. Und ich wollte dir zu Gefallen die Biester schon wieder abschaffen. Da begegnet mir dies mit diesen Phantasten. Zum zweiten Mal bedrohen sie mich mit Justiz und Polizei. Jetzt steht meine Ehre auf dem Spiel und ich kann nicht mehr nachgeben. Sei mein gutes Weib, Philippine, versuch's einige Nächte mit Baumwolle in den Ohren, bis sich die Hunde an ihre Arbeit gewöhnt haben.«

»Heinrich«, versetzte die Gattin matt, »ich habe nie an deinem Herzen gezweifelt, aber dein Charakter ist rauh. Und die Hunde haben eine zu häßliche Stimme. Willst du, um deinen Willen durchzusetzen, deine Frau durch Schlaflosigkeit leiden sehen und immer kränker werden sehen, so sag's. Willst du, um deinen Charakter zu behaupten, den Frieden mit der Nachbarschaft opfern, so sag's.«

»Ich will nicht, daß du krank wirst, und ich will die Hunde nicht weggeben«, versetzte Herr Hummel, ergriff seinen Filzhut und ging mit starken Schritten nach der Fabrik.

Wenn sich aber Herr Hummel der Hoffnung hingab, den schwersten Hauskampf als Sieger beendet zu haben, so wandelte er in großem Irrtum. Noch war eine andere Macht innerhalb seiner Grenzen übrig, und diese eröffnete den Feldzug auf ihre Weise. Als Hummel in seinem kleinen Comtoir an das Pult trat, sah er neben dem Tintenfaß einen Blumenstrauß. An dem rosa Seidenband hing ein kleiner Brief, gesiegelt mit der Oblate Vergißmeinnicht, überschrieben: »Meinem lieben Papa.« – »Das ist mein Blitzmädel«, murmelte er, öffnete das Billet und las folgende Zeilen: »Lieber Papa, guten Morgen, die Hunde machen uns große Sorgen, sie sind gar zu häßlich, und ihr Gebell ist gräßlich. Was den Unfrieden mehrt und die Nachbarn stört, behalte nicht in Hof und Hut. Sei edel, Vater, hilfreich und gut.«

Hummel lachte kräftig, daß die Arbeit in der Fabrik stockte und Jedermann über die gute Laune verwundert war. Dann bezeichnete er den Zettel mit dem Datum des Empfanges, steckte ihn in die Brieftasche und begab sich nach Durchsicht der eingelaufenen Briefe in den Garten. Er sah seine kleine Hummel mit der Gießkanne über die Beete fahren und Vaterstolz schwellte ihm das Herz. Wie behend sie sich drehte und beugte, wie ihr die dunkeln Löckchen um das blühende Antlitz hingen, wie geschäftig sie die Kanne hob und schwenkte! Und als sie ihn erblickte, das Gefäß hinsetzte und ihm mit dem Finger drohte, da wurde er vollends bezaubert. »Wieder Verse«, rief er ihr entgegen, »es ist Numro neun, die ich kriege.«

»Und du wirst mein guter Papa sein«, rief Laura auf ihn zueilend und streichelte sein Kinn. »Schaffe sie ab.«

»Siehst du, Kind«, sagte der Vater behaglich, »ich habe schon mit deiner Mutter darüber gesprochen, und ich habe ihr auseinandergesetzt, weshalb ich sie nicht abschaffen kann. Jetzt darf ich doch nicht dir zu Gefallen tun, was ich deiner Mutter nicht zugeben konnte. Das wäre gegen die Hausordnung. Respektiere deine Mutter, kleine Hummel.«

»Du bist hartherzig, Vater«, versetzte die Tochter schmollend. »Und sieh, du hast in dieser Sache Unrecht.«

»Oho«, rief der Vater, »kommst du mir so?«

»Was tat uns das Glockenspiel drüben zu Leid? Das Häuschen ist hübsch, und wenn wir Abends im Garten sitzen und der Wind geht und die Glocken leise bimmeln, das hört sich gut an, es ist wie in der Zauberflöte.«

»Hier ist keine Oper«, rief Hummel ärgerlich, »sondern offene Straße. Und wenn meine Hündlein bellen, so kannst du ja auch deine Theaterideen haben und denken, daß du in der Wolfschlucht bist.«

»Nein, mein Vater«, erwiederte die Tochter eifrig. »Du hast Unrecht gegen die Leute. Denn du willst ihnen einen Possen tun. Das kränkt mich in tiefstem Herzen. Und das leide ich nicht an meinem Vater.«

»Du wirst's doch leiden müssen«, entgegnete Hummel verstockt. »Denn dies ist ein Streit zwischen Männern, hier finden Paragraphen der Polizeiordnung statt, da bleibe du mit deinen Versen hübsch davon. Was die Namen angeht, so ist wohl möglich, daß andere Wörter, wie Adolar und Ingomar und Marquis Posa, euch Weibern besser klingen.

Dies aber ist für mich kein Grund, meine Namen sind praktisch. In deinen Blumen und Büchern will ich dir Vieles zu Gefallen tun, aber Poesie bei Hunden beachte ich nicht.« Damit kehrte er der Tochter den Rücken, bemüht, dieses Streites ledig zu werden.

Laura aber eilte in die Stube zur Mutter, und die Frauen traten in Beratung. »Der Lärm war arg«, klagte Laura, »aber schrecklicher ist der Name. Mutter, ich kann dieses Wort nicht aussprechen, und du darfst nicht leiden, daß unsere Leute die Hunde so nennen.«

»Liebes Kind«, versetzte die erfahrene Frau, »man erlebt auf Erden viel Unbilliges, aber am meisten schmerzt, was gegen die Würde der Frauen im eigenen Hause geübt wird. Ich spreche mich darüber nicht weiter aus. Was nun den Namen Bräuhahn betrifft, so hat dieser, welcher, wie ich höre, ein benachbartes Getränk ist, Manches, was zu seiner Entschuldigung gesagt werden kann, und etwas müssen wir darin dem Vater nachgeben. Die andere Bezeichnung aber, darin gebe ich dir Recht, wäre eine Beschimpfung der Nachbarn. Doch wenn der Vater merkt, daß wir hinter seinem Rücken den roten Hund Phöbus oder Azor nennen, so wird das Übel ärger.«

»Den bösen Namen wenigstens soll Niemand in den Mund nehmen, dem an meiner Freundschaft gelegen ist«, entschied Laura und eilte in den Hof.

Gabriel benutzte seine einsame Muße, die neuen Ankömmlinge zu beobachten. Es zog ihn öfter nach dem Hundestall, dort die irdische Beschaffenheit der Fremdlinge festzustellen.

»Was ist Ihre Meinung?« frug Laura, zu ihm tretend.

»Ich habe so meine Meinung«, antwortete der Diener, in die Tiefe des Stalles spähend. »Nämlich in den da steckt doch etwas. Haben Sie heut Nacht den Gesang dieser Raben beachtet? So bellt kein richtiger Hund. Sie winseln und jammern, dazwischen krächzen sie und sprechen wie kleine Kinder. Ihr Fressen ist gewöhnlich, aber ihre Lebensart ist unmenschlich. Sehen Sie, jetzt ducken sie sich, wie auf's Maul geschlagen, weil die Sonne auf sie scheint. – Und dann, liebes Fräulein, der Name!«

Laura sah neugierig auf die Tiere. »Wir ändern den Namen in der Stille, Gabriel, dieser hier soll nur der Rote heißen.«

»Das wäre schon besser, es wäre wenigstens nicht injuriös für Herrn Hahn, sondern nur für die Kellerwohnung.«

»Wie meinen Sie das?«

»Da doch drüben der Markthelfer Rote heißt.«

»Dann also«, entschied Laura, »wird das rote Untier von jetzt ab nur das Andere genannt, und so sollen ihn unsere Leute rufen. Sagen Sie das auch den Arbeitern in der Fabrik.«

»Andres?« versetzte Gabriel. »Der Name wird ihm schon recht sein. Dies Gesindel hat's nicht gern, wenn es mit ordentlichem Zeichen gerufen wird. Dieses Andere wird am besten wissen, woher das Eine stammt, dem es zugehört. Na, die Nachbarschaft wird meinen, daß er Andreas heißt, damit geschieht ihm immer noch zu viel Ehre.«

So war billiger Sinn geschäftig, die böse Vorbedeutung des Namens abzuwenden. Vergebens. Denn, wie Laura richtig im Tagebuch bemerkte, wenn der Ball des Unheils unter die Menschen geworfen wird, so trifft er erbarmungslos die Guten wie die Bösen. Der Hund wurde mit dem unscheinbarsten Namen versehen, der gar kein Name war. Aber durch eine unbegreifliche Verbindung der Ereignisse, welche allen menschlichen Scharfsinn höhnte, geschah es, daß Herr Hahn selbst den Vornamen Andreas führte. So wurde der Doppelname des Geschöpfes eine doppelte Kränkung des Nachbarhauses, und Alles schlug zu schrecklichem Unglück um, Tort und gute Meinung kochten zusammen zu einer dicken, schwarzen Suppe des Hasses.

Gleich in der Frühe, als Herr Hummel vor die Tür trat und trotzig wie Ajax die beiden Hunde mit ihren feindlichen Namen rief, vernahm Markthelfer Rote im Kellerstock den Ruf, eilte in die Stube seines Hausherrn und meldete diese häßliche Kränkung. Frau Hahn versuchte, die Sache nicht zu glauben, und setzte durch, daß wenigstens eine Bestätigung abgewartet wurde. Aber diese Bestätigung blieb nicht aus. Denn am Nachmittag öffnete Gabriel die Tür des Zwingers und zwang die Geschöpfe, sich auf eine Viertelstunde dem Sonnenlicht des Gartens auszusetzen. Laura, welche unter ihren Blumen saß und gerade nach ihrem stillen Ideal, einem berühmten Sänger, blickte, der mit geölten schwarzen Locken und einem Feldherrnblick vorüberschritt, verzichtete als wackeres Mädchen darauf, ihrem Liebling durch das Weinlaub nachzuspähen, und wendete sich zu den Hunden. Und um den Roten an seinen neuen Namen zu gewöhnen, lockte sie ihn mit einem Stückchen Kuchen und rief ihm einigemal das ungeschickte Wort »Andres« zu. In demselben Augenblick stürzte Dorchen zu Frau Hahn: »Es ist richtig, jetzt ruft ihn gar Fräulein Laura mit dem Vornamen unseres Herrn.« Frau Hahn fuhr erschrocken an das Fenster und vernahm selbst den Namen ihres lieben Mannes. Sie trat ebenso schnell zurück, denn diese Unmenschlichkeit der Nachbarn preßte ihr Tränen aus, und sie suchte nach ihrem Taschentuch, um diese heimlich vor dem Mädchen abzuwischen. Madame Hahn war eine gute Frau, ruhig, gleichmäßig, mit einer hübschen kleinen Anlage zur Beleibtheit und einer unablässigen Neigung, den Staub der Erde mit weißen Läppchen geräuschlos zu beseitigen. Aber diese Herzlosigkeit auch der Tochter entflammte ihren Zorn. Sie holte augenblicklich ihre Mantille aus dem Schranke und ging zum Äußersten entschlossen über die Straße in den feindlichen Garten.

Erstaunt sah Laura von den garstigen Hunden auf den unerhörten Besuch, welcher mit starken Schritten gegen sie eindrang.

»Ich komme, mich bei Ihnen zu beklagen, Fräulein«, begann Frau Hahn ohne Gruß. »Was in diesem Hause meinem Manne zum Hohn getan wird, ist unerträglich. Für das Benehmen Ihres Vaters können Sie nicht, aber daß auch Sie sich auf solche Beschimpfungen einlassen, finde ich an einem jungen Mädchen doch zu schrecklich.«

»Was meinen Sie damit, Madame Hahn?« frug Laura mit flammendem Gesicht.

»Die Beleidigung eines Menschen durch Hundenamen meine ich. Sie rufen Ihren Hund mit allen Namen meines Mannes.«

»Das habe ich niemals getan«, versetzte Laura.

»Leugnen Sie nicht«, rief Frau Hahn.

»Ich spreche keine Unwahrheiten«, sagte das Mädchen stolz.

»Mein Mann heißt Andreas Hahn, und wie Sie dieses Tier nennen, das hört die ganze Nachbarschaft aus Ihrem Munde.«

Laura's Stolz bäumte auf. »Dies ist ein Mißverständnis, und der Hund heißt gar nicht so. Was Sie mir sagen, ist ungerecht vom Anfang bis zum Ende.«

»Wie so ungerecht?« frug Frau Hahn wieder, »am Morgen ruft der Vater, am Nachmittag die Tochter.«

Auf Laura's Herz sank eine Centnerlast, sie fühlte sich hinabgedrückt in einen Abgrund von Unrecht und Greuel. Die Tat des Vaters lähmte ihre Kraft, auch ihr brachen die Tränen aus den Augen.

»Ich sehe, daß Sie wenigstens nicht ohne Gefühl für das Unrecht sind, das Sie begehen«, fuhr Frau Hahn ruhiger fort, »tun Sie's nicht wieder. Glauben Sie mir, es ist leicht, Andere zu kränken, aber es ist ein trauriges Geschäft. Und mein armer Mann und ich haben's um Sie nicht verdient. Denn wir haben Sie aufwachsen sehen vor unsern Augen, und wenn wir auch sonst nicht mit Ihren Eltern in Verkehr stehen, wir haben uns immer über Sie gefreut und in unserm Hause ist Ihnen niemals etwas Böses gewünscht worden. Sie wissen nicht, was Hahn für ein guter Mann ist, aber so etwas durften Sie doch nicht tun. Wir haben, seit wir hier wohnen, aus diesem Hause viele Kränkung erfahren, aber daß auch Sie die Gesinnung Ihres Vaters teilen, das tut mir am allermeisten weh.«

Laura versuchte umsonst, ihre Tränen zu trocknen. »Ich wiederhole Ihnen, daß Sie mir Unrecht tun, weiter kann ich nichts zu meiner Rechtfertigung sagen, und ich will es auch nicht. Sie haben mich mehr gekränkt, als Sie wissen. Und ich muß darauf vertrauen, daß ich gegen Sie ein gutes Gewissen habe.«

Mit diesen Worten eilte sie in das Haus, Frau Hahn kehrte unsicher über den Erfolg ihres Besuches dem feindlichen Bau den Rücken.

In ihrem Dachstübchen schritt Laura auf und ab und rang die Hände. Unschuldig und doch schuldvoll, trotz gutem Willen bis auf's Blut gekränkt, hineingezogen in einen Familienhaß, dessen Jammer noch gar nicht abzusehen war, so durchflog sie die Ereignisse der letzten Tage in empörter Seele. Endlich setzte sie sich an ihren kleinen Schreibtisch, zog ihr Geheimbuch heraus und vertraute ihre Schmerzen diesem verschwiegenen Freunde in violettem Leder. Und sie suchte Trost bei den Seelen Anderer, die aus ähnlichem Weh sich edel erhoben hatten, und fand endlich eine Bestätigung ihrer Erlebnisse in der schönen Stelle des Dichters: »Vernunft wird Unsinn, Wohltat Plage, weh dir, daß du ein Enkel bist.« Denn hatte sie nicht Verständiges und Wohltuendes gewollt, und war nicht Unsinn und Plage daraus geworden? Und hatte das Unglück nicht auch sie ohne ihr Verschulden getroffen, weil sie Kind vom Hause war? Mit diesem Satze schloß sie einen leidenschaftlichen Erguß. Um aber vor dem eigenen Gewissen nicht lieblos zu erscheinen, schrieb das arme Kind sogleich die Worte darunter: Mein lieber, guter Vater. Dann schob sie ein wenig getröstet das Buch zurück.

Doch als ärgste Demütigung empfand sie, daß sie von den fremden Leuten drüben ungerecht beurteilt wurde, und sie schlug die Arme übereinander und sann, ob ihr nicht dennoch eine Rechtfertigung möglich sei. Sie selbst konnte nichts tun. Aber da war ein ehrlicher Mann, der von Allen im Hause als Vertrauter gebraucht wurde, der ihren Kanarienvogel vom Pips geheilt hatte und die kleine Büste Schillers von einem Spinnenfleck auf der Nase. Sie beschloß, nur dem treuen Gabriel von den Reden der Frau Hahn zu erzählen, ohne Not aber auch nicht der Mutter.

Es fügte sich, daß gegen Abend Gabriel und Dorchen auf der Straße in ein kleines Gespräch kamen. Dorchen begann bittere Klage über die Bosheit der Hummeln, Gabriel aber mahnte herzlich: »Lassen Sie sich durch diesen Krieg nicht fortreißen. Es muß auch solche geben, welche neutral bleiben. Seien Sie ein Engel, Dorchen, welcher den Frieden und die Kränze in das Haus trägt. Nämlich die Tochter ist unschuldig.« Darauf wurde die Namengebung noch einmal durchgesprochen und Laura ehrenvoll gerechtfertigt. Als Gabriel später im Vorbeigehen sagte: »diese Sache ist in Ordnung, und Herr Hahn hat gesagt, ihm wäre gleich unwahrscheinlich gewesen, daß Sie es so übel mit ihm meinten« da fiel ihr zwar die schwerste Last vom Herzen, und wieder klang ihr leiser Gesang durch das Haus, aber ruhig wurde sie deshalb doch nicht. Denn immer noch blieb ihr Haus gegen die Nachbarn im Unrecht, die Menschen von jenseits wurden durch den Zorn des Vaters schwer gekränkt. Ach, dies gewaltige Gemüt konnte sie nicht bändigen, aber sie mußte versuchen, in der Stille sein Unrecht zu sühnen. Darüber grübelte sie noch am späten Abend beim Auskleiden. Und als sie bereits im Bette lag und Vieles gefunden und verworfen hatte, da kam ihr der rechte Einfall, und sie sprang noch einmal auf, zündete das Licht an und lief im Hemde nach dem Schreibtisch. Dort schüttelte sie ihr Beutelchen aus und überzählte die neuen Taler, die ihr der Vater zu Weihnacht und am Geburtstage geschenkt hatte. Diese Taler beschloß sie zu einer geheimen Abbitte zu verwenden. Vergnügt nahm sie den Perlenbeutel zu sich ins Bett, legte ihn unter das Kopfkissen und schlief darüber in Frieden ein, obgleich wieder die wilde Jagd der Gespensterhunde um das Haus tobte, greulich und unaufhörlich.

Am nächsten Morgen schrieb Laura mit großen steifen Buchstaben Name und Wohnung des Herrn Hahn auf einen Briefumschlag, siegelte diesen mit einem Veilchen, welches die Umschrift trug: »ich verberge mich«, und steckte die Adresse in ihre Tasche. Als sie wegen eines Einkaufs nach der Stadt ging, machte sie auf eigene Gefahr einen Seitenweg zu einem Handelsgärtner, mit dem sie persönlich nicht bekannt war. Dort kaufte sie den dicken Busch einer Zwergorange voll von Blüten und goldenen Früchten, ein Prachtstück des Glashauses, sie fuhr den Strauch mit pochendem Herzen in geschlossener Droschke, bis sie einen Lohnträger fand, und empfahl mit einer außerordentlichen Vergütigung dem Träger, Strauch und Brief ohne Gruß und Wort im Hause des Herrn Hahn niederzusetzen.

Redlich führte der Mann den Auftrag aus. Dorchen entdeckte den Stock im Hausflur und in der Familie Hahn begann eine kleine, sehr behagliche Aufregung, fruchtloses Sinnen, wiederholte Besichtigung, eitles Vermuten. Als Laura am Mittag durch das Weinlaub in den Garten hinüberspähte, hatte sie die Freude, den Orangenstrauch auf einem ausgezeichneten Platz vor der weißen Muse zu erblicken. Allerliebst leuchtete der Busch in Weiß und Gold über die Straße. Und Laura stand lange hinter den Ranken und faltete unwillkürlich die Hände. Das Unrecht war von ihrer Seele genommen. Dann wandte sie sich in gehobener Stimmung ab von dem feindlichen Hause.

Unterdeß hing eine Polizeibeschwerde und eine gerichtliche Klage zwischen den beiden Häusern. Die letztere wurde durch Einfügung des Namens Speihahn noch an demselben Tage gefährlich verschärft.

Und der Frieden im Hause und in der Nachbarschaft blieb gestört. Zuerst hatte das Glockenspiel die allgemeine Meinung gegen Herrn Hahn aufgeregt, aber durch die Hunde wurde die Stimmung gründlich geändert, die ganze Straße zog sich nach dem Stroh hinüber, der Filz hatte alle Welt gegen sich. Herrn Hummel kümmerte das wenig. Des Abends saß er im Garten auf dem umgestürzten Kahn und sah stolz auf das Nachbarhaus, während Bräuhahn und das Andere zu seinen Füßen lagen und nach dem Mond blinzten, der in seiner gewohnten Weise boshaft herniederblickte auf Hummel, auf Hahn, auf die übrige Welt.

Es geschah aber, daß in einer der nächsten Nächte unter Hundegebell und Mondschein am chinesischen Bau des Herrn Hahn alle Glocken abgerissen und gestohlen wurden.

8. Noch einmal Tacitus.

Unser Volk weiß, daß alle verlorenen Dinge unter den Krallen des Bösen liegen. Wer etwas sucht, der hat zu rufen: »Teufel, nimm die Pratze weg.« Dann liegt's plötzlich da vor den Augen der Menschen, es war so leicht zu finden, man ist hundertmal herumgegangen, man hat darüber und darunter gesehen, das Unwahrscheinlichste hat man durchsucht und an das Nächste nicht gedacht. Zuverlässig war es mit der Handschrift nicht anders, sie lag unter der Tatze des Bösen oder eines Kobolds ganz in der Nähe der Freunde; wenn man die Hand ausstreckte, war sie zu fassen; der Erwerb wurde nur noch durch ein Bedenken aufgehalten, durch die Frage: wo? Ob diese Verzögerung für beide Gelehrte die große oder kleine Frage peinlicher Tortur werden sollte, das allein war noch zweifelhaft. Indeß auch über diese Unsicherheit konnte man hinwegkommen; die Hauptsache war, daß die Handschrift selbst wirklich und vorhanden dalag. Und kurz, die Sache stand im Ganzen so gut als irgend möglich, es fehlte nur noch eben die Handschrift.

»Ich sehe«, sagte der Doktor dem Freunde, »du bist angestrengt beflissen, die Erwachsenen zu bilden, ich senke den Codex in die Seelen der nächsten Generation. Hans der älteste ist weit entfernt, die Auffassung des Vaters und der Schwester zu teilen, er zeigt Gemüt für den alten Schatz. Und wenn uns selbst nicht gelingt, die Entdeckung zu machen, er wird einmal die Hausmauer nicht schonen.«

Im Einvernehmen mit Hans nahm der Doktor ganz in der Stille seine Nachforschungen wieder auf. In ruhigen Stunden, wo der Landwirt arglos bei seiner Ernte umherritt und der Professor im Zimmer arbeitete oder in der Gaisblattlaube saß, strich der Doktor spionierend im Innern des Hauses. In dem Kittel eines Arbeiters, den Hans auf sein Zimmer gebracht hatte, durchforschte er die staubigen Höhen und Tiefen des Raumes. Und mehr als einmal erschreckte er die dienenden Frauen der Wirtschaft, wenn er plötzlich hinter einer alten Tonne des Kellers auftauchte, oder wenn er rittlings auf einem Balken des Dachstuhls dahinfuhr. Bei dem Milchkeller war für Anbau einer Eisgrube ein Loch gegraben, die Arbeiter hatten sich in der Mittagstunde entfernt und die Mamsell ging arglos in der Nähe der bloßgelegten Mauer vorüber. Da erblickte sie plötzlich einen Kopf ohne Leib, mit feurigen Augen und gesträubtem Haar, welcher langsam auf dem Erdboden dahinwandelte und hohnlachend das Gesicht auf sie zukehrte. Sie stieß einen gellenden Schrei aus und stürzte in die Küche, wo sie auf einem Schemel in Ohnmacht sank und erst durch vieles Zureden und Begießen mit Wasser zum Leben erweckt wurde. Beim Mittagessen war sie so verstört, daß sie jedermann auffiel, und da ergab sich endlich, daß der teuflische Kopf auf den Schultern ihres Tischnachbars saß, der heimlich in das Loch gestiegen war, um das Mauerwerk zu untersuchen.

Bei dieser Gelegenheit entdeckte der Doktor mit einiger Schadenfreude, daß das gastliche Dach, welches ihn und den Codex vor Regen schützte, über einem anerkannten Gespensterhause stand. Es spukte heftig in dem alten Bau, Geister wurden häufig gesehen und die Berichte gingen nur darin auseinander, ob es ein Mann in grauer Kutte, ein Kind in weißem

Hemdchen oder ein Kater von der Größe eines Esels sei. Jedermann wußte, daß ab und zu ein unerklärliches Klopfen, Rasseln, Donnern und unsichtbares Steinwerfen stattfand, zuweilen war das ganze Ansehen des Landwirts und seiner Tochter nötig, um den Ausbruch eines panischen Schreckens unter den Dienstboten zu verhindern. Auch die Freunde hörten in stiller Nacht unberechtigte Töne, Geächz, Gepolter und herausforderndes Geklopf an den Wänden. Diese Unarten des Hauses erklärte der Doktor zur Zufriedenheit des Landwirts aus seiner Theorie der alten Mauern. Er erläuterte, daß viele Geschlechter von Wieseln, Ratten und Mäusen den dicken Steinbau canalisiert und ein System von bedeckten Gängen und Burgen angelegt hatten. Deshalb wurde jedes gesellige Vergnügen und jede Zänkerei, welcher sich die Insassen der Mauer ergaben, durch dumpfes Getöse bemerkbar. Aber in der Stille horchte der Doktor doch ärgerlich auf das geheime Rumoren seiner Wandnachbarn. Denn wenn diese so aufgeregt um den Codex herumtobten, drohten sie die spätere Arbeit der Wissenschaft sehr zu erschweren. Sooft er heftig knabbern hörte, mußte er denken, sie fressen wieder eine Zeile weg, jedenfalls wird eine Menge Konjekturen nötig werden. Und es war nicht das Nagen allein, wodurch dies Mausevolk den Codex, der unter ihnen lag, verunzierte.

Aber für die große Geduld, welche in dieser Angelegenheit nötig war, wurde der Doktor durch andere Entdeckungen entschädigt. Er beschränkte sich nicht auf Haus und Hof, sondern durchsuchte auch die Umgegend nach alten Volkserinnerungen, welche noch hie und da am Rocken der Spinnstuben hingen und sich um den Kochtopf alter Mütterchen kräuselten. Gleich am zweiten Tage machte er durch geheime Vermittelung der Taglöhnerfrau die Bekanntschaft einer Märchenerzählerin im nächsten Dorfe. Nachdem die liebe alte Frau den ersten Schreck vor dem Titel des Doktors und die Furcht überwunden hatte, er wolle ihr wegen unbefugter ärztlicher Praxis zu Leibe gehen, sang sie ihm mit zitternder Stimme die Liebeslieder ihrer Jugend und erzählte mehr, als der Hörer nachzuschreiben vermochte. Jeden Abend brachte der Doktor beschriebene Blätter nach Hause, sehr bald fand er in seiner Sammlung alle bekannten Charaktere unserer Volkssagen, einen wilden Jäger, einige Frau Hollen, drei weiße Fräulein, mehre Mönche, einen undeutlichen Nix, der in der Geschichte zwar als Handwerksbursche auftrat, aber ganz unleugbar ursprünglich ein Wassermann gewesen war, und zuletzt viele kleine Zwerge. Zuweilen begleitete ihn auf diesen Ausflügen Hans, der älteste, der den Doktor bei den Landleuten einführte und sich hütete, dem Vater und der Schwester über diese Jagdzüge eine Mitteilung zu gönnen. Nun ist allerdings möglich, daß hier und da ein Erdloch oder ein Brunnen im Felde ohne Berechtigung mit einem Geiste versehen wurde. Denn als die weisen Frauen des Dorfes merkten, wie sehr der Doktor sich über solche Mitteilungen freute, wurde in ihnen die uralte Erfindungskraft des Volkes aus langem Schlummer geweckt, und es kam ihnen so vor, als ob noch hie und da etwas von dem Geistervolk stecken müsse. Im Ganzen aber bewiesen beide Teile einander deutsche Treue und Gewissenhaftigkeit, und zuletzt war der Doktor auch kein Mann, den man leicht hintergehen konnte.

Als er einst von solchem Besuche nach dem Schloß zurückkehrte, begegnete er auf einsamem Fußpfad der Taglöhnerfrau. Sie sah sich vorsichtig um und gestand ihm endlich, wenn er sie nicht dem Gutsherrn verraten wolle, so könne sie ihm wohl etwas mitteilen. Der Doktor gelobte unverbrüchliche Verschwiegenheit. Darauf erzählte die Frau, im Keller des Schlosses, auf der Seite gegen Morgen in der rechten Ecke sei ein Stein mit drei Kreuzen bezeichnet. Dahinter liege der Schatz. Das habe sie von ihrem Großvater gehört, und der habe es von seinem Vater, und dieser sei im Schloß in Diensten gewesen, und zu dessen Zeit hätte der damalige Oberamtmann den Schatz heben wollen; als sie aber deshalb in den Keller gingen, habe es einen fürchterlichen Knall und ein solches Getöse gegeben, daß sie entsetzt zurückgelaufen seien. Das aber mit dem Schatz sei sicher, denn sie habe den Stein selbst angefühlt, die Zeichen seien deutlich eingegraben. Jetzt sei der Weinkeller dort, der Stein durch ein Holzgestell verdeckt.

Der Doktor nahm diese Mitteilung mit Ruhe auf, beschloß aber, ganz für sich Nachforschungen anzustellen. Er sagte weder dem Professor noch seinem Hans ein Wort, lauerte aber auf eine Gelegenheit. Seine Vertraute trug den Wein, welcher unabänderlich vor dem Platz der Gäste stand, zuweilen selbst aus dem Keller und wieder zurück. Am nächsten Morgen folgte er ihr kühnlich, die Frau sprach kein Wort als er hinter ihr in den Verschlag trat, sondern wies scheu in eine Ecke der Wand. Der Doktor ergriff die Lampe, hob ein Dutzend Flaschen von ihrer Stelle und tastete an dem Gestein; es war ein großer behauener Stein mit drei Kreuzen. Er sah die Frau bedeutungsvoll an, – sie hat später im engsten Vertrauen erzählt, die gläsernen Schilde vor seinen Augen hätten in diesem Augenblick so schrecklich gegen die Lampe geleuchtet, daß ihr ganz angst geworden sei, – er aber ging schweigend herauf, entschlossen, die Entdeckung bei erster Gelegenheit gegen den Landwirt zu benutzen.

Doch die größte Überraschung stand dem Doktor noch bevor, seine stille Arbeit wurde durch den seligen Frater Tobias selbst unterstützt, ja durch das Lebensende dieses frommen Märtyrers gleichsam geweiht. Die Freunde stiegen nämlich nach Rossau hinab, von dem Landwirt, den ein Geschäft zur Stadt führte, begleitet. Der Landwirt führte die Freunde zum Bürgermeister und ersuchte diesen, den Herren, als zuverlässigen Männern, vorzulegen, was etwa in dem städtischen Bereich von alten Schriften vorhanden sei. Der Bürgermeister, ein ehrlicher Gerber, fuhr in seinen Rock und brachte die Gelehrten zunächst vor das alte Klostergebäude. Es war nicht viel daran zu sehen, ein neues Dach, innerer Umbau, nur die Mauern standen noch, kleine Beamte des Landesherrn wohnten in den Zellen. Über das Ratsarchiv stellte der Bürgermeister die Mutmaßung auf, daß wohl nicht viel darin sein werde, er empfahl die Herren in dieser Angelegenheit dem Stadtschreiber und ging selbst nach dem Schießhause, um sich nach schwerem Regierungsakt eine Partie Solo anzutun. Der Stadtschreiber neigte sich respektvoll vor seinen Collegen von der Feder, ergriff ein rostiges Schlüsselbund und öffnete das kleine Gewölbe des Rathauses, wo alte Akten in dicker Staubhülle die Zeit erwarteten, in welcher ihr Stillleben unter dem Stampfer einer Papiermühle enden würde. Die Stadtschreiberei wußte ein wenig unter den alten Papieren Bescheid, begriff auch vollständig die Wichtigkeit der Mitteilungen, welche von ihr erwartet wurden, versicherte aber der Wahrheit gemäß, daß durch zwei Stadtbrände sowie durch Unordnung in früherer Zeit jede alte Nachricht verloren sei. Man kannte auch keinerlei Aufzeichnung in einem Privathause, nur in der gedruckten Chronik einer Nachbarstadt waren einige Notizen über das Schicksal Rossaus im dreißigjährigen Kriege erhalten. Darnach war der Ort durch einige Jahre ein Trümmerhauf und fast unbewohnt gewesen. Im Übrigen lebte das Städtchen geschichtslos fort, und der Stadtschreiber beteuerte, man wisse hier nichts von der alten Zeit und kümmere sich gar nicht darum. Vielleicht sei in der Residenz etwas über die Stadt zu erfahren.

Die Freunde schritten unermüdlich von einem klugen Mann zum andern und frugen wie im Märchen nach dem Vogel mit goldenen Federn. Zwei Erdmännchen hatten nichts gewußt, jetzt blieb noch das dritte. Sie ließen sich also zu dem katholischen Pfarrer führen. Ein kleiner alter Herr empfing sie mit tiefen Bücklingen, der Professor setzte ihm auseinander, daß er über die letzten Schicksale des Klosters Auskunft suche, vor Allem, was aus einem der letzten Mönche, dem ehrwürdigen Bruder Tobias Bachhuber, in seinen Jahren geworden sei.

»Aus so entlegener Zeit werden keine Totenscheine verlangt«, versetzte der Geistliche, »ich kann den hochverehrten Herren deshalb keinerlei Bescheid versprechen. Dennoch, wenn es Ihnen nur darum zu tun und Sie nichts der Kirche Nachteiliges aus alten Schriften eruieren wollen, bin ich gewillt, denselben das älteste der vorhandenen Bücher zu präsentieren.« Er ging in eine Kammer und brachte ein langes schmales Buch hervor, dem der Moder des feuchten Raumes die Ränder beschädigt hatte. »Anhier sind einige Notata meiner im Herrn ruhenden Vorgänger, vielleicht daß den verehrten Herren dieses dienen kann. Weiteres bin ich nicht im Stande, weil Ähnliches nicht mehr vorhanden.«

Auf dem Vorsetzblatt stand ein Verzeichnis geistlicher Würdenträger des Ortes in lateinischer Sprache. Eine der ersten Notizen war: »Im Jahre des Herrn 1637 im Monat Mai ist der verehrungswürdige Bruder Tobias Bachhuber, der letzte Mönch hiesigen Klosters, an der Seuche der Pestilenz gestorben. Der Herr sei ihm gnädig.« Der Professor wies dem Freunde schweigend die Stelle, der Doktor schrieb die lateinischen Worte ab, sie gaben dankend das Buch zurück und empfahlen sich.

»Und die Handschrift liegt doch in dem Hause«, rief der Professor auf der Straße. Der Doktor dachte an die drei Kreuze und lächelte vor sich hin. Er war keineswegs mit den taktischen Maßregeln einverstanden, welche er seinen Freund zur Rettung des Codex ausführen sah. Wenn der Professor behauptete, daß ihre einzige Hoffnung auf dem Anteil beruhe, den sie nach und nach dem Hausherrn beibringen könnten; so hegte der Doktor den Verdacht, daß sein Freund zu dieser langsamen Kriegführung nicht durch reinen Eifer für die Handschrift gebracht werde.

Der Landwirt aber beobachtete über die Handschrift ein hartnäckiges Schweigen; warf der Doktor einmal eine Anspielung hin, so verzog der Wirt spöttisch das Gesicht und lenkte das Gespräch sogleich auf etwas Anderes. Das durfte so nicht bleiben. Der Doktor beschloß, jetzt, wo seine Abreise bevorstand, eine Entscheidung zu erzwingen. Als die Männer am Abend im Garten zusammen saßen und der Landwirt in heiterer Ruhe auf seine Obstbäume sah, begann der Doktor den Angriff.

»Ich gehe nicht von hier, mein Gastfreund, ohne Sie an unsern Contrakt erinnert zu haben.«

»An welchen Contrakt?« frug der Landwirt wie ein Mann, der sich an nichts erinnert.

»Wegen der Handschrift«, fuhr der Doktor entschlossen fort, »die bei Ihnen verborgen liegt.«

»So? Sie sagten ja selbst, es sei Alles hohl. Da wird uns nichts übrigbleiben, als das Haus vom Dach bis zum Keller nieder zu reißen; ich dächte, damit warteten wir bis zum nächsten Frühjahr, wo Sie wieder zu uns kommen sollen. Denn wir müßten in diesem Falle doch in den Scheunen wohnen, und die sind jetzt voll.«

»Das Haus mag vorläufig stehen bleiben«, sagte der Doktor, »wenn Sie aber immer noch meinen, daß die Mönche ihr Klostergut wieder herausgeholt haben, so steht dieser Ansicht ein Umstand entgegen. Wir haben in Rossau ermittelt, daß der wackere Bruder, der im April die Sachen hier versteckt hatte, schon im Mai an der Pestilenz gestorben ist. Laut Angabe des Kirchenbuches; hier ist die Stelle.«

Der Landwirt sah in die Brieftafel des Doktors, klappte sie wieder zu und sagte: »Dann haben seine Herren Mitbrüder das Eigentum herausgeholt.«

»Das ist kaum möglich«, versetzte der Doktor, »denn er war der letzte seines Klosters.«

»Dann also haben's andere Stadtleute geholt.«

»Aber die Einwohner der Stadt haben sich damals verlaufen, der Ort lag Jahre lang verwüstet, menschenleer, in Trümmern.«

»Hm«, begann der Landwirt in guter Laune, »die Herren Gelehrten sind strenge Mahner und wissen auf ihrem Recht zu bestehen. Sagen Sie also geradeheraus, was wollen Sie von mir? Sie müßten mir doch vor allem eine einzelne Stelle angeben können, die nicht nur Ihnen verdächtig ist, sondern die auch nach gemeinem Urteil etwas zu verschließen scheint, und das sind Sie zuverlässig nicht im Stande.«

»Ich weiß eine solche Stelle«, erwiederte der Doktor dreist, »und ich stelle Ihnen gegenüber die Vermutung auf, daß der Schatz dort liegt.«

Der Professor und der Landwirt sahen erstaunt auf ihn. »Folgen Sie mir in den Keller«, rief der Doktor.

Ein Licht wurde angezündet, der Doktor führte zu dem Verschlage, in welchem der Wein lag. »Wie kommst du zu der siegesfrohen Zuversicht?« frug ihn der Professor leise auf dem Wege.

»Ich argwöhne, daß du deine Geheimnisse hast«, versetzte der Doktor, »laß mir die meinen.« Geschäftig räumte er die Flaschen aus einer Ecke, leuchtete an den Stein und schlug mit einem großen Schlüssel an die Mauer, »die Stelle ist hohl und der Stein bezeichnet.«

»Es ist richtig«, sagte der Landwirt, »dahinter ist ein leerer Raum; und er ist jedenfalls nicht klein. Aber der Stein ist einer von den Grundsteinen des Hauses, und nirgend ist sichtbar, daß er einmal aus seiner Lage gerückt wurde.«

»Nach so langer Zeit würde man das schwerlich erkennen«, warf ihm der Doktor entgegen.

Der Landwirt untersuchte selbst die Mauer. »Eine große Platte liegt darüber, es ist vielleicht möglich, den bezeichneten Stein von der Stelle zu heben.« Er überlegte eine Weile und fuhr endlich fort: »Ich sehe, ich muß Ihnen einen Preis zahlen. Ich will damit die erste Stunde unserer Bekanntschaft ausgleichen, die mir immer noch auf der Seele liegt. Und da wir drei hier wie Verschwörer im Keller stehen, so wollen wir uns auf das frühere Abkommen verpflichten. Ich will einmal tun, was ich für sehr unnötig halte. Dafür werden Sie, wenn Sie jemals über die Sache sprechen oder schreiben, auch mir das Zeugnis nicht versagen, daß ich allen billigen Wünschen nachgegeben habe.«

»Wir werden sehn, was sich tun läßt«, versetzte der Doktor.

»Wohlan, in einem Steinbruch an meiner Grenze sind fremde Arbeiter beschäftigt, sie sollen versuchen, den Stein auszulösen und wieder in seine Lage zu bringen. Damit wird, wie ich hoffe, diese Sache für immer abgemacht. – Ilse, laß morgen in der Frühe das Holzgestell im Weinkeller ausräumen.«

Am nächsten Tag kamen die Steinarbeiter, mit ihnen stiegen die drei Herren und Ilse in den Keller und sahen neugierig zu, wie Spitzhacke und Brecheisen ihre Gewalt an dem vierkantigen Stein versuchten. Er war auf den Fels gesetzt und tüchtige Anstrengung war nötig, ihn zu lösen. Aber auch die Leute erklärten, daß dahinter eine große Höhlung sei, und arbeiteten mit einem Eifer, der durch den Ruf des gespenstigen Hauses sehr gesteigert wurde. Endlich wich der Stein, eine dunkle Öffnung bot sich den Augen, die Zuschauer traten näher, die beiden Gelehrten in lebhafter Spannung, auch der Landwirt und seine Tochter voll Erwartung. Der Steinbrecher faßte schnell das Licht und hielt es vor die Öffnung, ein feiner Dunst zog heraus, erschreckt fuhr der Mann mit dem Lichte zurück. »Da drin liegt etwas Weißes«, rief er zwischen

Angst und Hoffnung. Ilse sah auf den Professor, der mit Mühe die Erregung beherrschte, welche in seinem Antlitze arbeitete. Er griff nach dem Licht, da wehrte sie ihm und rief ängstlich: »Nicht Sie.« Sie eilte zu der Öffnung und fuhr mit der Hand in den hohlen Raum. Sie faßte Greifbares, man hörte ein Rasseln, sie zog schnell die Hand zurück, aber auch sie warf, was sie festgehalten, erschreckt auf den Boden: es war ein Stück Gebein.

»Das ist eine ernste Antwort auf Ihre Frage«, rief der Landwirt, »wir zahlen einen teuren Preis für den Scherz.« Er nahm das Licht und suchte jetzt selbst in der Öffnung, ein Haufen zusammengefallener Knochen lag darin. Die Andern standen in unbehaglichem Schweigen herum. Endlich warf der Landwirt einen Schädel in den Keller und rief sich erhebend als ein Mann, der von peinlichem Gefühl befreit wurde: »Es ist das Gebein eines Hundes!«

»Es war ein kleiner Hund«, bestätigte der Steinhauer und schlug mit dem Eisen an einen Knochen, das morsche Gebein brach in Stücke.

»Ein Hund!« rief der Doktor erfreut und vergaß für einen Augenblick seine getäuschte Hoffnung. »Das ist lehrreich. Die Grundmauer dieses Hauses muß sehr alt sein.«

»Es freut mich, daß Sie auch mit diesem Fund zufrieden sind«, versetzte der Landwirt ironisch.

Der Doktor aber ließ sich nicht stören und erzählte, wie im frühen Mittelalter ein abergläubischer Brauch gewesen sei, in die Grundmauer fester Gebäude etwas Lebendes einzuschließen. Die Gewohnheit stamme aus uralter Heidenzeit. Die Fälle seien selten genug, wo man dergleichen in alten Bauten gefunden, und das Gerippe des Tieres sei eine schöne Bestätigung.

»Wenn es Ihre Ansicht bestätigt«, sagte der Landwirt, »meine bestätigt es auch. Eilt, ihr Leute, den Stein wieder fest zu machen.«

Jetzt leuchtete und fühlte auch der Steinhauer in die Öffnung und erklärte, daß nichts mehr darin sei. Die Arbeiter rückten den Stein an seine Stelle, der Wein wurde eingeräumt und die Sache war abgetan. Der Doktor aber trug die spöttischen Bemerkungen, welche der Landwirt nicht sparte, mit großer Ruhe und sagte ihm: »Was wir erreicht haben, ist allerdings nicht viel, aber wir wissen doch jetzt mit Sicherheit, daß die Handschrift nicht an dieser Stelle Ihres Hauses liegt, sondern an einer andern. Ich nehme ein sorgfältiges Verzeichnis aller hohlen Stellen mit, und wir begeben uns unserer Ansprüche an Ihr Haus wegen dieses

Fundes durchaus nicht, sondern wir betrachten Sie von jetzt ab als einen Mann, der den Codex zu seinem Privatgebrauch auf unbestimmte Zeit geliehen hat, und ich versichere Sie, Wunsch und Sorge werden uns unaufhörlich um dieses Haus schweben.«

»Lassen Sie den Menschen, die darin wohnen, auch etwas von den guten Wünschen zu Teil werden«, sagte lachend der Landwirt, »und vergessen Sie nicht, daß Sie bei Ihrem Suchen nach der Handschrift in Wahrheit auf den Hund gekommen sind. Ich hoffe übrigens, daß diese Entdeckung mein armes Haus von dem üblen Rufe befreien wird, Schätze zu enthalten. Und um diesen Gewinn will ich mir die unnötige Arbeit recht gern gefallen lassen.«

»Das ist der größte Irrtum Ihres Lebens«, erwiederte der Doktor überlegen, »gerade das Entgegengesetzte wird stattfinden. Unsere Entdeckung wird von allen Leuten, welche ein Gemüt für Schätze haben, so verstanden werden, daß Ihnen nur der Glaube fehlte, und daß Sie nicht die nötige Feierlichkeit anwandten; deshalb ist der Schatz Ihren Augen entrückt und zur Strafe der Hund beigesetzt worden. Ich weiß besser, wie Ihre Nachbarn dergleichen der Nachwelt überliefern. Harre in Frieden deiner Entdeckung, Tacitus, dein beharrlichster Freund scheidet, denn er, den ich dir zurücklasse, fängt an, der Gleichgültigkeit dieses Hauses unbillige Zugeständnisse zu machen.«

Er sah ernsthaft auf den Professor hinüber und rief seinen Begleiter Hans zu einem letzten Besuche im Dorfe, um dort noch von seinen weisen Frauen dankbaren Abschied zu nehmen und ein schönes Volkslied einzuheimsen, dem er auf die Spur gekommen war.

Er blieb lange aus, denn nach dem Liede kam unvermutet noch eine wundervolle Geschichte zum Vorschein von einem Herrn Dietrich und seinem Pferd, welches Feuer schnaubte.

Als der Professor gegen Abend nach ihm aussah, traf er auf Ilse, welche, ihren Strohhut in der Hand, zu einem Gang ins Freie gerüstet war. »Ist Ihnen recht«, sagte sie, »so gehen wir Ihrem Freunde entgegen.« Sie schritten einen Rain entlang, zwischen abgeräumten Feldern, auf denen hier und da wildes Grün aus den Stoppeln herauftrieb.

»Der Herbst naht«, bemerkte der Professor, »das ist die erste Mahnung.«

»Wir in der Wirtschaft«, erwiederte Ilse, »sind wie Till Eulenspiegel gutes Muts, so oft wir im Winter durchmachen, was Andern lästig scheint. Wir denken dann auf das nächste Frühjahr, und wir freuen uns der Ruhe. Wenn die Windsbraut dahinfährt und den Schnee mannshoch in die Täler weht, wir sitzen im Warmen.«

»Uns in der Stadt aber vergeht der Winter, fast ohne daß wir ihn merken. Nur die kurzen Tage, die weißen Dächer erinnern daran, unsere Arbeit aber verläuft unabhängig vom Wechsel der Jahreszeiten. Und doch hat mich der Blätterfall seit meiner Kindheit betrübt, und im Frühjahr habe ich immer Lust, die Bücher bei Seite zu werfen und durch das Land zu laufen, wie ein Handwerksgesell.«

Sie standen an einem Garbenhaufen. Ilse bog einige Ährenbündel zum Sitz zurecht und sah über die Felder nach den fernen Bergen.

»So ist's mit uns gerade umgekehrt und anders, als man denken sollte«, begann sie nach einer Weile, »wir sind hier wie die Vögel, die Jahr aus, Jahr ein lustig mit den Flügeln schlagen, Sie aber denken und sorgen um andere Zeiten und andere Menschen, die lange vor uns waren; Ihnen ist das Fremde so vertraut, wie uns der Aufgang der Sonne und die Sternbilder. Und wie Ihnen wehmütig ist, daß der Sommer endet, ebenso wird es mir schmerzlich, wenn ich einmal von vergangener Zeit höre und lese, und am traurigsten machen mich die Geschichtsbücher. So viel Unglück auf Erden, und gerade die Guten nehmen so oft ein Ende mit Leid. Ich werde dann vermessen und frage, warum hat der liebe Gott das so gewollt? Und es ist wohl recht töricht, wenn ich das sage, ich lese deshalb nicht gern in der Geschichte.«

»Diese Stimmung begreife ich«, erwiederte der Professor. »Denn wo die Menschen ihren Willen durchzusetzen streben gegen ihr Volk und gegen ihre Zeit, werden sie am Ende fast immer als die Schwächeren widerlegt; auch was der Stärkste etwa siegreich durchsetzt, hat keinen ewigen Bestand. Und wie die Menschen und ihre Werke, vergehen auch die Völker. Aber wir sollen nicht an die Schicksale eines einzelnen Mannes oder Volkes unser Herz hängen, sondern wir sollen verstehen, wodurch sie groß wurden und untergingen, und welches der bleibende Gewinn war, welcher dem Menschengeschlecht durch ihr Leben erhalten wurde. Dann wird der Bericht über ihre Schicksale nur wie eine Hülle, hinter welcher wir die Tätigkeit anderer lebendiger Kräfte erkennen. Denn wir erraten, daß in den Menschen, welche zerbrechen, und in den Völkern, welche zerrinnen, noch ein höheres geheimes Leben waltet, welches nach ewigen Gesetzen schaffend und zerstörend dauert. Und einige Gesetze dieses höhern Lebens zu erkennen und den Segen zu empfinden, welchen dies Schaffen und Zerstören in unser Dasein gebracht hat, das ist Aufgabe und Stolz des Geschichtsforschers. Von diesem Standpunkt verwandelt sich Auflösung und Verderben in neues Leben. Und wer sich gewöhnt, die Vergangenheit so zu betrachten, dem vermehrt sie die Sicherheit, und sie erhebt ihm das Herz.«

Ilse schüttelte das Haupt und sah vor sich nieder. »Der römische Mann, dessen verlorenes Buch Sie zu uns geführt hat, und von dem heut wieder die Rede war, ist er Ihnen deshalb lieb, weil er die Welt ebenso freudig angesehen hat wie Sie?«

»Nein«, versetzte der Professor, »gerade das Gegenteil macht uns seine Arbeit beweglich. Sein ernster Geist wurde niemals durch fröhliche Zuversicht gehoben. Das Schicksal seines Volkes, die Zukunft der Menschen liegt ihm als ein unheimliches Rätsel schwer auf der Seele, in der Vergangenheit erblickt er eine bessere Zeit, freieres Regieren, stärkere Charaktere, reinere Sitten, er erkennt an seinem Volke und im Staat einen Verfall, der selbst durch gute Regenten nicht mehr aufzuhalten ist. Es ist ergreifend, wie der besonnene Mann zweifelt, ob dies furchtbare Schicksal von Millionen eine Strafe der Gottheit ist, oder die Folge davon, daß kein Gott sich um das Loos der Sterblichen kümmert. Ahnungsvoll und ironisch betrachtet er die Geschicke der Einzelnen, die beste Weisheit ist ihm, das Unvermeidliche schweigend und duldend ertragen. Daß er in eine trostlose Öde starrt, erkennt man auch dann, wenn ihm einmal ein kurzes Lächeln die Lippen bewegt; man meint zu sehen, daß um sein Auge doch die Furcht hängt und der starre Ausdruck, welcher dem Menschen bleibt, den einmal tötliches Grauen geschüttelt.«

»Das ist traurig«, rief Ilse.

»Ja, es ist fürchterlich. Und wir begreifen schwer, wie man bei solcher Trostlosigkeit das Leben ertrug. Die Freude, unter einem Volke mit aufsteigender Kraft zu leben, hatte damals nicht der Heide, nicht der Christ. Denn das ist doch das höchste und unzerstörbare Glück des Menschen, wenn er vertrauend auf das Werdende, mit Hoffnung auf das Zukünftige blicken kann. Und so leben wir. Viel Schwaches, viel Verdorbenes und Absterbendes umgibt uns, aber dazwischen wächst eine unendliche Fülle von junger Kraft herauf. Wurzeln und Stamm unseres Volkslebens sind gesund. Innigkeit in der Familie, Ehrfurcht vor Sitte und Recht, harte, aber tüchtige Arbeit, kräftige Rührigkeit auf jedem Gebiet. In vielen Tausenden das Bewußtsein, daß sie ihre Volkskraft steigern, in Millionen, die noch zurückgeblieben sind, die Empfindung, daß auch sie zu ringen haben nach unserer Bildung. Das ist uns

Modernen Freude und Ehre, das hilft wacker und stolz machen. Und wir wissen wohl, die frohe Empfindung dieses Besitzes kann auch uns einmal getrübt werden, denn jeder Nation kommen zeitweise Störungen ihrer Entwicklung, aber das Gedeihen ist nicht zu ertöten und nicht auf die Dauer zurückzuhalten, solange diese letzten Bürgschaften der Kraft und Gesundheit vorhanden sind. Deshalb ist jetzt auch glücklich, wer den Beruf hat, längst Vergangenes zu durchsuchen, denn er blickt von der gesunden Luft der Höhe hinab in die dunkle Tiefe.«

Ilse sah hingerissen in das Antlitz des Mannes; er aber bog sich über die Garbe, welche zwischen ihm und ihr lehnte, und fuhr begeistert fort: »Jeder von uns holt aus dem Kreise seiner persönlichen Erfahrungen Urteil und Stimmung, welche er bei Betrachtung großer Weltverhältnisse verwendet. Blicken Sie um sich her auf die lachende Sommerlandschaft, dort in der Ferne auf die tätigen Menschen, und was Ihrem Herzen näher liegt, auf Ihr eigenes Haus und den Kreis, in dem Sie aufgewachsen sind. So mild das Licht, so warm das Herz, verständig, gut und treu der Sinn der Menschen, die Sie umgeben. Und denken Sie, welchen Wert auch für mich hat, das zu sehen und an Ihrer Seite zu genießen. Und wenn ich über meinen Büchern recht innig empfinde, wie wacker und tüchtig das Leben meines Volkes ist, welches mich umgibt, so werde ich fortan auch Ihnen zu danken haben.« Er streckte seine Hand aus über die Garben, Ilse faßte sie, hielt sie mit beiden Händen fest, und eine warme Träne fiel darauf. So sah sie mit feuchten Augen zu ihm hin, eine ganze Welt von Seligkeit lag in ihrem Antlitz. Allmählich ergoß sich ein helles Rot über ihre Wangen, sie stand auf, noch ein Blick voll hingebender Zärtlichkeit fiel auf ihn, dann schritt sie flüchtig von ihm abwärts, den Rain entlang.

Der Professor blieb stehen, an die Garben gelehnt. Auf der Spitze der Ähre über seinem Haupte zwitscherte fröhlich die Haidelerche, er drückte seine Wange an die Getreidebüschel, welche ihn halb verbargen. So sah er in seliger Vergessenheit dem Mädchen nach, das zu den fernen Arbeitern hinabstieg.

Als er die Augen erhob, stand ihm der Freund zur Seite, er schaute ein Antlitz, in welchem inniges Mitgefühl zuckte, und hörte die leise Frage: »Und was soll werden?«

»Mann und Weib«, sprach der Professor stark, drückte dem Freunde die Hand und schritt über das Feld dem Ruf der Lerche nach, welche auf jeder Garbenspitze anhielt, ihn zu erwarten.

Fritz war allein. Das Wort war gesprochen, ein neues ungeheures Schicksal erhob sich über das Leben des Freundes. Also dies sollte das Ende sein? Thusnelda statt des Tacitus? – Ach, die sociale Erfindung der Ehe war sehr ehrwürdig, das empfand Fritz tief, es war fast allen Menschen unvermeidlich, die aufwühlenden Kämpfe durchzumachen, welche eine Veränderung der gesammten Lebensordnung zur Folge haben. Aber den Freund konnte er sich gar nicht denken unter den Büchern, mit den Collegen, und dazu diese Frau! Schmerzlich fühlte er, daß auch sein Verhältnis zu dem Gelehrten dadurch geändert werden mußte. – Aber er dachte nicht lange an sich selbst, mißtrauisch, ängstlich sorgte er um den Waghalsigen. Und nicht weniger um sie, die so gefährlich in die Seele des Andern eingedrungen war. – Und der Treue sah zornig in die Runde auf Stoppeln und Strohhalme, und er ballte eine Faust gegen den seligen Bachhuber, gegen das Tal von Rossau, ja auch gegen sie, die letzte Ursache der heillosen Verwirrung – gegen die Handschrift des Tacitus.

9. Ilse.

Ilse hatte in großer Wirtschaft gleichmäßig dahingelebt, seit dem Tod der Mutter hatte sie, kaum erwachsen, dem Haushalt des Gutes vorgestanden, angestrengt und pflichtgetreu wie ein Beamter ihres Vaters; der Frühling kam und der Herbst, ein Jahr rollte wie das andere über ihr Haupt; der Vater, die Geschwister, das Gut, die Arbeiter und die Armen des Tales, das war ihr Leben. Mehr als einmal hatte sich beim Vater ein Freier gemeldet, ein derber tüchtiger Landwirt aus der Umgegend, sie aber hatte sich zufrieden gefühlt in dem Amt des Hauses, und sie wußte, daß dem Vater lieb war, wenn er sie bei sich behielt. Des Abends, wenn der tätige Mann auf dem Sopha ausruhte und die Kinder zu Bett geschickt waren, saß sie still mit ihrer Stickerei neben ihm oder besprach die kleinen Vorgänge des Tages, die Krankheit eines Arbeiters, den Schaden eines Hagelschauers, den Namen der neuen Milchkuh, die angebunden wurde. Es war eine einsame Gegend, viel Wald, meist kleine Güter, keine reiche Geselligkeit, und der Vater, der sich durch angestrengte Tätigkeit zum wohlhabenden Manne heraufgearbeitet hatte, war kein Freund großer Gesellschaften, die Tochter auch nicht. Am Sonntage kam wohl der Herr Pastor zu Tische, die Beamten des Vaters blieben dann über den Kaffe und erzählten kleine Geschichten aus der Umgegend, die Kinder, welche in der Woche durch den Seminaristen gebändigt wurden, lärmten durch Garten und Flur. Und wenn Ilse eine freie Stunde hatte, setzte sie sich in ihr Stübchen mit einem Buche aus der kleinen Sammlung des Vaters, einem Roman von Walter Scott, einer Erzählung von Hauff, einem Bande von Schiller.

Jetzt aber war mit dem fremden Manne eine Fülle von Bildern, Gedanken, Gefühlen in ihrer Seele aufgegangen. Vieles, was sie bis dahin gleichmütig aus der Ferne betrachtet hatte, wurde ihr auf einmal nah vor die Augen gerückt. Wie künstliches Feuer, welches unerwartet aufsprühend einzelne Stellen der dunklen Landschaft mit buntem Schein erleuchtet, gab ihr seine Rede bald hier bald dort einen fesselnden Blick auf fremdes Leben. Wenn er sprach und die Worte so reich, gewählt und vornehm aus seinem Innern quollen, dann neigte sie das Haupt anfänglich vorwärts, wie im Traum, bis zuletzt ihr Blick an seinen Lippen und Augen festhing. Denn sie fühlte eine Ehrfurcht, bei welcher Schrecken war, vor einem Menschengeiste, der so hoch und sicher über der Erde schwebte. Von vergangenen Zeiten sprach er wie von der Gegenwart, die geheimen Gedanken der Menschen, welche vor Jahrtausenden lebendig gewesen waren, wußte er zu erklären. Ach, sie empfand die Herrlichkeit und Größe menschlicher Wissenschaft als Verdienst und Größe des Einen, der ihr gegenüber saß, und die geistige Arbeit vieler Jahrhunderte erschien ihr wie ein überirdisches Wesen, das mit menschlichem Munde in ihrem Hause Unerhörtes verkündete.

Aber es war nicht das Wissen allein. Wenn sie wie aus der Tiefe den Blick zu ihm erhob, sah sie ein strahlendes Auge, den freundlichen Zug um die beredten Lippen, und sie fühlte sich unwiderstehlich zu dem warmen Leben des Mannes gezogen. Dann saß sie ihm als stille Hörerin gegenüber. Wenn sie aber in ihr Zimmer trat, kniete sie nieder und verbarg das Antlitz in ihren Händen, sie sah ihn dann vor sich und brachte ihm in der Einsamkeit ihre Huldigung dar.

So erwachte sie zum Leben. Es war eine Zeit der reinen Begeisterung, eines selbstlosen Entzückens, das der Mann nicht kennt und das nur dem Weibe wird, einem reinen, unwissenden Herzen, dem plötzlich bei gereifter Kraft das Größte des Erdenlebens die empfängliche Seele einnimmt.

Und sie sah, daß ihr Vater in seiner Art unter dem Einfluß desselben Zaubers stand. Am Mittagstisch, der sonst so schweigsam war, floß jetzt die Unterhaltung wie aus lebendigem Born, an den Abenden, wo er sonst müde über der Zeitung gesessen hatte, wurde das Gespräch zuweilen bis auf die erste Nachtstunde hinausgezogen, Vieles wurde erörtert, oft wurde gestritten, immer war der Vater, wenn er seinen Nachtleuchter vom Tische nahm, in heiterer Stimmung, mehr als einmal wiederholte er auf und ab gehend noch sich selbst einzelne Reden des Gastfreundes. »Er ist in seiner Art ein ganzer Mann«, sagte er, »Alles sicher und fest gefügt, man weiß immer, wie man mit ihm dran ist.«

Einigemal ängstigte sie, was er aussprach. Zwar vermieden die Freunde, was die innige Gläubigkeit der Hörerin verletzen konnte, aber aus den Reden des Professors klang zuweilen eine fremdartige Auffassung ehrwürdiger Lehre und der menschlichen Pflichten heraus. Und doch war wieder so edel und gut, was er behauptete, daß sie sich dagegen mit ihren Gedanken nicht zu wehren wußte.

Er war oft heftig in seinen Ausdrücken; wo er verurteilte, tat er das mit starken Worten, auch im Gespräch brach er wohl heraus, daß der Doktor und sogar der Vater zurückwichen. Und sie ahnte, daß in seinem Haupte sich die Welt anders darstellte als bei den meisten Menschen, stolzer, edler, entschiedner. Und wenn er von Andern viel verlangte, wie Einem natürlich ist, der mehr mit abgeschlossenen Bildungen als mit dem werdenden Leben verkehrt, da wurde ihr wohl bange, wie man vor seinen Augen bestehen könne. Aber derselbe Mann war wieder so bereit, alles Gute anzuerkennen, und er freute sich wie ein Kind, wenn er erfuhr, daß sich Jemand brav und stark erwiesen hatte.

Er war ein ernster Mann, und doch war er Liebling der Kinder geworden, fast noch mehr als der Doktor. Sie vertrauten ihm ihre kleinen Geheimnisse, er besuchte sie in der Kinderstube und gab ihnen nach Jugenderinnerungen Anweisung, wie sie einen großen Papierdrachen machen sollten, er malte selbst die Augen und den Schnurrbart und schnitt die Quaste des Schwanzes, und ein froher Tag war's, als der Drache das erste Mal auf dem neuen Stoppelfelde aufstieg. Wenn der Abend kam, dann saß er, von den Kindern umgeben, wie ein Rebhuhn unter den Küchlein, Franz kletterte auf die Stuhllehne und zauste an seinem Haar, an jedem Knie lehnte eines der Größern; dann wurden Rätsel aufgegeben und Geschichten erzählt, und wenn Ilse zuhörte, wie er mit den Kindern kleine Reime nachsprach und lehrte, dann schwoll ihr das Herz vor Freude, daß ein solcher Geist so zutraulich mit der Einfalt verkehren konnte, dann spähte sie in sein Antlitz und sah hinter den festen Zügen des Mannes ein Kindergesicht herausleuchten, lachend und glücklich, und sie konnte sich ihn denken, wie er selber ein kleiner Bube gewesen war, der auf dem Schoße seiner Mutter saß. – Glückliche Mutter!

Da kam die Stunde unter den Garben, die gelehrte Unterredung, welche mit Tacitus anfing und mit einem stummen Bekenntnis der Liebe endigte. Die selige Heiterkeit seines Angesichts, der bebende Klang seiner Stimme hatten den dünnen Schleier zerrissen, der ihr das eigene wogende Gefühl barg. Sie wußte jetzt, daß sie ihn liebte, heiß und unendlich, und sie ahnte, daß er empfand, wie sie selbst. Der ihr so groß gegenüberstand, er hatte sich zu ihr herabgeneigt, sie hatte seinen warmen Atem, den schnellen Druck seiner Hand gefühlt. Als sie dahinging durch das Feld, strömte ihr die Glut in die Wangen, und was sie umgab, Erde und Himmel, Flur und sonniger Waldessaum, das floß vor ihr in leuchtende Wolken zusammen. Mit beflügeltem Fuß eilte sie hinab in den Waldgrund, wo das Baumlaub sie umhüllte. Jetzt erst fühlte sie sich allein, und ohne es zu wissen, faßte sie einen schlanken Birkenstamm und schüttelte ihn mit voller Kraft, daß der Baum laut rauschte und seine Blätter auf sie herabstreute. Und sie hob die Hände zu dem goldenen Licht des Himmels und warf sich nieder auf den Moosgrund. In heftigen Atemzügen hob sich ihre Brust und die kräftigen Glieder zuckten von der inneren Erregung. Wie vom Himmel herab war die Leidenschaft in das junge Weib gesunken und faßte ihr Leib und Seele mit unwiderstehlicher Gewalt.

Lange lag sie so, braune Sommerfalter spielten ihr um das Haar, eine kleine Eidechse fuhr ihr über die Hand, weiße Dolden der Waldblumen und die Zweige der Hasel neigten sich über sie, als wollten die kleinen Kinder der Natur das heiße Leben der Schwester verdecken, welche zu ihnen gekommen war in dem seligsten Schreck ihres Lebens.

Endlich hob sie sich auf die Knie, schlug die Hände zusammen, sie dankte dem lieben Gott für ihn und bat für ihn.

Gesammelt trat sie in das offene Tal, nicht mehr das ruhige Mädchen von sonst, ihr eigenes Leben und was sie umgab, glänzte in neuen Farben, und ein neues Fühlen fand sie in der Welt. Sie verstand die Sprache des Schwalbenpaares, welches um sie kreiste und mit zwitscherndem Ton pfeilschnell an ihr vorüberfuhr. Es war die wonnige Freude am Leben, welche den kleinen Leib durch die Luft schnellte, und was die Vögel zu ihr sprachen, war ein schwesterlicher Jubelruf. Sie antwortete auf den Gruß der Arbeiter, welche vom Felde heimgingen, und sie sah auf eine der Frauen, welche die Garben angelegt hatte, und wußte genau, wie ihr zu Mute war. Auch die Frau hatte als Mädchen einen fremden Burschen geliebt, es war eine lange unglückliche Neigung gewesen mit vielen Schmerzen, jetzt aber ging sie getröstet neben ihm nach Hause, und als sie mit ihrer Herrin sprach, sah sie stolz auf ihren Begleiter. Und Ilse fühlte, wie glücklich die arme ermüdete Frau war. Und als Ilse in den Hof trat und die Stimme der Mägde hörte, welche vergebens auf sie gewartet hatten, und das ungeduldige Brummen der Rinder, das wie ein Vorwurf an die säumige Herrin klang, da schüttelte sie leise das Haupt, als wenn die Mahnung nicht mehr ihr gelte, sondern einer andern.

Als sie wieder aus den Wirtschaftsräumen in das goldene Abendlicht trat, mit beflügeltem Schritt, das Haupt gehoben, sah sie erstaunt den Vater neben seinem Reitpferd stehen, bereit zum Aufsitzen, und vor ihm in ruhigem Gespräch den Doktor und den Mann, welchem entgegenzutreten sie in diesem Augenblicke verlegen scheute. Sie näherte sich zögernd. »Wo säumst du, Ilse«, rief der Landwirt, »ich muß fort«, und, in das bewegte Gesicht der Tochter blickend, setzte er hinzu, »es ist nichts Großes. Ein Brief des kranken Oberförsters ruft mich in das Forsthaus, es ist einer von den Hofleuten angekommen, und ich kann mir denken, was sie von mir wollen. Ich hoffe zur Nacht zurück zu sein.« Und dem Doktor nickte er zu: »Wir sehen uns noch vor Ihrer Abreise.« Er trabte dahin und Ilse dankte im Herzen der neuen Botschaft, die ihr leichter machte, ruhige Worte mit den Freunden zu sprechen. Sie folgte neben ihnen dem Wege, auf dem der Vater dahinritt, und bemühte sich, in gleichgültigem Gespräch die Unruhe zu verbergen. Und sie erzählte von dem Jagdschloß im Walde und von der Einsamkeit, in welcher der greise Oberförster unter den Buchen des Forstes hause. Aber es war doch eine spärliche Rede, jedes der ehrlichen Herzen war mächtig bewegt, der Professor und Ilse vermieden einander in die Augen zu blicken, auch dem Freunde gelang nicht, durch leichte Scherze die Leidenschaftlichen in das kleine Treiben dieser Welt herab zu ziehen.

Da wies Ilse plötzlich mit der Hand auf einen Hohlweg zur Seite, aus welchem mehre schwarze Köpfe auftauchten. »Sehen Sie dort die Indianer der Frau Oberamtmann.« In schnellem Schritt zog eine Reihe wilder Gestalten, eine hinter der andern; voran ein kräftiger Mann in braunem Kittel und verschossenem Hut, einen dicken Stab in der Hand; hinter ihm zwei jüngere Männer, ein bepacktes kleines Pferd führend, auf dem ein Affe in roter Jacke saß; dann Weiber mit Kindern auf dem Rücken;

um den Trupp liefen halbnackte Buben und Mädchen, lange schwarze Haare hingen ihnen um die braunen Gesichter und die wilden Augen starrten schon aus der Ferne gierig auf die Spaziergänger.

»Wenn der Herbst kommt, streicht zuweilen das bettelnde Volk durch unser Land, es sind Gaukler, die zu Kirmes und Vogelschießen ziehen, aber seit einigen Jahren haben sie sich nicht in die Nähe des Guts gewagt.«

Der Trupp nahte, aus dem Trott wurde stürmisches Laufen, im Augenblick waren die Freunde von sechs bis acht dunklen Gestalten umringt, welche mit leidenschaftlicher Geberde drängten und laut schreiend die Hände ausstreckten, Männer, Weiber, Kinder im Getümmel durcheinander. Erstaunt sahen die Freunde in die blitzenden Augen, die heftigen Bewegungen und auf die Kinder, welche mit den Füßen stampften und mit ihren Händen den Leib der Fremden betasteten wie Wahnsinnige.

»Zurück, ihr Wilden«, rief Ilse, drang durch die Bande und stellte sich vor die Freunde. »Zurück, wer spricht für den Haufen?« wiederholte sie unwillig und hob gebietend den Arm. Der Lärm verstummte, ein braunes Weib, nicht kleiner als Ilse, das glänzende Haar in Flechten gebunden und mit einem bunten Kopftuch umschlungen, trat aus der Schaar und streckte die Hand gegen Ilse aus: »Meine Kinder bitten«, sagte sie, »sie hungern und dürsten.« Es war ein großes Antlitz mit scharfen Zügen, in denen noch die Spuren früherer Schönheit sichtbar waren. Mit vorgebeugtem Kopf stand sie der Jungfrau gegenüber und ihre funkelnden Augen fuhren spähend von einem Antlitz auf das andere.

»Geld haben wir nur für die Menschen, welche uns arbeiten«, antwortete Ilse kalt. »Für den Fremden, der dürstet, ist unser Quell, und dem Hungernden geben wir von unserm Brot, Sie erhalten nichts weiter aus unserm Hause.«

Wieder hob sich ein halbes Dutzend Arme und wieder drängte der wilde Haufe heran. Die Führerin trieb ihn durch einen Ruf in fremder Sprache zurück. »Wir wollen dir arbeiten, Fräulein«, sagte sie in geläufiger Phrase mit gebildetem Accent, »die Männer bessern altes Gerät, wir scheuchen dir Maus und Ratte aus den Mauern, hast du ein krankes Pferd, wir heilen es schnell.«

Ilse bewegte verneinend das Haupt. »Eurer Hilfe bedürfen wir nicht. Sprechen Sie zu mir ohne Gaukelei, wie man zu ordentlichen Leuten redet, ich weiß wohl, daß Sie das recht gut können, wenn Sie wollen. Wo ist euer Passierschein?«

»Wir haben keinen«, sagte die Frau, »wir kommen weit aus der Fremde.« Sie wies nach der aufgehenden Sonne.

»Und wo wollen Sie zur Nacht rasten?« frug Ilse.

»Wir wissen es nicht. Die Sonne will untergehen, und meine Leute sind müde und barfuß«, versetzte die Fremde.

»Sie dürfen nicht nahe am Hofe und nicht nahe bei den Dorfhäusern lagern. Die Brote erhalten Sie am Hoftor, dorthin schickt Jemanden, der sie abholt. Und wenn ihr ein Feuer anzündet auf unserer Flur, so hütet euch, den Garben nahe zu kommen, wir werden auf euch Acht geben. Und Niemand schleicht auf das Gut und in das Dorf, den Leuten wahrzusagen, das leiden wir nicht.«

»Wir sagen nicht wahr«, antwortete die Frau und berührte mit der Hand ein kleines schwarzes Kreuz, welches sie am Halse trug. »Die Zukunft kennt hier unten Keiner, auch wir wissen nichts davon.«

Ilse neigte ehrerbietig das Haupt. »Gut«, sagte sie, »wie auch der Sinn ist, welchen Sie hinter Ihren Worten bergen, Sie sollen mich nicht umsonst an die Gemeinschaft gemahnt haben, die zwischen uns ist. Kommen Sie selbst an das Tor, Mutter, und erwarten Sie mich dort. Brauchen Sie etwas für die Kleinen, so will ich zu helfen suchen.«

»Wir haben ein krankes Kind, schönes Fräulein, und dem Buben fehlen die Kleider«, bat die Landfahrerin, »ich komme, und meine Leute werden tun, wie Sie wollen.« Sie gab ein Zeichen und der wilde Zug trabte gehorsam einen Seitenweg entlang, der dem kleinen Dorfe zuführte. Die Freunde sahen der Bande neugierig nach.

»Daß solche Scene in diesem Lande möglich wäre, hätte ich nie geglaubt«, rief der Doktor.

»Sie waren früher bei uns eine Landplage«, versetzte Ilse gleichmütig. »Sie stammen von Zigeunerart. Ein Landesherr in der Nähe hatte ihnen Unterschlupf gegeben, aber sie waren ein unartiges Gesinde. Jetzt sind sie selten, der Vater hält streng auf Ordnung, und sie wissen das recht gut. Doch wir müssen zurück in den Hof, denn Vorsicht kann bei dem diebischen Volk nicht schaden.«

Sie eilten nach dem Hofe, Ilse rief den Inspektor, und die Kunde, daß die Landläufer in der Nähe waren, flog wie ein Lauffeuer durch den Hof. Die Ställe wurden verwahrt, das Federvieh und die Familien der fettumwachsenen Schweine der Obhut von zwei handfesten Mägden übergeben, der Schäfer und die Knechte erhielten Befehl, Nachtwache zu halten. Ilse rief die Kinder, sie gab ihnen das Abendbrot und fand schwer die Aufgeregten zu bändigen. Die Jüngsten wurden der Mamsell unter starkem Protest und Tränen übergeben zu sicherer Aufbewahrung in ihren Betten. Dann suchte Ilse alte Röckchen und Linnen zusammen, belud eine Magd mit zwei Broten und schickte sich an, zum Hoftor zu gehen, wo die Frau sie erwarten sollte. Der Doktor hatte sich in seiner Freude über die Fremden aller Sorge um den Freund entschlagen. »Erlauben Sie uns, die Verhandlung mit der Sibylle anzuhören«, bat er.

Sie fanden die Landstreicherin in der Dämmerung vor dem Tor sitzend, neben ihr ein halbwüchsiges Mädchen mit prachtvollen Augen und langen Zöpfen, aber mangelhaftem Gewande. Das Weib erhob sich und nahm mit vornehmer Haltung die Spende in Empfang, welche ihr Ilse reichte.

»Segen über Sie, Fräulein«, rief sie, »alles Glück, das Sie sich jetzt wünschen, soll Ihnen zu Teil werden. Und Sie haben ein Angesicht, welches Glück verheißt. Segen über Ihr goldenes Haar und die blauen Augen. Ihnen danke ich«, schloß sie sich verneigend. »Wollen die Herren nicht auch meinem Mädchen ein Andenken schenken?« Die wilde Schöne hielt ihre Hand hin. »Die Sonne hat ihr das Gesicht verbrannt, seien Sie freundlich gegen die arme Schwarze«, bettelte die Alte, und dabei sah sie lauernd in der Runde umher. Der Professor schüttelte verneinend das Haupt, der Doktor griff nach seiner Börse und legte der Alten ein Geldstück in die Hand. »Das Prophezeien habt ihr aufgegeben?« frug er lachend.

»Es bringt Unglück dem, der wahrsagt, und dem, der fragt«, versetzte die Fremde. »Hüte sich der Herr vor allem, was bellt und kratzt, denn ihm kommt Unglück von Hunden und Katzen.« Ilse und der Professor lachten, die Augen der Landstreicherin suchten unterdeß unruhig in dem Gebüsch.

»Wir können nicht wahrsagen«, fuhr sie geläufig fort, »wir haben keine Macht über die Zukunft und wir irren wie ihr andern auch. Aber Manches sehen wir doch, schönes Fräulein, und ohne daß Sie es verlangen, will ich's Ihnen sagen. Der Herr da neben Ihnen sucht einen Schatz, und er wird ihn finden, aber er soll sich hüten, daß er ihn nicht verliert; und Sie, stolzes Fräulein, werden einem Manne lieb sein, der eine Krone trägt, und Sie werden die Wahl haben, ob Sie eine Königin werden wollen, die Wahl und die Qual«, setzte sie leiser hinzu, und ihre Augen flogen wieder unruhig umher.

»Hinweg mit euch!« rief Ilse unwillig, »solch Geschwätz stimmt schlecht zu euren Worten.«

»Wir wissen nichts«, murmelte die Fremde demütig, nach dem Zeichen an ihrem Halse fassend. »Wir haben nur unsere Gedanken. Und unsere Gedanken sind eitel oder wahr, je nachdem ein Stärkerer will. Leben Sie wohl, schönes Fräulein«, rief sie mit Nachdruck und schritt mit ihrer Begleiterin in die Tiefe.

»Wie stolz sie dahingeht«, rief der Doktor, »Respekt vor dem klugen Weibe, sie wollte nicht wahrsagen, aber sie konnte doch nicht vermeiden, sich durch geheimes Wissen zu empfehlen.«

»Sie hat sich längst bei den Feldarbeitern nach uns Allen erkundigt, und sie kennt den Hof«, versetzte Ilse lachend.

»Wo nur ihr Lager aufgeschlagen ist?« frug der Doktor neugierig.

»Wahrscheinlich hinter dem Dorfe«, versetzte Ilse. »Im Tal sehen wir wohl die Feuer. Die Fremden haben nicht gern, wenn man ihrem Lager nahekommt und zusieht, was sie als Abendkost verzehren.«

Sie stiegen langsam in das Tal hinab und blieben am Ufer des Baches unfern dem Garten stehen. Rings um sie lag das Dunkel des Abends auf Busch und Wiese, das alte Haus auf dem Steine ragte düster unter dem dämmrigen Grau des Himmels. Vor ihren Füßen murmelte das Wasser und die Blätter der Bäume rührten sich im Nachtwind. Schweigend blickten die Drei in die verschwimmenden Formen der Landschaft hinaus, das Seitental mit dem Dorf lag unsichtbar in dem tiefen Schatten der Nacht, nicht einmal ein erleuchtetes Fenster war zu sehen. »Sie sind lautlos verschwunden wie die Fledermäuse, welche eben noch durch die Luft flogen«, sagte der Doktor. Aber die Andern antworteten nicht, sie dachten nicht mehr an die Landläufer.

Da klang es durch die Abendluft wie leises Wimmern. Ilse fuhr zusammen und lauschte. Und noch einmal derselbe schwache Ton. »Die Kinder!« schrie Ilse entsetzt und stürzte der Hecke zu, welche den Obstgarten von der Wiese trennte. Sie rüttelte angstvoll an der verschlossenen Pforte, dann brach sie das Geäst der Hecke auseinander und sprang wie eine Löwin hindurch, das Obstgelände hinauf. Die Freunde eilten ihr nach, aber sie erreichten die Schnelle nicht. Vor ihr schimmerte es hell unter den Bäumen und es regte sich, da sie heranflog. Zwei Männer hoben sich vom Boden, eine Gestalt fuhr ihr entgegen, Ilse aber schlug den Arm zurück, der zum Schlag gegen sie ausholte, daß der Mann taumelte, und warf sich über die weinenden Kleinen, welche im Rasen lagen. Hinter Ilse sprang Felix herzu und packte den Mann, der Doktor rang im nächsten Augenblick mit einem andern, der wie ein Aal unter seinen Händen dahinglitt und in der Dunkelheit verschwand. Der erste Räuber aber hob sein Messer gegen den Arm des Professors, entrang sich der Hand, welche ihn festhielt, und war im nächsten Augenblick durch die Hecke gebrochen. Man hörte das Knarren im Geäst, dann war Alles wieder still.

»Sie leben!« rief Ilse am Boden knieend mit fliegendem Atem und umschlang die Kleinen, welche jetzt ein klägliches Geschrei ausstießen. Es war Riekchen im bloßen Hemde und Franz, auch halb ausgeschält. Die Kinder waren den Augen der Mamsell und dem Schutz der Schlafstube entschlüpft und in den Garten geschlichen, um die Feuer der Komödianten zu sehen, von denen die Geschwister erzählten. Da waren sie den Genossen der Bande, welche Greifbares suchten, in die Hände gefallen und der Kleider entledigt worden.

Ilse nahm die schreienden Kinder auf ihre Arme, vergebens wollten die Freunde ihr die Last abnehmen. Lautlos eilte sie mit den Geretteten nach dem Hause, sie stürzte in das Zimmer und beide festhaltend kniete sie vor dem Sopha über ihnen, und die Freunde hörten ihr unterdrücktes Schluchzen. Aber nur auf wenige Augenblicke verlor sie die Haltung. Sie richtete sich auf und sah über die Dienstleute, welche in ängstlichem Gedränge die Stube füllten. »Den Kindern ist kein Leid geschehen«, rief sie, »geht, wo ihr die Wache habt und holt mir einen der Herren.« Der Inspektor trat aus dem Haufen. »Das war ein Raub auf unserem Grunde«, sagte Ilse, »und die ihn verübt, soll das Gesetz erreichen. Ich bitte, lassen Sie die Bande in ihrem Lager aufheben.«

»In der Schlucht hinter dem Dorf ist ihr Feuer«, erwiederte der Inspektor, »man sieht den roten Rauch vom Oberstock. Aber, Fräulein – ich sage es ungern – wäre nicht vorsichtiger, man ließe die Schurken entlaufen? Ein großer Teil unserer Ernte liegt in Garben, sie zünden uns in der Nacht aus Rache die Haufen an oder wagen noch Ärgeres, um ihre Leute wieder frei zu machen.«

»Nein«, rief Ilse, »bedenken Sie nicht, zögern Sie nicht. Ob die Argen uns zu schaden vermögen oder nicht, darüber entscheidet ein höherer Wille, wir tun, was unsere Pflicht ist. Der Frevel fordert Strafe und der Herr dieses Gutes ist zum Wächter des Gesetzes gestellt.«

»Lassen Sie uns eilen«, mahnte der Professor den Beamten, »wir begleiten Sie.«

»Nun, mir ist's nach dem Herzen«, versetzte der Inspektor überlegend, »der Hofverwalter bleibt hier, wir Andern suchen die Bande am Feuer.« Er eilte hinaus. Der Doktor faßte einen Knotenstock, der in einer Zimmerecke lehnte. »Das wird genügen«, sagte er lächelnd dem Freunde. »Ich halte mich zu einiger Schonung verpflichtet gegen diese lüderlichen Zigeunersöhne, welche ihr Indisch noch nicht ganz vergessen haben.« Im Begriff, das Zimmer zu verlassen, hielt er an: »Du aber bleibst zurück, denn du blutest.«

Aus dem Ärmel des Professors fielen einzelne Blutstropfen zur Erde.

Das Antlitz der Jungfrau wurde fahl wie die Tür, bei welcher sie stand, und sie hielt sich zitternd an den Pfosten. »Um unsertwillen«, murmelte sie tonlos. Plötzlich eilte sie auf den Professor zu und neigte sich auf die Hand herab, sie zu küssen, erschrocken hielt Felix die Leidenschaftliche zurück. »Es ist nicht der Rede wert, Fräulein«, rief er, »ich bewege den Arm nach Gefallen.« Der Doktor zwang ihn, den Rock auszuziehen und Ilse flog nach Verbandzeug. Fritz aber untersuchte mit der Ruhe eines alten Studenten die wunde Stelle. »Es ist ein kurzer Stich in die Muskeln des Unterarmes«, tröstete er sachverständig das Fräulein, »etwas Heftpflaster wird genügen.« Der Professor fuhr wieder in den Rock und ergriff den Hut: »Vorwärts«, sagte er.

»O nein, bleiben Sie bei uns!« flehte Ilse ihm nacheilend. Der Professor sah in das angsterfüllte Gesicht, schüttelte ihr herzlich die Hand und verließ mit dem Freunde das Zimmer.

Der eilige Tritt der Männer verklang. Ilse durchschritt allein die Räume des Hauses, Türen und Fensterläden waren geschlossen, an der Tür nach dem Hofe wachte Hans, den Säbel des Vaters in der Hand, vom Oberstock beobachteten die Hausmädchen Hofraum und Garten. Ilse trat in die Kinderstube, wo die armen Kleinen, von der Mamsell und den Geschwistern umringt, in ihren Betten saßen und zwischen den letzten Tränen und dem Schlafe kämpften. Ilse küßte die Müden und drückte sie in die Kissen, dann eilte sie hinaus in den Hof und lauschte ängstlich bald nach der Richtung, in welcher die Bande lagerte, bald nach der andern Seite, wo Hufschlag die Ankunft des Vaters verkünden sollte. Alles war still. Die Mägde von oben riefen ihr zu, daß auch das Feuer der Fremden verlöscht sei, und wieder eilte sie auf und ab, horchte erwartungsvoll und richtete die Augen zum Sternenhimmel.

Welch ein Tag! Vor wenig Stunden hoch emporgehoben über die Not der Erde und jetzt durch feindliche Faust zurückgerissen in Schrecken und Angst! Sollte das eine Vorbedeutung sein für die Tage der Zukunft? War die goldene Pforte nur geöffnet, um sich mißtönend wieder zu schließen und eine arme Seele zurückzulassen in verzehrender Sehnsucht? Die Betrügerin hatte prophezeit von Einem, der eine Krone tragen würde. Ja, in dem Reich, wo er als ein König herrschte, da war selige Heiterkeit und beglückender Friede. Ach, wenn es erlaubt ist, Irdisches zu vergleichen mit den Freuden des Himmels, solches Wissen und Denken gab eine Vorahnung der ewigen Herrlichkeit. Denn so schwebten die Geister derer, die hienieden gut und weise gewesen waren, lichtumflossen in reiner Klarheit, und sie sprachen lächelnd und glücklich zueinander von Allem, was auf Erden gewesen war, das Geheimste wurde ihnen offenbar und das Tiefverhüllte durchsichtig, und sie wußten, daß alle Pein und aller Schmerz der Erde ewige Weisheit und Güte war. Und er, der hier auf Erden dahinschritt, den heitern Himmel im Herzen, ihn stach der wandernde Strolch in den Arm um ihretwillen, und um ihrer Lieben willen war er wieder ausgezogen in die feindselige Nacht, und unendliche Angst um ihn schnitt durch das Herz. »Schütze ihn, Allerbarmer«, rief sie, »und mich heb aus dem Dunkel, stärke mir die Kraft und verkläre meinen Geist, daß ich würdig werde des Mannes, der dein Antlitz schaut in vergangenen Zeiten und über geschwundenen Völkern.«

Endlich hörte sie den schnellen Trab eines Reiters und das Schnauben des ungeduldigen Rosses an dem verschlossenen Tor. »Vater!« rief sie, riß den Riegel zurück und flog an den Hals des Absteigenden. Bestürzt vernahm der Landwirt ihren schnellen Bericht, er warf die Zügel des Pferdes dem Sohne zu und eilte in die Kinderstube, seine Kleinen zu herzen, die beim Anblick des Vaters ihres Unglücks gedachten und weinend neue Wehklage begannen.

Als der Landwirt in den Hof trat, zogen die Gutsleute vor das Haus und der Inspektor berichtete: »Niemand war um das Feuer und in der Nähe zu sehen. Am Feuer keine Spur, daß dabei gerastet worden, es war zur Täuschung angezündet, sie haben hier nur stehlen wollen, der größere Teil der Bande ist schon am Abend weitergezogen. Sie liegen irgendwo in den Wäldern versteckt, und wenn die Sonne aufgeht, sind sie längst über die Grenze. Das Gewürm kenne ich aus alter Zeit.«

»Er hat Recht«, sagte der Landwirt zu den Freunden, »und ich meine, wir haben nichts mehr zu fürchten. Doch werden zuverlässige Augen diese Nacht geöffnet bleiben. Ihnen aber dankt ein armer Vater«, fügte er bewegt hinzu, »der letzte Tag, den Sie bei uns verlebten, Herr Doktor, sollte vom Morgen bis zum Abend abenteuerlich sein. Das ist sonst nicht unsere Art.«

»Ich scheide allerdings in Sorge um das, was ich hier zurücklasse«, versetzte der Doktor zwischen Ernst und Scherz. »Daß jetzt gar noch verlorene Kinder Asiens um die alten Mauern schleichen, ist außer Spaß.«

»Des Gesindels sind wir ledig, wie ich hoffe«, fuhr der Landwirt gegen seine Tochter fort, »aber auf einen andern Besuch magst du dich bei Zeiten gefaßt machen, der Landesherr wird in einigen Wochen vor diesem Hause absteigen. Ich bin nur deshalb fortgesprengt worden, um Geschwätz über seinen Besuch zu hören und zu vernehmen, daß noch nicht entschieden sei, wo Serenissimus vor der Jagd das Frühstück einnehmen werde. Diesen Wink kenne ich, es war vor fünfzehn Jahren ebenso. Da hilft nun nichts, zu Rossau im Lindwurm kann er nicht bleiben. Auch diese Störung wird vorübergehen. – Und jetzt uns Allen eine gute Nacht und ein Schlaf in Frieden.«

Die beiden Freunde traten nachdenklich in ihr Schlafzimmer. Der Professor stand am Fenster und horchte auf den Tritt der Wächter, die von außen und innen den Hof umzogen, auf das Zirpen der Grillen und auf die gebrochenen Laute, welche aus der schlummernden Flur in das Ohr drangen. Und wieder hörte er ein Geräusch neben sich und sah in das treue Gesicht seines Freundes, der in seiner Aufregung die Hände gefaltet hatte: »Sie ist fromm«, rief Fritz klagend.

»Sind wir's nicht auch?« erwiederte der Professor und richtete sich hoch auf.

»Sie ist dem Leben deines Geistes so fremd wie die heilige Elisabeth.«

»Sie hat Verstand«, entgegnete der Professor.

»Sie steht so sicher und abgeschlossen in ihrem Kreise, sie wird in deiner Welt nie heimisch werden.«

»Sie ist tüchtig hier, sie wird es überall sein.«

»Du verblendest dich«, rief Fritz händeringend. »Willst du in den Frieden deiner Tage einen Zwiespalt bringen, dessen Ende du nicht absehen kannst? Willst du ihr selbst die ungeheure Umwandlung zumuten, welche sie aus einer tüchtigen Wirtin zur Vertrauten deiner rücksichtslosen Forschung machen soll? Darfst du ihr das sichere Selbstgefühl eines kräftigen Lebens rauben und in ihre Zukunft den Kampf, die Unsicherheit, den Zweifel hineintragen? Wenn du nicht an dich und deine Ruhe denkst, so hast du doch die Verpflichtung, ihr Wesen zu ehren.«

Der Professor legte das heiße Haupt an das Holz des Fensters. Endlich fuhr er auf: »Wir aber sollen Diener der Wahrheit sein und ihre Verkünder. Und wenn wir diese Pflicht gegen tausend Fremde üben, gegen Jeden, der uns hören will, wächst nicht Recht und Pflicht da, wo wir lieben?«

»Täusche dich nicht«, antwortete Fritz, »du, der feinfühlende Mann, der jedes Leben in seiner Berechtigung so willig anerkennt, du wärst der Letzte, die Harmonie ihres Wesens zu stören, wenn du sie nicht für dich begehrtest. Was dich treibt, ist nicht Pflichtgefühl, sondern Leidenschaft.«

»Was ich der Fremden nicht zumuten darf, das ziemt mir an dem Weibe zu tun, das ich für immer mit mir verbinde. Und hat nicht jede Frau, die unserm Leben nahe tritt, ähnliche Wandlung zu erfahren? Wie hoch stellst du das Wissen der Frauen in der Stadt, welche in unseren Kreisen heraufkommen?«

»Was sie wissen, ist in der Regel unsicherer als ihnen und uns gut ist«, versetzte Fritz, »aber von klein auf sind sie gewöhnt, mit Teilnahme die wissenschaftlichen Interessen der Männer zu begleiten. Die besten Resultate des geistigen Schaffens sind ihnen doch so leicht zugänglich, daß sie überall Anknüpfungspunkte für ein herzliches Verständnis finden. Hier aber, wie schön, wie liebenswert sich unsern Augen dies Leben darstellt, es ist vielleicht gerade darum so anziehend, weil es uns zugleich so fremdartig gegenübersteht.«

»Du übertreibst und wirst unwahr«, rief der Professor. »Gerade in diesen Tagen habe ich tief gefühlt, was wir über den Büchern leicht vergessen, wie groß die Rechte sind, welche eine edle Leidenschaft in unserm Leben hat. Wer kann sagen, was zwei Menschen einander so lieb macht, daß sie sich nicht scheiden können? Es ist nicht nur die Freude am Dasein des Andern, nicht das Bedürfnis der Ergänzung des eigenen Wesens, auch nicht Sinn und Phantasie allein, welche das Fremde uns so innig verbinden. Ist denn nötig, daß die Frau nur das feinere Rohr wird, welches eine Oktave höher immer dieselben Noten tönt, welche der Mann spielt? Die Sprache ist arm für den mächtigen Ausdruck der Freude und Erhebung, welche ich in ihrer Nähe empfinde, und ich kann dir nur sagen, mein Freund, das ist etwas Gutes und Großes, und es fordert in meinem Leben sein Recht. Was aber jetzt aus dir spricht, das ist nur der kalte Zweifler Verstand, der allem Werdenden abhold so lange seine Ansprüche erhebt, bis er durch die vollendete Tat widerlegt ist.«

»Es ist nicht allein der Verstand«, versetzte Fritz gekränkt. »Daß du meine Rede so verkennst, habe ich nicht verdient. War es anmaßend, daß ich mit dir über Gefühle gesprochen habe, welche dir jetzt für heilig gelten, so darf ich zu meiner Entschuldigung sagen, daß ich nur die Rechte in Anspruch nahm, welche mir deine Freundschaft bis zu dieser Stunde eingeräumt hat. Ich mußte meine Pflicht gegen dich tun, bevor ich dich hier verlasse. Kann ich dich nicht überzeugen, so suche diese Unterredung zu vergessen, ich werde dies Thema nie wieder berühren.«

Er ließ den Professor am Fenster stehn und wandte sich zu seinem Lager. Diesmal zog er die Stiefeln leise aus und legte sich auf sein Bett, den Kopf zu der Wand gekehrt. Nach einer Weile fühlte er seine Hand ergriffen, der Professor saß an seinem Lager und hielt die Hand des Freundes fest, ohne ein Wort zu sprechen. Endlich entzog sie ihm Fritz mit herzlichem Druck und wandte sich wieder zur Wand.

Im ersten Morgengrau stand er auf, trat leise an das Lager des schlummernden Gelehrten und ging still zur Tür hinaus. Im Wohnzimmer erwartete ihn der Hausherr, der Wagen fuhr vor, ein kurzer, freundlicher Abschied und Fritz fuhr davon und ließ seinen Freund allein unter den Grillen des Feldes und unter den Ähren, deren schwere Häupter sich im Morgenwind hoben und senkten, gleich den Wellen des Meeres, in diesem Jahr wie vor tausend und abertausend Jahren.

Der Doktor sah zurück auf den Stein, der das alte Haus trug, auf die Terrasse darunter mit dem Friedhofe und der Holzkirche, und auf den Laubwald, welcher den Fuß der Anhöhe umzog. Und alle Vergangenheit und Gegenwart der gefährlichen Stätte waren ihm deutlich. Das uralte Wesen aus der Sachsenzeit hatte sich an diesem Orte nur wenig geändert. Und er sah den Felsen und die schöne Ilse von Bielstein, wie sie vor Menschengedenken gewesen waren. Damals war der Stein einem Heidengotte heilig, schon damals hatte ein Turm darauf gestanden und die Ilse hatte darin gewohnt mit ihren gescheitelten blonden Haaren, im weißen Linnengewand, einen Pelz von Otterfell darüber. Damals war sie Priesterin und Prophetin gewesen für einen Stamm wilden Sachsenvolks. Wo jetzt die Kirche stand, war die Opferstätte gewesen, und das Blut der gefangenen Feinde war von dort heruntergerieselt in das Tal.

Wieder später hatte ein christlicher Sachsenhäuptling dort sein Balkenhaus gebaut, und wieder hatte dieselbe Ilse darin gesessen zwischen den hölzernen Pfosten, auf dem erhöhten Raum der Frauen, und sie hatte die Spindel gedreht oder den Männern schwarzen Met in die Schale gegossen.

Jahrhunderte später war das gemauerte Haus mit steinumfaßten Fenstern und einem Wartturm auf dem Felsen errichtet worden als Nest eines räuberischen Junkers, und die Ilse von Bielstein hatte wieder darin gehaust in einer sammtnen Schaube, die der Vater auf des Königs Heerstraße den Kaufherren geraubt hatte, und wenn das Haus von einem Feinde berannt wurde, stand die Ilse unter den Männern auf der Mauer und spannte die große Armbrust wie ein Reiterknecht.

Und viele hundert Jahre später hatte sie in dem Jagdschloß eines Fürsten gesessen, bei ihrem Vater, einem alten Kriegsmann aus der Schwedenzeit. Damals war sie spießbürgerlich und fromm geworden, sie kochte Beeren zu Muß und ging hinunter zum Pfarrer in das Conventikel, sie wollte keine Blumen tragen und schlug mit dem Finger in der Bibel nach, welchen Mann ihr der Himmel bescheren würde.

Jetzt aber stand dasselbe Sachsenkind seinem Freunde gegenüber, hoch und kräftig an Leib und Seele, aber immer noch ein Kind des Mittelalters, gefaßt und still, mit gleichmäßigem Ausdruck des schönen Angesichts, der nur wechselte, wenn einmal plötzliche Leidenschaft durch das Herz fuhr; ein Gemüt wie im Halbschlaf, ein so einfaches Gefüge des Geistes, daß man zuweilen nicht wußte, war sie sehr klug oder einfältig. An ihrem Wesen hing etwas von allem, was die Ilsen seit zwei Jahrtausenden gewesen: ein Stück Alraune, Metspenderin, Reiterstochter, Pietistin. Es war die altdeutsche Art und die altdeutsche Schönheit, aber daß sie jetzt mit einemmal auch noch das Weib eines Professors werden sollte, das dünkte dem bekümmerten Doktor zu sehr gegen alle Gesetze ruhiger geschichtlicher Entwicklung.

10. Die Werbung.

Wenige Stunden, nachdem der Freund das Gut verlassen, trat der Professor in das Arbeitszimmer des Landwirts. »Die Landläufer sind verschwunden und mit ihnen Ihr Freund. Es tut uns Allen leid, daß der Herr Doktor nicht länger bleiben konnte«, rief ihm der Landwirt von seiner Arbeit zu.

»Bei Ihnen liegt die Entscheidung, ob auch ich noch länger weilen darf«, entgegnete der Professor in so tiefem Ernst, daß der Landwirt aufstand und seinen Gast fragend anblickte. »Ich komme, von Ihnen ein großes Vertrauen zu erbitten«, fuhr der Professor fort, »und ich muß von hier scheiden, wenn Sie mir dasselbe versagen.«

»Sprechen Sie, Herr Professor«, entgegnete der Landwirt.

»Es ist für uns beide nicht mehr möglich, in dem unbefangenen Verhältnis als Wirt und Gast fortzuleben. Ich suche die Neigung Ihrer Tochter Elise für mich zu gewinnen.«

Der Landwirt fuhr zurück, die Hand des starken Mannes klammerte sich an die Tischplatte.

»Ich weiß, was ich von Ihnen fordere«, rief der Gelehrte mit ausbrechender Leidenschaft. »Das Höchste nehme ich in Anspruch, was Sie geben können; ich weiß, daß ich Ihr Leben dadurch ärmer mache, denn ich will von Ihnen abwenden, was Ihnen Freude, Hilfe, Stolz gewesen ist.«

»Und doch«, murmelte der Landwirt finster, »Sie ersparen dem Vater, das zu sagen.«

»Ich fürchte, daß Sie mich in diesem Augenblicke für einen Einbrecher in den Frieden Ihres Hauses halten«, fuhr der Gelehrte fort. »Aber wenn Ihnen auch schwer wird, gütig gegen mich zu sein, Sie sollen Alles wissen. Ich sah sie zuerst in der Kirche, und ihr inniges, gottbegeistertes Wesen ergriff mich mächtig. Ich lebte um sie im Hause und fühlte jede Stunde mehr, wie schön und liebenswert sie ist. Unwiderstehlich wurde die Gewalt, welche sie auf mich ausübt. Die Leidenschaft, in welcher ich lebe, ist so groß geworden, daß mir der Gedanke Entsetzen bereitet, sie könnte mir doch fern bleiben. Für Leib und Seele sehne ich mich, sie zu meinem Weibe zu machen.«

So sprach der Gelehrte, offenherzig wie ein Kind.

»Und wie weit sind Sie mit meiner Tochter?« frug der Landwirt.

»Ich habe zwei Mal in ausbrechendem Gefühl ihre Hand berührt«, rief der Professor.

»Haben Sie über Ihre Liebe mit ihr gesprochen?«

»Dann stände ich nicht so vor Ihnen«, entgegnete der Professor. »Ich bin, Ihnen gänzlich unbekannt, durch einen besonderen Zufall zu Ihnen gekommen. Und ich bin nicht in der glücklichen Lage eines Freiwerbers, der sich auf längere Bekanntschaft berufen kann. Sie haben mir ungewöhnliche Gastfreundschaft erwiesen und ich bin verpflichtet, Ihr Vertrauen nicht zu täuschen; ich will nicht hinter Ihrem Rücken ein Herz für mich gewinnen, das mit Ihrem Leben so eng verbunden ist.«

Der Landwirt neigte beistimmend das Haupt. »Und haben Sie die Zuversicht, ihre Liebe für sich zu gewinnen?«

»Ich bin kein Knabe und sehe wohl, daß sie mir herzlich zugetan ist. Über die Tiefe und Dauer eines jungfräulichen Gefühls haben wir beide kein Urteil. In einzelnen Stunden habe ich die beseligende Überzeugung gehabt, daß die warme Neigung des Weibes mir geworden ist, aber gerade die unbefangene Unschuld ihres Empfindens macht mich wieder unsicher. Und wenn ich Ihnen das Schwerste gestehen soll, was mir zu sagen bleibt, ich darf nicht leugnen, daß für sie noch eine Rückkehr zu ruhiger Empfindung möglich ist.«

Der Landwirt sah auf den Mann, der sich mühte, unbefangen zu urteilen und doch am ganzen Körper bebte. »Ich habe die Pflicht, auf einen Herzenswunsch meines Kindes Rücksicht zu nehmen, wenn er so mächtig wird, daß er sie aus ihrer Heimat fortzieht, zu einem andern Manne. Immer vorausgesetzt, daß ich selbst nicht die Überzeugung habe, es werde ihr Unglück sein. Ihr Verhältnis zu meiner Tochter ist bei der kurzen Bekanntschaft und nach dem, was Sie mir darüber sagen, schwerlich so, daß mir nur die Wahl bleibt, entweder einzuwilligen oder mein Kind elend zu machen. Und Ihr Geständnis gibt mir auch die Möglichkeit zu verhüten, was mir vielleicht in vieler Rücksicht unwillkommen ist. Ja, Sie sind mir in diesem Augenblick ein Fremder, und als ich Ihnen anbot, bei mir zu bleiben, habe ich getan, was für mich und die Meinen schwere Folgen haben mag.«

Als der Landwirt in der Erregung des Augenblicks so sprach, fiel sein Blick auf den Arm, der gestern geblutet hatte, und wieder auf die mannhaften Züge des bleichen Antlitzes vor ihm, er unterbrach seine Rede und legte die Hand auf die Schultern des Andern. »Nein«, rief er, »das ist nicht meines Herzens Meinung, und nicht so darf ich Ihnen antworten.« Er schritt durch das Zimmer, bemüht, sich zu fassen. »Aber hören auch Sie ein vertrauendes Wort und zürnen Sie mir darum nicht«, fuhr er ruhiger fort. »Wohl weiß ich, daß ich meine Tochter nicht für mich erzogen habe, und daß ich mich einmal gewöhnen muß, sie zu entbehren. Aber unsere Bekanntschaft ist zu kurz, als daß ich ein Urteil hätte, ob mein Kind an Ihrer Seite Frieden oder Unfrieden zu erwarten hat. Wenn ich Ihnen sage, daß Sie mir sehr wert und angenehm geworden sind, so hat das doch in dieser Stunde keine Bedeutung. Wären Sie ein Landwirt wie ich, so würde ich Ihre Mitteilung mit leichterem Herzen anhören, denn ich hätte in der Zeit Ihres Hierseins wohl über Ihre Tüchtigkeit eine feste Ansicht gewonnen. Daß unser Beruf so verschieden ist, macht nicht nur mir schwer, über Sie zu urteilen, es mag auch gefährlich werden für die Zukunft meines Kindes. Wenn der Vater wünscht, daß die Tochter sich mit einem Manne verheiratet, der in ähnlichem Geschäfte arbeitet, so hat das in jedem Lebenskreise seinen guten Grund, für den Landwirt von meinem Schlage noch einen besonderen. Denn die Tüchtigkeit unserer Kinder liegt zum Teil darin, daß sie als Gehilfen der Eltern heranwachsen. Was Ilse in meinem Hause gelernt hat, gibt mir die Sicherheit, daß sie als Frau eines Landwirts ihren Platz vollkommen ausfüllen wird, ja, sie vermöchte wohl Schwächen ihres Mannes zu ergänzen. Und das wird ihr ein gesundes Leben sichern, selbst wenn ihr Mann Manches zu wünschen übrigließe. Als Frau eines Gelehrten hat sie wenig Nutzen von dem, was sie weiß, und sie wird als ein Unglück empfinden, daß sie vieles Andere nicht gelernt hat.«

»Daß sie entbehren wird, muß ich einräumen, auf Alles, was ihr nach Ihren Worten fehlt, gebe ich wenig«, rief der Gelehrte. »Ich bitte Sie, darin mir und der Zukunft zu vertrauen.«

»Dann also antworte ich Ihnen, Herr Professor, ebenso offen, wie Sie zu mir gesprochen haben, ich darf Ihre Forderung nicht kurz abweisen, denn ich will dem, was vielleicht Sehnsucht und Glück meiner Tochter ist, nicht feindlich in den Weg treten; und doch, ich kann bei der unvollständigen Einsicht, die ich über Ihre Verhältnisse habe, nicht darauf eingehen. Und ich bin in diesem Augenblicke in der schmerzlichen Lage, daß ich nicht weiß, wie ich überhaupt diese Sicherheit gewinnen kann.«

»Wohl fühle ich, wie ungenügend und zufällig die Urteile sind, welche Sie von Fremden über mich einsammeln können; es wird dennoch geschehen müssen«, antwortete mit Haltung der Gelehrte.

Der Landwirt bejahte schweigend, und der Professor fuhr fort:

»Zunächst bitte ich um Erlaubnis, Ihnen über meine äußeren Verhältnisse Mitteilung zu machen.« Er nannte seine Einnahmen, gab getreulich an, woher sie flossen und legte ein Verzeichnis derselben auf den Arbeitstisch. »Für diese Angaben wird mein Rechtsfreund, ein geachteter Anwalt der Universitätsstadt, Ihnen jede Bestätigung geben, welche Sie wünschen. Über meine Brauchbarkeit als Lehrer und meine Stellung an der Universität muß ich Sie allerdings auf das Urteil meiner Collegen verweisen und auf die Ansicht, die sich etwa in der Stadt darüber gebildet hat.«

Der Landwirt blickte in das Verzeichnis. »Selbst die Bedeutung dieser Summen für Ihre Verhältnisse ist mir nicht ganz deutlich, für weitere Kunde habe ich in Ihrer Heimat kaum eine Anknüpfung. Aber, Herr Professor, ich werde ohne Zögern mir selbst die Gewißheit zu verschaffen suchen, welche ich erhalten kann. Ich werde morgen nach Ihrer Stadt abreisen.«

»O wie danke ich Ihnen«, rief der Professor und faßte die Hand des Landwirts.

»Noch nicht«, antwortete dieser und zog seine Hand zurück.

»Ich werde natürlich, falls Sie das wünschen, Sie begleiten«, fuhr der Professor fort.

»Das wünsche ich nicht«, versetzte der Landwirt. »Schreiben Sie sogleich die Briefe, welche mich einigen Ihrer Bekannten empfehlen, im Übrigen muß ich mich auf meine Fragen und allerdings auf den Zufall verlassen. Aber, Herr Professor, diese Reise wird mir nur Ihre Angaben bestätigen, die ich ohnedies für wahr halte, und vielleicht Urteile Anderer über Sie, welche zu dem stimmen, was ich selbst von Ihnen halte. Setzen wir den Fall, daß diese Auskunft mich befriedigt, was soll die Folge sein?«

»Daß Sie mir gestatten, noch länger in Ihrem Hause zu verweilen«, rief der Professor, »daß Sie vertrauend meine Annäherung an Ihre Tochter dulden und daß Sie mir Ihre Einwilligung zur Ehe geben, sobald ich der Neigung Ihrer Tochter sicher bin.«

»Solche Vorbereitung zu einer Brautwerbung ist ungewöhnlich«, sagte der Landwirt mit trübem Lächeln, »doch sie ist einem Landwirt nicht unwillkommen. Wir sind gewohnt, die Früchte langsam reifen zu sehen. Also, Herr Professor, auch nach meiner Reise behalten wir alle drei Freiheit der Wahl und des letzten Entschlusses. – Und diese Unterredung, soll sie unser Geheimnis bleiben?«

»Ich beschwöre Sie darum«, flehte der Gelehrte. Wieder flog ein leichtes Lächeln über das ernste Antlitz des Wirtes.

»Damit meine schnelle Abreise weniger auffalle, bleiben Sie unterdeß hier. Vermeiden Sie vor meiner Rückkehr, sich meiner Tochter zu nähern. Sie sehen, ich erweise Ihnen ein großes Vertrauen.«

So hatte der Professor seinen Gastfreund gezwungen, der Vertraute seiner Liebe zu werden. Es war ein schöner Vertrag zwischen Leidenschaft und Gewissen, den der Gelehrte durchgesetzt hatte, und doch war in seiner Disposition ein Irrtum, und die Abhandlung, an welcher er mit heißem Haupt und pochendem Herzen arbeitete, geriet ein wenig anders als er sich und dem Vater vorgestellt. Denn zwischen den drei Menschen, welche jetzt die hochsinnig eingeleitete Brautwerbung durchmachen sollten, war plötzlich die Unbefangenheit verschwunden. Als Ilse am Morgen der verhängnisvollen Unterredung strahlend von Glück zu den Männern trat, fand sie den Himmel des Gutes lichtlos, mit finsteren Wolken umzogen. Der Professor war unruhig und düster, er arbeitete fast den ganzen Tag auf seiner Stube, und als die Kleinen ihn am Abend baten, eine Geschichte zu erzählen, da lehnte er's ab, faßte den Kopf der kleinen Schwester mit beiden Händen, küßte ihre Stirn und legte sein eigenes Haupt darauf, als wollte er sich auf das Kind stützen. Gezwungen und spärlich waren die Worte, die er an Ilse richtete, und doch haftete unablässig sein Blick an ihr, aber fragend und unsicher. Und Ilse überraschte auch den Vater, wie dieser sie gespannt und schmerzlich ansah. Auch zwischen den Vater und sie war ein Geheimnis getreten, das in seinem Innern arbeitete. Ja sogar zwischen den beiden Männern war es nicht wie sonst. Der Vater sprach wohl einmal leise zu dem Freunde, aber beiden sah sie einen Zwang an, wenn sie über Gleichgültiges redeten.

Am nächsten Morgen gar die geheimnisvolle Reise des Vaters, die er ihr durch karge Worte über ein unwichtiges Geschäft anzeigte! War seit jenem wüsten Abend Alles um sie verwandelt? Das Herz des Weibes zog sich ängstlich zusammen. Die Unsicherheit kam ihr, die Furcht vor etwas Feindseligem, das gegen sie heranfuhr. Schmerzvoll hielt sie sich zurück, in ihrem Zimmer kämpfte sie mit schweren Gedanken und sie vermied, mit dem Manne ihrer Liebe allein zu sein.

Natürlich wurde dem Professor die Veränderung an der Geliebten auf der Stelle deutlich und sie quälte den tiefsinnigen Mann. Wollte sie ihn fernhalten, um den Vater nicht zu verlassen, war nur frohes Erstaunen gewesen, was er für herzliche Neigung hielt? Diese Sorge machte seine Haltung gezwungen und ungleichmäßig und der Wechsel seiner Stimmung wirkte wieder auf Ilse zurück.

Fröhlich hatte sich der Blütenkelch ihrer Seele dem aufsteigenden Lichte geöffnet, da war ein Tropfen Morgentau hineingefallen und die zarten Blätter schlossen sich noch einmal unter der fremden Last.

Ilse war bei Krankheiten und Verletzungen die weise Frau des Gutes. Von ihrer Mutter hatte sie dies Ehrenamt übernommen und ihr Ruhm in der Umgegend war nicht gering; auch war es nicht unnötige Beflissenheit, denn Rossau besaß nicht einmal einen ordentlichen Heilkünstler. Ilse aber verstand ihre einfachen Hausmittel vortrefflich anzuwenden, sogar der Vater und die Herren der Wirtschaft unterwarfen sich gehorsam ihrer Pflege. Und sie war in den Beruf einer barmherzigen Schwester so eingelebt, daß ihr jungfräuliches Zartgefühl gar nichts darin fand, am Krankenbett eines Gutsgenossen zu sitzen, und daß sie ohne Ziererei in die Wunde blickte, welche der Hufschlag eines Pferdes oder der Schnitt einer Sense verursacht hatte. Und jetzt stand er mit einer Wunde neben ihr, er hielt den Arm nicht einmal in der Binde, und sie sorgte unaufhörlich, daß der Schaden ärger werden könne. Wie gern hätte sie die Stelle gesehen, ach wie gern sie selbst verbunden, und sie bat ihn am Morgen beim Frühstück, auf den Arm deutend: »Wollen Sie nicht uns zu Liebe etwas dafür tun?«

Der Professor zog befangen den Arm zurück und erwiderte: »Es hat gar nichts zu bedeuten.« Sie schwieg verletzt. Als er aber auf sein Zimmer ging, wurde ihr die Sorge übermächtig und sie sandte die Tagelöhnerfrau, welche in solchen Künsten ihre bewährte Gehilfin war, mit einem Auftrage in das Gastzimmer und schärfte ihr ein, gewalttätig aufzutreten, jeden Widerspruch des Herrn zu bewältigen, den Arm zu betrachten und ihr zu berichten. Als nun die ehrliche Frau sagte, daß ihr Fräulein sie sende und daß sie darauf bestehen müsse, den Stich zu sehen, da entschloß sich zwar der Professor zögernd, die Stelle zu zeigen, aber als die Botin einen bedenklichen Bericht heraustrug und Ilse, die unruhig vor der Tür auf und ab ging, durch die Vermittlerin wieder kalte Umschläge befahl, da wollte der Professor diese nicht anwenden. Er hatte wohl Ursache dazu, denn wie schmerzlich er den Zwang fühlte, der ihm im Verkehr mit Ilse aufgelegt war, so dünkte ihm doch unerträglich, ihren Anblick ganz zu missen und in seiner Stube allein bei dem Wassernapf zu sitzen. Daß er aber den guten Rat verwarf, schmerzte Ilse noch mehr, denn sie fürchtete die Folgen und es tat ihr wieder weh, daß er auf ihre Wünsche nichts gab. Als sie vollends erfuhr, daß er heimlich zum Chirurgus nach Rossau geschickt hatte, da kamen dem Mädchen die Tränen in die Augen über das, was sie für Nichtachtung hielt. Denn sie kannte die verkehrten Mittel des Trunkenbolds, und sie wußte jetzt genau, daß es ein Unglück geben würde. Sie kämpfte mit sich bis zum Abend, endlich besiegte die Sorge um den Geliebten alle Bedenken, und als er neben den Kindern in der Laube saß, trat sie vor ihn und bat in ihrer Herzensangst leise mit niedergeschlagenen Augen: »Der fremde Mann macht Ihnen die Schmerzen größer, bitte, lassen Sie mich die Wunde sehen.« Und der Professor, erschrocken über diese Aussicht, welche seine ganze, mühsam erkämpfte Selbstbeherrschung zu vernichten drohte, erwiederte, wie Ilse hörte, mit rauher Stimme – er war aber in Wahrheit nur durch innere Bewegung ein wenig heiser –: »Ich danke, das kann ich gar nicht annehmen.« Da ergriff Ilse die beiden jüngsten Geschwister, welche in den Händen der Zigeuner gewesen waren, stellte sie vor ihn hin und rief heftig: »Bittet ihr, wenn er auf mich nicht hört.« Dem Professor war dieser kleine Auftritt so beweglich und Ilse sah in ihrer Aufregung so unwiderstehlich schön aus, daß ihn die Rührung übermannte und daß er, um gegen den Vater ehrlich zu bleiben, aufstand und schnell aus dem Garten ging.

Ilse preßte die Hände krampfhaft zusammen und sah starr vor sich hin. Alles war ein Traum gewesen. Täuschung war's und törichte Einbildung, daß sie in seliger Stunde gehofft hatte, er liebe sie. Sie hatte ihm ihr Herz offenbart, und ihr heißes Gefühl war für ihn nichts als dreiste Zudringlichkeit einer Fremden. Sie war ihm ein ungeschicktes Weib vom Lande, dem das städtische Zartgefühl fehlte, und die sich töricht etwas in den Kopf gesetzt, weil er einige Male gütig zu ihr gesprochen. Sie stürzte in ihr Zimmer, dort sank sie vor ihrem Lager nieder und ein krampfhaftes Schluchzen erschütterte ihre Glieder.

Sie war den ganzen Abend nicht mehr sichtbar, am nächsten Tag trat sie dem Geliebten stolz und kalt gegenüber, sie sprach nur das Nötigste und rang in der Stille mit Tränen und unendlichem Jammer.

Alles war hochsinnig für eine feine und zarte Brautwerbung zurechtgelegt, aber wenn zwei Menschen einander lieb haben, sollen sie das einer dem andern auch frisch und einfältig sagen, ohne Disposition und, beim Styx, auch ohne Zartgefühl.

Der Landwirt war abgereist. Ein Geldgeschäft, das er auf dem Wege erledigen konnte, gab den Vorwand. Schon den Tag darauf fiel seine gewaltige Gestalt und das sorgenvolle Antlitz in den Straßen der Universitätsstadt auf. Gabriel war sehr verwundert, als ein riesiger Mann, höher als sein alter Freund, der Wachtmeister bei den Kürassieren, an der Tür schellte und einen Brief des Herrn überbrachte, worin Gabriel aufgefordert wurde, sich und das Quartier dem Herrn zur Verfügung zu stellen. Der fremde Mann schritt durch die Zimmer, saß am Arbeitstisch des Professors nieder und begann mit Gabriel ein Gespräch in Kreuzfragen, aus denen der Diener nicht klug werden konnte. Auch Herrn Hummel begrüßte der Fremde, dann ließ er sich nach der Universität führen, hielt auf der Straße Studenten an und frug sie aus, verhandelte mit dem Rechtsanwalt, besuchte einen Kaufmann, mit welchem er zuweilen Getreidegeschäfte machte, ließ sich von Gabriel zum Schneider des Professors führen, dort einen Rock zu bestellen, und Gabriel mußte lange vor der Tür stehen, bis der geschwätzige Schneider den Fremden entließ. Auch zu Herrn Hahn ging er, einen Strohhut zu kaufen, und am Abend sah man seine große Gestalt, welche den chinesischen Tempel unbillig beengte, neben Herrn Hahn bei einer Flasche Wein sitzen. Es war ein armer Vater, der sich bei gleichgültigen Leuten ängstlich erkundigte, ob er sein geliebtes Kind in die Arme eines Fremden legen müsse. Ach, was er erfuhr, war alles noch weit günstiger als er erwartet hatte. Auch ihm wurde deutlich, was die Frau Oberamtmann Rollmaus längst wußte, daß es nach der Meinung Anderer kein gewöhnlicher Mann war, den er bei sich aufgenommen hatte.

Als der Heimkehrende am Abende des nächsten Tages zwischen den letzten Häusern von Rossau dahinfuhr, sah er eine Gestalt eilig auf sich zukommen. Es war der Professor, den die ungeduldige Erwartung auf den Weg getrieben hatte und der jetzt mit verstörtem Gesicht an den Wagen eilte. Der Landwirt sprang von seinem Sitze und sagte dem Professor leise: »Bleiben Sie bei uns, der Himmel gebe zu allem weiteren seinen Segen.« Und als die beiden Männer nebeneinander den Fußpfad hinaufstiegen, fuhr der Gutsherr mit einem Anflug von guter Laune fort: »Sie haben mich gezwungen, um Ihre Wohnung zu spionieren, lieber Herr Professor. Ich habe erfahren, daß Sie still weg leben. Sie bezahlen Ihre Rechnungen pünktlich, Ihr Diener spricht mit Ehrerbietung von Ihnen, die Nachbarn denken gut über Sie, in der Stadt sind Sie ein angesehener Mann, alles was Sie sonst über sich gesagt haben, ist bestätigt. Ihr Quartier ist sehr stattlich, die Küche zu klein, die Vorratskammer enger als bei uns ein Schrank. Durch die Fenster ist wenigstens Aussicht ins Grüne.«

Sonst wurde kein Wort über den Zweck der Reise gesprochen, aber hoffnungsvoll vernahm der Professor, was der Landwirt von anderen Beobachtungen erzählte, wie reichlich die Bürger lebten, wie glänzend die Läden ausgestattet waren, dann von den hohen Häusern des Marktes, dem Gedränge auf den Straßen und von den Tauben, welche nach altem Herkommen vom Rat gehalten werden und dreist wie Stadtbeamte zwischen Wagen und Menschen umherlaufen.

Es war früher Morgen auf dem Gute, wieder sandte die Sonne ihre ersten Strahlen heiß auf die Erde. Nach einer schlummerlosen Nacht eilte Ilse durch den Garten zu dem kleinen Badehause, das der Vater zwischen Rohr und Gebüsch angelegt hatte. Dort tauchte sie die weißen Glieder in das Wasser, hüllte sich schnell wieder in ihr Gewand und stieg, die Strahlen der Sonne suchend, den Weg hinauf, welcher unweit der Grotte nach der Höhe führte. Da sie wußte, daß unter den Steinen der Höhle noch die kühle Nachtluft lag, stieg sie höher hinauf, wo die Berglehne steil nach der Grotte und dem Tal abfiel. Dort oben auf dem Abhange setzte sie sich zwischen den ersten Büschen nieder, um fern von jedem Menschenauge im Sonnenstrahl die Haare zu trocknen und ihren Anzug zu ordnen.

Sie sah hinüber nach dem Vaterhause, wo auf dem Freunde wohl noch der Morgenschlummer lag, und sah vor sich herunter auf die Steindecke der Grotte und auf den großen Federbusch von Weidenrös-chen, dem jetzt die weiße Wolle des Samens aus den Schoten quoll. Und sie stützte das Haupt in die Hand und dachte an den letzten Abend, wie wortkarg er wieder gewesen war, und daß der Vater zu ihr gar nicht von seiner Reise sprach. Aber wie unruhig auch die Sorgen durch ihr Haupt fuhren, aus der klaren Flut hatte sie auch ihren Gedanken Erfri-schung geholt und jetzt warf der Morgen sein mildes Licht auch über ihr Herz.

Dort saß das Kind des Gutes, sie wand das Wasser aus dem Haar und stützte die weißen Füße auf das Moos. Neben ihr summten die Bienen über dem blühenden Quendel, und eine kleine Arbeiterin kreiste drohend um ihre Füße. Ilse bewegte sich und stieß an einen ihrer Schuhe, der Schuh glitt hinab, überschlug sich und fiel in kleinen Sätzen über Moos und Stein, er sprang beim Weidenröschen vorbei und ver-schwand in der Tiefe. Ilse fuhr in den Kameraden des Flüchtlings und eilte auf dem Wege zur Grotte nach. Sie bog um die Felsecke und trat erschrocken zurück, denn auf dem Platze vor der Grotte stand der Professor und betrachtete sinnend die gestickten Arabesken des Schuhes. Der zartfühlende Mann war über diese plötzliche Begegnung kaum we-niger betroffen als Ilse. Es hatte auch ihn am frühen Morgen hinausgetrieben zu der Stelle, wo ihm zuerst das Herz des Mädchens aufgegangen war, auf dem Stein am Eingange hatte er gesessen und das Haupt an den Felsen gelehnt in tiefem und schmerzlichem Grübeln. Da, horch, ein leises Rauschen, Steinchen und Sand rollten herab, ein kleines Meisterwerk bildender Kunst fiel dicht vor seine Füße. Er schnellte empor, den er ahnte auf der Stelle, wem der springende Schuh gehörte. Jetzt sah er die Geliebte vor sich stehen, in leichtem Morgengewand, von dem langen blonden Haar umflossen, einer Wasserfee oder Bergnymphe vergleichbar.

»Es ist mein Schuh«, rief Ilse verlegen und verbarg den Fuß.

»Ich weiß«, sagte der Gelehrte ebenfalls verlegen und rückte den Schuh ehrerbietig an den Saum ihres Kleides. Schnell schlüpfte der Fuß hinein, aber die kurze Bewegung der weißen Zehen gab dem Professor plötzlich einen Heldenmut, den er an den letzten Tagen nicht gehabt hatte. »Ich gehe nicht von der Stelle«, rief er entschlossen. Ilse fuhr in die Grotte und barg ihre Haare in dem Netz, das sie in der Hand hielt. Der Gelehrte stand am Eingange zu dem Heiligtume, neben ihm hingen die Ranken der Brombeeren, die Bienen summten über dem Quendel, und ihm pochte das Herz. Als Ilse mit geröteten Wangen aus der Grotte in das Licht des Tages trat, hörte sie, wie eine Stimme in tiefer Bewegung ihren Namen aussprach, sie fühlte ihre Hände gefaßt, ein heißer Blick aus den treuen Augen, süße Worte in bebendem Tonfall, der Arm des Mannes umschlang sie, lautlos sank sie an sein Herz.

Denn, wie der Professor selbst bei einer andern Gelegenheit auseinandergesetzt hatte, der Mensch vergißt zuweilen, daß sein Leben auf einem Contract mit übermächtigen Naturgewalten beruht, welche den kleinen Herrn der Erde unversehens kreuzen. Dergleichen unbeachtete Mächte zwangen jetzt auch den Professor und Ilse. Weiß nicht, welche Naturgewalt die Biene sandte und den Schuh warf, waren es die Erdmännchen, an welche Ilse nicht glaubte, oder war es Einer aus der antiken Bekanntschaft des Professors, der gaißfüßige Pan, der in den Grotten auf der Rohrpfeife bläst.

Die Brautwerbung war wissenschafftlich begonnen, aber sie war ohne alle Weisheit zur Vollendung gebracht. Es waren zwei große und reine Herzen, welche jetzt an einander schlugen, aber um Alles zu sagen, der feinfühlende Professor hatte zuletzt doch um die Geliebte geworben, als sie gerade keinen Strumpf anhatte.

11. Speihahn.

Über den feindlichen Häusern war rabenschwarze Nacht, die Welt sah aus wie eine große Kohlengrube, in der die Leuchte erloschen ist. Der Wind fuhr durch die Bäume des Parkes, man hörte ein Rauschen der Blätter, Geknarr der Äste, ein tiefes, zorniges Brummen in der Luft, aber man sah nichts als einen ungeheuren schwarzen Vorhang, der den Stadtwald verhüllte, und ein schwarzes Zeltdach, das über die Häuser gespannt war. Die Straßen der Stadt waren leer, wer ein freundliches Verhältnis zu seinem Bett hatte, lag längst darin, wer eine Schlafmütze besaß, heut zog er sie über die Ohren. Alles Menschliche barg sich in tiefem Schweigen, auch den Stundenschlag der Turmglocke zerriß der Sturmwind und führte die einzelnen Töne hierhin und dorthin, so daß Niemand die Schläge der Mitternachtsstunde vollständig zusammenbringen konnte. Nur um das Haus des Herrn Hummel kläffte die wilde Jagd, die Hunde fuhren im Hofe umher, unbeirrt durch Sturm und Finsternis, und wenn der Wind wie ein Hifthorn zwischen den Häusern blies, bellte die Meute dem Schlafe der Menschen ein greuliches Halali.

»Den ist heut wohl«, dachte Gabriel in seiner Kammer, »das ist ganz ihr Wetter.« Endlich entschlief auch er und hatte einen Traum, als wenn die beiden Hunde seine Kammertür aufmachten, sich vor seinem Bett auf zwei Stühle setzten und abwechselnd die Zündhütchen ihrer Taschenpistolen auf ihn abknipsten.

Er lag noch in unruhigem Schlaf, als es an seine Tür pochte.

»Stehen Sie auf, Gabriel«, rief die Stimme des alten Schließers aus der Fabrik, »es ist ein Unglück geschehen.«

»Durch die Hunde?« rief Gabriel, mit beiden Beinen aus dem Bette springend.

»Es muß Jemand eingebrochen sein«, rief der Mann wieder durch die Tür, »die Hunde liegen auf der Erde.«

Gabriel fuhr erschrocken in seine Stiefeln und eilte in den Hof, der durch die Morgendämmerung notdürftig erhellt wurde. Da lagen die zwei armen nächtlichen Geschöpfe auf dem Boden, nur noch ein wenig zappelnd. Gabriel lief zu dem Waarenlager, sah nach Tür und Fenstern, dann untersuchte er das Haus, jeder Laden war geschlossen, nirgend Verstörung zu entdecken. Als er zurückkehrte, stand Herr Hummel vor den Liegenden.

»Gabriel, hier ist eine Missetat geschehen, den Hunden ist etwas angetan, lassen Sie beide liegen, es muß eine Beweisaufnahme stattfinden, ich schicke zur Polizei.«

»Ei was«, erwiederte Gabriel, »erst kommt das Erbarmen, dann die Polizei, vielleicht ist den Würmern noch zu helfen.« Er nahm die beiden Tiere, trug sie ans Licht und untersuchte ihren Zustand. »Der Schwarze ist dahin«, sagte er mitleidig, »der Rote hat noch einigen guten Willen.«

»Zum Tierarzt, Klaus«, rief Herr Hummel, »und auf der Stelle, er möchte mir den Gefallen tun und sogleich aufstehen, es soll sein Schade nicht sein. Dieser Fall muß ins Tageblatt. Ich verlange Satisfaktion vor Stadtverordneten und Rat. – Gabriel«, fuhr er in zorniger Bewegung fort, »sie ermorden die Hunde von Bürgern. Damit fängt die niederträchtige Bosheit an, aber ich bin nicht der Mann, der sich durch Meuchelmörder behandeln läßt, es soll ein Exempel werden, Gabriel.«

Gabriel streichelte unterdeß das Fell des roten Hundes, der die Augen wild unter dem zottigen Stirnhaar rollte und kläglich mit den Pfoten schlug.

Endlich kam der Tierarzt. Er fand die ganze Familie im Hofe versammelt, Frau Hummel, noch im Nachtgewande, trug ihm eine Tasse Kaffe zu, er bedauerte trinkend und begann die Untersuchung. Der Ausspruch des Sachverständigen lautete auf Vergiftung. Die Sektion ergab genossene Klößchen mit Arsenik, und was Herrn Hummel noch tiefer kränkte, außerdem mit Glassplittern. Der Rote gewährte bei alledem eine unsichere Hoffnung gerettet zu werden.

Das wurde der Familie Hummel ein finsterer Morgen. Herr Hummel setzte sich noch vor dem Frühstück an den Schreibtisch und verfaßte eine Anzeige für das Tageblatt, worin er zehn Taler Belohnung für den Menschenfreund aussetzte, der ihm den tückischen Vergifter seiner Hunde angeben wollte. Die zehn Taler unterstrich er dreimal mit Klecksen. Dann trat er an sein Fenster und sah grimmig hinüber nach dem Schlupfwinkel seines Gegners und nach dem chinesischen Tempel, der die Veranlassung des neuen Unfriedens geworden war. Und immer wieder wandte er sich zu seiner Frau und brummte auf und abgehend: »Mir ist der Fall nicht zweifelhaft.«

»Ich begreife dich nicht«, erwiederte die Gattin, welche an dem anstrengenden Morgen zum zweiten Mal ihr Frühstück einnahm, »und ich verstehe nicht, wie du deiner Sache sicher sein kannst. Es ist wahr, in den Leuten ist eine Art, welche uns immer wieder abstößt, und es mag ein Unglück sein, daß wir diese Nachbarschaft haben. Aber du kannst nicht behaupten, daß sie Hunde vergiften. Und ich kann mir nicht denken, daß die Hahn solche Einfälle hat. Ich gebe dir zu, sie ist eine gewöhnliche Frau, und der Doktor sagt, daß es Klößchen waren, was auf eine weibliche Hand schließen läßt. Aber als unser Roter bei den Krammetsvögeln getroffen wurde, die sie in der Küche hatte, hat sie mir den Hund nur mit einer Empfehlung zurückgeschickt, und es wäre nicht schön von ihm, er hätte drei Vögel gefressen. Das war in der Ordnung und ich kann darin keine Mordlust finden. Und er, du lieber Gott, er sieht mir auch nicht aus, als ob er in finsterer Mitternacht sich mit unseren Hunden zu tun machte.«

»Er ist tückisch«, grollte Herr Hummel, »aber du hast immer deine eigene Meinung von den Leuten gehabt. Er ist scheinheilig gegen mich gewesen von dem ersten Tage, wo er sich vor diesen Fenstern bei seinen Ziegeln aufstellte und mir den Rücken zukehrte. Und ich habe mich immer wieder von euch Weibern bewegen lassen, ihn als Nachbar zu behandeln mit Grüßen und Redensarten; und ich habe stillgeschwiegen, wenn ihr mit der Frau drüben euer Gewäsch getrieben habt.«

»Unser Gewäsch, Heinrich«, rief die Gattin und setzte ihre Kaffetasse klirrend hin. »Ich muß dich bitten, daß du nicht vergißt, was du mir schuldig bist.«

»Nun, es war nicht so böse gemeint«, räumte Herr Hummel ein, um den Sturm zu beschwichtigen, den er zur Unzeit heraufbeschworen hatte.

»Wie es gemeint war, mußt du wissen, ich halte mich an das, was ich höre; es zeigt wenig Gefühl, Hummel, daß du um eines toten Hundes willen deine Gattin und deine Tochter als Waschfrauen behandelst.«

Diese Auseinandersetzung trug noch mehr widerwärtiges Grau in die Stimmung des Morgens, förderte aber keineswegs die Entdeckung des Verbrechers. Es war vergebens, daß die Hausfrau, um den stöbernden Verdacht des Gatten von der Familie Hahn abzulenken, viele andere Vermutungen aufstellte und mit Laura's Hilfe wieder verwarf, gegen die eigenen Arbeiter, gegen den Nachtwächter, und daß sie zuletzt sogar den Markthelfer von drüben als möglichen Missetäter einräumte. Ach, die bürgerliche Stellung der Hunde war so trübselig gewesen, daß die Familie Hummel viel leichter die wenigen Menschen herzählen konnte, welche den Hunden nichts Böses anwünschten, als die vielen, welche Wunsch und Interesse hatten, die Scheusale zum Cocytus wandeln zu

155

sehen. Denn wie Lauffeuer fuhr die Nachricht über die Straße, bei der Obstfrau an der Ecke war heut Versammlung wie auf der Börse, in den Kramläden standen die Leute und besprachen die Untat, überall mitleidlos, feindselig, schadenfroh. Auch die äußeren Zeichen der Teilnahme, welche die Straße für schicklich hielt, verhüllten schlecht die herrschende Stimmung. Allerdings kamen die Mitfühlenden, zuerst Frau Knips, die Wäscherin, mit wortreicher Entrüstung; dann wagte sich sogar Knips der Jüngere bedauernd in die Nähe des Hauses, der Commis im feindlichen Geschäft, welcher zu den Feinden übergegangen war, aber nicht müde wurde, seinem früheren Lehrherrn gelegentliche Ehrfurcht und Fräulein Laura eine unbequeme Anbetung zu erweisen. Endlich kam ein Komiker der Stadtbühne, der häufig des Sonntags eingeladen wurde und dafür lustige Geschichten erzählte. Aber selbst diese wenigen Getreuen wurden von einzelnen Hausgenossen beargwöhnt. Der Familie Knips mißtraute Gabriel, den Commis verabscheute Laura, und der Komiker, sonst ein willkommener Gast, hatte einige Abende zuvor im Vorbeigehen leichtsinnig gegen einen Begleiter geäußert, daß es verdienstlich sein würde, diese Hunde von der Weltbühne zu entfernen. Heut war dieser unglückliche Einfall der Hausfrau hinterbracht worden, und er lag ihr schwer auf dem Herzen. Fünfzehn Jahre hatte sie gerade dieses Mannes Huldigung mit Wohlgefallen ertragen, viele Freundlichkeit, begeistertes Klatschen im Theater war ihm zu Teil geworden, der Sonntagsbraten und eingesottenen Früchte gar nicht zu gedenken; aber jetzt, wo der Mime bedauernd den Kopf senkte und sein Entsetzen aussprach, da wurde ihm sein Gesicht wegen langer Gewöhnung an komische Wirkungen so heuchlerisch verzogen, daß Frau Hummel aus den Zügen des geschätzten Mannes plötzlich einen Teufel herausgrinsen sah. Und ihre spitzen Bemerkungen über Judasse erschreckten wieder den Mimen, weil sie ihm die Gefahr offenbarten, sein bestes Haus zu verlieren, und je kläglicher er sich fühlte, desto zweideutiger wurde sein Ausdruck.

Während aller dieser Vorfälle hielt sich die Familie Hahn gänzlich zurück. Kein Zeichen von unschicklicher Freude, keines von unnatürlichem Mitgefühl drang ans den schweigenden Mauern. Nur am Nachmittag, als Frau Hummel, um sich zu erholen, ein wenig in die Luft ging, begegnete ihr die Nachbarin. Und Frau Hahn, welche sich seit jener Gartenscene im Unrecht fühlte, blieb stehen und sprach freundlich ihr Bedauern aus, daß Frau Hummel einen so unangenehmen Vorfall erlebt habe. Aber da klang doch die feindliche Stimmung und der Verdacht des Mannes aus der Antwort heraus, sehr kalt und abweisend sprach Frau Hummel, und auch die beiden Frauen schieden in feindseliger Stimmung.

Unterdeß saß Laura an ihrem Schreibtisch, sie besprach die Ereignisse des Tages in ihren geheimen Aufzeichnungen und dichtete mit leichtem Herzen die Schlußverse: »Sie sind dahin! von uns genommen ist der Fluch, und ausgetilgt der Flecken in des Schicksals Buch.« Diese Prophezeiung enthielt gerade soviel Wahrheit, als wenn sie nach dem ersten Scharmützel des trojanischen Krieges durch Kassandra in Hektors Stammbuch eingezeichnet worden wäre. Sie wurde durch endlose Gräuel der Folgezeit widerlegt.

Zunächst war Speihahn gar nicht dahin, sondern blieb am Leben. Aber der nächtliche Verrat übte auf Leib und Seele des Geschöpfes einen betrübenden Einfluß. Er war nie schön gewesen, jetzt wurde sein Leib mager, der Kopf dick und sein zottiges Fell struppig. Die Glassplitter, welche der kunstvolle Arzt aus seinem Magen entfernte, fuhren gewissermaßen in die Haare, daß diese borstig am ganzen Leibe starrten wie an einer Flaschenbürste; das gewundene Schwänzchen wurde kahl, nur an der Spitze bestand eine Haarquaste, daß es aussah wie ein verbogener Korkzieher mit einem Kork am Ende. Mit diesem Schwanze wedelte er selten, auch sein Kläffen hörte auf, bei der Nacht wie am Tage wandelte er schweigend, nur ausnahmsweise vernahm man ein dumpfes Knurren, das zu denken gab. Er kehrte in das Leben zurück, aber die sanfteren Gefühle in ihm waren erstorben, sein Charakter wurde menschenscheu und schwarze Hintergedanken sammelten sich in seinem Innern, Anhänglichkeit und Berufstreue wurden vermißt, statt ihrer erwiesen sich lauernde Heimtücke und allgemeine Rachsucht. Doch Herr Hummel beachtete diese Umwandlung nicht. Der Hund war das Opfer einer unerhörten Bosheit, welche ihn, den Hausbesitzer, schädigen wollte, und wäre er zehnmal häßlicher und menschenfeindlicher gewesen, Herr Hummel hätte ihn doch zu seinem Lieblinge gemacht. Er streichelte ihn und nahm es dem Hunde gar nicht übel, wenn dieser zum Danke nach den Fingern seines Herrn schnappte.

Während aus der neuen Brandstätte des Familienfriedens immer noch die Flämmchen sittlicher Entrüstung emporzüngelten, kehrte Fritz von seiner Reise zurück. In der ersten Stunde erzählte ihm die Mutter alle Vorgänge der jüngsten Zeit: das Glockenspiel, die Hunde, die neue Feindschaft. »Es war recht gut, daß du nicht hier warst. Hast du denn auch immer ein gutes Federbett gehabt? In den Gasthöfen sind sie jetzt mit den Decken gegen Fremde sehr rücksichtslos. Ich hoffe, auf dem Lande, wo sie die Gänse selbst ziehen, wird mehr Einsicht gewesen sein. Und wegen dieses neuen Zankes sprich mit dem Vater, tu, was du kannst, daß wieder Friede wird.«

Fritz hörte schweigend den Bericht der Mutter und sagte endlich begütigend: »Du weißt, es ist nicht das erste Mal, es geht vorüber.«

Diese Neuigkeiten trugen nicht dazu bei, den Doktor heiter zu stimmen. Er sah aus seiner Stube bekümmert nach dem Nachbarhause und den Fenstern des Freundes hinüber. Dort wurde wohl in Kurzem ein neuer Haushalt eingerichtet; konnte dann auch seine Freundschaft zum Professor von den Störungen betroffen werden, welche seit alter Zeit die beiden Häuser beschäftigten? Er ging daran, die Sammlungen seiner Reise zu ordnen, aber die Fußtapfen in der Höhle machten ihm heut eine unbehagliche Empfindung, und beim Hufschlag des wilden Jägers mußte er an die altklugen Worte Ilse's denken: »es ist Alles Aberglaube.« Er legte die Hefte zusammen, ergriff den Hut und ging grübelnd und nicht gerade fröhlich gemutet in den Stadtpark. Und als er wenige Schritte vor sich Laura Hummel auf demselben Wege dahinschweben sah, bog er seitwärts ab, um Niemandem aus diesem Hause zu begegnen.

Laura trug ein Körbchen mit Früchten zu ihrer Frau Pate. Die alte Dame bewohnte eine Sommerwohnung im nahen Dorfe, zu welchem ein schattiger Fußweg durch den Park führte. Es war zu dieser Stunde einsam im Stadtwald, und nur die Vögel beobachteten, wie sorglos der kleine Mund des behenden Fräuleins lachte, und wie glücklich zwei schöne tiefblaue Augen in das Dickicht spähten. Aber obgleich Laura eilte, sie hatte doch vielen Aufenthalt. Zuerst fiel ihr ein, daß die Blätter einer Blutbuche ihrem braunen Filzhütchen gut stehen würden, sie brach einen Zweig, nahm den Hut ab und steckte die Blätter auf, und um sich darüber zu freuen, behielt sie den Hut in der Hand und legte zum Schutz gegen einzelne verwegene Lichtstrahlen ein Flortuch über den Kopf. Dann bewunderte sie das Parket von Goldgelb und Grau, welches die Sonne auf den Boden malte. Dann lief gar ein Eichhörnchen über den Weg, fuhr blitzschnell an einem Baum hinauf und duckte sich in die Zweige, und Laura sah zu ihm empor und erkannte seine reizenden Ohrbüschel hinter dem Laub, und sie träumte sich selbst auf die Höhe des Baumes mitten unter Laub und Früchte, schaukelte auf den Zweigen, schwang sich von einem Ast auf den andern und machte zuletzt einen

Spaziergang auf den Gipfeln wie auf grünen Hügeln hoch in der Luft über die flatternden Blätter. Als sie dem Wasser nahekam, das auf der andern Wegseite floß, erlebte sie, daß eine große Gesellschaft Frösche, welche am Uferrande in der Sonne saß, wie auf Kommando mit großem Satze ins Wasser sprang, sie lief hinzu und sah mit Erstaunen, daß die Frösche im Wasser weit anders aussahen als auf dem Lande, gar nicht wie Klötze, sondern daß sie dahinfuhren wie kleine Herren mit Bäuchlein und dicken Hälsen, aber langen Beinchen, welche tapfer ausgreifen. Und da ein großer Frosch auf sie zusteuerte und seinen Kopf gegen sie aus dem Wasser hob, fuhr sie zurück, schämte sich einen Augenblick, daß sie seiner Schwimmkunst zugesehen hatte, und lachte dann über sich selbst. So zog sie durch den Wald, selbst ein Sommervogel, leicht beschwingt und in Frieden mit aller Welt.

Aber hinter ihr schritt ihr Schicksal. Speihahn nämlich hatte von seinem gewöhnlichen Platz an der steinernen Freitreppe ihr Beginnen nicht unbemerkt gelassen. Unter den wilden Haaren, die wie ein Schnurrbart über seine Augen hingen, war etwas aufgedämmert, er hatte ihr nachgeschielt, sich endlich aufgemacht und trottete jetzt schweigend hinter ihr her, ungerührt durch Sonnenstrahl, Fruchtkorb und das rote Kopftuch seiner jungen Herrin. Mitten zwischen Stadt und Dorf stieg der Weg aus dem Talgrunde und seinen Bäumen zu einer kahlen Ebene, auf welcher die Kriegsmacht der Stadt zuweilen ihre Übungen hielt, in den friedlichen Stunden ein Schäfer die Herde weidete: der Pfad lief schräg über die offene Fläche dem Dorfe zu. Laura hielt auf der Höhe an und bewunderte die fernen Wollträger und den braunen Schäfer, der mit seinem großen Hut und Hakenstock sehr hübsch aussah. Schon war sie über die Herde hinausgekommen, da hörte sie hinter sich Gebell und drohendes Geschrei, sie wandte sich um und sah die friedliche Gemeinde in wildem Aufruhr. Die Schafe stoben auseinander, einige rannten kopflos in die Weite, andere lagen zusammengeballt in einem Quergraben, die Schäferhunde bellten, der Schäfer und sein Knabe liefen mit gehobenen Stöcken um den verstörten Haufen. Aber während Laura erstaunt in das Getümmel sah, wurde sie selbst davon umringt, der Schäfer und sein Junge sprangen auf sie zu, zwei große Schäferhunde folgten dem hetzenden Zuruf, sie fühlte sich von rauher Männerhand angepackt, das zornige Gesicht des Schäfers und sein Hakenstock bewegten sich dicht vor ihren Augen. »Ihr Hund hat mir die Herde auseinandergejagt, ich fordere Strafe und Zahlung.« Erstarrt und leichenblaß griff

Laura nach ihrem Geldtäschchen, kaum vermochte sie zu bitten: »ich habe ja keinen Hund, lassen Sie mich los, lieber Schäfer.« Doch der Mann schüttelte wild ihren Arm, zwei riesige schwarze Tiere sprangen an ihr hinauf und schnappten nach ihrem Tuche. »Es ist Ihr Hund, und ich kenne das rote Biest«, schrie der Schäfer.

Das war kein Irrtum. Speihahn hatte nämlich ebenfalls die Schafherde beobachtet und seinen ruchlosen Plan geschmiedet. Plötzlich war er mit heiserem Gekläff auf ein Schaf zugesprungen und hatte es heftig ins Bein gebissen. Darauf Flucht der Herde, Zusammenstürzen des Haufens, Speihahn mitten darunter, kläffend, kratzend, beißend, dann linksab einen trockenen Graben entlang, den Abhang zum Walde hinunter in das dichteste Gesträuch. Jetzt trabte er in Sicherheit nach Hause zurück, die Zähne fletschend, mit verworrenem Schnurrbart, und ließ sein Fräulein unter der Faust des Schäfers vergehen, der seinen Hakenstock noch immer über ihr schwenkte.

»Lassen Sie das Fräulein los!« rief die erzürnte Stimme eines Mannes. Fritz Hahn sprang herzu, stieß den Arm des Schäfers zurück und fing Laura, der die Sinne schwanden, in seinen Armen auf.

Das Dazwischentreten eines Dritten zwang den Schäfer zu neuer Anklage, deren Schluß war, daß er wieder in auflodernder Hitze das Mädchen anfassen wollte und daß seine Hunde gegen den Doktor heranfuhren. Aber tief empört gebot Fritz: »Sie halten die Hunde zurück und benehmen sich manierlicher, oder ich veranlasse, daß Sie selbst bestraft werden. Hat ein fremdes Tier Ihrer Herde Schaden getan, so soll eine billige Entschädigung gezahlt werden, ich bin bereit, Ihnen oder dem Besitzer der Schafherde dafür zu bürgen.«

So rief er und hielt Laura fest im Arme, ihr Kopf lag auf seiner Schulter und das rote Tuch hing über seine Weste bis auf das Herz hinab. »Fassen Sie sich, liebes Fräulein«, bat er herzlich besorgt. Laura erhob ihr Haupt, blickte furchsam auf das Angesicht, welches sich von Menschenliebe und Mitgefühl gerötet über sie beugte und erkannte mit Schrecken ihre Lage. Furchtbares Schicksal! Wieder er, zum dritten Male er, der unvermeidliche Beschützer und Retter! Sie entwand sich ihm und sagte mit schwacher Stimme: »Ich danke Ihnen, Herr Doktor, ich vermag allein zu gehen.«

»Nein, ich verlasse Sie nicht so«, rief Fritz und verhandelte mit dem Schäfer, der unterdeß die beiden Opfer des mörderischen Hundes herzugeholt und als Beweise der verübten Missetat niedergelegt hatte. Fritz griff in seine Tasche, reichte dem Schäfer ein Aufgeld zu der gebotenen Entschädigung, nannte seinen Namen und besprach mit dem Manne, der nach Anblick des Geldes ruhiger wurde, eine Zusammenkunft.

»Bitte geben Sie mir den Arm«, wandte er sich ritterlich zu Laura.

»Ich kann das nicht annehmen«, erwiederte das betäubte Mädchen, der großen Feindschaft eingedenk.

»Es ist nur Menschenpflicht«, begütigte Fritz, »Sie sind zu angegriffen, um allein zu gehen.«

»Dann bitte ich Sie, mich zu meiner Frau Pate zu geleiten, es ist am nächsten dorthin.«

Fritz nahm ihr das Körbchen ab und las die herausgefallenen Früchte zusammen, darauf führte er sie dem Dorfe zu. »Vor dem Manne hätte ich mich nicht so sehr gefürchtet«, klagte Laura, »aber die schwarzen Tiere waren so furchtbar.« Dabei hielt sie ihren Arm schwebend in dem seinen, denn jetzt, wo der Schrecken verflog, fühlte sie das Peinliche ihrer Lage, ach, mit Gewissensbissen! Denn sie hatte erst heute früh die Reisetoilette des heimkehrenden Doktors unausstehlich gefunden. Nun war allerdings Fritz kein Mann, dessen Unausstehlichkeit lange vorhielt. Er war voll Zartgefühl und Sorge um sie, strebte ihr jede Unebenheit des Weges zu ersparen, streckte im Gehen seinen Fuß aus und stieß kleine Steine weg. Er begann ein gleichgültiges Gespräch über die Frau Pate, wobei sie erzählen mußte und auf andere Gedanken kommen konnte. Darüber ergab sich, daß er selbst die Pate recht hochschätzte, ja, sie hatte ihm einst, als er noch Schulknabe war, einen Kirschkuchen geschenkt und er dafür an ihrem Geburtstage ein Gedicht verfertigt. Über das Wort Gedicht erstaunte Laura. Also dort drüben konnte man das auch? Allein der Doktor sprach sehr rücksichtslos von den erhebenden Schöpfungen glücklicher Stunden. Und als sie ihn frug: »Sie haben auch gedichtet?« und er lachend erwiederte: »nur für's Haus, wie Jedermann«, da fühlte sie sich durch seine kalte Nichtachtung der Poesie recht gedrückt. Es war jedenfalls ein Unterschied zwischen Vers und Vers, bei Hahns taten sie das um Kirschkuchen. Aber gleich darauf tadelte sie sich wegen unziemlicher Gedanken gegen ihren Wohltäter. Und sie wandte sich freundlich zu ihm und sprach von ihrer Freude über das heutige Eichhorn im Walde. Denn sie hatte früher einmal ein solches Tier von einem Straßenjungen gekauft und ins Freie gesetzt, das Tierchen war zweimal vom Baume wieder auf ihre Schultern gesprungen, sie war endlich mit Tränen weggelaufen, damit das Kleine in seinem

Walde bleiben müsse. Und wenn sie jetzt ein Eichhorn sehe, sei ihr immer, als gehöre es ihr zu, und sie täuschte sich gewiß, aber die Eichhörner schienen ihr dieselbe Ansicht zu hegen. Diese Geschichte führte zu der merkwürdigen Entdeckung, daß der Doktor ganz ähnliche Erlebnisse mit einer kleinen Eule gehabt hatte, er machte der Eule nach, wie sie immer mit dem Kopfe nickte, wenn er ihr das Fressen brachte, und dabei sahen seine Brillengläser ganz wie Eulenaugen aus, und Laura konnte das Lachen nicht verbergen.

In diesem Gespräch kamen sie vor der Tür der Pate an, Fritz entließ Laura's Arm und wollte sich verabschieden, sie blieb an der Türschwelle stehen, die Hand am Griffe, und sagte verlegen: »Wollen Sie nicht wenigstens einen Augenblick hereinkommen, da Sie die Frau Pate kennen?« – »Mit Vergnügen«, erwiederte der Doktor.

Die Pate saß in ihrer Sommerwohnung, welche etwas kleiner, feuchter und ungemütlicher war als ihr Quartier in der Stadt. Als aber die Kinder der feindlichen Häuser miteinander eintraten, erst Laura, immer noch bleich und feierlich, und hinter ihr der Doktor, ebenfalls mit sehr ernsthaftem Gesicht, da erstaunte die gute Dame so, daß sie starr auf dem Sopha sitzen blieb und nur die Worte herausbrachte: »Was muß ich erblicken! Ist das möglich, ihr Kinder bei einander?« Dieser Ausruf löste den Zauber, welcher die jungen Seelen für einen Augenblick zusammenband. Laura ging erkältet auf die Pate zu und erzählte, daß der Herr Doktor zufällig bei ihrem Unfall herbeigekommen; der Doktor aber erklärte, daß er nur das Fräulein ihr sicher habe übergeben wollen; dann erkundigte er sich nach dem Befinden der Pate und nahm seinen Abschied.

Während die Pate stärkende Mittel herbeiholte und beschloß, daß Laura unter dem Schutze des Dienstmädchens auf einem anderen Wege heimkehren solle, ging der Doktor mit leichten Schritten nach dem Walde zurück. Seine Stimmung war gänzlich verwandelt, häufig flog ihm ein Lächeln über das Antlitz. Immer wieder mußte er daran zurückdenken, wie fest ihm das Mädchen in dem Arm lag. Er hatte ihre Brust an der seinen gefühlt, ihr Haar hatte seine Wange berührt und er hatte auf den weißen Nacken und die Büste herabgesehen. Der wackere Junge errötete bei dem Gedanken und beschleunigte seinen Marsch. Darin wenigstens hatte der Professor nicht Unrecht, ein Weib war immerhin noch etwas Anderes als die Summe der Gedanken, welche man über Menschenleben und Weltgeschichte aus ihr zu entwickeln vermochte.

Dem Doktor schien allerdings, als ob etwas sehr Anziehendes in wallenden Locken, roten Bäckchen und einem hübschen Halse liege. Er gab zu, daß diese Entdeckung nicht neu war, aber ihren Wert hatte er bis dahin noch nicht mit solcher Deutlichkeit gefühlt. Und es war so rührend gewesen, wie sie aus der Betäubung zu sich kam, die Augen aufschlug und sich schamhaft aus seinen Armen löste. Auch daß er sie trotzig verteidigt hatte, erfüllte ihn jetzt mit heiterem Stolze, er blieb auf dem Schlachtfelde stehen und lachte recht herzlich vor sich hin. Dann ging er in demselben Wege, den Laura aus dem Walde gekommen war, er sah auf den Boden, als wenn er die Spuren ihrer kleinen Füße auf dem Kies zu erkennen vermöchte und er fühlte Glanz und Wärme der Luft, den Lockruf der Vögel, das Flattern der Libellen mit ebenso beflügeltem Mut wie kurz vorher seine hübsche Nachbarin. Dabei summte ihm die Erinnerung an den Freund durch den Kopf, behaglich dachte er auch an die Regungen dieses Gemütes und an die Erschütterungen, welche Thusnelda darin hervorgebracht. Es hatte dem Professor närrisch gestanden, sein Freund war in dem Pathos der aufgehenden Leidenschaft sehr komisch gewesen. Solch schwerflüssiges ernsthaftes Wesen stach seltsam ab gegen die neckischen Angriffe, welche der Zufall auf das Leben der Erdgeborenen macht. Und als auf dem letzten Busch eine von den kleinen Heuschrecken rasselte, deren Geschwirr er in sorgenvoller Zeit oft gehört hatte, sagte er lustig vor sich hin: »auch die muß noch dabei sein, erst die Schafe, dann die Grillen.« Und er begann halblaut ein gewisses altes Lied, worin die Grillen aufgefordert wurden, dahinzufahren und sein Gemüt nicht weiter zu belästigen. So kam er von seinem Spaziergange in recht leichter, weltmännischer Stimmung nach Hause.

»Heinrich«, begann Frau Hummel am Nachmittage feierlich zu ihrem Gatten, »mache dich gefaßt auf eine fatale Geschichte, ich beschwöre dich, bleibe ruhig und vermeide eine Scene, mühe dich, deinen Widerwillen zu bezähmen, und vor allem, achte auch unsere Gefühle.« Und sie erzählte ihm das Unglück.

»Was den Hund betrifft«, versetzte Hummel nachdrücklich, »so ist durchaus noch nicht bewiesen, daß es unser Hund war. Das Zeugnis des Schäfers genügt mir nicht, ich kenne dieses Subjekt, ich verlange einen unbescholtenen Zeugen. Es laufen jetzt so viele fremde Hunde um die Stadt, daß die allgemeine Sicherheit darunter leidet, und ich habe schon oft gesagt, es ist eine Schande für unsere Polizei. Sollte es aber doch unser Hund gewesen sein, so kann ich kein besonderes Unrecht darin finden. Wenn das Schaf ihm ein Bein hinstreckt und er ein wenig daran zwickt, so ist das seine Sache und gar nichts dagegen zu sagen. Was ferner den Schäfer betrifft, ich kenne seinen Herrn, so ist das meine Sache. Was endlich den jungen Mann da drüben betrifft, so ist das eure Sache. Ich habe nicht den Willen, das Unrecht seiner Eltern an ihm heimzusuchen, aber ich will mit den Leuten nichts zu tun haben.«

»Ich mache dich aufmerksam, Hummel«, warf die Gattin ein, »daß der Doktor dem Schäfer bereits Geld gegeben hat.«

»Geld für mein Kind, das leide ich nicht«, rief Hummel, »wieviel war's?«

»Aber Vater –«, bat Laura. – »Wie kannst du verlangen«, rief Frau Hummel vorwurfsvoll, »daß deine Tochter in Todesgefahr die Groschen zählt, welche ihr Retter auslegt.«

»So seid ihr Weiber«, grollte der Hausherr, »für Geschäfte fehlt der Sinn. Konntest du ihn nicht nachträglich fragen? Den Schäfer nehme ich auf mich, der Doktor kümmert mich nicht. Nur das sage ich euch, die Sache wird kurz abgemacht, und im übrigen bleibt's bei unserm Verhältnis zu diesem Hause. Ich fordere mir glattes Geschäft, und ich will diese Hähne nicht grüßen.«

Nach diesem Entscheid überließ er die Frauenstube ihren Gefühlen. »Der Vater hat Recht«, begann Frau Hummel, »daß er uns die Hauptsache anvertraut. Seinem strengen Sinne würde der Dank zu schwer ankommen.«

»Mutter«, bat Laura, »du bist geschickt in Artigkeiten, könntest du nicht hinübergehen?«

»Mein Kind«, erwiederte Frau Hummel sich räuspernd, »das ist nicht leicht. Dieser unglückliche Vorfall mit den Hunden hat uns Frauen zu sehr auseinandergebracht. Nein, da du die Hauptperson bei dem heutigen Vorfalle bist, mußt du selbst hinübergehen.«

»Ich kann doch nicht den Doktor besuchen«, rief Laura erschrocken.

»Das ist gar nicht nötig«, begütigte Frau Hummel. »Den einzigen Vorteil hat diese Nachbarschaft, daß wir von unserem Fenster sehen, wenn die Männer ausgehen. Dann springst du zu der Mutter hinüber und richtest an sie noch einmal deinen Dank für den Sohn. Du bist mein kluges Kind und wirst dir zu helfen wissen.«

Darauf saß Laura am Fenster, ohne Freude sah sie sich zur Wächterin der Nachbarn gesetzt, und recht widerwärtig erschien ihr das Auflauern. Endlich trat der Doktor auf die Türschwelle. Sein Aussehen war wie gewöhnlich, gar nichts Ritterliches darin zu erkennen, die Gestalt war zart und der Wuchs regelmäßig, Laura liebte das Hohe; er hatte geistvolle Züge, aber sie wurden versteckt durch die große Brille, welche ihm einen recht pedantischen Ausdruck gab; wenn er einmal lachte, wurde sein Gesicht recht hübsch, aber sein gewöhnlicher Ernst kleidete ihn gar nicht. Fritz verschwand um die Ecke, und Laura setzte mit schwerem Herzen ihr Hütchen auf und ging in das feindliche Haus, dessen Räume sie noch niemals betreten hatte. Dorchen, die nicht im Geheimnis war, blickte den Besuch erstaunt an, brachte ihn aber scharfsinnig mit der Rückkehr des Doktors in Verbindung und verkündete aus freien Stücken, von den Herren sei Niemand zu Hause, Frau Hahn aber im Garten.

Frau Hahn saß im chinesischen Tempel. Verlegen standen die beiden Frauen einander gegenüber, beide dachten zugleich an ihr letztes Gespräch, und beiden war die Erinnerung peinlich. Aber bei Frau Hahn überwog sogleich der menschliche Schauder vor der Gefahr, welche Laura umzingelt hatte. »Ach, Sie armes Fräulein«, begann sie. Und während sie von Mitleid aufwallte, fühlte sie, daß der chinesische Bau für diesen Besuch kein geeigneter Ort sei, sie steuerte zartfühlend davon ab und lud auf die kleine Bank vor der weißen Muse. Das war der glücklichste Platz des Hauses, hier lachte der Orangenbaum seine Käuferin an, und Laura vermochte sich in dankbare Stimmung zu versetzen. Sie sagte der Nachbarin, wie sehr sich sie dem Herrn Doktor verpflichtet fühle, und daß sie die Mutter bitte, dem Sohne dies zu sagen, weil sie selbst in der Verwirrung diese Pflicht nicht gebührend erfüllt habe. Dazu fügte sie das Geschäftliche wegen des bösen Schäfers. Der Dank vergnügte die gute Frau Hahn, und mütterlich bat sie Laura, ihren Hut ein wenig abzunehmen, weil es im Garten noch warm sei. Laura aber nahm den Hut nicht ab. Sie sprach schickliche Freude aus, wie hübsch der Garten blühe, und hörte mit Befriedigung, daß das Prachtstück im Topfe dem Herrn Hahn von einem Unbekannten geschenkt sei, auch die Früchte seien süß, denn Herr Hahn habe die Rückkehr seines Sohnes durch ein künstliches Getränk gefeiert und dazu die erste Frucht des kleinen Baumes genommen.

Es war bei alledem ein diplomatischer Besuch, er wurde nicht über die notwendige Zeit ausgedehnt, und Laura war froh, als sie beim Abschied Empfehlung und Dank an den Herrn Doktor wiederholt hatte.

Auch in den stillen Aufzeichnungen Laura's wurde die Begebenheit des Tages sehr kurz abgefertigt. Sogar eine angefangene Betrachtung über das Glück einsamer Waldbewohner blieb unvollendet. Wie, Laura? Du schreibst ja Alles nieder; wenn ein Holzwurm tickt, oder ein Sperling in dein Fenster schreit, hüpfen dir einige Versfüße auf. Hier wäre ein Erlebnis, gewaltig für dein junges Leben: Gefahr, Bewußtlosigkeit, Arme eines Fremden, der trotz seinem gelehrten Aussehen doch ein hübscher Knabe ist. Jetzt wäre Zeit zu schildern und zu schwärmen. Eigensinniges Kind, warum liegt das Abenteuer als totes Gestein in der phantastischen Landschaft, welche dich umgibt? Geht dir's wie dem Reisenden, der müde auf die Alpengegend zu seinen Füßen blickt und sich wundert, daß die fremdartige Natur ihn so wenig ergreift, bis allmählich, vielleicht nach Jahren, die Bilder ihn im Traum und Wachen verfolgen und von neuem in die Berge ziehen? Oder hat die Nähe des argen Wichtes, der die Missetat verübt, auch dir die freien Schwingen gelähmt?

Da liegt er vor deiner Türschwelle, rot und ruppig, und leckt seinen Schnurrbart!

12. Der Abschied vom Gute.

Der Herbst war gekommen, auf den Hügeln des Gutes trugen die Bäume ihr buntes Trauerkleid; zwischen den Stoppeln hing weißes Gespinst und die Tautropfen lagen darauf, bis der Wind das Gewebe zerriß und aus Flur und Tal entführte in die blaue Ferne. Auf dem Gute aber gingen Hand in Hand zwei Glückliche. In diesem Jahr war der Blätterfall dem Professor gar nicht empfindlich, denn in seinem eigenen Leben hatte ein neuer Frühling begonnen, und die Seligkeit dieser Tage war auf sein Antlitz in einer Schrift geschrieben, da auch der Ungelehrteste zu lesen vermochte.

Ilse war Braut. Demütig trug sie die unsichtbare Krone, welche nach der Meinung des Hauses und der Nachbarschaft jetzt auf ihrem Haupte saß. Immer noch hatte sie Stunden, wo sie an das Glück kaum glauben konnte. Wenn sie sich früh vom Lager erhob und das Schleifen der ausziehenden Pflüge hörte, oder wenn sie im Keller stand und die Milcheimer klapperten, war ihr die Zukunft wie ein Traum. Aber am Abend, wenn sie neben dem geliebten Mann in der Laube saß, seinen Worten lauschte und die Rede über Großes und Kleines dahinflog, dann faßte sie ihn leise am Arm und versicherte sich, daß er ihr gehörte, und daß sie selbst fortan in der Welt leben sollte, in welcher sein Geist heimisch war.

Noch vor dem Winter, ehe die Vorlesungen der Universität begannen, sollte die Hochzeit sein. Denn der Professor hatte flehentlich gegen langen Brautstand Verwahrung eingelegt, und der Landwirt gab ihm Recht. »Gern hätte ich Ilse über den Winter behalten, denn Clara muß einen Teil ihrer Arbeit übernehmen, und dem Kinde wäre die Anweisung der Schwester sehr nötig. Aber für euch ist es anders besser. Sie, mein Sohn, haben sich meine Tochter nach kurzer Bekanntschaft gefordert, je eher sich Ilse an Ihr Stadtleben gewöhnt, desto besser wird es für Sie beide sein; und ich meine, im Winter wird ihr das leichter werden.«

Es war eine Zeit seliger Unruhe, und es war gut, daß die verständige Sorge um den neuen Haushalt die hohe Empfindung der Verlobten ein wenig zu irdischen Dingen hinabzwang.

Der Professor reiste noch einmal nach der Universitätsstadt. Sein erster Gang war zum Freund. »Wünsche mir Glück«, rief er, »vertraue ihr und mir.« Der Doktor fiel ihm um den Hals und ging ihm in den Tagen seines Aufenthalt nicht von der Seite, er begleitete ihn bei allen Einkäufen und überlegte mit ihm die Einteilung der Zimmer. Gabriel, dem der Besuch des Landwirts ein Vorgefühl kommender Ereignisse gegeben hatte, und dem um die eigene Unentbehrlichkeit bange geworden war, fühlte sich stolz, weil der Professor ihm sagte: »Wir bleiben die Alten, tun Sie, was in Ihren Kräften steht, sich meiner Frau nützlich zu machen.« Dann kam Herr Hummel, stattete im Namen der Familie seinen Glückwunsch ab und erbot sich aus freien Stücken, noch zwei Zimmer seines Hauses, die er entbehren konnte, dem Professor zu überlassen. Aber unruhiger als alle Andern erwartete Laura die neue Hausgenossin. Und sie brach in die schriftlichen Worte aus: »Wie wird sie sein, erhaben oder niedlich? voll strenger Würde oder lachend friedlich? mir pocht das Herz, und die Gedanken fliegen! wird liebevolles Ahnen mich betrügen?« Und als der Professor sie und ihre Mutter bat, seiner künftigen Frau entgegenzukommen und bei der Einrichtung zu helfen, und als er gegen Laura hinzusetzte, er hoffe auf ein gutes Verhältnis zwischen ihr und seiner Braut, da ahnte er gar nicht, wieviel Glück er in ein junges Herz senkte, welches das unruhige Bedürfnis hatte, sich hingebend anzuschließen. Die unsichern Angaben, welche er über das Wesen seiner Verlobten machte, hüllten die Gestalt immer noch in Nebel, aber sie wurden doch für Laura ein Rahmen, in welchen sie täglich neue Gesichter und Stellungen hineinzeichnete.

Unterdeß saßen in den Nebenräumen des alten Hauses die Frauen emsig um Truhen und Leinwand beschäftigt. Clara war durch den Brautstand der Schwester auf einmal zum erwachsenen Mädchen geworden, sie half und gab guten Rat und erwies sich in Allem brauchbar und verständig. Und Ilse rühmte das am Abend gegen den Vater und darauf schlang sie die Arme um seinen Hals und brach in heiße Tränen aus. Dem Vater zuckte der Mund, er antwortete nicht, aber er hielte die Tochter mit beiden Händen fest an seinem Herzen. Auch für diese Trennung traf es sich günstig, daß die letzten Wochen vor dem Abschied übervoll von Arbeit und Zerstreuung waren. In der Wirtschaft gab es noch viel zu schaffen, und der Vater erließ den Verlobten keinen Besuch bei seinen Bekannten in der Nachbarschaft.

Zu den nächsten gehörte die Familie Rollmaus. Ilse hatte ihre Verlobung der Frau Oberamtmann in besonderm Briefe angezeigt. Darüber war große Erregung entstanden. Die Frau Oberamtmann triumphierte. Rollmaus aber ließ sich sofort das Pferd satteln und kam nach Bielstein geritten, jedoch nicht vor das Haus, er frug am Hoftor nach dem Gutsherrn und ritt zu diesem auf das Feld. Dort nahm er den Landwirt bei Seite und begann seinen Glückwunsch mit der kurzen Frage: »Was hat er?« Diese Frage konnte durch Zahlen beantwortet werden, und die Antwort beruhigte ihn einigermaßen. Denn er wandte sein Pferd kurz um, trabte vor das Haus und brachte der Braut und dem Professor, den er jetzt als ebenbürtig ansah, seinen Glückwunsch dar. Und diesmal wiederholte er dringend seine Einladung. Nach der Rückkehr sagte er seiner Frau: »Ich hätte der Ilse eine bessere Partie gewünscht, indeß der Mann ist nicht ganz übel, freilich auf einem großen Gute müßte er sich mühsam durchschlagen.«

»Rollmaus«, erwiederte die Frau, »ich hoffe, du wirst dich bei dieser Gelegenheit decent beweisen.«

»Wie so?« frug der Oberamtmann.

»Du mußt beim Essen die Gesundheit des Brautpaars ausbringen.«

Der Gatte brummte. »Jedoch ohne unnützes Zeug, wie Redensarten und Steckenbleiben. Ich kenne das, darauf lasse ich mich nicht ein.«

»Die Redensarten müssen die Voraussetzung sein«, rief die Oberamtmann. »Und wenn du nicht willst, so werde ich selbst besorgen, was vorgesetzt werden muß, und du sprichst die Gesundheit.«

Das Haus Rollmaus hatte für den Brautbesuch sein feinstes Tischzeug aufgedeckt, und die Frau Oberamtmann erwies nicht nur ein gutes Herz, auch gute Küche. Sie schlug beim Braten an das Glas und begann aufgeregt: »Liebe Ilse, da Rollmaus in seiner Gesundheit das Kurze und Drakonische äußern wird, so will ich nur vorher erwähnen, daß wir Ihnen aus einem ehrlichen Herzen Glück wünschen als alte Freunde Ihrer Eltern, und da wir immer gute Nachbarschaft miteinander gehalten haben, in allem Unglück, und wenn ein angenehmer Zuwachs zur Familie kam, und ebenso durch Aushilfe in der Wirtschaft. Es ist uns sehr wehmütig, daß Sie aus dieser Gegend ziehen, obgleich wir uns freuen, daß Sie in eine Stadt kommen, wo man das Geistige zu schätzen weiß, und was ein höheres Streben genannt wird. Ich will nicht voluminös werden, weshalb wir Sie beide bitten, auch in treuer Freundschaft an uns zu denken.« Sie fuhr mit dem Tuche nach den Augen und Rollmaus faßte die Familiengefühle kräftig in den vier Worten zusammen: »Das Brautpaar soll leben.« Beim Abschied weinte die Frau Oberamtmann ein wenig und bat den Hausherrn zu erlauben, daß sie doch zur Trauung kommen dürfe, wenn auch die Hochzeit ohne Gäste sei.

Und noch eine Störung brach herein. Der Landwirt hatte um die Ehre gebeten und sie war ihm gewährt: auf dem Wege zum Jagdschloß wollte der Fürst anhalten und im alten Hause das Frühstück einnehmen.

»Es ist gut, Ilse, daß du noch bei uns bist«, sagte der Landwirt.

»Aber man weiß ja gar nicht, wie so ein Herr das gewöhnt ist«, wandte Ilse zwischen Freude und Sorge ein.

»Er bringt doch einen seiner Köche mit, der in der Oberförsterei das Jagdessen zurichtet, der mag helfen; sorge nur dafür, daß er etwas in der Küche findet.«

Am Tage der emsigen Vorbereitung saßen die Kinder, die Mamsell und Arbeiterinnen zwischen Hügeln von Waldzweigen und Herbstblumen und wanden Kränze und Festgehänge. »Verschont nichts«, befahl Ilse dem alten Gärtner, »er ist unser lieber Landesvater, wir Kleinen bringen ihm unsere Blumen als Steuer dar.« Und Hans verfertigte mit Hilfe des Professors aus Georginen riesige Kokarden und Namenszüge.

Schon am Abend vor der Jagd hielten der Fourier und der Mundkoch ihren Einzug. Der Fourier bat, die Tafel im Garten zu decken, dem Fürsten folge die nötige Dienerschaft, bei der übrigen Aufwartung könnten die schmucken Hausmädchen helfen, dem Herrn sei das Ländliche gerade recht. Am Morgen der Jagd ritt der Landwirt in seinem besten Staat nach Rossau hinab, den Fürsten zu empfangen; die Kinder drängten sich um die Fenster der obern Stuben und spähten wie Wegelagerer nach der Landstraße. Kurz vor Mittag kamen die Wagen den Berg herauf und fuhren an der alten Haustür vor, der Landwirt und der Oberförster, welche zu beiden Seiten des fürstlichen Wagens ritten, sprangen von den Pferden. Der Fürst stieg mit seinen Begleitern aus und betrat grüßend die Schwelle. Ein Herr in höherem Mannesalter von mäßiger Größe, einem schmalen feinen Gesicht, dem man noch glaubte, daß er in seiner Jugend den Ruf eines schönen Mannes gehabt hatte, mit zwei klugen Augen, deren Umgebung nur durch zu viele kleine Falten verknittert war. Ilse trat in den Hausflur, der Landwirt stellte in seiner einfachen Weise die Tochter vor, der Herr begrüßte Ilse huldreich mit einigen Worten und gönnte dem Professor, der ihm als Bräutigam der Tochter genannt wurde, einen Blick und eine Frage, worauf der Professor vom Oberjägermeister aufgefordert wurde, am Frühstück Teil zu nehmen. Dann schritt der Fürst sogleich in den Garten, rühmte das Haus und die Landschaft und erinnerte sich, daß er zum ersten Mal als vierzehnjähriger Knabe mit seinem Vater diese Gegend besucht habe.

Das Frühstück verlief auf's Beste, der Fürst tat dem Landwirt wohltuende Fragen, welche sein Interesse an den Zuständen der Landschaft erwiesen. Als er sich vom Tisch erhoben hatte, trat er an den Professor und frug nach Einzelheiten der Universität, er kannte den Namen des einen und anderen Collegen. Durch die sichern Antworten und die gute Haltung des Gelehrten wurde er veranlaßt, das Gespräch zu verlängern. Er erzählte, daß er selbst ein wenig Sammler sei, antike Münzen und Gräberfunde aus Italien mitgebracht habe, und daß ihm die Vermehrung seiner Sammlungen viele Freude gemacht. Und ihm war angenehm, daß der Professor bereits von einigem Bedeutenden darin wußte.

Als nun der Fürst mit einer Wendung zum Schlusse den Gelehrten frug, ob er in dieser Gegend heimisch sei, und Felix antwortete, daß ein Zufall ihn hierher geführt, da flog dem Gelehrten plötzlich der Gedanke durch das Haupt, daß hier eine Gelegenheit sei, die wohl so nicht wiederkehren werde, die höchste Gewalt des Landes mit dem Schicksale der verlorenen Handschrift bekannt zu machen, vielleicht Förderung für weitere Nachforschungen in der Residenz zu gewinnen. Er begann seinen Bericht. Der Fürst hörte mit sichtlicher Spannung zu, führte ihn während angelegener Querfragen weiter von der Gesellschaft ab und war so ganz bei der Sache, daß er darüber, wie es schien, die Jagd vergaß. Der Oberjägermeister wenigstens sah oft nach der Uhr und sagte dem Gutsherrn Verbindliches über das Interesse, welches der Herr an seinem

Schwiegersohn nehme. Endlich schloß der Fürst die Unterhaltung: »Ich danke Ihnen für Ihre Mitteilung, ich würdige das Vertrauen, welches Sie mir damit erweisen, kann ich Ihnen darin selbst nützlich sein, so wenden Sie sich direkt an mich, führt Sie der Weg einmal in meine Nähe, so lassen Sie mich das wissen, ich werde mich freuen, Sie wieder zu sehen.«

Als der Fürst durch den Hausflur nach dem Wagen schritt, blieb er einen Augenblick stehen und sah sich um, der Oberjägermeister gab dem Landwirt schnell einen Wink, Ilse wurde gerufen und verneigte sich wieder und der Fürst dankte ihr in Kürze für die gastliche Aufnahme. Ehe die Wagen zwischen den Hofgebäuden verschwanden, sah der Fürst sich noch einmal nach dem Hause um. Auch diese Artigkeit fiel auf fruchtbaren Boden. »Ganz umgedreht hat er sich und ganz eigen darauf gesehen«, erzählte die Taglöhnerfrau, die sich mit Arbeitern bei dem Laubgewinde an der Scheuer aufgepflanzt hatte. Alles war zufrieden und freute sich der Huld, welche mit gutem Anstand erwiesen und empfangen war. Ilse rühmte die Leute des Fürsten, die ihr Alles so bequem gemacht, dem Professor hatten die gescheidten Fragen des Herrn sehr wohl gefallen, und als der Landwirt am späten Abend zurückkehrte, erzählte auch er, wie gut die Jagd verlaufen, und daß der Fürst ihm noch Freundliches gesagt und vor allen Leuten zu seinem Schwiegersohn Glück gewünscht habe.

Der letzte Tag kam, den die Jungfrau im Hause des Vaters verlebte. Sie ging mit Schwester Clara hinab in das Dorf, sie stand am Fenster des armen Lazarus, sie kehrte in jedem Hause ein und übergab die Armen und Kranken der Schwester. Dann saß sie lange bei dem Herrn Pfarrer in der Studierstube, der alte Mann hielt sein liebes Kind an den Händen fest und wollte sie nicht fortlassen. Bei der Trennung schenkte er ihr die alte Bibel, in welcher seine Frau gelesen hatte. »Ich wollte sie mit mir nehmen in die letzte Behausung«, sagte er, »aber sie ist besser aufgehoben in Ihren Händen.« Als Ilse zurückkam, setzte sie sich in ihrer Stube nieder, und die Mägde und Arbeiterinnen des Gutes traten eine nach der andern ein, von jeder nahm sie unter vier Augen Abschied, sie sprach noch einmal über das, was jeder auf dem Herzen lag, gab Trost und guten Rat, ein kleines Andenken aus ihrer Habe und zuletzt einen guten Spruch, wie er auf das Leben paßte. Am Abend saß sie zwischen dem Vater und dem geliebten Mann, der Lehrer hatte den Kindern einige Verse eingelernt, Clara brachte den Brautkranz und der kleine Bruder erschien als Genius, aber als der Genius seinen Spruch sagen sollte, fing er an zu schluchzen, verbarg seinen Kopf in Ilse's Schoß und war gar nicht wieder zu beruhigen.

Zur Gutenachtzeit, als sich Alles entfernt hatte, saß Ilse noch einmal auf ihrem Stuhl in der Wohnstube, und als der Vater aufbrach, reichte sie ihm den Leuchter. Der Vater setzte ihn wieder hin und ging auf und ab, ohne zu sprechen. Endlich begann er: »Deine Stube bleibt für dich unverändert, und wenn du zu uns zurückkehrst, sollst du Alles so finden, wie du es verlassen. Dem Gute bist du nicht zu ersetzen, nicht den Geschwistern, auch nicht deinem Vater. Ich gebe dich hin mit Schmerzen in ein Leben, das uns beiden unbekannt ist. Gute Nacht, mein braves Kind, des Himmels Segen über dich. Gott behüte dir dein ehrliches Herz. Sei tapfer, Ilse, das Leben ist schwer.« Er zog sie an sich und sie weinte still an seinem Herzen.

Die Morgensonne des nächsten Tages schien durch die Fenster der alten Holzkirche auf die Stätte vor dem Altar. Wieder umsäumte sie Ilse's Haupt wie mit überirdischem Glanz und verklärte das glückliche Antlitz des Mannes, in dessen Hand der alte Pfarrer die Hand seines Lieblings legte. Die Kinder des Hauses und die Arbeiterinnen des Gutes streuten Blumen. Über den letzten Schmuck des Gartens schritt Ilse mit Kranz und Schleier, das Auge zur Höhe gerichtet. Aus den Armen des Vaters und der Geschwister, unter den lauten Segenswünschen der Frau Oberamtmann und dem leisen Gebet des alten Pfarrers hob der Gatte sie in den Wagen. Noch ein Hoch der Gutsleute, noch ein Blick nach dem Vaterhause, und Ilse faßte die Hand des Gatten und hielt sich an ihm fest.

Zweites Buch

1. Die ersten Grüsse der Stadt.

Im Stadtwald fiel das Laub vor die Füße der Spaziergänger. Ilse stand am Fenster und dachte an die Heimat. Die Kränze über der Tür waren verwelkt, Linnen und Kleider lagen eingestaut in den Schränken, das eigene Leben rann so still, und draußen das fremde rauschte so überlaut. Im Nebenzimmer saß der Gatte über seiner Arbeit; nur das Knittern der Blätter, welche er umschlug, drang durch die Tür und dazwischen aus der nahen Küche ein Klappern der Teller. Sehr schön war die Wohnung, aber enge eingehegt, zur Seite die schmale Straße; dahinter das Nachbarhaus mit vielen neugierigen Fenstern; auch nach dem Walde der Horizont verbaut durch graue Stämme und ragende Äste. Und aus der Ferne tönte vom Morgen bis zum Abend das Summen, Rasseln und Rufen der tätigen Stadt in das Ohr, von der Höhe die Klänge eines Flügels, vom Bürgersteig ohne Aufhören die Tritte der Vorübergehenden, Wagen rollten heran, laute Stimmen zankten. Und wie lange man aus dem Fenster schaute, immer neue Menschen und unbekannte Gesichter, viele schöne Herrschaften und wieder sehr ärmliche Leute. Ilse dachte bei jedem Vorübergehenden, der einen modischen Rock trug, wie vornehm er sein müsse, und bei jedem dürftigen Anzug, wie hart den Armen hier das Leben drücke. Alle aber waren ihr fremd, die sie reden hörte, auch die nahe bei ihr wohnten und von allen Ecken auf ihr eigenes Treiben sehen konnten, hatten wenig mit ihr zu schaffen, und wenn sie nach Einzelnen frug, wußten ihre Hausgenossen nur spärliche Nachricht zu geben. Alles fremd und kalt und in endlosem Getümmel! Ilse stand in ihrer Wohnung wie auf einem winzigen Eiland in sturmbewegtem Meere und ihr wurde bange vor dem fremden Leben.

Aber die Stadt, wie riesenhaft und toblustig sie sich gegen Ilse geberdete, war im Grunde ein freundliches Ungetüm, ja sie hegte vielleicht vor andern eine stille Neigung zu poetischen Gefühlen und zu heimlicher Artigkeit. Zwar hatte ein gestrenger Stadtrat den Brauch aufgegeben, ansehnlichen Fremden den Willkommen mit Wein und Fischen zu überreichen, aber er sandte doch den ersten Morgengruß durch seine geflügelten Schützlinge, über welche sich schon Ilse's Vater gefreut hatte. Die Tauben flogen um Ilse's Fenster, saßen gedrängt vor den Scheiben und pickten an das Holz, bis Ilse ihnen Futter hinausstreute. Und Gabriel, der das Frühstück abräumte, konnte nicht umhin, sich selbst zu loben: »Ich habe sie seit einigen Wochen an diesem Fenster gefüttert, weil ich mir dachte, daß sie Ihnen recht sein würden.« Und als Ilse ihn dankbar ansah, gestand er offenherzig: »Denn ich bin auch vom Dorfe, und weil ich zuerst in die Kaserne kam, habe ich auch mein erstes Commisbrot mit einem fremden Pudel aufgegessen.«

Aber die Stadt sorgte noch durch andere Vögel dafür, daß die Frau vom Lande heimisch wurde. Gleich am ersten Tage, wo Ilse allein ausging – es war ein schwerer Gang, denn sie konnte sich mit Mühe enthalten, vor den Schaufenstern stehen zu bleiben, und sie errötete, sooft die

Leute dreist in ihr Gesicht sahen –, gleich damals hatte sie vor einer Conditorei arme Kinder getroffen, welche begehrlich durch die Fensterscheiben auf das Backwerk starrten; die sehnsuchtsvollen Blicke hatten sie gerührt, sie war hineingetreten und hatte Kuchen unter sie verteilt. Seitdem machte sich's, daß jeden Mittag leise an Ilse's Klingel gezogen wurde und kleine Jungen mit zerrissenen Höschen leere Töpfe darboten und gefüllte heimtrugen, zum Ärger des Herrn Hummel, der ein solches Anlocken von Spitzbuben nicht loben konnte.

Als Ilse am Abend ihrer Ankunft von dem Gatten in ihr Zimmer geführt wurde, fand sie über den Tisch eine schöne Decke gebreitet, ein Meisterstück sorgfältiger Frauenarbeit, daran einen Zettel mit dem Wort: »Willkommen«. Gabriel bekannte, daß Fräulein Laura dies Geschenk aufgelegt habe. Deshalb wurde am nächsten Morgen der erste Besuch im Unterstock gemacht. Als Ilse in das Wohnzimmer der Familie Hummel trat, sprang Laura errötend auf und stand verlegen der Frau Professorin gegenüber; ihre ganze Seele flog der Fremden entgegen, aber Ilse's Wesen flößte ihr Scheu ein. Ach, die Ersehnte war allerdings erhaben und würdevoll, weit mehr als Laura gedacht hatte, Laura kam sich auf der Stelle sehr klein und unreif vor, sie empfing schüchtern den Dank und zog sich einige Schritte zurück, der Mutter die Pflicht der Worte überlassend. Aber sie wurde nicht müde, die schöne Frau anzusehen und ihre Gestalt in Gedanken mit dem edelsten Costüm der tragischen Bühne zu schmücken.

Laura erklärte der Mutter, daß sie den Gegenbesuch allein machen wolle, und schlüpfte am nächsten schicklichen Tage in der Dämmerung hinauf, mit pochendem Herzen, aber entschlossen, eine gute Unterhaltung zu suchen. Doch da wollte der Zufall, daß gleich nach ihr der Doktor als Störenfried eintrat, und es gab nichts als ein zerpflücktes Gespräch und verblichene Redensarten, durch welche gar nichts erreicht wurde. Und sie empfahl sich wieder, böse auf den Doktor und unzufrieden mit sich selbst, weil sie nichts Besseres zu sagen gewußt.

Seit diesen Tagen war die Hausgenossin für Laura ein Gegenstand stiller unablässiger Verehrung. Sie setzte sich nach Tische an das Fenster und wartete auf die Stunde, in welcher Ilse am Arm des Gatten auszugehen pflegte. Dann lauschte sie hinter der Gardine hervor und sah ihr bewundernd nach. Sie huschte oft über den Hausflur und um die Entreetür der Mieter, aber wenn Ilse einmal von weitem sichtbar wurde, verbarg sie sich, oder wenn sie mit ihr zusammentraf, verneigte sie sich tief und wußte in der Schnelle nur Gewöhnliches zu reden. Sie war sehr bekümmert, ob ihr Clavierspiel nicht stören würde und ließ hinauffragen, in welchen Stunden sie am wenigsten damit lästig sei; und als er, der rote Kobold ohne Namen, einst gegen Ilse geknurrt und ihr tückisch in das Kleid gebissen hatte, geriet sie in solchen Zorn, daß sie ihren Sonnenschirm holte und das Scheusal damit bis unter die Treppe verfolgte.

Unter dem Namen der Mutter – denn für sich selbst wagte sie es nicht – begann sie einen Feldzug von kleinen Aufmerksamkeiten gegen den Oberstock. Wenn Verkäufer gute Dinge für die Küche anboten, wurde Laura den Mittagsfreuden des Herrn Hummel verhängnisvoll, denn sie fing junge Gänse und fette Hühner vor der Küche ab und sandte sie regelmäßig nach der Höhe, bis das Dienstmädchen Susanne über das Vorkaufsrecht der Mieter in Erbitterung geriet und Frau Hummel zu Hilfe holte. Als durch eine Frage Gabriels offenbar wurde, daß sich die Frau Professorin nach einer bestimmten Art feiner Äpfel erkundigt hatte, eilte Laura auf den Markt, suchte so lange, bis sie ein Körbchen davon heimbrachte, und diesmal zwang sie sogar Herrn Hummel selbst, den Korb mit vielen Empfehlungen hinaufzusenden. Ilse freute sich des artigen Hauswirts, aber sie ahnte nicht den geheimen Quell.

»Vor einem Volk habe ich große Scheu«, sagte Ilse zu ihrem Gatten, »und das sind die Studenten. Ich war kaum flügge und zum Besuch bei unserer Tante, da sah ich eine ganze Gesellschaft zum Tore hereinziehen, mit großen Degen, mit Federhüten und sammtenen Röcken. Taten die wild! Ich durfte den Tag nicht auf die Straße gehen. Wenn ich jetzt als deine Frau mit den wilden Männern verkehren muß, ich fürchte mich nicht gerade, aber sie sind mir bangsam.«

»Nicht alle sind so arg«, tröstete der Professor, »du wirst sie bald gewöhnt werden.«

Trotzdem erwartete Ilse mit Spannung den ersten Studenten. Und es traf sich, daß an einem Morgen die Schelle gezogen wurde, als gerade der Professor auf der Bibliothek weilte, Gabriel und das Mädchen ausgeschickt waren. Ilse öffnete selbst die Tür. Betroffen prallte ein junger Mann zurück, der durch die bunte Mütze als Student deutlich wurde und außerdem eine schwarze Mappe unter dem Arme trug. Dieser sah freilich anders aus, ohne Straußenfeder und Degen, er war auch bleich und schmächtig; aber Ilse fühlte doch Respekt vor dem gelehrten jungen Herrn und fürchtete nebenbei, daß die Wildheit seines Standes plötzlich aus ihm hervorbrechen könnte. Indeß, sie war ein tapferes Mädchen gewesen und nahm den Besuch von der praktischen Seite: Das Unglück ist einmal da, jetzt gilt's artig sein. – »Sie wünschen meinen Mann zu sprechen, er ist im Augenblick nicht zu Hause, wollen Sie sich nicht gütigst hereinbemühen?«

Der Student, ein armer Philolog, welcher als Bewerber um ein kleines Stipendium anlief, geriet solchem majestätischen Willen gegenüber in starke Beklemmung. Er machte viele Verbeugungen, aber er wagte nicht zu widerstreben. Ilse führte ihn also in das Besuchzimmer, nötigte ihn, auf einem Lehnsessel niederzusitzen und frug, ob sie ihm mit irgend etwas dienen könne. Der arme Schelm wurde immer verlegener, und auch Ilse wurde durch seine Unruhe ein wenig angesteckt. Sie fing aber entschlossen eine Unterhaltung an und erkundigte sich, ob er aus dieser Stadt stamme. Dies war nicht der Fall. – Aus welcher Gegend er zugezogen, auch sie sei eine Fremde. – Da ergab sich, daß er aus ihrer Landschaft war, zwar nicht aus der Nähe ihrer Heimat, sondern, wie beide miteinander berechneten, etwa zehn Meilen ab aus anderer Ecke, indeß er hatte doch von klein auf dieselben Berge gesehen und kannte die Mundart ihres Landes und die Sprache seiner Vögel. Nun rückte sie ihm näher und machte ihn gesprächig, bis beide wie gute Gesellen miteinander plauderten. Endlich sagte Ilse: »Mein Mann kommt vielleicht nicht so bald, ich möchte ihn aber des Vergnügens nicht berauben, Sie zu sprechen, wie wäre es, Herr Landsmann, wenn Sie uns den nächsten Sonntag die Freude machten, unser Mittagsgast zu sein?« Überrascht und unter vielen Danksagungen erhob sich der Student und entfernte sich, von Ilse bis an die Tür begleitet. Er hatte aber, umstrickt durch das Abenteuer, seine Mappe vergessen, noch einmal tönte schüchtern die Schelle, er stand noch einmal verlegen an der Tür und bat mit vielen Entschuldigungen um seine Mappe.

Ilse freute sich der Begegnung und daß sie so gut die erste Schwierigkeit überwunden hatte. Froh rief sie ihrem Mann an der Tür zu: »Felix, der erste Student war hier.«

»So?« erwiederte der Gatte, durch die Nachricht keineswegs erschüttert, »wie hieß er?«

»Den Namen weiß ich nicht, er trug aber eine rote Mütze und sagte: er sei kein Fuchs. Ich habe mich nicht gefürchtet, ich habe ihn dir für Sonntag zum Essen gebeten.«

»Nun«, versetzte der Professor, »wenn du das bei Jedem tust, so wird unser Haus voll werden.«

»War's nicht recht?« frug Ilse bekümmert. »Ich sah wohl, daß es keiner von den großen war, aber ich wollte um deinetwillen doch lieber zu viel, als zu wenig tun.«

»Laß gut sein«, sagte der Professor, »es soll ihm nicht vergessen werden, daß er der erste war, der in dein liebes Angesicht schaute.«

Der Sonntag kam, und in der Mittagstunde unter vielen Verbeugungen der Studiosus. Obwohl er sonst Freitische in Familien als eine zwar wertvolle, aber lästige Einrichtung leidend ertrug, so hatte er doch diesmal in Weste und sogar in Handschuhen eine außerordentliche Anstrengung gemacht. Und Ilse erhielt durch die Haltung des Gatten gegen den Studenten sogleich eine ruhig mütterliche Würde. In solcher Stimmung legte sie ihm ein zweites Bratenstück auf den Teller und versah ihn mit gehäufter Zukost. Die wohlwollende Behandlung und einige Gläser Wein, deren letztes Ilse eingoß, stärkten dem Studenten das Herz und hoben ihn über die Erbärmlichkeiten des irdischen Daseins. Nach Tische besprach der Professor mit dem Doktor etwas Gelehrtes. Ilse aber setzte gütig die Unterhaltung mit dem jungen Herrn fort und kam, da dies am bequemsten war, auf seine Familienverhältnisse zu sprechen. Da wurde der Student warm und weich und begann Enthüllungen von sehr traurigem Inhalt. Natürlich zunächst, daß er kein Geld hatte, dann aber wagte er auch schmerzliche Offenbarungen über ein zartes Verhältnis zu der Tochter eines Juristen, mit welcher er in demselben Hause gewohnt und die er ein Jahr lang innig verehrt hatte, zuletzt mit Poesie. Endlich kam der Vater dahinter. Dieser verbot mit einer Tyrannei, wie sie geheimen Justizräten eigen ist, seiner Tochter die Annahme der Gedichte und bewirkte sogar die Entfernung des Studiosus aus dem Hause. Seitdem war das Innere des Studenten ein Abgrund von Verzweiflung; kein Gedicht – es waren Sonette – drang mehr bis zu der umschlossenen Geliebten. Ja, er hatte Grund, anzunehmen, daß auch sie ihn verachte. Denn sie besuchte Bälle, und er hatte sie erst den Abend vorher gesehen, wie sie mit Blumen im Haar aus dem Wagen des Vaters in ein hell erleuchtetes Haus getreten war. Traurig hatte er an der Haustür unter dem zuschauenden Volk gestanden, sie aber war rosig, lächelnd, strahlend bei ihm vorübergeglitten. Jetzt wandelte er mit seinem Abgrunde dahin, allein, ohne eine menschliche Seele, des Lebens müde und voll schwarzer Gedanken, über welche er sehr düstere Andeutungen machte. Zuletzt bat er Ilse um Erlaubnis, ihr diejenigen Gedichte, welche die Zustände seines Innern am deutlichsten ausdrückten, übersenden zu dürfen.

Natürlich gab das Ilse in warmem Mitleid zu.

Der Studiosus empfahl sich, und Ilse erhielt am nächsten Morgen durch Stadtpost ein ziemliches Päckchen mit einem ehrerbietigen Briefe, worin der Student sich entschuldigte, daß er nicht alle poetischen Aktenstücke, welche sein Unglück ins richtige Licht setzten, übersende, da er mit dem Abschreiben nicht fertig geworden sei. Beilage war ein Sonett an Ilse selbst, sehr hochachtungsvoll und zart, doch war daraus allerdings die stille Neigung des Studenten erkennbar, Ilse an Stelle seiner Ungetreuen zur Herrin seiner Träume zu machen.

Ilse trug verlegen diese Sendung auf den Arbeitstisch ihres Gatten. »Habe ich etwas versehen, Felix, so sag' mir's.« Der Professor lachte. »Ich schicke ihm selbst seine Gedichte zurück, das wird die Huldigung wohl bändigen; du weißt jetzt, daß es nicht ohne Gefahr ist, das Vertrauen eines Studenten zu gewinnen. Die Gedichte sind übrigens schlechter als nötig wäre.«

»Das war also eine Lehre«, sagte Ilse, »die ich mir geholt. In Zukunft wollen wir vorsichtiger sein.«

Aber so schnell wurde sie die Erinnerung an den Studenten nicht los.

Jeden Nachmittag, wenn das Wetter nicht gar unfreundlich war, ging zu derselben Stunde Ilse am Arm des Gatten in den Stadtwald. Die Glücklichen suchten einsame Nebenpfade, wo das Astgeflecht dichter ragte und das Grün des Grundes fröhlich gegen die gelben Blätter abstach. Dann dachte Ilse an die Bäume des Gutes, und da machte sich's, daß die Gatten immer wieder vom Vater und von den Geschwistern sprachen und von den ersten Nachrichten, die sie aus der Heimat bekommen. An dem Wiesengrund, welcher sich von den letzten Gebäuden in den Wald zog, stand unter dichtem Gebüsch eine Bank, dort übersah man im Vordergrund die feindlichen Häuser, dahinter Giebel und Türme der Stadt. Als Ilse das erste Mal aus dem Gebüsch an die Stelle trat, freute sie sich des Anblicks ihrer Fenster und der umdämmerten Türme, dabei fiel ihr der Sitz in der Höhle ein, von dem sie sooft auf das Vaterhaus geblickt hatte; sie saß auf der Bank nieder, zog Briefe ihrer Geschwister hervor, die sie eben erhalten, und las dem Gatten die schmucklosen Sätze, in denen die letzten Ereignisse des Gutes berichtet wurden. Seitdem war ihr die Ruhestelle lieb, jedesmal lenkten sich die Schritte auf dem

Heimwege dorthin, und sie schaute von der Bank nach der Wohnung, den Dächern der Stadt und dem Himmel darüber.

Als sie nun am Tage nach jener Sendung des Studenten wieder aus dem Gehölz zu der Bank trat, sah sie einen kleinen Blumenstrauß darauf liegen; neugierig griff sie darnach, ein zierlich zusammengelegtes Briefchen aus Rosapapier hing daran, mit der Aufschrift: »Ein Gruß aus B.« Dahinter gerade so viel Punkte, als der Name des väterlichen Gutes Buchstaben enthielt. Überrascht reichte sie den Zettel dem Professor, er öffnete und las die anspruchslosen Worte: »Unterm Stein die kleinen Zwerge senden dir den Blumenstrauß, grüßend über Tal und Berge, aus dem lieben Vaterhaus.« – »Das gilt dir«, sagte er verwundert.

»Wie allerliebst«, rief Ilse.

»Die Zwerge sind jedenfalls ein Scherz des Doktors«, entschied der Professor, »freilich hat er seine Hand gut verstellt.«

Erfreut steckte Ilse den Strauß an: »Wenn der Doktor heut Abend kommt, soll er nicht merken, daß wir ihn erraten haben.« Der Professor erzählte von den neckischen Einfällen des Freundes, und Ilse, die sonst den Doktor mit einem geheimen Zweifel betrachtete, stimmte herzlich bei.

Als aber der Doktor am Abend die größte Unbefangenheit heuchelte, wurde fröhlich seine Verstellungskunst gescholten und der Dank doch an ihn abgegeben. Da aber erklärte er fest, daß Strauß und Gedicht nicht von ihm kämen; es erhob sich eine fruchtlose Erörterung über den Urheber, und der Professor sah zuletzt sehr ernsthaft aus.

Die Begrüßung im Walde wiederholte sich. Wenige Tage darauf lag wieder ein kleiner Strauß mit derselben Aufschrift und einem Verse auf der Bank. Noch einmal versuchte Ilse leise eine Mitwirkung des Doktors zu behaupten, aber der Professor wies das kurz ab und steckte den rosafarbenen Zettel ein. Ilse nahm den Strauß mit, diesmal nicht im Gürtel. Als der Doktor herüberkam, wurde das Abenteuer wieder in Erwägung gezogen.

»Es kann Niemand sein als der kleine Student«, gestand Ilse gedrückt.

»Das fürchte auch ich«, sagte der Professor, und erzählte dem Doktor zu Ilse's Kummer von der vertraulichen Sendung des Musensohns. »So harmlos die Sache an sich ist, hat sie doch eine ernste Seite. Das Auflegen dieser Adressen setzt eine genaue Beobachtung voraus, die nichts weniger als angenehm ist, und solche emsige Tätigkeit kann den Verehrer bis zu größerem Wagnis führen. Dem muß gesteuert werden. Ich werde morgen versuchen, ihn von seinem Unrecht zu überzeugen.«

»Und wenn er dir die Täterschaft ableugnet«, warf der Doktor ein. »Dies wenigstens sollte man ihm vorher unmöglich machen. Der Strauß kann, wenn er andern Vorübergehenden entgehen soll, erst im letzten Augenblicke vor eurer Ankunft hingelegt werden, und es ist nicht schwer, euer Kommen abzuwarten, da der Spaziergang in größter Regelmäßigkeit stattfindet. Man muß den Dreisten zu überraschen suchen.«

»Ich werde also morgen allein gehen«, sagte der Professor.

»Du darfst einem Studenten nicht im Walde aufpassen«, entschied der Doktor, »auch wird, wenn Frau Professorin zu Hause bleibt, der Strauß wahrscheinlich nicht auf der Bank liegen. Überlaß mir die Sache. Geht morgen und in den nächsten Tagen aus wie gewöhnlich, ich will von anderer Seite her die Stätte des Frevels beobachten.«

Das wurde beschlossen, der Professor nahm die beiden kleinen Sträuße aus dem Glase und warf sie zum Fenster hinaus.

Den Tag darauf ging der Doktor als Spion verkleidet in grauem Rock und dunklem Hut eine Viertelstunde vor den Freunden in den Stadtwald, um aus einem Versteck den vermessenen Versifex zu überfallen; er nahm sich vor, den Täter im Gebüsch so zu zerknirschen, daß seinem Professor jede persönliche Einmischung gespart wurde. Gerade gegenüber der Bank fand er eine gute Stelle, wo dauerhaftes Buchenlaub den Jäger vor dem Wilde verbarg. Dort stellte er sich auf dem Anstand zurecht, zog einen großen Operngucker aus der Tasche, zwang ihn durch Drehen zu der schärfsten Wirkung und starrte unverwandt nach der verhängnisvollen Bank. Noch war die Bank leer, wenige Spaziergänger gingen gleichgültig an ihr vorüber, die Zeit wurde lang, der Doktor sah eine halbe Stunde durch die Gläser, daß ihm die Augen schmerzten, aber er hielt aus, sein Stand war ausgezeichnet, der Verbrecher konnte nicht entrinnen. Da plötzlich, gerade als sein Auge zufällig nach Herrn Hummels Haus abschweifte, sah er dort die Gartentür nach dem Stadtpark geöffnet, etwas Dunkles fuhr heraus zwischen die Bäume, kam bei der Bank aus dem Gehölz, sah sich vorsichtig um, strich längs der Bank dahin und verschwand wieder hinter den Coulissen der Bäume und hinter der feindlichen Gartenpforte. Ein unendliches Erstaunen lagerte sich auf dem Antlitz des Doktors, er drückte das Opernglas zusammen und lachte still vor sich hin, richtete wieder die Gläser und spähte der verschwundenen Gestalt nach, schüttelte mit dem Kopf und verfiel in ein tiefes Sinnen. Da, horch, der ruhige Schritt zweier Lustwandelnden. Der Professor und Ilse traten in seiner Nähe aus dem Holz, sie blieben einige Schritt von der Bank stehen und sahen auf einen verhängnisvollen Strauß, welcher recht unschuldig dalag. Der Doktor brach lachend aus dem Gebüsch, er nahm den Strauß und bot ihn Ilse an. »Es ist nicht der Student«, sagte er.

»Wer also?« frug der Professor unruhig.

»Das darf ich nicht sagen«, versetzte der Doktor, »aber die Sache ist harmlos, der Strauß ist von einer Dame.«

»Im Ernst?« frug der Professor.

»Verlaß dich darauf«, tröstete Fritz überzeugend, »er ist von Jemand, den wir beide kennen. Und deine Frau darf keinen Augenblick anstehen, sich den Gruß gefallen zu lassen, er ist in bester Meinung gegeben.«

»Sind die Städter so reich an Versen und Geheimnissen?« frug Ilse neugierig und nahm mit leichtem Herzen die Blumen. Wieder wurde geraten, leider fand sich kein Mensch, dem man dergleichen zutrauen konnte. »Es ist mir lieb, daß sich die Sache so löst«, sprach der Professor, »doch sage deiner Dichterin, daß solche Sendung sehr leicht in falsche Hände kommen kann.«

»Ich habe keinen Einfluß auf sie«, erwiederte der Doktor, »aber weshalb sie sich diese Grüße auch in den Kopf gesetzt hat, es wird euch nicht ewig Geheimnis bleiben.«

Endlich kam die heißersehnte Stunde, in welcher Laura mit der hohen Fremden – so wurde Ilse bis zu diesem Tage in den Memoiren bezeichnet – ohne Beobachter zusammentraf. Die Mutter war ausgegangen, als Ilse mit einer häuslichen Frage in das Wohnzimmer trat. Laura gab Auskunft, wurde im Reden herzhaft und wagte endlich die Bitte, daß Ilse mit ihr in den Hausgarten hinabsteigen möchte. Dort saßen beide nebeneinander in dem letzten Strahl der Oktobersonne und begutachteten mild den Kahn, den chinesischen Tempel und die Vorübergehenden. Endlich faßte Laura mit den Fingerspitzen Ilse's Hand und zog sie in die Gartenecke, um ihr die größte Seltenheit, das verlassene Nest eines Zaunschlüpfers, zu zeigen. Die Vögel waren längst entflogen, das Gewebe hing an halbentlaubten Ästen. »Hier waren sie«, rief Laura nachdrücklich; »himmlische kleine Wesen, fünf gesprenkelte Eier lagen darin, und sie haben die Kleinen glücklich heraufgebracht. Ich stand die ganze Zeit Todesangst aus wegen der Katzen, die hier sehr umherschleichen.«

»Sie sind ein liebes Stadtkind«, sagte Ilse. »Ach, die Menschen sind hier glücklich, wenn sie nur einen armen Plattmönch im Garten erhalten. Zu Hause schwirrte, flog und sang das von allen Bäumen, und wenn's nicht etwas Besonderes war, konnte man sich gar nicht um das Einzelne kümmern. Hier wird Einem jedes Tierchen wertvoll und wehmütig. Zuletzt auch die Sperlinge. Ich bin am ersten Morgen erschrocken über diese armen Geschöpfe. Sie sind ihren Kameraden draußen gar nicht zu vergleichen, so struppig und abgestoßen sind ihre Federn, und am ganzen Leibe sind sie schwarz und rußig wie Kohlenbrenner. Ich hätte gern einen Schwamm genommen und die ganze Bande abgewaschen.«

»Es würde nichts helfen, denn sie werden gleich wieder angemalt«, sagte Laura kleinlaut, »das macht der Ruß in den Dachrinnen.«

»Wird man in der Stadt so verstäubt und von allen Seiten gestoßen? Das ist traurig. Es ist doch schöner auf dem Lande«, und als Ilse das leise gestand, wurden ihr bei dem Gedanken an den fernen Waldhügel wider Willen die Augen feucht. »Ich bin nur noch fremd hier«, setzte sie mutiger hinzu. »Die Stadt wäre schon gut, wenn nur nicht gar zu viel Menschen darin wären, die kränken mich noch mit ihrem Anstarren, so oft ich allein auf der Straße gehe.«

»Ich will Sie begleiten«, rief Laura hingerissen, »wenn Sie wollen, ich will immer bereit sein.«

Das war ein freundliches Anerbieten, und es wurde dankbar angenommen. Und Laura bat in ihrer Freude darüber, daß Ilse sie jetzt auch in ihr Geheimzimmer begleite. Sie stiegen in den Oberstock hinauf. Dort wurde das kleine Sopha, der Epheu, Schäfer und Schäferin bewundert, zuletzt das neue Fortepiano.

»Spielen Sie mir etwas vor«, bat Ilse. »Ich kann nichts. Wir hatten ein altes Clavier, da habe ich nur wenig Takte von meiner lieben Mutter gelernt, wenn die Kinder tanzten.« Laura ergriff ein schönes Notenheft, dessen erstes Blatt kunstvoll mit vergoldeten Elfen und Lilien geziert war, und spielte innerlich bebend, aber mit hübscher Fingerfertigkeit das Elfenstück herunter. Und sie erklärte lachend und ihre dunklen Löckchen schüttelnd die Stellen, wo die Geister angehuscht kamen und geheimnisvoll durcheinander schwatzten. Ilse war hoch erfreut. »Wie schnell die kleinen Finger fliegen!« sagte sie und betrachtete mit Bewunderung die feine Hand Laura's, »sehen Sie, wie groß meine Hand dagegen ist, und wie hart die Haut, das kommt vom Anfassen in der Wirtschaft.« Und Laura sah bittend zu ihr auf: »Wenn ich nur Sie singen hörte.«

»Ich vermag nichts als Gesangbuchlieder und ein paar alte Dorfmelodien.«

»O singen Sie doch«, bat Laura, »ich will Sie zu begleiten suchen.«

Ilse begann eine alte Weise, und Laura suchte eine bescheidene Begleitung und horchte hingerissen auf den kräftigen Klang der Stimme, sie fühlte ihr Herz in den Tonwellen zittern und wagte beim letzten Vers leise einzustimmen.

Sofort suchte sie nach einem Liede, das beide kannten, und als der gemeinsame Gesang so ziemlich gelungen war, klatschte Laura begeistert in die Hände, und es wurde der Beschluß gefaßt, ein oder das andere leichte Lied einzuüben und den Professor damit zu überraschen.

Dabei ergab sich, daß Ilse nur selten ein kleines Concert gehört und nur einige Male auf Reisen in ihrer Umgegend ein Schauspiel gesehen hatte, und nicht mehr als eine Oper.

»Das Stück hieß der Freischütz«, sagte Ilse. »Sie war des Oberförsters Tochter, und sie hatte eine Freundin, geradeso lustig und mit solchen hübschen Locken und treuen Augen, wie Sie haben. Und der Mann, den sie liebte, verlor sein Vertrauen auf des Himmels gnadenvollen Schutz, und um das Mädchen für sich zu erhalten, verleugnete er, und gab sich dem Bösen. Das war fürchterlich. Ihr wurde das Herz schwer, und die Ahnung kam über sie, aber sie verlor nicht die Kraft und nicht das Vertrauen zu der Hilfe von oben. Und ihr Glaube rettete den Geliebten, über den der Böse schon seine Hand hielt.« Darauf schilderte sie getreulich den ganzen Verlauf des Stückes. »Es war hinreißend«, sagte sie, »ich war damals noch jung, und als ich in unser Quartier kam, konnte ich mich nicht fassen, und der Vater mußte mich schelten.« Laura lauschte auf dem Fußbänkchen zu Ilse's Füßen, hielt die Hand der Professorin fest, ließ sich wie ein kleines Kind, das ein Märchen hört, erzählen, was sie doch so gut wußte, und die Fremde war ihr unendlich rührend. »Wie warm Sie das schildern, es ist, als ob man ein Gedicht liest.«

»Ach nein«, erwiederte Ilse kopfschüttelnd, »gerade diese Artigkeit verdiene ich am wenigsten, ich habe in meinem ganzen Leben keinen Vers gemacht, und ich bin so prosaisch, daß ich gar nicht weiß, wie ich mit meinem ungeschickten Wesen in der Stadt zurechtkommen werde. Denn hier macht man Verse! Sie summen um einen in der Luft wie die Mücken im Sommer.«

»Meinen Sie?« frug Laura, das Köpfchen senkend.

»Denken Sie, auch ich Fremde habe Verse erhalten.«

»Das finde ich natürlich«, sagte Laura und drückte ihr Taschentuch in Falten, um die Verwirrung zu verbergen.

»Auf der Bank im Park habe ich kleine Sträuße gefunden mit lieben kleinen Gedichten, und den Namen meiner Heimat mit Buchstaben und Punkten. Sehen Sie, erst ein großes B und dann –«

Laura sah in ihrem Entzücken über den Bericht vom Taschentuch auf, ihre Wangen waren mit Purpur übergossen, aber aus den Augen lachte der Schelm. Ilse blickte in das strahlende Gesicht, und während sie sprach, erriet sie die Geberin. Da beugte sich Laura auf Ilse's Hand, sie zu küssen, Ilse aber hob ihr den Lockenkopf in die Höhe, drohte ihr mit dem Finger und küßte sie auf den Mund.

»Sie sind mir nicht böse«, bat Laura, »daß ich so dreist war.«

»Es war lieb und schön. Aber denken Sie, es hat uns doch in Verwirrung gesetzt, der Doktor hat Sie wohl beobachtet, aber er hat uns Ihren Namen nicht genannt.«

»Der Doktor?« rief Laura aufspringend, »muß der überall dazwischen kommen.«

»Er hat Ihr Geheimnis treu bewahrt. Nicht wahr, jetzt darf ich meinem Hausherrn Alles sagen? Denn unter uns, ihm war's eine Zeitlang gar nicht recht.«

Das war nun für Laura ein Triumph. Wieder flog sie zu Ilse's Füßen und bat schelmisch, zu erzählen, was der Herr Professor gesagt.

»Das geht nicht an«, entgegnete Ilse gravitätisch, »denn das ist sein Geheimnis.«

So schwand eine Stunde in süßem Geplauder, bis die Uhr schlug und Ilse schnell aufstand. »Mein Mann wird sich wundern, wohin ich verschwunden bin«, sagte sie, »Sie sind ein liebes Fräulein, ist's Ihnen recht, so wollen wir treu zusammenhalten.«

Ach, Laura war das sehr recht, sie begleitete ihren Besuch bis zur Treppe, auf den Stufen fand Laura, daß sie eine Hauptsache vergessen hatte, ihre Stube lag gerade über dem Zimmer der Frau Professorin, und wenn Ilse das Fenster öffnete, konnte sie im Notfall der Hausgenossin schnelle Nachricht hinaufwinken. Und als Ilse an ihrer Tür schloß, kam Laura noch einmal herabgelaufen, um ihre Freude auszusprechen, daß Ilse ihr diese Stunde geschenkt habe.

Laura ging in ihrem Zimmer mit schnellen Schritten auf und ab und schnippte mit den Fingern, wie Einer, der das große Loos gewonnen hat. Sie vertraute dem geheimen Werke die ganze Weihestunde an, jedes Wort, das Ilse gesprochen, und schloß mit den Versen: »Ich fand dich, Reine! Leben wird mein Traum. Dir schwebt die Seele zwischen Freud' und Schmerzen, ich aber rühr' an deines Kleides Saum und trage liebend dich in meinem Herzen.« Dann setzte sie sich an das Piano und spielte noch einmal mit leidenschaftlichem Ausdruck die Melodie, welche Ilse ihr vorgesungen hatte. Und Ilse hörte unten den innigen Dank für ihren Besuch.

2. Ein Tag der Besuche.

Der Wagen fuhr vor, Ilse trat, für die ersten Besuche gerüstet, in das Arbeitszimmer des Gatten. »Sieh mich an«, sagte sie, »bin ich so recht?«

»Alles in Ordnung«, rief der Professor, fröhlich seine Frau musternd. Aber es war gut, daß auch ohne seine Hilfe Alles in Ordnung war, denn in Toiletten war des Professors kritischer Blick von zweifelhaftem Wert.

»Jetzt fängt für mich ein neues Spiel an«, fuhr Ilse fort, »wie es zu Hause die Kinder geübt. Ich soll bei deinen Freunden anklopfen und rufen: ›Hollo, holla!‹ und wenn die fremden Frauen fragen: wer ist da? dann werde ich antworten, wie's im Spiele geht: ›ein fremdes Bettelweib.‹ – ›Was will sie denn?‹ – ›Für mich ein Stücklein Brot, für meinen Mann 'nen Kuß, weil er mit mir bitten muß.‹«

»Nun, was die Küsse betrifft, welche ich den Frauen der Collegen austeilen soll«, versetzte der Professor, in die Handschuhe fahrend, »so wäre ich dir im Ganzen verbunden, wenn du das Geschäft übernähmst.«

»Ja, ihr Männer seid darin sehr streng«, sagte Ilse, »auch mein Fränzchen weigerte sich immer, das Spiel zu spielen, weil er den dummen Mädeln keinen Kuß geben wollte. – Ach, wenn ich dir nur keine Unehre mache!«

Sie fuhren durch die Straßen. Der Professor erzählte seiner Frau auf dem Wege von Person und gelehrtem Wesen des Collegen, zu dem sie gerade fuhren. »Zuerst zu lieben Menschen«, sagte er, »der jetzt kommt, ist Professor Raschke, unser Philosoph, und mir ein werter Freund. Ich hoffe, seine Frau wird dir gefallen.«

»Ist er sehr berühmt?« frug Ilse und legte die Hand auf das pochende Herz.

Sie hielten am äußersten Ende der Vorstadt vor einem niedrigen Hause, Gabriel eilte in den Hausflur, den Besuch anzukündigen. Da er die Küche leer fand, klopfte er an die Stubentür und öffnete endlich, in den Bräuchen des Hauses erfahren, den Eingang zum Hofe. »Herr und Frau Professor sind im Garten.«

Durch den engen Hof traten die Besuchenden in einen Gemüsegarten, dessen Luft der Hauswirt seinem Mieter zur vorsichtigen und schonenden Mitbenutzung eingeräumt hatte. Unter der Mittagsonne des Herbsttages schritt ein Ehepaar die geraden Wege entlang. Die Frau trug ein kleines Kind auf dem Arme, der Mann hielt ein Buch in der Hand, aus dem er im Gehen seiner Begleiterin vorlas. Um aber auch seine andere zur Zeit wenig beschäftigte Körperseite für die Familie zu verwerten, hatte der Professor die Deichsel eines Kinderwagens an den Bund seiner Beinkleider befestigt und fuhr auf solche Weise ein zweites Kind hinter sich her. Die Wandelnden kehrten den Gästen den Rücken zu und bewegten sich langsam, hörend und vorlesend, tragend und fahrend abwärts.

»Ein Zusammenstoß in dem engen Wege ist nicht wünschenswert«, sagte Felix, »wir müssen warten, bis sie um das Viereck lenken und uns das Gesicht zukehren.« Es dauerte eine gute Weile, bevor der Zug die Hindernisse der Reise überwand, denn der Professor blieb im Eifer des Lesens zuweilen stehen und erklärte etwas, wie aus seinen Handbewegungen zu erkennen war. Neugierig betrachtete Ilse das Aussehen der seltsamen Spaziergänger. Die Frau war bleich und zart, man sah ihr an, daß sie vor Kurzem das Krankenlager verlassen hatte, ihm hing um ein edelgeformtes geistvolles Angesicht langes, dunkles Haar, auf dem der graue Reif lag. Schon waren sie dicht an die Gäste gekommen, da erst wandte die Frau die Augen von dem Gatten ab und erblickte den Besuch.

»Welche Freude!« rief der Philosoph und senkte sein Buch in die große Rocktasche. »Guten Morgen, College. Ha, da ist ja unsere liebe Frau Professorin. Frau, binde mir den Wagen ab, die Familienbande hemmen.« – Das Ablösen dauerte einige Zeit, da die Hausfrau die Hände nicht frei hatte und Professor Raschke keineswegs stillhielt, sondern vorwärts strebte und bereits die Hände des Collegen und der neuen Professorin in seinen beiden Händen festhielt. »Kommen Sie in das Haus, Sie liebe Gäste«, rief er und ging, während Felix seine Frau der Professorin zuführte, mit großen Schritten voran. Darüber vergaß er seinen Kinderwagen, den Ilse über die Schwelle hob und in den Hausflur rollte. Dort nahm sie das verlassene Kind aus den Betten, die beiden Frauen traten, jede ein kleines Werk der Weltweisheit auf dem Arme, in das Zimmer und sagten dabei einander die ersten freundlichen

Worte, während das Kleine auf Ilse's Arm seine Windmühle schwenkte und das jüngste gelehrte Kind auf dem Arme der Mutter zu schreien begann. Unterdeß fuhr College Raschke abräumend in der Stube umher, entfernte Bücher und Papiere vom Sopha, rückte ein ausgebleichtes Sophakissen durch kräftigen Schlag in seine Form, daß der Staub herausfuhr, und bat eifrig: »Nehmen Sie Platz. Aber wie? Sie bemühen sich selbst mit diesem Pupus. Ist's der Säugling, so kann ich's Ihrem schönen Kleide nicht empfehlen. Doch es ist das andere, das gibt bessere Garantien«, verbesserte er sich selbst. Unterdeß befestigte sich die Gesellschaft auf den Sitzen. Ilse spielte mit dem Kinde auf ihrem Schoße, während Frau Raschke auf einen Augenblick verschwand und ohne den schreienden Säugling zurückkam. Sie saß schüchtern da, aber sie tat mit leiser Stimme wohltuende Fragen. Nur unterbrach der lebhafte Philosoph immer wieder die Unterhaltung der Frauen, indem er dem Professor die Hand streichelte und der neuen Frau Collega zunickte: »So war's recht, ich freue mich, daß Sie sich in blühender Jugend an unser Treiben gewöhnen, denn unsere Frauen haben es nicht leicht, das äußere Leben ist enge, das innere anspruchsvoll. Wir sind oft langweilige Gesellen, schwer zu behandeln, mißmütig, mürrisch und widerwärtig.« Und dabei schüttelte er mißbilligend den Kopf über das gelehrte Wesen, und aus seinem Angesicht lachte ein inniges Behagen.

Der Aufbruch des Besuches wurde durch den Pupus beschleunigt, der in der Nebenstube recht jämmerlich zu schreien begann. »Sie wollen schon fort«, klagte der Philosoph gegen Ilse, »dieser Besuch kann nicht gerechnet werden. Sie gefallen mir sehr, Sie haben ein klares Auge, und ich merke, Sie haben ein freundliches Gemüt, und das ist alles. Im Kopfe einen guten Spiegel, der die Bilder der Welt voll und rein zurückstrahlt, und im Herzen eine dauerhafte Flamme, welche Andern von ihrer Wärme abgibt. Wer das hat, dem kann's nicht fehlen, selbst wenn ihm das Schicksal auferlegt, Frau eines Stubengelehrten zu sein, wie Sie sind und diese arme Mutter von fünf Schreihälsen.« Und wieder strich er beflissen umher, holte einen alten Hut aus dem Winkel und hielt ihn der Frau Collega hin. Ilse lachte. »Ja so«, rief er, »es ist ein Herrenhut, er gehört dem Gatten.« – »Auch ich bin versehen«, entschuldigte sich der Professor. »Dann also ist es mein eigener«, entschied Raschke, setzte den Hut entschlossen auf und schritt zur Tür hinaus, die Gäste an den Wagen zu begleiten.

Ilse saß im Wagen eine Weile stumm vor Erstaunen: »Jetzt habe ich Mut, Felix, die Professoren sind noch weniger schreckhaft als die Studenten.«

»Nicht alle antworten so auf die erste Begrüßung«, erwiderte der Professor. »Der jetzt kommt, ist mein nächster College Struvelius, er lehrt wie ich Griechisch und Latein, gehört nicht zu meinen nähern Bekannten, ist aber ein tüchtiger Gelehrter.«

Diesmal war es ein Haus der Stadt, die Einrichtung des Quartiers ein wenig ältlicher als in Ilse's neuer Wohnung. Diese Frau Professorin trug ein schwarzseidenes Kleid und saß vor einem Schreibtisch, der mit Büchern und Papieren bedeckt war. Zarte Dame in mittleren Jahren mit einem kleinen, aber gescheidten Gesicht und einer seltenen Frisur. Denn ihr kurzes Haar war hinter die Ohren in eine große, eingerollte Locke gekämmt, was ihr eine gewisse Ähnlichkeit mit Sappho oder Korinna gab, soweit nämlich ein Vergleich mit dem keineswegs hinreichend ermittelten Haarwuchs der beiden antiken Damen gestattet ist. Frau Professor Struvelius erhob sich langsam und begrüßte die Eintretenden mit steifer Haltung. Sie sprach gegen Ilse ihre Freude aus und wandte sich dann sogleich an den Professor. »Ich habe heut das Werk des Collegen Raschke angefangen und bewundere den Tiefsinn des Mannes.«

»Alles, was er schreibt, ist erfreulich«, versetzte der Professor, »weil bei Allem ein ganzer und reiner Mensch sichtbar wird.«

»Den Vordersatz und Nachsatz gebe ich für diesen Collegen zu, gegen die Verallgemeinerung des Satzes möchte ich bemerken, daß manches Epoche machende Werk keine hohe Berechtigung haben würde, wenn ein ganzer Mann dazu gehört, um ein gutes Buch zu schreiben.«

Ilse sah scheu auf die gelehrte Frau, welche ihrem Manne zu widersprechen wagte.

»Doch wir wollen uns vereinigen«, fuhr die Professorin so geläufig fort, als ob sie ihre Worte aus einem Buche abläse. »Nicht jedes tüchtige Werk fordert, daß sein Verfasser ein Mann von Charakter sei, aber wer wirklich diese edle Qualität hat, wird schwerlich etwas schaffen, was in seiner Wissenschaft ungünstig wirkt. Und allerdings wurzeln die Schwächen eines gelehrten Werkes häufiger, als man wohl annimmt, in einer Charakterschwäche dessen, der das Werk schrieb.«

Der Professor neigte beistimmend das Haupt.

»Denn«, fuhr sie fort, »die Stellung, welche ein Gelehrter zu den großen Zeitfragen seiner Wissenschaft einnimmt, ja selbst die Vorzüge und Mängel seiner Methode sind doch in der Regel aus dem Charakter zu erklären. – Sie haben immer auf dem Lande gelebt«, wandte sie sich zu Ilse, »es wäre mir belehrend, zu erfahren, welche Eindrücke Ihnen das nahe Aneinandersein der Menschen in der Stadt gemacht hat.«

»Ich habe bis jetzt nur mit sehr Wenigen verkehrt«, entgegnete Ilse ängstlich.

»Natürlich«, fuhr Frau Professor Struvelius fort. »Ich meine aber, Sie werden mit Überraschung bemerken, daß die größere Nähe nicht immer ein inneres Zusammenleben fördert. Doch Struvelius muß erfahren, daß Sie hier sind.« Sie stand auf, öffnete das Nebenzimmer und rief, lotrecht an der Tür stehend, hinein: »Herr und Frau Professor Werner.« Aus der Nebenstube wurde leises Brummen gehört und eilfertiges Rauschen großer Blätter. Die Professorin schloß die Tür und fuhr fort: »Denn zuletzt leben wir doch durch Viele und in Wenigen. In der Stadt wählt man aus einer Fülle von Persönlichkeiten mit einer gewissen Willkür. Man könnte reicher sein als man gerade ist. Auch dieses Gefühl verleiht eine Zuversicht. Und solche Zuversicht gibt allerdings die Stadt leichter als das Land.«

Die Seitentür öffnete sich, Professor Struvelius trat ein mit zerstreutem Blick, scharfer Nase, schmalen Lippen, leider auch mit ungewöhnlichem Hauptschmuck. Denn sein Haar stand so struwelig über den Schläfen, daß die Annahme wohl berechtigt war, diese Kopftracht sei alter Familienbesitz, eine Erbperrücke, welche in früheren naseweisen Jahrhunderten seinem Geschlecht den Namen zugezogen hatte. Er verbeugte sich ein wenig, schob einen Stuhl heran und setzte sich stumm nieder, wahrscheinlich arbeitete er in Gedanken an seinem griechischen Schriftsteller rührig fort. Ilse litt unter der Überzeugung, daß ihm der Besuch eine ungelegene Störung sei und daß seine Frau sich unendlich tief herablasse, wenn sie ihr eine Anrede gönnte. »Sind Sie musikalisch?« examinierte Frau Struvelius.

»Ich darf kaum sagen ja«, erwiderte Ilse.

»Das freut mich«, rief die Wirtin, rückte sich ihr gegenüber und musterte sie mit scharfem Blick. »Wie ich Sie mir denke, dürfen Sie nicht musikalisch sein. Diese Kunst macht uns weich und zieht nur zu häufig gebrochene Existenzen.«

Felix bemühte sich noch ohne sonderlichen Erfolg, den Professor zur Teilnahme an der Unterhaltung heranzuziehen; bald erhoben sich die Besuchenden. Beim Abschiede streckte Frau Professor Struvelius die untere Hälfte des Armes rechtwinklig nach Ilse aus und sagte mit feierlichem Händedruck: »Werden Sie heimisch bei uns.« Und die Anrede ihres Gatten: »Ich habe die Ehre, mich zu empfehlen«, wurde durch die zuklappende Tür entzweigeschnitten.

»Was sagst du jetzt?« frug der Professor im Wagen.

»Ach, Felix, ich bin recht klein geworden, mein Mut ist dahin, ich möchte am liebsten nach Hause fahren.«

»Sei ruhig«, tröstete der Gatte, »du fährst heut auf dem Jahrmarkt umher und siehst über viele aufgeschlagene Tische. Was dir nicht gefällt, brauchst du nicht zu kaufen. Der nächste Besuch gilt userm Historiker, einem würdigen Mann, der zu den guten Geistern unserer Universität gehört. Auch seine Tochter ist eine liebenswürdige junge Dame.«

Ein Diener öffnete den Vorsaal und führte in das Empfangzimmer. An der Wand hingen einige gute Landschaften; ein Flügel, ein zierlicher Blumentisch, die seltenen Pflanzen wohlgeordnet und gepflegt. Die Tochter trat eilig herein, eine feine, Gestalt mit zwei schönen dunklen Augen, ihr folgte ein stattlicher Herr von vornehmer Haltung, der fast aussah wie ein hoher Beamter, nur seine lebhafte Weise zu sprechen ließ den Gelehrten erkennen. Mit wohltuender Herzlichkeit wurde Ilse aufgenommen. Der alte Herr setzte sich neben sie, begann eine zwanglose Unterhaltung, und Ilse fühlte sich bald behaglich wie bei guten Bekannten. Sie wurde auch an ihre Heimat erinnert, denn der Gelehrte frug: »Ist von dem alten Kloster in Rossau noch etwas erhalten?« Felix sah neugierig auf und Ilse antwortete: »Nur die Mauer; auch das Innere ist umgebaut.«

»Es war eine der ältesten geistlichen Stiftungen Ihrer Gegend, hat viele Jahrhunderte bestanden und sicher auf eine weite Umgegend Einfluß geübt. Da ist auffallend, daß die Urkunden des Klosters fast ganz fehlen und die übrigen Nachrichten, soviel mir bekannt, sehr dürftig sind. Man muß vermuten, daß dort noch Manches in Verborgenheit liegt.« Ilse sah, wie sich das Angesicht ihres Gatten verklärte, aber er versetzte ruhig: »Am Orte selbst waren meine Fragen vergeblich.«

»Das ist wohl möglich«, gab der Historiker zu, »vielleicht sind die Documente nach Ihrer Residenz gebracht und liegen dort noch irgendwo unbenutzt.«

So rollte ein Besuch nach dem andern ab. Da war der Rektor, Mediciner, ein behaglicher Weltmann in glänzender Einrichtung, seine Gattin eine runde bewegliche Frau mit zwei herausfordernden Augen; dann der große theologische Consistorialrat, ein langer hagerer Herr mit süßlichem Lächeln, auch bei seiner Gattin Alles in übergroßen Verhältnissen, Nase, Mund und Freundlichkeit. Der letzte war der Mineraloge, ein junger gewandter Mann mit einer sehr niedlichen Frau, auch erst seit wenigen Monaten verheiratet. Während die jungen Frauen auf dem Sopha schnell gute Bekanntschaft machten, wurde Ilse zum zweiten Mal durch eine Frage des Professors überrascht: »Ihre Heimat ist für mein Fach nicht ohne Interesse; ist nicht eine Höhle in der Nähe?« Ilse errötete und sah wieder nach ihrem Felix: »Sie gehört zum Gute meines Vaters.«

»Ei, dann habe ich jetzt gerade mit einem Funde zu tun, der auf Ihrem Gute gemacht ist«, rief der Mineraloge. Er holte einen Stein von auffallendem strahligem Gefüge herbei. »Dies ist ein sehr seltenes Mineral, das in der Nähe der Höhle entdeckt wurde, ein Apotheker der Gegend hat es mir eingeschickt.« Er nannte ihr den Namen des Minerals, sprach über das Gestein der Höhle und des Felsens, auf welchem das väterliche Haus stand, gerade als wäre er selbst dort gewesen, und ließ sich von Ilse die Linien der Berge und die Steinbrüche der Nähe beschreiben. Er hörte achtungsvoll ihre sichern Antworten und fand die Bodenbildung des Gutes sehr merkwürdig.

Erfreut rief Ilse: »Wir meinten, man kümmere sich in der Welt gar nicht um uns, aber ich sehe, die Herren Gelehrten wissen Einiges mehr von unserer Gegend als wir selbst.«

»Wir verstehen wenigstens Wertvolleres dort zu finden als Gesteintrümmer«, erwiederte der Professor artig.

Nach der Heimfahrt trat Ilse in das Zimmer des Gatten, der bereits an seiner Arbeit saß. »Dulde mich heute bei dir, Felix, mir summt der Kopf von all den Menschen, welche eingezogen sind. Das war für mich viel Neues an einem Tage, und viele Freundlichkeit von so gelehrten und vornehmen Geistern. Am gefährlichsten war's bei der belesenen Frau; Felix, es ist wohl unrecht, daß ich so etwas sage, und sie ist ja um sehr vieles feiner und gescheidter, aber wenn ich dir eine Ähnlichkeit nennen soll mit einer guten alten Bekannten –«

»Rollmaus«, bestätigte der Professor. »Die hier aber ist in der Tat sehr gescheidt.«

»Gebe der Himmel«, bat Ilse, »daß sich ihr Herz ebenso treu erweist, aber vor ihrer Gelehrsamkeit fühle ich einen Schauder. Sonst gefallen mir die Frauen gut, aber die Männer noch viel besser. Etwas Großes haben sie fast alle, sie sprechen wunderschön, sie sind ungezwungen und sehen recht innerlich froh und seelenvergnügt aus. Natürlich, sie schweben über der Erde wie deine alten Götter, da können sie wohl lustig sein. Ach, und dabei das geflickte Hausröckel, welches der liebe Herr Professor Raschke anhatte. Dem wird Motte und Rost das Seine auch nicht fressen! Und wenn ich mir denke, daß diese vielen klugen Leute mich aufmerksam und gut behandeln, nur meines Hausherrn wegen, so weiß ich nicht, wie ich dir danken soll. Jetzt also bin ich unter die neuen Menschen aufgenommen und ich darf bitten: mein Eingang sei gesegnet.«

Der Gatte reichte ihr die Hand und zog sie an sich. Sie faßte sein Haupt mit ihren Händen und neigte sich darüber.

»Was ist es, worüber du jetzt arbeitest?« frug sie endlich leise.

»Nichts Großes, nur eine Abhandlung, wie ich sie alljährlich für die Universität zu machen habe.« Er sprach ihr Einiges von dem Inhalt der Arbeit.

»Und wenn sie fertig ist, was dann?«

»Dann ist für neue Aufgaben gesorgt.«

»Und das geht immer so fort, vom Morgen bis in den Abend, alle Jahre, bis die Augen versagen und die Kraft zerbricht!« klagte Ilse. »Laß mich heut um etwas Ernstes bitten. Zeige mir die Bücher, Felix, die du geschrieben hast, aber Alles.«

»Was ich etwa noch besitze«, sagte der Professor, und holte hier und da aus den Winkeln Bücher und Abhandlungen zusammen. Ilse schlug eine Schrift nach der andern auf, und es ergab sich, daß sie einige von den lateinischen Titeln bereits auswendig wußte. Der Professor wurde darüber eifrig, und ihm fielen immer noch kleine Arbeiten ein, die er vergessen hatte. Ilse aber legte Alles vor sich in einem Häufchen zusammen und begann feierlich: »Jetzt kommt für mich eine große Stunde. Denn ich will jetzt von dir erfahren, was in jeder Schrift steht, soweit du deinem Weibe das deutlich machen kannst. Als ich dir schon im Geheimen gut war, da fanden die Kinder deinen Namen im Lexikon, wir mühten uns, die fremden Namen deiner Bücher zu lesen und die Oberamtmann hatte in ihrer Weise Mutmaßungen über den Inhalt. Da fühlte ich einen Schmerz, daß ich gar nichts von dem verstand, was du für die Menschheit gearbeitet hast. Seither habe ich immer auf den Tag gehofft, wo ich dich nach dem fragen könnte, was du besser gewußt hast als die Andern, und worauf ich stolz sein darf, da ich dir angehöre.

Und heut ist die Stunde. Denn du hast mich heut deinen Freunden als deine Frau vorgestellt. Und ich will dein Weib auch da sein, wo dein Schatz ist und dein Herz, soweit ich vermag.«

»Liebe Ilse«, rief der Professor, hingerissen von ihrer ehrbaren Würde.

»Aber vergiß nicht«, fuhr Ilse mit wichtiger Miene fort, »daß ich sehr wenig verstehe, und verliere nicht die Geduld. Ich habe mir ausgedacht, wie ich es haben will. Schreibe du mir die Titel, wie sie in fremder Sprache und wie sie deutsch lauten, in ein Büchel, das ich mir dazu gekauft habe, deine früheste Arbeit zuerst und die jüngste zuletzt. Und dahinter, ob dir die Arbeit sehr lieb ist oder weniger, und welche Wichtigkeit sie für die Menschen hat. Darunter will ich mir bei jeder Schrift aufzeichnen, was ich von deiner Erklärung verstehe, damit ich Alles in gutem Gedächtnis behalte.«

Sie trug ein leeres Heft herzu, der Professor suchte wieder noch einzelne Abhandlungen hervor, ordnete sie nach Jahren und schrieb jeden Titel auf eine besondere Seite des Heftes. Dann erklärte er seiner Frau in ihrer Sprache ein wenig, was jeder Schrift Inhalt war, und half die kleinen Bemerkungen in das Notizbuch schreiben. »Was deutsch ist, suche ich selbst zu lesen«, sagte Ilse.

So saßen Beide ernsthaft über die Bücher geneigt, und dem Professor pochte das Herz vor Freude über den festen Bedacht, mit welchem sein Weib das Verständnis seiner Tätigkeit suchte. Denn es ist das Loos des Gelehrten, daß Wenige mit herzlichem Anteil Mühe, Kampf und Verdienst seines Schaffens betrachten. Der Welt gilt er für einen harten Baugehilfen. Was er mit ausdauernder Kraft gebildet, das wird sofort als Baustein verwandt zu dem unermeßlichen Hause der Wissenschaft, an welchem das Geschlecht der Erde seit Jahrtausenden arbeitet. Hundert Andere stellen sich darauf, um die eigene Arbeit zu fördern, tausend neue Werkstücke werden darüber gewälzt, nicht Viele sind, welche danach fragen, wer den einzelnen Pfeiler gemeißelt, noch seltener drückt dem Arbeiter ein Fremder darum die Hand. Dem leichten Werke des Dichters winkt noch lange grüßend zu, wer einmal davor heiteres Lächeln gefunden hat oder gehobene Stimmung. Der Gelehrte wird nur selten und fast zufällig durch einzelne Werke ein werter Freund und Vertrauter seiner Leser. Er stellt nicht der Phantasie lockende Bilder, er schmeichelt nicht zuvorkommend dem sehnsuchtsvollen Gemüt, er fordert strengen Ernst und nüchterne Sammlung vom Leser, und dieselbe Strenge und

Nüchternheit wird ihm selbst zu Teil bei jedem Urteil über seine Leistung. Auch wo er Ehrfurcht einflößt, bleibt er ein Fremder.

Und doch ist er kein Steinmetz, der unförmliche Masse nach verständigen Maßen zurechtschlägt, auch er schafft mit inneren Kämpfen, mit seinem besten Herzblut, zuweilen unter schwerem Leid, oft mit beglückender Freudigkeit. Auch ihm erblüht, was er seiner Zeit darbringt, aus den tiefsten Wurzeln seines Lebens. Deshalb ist dem Gelehrten die Seele, welche das Wackere seiner Arbeit herzlich empfindet, und nicht nur nach dem letzten Gewinn der Wissenschaft frägt, sondern nach dem innern Kampf des Schaffenden, ein kostbarer Fund, ein seltenes Glück. – Jetzt sah Felix mit Rührung, wie sein Weib nach dieser Stellung rang, und dem kräftigen Manne wurde das Herz weich, während er ihr den Namen eines römischen Dichters nannte, den er zu einem fast unbekannten Gedicht ermittelt, und während er ihr von römischen Tribus und von den Geschäften des Senates erzählte.

Als ein Jedes verzeichnet war, faltete Ilse die Hände über den Büchern und rief: »Hier halte ich Alles. Der Raum, den es einnimmt, ist so klein, und doch waren dafür viele arbeitvolle Tage nötig, und manche Nacht, der größte Teil deines edlen Lebens. Dies hat dir oft heiße Wangen gemacht, wie du heute wieder hast. Dafür hast du gelernt, daß dir dein armer Kopf brannte, und dafür hast du immer in der Stube und zwischen den engen Mauern gesessen. Ich habe die Bücher sonst auch gleichgültig angesehen, jetzt erkenne ich erst, was ein Buch ist, eine stille, unendliche Arbeit.«

»Nicht von jedem ist das zu rühmen«, versetzte der Professor, »aber die besseren sind dafür auch mehr als eine Arbeit.« Er sah liebevoll auf die Wände, an denen hohe Bücherschränke bis zur Decke reichten, so daß die Stube aussah wie mit Bücherrücken tapeziert.

»Mir wird angst vor der Menge«, sagte Ilse und half ihm seine eignen Werke in eine dunkle Ecke tragen, welche ihnen jetzt als Standquartier eingeräumt wurde. »Sie sehen so gleichgültig aus, und doch mögen viele in Leidenschaft geschrieben sein und auch die Leser aufgestört haben.«

»Ja«, sagte der Gatte, »sie sind die großen Schätzehüter des Menschengeschlechts. Das Beste, was je gedacht und erfunden wurde, bewahren sie aus einem Jahrhundert in das andere, sie verkünden, was nur einst auf Erden lebendig war. Hier steht, was wohl tausend Jahre vor unserer Zeitrechnung geschaffen wurde, und dicht daneben, was erst vor wenig Wochen in die Welt wanderte.«

»Von den Röckchen, die sie tragen, seht fast eins aus wie das andere«, sagte Ilse, »ich würde mich schwer darin zurechtfinden.«

Der Professor erklärte ihr die Anordnung, führte sie von einem Schrank zum andern und wies ihr einzelne, die ihm besonders lieb waren.

»Und du brauchst sie alle?«

»Gelegentlich wohl noch viele andere. Die hier stehen, sind doch nur ein unendlich kleiner Teil der Bücher, welche je gedruckt wurden. Denn seit sie erfunden sind, liegt in ihnen fast Alles, was wir wissen und Bildung nennen. Aber das ist es nicht allein«, fuhr er geheimnisvoll fort, »Wenige denken daran, daß ein Buch mehr ist als ein Werk des schaffenden Geistes, das er von sich absendet wie der Tischler einen bestellten Sessel. Zwar an jedem Menschenwerk bleibt etwas von der Seele des Menschen hängen, der es gefertigt. Das Buch aber schließt zwischen seinen Deckeln in Wahrheit den Geist des Menschen ein. Was ein Mann für Andere bedeutet, der beste Teil seines Lebens, bleibt in dieser Form für die nächsten Geschlechter, vielleicht bis in die fernste Zukunft. Sowohl die, welche ein gutes Buch schreiben, als auch solche, deren Leben und Tun im Buche dargestellt wird, sie beharren in der Tat lebendig unter uns. Wir verkehren mit ihnen als mit Freunden und Gegnern, wir bewundern und bekämpfen, wir lieben und verabscheuen sie nicht weniger, als wenn sie leibhaftig unter uns weilten. Der Menschengeist, der zwischen solche Deckel eingeschlossen ist, wird dadurch auf Erden unvergänglich, und deshalb dürfen wir sagen, im Buche dauert das geistige Leben des Einzelnen, und nur der Geist, welcher eingebucht wird, hat sichere Dauer auf Erden.«

»Aber der Irrtum dauert auch«, rief Ilse, »und die Lügner und die unreinen Geister, wenn sie sich in ein Buch stecken.«

»Auch sie, sie werden durch andere Geister widerlegt. Sehr verschieden freilich ist Wert und Bedeutung dieser Unsterblichen. Bei Wenigen bleibt das Schöne und Große, das sie gefunden, für alle Zeiten, Viele gelten späterer Zeit nur, weil wir erkennen, wie in ihren Tagen das Wesen der Menschen beschaffen war, Andere endlich sind ganz nichtig und unnütz, und solche schwinden schnell dahin. Aber alle Bücher, die geschrieben wurden, vom ältesten bis zum jüngsten, stehen in einem geheimnisvollen Zusammenhang. Denn sieh, Keiner, der ein Buch geschrieben, ist durch sich selbst geworden, was er uns ist, jeder steht auf den Schultern seiner Vorgänger. Alles, was vor ihm geschaffen wurde, hat irgendwie dazu geholfen, ihm Leben und Geist zu bilden. Und wieder was er geschaffen, hat irgendwie andre Menschen gebildet, und aus seinem Geist ist in spätere übergegangen. So bildet der Inhalt aller Bücher ein großes Geisterreich auf Erden, von den vergangenen Seelen leben und nähren sich Alle, welche jetzt schaffen. In diesem Sinne ist der Geist des Menschengeschlechts eine unermeßliche Einheit, der jeder Einzelne angehört, der einst lebte und schuf, und jetzt atmet und Neues wirkt. Der Geist, den die vergangenen Menschen als ihren eigenen empfanden, er ging und geht jeden Tag in Andere über. Was heut geschrieben ist, wird morgen vielleicht die Habe von tausend Fremden, wer längst seinen Leib der Natur zurückgegeben hat, lebt unaufhörlich in neuem irdischen Dasein fort und wird täglich in Tausenden auf's Neue lebendig.«

»Höre auf!« rief Ilse ängstlich, »mir schwindelt.«

»Ich sage dir das heut, weil auch ich mich als bescheidenen Arbeiter in diesem irdischen Geisterreich fühle. Diese Empfindung gibt mir eine Freude am Leben, die unzerstörbar ist, und sie gibt mir beides, Freiheit und Demut. Denn wer in solchem Sinne arbeitet, der schafft, ob seine Kraft sich groß, ob klein erweise, nicht sich zur eigenen Ehre, sondern für Alle. Er lebt nicht für sich, sondern für Alle, gleichwie Alle, die gewesen sind, für ihn fortleben.«

So sprach er ernsthaft, von seinen Büchern umgeben, und die scheidende Sonne warf ihre Strahlen freundlich auf sein Haupt und auf die Behausungen seiner Geister an der Wand. Ilse aber sagte, an seine Schulter gelehnt, demütig: »Ich bin dein, lehre mich, bilde mich, mache mich verstehen, was du verstehst.«

3. Unter den Gelehrten.

Ilse steckte den Kopf in das Arbeitszimmer des Gatten.

»Darf ich stören?«

»Nur herein!«

»Felix, wie unterscheiden sich die Faune und Satyre? Hier liest man, die Satyre haben Ziegenfüße, die Faune aber Menschenbeine, nur hinten ein kleines Schwänzchen.«

»Wer sagt das?« frug Felix entrüstet.

»Es ist gedruckt«, erwiederte Ilse, »hier steht es bewiesen.« Sie hielt dem Gatten ein aufgeschlagenes Buch hin.

»Es ist aber nicht wahr«, versetzte der Professor und erklärte ihr das Sachverhältnis. »Bei den Griechen Satyre, bei den Römern Faune, der

Herr mit dem Bocksfuß aber hieß Pan. Wie kommt der Bacchantenzug in deine Wirtschaft?«

»Ihr sagtet gestern, der Consistorialrat hat ein Faungesicht. Nun entstand die Frage: was ist ein Faungesicht und was ist ein Faun? Laura erinnerte sich aus der Schule sehr gut, daß er ein altes römisches Fabelwesen war. Und sie brachte dies Buch, worin die Geschöpfe abgebildet sind. Was ist das für eine ausgelassene Gesellschaft? Warum haben sie spitze Ohren wie die Rehe, und was soll das heißen, wenn man sich nicht einmal in solchen Dingen auf deine unsterblichen Bücher verlassen kann?«

»Komm her«, sagte Felix, »ich will dir schnell die ganze Sippschaft vorstellen.« Er holte ein Kupferwerk herzu und schlug ihr die Gestalten des Bacchuskreises auf. Eine Weile ging die Belehrung gut von Statten. »Sie haben alle sehr wenig Kleider«, wandte Ilse bekümmert ein.

»Der Kunst ist der Leib lieber als das Gewand«, tröstete der Gatte.

Aber Ilse wurde ängstlicher. Endlich schlug sie errötend das Buch zu und sagte: »Ich muß fort. Ich helfe heute in der Küche, es wird eine neue Mehlspeise gelehrt. Dort ist meine hohe Schule. Und das Mädchen ist noch ein Fuchs.« Sie eilte zur Tür hinaus. »Sage deinen Satyren und Faunen, daß ich eine bessere Idee von ihnen gehabt habe, sie sind sehr unanständig«, rief sie, den Kopf noch einmal in das Zimmer steckend.

»Das sind sie«, antwortete Felix durch die Tür, »und sie wollen auch nichts Anderes sein.«

Beim Essen, als Felix die Mehlspeise nach Gebühr bewundert hatte, legte Ilse den Löffel weg und sagte ernsthaft: »Zeige mir nicht wieder solche Bilder, ich möchte deinen Heiden gut werden, aber wie kann ich das, wenn sie so sind?«

»Sie sind nicht alle so arg«, beruhigte der Gatte. »Ist dir's recht, so machen wir heut Abend einigen von den alten Herrschaften unsern Besuch.«

Mit diesem Tage begann für Ilse eine neue Zeit des Lernens. Bald wurde den Erläuterungen des Gatten eine feste Tagesstunde bestimmt, für Ilse die wertvollste Zeit des Tages. Der Professor gab ihr zuerst eine kurze Schilderung der großen Culturvölker des Altertums und des Mittelalters und schrieb ihr sehr wenige Zahlen und Namen auf, die sie auswendig lernte. Er schilderte ihr, wie das ganze Leben der Menschen im letzten Grunde nichts sei, als ein unaufhörliches Einnehmen, Umschaffen und Ausgeben der Stoffe, Bilder und Eindrücke, welche die umgebende Welt darbietet; und wie die ganze geistige Entwicklung der Menschheit nichts sei, als ein ernstes und andächtiges Suchen nach Wahrheit, und wie die ganze politische Geschichte im letzten Grunde auch nichts sei, als ein allmähliches Bändigen des Egoismus, welcher Menschen, Stämme, Völker feindlich voneinander scheidet: durch Steigerung der Bedürfnisse, durch Läuterung des Rechtsgefühls und durch die Zunahme der Liebe und Ehrfurcht vor allem Lebendigen.

Nach solcher Vorbereitung begann der Professor sogleich die Odyssee vorzulesen, kurze Erläuterung anfügend. Noch nie hatte Poesie so groß und rein auf die Seele der Frau gewirkt, der heitere Märchenton des ersten Teils, die gewaltige Ausführung des zweiten nahmen ihr Herz ganz gefangen, die Gestalten erhielten ihr ein fast greifbares Leben, sie wandelte, litt und frohlockte mit ihnen, hinaufgehoben in eine neue Welt schöner Bildung und hoher Empfindungen. Als der Schluß herankam, der Vielduldende seiner Gattin gegenübersaß und die Erkennungsscene Töne aus dem geheimsten Leben der jungen Frau anschlug, da saß auch Ilse, die Wangen gerötet, die tränenfeuchten Augen schamhaft niedergeschlagen, neben dem geliebten Manne; und als er geendet, schlang auch sie die weißen Arme um den Geliebten und sank aufgelöst von Entzücken und Rührung ihm an die Brust. Ihrer Seele, die nach langer Ruhe in einem großen Gefühle erglüht war, verklärte das unsterbliche Schöne dieser Dichtung alle Stunden des Tages, ja die Sprache und Haltung. Gern versuchte sie sich selbst mit Vorlesen, und der Professor hörte mit inniger Freude, wie die majestätischen Verse klangvoll von ihren Lippen rollten, und wie sie in Tonfall und Ausdruck unbewußt seine Sprache nachahmte. Wenn er früh in die Vorlesung ging und sie ihm in seinen braunen Tüffelrock half, da klangen ihm die herzerfreuenden Worte nach: »Purpurn ist und rauh das Gewand des edlen Odysseus;« wenn sie ihm in der Lehrstunde gegenübersaß und er einmal Pause machte, dann brachen die bewundernden Worte von ihren Lippen: »So mit klugem Bedacht und verstandvoll redest du Alles.« Und wenn sie sich selbst loben wollte, dann summte sie zu den brodelnden Blasen des Teekessels: »Selbst wohl hab ich im Herzen Verstand und erkenne genugsam Gutes zugleich und Böses; doch vormals war ich ein Kind noch.« Auch das Gut des lieben Vaters leuchtete ihr jetzt in dem goldenen Glanze der Hellenensonne. »Ich weiß nicht«, sagte der Vater einmal des Abends zu Clara, »wie es möglich ist, daß Ilse so schnell den Brauch unserer Wirtschaft vergessen konnte. Sie spricht in ihrem Briefe von der Zeit, wo die Rinder wieder in dem weitscholligen Blachfelde wandeln werden. Sie meint jedenfalls die Brache, aber wir haben ja Stallfütterung.«

Draußen heulte der Nordwind um die beiden Nachbarhäuser und legte Eispalmen über die Fensterscheiben, drinnen aber zog ein Tag nach dem andern lichtvoll und buntfarbig und ein Abend herzerfreuender als der andere über die Häupter der Glücklichen, ob sie allein waren, oder ob die Freunde des Gatten, Führer des Volkes, zusammensaßen und am gedeckten Teetisch die Hände nach dem einfach bereiteten Mahle ausstreckten.

Denn auch die Freunde des Gatten und kluges Wechselgespräch sind der Hausfrau erfreulich. Dann leuchtet die Lampe festlich in Ilse's Stube, die Gardinen sind zugezogen, der Tisch wohlgerüstet, auch eine Flasche Wein ist aufgesetzt, wenn die Herren eintreten. Manchmal beginnt das Gespräch mit Kleinigkeiten, die Freunde wollen auch der Professorin ihre Hochachtung erweisen, der Eine spricht ein wenig über Concerte, der Andere empfiehlt ein neues Bild oder Buch. Zuweilen aber treten sie schon aus der Arbeitstube in eifriger Unterredung, dann ist der Tritt fester und die Bäckchen sind etwas gerötet, dann dringt die Rede gleich auf das los, was ihnen gerade aus ihrer Wissenschaft auf der Seele liegt. Nicht immer ist die Unterhaltung ganz verständlich, und wenn sie sich auf Einzelheiten heftet, auch nicht in jedem Moment sehr anziehend, aber im Ganzen ist sie doch für die Hörerin Freude und Erquickung. Dann sitzt Ilse still da, die Hände, welche sich über der Arbeit bewegten, sinken ihr in den Schoß, und andächtig hört sie zu. Wer nicht Professorfrau ist, hat doch keine Vorstellung, wie schön die Unterhaltung der Gelehrten dahinfließt. Alle wissen gut zu reden, Alle sind eifrig und haben dabei ein gehaltenes Wesen, das ihnen sehr wohlsteht. Die Erörterung erhebt sich, ein Kampf gewichtiger Meinungen beginnt. Diese kreuzen sich und fahren durcheinander, der Eine sagt zuerst schwarz, der Andere weiß, der erste beweist, daß er Recht hat, der zweite widerlegt und engt den ersten ein. Nun denkt die Frau, wie wird sich dieser herauswinden. Aber, keine Sorge! es fehlt ihm nicht, mit einem Sprunge ist er über dem Andern, dann kommt der Andere mit neuen Gründen und treibt die Sache noch höher, darauf reden die Übrigen auch hinein, sie werden feurig, und ihre Stimmen ertönen lauter. Und ob sie sich zuletzt miteinander vergleichen, oder ob jeder bei seiner Meinung bleibt – was häufig vorkommt –, immer ist eine Freude, schwierige Fragen so von allen Seiten beleuchtet zu sehen. Wenn endlich der Eine etwas recht

Großes sagt und auf den Kern der Wahrheit kommt, dann sind sie sämmtlich in gehobener Stimmung, dann leuchtet es in dem heimlichen Raume wie von überirdischem Lichte, und wer spricht und wer hört, fühlt sich frei, sicher und leicht. Ach aber, der gescheidteste von Allen und der, dessen Meinung mit der größten Hochachtung gehört wird, das ist doch immer der Hausfrau lieber Mann.

Freilich bemerkte Ilse auch, daß nicht alle gelehrten Herren dasselbe gute Wesen bewährten. Mancher konnte Widerspruch nicht recht vertragen und es war ihm in schwachen Augenblicken mehr um seine Geltung als um die Wahrheit zu tun. Wieder Einer wollte nur sprechen und nicht hören und beengte die Unterhaltung, indem er immer auf das zurückkam, was die Andern überwunden hatten. Ilse entdeckte, daß auch eine ungelehrte Frau aus dem Gespräche der weisen Männer Einiges von ihrem Charakter erkennen konnte. Und wenn sich die Gäste entfernt hatten, dann wagte sie wohl ein bescheidenes Urteil über Wissen und Wesen Einzelner. Und sie war stolz, wenn Felix zugab, daß ihr Urteil das Richtige getroffen.

Bei solcher Unterhaltung erfuhr die Frau des Gelehrten auch viele Sachen ganz genau, die jeder andern Frau schwierig bleiben. Da war z.B. die römische Plebs, wenig bedeutet den meisten Frauen dieses Wort. Die alte Plebs hat zu ihrer Zeit nie Kaffegesellschaften gegeben, nie auf dem Flügel gespielt, nie Reifröcke getragen und nie einen französischen Roman gelesen. Sie ist eine im Schutt des Altertums begrabene, sehr ungemütliche Einrichtung. Die Frau eines Philologen aber weiß davon. Was hörte nicht Ilse alles von Plebejern und Patriciern, ja, sie nahm in ihrem Herzen Partei für die Plebejer, sie verwarf gänzlich die Ansicht, daß sie nur aus kleinen Leuten und leichtfertigem Gesindel zusammengeflossen seien, und schätzte sie als tüchtige Landwirte, trotzige politische Männer, die hartnäckig bis auf den Tod in einem großen Vereine gegen ungerechte Patricier kämpften. Und sie dachte dabei an ihren eigenen Vater und hatte Tage, wo sie ihre Bekannten darauf ansah, ob sie auch zur Plebs gehören würden, wenn sie Römer wären.

Auch ihr selbst waren die Herren freundlich, und fast alle hatten eine Eigenschaft, die den Verkehr bequem machte, sie erklärten gern. Im Anfange wollte Ilse ungern verraten, daß sie von Vielem gar nichts wußte. An einem Abend aber setzte sie sich vor ihren Gatten und begann: »Ich habe mir etwas ausgedacht. Bisher habe ich mich gescheut zu fragen, nicht weil ich mich meiner Unwissenheit schäme, wo sollte ich's her haben? nur um deinetwillen, damit die Leute nicht merken, daß du eine einfältige Frau hast. Aber wenn dir's recht ist, will ich's jetzt anders machen, denn ich merke, sie sprechen zumeist gern, und da werden sie wohl auch mir ein geflügeltes Wort gönnen.«

»So ist es recht«, sagte der Gatte, »du wirst ihnen um so lieber werden, je mehr du ihnen Anteil zeigst.«

»Wissen möchte ich Alles, die ganze Welt, um dir ähnlicher zu werden, aber es fehlt mir immer noch an Verständnis.«

Die neue Politik bewährte sich vortrefflich. Ilse erfuhr sogar, daß es zuweilen leichter war, einen lieben Bekannten zum Reden als zum Aufhören zu bringen. Denn die Herren berichteten ihr gewissenhaft und in großen Zügen, was sie erfahren wollte, aber sie vergaßen wohl einmal, daß die Fähigkeit der Frau, das Neue aufzunehmen, nicht so entwickelt war, als ihnen die Kunst zu belehren.

Ja, sie schwebten wie Götter über der Erde. Aber sie teilten auch darin das Loos der ambrosischen Genossenschaft, daß der heitere Friede, welchen sie in die Herzen der Sterblichen sandten, unter ihnen selbst durchaus nicht immer waltete und durch geworfene Erisäpfel leicht verscheucht wurde. Es war Ilse's Schicksal, daß sie unter heftiger Fehde der Unsterblichen im Olymp heimisch werden sollte.

An einem finstern Wintertage fuhr der Sturmwind übelgelaunt gegen die Fenster und versteckte den Stadtwald hinter wirbelnden Schneewolken. Da hörte Ilse im Zimmer ihres Gatten die scharfen Laute des Professor Struvelius in bedächtigem Fluß der Rede, dazwischen langes und eingehendes Gespräch ihres Felix. Die Worte waren nicht zu unterscheiden, der Tonfall aber war zwei Stimmen schnellschwebender Vögel vergleichbar, dem Wettgesange der Drossel und einer Übles weissagenden Krähe. Die Unterredung zog sich lange hin, und Ilse wunderte sich, daß Struvelius so ausdauernden Gebrauch der Rede ertrug. Als er sich endlich entfernt hatte, trat Felix zu ungewohnter Stunde in ihr Zimmer und ging, mit geheimen Gedanken beschäftigt, einigemal schweigend auf und ab. Zuletzt brach er kurz heraus: »Ich bin in die Lage gekommen, dem Collegen über unsere Handschrift eine Mitteilung zu machen.«

Ilse sah neugierig auf. Seit ihrer Vermählung war von Tacitus noch nicht die Rede gewesen. »Du hattest doch die Absicht, gegen Fremde nicht mehr davon zu sprechen.«

»Ich habe das Schweigen ungern gebrochen. Mir blieb nichts übrig, als gegen meinen nächsten Collegen offen zu sein. Das Gebiet unserer

Wissenschaft ist umfangreich, nicht häufig geschieht es, daß Genossen derselben Universität jeder für sich auf dieselbe Arbeit verfallen. Ja, aus naheliegenden Gründen vermeiden sie, einander darin eine gewisse Concurrenz zu machen. Fügt der Zufall nun doch einmal solches Zusammentreffen, so ist Mitgliedern derselben Anstalt jede zarte Rücksicht geboten. Heut nun sagte mir Struvelius, er wisse, daß ich mich ab und zu mit Tacitus beschäftige, und er bitte mich um einige Auskunft. Er frug nach den Handschriften, die ich vor Jahren im Auslande eingesehen und verglichen, und nach der Durchzeichnung, die ich von den Schriftzügen derselben für mich gemacht habe.«

»Du hast ihm mitgeteilt, was du wußtest?« frug Ilse.

»Ich habe ihm gegeben, was ich besaß, das verstand sich von selbst«, erwiederte der Professor. »Denn was er auch damit anfangen mag, es wird nicht ganz ohne Gewinn für die Wissenschaft sein.«

»Er soll deine Arbeit benutzen, um die seine möglich zu machen? Jetzt wird er vor der Welt in deinen Federn singen«, klagte Ilse.

»Ob er das Gegebene mit Anstand gebraucht, ob er es mißbraucht, ist seine Sache, ich habe die Verpflichtung, einem bewährten Amtsgenossen nur das Ehrenhafte zuzutrauen. Das war mir keinen Augenblick zweifelhaft, wohl aber fiel mir Anderes auf. Er war nicht offen gegen mich. Er gab an, daß ihn die Kritik einiger Stellen des Tacitus beschäftige, aber er verbarg mir die Hauptsache, das empfand ich deutlich. Da mußte ich ihm geradeheraus sagen, daß ich seit langer Zeit für diesen Schriftsteller ein warmes Interesse herumtrage, und daß ich seit dem letzten Sommer an ihn gefesselt sei durch die, wenn auch unsichere Möglichkeit eines neuen Fundes. Ich habe ihm die Nachricht gezeigt, welche mich zuerst in deine Nähe leitete. Er ist Philolog wie ich und weiß jetzt, welche Bedeutung für mich dieser Autor gewonnen hat.«

»Mein einziger Trost ist«, sagte Ilse, »daß der verständige Vater dem Struvelius ein schweres Verhängnis bereiten wird, wenn dieser auf unserm Gute nach der Handschrift freien will.«

Dem Professor war der Gedanke an den Trotz seines gewaltigen Schwiegervaters heut tröstlich und er lächelte. »Nach dieser Seite bin ich sicher. Aber was will der Andere mit Tacitus, die Historiker lagen doch sonst nicht auf seinem Wege? – Es ist kaum denkbar, – aber sollte das Unglaubliche geschehen sein? ist die geheimnisvolle Handschrift durch irgendeinen Zufall aufgefunden und in seinen Händen? – Doch es ist Torheit, darum zu sorgen.« Er schritt heftig auf und ab und rief endlich, in starker Bewegung seiner Frau die Hand schüttelnd: »Es ist immer widerwärtig, wenn man sich auf selbstsüchtigen Empfindungen ertappt.«

Er ging wieder an seine Arbeit, und als Ilse leise die Tür öffnete, sah sie seine Feder in gleichförmiger Bewegung. Gegen Abend aber, wo sie nach seiner Lampe sah und die Ankunft des Doktors verkündigte, saß er, den Kopf auf die Hand gestützt, in finsterm Sinnen. Sie strich ihm leise über das Haar und er merkte es kaum.

Der Doktor aber nahm die Sache nicht so innerlich, er geriet in Ärger über die Geheimniskrämerei des Andern und über die Hochherzigkeit des Freundes, und es gab eine lebhafte Erörterung. »Möchtest du diese Offenheit niemals bereuen«, rief der Doktor, »der Mann wird aus deinem Silber seine Münzen schlagen. Denke an mich, dir wird ein Possen gespielt.«

»Zuletzt«, so schloß der Professor bedachtsam, »lohnt nicht, sich darüber aufzuregen. Kam durch irgendeinen unwahrscheinlichen und unerhörten Zufall wesentlich Neues in seinen Besitz, so hat er ein Recht auf alles vorhandene Material, auf meine Sammlungen, auf meine Unterstützung, soweit ich sie zu geben vermag. Übt er seinen Scharfsinn nur an dem vorhandenen Text, so ist unserer kindlichen Hoffnung gegenüber Alles, was er fördern mag, unwesentlich.«

In solcher Weise zog unscheinbar und harmlos ein akademisches Gewölk herauf.

Vier Wochen waren vergangen, der Professor war oft mit seinem Collegen zusammengetroffen. Es konnte nicht auffallen, daß Struvelius den Namen Tacitus nicht über seine schweigsamen Lippen brachte, der Professor aber blickte unruhig auf den Pfad des Amtsgenossen, denn er glaubte zu bemerken, daß der Andere ihm auswich. An einem friedlichen Abend saß Felix Werner mit Ilse und dem Doktor am Teetisch, als Gabriel eintrat und eine kleine Broschüre in unscheinbarem Zeitungspapier vor dem Professor niederlegte. Der Professor riß die Hülle ab, warf einen Blick auf den Titel und reichte das Heft schweigend dem Doktor. Der lateinische Titel lautete in die Sprache dieses Buches übersetzt: »Ein Fragment des Tacitus, als Spur einer verlorenen Handschrift mitgeteilt von Dr. Friedobald Struvelius, Professor u.s.w.« Ohne ein Wort zu sagen, standen die Freunde auf und trugen die Abhandlung in das Arbeitszimmer des Professors. Ilse blieb erschrocken zurück, sie hörte, wie ihr Gatte den lateinischen Text vorlas, und erkannte, daß er sich zwang, durch langsames und festes Lesen seine Aufregung zu überwältigen. Was in dieser verhängnisvollen Schrift enthalten war, darf leider dem Leser nicht vorenthalten werden.

Ältere Zeitgenossen erinnern sich der Culturperiode, in welcher der Tabak aus Pfeifenköpfen geraucht wurde; sie kennen die wohltätige Erfindung, welche mit einem noch durch keine Forschung hinreichend aufgehellten Worte Fidibus benannt wird; sie kennen auch die normale Länge und Breite eines solchen Papierstreifens, welchen unsere Väter aus verjährten Akten massenhaft zusammenfalteten. Ein solcher Streifen, allerdings nicht von Papier, sondern von einem Pergamentblatt geschnitten, war in die Hände des Herausgebers gefallen. Der Streifen hatte aber vorher schwere Schicksale erfahren. Er war vor etwa zweihundert Jahren von einem Buchbinder auf die Rückseite eines dicken Bandes geklebt worden, um die Dauer des Heftzwirns zu verstärken, und er war für diesen Zweck durch Leim übel zugerichtet. Nach Entfernung des Leims erschienen die Schriftzüge einer alten Mönchshand. Das Wort Amen und einige heilige Namen machten zweifellos, daß das Geschriebene dazu gedient hatte, christliche Frömmigkeit zu fördern. Unter dieser Mönchsschrift aber waren andere und größere lateinische Buchstaben sichtbar, sehr verblichen, fast ganz geschwunden, von denen man einige mit mäßiger Anstrengung zu dem römischen Namen Piso zusammendeuten konnte. Da hatte nun Professor Struvelius durch Hartnäckigkeit und durch Anwendung einiger chemischer Mittel möglich gemacht, diese untere Schrift zu lesen. Sie war nach den Formen ihrer Buchstaben uralt. Da der Pergamentfidibus aber von einem ganzen Blatte abgeschnitten war, enthielt er natürlich nicht vollständige Sätze, nur einzelne Wörter, welche in die Seele des Lesers fielen wie verlorene Noten einer fernen Musik, die ein Wind ans Ohr trägt, es war daraus keine Melodie zu machen. Gerade das hatte den Herausgeber angezogen. Er hatte die verschwundenen Buchstaben ermittelt, die durchschnittenen Worte ergänzt, ja, den gesammten fehlenden Teil des Blattes gemutmaßt. Und er hatte durch bewundernswerte Anwendung der allergrößten Gelehrsamkeit aus wenigen schattenhaften Flecken des Fidibus ziemlich die ganze Seite einer Pergamenthandschrift hergestellt, wie sie etwa vor zwölfhundert Jahren leibhaftig gewesen sein konnte. Es war eine staunenswerte Arbeit.

Daraus ergab sich Folgendes. Noch am deutlichsten, obgleich für gewöhnliche Augen kaum lesbar, war auf dem Pergamentstreif ein gewisser

Pontifex Piso gewesen, in wortgetreuer Übersetzung: Brückenmacher Erbs. Dieser Erbs schien den Pergamentstreif sehr zu beschäftigen, denn der Name zeigte sich einigemal. Nun aber hatte der Herausgeber aus diesem Namen und aus den Ruinen zerstörter Wörter bewiesen, daß der Pergamentstreif letzter Überrest einer Handschrift des Tacitus war, und daß seine Worte einem uns verlorenen Abschnitt der Annalen angehörten; und er hatte endlich aus dem Charakter der schattenhaften Buchstaben nachgewiesen, daß der Pergamentstreif zu keiner der vorhandenen Handschriften des Römers gehört habe, sondern daß er durch Zerstörung einer ganz unbekannten entstanden sei.

Die Freunde saßen, nachdem der Aufsatz vorgelesen war, finster und sinnend. Endlich brach der Doktor aus: »Wie unfreundlich, dir dies zu verbergen und doch deine Hilfe in Anspruch zu nehmen!«

»Darauf kommt jetzt wenig an«, erwiederte der Professor, »die Arbeit selbst kann ich nicht loben, sie wendet auf unsichere Grundlage einen übergroßen Scharfsinn, und gegen Manches, was er ergänzt und vermutet, wird Einspruch zu erheben sein. Aber warum sprichst du nicht aus, was uns beiden mehr am Herzen liegt als das Ungeschick eines wunderlichen Mannes. Wir sind einer Handschrift des Tacitus auf der Spur, und hier findet sich das Trümmerstück einer solchen Handschrift, welche nach dem dreißigjährigen Kriege von einem Buchbinder zerschnitten ward. Die Ausbeute, welche dies kleine Fragment für unser Wissen geben mag, ist so unbedeutend, daß der Gewinn den aufgewandten Fleiß gar nicht lohnt, gleichgültig für alle Welt, nur nicht für uns. Denn, mein Freund, wenn wirklich eine Handschrift des Tacitus in solche Streifen zerschnitten wurde, so ist es mit großer Wahrscheinlichkeit dieselbe, auf welche wir gehofft haben. – Was weiter!« schloß er bitter, »wir werden ein Traumbild los, das uns vielleicht noch lange geäfft hätte.«

»Wie kann dies Pergament von der Handschrift unseres Freundes Bachhuber stammen?« rief der Doktor, »auf diesem hier ist der Text ja mit Gebeten überschrieben.«

»Wer steht uns dafür, daß nicht auch die Mönche von Rossau wenigstens einzelne verblichene Blätter mit ihrem geistlichen Hausbedarf übermalten? Dergleichen ist nicht gewöhnlich, aber wohl denkbar.«

»Vor allem mußt du selbst das Pergamentblatt des Struvelius sehen«, entschied der Doktor. »Genaue Betrachtung kann Manches aufhellen.«

»Es ist mir nicht bequem, deshalb mit ihm zu sprechen, aber es soll morgen geschehen.«

Den Tag darauf trat der Professor ruhiger in das Zimmer des Collegen Struvelius. »Sie mögen denken«, begann er, »daß ich mit besonderer Spannung Ihre Abhandlung gelesen habe. Nach dem, was ich Ihnen von einem unbekannten Codex des Tacitus mitteilte, wissen Sie, daß unsere Aussicht, diesen Codex zu ermitteln, sehr verringert wird, wenn der Pergamentstreif von Blättern des Tacitus geschnitten ist, welche noch vor zweihundert Jahren in Deutschland erhalten waren.«

»Wenn er geschnitten ist?« erwiederte Struvelius scharf. »Er ist davon geschnitten. Und was Sie mir über den Versteck von Rossau mitteilten, war doch unsicher, und ich bin nicht der Meinung, daß darauf Wert zu legen ist. Wenn dort in der Tat eine Handschrift des Tacitus vorhanden war, so ist sie allerdings zerschnitten und diese Frage erledigt.«

»Wenn solche Handschrift vorhanden war?« entgegnete Felix. »Sie *war* vorhanden. Ich aber komme, Sie zu bitten, daß Sie mich das Pergamentblatt sehen lassen. Seit der Inhalt veröffentlicht ist, wird das wohl keinem Bedenken unterliegen.«

Struvelius sah verlegen aus, als er antwortete: »Ich bedaure Ihren Wunsch, den ich übrigens ganz in der Ordnung finde, nicht erfüllen zu können, ich bin nicht mehr im Besitz des Blattes.«

»An wen habe ich mich deshalb zu wenden?« frug der Professor befremdet.

»Auch darüber bin ich vorläufig zum Schweigen verpflichtet.«

»Das ist auffallend«, brach Felix los, »und verzeihen Sie mir das offene Wort, es ist schlimmer als unfreundlich. Denn ob die Bedeutung dieses Fragments groß oder gering ist, es sollte nach dem Druck seines Inhaltes den Augen Anderer nicht entzogen werden. Ihnen selbst muß daran liegen, daß Andere Ihre Herstellung des Textes gründlich zu würdigen vermögen.«

»Das gebe ich zu«, erwiederte Struvelius, »aber ich bin nicht im Stande, Ihnen die Einsicht dieses Blattes zu bewirken.«

»Haben Sie daran gedacht«, rief der Professor auflodernd, »daß Sie durch solche Weigerung Mißdeutungen Fremder ausgesetzt werden, Mißdeutungen, die niemals mit Ihrem Namen in Verbindung gebracht werden sollten?«

»Ich halte mich selbst für hinreichend befähigt, Wächter meines guten Namens zu sein, und muß Sie bitten, diese Sorge vollständig mir zu überlassen.«

»Dann habe ich Ihnen nichts weiter zu sagen, Herr Professor«, erwiederte Felix und ging nach der Tür.

Im Gehen sah er noch, daß sich die Mitteltür öffnete und die Frau Professorin, aufgeschreckt durch die lauten Worte der Sprechenden, wie ein Genius eintrat und die Hand flehend nach ihm ausstreckte. Er aber schloß nach flüchtiger Verbeugung die Tür und ging zornig nach Hause.

Die Wolke war geballt, der Himmel wurde finster. Der Professor nahm jetzt noch einmal die Abhandlung des unholden Collegen zur Hand. Und es war gerade, als wenn ein Luchs einen Hasen oder ein Zicklein zerrissen hat und sich des Schmauses zu freuen bereit ist, und der wilde Bergleu wirft sich, die Mähne schüttelnd, gegen die Beute, daß der andere entweicht, die Schläge des Starken im Nacken.

Ilse rief heut den Gatten zweimal vergebens zu Tische; als sie besorgt an seinen Stuhl trat, sah sie in ein verstörtes Antlitz. »Ich kann nicht essen«, sagte er kurz, »schicke hinüber, ich lasse Fritz bitten, sich sogleich her zu bemühen.«

Ilse sandte erschrocken in das Nachbarhaus, setzte sich im Zimmer des Professors nieder und folgte mit ihrem Blick dem auf und ab Schreitenden. »Was hat dich so erregt, Felix?« frug sie ängstlich.

»Ich bitte dich, liebes Weib, iß heut ohne mich«, rief er und setzte seine Wanderung fort.

Eilig trat der Doktor ein: »Das Bruchstück ist nicht aus einer Handschrift des Tacitus«, rief der Professor dem Freunde entgegen.

»Vivat Bachhuber!« erwiederte dieser noch an der Tür und schwenkte den Hut.

»Es ist kein Grund zur Freude«, unterbrach ihn der Professor finster, »das Fragment, soweit es überhaupt irgend wo her ist, enthält eine Stelle des Tacitus.«

»Nun, irgend wo her muß es doch sein«, sagte der Doktor.

»Nein«, rief der Professor mit starker Stimme, »das Ganze ist eine Fälschung. Die obere Hälfte des Textes scheinen wüst zusammengeschriebene Worte, auch sind die Versuche des Herausgebers, diese in einen verständlichen Zusammenhang zu bringen, nicht glücklich. Der untere Teil des sogenannten Fragments ist aus einem Kirchenvater abgeschrieben, welcher an einer bis jetzt nicht beachteten Stelle einen Satz des Tacitus anführt. Der Fälscher hat einzelne Worte dieses Citats mit regelmäßiger Auslassung der dazwischenliegenden Wörter auf den Pergamentzettel untereinander geschrieben. Das letzte ist unzweifelhaft.« Er führte den Doktor, der jetzt fast so betroffen aussah wie er selbst, zu den Büchern und bewies ihm die Richtigkeit seiner Behauptung. »Der Fälscher hat aus diesem gedruckten Text des Kirchenvaters seine Weisheit geholt, denn er hat das Ungeschick gehabt, einen Druckfehler des Setzers mit abzuschreiben. So sind wir mit dem Pergamentblatt fertig und mit einem deutschen Gelehrten auch.« Er zog das Tuch, den Schweiß von seiner Stirn zu trocknen, und warf sich in einen Sessel.

»Halt«, rief der Doktor, »hier handelt es sich um einen Gelehrten von Ruf und Ehre. Laß uns noch einmal kaltblütig untersuchen, ob nicht ein zufälliges Zusammenstimmen möglich ist.«

»Suche«, sagte der Professor, »ich bin am Ende.«

Der Doktor verglich lange und ängstlich den ergänzten Text des Struvelius mit den gedruckten Worten des Kirchenvaters. Endlich sagte er traurig: »Was Struvelius ergänzt hat, trifft in Sinn und Wortlaut mit den Worten des Kirchenvaters so merkwürdig überein, daß man in Versuchung gerät, die etwa abweichenden Worte seiner Ergänzung für Schlauheiten zu halten, durch welche seine Bekanntschaft mit dem erhaltenen Citat versteckt werden sollte; aber unmöglich ist doch nicht, daß Jemand durch Glück und Scharfsinn auf den richtigen Zusammenhang kommen konnte, wie er ihn gefunden hat.«

»Ich zweifle keinen Augenblick, daß Struvelius ehrlich und in gutem Glauben seine Ergänzungen selbst gefunden«, versetzte der Professor. »Aber seine Niederlage ist doch so widerwärtig als möglich. Betrüger oder betrogen, die unselige Abhandlung ist nicht nur für ihn, auch für unsere Universität eine gräuliche Demütigung.«

»Die Worte des Pergamentblattes selbst«, fuhr der Doktor fort, »sind unzweifelhaft abgeschrieben und unzweifelhaft eine Fälschung. Und dir liegt die Pflicht ob, das Sachverhältnis aufzudecken.«

»Meinem Mann?« frug Ilse aufstehend.

»Dem, der die Fälschung gefunden, und wenn Struvelius der nächste Freund wäre, Felix müßte es tun.«

»Sprich zuvor mit dem Andern«, bat Ilse, »handle nicht so an ihm, wie er an dir; hat er geirrt, laß es ihn selbst verbessern.«

Der Professor dachte nach und nickte dem Freunde zu: »Sie hat Recht.« Er eilte an den Tisch und schrieb dem Professor Struvelius seinen Wunsch, ihn heut noch in einer wichtigen Angelegenheit zu sprechen. Gabriel empfing den Brief, und das Herz war dem Professor doch leichter geworden, denn er war jetzt bereit, sich das Mittagessen gefallen zu lassen.

Ilse ersuchte den Doktor, bei ihrem Gatten zu bleiben, und mühte sich am Tisch, die Herren ein wenig auf andere Gedanken zu bringen. Sie zog einen Brief der Rollmaus aus der Tasche, worin diese bat, ihr etwas Gelehrtes ganz nach Wahl des Herrn Professors zum Lesen zu schicken. Und Ilse sprach den Wunsch aus, es möchte durch solche Sendung eine schöne Kiste mit Rebhühnern und Eingeschlachtetem gutgemacht werden, welche die Frau Oberamtmann der städtischen Wissenschaft gewidmet hatte. Das half doch etwas, die Mordgedanken der finstern Männer in den Hintergrund zu drängen. Zuletzt brachte sie eine große runde Wurst herbei, welche die Rollmaus eigens dem Doktor bestimmt hatte, und setzte sie als Schaugericht auf den Tisch. Wenn man die Wurst ansah, wie sie so vergnügt dalag, in runder Fülle, ohne innere Kämpfe, mit blauem Band umwunden, da war es unmöglich zu verkennen, daß auf dieser Erde trotz falschem Schein und leerer Anmaßung doch auch Gediegenes zu finden war. Und als die Männer das gute dicke Ding betrachteten, erweichte sich ihr Herz zu einem leisen Lächeln und einer mildern Auffassung menschlicher Schwäche.

Aber da klingelte es, und Struvelius erschien. Der Professor rückte sich heftig zusammen und ging mit starken Schritten in sein Zimmer, der Doktor entfernte sich heimlich und versprach, in Kurzem wieder zu kommen.

Zuverlässig empfand Struvelius beim ersten Blick auf den Collegen, daß die letzte Unterredung ihre Schatten über diese neue Zusammenkunft zu werfen drohe, denn er sah betroffen aus, und sein Haar stand chaotisch auf dem Haupte. Der Professor legte ihm die gedruckte Stelle des Kirchenvaters vor Augen und sagte dazu nur die Worte: »Diese Stelle ist Ihnen entgangen.«

»In der Tat«, rief Struvelius und saß lange darübergebeugt. »Ich kann mir diese Bestätigung gefallen lassen«, sprach er endlich, von dem Folianten aufsehend.

Der Professor aber legte den Finger auf das Buch: »In den Text des Pergamentblattes, welchen Sie ergänzt haben, ist ein ungewöhnlicher Druckfehler dieser Ausgabe aufgenommen, ein Druckfehler, welcher am Ende des Buches verbessert wurde. Die Worte des Pergamentblattes sind also zum Teil nach dieser gedruckten Stelle zusammengesetzt und eine Fälschung.«

Struvelius blieb stumm sitzen, aber er war sehr erschrocken und sah ängstlich in das zusammengezogene Gesicht des Collegen.

»Es wird jetzt zunächst Ihr Interesse sein, dem Publicum darüber die unvermeidliche Aufklärung zu geben.«

»Eine Fälschung ist unmöglich«, entgegnete Struvelius unbesonnen, »ich selbst habe das Pergamentblatt von dem alten Leim gereinigt, der den Text verdeckte.«

»Und doch sagten Sie mir, daß das Blatt nicht in Ihrem Besitz sei. Sie werden begreifen, daß es mir keine Freude machen kann, einem Amtsgenossen gegenüber zu treten, deshalb müssen Sie selbst unverzüglich das ganze Sachverhältnis öffentlich darlegen. Denn daß die Fälschung bekannt werden muß, ist selbstverständlich.«

Struvelius dachte nach »Ich räume ein, daß Sie in guter Meinung sprechen«, begann er endlich, »aber ich habe die feste Überzeugung, daß die Schrift des Pergamentes echt ist, und ich muß Ihnen überlassen, zu tun, was Sie für Pflicht halten. Wenn Sie Ihren Collegen öffentlich angreifen, so werde ich das zu ertragen suchen.«

Nach diesen Worten entfernte sich Struvelius widerspenstig, aber in großer Unruhe, und die Angelegenheit wälzte sich auf der Bahn des Unheils weiter. Ilse sah mit Betrübnis, wie heftig ihr Gatte unter der Störrigkeit seines Collegen litt, die er als unreinliches Wesen verurteilte. Jetzt schrieb der Professor in die wissenschaftliche Zeitung, für welche er arbeitete, eine kurze Darstellung des wirklichen Sachverhältnisses. Er führte die verhängnisvolle Stelle des Kirchenvaters an und sprach schonend sein Bedauern aus, daß der scharfsinnige Herausgeber irgendwie durch einen Betrüger hintergangen sei.

Diese schlagende Beurteilung machte an der Universität ein ungeheures Aufsehen. Wie ein gestörter Bienenschwarm, welcher hierhin und dorthin fliegt, summten die Collegen durcheinander. Struvelius hatte wenig warme Freunde, aber er hatte auch keine Gegner. Zwar die ersten Tage nach jenem literarischen Urteil galt er für einen aufzugebenden Mann, aber er selbst hielt sich gar nicht dafür, sondern verfaßte eine Entgegnung. Darin betonte er nicht ohne Selbstgefühl die schöne Bestätigung, welche seine Ergänzungen durch die von ihm allerdings übersehene Stelle des Kirchenvaters erhalten, er behandelte das Zusammentreffen des Druckfehlers mit dem Wortlaut seines Pergaments als einen wunderlichen, keineswegs aber unerhörten Zufall und versagte sich zuletzt nicht, einige scharfe Seitenblicke auf andere Gelehrte zu werfen, welche gewisse

Autoren für ihre Domäne hielten und einen kleinen Fund mißachteten, während doch kein unbefangenes Urteil auf einen größern hoffen dürfe.

Diese taktlose Anspielung auf den geheimen Codex empörte den Professor in tiefster Seele, aber stolz verschmähte er jeden weitern Kampf vor der Öffentlichkeit. Die Entgegnung des Struvelius war allerdings übel gelungen, indeß hatte sie doch die Wirkung, daß die Mitglieder der Universität, welche gegen Felix gestimmt waren, den Mut gewannen, auf Seite des Gegners zu treten. Die Sache sei immerhin zweifelhaft, und es sei doch gegen die Bundespflicht des Amtes, seinen Collegen öffentlich so groben Versehens zu bezichtigen. Der Angreifer hätte das auch einem Andern überlassen können. Gegen diese Schwachen kämpfte der bessere Teil der Amtsgenossen aus dem Lager unseres Professors. Einige der angesehensten, unter ihnen alle von Ilse's Teetisch, beschlossen, daß die Angelegenheit nicht im Sande verlaufen dürfe. In der Tat stand für Struvelius der Streit ungünstig genug, denn ihm wurde ernstlich vorgestellt, daß seine Ehre ihn verpflichte, über das Pergament irgendeine Aufklärung zu geben. Er aber schwieg sich durch diese Verhaue hingeworfener Behauptungen durch, so wohl oder übel ihm möglich war.

Auch die Abende in Ilse's Zimmer erhielten durch dies Ereignis einen kriegerischen Charakter, immer wieder saßen die nächsten Freunde, der Doktor, der Mineralog und nicht zuletzt Raschke, wie Kriegstribunen in Beratung gegen den Feind. Raschke gestand an einem Abend, daß er soeben bei dem verstockten Gegner gewesen war und ihn flehentlich gebeten hatte, wenigstens zu bewirken, daß irgend ein Dritter das unglückliche Pergament zur Ansicht erhalte. Und Struvelius war einigermaßen in Tauwärme gekommen und hatte bedauert, daß er Schweigen versprochen, weil ihm noch andere Seltenheiten in Aussicht gestellt seien. Da hatte ihn Raschke beschworen, auf solche unheimliche Schätze zu verzichten und sich die Freiheit der Rede zurück zu kaufen. Es war eine lebhafte Erörterung gewesen, denn Raschke fuhr sich mit der kleinen Teeserviette – sie hatte Fransen und war Ilse's Freude – über Nase und Augen und steckte sie dann in seine Tasche. Als Ilse ihm lachend seinen Raub zu Gemüt führte, brachte er nicht nur die Serviette hervor, sondern mit ihr noch ein seidenes Taschentuch, von dem er behauptete, daß es ebenfalls Ilsen gehören müsse, obgleich es offenbar Eigentum eines mit Schnupftabak umgehenden Herrn war. Deshalb wurde gegen ihn der Verdacht erhoben, daß er das Tuch aus dem Zimmer des Struvelius mitgebracht habe. »Nicht unmöglich«, sagte er, »denn wir waren bewegt.«

Das fremde Taschentuch lag auf einem Stuhle und wurde von den Anwesenden mit kalten Blicken und feindlichen Empfindungen betrachtet.

4. Der Professorenball.

In diese akademische Verstörung fiel der große Professorenball, das einzige Fest des Jahres, welches sämmtlichen Familien der Universität Gelegenheit gab, in fröhlicher Geselligkeit zusammenzutreffen. Auch Studenten und andere Bekannte wurden geladen, der Ball war in der Stadt wohlangesehen und die Einladungen begehrt.

Ein akademischer Tanz ist etwas ganz Anderes als ein gewöhnlicher Ball. Denn außer allen guten Eigenschaften eines distinguierten Balles erweist er noch drei Vorzüge deutscher Wissenschaft: Fleiß, Freiheit und Gleichgültigkeit; Fleiß im Tanzen, auch bei den Herren, Freiheit in anmutigem Verkehr zwischen Jung und Alt und Gleichgültigkeit gegen Uniformen und lackierte Tanzstiefeln. Zwar die Jugend hat auch hier im Ganzen einen weltbürgerlichen Charakter, denn dieselben Tanzweisen, Roben, Sträuße und Verbeugungen, grüßende Augen und gerötete Bäckchen mag man bei tausend ähnlichen Festen von der Newa bis nach Kalifornien erblicken. Nur wer genauer zusah, erkannte wohl an einem Mädchenkopf die geistvollen Augen und beredten Lippen, welche von dem gelehrten Vater auf sie übergegangen waren, und vielleicht in Locken und Bändern eine kleine akademische Eigenheit. Und der alte Satz, welchen Tiefsinn vergangener Studenten gefunden: Professorentöchter sind entweder hübsch oder häßlich, empfahl sich auch hier dem betrachtenden Menschenfreund, die landesübliche Mischung beider Eigenschaften war selten. Und unter den Tänzern waren neben einigen Offizieren und der Blüte städtischer Jugend, dem gewöhnlichen Ballgut, hie und da junge Gelehrtengesichter zu sehen, hager und bleich, umflossen von schlichtem Haar, welches mehr geeignet war, sinnig auf die Bücher hinabzuhängen, als im Tanz durch den Saal zu schweifen. Was aber diesem Fest seinen Wert gab, war gar nicht die Jugend, sondern Herren und Frauen in gesetzten Jahren. Unter den älteren Herren mit grauem Haar und fröhlichem Antlitz, welche in Gruppen zusammenstanden oder behaglich zwischen den Damen umhertrieben, viele bedeutende Köpfe, feine ausgearbeitete Züge, ein frisches, lebendiges, unterhaltsames Wesen. Und unter den Frauen nicht wenige, die sonst das ganze Jahr geräuschlos zwischen dem Arbeitszimmer des Gatten und der Kinderstube einherschwebten, und die sich jetzt im ungewohnten Staatskleid dem Kerzenglanz ausgesetzt sahen, ebenso schüchtern und verschämt, wie sie vor langer Zeit als Mädchen gewesen waren.

Diesmal aber war beim Beginn des Festes in einzelnen Gruppen doch eine gewisse Spannung unverkennbar. Der Teetisch Werners hatte angenommen, daß Struvelius nicht kommen werde. Aber er war da. Er stand still in sich gezogen mit seinem gewöhnlichen zerstreuten Blick unweit des Eingangs, und Ilse und ihr Gatte mußten an ihm vorüber. Als Ilse am Arm des Professors durch den Saal schritt, sah sie, daß die Augen Vieler sich neugierig auf sie richteten, und hohe Röte stieg ihr in die Wangen. Der Professor führte sie der Frau des Collegen Günther zu, welche mit Ilse verabredet hatte, daß sie am Abende zusammenhalten wollten, und Ilse war froh, als sie auf einem der erhöhten Sitze neben der muntern Frau Platz gefunden hatte, und sie wagte im Anfange nur schüchtern um sich zu blicken. Aber der Schmuck des Saales, die vielen stattlichen Menschen, welche suchend, plaudernd, grüßend den großen Raum füllten, dazwischen die ersten Klänge der Ouvertüre, gaben ihr bald eine gehobene Stimmung. Sie getraute sich weiter umzuschauen und nach ihren Bekannten zu spähen, vor Allem nach dem lieben Manne. Sie sah ihn unweit der einen Saaltür stehen inmitten seiner Freunde und Genossen, ragend an Haupt und Gliedern. Und sie sah unweit der andern Tür den Gegner Struvelius stehen mit kleinem Gefolge, fast nur von Studenten umgeben; so standen die Männer zwiefach geteilt, den Groll in ihrem Busen ehrbar bändigend. Aber zu Ilse kamen die Bekannten des Gatten, der Doktor kam und lachte sie aus, weil sie vorher große Sorge gehabt, wie man in dem Gewirr fremder Menschen einander finden werde, auch der Mineraloge kam und erklärte seine Absicht, sie um einen Tanz zu ersuchen. Doch Ilse machte ihm dagegen ernste Vorstellungen: »Bitte, tun Sie das nicht, ich bin in den neuen städtischen Tänzen nicht sicher, und Sie möchten mit mir nicht gut bestehen. Da wollen wir einen Grundsatz daraus machen, und ich werde gar nicht tanzen. Aber das ist auch nicht nötig, denn mir ist sehr festlich zu Mut, und ich freue mich von Herzen über all die schmucken Leute.« Bald traten Fremde heran, ließen sich ihr vorstellen, und sie erlangte schnell größere Gewandtheit, Tänze abzuschlagen. Darauf führte auch der Historiker seine Tochter zu ihr, der würdige Herr sprach längere Zeit mit Ilse und setzte sich endlich sogar neben sie, und Ilse fühlte freudig, daß darin eine Auszeichnung lag. Endlich wagte sie sich selbst einige Schritte von ihrem Platz, um Frau Professor Raschke zu sich zu holen. Und es dauerte nicht lange, so bildete sie mit den Bekannten eine hübsche kleine Gesellschaft, die niedliche Frau Günther machte allerliebste Scherze und erklärte ihr fremde Damen und Herren. Auch die Frau Rektorin kam herbei und sagte, sie müsse sich zu ihnen setzen, weil sie merke, daß es bei ihnen so lustig hergehe, und die Magnificenz warf ihre Augen wie Leuchtkugeln hin und her und zog einen Herrn nach dem andern zu der Gruppe; und wer der Magnificenz Hochachtung bewies, der begrüßte auch die neue Frau Collegin. Es wurde in ihrer Nähe ein Kommen und Gehen wie auf einem Jahrmarkt, und Ilse und die Magnificenz saßen da wie zwei Nachbarsterne, von denen einer den Glanz des andern vermehrt. Alles war gut und schön, Ilse war seelenvergnügt, und es fand in ihrer Nähe nur etwas mehr freundschaftliches Händeschütteln statt, als sich im Ganzen mit der Feierlichkeit eines Balles verträgt. Und als Felix auch einmal herzutrat und sie fragend ansah, da drückte sie ihm leise die Fingerspitze und lachte ihn so glücklich an, daß er keiner weitern Antwort bedurfte.

Da, in einer Pause, als Ilse die Wände des Saales entlang sah, erblickte sie auf der entgegengesetzten Seite Frau Professor Struvelius. Sie saß in auffallend dunklem Kleide, ihre eine sapphische Locke hing ernst und schwermütig von dem feinen Haupt. Die Gattin des Feindes sah bleich aus und blickte still vor sich nieder. In der Haltung der Frau war etwas, was Ilsen das Herz bewegte, und ihr war, als müßte sie hinübergehen. Sie überlegte, ob ihrem Felix das recht sein werde, und fürchtete sich auch vor einer kalten Abweisung. Endlich aber faßte sie ein Herz und schritt quer durch den Saal auf die gelehrte Frau zu.

Sie wußte nicht, was sie tat. Sie selbst war viel mehr aufgefallen, sie wurde viel schärfer beobachtet, und die Anwesenden beschäftigte der Zwist zweier Häuptlinge viel angelegentlicher, als sie ahnte. Wie sie jetzt mit festem Schritt auf die Andere zuging und schon einige Schritt vor ihr die Hand nach ihr ausstreckte, da entstand eine bemerkbare Stille im Saale und viele Augen richteten sich auf die beiden Frauen. Die Struvelius erhob sich geradlinig, stieg eine Stufe von ihrem Sitz hinab und sah so gefroren aus, daß Ilse erschrak und kaum eine alltägliche Frage nach ihrem Befinden über die Lippen brachte.

»Ich danke Ihnen«, antwortete die Struvelius, »ich bin keine Freundin lauter Geselligkeit, wohl nur deshalb, weil mir alle Eigenschaften dafür fehlen. Denn zuletzt ist dem Menschen nur da wohl, wo er Gelegenheit hat, irgendeine Anlage tätig darzustellen.«

»Mit meiner Anlage sieht es vollends schlecht aus«, sagte Ilse schüchtern, »aber mir ist hier Alles neu und deshalb unterhalte ich mich sehr durch das Zusehen, und ich möchte meine Augen überall haben.«

»Das ist bei Ihnen eine ganz andere Sache«, versetzte die Struvelius mit kalter Abfertigung.

Zum Glück wurde die dürftige Unterhaltung im Beginn unterbrochen. Denn die Consistorialrätin schoß neugierig wie eine Elster zu der Gruppe, um menschenfreundlich zu vermitteln oder in der auffallenden Scene mitzuwirken. Sie pickte in das Gespräch hinein, und gleichgültige Reden wurden kurze Zeit fortgesetzt. Ilse kehrte erkältet auf ihren Platz zurück, mit sich selbst ein wenig unzufrieden. Sie hatte keine Ursache dazu. Die kleine Günther sagte ihr leise: »Das war recht, und ich bin Ihnen jetzt noch einmal so gut;« und Professor Raschke kam zu ihr herangeschossen; er erwähnte nichts, aber nannte sie einmal über das andere seine liebe Frau Collega. Er frug besorgt, ob er ihr nicht etwas Gutes, wie Tee oder Limonade, zutragen dürfe, er nahm den feinge- schnitzten Fächer, den ihr Laura aufgenötigt hatte, bewundernd aus ihrer Hand und steckte ihn aus Vorsicht in die Brusttasche seines Fracks. Dabei kam er auf eine lustige Geschichte, wie er als Student sich in seiner kleinen Stube selbst tanzen gelehrt hatte, um seiner gegenwärtigen Frau zu gefallen, und im Feuer seiner Erzählung begann er vor Ilse die Me- thode darzustellen, durch welche er sich in der Stille die ersten Pas bei- gebracht. Er bewegte sich gerade im Schwunge, und der Schwanenflaum des Fächers ragte wie eine große Feder aus seinem Flügel hervor, als ein neuer Tanz begann und der Professor durch die wirbelnden Paare mit Laura's Fächer weggefegt wurde. – Es waren nur wenige Schritte, die Ilse durch den Saal getan hatte, aber die kleine Äußerung eines selbständigen Willens hatte ihr die gute Meinung der Universität gewon- nen. Denn mancher Bemerkung, welche wohl über ihr ländliches Wesen gemacht wurde, klang jetzt bei Männern und Frauen die Anerkennung entgegen: sie hat Gemüt und Charakter.

Nach altem Brauch wurde der Ball in seiner Mitte durch ein gemein- schaftliches Abendessen unterbrochen. Würdige Professoren waren schon einige Zeit vorher im Nebenzimmer spähend um gedeckte Tische gewan- delt, hatten vorsorglich Zettel gelegt und mit wohlgekräuselten Kellnern eine Weinlieferung verabredet. Endlich lagerte sich die Gesellschaft, nach

Familien geordnet, um die Tafeln. Als Ilse am Arm des Gatten nach ihrem Platze schritt, frug sie leise: »War's recht, daß ich hinüberging?« Und er erwiederte ernsthaft: »Es war nicht unrecht.« Damit mußte sie sich vorläufig begnügen.

Während der Tafel brachte Magnisiens den ersten Toast auf die akademische Geselligkeit aus, und die Herren vom Teetisch fanden, daß seine leise Anspielung auf ein freundliches Zusammenhalten der Collegen in unzarter Weise an die brennende Frage des Tages rühre. Aber diese Wirkung ging sogleich in andern Trinksprüchen unter, und Ilse merkte, daß die Tischreden hier anders betrieben wurden als in der Familie Rollmaus, denn ein College nach dem andern schlug an das Glas. Wie zierlich und geistreich wußten sie leben zu lassen, sie hielten ihre Frackschöße und blickten kaltblütig in die Runde und gedachten in herrlichen Worten der Gäste, der Frauen und der übrigen Menschheit. Als die Pfropfen des Champagners knallten, wurde die Beredtsamkeit übermächtig, und es schlugen sogar zwei Professoren zu gleicher Zeit an die Gläser. Da erhob sich noch einmal der Professor der Geschichte, und Alles wurde still. Er begrüßte die neuen Mitglieder der Universität, die Frauen und Männer, und Ilse merkte, daß dieser Gruß auch auf sie selbst gehe, und sah auf ihren Teller herab. Aber sie erschrak, als er immer persönlicher wurde und zuletzt gar ihren Namen laut in den Saal rief und den der Mineralogin, welche auf der andern Seite ihres Felix saß. Die Gläser klangen, ein Tusch wurde geblasen, viele Collegen und einige Frauen erhoben sich und zogen mit ihren Gläsern heran, es entstand hinter den Stühlen eine kleine Völkerwanderung, und Ilse und die Mineralogin mußten ohne Aufhören anstoßen, danken und sich verneigen. Als Ilse errötend aufstand, um mit den Grüßenden anzustoßen, streifte ihr Blick unwillkürlich die nächste Tafel, wo wieder die Struvelius gegenüber saß, und sie sah, wie diese nach dem Glase zuckte, aber schnell zurückfuhr und finster vor sich hinstarrte.

Die Gesellschaft erhob sich, und jetzt erst begann die rechte Festfreude. Denn auch die Professoren wurden regsam und gedachten ihrer alten Tüchtigkeit. Und der Saal erhielt ein verändertes Aussehen, denn jetzt drehten sich auch ehrwürdige Herren mit ihren eigenen Frauen im Kreise. Ach, es war für Ilse ein herziger und rührender Anblick! Mancher alte Frack und bequeme Wegstiefel bewegte sich im Takte. Die Herren tanzten entschlossen mit allerlei Schleifung des Fußes und kühner Bewegung der Kniee in dem Stil ihrer Jugendzeit und mit dem Gefühl, daß sie ihre Kunst auch noch verstanden. Einige der Frauen hingen schüchtern in den Armen der Tänzer, manche auch etwas schwerfällig, andern aber sah man an, wie gut sie das Regiment im Hause führten, denn wenn die Wissenschaft des Gemahls nicht ganz ausreichte, wußten sie ihn durch ein kräftiges Herumschwingen im Kreise fortzutreiben. Und Magnificus tanzte mit seiner runden Frau, sehr zierlich, und Raschke tanzte mit seiner Frau und sah beim Anlauf, der einige Zeit in Anspruch nahm, triumphierend nach Ilse hinüber. Bei diesem Ball geschah, was lange nicht vorgekommen war: die Professoren wagten auch eine Senioren-Française. Als aber Raschke dazu antrat, entstand ein besorgtes Kopfschütteln seiner Vertrauten. Nicht ohne Grund, denn er brachte eine heillose Verwirrung in die Touren. Er wollte seine Frau durchaus nicht mit einer andern Dame vertauschen, welche ihm gegenüberstand, dann ergab sich, daß er keine feste Ansicht über seinen eigentlichen Platz gewinnen konnte, und erst am Ende, als ein großer Stern gebildet wurde, bei welchem die Herren an der Außenseite als Strahlen herumkreisten, da fand er sich an der Hand irgendeiner Dame wieder zurecht und schwenkte lachend seine Beinchen gegen die Außenwelt.

Lustiger wurde das Getümmel, alle Nachbarinnen Ilsens waren durch den Taumel ergriffen und tanzten Walzer; Ilse stand unweit einer Säule und sah in das bunte Treiben herab. Da strich etwas hinter ihr herum, ein seidenes Kleid rauschte, die Struvelius trat neben sie.

Betroffen sah Ilse in die großen grauen Augen der Gegnerin, welche langsam begann: »Ich halte Sie für edel und gemeiner Empfindung ganz unfähig.«

Ilse verneigte sich ein wenig, um ihren Dank für die unerwartete Erklärung auszudrücken.

»Ich gehe umher«, fuhr die Struvelius in ihrer gemessenen Weise fort, »wie mit einem Fluche beladen. Was ich in diesen Wochen gelitten habe, ist unaussprechlich, heute in der lauten Freude komme ich mir vor wie eine Ausgestoßene.« Das Tuch in ihrer Hand zitterte, aber sie sprach eintönig fort: »Mein Mann ist unschuldig und in der Hauptsache von seinem Recht überzeugt. Mir als seiner Frau geziemt, seine Auffassung und sein Schicksal zu teilen. Aber ich sehe auch ihn durch eine unselige Verwickelung innerlich verstört, und ich fühle mit Entsetzen, daß ihm die gute Meinung seiner nächsten Bekannten verloren sein mag, wenn es nicht gelingt, die Zweifel zu lösen, welche sich um sein Haupt sammeln. – Helfen Sie mir«, rief sie in plötzlichem Ausbruch die Hände ringend, und zwei große Tränen rollten ihr über die Wangen.

»Vermag ich das?« frug Ilse.

»Es ist ein Geheimnis bei der Sache«, fuhr die Struvelius fort, »mein Mann hat die Unvorsichtigkeit gehabt, unbedingtes Schweigen zu versprechen, sein Wort ist ihm heilig, und er selbst ist wie ein Kind in Geschäften und weiß sich in dieser Sache keinen Rat. Ohne sein Wissen und Zutun muß versucht werden, was ihn rechtfertigt. Ich bitte Sie, mir dabei Ihren Beistand nicht zu versagen.«

»Ich kann nichts tun, was mein Mann mißbilligen würde, und ich habe bis jetzt niemals ein Geheimnis vor ihm gehabt«, versetzte Ilse ernst.

»Ich will nichts, was nicht vor dem strengsten Urteil bestehen könnte«, fuhr die Andere fort. »Ihr Gemahl soll zuerst wissen, was ich etwa ermitteln kann; gerade deshalb wende ich mich an Sie. Ach, nicht deshalb allein, ich weiß Niemanden, dem ich vertrauen könnte. – Ihnen sage ich, was ich nicht von Struvelius erfahren habe, er hat das unglückliche Pergamentblatt von Magister Knips erhalten und an diesen wieder zurückgegeben.«

»Das ist der kleine Magister auf unserer Straße?« frug Ilse neugierig.

»Derselbe. Ich muß den Magister veranlassen, daß er das Blatt wieder herbeischafft oder mir sagt, wo es zu finden ist. Nicht hier ist der Ort, dies zu besprechen«, rief sie, als die Tanzmusik verstummte. »Bei der Stellung unserer Männer darf ich Sie nicht besuchen, es würde mir zu schmerzlich sein, die veränderte Haltung Ihres Gemahls in einer Begegnung zu empfinden; aber ich wünsche Ihren Rat und bitte Sie, eine Zusammenkunft am dritten Orte möglich zu machen.«

»Wenn Magister Knips im Spiel ist«, erwiederte Ilse zögernd, »so schlage ich Ihnen vor, sich zu Fräulein Laura Hummel, meiner Hausgenossin, zu bemühen, wir sind in ihrem Zimmer ungestört, und sie weiß mehr von dem Magister und seiner Familie als wir beide. Aber, Frau Professorin, wir armen Frauen werden bei einem fremden Manne schwerlich etwas durchsetzen.«

»Ich bin entschlossen, Alles zu wagen, um meinen Gatten von dem unwürdigen Verdacht zu befreien, der sich gegen ihn zu erheben droht. Beweisen Sie sich so, wie Sie mir erscheinen, und ich will Ihnen auf Knieen danken.« Sie rückte wieder heftig mit der Hand und sah dabei sehr gleichgültig aus.

»Wir treffen uns morgen«, versetzte Ilse, »darin wenigstens darf ich Ihrem Vertrauen entsprechen.« Und sie beredeten die Stunde.

So trennten sich die Frauen. Noch einmal sah die Struvelius hinter der Säule hervor aus ihren großen Augen flehend nach Ilse, dann umschloß beide der Schwarm aufbrechender Ballgäste.

Nach der Heimfahrt hörte Ilse im Traum noch lange die Tanzmusik und sah fremde Männer und Frauen an ihr Lager kommen, und sie lachte und wunderte sich über die närrischen Leute, die sich gerade eine Zeit aussuchten, wo sie im Bette lag ohne ihr schönes Kleid und den Fächer. Aber in diese frohe Betrachtung fuhr die heimliche Sorge, daß sie ihrem Felix von all diesen Besuchen nichts sagen dürfe. Und da sie leise über solchen Zwang seufzte, schwebte der Traum zurück nach der elfenbeinenen Pforte, aus welcher er herangezogen war, und ein fester Schlummer löste ihr die Glieder.

Am nächsten Morgen ging Ilse zu Laura hinauf und vertraute ihr die Ereignisse des Abends, zuletzt die Bitte der Struvelius. Die geheime Zusammenkunft mit der Frau Professorin war ganz nach Laura's Sinn. Sie hatte in den letzten Wochen am Teetisch mehr als einmal von dem geheimnisvollen Pergament gehört, sie fand den Entschluß der Struvelius hochherzig und sprach von allem, was Magister Knips anzetteln könne, mit Verachtung.

Mit dem Stundenschlag traf Frau Struvelius ein. Sie sah heut recht gedrückt und leidend aus und man erkannte auch hinter ihren unbeweglichen Zügen die ängstliche Spannung.

Ilse kürzte die unvermeidliche Einleitung von Grüßen und Entschuldigungen ab, indem sie begann: »Ich habe Fräulein Laura von Ihrem Wunsche gesagt, das Pergamentblatt zu erhalten, sie ist bereit, Herrn Magister Knips sogleich herüber zu rufen.«

»Das ist unendlich mehr, als ich zu hoffen wagte«, sagte die Struvelius, »ich war bereit, mit Ihrer gütigen Hilfe ihn selbst aufzusuchen.«

»Er soll herkommen«, entschied Laura, »und er soll sich hier verantworten. Er ist mir immer unausstehlich gewesen, obgleich er mir manchmal für Geld hübsche kleine Bilder gemalt hat. Denn seine Demut ist so, wie sie keinem Manne geziemt, und ich halte ihn im Grund seines Herzens für einen Schleicher.«

Die Köchin Susanne wurde gerufen und von Laura in Gegenwart der Frauen als Herold in die Burg der Knipse gesandt. »Du sagst unter keinen Umständen, daß Jemand bei mir ist, und wenn er kommt, führst du ihn sogleich herauf.« Susanne kehrte mit schlauem Gesicht zurück und überbrachte den Gegengruß: »Der Magister läßt sagen, er wird sich sogleich die hohe Ehre geben. Er erstaunte sich, aber es war ihm recht.«

»Er soll sich wundern«, rief Laura. Die verbündeten Damen ließen sich um den Sophatisch nieder und empfanden den Ernst der Stunde, welche ihnen bevorstand. »Wenn ich mit ihm spreche«, begann Frau Struvelius feierlich, »haben Sie die Güte, genau auf seine Antworten zu achten, damit Sie dieselben im Notfalle wiederholen können, seien Sie mir Beistand und Zeugen.«

»Ich kann schnell schreiben«, rief Laura, »ich will aufzeichnen, was er antwortet, nachher kann er's nicht ableugnen.«

»Das wird zu sehr wie ein Verhör«, warf Ilse ein, »es macht ihn nur mißtrauisch.«

Draußen scholl das wütende Gekläff eines Hundes. »Er kommt«, rief die Struvelius und rückte sich entschlossen zurecht. Ein polternder Schritt ließ sich von der Treppe hören, Susanne öffnete und Magister Knips trat ein.

Gefährlich sah der nicht aus, ein kleiner gekrümmter Mann, von dem man zweifeln konnte, ob er jung oder alt war, ein blasses Gesicht mit hervorragenden Backenknochen, auf denen zwei rote Flecke lagen, zusammengedrückte Augen, wie Kurzsichtige zu haben pflegen, von vieler Nachtarbeit bei trüber Lampe gerötet, so stand er, den Kopf auf eine Seite geneigt, in fadenscheinigem Rock, ein demütiger Diener, vielleicht ein Opfer der Wissenschaft. Als er drei Damen sitzen sah, wo er seinem Herzen nur für eine Fassung gegeben hatte, alle streng und feierlich, darunter die Frauen gewaltiger Männer, blieb er bestürzt an der Tür stehen. Doch faßte er sich und machte drei tiefe Verbeugungen, wahrscheinlich jeder Dame eine, enthielt sich aber alles Gebrauchs der Worte. »Setzen Sie sich, Herr Magister«, begann Laura herablassend und wies auf einen leeren Stuhl gegenüber dem Sopha. Der Magister trat zögernd heran, rückte den Stuhl weiter aus dem Bereich der drei Schicksalsgöttinnen und schob sich mit einer neuen Verbeugung auf eine Ecke des Rohrgeflechts.

»Es wird Ihnen bekannt sein, Herr Magister«, begann Frau Struvelius, »daß die letzte Schrift meines Mannes Erörterungen veranlaßt hat, welche allen Beteiligten und, wie ich voraussetze, auch Ihnen peinlich gewesen sind.«

Knips machte ein sehr klägliches Gesicht und legte den Kopf ganz auf eine Schulter.

»Ich berufe mich jetzt auf das Interesse, welches auch Sie für die Studien meines Mannes haben, und ich berufe mich auf Ihr Herz, wenn ich Sie ersuche, mir offen und geradsinnig die Auskunft zu geben, welche uns Allen wünschenswert sein muß.« Sie hielt an, Knips sah mit gebeugtem Haupt von der Seite zu ihr hinüber und schwieg ebenfalls. »Ich bitte um eine Antwort«, rief die Struvelius nachdrücklich.

»Ach sehr gern, hochverehrte Frau Professorin«, begann endlich Knips mit feiner Stimme, »ich weiß nur nicht, worauf ich antworten soll.«

»Aus Ihren Händen hat mein Mann das Pergament bekommen, welches die Veranlassung zu seiner letzten Abhandlung gewesen ist.«

»Hat der Herr Professor der hochverehrten Frau Professorin das gesagt?« frug Knips noch kläglicher.

»Nein«, antwortete die Struvelius, »aber ich habe durch die Tür gehört, daß Sie kamen, und ich habe gehört, daß er versprach, über etwas zu schweigen, und da ich später bei ihm eintrat, sah ich das Pergament auf seinem Tisch liegen, und als ich darnach frug, sagte er mir auch: das ist ein Geheimnis.«

Der Magister sah ängstlich in der Luft umher und senkte den Blick endlich auf seine Kniespitzen, welche in ungewöhnlicher Glätte und Abgestoßenheit glänzten.

»Wenn der Herr Professor selbst meinten, daß die Sache Geheimnis sei, so steht doch mir nicht zu, darüber zu sprechen, selbst wenn ich in der Tat etwas wüßte.«

»Sie verweigern also, uns Auskunft zu geben?«

»Ach! hochverehrte und wohlgeneigte Frau Professorin, ich würde Niemandem lieber eine Mitteilung machen als den gütigen Damen, welche ich hier zu sehen die Ehre habe, aber ich bin viel zu schwach, Ihnen hierin zu dienen.«

»Haben Sie auch überlegt, was Ihre Weigerung für verwirrende Folgen haben muß für meinen Gatten, für die ganze Universität, und was Ihnen mehr als dies alles gelten muß, wenn Sie im Dienst der Wahrheit stehen, für die Wissenschaft?«

Knips gab zu, im Dienst der Wahrheit zu stehen.

Laura merkte, daß das Verhör sich in Seitenpfade schlängelte, auf denen das Pergament nicht zu finden war, sie sprang auf und rief: »Gehen Sie einmal hinaus, Magister Knips, ich habe mit Frau Professorin etwas zu besprechen.« Knips erhob sich bereitwillig und machte eine Verbeugung. »Sie dürfen aber nicht fort, treten Sie in das Zimmer nebenan. Kommen Sie, ich werde Sie sogleich wieder einlassen.« Knips folgte mit gesenktem Haupt und Laura kam auf den Fußspitzen zurück und sagte leise: »Ich habe ihn eingeschlossen, damit er nicht entläuft.« Die Frauen neigten die Köpfe zu geheimer Beratung.

»Sie behandeln ihn zu zartfühlend, Frau Professorin«, flüsterte Laura, »bieten Sie ihm Geld, das wird ihn locken. Es ist hart, daß ich so etwas sagen muß, aber ich kenne die Familie Knips, sie ist egoistisch.«

»Auch ich habe für den äußersten Fall daran gedacht«, versetzte die Struvelius, »ich wollte ihn nur nicht durch ein kaltes Angebot verletzen, wenn eine männliche Empfindung in ihm lebt.«

»Ei was«, rief Laura, »es ist gar kein Mann, es ist nur ein Hasenfuß. Und wenn er Ihnen widersteht, so bieten Sie mehr. Bitte, hier ist meine Sparcasse.« Sie lief zum geheimen Schreibtisch und holte die Perlentasche hervor.

»Ich bin Ihnen von Herzen dankbar«, raunte die Struvelius und zog auch ihre Börse aus dem Gewande. »Wenn es nur reichen wird«, sagte sie, ängstlich an den Schnüren ziehend, »sehen wir schnell, was wir haben.«

»Behüte«, rief Laura erschrocken, »sie ist ja voll Gold.«

»Ich habe zu Geld gemacht, was ich gerade konnte«, erwiederte hastig die Struvelius. »Das ist ja jetzt alles unwesentlich.«

Ilse nahm beiden Frauen die Börsen aus der Hand und sagte fest: »Das ist vielzuviel. Solche Summe dürfen wir ihm nicht anbieten, wir wissen nicht, ob wir nicht den armen Mann in Versuchung führen, ein Unrecht zu tun. Überhaupt, wenn wir Geld bieten, lassen wir uns auf einen Handel ein, den wir gar nicht verstehen.« Das bestritten die Andern, und im Flüsterton wurde eifrig darüber verhandelt.

Endlich entschied Laura: »Zwei Goldstücke soll er haben, und damit abgemacht.« Sie eilte hinaus, den Gefangenen wieder einzuführen.

Als der Magister eintrat, sah die Struvelius so bittend auf Ilse, daß diese sich überwand, die Verhandlung einzuleiten. »Herr Magister, wir Frauen haben uns in den Kopf gesetzt, das Schriftstück zu erhalten, welches die Herren Gelehrten so sehr beschäftigt, und da Sie Bescheid wissen, bitten wir Sie, uns dabei zu helfen.« Magister Knips bewegte seine Lippen zu einem untertänigen Lächeln.

»Wir wollen es kaufen«, fiel die Struvelius ein, »und wir bitten Sie, den Ankauf zu besorgen. Sie sollen das Geld haben, welches Sie dafür brauchen.« Sie fuhr in ihre Börse, vergaß in innerer Angst die Verabredung und zählte einen Louisdor nach dem andern auf den Tisch, daß Laura erschrocken zu ihr sprang und sie von hinten heftig an dem Tuch zupfte. Knips trug sein bedrängtes Haupt wieder auf der Schulter, und wie ein Hündchen auf die Hand des Brotschneidenden starrt, blickte er auf die kleinen Finger der Frau Professorin, aus denen ein Goldstück nach dem andern fiel. »Dies und noch mehr gehört Ihnen«, rief die Struvelius, »wenn Sie mir das Pergament schaffen.« Der Magister fuhr in die Tasche nach seinem Tuch und trocknete sich die Stirne. »Wohl wird Denenselben bekannt sein«, sagte er klagend, »daß ich viele Korrekturen lesen muß, und manches Mal in die liebe Nacht arbeite, bevor ich nur den zehnten Teil von dem verdiene, was hier liegt. Es ist eine große Verlockung für mich, aber ich glaube nicht, daß ich das Pergamentblatt schaffen kann. Und wenn es mir gelingen sollte, so fürchte ich, es könnte nur unter der Bedingung sein, daß den Streifen keiner der Herren Professoren in die Hand bekommt, sondern daß derselbe hier in Gegenwart der hochverehrten Frauen und Fräulein vernichtet wird.«

»Gehen Sie noch einmal hinaus, Magister Knips«, gebot Laura aufspringend, »lassen Sie aber Ihren Hut hier liegen, damit Sie uns nicht entwischen.«

Der Magister verschwand zum zweiten Male. Wieder fuhren die Frauenköpfe zusammen.

»Er hat das Blatt, und er kann es schaffen, jetzt wissen wir's«, rief Laura.

»Auf sein Anerbieten können Sie nicht eingehen«, sagte Ilse, »denn es liegt Ihnen doch nichts daran, das Blatt zu behalten, es soll nur noch einmal von unsern Männern untersucht werden, dann kann es ja der Herr Magister wieder zurücknehmen.«

»Bitte, schaffen Sie alles Gold fort bis auf dies hier«, riet Laura, »und erlauben Sie mir, jetzt aus einem andern Tone mit ihm zu sprechen, denn meine Geduld ist am Ende.« Sie öffnete die Tür: »Kommen Sie herein, Magister Knips, und hören Sie mich mit Überlegung an. Sie haben sich geweigert, das Geld ist verschwunden bis auf zwei Stücke, die liegen noch für Sie da. Aber nur unter der Bedingung, daß Sie auf der Stelle schaffen, was Frau Professorin von Ihnen erbeten hat. Denn wir haben Ihnen deutlich angesehen, Sie besitzen das Blatt, und wenn Sie sich noch weigern, so kommt uns der Verdacht, daß Sie dabei etwas Unehrliches verübt haben.« Knips sah sie erschrocken an und winkte flehend mit der Hand. »Und ich gehe sogleich zu Ihrer Mutter und sage ihr, daß es ein Ende hat zwischen ihr und unserm Hause. Ich gehe hinüber zu Herrn Hahn und erzähle ihm von Ihrem Verhalten, und daß er Ihnen Ihren Bruder auf den Hals schickt. Ihr Bruder ist in einem Geschäft und weiß, was Redlichkeit heißt. Und wenn er es nicht einsieht, so wird Herr Hahn daran denken, und auch Ihrem Bruder wird es nicht zum Heile gereichen. Zuletzt will ich Ihnen noch etwas sagen. Ich lasse auf der Stelle Herrn Fritz Hahn herüber bitten und wir teilen ihm Alles mit, und dann soll er mit Ihnen verhandeln. Denn daß Fritz Hahn mit Ihnen fertig wird, wissen Sie. Und ich auch, denn ich habe als kleines Mädchen dabeigestanden. Ich kenne Sie, Herr Magister. Wir auf unserer Straße sind nicht von der Art, daß wir uns hinter's Licht führen lassen. Und wir halten auf Ordnung in der Nachbarschaft. Deshalb schaffen Sie das Blatt, oder Sie sollen Laura Hummel kennenlernen.« Das rief Laura mit blitzenden Augen, und sie ballte die kleine Hand gegen den Magister. Und Ilse sah mit Erstaunen, wie in der Rede der Eifrigen auf einmal der Doktor als Ajax gegen den Magister heranstürmte.

Wenn ein Vortrag nach seinen Wirkungen beurteilt werden darf, so war Laura's Anrede musterhaft, denn sie bewirkte in dem Magister völlige Zerstörung. Er war unter den Menschen und Gewohnheiten der kleinen Straße aufgewachsen und würdigte sehr wohl die Folgen, welche Laura's Feindschaft für das geringe Behagen seines eigenen Lebens haben konnte. Er kämpfte deshalb eine Weile um die Worte, endlich begann er leise: »Da es so weit gekommen ist, daß Fräulein Laura sogar gegen mich selbst etwas mutmaßt, so bin ich allerdings genötigt, den hochverehrten Frauen zu sagen, wie die Sache zusammenhängt. Ich kenne einen kleinen reisenden Händler, der allerlei Antiquitäten mit sich führt, Holzschnitte, Miniaturen, auch Bruchstücke alter Handschriften, und was sonst in dieser Art vorkommt, ich habe ihm manchmal Kunden zugewiesen und wohl auch über den Wert seltener Sachen Auskunft gegeben. Dieser Mann zeigte mir bei seinem Hiersein einen Haufen alter Pergamentblätter, über welche er bereits, wie er sagte, mit einem Auswärtigen im Handel war. Und weil man jetzt auf die doppelt beschriebenen Blätter sehr aufmerkt, war ihm der Streifen aufgefallen und mir auch. Ich las Einiges darin, soweit man es durch den Leim erkennen konnte, der noch darüber lag, und ich bat ihn, mir das Pergament wenigstens zu leihen, damit ich es einem unserer großen Herren Gelehrten zeigen könnte. Ich trug es zu Herrn Professor Struvelius. Und als der Herr Professor meinten, die Sache wäre vielleicht der Mühe wert, ging ich wieder zu dem Händler. Dieser sagte mir, verkaufen könne er das Blatt vorläufig nicht, aber es sei ihm recht, wenn darüber geschrieben würde, denn dadurch könnte es größeren Wert erhalten. Der Händler überließ ers mir bis zu seiner Zurückkunft. In dieser Woche ist er wieder angekommen, um es mit fortzunehmen. Jetzt weiß ich nicht, ob es noch vorhanden ist, und ich kann gar nicht sagen, ob er es für dieses Geld herausgeben wird. Ich besorge: Nein.«

Die Frauen sahen einander an. »Sie Alle hörten diese Aussage«, begann die Struvelius. »Aber weshalb haben Sie, Herr Magister, meinen Mann gebeten, Niemandem zu sagen, daß das Pergament von Ihnen kommt?«

Der Magister wand sich auf dem Stuhl und sah verlegen auf seine Kniee herab. »Ach, die hochverehrten Damen werden mir zürnen, wenn ich das ausspreche. Herr Professor Werner hat gegen mich immer viele Freundlichkeit gehabt und ich hatte Angst, derselbe könnte übel empfinden, wenn ich einen solchen Fund nicht zuerst ihm zeigte. Und doch hatte auch Herr Professor Struvelius mich wieder zu Dank verpflichtet, denn derselbe hatte mir geneigtest Korrektur und Inhaltsverzeichnis seiner neuen großen Ausgabe übertragen. Deshalb stand ich zwischen zwei schätzbaren Gönnern in Verlegenheit.«

Das war so kläglich, daß es leider nicht unwahrscheinlich war.

»O bewirken Sie, daß Ihr Gemahl ihn anhört«, rief die Struvelius.

»Wir hoffen, Herr Magister, Sie werden Ihre Worte vor Andern wiederholen, welche den Inhalt besser verstehen als wir«, sagte Ilse, und der Magister erklärte furchtsam seine Bereitwilligkeit.

»Aber das Pergament müssen Sie doch schaffen«, warf Laura dazwischen.

Knips zuckte die Achseln. »Wenn es möglich ist«, sagte er, »und ob der Mann für diesen Betrag mir das Blatt überlassen wird –«

Die Struvelius griff wieder nach der Tasche, aber Ilse hielt ihr die Hand fest und Laura rief: »Wir geben nicht mehr.« – »Dennoch, aber«, fuhr der Magister, gedrückt durch den Widerstand seiner Richterinnen, fort: »es sind Zweifel erhoben an der Echtheit, und wie es bei solchen Leuten geht, vielleicht hat das Blatt dem Händler dadurch an Wert verloren. – Aber, hochverehrte Frauen und Fräulein, wenn es mir gelin-

225

gen sollte, Ihnen zu dienen, so flehe ich in Ehrerbietung, daß Dieselben mir nicht den unglückseligen Anteil nachtragen, den ich ohne mein Verschulden in dieser schwierigen Sache gehabt habe. Sie hat mich die ganze Zeit sehr bekümmert, und seit die Worte des Herrn Professor Werner gedruckt wurden, habe ich jeden Tag gejammert, daß ich je mit einem Auge auf das Blatt gesehen. Denn ich darf meine gewichtigen Gönner nicht verlieren, wenn ich nicht in den Abgrund des Elends sinken soll.«

Diese Worte regten den Richterinnen das Mitleid auf, und die Struvelius sagte gütig: »Wir glauben Ihnen, denn es ist eine häßliche Empfindung, auch wider Willen Andere getäuscht zu haben.« Aber Laura, welche sich zur Vorsitzenden des Rates aufgeworfen hatte, entschied kurz: »Ich bitte also, daß alle Beteiligten sich morgen um dieselbe Stunde hierher bemühen. Ihnen, Magister Knips, gebe ich bis dahin Zeit, das Blatt in unsere Hände zu liefern. Nach Ablauf dieser Frist wird Wäsche entzogen, das Haus verboten und der Familie Hahn Anzeige gemacht. Sehen Sie zu, daß wir im Guten auseinander kommen.«

Der Magister näherte sich dem Tisch, schob mit einem Finger die Geldstücke in die hohle Hand, welche er bescheiden unter den Rand der Tischplatte hielt, machte geknickt drei tiefe Verbeugungen und empfahl sich den hochverehrten Anwesenden.

Ilse erzählte dem Gatten das Abenteuer, und Felix hörte erstaunt von der Rolle, welche das gelehrte Factotum in der Tragödie gespielt hatte.

Schon am nächsten Morgen erschien der Magister vor dem Gelehrten. Atemlos zog er das eingepackte Unglücksblatt aus der Tasche und trug es mit geneigtem Haupt und ausgestreckter Hand, immer kleiner werdend, demütig und flehend von der Tür bis zum Arbeitstisch des Professors. »Dem Herrn Professor dies zu bringen, möchte ich immer noch eher wagen, als zum zweiten Mal höherer weiblicher Würde entgegentreten. Wenn der Herr Professor geruhen wollten, dasselbe durch Dero Gemahlin geneigtest in die Hände der neuen Eigentümerin zu befördern.« Auf die strengen Fragen des Professors begann er Bericht und Verteidigung. Was er sagte, war nicht unwahrscheinlich. Dem Professor war der Name des unsichern Händlers bekannt, er wußte, daß der Mann sich in diesen Wochen am Orte aufgehalten hatte, und bei den zahlreichen Verbindungen, welche Knips im Interesse seiner Gönner unterhielt, war seine Bekanntschaft mit diesem Verkäufer nicht auffallend. Der Professor untersuchte neugierig das Pergament. Hatte hier eine Fälschung stattgefunden, so war sie meisterhaft ausgeführt; aber Knips selbst brachte eine Lupe aus der Westentasche und machte darauf aufmerksam, wie man unter dem Vergrößerungsglase erkenne, daß einige Male die schattenhaften Schriftzüge der scheinbar ältesten Hand *über* die Buchstaben des Kirchengebets geführt, also später aufgemalt seien. »Des Herrn Professors Einwürfe in der Literaturzeitung haben mich aufmerksam gemacht, und heut früh, als ich das Pergament in die Hand bekam, habe ich sorgenvoll untersucht, was vorher durch den aufgestrichenen Kleister undeutlich war. Und soweit ich mir in solchen Dingen überhaupt ein Urteil erlauben darf, wage ich jetzt Dero Ansicht zu teilen, daß ein Falsarius an diesem Blatt Übles getan hat.«

Der Professor warf das Blatt weit von sich: »Ich bedaure, daß Ihre Hand jemals an dies gerührt hat. Denn Sie haben, wenn auch wider Willen, eine Verwüstung angerichtet, deren Schmerzlichkeit Sie wohl nicht übersehen. Auch um Sie selbst tut es mir sehr leid. Dieser unglückliche Vorfall wirft einen Schatten auf Ihr Leben. Ich würde viel darum geben, wenn ich ihn hinwegwischen könnte. Denn wir kennen einander von mancher Arbeit, Herr Magister, ich habe für Ihre opfervolle Tätigkeit zu Gunsten Anderer immer Teilnahme gefühlt. Und trotz Ihrem Bücherschacher, den ich nicht lobe, und trotz der Zersplitterung Ihrer Zeit durch Arbeiten, die auch Schwächere abmachen könnten, habe ich Sie stets für einen Mann gehalten, dessen ungewöhnliche Kenntnisse Achtung einflößen.«

Der gebeugte Magister erhob das Haupt und über sein Gesicht flog ein Lächeln. »Und ich habe Herrn Professor immer für den einzigen unter meinen vornehmen Gönnern gehalten, welcher das Recht hätte, mir zu sagen, daß ich zu wenig gelernt habe. Der Herr Professor sind ebenso der einzige, dem ich zu gestehen wage, daß ich mich in der Stille auch als einen Gelehrten zu ästimieren nicht unterlassen kann. Und ich verhoffe, daß Sie mir nicht das Zeugnis versagen werden, Denenselben stets ein zuverlässiger und treuer Arbeiter gewesen zu sein.« Er fiel in sein gedrücktes Wesen zurück, als er fortfuhr: »Was geschehen ist, soll mir für die Zukunft eine Lehre sein.«

»Ich muß mehr von Ihnen fordern. Zuerst werden Sie sich Mühe geben, durch Ihre Bekanntschaft den Versteck zu ermitteln, aus welchem diese Fälschung hervorgegangen ist, denn sie ist schwerlich der zufällige Einfall eines gewissenlosen Mannes, sondern Beginn einer unheimlichen Industrie, welche noch mehr Unheil anrichten kann. Ferner ist Ihre

Pflicht, auf der Stelle Herrn Professor Struvelius das Pergament zu überbringen und Ihre Entdeckung mitzuteilen. Sie selbst aber werden gut tun, fortan vorsichtiger in der Wahl der Geschäftsleute zu sein, mit welchen Sie verkehren.« Diese Ansichten teilte Knips vollständig und schied, indem er sich flehentlich für die Zukunft zu hochgeneigter Berücksichtigung empfahl.

»Er ist doch irgendwie bei der Schurkerei beteiligt«, rief der Doktor.

»Nein«, entgegnete der Professor. »Sein Unrecht ist, daß ihm bis zum letzten Augenblick mehr an einem Handel als an Ermittlung der Wahrheit lag.« Und Frau Professor Struvelius sprach am Nachmittag zu Ilse: »Was wir erreicht haben, ist für meinen Gatten sehr schmerzlich. Denn es gibt ihm die Überzeugung, daß er getäuscht wurde, während Andere das wahre Sachverhältnis erkannt haben. Es ist für eine Frau grausame Qual, wenn sie selbst zu solcher Demütigung des Liebsten die Hand reichen muß. Dieses Leid werde ich lange in mir herumtragen. Auch unsere Gatten sind einander so entfremdet, daß für beide längere Zeit notwendig sein wird, bevor die verletzte Empfindung einer unbefangenen Würdigung des Collegen Raum gibt. Mir aber liegt daran, daß das Verhältnis zwischen Ihnen und mir darunter nicht leidet. Ich habe den Wert Ihres Herzens erkannt und ich bitte Sie, sich trotz meinem schwerfälligen Wesen, das ich sehr wohl kenne, die Freundschaft gefallen zu lassen, welche ich Ihnen entgegentrage.«

Als sie in ihrem schwarzen Kleide langsam zur Tür hinausschritt, wunderte sich Ilse, wie schnell der erste Eindruck, den ihr die gelehrte Dame gemacht, durch andere Gefühle zurückgedrängt war.

In der nächsten Nummer der Literaturzeitung erschien eine kurze Erklärung des Professor Struvelius, worin er ehrlich bekannte, daß er durch einen – allerdings sehr geschickten – Betrug getäuscht worden sei, und daß er dem Scharfsinn und der freundlichen Tätigkeit seines verehrten Collegen dankbar sein müsse, welcher zur Aufklärung des Sachverhältnisses beigetragen.

»Diese Erklärung hat die Frau geschrieben«, sagte wieder der hartnäckige Doktor.

»Wir dürfen annehmen, daß die unbehagliche Novelle dadurch für alle Beteiligten zum Ende gebracht ist«, schloß der Professor mit leichtem Herzen.

Aber auch die Hoffnungen eines großen Gelehrten gehen nicht immer in Erfüllung. Dieser Streit der Scepter tragenden Fürsten an der Universität hatte nicht nur Ilse in neuen Beruf eingeführt, auch einen Andern.

Magister Knips kauerte am Abend des entscheidenden Tages, welcher die Nichtigkeit des Pergaments enthüllt hatte, in der ungeheizten Kammer seiner dürftigen Wohnung auf dem Boden. Auf den Bretern an der Wand und auf dem Fußboden lagen die Bücher unordentlich gehäuft und er saß von ihnen ringsum eingeschlossen, wie ein Ameisenlöwe in seinem Trichter. Er räumte eine alte Cigarrenkiste seines Bruders, die mit kleinen Flaschen und Farbentöpfchen gefüllt war, in eine dunkle Ecke und legte Bücher darüber. Dann stellte er die Lampe auf einen Schemel neben sich, nahm mit innigem Behagen ein und das andere alte Buch in die Hand, betrachtete den Einband, las den Titel und die letzte Seite, strich liebkosend mit der Hand darüber und legte es wieder zum Haufen. Endlich faßte er mit beiden Händen den alten italienischen Druck eines griechischen Autors, schob sich näher an die Lampe und untersuchte Blatt für Blatt. Die Mutter rief zur Tür herein: »Höre auf mit deinen Büchern und komm aus der kalten Kammer zu deinem Abendbrot.«

»Seit zweihundert Jahren hat kein Gelehrter dies Buch gesehen, Mutter, sie leugnen, daß es überhaupt vorhanden ist, ich aber halte es in meinen Händen, und es gehört mir. Das ist ein Schatz, Mutter.«

»Was hilft dir der Schatz, du armer Junge?«

»Ich hab' ihn, Mutter«, sagte der Magister, zu den harten Zügen der Frau aufblickend, und seine zwinkernden Augen glänzten verklärt. »Heut erst mußte ich eine Korrektur lesen, in der ein berühmter Mann behauptet, dieser Band, den ich hier halte, sei nie vorhanden gewesen. Er wollte das ›nie vorhanden‹ mit gesperrter Schrift gedruckt, und ich habe es dem Setzer gezeichnet, aber ich wußte es besser.«

»Kommst du wieder nicht los?« rief die Mutter ärgerlich, »dein Bier wird am Ofen warm, mach' ein Ende.«

Widerstrebend erhob sich der Magister, fuhr mit seinen Filzschuhen aus der Kammer und setzte sich zu seinem Butterbrot in der Stube nieder. »Mutter«, sagte er der Frau, die dem schnellen Essen zusah, »ich habe einiges Geld übrig, brauchst du etwas, so kaufe dir's. Aber ich will wissen, was es ist, und ich will es auch sehen, daß nicht der Bruder dir das Geld wieder abborgt. Denn es ist mit Sorgen verdient.«

»Dein Bruder wird mir jetzt Alles zurückzahlen; denn Hahn hat ihm seine Stelle gebessert und er hat sein gutes Auskommen.«

»Das ist nicht wahr«, versetzte der Magister, die Mutter scharf ansehend, »er ist zu vornehm geworden, um noch bei uns zu wohnen, aber so oft er herkommt, will er etwas von dir. Und du hast ihn immer lieber gehabt als mich.«

»Rede nicht so, mein Sohn«, rief Frau Knips, »er hat nur eine andere Art, du hast immer fleißig stillgesessen und gesammelt, und schon als kleiner Junge hast du zusammengetragen.«

»Ich habe mir etwas gesucht, das mir lieb war«, sagte der Magister und sah nach seiner Kammer, »und ich habe Manches gefunden.«

»Ach, und wie sauer läßt du dir's werden, mein armes Kind«, schmeichelte die Mutter.

»Wie's kommt«, antwortete der Magister und verzog in heiterer Stimmung sein Gesicht. »Ich lese Korrekturen und ich mache Arbeiten für diese Gelehrten, die vornehm im Wagen fahren und, wenn ich zu ihnen komme, mich behandeln wie einen römischen Sklaven. Und kein Mensch weiß, wie oft ich ihre Dummheiten ausbessere und die groben Fehler aus ihrem Latein. Ich tue es aber nicht Jedem, nur dem, welchen ich mag und der es wohl um mich verdient hat. Den Andern lasse ich stehen, was sie nicht gewußt haben, und ich zucke in der Stille die Achseln über die hohlen Köpfe. Es ist nicht Alles Gold, was glänzt«, sagte er, und hielt behaglich sein Dünnbier gegen das Licht, »ich allein weiß, wie es in manchem aussieht. Ihre elenden Manuscripte, immer wieder corrigiert, und das Schlechteste darin nicht corrigiert; ich sehe, wie sie sich abquälen und, was sie etwa wissen, noch aus fremden Büchern mausen. Man sieht das alle Tage, Mutter, und man lächelt in der Stille über den Lauf der Welt.«

Und Magister Knips lächelte über die Welt.

5. Herr Hummel als Falsarius.

In den Häusern der Parkstraße waltete Friede, Duldsamkeit, heimliche Hoffnung. Seit Ilse's Ankunft schien der alte Streit abgetan, das Kriegsbeil begraben. Zwar Hummels Hund knurrte und schnappte nach Hahns Katze und wurde von ihr geohrfeigt, und der Markthelfer Rote von A.C. Hahn schlug im Kuchengarten vor dem Schließer der Fabrik von H. Hummel auf den Tisch und erklärte ihm seine Verachtung. Aber diese kleinen Vorfälle glichen unschädlichen Wasserblasen, welche an der Stätte aufstiegen, wo einst ein strudelnder Abgrund von Feindschaft gewesen war, das Leben zwischen den beiden Häusern floß dahin wie ein klarer Bach, und Vergißmeinnicht wuchs an seinem Ufer. Wenn ein menschenfeindlicher Zauber in den Boden gesteckt war zu jener Zeit, wo Frau Knips allein darauf herrschte, so schien er jetzt durch weibliche Beschwörung gänzlich beseitigt.

An einem Morgen, kurz vor der Messe, stellte der Markthelfer einer Buchhandlung einen Stoß neuer Bücher auf den Schreibtisch des Doktors. Es waren die Freiexemplare des ersten größeren Werkes, das er geschrieben. Fritz schlug die ersten Seiten auf, sah einen Augenblick in stillem Genuß auf den Titel, noch einmal flog die Hauptsache des Inhalts durch seine Seele. Dann ergriff er schnell die Feder, schrieb in das Exemplar einige herzliche Worte und trug es zu seinen Eltern hinab.

Das Buch handelte, um in der Weise Gabriels zu sprechen, von den alten Indern sowie von den alten Deutschen, es besprach das Leben unserer Vorfahren vor der Zeit, in welcher diese den verständigen Entschluß faßten, auf dem Blocksberg artige Brockensträuße zu binden und im Vater Rhein ihre Trinkhörner auszuspülen. Es war ein sehr gelehrtes Buch, und es enthüllte, soweit der Verfasser sich nicht geirrt hatte, viele geheime Tiefen der Urzeit.

Vater und Mutter, denen Fritz das Buch hinuntertrug, hatten nicht nötig, sich durch Fremde über die Bedeutung des Werkes belehren zu lassen. Die Mutter küßte dem Sohne die Stirn und konnte ihre Rührung nicht bekämpfen, als sie seinen Namen so groß und schön gedruckt auf dem Titel sah; Herr Hahn aber nahm ihr das Buch aus den Händen und trug es in den Garten. Dort legte er es auf den Tisch des chinesischen Tempels, las mehre Mal die Widmung und umkreiste darauf den Pavillon, immer wieder hineinsehend, um zu beobachten, wie sich der Baustil in Verbindung mit dem Buch ausnehme. Dabei begegnete auch ihm, daß er sich einige Mal herzhaft räusperte, um seiner freudigen Bewegung Herr zu werden.

Nicht geringer war die Freude im Arbeitszimmer des Professors. Dieser ging das Buch hastig vom Anfang bis zum Ende durch. »Es ist merkwürdig«, sagte er dann vergnügt zu Ilse, »wie kühn und fest Fritz auf die Sache losgeht. Dabei mit einer Selbstbeherrschung, die ich ihm nicht in dem Maße zugetraut habe. Vieles darin ist mir ganz neu; mich wundert, daß er so schnell und heimlich mit der Arbeit abgeschlossen hat.«

Wie die gelehrte Welt das Buch des Doktors betrachtete, ist aus vielem gedrucktem Lobe ersichtlich. Schwerer ist zu schätzen, wie es auf die Parkgasse wirkte. Herr Hummel studierte in seiner Zeitung eine ausführliche Besprechung des Werkes, nicht ohne Geräusch, er summte bei dem Wort Veda, er brummte bei dem Namen Humboldt und er pfiff durch die Zähne bei dem Lobe, welches der tiefen Gelehrsamkeit des Verfassers erteilt wurde. Als endlich am Schluß Recensent sich nicht enthalten konnte, im Namen der Wissenschaft dem Doktor förmlich Dank zu sagen und das Werk allen Lesern angelegentlichst zu empfehlen, verstärkte sich das Gesumm in Herrn Hummels Kopf bis zur Melodie des alten Dessauers, und er warf die Zeitung auf den Tisch. »Ich denke nicht daran, es zu kaufen«, war Alles, was er den Frauen über seine Empfindungen gönnte. Aber er sah im Laufe des Tages einige Mal nach der feindlichen Hausecke hinüber, wo das Zimmer des Doktors lag, und dann wieder nach dem eigenen Oberstock, als wenn er die beiden Gelehrten und ihre Behausungen gegeneinander abschätzen wollte.

Als Ilse gegen Laura das Urteil des Gatten über das Buch wiederholte, errötete Laura ein wenig und erwiederte, ihr Köpfchen zurückwerfend: »Ich hoffe, es ist so gelehrt, daß wir nicht nötig haben, uns damit abzugeben.« Aber die Abneigung, sich darauf einzulassen, verhinderte sie doch nicht, einige Tage später den Professor um das Buch zu bitten, weil sie es der Mutter zeigen wolle. Bei dieser Gelegenheit wurde es in das Geheimzimmer getragen und verweilte dort längere Zeit.

Auch unter den übrigen Anwohnern der Straße wurde die Bedeutung der Familie Hahn, welche so rühmlich in die Zeitung gekommen, deren Fritz sogar im Tageblatt gepriesen war, sehr vermehrt. Die Wagschale der Volksgunst senkte sich entschieden auf Seite dieses Hauses, sogar Hummel fand zweckmäßig, sich nicht dagegen aufzulehnen, daß in seiner Familie mit kühler Anerkennung von dem Nachbarsohn gesprochen wurde. Und wenn Dorchen, wie zuweilen geschah, mit Gabriel auf der Straße zusammentraf, so wagte sie sogar für einige Augenblicke in den Hofraum der Feinde zu treten, trotz dem Geknurr des Hundes und dem düstern Blick des Hausherrn.

An einem warmen Abend des März hatte sie gerade wieder im Vorbeigehen mit Gabriel Notwendiges besprochen und trippelte zierlich über die Straße nach ihrer Haustür, während Gabriel ihr voll Bewunderung nachsah. Da trat Herr Hummel ins Freie und erhaschte den letzten Gruß und Blick Gabriels.

»Sie ist niedlich wie ein Rotschwänzchen«, sagte Gabriel zu Herrn Hummel. Dieser schüttelte menschenfreundlich den Kopf. »Ich merke wohl, Gabriel, wie dieser Hase läuft. Und ich sage nichts, denn es würde nichts nutzen. Aber Eines will ich Ihnen als eine gute Lehre mitteilen. Sie verstehen das weibliche Geschlecht nicht zu behandeln, Sie sind nicht borstig gegen das Frauenzimmer. Als ich jung war, zitterten sie, wenn ich mein Taschentuch schwenkte, und liefen doch um mich her wie die Ameisen. Diese Nation will furchtsam sein, Sie verderben sich Alles durch Freundlichkeit. Ich schätze Sie, Gabriel, und deshalb gebe ich Ihnen diesen Rat, wie man ihn gleichsam einem Freunde gibt. Sehen Sie, da ist Madame Hummel. Sie ist ziemlich kräftig, ich zwinge sie doch; wenn ich nicht brummig wäre, würde sie es sein. Da nun gebrummt werden muß, so ist mir immer pläsirlicher, daß ich derjenige bin.«

»Jedes Tier hat seine Manier«, versetzte Gabriel verbindlich, »ich habe kein Geschick zum Brummbär.«

»Es will gelernt sein«, sagte Herr Hummel wohlwollend. Er zog die Augenbrauen in die Höhe und machte ein schlaues Gesicht: »Dort drüben schleicht man auch schon im Garten herum, wahrscheinlich speculiert man wieder mit einem neuen Einfall, den ich zu seiner Zeit mit dem richtigen Namen zu nennen mir unter allen Umständen vorbehalte.« Er dämpfte seine Stimme: »Es ist bereits etwas Anonymes abgeladen und in den Garten geschafft.« – Ärgerlich über seine eigene Vorsicht fuhr er fort: »Glauben Sie mir, Gabriel, durch das viele Erzeugen von Kindern wird die Welt feig, die Menschen werden so zusammengedrängt, daß die Freiheit aufhört; das Leben ist eine Sklaverei vom ersten Kasten, in den man gelegt wird, bis zum letzten. Ich stehe hierauf meinem eigenen Grund und Boden. Wenn ich an dieser Stelle ein Loch graben will bis zum Mittelpunkt der Erde, kein Mensch kann mir's verwehren. Dennoch dürfen wir beide auf meinem freien Eigentum nicht einmal mit gewöhnlicher Menschenstimme eine Meinung aussprechen. Warum? Es könnte gehört werden und fremden Ohren mißfallen. Soweit sind wir. Man ist ein Knecht seiner Nachbarn. Und nun bedenken Sie, ich habe nur Einen gegenüber, auf der andern Seite schützt mich das Wasser und die Fabrik, und ich muß doch die Wahrheit hinunterschlucken, die ich wenigstens zehn Fuß von meiner Grenze aussprechen will. Wer nun gar von allen Seiten mit Nachbarn umgeben ist, der führt ein erbärmliches Leben, er kann sich nicht einmal in seinem eigenen Garten den Kopf abschneiden, ohne daß die ganze Nachbarschaft ein Geschrei erhebt, weil ihr der Anblick nicht gefällt.« – Er deutete mit dem Daumen nach dem Nachbarhause und fuhr vertraulich fort: »Heut sind wir verglichen worden, die Weiber haben nicht eher geruht. Und ich versichere Sie, dort drüben fehlt die richtige Courage zum Streit. Die Sache wurde langweilig, da gab ich mich drein.«

»Es ist doch gut, daß Alles wieder in Ordnung kam«, sagte Gabriel. »Wenn die Väter im Streit leben, wie sollen die Kinder einander grüßen?«

»Warum sollen sie einander nicht auch Gesichter schneiden?« rief Hummel ärgerlich. »Ich bin nicht für die ewigen Knixe.«

»Das weiß Jedermann«, versetzte Gabriel. »Wenn aber Fräulein Laura bei uns mit dem Doktor zusammentrifft, was ja oft geschieht, so kann sie doch nicht gegen ihn brummen.«

»Sie treffen also oft zusammen?« wiederholte Hummel bedachtsam. »Da haben Sie wieder die Überfüllung, man kann einander nicht aus dem Wege gehen. Nun, meiner Tochter bin ich sicher, sie ist von meiner Art, Gabriel.«

»Das weiß ich doch nicht«, erwiederte Gabriella lachend.

»Ich versichere Sie, es ist ganz mein Kopf«, bestätigte Hummel mit Überzeugung. »Was aber diesen Frieden betrifft, so freuen Sie sich nicht so sehr darüber, denn verlassen Sie sich auf mich, zwischen hier und drüben hat er keine Dauer. Wenn das Eis auftaut und das Gartenvergnügen angeht, dann gibt's wieder Händel. Das ist hier immer so gewesen. Und ich sehe nicht ein, warum das nicht so bleiben soll, trotz Vergleich und trotz Ihrer neuen Herrschaft, der ich übrigens meinen Respekt nicht vorenthalten will.«

Die Unterredung, welche sich in den Garten hineingesponnen hatte, wurde durch einen schwarzen feierlichen Mann unterbrochen, welcher einen großen Brief in bunter Hülle darbot, sich vor Herrn Hummel aufstellte und demselben für seine abwesende Tochter die Aufforderung überbrachte, Patenstelle bei einem Kinde zu übernehmen, welches vor Kurzem geboren war, die Welt zu verengen. Gegen die Einladung war nichts einzuwenden, die junge Mutter, Frau eines Juristen, war Laura's Freundin und eine Tochter ihrer angesehenen Pate, es war ein alter Familienzusammenhang und Hummel nahm als Vater und Bürger das

Ceremoniel der Einladung mit Würde entgegen. »Für wen ist der Brief, den Sie noch in der Hand halten?« frug er den Lohndiener.

»Für Herrn Doktor Hahn, welcher mit Fräulein Laura zusammen stehen soll.«

»So?« sagte Hummel ironisch, »das geht ja mit vier Kutschpferden. Tragen Sie Ihren Brief nur dort hinüber. – Habe ich's nicht gesagt, Gabriel?« wandte er sich zu seinem Vertrauten. »Kaum vor Gericht verglichen und auf der Stelle Gevatter, kein Mensch kann dafür stehen, daß nicht morgen der Strohmann von drüben zu mir kommt und mir Brüderschaft anbietet. Da haben Sie die Folgen der Überfüllung und des Christentums. Diesmal ist gar mein armes Kind das Opfer.«

Er trug den Brief in die Stube und warf ihn vor den heimkehrenden Frauen auf den Tisch. »Das kommt von eurem Vergleich, ihr schwachen Weiber«, rief er grollend, »hier hängen sich die Amme und die Hebamme und der Herr Gevatter an euren Hals.«

Die Frauen studierten den Brief, und Laura fand rücksichtslos, daß die Frau Pate gerade den Doktor für sie zum Partner gewählt habe.

»Es ist bequem für den Patenwagen«, höhnte Hummel aus seiner Ecke. »Er kann in einer Fahrt Zwei abliefern. Jetzt läuft der Humboldt von drüben in weißen Glacéhandschuhen bis in dieses Zimmer, um dich zur Kirche abzuholen, und ich traue ihm obendrein die Unverschämtheit zu, daß er dir den Gevattergruß schickt.«

»Wenn er es nicht täte, so wäre es eine Beleidigung«, versetzte die Gattin, »das muß schon der Menschen wegen geschehen, sonst gibt es ein Gerede. Dagegen dürfen wir nichts sagen, er wird ihr den Blumenkorb schicken mit den Patenhandschuhen, und Laura sendet ihm dagegen das Taschentuch, wie es in unserer Bekanntschaft Brauch ist. Du weißt ja, daß Laura's Pate auf so etwas hält.«

»Seine Blumen in unserm Hause, seine Handschuhe auf unsern Fingern und unser Tuch in seiner Tasche«, zankte der Hausherr, »das wird ja recht lustig.«

»Ich bitte dich, Hummel«, entgegnete seine Frau unwillig, »verleide uns nicht durch dein Schelten die Artigkeiten, die bei solcher Gelegenheit nicht zu vermeiden sind, und hinter denen kein Mensch etwas sucht.«

»Ich danke für eure Artigkeiten, die man nicht vermeiden kann, und an denen Niemandem etwas gelegen ist. Nichts ist mir unter den Leuten hier so unausstehlich als ihre ewigen Artigkeiten durch die Vordertür und ihr Kratzen durch die Hintertür.« Er ging aus dem Zimmer und schloß die Tür nicht leise. Die Mutter aber begann: »Im Grunde hat er nichts dagegen, er will nur sein strenges Wesen behaupten. Daß du dem Doktor etwas für seinen Gevattergruß sendest, ist nicht gerade nötig, aber du bist ihm noch eine Aufmerksamkeit von dem Schäfer her schuldig.«

Laura versöhnte sich mit dem Gedanken, Gevatterin des Doktors zu werden, und sagte: »Ich mache mir eine Zeichnung für die Zipfel des Tuches und ich sticke sie.«

Am nächsten Morgen ging sie aus, Battist zu kaufen. Aber auch Herr Hummel ging aus. Er besuchte einen Bekannten, der Kürschner war, zog ihn vertraulich bei Seite und bestellte ein Paar Handschuhe ganz von weißem Katzenfell, mit fünf Fingern für eine kleine Hand. Und er forderte, daß an die Spitze jedes Fingers eine Katzenkralle befestigt werde. »Es muß aber etwas Zartes sein«, verordnete er, »von ungeborenem Kater, im Notfall auch Säugling von Kanin, und daß mir die Krallen groß und steif herausstehen.« Dann trat er in einen andern Laden, ließ sich bunt gedruckte Taschentücher von Baumwolle zeigen, wie man sie um einige Groschen kauft, und wählte ein schwarz und rotes mit einem abscheulichen Porträt, das gerade zu seiner Stimmung paßte. Diesen Erwerb senkte er in seine Tasche.

Der Morgen des Tauftags brach an, in der Wohnung des Herrn Hummel klapperte das Plätteisen, die Mutter tat noch einige letzte Nadelstiche und Laura fuhr die Treppe geschäftig auf und ab. Unterdeß wandelte Hummel zwischen Haustür und Fabrik, jeden Eintretenden beobachtend, Speihahn saß auf der Schwelle und knurrte, sooft ein fremder Fuß an die Haustür rührte. »Beweise dich, Speihahn, wie du bist«, brummte Hummel vor seinen Hund tretend, »und fahre der Jungfer von drüben an den Rock; sie traut sich nicht herein, wenn du Wache hältst.« Der rote Hund antwortete, indem er seinem eigenen Herrn boshaft die Zähne wies. »So ist's recht«, sagte Hummel und setzte seinen Spaziergang fort. Endlich erschien Dorchen in ihrer Haustür und tänzelte, einen verhüllten Korb in der Hand, zur Treppe des Herrn Hummel. Speihahn erhob sich grimmig, stieß ein heiseres Gestöhn aus und seine Haare sträubten sich.

»Rufen Sie den häßlichen Hund weg, Herr Hummel«, rief Dorchen schnippisch, »ich habe einen Auftrag an Fräulein Laura.«

Hummel gab seinem Gesicht einen wohlwollenden Ausdruck und griff in die Tasche. »Die Frauen sind in Arbeit, mein hübsches Kind«, sagte er, ein schweres Geldstück herausholend, »vielleicht kann ich's bestellen.« Die Botin war über die unerwartete Menschlichkeit des Tyrannen so betroffen, daß sie einen stummen Knix machte und das Körbchen in seine Hand gleiten ließ. »Es wird Alles auf's Beste besorgt werden«, versicherte Herr Hummel mit einnehmendem Lächeln.

Er trug den Korb in das Haus und rief Susanne, ihn den Frauen zu bringen, darauf trat er wieder an die Tür und streichelte den Hund.

Nicht lange, und er hörte, daß die Tür der Wohnstube aufflog und sein Name laut in den Flur gerufen wurde. Bedächtig schritt er in das Frauengemach und fand hier arge Verstörung. Ein zierlicher Korb stand auf dem Tisch, zerstreute Blumen lagen umher und zwei kleine Pelzhandschuhe mit großen Krallen an den Fingerspitzen lagen wie abgeschlagene Tatzen eines Raubtiers auf dem Boden. Laura aber saß vor ihnen und schluchzte laut.

»Holla«, rief Hummel, »gehört das auch zum Patenvergnügen?«

»Heinrich«, rief die Gattin heftig, »deinem Kinde ist eine Beleidigung widerfahren. Der Doktor hat gewagt, deiner Tochter dies zu senden.«

»Ei«, rief Hummel, »Katzenpfoten, und gar mit Krallen! Warum nicht, die werden warm halten in der Kirche, du kannst den Doktor ja damit anfassen.«

»Es soll ein Scherz sein«, rief Laura unter heißen Tränen, »weil ich ihn oben zuweilen geneckt habe. Eine solche Unzartheit hätte ich ihm niemals zugetraut.«

»Kennst du ihn so gut?« frug Hummel. »Nun, da es ein Spaß sein soll, wie du sagst, so nimm es auch als einen Spaß. Diese Feuchtigkeit ist unnötig.«

»Was soll jetzt geschehen?« rief die Mutter, »kann sie nach dieser Beleidigung noch mit ihm Pate stehen?«

»Ich sollte meinen«, versetzte Hummel ironisch, »Diese Beleidigung ist eine Kinderei gegen andere Beleidigungen, gegen Hausmauern, Glockenspiel und Hundegift. Wenn ihr das alles hinunterschlucken konntet, warum nicht auch die Katzenpfoten?«

»Sie hat ihm selbst ein Taschentuch gesäumt und gestickt«, rief die Mutter wieder, »und sie hatte sich die größte Mühe gegeben, noch fertig zu werden.«

»Das sende ich nicht hinüber«, rief Laura.

»Also sie hat es selber gesäumt und gestickt?« wiederholte Herr Hummel. »Es ist doch hübsch, wenn man mit seinen Nachbarn in

Freundschaft lebt. Ihr seid ein weiches Völkchen und ihr nehmt die Sache zu ernsthaft. Das sind ja Artigkeiten, die man nicht vermeiden kann, und bei denen man nichts denken soll. So handelt doch nach euren Worten. Jetzt gerade müßt ihr das Zeug hinüberschicken, und ihr müßt euch gegen ihn und Jedermann gar nichts merken lassen. Behaltet die Verachtung innerlich.«

»Der Vater hat Recht«, rief Laura aufspringend, »hinweg mit dem Tuch. Und meine Rechnung mit dem Doktor sei für immer geschlossen.«

»So ist's recht«, bestätigte Hummel, »wo ist der Lappen? Fort damit.«

Das Tuch lag bereits auf einer Platte in seines blaues Papier geschlagen, ebenfalls von Frühlingsblumen umgeben. »Dies also ist das Gesäumte und Gestickte? wir schicken es sogleich hinüber.« Er nahm die Platte vom Tisch und trug sie eilig in die Fabrik, von dort ging das blaue Packet mit vielen Empfehlungen für den Herrn Gevatter in das Haus der Feinde.

Frau Hahn brachte Gruß und Gabe in das Zimmer ihres Sohnes. »Ah, das ist eine liebe Aufmerksamkeit«, rief der Doktor und betrachtete angelegentlich die Blumen.

»Es kommt ab, daß man auch den Herren etwas sendet«, sprach die Mutter behaglich, »ich hab's immer für eine hübsche Einrichtung gehalten, man sollte an so etwas nicht rütteln.« Neugierig entfaltete sie das Papier und sah sehr betroffen aus. Ein bedrucktes baumwollenes Taschentuch lag darin, lederartig, aus groben Fäden gewebt. Es konnte noch eine Atrappe sein, in dieser Hoffnung breitete sie es auseinander, aber nichts war daran zu sehen als ein grimmiger Kopf in den Teufelsfarben Rot und Schwarz. »Das ist kein hübscher Scherz!« rief die Mutter gekränkt.

Der Doktor sah vor sich nieder. »Ich habe Laura Hummel zuweilen geärgert. Dies hat wohl Bezug auf eine Neckerei, die wir gehabt haben. Bitte, Mutter, setze die Blumen in ein Glas.« Er nahm das Tuch, verbarg es in einer Schublade und beugte sich wieder über die Schrift. »Das hätte ich Laura doch nicht zugetraut«, fuhr die Mutter bekümmert fort. Da aber der Sohn weitere Klagen nicht begünstigte, stellte sie ihm die Blumen zurecht und verließ das Zimmer, die Kränkung ihres Kindes in mütterlichem Herzen umherwälzend.

Der Wagen fuhr vor und der Doktor stieg ein, die Gevatterin abzuholen. »Er kann nur gleich auf der andern Seite wieder herauskriechen«, sagte Herr Hummel am Fenster, »die Haustüren sind nahe genug.« Durch eine schwierige Wendung gelangte der Festwagen an die Treppe des Herrn Hummel, der Lohndiener öffnete den Schlag, aber bevor der Doktor die Stufen hinaufdringen konnte, erschien Susanne auf der Treppe und rief hinunter: »Bemühen Sie sich nicht erst herein, das Fräulein wird sogleich kommen.« Laura schwebte von den Stufen herab, ganz in Weiß, wie in eine Schneewolke gehüllt. Wie schön sah sie heut aus! Zwar die Wangen waren bleicher als gewöhnlich und die Augenbrauen finster zusammengezogen, aber der schwermütige Zug gab ihrem Antlitz eine bezaubernde Würde. Sie vermied, den Doktor anzusehen, bewegte ihr Haupt nur ein wenig auf seinen Gruß, und als er die Hand bot, ihr Einsteigen zu unterstützen, fuhr sie an ihm vorüber und setzte sich auf ihren Platz, als sei er gar nicht vorhanden. Mit Mühe fand er Raum an ihrer Seite, sie nickte noch einmal über ihn weg nach der Treppe, auf welcher jetzt Herr Hummel stand, der heut viel aufgeräumter aussah als sein Kind. Schwerfällig trabten die Rosse vorwärts, die bleiche Laura sah weder nach rechts noch links. Es ist ihr erstes Patenamt, dachte der Doktor, ist das feierliche Stimmung? Oder ist es Reue über das bunte Tuch? Er sah nach ihren Händen, die Handschuhe, die er ihr gesandt, waren nicht darauf zu sehen. Habe ich gegen die Mode gesündigt? dachte er wieder, oder waren sie zu groß für die kleine Hand?

Er schweigt, dachte sie, das ist sein böses Gewissen, er denkt an die Katzenkrallen, und für mein Taschentuch hat er kein Wort des Dankes. Ich habe mich doch sehr in ihm geirrt. Und die Betrachtung wurde ihr so wehmütig, daß ihr wieder eine Träne in die Augen stieg, sie aber preßte heftig die Lippen aneinander, drückte sich selbst den Daumen der rechten Hand und zählte in der Stille von eins bis zehn, ein altes Mittel, das ihr schon früher heftige Gefühle gebändigt hatte.

So kann das nicht bleiben, dachte der Doktor, ich muß sie anreden. »Sie haben die Handschuhe, die ich Ihnen zu senden wagte, nicht brauchen können«, begann er bescheiden, »ich habe gewiß recht ungeschickt gewählt.«

Das war zu viel. Laura wandte den Kopf mit heftiger Bewegung nach dem Doktor, er sah einen Augenblick in zwei rollende zornige Augen und hörte die verächtlichen Worte: »Ich bin keine Katze.« Und wieder zuckten ihre Lippen und sie drückte krampfhaft die Hand zusammen.

Fritz sann erstaunt darüber nach, ob Handschuhe, welche Falten werfen, jemals ein charakteristisches Kennzeichen unserer Haustiere gewesen sein könnten. Er fand die Beziehung unergründlich. Wie schade, daß sie Launen hat! Nach einer Weile begann er von Neuem: »Ich fürchte, die Zugluft wird Ihnen lästig, soll ich das Fenster schließen?«

»Ich danke«, sagte Laura mit eisiger Kälte.

»Wissen Sie etwas über den Namen des Täuflings?« frug der Doktor weiter.

»Er soll Fritz heißen«, erwiederte Laura, und zum zweiten Mal traf ein flammender Zornesblick seine Brillengläser, dann trat wieder Profilstellung mit Ohrläppchen und Nasenspitze ein.

Ach, sie war trotz dem Gewitter, das aus ihr blitzte, in diesem Augenblick wunderschön, und der Doktor konnte sich das nicht verhehlen. Sie aber fühlte jetzt ebenfalls die Verpflichtung, etwas zu reden, und begann über die Schulter: »Ich finde den Namen sehr gewöhnlich.«

»Da es mein eigener Name ist und ich ihn jeden Tag hören muß«, versetzte der Doktor, »so darf ich Ihnen vor Andern Recht geben. Es ist wenigstens ein deutscher Name«, fügte er gutmütig hinzu, »es ist unrecht, daß man diese so sehr vernachlässigt.«

»Da mein Name auch aus der Fremde stammt«, entgegnete Laura wieder über die Achsel, »so habe ich ein Recht, fremde Namen für gewählter zu halten.«

Wenn sie den ganzen Tag so bleibt, dachte Fritz entmutigt, werden die nächsten Stunden peinlich sein.

Bei Tische muß ich auch neben ihm sitzen und den Hohn ertragen, dachte sie. Ach, das Leben legt Schreckliches auf.

Sie fuhren am Taufhause vor, beide froh, daß sie wieder unter Menschen kamen. Als sie in die Zimmer traten, stoben sie nach den entgegengesetzten Seiten auseinander. Aber natürlich mußten sie zuerst die junge Mutter begrüßen, und ihre Bahnen stießen hier wieder zusammen. Als Laura sich zu der Pate wandte, trat auch der Doktor von der andern Seite dazu. Und der guten Pate fiel wieder jener Tag ein, wo die Beiden ebenso feierlich in ihre Sommerwohnung gekommen waren, und sie konnte sich nicht enthalten, zu rufen: »Das hat etwas zu bedeuten, da seid ihr ja wieder zusammen, ihr lieben Kinder.« Laura erhob stolz das Haupt und erwiederte: »Nur, weil Sie es durchaus so gewollt haben.«

Man fuhr zur Kirche. Der Geistliche tat alles Mögliche, dem Täuflinge in diesem und jenem Leben gute Freundschaft zu sichern, und der kleine Fritz umkreiste auf den Armen seiner Paten widerwillig den Taufstein. Als er aber dem großen Fritz überliefert wurde, brach er in ein zorniges Geschrei aus, und Laura sah mit Verachtung, wie der

Doktor beunruhigt wurde und ungeschickte Versuche machte, durch Heben und Senken der Arme den Schreihals mit seinem Anblicke zu versöhnen; bis ihm zuletzt die Hebamme – eine sehr entschlossene Frau – aus der Not half.

Je weiter die Sonne herabsank, desto unerträglicher wurde die Pflicht des Tages. Bei dem Taufessen gingen alle schwarzen Ahnungen Laura's in Erfüllung, sie saß neben dem Doktor. Es war beiden ein ausgezeichnet behagliches Mahl. Der Doktor wagte noch einige Anläufe, ihre unbegreifliche Stimmung zu durchbrechen, er hätte ebenso leicht mit einem Schwefelholz das Eis eines Gletschers aufgetaut, denn jetzt war Laura an die kalte Luft geselliger Nichtachtung gewöhnt. Sie sprach ausschließlich mit dem Taufvater, der auf ihrer andern Seite saß, und fand in der Unterhaltung mit dem heitern Manne die Schwungkraft des Geistes wieder, während Fritz immer stiller wurde und seine Nachbarin zur Linken, eine freundliche junge Frau, auffallend vernachlässigte. Es wurde noch ärger. Denn als der Braten herannahte, kam der Mitgevatter, ein Stadtrat und sonst ein Mann von Welt und Wort, hinter den Stuhl des Doktors und erklärte, daß er den Toast auf den Täufling auszubringen keineswegs gesonnen sei, weil ihm ein Kopfschmerz alle Gedanken nehme, und daß der Doktor an seiner Stelle zu reden habe. Dem Doktor aber war diese Möglichkeit gar nicht eingefallen und ihm war so unbehaglich zu Mute, daß er sich ebenfalls leise, aber ernsthaft gegen die Zumutung auflehnte. Laura hörte wieder mit tiefer Verachtung den Kampf der beiden Herren um eine Stilübung, die noch dazu nicht einmal schriftlich war. Auch der Hausherr wurde aufmerksam, und über die Gesellschaft kam eine gewisse peinliche Erwartung, welche in der Regel nicht die Wirkung hat, widerwilligen Tischrednern ihre Geisteskräfte zu beflügeln, sondern vielmehr zu banger Gedankenlosigkeit herabzudrücken. Eben war der Doktor im Begriff, doch seine Pflicht zu tun, als Laura ihm noch einen kalten Blick gönnte, dann aufstand und an das Glas schlug. Ein lautes Bravo begrüßte sie und sie sprach zu ihrem eigenen Erstaunen und zur Freude aller Anwesenden: »Da die Herren Paten ihrer Pflicht so wenig eingedenk sind, so bitte ich um Verzeihung, daß ich unternehme, was sie hätten tun sollen.« Darauf brachte sie tapfer ein Hoch aus. Es war ein sehr gewagtes Unternehmen, aber es war gelungen und sie wurde mit Beifall überschüttet. Auf den Doktor dagegen richteten sich jetzt die Stachelreden sämmtlicher Herren. Es ist wahr, er zog sich noch erträglich heraus, denn die verzweifelte Lage gab ihm seine Kraft wieder, ja er hatte die Unverschämtheit, zu erklären, daß er absichtlich gezögert, um der Gesellschaft die Freude zu bereiten, welche Allen durch die Beredsamkeit seiner Nachbarin geworden sei. Darauf hielt er einen lustigen Vortrag über alles Mögliche, und als Alle lachten und Keiner mehr wußte, wo er hinaus wollte, machte er eine kühne Wendung auf die Paten und brachte die Gesundheit dieser Menschenclasse aus, und insbesondere die seiner Nachbarin. Für die Anwesenden war das gut genug, für Laura war es ein unleidlicher Hohn und Heuchelei. Und als sie mit ihm anstoßen mußte, sah sie ihn wieder so feindselig an, daß er sich schnell von ihr zurückzog.

Jetzt aber begann er ihr in seiner Weise Gleichgültigkeit zu zeigen, er sprach laut mit seiner Nachbarin, er trank mehre Gläser Wein. Laura rückte ihren Stuhl von ihm ab und dachte, er trinkt am Ende gar zu viel, er wurde ihr unheimlich, und jetzt wurde sie stiller. Der Doktor aber achtete gar nicht mehr darauf, er schlug wieder an das Glas und hielt noch eine Rede, und die war so possirlich, daß die Anwesenden dadurch in die glücklichste Stimmung versetzt wurden. Laura aber saß starr wie ein Steinbild und sah ihn nur manchmal verstohlen von der Seite an. Darauf verließ der Doktor ganz seine Nachbarin, der Stuhl neben ihr stand leer, er hatte, um bildlich zu sprechen, das baumwollene Taschentuch darauf gelegt, sie aber die kleinen Pelzhandschuhe, daß der leere Stuhl unter seiner unsichtbaren Last recht unheimlich aussah, und der Doktor ging hinter der Tafel herum und machte kleine Besuche, und wo er anhielt, gab es Lachen und Anstoßen der Gläser. Und als er die Runde um den Tisch geendet hatte, und zu Wirt und Wirtin trat, hörte Laura, wie diese ihm für den lustigen Abend dankten und seine frohe Laune rühmten.

So kehrte er zu seinem Platz zurück. Und jetzt hatte er sogar die Unverschämtheit, sich an Laura zu wenden. Mit einem Ausdruck, in welchem Laura deutlich den Hohn erkannte, hielt er ihr unterm Tisch die Hand hin und sagte: »Machen wir Friede, böse Frau Gevatterin; reichen Sie mir Ihre Hand.« Da empörte sich Laura's ganzes Herz, sie rief: »Sogleich sollen Sie meine Hand haben.« Sie griff schnell in eine geheime Tasche, fuhr in einen Katzenhandschuh und kratzte ihn damit auf die Rückseite seiner Hand. »Da nehmen Sie den Händedruck, den Sie verdienen.«

Der Doktor fühlte einen scharfen Schmerz, fuhr mit der Hand in die Höhe und sah diese durch einige rote Striche tätowiert. Laura aber warf ihm den Handschuh in den Schoß und setzte dazu: »Wäre ich ein Mann, ich machte Ihnen auf andere Weise fühlbar, daß Sie mich beleidigt haben.«

Der Doktor blickte um sich, seine Nachbarin zur Linken war aufgestanden, auf der andern Seite bildete der Hausherr, über den Tisch gebeugt, harmlos einen Wall gegen die Außenwelt. Dann sah er erstaunt auf den Fehdehandschuh in seinem Schoß, Alles war ihm unbegreiflich, nur das Eine empfand er, daß Laura trotz ihrer Leidenschaft von hinreißender Schönheit war.

Auch er fuhr mit der Hand in seine Tasche und sagte: »Glücklicherweise bin ich in der Lage, auf diese Risse Ihr Geschenk von heut Morgen legen zu können.« Er holte das rot und schwarze Tuch hervor und mühte sich, dasselbe um die verwundete Hand zu schlingen, wobei nicht zu vermeiden war, daß die Hand ein unheimliches, mörderisches Aussehen erhielt. Als Laura die blutigen Schrammen sah, erschrak sie, aber sie wußte ihre Reue tapfer zu verbergen und warf ihm nur die kalten Worte zu: »Wenigstens wird für Ihre Hand besser sein, wenn Sie mein Tuch zum Verband nehmen, als dieses steife Leder.«

»Es ist Ihr Tuch«, versetzte der Doktor traurig.

»Das ist noch schlimmer als alles Andere«, rief Laura mit bebender Stimme. »Sie haben heut eine Art, mit mir zu verkehren, die für mich entwürdigend ist, und ich frage Sie, was habe ich getan, um solche Behandlung zu verdienen?«

»Was habe denn ich getan, daß Sie mir diese Vorhaltung machen?« frug der Doktor. »Sie haben mir heut Morgen diesen Gevattergruß gesandt.«

»Ich?« rief Laura, »Sie haben mir diese Katzenpfoten gesandt, aber nicht ich dies Tuch. Mein Tuch hatte nichts von den Reizen dieses bunten Drucks, es war nur weiß.«

»Ebenso darf ich von meinen Handschuhen sagen, sie hatten nicht den Vorzug, Krallen zu besitzen, es war gewöhnliches Leder.«

Laura wandte sich zu ihm hin und starrte ihm ängstlich in das Gesicht. »Ist das wahr?«

»Es ist wahr«, versicherte der Doktor mit überzeugender Aufrichtigkeit, »von diesen Pelzhandschuhen weiß ich nichts.«

»Dann sind wir beide Opfer einer Täuschung«, rief Laura bestürzt. »O, verzeihen Sie mir, vergessen Sie, was geschehen ist.« Und den Zusammenhang ahnend, fuhr sie fort: »Ich bitte Sie, sprechen wir nicht mehr davon. – Erlauben Sie mir, daß ich Ihnen das Tuch umbinde.« Er hielt ihr die Hand hin, sie trocknete ihm die Finger mit ihrem Tuche und schlang es hastig über die Risse. »Es ist zu klein zum Verbande«, sagte sie traurig, »wir müssen Ihr eigenes darüberlegen. Das war ein häßlicher Tag, Herr Doktor, o vergessen Sie und sein Sie mir nicht böse.«

Böse war der Doktor keineswegs, und das war auch aus der eifrigen Unterhaltung zu erkennen, in welche beide jetzt versanken. Denn beiden war das Herz leicht geworden und sie waren bemüht, einander das gegenseitig zu beweisen. Als der Wagen sie vor ihren Türen absetzte, gab es einen herzlichen Nachtgruß.

Am nächsten Morgen trat Herr Hummel in Laura's Geheimzimmer und legte ein blaues Papier auf den Tisch. »Da ist gestern ein Irrtum vorgefallen«, sagte er, »hier hast du, was dir gehört.« Laura öffnete schnell das Papier, ihr gesticktes Tuch lag darin. »Dem Doktor drüben habe ich seine Handschuhe auch zurückgeschickt und eine Empfehlung dazu, und ich habe ihm auch sagen lassen, es sei ein Versehen, und ich, der Vater Hummel, sendete ihm, was ihm gehörte.«

»Vater«, rief Laura ihm gegenübertretend, »diese neue Kränkung war nicht nötig. Mir magst du antun, was dir dein Haß gegen die Nachbarn eingibt, aber daß du nach Allem, was gestern geschehen ist, aufs Neue einen Dritten verletzen kannst, das ist grausam von dir. Dies Tuch gehört dem Doktor. Und da ich es zurückerhalte, werde ich es ihm bei erster Gelegenheit wiedergeben.«

»Richtig«, sagte Hummel, »es ist von dir mit eigenen Händen gesäumt und gestickt. Tue jetzt, was du vor deinem Kopfe verantworten kannst. Du weißt aber, und auch er weiß, was ich von diesen Artigkeiten zwischen hier und dort halte. Willst du gegen meinen entschiedenen Willen handeln, so wage es. Auf einen Geschenkfuß mit den Hähnen möchte ich unsere Wirtschaft nicht einrichten, weder in Kleinem, noch in Größerem. Da du, wie ich höre, bei den Mietern mit dem Doktor oft zusammenkommst, so wird es gut sein, wenn du auch daran denkst. Dies sollte eine Erinnerung sein.« Er ging gemütlich zur Tür hinaus und ließ seine Tochter im Aufruhr gegen sein hartes Regiment zurück. Sie hatte nicht gewagt, dem Vater zu widersprechen, denn er war heut, abweichend von seinem polternden Wesen, in ruhiger Haltung und sie fühlte aus seinen Worten einen Sinn, der ihr den Mund schloß und das Blut in die Wangen trieb. Und es wurde für das geheime Tagebuch ein stürmischer Vormittag.

Herr Hummel war auf seinem Comtoir mit einer Lieferung von Soldatenkäppis beschäftigt, als ihn ein Klopfen störte und zu seiner Verwunderung Fritz Hahn eintrat. Hummel blieb würdig sitzen, bis der achtungsvolle Gruß des Andern vollzogen war, dann erhob er sich langsam und begann im Geschäftston: »Was steht zu Ihren Diensten, Herr Doktor? Wenn Sie einen feinen Filzhut nötig haben, wie ich annehme, so ist das Verkaufslokal eine Treppe tiefer.«

»Ich weiß es«, versetzte der Doktor artig. »Ich komme zunächst, Ihnen für das Tuch zu danken, das Ihre Güte mir ausgesucht und gestern zum Geschenk gemacht hat.«

»Nicht übel«, sagte Hummel. »Es ist der alte Blücher darauf gemalt; er ist ein Stück Landsmann von mir und ich dachte, daß Ihnen das Tuch deswegen angenehm sein würde.«

»Ganz recht«, antwortete Fritz, »ich werde es mir als Andenken sorgfältig aufheben. Ich verbinde mit meinem Dank die Bitte, daß Sie diese Handschuhe hier Fräulein Laura überreichen. Wenn gestern bei der Übergabe ein Versehen vorgefallen ist, wie Sie mir freundlich mitteilen ließen, so habe ich daran keine Schuld. Da diese Handschuhe Ihrem Fräulein Tochter bereits gehören, so bin ich natürlich außer Stande, dieselben zurückzunehmen.«

»Wieder nicht übel«, sagte Hummel, »aber Sie sind im Irrtum. Die Handschuhe gehören meiner Tochter ganz und gar nicht, sie sind von Ihnen gekauft und von meiner Tochter mit keinem Auge gesehen worden. Und sie sind heut früh zum Eigentümer zurückgewandert.«

»Verzeihung«, erwiederte Fritz, »wenn ich Sie selbst als Zeugen gegen Ihre Worte in Anspruch nehme, die Handschuhe sind gestern als ein landesübliches Geschenk an Fräulein Laura geschickt worden. Sie selbst haben dem Boten die Sendung abgenommen und durch Ihre Worte die Annahme bestätigt. Die Handschuhe sind also durch Ihre eigene Mitwirkung Eigentum des Fräuleins geworden und ich habe durchaus kein Anrecht darauf.«

»Kein Advocat kann einen Fall besser ins Licht setzen«, entgegnete Herr Hummel mit Behagen. »Es ist nur ein Übelstand dabei. Diese Handschuhe waren undeutlich, denn sie lagen in Papier und Blumen versteckt, wie ein Frosch im Grase. Hätten Sie mir die Handschuhe offen und mit der Bitte, sie meiner Tochter zu geben, in dies Comtoir gebracht, so würde ich Ihnen schon gestern gesagt haben, was ich Ihnen jetzt sage, daß ich Sie nämlich für einen ganz wackern jungen Mann halte und daß ich nichts dawider habe, wenn Sie jeden Tag Pate stehen, daß ich aber sehr viel dawider habe, wenn Sie meiner Tochter irgend etwas von dem beweisen, was man hier zu Lande Artigkeit nennt. Ich bin gegen Ihr Haus nicht artig, und ich will es nicht sein. Deshalb kann ich auch nicht zugeben, daß Sie gegen meine Leute artig sind. Denn was dem Einen recht ist, ist dem Andern billig.«

»Ich bin wieder in der unangenehmen Lage«, antwortete der Doktor, »Sie durch Ihre eigenen Taten widerlegen zu müssen. Sie selbst haben mir gestern die Ehre einer Artigkeit erwiesen. Da Sie mir als persönliches Zeichen Ihres Wohlwollens ein Tuch geschenkt haben, worauf ich, der ich nicht Ihr Mitgevatter bin, gar keinen Anspruch hatte, so darf auch ich sagen, was dem Einen recht ist, ist dem Andern billig. Und gerade Sie werden gar nichts einwenden dürfen, wenn ich diese Handschuhe in Ihr Haus sende.«

Hummel lachte. »Alle Hochachtung, Herr Doktor; Sie haben nur vergessen, daß Vater und Tochter nicht ganz dasselbe sind. Ich habe nichts dagegen, daß Sie mir gelegentlich ein Geschenk machen, wenn Sie diesem Triebe nicht widerstehen können. Ich werde mir dann überlegen, was ich Ihnen dagegen zuschicken kann. Wenn Sie also meinen, daß diese Handschuhe für mich passend sind, so will ich sie als eine Ausgleichung zwischen uns beiden behalten. Und wenn ich einmal mit Ihnen zusammen Pate stehen sollte, werde ich sie über meine Daumen ziehen und Ihnen vorzeigen.«

»Ich habe sie Ihnen als Eigentum Ihrer Tochter übergeben«, erwiederte Fritz mit Haltung, »wie Sie weiter damit verfahren, darüber steht mir keine Entscheidung zu, nur ein Wunsch.«

»So ist es recht, Herr Doktor«, stimmte Hummel bei, »die Sache ist zur Zufriedenheit aller Beteiligten abgemacht, und wir sind miteinander zu Ende.«

»Noch nicht ganz«, versetzte der Doktor. »Was jetzt kommt, ist allerdings eine Forderung an Sie. Auch Fräulein Laura hat als meine Gevatterin mir ein Tuch bestimmt und übersandt. Das Tuch ist nicht in meine Hände gekommen, ich habe unzweifelhaft das Recht, auch dieses Tuch als mein Eigentum zu betrachten, und ich ersuche Sie ergebenst, die Zusendung zu bewirken.«

»Oho«, rief Hummel, und der Bär in ihm regte sich. »Das sieht aus wie Trotz, und darauf gebührt eine andere Sprache. Mit meinem Willen erhalten Sie das Tuch nicht, es ist meiner Tochter zurückgegeben, und wenn sie es Ihnen noch einhändigt, handelt sie als ein ungehorsames Kind gegen das Gebot ihres Vaters.«

»Dann also ist meine Absicht, Sie zum Widerruf dieses Verbotes zu veranlassen«, antwortete der Doktor nachdrücklich. »Sie haben, wie ich gestern zufällig bemerkte, die übersandten Handschuhe mit anderen vertauscht, welche bei Fräulein Laura den Glauben anregen mußten, daß ich ein unverschämter und schaler Spaßmacher sei. Solche hinterlistige Kränkung eines Fremden, selbst wenn er ein Gegner wäre, ziemt keinem redlichen Mann.«

Hummels Augen wurden groß, und er trat einen Schritt zurück. »Alle Wetter«, brummte er, »ist so etwas möglich? sind Sie der Sohn Ihres Vaters? sind Sie Fritz Hahn, der junge Humboldt? Sie können ja grob sein wie ein Bürstenbinder.«

»Nur wo es nötig ist«, versetzte Fritz. »Ich habe mir in meinem Verhalten gegen Sie nie einen Mangel an Zartgefühl zu Schulden kommen lassen, Sie aber haben gegen mich ein Unrecht begangen und Sie sind mir eine Genugtuung schuldig. Als ehrlicher Mann werden Sie mir diese geben und meine Genugtuung soll das Tuch sein.«

»Es ist hinreichend«, unterbrach ihn Hummel, die Hand erhebend, »das alles nutzt Ihnen nichts. Denn ich will Ihnen, da wir unter uns sind, geradezu sagen, ich habe das nicht, was Sie Zartgefühl nennen. Wenn Sie sich durch mich gekränkt fühlen, so wäre mir das in der Stille leid, insofern ich Sie als einen mutigen jungen Mann vor mir sehe, der auch seine Grobheit hat. Wenn ich mir aber wieder bedenke, daß Sie Fritz Hahn heißen, so kommt mir die Meinung, daß es mir ganz recht ist, wenn Sie sich durch mich gekränkt fühlen. Und damit müssen Sie sich begnügen.«

»Was Sie mir sagen«, entgegnete Fritz, »ist zwar unhöflich, aber redlich ist es nicht. Und ich gehe mit der Empfindung von Ihnen, daß Sie gegen mich etwas gut zu machen haben. Dies Gefühl ist für mich jedenfalls angenehmer, als wenn ich in Ihrer Lage wäre.«

»Ich sehe, wir verstehen uns in allen Dingen«, erwiederte Hummel, »wie zwei Geschäftsleute, die beide ihren Vorteil gehabt haben. Ihnen ist angenehm, daß ich ein Unrecht gegen Sie habe, und mir macht es keinen Kummer. So soll es bleiben, Herr Doktor. Wir sind in unserm Herzen und vor der Welt Feinde, im Übrigen aber alle Hochachtung.«

Der Doktor verneigte sich und schied aus dem Comtoir, Herr Hummel sah nachdenklich auf die Stelle, wo er gestanden hatte.

Er war den ganzen Tag in einer milden und menschenfreundlichen Stimmung, die er zunächst dadurch bewies, daß er mit seinem Buchhalter philosophierte. »Haben Sie auch einmal Bienenzucht getrieben?« frug er ihn über den Comtoirtisch.

»Nein, Herr Hummel«, antwortete dieser, »wie sollte ich dazu kommen?«

»Es fehlt Ihnen an Unternehmungsgeist«, fuhr Hummel tadelnd fort, »warum wollen Sie sich dieses Vergnügen nicht gönnen?«

»Ich wohne ja in einer Dachstube, Herr Hummel.«

»Tut nichts, die neuen Erfindungen erlauben den Bienengenuß in einem Tabakskasten. Sie setzen den Schwarm hinein, öffnen das Fenster und schneiden von Zeit zu Zeit Ihren Honig heraus. Sie können dabei ein reicher Mann werden. Sie sagen, daß dieses Geschmeiß Ihre Hausleute und Nachbarn stechen wird, haben Sie keine Sorge, solche Rücksichten sind altfränkisch. Folgen Sie doch dem Beispiel gewisser anderer Leute, die auch ihre Bienenstöcke an die Straße setzen, um die Ausgaben für Zucker zu ersparen.«

Der Buchhalter wollte diesem Vorschlag zur Güte nicht widersprechen. »Wenn Sie meinen«, versetzte er nachgiebig.

»Den Teufel meine ich, Herr«, brach Hummel los, »lassen Sie sich nicht einfallen, mit einem Bienenschwarm in der Tasche in mein Comtoir zu kommen, ich bin entschlossen, dergleichen Unfug unter keinen Umständen zu dulden. Für diese Gasse bin ich Hummel genug, und ich verbitte mir jede Art von Summen und Schwärmen um Haus und Hof.«

Als er am Nachmittag mit Frau und Tochter im Garten lustwandelte, hielt er plötzlich an. »Was war es doch, das hier durch die Luft flog?«

»Es war ein Käfer«, sagte seine Frau.

»Es war eine Biene«, sagte Herr Hummel. »Sollte dieses Gesindel schon ausfliegen? Wenn es etwas gibt, was ich nicht leiden kann, so sind es Bienen. Richtig, da ist wieder eine. Sie belästigt dich, Philippine.«

»Ich kann's nicht sagen«, antwortete diese.

Aber wenige Augenblicke darauf flog eine Biene unleugbar um Laura's Locken, und Laura mußte sich mit ihrem Sonnenschirme gegen die kleine Arbeiterin verteidigen, welche die Wangen des Mädchens mit einem Pfirsich verwechselte. »Es ist auffallend«, sagte Hummel zu den Frauen, »das war doch sonst nicht so arg. In einem hohlen Baum des Parks muß sich ein Bienenstock etabliert haben, dergleichen kommt vor. Da draußen schläft der Parkwächter auf einer Bank, froh, daß ihn selber

Niemand stiehlt. Du stehst ja gut mit dem Manne, mache ihn doch darauf aufmerksam. Das Ungeziefer ist unleidlich.«

Frau Hummel ließ sich zu einer Frage verleiten, der Wächter versprach aufzumerken, kam nach einer Weile wieder an den Zaun und rief leise: »Pst, Madame Hummel.«

»Der Mann ruft dich«, ermahnte Hummel.

»Sie kommen aus dem Garten des Herrn Hahn«, berichtete vorsichtig der Parkwächter, »dort steht jetzt ein Bienenstock.«

»Wirklich?« frug Hummel, »ist es möglich, sollte Hahn diese Liebhaberei gewählt haben?« Laura sah unruhig auf den Vater. »Ich bin ein friedlicher Mann, Wächter, und ich kann meinem Nachbar nicht zutrauen, daß er uns solchen Tort antut.«

»Es ist sicher, Herr Hummel«, sagte der Parkwächter, »sehen Sie dort das gelbe Ding?«

»Richtig«, rief Hummel kopfschüttelnd, »es ist gelb.«

»Laß gut sein, Heinrich, vielleicht wird es nicht so arg«, begütigte seine Frau.

»Nicht so arg?« frug Hummel zornig. »Soll ich zusehen, wie sich die Bienen auf deine Nasenspitze setzen, soll ich dulden, daß meine Frau den ganzen Sommer eine Kugel vor sich herträgt, so groß wie ein Apfel? Laß nur gleich eine Stube für den Chirurgus zurecht machen, er wird doch die nächsten Monate nicht aus unserm Hause kommen.«

Laura trat an den Vater: »Ich sehe dir's an, du willst mit dem Nachbar wieder Streit anfangen; wenn du mich liebst, tu' es nicht. Ich kann dir nicht sagen, Vater, wie sehr mir dieses Gezänk zuwider ist. Ich habe genug darunter gelitten.«

»Ich glaube dir's«, erwiederte Hummel gemütlich. »Aber gerade weil ich dich liebe, muß ich bei guter Zeit diesen Injurien von drüben ein Ende machen, bevor dieses beflügelte Zeug seinen Honig aus unserm Garten hinüberträgt. Ich will dich von keiner Nachbarbiene anfallen lassen, verstehst du?«

Laura wandte sich ab und sah finster in das Wasser, auf welchem abgefallene Kätzchen der Birken langsam der Stadt zuschwammen. »Tun Sie etwas Übriges, Wächter, um den Frieden zwischen Nachbarn zu erhalten«, fuhr Hummel fort, »und richten Sie Herrn Hahn meine Empfehlung und die Bitte aus, er möchte seine Bienen anbinden, damit ich nicht in die Lage komme, wieder die Polizei zu Hilfe zu rufen.«

»Ich will ihm sagen, Herr Hummel, daß die Bienen der Nachbarschaft lästig werden. Denn es ist wahr, die Gärten sind klein.«

»Sie sind ja so enge, daß man sie in einer Schachtel auf dem Weihnachtsmarkt verkaufen kann«, räumte Hummel bereitwillig ein. »Tun Sie's auch aus Erbarmen mit den Bienen selbst. Unsere drei Märzbecher werden als Futter nicht lange vorhalten. Und nachher bleibt ihnen nichts übrig, als das eiserne Gitter zu benagen.« Er gab dem Wächter einige Groschen und fügte für seine Frau und Tochter hinzu: »Um des lieben Friedens willen, ihr seht, wie sehr ich den Nachbar schone.«

Die Frauen kehrten gedrückt und voll trüber Ahnung in das Haus zurück.

Da der Wächter sich nicht wieder sehen ließ, lauerte ihm Hummel am nächsten Tage auf. »Nun?« frug er.

»Herr Hahn meinte, die Stöcke wären weit von der Straße hinter Gebüsch. Sie belästigten Niemanden. Und er würde sich sein Recht nicht nehmen lassen.«

»Da haben wir's«, brach Hummel los, »Sie sind mein Zeuge, daß ich das Menschenmögliche getan habe, um Streit zu vermeiden. Der Mann hat vergessen, daß es einen Paragraph 167 gibt. Es tut mir leid, Wächter, aber jetzt muß die Polizei das letzte Wort sprechen.«

Herr Hummel besprach sich vertraulich mit einem Polizeidiener. Herr Hahn aber geriet wieder einmal in Aufregung und Zorn, als er auf's Rathaus bestellt wurde; und Herr Hummel behielt gewissermaßen Recht, denn die Polizei gab Herrn Hahn den Rat, einer Belästigung der Nachbarn und Vorübergehenden durch Entfernung der Körbe zuvorzukommen. Herr Hahn hatte sich so herzlich über seine Bienen gefreut, ihre Wohnungen waren mit allen neuen Erfindungen ausgestattet, auch waren es gar nicht unsere zornigen deutschen Bienen, sondern italienische, welche nur stechen, wenn sie aufs äußerste gereizt werden. Das half jetzt alles nichts, denn auch der Doktor und Frau Hahn baten, die Stöcke zu entfernen, und so wurden diese in einer dunkeln Nacht von Herrn Hahn unter bittern und niederbeugenden Empfindungen aufs Land geschafft. An der Stätte, die sie öde zurückgelassen, errichtete Herr Hahn wenigstens einige Starnester auf Stangen. Sie waren ein schwacher Trost. Die Stare hatten bereits nach dem alten Brauch ihres Stammes Boten durch das Land geschickt und ihre Sommerwohnungen gemietet, und nur Sperlinge nahmen frohlockend Besitz von den Kästen und ließen als liederliche Haushalter lange Strohhalme zu den Löchern herabhängen.

Herr Hummel aber zuckte verächtlich die Achseln und nannte die neue Erfindung mit lautem Baß Spatztelegraphen.

Das Gartenvergnügen begann, schwermütige Ahnung war zur Wirklichkeit geworden, Argwohn und finstere Mienen schieden auf's Neue die Nachbarhäuser.

6. Kleine Gegensätze.

Eine Professorsfrau hat auch Not mit ihrem Mann. Wenn Ilse einmal mit wohlbekannten Frauen zusammensaß, mit der Raschke, der Struvelius und der kleinen Günther, etwa bei einem vertraulichen Kaffe, der nicht gänzlich verachtet wurde, dann kam so allerlei zutage.

Es war doch eine hübsche Unterhaltung mit den gebildeten Frauen. Allerdings streifte das Gespräch zuweilen flüchtig über die Häupter der Dienstboten, die Sorgen der Wirtschaft wagten sich auch als quakende Frösche aus dem Weiher gemütlicher Plauderei hervor, und Ilse wunderte sich, daß auch Flaminia Struvelius ernsthaft über das Aufbewahren kleiner Essiggurken zu sprechen wußte und daß sie angelegentlich nach den Kennzeichen der Jugend an einer gerupften Gans forschte. Die lustige Günther aber erregte den Hausfrauen von größerer Erfahrung Entsetzen und Gelächter, als sie erklärte, daß sie das Geschrei kleiner Kinder gar nicht ertragen könne und daß sie das ihre – das sie noch nicht einmal hatte – vom ersten Anfang durch Streiche zu ehrbarer Ruhe zwingen werde. Wie gesagt, die Rede schweifte von Größerem auch auf diese Gebiete. Und wenn so einmal Unbedeutendes darankam, geschah es natürlich auch, daß die Männer einer ruhigen Besprechung gewürdigt wurden, und da ergab sich, daß jede der Frauen, wenn von Männern im Allgemeinen die Rede war, doch an ihren eigenen dachte, und daß jede, ohne daß sie es aussprach, ein heimliches Bündel Sorgen mit sich herumtrug und die Hörerinnen zu dem Schluß berechtigte, auch dieser Mann sei schwer zu behandeln. Gar nicht zu verbergen waren die Schicksale der Frau Raschke, denn sie waren stadtkundig. Man wußte sehr wohl, daß er an einem Markttage in seinem Schlafrock zur Universität gezogen war, in einem leuchtenden Schlafrock, orange und blau mit türkischen Mustern. Seine Studenten, die ihn zärtlich liebten und seine Gewohnheiten wohl kannten, hatten doch ein lautes Lachen nicht unterdrückt, und Raschke hatte ruhig den Schlafrock über das Katheder gehängt und in Hemdsärmeln gelesen und war im Überzieher eines Studenten nach Hause gekommen. Seitdem ließ Frau Raschke den Gatten niemals ausgehen, ohne ihn noch einmal zu untersuchen. Ferner kam heraus, daß er sich nach zehn Jahren in den Straßen der Stadt noch immer nicht zurecht fand und daß sie ihr Quartier nicht wechseln durfte, weil sie überzeugt war, daß ihr Professor sich nicht daran kehren und doch immer wieder in die alte Wohnung zurücklaufen würde. Auch Struvelius machte Sorge. Die letzte gewaltige hatte Ilse persönlich kennengelernt, aber es wurde auch ermittelt, daß er von seiner Frau forderte, für ihn lateinische Korrekturen zu lesen, weil sie ein wenig diese Sprache gelernt hatte, und daß er gänzlich außer Stande war, freundlichen Weinreisenden seine Aufträge zu versagen. Denn die Struvelius hatte bei ihrer Verheiratung einen ganzen Keller voll kleiner und großer Weinfässer gefunden, die noch gar nicht abgezogen waren, während er selbst bitterlich klagte, daß er keinen Wein in den Keller bekomme. Sogar die kleine Günther erzählte, daß ihr Gatte der Nachtarbeiten sich nicht entschlagen konnte und daß er bei einer solchen Ausschweifung mit der Lampe unter den Büchern umherflackerte und einer Gardine zu nahe kam, die Gardine fing Feuer, er riß sie ab, verbrannte sich dabei die Hände und drang mit kohlschwarzen Fingern in die Schlafstube, verstört und einem Othello ähnlicher als einem Mineralogen.

Ilse erzählte nichts aus ihrer kurzen Laufbahn, aber auch sie hatte Gelegenheit, Erfahrungen zu machen. Zwar in später Arbeit war ihr Hausherr mäßig, auch mit dem Weine wußte er ziemlich Bescheid und trank bei Gelegenheit wacker sein Glas, wie einem deutschen Gelehrten ziemt. Doch mit dem Essen war's bei ihm traurig bestellt. Es ist zwar nicht schön, wenn man viel um den Magen sorgt, und vollends einem Professor nicht anständig, aber wenn einer gar nicht weiß, was er ißt und Entenbein und Gansbein verwechselt, so ist das auch keine Freude für die, welche ihm etwas Gutes erweisen möchten. Zum Tranchieren war er vollends nicht zu brauchen. Die zähen stymphalischen Vögel, welche Herkules erlegt hatte, und den ungenießbaren Vogel Phönix, den sein Tacitus mit Achtung erwähnte, kannte er viel genauer als den Knochenbau einer Truthenne. Ilse gehörte zwar nicht zu den Hausfrauen, denen Vergnügen ist, den ganzen Tag in der Küche zu stehen, aber sie verstand das Geschäft und setzte eine Ehre darein, für den Mittagstisch ihr Herrscheramt würdig zu üben. Das war alles vergebens. Er machte zuweilen einen Versuch, seine Tafel zu loben, aber Ilse kam dahinter, daß sein Herz gar nicht dabei war. Denn als sie ihm einen prächtigen Fasan vorsetzte und er an ihrer beobachtenden Miene merkte, daß eine Äußerung erwartet werde, da lobte er die Köchin, weil sie ein so stattliches Huhn eingekauft. Ilse seufzte und suchte ihm den Unterschied auseinander zu setzen, und sie mußte erleben, daß ihr Gabriel nach Tisch bedauernd sagte: »Es ist umsonst, ich kenne den Herrn, er hat kein Geschick zum Essen.« Seitdem war Ilse auf die Anerkennung angewiesen, welche ihr einzelne Herren des Teetisches zollten. Das war ihr kein Ersatz. Auch der Doktor hatte nach dieser Richtung nicht viel Achtungswertes. Und es war jämmerlich und niederbeugend, die beiden Herren vor einem Schnepfenpaar zu sehen, das der Vater geschickt hatte.

Der Professor aber hielt den Doktor für ausnehmend praktisch, weil dieser etwas Geschick im Kaufen und Einrichten hatte, und er war gewöhnt, bei vielen Ereignissen des Tages den Freund zu Rate zu ziehen. Der Schneider kam und brachte Tuchproben zu einem neuen Rock. Der Professor sah zerstreut auf die farbigen Signale der aufgeklappten Mappe. »Ilse, schicke doch zum Doktor, damit er wählen hilft.« Ilse schickte, aber mit bösem Willen; – zum Rockkaufen brauchte man den Doktor auch noch nicht, und wenn ihr lieber Mann darin keinen Entschluß hatte, so war sie doch da. Aber vorläufig half das nichts, der Doktor bestimmte gebietend Rock, Weste und den übrigen Kleiderbedarf ihres Gatten. Ilse hörte der Verhandlung schweigend zu, aber sie war recht herzlich böse auf den Doktor und auch ein wenig auf ihren Hausherrn. Sie beschloß in der Stille, daß das nicht so bleiben dürfe, unternahm schnell eine Kopfrechnung mit ihrem Wirtschaftsgeld, ließ den Schneider in ihr Zimmer kommen und bestellte selbst einen zweiten Anzug für ihren Mann mit dem Auftrage, diesen zuerst zu machen. Als der Künstler sein Werk abgeliefert hatte, rief sie den Gatten und frug, wie ihm die Prachtstücke gefielen. Er lobte, und sie sagte: »Sie sind für dich. Ich mache mich so hübsch als ich kann, um dir zu gefallen, trage du auch einmal mir zu Ehren, was ich für dich ausgesucht habe. Habe ich's getroffen, so wähle ich dir in Zukunft und ich übernehme die Verantwortung für deine Kleidung.«

Aber der Doktor sah verwundert darein, als der Professor in anderm Schmucke erschien. Es ergab sich jedoch, daß er nichts daran auszusetzen vermochte. Und als Ilse dem Doktor allein gegenübersaß, begann sie: »Beide lieben wir den Mann da drinnen und wir wollen uns über ihn vereinigen. Sie haben das größte Recht, der Vertraute seiner Arbeiten zu sein, und ich darf nie daran denken, mich darin Ihnen gleich zu stellen. Aber wo mein kleiner Hausverstand ausreicht, da wenigstens möchte ich ihm nützlich werden, und was ich ihm darin sein kann, lieber Herr Doktor, überlassen Sie mir.«

Sie sagte das lächelnd, der Doktor aber trat ernsthaft vor sie hin: »Sie sprechen aus, was ich lange empfunden. Ich habe mehre Jahre mit ihm gelebt und manchmal für ihn gelebt, und diese Zeit war mir ein hohes Glück, jetzt fühle ich sehr wohl, daß Sie den nächsten Anspruch auf ihn haben. Ich werde versuchen müssen, mich in Manchem zu bescheiden; es wird mir schwer, aber es ist zuletzt gut, daß es so kommt.«

»So waren meine Worte nicht gemeint«, rief Ilse unruhig.

»Ich verstehe wohl, wie sie gemeint waren, und ich verstehe auch, daß Sie Recht haben. Ihre Aufgabe ist nicht nur, ihm sein Leben bequem zu machen. Denn er sieht gleichgültig über Vieles weg, was den Tag schmückt und behaglich zurichtet. Aber inniges Bedürfnis ist ihm, mit seiner Umgebung bei Allem, was ihn und seine Zeit bewegt, im Einklang zu leben. Darin ist er weich und reizbar. Nicht daß ich ein Verständnis für Einzelheiten seiner Arbeit habe, machte ihn zu meinem Freund, sondern weit mehr das gute Einvernehmen in den großen und kleinen Fragen unseres Lebens. Ich sehe jetzt, wie eifrig Sie bemüht sind, auch darin ihm Vertraute zu werden. Glauben Sie mir, der wärmste Wunsch meines Herzens ist, daß Sie mit der Zeit dieses hohe Recht erhalten.«

Er schied mit ernstem Gruß, und Ilse sah ihm betroffen nach. Der Doktor hatte an eine Saite gerührt, deren Schwirren sie in ihrem Glücke immer wieder mit Schmerzen fühlte. Ihr war das neue Hauswesen leicht und klein, und Alles schnurrte wie ein Kreisel, und auch sie legte keinen großen Wert auf ihre Tätigkeit. Aber es tat ihr doch weh, daß ihre Arbeit dem Gatten so wenig war, und sie dachte wieder: »Was ich ihm sein kann, das merkt er kaum, und wo es mir schwer wird, seinem Geiste zu folgen, da entbehrt er vielleicht eine Seele, die ein besseres Verständnis hat.«

Das waren leichte Wolkenschatten, welche über die sonnige Landschaft dahinfuhren, aber sie kamen oft, wenn Ilse in ihrem Zimmer grübelnd allein saß.

Einst in der Dunkelstunde war Professor Raschke angelangt, er zeigte sich willig, über Abend zu bleiben, und Felix sandte den Diener zur Frau Professorin, dieser die Sorge um den abwesenden Gatten zu nehmen. Da Raschke unter den gelehrten Herren Ilse's Liebling war, gab sie in der Not einen Küchenbefehl, der ihm wohltun sollte. Dieser Befehl verurteilte einige junge Hühner, welche kurz vorher lebend angelangt waren, zum Tode. Die Herren waren bereits in Ilse's Zimmer, als aus der Küche ein klägliches Geschrei ertönte und das Küchenmädchen ihr bleiches Gesicht an der Tür zeigte und die Herrin herausrief. Dort fand sich, daß das Gemüt des Mädchens das Schlachten nicht bewerkstelligen konnte. Da Gabriel die nötigen Meucheleien sonst still an entlegener Stätte besorgt hatte, wußte sie sich heut keinen Rat, ein ängstlicher Versuch war schlecht abgelaufen und Ilse mußte das Unvermeidliche selbst tun. Als sie wieder eintrat, frug unglücklicher Weise Felix nach dem Grunde der Aufregung, und Ilse erzählte kurz den Vorfall.

Die Hähnchen kamen auf den Tisch, sie machten der Küche keine Schande, Ilse schnitt und legte vor. Aber ihr Gatte schob den Teller zurück und Raschke arbeitete zwar aus Artigkeit ein wenig an seinem Bruststücke herum, würgte aber auch über den Bissen. Ilse sah mit großen Augen auf die beiden Männer. »Weshalb essen Sie nicht, Herr Professor?« frug sie endlich den Gast mit mühsam erkämpfter Ruhe.

»Es ist nur eine Schwäche der Empfindung«, antwortete Raschke, »und Sie haben ganz Recht, es ist eine Torheit; mich stört noch das Geschrei der armen Gebratenen.«

»Dich auch, Felix?« frug Ilse mit ausbrechendem Eifer.

»Ja«, erwiderte dieser, »ist es nicht möglich, das Umbringen unmerklich zu machen?«

»Nicht immer«, entgegnete Ilse gekränkt, »wenn der Raum so enge und die Küche so nahe ist.« Sie klingelte und ließ den unglücklichen Braten abtragen. »Da man in der Stadt das Schlachten so sehr bedauert, sollte man kein Fleisch essen.«

»Sie haben ganz Recht«, wiederholte Raschke versöhnend, »und unsere Empfindlichkeit hat nur geringe Berechtigung. Wir finden die Zubereitungen unbehaglich und lassen uns Bereitetes in der Regel sehr wohl gefallen. Aber wer gewöhnt ist, das Tierleben mit Teilnahme zu betrachten, den beunruhigt die Zerstörung eines Organismus für egoistische Zwecke immer, wenn sie in einer Weise vollzogen wird, an welche er zufällig nicht gewöhnt ist. Denn das ganze Leben der Tiere hat für uns etwas Geheimnisvolles. Dieselbe Lebenskraft, die wir an uns beobachten, ist im Grunde auch in ihnen tätig, nur eingeengt durch eine anders beschränkte und im Ganzen weit unvollkommenere Organisation!«

»Wie kann man ihre Seele mit der des Menschen vergleichen!« rief
Ilse, »das Vernunftlose mit dem Vernünftigen, das Vergängliche mit
dem Ewigen!«

»Was das Unvernünftige betrifft, liebe Frau Collega, so ist es ein Wort,
bei dem man sich in diesem Falle nichts Genaues denkt. Wie groß der
Unterschied zwischen Mensch und Tier auch sei, er ist schwer festzustellen, und auch nach dieser Richtung ziemt uns Bescheidenheit. Wir wissen
sehr wenig von den Tieren, selbst von denen, welche täglich mit uns
leben. Ich gestehe Ihnen, daß mir der gelegentliche Versuch, dies Unverständliche meinem Verständnis näher zu rücken, eine Achtung und
Scheu vor dem fremdartigen Leben eingeflößt hat, bei welcher zuweilen
Schrecken war. Ich leide nicht, daß Jemand von meinen Leuten sein
Herz an ein Tier hängt. Auch aus einer Weichheit des Gefühls, die, wie
ich Ihnen zugebe, pedantisch ist. Aber die Einwirkung des menschlichen
Gemütes auf die Tiere ist mir vollends rätselhaft und unheimlich erschienen, es werden in den fremden Creaturen dadurch Seiten ihres Lebens
entwickelt, welche sie nach einzelnen Richtungen dem Menschen sehr
ähnlich machen. Auch hat die liebevolle Annäherung an unsere Art für
uns soviel Rührendes, daß wir leicht mehr Herz und Empfindung auf
ein Tier wenden als ihm und uns frommt.«

»Aber das Tier bleibt doch, wie es seit der Schöpfung war«, rief Ilse,
»unverändert in seinen Trieben und Neigungen. Wir können einen
Vogel abrichten und einen Hund zwingen, daß er überbringt, was er
selbst fressen möchte, aber das ist nur äußerer Zwang. Sind sie sich
selbst überlassen, so bleibt ihnen Art und Natur ungeändert, und was
wir Cultur nennen, fehlt ihnen ganz.«

»Auch darüber sind wir keineswegs sicher«, versetzte Raschke. »Wir
wissen gar nicht, ob nicht jedes Geschlecht der Tiere auch eine Bildung
und Geschichte hat, welche von der ersten Generation bis zur letzten
reicht. Es ist sehr möglich, daß Kenntnisse, Virtuositäten und Verständnis
der Welt, soweit dies den Tieren möglich ist, sich in engerem. Kreise
ebenso wandelte als bei den Menschen. Es ist eine willkürliche Annahme,
daß die Vögel vor tausend Jahren genau ebenso gesungen haben als
jetzt. Ich bin der Ansicht, daß Wolf und Fuchs auf cultiviertem Boden
in ähnlicher Lage sind wie die letzten Trümmer der Indianerstämme
unter den Weißen, während solche Tiere, die in erträglichem Frieden
mit den Menschen leben, wie die Sperlinge und anderes kleines Volk,
sogar die Bienen, in ihrer Art klüger werden und im Laufe der Zeit

Fortschritte machen, Fortschritte, die wir in einzelnen Fällen ahnen, die unsere Wissenschaft aber noch nicht darzustellen vermag.«

»Damit wird unser Herr Oberförster sehr einverstanden sein«, sagte Ilse ruhiger, »er klagt bitterlich, daß die Finken unserer Gegend sich seit Menschengedenken in ihrem Gesange erbärmlich verschlechtert haben, weil alle guten Sänger weggefangen sind und die jungen nichts Ordentliches mehr lernen.«

»Vortrefflich«, rief Raschke. »Und wie es unter den Tieren derselben Art kluge und unwissende gibt, läßt sich auch annehmen, daß den einzelnen eine gewisse geistige Arbeit zugewiesen ist, welche über ihr Leben hinausreicht. Die Erfahrung eines alten Raben oder die melodische Tonfolge einer schönsingenden Nachtigall wäre für die späteren Geschlechter nicht verloren, sondern wirkte auch in ihnen mit einer gewissen Dauer. Nach dieser Richtung darf man wohl von Cultur und Fortbildung auch der Tiere sprechen. – Aber der Küche gegenüber bekennen wir, daß wir zum Nachteil für das gemeinsame Behagen an unrechter Stelle gefühlvoll geworden sind, und Sie zürnen uns deshalb nicht, liebe Freundin.«

»Für diesmal wird es vergessen«, erwiederte Ilse versöhnt, »das nächste Mal setze ich Ihnen gesottene Eier vor, die werden doch kein Bedenken haben.«

»Mit den Eiern ist es auch so ein eigen Ding«, versetzte Raschke, »doch darüber enthalte ich mich billig einer näheren Betrachtung. Was mich aber hierhergeführt hat«, fuhr er zu Felix gewandt fort, »war nicht Huhn, nicht Ei, sondern College Struvelius. Ich suche für ihn Versöhnung.«

Felix setzte sich steif zurecht. »Kommen Sie in seinem Auftrage?«

»Noch nicht, aber auf Wunsch einiger Collegen. Sie wissen, daß für das nächste Jahr ein energischer Rektor nötig wird. Es ist unter den Bekannten wiederholt von Ihnen die Rede gewesen. Struvelius wird wahrscheinlich Decan, schon deshalb wünschen wir, daß Sie beide in ein freundliches Verhältnis treten. Noch mehr des akademischen Friedens wegen. Ungern sehen wir unsere Altertumswissenschaft auf gespanntem Fuße.«

»Was der Mann etwa gegen mich versehen hat«, antwortete der Professor stolz, »kann ich ihm leicht vergeben, obgleich das kleinliche und versteckte Wesen mir innerlich zuwider ist. Daß er durch seine törichte Arbeit sich selbst und dadurch unsere Universität bloßgestellt hat, ertrage ich schwerer. Was mich aber von ihm scheidet, das ist die Unehrlichkeit seiner Empfindung.«

»Der Ausdruck ist zu stark«, rief Raschke.

»Er entspricht genau seinem Tun«, behauptete der Professor. »Als der Beweis einer Fälschung geführt war, da noch war seine Furcht, eine Niederlage zu erleben, stärker als sein Sinn für Wahrheit, und er hat sich selbst belogen, um Andere zu täuschen. Das ist eines deutschen Gelehrten unwürdig, und für solches Unrecht kenne ich keine Vergebung.«

»Das ist wieder zu hart«, versetzte Raschke, »er hat offen und loyal seinen Irrtum bekannt.«

»Er hat es erst getan, als durch Magister Knips ihm und Anderen die Fälschung an der Schrift augenscheinlich nachgewiesen und dadurch die letzte Ausflucht genommen war.«

»Die Gefühle eines Menschen sind nicht so leicht wie Zahlen in ihre Elemente zu zerfällen«, entgegnete Raschke, »und nur wer billig urteilt, wird richtig rechnen. Er hat gekämpft mit verletztem Stolz, vielleicht zu lange, aber er hat sich herausgehoben.«

»Ich gestatte an der Sittlichkeit eines wissenschaftlichen Mannes keine irrationalen Größen, hier war die Frage, schwarz oder weiß, Wahrheit oder Lüge«, rief Felix.

»Du hast doch dem Magister größere Nachsicht bewiesen«, sagte Ilse bittend, »ich habe ihn seit der Zeit mehr als einmal bei dir gesehen.«

»Der Magister hat in der Hauptsache geringere Schuld«, antwortete der Gatte. »Als ihm die Frage ernsthaft vor die Seele trat, hat er sehr wohl seinen Scharfsinn angewandt.«

»Er hatte Geld dafür bekommen«, sagte Ilse.

»Er ist ein armer Teufel, gewöhnt, als Zwischenhändler bei Antiquargeschäften einigen Vorteil zu haben, und Niemand wird an ihn die Forderung stellen, daß er sich durchweg als Gentleman erweise. Soweit seine gedrückte Seele der Wissenschaft angehört, ist sie nicht ohne männlichen Stolz, das weiß ich. Für dergleichen Naturen habe ich das wärmste Mitgefühl. Denn sein Leben ist in der Hauptsache ein fortgesetztes Martyrium zum Besten Anderer. Wenn ich einen solchen Mann verwende, so weiß ich sicher, wo ich ihm vertrauen kann, wo nicht.«

»Möchten Sie sich darin nicht täuschen«, rief Raschke.

»Ich übernehme Gefahr und Verantwortung«, entgegnete der Professor; »nichts weiter von dem Magister, er gehört nicht hierher. Wenn ich aber seine Schuld mit der des Struvelius vergleichen soll, so ist mir nicht zweifelhaft, wer, Alles eingerechnet, den größeren Mangel an Ehrgefühl gezeigt hat.«

»Das ist wieder so ungerecht«, rief Raschke, »daß ich eine solche Äußerung über den abwesenden Collegen nicht anhören kann. Ich vermisse mit tiefem Bedauern in Ihrer Auffassung die Unbefangenheit, welche ich unter allen Umständen geboten halte, am meisten im Urteil über einen Amtsgenossen.«

»Sie selbst haben mir gesagt«, versetzte der Professor ruhiger, »daß er dem Verkäufer Schweigen versprochen hat, weil ihm Aussicht auf noch andere geheimnisvolle Pergamente gemacht wurde. Wie können Sie für solches Preisgeben des eigenen Selbstgefühls ein Wort der Entschuldigung finden?«

»Es ist wahr«, erwiederte Raschke, »das hat er getan, und das war seine Schwäche.«

»Das war seine Unsittlichkeit«, rief der Professor wieder, »und darüber komme ich nicht weg. Wer anders denkt, mag ihm die Hand drücken.«

Raschke stand auf. »Wenn Ihre Worte meinen, daß derjenige weniger Ethos besitzt, der dem Struvelius noch die Hand drückt, so entgegne ich Ihnen, daß ich dieser Mann bin, und daß mich diese Handlung noch keinen Augenblick vor mir selbst gedemütigt hat. Ich habe vor Ihrem kräftigen und reinen Empfinden eine recht innerliche Hochachtung, und es ist mir manchmal ein Beispiel gewesen, aber heut muß ich Ihnen sagen, daß ich mich Ihrer nicht freue. Ist diese Härte doch im Grunde deshalb in Sie gekommen, weil Struvelius Sie persönlich verletzt hat; so geht sie über das Maß hinaus, nach welchem wir nicht uns selbst, aber Andere beurteilen sollen.«

»Sie gehe über das Maß hinaus«, rief der Professor, »ich kenne kein bescheidenes Maß bei den Anforderungen, die ich an das Rechts- und Anstandsgefühl meiner persönlichen Bekannten stelle. Mir ist nicht gleichgültig, bei dieser Auffassung Sie zum Gegner zu haben; aber wie ich bin, selbst ein unvollkommener und irrender Mensch, ich kann mir diese Forderungen an meine Umgebung nicht herabstimmen.«

»So will ich wünschen«, brach Raschke los, »daß Sie selbst nie in den Fall kommen, Anderen bekennen zu müssen, Sie seien durch einen Betrüger gerade da getäuscht, wo sich Ihr Selbstgefühl am kräftigsten erhob. Denn wer so stolz über Andere urteilt, dem würde das Bekenntnis der eigenen Kurzsichtigkeit nicht geringe Schmerzen bereiten.«

»Ja, es wäre furchtbar für mich«, rief Felix, »auch wider meinen Willen Andere in Unwahrheit und Lüge zu verstricken. Aber darauf vertrauen Sie, ich würde, um solches Unrecht zu sühnen, Alles, was ich an Leben und Kraft noch habe, daran setzen. Unterdeß bleibt es zwischen jenem und mir wie bisher.«

Raschke rückte seinen Stuhl unter den Tisch. »Dann gehe ich heute, denn ich bin durch unsere Erörterung aus der Ruhe gekommen und ich würde ein schlechter Gesellschafter sein. Es ist das erste Mal, Frau Collega, daß ich aus diesem Hause mit unbehaglichem Gefühl scheide, und nicht am wenigsten schmerzt mich, daß meine unzeitige Parteinahme für Hühnerseelen auch gegen Sie den Kamm gesträubt hat.«

Ilse sah betrübt in das erregte Antlitz des werten Mannes, und um die wogenden Gedanken zu glätten und an gute Freundschaft zu mahnen, sagte sie bittend: »Aber das arme Huhn ist Ihnen nicht erlassen, das müssen Sie doch noch essen, und ich sorge dafür, daß es Ihnen morgen durch Ihre Frau zum Frühstück vorgesetzt wird.«

Raschke drückte ihr die Hand und eilte zur Tür hinaus, der Professor ging heftig im Zimmer auf und ab, endlich trat er vor seine Frau und frug kurz: »Habe ich Unrecht?«

»Ich weiß es nicht«, erwiederte Ilse zögernd, »aber als der Freund zu dir sprach, war meine ganze Empfindung auf seiner Seite, und mir war, als hätte er Recht.«

»Auch du?« sagte der Professor finster, wandte sich ab und schritt in seine Arbeitsstube.

Wieder saß Ilse allein, das Herz war ihr schwer und sie grübelte: »Er sieht doch in vielen Dingen das Leben anders an als ich. Gegen die Tiere ist er weicher und gegen die Menschen zuweilen härter als ich sein kann. Wie ich mich auch mühe, ich bleibe ihm gegenüber ein ungeschicktes Weib vom Lande. Er ist gütig gewesen gegen die Rollmaus, er wird es auch gegen mich sein, aber er wird immer gegen mich Nachsicht üben müssen.«

Sie sprang auf und ihr Antlitz flammte.

Unterdeß fuhr Raschke im Vorzimmer umher. Auch dort herrschte Unordnung, Gabriel war noch nicht von seinem weiten Wege zurückgekehrt, die Köchin hatte das abgeräumte Mahl bis zu seiner Ankunft auf einen Seitentisch gestellt und Raschke mußte allein seinen Überrock suchen. Er wühlte unter den Kleidern, griff einen Rock und einen Hut. Da er heut nicht zerstreut war wie wohl sonst, fiel ihm bei einem Blick über die verschmähte Abendkost noch zu rechter Zeit ein, daß er ein Huhn essen mußte. Deshalb erfaßte er die neuen Zeitungen, welche Gabriel für seinen Herrn zurechtgelegt hatte, nahm schnell ein Huhn aus der Schüssel, wickelte es in die Blätter und versenkte es in die Tasche, deren Tiefe und Geräumigkeit ihn angenehm überraschte. So eilte er bei der erstaunten Köchin vorüber zur Wohnung hinaus. Als er die Entreetür öffnete, stieß er an etwas, das an der Schwelle wurzelte, er hörte hinter sich ein häßliches Geknurr und stürmte die Treppe hinab ins Freie.

Dabei flogen ihm die Reden des verlassenen Freundes durch den Kopf. Das ganze Verhalten Werners war sehr charakteristisch, und es war ein tüchtiges Wesen. Merkwürdig, daß in einem Augenblick des Zornes Werners Gesicht plötzliche Ähnlichkeit mit dem einer Dogge erhalten hatte. Hier wurde dem Philosophen die geradlinige Kette seiner Betrachtungen gekreuzt durch die Erinnerung an das Gespräch über Tierseelen. »Es ist doch zu bedauern, daß es immer noch schwer wird, den seelischen Ausdruck der Tiere zu fixieren. Gelänge das, so würde auch die Wissenschaft davon Nutzen ziehen. Wer Ausdruck und Geberde der Leidenschaften bei Menschen und höheren Tieren genau bis auf Einzelheiten vergleichen könnte, der vermöchte aus dem Gemeingültigen wie aus den einzelnen Abweichungen Interessantes zu folgern. Denn dadurch würde das Naturgemäße ihrer dramatischen Bewegung und vielleicht einige neue Gesetze derselben gefunden werden.«

Während der Philosoph darüber dachte, fühlte er ein wiederholtes Ziehen am Rockschoß. Da seine Frau die Gewohnheit hatte, ihn leise zu zupfen, wenn er neben ihr in Gedanken wandelte und einem Bekannten begegnete, so ließ er sich dadurch nicht weiter stören, er nahm freundlich seinen Hut ab und sagte gegen das Brückengeländer gewendet: »Guten Abend.«

»Dies Gemeinsame und Ursprüngliche des mimischen Ausdrucks bei Menschen und höheren Tieren würde aber, genau erkannt, vielleicht sogar neue Blicke in das große Geheimnis des Lebens verstatten.« – Es zupfte wieder. Raschke nahm mechanisch den Hut ab; es zupfte wieder. »Ich danke, liebe Aurelie, ich habe gegrüßt.« Darüber entwickelte sich in ihm der Seitengedanke, daß seine Frau nicht so tief unten am Rock ziehen könnte. Die zupfte, war gar nicht sie, sondern seine kleine Tochter Bertha, die zuweilen altklug neben ihm ging und ebenso wie die Mutter leise die Glocke zum Grüßen zog. »Es ist gut, mein Kind«, sagte er, da Bertha unaufhörlich an dem Rockschoß kratzte und läutete. »Komm hervor, du Schelm«, und er faßte in Gedanken hinter sich, die Neckerin heranzuziehen. Er ergriff tief unten etwas Rundes, Zottiges, fühlte im Augenblick scharfe Zähne an seinen Fingern und wandte sich erschrocken um. Da sah er im Laternenlicht ein rötlich schimmerndes Ungetüm mit dickem Kopf, mit gesträubtem Haar und einer Quaste statt des Schwanzes aus gehobener Stellung auf die Vorderbeine zurückfallen. Frau und Tochter waren ihm greulich verwandelt und er blickte verwundert auf das undeutliche Geschöpf, das sich ihm gegenübersetzte und ihn ebenfalls schweigend anstarrte.

»Eine merkwürdige Begegnung«, rief Raschke. »Was bist du, unbekanntes Wesen? mutmaßlich ein Hund, hinweg mit dir!« Die Creatur wich einige Schritte zurück, Raschke eilte in seiner Untersuchung weiter: »Wenn man den Gesichtsausdruck und die Geberde der Affekte in solcher Art auf Grundformen zurückführte, so würde sich jedenfalls als eins der tätigsten Gesetze das Bestreben erweisen, Fremdes anzuziehen und abzustoßen. Es wäre lehrreich, bei diesen unwillkürlichen Bewegungen der Menschen und Tiere zu unterscheiden, was jeder Art naturnotwendig und was ihr conventionell ist. Hinweg, Hund, tu' mir den Gefallen und geh nach Haus. Was will er von mir? er gehört offenbar in Werners Reich. Das arme Geschöpf wird sich unter der Herrschaft einer fixen Idee in der Stadt verlaufen.«

Unterdeß wurden die Angriffe Speihahns leidenschaftlicher, zuletzt bewegte er sich in ganz unnatürlichen und rein conventionellem Marsche nur auf den Hinterbeinen vorwärts, indem er sich mit den Vorderpfoten an die Rückseite des Professors stemmte und mit dem Maul förmlich in den Rock einbiß.

Ein später Schusterjunge blieb stehen und schlug an sein Schurzfell. »Schämt sich der Meister nicht, daß er sich von dem armen Lehrjungen bockschieben läßt?« In Wahrheit sah der Hund hinter dem Manne aus wie ein Zwerg, der auf der Eisbahn einen Riesen stoßend fortbewegt.

Raschke's Interesse an den Gedanken des Hundes wurde größer Er blieb an einer Laterne stehen, besah und befühlte seinen Rock. Dieser Rock war zu einem Sammetkragen und sehr langen Ärmeln gekommen, zu Vorzügen, welche der Philosoph an seinem Überrocke niemals bemerkt hatte. Jetzt war die Sache klar, er selbst hatte in Gedanken ein falsches Kleid gewählt und der wackere Hund bestand darauf, das Gewand seines Herrn zu retten und dem Räuber fühlbar zu machen, daß etwas nicht in Ordnung war. Raschke freute sich so sehr über diese Klugheit, daß er sich umdrehte, an Speihahn einige gütige Worte richtete und einen Versuch machte, das borstige Fell zu streicheln. Der Hund schnappte wieder nach seiner Hand. »Du hast ganz Recht«, entgegnete Raschke, »daß du mir zürnst, ich will dir beweisen, daß ich mein Unrecht einsehe.« Er zog den Rock aus und hing ihn über den Arm: »Richtig, er ist weit schwerer als mein eigener.« So ging er in seinem dünnen Leibrock frisch vorwärts und erkannte mit Befriedigung, daß der Hund die Angriffe auf den Rücken aufgab. Dafür aber sprang Speihahn an der Rockseite dahin, und wieder biß er nach dem Rock und nach der Hand und knurrte widerwärtig.

Dem Professor wurde der Hund ärgerlich, und als er auf der Promenade an eine Bank kam, legte er den Rock auf die Bank, um den Hund in ernster Begegnung nach Hause zu treiben. Dadurch wurde er zwar den Hund los, aber auch den Rock. Denn Speihahn sprang mit gewaltigem Satze auf die Bank, stellte sich breitbeinig über den Rock und erhob gegen den Professor, der ihn vertreiben wollte, ein grimmiges Knurren und Fauchen. »Es ist Werners Rock«, sagte sich der Professor, »und es ist Werners Hund, es wäre unrecht, das arme Tier zu schlagen, weil es in seiner Treue leidenschaftlich wird, und es wäre unrecht, Hund und Rock zu verlassen.« So blieb er vor dem Hunde stehen und redete ihm freundschaftlich zu, aber Speihahn achtete gar nicht mehr auf den Professor, er wandte sich gegen den Rock selbst und kratzte, wühlte, biß hinein. Raschke sah, daß der Rock diese Wut nicht lange ertragen konnte. »Er ist verrückt oder toll«, sagte er sich mißtrauisch, »zuletzt werde ich doch Gewalt gegen dich brauchen müssen, arme Creatur«, und dabei überlegte er, ob er ebenfalls auf die Bank springen und den Verrückten durch eine kräftige Fußbewegung in die Tiefe schleudern sollte, oder ob er den unvermeidlichen Angriff besser von unten eröffnen würde. Er entschloß sich zu letzterem und sah umher, ob irgendwo ein Stein oder Pfahl gegen den Wütenden erreichbar sei. Dabei blickte er auf die Bäume und den dunkeln Himmel über sich, und die Örtlichkeit erschien ihm ganz fremd. »Ist hier Zauberei im Spiel?« rief er ergötzt. »Bitte«, wandte er sich grüßend an einen einsamen Wanderer, der seines Weges kam, »in welcher Stadtgegend sind wir wohl? Und könnten Sie mir wohl auf einen Augenblick Ihren Stock leihen?«

»Wirklich?« entgegnete der Angeredete in unwilligem Ton, »das sind ja sehr verfängliche Fragen. Meinen Stock brauche ich des Abends selbst.

Wer sind denn Sie, mein Herr?« Der Fremde trat dem Professor drohend näher.

»Ich bin friedlich«, versetzte Raschke, »und tätlichen Angriffen durchaus abgeneigt. Es hat sich nur zwischen jenem Tiere auf der Bank und mir ein Streit um den Besitz eines Rockes erhoben, und ich würde Ihnen verbunden sein, wenn Sie den Hund von dem Rocke verscheuchten. Aber ich bitte Sie, dem Tiere nicht mehr weh zu tun, als durchaus nötig ist.«

»Ist denn das Ihr Rock?« frug der Mann.

»Das kann ich leider nicht bejahen«, versetzte Raschke gewissenhaft.

»Hier ist etwas nicht in Ordnung«, rief der Fremde und sah wieder argwöhnisch auf den Professor.

»Allerdings nicht«, versetzte Raschke, »der Hund ist außer sich, der Rock ist vertauscht und ich weiß nicht, wo wir sind.«

»Nahe beim Taltor, Herr Professor Raschke«, antwortete die Stimme Gabriels, welcher eilig zu der Gruppe trat. »Um Vergebung, wie kommen Sie hierher?«

»Vortrefflich«, rief Raschke vergnügt, »ich bitte, übernehmen Sie hier diesen Rock und diesen Hund.«

Erstaunt sah Gabriel auf Freund Speihahn, der jetzt über dem Rocke saß und gegen seinen Gönner das Haupt senkte. Gabriel warf den Hund herab und riß den Rock an sich. »Das ist ja unser Überzieher«, rief er.

»Ja, Gabriel«, bestätigte der Professor, »das war mein Irrtum, und der Hund hat dem Rock eine merkwürdige Treue bewiesen.«

»Treue?« rief Gabriel entrüstet und zog ein Packet aus der Tasche des Rockes. »Es war gefräßiger Eigennutz, Herr Professor, hierin muß etwas Gebratenes sein.«

»Ha«, rief Raschke, »richtig, ich erinnere mich, das Huhn ist an Allem schuld. Geben Sie mir das Packet, Gabriel, das Huhn muß ich selbst essen. Und wir könnten jetzt mit völliger Befriedigung einander Gute Nacht sagen, wenn Sie mir noch ein wenig meine Richtung durch diese Bäume angeben wollten.«

»Aber Sie dürfen mir nicht in der Abendluft ohne Überrock nach Hause gehen«, bat Gabriel wohlmeinend, »wir sind nicht weit von unserer Wohnung, am besten wäre wirklich, der Herr Professor kehrte mit mir um.«

Raschke überlegte und lachte: »Sie haben Recht, lieber Gabriel, mein Aufbruch war ungeschickt, und die Tierseele hat heut eine Menschenseele zur Ordnung gebracht.«

»Wenn Sie diesen Hund meinen«, versetzte Gabriel, »so wär's zum ersten Mal, daß er etwas Ordentliches zu Stande bringt. Ich merke, er ist Ihnen von unserer Tür nachgeschlichen, denn dorthin stelle ich ihm des Abends die kleinen Knochen.«

»Er tat einmal, als wäre er nicht ganz bei Sinnen«, sagte der Professor.

»Er ist schlau, wo er will«, versetzte Gabriel geheimnisvoll, »aber wenn ich von meinen Erfahrungen mit diesem Hunde reden sollte –«

»Sprechen Sie, Gabriel«, rief der Philosoph wißbegierig. »Nichts ist von Tieren so wertvoll, als wahrhafter Bericht solcher, welche genau beobachtet haben.«

»Das darf ich von mir sagen«, bestätigte Gabriel mit Selbstgefühl, »und wenn Sie genau wissen wollen, wie er ist, so versichere ich Sie, er ist verwünscht, er ist unehrlich, er ist vergiftet und er hat einen Grimm gegen die Menschheit.«

»Hm, so!« versetzte der Philosoph kleinlaut, »ich merke, es ist viel schwerer, einem Hunde ins Herz zu sehen als einem Professor.«

Speihahn schlich still und gedrückt und hörte auf das Lob, das ihm erteilt wurde, während Professor Raschke, von Gabriel geleitet, in das Haus am Parke zurückkehrte. Gabriel öffnete die Tür des Wohnzimmers und rief hinein: »Herr Professor Raschke.«

Ilse streckte ihm beide Hände entgegen: »Willkommen, willkommen, lieber Herr Professor«, und führte ihn in das Arbeitszimmer des Gatten.

»Da bin ich wieder«, rief Raschke vergnügt, »nach einer Irrfahrt wie im Märchen; was mich zurückgeführt hat, waren zwei Tiere, die mir den richtigen Weg wiesen, ein gebratnes Huhn und ein vergifteter Hund.« Felix sprang auf, die Männer grüßten einander mit warmem Händedruck, und es wurde nach aller Irrung noch ein herzerfreuender Abend.

Als Raschke sich spät entfernt hatte, sagte Gabriel traurig zu seiner Herrin: »Dies war der neue Rock; das Huhn und der Hund haben ihn verwüstet, daß es ein Jammer ist.«

7. Die Erkrankung.

Über dem Stadtwald und den Gärten rührte sich das junge Leben des Frühlings. In stillem Wintertraum hatten Knospen und Raupen nebeneinander geschlafen, jetzt schoß das Blatt aus seiner Hülle und der Wurm kroch über das junge Grün. Unter dem hellen Schein einer höheren Sonne begann der Kampf des Lebens, das Blühen und Welken, die bunten Farben und der Spätfrost, in dem sie erblichen, das lustige Laub und der Käfer, der daran nagte. Der uralte Streit erhob sich um Knospen und Blüten wie im Herzen des Menschen.

In Ilse's Lehrstunden wurde jetzt Herodot gelesen. Auch er ein Frühlingsbote des Menschengeschlechts an der Grenze zwischen träumender Poesie und heller Wirklichkeit, der frohe Verkünder einer Zeit, in welcher das Volk der Erde sich der eigenen Schönheit freute und die Wahrheit mit Ernst zu suchen begann. Wieder las Ilse in leidenschaftlicher Spannung die Seiten, welche ihr eine verschüttete Welt so lebendig und herzlich vor Augen stellten. Aber es war nicht mehr die ungetrübte erhebende Freude an dem Erzählten, wie bei dem Werk des großen Dichters, der Schicksal und Taten seiner Helden so lenkte, daß sie dem Gemüt auch da wohltaten, wo sie Leid und Schrecken erregten. Denn das ist ein Recht der menschlichen Erfindung, die Welt zu gestalten, wie das weiche Herz des Menschen sie ersehnt: Wechsel und billiges Verhältnis in Glück und Leid, jedem Einzelnen nach seiner Kraft und seinem Tun Anerkennung und klug zugemessene Vergeltung. Der Geist aber, welcher hier das geschwundene Leben regierte, waltete übermenschlich; die Fülle des Lebendigen drängte sich, eines verwüstete das andere, erbarmungslos brach die Zerstörung ein, sie traf die Guten wie die Bösen, es war auch eine Vergeltung, es war auch ein Fluch, aber sie schlugen unbegreiflich, grausam, herzzermalmend. Das Gute blieb nicht gut, und das Böse behielt den Sieg. Was erst zum Segen war, wurde später zum Verderben, was heut wohltätig Größe und Herrschaft gab, das wurde morgen eine Krankheit, welche den Staat zerstörte. Wenig galt jetzt der einzelne Held; wo sich eine große Menschenkraft für Augenblicke herrschend erhob, sah Ilse gleich darauf, wie sie dahinschwand in dem wirbelnden Strom der Ereignisse. Krösus, der übersichere gutherzige König, fiel, der starke Cyrus verging, und Xerxes wurde geschlagen. Aber auch die Völker versanken, die große Wunderblume Egypten verdorrte, das goldene Reich der Lyder zerbrach, die mächtigen Perser

266

verdarben zuerst Andere, dann sich selbst. Und in dem jungen Hellenenvolk, das sich so heldenkräftig erhob, sah sie bereits den Zorn, die Missetat und die feindlichen Gegensätze geschäftig, durch welche das schönste Gebilde des Altertums nach kurzem Gedeihen vergehen sollte.

Ilse und Laura saßen einander gegenüber, zwischen ihnen lag das aufgeschlagene Buch. Zwar wurde Laura nicht bei dem geheimen Vortrag des Professors zugelassen, aber ihre Seele flog getreulich auf der Wildbahn nebenher. Ilse teilte ihr von dem Erwerb ihrer Stunden mit und genoß die süße Freude, neues Wissen in den Geist einer Vertrauten zu senken.

40 »Auf diesen Xerxes habe ich einen großen Zorn«, rief Laura, »schon von der Fibel her: Der Perser Xerxes war ein reicher König, Xanthippe war ein Weib, doch taugten beide wenig. Ich dachte lange, Xanthippe wäre seine Frau gewesen, ich hätte sie ihm gegönnt. Sehen Sie dagegen die dreihundert Spartaner, sie senden die Andern nach Haus, kränzen sich und salben sich und ziehen ihr Festkleid an zum Tode. Das erhebt das Herz. Sie waren Männer. Und könnte ich ihrem Gedächtnis etwas Liebes erweisen durch meinen dummen Kopf und meine schwachen Hände, ich wollte dafür arbeiten, bis mir die Finger schmerzten. Aber was kann ich Armselige tun! Höchstens Reisetaschen sticken für ihren Weg in die Unterwelt, und die kämen zweitausend Jahre zu spät. Wir Frauen sind erbärmlich dran«, rief sie ärgerlich.

»Ich weiß andere aus der Schlacht«, sagte Ilse, »die mir rührender sind als die dreihundert von Sparta. Das sind die Thespier, welche zugleich mit ihnen kämpften und starben. Die Spartaner zwang ihr stolzes Herz, die strenge Zucht und Befehl ihrer Obrigkeit. Die Thespier aber starben freiwillig. Sie waren kleine Leute und sie wußten wohl, daß die größte Ehre ihren vornehmen Nachbarn bleiben würde. Sie aber standen treu in bescheidenem Sinn, und das war weit selbstloser und edler. – Ach, ihnen allen war es leicht«, fuhr sie traurig fort, »aber die zurückblieben, ihre armen Eltern, die Frauen und Kinder, das zerstörte Glück und der unsägliche Jammer daheim.«

»Jammer!« rief Laura, »wenn sie dachten wie ich, waren sie stolz auf den Tod ihrer Lieben und trugen, wie diese, Kränze in ihrem Schmerz. Wozu ist unser Leben, wenn man sich nicht freuen darf, es für Höheres hinzugeben?«

»Für Höheres?« frug Ilse. »Was den Männern höher gilt als Weib und Kind, ist das höher auch für uns? Unser Amt ist, das ganze Herz auf sie, die Kinder und das Haus zu richten. Wenn sie uns genommen werden, uns ist das ganze Leben verwüstet, und nichts bleibt als unendliche Trübsal. Das ist für uns wohl natürlich, wenn wir ihren Beruf anders ansehen als sie selbst.«

»Ich will auch ein Mann sein«, rief Laura. »Sind wir denn so schwach an Geist und Gemüt, daß wir weniger Begeisterung und Ehrgefühl und Liebe zum Vaterland haben müssen als sie? Der Gedanke ist furchtbar, durch das ganze Leben nur Dienerin zu sein eines Gebieters, der auch nicht stärker und besser ist als ich, der Gummischuhe trägt, sich die Füße nicht naß zu machen, und einen wollenen Shawl, sobald ein rauhes Lüftchen weht.«

»Man trägt dergleichen hier in der Nachbarschaft«, versetzte Ilse lächelnd.

»Es tun's die Meisten«, sagte Laura ausweichend, »und glauben Sie mir, Frau Ilse, dies Männervolk hat kein Recht darauf, daß wir unser ganzes Herz und Leben auf sie richten. Gerade die tüchtigsten haben kein volles Herz für uns. Wie sollten sie auch? Wir sind ihnen gut zur Unterhaltung und ihre Strümpfe zu stopfen und vielleicht ihre Vertrauten zu werden, wenn sie einmal nicht Rat wissen, aber die besten von ihnen sehen immer über uns weg auf das Ganze, und dort ist ihr eigentliches Leben. Was ihnen Recht ist, das sollte uns billig sein.«

»Haben wir nicht genug an dem, was sie uns von ihrem Leben geben?« frug Ilse. »Ist's auch nur ein Teil, er macht uns glücklich.«

»Ist es ein Glück, die größten Gefühle zu entbehren?« rief Laura wieder, »können wir sterben wie Leonidas?«

Ilse wies auf die Tür ihres Gatten. »Mein Hellas sitzt dort drin und arbeitet, und mir pocht das Herz, wenn ich seinen Tritt höre oder auch nur das Knistern seiner Feder. Für den einen Geliebten zu leben oder zu sterben, ist doch auch eine erhebende Idee, und sie macht glücklich. Ach, nur glücklich, wenn man weiß, daß man ihm ein Glück ist.«

Laura flog zu den Füßen der Freundin, sah ihr in das sorgenvolle Antlitz und schmeichelte. »Ich habe Sie ernsthaft gemacht mit meinem Geschwätz, und das war unrecht, denn ich möchte Ihnen jede Stunde ein Lächeln um die Lippen zaubern und immer ein freundliches Licht in die sanften Augen. Haben Sie Geduld mit mir, ich bin ein Querkopf und ein unwirsches Ding und oft unzufrieden mit mir und Andern, und ich weiß manchmal selbst nicht warum. – Aber Xerxes taugt nichts, dabei bleibe ich, und wenn ich ihn hätte, ich könnte ihn alle Tage ohrfeigen.«

»Ihm wenigstens ist es vergolten worden«, versetzte Ilse. Laura sprang wieder auf. »Ist das eine Vergeltung für den Buben, Hunderttausende hat er umgebracht oder elend gemacht, und er fährt mit heiler Haut nach Hause. Es gibt keine Strafe, die hart genug ist für solchen frevelhaften König. – Ich weiß aber recht gut, wie er war, er war ein verzogenes Muttersöhnchen, er hatte immer in seinem elterlichen Hause gelebt, er war aufgewachsen im Überfluß, und alle Menschen waren ihm untertänig. Deswegen behandelte er Alle mit Verachtung. Es würde Andern ebenso gehen, wenn sie in die Lage kämen. Ich kann mir's recht gut denken, daß ich selbst so ein Ungetüm sein würde, und mancher Bekannte auch.«

»Etwa mein Mann?« frug Ilse.

»Der ist mehr Cyrus oder Kambyses«, versetzte Laura.

Ilse lachte. »Das ist nicht wahr. Aber wie wäre es mit dem Doktor drüben?«

Laura hob strafend die Hand gegen das Nachbarhaus. »Der wäre Xerxes, gerade wie er im Buche steht. Wenn Sie sich den Doktor denken ohne Brille, in einem goldenen Schlafrock, mit einem Scepter in der Hand, ohne sein gutes Herz, was Fritz Hahn allerdings hat, und etwas weniger gescheidt als er ist, und noch mehr verzogen als er ist, und als einen Menschen, der kein Buch geschrieben hat, und nichts gelernt hat als Andere schlecht behandeln, so ist er ganz Xerxes. Ich sehe ihn vor mir auf dem Throne sitzen hier am Bach und mit seiner Peitsche in das Wasser schlagen, weil es ihm die Stiefeln naß macht. Der hätte wohl gefährlich werden können, wenn er nicht hier am Stadtpark geboren wäre.«

»Das meine ich auch«, versetzte Ilse.

Aber am Abend in der Lehrstunde sprach Ilse zum Gatten: »Als Leonidas mit seinen Helden starb, rettete er seine Landsleute vor der Herrschaft fremder Barbaren, aber nach ihm endeten viele Tausende des schönen Volkes im innern Kampf der Städte, und in solchem Streite verdarb das Volk, und nicht lange währte es, da kamen andere Fremde und nahmen ihren Enkeln doch die Freiheit. Wozu sind die vielen Tausende gestorben, was half der Haß und die Begeisterung und der Parteieifer, Alles war eitel und Alles ein Zeichen des Untergangs. Der Mensch ist hier wie ein Sandkorn, das in den Boden getreten wird, ich stehe vor einem schrecklichen Rätsel und mir wird bange auf der Erde.«

»Ich will versuchen, dir eine Lösung zu geben«, versetzte der Gatte ernst, »aber die Worte, welche ich dir heut sagen darf, sind wie die Schlüssel zu den Gemächern des bösen Blaubart. Öffne nicht zu hastig jedes Zimmer, denn in einigen ist zu schauen, was dir jetzt vorzeitig neue Unsicherheit aufregt.«

»Ich bin dein Weib«, rief Ilse, »und hast du eine Antwort für die Fragen, welche mich peinigen, so fordere ich sie.«

»Es ist auch dir kein Geheimnis, was ich dir antworte«, sprach der Professor. »Du bist nicht nur, wofür du dich hältst, ein Mensch, geschaffen zu Leid und Freude, durch Natur, Liebe, Glauben mit Einzelnen verbunden, du bist zugleich mit Leib und Seele einer irdischen Macht verpflichtet, um die du nur wenig sorgst, und die doch vom ersten bis zum letzten Atemzuge dein Leben leitet. Wenn ich dir sage, daß du ein Kind deines Volkes und daß du ein Kind des Menschengeschlechts bist, so ist dir dies Wort so geläufig, daß du wohl nicht mehr an die hohe Bedeutung denkst. Und doch ist dies Verhältnis das höchste irdische, in dem du stehst. Zu sehr werden wir von klein auf gewöhnt, nur die Einzelnen, mit denen uns Natur oder freie Wahl verbindet, in unser Herz zu schließen, und selten denken wir daran, daß unser Volk der Ahnherr ist, von dem die Eltern stammen, der uns Sprache, Recht, Sitte, Erwerb und jede Möglichkeit des Lebens, fast Alles, was unser Schicksal bestimmt, unser Herz erhebt, geschaffen oder zugetragen hat. Freilich nicht unser Volk allein; denn auch die Völker der Erde stehen wie Geschwister nebeneinander, und ein Volk hilft Leben und Schicksal der andern bestimmen. Alle zusammen haben gelebt, gelitten und gearbeitet, damit du lebst, dich freust und schaffst.«

Ilse lächelte. »Auch der böse König Kambyses und seine Perser?«

»Auch sie«, versetzte der Professor, »denn das große Netz, in welchem dein Leben einer Masche gleicht, ist aus unendlich vielen Fäden zusammengewebt, und wenn einer gefehlt hätte, wäre das Gewebe unvollständig. Denke zuerst an Kleines. Der Tisch, an welchem du sitzest, die Nadel, welche du in der Hand hältst, die Ringe an Finger und Ohr verdankst du Erfindungen einer Zeit, aus welcher jede Kunde fehlt; damit dein Kleid gewebt werden konnte, ist der Webstuhl in einem unbekannten Volke erfunden, und ähnliche Palmenmuster, wie du trägst, sind in einer Fabrik der Phönicier erdacht worden.«

»Gut«, sagte Ilse, »das lasse ich mir gefallen, es ist ein hübscher Gedanke, daß die Vorzeit so artig für mein Behagen gesorgt hat.«

270

»Nicht dafür allein«, fuhr der Gelehrte fort, »auch was du weißt und was du glaubst, und Vieles, was dein Herz beschäftigt, ist dir durch dein Volk aus eigener und fremder Habe überliefert. Jedes Wort, das du sprichst, ist durch hunderte von Generationen fortgepflanzt und umgebildet worden, damit es den Klang und die Bedeutung bekam, welche du jetzt spielend gebrauchst. In diesem Sinne sind unsere Ahnen aus Asien ins Land gezogen, hat Armin mit den Römern für Erhaltung unserer Sprache gekämpft, damit du an Gabriel einen Befehl geben kannst, den ihr beide versteht. Für dich haben die Dichter gelebt, welche dir in der Jugendzeit des Hellenenvolkes den kräftigen Klang des epischen Verses erfanden, den ich so gern von deinen Lippen höre. Und ferner, damit du glauben kannst, wie du glaubst, war vor dreihundert Jahren in deinem Vaterlande der großartigste Kampf der Gedanken nötig, und wieder anderthalbtausend Jahre früher in einem kleinen Volke Asiens noch machtvolleres Ringen der Seele, und wieder fünfzig Generationen früher ehrwürdige Gebote unter den Zelten eines wandernden Wüstenvolkes. Das Meiste, was du hast und bist, verdankst du einer Vergangenheit, die anfängt von dem ersten Menschenleben auf Erden. In diesem Sinne hat das ganze Menschengeschlecht gelebt, damit du leben kannst.«

Ilse sah mit Spannung auf den Gatten. »Der Gedanke erhebt«, rief sie, »und er kann den Menschen stolz machen. Aber wie stimmt dazu, daß derselbe Mensch wieder ein Nichts ist und wie ein Wurm zertreten wird in dem großen Treiben deiner Geschichte?«

»Wie du ein Kind deines Volkes und des Menschengeschlechtes bist, so ist es zu jeder Zeit der Einzelne gewesen, und wie er sein Leben und fast den ganzen Inhalt desselben dem größeren Erdengebilde verdankt, von dem er ein Teil ist, so ist auch sein Schicksal an das größere Schicksal des Volkes, an die Geschicke der Menschheit gefesselt. Dein Volk und dein Geschlecht haben dir Vieles gegeben, sie verlangen dafür ebensoviel von dir. Sie haben dir den Leib behütet, den Geist geformt, sie fordern auch deinen Leib und Geist für sich. Wie frei du als Einzelner die Flügel regst, diesen Gläubigern bist du für den Gebrauch deiner Freiheit verantwortlich. Ob sie als milde Herren dein Leben friedlich gewähren lassen, ob sie es sich mit hoher Mahnung in einer Stunde fordern, deine Pflicht ist dieselbe; indem du für dich zu leben und zu sterben meinst, lebst und stirbst du für sie. Das einzelne Leben ist für solche Betrachtung unermeßlich klein gegen das Ganze. Uns ist der einzelne verstorbene Mensch nur erkennbar, sofern er auf andere Menschen eingewirkt hat, nur im Zusammenhange mit denen, die vor ihm waren und nach ihm kamen, hat er Wert. Wert hat aber in diesem Sinne der Große und der Kleine. Denn in solcher Pflicht gegen sein Volk arbeitet Jeder von uns, wer seine Kinder erzieht, wer den Staat regiert, wer Wohlstand, Behagen, Bildung seines Geschlechtes mehrt. Unzählige wirken dies, ohne daß von ihnen eine persönliche Kunde bleibt, sie sind wie Wassertropfen, die mit andern eng verbunden als große Flut dahinrinnen, für spätere Augen nicht erkennbar. Aber vergebens haben darum auch sie nicht gelebt. Und wie die zahllosen Kleinen Bewahrer der Bildung und Arbeiter für Fortdauer der Volkskraft sind, so stellt auch die höchste Kraft des Einzelnen, der größte Held, der edelste Reformator durch sein Leben nur einen kleinen Teil der Volkskraft dar. Während er für sich und seine Zwecke kämpft, arbeitet er zugleich umgestaltend für seine Zeit, vielleicht über seine Zeit und sein Volk hinaus, für alle Zukunft. Auch er zahlt nur die Schuld seines Lebens, indem er die Verpflichtung späterer Menschen größer und edler macht. Sieh, Geliebte, bei solcher Auffassung schwindet der Tod aus der Geschichte. Das Resultat des Lebens wird wichtiger als das Leben selbst, über dem Mann steht das Volk, über dem Volk die Menschheit, Alles, was sich menschlich auf Erden regte, hat nicht nur für sich gelebt, sondern auch für alle anderen, auch für uns, denn es ist ein Gewinn geworden für unser Leben. Wie die Griechen in schöner Freiheit heraufwuchsen und vergingen und wie ihre Gedanken und Arbeiten den späteren Menschen zu gut kamen, so wird auch unser Leben, das in kleinem Kreise verläuft, nicht vergeblich für die Geschlechter der Zukunft.«

»Ach«, rief Ilse, »das ist eine Ansicht über das Erdenleben, die nur Solchen möglich ist, welche Großes tun, und um die man sich in später Zeit immer wieder kümmert. Mich friert dabei. Der Mensch ist hier nur wie Blume und Kraut und das Volk wie eine Wiesenfläche, und sind sie gemäht durch die Zeit, so ist, was übrigbleibt, nur nützliches Heu für die Spätern. Alle, die einst waren und die jetzt sind, sie haben doch auch für sich selbst gelebt und für die, welche sie sich mit freier Liebe suchten, für Weib und Kind und ihre Freunde, und sie waren noch etwas Anderes als eine Ziffer unter Millionen und als ein Blatt am ungeheuren Baume. Und wenn ihr Dasein so klein ist und so unnütz, daß euer Auge keine Spur seines Schaffens erkennt, das Leben des armen Bettlers, meines Kranken am Dorffenster, ihre Seelen werden doch behütet von einer Macht, welche größer ist als dein großes Netz, das aus Menschenseelen gewebt ist.« Sie sprang auf und starrte dem Gatten ängstlich in das Anlitz. »Beugt euren Menschenstolz vor einer Gewalt, die ihr nicht versteht.«

Der Gelehrte sah besorgt auf sein Weib. »Auch ich beuge mich in Demut vor dem Gedanken, daß die große Einheit des Lebendigen auf dieser Erde nicht die höchste Macht des Lebens ist. Nur der Unterschied ist zwischen dir und mir, daß ich gewöhnt bin, in meinem Geist mit den hohen Gewalten der Erde zu verkehren. Auch mir sind die Offenbarungen so ehrwürdig und heilig, daß ich dem Ewigen und Unbegreiflichen am liebsten auf diesem Wege zu nahen suche. Du bist gewohnt, das Unerforschliche im Bilde zu schauen, welches fromme Überlieferung in dein Gemüt gelegt hat, und ich wiederhole die Worte, welche ich dir früher sagte: Dein Suchen und Vertrauen und das meinige entspringen aus derselben Quelle, und es ist dasselbe Licht, zu dem wir aufblicken, wenn auch auf verschiedene Weise. Was dem Glauben früherer Geschlechter die Götter und wieder die Engel und Erzengel waren, höhere Gewalten, welche als Boten des Höchsten das Leben der Einzelnen umschweben, das sind in anderem Sinne für uns die großen geistigen Einheiten der Völker und der Menschheit, Persönlichkeiten, welche dauern und vergehen, aber nach andern Gesetzen als die einzelnen Menschen. Und daß ich dieses Gesetz zu verstehen suche, das ist ein Teil meiner Frömmigkeit. Du selbst wirst allmählich die bescheidene und erhebende Auffassung des Heiligen, in welcher ich lebe, kennenlernen. Auch du wirst allmählich erfahren, daß dein und mein Glaube im Grunde derselbe ist.«

»Nein«, rief Ilse, »ich sehe nur Eines, eine tiefe Kluft, welche meine Gedanken von deinen scheidet. O nimm mir die Angst, welche mich jetzt um deine Seele peinigt.«

»Nicht ich kann das tun, und nicht ein Tag kann das tun, nur unser Leben selbst, tausend Eindrücke, tausend Tage, an denen du dich gewöhnst, die Welt so anzusehen wie ich.«

Er zog die Gattin, welche starr vor ihm stand, näher an sich und sagte ihr leise: »Gedenke an den Spruch: im Hause meines Vaters sind viele Wohnungen. Auch er, der so gesprochen, wußte, daß Mann und Weib Eines sind durch das stärkste Gefühl der Erde, welches Alles trägt und Alles duldet.«

»Was kann ich dir sein, dem der Einzelne so wenig und klein ist?« frug Ilse tonlos.

»Das Höchste und Liebste auf Erden, die Blüte meines Volkes, ein Kind meines Geschlechts, in dem ich ehre und liebe, was vor uns war und was uns überleben wird«, rief der Professor.

Ilse stand allein unter den fremden Büchern, draußen schlug der Wind an die Mauern, er jagte die Wolken an dem Monde vorüber, bald wurde die Stube dunkel, bald füllte sie sich mit fahlem Scheine. Und in dem wechselnden Lichte der Dämmerung dehnten sich ihr die Wände zu einem unabsehbaren Raum, aus den Büchern stiegen fremde Gestalten, sie hingen an den Wänden und schwebten von der Höhe, ein Heer von grauen Schatten, die bei Tage in die geradlinigen Gehäuse der Bücher gebannt waren, zogen gegen das Weib heran, und die Toten, die gespenstig fortlebten auf der Erde, streckten die Arme nach ihr und forderten ihre Seele für sich.

34

Ilse richtete sich hoch auf, sie hob die Hände nach oben und rief sich die hellen Bilder zu Hilfe, die von klein auf ihre Tage segnend umgeben hatten, weiße Gestalten mit leuchtendem Antlitz. Sie neigte das Haupt und bat: »Schützet mir den Frieden meiner Seele.«

Als Ilse in ihr Zimmer trat, lag ein Brief ihres Vaters auf dem Tisch, sie öffnete hastig und sank, nachdem sie die ersten Zeilen gelesen, schluchzend darüber hin.

Der Vater zeigte der Tochter den Tod eines alten Freundes an. Der gute Herr Pfarrer war aus dem engen Tal hinaufgetragen zu der Ruhestätte, die er sich auf dem Friedhof neben seiner Frau erwählt. Von der Aufregung, die ihm Ilse's Scheiden verursacht, hatte er sich nicht wieder erholt, der Winter war in langem Siechtum vergangen, an einem warmen Frühlingsabend überraschte ihn im Garten vor seinem Pfirsichbaume das schnelle Ende. Dort fand ihn die treue Magd und lief mit der Schreckensbotschaft nach dem Schlosse. Er hatte wenige Stunden vorher Clara gebeten, seinem lieben Kinde in der Stadt zu schreiben, daß es ihm jetzt wohl gehe.

Ilse hatte oft im Winter um das Leben des Freundes gesorgt, und die Nachricht kam ihr nicht überraschend. Und doch fühlte sie gerade jetzt seinen Verlust als entsetzliches Unglück. Das war ein Leben, welches fest und treu an dem ihren hing, sie wußte wohl, in den letzten Jahren war sie der Mittelpunkt seiner Gedanken und fast ausschließlich der Inhalt seines Herzens gewesen. Sie hatte dies Leben, das ganz ihr gehörte, um eine stärkere Neigung verlassen, und ihr schien jetzt ein Unrecht, daß sie von ihm geschieden war. Sie sah den Stab zerbrochen, der sie festband an die Gefühle ihrer Kindheit. Und ihr war, als wankte der Boden und als sei Alles unsicher geworden, das Herz des Gatten, die eigene Zukunft.

So fand sie der Professor, über den Brief gebeugt, in Tränen aufgelöst, ihr Schmerz erschütterte auch ihm das Herz und er bat sie ängstlich, ihrer selbst zu gedenken. Lange redete er zärtlich in sie hinein. Endlich sah sie ihn wieder mit treuen Augen an und versprach ruhig zu sein.

Aber es gelang ihr nicht. – Nach wenigen Stunden mußte er sie zu ihrem Lager führen.

Es wurde eine gefährliche Krankheit. Ilse hatte Tage, wo sie in tötlicher Schwäche bewußtlos lag. Wenn sie einmal die müden Augen aufschlug, sah sie in das abgehärmte Antlitz ihres Gatten, und sie sah Laura's Lockenkopf zärtlich über ihr Lager geneigt, dann schwand wieder Alles in dumpfer Betäubung.

Es war ein langes Ringen zwischen Leben und Vergehen, aber sie überwand. Der erste Eindruck, den sie empfing, als sie schmerzlos wie aus einem Schlummer erwachte, war das Rauschen eines schwarzen Kleides und die große Locke der Struvelius, welche ihren Kopf durch die geschlossenen Vorhänge gesteckt hatte und kummervoll aus den grauen Augen auf sie herabsah. Leise rief sie den Namen ihres Gatten, und im nächsten Augenblick kniete er selbst an ihrem Lager und bedeckte ihre Hand mit Küssen, und der starke Mann war so außer Fassung, daß sein Leib in krampfhaftem Weinen bebte. Sie legte ihm die Hand auf das Haupt, strich ihm das verworrene Haar zurück und sagte ihm leise: »Felix, Geliebter, ich will leben.«

Jetzt kam eine Zeit großer Schwäche und zögernder Genesung, noch manche Stunde kraftloser Schwermut, aber auch ein leises Lächeln flog zuweilen über ihre bleichen Lippen.

Draußen grünte der Frühling, nicht alle Knospen hatte der Nachtreif vernichtet, und die Stadtvögel zwitscherten vor ihren Fenstern. Mit Rührung sah Ilse, welch guter Krankenpfleger ihr Mann war, wie geschickt er ihr die Arznei reichte und die Tasse mit Brühe herzutrug, wie er kaum dulden wollte, daß einmal Andere seine Stelle an ihrem Lager einnahmen, und wie er auch jetzt noch trotzig verweigerte, sich in der Nacht einige Stunden Schlaf zu gönnen, aber als sie selbst bat, ganz widerstandslos und mit feuchten Augen nachgab. Von Laura erfuhr Ilse, daß dieser Mann sehr große Not gemacht hatte, er war in der argen Zeit ganz verstört gewesen, finster und heftig gegen Jedermann, er hatte bei Tag und Nacht an dem Lager gesessen, daß man gar nicht begriff, wie er selbst den Zustand ausgehalten hatte. »Der Arzt konnte ihn nicht zwingen«, sagte Laura, »ich aber fand das rechte Wort, denn ich drohte ihm ernsthaft, daß ich Ihnen seine Widersetzlichkeit klagen würde. Da überließ er mir endlich auf einzelne Stunden den Platz, und zuletzt auch der Struvelius, aber ungern, weil er behauptete, daß diese zu viel raschele.«

Laura selbst bewies jetzt prächtig ihre Liebe; sie war stets zur Stelle, schwebte geräuschlos wie ein Vogel um das Krankenbett, saß stundenlang unbeweglich, und wenn Ilse die Augen aufschlug und ein wenig bei Kräften war, hatte sie immer eine hübsche Geschichte bei der Hand. Wie sie erzählte, war die Struvelius gleich am zweiten Tage herzugekommen, hatte dem Professor eine kleine Rede gehalten, worin sie feierlich die Rechte einer Freundin in Anspruch nahm, und sich dann auf die andere Seite des Bettes gesetzt. Er aber hatte gar nichts von ihren Perioden gehört, war plötzlich aufgefahren und hatte sie gefragt, wer sie sei und was sie hier wolle. Da antwortete die Frau Professorin ihm ruhig, sie heiße Flaminia Struvelius und sie habe ebenfalls ein Recht, hier zu sein durch ihr Herz, und darauf hielt sie ihm die Rede noch einmal, bis er sich's endlich gefallen ließ. »Sogar ihr Mann war hier«, setzte Laura vorsichtig hinzu, »als es gerade am schlimmsten war, und er stieß auf den Gemahl, und ich sah, wie dieser ihm die Hand reichte, aber, unter uns, ich glaube, er kannte ihn gar nicht. – Und dann«, erzählte Laura, »kam auch der törichte Mensch, der Doktor, gleich am ersten Abend mit seiner Schlafdecke und einer Kaffemaschine von Blech und erklärte, er werde hier wachen. Da er nicht in die Krankenstube gelassen werden konnte, setzte er sich mit seinem Blech in des Professors Stube und es war wie bei der Geschichte mit dem Jokel, den sein Herr ausschickt: der Professor pflegte Sie, und der Doktor pflegte den Professor.« Ilse zog Laura's Kopf zu sich nieder und sagte ihr ins Ohr: »Und Schwester Laura pflegte den Doktor.« Worauf Laura sie auf den Mund küßte, aber heftig mit dem Kopf schüttelte. »Wenigstens lästig war er nicht«, fuhr sie fort, »er verhielt sich still, und wir haben ihn als Cerberus gebraucht, der die Besuche und die Vielen, welche anfrugen, abfertigte. Das hat er treulich getan. Wenn es möglich wäre, ihn zu sehen, so glaube ich, es würde ihm große Freude sein.«

Ilse nickte. »Laßt ihn herein.« Der Doktor kam, Ilse streckte ihm den Arm entgegen und empfand aus dem treuen Händedruck und dem bewegten Gesicht des Nachbars, daß auch der gelehrte Vertraute des Geliebten, auf dessen Beifall sie nicht immer rechnete, als ein wackerer Freund an ihrem Lager saß. Und Ilse erlebte, daß noch andere fremde Herren an ihr Bett drangen. »Wenn die Frau Collega Audienz gibt, so bitte ich mich zu melden«, sprach eine fröhliche Stimme draußen.

»Herein, Herr Professor Raschke«, rief Ilse von ihrem Lager.

»Da ist sie«, rief er lauter, als in einem Krankenzimmer üblich ist. »Zum frohen Licht entronnen dem schweren Verhängnis.«

»Was machen die Tierseelen, lieber Herr Professor?« frug Ilse.

»Sie fressen im Stadtwald die Blätter ab«, versetzte Raschke, »es hat in diesem Jahr zahllose Maikäfer gegeben. – Siehe, da fliegt einer um die Arzneiflasche, ich fürchte, er hat mich als Omnibus benutzt, um zu Ihnen zu dringen. Die Bäume stehen wie Besen, und das Federvieh ist so gemästet, daß alle Vorurteile gegen den Genuß dieser Mitlebenden gänzlich beseitigt sind. Ich zähle die Tage bis zu dem frohen Augenblick, wo die Freundin mir erlauben wird, einen Beweis meiner Besserung abzulegen.«

Es war eine langsame Genesung, aber sie war reich an tröstender Empfindung. Denn das Schicksal gönnt dem Genesenden gern als Entschädigung für Gefahr und Schmerz, daß er seine Umgebung frei von dem Staub der Werktage schaut in reinen Umrissen und frischem Glanz. Diese milde Poesie des Krankenlagers fühlte jetzt Ilse, als sie dem ehrlichen Gabriel die Hand entgegenhielt, die der Bursch küßte, sein Schnupftuch in der Hand, während der Professor rühmte, wie sorglich er seinen Dienst getan. Sie fühlte dies Behagen, als sie an Laura's Arm in den Garten hinabstieg und Herr Hummel in seinem besten Rocke ehrbar auf sie zuschritt, das Haar glattgebürstet und die trotzigen Augen in milder Stimmung halb zusammengedrückt, und hinter ihm langsam sein Hund Speihahn, der den Kopf ebenfalls in widerwilliger Achtung senkte. Als Herr Hummel seine Huldigung dargebracht hatte, sagte er in seinem Mitgefühl sogar: »Wenn Sie sich einmal eine ruhige Bewegung antun wollen, so bitte ich, sich meines Kahns ganz nach Belieben zu bedienen.« Das war die höchste Gunst, die Herr Hummel erweisen konnte, denn er traute den Bewohnern des Landes, in welchem er lebte, keine von den Fähigkeiten zu, welche für das Wasser notwendig sind. Und er hatte allerdings Recht, wenn er eine Reise auf einem Kahn ein ruhiges Vergnügen nannte, denn der Kahn blieb bei dem niedrigen Wasserstand dieses Jahres häufig auf dem Grunde sitzen, und die größte Aufregung welche er gestattete, war, daß man die Hände nach beiden Ufern ausstreckte und mit jeder ein Grasbüschel abriß.

Als Ilse wieder in ihrem Zimmer saß, geschah es oft, daß sich die Tür leise öffnete, der Gatte eintrat, ihr Stirn und Mund küßte und dann vergnügt unter seine Bücher zurückging. Wenn sie die zärtliche Sorge aus seinen Augen las und sein Glück, daß er sie wieder genesen und in seiner Nähe wußte, da zweifelte sie nicht mehr an seiner Liebe, und ihr war, als dürfe sie auch nicht mehr um das sorgen, was er über Leben und Untergang der Einzelnen und der Völker dachte.

35

8. Eine Frage der Residenz.

Unter den Fragen nach der Frau Professorin, welche während der Krankheit kamen, war auch die eines Fremden. Gabriel erregte im Haushalt ein kleines Erstaunen, als er erzählte: »Da ich einmal nach der Apotheke lief, stand ein Mann von feinem Aussehen auf der Straße im Gespräch mit Dorchen. Dorchen rief mich hinzu, der Mann erkundigte sich nach Allerlei und es schien ihm sehr ungelegen, daß Sie erkrankt waren.«

»Haben Sie nach seinem Namen gefragt?«

»Den wollte er nicht nennen. Er wäre aus Ihrer Gegend und hätte sich nur auf der Durchreise erkundigen wollen.«

»Vielleicht war's Jemand aus Rossau«, klagte Ilse, »wenn er nur nicht den Vater durch seine Reden geängstigt hat.«

Gabriel schüttelte den Kopf. »Er meinte etwas dabei, er spionierte nach dem ganzen Haushalt und tat dreiste Fragen, die ich ihm gar nicht beantworten wollte. Weil er ein schlaues Aussehen hatte, ging ich ihm nach bis zum nächsten Gasthof, und da sagte mir der Hausknecht, daß es der Kammerdiener eines Fürsten wäre.« Gabriel nannte den Namen.

»Das ist unser Landesherr«, rief Ilse, »was kann der an mir für Teil nehmen?«

»Der Mann wollte eine Neuigkeit nach Hause bringen«, versetzte der Gatte. »Er war wohl damals mit im Jagdgefolge, und es war gute Meinung.«

Mit diesem Bescheid wurde Gabriel beruhigt, und Ilse sagte vergnügt: »Es ist doch hübsch, wenn ein Landesvater sich auch um die Kinder in der Fremde kümmert, denen es gerade schlecht geht.«

Indeß, Gabriels Kopfschütteln war nicht ohne Grund, die Nachfrage hatte etwas zu bedeuten.

Hinter der Scheuer eines Bauerhofes saß eine junge Dame auf dem Rasen und band Wiesenblumen zu einem dicken Strauß; ein Knäuel blauer Wolle rollte in ihren Schoß, so oft sie ein neues Büschel Blumen einfügte. Auf der Wiese vor ihr lief ein junger Herr geschäftig durch das tiefe Gras, suchte die Blüten zusammen und legte sie nach den Farben geordnet vor die Straußwinderin. Daß der Jüngling und das Fräulein Geschwister waren, ließ ein stark ausgeprägter Familienzug ihres Angesichts erkennen, und das gewählte Promenadenkleid machte Jedem zweifellos, daß Beide nicht unter Klee und Kamillen des Grundes aufgeblüht waren, auch wer nicht durch eine Lücke zwischen den Scheuern sah, wie sich auf der andern Seite Pferdeköpfe und die Tressenhüte ihrer Dienerschaft bewegten.

»Du bringst den Strauß nicht zu Stande, Siddy«, sagte der junge Herr zweifelnd zu dem Fräulein, als dieses ungeschickt an dem zerrissenen Wollfaden knüpfte.

»Wenn nur der Faden besser hielte«, rief die Emsige, »mach mir den Knoten.« Es erwies sich, daß der junge Herr damit auch nicht leicht zu Stande kam. »Gib Acht, Benno, wie schön der Strauß wird, das ist meine Kunst.«

»Es ist ja Alles viel zu locker«, wandte der junge Herr ein.

»Für's erste Mal ist's gut genug«, versetzte Siddy. »Da schau meine Hände an, und wie sie riechen.« Sie zeigte die blauen Spitzen der kleinen Finger, hielt sie ihm an das Gesicht, und als er gutmütig daran roch, gab sie ihm einen kleinen Nasenstüber. »Von den roten Blumen habe ich genug«, fuhr sie wieder über dem Strauße fort, »jetzt kommen nur weiße im Kreise herum.«

»Was für weiße?«

»Ja, wer die Namen wüßte«, versetzte Siddy bedenklich, »ich meine Margueriten. Wie nennen Sie diese weiße Blume?« frug sie nach rückwärts gewandt die Bäuerin, welche respektvoll einige Schritte hinter dem beschäftigten Paare stand und mit vergnügtem Lächeln dem Treiben der Beiden zusah.

»Wir nennen sie Gänseblume«, sagte die Bäuerin.

»Ah, richtig«, rief Siddy, »aber lange Stiele, Benno.«

»Sie haben aber gar keine langen Stiele«, klagte dieser und trug herzu, was er in der Nähe abrupfen konnte. »Weißt du, was mich wundert?« begann er, neben der Schwester im Grase sitzend. »Diese Wiese ist voll Blumen, wenn man sie mäht, wird Heu daraus, und im Heu sieht man von all den Blumen nichts.«

»Nicht?« frug Siddy und knüpfte wieder an der Wolle. »Sie mögen auch vertrocknet sein.«

Benno schüttelte den Kopf. »Sieh dir einmal ein Bündel Heu an, du wirst wenig darin merken. Ich denke, die Leute pflücken sie vorher heraus und verkaufen sie in der Stadt.«

Siddy lachte und wies über die grüne Fläche. »Da, schau um dich, sie sind zahllos, und die Leute kaufen auch nur die ewigen Gartenblumen. Und diese hier sind doch weit zierlicher. Wie reizend ist das Sternchen an der Blume unserer Frau Marguerite.« Sie hielt den Strauß ihrem Bruder hin und sah liebevoll auf ihr Kunstwerk.

»Du hast es doch durchgesetzt«, sagte der junge Herr bewundernd, »du bist immer ein kluges Weibchen gewesen. – Mir tut's leid, Siddy, daß du von uns gehst«, setzte er traurig hinzu.

Die Schwester sah ihn ernsthaft an. »Ist das wahr? – Erhalte mir immer deine Freundschaft, mein Bruder, du bist der Einzige hier, der mir den Abschied schwer machen wird. – Benno, wir sind wie zwei Waisenkinder, die in einer kalten Winternacht im Schnee sitzen.«

Die so sprach, war Prinzessin Sidonie, und die Sonne schien warm auf die blühende Wiese vor ihr.

»Wie gefällt dir mein Bräutigam?« frug sie nach einer Pause, den blauen Faden häufig um den fertigen Strauß windend.

»Er ist ein schöner Mann und er war sehr freundlich zu mir«, sagte Benno nachdenklich. »Ob er gescheidt ist?«

Siddy nickte. »Er ist darin ordentlich. Er schreibt auch liebe Briefe. Willst du, so sollst du einen lesen.«

»Das möchte ich gern«, rief Benno.

»Und weißt du«, fuhr Siddy geheimnisvoll fort, »auch ich schreibe ihm alle Tage. Denn ich merke, eine Frau soll ihrem Manne Großes und Kleines vertrauen, und da will ich mich und ihn daran gewöhnen. Ich schreibe ihm der Sicherheit wegen unter fremder Adresse und meine Kammerfrau besorgt die Briefe zur Post, denn ich fürchte, meine dummen Zeilen werden sonst gelesen, bevor sie abgehen.« Sie sagte das gleichmütig und betrachtete ihren Strauß. »Auch diesen Besuch bei Frau

Marguerite erfährt er haarklein, und daß er dir gut gefallen hat. Und jetzt ist der Strauß fertig«, rief sie fröhlich, »ich schlage ein Tuch darum, wir nehmen ihn in den Wagen, und ich setze ihn auf meinen Schreibtisch.«

Benno lachte: »Er sieht aus wie eine Keule, du kannst ihn heut Abend im Ballet den Wilden borgen.«

»Er ist doch besser als die flachen Teller, die man nicht einmal ins Wasser setzen darf«, antwortete die Schwester aufspringend. »Vorwärts, wir tragen ihn zum Brunnen.«

Sie eilten, von der Bäuerin gefolgt, nach dem Hofe. Benno ergriff einen Eimer und trug ihn nach der Pumpe. »Ich will pumpen«, rief Siddy; sie faßte den Schwengel und versuchte zu drücken, aber es gelang ihr schlecht, nur einzelne Tropfen rannen in den Eimer. Benno tadelte: »Du bist ungeschickt, laß mich daran.« Jetzt trat er an das Holz, und Siddy faßte den Eimer; er drückte kräftig und der Strahl fuhr über den Eimer auf die Hände und das Kleid der Prinzessin. Sie stieß einen leisen Schrei aus, ließ den Eimer fallen, und Beide lachten laut. »Du hast mich schön zugerichtet, unartiger Bonbon«, rief Siddy. »Ei, das tut nichts, Mutter«, tröstete sie die Bäuerin, welche herzulief und erschrocken die Hände zusammenschlug. »Du, mir fällt etwas ein, ich ziehe mir den Rock unserer Dame Marguerite an und du einen Kittel ihres Mannes, und wenn der Vetter kommt, soll er uns nicht erkennen und wir überfallen ihn.«

»Wenn nur Alles gut abläuft«, wandte Benno bedenklich ein.

»Es sieht uns ja Niemand«, überredete Siddy. »Mütterchen«, schmeichelte sie der Bäuerin, »kommt in eure Kammer und helft mir beim Anziehen.« Die jungen Herrschaften ergriffen die Hände der Frau und zogen sie in das Haus. Benno legte im Hausflur seinen Sommerrock ab, besah mißtrauisch den neuen Kittel, welchen eine stämmige Magd zutrug, und fuhr mit ihrer Hilfe hinein. Der zierliche Bauernbursch setzte sich geduldig auf eine Bank, seine Gefährtin zu erwarten, und benützte die Muße, einen Schleifstein zu drehen und neugierig die Fingerspitze ein wenig daran zu halten. Während dieser Untersuchung fühlte er einen Schlag auf den Rücken und sah erstaunt eine kleine Bäuerin in blauem Rock und schwarzer Jacke, die landesübliche Mütze auf dem Kopf, hinter sich stehen. »Wie gefalle ich dir?« frug Siddy, die Arme ineinander legend.

»Allerliebst«, rief Benno überrascht, »ich hätte nicht gedacht, daß ich eine so hübsche Schwester habe.« Siddy machte einen bäurischen Knix.

»Wo hast du bis heut die Augen gehabt, du törichter Bonbon? – Und jetzt helfen wir in der Wirtschaft. Was haben Sie für Ihre neuen Dienstleute zu tun, Frau Marguerite?«

Die Bäuerin schmunzelte. »Dort ist das Futter für die Kühe mit Schrotwasser abzubrühen«, sagte sie.

»Nichts mehr mit Wasser, wir haben genug davon. Komm, Benno, wir decken unterdeß den Tisch im Garten unter den Obstbäumen und tragen die saure Milch herzu.« Sie drangen in die Stube, trugen zusammen eine kleine Bank heraus und setzten sie in den Grasgarten unter einen Apfelbaum, dann flogen sie nach Tellern und Löffeln zurück, die Bäuerin und die Magd brachten den Tisch, einen großen Milchnapf und Schwarzbrot. Siddy fuhr behende umher, deckte die Serviette über, strich sie eifrig zurecht und setzte die buntbemalten Tonteller auf. »Sieh dies an«, flüsterte Benno und wies betrübt auf die abgenutzten Blechlöffel.

»Wir waschen sie noch einmal ab und trocknen sie mit grünen Blättern«, riet die Schwester. Wieder liefen sie mit den Löffeln zu dem Brunnen und rieben kräftig mit Blättern daran, aber sie vermochten keinen weißen Glanz hervorzubringen. »Es ist ihre Art so«, tröstete Benno, »das gehört mit zum ländlichen Fest.«

Der Tisch war gedeckt, Siddy rückte an den Schemeln und wischte mit ihrem Battisttuch herum. »Du bist der Erbprinz«, sagte Siddy, »du mußt auf die Bank und wir andern zu deinen Seiten. Das Schwarzbrot muß zerkrümelt werden, das kann sich Jeder selbst machen. Der Zucker fehlt, es kommt nicht darauf an.« Sie saßen erwartungsvoll vor dem Milchnapf und klapperten im Takt mit den Löffeln. Ein kleiner grüner Apfel fiel vom Baum mitten in die Milchschüssel und verursachte ein Spritzen. Beide lachten laut, sprangen wieder auf, lasen die unreifen Äpfel und Pflaumen aus dem Grase und spähten über die Hecke auf einen Feldweg, der zur Stadt führte. »Er kommt«, rief Benno, »verstecke dich.«

Ein Reiter ritt im Galopp heran, von dem schnaubenden Pferde schwang sich ein junger Offizier, er band das Pferd an einen Pfahl und sprang mit einem Satz über die Hecke. Aber er hielt erstaunt an, denn er wurde aus den Winkeln mit einem Kreuzfeuer von unreifen Äpfeln und Pflaumen überschüttet, schnell ergriff er einige der grünen Geschosse und verteidigte sich, so gut er konnte, gegen den Angriff. Die kleinen Bauerleute sprangen hervor. »Endlich«, rief Benno, »du hast lange warten lassen.« Und Siddy verneigte sich vor ihm: »Prinz, die saure Milch ist serviert.« Prinz Victor sah mit unverhohlener Verwunderung auf die junge Bäuerin. »Ei«, sagte er gutmütig, »jetzt sieht man doch endlich einmal, wie klein die Füße sind, vor die man seine Huldigungen niederlegt. So war's recht, ihr Kinder. Aber vor allem muß ich Satisfaktion haben für den Überfall.« Er drehte sein Taschentuch zusammen, die Geschwister lachten und baten: »Sei gut, Vetter, wir tun's nicht wieder. – Ach, lieber Herr Oger, Gnade, Erbarmen«, flehte Siddy und fuhr mit dem Zipfel ihrer Schürze nach den Augen.

»Nichts da«, rief Victor, »ich erhalte euretwegen doch wieder Arrest, da will ich euch wenigstens vorher abstrafen.« So trieb er die Andern um den Tisch. »Das tut weh, Vetter«, rief Siddy; »laß die Torheiten und komm zu Tisch. Ich lege vor. Oben ist der Rahm. Da wird Gerechtigkeit nötig, wenn Victor dabei ist.«

Victor musterte den Tisch. »Das ist alles sehr schön, aber der Zucker fehlt.«

»Es war keiner zu haben«, riefen die Geschwister im Chor. Victor griff in seine Tasche und setzte eine silberne Büchse auf den Tisch. »Was würde aus euch, wenn ihr mich nicht hättet. Hier ist der Zucker.« Und er griff wieder in den Rock und brachte eine Lederflasche mit kleinem Trinkglas zu Tage. »Und hier ist eine andere Hauptsache, der Cognac«

»Wozu?« frug Siddy.

»Zum Trinken, gnädigste Cousine. Willst du dies kalte Gelee ohne Cognac mit deinem Innern vermählen, so wage ich nicht zu widersprechen, dir aber, Benno, rate ich als Mann, sorge für dein Heil.«

Die beiden hielten verlegen ihre Löffel beim Stiele.

»Das wäre notwendig?« frug Benno argwöhnisch.

»Es calmiert, wie unser Doktor sagt«, erklärte Victor, »es pacificiert und zwingt die rebellische Masse zu ruhiger Submission, welche in Frieden tiefer und tiefer wird. Verweigerst du den Cognac, so geht's wie auf dem Weg zur Hölle. Der Pfad ist anfangs leicht, aber was dahinter kommt, ist Chaos. Jedenfalls würde dir das heutige Ballet erspart werden. Ist euch die Sache klar?«

»Sehr klar«, rief Siddy, »daß du uns zum Besten hast wie immer. Gib ihm eins auf die Finger, Benno.«

Benno tippte ihm mit dem Löffel auf die Hand, Victor sprang auf und parierte in Fechterstellung mit seinem Löffel, und die Geschwister jagten den Vetter wieder lustig um die Bäume.

Da störte ein eiliger Tritt, ein Lakai erschien auf einen Augenblick an der Gartentür: »Der durchlauchtigste Herr kommt geritten«, rief er.

Alle drei standen still, die Löffel sanken ins Gras. »Wir sind verraten«, rief Siddy erbleichend, »mache dich fort, Victor.«

»Ich bin Offizier und darf nicht entlaufen«, entgegnete dieser achselzuckend, ergriff seinen Säbel und hakte ihn eilig ein.

»Du nimmst Alles auf dich, Benno«, rief die Schwester.

»Ich möchte wohl«, versetzte dieser kleinlaut, »ich habe nur zum Erfinden niemals Geschick gehabt.«

Vor dem Hofe stieg der Fürst mit Hilfe des Stallmeisters ab, der Lakai eilte voran, die Pforte zu öffnen, langsam nahte das Schicksal. Der Fürst trat in den Garten und sein scharfer Blick flog über die jungen Herrschaften, welche steif auf ihrem Platz stehen blieben und sich vor ihm verneigten. Ein spöttisches Lächeln zuckte um seinen Mund, als er die Zurüstungen des Tisches sah. »Wer von euch hat den ländlichen Carneval arrangiert?« frug er. Alle schwiegen. »Antworte, Benno«, wandte er sich finster an den jungen Herrn im blauen Kittel.

»Siddy und ich wollten einmal auf einer Wiese sitzen, bevor die Schwester unser Land verläßt. Ich habe aus Ungeschick die Schwester mit Wasser beschüttet, sie mußte sich umziehen.«

»Wo ist dein Fräulein, Sidonie?« frug er die Tochter.

»Ich bat sie, auf das nahe Gut ihrer Tante zu fahren und mich in einer Stunde von hier abzuholen«, versetzte Prinzessin Sidonie.

»Sie hat nicht gut getan, meine Befehle zu vergessen, um die deinen zu erfüllen, und sie hat ihre Pflicht verletzt, als sie die Prinzessin einem solchen Abenteuer überließ. Es ziemt nicht, daß Prinzessinnen allein und verkleidet in Dorfhäusern einkehren.«

Die Prinzessin preßte die Lippen zusammen. »Mein gnädigster Herr und Vater möge verzeihen, ich war nicht allein; ich hatte den besten Schützer bei mir, den eine Fürstin unseres Hauses haben kann, und der war Ew. Hoheit Sohn, mein erlauchter Bruder.«

Der Fürst trat einen Schritt näher und sah ihr schweigend ins Gesicht, und so stark war in seinem Antlitz der Ausdruck von Zorn und Abneigung, daß die Prinzessin erbleichte und die Augen niederschlug. »Gehört Prinz Victor auch zu den Beschützern, welche sich die Prinzessin in den Bauerhof bestellt?« frug er. »Hat der Lieutenant – er nannte den Namen seines Geschlechts – Urlaub, sich aus der Garnison zu entfernen?«

»Ich bin ohne Urlaub herausgeritten«, versetzte der Prinz in militärischer Haltung.

»Melde dich als Arrestant«, befahl der Fürst.

Victor salutierte und machte Kehrt, er band sein Pferd ab und nickte hinter dem Rücken des Fürsten über die Hecke seinem Vetter zu, bevor er der Stadt zutrabte.

»Ihr aber eilt, diese Mummerei los zu werden«, befahl der Fürst, »die Prinzessin fährt im Wagen des Erbprinzen nach Haus.« Er winkte, die jungen Herrschaften verneigten sich und eilten aus dem Garten.

»Mir hat das Unglück geahnt«, sagte der Erbprinz im Wagen zu seiner Schwester. »Arme Siddy!«

»Ich will lieber eine Magd dieser Bäuerin sein und Holzpantoffeln an den Füßen tragen, als dies Sklavenleben noch lange erdulden«, rief die zornige Prinzessin.

»Laß dir nur heut beim Diner nichts merken«, bat Benno.

Der Strauß von Wiesenblumen stand im Eimer, und am Abend zerrupften ihn die Kühe der Bäuerin.

Den Tag darauf trat der Obersthofmeister von Ottenberg, ein alter Herr mit weißem Haar, bei dem Fürsten ein. »Ich bemühe Ew. Excellenz«, begann der Fürst zuvorkommend, »weil ich in einer Familienangelegenheit Ihre Ansicht zu vernehmen wünsche. Der Tag naht, wo die Prinzessin uns verläßt. – Haben Sie meine Tochter heut gesprochen?« unterbrach er sich.

»Ich komme von Ihrer Hoheit«, antwortete ehrerbietig der alte Herr.

Der Fürst lächelte: »Ich habe ihr gestern einige ernste Worte gesagt. Die Kinder spielten auf eigene Hand eine Idylle und ich traf sie in Bauerkleidern und ausgelassener Stimmung. Unsere liebe Siddy hatte vergessen, daß solches Spiel Mißdeutungen ausgesetzt ist, die sie zu vermeiden jede Ursache hat.«

Der Obersthofmeister verbeugte sich schweigend.

»Doch nicht um die Prinzeß handelt es sich. Die Zeit ist gekommen, wo über die nächsten Jahre des Erbprinzen ein Entschluß gefaßt werden muß. Ich habe daran gedacht, ihn trotz der Bedenken, welche seine zarte Gesundheit nahelegt, in eine größere Armee eintreten zu lassen. Sie wissen, daß dies uns nur in Einem Staate möglich ist. Auch dort hat sich eine unerwartete Schwierigkeit gefunden. Es sind dort zwei Regimenter, welche Sicherheit gewähren, daß der Prinz nur mit Offizieren von Familie in ein kameradschaftliches Verhältnis treten würde. Aber das eine Regiment hat jetzt zum Commandeur denselben Kobell erhalten, der vor Jahren unsern Dienst quittiert hat; es ist untunlich, den Prinzen zu seinem Untergebenen zu machen. Bei dem andern Regiment aber ist in den letzten Monaten das Unerwartete geschehen und trotz dem Widerstande des Offizierscorps ein Herr Müller eingeschoben worden. So ist dem Erbprinzen unmöglich gemacht, in die einzige Armee zu treten, welche uns offensteht.«

»Darf ich mir die Frage erlauben, ob nicht das zweite Hindernis zu beseitigen wäre?« frug der Obersthofmeister.

»Man möchte uns gern gefällig sein«, versetzte der Fürst, »weiß aber selbst keinen Rat, denn das Einreihen des bürgerlichen Lieutenants war ein Zugeständnis, welches man aus politischen Gründen gemacht hatte.«

»Und es würde nicht viel helfen, wenn an Name und Familie des Lieutenant Müller selbst das Störende geändert würde?« warf der Obersthofmeister ein.

»Auch das ist vorsichtig versucht worden, es hat sich ergeben, daß in dem Vater des Menschen keine Bereitwilligkeit war. Und Excellenz, zuletzt bliebe die Inconvenienz doch dieselbe. Sie wissen, daß ich in diesen Dingen keineswegs Purist bin, aber für den kameradschaftlichen Verkehr des Tages wäre dem Erbprinzen solche Nähe doch gar zu unbehaglich. Müller oder von Müller, der Mehlstaub bleibt.«

Es entstand eine Pause. Endlich begann der Obersthofmeister: »Für jüngere Prinzen ohne Vermögen und die Möglichkeit, sich selbst eine kräftige Tätigkeit zu finden, sind die Vorteile einer militärischen Carriere allerdings unleugbar. Ob sie auch für einen Fürsten unzweifelhaft sind, der die Vorbildung für einen großen Beruf sucht? Ich erinnere mich, daß in früherer Zeit Ew. Hoheit das Soldatenspiel an den Höfen als eine Modelaune ohne Vorliebe betrachteten.«

»Das leugne ich nicht«, versetzte der Fürst, »und Ihnen gegenüber darf ich mich wohl zu dieser Ansicht bekennen. Der gewöhnliche Zustand der menschlichen Gesellschaft ist jetzt nicht der Krieg, sondern der Friede. Die angelegentliche Vorbildung eines jungen Fürsten für den Krieg wird allerdings in seinem Wesen einige männliche Seiten entwickeln, überliefert ihn aber in allen Hauptsachen hilflos den Händen seiner Beamten. Und im Vertrauen, Excellenz, die Freude an Epauletten ist gerade während der Friedenszeit in die Höfe gedrungen, und im Fall eines großen Krieges, wo nur bei wirklichem Feldherrntalent Hilfe zu finden ist, wird das militärische Dilettieren der Fürsten sich mit wenigen

Ausnahmen als durchaus unnütz erweisen. Das alles ist unleugbar. Leider ist es gegenwärtig nicht mehr Modelaune, wenn an den meisten Höfen dieser Bildungsweg für junge Fürsten gewählt wird, sondern ernste Notwendigkeit. Die Zeit, in welcher wir zu leben verurteilt sind, hat eine engere Verbindung der Höfe mit den Heeren unvermeidlich gemacht, und was einst besser unterblieb, ist jetzt eine Stütze fürstlicher Stellung geworden.«

»Ich sehe die Stellung erlauchter Herren nicht dadurch verstärkt, daß sie schlechte Generäle sind«, erwiederte der Obersthofmeister. »Ja, man darf behaupten, daß viele von den Schwierigkeiten, welche die Gegenwart zwischen Fürsten und Völkern aufgehäuft hat, gerade daher rühren, daß unsere Prinzen neben vortrefflichen Ansichten über den Hufbeschlag der Pferde und Ausarbeiten der Recruten auch einige Vorurteile und Unarten der Garnison zu ihrem hohen Beruf mitbringen und viel zu wenig von der Sicherheit, dem edlen Stolz und dem fürstlichen Sinn, welchen die Übung in den großen Geschäften zu entwickeln vermag.«

Der Fürst lächelte. »Excellenz sind also der Ansicht, daß der Erbprinz eine Universität besuchen soll? Denn eine andere Schule gibt es doch nicht, wenn er einmal diesen Hof verläßt. Der Prinz ist schwach und bestimmbar, die Gefahren, welche für ihn auf diesem Wege liegen, sind doch noch größer als der Verkehr mit einem ungeeigneten Offizier.«

»Es ist wahr«, warf der Obersthofmeister ein, »daß während dieser Jahre der Erbprinz gewisse Zugeständnisse an den Brauch einer Akademie zu machen hat; für den persönlichen Umgang finden sich aber doch auf jeder Universität Söhne alter Familien, welche die Ehre, den Prinzen zu entourieren, wohl würdigen. Es wird vielleicht dort leichter sein, den jungen Herrn von unpassender Kameradschaft frei zu halten als beim Regiment.«

»Nicht diese Gefahr fürchte ich«, versetzte der Fürst, »sondern unpraktische Theorie und zerstörende Ideen, welche dort verkündet werden.«

»Was man bekämpfen muß, sollte man doch vorher kennenlernen«, entgegnete der Obersthofmeister. »Erachten Ew. Hoheit bei der vielseitigen Erfahrung, welche Höchstdenselben ein reiches Leben verlieh, die Bekanntschaft mit diesen Ideen so gefährlich?«

»Wer geht in die Hölle, um fromm zu werden?« frug der Fürst in guter Laune.

»Als ein großer Dichter dies gewagt hatte«, versetzte der Obersthofmeister, »schrieb er sein göttliches Gedicht. Und mein gnädigster Herr, der selbst warmes Interesse für wissenschaftliche Tätigkeit vielfach bewährt hat, wird doch unsere Akademien höchstens für Orte eines milden Fegfeuers halten. Sollte an den Seelen unserer erlauchten Herren nach der Rückkehr von dieser Stätte hie und da ein infernalisches Flämmchen hängen, es wird durch die hohen Interessen des fürstlichen Berufes sehr bald getilgt.«

»Ja«, bestätigte der Fürst mit devoter Miene, »es liegt eine Weihe auf dem Amt des Fürsten, welche das Wesen auch des schwachen Mannes für die großen Interessen umbildet, welche er durch sein Leben darzustellen hat. Aber, Excellenz, es ist schwer, ohne verächtliches Mitleid auf die sentimentale Gefühlsseligkeit neuer Regenten zu sehen und aus Fürstenmunde immer wieder die alten Phrasen von Liebe und Vertrauen gläubig nachgesprochen zu hören. Allerdings sind diese populären Aufwallungen vergänglich, und auch mancher von uns älteren hat einst geschwärmt und da grünes Moos zu pflanzen versucht, wo es von der Sonne versengt wird, aber die furchtbaren Gefahren unserer argen Zeit machen solches Schwanken neuer Regenten immer gefährlicher, und falsche Schritte der ersten Regierungswochen mögen oft die ganze spätere Stellung verderben.«

Der Obersthofmeister erwiederte entschuldigend: »Es ist vielleicht gut, weiser zu sein als Andere, aber nüchterner zu sein als alle Andere, bringt doch nicht zu jeder Zeit Vorteil. Ein wenig Poesie und jugendliche Begeisterung mag man unsern Fürsten auch gönnen. Wenn ich deshalb für des Erbprinzen Hoheit den Besuch einer Universität zu empfehlen wage, so tue ich dies mit der willkommenen Empfindung, daß ich damit auch Ew. Hoheit eigentliche Meinung ausspreche.«

Der Fürst sah scharf nach dem Obersthofmeister, und auf seiner Stirn zog sich ein schnelles Gewölk zusammen. »Wie wollen Sie wissen, was meine geheimen Gedanken sind?«

»Das wäre Ew. Hoheit gegenüber ein ganz vergeblicher Versuch«, versetzte der alte Herr ruhig, »und es würde einem alten Diener wenig anstehen, nach den geheimen Gedanken seines Herrn zu spähen. Aber Höchstdieselben haben bis jetzt dem Erbprinzen immer solche Gouverneure und Begleiter gegeben, welche nicht Militärs waren. Das legte einen Schluß auf Ew. Hoheit Willensmeinung für Jedermann nahe.«

»Sie haben Recht – wie immer«, sagte der Fürst versöhnt. »Und es war mir Freude, Ihre Auffassung in Übereinstimmung mit der meinigen zu finden. Denn es ist immerhin ein ernster Entschluß, er raubt mir auf längere Zeit die Nähe meines lieben Benno.«

Der Obersthofmeister bewies sein Mitgefühl durch eine stumme Verbeugung. »Der Höchste Entscheid wird allerdings große Veränderungen hervorbringen, denn er entfernt zu gleicher Zeit alle jungen Herrschaften vom Hofe.«

»Alle?« frug der Fürst überrascht. »Der Erbprinz würde kurz nach der Vermählung seiner Schwester abreisen, aber da ist ja noch Prinz Victor, welcher zurückbleibt.«

»Dann bitte ich untertänigst um Verzeihung«, entgegnete der Obersthofmeister, »ich hatte vorausgesetzt, daß die Abreise des Erbprinzen auch den Übertritt des Prinzen Victor in eine fremde Armee zur Folge haben würde.«

»Wie kommen Sie dazu?« frug der Fürst überrascht. »Ich habe durchaus nicht die Absicht, den Prinzen Victor in der Fremde zu fournieren, er mag seine Reitkunst bei unsern Schwadronen üben.«

»In diesem Falle würde seine Stellung am Hofe geändert«, sagte der Obersthofmeister nachdenklich, »er erhält den Rang und wird für diese Jahre dem Hofe bei Gelegenheit der stellvertretende Prinz des erlauchten Hauses.«

»Was fällt Ihnen ein, Obersthofmeister?« versetzte der Fürst unwillig.

»Hoheit wollen gnädigst angeben, wie das vermieden werden soll. Das Recht des Blutes kann nie gegeben und nie genommen werden. Der Prinz ist der nächste Anverwandte, die Ordnung des Hofes fordert die entsprechende Stellung, und der Hof wird in tiefster Ehrfurcht darauf bestehen, daß sie dem Prinzen nicht versagt werde.«

»Der Hof«, rief der Fürst verächtlich, »sagen Sie gerade heraus, der Obersthofmeister.«

»Der Obersthofmeister ist von Ew. Hoheit dazu bestellt, über die Ordnung des Hofes zu wachen«, versetzte der alte Herr mit Festigkeit. »Als persönliche Meinung wage ich noch anzufügen, daß für den lebendigen und tatkräftigen Geist des Prinzen Victor der Dienst in dieser Residenz und die Nähe des Hofes nicht vorteilhaft sind; es ist vorauszusehen, daß er öfter Ew. Hoheit Veranlassung zur Unzufriedenheit geben wird und daß der Verlust Höchster Gnade bei dem aufgeweckten und volkstümlichen Wesen des Prinzen eine dauernde Veranlassung zu Medisance und böswilligem Geschwätz sein würde. Deshalb wagte ich anzunehmen, daß die Bedenken, welche eine militärische Carriere des

Erbprinzen in fremder Armee hindern, bei Prinz Victor ohne Gewicht sein würden.«

Der Fürst sah finster vor sich hin. Endlich begann er mit Überwindung: »Ich muß Ihnen dankbar sein, daß Sie mich auf dieses Bedenken geführt haben. Ich werde nach reiflicher Überlegung meinen Entschluß fassen. Seien Excellenz überzeugt, daß ich den warmen Anteil wohl zu schätzen weiß, den sie mir und den Meinen bewahren.« Er neigte das Haupt, der Obersthofmeister verließ das Zimmer; und die Falten im Antlitz des Fürsten zogen sich drohend zusammen, als er dem Alten nachsah.

Die Folge dieser Unterredung war, daß der Erbprinz auf eine Universität gesandt wurde. Dies Ereignis ward an der Universität im Schein der höllischen Flämmchen, welche hie und da loderten, nicht ganz so aufgefaßt als am Hofe.

Der Magnificus trat eines Abends bei Professor Werner ein und begann, Ilse begrüßend: »Sie haben Ihrem Lande ein gutes Beispiel gegeben, als Sie zu uns kamen, von oben ist der Universität die Mitteilung geworden, daß im nächsten Semester Ihr Erbprinz bei uns seine Studien beginnen will.« Zum Professor gewandt fuhr er fort: »Man erwartet, daß wir Alles tun werden, den jungen Herrn zu fördern, was mit den Pflichten unseres Amtes verträglich ist. Ihnen habe ich den Hohen Wunsch auszudrücken, daß auch Sie dem Erbprinzen auf seinem Zimmer eine Vorlesung halten.«

»Ich lese kein Prinzencollegium«, erwiederte der Professor, »dazu ist meine Wissenschaft zu umfangreich, sie läßt sich nicht in eine Nußschale packen.«

»Vielleicht würde sich doch irgendein populäres Thema ergeben«, mahnte der kluge Magnificus. »Mir scheint fast höherer Wert, als auf den Inhalt der Vorlesung, darauf gelegt zu werden, daß Ihre Person mit dem Erbprinzen in wohltuende Verbindung tritt.«

»Wenn der Prinz sich in meinem Hause wohlfühlen und unserm Brauch fügen kann, so bin ich zu jeder anständigen Aufmerksamkeit erbötig. In meinen Vorträgen führe ich seinetwegen keine Änderung ein. Besucht er als Student eines meiner Collegien, gut. Auf seinem Zimmer lese ich weder ihm noch jemand Anderem.«

»Wird man die Weigerung nicht als eine Unfreundlichkeit empfinden?« wandte der Rektor ein.

»Wohl möglich«, versetzte der Professor, »und ich gestehe Ihnen, daß mir dies im vorliegenden Fall besonders peinlich ist. Aber keine persönliche Rücksicht soll mich bestimmen, von einem Grundsatz abzuweichen. Ich habe früher einmal die Erfahrung gemacht, wie demütigend es ist, einem Knaben, dem die nötige Vorbildung, dem Verständnis und inneres Interesse fehlte, ernste Männerarbeit zurechtzuschneiden. Ich tue es nie wieder. Dann aber handle ich im Interesse dieser jungen Herren selbst, soviel ich als Einzelner vermag, dessen Studien von der Heerstraße fürstlicher Bildung weitab liegen. Wollen sie von uns etwas lernen, was für ihr Leben fruchtbar ist, so sollen sie es ordentlich lernen, und sie sollen mit den Vorkenntnissen zu uns kommen, welche ihnen möglich machen, von der Wissenschaft Nutzen zu ziehen. Ich habe hie und da aus der Ferne gesehen, wie traurig es mit der innern Bildung der Mehrzahl bestellt ist. Das flache zerstreuende Wesen ihrer Erziehung, welches ihnen fast die Möglichkeit nimmt, an irgendeinem Gebiete geistiger Arbeit ein warmes Interesse zu nehmen, macht sie auch später für das Leben und für ihre Regentenpflichten wenig brauchbar. Und wir nehmen Teil an diesem Unrecht, wenn wir Jünglinge, die in Wahrheit nicht die Kenntnisse eines Tertianers haben, mit dem Schein und Firnis wissenschaftlicher Cultur überziehen. Denn darauf ist es doch in der Regel abgesehen. Man braucht sicher nicht die Universität zu besuchen, um ein tüchtiger Mann zu werden; wenn man aber diesen schwierigen Weg einschlägt – und ich meine allerdings, jeder künftige Regent sollte das –, so darf es nur in einer Weise geschehen, welche auch tüchtige Resultate sichert. Ich verurteile nicht die Lehrer, welche anders denken«, schloß der Professor, »es gibt ohne Zweifel Disciplinen, bei denen gedrängte Darstellung einiger Hauptsätze möglich und nützlich ist. Die Altertumswissenschaft wenigstens gehört nicht dazu. Und deshalb bitte ich zu entschuldigen, wenn ich mich dem jungen Herrn für Privatstunden versage.«

Der Rektor zuckte die Achseln und sprach diesen Grundsätzen seine Anerkennung aus.

»Mein armer Erbprinz«, rief Ilse bedauernd, als der Rektor sich entfernt hatte.

»Mein armer Codex«, parodierte der Professor lachend.

»Aber eine Ausnahme hast du doch gemacht«, wandte Ilse ein, »bei deinem Weibe.«

»Hier ist die Lehrstunde nur der Leitfaden, unser ganzes Leben die Erläuterung«, versetzte der Professor. »Den künftigen Landesherrn von Bielstein aber wirst du unter diesen Umständen wohl nur aus der Ferne als dein stilles Eigentum betrachten können; und auch mir schwindet eine gewisse unsichere Hoffnung, welche ich auf das flüchtige Begegnen mit seinem Vater baute. Denn es ist allerdings wahrscheinlich, daß man dort meine Weigerung als launischen Hochmut auffaßt.«

Darüber hätte der Professor ruhig sein können. Es wird dafür gesorgt, daß solche Auffassung nicht zu rechter Zeit an die Adresse gelangt, für welche sie bestimmt ist. Die Schärfe wird umgebogen, die Spitze abgebrochen und zuletzt hält man in hoher Luft dergleichen Gesinnung für so ungeheuerlich, daß man sie nur den verworfensten Menschen zutraut. Dafür galt der Professor keineswegs. Schon der Rektor war vorsichtig genug, die Weigerung Werners durch Gründe zu verdecken, und in der Residenz des Fürsten hatte man einmal beschlossen, daß der Erbprinz ein Zuhörer des Professors werden sollte. Aus dem eingesandten Verzeichnis der Vorlesungen wurde ein kleines Collegium Werners ausgesucht: Besichtigung und Erklärung antiker Bildwerke in Gipsabgüssen, bei welchen der Erbprinz mit seinem Begleiter wenigstens nicht unter allerlei bunten Mützen zu sitzen nötig hatte, sondern in fürstlicher Isolirung umherwandelnd gedacht werden konnte.

Wieder wogten die Wellen der reifen Ähren, als Ilse mit ihrem Gatten dem Gute des Vaters zufuhr. Ein Jahr, reich an Freuden, nicht frei von Schmerzen, lag hinter ihr, auch sie hatte jetzt eine kleine Geschichte, Frieden mit Streit, Wachstum und Vergehen am eigenen Leben erfahren. Wer in ihr Antlitz sah, der konnte an der bleichen Wange das Leid erkennen, welches sie getroffen, und an dem sinnenden Blick, daß ernste Gedanken durch ihr Haupt gezogen waren. Aber als sie auf der Höhe das dunkle Dach des Vaterhauses erblickte und an der wetterblauen Holzkirche vorbeifuhr, da war Großes und Kleines vergessen und sie empfand sich wieder als Kind in dem Frieden der Heimat, der ihr jetzt so wohltuend und trostbringend erschien. Als sich die Gutsleute um die Tür drängten, als die Geschwister heranstürmten und der Vater alle überragend den Gatten und sie selbst aus dem Wagen hob, da hielt sie Jeden in stummem Gruß umfangen, aber als der kleine Franz an ihr aufsprang, drückte sie ihn so lange an ihr Herz, bis sie die Haltung verlor und in Tränen ausbrach, so daß ihr der Vater das Kind vom Arme nehmen mußte.

Es konnte nur ein kurzer Besuch sein, den die Gatten auf dem Gut machten, Amtsgeschäfte zwangen den Professor zu schneller Heimkehr, er hatte Ilse den Vorschlag gemacht, sie länger beim Vater zu lassen und abzuholen; sie aber wollte nicht.

Prüfend sah der Vater auf Haltung und Antlitz der Tochter und ließ sich von dem Professor immer wieder erzählen, wie schnell und gut sie in der Stadt heimisch geworden war.

Unterdeß flog Ilse durch Hof und Garten hinaus in die Landschaft, wieder leichtbeflügelt wie die kleinen Geschwister, die ihre Hand nicht loslassen wollten. »Alle seid ihr gewachsen«, rief sie, »mein Krauskopf aber am meisten, der wird werden wie der Vater. Ein Landwirt, Franz.«

»Nein, ein Professor«, erwiederte der Knabe.

»Ach du armes Kind«, sagte Ilse.

Die Feldarbeiter verließen die Garben und eilten ihr entgegen, es gab viel zu grüßen und zu fragen: der Großknecht hielt seine Pferde an, das Sattelpferd, der Schimmel, rückte heftig mit dem Kopfe. »Er kennt Sie recht gut«, sagte der Knecht und klatschte lustig mit der Peitsche. Ilse ging in das Dorf und trug ihren Gruß zu den Toten und den Lebendigen, und als der kranke Benz sie endlich losgelassen hatte, rief er nach seiner Tafel und verfertigte mit zitternder Hand ein Freudengedicht. Bedächtiger wandelte die Frau Professorin durch den Hof. Vom Zuge der Mägde geleitet, schritt sie den Gang zwischen den Rindern entlang, trotz ihrem modischen Kleide der sagenhaften Frau Berchta ähnlich, welche Segen streuend durch Stall und Haus des Landmanns gleitet. Vor jedem gehörnten Haupte hielt sie an, die Kühe hoben die Mäuler zu ihr auf und brummten, bei jeder war eine wichtige Neuigkeit zu berichten. Die Mägde wiesen ihr stolz die angebundenen Kälber und baten um Namen für die erwachsenen Fersen; denn der Herr hatte befohlen, daß Ilse das Jungvieh mit Namen versehen sollte, und die Mägde freuten sich über die vornehmen Stadtnamen Kalypso und Xanthippe. – Alles vertraut und Alles wie sonst, und doch bei jedem Schritt Neues für Auge und Ohr.

Clara gab ihr Rechenschaft über die Wirtschaft; das Mädchen hatte sich trefflich gehalten, ihr Lob, welches die Mamsell und, was wichtiger war, die Großmagd in vertraulicher Unterredung erteilten, tat Ilse sehr wohl und sie sagte: »Jetzt erst bin ich ganz beruhigt, ich kann hier entbehrt werden.«

37

Gegen Abend suchte der Professor seine Frau, die seit Stunden verschwunden war. Er hörte den Lärm der Kinder am Bach und dachte sich, wo Ilse jetzt sein müsse. Als er um den Stein der Höhle bog, sah er sie im Halbdunkel sitzen, das Auge nach dem Vaterhause gewandt. Er rief ihren Namen und streckte die Arme nach ihr aus, sie flog ihm an die Brust und sagte leise: »Ich weiß, daß an deinem Herzen meine Heimat ist; habe Nachsicht, wenn die alte Zeit mir jetzt mächtig wird.«

Am späten Abend, als der Vater den Professor in das Schlafzimmer führte und mit ihm noch Geschäfte und Politik besprach, schickte Ilse ihre Schwester Clara zu Bett und sie setzte sich auf den Stuhl. Da der Vater hereinkam, das Licht vom Tische zu holen, fand er die Ilse wieder an ihrer alten Stelle zum Nachtgruß und sie hielt ihm den Leuchter hin. Er setzte das Licht auf den Tisch, ging, wie er pflegte, vor ihr auf und ab und begann: »Du bist bleicher und ernster als du warst. Wird das vorübergehen?«

»Ich hoffe, es wird vorübergehen«, wiederholte die Tochter. – Nach einer Weile fuhr sie fort: »Man denkt über Vieles anders in der Stadt und man glaubt anders, Vater.«

Der Vater nickte mit dem Kopf. »Das war's«, sagte er, »und deshalb habe ich um dich gesorgt.«

»Es wird mir unmöglich, schwere Gedanken los zu werden«, sprach Ilse leise.

»Armes Kind«, rief der Landwirt, »dabei dir zu helfen, geht über meinen Verstand. Denn bei uns auf dem Lande ist es leicht, an Vatersorge zu glauben, wenn man über das Feld geht und sich des Wachstums freut. Aber laß dir von einem Landmann ein vertrauliches Wort sagen. Es ist in allen Dingen auf Erden Bescheidenheit nötig und Entsagung. Wir auf dem Lande sind nicht besser und gescheidter, weil wir wenig um das sorgen, was dem Menschen rätselhaft ist. Wir haben keine Zeit zu grübeln, das ist bequem, und wenn uns ein Gedanke erschreckt, hilft die Arbeit darüber weg. Aber manchmal kommt doch die Ungewißheit. Auch ich habe Tage gehabt und ich habe sie noch, wo ich mir meinen Kopf zerbreche, obgleich ich weiß, daß ich nicht auf's Reine kommen kann; und deshalb suche ich mir jetzt solche Gedanken fern zu halten. Das ist Vorsicht, aber es ist nicht Tapferkeit. Du bist hineingesetzt in ein Leben, wo dir das Hören und Nachdenken unvermeidlich wird. Du mußt dich durchkämpfen, Ilse. Vergiß dazu zweierlei nicht. Die Menschen haben von je sehr verschieden angesehen, was ihnen nicht ganz verständlich war, und sie haben einander deshalb seit alter Zeit gehaßt und wie Kannibalen geschlachtet, nur weil Jeder gegen den Andern Recht haben wollte. Darin liegt eine Warnung. Aber Eines hat sich immer bewährt gegenüber dem Zweifel: seine Pflicht tun, alle Tage das Nächste tun und im Übrigen vertrauen, daß man nicht deshalb verloren ist, weil man Eines und das Andere denkt. Bist du der Liebe deines Mannes sicher?«

»Ja«, versetzte Ilse.

»Und hast du eine aufrichtige Achtung vor dem, was er tut, für dich und für alle Andern?«

»Ja«, rief Ilse.

»Dann ist Alles in Ordnung«, sagte der Vater, »denn an seinen Früchten erkennen wir den Acker. Um das Übrige grämen wir uns nicht heut, nicht in der Zukunft. Gib mir das Licht und geh zu deinem Mann. Gute Nacht, Frau Professorin.«

Zweiter Teil

Drittes Buch

1. Die Buttermaschine.

Im großen Saale der Universität war ein gewähltes Publicum versammelt, Würdenträger der Regierung und Stadt, Männer der Wissenschaft, hinter ihnen die Studenten, welche ab- und zuströmend die Tür des großen Portals in Bewegung erhielten. Oben aber auf der Gallerie saßen die Frauen der Professoren, in der Mitte der ersten Reihe Ilse mit Laura auf dem Ehrenplatz. Heut war für Ilse ein großer Tag, denn der Glanz der höchsten akademischen Würde sank auf das Haupt ihres Gatten. Felix Werner war zum Rektor Magnificus gewählt und sollte hier sein Amt antreten.

In langem Zuge schritten die Lehrer der Universität in den Saal, vor ihnen die Pedelle in altertümlicher Amtstracht, große Scepter in der Hand; die Herren selbst nach den Facultäten geordnet. Die Theologie begann den Zug und die Philosophie schloß den Reigen, diese an Zahl der Männer und Bedeutung die stärkste Abteilung, alle zusammen aber bildeten eine stattliche Genossenschaft, neben einzelnen Nullen gingen hochberühmte Herren, auf welche das Land stolz sein durfte, und es war eine Freude für Jedermann, soviel gelehrtes Wissen körperlich versammelt zu sehen. Nur die würdige Darstellung im Zuge gelang den großen Geistern nicht, sie hielten schlecht Reihe, mancher sah aus, als ob er mehr an seine Bücher denke als an den Eindruck, welchen seine Gestalt dem Publicum machen sollte, einer hatte sich gar verspätet – er hieß Raschke – und kam sorglos und vertraulich grüßend hinter den jüngsten Privatdocenten hergelaufen. Den Zug empfing ein lateinischer Gesang des akademischen Sängerchors, nicht verständlich, aber festlich. Die Professoren ordneten sich auf ihren Sitzen, der bisherige Rektor betrat ein hohes, mit Blumen verziertes Katheder, hielt zuerst eine gelehrte Rede über den Nutzen, welchen vor längerer Zeit das unruhige Volk der Araber der medicinischen Wissenschaft gebracht hat, und berichtete dann über die akademischen Ereignisse des letzten Jahres. Der Vortrag war schön und Alles war sehr feierlich, die Ehrengäste der Stadt und Regierung saßen unbeweglich, die Professoren hörten ergeben zu, die Studenten knarrten nur wenig an der Tür, und wenn von dem gemalten Plafond der Aula zuweilen die Langeweile ihre großen Fledermausflügel gegen die Augen der Zuhörer herabbewegte, wie bei akademischen Schaustellungen unvermeidlich ist: – Ilse merkte heut nichts davon. Als Magnificus den Vortrag beendet hatte, bat er mit einer zierlichen Handbewegung und den verbindlichsten Worten seinen Nachfolger, zu ihm auf die Erhöhung zu steigen. Ilse errötete, als ihr Felix das Katheder betrat. Der Rektor nahm sein Barett ab, die goldene Kette und den Mantel, der wie ein alter Fürstenmantel aussah, und Alles setzte und hing er um seinen Nachfolger mit warmen Wünschen und Äußerungen der Hochachtung. Laura flüsterte ihrer Nachbarin zu: »Wenn unser Herr Professor ein Schwert an der Seite trüge, wäre er ganz wie ein Kurfürst auf den Bildern draußen;« und Ilse nickte freudig, es war genau ihre Ansicht. Jetzt aber trat Werner in Purpurmantel und Kette vor. Die Pedelle kreuzten ihre Scepter zu beiden Seiten des Katheders und der neue Rektor hielt majestätisch eine Ansprache an Professoren und Studenten, worin er Günstiges erbat und gutes Regiment verhieß. Wieder begann der akademische Chor ein lateinisches Triumphlied, und der Zug der Universitätslehrer bewegte sich in das Nebenzimmer zurück, wo die Professoren ihren Rektor händeschüttelnd umstanden und die Pedelle Purpurmantel und Kette in Kästen packten, zur Schonung für spätere Zeiten. Auch Ilse empfing die Glückwünsche der Frauen und des Teetisches, welcher sich an der Gallerietreppe aufstellte und sie lustig mit »Magnificenz« begrüßte.

Zu Haus fiel Ilse dem Gatten um den Hals und sagte ihm, wie stattlich er in seinem Ornate ausgesehen habe. »Was die Zigeunerin sprach«, rief sie, »heut ist es erfüllt, heut trug der Mann, den ich liebe, den Fürstenhut, sei gegrüßt du mein Fürst und Herr.«

Für den Nachmittag dieses großen Tages war der Besuch des Erbprinzen angemeldet, Ilse sah noch einmal in die Winkel der blanken Wohnung, damit sie als Hausfrau keine Unehre erlebe, und ließ sich von dem Gatten über die Form unterrichten, in der man mit vornehmen Herren spricht. »Damit ich Bescheid weiß, wenn er sich auch um mich kümmert. Ich bin unruhig, Felix, denn es ist doch etwas Großes, den künftigen Herrn der Heimat kennen zu lernen.«

Mit dem Stundenschlag fuhr der Wagen vor, Gabriel in seinem besten Frack führte die Herren an das Zimmer des Rektors. Unterdeß ging Ilse erwartungsvoll in ihrer Stube auf und ab. Nicht lange, und ihre Tür wurde geöffnet, zwei Herren traten, von dem Gatten geleitet, ihr entgegen. Da war der Prinz, eine zarte Gestalt unter Mittelgröße, schwarzes Haar, ein kleines Gesicht mit weichen Zügen, über den feinen Lippen ein dunkler Streif, welcher den beginnenden Bart andeutete, die Haltung etwas schlottrig und verlegen, so machte er den Eindruck eines zarten und schwächlichen Menschenkindes. Befangen trat er auf Ilse zu und sagte ihr so leise, daß sie kaum die Worte verstand, wie sehr er sich freue, in ihr eine Landsmännin zu begrüßen.

Ilse erhielt durch sein schüchternes Wesen ihren Mut zurück, und da sie in dem Anblick ihres jungen Prinzen ein wenig bewegt war, so begegnete ihr, daß sie ihm eine kleine Rede hielt: »Wir aus unserm Lande hängen an der Heimat, und da ich jetzt Ew. Hoheit so nahe vor mir sehe, wage ich auch zu sagen, daß ich Ew. Hoheit sehr gut wiedererkenne. Sie waren noch ein ganz junger Herr und ich war ein halbwüchsiges Mädchen, da sah ich Sie zuerst neben Ihrem Herrn Vater in der Residenz. Ew. Hoheit saßen auf einem sehr kleinen Pferde; während mein Vater und ich grüßten, stand das Pferd still und wollte nicht weitergehen, Sie sahen mich freundlich an, ganz mit denselben Augen wie jetzt. Ich hielt ein Paar Rosen in der Hand, und weil Sie unser junger Prinz waren, bot ich Ihnen die Rosen an. Aber Sie schüttelten den Kopf und Sie konnten auch nichts nehmen, weil Sie den Zügel halten mußten, und ich glaube, Sie waren etwas ängstlich auf dem Pferde. Nur das Pferd fuhr mit seinem Kopfe nach den Blumen. Da kam ein Großer in Uniform herangeritten, faßte das Pferd, und wir traten zurück. Sie sehen, ich weiß noch Alles, denn für ein Mädchen vom Lande ist so etwas eine wichtige Erinnerung. – Aber erweisen Hoheit mir doch die Ehre, Platz zu nehmen.«

Der Begleiter des Prinzen, Kammerherr von Weidegg, begrüßte Ilse verbindlich; er war ein Mann in mittlen Jahren, groß, von guter Haltung und keinem üblen Gesicht. Er übernahm die Leitung der Wechselreden, und ein kleines Gespräch lustwandelte über die Berge und Wälder des Heimatlandes. Es blieb ein anständiger Austausch von Worten, welcher sich ungewöhnlicher Gedanken gänzlich enthielt. Der Prinz war schweigsam, spielte mit einem Augenglase und sah befremdet und vorsichtig auf die stattliche Professorsfrau, welche ihm gegenüber saß. Zuletzt frug der Kammerherr nach den Stunden, wo dies Zimmer sich Fremden öffne, und drückte den Wunsch aus, dem Prinzen und ihm möge gestattet sein, zuweilen einzutreten. »Von den wenigen Beziehungen, welche die fremde Stadt bietet, ist uns dies Haus besonders wertvoll, in welchem mein durchlauchtigster Prinz das Recht beanspruchen darf, nicht ganz als Fremder behandelt zu werden.« Das alles war recht sauber und verbindlich, und als der Professor die Fremden bis an die Entréetüre geleitet hatte, sagte er zu seiner Frau: »Nun, sie sehen ja menschlich genug aus.«

»Ich habe mir Prinzen ganz anders gedacht, Felix, keck und übermütig, dieser hatte nicht einmal einen Stern auf der Brust.«

»Der war nur in die Tasche gesteckt«, tröstete der Professor.

»Aber er sieht aus wie ein guter Junge«, schloß Ilse, »und da er mein Landsmann ist, soll er auch gut behandelt werden.«

»So ist es recht«, versetzte der Professor lachend.

Es machte sich in den nächsten Wochen allmählich, daß der Erbprinz und sein Kammerherr die gute Behandlung behaglich fanden. Der Kammerherr bewährte sich als angenehmer Mann, er hatte größere Reisen gemacht, hatte Einiges erlebt, Vieles gesehen und allerlei gelesen, auch was nicht gerade am Wege liegt; er sammelte Autographen und war dem menschlichen Geschlecht durch kein Laster und keine üble Gewohnheit lästig. Während einem längeren Aufenthalte in Rom hatte er mit alten Bekannten des Professors in Verbindung gestanden, er war durch die Ruinen Pompeji's gewandelt und zeigte ein wohltuendes Interesse an der Einrichtung altrömischer Häuser. Außerdem verstand er gut zu hören und zu fragen und erzählte zuweilen mit anständiger Medisance Anekdoten von vielgenannten Personen. So geschah es, daß der Professor gern mit ihm verkehrte, und daß er am Teetisch Ilse's den Wirten willkommen, den Gästen nicht unbequem war. Auch ihm selbst schien der Verkehr mit den gelehrten Herren Freude zu machen, er besuchte den Doktor und betrachtete bei diesem alte Holzschnitte, er behandelte den Professor Raschke mit rücksichtsvoller Artigkeit und begleitete nebst seinem Prinzen den Philosophen an einem klaren Winterabend bis zu der entlegenen Wohnung, während Raschke sehr interessante Beobachtungen über den Schlaf der Pflanzen mitteilte.

Daß der Erbprinz sich ebenso gut unter den Professoren zurechtfand, konnte man nicht behaupten; er hörte dem Gespräch der Männer leidend zu, wie einem akademischen Hörer ziemte, und sprach durchaus und zu rechter Zeit das Schickliche. Nur zuweilen deutete er durch leises Knipsen seiner Lorgnette an, sein Gemüt werde wohl eine andere Art von Unterhaltung nicht ungern ertragen.

Ilse war unzufrieden, wenn er mit der Lorgnette knackte, und wenn sie zu ihm hinübersah, hörte das Knipsen auf.

Denn Ilse wollte, daß er sich unter den andern Männern recht stattlich hervortun sollte, und ihr war, als könnten die Herren ihr selbst einen Vorwurf daraus machen, daß ihr Prinz für Männergeschäfte kein rechtes Herz erwies. Sie war deshalb als Hausfrau mit zarter Aufmerksamkeit um ihn bemüht; sie wagte den Rat, daß er den Tee nicht zu stark trinken möchte, und bereitete ihm selbst die Mischung. Der Prinz ließ sich das gern gefallen, er saß am liebsten auf dem Stuhl neben ihr und sah ihr freundlich zu, wie sie um den Tisch wirtschaftete. Nur ihr gegenüber ging er ein wenig aus seiner vorsichtigen Zurückhaltung heraus, er erzählte ihr, was er von Merkwürdigkeiten der Stadt gesehen, und wenn er gerade nichts zu sprechen hatte, machte er wenigstens ihr Amt leicht, er stellte den Sahntopf vor sie hin und hatte ein scharfes Auge auf die Zuckerbüchse, wenn er meinte, daß Ilse für sich davon Gebrauch machen könne.

Einst, als er wieder schweigsam neben ihr saß und die Herren gerade zornig über der Bibliothekverwaltung des Vaticans zu Gericht saßen, machte Ilse den Vorschlag, ein Werk anzusehen, das ihr der Gatte gekauft hatte, gutgestochene Bildnisse berühmter Gelehrten und Künstler. Sie gingen zu der Lampe des Nebenzimmers, der Prinz betrachtete mit matter Teilnahme die Köpfe. »Von manchem weiß ich nichts«, begann Ilse, »als einige Worte, die mir mein Mann über sie erzählt hat. Ihre Bücher habe ich nicht gelesen und von den schönen Werken, die sie gemalt und componiert haben, kenne ich auch gar wenig.«

»Mir geht es gerade so«, versetzte der Prinz ehrlich, »nur die Musiker kenne ich etwas.«

»Und doch ist es eine Freude, die Gesichter anzusehen«, fuhr Ilse fort, »man denkt bei Jedem, wie der Charakter und die Vorzüge dieses Mannes sein möchten, und wenn man Jemand fragt, der mehr weiß, ergibt sich manchmal eine Bestätigung und manchmal ein Irrtum. Das hilft Einem die Männer lieb und vertraulich zu machen und man sucht Gelegenheit, auch mit ihrer Kunst und Weisheit bekannt zu werden. Ich mühe mich jetzt, von einem nach dem andern mehr zu erfahren. Wenn man aber etwas von einem großen Manne gelesen hat und sein Bild nach einiger Zeit wieder ansieht, dann ist es, als schaute man in das Gesicht eines guten Freundes.«

»Lesen Sie gern?« frug der Prinz aufblickend.

»Langsam«, erwiederte Ilse, »denn von ernsten Dingen geht nicht viel auf einmal in den ungelehrten Kopf, besonders wenn es schwere Gedanken erregt.«

»Ich lese nicht gern«, versetzte der Prinz, »am wenigsten, was einem so vorgelegt wird. Und mir ist es langweilig, denn ich habe nichts Ordentliches gelernt und ich weiß nirgends recht Bescheid.«

Das sagte er mit Bitterkeit. Ilse erschrak über das Geständnis. »Dem werden Ew. Hoheit jetzt abhelfen, es ist ja hier so schöne Gelegenheit.«

»Ja«, versetzte der Prinz, »vom Morgen bis zum Abend, und Alles durcheinander, ich bin jedesmal froh, wenn die Stunden zu Ende sind.«

Ilse betrachtete den jungen Herrn mit großer Betrübnis. »Das ist ja für Ew. Hoheit ein rechtes Unglück. Haben Sie denn nichts, was Ihnen zu wissen oder zu besitzen recht lieb ist? Eine Sammlung von Steinen oder Schmetterlingen oder von seltenen Büchern oder Kupferstichen wie der Doktor drüben? Dabei hat man das ganze Jahr sein Vergnügen und man lernt auch allerlei, wenn man sich diese werten Sachen zusammenträgt.«

»Wenn ich dergleichen haben will, kann ich Alles in Haufen gesammelt haben«, versetzte der Prinz. »Aber wozu? es steht schon soviel Zeug um mich herum. Wenn ich heut Steine suchen wollte, gerieten alle Leute um mich in Aufregung, und es würde mir entweder verwehrt oder eine ganze Sammlung ins Haus getragen.«

»Das hilft freilich nichts«, bedauerte Ilse, »man muß selbst um das Einzelne sorgen, dann kommt die Freude. Ein Mensch kann nicht Alles wissen, aber etwas muß jeder haben, was er ordentlich versteht. Wenn ich mein kleines Leben vergleichen dürfte mit dem großen, das Ew. Hoheit erwartet, so könnte ich Ihnen wohl etwas erzählen. Als meine gute Mutter sich zu ihrer letzten Krankheit einlegte, war ich ein ganz junges Ding, aber ich wollte durchaus an ihrer Stelle die Wirtschaft führen. Da fand sich, daß ich mir nicht Rat wußte. Ich verstand nicht einmal, ob die Leute fleißig oder träge waren, ich kannte auch nicht die Handgriffe, und wenn Jemand etwas schlecht machte, konnte ich's nicht lehren. Deshalb saß ich an einem Abend mutlos und ärgerlich über mich selbst, und ich glaube, ich weinte. Da sagte mein guter Vater: du durftest nicht soviel auf einmal übernehmen, du sollst erst etwas genau lernen. Und er wies mich in die Molkerei. Wissen Ew. Hoheit, was das ist?«

»Nicht so recht«, versetzte der Prinz.

»Das ist ja die Milchwirtschaft des Gutes, ich will Ew. Hoheit sagen, was dabei zu tun ist.«

Sie erzählte ihm die ganze Tagesarbeit des Milchkellers. »Und jetzt machte sich's so. Ich griff selbst mit an, wurde fest in der Arbeit und bekam ein Urteil über die Mägde. Ich lernte jede Kuh genau kennen und lernte auch, welche Art für uns am besten war und warum. Denn nicht jede Race paßt überallhin. Bald bekam ich den Ehrgeiz, Butter und Käse recht fein zu machen. Ich erkundigte mich bei den Klugen und las auch zuweilen in einem Buch darüber. Dann besprach ich mit dem Vater Verbesserungen. Und gerade als ich wegkam, war die Rede davon, statt unseres großen Butterfasses von Holz eine neue Maschine anzuschaffen. Sie ist jetzt aufgestellt, soll sehr gut sein und schöne Butter machen, ich habe sie aber noch nicht gesehen. Denn Ew. Hoheit kennen doch das Buttern?«

»Nein«, versetzte der Prinz.

Ilse beschrieb es ihm ein wenig. »Wenn aber der Vater um Johanni die große Rechnung machte, da war mein Stolz, daß die Kühwirtschaft in jedem Jahr höhern Ertrag gab. Mich ärgerte nur, daß der Vater über meinen kleinen Gewinn lachte, denn der eigentliche Wert der Kühe lag für ihn in ganz andern Dingen.« Auch darüber machte Ilse eine leise Andeutung. »Und sehen Hoheit«, fuhr sie fort, »erst von dieser Zeit ab fühlte ich mich in der Welt recht zu Hause. Noch jetzt, wenn ich einmal in eine Fabrik gehe, ertappe ich mich darüber, daß ich sie wie eine andere Art Molkerei ansehe, und wenn von Staatseinnahmen und Regierung die Rede ist, vergleiche ich sie noch heut mit unserer Wirtschaft. Aber es ist wohl töricht, daß ich Ew. Hoheit von Butter und Käse unterhalte.«

Der Prinz sah ihr treuherzig in die Augen. »Ach, gnädige Frau«, sagte er, »Sie sind glücklich daran gewesen, mir aber ist es nie so gut geworden, daß ich bei dem, was mir lieb war, recht ruhig beharren konnte. Vom Morgen bis zum Abend bin ich erzogen worden und von Einem zum Andern geschleppt. Wenn ich als Kind in den Garten ging, war immer die Gouvernante dabei oder der Erzieher, und wenn ich im Grase sprang, wurde darauf gehalten, daß meine kleinen Sprünge auch für andere Leute gut aussahen, niederkauern durfte ich nicht; und als ich mich einmal auf den Kopf stellen wollte, wie ich bei andern Knaben gesehen hatte, gab es Entsetzen wegen der Unschicklichkeit und Arrest. Jeden Augenblick hieß es, das paßt nicht für einen Prinzen, oder das ist jetzt nicht an der Zeit. Sooft ich aus der Stube kam, starrten mich die fremden Leute an, auch ich mußte immer auf sie sehen und grüßen; mir wurde gesagt, wem ich die Hand geben durfte und wem nicht, wen ich anreden durfte und wen nicht. So ging es alle Tage. Immer waren es leere Redensarten, in drei Sprachen, und jeden Tag war der Gedanke obenan, daß man sich nur gut präsentiere. Einmal wollte ich mir mit der Schwester einen kleinen Garten anlegen, sogleich wurde der Hofgärtner gerufen, der uns graben und pflanzen mußte. Da war's uns vom ersten Tage verleidet. Dann wollten wir Theater spielen und hatten uns schon selbst ein Stück ausgedacht, wieder wurde uns gesagt, das sei dummes Zeug, und wir mußten ein Spiel auswendig lernen mit französischen Redensarten, wo die Kinder immer riefen, wie lieb sie Papa und Mama hätten, und wir hatten gar keine Mutter. Über diesem Zurichten für den Schein ist meine Kinderzeit vergangen. Ich versichere Sie, ich weiß nichts gründlich, und wenn ich jetzt hier in dem ewigen Lernen bleibe, so habe ich das Gefühl, daß es mir gar nichts helfen wird, und ich komme mir sehr unnütz vor in der Welt.«

»Ach, das ist traurig«, rief Ilse in tiefem Mitgefühl. »Aber ich flehe Ew. Hoheit an, verlieren Sie nur nicht den Mut. Es ist unmöglich, daß das Leben unter so vielen tüchtigen und gescheidten Männern, die Sie hier finden, ohne Segen für Sie sein sollte.«

Der Prinz schüttelte den Kopf.

»Denken doch Ew. Hoheit an Ihre Zukunft«, fuhr Ilse leise fort. »Ach, Sie haben alle Ursache, zuversichtlich und tapfer zu sein. Ihr Amt ist doch das höchste auf Erden. Wir andern arbeiten und sind glücklich, wenn wir ein einzelnes Menschenleben vor dem Untergange bewahren, und wenn es noch so klein und elend ist, Ihnen aber wird einmal Wohlsein und Leben von vielen Tausenden in die Hand gegeben. Was Sie für Schule und Bildung tun durch gute oder schlechte Lehrer der Seelen, und ob Sie für Krieg oder Frieden stimmen, das kann ein ganzes Land glücklich machen oder verderben. Wenn ich an diesen erhabenen Beruf denke, kommt mir die Ehrfurcht vor Ihnen, und ich möchte Sie auf meinen Knieen anflehen, daß Sie tun, was möglich ist, um sich zu einem tüchtigen Fürsten zu machen. Dafür ist jetzt der beste Rat, daß Sie guten Willen zeigen, auch das zu lernen, was Ihnen langweilig ist. Und im Übrigen vertrauen Sie der Zukunft, auch Ihnen wird die Freude am Leben und das Gefühl der Tüchtigkeit kommen.«

Der Prinz schwieg, denn die Erwähnung seines künftigen Fürstennamtes gehörte zu den Anspielungen, welche bei Hofe verpönt sind und die im stillen Geiste zu verfolgen einem Thronerben noch weniger als Andern erlaubt ist.

»Gelehrte Vorlesungen höre ich genug«, sagte endlich der Prinz, »ich wollte aber lieber, ich wäre bei einem Landwirt in der Lehre gewesen, wie Sie.«

Sie kehrten zu den Herren zurück, und der Prinz nahm den Rest des Abends aufmerksam an der Unterhaltung Teil. Als er sich entfernt hatte, sagte Ilse zu ihrem Gatten: »Da geht er hin, er hat, was Tausende froh machen würde, und doch ist er unglücklich, denn sie haben ihm sein ehrliches Herz in Leder eingenäht, wie einer Gliederpuppe. O, sei gütig gegen ihn, Felix, und gönne ihm manchmal etwas von deiner Seele, damit ein Teil deiner Sicherheit und Kraft auf ihn übergehe.«

Der Gatte küßte sie auf das Haupt und sagte: »Dir wird das leichter möglich sein als mir. Aber er selbst hat sich das Rechte gesagt, drei Jahre bei deinem Vater in der Wirtschaft wären für ihn und sein Land die beste Hilfe.«

Beim Frühstück des nächsten Morgens nahm der Kammerherr die Zeitungen aus der Hand des Lakaien, der Prinz saß schweigend am Tisch, spielte mit dem Kaffelöffel und beobachtete eine Fliege, welche vom Rande des Sahntopfes unehrerbietige Versuche machte, in die fürstliche Milch zu sinken. Da die schriftliche Instruktion dem Kammerherrn die Pflicht auferlegte, den Prinzen vor jeder gefährlichen Lektüre zu behüten – es waren damit unzufriedene Zeitungen und schmutzige Romane gemeint –, so bot er seinem Herrn zuerst das unter allen Umständen gefahrlose Tageblatt, während er selbst eine wohlgesinnte Zeitung ergriff, um dort die Hofnachrichten, Beförderungen und Ordensverleihungen zu mustern. Er war längst mit seiner Lektüre zu Ende, der Prinz aber studierte noch immer über den frischen Schellfischen und Austern. Betrübt sah der Kammerherr, wie die junge Hoheit wieder einmal für den Lauf der Welt so geringe Teilnahme zeigte. Ein Bekannter des Kammerherrn war zum Rittmeister ernannt, ein anderer kündigte seine Verlobung an, er verfehlte nicht, den Prinzen aufmerksam zu machen, dieser aber lächelte nur in seiner zerstreuten Weise.

Der Kammerherr ging also zu seiner nächsten Pflicht über, er überlegte das Programm des Tages. Und da ihm oblag, den Prinzen mit den Neuigkeiten der Kunst, Literatur und der Stadt in geziemender Auswahl bekannt zu machen, so wartete er ungeduldig auf die Befreiung des Tageblattes, um sich aus diesem Rat zu holen. Endlich unterbrach der

Prinz diese Erwägungen durch die Frage: »Hier finde ich eine permanente Ausstellung landwirtschaftlicher Geräte, was ist in solcher Ausstellung zu sehen?«

Der Kammerherr versuchte, das zu erklären und knüpfte vergnügt den Vorschlag an, auch einmal diese Ausstellung zu besuchen. Der Prinz gab durch ein schwaches Kopfnicken seine Einwilligung zu erkennen, sah nach der Uhr und ging auf sein Zimmer, den dreistündigen Morgencursus durchzumachen, eine Stunde Staatswissenschaft, eine Stunde Mythologie und Ästhetik und eine Stunde Taktik und Strategie. Dann trat er mit seinem Begleiter den Weg nach der Ausstellung an.

Selbst dem Kammerherrn wurde langweilig zu Mut, als er hinter seinem jungen Herrn die großen Räume betrat, in denen unverständliche Maschinen zahlreich durcheinander standen. Der Geschäftsführer des Fabrikanten begann die Erklärung, der Kammerherr tat die Fragen, welche eine geziemende Wißbegierde andeuten sollten, der Prinz ging geduldig von einem rätselhaften Körper zum andern und hörte etwas von Pflug, Exstirpator und Walze. Endlich veranlaßte die große Dreschmaschine den Erklärer, einen Arbeiter mit einer Treppenleiter zu Hilfe zu rufen. Der Prinz überließ dem Kammerherrn die Mühe hinauf zu steigen und die innere Einrichtung zu bewundern, er spielte unterdeß mit seiner Lorgnette und frug den Geschäftsführer in dem leisen Ton, in dem er zu sprechen gewöhnt war: »Haben Sie nicht auch eine Buttermaschine?«

»Ja wohl«, war die Antwort, »mehre von verschiedener Konstruktion.« Der Prinz gab sich wieder ruhig der Betrachtung des großen Dreschmechanismus hin und lernte die schöne Vorrichtung schätzen, welche das ausgedroschene Stroh, das er sich zu denken aufgefordert wurde, auf einen unsichtbaren Futterboden hinaufbeförderte. Endlich kamen die Geräte an die Reihe, welche ihm am Herzen lagen, moderne Nachfolger des alten ehrlichen Butterfasses. Da standen sie nebeneinander, das kleine Handgefäß, durch welches, wenn der Versicherung des Führers zu trauen war, jede Hausfrau in unglaublich kurzer Zeit ihre Butter selbst bereiten konnte, und die gewaltige Erfindung, welche den Bedürfnissen der größten Milchwirtschaft spielend genügte. Der Prinz ließ sich beschreiben, wie der Rahm hineingegossen, in eine gewisse kreisende Bewegung gesetzt und durch diese Aufregung gezwungen wird, sich mit sich selbst zu entzweien. Das alles hatte er schon viel schöner gehört, aber es machte ihm Spaß, die Vorzüge des modernen

Baues einzusehen, und er wurde innig von seiner Vortrefflichkeit überzeugt. Er tat zum Erstaunen seines Begleiters Fragen, ergriff die Kurbel und versuchte ein wenig zu drehen, zog aber mit verlegenem Lächeln die Hand wieder zurück. Zuletzt frug er sogar nach dem Preise. Der Kammerherr freute sich über die anständige Wißbegierde, welche sein junger Herr bewies, aber er wurde wieder gedemütigt, als der Prinz sich zu ihm wandte und französisch sagte: »Was meinen Sie? Ich habe Lust, die kleine Maschine zu kaufen.« Des Drehens wegen, dachte der Kammerherr mit innerm Achselzucken. »Wie kommt es, daß Hoheit sich gerade dafür interessieren?« – »Sie gefällt mir«, erwiederte der Prinz, »und man möchte dem Mann doch etwas abkaufen.«

Die niedliche Erfindung wurde erstanden, in das Quartier des Prinzen getragen und in seiner Arbeitsstube aufgestellt. Gegen Abend, während der Prinz seine Musikstunde am Flügel verlebte, mußte die Maschine sogar in dem Rapport erscheinen, welchen der Kammerherr für den regierenden Herrn verfaßte. Rühmend hob der Berichterstatter das Interesse hervor, welches sein Prinz den nützlichen Werkzeugen deutscher Bodencultur erwiesen hatte. Allein selten war dem armen Kammerherrn so schwer geworden, die Pflicht eines getreuen Hofmanns zu üben, welchem ziemt, persönliches Empfinden zurück zu drängen und Peinliches mit Anmut zu umziehen. Denn in Wahrheit fühlte er tiefe Scham über die unnütze Spielerei seines Prinzen. Aber man lernt bei Hofe nie aus, wie sehr man auch den Faltenwurf eines fürstlichen Gemütes studiere, selbst dem weisesten Hofmarschall bleiben einzelne Tiefen unerforschlich.

Der Erbprinz aber bedeckte die Buttermaschine mit einem seidenen Tuch, und wenn er allein war, trat er vorsichtig heran, drehte an der Kurbel und beobachtete den Mechanismus.

Einige Tage darauf hatte der Kammerlakai den Prinzen ausgekleidet, die Schlafschuhe zurechtgestellt und seine Nachtverbeugung gemacht, da blieb der kleine ausgehülste Prinz gegen Gewohnheit auf dem Stuhle sitzen und hemmte den Abschied des Dieners durch die Anrede: »Krüger, Sie müssen mir einen Gefallen tun.« – »Hoheit haben zu befehlen.« – »Besorgen Sie mir zu morgen früh, ohne daß es Jemand sieht, einen großen Topf Milch, aber Sie setzen die Milch nicht auf Rechnung.« – »Befehlen Hoheit gekochte oder ungekochte?«

Das war eine schwierige Frage. Der Prinz drehte schweigend am Schnurrbart und sah seinen Krüger hilflos an. »Ich weiß nicht«, brach er endlich heraus, »ich möchte gern einmal buttern.«

Krüger begriff scharfsinnig, daß dieser Wunsch mit der neuen Maschine zusammenhing, und längst gewöhnt, an vornehmen Herren nichts erstaunlich zu finden, erwiederte er: »Dann muß aber die Maschine erst ausgebrüht werden, sonst schmeckt die Butter schlecht, und den Rahm dazu muß ich bestellen. So möchten Ew. Hoheit sich noch einen Tag gedulden.«

»Ich überlasse Ihnen Alles«, sagte der Prinz vergnügt, »nehmen Sie die Maschine und sorgen Sie, daß Niemand etwas erfährt.«

Als Krüger am Morgen des zweiten Tages beim Prinzen eintrat, fand er den jungen Herrn bereits angekleidet und meldete, stolz auf seine vertraute Stellung: »Der Herr Kammerherr schläft noch, es ist Alles bereit.«

Der Prinz eilte auf den Zehen in die Stube, ein großer Topf Rahm wurde in den Leib der Maschine gegossen, erwartungsvoll setzte sich der Prinz an den Tisch und sagte: »Ich will selbst drehen.« Er drehte und Krüger sah zu. »Aber gleichmäßig, Hoheit«, ermahnte Krüger. Der Prinz konnte sich nicht versagen, den Deckel zu öffnen und hineinzublicken. »Es will noch nicht werden, Krüger«, sagte er kleinlaut. – »Nur immer munter, Hoheit«, riet Krüger, »bitte um gnädigste Erlaubnis, weiter zu drehen.« Darauf drehte Krüger und der Prinz sah zu. »Es wird«, rief der Prinz vergnügt, als er hineingesehen.

»Ja, es ist geworden«, antwortete Krüger. »Jetzt aber kommt die andere Arbeit. Die Butter muß herausgenommen und ausgewaschen werden. Befehlen Ew. Hoheit?«

»Nein«, sagte der Prinz mißtrauisch, »das geht nicht. Aber die Maschine ist gut. Bringen Sie mir einen Löffel und das Weißbrot, ich fische heraus, was ich finde, man muß sich zu helfen wissen.« Der Prinz fuhr mit dem Löffel in das Getümmel, holte in der Bildung begriffene Butter heraus und strich sie mit einem Gefühl von Behagen, das ihm ganz neu war, auf sein Weißbrot. »Sie schmeckt säuerlich, Krüger«, sagte er. »Das kann nicht anders sein«, versetzte Krüger belehrend, »es ist ja noch die Buttermilch drin.« – »Das tut nichts«, tröstete sich der Prinz. »Krüger, ich hätte nicht gedacht, daß beim Buttern soviel zu beobachten ist.« – »Ja, aller Anfang ist schwer«, ermutigte Krüger. – »Es ist gut«, schloß der Prinz gnädig, »nehmen Sie die Maschine heraus, und daß sie mir recht rein wird.«

Seitdem stand die Buttermaschine friedlich unter seidenem Tuche, der Prinz stellte sich in einsamen Stunden zuweilen davor und überlegte, wie er sie in die Hände liefern könne, denen er sie heimlich bestimmt hatte.

Die Sterne selbst schienen das zu begünstigen. Denn der rollende Erdball wälzte sich dem letzten Himmelszeichen zu, welches die Seelen unseres Volkes mit magischer Gewalt auf das schönste Fest des Jahres richtet. Weihnachten war nahe, und die Frauenwelt der Parkstraße fuhr in geheimnisvoller Tätigkeit einher. Der Verkehr mit guten Bekannten wurde unterbrochen, angefangene Bücher lagen im Winkel, Theater und Concertsaal wiesen leere Plätze, die Accorde des Flügels und die neuen Bravourarien klangen selten in die rasselnden Wagen der Straße, innere Kämpfe wurden beschwichtigt und böser Nachbarn ward wenig gedacht. Was eine Hausfrau oder Tochter zu leisten vermochte, das wurde auch in diesem Jahr auffällig. Vom Morgen bis zum Abend flogen kleine Finger zwischen Perlen, Wolle, Seide, Pinsel und Palette umher, der Tag wurde zu acht und vierzig Stunden ausgeweitet, selbst in den Minuten eines unruhigen Morgenschlummers arbeiteten dienstfertige Heimchen und andere unsichtbare Geister im Solde der Frauen. Je näher das Fest rückte, desto zahlreicher wurden die Geheimnisse, in jedem Schrank steckten Dinge, die Niemand sehen sollte, von allen Seiten wurden Packete in das Haus getragen, deren Berührung verpönt war. Aber während die Hausgenossen geheimnisvoll an einander vorüberschlüpften, ist die Hausfrau stille Herrscherin in dem unsichtbaren Reich der Geschenke, Vertraute und kluge Ratgeberin Aller. Sie kennt in dieser Zeit keine Ermüdung, sie denkt und sorgt für Jedermann, die Welt ist ihr ein großer Schrank geworden mit zahllosen Fächern, aus denen sie unablässig herausholt, in die sie Verhülltes nach weisem Plane einstaut. Wenn am Weihnachtsabend der Flitterstern blitzt, der Wachsstock träufelt und die goldene Kugel am Christbaum schimmert, da feiert die Phantasie der Kinder ihre große Stunde, aber die Poesie der Hausfrauen und Töchter füllt schon Monate vorher die Zimmer mit fröhlichem Glanz.

Wenn man das Urteil des Herrn Hummel als gemeingültig betrachten darf, ist leider auch den Männern, welche die Ehre eines Hauses zu vertreten haben, die Begeisterung dieser Wochen nicht vollständig entwickelt. »Glauben Sie mir, Gabriel«, sagte Herr Hummel an einem Decemberabend, während er einem Jungen nachblickte, der mit Brumm-teufeln umging, »in dieser Zeit verliert der Mann seine Bedeutung; er ist nichts als ein Geldspint, in dem sich der Schlüsselbart vom Morgen bis zum Abend dreht. Die beste Frau wird unverschämt und phantastisch, alles Familienvertrauen schwindet, Eines geht scheu an dem Andern vorüber, die Hausordnung wird mit Füßen getreten, die Nachtruhe ge-wissenlos ruiniert; wenn gegessen werden soll, läuft die Frau auf den Markt, wenn die Lampe ausgelöscht werden soll, fängt die Tochter eine neue Stickerei an. Und ist die lange Not ausgestanden, dann soll man sich gar noch freuen über neue Schlafschuhe, welche einen Zoll zu klein sind, und bei denen man später die grobe Schusterrechnung zu bezahlen hat, und über eine Cigarrentasche von Perlen, die platt und hart ist wie eine gedörrte Flunder. Endlich zu allerletzt, nachdem man goldene Funken gespuckt hat wie eine Rakete, fordern die Frauen noch, daß man auch ihnen selbst durch eine Schenkung sein Gemüt erweist. Nun, die meinigen habe ich mir gezogen.«

»Ich habe doch auch Sie selbst gesehen«, wandte Gabriel ein, »mit Packet und Schachtel unter dem Arm.«

»Dies ist wahr«, versetzte Herr Hummel, »eine Schachtel ist unver-meidlich.« Aber, Gabriel, das Denken habe ich mir abgeschafft. Denn das war das Niederträchtige bei der Geschichte. Ich gehe jedes Jahr zu derselben Putzmacherin und sage: »eine Haube für Madame Hummel.« Und die Person sagt: »Zu dienen, Herr Hummel«, und die Architektur steht reisefertig vor mir. Ich gehe ferner jedes Jahr zu demselben Kauf-mann und sage: »ein Kleid für meine Tochter Laura, so und so teuer, ein Taler Spielraum nach oben und unten«, und das Kleid liegt preiswür-dig vor mir. »Im Vertrauen, ich habe den Verdacht, daß die Frauen hinter meine Schliche gekommen sind, und sich die Sachen vorher selbst aussuchen, denn es ist immer Alles sehr nach ihrem Geschmack, während in früheren Jahren Widersetzlichkeit stattfand. Jetzt haben sie die Mühe, den Plunder auszuwählen, und am Abend müssen sie noch heucheln wie die Katzen, auseinanderfalten und anprobieren, sich erstaunt stellen und mein ausgezeichnetes Geschick loben. Das ist meine einzige Genug-tuung bei dem ganzen Kindervergnügen. Aber sie ist dürftig, Gabriel.«

So knarrte mißtönend die Prosa des Hausherrn, doch die Parkstraße achtete wenig darauf, und sie wird solchen Sinn immer mit gebührender Mißachtung betrachten, solange süßer ist für Andere sorgen als für sich selbst und Freude zu machen seliger als Freudiges zu empfangen.

Auch für Ilse wurde in diesem Jahr das Fest eine große Angelegenheit, sie trug wie eine Biene zusammen, und nicht nur für die Lieben in der Heimat. Denn auch in der Stadt hatten sich viele große und kleine Kinder an ihr Herz genestelt, von den fünf unmündigen Raschkes bis zu den kleinen Barfüßlern mit dem Suppentopf. Auch bei ihr wurden die Sophawinkel unheimlich für den Gatten, für Laura und den Doktor, wenn diese einmal unerwartet eintraten.

Als der Kammerherr einige Zeit vor dem Feste einen Besuch seines Prinzen bei dem neuen Rektor schicklich erachtete, fanden die Herren Ilse und Laura in eifriger Arbeit und den Salon der Frau Rektorin in eine große Marktbude verwandelt. Auf langem Tisch standen Weihnachtsbäumchen, und gefüllte Säcke lehnten ihren schweren Leib an die Tischbeine, die Frauen aber arbeiteten mit Elle und Schere, zerteilten große Wollzöpfe und wickelten Linnenstücke auseinander, wie Kaufleute. Als Ilse den Herren entgegentrat und ihre Umgebung entschuldigte, bat der Kammerherr dringend, sich nicht stören zu lassen. »Wir dürfen nur hierbleiben, wenn wir das Recht erhalten, uns nützlich zu machen.« Auch der Prinz sagte: »Ich bitte um die Erlaubnis zu helfen, wenn Sie etwas für mich zu tun haben.«

»Das ist freundlich«, versetzte Ilse, »denn bis zum Abend ist noch Vieles zu verteilen. Erlauben Ew. Hoheit, daß ich Sie anstelle. Nehmen Sie den Sack mit Nüssen, Sie, Herr Kammerherr, haben Sie die Güte, die Äpfel unter Ihre Obhut zu nehmen, du, Felix, erhältst den Pfefferkuchen. Und ich bitte die Herren, kleine Häufchen zu machen, zu jedem zwanzig Nüsse, sechs Äpfel, ein Packet Kuchen.«

Die Herren gingen mit Feuer an die Arbeit. Der Prinz zählte gewissenhaft die Nüsse und ärgerte sich, daß sie immer wieder unter einanderfuhren, machte aber die Erfindung, durch zusammengefaltete Papierstreifen die Portionen beisammen zu halten; die Herren lachten und erzählten, wie sie sich einst in fremdem Lande die deutsche Festfreude verschafft hatten. Der Duft der Fichtennadeln und Äpfel erfüllte die Stube und zog wie eine Festahnung in die Seelen aller Anwesenden.

»Dürfen wir die gnädige Frau fragen, wem unsere angestrengte Tätigkeit zu gut kommt?« sagte der Kammerherr, »ich halte hier einen ungewöhnlich großen Apfel, durch den ich gern einen Ihrer Lieblinge bevorzugen möchte. Jedenfalls tun wir, was armen Kindern Freude machen soll.«

»Zuletzt wohl«, versetzte Ilse, »aber das geht uns nichts an, wir geben schon heut ihren Müttern. Denn die größte Freude einer Mutter ist doch ihren Kindern selbst einzubescheren, das Christbäumchen zu putzen und zu arbeiten, was die Kleinen gerade bedürfen. Diese Freude soll man ihr nicht nehmen, und deshalb wird ihnen der Stoff unverarbeitet geschenkt. Auch die Weihnachtsbäumchen kaufen sie am liebsten allein, jede nach ihrem Geschmack; die hier stehen, sind nur für solche Kinder, denen die Mutter fehlt. Und diese Bäumchen werden auch von uns ausgeputzt. Heut zum Feierabend wird Alles aus dem Haus getragen, damit die Leutchen zu guter Zeit das Ihre erhalten und sich danach einrichten.«

Der Prinz sah auf den Kammerherrn. »Würden Sie uns erlauben«, begann er zögernd, »auch etwas für die Bescherung zu kaufen?«

»Sehr gern«, erwiederte Ilse freudig. »Wenn Hoheit befehlen, kann unser Diener das sogleich besorgen. Er weiß Bescheid und ist zuverlässig.«

»Ich möchte selbst mit ihm gehen«, sagte der Prinz. Der Kammerherr hörte verwundert auf diesen Einfall seines jungen Herrn, da der Einfall aber löblich und nicht gegen die Instruktion war, so lächelte er respektvoll. Gabriel wurde gerufen. Der Prinz ergriff freudig seinen Hut. »Was sollen wir kaufen?« frug er aufbrechend.

»Kleine Wachsstöcke fehlen uns«, versetzte Ilse, »dann von Spielzeug Puppen, für die Knaben Bleisoldaten und für die Mädchen ein Kochgeschirr, aber Alles hübsch handfest und sparsam.« Gabriel verließ mit einem großen Korbe hinter dem Prinzen das Haus.

»Sie haben gehört, was die gnädige Frau befohlen hat«, sagte der Prinz auf der Straße zu Gabriel. »Zuerst die Wachsstöcke, Sie suchen aus und ich bezahle, wir sollen sparsam einkaufen, geben Sie Achtung, daß wir nicht betrogen werden.«

»Das haben wir nicht zu fürchten, Ew. Hoheit«, versetzte Gabriel tröstend. »Und wenn wir ja einmal einige Pfennige zu viel bezahlen, das kommt wieder andern Kindern zu gut.«

Nach einer Stunde kehrte der Prinz zurück, Gabriel mit hochbeladenem Korb, auch der Prinz trug unter beiden Armen Puppen und große Düten mit Naschwerk. Als der junge Herr so belastet eintrat, mit geröteten Wangen, selbst glücklich wie ein Kind, sah er so gut und liebenswert aus, daß sich Alle über ihn freuten. Emsig packte er seine Schätze vor der Frau Professorin aus und schüttete zuletzt die Zuckerdüten auf den Tisch.

Seine Befangenheit war verschwunden, er spielte in kindlichem Behagen mit den hübschen Dingen, wies den Andern die kunstvolle Arbeit an Marzipanpflaumen, bat Laura, einen Tempelherrn aus Zucker für sich zu behalten und wirtschaftete zierlich und behend um den Tisch, bis die Andern ihm bewundernd zusahen und in seine Kinderscherze einstimmten. Als die Frauen den Ausputz der Fichtenbäumchen begannen, erklärte der Prinz, auch er werde dabei helfen. Er setzte sich vor die Untertasse mit Eiweiß, ließ sich die Handgriffe zeigen und wälzte die bestrichenen Früchte in Gold- und Silberblättchen. Ilse setzte als Preis für den Herrn, der am meisten und besten arbeiten würde, eine große Dame von Pfefferkuchen mit Reifrock und Glasaugen, und es entstand ein löblicher Wetteifer unter den Herren, die besten Stücke zu liefern. Der Professor und der Kammerherr wußten alte Kunstfertigkeit zu verwenden, der Prinz aber arbeitete als Neuling etwas lüderlich, es blieben einzelne leere Stellen, und an andern bauschte das Schaumgold. Er war mit sich unzufrieden, aber Ilse ermunterte ihn: »Nur müssen Ew. Hoheit sparsamer mit dem Golde sein, sonst reichen wir nicht.« Zuletzt erhielt der Kammerherr die Dame im Reifrock und der Prinz als außerordentliche Belohnung für seine Strebsamkeit ein Wickelkind, das aber auch durch zwei Glaskorallen in die Welt starrte.

Draußen auf dem Weihnachtsmarkt standen die kleinen Kinder um die Tannenbäumchen und Weihnachtsbuden und schauten ahnungsvoll und begehrlich auf die Schätze, und in Ilse's Zimmer saßen die großen Kinder am Tische, spielend und glücklich; auch hier kam kein kluges Wort zu Tage, und der Prinz malte sich zuletzt mit Eiweiß die Umrisse eines Gesichtes auf die Handfläche und vergoldete sie mit den Metallblättchen.

Als der Erbprinz aufbrach, frug der Professor: »Darf ich fragen, wo Ew. Hoheit den Weihnachtsabend verbringen?«

»Wir bleiben hier«, versetzte der Prinz.

»Da seltene Musikaufführungen in Aussicht stehen«, fügte der Kammerherr hinzu, »hat des Fürsten Hoheit auf die Freude verzichtet, den Prinzen zum Fest in seiner Nähe zu haben, wir werden also stille Weihnacht im Quartier halten.«

»Wir wagen nicht einzuladen«, fuhr der Professor fort, »falls aber Ew. Hoheit an diesem Abend nicht in anderer Gesellschaft verweilen, würde uns große Freude sein, wenn die Herren bei uns vorliebnähmen.«

Ilse sah dankbar auf den Gatten, und der Prinz überließ diesmal nicht dem Kammerherrn die Antwort, sondern nahm mit Wärme die Einladung an. Als er mit seinem Begleiter durch die gefüllten Straßen schritt, begann er vorsichtig: »Irgend etwas werden wir doch auch zu dem Weihnachtstisch beisteuern.«

»Ich habe soeben daran gedacht«, versetzte der Kammerherr, »wenn Ew. Hoheit den wackern Leuten die Ehre erweisen und den Abend bei ihnen zubringen, so bin ich nicht sicher, wie der Fürst eine Beisteuer meines gnädigsten Prinzen zu diesem Weihnachtsbaum auffassen wird.«

»Nur nichts von Broschen oder Ohrringen aus dem langweiligen Kasten des Hofjuweliers«, rief der Prinz mit ungewohnter Energie, »es darf nur eine Kleinigkeit sein, am liebsten ein Scherz.«

»Das ist auch meine Ansicht«, bestätigte der Kammerherr. »Aber es ist doch ratsam, den Entscheid darüber dem durchlauchtigsten Herrn anheim zu geben.«

»Dann bleibe ich lieber zu Hause«, versetzte der Prinz erbittert, »ich will nicht mit einem dummen Cadeau in der Hand eintreten. Läßt sich nicht machen, daß der Besuch ganz zwanglos erscheint, wie auch die Einladung war?«

Der Kammerherr zuckte die Achseln. »Wenige Tage nach dem Fest wird der ganzen Stadt bekannt sein, daß Ew. Hoheit dem Professor Werner diese ungewöhnliche Ehre erwiesen haben. Ohne Zweifel wird das Ereignis von irgendeinem Unberufenen nach der Residenz geschrieben. Hoheit wissen besser als ich, wie der Fürst eine solche Nachricht aufnehmen mag, die ihm zuerst von Fremden kommt.«

Dem Prinzen war die Freude verdorben. »So schreiben Sie meinem Vater«, rief er zornig; »aber stellen Sie die Einladung dar, wie sie vorgebracht wurde, und sprechen Sie sich gegen jedes gnädige Geschenk aus. Es würde diese Familie nur verletzen.«

Der Kammerherr freute sich über den Takt seines jungen Herrn und versprach, den Brief nach Wunsch einzurichten. Das versöhnte den Prinzen, und er begann nach einer Weile: »Ich habe mir ausgedacht, Weidegg, was wir geben dürfen. Frau Professorin ist vom Lande, ihr schenke ich als Attrape die Maschine, die ich neulich gekauft habe, und ich lege hübsche Bonbons oder so etwas hinein.«

Jetzt will er die unnütze Spielerei wieder loswerden, dachte der Kammerherr. »Das geht unmöglich«, erwiederte er laut. »Ew. Hoheit sind gar nicht sicher, daß Frau Professorin den Scherz so auffassen wird, wie er gemeint war. Und verzeihen Ew. Hoheit die Bemerkung: es ist sehr mißlich, in solche Geschenke etwas zu legen, was Mißdeutungen unterliegen kann. Ew. Hoheit vollends dürfen dergleichen niemals wagen. Wenn auch die liebenswürdige Frau selbst nichts darin findet, in ihrem Kreise wird viel besprochen werden, daß ein solcher Scherz von Ew. Hoheit gemacht ist, und man würde darin leicht eine ironische Anspielung auf ein gewisses ländliches Benehmen finden, welches der Dame unleugbar recht gut steht, aber doch hier und da Veranlassung zu leisem Lächeln sein kann.«

Dem Prinzen fror das Herz, er war wütend auf den Kammerherrn und erschrak auch wieder bei dem Gedanken, daß er Frau Ilse verletzen könnte; die Poesie des Festes war ihm gründlich verdorben, er ging stumm in sein Quartier.

Auf den Brief des Kammerherrn kam die Antwort, daß der Fürst gegen einen gelegentlichen Besuch des Erbprinzen trotz der nahe liegenden Inconvenienz nichts einwenden wolle, und daß, wenn eine Aufmerksamkeit überhaupt unvermeidlich sei, dieselbe von einem Gärtner und Conditor beschafft werden müsse. Es wurde also eine Menge von Blumen und Confitüren durch den Kammerherrn eingekauft und vor dem Prinzen aufgesetzt. Dieser aber sah kalt und schweigend über den fröhlichen Farbenglanz. Zwei Lakaien trugen die Sachen gegen Abend zum Rektor mit einem kleinen Billet des Kammerherrn, welcher im Namen seines durchlauchtigsten Prinzen bat, die Sendung zum Ausputz des Weihnachtstisches zu verwenden. Unterdeß stand der Prinz finster vor dem landwirtschaftlichen Mechanismus und haderte bitter mit seiner fürstlichen Würde.

Als er zur geziemenden Stunde bei Werners eintrat, war die Bescherung vorüber, der Christbaum ausgelöscht. Ilse hatte das so gewollt, »es ist nicht nötig, daß die fremden Herrschaften sehen, wie wir uns über die Geschenke freuen.« Der Prinz empfing den Dank Ilse's über den prächtigen Schmuck ihres Tisches mit Zurückhaltung und saß schweigend und zerstreut vor dem Teekessel. Ilse dachte: Ihm tut es weh, daß er keinen frohen Weihnachtsabend hat, das ärmste Kind ist lustig vor seinem Fichtenbäumchen, und er sitzt wie ausgeschlossen von den Freuden der Christenheit. Sie winkte Laura und sagte dem Prinzen: »Wollen Ew.

Hoheit nicht unsern Christbaum ansehen? Die Lichter mußten gelöscht werden, sonst brannten sie auf einmal herunter. Ist's aber Ew. Hoheit recht, so zünden wir die ganze Herrlichkeit noch einmal an, und es wäre sehr gütig, wenn Hoheit uns dabei helfen wollten.«

Das war dem Prinzen doch willkommen, und er ging mit den Frauen in das Weihnachtzimmer. Dort erbot er sich, den Stock zu nehmen, an dessen Spitze ein Wachsstockende befestigt war, um die höchsten Lichter des mächtigen Baumes zu erreichen. Während er geschäftig an dem Baum arbeitete, wurde ihm das Herz etwas leichter, und er sah mit Anteil auf die Geschenke, welche unter dem Baume lagen. »Jetzt aber haben Ew. Hoheit die Güte, hinauszugehen«, sagte Ilse, »und wenn ich klingle, so gilt es Ihnen und Herrn von Weidegg, das kann Ew. Hoheit nicht erspart werden.« Der Prinz eilte hinaus, die Schelle tönte. Als die Herren eintraten, fanden sie zwei kleine Tische gedeckt, darauf angezündete Bäumchen und unter jedem eine große Schüssel mit Backwerk, das man nur in der Landschaft zu backen verstand, welcher sie angehörten. »Das soll eine Erinnerung an unsere Heimat sein«, sagte Ilse, »und auf den Bäumchen sind die Äpfel und Nüsse, welche die Herren selbst vergoldet haben; die mit den roten Flecken sind Ew. Hoheit Arbeit. Und dies ist eine respektvolle Sendung aus der Wirtschaft meines lieben Vaters. Ich bitte die Herren, die geräucherte Gänsebrust mit gutem Appetit zu verzehren; wir sind ein wenig stolz auf diese Leistung. Hier aber, mein gnädigster Prinz, ist zur Erinnerung an mich ein kleines Modell von unserm Butterfaß, denn dabei habe ich als ein Kind vom Lande meine hohe Schule durchgemacht, wie ich neulich Ew. Hoheit erzählte.« Und auf dem Platze des Prinzen stand wohlhäbig dies nützliche Werkzeug aus Marzipan gefertigt. »Unten auf dem Boden habe ich Ew. Hoheit mein Sprüchel von damals aufgeschrieben. Und so nehmen die Herrschaften mit dem guten Willen vorlieb.«

Sie sagte das mit so inniger Fröhlichkeit und bot dem Kammerherrn dabei so gutherzig die Hand, daß diesem seine Anstandsbedenken schwanden und er ihr recht wacker die Rechte schüttelte. Der Prinz aber stand vor seinem Fäßchen und dachte: Jetzt ist der Augenblick, oder er kommt nie. Er las unten die anspruchslosen Worte: »Hat man sich mit Einem rechte Müh' gegeben, so bleibt es Segen für das ganze Leben.« Da bat er ohne alle Rücksicht auf die dräuenden Folgen seines Wagnisses: »Darf ich Ihnen einen Tausch vorschlagen? Ich habe auch eine kleine Buttermaschine gekauft, sie ist mit einem Rade und einer Scheibe zum

Drehen, und man kann sich darin jeden Morgen seinen Bedarf selbst machen. Es wäre mir große Freude, wenn auch Sie diese annehmen wollten.«

Ilse verneigte sich dankend, der Prinz bat, den Diener sogleich in sein Quartier zu senden. Während der Kammerherr noch erstaunt den Zusammenhang überdachte, wurde der Mechanismus in das Zimmer getragen, der Prinz setzte ihn mit eigenen Händen auf eine Ecke des Tisches, erklärte der Gesellschaft die innere Einrichtung und war sehr erfreut, als Ilse sagte, daß sie Zutrauen zu der Erfindung habe. Wieder wurde er das fröhliche Kind von neulich, trank lustig sein Glas Wein und brachte mit gefälligem Anstand die Gesundheit des Hausherrn und der Hausfrau aus, so daß der Kammerherr seinen Telemach gar nicht wiedererkannte. Und beim Abschiede packte er sich selbst den Marzipan ein und trug ihn in der Tasche nach Hause.

2. Aus drei Cabinetten.

Das Jahr des Rektorats hatte auch Ilse's Haushalt und den Kreis ihrer Gedanken so umgeformt, daß sie dem Gatten erstaunt sagte: »Ich bin jetzt wie aus der Schule in das Getümmel der Welt versetzt.« Die Tage ihres Felix waren mit zerstreuenden Geschäften belastet, schwierige Verhandlungen der Universität mit der Regierung, ärgerliche Vorfälle in der Studentenschaft nahmen einen großen Teil seiner Zeit in Anspruch.

Auch die Abende verliefen nicht wie im ersten Jahr, wo Ilse der stillen Arbeit des Gatten zusah oder den Worten der Männer lauschte; denn viele Abende waren dem Professor durch Sitzungen des Senats in Anspruch genommen und viele durch größere Gesellschaften, denen er als Rektor sich nicht entziehen wollte. Wenn die Freunde zum Teetisch kamen, fehlte zuweilen der Hausherr.

Ilse hatte die Lehre des Vaters beherzigt. Sie lebte frisch darauf los und mied verwirrende Gedanken. Der Gatte selbst war ängstlich bemüht, Alles von ihr fern zu halten, was ihre Ruhe stören konnte, und die geistige Diät, welche ihr zu Teil wurde, tat ihr sehr wohl. Wenn er sie in Gesellschaft sich gegenüber sah, wieder in voller Kraft und Gesundheit, die Wange leicht gerötet, um Augen und Lippen heiteres Leben, da war ihm, als sei seine Pflicht, diese Seele für immer zu behüten vor dem übermächtigen Einbruch kämpfender Gewalten, und ihm war ganz recht, daß sie auch durch häufigen Verkehr mit verschiedenartigen Manschen und durch die leichten Bande einer reichen Geselligkeit heimisch wurde in seinem Kreise. Freudig sah er, daß ihre unbefangene Art Anerkennung fand, und daß sie nicht nur von den Männern mit Auszeichnung behandelt wurde, auch den Frauen gefiel.

Doch das Privatissimum, wie Ilse nach Universitätsgebrauch die Stunde nannte, wo sie die lehrenden Worte des Gatten vernahm, wurde unter allen Störungen fortgesetzt: darauf hielt die Hausfrau mit eiserner Strenge, und wenn ein Tag versäumt war, mußte das Verlorene am nächsten eingebracht werden. Aber auch in diese Stunden war ein anderer Inhalt gekommen. Der Professor las jetzt mit ihr kleine Stücke alter Schriftsteller, welche in Vers und Prosa die graziöse Schönheit des antiken Lebens abspiegelten. Die unschuldige Seele der Frau fand sich in der heitern Sinnlichkeit dieser fremden Welt arglos zurecht, und die Eindrücke, welche sie erhielt, stimmten vortrefflich zu der Weise, in der sie sich jetzt das eigene Leben zurechtlegte. Der Professor erklärte ihr einzelne Gedichte der griechischen Anthologie und des Theokrit, Weniges aus der Lyrik der Römer, dazwischen aber zum Vergleich Gedichte des großen Deutschen, der in einziger Weise griechische Schönheit mit deutscher Empfindung zu vermählen gewußt. Wieder klangen in das Tagesleben der jungen Frau leise die Melodien des hellenischen Saitenspiels und der Rohrpfeife, wenn Laura über ihrem toten Kanarienvogel trauerte, oder wenn Ilse selbst mit Frau Günther traulich schwatzend nach dem städtischen Museum ging, dem syrakusischen Weibe gleich, welches die Nachbarin abholt, um die reiche Ausstellung der Königin auf der Burg zu betrachten. Und als der Gatte sich einmal in später Stunde über ihr Antlitz beugte, um zu sehen, ob sie entschlummert war, da schlug sie die Augen zu ihm auf und frug ihn, ob er etwa auf ihrer Schulter seine Versfüße abzählen wollte, und sie wand ihm ihre langen Haare um den Hals und lachte, als er darüber seine große Abhandlung von den Gladiatoren im Stich ließ, über welcher er in der Stille arbeitete.

Auch die Würde der Magnificenz erwies Ilse in großer Abendgesellschaft, alle Zimmer waren geöffnet, die schmucke Wohnung strahlte im Kerzenglanz, die Häupter der Universität und Stadt mit ihren Frauen waren zahlreich erschienen, der Prinz und sein Kammerherr fehlten nicht. Laura half anmutig die Honneurs machen und in der Stille die fremden Diener anweisen; Küche und Wein taten geschmackvoll ihre Pflicht, die Gäste geberdeten sich artig und schieden fröhlich angeregt.

Jetzt war der große Abend glücklich vergangen, auch der Doktor und Laura hatten sich entfernt; Ilse gab die letzten Aufträge an Gabriel und schritt noch einmal durch die Zimmer in dem frohen Gefühl, daß sie ihrem Felix und sich Ehre eingelegt hatte. Im Ankleidezimmer warf sie einen Blick in den Spiegel. »Du hast nicht nötig, dich prüfend zu betrachten«, sagte der Gatte, »es war Alles sehr schön, aber das Schönste war die Frau Rektorin.«

»Damon, mein Schäfer«, versetzte Ilse, »wie bist du verblendet. Doch sagst du's auch nicht zum ersten Mal, ich höre solche Worte sehr gern, du kannst dasselbe mir noch recht oft erzählen. Aber Felix«, fuhr sie fort, indem sie ihr Haar auflöste, »es ist immer etwas Festliches selbst bei solcher Gesellschaft, wo die Menschen nichts tun als sich unterhalten. Man trägt von Keinem viel davon, und doch ist's ein hübsches Vergnügen, unter ihnen umherzutreiben, Alle wollen artig sein und suchen sich auf's Beste zu erweisen, und Jeder ist bemüht, sich den Andern ein wenig anzupassen.«

»Nicht Jedem gelingt bei solcher Gelegenheit, seinen Inhalt gut darzustellen, am wenigsten uns Büchermenschen«, antwortete Felix. »Aber es ist wahr, diese Gesellschaften geben Solchen, die in ähnlichen Lebenskreisen stehen, eine gewisse Gemeinsamkeit der Sprache und Haltung, zuletzt auch der Ideen. Und das ist sehr nötig, denn im Grunde sind auch die, welche nahe an einander leben, in einem weiten Gebiet ihres Empfindens und Denkens oft so verschieden, als ob sie aus verschiedenen Jahrhunderten stammten. Wie hat dir der Kammerherr gefallen?«

Ilse schüttelte den Kopf. »Er ist der artigste und aufgeweckteste von Allen und weiß Jedem etwas Verbindliches zu sagen; aber man möchte ihm doch nicht trauen, denn man hat wie bei einem Aal gar keinen Anhalt und keinen Augenblick, wo man in sein Herz sieht. Da war mir unser Prinz mit seinem steifen Wesen lieber. Er hat mir heut von seiner Schwester erzählt, die muß sehr gescheidt und liebenswürdig sein. Aus welchem deiner Jahrhunderte stammt denn er?«

»Aus der Mitte des vorigen«, erklärte der Gatte lachend, »er ist gute hundert Jahre älter als wir, aus der Zeit, wo die Menschheit in zwei Klassen zerfiel, in Hoffähige und in Sklaven. Aber wenn du dich in unserer Nähe umsehen willst, kannst du größere Unterschiede erkennen. Da ist unser Gabriel, eine Menschenseele, die in ihren Vorurteilen und ihrer Poesie um dreihundert Jahre hinter der Gegenwart zurückgeblieben ist. Seine Weise zu empfinden erinnert an die Zeit, in welcher die großen

Reformatoren unser Volk zuerst zum Denken heranzogen. Dagegen die feindlichen Nachbarn sind in mancher Hinsicht Repräsentanten von zwei entgegengesetzten Richtungen, welche am Ende des vorigen Jahrhunderts neben einander liefen, in unserm Hause eigensinniger Rationalismus, bei den Alten drüben eine weiche Gefühlsseligkeit.«

»Und welcher Zeit gehöre ich an?« frug Ilse, sich vor den Gatten stellend.

»Du bist mein liebes Weib«, rief er und wollte sie an sich ziehen.

»Ich will dir's sagen«, fuhr Ilse zurückweichend fort, »nach eurer Meinung bin ich auch aus einer vergangenen Zeit, und das hat mich mehr geängstigt, als ich jetzt aussprechen will. Aber ich mache mir nichts mehr daraus. Denn wenn ich dich zwingen kann, meine Hand zu küssen, so oft ich dir's befehle« – der Professor war sehr willig dazu –; »wenn ich sehe, wie es dich auch keine Überwindung kostet, mich einmal auf den Mund zu küssen – es ist nicht nötig, daß du es jetzt versuchst, ich glaube dir; ferner, wenn ich merke, daß der gelehrte Herr nicht abgeneigt ist, mir die Schlafschuhe zu reichen und vielleicht gar mein Nachtkleid – gut, ich will nicht, daß du dich weiter bemühst. Hier häkele mir die Ohrringe auf und mache das Kästchen hübsch zu; und wenn ich außerdem merke, daß dir viel daran gelegen ist, mir zu gefallen, daß du auf meinen Wunsch die Consistorialrätin zu Tische geführt hast, die du gar nicht leiden kannst, und daß du mir dies prächtige Kleid gekauft hast, obgleich du vom Kaufen gar nichts verstehst; wenn ich ferner sehe, daß Magnificenz ganz in meiner Botmäßigkeit sind, daß ich die Schlüssel zum Brote habe und sogar deine Geldrechnung führe, und wenn ich mir endlich in das Gedächtnis zurückrufe, daß du guter, lieber Büchermann neben deinen Griechen und Römern auch Frau Ilse kleiner Abhandlungen würdigst und daß dir eine Freude ist, wenn ich ein wenig von deiner gelehrten Schreiberei verstehe, so kommt mir die Meinung, daß du ganz mir angehörst, du und deine Zeit, und daß es mir ganz gleichgültig ist, aus welcher Periode der Weltgeschichte meine Gemütsart stammt. Denn wenn ich zurückgebliebenes Kind aus entlegener Zeit dich in das Ohrläppchen zwicke, wie ich jetzt tue, so wird mir der große Herr der Gegenwart und Zukunft und sein Philosophieren über verschiedene Menschen nur lächerlich. Nachdem ich dir diesen Vortrag gehalten habe, kannst du ruhig einschlafen.«

»Das wird schwer halten«, versetzte der Professor, »wenn die gelehrte Frau um das Lager herumwandelt und im Nachtkleide Reden hält, die langstieliger sind als die eines römischen Philosophen. Und wenn sie darauf mit den Schranktüren klappert und in dem Zimmer umherfährt.«

»Mein Tyrann fordert morgen früh seinen Kaffe, der muß heut herausgegeben werden, und ich kann nicht einschlafen, wenn ich nicht alle Schlüssel neben mir habe.«

»Da hilft nichts«, sagte der Professor, »als ernsthafte Beschwörung«, und einen Vers des Theokrit parodierend, rief er: »Drehhals, wende dich um und ziehe das Weib in die Kammer.«

33

»Ich muß nachsehen, ob noch irgendein Licht brennt«, rief Ilse hinein. – Aber gleich darauf kniete sie an seinem Lager nieder und umschlang ihn mit ihren Armen. »Es ist so schön auf der Welt, Felix«, rief sie, »bitten wir demütig, daß unser Glück dauere.«

Ja du bist glücklich, Frau Ilse, aber wie dein Vater gesagt hat, du verdankst dein Glück der Vorsicht, nicht der Tapferkeit.

Als Ilse ihrem Vater schrieb, wie die große Abendgesellschaft verlaufen war, vergaß sie nicht beizufügen, daß auch ihr künftiger Landesherr wieder unter den Gästen gewesen war, und daß sie sich mit ihm recht verständig unterhalten habe. Der Vater schien ihr die letzte Mitteilung nicht recht zu würdigen, denn er antwortete ärgerlich: »Wenn du so einflußreiche Ratgeberin geworden bist, sorge lieber dafür, daß wir einen Anschluß an die große Chaussee erhalten; die Sache wird seit zehn Jahren von den Behörden hingezogen, es ist eine Schande, daß wir von aller Welt so abgeschnitten sind. Der Schimmel hat das Bein gebrochen. Unser Gut wäre an die zehntausend Taler mehr wert, wenn die Regierung nicht so saumselig wäre.«

Ilse las den Brief ihrem Gatten vor und fügte hinzu: »Das mit der Chaussee wollen wir dem Prinzen sagen, der kann es bei seinem Vater durchsetzen.« Der Gatte lachte. »Ich übernehme diesen Auftrag nicht, der Prinz sieht mir nicht aus, als ob er großen Einfluß auf die Regierung hätte.«

»Das wollen wir doch sehen«, versetzte Ilse fröhlich, »bei nächster Gelegenheit spreche ich ihn darauf an.«

Diese Gelegenheit blieb nicht aus. Der Consistorialrat, welcher jetzt theologischer Decan war, lud zu einem Tee. Es war eine vornehme und ehrwürdige Gesellschaft, für Ilse gar nicht behaglich, die Frömmigkeit des Decans war ihr längst verdächtig, aus dem Frack des süßlichen Herrn sah sie oben deutlich einen eingeknöpften Fuchsschwanz herausragen, in den Reden der Frau Decanin war eine unbequeme Mischung von Honig und Galle, die Räume waren enge und heiß und die Gäste gelangweilt. Aber der Erbprinz mit seinem Kammerherrn hatte zugesagt. Als er eintrat, strebten der Hausherr und einige Gäste, welche den Brauch der Höfe kannten, nach einer Aufstellung mit Front, aber der Erfolg wurde durch die Unachtsamkeit oder aufsässiges Wesen der Mehrzahl vereitelt. Der Prinz mußte sich, vom Hausherrn geleitet, durch die Gruppen bis zur Frau Decanin durchkämpfen. Sein Blick prallte von ihren scharfen Zügen ab und irrte in ihrer Nähe umher, wo Ilse stand, wie aus einem andern Planeten herabgestiegen. Sie war heut sehr majestätisch, der kleine Bandschmuck saß wie ein Krönchen auf den lockigen Haaren, deren Fülle ihr Haupt mächtig umgab. Der Prinz sah scheu auf sie und konnte kaum die Worte finden, welche er ihr gönnen mußte. Als er sich nach kurzem Gruß wieder zur Gesellschaft wandte, war Ilse unzufrieden, sie hatte als gute Bekannte artigere Behandlung erwartet. Sie überlegte nicht, daß seine Aufgabe in der Gesellschaft nicht die eines Privatmannes war, und daß er fürstliche Pflichten zu erfüllen hatte, bevor er als Mensch unter den Andern umherlaufen konnte. Während er aber mit innerem Unwillen tat, was seine Stellung erheischte, zuerst langsam umherging, zu Ilse's Gatten, dann zu den übrigen Würdenträgern, darauf feste Stellung nahm, sich Einzelne vorstellen ließ und Fragen tat, wie sie für solche Fälle überlegt waren, wartete auch er ungeduldig auf den Zeitpunkt, wo ihm das Schicksal gestatten würde, mit der Landsmännin ein wenig zu reden. Er hielt aber wacker Stand; der Professor der Geschichte sprach ihm seine Freude aus, daß jetzt ältere Chroniken seiner Landschaft herausgegeben würden, und suchte halb erzählend, halb belehrend die Bedeutung derselben klar zu machen. Unterdeß bedachte der Prinz, daß die Frau Rektorin wenigstens zu seiner linken Seite sitzen werde, denn der Kammerherr hatte ihn aufmerksam gemacht, daß die Decanin seine rechte Seite erhalten müsse.

Die Sache war zweifelhaft. Denn die Decanin war zwar Wirtin, aber der Abend hatte einen gewissermaßen offiziellen Universitätsstrich, und Ilse war ohne Widerrede unter den gelehrten Damen die vornehmste. Jedoch dieser Zweifel wurde deshalb unwesentlich, weil der Decan für zahlreiche Zusendung theologischer Werke und bewundernde Huldigungsbriefe von dem Fürsten bereits das Comthurkreuz seines Ordens erhalten hatte. Daß er bis zu diesem emporgeklettert, glich, wie der Kammerherr auseinandersetzte, den Würdenunterschied zwischen Magnificus und Decan so vollständig aus, daß die Decanin doch schließlich das beste Recht hatte. Nun war allerdings, wie der Kammerherr zugab, im Grunde gleichgültig, wie man hier durcheinander saß, denn von einem Recht auf Rang konnte in dieser Gesellschaft überhaupt nicht die Rede sein. Doch war es angemessen, wenn der Prinz nicht ganz versäumte, zu distinguieren.

Also an seiner linken Seite wenigstens hoffte der Prinz Frau Ilse zu finden. Allein auch diese Erwartung wurde durch die Tücke der Decanin vereitelt. Denn in der Gesellschaft erschien die Frau eines Obersten, Mann und Frau von alter Familie, erst an den Ort versetzt. Beflissen führte die Decanin den Kammerherrn der eintretenden Frau Oberst zu, und bei der Begrüßung ergab sich zum Überfluß, daß beide gemeinsame Verwandte hatten. Dadurch wurde die Rangordnung des Soupers zerrüttet. Die Dame forderte ihr Recht der Vorstellung. Der Kammerherr führte sie dem Prinzen entgegen, der Prinz aber kam artig zuvor und sprach seinen Wunsch aus, der Dame genannt zu werden. »Sie läßt sich einem Studenten vorstellen«, sagte erstaunt die kleine Günther. – »Das ist eine Beeinträchtigung der socialen Vorrechte, welche die Frau dem Mann gegenüber zu behaupten hat«, versetzte unwillig die Struvelius.

»Sie macht es doch recht hübsch«, erwiederte Ilse, »und wie sie sich mit ihm unterhält, gefällt mir.« Die Frauen wußten nicht, daß der Gegenstand ihrer Bemerkungen in diesem Augenblick scheinbarer Erniedrigung den Triumph einer höhern Stellung freudig empfand. Der Prinz, die Oberstin und der Kammerherr bildeten für kurze Zeit eine Gruppe, von welcher das Licht des Abends ausstrahlte, alle drei in dem Bewußtsein, daß sie unter Fremden zusammengehörten.

Die Folge dieser Vorstellung war, daß die Frau Oberst an der linken Seite des Prinzen zu sitzen kam, und Ilse, von zwei Decanen eingefaßt, ihm gegenüber. Für den Prinzen wurde die Bewahrung fürstlicher Würde dadurch nicht leichter, daß er die Augen und das Lockenhaar seiner Landsmännin vor sich erblickte, sooft er die Augen erhob. Langsam schlich ihm die Abendstunde dahin, erst kurz vor dem Aufbruch fand er Gelegenheit, ungezwungen mit Frau Ilse zusammen zu treffen. Warte, dachte Ilse, die Chaussee soll dir nicht geschenkt sein.

»Haben Sie Nachricht von Ihrem Herrn Vater und dem Gut?« begann der Prinz mit einer Frage, welche die Unterhaltung schon öfter eingeleitet hatte. – »Es ist keine gute Nachricht«, entgegnete Ilse, »denken Ew. Hoheit, eines unserer Arbeitspferde hat den Fuß gebrochen. Es war ein

Schimmel, den wir selbst gezogen, ein gutes, frommes Tier, ich bin manchmal auf ihm geritten, obgleich der Vater das nicht gern sah. Denn sehen Ew. Hoheit, der Weg bei uns bis zu der größeren Marktstadt, wohin der Vater jedes Jahr das Getreide abliefern muß, ist unverantwortlich schlecht, es geschieht durch die Regierung gar nichts dafür. Seit zehn Jahren hängt die Sache, aber es kommt zu nichts. Wenn Ew. Hoheit etwas dazu tun könnten, daß uns eine Chaussee gebaut wird, so bitte ich sehr, Sie helfen der ganzen Gegend auf.« Der Prinz sah ihr treuherzig in die Augen und sagte verlegen: »Das ist Sache der Regierung, ich glaube, mein Vater weiß davon nichts.«

»Das glaube ich auch«, versicherte Ilse siegreich, »die Herren von der Regierung haben immer Gründe, nichts zu tun; Schwierigkeiten machen und kein Geld haben, das verstehen sie am besten.« Der Kammerherr trat in die Nähe, und da die Unterhaltung einen unheimlichen politischen Anstrich erhalten, nahm der Prinz schnell seinen Rückzug mit den Worten: »Hoffen wir das Beste«, lächelnd und sich verbeugend. Ilse flüsterte beim Herausgehen ihrem Manne zu: »Felix, ich hab's ihm gesagt; er ist ein gutes Kind, aber in Gesellschaft hat er nichts als Redensarten.«

Der Zufall wollte, daß einige Wochen darauf der fürstliche Rat, welcher die oberste Verwaltung von Rossau hatte, nach der Universitätsstadt kam, den Kammerherrn besuchte und von diesem zum Prinzen geführt ward. Er wurde zum Mittagessen geladen, der Prinz zeigte ungewöhnlichen Anteil an den Verhältnissen der abgelegenen Gegend, erkundigte sich nach den Gütern und deren Besitzern und sagte endlich beim Kaffe, als er allein mit dem Rat am Fenster stand: »Wie kommt es, daß noch keine Chaussee in der Gegend ist? Könnten Sie nicht etwas dafür tun?« Der Beamte setzte die Schwierigkeiten gebührend auseinander. Der Prinz erwiederte endlich: »Ja, ich weiß, an Gründen fehlt es nicht, Sie würden mich aber verbinden, wenn Sie sich Mühe geben wollten, die Sache doch durchzusetzen.«

Mit diesen Worten im Herzen reiste der Beamte nach Hause, höchlich aufgeregt durch diese Lebensäußerung seines zukünftigen Herrn. Er wälzte die Worte drei Tage lang im bekümmerten Gemüt, ihre Bedeutung wurde ihm immer größer, seine eigene Zukunft mochte davon abhängen. Endlich kam er zu der Ansicht, daß dies ein Fall sei, der einen außerordentlichen Entschluß nötig mache, er setzte sich auf, fuhr nach der Residenz und legte die ganze Unterredung und ein dickes verstäubtes Aktenbündel, Chausseeangelegenheiten, vor seinem Minister nieder. Der

Minister dankte ihm für die Nachricht und kam wieder zu der Ansicht, daß hier ein Inzidentpunkt vorliege, bei dem es klug sei, Serenissimo Mitteilung zu machen. Am Ende eines Vortrags über Staatsangelegenheiten erwähnte er, daß im Distrikt von Rossau die Klagen über die schlechten Wege und das Verlangen nach einer Chaussee lebhaft würden, und erzählte, bei welcher Gelegenheit der Erbprinz selbst seinen Anteil an dem Bau ausgesprochen habe. Der Fürst erhob sich schnell von seinem Sessel. »Der Erbprinz? Was bedeutet das? – Es ist mir lieb, daß mein Sohn Teilnahme für Landesangelegenheiten beweist«, fügte er hinzu, »ich werde mir die Sache überlegen.« Denselben Tag ging ein eigenhändiger Brief des Fürsten an den Kammerherrn ab: »Woher kommt das Wohlwollen des Erbprinzen für den Chausseebau bei Rossau? Ich fordere genauen Bericht.« – Der Kammerherr geriet in Verlegenheit, auch er fühlte seine Stellung durch ein Geheimnis gefährdet. Endlich wählte er, zwischen Vater und Sohn gestellt, den Weg offener Entfaltung vor der künftigen Sonne und teilte dem Prinzen die Frage des Fürsten mit.

»Sie sehen, welche Wichtigkeit der Herr auf die Sache legt, es wird unvermeidlich sein, ihm Näheres mitzuteilen.«

Der Prinz war ebenfalls betroffen. »Es war ja nichts als ein hingeworfenes Wort«, entgegnete er zögernd.

»Um so besser«, sagte der Kammerherr, »es kommt nur darauf an, zu sagen, wie in Ew. Hoheit der Wunsch entstand. Dem Fürsten könnte auffallend sein, wenn sich Untertanen oder Behörden an Ew. Hoheit, statt an ihn selbst gewandt hätten. Das war, soviel ich weiß, nicht der Fall.«

»Nein«, versetzte der Prinz, »ich habe bei dem Rektor magnificus davon gehört, ich habe ja nichts getan, als den Rat, als er hier war, deshalb gefragt. Ich wollte doch eine Antwort geben können«, fügte er klug hinzu.

Beruhigt setzte sich der Kammerherr hin, rühmte in seinem Bericht den Professor und Ilse, welche ein angenehmes Haus machten, und verfehlte nicht, zu bemerken, daß der Erbprinz gern dort sei. Er war erfreut, als wenige Tage darauf einer geschäftlichen Mitteilung des Kabinetssecretärs eine eigenhändige Nachschrift seines Gebieters zugefügt war, in welcher dieser seine besondere Zufriedenheit mit dem Erbprinzen und dem Kammerherrn aussprach.

Nicht weniger erfreut war Ilse, als ihr der Vater schrieb: »Ilse, kannst du hexen? Es ist Befehl gegeben, die Chaussee sofort in Angriff zu nehmen, der Wegebaumeister ist bereits hier, die Straße abzustecken.« Ilse brachte am Mittag den Brief vergnügt aus ihrer Rocktasche. »Lies, ungläubiger Mann, und sieh, was unser kleiner Prinz durchzusetzen vermag, wir haben dem guten Herrn doch Unrecht getan. Mein armer Schimmel hat ihn gedauert, und er hat seinem lieben Vater Alles geschrieben.«

Als der Erbprinz wieder einmal in größerer Gesellschaft an Ilse trat, begann sie nach der ersten Begrüßung leise: »Meine Heimat ist Ew. Hoheit zu warmem Dank verpflichtet, Hoheit haben die Güte gehabt, sich für die Chaussee zu verwenden.«

»Wird sie gebaut?« frug der Prinz überrascht.

»Und das wissen Ew. Hoheit nicht? Ihre Verwendung hat es doch bei Ihrem durchlauchtigsten Herrn Vater durchgesetzt.«

»Das würde wenig genutzt haben«, fuhr der Prinz heraus, »nein, nein«, setzte er eifrig ablehnend hinzu. »Ich habe deshalb meinem Vater nicht geschrieben. Es ist ganz sein eigener Entschluß.«

Ilse schwieg, ihr war unbegreiflich, was den Sohn eines Fürsten verhindern könne, dem Vater offen eine geschäftliche Bitte vorzutragen, deren Erfüllung wohltätig für Viele war. Und daß er jeden Anteil ablehnte, den er doch offenbar hatte, dünkte ihr eine sehr ungeschickte Bescheidenheit.

Der Kammerherr aber hatte in dem letzten Kabinetsschreiben eine Bestätigung seiner Ansicht gefunden, daß der Fürst den Verkehr des Erbprinzen im Hause des Rektors nicht ungern sehe. Er dachte zuweilen über den Grund dieser hohen Teilnahme an Menschen nach, welche so sehr außerhalb des Gesichtskreises fürstlicher Beachtung standen. Er kam darüber nicht recht auf's Reine. In jedem Fall war seine eigene Aufgabe, den Prinzen von diesem Hause nicht zurückzuhalten und sich selbst dem Rektor und seiner Hausfrau angenehm zu erweisen. Dies Letztere tat er gern und ehrlich, nicht nur, weil der Rektor ein angesehenes Haus machte. Er fand sich zuweilen ohne den Prinzen bei dem Professor ein, ließ sich von ihm Bücher empfehlen, achtete sehr auf sein Urteil über Menschen, wählte, soweit ihn die Anweisung des Fürsten nicht band, auch die Lehrer des Prinzen nach seinem Rat. Die energische Wucht und das stolze, wahrhafte Wesen des Gelehrten zogen den Hofherrn an und Werner wurde ihm bald eine wertvolle Bekanntschaft. Auch Frau Ilse war er aufrichtig zugetan und auch sie erlebte einige

Augenblicke, wo etwas von dem Herzen des Kammerherrn zu sehen war.

Aber obgleich der Kammerherr alle Fügsamkeit eines Hofmanns hatte und wußte, daß dem Fürsten und seinem jungen Herrn die Besuche im Hause des Rektors willkommen waren, bewies er doch an seinem Prinzen wenig Zuvorkommenheit gegen höchste Wünsche. Ja, er war geneigt, Schwierigkeiten aufzufinden, wenn einmal, was freilich selten geschah, sein Prinz eine Teestunde bei Werners vorschlug. Er kam in schicklichen Zwischenräumen mit dem Prinzen an, aber er vermied seit der Chausseeangelegenheit für den Erbprinzen größere Annäherung. Dagegen suchte der Kammerherr den Prinzen in geeigneter Weise unter den Studenten einzubürgern. Von den Genossenschaften, welche sich durch Farben, Bräuche und Statuten unterschieden, war damals das Corps der Markomannen vor andern ansehnlich. Es war die aristokratische Verbindung, enthielt viele Söhne alter Familien, einige der besten Schläger, seine Mitglieder trugen die bunte Mütze am stolzesten, sie waren vielbesprochen, nicht gerade beliebt. Der Kammerherr fand in diesem Corps einen Verwandten und unter den Häuptern das wünschenswerte Verständnis für die sociale Stellung des jungen Herrn.

So machte sich's, daß der Prinz mit dieser Verbindung näher bekannt wurde, er lud die Studenten in sein Quartier, besuchte zuweilen ihre kleinen Trinkabende und wurde von ihnen in die Gewohnheiten des akademischen Lebens behaglich eingeführt. Er nahm Fechtstunde, erwies darin trotz seinem zarten und wenig gestählten Körper einiges Geschick, und die sausende Klinge des Rappiers gefährdete in seiner Wohnung alltäglich Spiegel und Kronleuchter.

Ilse aber sprach gegen den Gatten ihre Verwunderung aus, daß der Prinz sich zuerst so schnell und rückhaltlos aufgeschlossen hatte und sich seit dem großen Erfolg in Chausseesachen so vorsichtig zurückhielt. »Bin ich ihm zu anmaßend erschienen?« frug sie bekümmert, »es war doch nur in guter Meinung gesagt. Aber ich merke, Felix, bei diesen Herrschaften ist es nicht wie bei Unsereinem. Wo wir einmal gutes Zutrauen haben, da richten wir uns häuslich ein, sie aber sind wie die Vögel, sie singen dicht beim Ohr ihr Lied, und husch, fliegen sie auf und suchen in der Ferne einen andern Ruheplatz.«

»Im nächsten Jahr kommen sie vielleicht wieder«, erwiederte der Gatte, »wer sie sich ans Haus zähmen will, hat das Nachsehen. Wenn ihr lustiger Pfad sie in die Nähe führt, mag man sich ihrer freuen, aber um die Sorglosen soll man sich nicht das Herz beschweren.«

Und Ilse nickte und versetzte: »Honig erfülle dir, Thyrsis, den Mund, ich höre und lerne.«

Aber in der Stille ärgerte sich Ilse doch über die Untreue ihres kleinen Singvogels.

»Heut treibt mich mein Pflichtgefühl zu Ihnen«, begann der eintretende Kammerherr zum Professor. »Unter den Vorträgen, welche für den Erbprinzen gewünscht werden, ist auch einer über Heraldik. Ich bitte Magnificenz, mir einen Lehrer dafür nachzuweisen, der wenigstens einige Stunden zu geben vermöchte. In der Residenz war keine geeignete Persönlichkeit, und ich gestehe ohne Erröten, daß meine eigenen Kenntnisse viel zu dürftig sind, als daß ich dem Prinzen davon etwas ablassen könnte.«

Der Professor dachte nach. »Unter meinen Collegen weiß ich Niemand, den ich dafür empfehlen konnte. Es ist möglich, daß Magister Knips auch darin Bescheid weiß. Er ist auf allen diesen Seitenpfaden der Wissenschaft gut bewandert, er ist aber in engen Verhältnissen aufgewachsen und die Formen seiner Ergebenheit sind ein wenig altfränkisch.«

Dem Kammerherrn erschien altfränkische Ergebenheit nicht als Hindernis, und da er selbst die Gelegenheit benutzen wollte, über die Bedeutung einer rätselhaften Figur in seinem Wappen klar zu werden, welche einer Ofengabel sehr ähnlich sah, eigentlich aber ein keltischer Druidenstab war, so versetzte er: »Es würden doch nur wenige Stunden werden, und ich könnte selbst dabei anwesend sein.«

Magister Knips wurde gerufen, fand sich, wie immer, auf der Stelle ein und wurde dem Kammerherrn vorgestellt. Diesem erschien die groteske Gestalt allerdings in anderer Weise komisch, als mancher von den Herren Professoren, aber keineswegs ungeeignet. Die Bescheidenheit war unverkennbar, die Devotion konnte nicht größer sein, und wenn man seine Gestalt in einen erträglichen Frack einband, so durfte sie für den Notfall neben dem Erbprinzen und dem Kammerherrn am Tische sitzend gedacht werden. Der Kammerherr frug also, ob Herr Knips im Stande sei, einige Vorträge über Heraldik zu halten.

»Falls Ew. Hoch- und Wohlgeboren gnädigst vorliebnehmen wollten mit deutschem und französischem Blason, so glaube ich, Denenselben mein allerdings ungenügendes Wissen anbieten zu dürfen. In den englischen Wappen und Figuren dagegen ist meine Kenntnis wegen mangelnder Gelegenheit nicht ausreichend. Dagegen würde ich Denenselben über die neueren Untersuchungen wegen der Ehrenstücke Auskunft zu geben mich befleißigen.«

»Das wird nicht einmal nötig sein«, versetzte der Kammerherr, und zum Professor gewandt bat er: »Würden Magnificenz mir erlauben, mit dem Herrn Magister das Nähere zu besprechen?«

Der Professor überließ die Beiden der geschäftlichen Verhandlung, und der Kammerherr fuhr freier fort: »Ich will im Vertrauen auf die Empfehlung des Herrn Rektor einen Versuch machen, ob des Erbprinzen Hoheit Ihre Vorträge benutzen kann.«

Knips wurde zusehends kleiner und schwand fast ganz in den Erdboden. Nur sein Haupt neigte sich von der Schulter andächtig nach dem Auge des Kammerherrn. Dieser bestimmte freigebig den Preis der Stunden, Knips lächelte und drückte die Augen zusammen. »Dagegen muß ich die Forderung stellen, Herr Magister, daß auch Sie nicht verschmähen, sich in Ihrem Äußern ein wenig den beabsichtigten Vorträgen anzupassen. Schwarzer Frack und ebensolche Beinkleider.«

»Sie sind vorhanden«, erwiederte Knips in seinen höchsten Tönen.

»Weiße Weste und weiße Cravatte«, fuhr der Kammerherr fort.

»Ebenfalls vorhanden«, flötete Knips wieder.

Der Kammerherr hielt doch für wünschenswert, sich von dieser Befähigung des Kandidaten durch eigene Anschauung zu überzeugen. »Ich ersuche Sie also, sich auf geeignete Weise in der Wohnung des Erbprinzen einzufinden. Dort besprechen wir das Nähere.«

Knips erschien am nächsten Morgen in seinem Staatskleid, das Haar durch starke Bürstenstriche geglättet, mit Handschuhen und rundem Hut; und der Kammerherr fand, daß der Mann gar nicht so übel aussah. Er machte ihn also noch aufmerksam, daß es hier nicht auf wissenschaftliche Erörterung, sondern vielmehr auf einen schnellen Überblick ankomme, und übergab, um Knipsens Luftschicht zu weihen, beim Abschiede noch eine Flasche wohlriechendes Wasser für ein weißes Taschentuch.

Knips bereitet sich für seine ersten Stunden vor, indem er zuerst seinen Farbekasten, dann einige Briefsteller und alte Complimentirbücher hervorzog. Mit Hülfe des Farbekastens malte er einige Wappen, aus den Büchern schrieb er die ehrfurchtsvollen Redewendungen ab, welche unsere demütige Kanzleisprache im Verkehr mit den Großen eingeführt hat, und lernte alle auswendig. Zur Stunde stellte er sich dem Kammerherrn vor, glatt und duftend, einer Blume gleich, welcher durch den Strahl hoher Sonne die Kraft des Stengels genommen ist. So wurde er vor die Augen des Prinzen geführt, welkte auch vor diesem eine Weile dahin, bis er durch einen Stuhl Halt erhielt, und begann seinen Vortrag, indem er das fürstliche Hauswappen und das Wappen des Kammerherrn aus einer kleinen Mappe zog, in tiefster Ehrfurcht zu Füßen legte und daran die ersten Erklärungen knüpfte.

Sein Vortrag war nach den eigenen Worten des Kammerherrn ganz magnifique, seine untertänigen Arabesken drehten sich zwar wunderlich und weitschweifig, aber durchaus nicht unangenehm, sie waren possierlich und sie paßten sehr zu dem schnörkelhaften Inhalt seiner Vorträge. Er brachte häufig kleine Zeichnungen, Wappenbücher und Kupferwerke von der Bibliothek zum Ansehen und erwies sich gründlicher unterrichtet als vielleicht notwendig gewesen wäre. Wenn er sich ja einmal auf geschichtliche Erörterungen einließ, die ihm anmutiger waren als seinen Zuhörern, so hob der Kammerherr nur den Finger und Knips flatterte ehrerbietig auf die Fahrstraße zurück. Die Herren fanden mehr Gefallen an seinem Vortrage als an manchem andern, den des Magisters hohe Gönner hielten. Die Stunden wurden über das ganze Halbjahr ausgedehnt, denn zufällig fand sich, daß Knips auch in Turnieren, Ringelrennen, Faquins und anderen ritterlichen Ergötzlichkeiten Bescheid wußte. Er erzählte dem Prinzen von alten Schaufesten des eigenen hohen Hauses, beschrieb genau das Ceremoniell und wußte sogar die Namen der mitwirkenden Cavaliere anzugeben. Den Zuhörern erschien dies Wissen staunenswert, ihn kostete wenig Mühe, die Notizen aus Büchern zusammen zu tragen. Und als er am Ende reichlich belohnt von dannen schied, war seinen Hörern leid, daß die lustige Gestalt nicht mehr ihre altfränkische und verkrauste Weisheit vortragen sollte.

»Mutter, sieh her«, rief Knips, in seine Stube tretend, und holte eine kleine Geldrolle aus der Tasche, »das ist die größte Summe, die ich je bei einem Geschäft verdient«. Die Mutter schlug mit den Händen auf die Schürze. »Da lobe ich mir die vornehmen Leute, die wissen meinen Sohn doch zu schätzen.«

»Zu schätzen?« versetzte Knips verächtlich, »die wissen gar nichts von mir und von dem, was ich verstehe. Und je weniger man ihnen beibringt, desto lieber ist es ihnen. Es macht ihnen Mühe, das nur aufzuschlagen, was schon für alle Welt zugerichtet ist, und was in hundert Folianten steht, war ihnen noch neu. Ich habe sie behandelt wie kleine Jungen, und sie haben es nicht gemerkt. Nein, Mutter, sie verstehen noch schlechter, mich zu benutzen als hier das Professorenvolk. Mich ehren nach meinem Wissen tut Niemand.«

»Einer weiß es«, murmelte er vor sich hin, »aber der ist hochmütiger als der Kammerherr. Der Kammerherr tut, als wollte er über die alten Carrousels und Maskeraden sich selbst unterrichten. Ich will ihm den kleinen Rohr zum Andenken schenken. Es steht gerade so wenig darin, daß es für ihn gut genug ist. Ich habe das Buch um vier Groschen gekauft, das Schweinsleder ist noch ziemlich weiß, ich wasche es mit Salmiak und klebe sein Wappen hinein. Wer weiß, wozu es nützen kann.«

Er wusch ab und fuhr mit dem Pinsel in seinen Muscheln umher. »Die Welt ist voll Schwindel, Mutter. Wer hätte gedacht, daß ich mit dem alten schlottrigen Unsinn dieser Wappenzeichen ein Capital verdienen würde?« Und er zeichnete und tuschte über dem Wappen: »Ich habe selten Gold in das Haus getragen, und dann war es immer für schlechtes Zeug, das mir keine Ehre gemacht hat.« – Hier brach er ab. »Noch einmal ziehe ich meine Lohndienerkleidung an, wenn ich ihnen das Buch überreiche, dann schaff sie mir aus den Augen.«

In der Gegend von Rossau steckten Wegebauer Meßstangen auf und in der Universitätsstadt legte Magister Knips den weißen Schweinslederband in die Hände seines hochgeneigten Gönners. Ilse freute sich, daß der Weg zum Gut ihres Vaters für Jedermann leicht fahrbar sein würde, und der Professor hörte mit Anteil, daß der Mann, den er empfohlen, sich gut anschickte, und er lächelte wohlwollend über die Danksagungen des Magisters. Aber für den Kunstbau der neuen Straße und für die erprobte Kunstfertigkeit des kleinen Mannes sollte den beiden Glücklichen, welche die Empfehlung an die rechte Stelle gebracht, noch Dank werden, den sie sich nicht begehrten.

3. Vielliebchen.

Ilse stellte eines Abends die letzten Süßigkeiten der Weihnachtszeit auf den Tisch. Laura klapperte mit einer Knackmandel und frug den Doktor ernsthaft, woher der ehrwürdige Gebrauch der Vielliebchen komme. Der Doktor bestritt das Ehrwürdige, wußte aber im Augenblick den

Ursprung des Spiels nicht anzugeben und war über diese Unsicherheit sichtlich betroffen. Er vergaß deshalb seine Pflicht, zum gemeinsamen Genuß der Doppelmandel aufzufordern. Laura öffnete die Schale und legte nachlässig zwei Mandeln zwischen ihn und sich. »Da sind sie.«

»Soll's gelten?« rief der Doktor erheitert.

»Meinetwegen«, erwiederte Laura, »mit Geben und Nehmen, wie recht ist. Aber es darf nur Scherz sein«, fügte sie, des Vaters gedenkend hinzu, »und kein Geschenk.« Beide aßen mit dem rühmlichen Entschluß, das Spiel zu verlieren. Die Folge war, daß das Geschäft nicht vorwärts gehen wollte. Laura überreichte dem Doktor in den nächsten Wochen Bücher, Teetassen, Teller mit aufgeschnittenem Braten, er war wie ein Stock, niemals sagte er: »Ich denke dran.« Hatte er den Vertrag vergessen, oder war's gewöhnliche Ritterlichkeit? Laura aber durfte ihm seine Vergeßlichkeit gar nicht zu Gemüt führen, sonst gewann sie das Vielliebchen. Sie wurde wieder einmal zornig auf ihn. »Mir reicht der gelehrte Herr gar nichts«, sagte sie zu Ilse, »er behandelt mich, als wäre ich eine Nessel.«

»Das ist Zufall«, versetzte Ilse, »er hat's längst vergessen.«

»Natürlich«, rief Laura, »für einen hübschen Scherz mit einer unbedeutenden Person hat er kein Gedächtnis.«

»Mach' ein Ende«, mahnte Ilse, »erinnere du ihn daran.«

Es fügte sich, daß der Doktor einmal nicht vermeiden konnte, ihr eine Schere aufzuheben und in die Hand zu reichen. »Ich denke dran«, sagte Laura schnippisch, »besser als Sie.«

Darauf bot sie dem Doktor die Zuckerbüchse, der Doktor holte sich ehrbar ein Stück Zucker heraus und schwieg. »Guten Morgen, Vielliebchen«, rief sie verächtlich. Der Doktor lachte und erklärte sich für überwunden. »Es ist gar nicht schön«, fuhr Laura eifrig fort, »daß Sie sich so wenig um Ihr Vielliebchen bekümmert haben, ich werde nie wieder eines mit Ihnen essen; gegen Herren, die so zerstreut sind, ist es keine Ehre zu gewinnen.«

Kurz darauf überreichte ihr der Doktor ein winziges gedrucktes Büchel in zierlichem Einband. Auf dem ersten Blatte stand: »Für Fräulein Laura«, und auf dem zweiten: »Die Entstehung der Vielliebchen, ein Märchen.« Es war die Geschichte der schönen Königstochter, welche sehr gern Knackmandeln aß, aber nicht heiraten wollte. Deshalb erfand sie Folgendes. Sie ließ jedem Prinzen, der um ihre Hand warb – und es waren unzählige – die Hälfte einer Doppelmandel darbieten und sie speiste den andern Zwilling. »Und wenn Ew. Liebden mich von jetzt ab zwingen können, daß ich etwas aus Dero Hand nehme, ohne die Worte zu sprechen: ich denke dran, so bin ich zu jeder Vermählung bereit; wenn ich aber Ew. Liebden verleiten kann, etwas aus meiner Hand zu nehmen, ohne daß Ihnen die klugen Worte einfallen, so werden Dieselben an Dero fürstlichem Haupte unbedingt kahl geschoren und verlassen sofort meine Länder.« Es war aber eine Tücke bei diesem Vertrage. Nämlich der schönen Prinzessin durfte nach Hofsitte überhaupt Niemand etwas in die Hand reichen, bei Todesstrafe, sondern er reichte es der Staatsdame und diese reichte es der Königstochter. Wenn aber die Königstochter selbst etwas wegnehmen oder überreichen wollte, wer konnte ihr das wehren? Es war also für die Freiwerber ein bitteres Vergnügen. Denn wie sie sich auch mühten, die Prinzessin zu verleiten, daß sie ohne Angebot etwas aus ihrer Hand nahm, immer fuhr die Staatsdame dazwischen und verdarb die besten Pläne. Wenn aber die Königstochter einen Freier abschaffen wollte, tat sie einen Tag holdselig gegen ihn, bis er ganz bezaubert war, und sobald er neben ihr saß und bereits vor Freude taumelte, dann ergriff sie wie von ungefähr etwas in ihrer Nähe, einen Granatapfel oder ein Ei, und sagte leise: »Behalten Sie dies zu meinem Angedenken.« Sobald nun der Prinz das Stück in die Hand nahm und vielleicht noch der rettenden Worte ein wenig gedachte, sprang das Ding auseinander und ein Frosch, eine Hornisse oder Fledermaus fuhr gegen seine Locken, daß er zurückschreckte und im Schrecken die Worte vergaß. Und dann auf der Stelle geschoren und fort mit ihm.

Das war durch Jahre gegangen, und in allen Königshäusern trugen die Prinzen Perücken – auch diese sind seitdem bräuchlich geworden –, da traf sich's, daß ein fremder Königssohn zugereist kam in eigenen Geschäften und aus Zufall die Mandelkönigin sah. Er fand sie schön, und er merkte die Tücke. Aber ihm hatte ein befreundetes graues Männchen einen Apfel geschenkt, an den durfte er alle Jahre einmal riechen, dann kam ihm ein kluger Einfall. Und er war wegen der klugen Einfälle schon unter allen Königen sehr berühmt geworden. Jetzt war gerade die Zeit des Apfels gekommen, er roch und da fiel ihm ein: wenn du das Spiel mit Nehmen und Geben gewinnen willst, darfst du ihr niemals und unter keinen Umständen etwas geben oder nehmen. Er ließ sich also die Hände fest in den Gürtel binden, ging mit seinem Marschall zu Hofe und sagte, er wollte auch gern seine Mandel essen. Der Prinzessin gefiel er sehr und sie ließ ihm die Mandel reichen. Die nahm sein Marschall und steckte sie ihm in den Mund. Da fragte die Königstochter, was denn das vorstelle, und überhaupt, warum er die Hände immer im Gürtel trage. Und er antwortete, bei seinem Hofe sei der Brauch noch viel strenger als bei ihrem, er dürfe mit seinen Händen gar nichts nehmen und geben, höchstens mit den Füßen oder dem Kopfe. Da lachte die Prinzessin und sagte: »Auf die Weise können wir ja niemals in unserm Spiel zusammenkommen.« Er zuckte die Achseln und antwortete: »Nur wenn Sie geruhen wollten, etwas von meinen Stiefeln zu nehmen.« – »Das kann nie geschehen«, rief der ganze Hofstaat. »Wozu sind Sie hergekommen«, frug die Prinzessin ärgerlich, »wenn Sie so dumme Gewohnheiten haben?« – »Weil Sie sehr schön sind«, sagte der Prinz, »wenn ich Sie auch nicht gewinnen kann, ich will Sie doch ansehen.« – »Dagegen kann ich nichts haben«, versetzte die Königstochter. Der Prinz blieb also am Hofe und gefiel ihr immer besser. Weil sie aber auch ihre Bosheit hatte, suchte sie ihn auf alle Art zu verführen, daß er die Hand aus dem Gürtel zog und doch etwas von ihr nahm. Sie unterhielt sich immer mit ihm und schenkte ihm Blumen, Bonbons und Riechfläschchen, und zuletzt gar ihr Armband, auch zuckte es ihm mehrmals in den Händen, aber da fühlte er die Bande und kam zur Besinnung, nickte dem Marschall und der sammelte ein und sagte: »Wir denken schon dran.« Dabei wurde endlich die Prinzessin ungeduldig und sie begann: »Mir ist mein Taschentuch heruntergefallen, Ew. Liebden könnten mir es aufheben.« Der Prinz faßte das Tuch mit der Fußspitze und schwenkte es gleichgültig, und die Prinzessin beugte sich nieder, nahm das Tuch von seinem Fuß und rief zornig: »Ich denke dran.« Darüber war ein Jahr vergangen und die Königstochter sagte zu sich selbst: So kann das nicht bleiben, hier muß Schicht gemacht werden, so oder so. Sie begann also zum Prinzen: »Ich habe den besten Garten der Welt, den will ich morgen Euer Liebden zeigen.« Aber der Prinz roch wieder an seinem Apfel. Und als sie in den Garten kamen, fing der Prinz an: »Hier ist's wunderschön. Damit wir aber in rechtem Frieden neben einander gehen und durchaus nicht durch unser Spiel gestört werden, bitte ich meine Herrin, daß dieselbe nur auf eine Stunde meine Hofsitte annehme und sich auch die Hände festbinden lasse. Dann sind wir eines des andern sicher und uns kann nichts Ärgerliches begegnen.« Der Prinzessin war dies nicht recht, aber er bat und sie wollte ihm doch die Kleinigkeit nicht abschlagen. So gingen sie allein mit einander, die Hände im Gürtel gebunden. Die Vögel sangen, die Sonne schien warm und vom Baum hingen die roten Kirschen bis auf die Wangen herunter. Die Prinzessin sah auf die Kirschen und rief: »Wie schade, daß Ew. Liebden mir keine davon pflücken können!« Der Prinz antwortete: »Not kennt kein Gebot«, er nahm eine Kirsche mit dem Munde und bot sie der Königstochter. Der Prinzessin blieb nichts übrig, sie mußte ihren Mund an den seinigen bringen, um die Kirsche zu fassen, und da sie die Frucht zwischen den Lippen hatte und seinen Kuß dazu, vermochte sie nicht im Augenblick zu sprechen: »Ich denke dran.« Da rief er laut: »Guten Morgen, Vielliebchen!« zog die Hände aus dem Gürtel und fiel ihr um den Hals. Und wenn sie nicht gestorben sind u.s.w. Diese Geschichte hatte der Doktor lustig ausgeführt und eigens für Laura drucken lassen, so daß Niemand dies Büchel haben konnte, als sie allein.

Laura trug das Märchen in ihr Geheimzimmer, sah mit Stolz auf ihren gedruckten Namen und las immer wieder die kleine dumme Geschichte. Und sie ging nachdenkend auf und ab. Wenn sie sich so den ganzen Fritz Hahn überlegte, konnte sie doch kein recht gutes Gewissen haben. Von klein auf hatte er sie zu Dank verpflichtet, er war stets lieb und gut gegen sie gewesen, und sie, und ach noch mehr der Vater, hatten ihm immer wieder weh getan. Reuevoll überdachte sie alle Vergangenheit bis zu den Katzenpfoten, was ihr schon bei dem Vielliebchen in der Seele gelegen hatte, das wurde ihr jetzt deutlich, sie konnte nicht unbefangen sein, wie sie doch sollte, und nicht gleichgültig, wie ihr ganz recht gewesen wäre, weil sie immer von ihm in den eisernen Banden einer Verpflichtung lag. »Ich muß mit ihm auf's Reine kommen!« Ach, aber zwischen ihm und ihr stand als trennende Mauer das Verbot des Vaters. Sie überlegte, wie sie, ohne jenem Befehl entgegen zu handeln, doch dem Doktor etwas Angenehmes erweisen könne. Ähnliches hatte sie schon einmal mit der Orange gewagt; wenn drüben Niemand wußte, daß der Scherz von ihr kam, dann war keine Gefahr, es entstand kein zartes Verhältnis und keine Freundschaft, die der Vater doch nur vermeiden wollte. Sie eilte zu Ilse hinunter. »Die Verpflichtungen gegen den Doktor drücken mich mehr, als ich sagen kann, es ist unerträglich, immer in seiner Schuld zu sein. Jetzt habe ich etwas ausgedacht, was dies Verhältnis zum Ende bringt.«

»Nimm dich nur in Acht«, versetzte Ilse, »daß die Sache auch gründlich abgemacht wird.«

Darauf schlüpfte Laura in das Arbeitszimmer des Professors und bat: »Helfen Sie mir zu einem Scherz gegen den Mann von drüben, er sammelt ja allerlei alte Sachen, ich möchte etwas Seltenes für ihn erwerben, was ihm lieb wäre. Aber keine Seele darf wissen, daß ich dabei im Spiele bin, und er am wenigsten.«

Der Professor versprach, auf etwas zu denken.

Einige Zeit darauf legte er in Laura's Hände einen kleinen zerrissenen Band, der jämmerlich herabgekommen aussah. »Es sind Einzeldrucke alter Volkslieder«, sagte er, »die irgend einmal zusammengebunden sind, ich stieß durch einen glücklichen Zufall darauf. Das Büchlein ist teuer, für den Liebhaber ist sein Wert unverhältnismäßig größer als der Preis. Nehmen Sie keinen Anstoß an dem schlechten Kleide, Fritz wird doch die einzelnen Lieder voneinander lösen und in seine Sammlung ordnen. Ich bin überzeugt. Sie können ihm kein lieberes Geschenk machen.«

»Er soll es erhalten«, sagte Laura vergnügt, »aber er soll gequält werden.«

Es war eine schöne Sammlung, sehr seltene Stücke darunter, ein ganz unbekannter Druck des Liedes vom Ritter Tanhäuser, das Lied vom Räuber Stürzebecher und andere erfreuliche Blätter. Laura trug das Buch herauf und schnitt die gebundenen Bogen sorgfältig von dem Bindfaden, der sie locker zusammenhielt. Darauf setzte sie sich an den Schreibtisch und fuhr in der anonymen Briefstellerei fort, welche ihr die Tyrannei des Vaters aufgenötigt hatte, indem sie mit verstellter Hand Folgendes schrieb: »Lieber Herr Doktor, ein Unbekannter sendet Ihnen dies Lied für Ihre Sammlung, er hat noch dreißig ähnliche, welche Ihnen bestimmt sind, doch unter Bedingungen. Erstens: Sie bewahren gegen Jedermann, wer es auch sei, unverbrüchliches Schweigen. Zweitens: Sie senden für jedes Gedicht ein anderes, das Sie selbst gemacht haben, worüber es auch sei, unter Adresse O.W. auf die Stadtpost. Drittens: Wenn Sie bereit sind, in diesen Vertrag zu willigen, so gehen Sie an einem der drei nächsten Tage Nachmittags um drei Uhr an No. zehn der Parkstraße vorüber, etwas Blühendes am Knopfloch. Der Absender wird sich innig freuen, wenn Sie auf diesen kleinen Scherz eingehen. Ihr ergebener N.N.« Diesem Briefe lag das Lied vom Stürzebecher bei.

Die Taschenuhr des Doktors zeigte, wie durch spätere Nachforschungen festgestellt wurde, neun Uhr fünf Minuten, als dieser Brief in sein Zimmer gebracht wurde; das Barometer war im Steigen, am Himmel leichtes Federgewölk, dazwischen die bleiche Mondsichel erkennbar. Der Doktor öffnete, ein alter Druckbogen stach gelblich vom grünen Postpapier eines Briefes ab. Er entfaltete hastig die gelben Blätter und las:

»Stortebecker und Godeke Michael, de rowten alle beede.« Kein Zweifel, der niederdeutsche Urtext des berühmten Liedes, den die Welt bis dahin vermißt hatte, lag leibhaftig vor ihm. Ihm wurde so wohl zu Mute, wie dem Kinde vor der Einbescherung. Darauf las er den Brief, und als er am Ende angekommen war, las er ihn noch einmal. Er lachte. Offenbar war das Ganze eine Schelmerei. Aber von wem? Seine Gedanken flogen um Laura, aber sie hatte ihn erst gestern Abend durch kalte Nichtachtung verletzt. An Ilse war gar nicht zu denken, und dem Professor sah solch spielender Unfug vollends nicht ähnlich. Und was sollte das Haus No. zehn? Die junge Schauspielerin, welche dort wohnte, galt sehr dafür, eine liebenswürdige und unternehmende Dame zu sein. War es möglich, daß sie ein Verständnis für Volkslieder hatte, und, das konnte der Doktor sich nicht verbergen, auch ein zartes Verständnis für ihn selbst? Dem ehrlichen Fritz begegnete, daß er einen Augenblick vor den Spiegel trat, aber er widersprach sogleich innerlich und zog sich lachend zu dem Schreibtische und dem Volksliede zurück. Er konnte auf den Scherz nicht eingehen, das war klar, aber es war sehr schade. Er legte den Stürzebecher bei Seite und ergriff seine Arbeit. Aber nach einer Weile nahm er ihn wieder zur Hand. Dieses Prachtstück wenigstens war ihm ohne demütigende Bedingung gesandt, vielleicht mochte er doch dies eine behalten. Er öffnete eine Mappe seiner alten Volkslieder und suchte die Stelle, wo das Gedicht eingereiht werden mußte, wenn es in der Tat sein Eigentum wurde. Er legte den Schatz in die Reihe, stellte die Mappe wieder in den Bücherschrank und dachte, es ist ja gleichgültig, wo der Bogen liegt.

In dieser Weise kämpfte der Doktor bis nach dem Mittagessen. Kurz vor drei Uhr war er zu einer ruhigen Auffassung gelangt. War es nur ein Scherz eines nahen Bekannten, so wollte er kein Spaßverderber sein; hatte die Sendung irgendeinen anderen Grund, so mußte auch das zu Tage kommen. Unterdeß mochte er die seltenen Drucke wohl aufbewahren, aber er durfte sie nicht als sein Eigentum behandeln, bis das Recht des Absenders daran und der Zweck der Sendung deutlich war. Dies Bedenken mußte er dem Unbekannten zuerst mitteilen. Nachdem er diesen notdürftigen Vergleich zwischen seinem Gewissen und seinem Sammeltrieb zu Stande gebracht, holte er aus der Blumenstube des Vaters etwas Blühendes, steckte es in sein Knopfloch und trat auf die Straße. Unsicher blickte er nach den Fenstern des feindlichen Hauses, aber Laura war nirgend zu finden, denn sie lauschte hinter der Gardine und schnippte, als sie die Blumen im Knopfloch sah, mit den Fingern über den gelungenen Scherz. Der Doktor wurde verlegen, als er in die Nähe der vorgeschriebenen Hausnummer kam. Die Lage war doch demütigend und ihn reute seine Begehrlichkeit. Er sah in die Fenster des Unterstocks, und sieh! die junge Schauspielerin stand gerade an den Scheiben. Er blickte auf ein gescheidtes Gesicht mit einnehmenden Zügen, zog verbindlich seinen Hut, nicht ohne schwaches Erröten; und das Fräulein dankte artig dem wohlbekannten Sohn des Nachbarhauses. Der Doktor ging noch ein wenig auf der Promenade umher, ihm erschien dies Abenteuer unheimlich. Es war doch nicht zufällig, daß die Künstlerin am Fenster stand und grüßte. Er wurde mit seinen Quergedanken nicht fertig, nur Eines war ihm ganz klar geworden, er behielt vorläufig den Stürzebecher.

Da seine Gewissensbisse nicht aufhörten, so rang er zwei Tage mit sich selbst, ob er sich auf weiteren Briefwechsel einlassen dürfe. Am dritten waren die letzten Bedenken zum Schweigen gebracht. Dreißig Volkslieder, sehr alte Drucke, die Versuchung war übermächtig! Er holte seine eigenen Verse heraus, Ergüsse seiner lyrischen Periode, musterte und verwarf; endlich fand er eine unschuldige Romanze, welche ihn in keiner Weise bloßstellte; sie wurde abgeschrieben und von einigen Zeilen begleitet, worin auch er seine Bedingung aussprach, daß er sich nur als Bewahrer der Lieder betrachten könne.

Einige Tage darauf erhielt er eine zweite Sendung, es war ein wertes Mönchslied, worin die gebratene Martinsgans gefeiert wurde, dabei lag ein Zettel, welcher die ermunternden Worte enthielt: »Nicht übel, fahren Sie fort.«

Und wieder erhob sich Laura's Gestalt vor seinen Augen und er lachte die Martinsgans recht herzlich an. Das war auch ein alter Druck, der noch nirgend verzeichnet war! Er zog also diesmal eine Ode auf den Frühling aus seinen Poesien und gab diese mit den befohlenen Buchstaben O.W. zur Post.

Der Professor wunderte sich, daß der Doktor über das Liederbuch schwieg, und äußerte dies gegen Ilse, welche ein wenig im Geheimnis war. »Er darf nicht sprechen«, sagte diese, »sie behandelt ihn schlecht. Da er es ist, hat der Scherz für das kecke Mädchen keine Gefahr.«

Laura aber war selig über dies Schachspiel mit verdeckten Zügen. Sie hob die Gedichte des Doktors sorgfältig in ihrem Geheimbuch auf und sie fand, daß die Poesie der Hahns gar nicht so schlecht war, ja sie war ausgezeichnet. Aber fast noch lockender als der Schriftwechsel wurde ihrem Übermut der Gedanke, dem Doktor ein kleines artiges Verhältnis zu der Schauspielerin aufzuzwingen. Als sie wieder mit ihm bei Ilse zusammentraf und einer der Anwesenden das Talent der jungen Dame rühmte, erzählte sie unbefangen und gar nicht zum Doktor gewandt, was die Straße von bizarren Einfällen der Schauspielerin wußte, daß sie einst ihr Hündchen mit einer Nachthaube ans Fenster gesetzt, als ihr ein widerwärtiger Verehrer ein Ständchen angekündigt hatte, und daß sie eine Vorliebe für bettelnde Handwerksburschen habe und sich mit ihnen meisterhaft in der Mundart ihrer Landschaft zu unterhalten wisse.

Der arglose Doktor wurde nachdenklich. Sollte in der Tat die Schauspielerin mit ihm in brieflichem Verkehr stehen, ohne daß er es wußte? Und Fritz begann der Dame eine gewisse ruhige Beachtung zu gönnen.

Als Laura einst auf dem abonnierten Platz ihrer Mutter saß und einer Rolle der Künstlerin zusah, erkannte sie in der Loge gegenüber Fritz Hahn, sie beobachtete, daß er durch sein Opernglas angestrengt auf die Bühne starrte und einige Mal lebhaften Beifall zu erkennen gab. – Nun, der war glücklich auf falsche Fährte gebracht.

Indeß er mußte doch auch erfahren, daß der unbekannte Briefsender mehr verstand, als Adressen zu schreiben. Laura durchsuchte die Lieder, dachte lange nach über den Text des alten Gedichtes vom Ritter Tanhäuser, der bei Frau Venus im Berge verweilt, und sandte das Lied mit folgenden Zeilen:

»Während ich das Gedicht durchlese, überkommt mich Rührung und Schreck vor dem Sinn dieser alten Poesie. Was wird nach der Meinung des Dichters aus der Seele des armen Tanhäuser? Er hat sich von Frau Venus losgerissen und kehrt reuig zum Christenglauben zurück, und als ihm der harte Papst sagt: ›so wenig der Stock, den ich in der Hand halte, grün werden kann, so wenig kannst du noch selig werden‹, da wankt er aus trotziger Verzweiflung zur Venus in den Berg zurück. Darauf erst ergrünt der Stab in der Hand des Papstes und vergebens sendet dieser seine Boten, den Ritter zurückzuholen. Wie versteht der Sänger den Rückfall des Tanhäuser? Wird die ewige Liebe und Barmherzigkeit dem Armen auch jetzt noch verzeihen, obgleich er sich der Teufelin zum zweiten Mal ergibt? Ist also dieser alte Dichter so frei und groß gesinnt, daß er auch noch die Rückkehr zur Heidenfrau für verzeihlich hält? Oder ist Tanhäuser jetzt in seinen Augen für ewig verloren und soll der grünende Stab nur anzeigen, daß der Papst die Schuld trägt?

Es würde mich freuen, darüber von Ihnen Aufklärung zu erhalten. Das Gedicht finde ich sehr schön und ergreifend, und in den einfachen Worten, wenn man sich erst hineingelesen hat, gewaltige Poesie. Aber ich habe Angst um das Schicksal des Tanhäuser. Ihr N.N.«

Der Doktor antwortete sogleich: »Es ist zuweilen schwer, aus der tiefen Empfindung und dem knappen Ausdruck alter Gedichte die Grundidee des Dichters zu verstehen. Am schwersten vor einem Gedichte, welches, durch Jahrhunderte vom Volksmunde fortgetragen, zuverlässig in Wortlaut und Inhalt Änderungen erfahren hat. Das erste Motiv des Liedes, daß Sterbliche bei den alten Heidengöttern im Innern der Berge weilen, beruht auf einer Anschauung, die noch aus der Heidenzeit stammt. Die Idee, daß der Christengott milder ist als sein Stellvertreter auf Erden, wurde seit der Hohenstaufenzeit in Deutschland heimisch. Man darf den Ursprung des Gedichtes wohl auf diese Zeit zurückführen. In den uns überlieferten Formen mag es etwa aus der Mitte des fünfzehnten Jahrhunderts stammen, wo die Unzufriedenheit mit der Hierarchie in Deutschland bei hoch und Niedrig allgemein war. Der hohe Gedanke dieser Auflehnung gegen die Macht der Geistlichen war: nicht der Priester kann die Sünden vergeben, nur Reue, Buße, Erhebung des eigenen Herzens. Der Druck, welchen Ihre Güte mir übersandt hat, stammt aus der ersten Zeit Luthers, aber wir wissen, daß das Lied älter ist, und wir besitzen verschiedene Texte, von denen einige noch stärker hervorheben, daß Tanhäuser auch nach seinem Rückfall der göttlichen Gnade vertrauen dürfe. Zuverlässig hielt der Sänger des übersandten Textes den armen Tanhäuser für verloren, wenn dieser sich nicht wieder von Frau Venus freimachte. In diesem Fall nicht. Der Volkssage nach ist Tanhäuser bei ihr geblieben. Aber den großen Gedanken, der auch unser Leben adelt, daß der Mensch, solange Geist und Gemüt ihm nicht ausgebrannt sind, in sich selbst die Kraft zur Erhebung über begangenes Unrecht trage, dürfen wir auch in diesem Gedicht erkennen, dessen poetischen Wert ich würdige wie Sie.«

Als Laura diese Antwort erhielt – Gabriel war auch hier der vertraute Bote – sprang sie vor Freude von ihrem Arbeitstisch hoch auf. Sie hatte mit Ilse die Leiden Tanhäusers beklagt und der Freundin eine Abschrift des Gedichtes gegeben, jetzt lief sie mit den Zeilen des Doktors hinunter, stolz, daß sie durch den kindischen Scherz, über welchen Ilse den Kopf geschüttelt hatte, zu einer geheimen wissenschaftlichen Erörterung gekommen war. Von diesem Tage erhielt der geheime Briefwechsel für

Laura und Fritz eine Bedeutung, an welche keines von beiden im Anfang gedacht hatte. Denn Laura wagte jetzt, wenn sie über etwas nicht mit sich auf's Reine kommen konnte, oder wenn ein stilles Interesse sie beschäftigte, ihre Gedanken, die bis dahin im Schreibtisch verschlossen wurden, dem Nachbar mitzuteilen, und der Doktor sah mit Erstaunen und Freude ein weibliches Gemüt von kräftigem und eigenartigem Empfinden, das bei ihm Klarheit suchte und mit ungewöhnlichem Vertrauen sich aufschloß. Diese Stimmung war auch aus seinen Gedichten zu erkennen, sie waren nicht mehr aus der Mappe herausgeholt, sondern erhielten einen gewissermaßen persönlichen Charakter. Und Laura wurden die Augen feucht, als sie ein Blatt in der Hand hielt, welches in Versen seine Spannung und Ungeduld aussprach, den unbekannten Briefsteller kennen zu lernen. Es war so reine Empfindung in den Zeilen, und man sah daraus so deutlich den guten und feinen Mann, daß man ein recht herzliches Zutrauen zu ihm haben mußte. Die alten Volkslieder, zuerst die Hauptsache, wurden allmählich nur die Begleiter des stillen Briefwechsels, und Laura's begeisterte Seele schwebte beflügelt über goldumsäumte Wolken, während unten Herr Hummel grollte und Herr Hahn mißtrauisch neue Angriffe des Feindes erwartete.

Aber dies poetische Verhältnis zum Nachbarsohn, welches Laura's Unternehmungsgeist geschaffen hatte, litt an derselben Gefahr, welche allen poetischen Stimmungen droht, die rauhe Wirklichkeit konnte es jeden Augenblick zerstören. Niemals durfte der Doktor wissen, daß sie es war, die Tochter der Feinde, sein alltäglicher Anblick, das kindische Mädchen, das in Ilse's Zimmer mit ihm um Butterbrote und Knackmandeln zankte. Wenn sie mit ihm Auge gegen Auge zusammentraf, war er ihr der Doktor mit der Brille von sonst und sie die kleine borstige Hummel, welche mehr von der Unart ihres Vaters hatte als Gabriel zugeben wollte. Das Schmollen und die Neckerei des Tages lief zwischen beiden fort wie früher. Dennoch war unvermeidlich, daß zuweilen aus Laura's Augen ein Strahl warmer Empfindung brach, und daß sich der freundliche Humor, mit dem sie den Doktor im Innern betrachtete, einmal durch flüchtige Worte verriet. Fritz wandelte deshalb in einer Unsicherheit dahin, über die er im Stillen lachte, und die ihn doch quälte. Immer sah er Laura vor sich, wenn er einige Zeilen der gut verstellten Hand auf seinem Zimmer las, doch sobald er die Nachbarin beim Freunde traf, sorgte sie durch eine spöttische Bemerkung und durch spröde Zurückhaltung dafür, daß er wieder unsicher wurde. Sie zwang die Not zu solcher Koketterie, er aber wurde immer auf's Neue kühl davon angeweht, und dann fiel ihm auf's Herz: sie ist es doch nicht, kann es denn die Schauspielerin sein?

Am Teetisch entstand allgemeines Erstaunen, als der Doktor einst fallen ließ, er sei zu einem Maskenball eingeladen und nicht abgeneigt, sich in das Getümmel zu stürzen. Der Ball wurde von einer großen Ressource ansehnlicher Bürger gegeben, zu welcher auch Herr Hummel gehörte, die Gesellschaft war dafür bekannt, daß die ersten Schauspieler der Stadtbühne sich dort als willkommene Gäste im Kreise ihrer Verehrer bewegten. Da der Doktor sonst nie für diese Art geselliger Unterhaltung ein Herz bewiesen hatte, sah auch der Professor verwundert auf den Freund, nur Laura ahnte den Zusammenhang, aber Alle ließen sich schweigend die Ankündigung eines bevorstehenden Excesses gefallen.

Herr Hummel war nicht der Ansicht, daß ein Maskenball die Stätte sei, wo die Tüchtigkeit des deutschen Bürgers Triumphe feiert, er hatte widerwillig den schmeichelnden Bitten seiner Frauen nachgegeben und stand jetzt unter den Masken im Saale. Den kleinen schwarzen Domino hatte er wie ein Priestermäntelchen nachlässig auf den Rücken geschoben, den Hut in die Augen gedrückt, sein breites Gesicht überragte auf allen Seiten den Florbart der Seidenlarve und war so unverkennbar wie ein Vollmond hinter dünnem Gewölke. Spöttisch sah er in das Gedränge der Masken, welche beieinander vorbeistrichen, etwas weniger behaglich und etwas schweigsamer, als sie ohne Larve und bunten Rock gewesen wären. Und vor Andern zuwider waren ihm die eingestreuten Harlekine, welche beim Beginn des Festes eine Ausgelassenheit heuchelten, die ihnen nicht natürlich war. Herr Hummel hatte gute Augen, nur ging es ihm wie Andern auch: wenn Jemand maskiert war, vermochte er ihn nicht zu erkennen. Aber alle Welt erkannte ihn. Hinten zupfte etwas. »Was macht denn Ihr Hund Speihahn?« frug mit einer Verbeugung ein Herr in Rococco. Hummel verneigte sich wieder. »Danke für gütige Nachfrage, ich hätte ihn mitgebracht, Sie in Ihre Waden zu beißen, wenn Sie mit diesem Artikel versehen wären.« – »Kann diese Hummel auch stechen?« frug ein grüner Domino im Falsett. »Ersparen Sie sich Ihre Bemerkungen, Fistulant«, entgegnete Herr Hummel grollend, »Ihre Stimme ist ja ins Weibliche umgeschlagen, sollte Ihnen etwas fehlen, so bedaure ich aufrichtig Ihre Familie.« Er steuerte weiter. »Kaufst du eine Partie Hasenhaare, Bruder Hummel?« frug ein wandernder Tabuletkrämer. »Ich danke, Bruder«, versetzte Hummel grimmig, »du kannst mir aber die

Eselshaare ablassen, welche dir deine Frau beim letzten Zanke ausgerissen hat.«

»Das ist der grobe Filz«, rief naseweis ein kleiner Pierrot und schlug Herrn Hummel mit der Pritsche über den Bauch. Das war Herrn Hummel zu viel, er faßte den Pierrot beim Kragen, nahm ihm die Pritsche weg und hielt den Widersetzlichen an sein Knie. »Warte, mein Söhnchen«, rief er, »dir wäre jetzt gut, den Filz anderswo zu tragen als auf dem Kopfe.« Aber ein beleibter Türke fiel ihm in den Arm. »Herr, wie können Sie sich unterstehen, meinen Sohn anzufallen?« – »Ist dieses Besteck Ihre Arbeit«, frug Herr Hummel zornig, »schämen Sie sich. Ihre löschpapierne Physiognomie ist mir nicht bekannt. Wenn Sie sich als Türke der Anfertigung von ungezogenen Hanswürsten widmen, so müssen Sie sich auch türkischen Bambus auf dem Rücken Ihrer Produkte gefallen lassen, das ist Völkerrecht. Sollten Sie dieses nicht verstehen, so melden Sie sich morgen auf meinem Comtoir, ich werde Sie darüber ins Klare setzen und Ihnen eine Rechnung überreichen wegen des Uhrglases, das mir das Subjekt aus Ihrem Harem in der Tasche zerbrochen hat.« Und damit warf er den Pierrot dem Türken in die Arme, die Pritsche auf die Erde und schritt schwerfällig durch die Masken, welche ihn umringten. »Keine menschliche Seele«, grollte er vor sich hin, »man ist wie Robinson unter den Wilden.« Er bewegte sich in den Tanzsaal, unbekümmert um die weißen Schultern und blitzenden Augen, welche neben ihm auftauchten und wieder verschwanden. Endlich erblickte er zwei graue Fledermäuse, die er persönlich zu kennen glaubte, denn es schienen ihm die Masken seiner Frau und Tochter. Er ging auf sie zu, sie aber wichen ihm scheu aus und verloren sich im Gedränge. Es waren allerdings die Frauen seines Hauses, aber sie hatten die Absicht, unerkannt zu bleiben, und sie wußten, daß das neben Herrn Hummel unmöglich sei. So wandte sich der verlassene Hausherr kurz um, ging in ein Nebenzimmer, setzte sich einsam an einen der leeren Tische, nahm die Larve ab, bestellte eine Flasche Wein, frug nach dem Tageblatt und zündete eine Cigarre an. »Vergebung, Herr Hummel«, rief ein kleiner Kellner, »hier wird nicht geraucht.«

»Auch du?« versetzte Herr Hummel trübe, »du siehst, es wird geraucht. Dies ist auch ein Maskenscherz. Denn heut wird alle Humanität und menschliche Rücksicht aus Langerweile mit Füßen getreten, und das ist's gerade, was man *bal masqué* nennt.«

Unterdeß schlüpfte Laura unter den Masken umher, sie suchte den Doktor. Auch Fritz Hahn war für scharfe Augen leicht erkennbar, er trug über der Larve gemütlich seine Brille. Er stand als blauer Domino neben einer eleganten Dame in rotem Mantel. Laura drängte sich in die Nähe. Fritz schrieb der Dame etwas in die Hand, jedenfalls ihren Namen, denn sie nickte gleichgültig, darauf schrieb er wieder etwas in ihre Hand und wies auf sich selbst, wahrscheinlich war es sein eigener Name, denn die Dame nickte und Laura glaubte zu erkennen, wie sie unter ihrem Flor lachte. Und Laura hörte, wie der Doktor die Dame mit dem Namen der Rolle anredete, in welcher er sie neulich auf der Bühne gesehen hatte und außerdem mit du. Das war zwar Maskenrecht, aber nötig war es nicht. Der Doktor aber sprach seine Freude aus, daß die Künstlerin bei der Balkonscene so gut verstanden habe, die aufglühende Empfindung in den schwierigen Versen darzustellen. Der rote Mantel wurde aufmerksam, wandte sich ganz dem Doktor zu und begann über die Rolle zu sprechen. Die Dame redete eine Weile, und dann wieder Doktor Romeo und noch länger. Dabei trat die Schauspielerin einige Schritte zurück an einen Pfeiler, der Doktor folgte ihr dahin, und Laura sah, wie der rote Mantel einige andere Herrenmasken kurz abfertigte und sich wieder zum Doktor wandte. Endlich setzte sich die Künstlerin gar hinter den Pfeiler, wo sie wenig von fremden Blicken gesehen wurde, und der Doktor stand an den Stein gelehnt neben ihr und setzte die Unterhaltung fort. Laura schob sich zu dem Pfeiler und hörte, wie lebhaft die Unterhaltung von beiden geführt wurde. Es war von Leidenschaft die Rede. – Nun, es war noch nicht die Leidenschaft, welche beide für einander entflammte, sondern vorläufig die der Bühne – aber auch das war mehr, als ein Freund des Doktors billigen konnte.

Laura trat rasch hervor, stellte sich neben Fritz Hahn und hob warnend den Finger in die Höhe. Der Doktor sah verwundert auf die Fledermaus und zuckte die Achseln. Da ergriff sie seine Hand und schrieb seinen Namen ein. Der Doktor machte eine Verbeugung, darauf hielt sie ihre Hand hin. Wie konnte er sie in der entstellenden Hülle erkennen? Er gab starke Zeichen seiner vollen Unwissenheit und wandte sich wieder zu der Dame im roten Mantel. Laura trat zurück und ihre Schläfe röteten sich unter der Maske. Auch im Zorn auf sich selbst! Denn sie hatte dem Unglücklichen diese Gefahr gebracht, und sie hatte darauf bestanden, den Ball heimlich vor ihm und in einer Tracht zu besuchen, welche das Erkennen so schwer machte.

Sie zog sich zu ihrer Mutter zurück, welche endlich das Glück gehabt hatte, in der Frau Pate eine Gesellschafterin zu finden und eine Ecke des Maskensaales benutzte, um Beobachtungen über die körperliche Entwicklung des getauften kleinen Fritz auszutauschen. Laura setzte sich neben die Mutter und sah teilnahmlos auf die tanzenden Masken. Plötzlich sprang sie wie von Federn geschnellt in die Höhe, denn Fritz Hahn tanzte mit der Dame im roten Mantel vorüber. War das möglich? Längst hatte er das Tanzen abgeschworen, mehr als einmal hatte er Laura wegen ihrer Freude daran verspottet, auch sie selbst hatte vor ihrem Geheimbuch Stunden gehabt, wo ihr diese einförmige kreisende Bewegung kindisch und mit einer edleren Auffassung des Lebens unverträglich erschien. Und jetzt drehte er sich wie ein Kreisel. »Was sehe ich?« rief auch ihre Mutter – »ist das nicht – und die rote ist ja gar»– – »Es ist gleichgültig, mit wem er tanzt«, unterbrach Laura, um nicht die verhaßte Bestätigung zu hören.

Aber sie kannte Fritz Hahn, und sie wußte, daß dieser Walzer etwas zu bedeuten hatte. Julia gefiel ihm sehr, sonst hätte er's nicht getan, ihr selbst war diese Auszeichnung nie zu Teil geworden. Der alte Komiker der Stadtbühne trat als Pantalon zu ihnen, er hatte endlich die zwei einflußreichen Damen aufgefunden, er trippelte, machte groteske Verbeugungen und fing an die Mama mit kleinen Geklätsch zu unterhalten. Und eine seiner ersten Bemerkungen war: »Man hört, der junge Hahn wird zum Theater gehen, er studiert mit unserer Primadonna seine Liebhaberrolle ein.« Laura wandte sich mit Widerwillen von der platten Bemerkung ab.

Ihre letzte Hoffnung war die Zeit des Demaskierens, ungeduldig erwartete sie den Augenblick. Endlich trat eine Pause ein, die Larven fielen. Sie nahm den Arm der Mutter, mit ihr durch den Saal zu gehen und die Bekannten zu grüßen; es dauerte lange, bis sie in die Nähe von Fritz Hahn kamen, und er sah nicht einmal nach ihnen hin. Laura zuckte mit der Hand, ihn leise anzurühren, aber sie preßte die Finger fest und ging, aus großen Augen auf ihn blickend, vorüber. Jetzt endlich tat er, was längst seine Schuldigkeit gewesen wäre, er erkannte sie. Sie sah die Freude auf seinem Gesicht und ihr wurde leichter zu Mut. Sie blieb stehen, während er sich vor der Mutter verbeugte und einige höfliche Worte mit dieser wechselte, und sie wartete, daß er anerkennen werde, wie sie ihn bereits gegrüßt. Er aber sprach kein Wort von der Begegnung. Hatten ihm so Viele den Namen in die Hand geschrieben, daß er eine einzelne arme Fledermaus nicht im Gedächtnis behalten konnte? Und als er sich zu ihr wandte, lobte er die Ballmusik.

Das war die Beachtung, die er ihr gönnte! Mit Julia hatte er gesprochen, was zwischen freien Seelen der Rede wert ist, und ihr gegenüber schnurrte eine gleichgültige Phrase. Ihre Augen bekamen den düstern Hummelblick, als sie entgegnete: »Sie hatten sonst wenig Wohlgefallen an dem großen Hackebrett dort oben, das die Puppen hüpfen macht.« Der Doktor lächelte befangen und bat um den nächsten Tanz. Das war so ungeschickt als möglich. Laura antwortete bitter: »Die graue Fledermaus war bereits so dreist, an Romeo heran zu flattern, damals hatte er keinen Tanz für sie frei, jetzt tun ihr von dem hellen Licht die Augen weh.« Sie neigte ihr Köpfchen wie eine Königin, nahm den Arm ihrer Mutter und ließ ihn hinter sich zurück.

Was noch kam, war eitel Herzeleid. Noch einmal tanzte der Doktor mit der Dame im Mantel, und Laura sah jetzt, wie freundlich die Verführerin ihn anlachte, und er tanzte sonst mit Niemandem. Um sie aber kümmerte er sich nicht weiter; und es war ein Glück, daß bald darauf Hummel zu den Seinen trat und sagte: »Es hielt schwer, euch zu finden. Erst als ich die Leute nach den zwei häßlichsten Verputzungen frug, wurde auf euch gewiesen. Es wäre mir lieb, wenn ihr morgen ohne Kopfschmerz erwachtet, wir haben heut des Vergnügens genug ausgestanden.« Laura war froh, als der Wagen an der Hausschwelle hielt, sie stürzte in ihr Zimmer, riß ihr Buch aus der Schublade und schrieb mit fliegender Hast hinein: »Fluch meiner Tat und Fluch dem frevelhaften Scherz! Die Drachenzähne hab' ich mir ins Land gestreut. In Waffen wächst ein Herr von Feinden und bedräut mit scharfem Stahle mir das warme Herz.« Und sie wischte dabei über den Tränen, die ihr auf das Papier rollten.

Das klare Licht des nächsten Morgens übte auch auf ihre scheu flatternden Gedanken seine beruhigende Macht. Dort drüben lag Fritz Hahn wohl noch in seinem Bett. Der gute Junge war gestern müde geworden. Es mochte doch noch mancher Tropfen Wasser zum Meere fließen, bevor Freund Fritz sich entschloß, sein Geschick mit dem einer tragischen Künstlerin zu verbinden. Sie holte ihren Vorrat von alten Druckbogen heraus und wählte. Da war ja ein recht lustiges Lied: die Käferhochzeit, worin der Käfer auf dem Zaune die Jungfer Fliege auffordert, ihn zu heiraten. Viele kleine Vögel bemühen sich ernsthaft um die Hochzeit, diese aber wird zuletzt durch ein unrühmliches Privatvergnügen des Bräutigams verdorben. »Gut«, sagte Laura, »mein Käfer Fritz, ehe du die leichte Fliege Juliette heiratest, sollen noch andere Vögel ihr Stimmchen dazugeben.« Sie legte das Lied zusammen und schrieb dazu auf einen kleinen Zettel: »Sie vermuten falsch. Der dies sendet, war niemals Julia.« Als sie den Brief schloß, sagte sie beruhigt zu sich selbst: »Wenn er jetzt nicht merkt, daß er im Irrtum war, so muß man an seinem Urteil verzweifeln.«

Der Doktor saß noch ein wenig betäubt bei seinen Büchern, als dieser Brief bei ihm einfiel. Er warf einen Blick auf die Käferhochzeit; alte Einzeldrucke davon waren ihm überhaupt noch nicht davon vorgekommen und er sah schon bei schnellem Überfliegen, daß manche Verse ganz anders lauteten als in unserm landläufigen Text. Dann nahm er den Zettel und suchte den Orakelspruch desselben zu verstehen. Allerdings, jetzt war unzweifelhaft, daß die Sendung von der Schauspielerin kam, denn wer sonst konnte wissen, daß er sie mit Julia angeredet hatte, und daß lange von dieser Rolle die Rede gewesen war. Aber was sollten die Worte: Sie vermuten falsch? Auch darüber ging ihm ein blendendes Licht auf. Er hatte behauptet, daß die Darstellung der Leidenschaft dem Künstler nur bis zu einem gewissen Grade möglich sei, wenn ihm nicht einmal das Leben selbst eine ähnliche Kette von Empfindungen durch die Seele gezogen hätte. Das hatte die Schauspielerin geleugnet, und sie hatten sich darüber zu vereinigen gesucht. Ihre Worte bedeuteten also offenbar, daß sie die Julia gegeben, ohne je eine große Leidenschaft gefühlt zu haben. Nun, dies war ein Geständnis, das wieder viel Vertrauen zeigte, ja vielleicht noch mehr. Der Doktor saß lange vor dem Blatt. Aber er wurde jetzt ziemlich sicher, mit wem er Briefwechsel führe, und die Entdeckung machte ihn nicht froh. Denn wie er sich auch mit verständigen Gründen gesträubt hatte, es waren doch immer Laura's Augen gewesen, die ihm von dem Papier entgegenstrahlten, freilich ein ganz anderer Blick, als sie ihm gestern vergönnt hatte. Er legte die Käferhochzeit still zu den andern Liedern, und wieder frug er sich, ob er den Briefwechsel jetzt noch fortsetzen dürfe. Endlich packte er als Antwort die fällige Abgabe ein, etwas aus dem verblühten Vorrat seiner Mappe, und schrieb nichts weiter dazu.

Einige Tage darauf ging der Professor mit Ilse durch die Straße, und als sie bei der Wohnung der Schauspielerin vorbeikamen, sahen beide den Freund am Fenster der Heldin stehen, und Fritz nickte ihnen hinter den Scheiben zu.

»Wie kommt er zu dieser Bekanntschaft?« frug der Professor, »gilt die junge Dame nicht für sehr emancipiert?« – »Ich fürchte«, antwortete Ilse bekümmert.

Zu Madame Hummel aber kam Frau Knips, welche der Schauspielerin gegenüber wohnte, mit noch feuchter Wäsche gelaufen und erzählte, daß am Abend zuvor ein ganzer Korb Champagner zu dem Fräulein geschafft worden sei, und daß man in der Nacht den lauten Gesang einer wilden Gesellschaft über die ganze Straße gehört habe, und der junge Herr Hahn sei mitten darunter gewesen!

Am Sonntag war der Komiker zum Mittagsbraten des Herrn Hummel geladen, und eine seiner ersten Anekdoten war, daß er von einer lustigen Gesellschaft erzählte, die bei der Schauspielerin gewesen war. Mit der Bosheit, welche auch Genossen derselben Kunst einander zu Teil werden lassen, setzte er hinzu: »Sie hat einen neuen Verehrer gefunden, den Sohn von drüben. Nun, das Geld seines Vaters wird doch auf diesem Wege der Kunst zu Hilfe kommen.« Herr Hummel machte große Augen und schüttelte den Kopf, sagte aber weiter nichts als: »Also auch Fritz Hahn ist unter die Schauspieler gegangen und lüderlich geworden, er wäre der letzte gewesen, dem ich so etwas zugetraut hätte.« Frau Hummel aber suchte ihre Erinnerungen vom Ball zusammen und fand darin traurige Bestätigung, als Laura, welche heut sehr bleich und schweigsam dasaß, gegen den Mimen heftig herausfuhr: »Ich leide nicht, daß Sie an unserm Tische in solchem Ton vom Herrn Doktor sprechen. Wir kennen ihn gut genug, um zu wissen, daß er in Benehmen und Grundsätzen ein edler Mensch ist. Er ist Herr über sein Tun, und wenn ihm das Fräulein lieb geworden ist und er sie zuweilen besucht, so geht das keinen Dritten etwas an. Und es ist boshafte Verleumdung zu sagen, daß er dort etwas Unehrenhaftes begehen wird und Geld ausgeben, das ihm nicht gehört.«

Dem Komiker kam vor Schrecken eine Brotkrume in die falsche Kehle, er versank in den heftigsten Bühnenhusten seines Lebens, die Mutter aber versetzte, um den genialen Mann zu entschuldigen: »Du selbst hast zuweilen gefühlt, daß das Benehmen des Doktors nicht das richtige war.«

»Wenn ich in törichtem Unmut so etwas gesagt habe«, rief Laura, »war es ein Unrecht, und es schmerzt mich sehr; ich habe nur die Entschuldigung, daß es niemals böse gemeint war. Von Andern aber ertrage ich keine Kränkung unseres Nachbars.« Und sie stand vom Tische auf und verließ das Zimmer.

Der Komiker rechtfertigte sich gegen die Mutter, Herr Hummel aber faßte an sein Weinglas und sagte, mit zugedrückten Augen seiner Tochter nachsehend: »Sie ist bei trübem Tageslicht gar nicht von mir zu unterscheiden.«

Die Missetaten des Doktors machten ihm selbst wenig Kummer. Er hatte seiner Tänzerin vom Ball einen Besuch gemacht, denselben, wobei er am Fenster gesehen wurde. Einer seiner Schulfreunde, jetzt zweiter Tenor der Bühne, war dazugekommen und hatte mit der Künstlerin beschlossen, an ihrem nahen Geburtstage ein kleines Pickenick einzurichten, so war Fritz aufgefordert worden, Teil zu nehmen. Es war eine lustige Gesellschaft gewesen, der Doktor hatte sich unter den leichtbeschwingten Vögeln der Bühne sehr gut unterhalten und mit der Ruhe eines Weisen über den guten Takt gefreut, welcher in der zwanglosen Weise ihres Verkehrs sichtbar wurde. Auch manches verständige Wort wurde den Abend gesprochen, und er ging mit der Ansicht nach Hause, daß es für Seinesgleichen recht erfrischend sei, sich einmal zu der lustigen Kunst zu gesellen. Aber er versuchte an demselben Abend auch durch eine Kriegslist seine unbekannte Briefschreiberin zu ermitteln. Als man kleine Lieder sang und mit munterer Grazie komische Reime hersagte, hatte er das Käferlied auf das Tapet gebracht und ehrbar angefangen: »Der Käfer auf dem Zaune saß, brum brum, die Fliege, die darunter saß, sum, sum.« Einige hatten eingestimmt, die Dame im Mantel aber kannte das Lied gar nicht, nur ein ähnliches aus einer alten Rolle, und als der Bassist dem Doktor die Melodie aus dem Munde nahm und bei den folgenden Versen jeden der auftretenden Vögel durch Geberde und komische Veränderungen der Melodie zu porträtieren wußte, da hatte die Wirtin so unbefangen gelacht und sich vorgenommen, das Lied zu lernen, daß der Doktor wieder sehr zweifelhaft wurde, bei der Heimkehr auf seiner Hausschwelle stehenblieb und bedeutsam nach dem Hause des Herrn Hummel hinübersah. Und wer genau untersucht hätte, weshalb er nach diesem Käferlied selbst laut und übermütig wurde wie die Andern, der hätte vielleicht gefunden, daß ihm durch jene Unbefangenheit der Schauspielerin ein kleiner Stein vom Herzen geschnellt war.

Aber das alles half ihm wenig gegenüber Brumm und Summ der Nachbarn. Die Parkstraße hatte ihrem Fritz Hahn in der letzten Zeit erhöhte Beachtung gegönnt, sein Bild war unter die ernsten Gelehrten ihres Albums eingereiht, welche sie täglich betrachtete und besprach. Jetzt schien ein fremder Zug in das bekannte Gesicht gekommen, und die Straße wollte nicht dulden, daß eines ihrer Kinder einmal anders aussah, als ihr geläufig war. Deshalb fand viel Raunen und Kopfschütteln statt, Herr und Frau Hahn erfuhren das, nicht zuletzt der Doktor. Er lachte darüber, aber ganz recht war es ihm nicht.

»Tanhäuser, edler Rittersmann, du liegst in Frau Venus Banden, ich selbst war der arge Papst Urban, ich häufte dir Jammer und Schande.« So klagte Laura in ihrem Zimmer, aber sie verbarg den großen Schmerz, auch gegen Ilse sprach sie kein Wort über die Gefahren des Doktors, und als diese einmal eine leise Anspielung auf die neue Verbindung des Freundes wagte, zerriß Laura den Faden ihrer Stickerei und sagte, während ihr das Blut heiß zum Herzen drang: »Warum soll der Doktor nicht hinübergehen? Er ist ein junger Mann, dem es gut tut, verschiedene Menschen zu sehen, er sitzt ohnedies zu viel in der Stube und bei seinen Eltern, wäre ich ein Mann wie er, ich hätte längst mein Bündel geschnürt und wäre in die Welt gelaufen, denn diese engen Hausmauern machen kleinmütig und pedantisch.«

Am Teetisch brachte einer der Anwesenden das Gespräch auf die Schauspielerin und zuckte die Achseln über ihr freies Wesen. Laura empfand die Pein des Doktors: da saß der arme Fritz und mußte das verwerfende Urteil anhören, die näheren Bekannten schwiegen und sahen bedeutsam auf ihn, seine Lage war schrecklich, denn jeder Narr benutzte des Fräuleins schutzlose Stellung, um sich als Cato zu erweisen. »Ich wundere mich«, rief sie, »daß die Herren so strenge über kleine Streiche einer Künstlerin urteilen, das sollten sie doch uns überlassen. Einer solchen Dame darf man noch viel mehr zu gut halten, denn ihr fehlt aller Schutz und alle Freude, welche uns die Familie gibt. Ich bin überzeugt, daß sie ein wackeres und feinfühlendes Mädchen ist.«

Der Doktor sah dankbar zu ihr hinüber und bestätigte ihre Worte. Er merkte nichts, aber es war gekommen, wie in seinem Kindermärchen, Laura bog sich bereits zu seiner Fußspitze herab und hob das Taschentuch auf.

Noch mehr wurde ihr zugemutet. Der Monat März begann in der Welt seine Theaterstreiche. Erst hatte er eine Schneelandschaft aus grauen Wolkensoffitten heruntergelassen, Dächer mit Eiszapfen, weiße Krystalle an den Bäumen und wildes Sturmgeheul hinter der Scene, plötzlich war Alles verwandelt, ein lauer Südwind wehte, die Knospen

der Bäume schwollen, auf den Wiesen hob sich junges Grün über die
dürren Stiele; die Kinder liefen in den Stadtwald und trugen große
Bündel der ersten Frühlingsblumen heim, fröhliche Menschen zogen in
unabsehbarer Wallfahrt durch die Parkstraße dem warmen Sonnenschein
entgegen.

Auch über Herrn Hummel kam das Frühlingsahnen. Dies äußerte
sich jährlich dadurch, daß er Farbe für den Kahn mischte und an einem
kluggewählten Nachmittag mit Frau und Tochter in einen entlegenen
Kaffegarten lustwandelte. Für Laura war die festliche Reise ein mäßiges
Vergnügen, denn Herr Hummel spazierte den Frauen mit starken
Schritten voraus, er freute sich ganz in der Stille darüber, wie Alles in 72
der alten Natur wieder in Stand kam und gönnte den Seinen nur dann
eine Bemerkung über die Schulter, wenn ihn eine Veränderung im
Pflanzenwuchs ärgerte. Aber Laura wußte, daß der Vater auf diese
Märzfreude hielt und eilte auch in diesem Jahre neben der Mutter hinter
ihm her, einem einsamen Dorfe zu, wo Herr Hummel seine Pfeife
rauchte, die Hühner fütterte, den Kellner abkanzelte, mit dem Wirt ein
Gespräch über die Saaten führte und der Sonne gestattete, sich auch
ihrerseits über das gute Aussehen ihres alten Bekannten Hummel zu
freuen. Denn Herr Hummel, sonst keineswegs menschenscheu, liebte
in der Natur allein zu sein und haßte die Sammelplätze der Städter auf
dem Lande, wo der Duft von frischem Kuchen und gebackenen Kräpfeln
alle Natur wegräucherte.

Als er mit seinen Frauen den Kaffegarten betrat, sah er unzufrieden,
daß bereits andere Gäste vorhanden waren. Er warf einen zweiten tadeln-
den Blick auf die lustige Gesellschaft, welche seinen gewöhnlichen Platz
in Besitz genommen hatte, und erkannte die junge Schauspielerin, andere
Mitglieder der Bühne, mitten unter ihnen den Sohn seines Gegners. Da
wandte er sich zu seiner Tochter und sagte blinzelnd: »Heut wirst du
recht zufrieden sein, hier hast du ja außer dem Naturgenuß auch noch
die Kunst zur Hand.« Laura erschrak vor der harten Zumutung, welche
ihrer Kraft gestellt wurde, aber sie hob stolz das Haupt und schritt mit
den Eltern in eine andere Ecke des Gartens. Dort setzte sie sich mit dem
Rücken gegen die Fremden. Dennoch merkte sie mehr von ihrem Treiben, als für die Fassung gut war, sie vernahm Lachen und lustiges Gebrumm der Käferversammlung; je weniger sie sah, um so peinlicher
wurde der Lärm, und jedes Geräusch wurde in der tiefen Stille fühlbar,
denn auch Ohr und Auge der Mutter hing gespannt an der andern Ge-

sellschaft. Nach einer Weile brach die laute Unterhaltung der Künstler ab, aus den leisen Reden glaubte sie ihren Namen zu hören. Gleich darauf knirschte hinter ihr der Kies, sie dachte sich, daß der Doktor in ihrem Rücken war.

Er trat an den Tisch, grüßte stumm den Vater, machte der Mutter eine freundliche Bemerkung über das Wetter und war gerade im Begriff sich an Laura zu wenden, mit einem Zwange, den sie ihm wohl ansah, als Herr Hummel, der bis dahin den Einbruch des Feindes schweigend ertragen hatte, die Pfeife aus dem Munde nahm und mit sanfter Stimme begann: »Ist denn möglich, was man über Sie hört, Herr Doktor? Sie wollen sich verändern?« Laura fuhr mit dem Sonnenschirm heftig in den Kies.

»Ich weiß nichts davon«, versetzte der Doktor kühl.

»Es geht das Gerücht«, fuhr Herr Hummel fort, »Sie wollen Ihren Büchern Lebewohl sagen und dramatischer Künstler werden. Sollte dieses doch der Fall sein, so bitte ich Sie freundlich, auch meines kleinen Geschäftes zu gedenken. Jede Art von künstlerischer Kopftracht, für Liebhaberrollen feiner Biber, für Lakaien mit Tressen, und wenn Sie einmal den Bajazzo machen, eine weiße Filzmütze. Aber Sie werden lieber Clown heißen wollen. Es ist jetzt eine gute Carriere geworden, Hanswurst ist aus der Mode, man wird Sie auch Herr Clown anreden.«

»Ich habe nicht die Absicht, zur Bühne zu gehen«, erwiederte der Doktor. »Wenn ich ja auf den Einfall käme, würde ich Sie nicht um die Kunstwerke Ihrer Fabrik bitten, sondern um eine Unterweisung in dem, was Sie für gute Lebensart halten. Ich würde dann auf der Bühne wenigstens wissen, was sich unter Männern von Anstandsgefühl *nicht* schickt.« Er grüßte die Frauen und entfernte sich.

»Immer Humboldt«, sagte Herr Hummel ihm nachblickend.

Laura rührte sich nicht, aber ihre dunklen Augenbrauen zogen sich so drohend zusammen, daß auch Herr Hummel davon Kenntnis nahm. »Ich bin ganz deiner Meinung«, sagte er behaglich zu seiner Tochter, »es ist schade um ihn; wäre er nicht in dieser Strohhütte verdorben, es hätte wohl etwas aus ihm werden können. Der ist nun auch dahin.« Dabei nahm er Kuchenbrocken und bot sie einem Löwenhündchen, welches vor ihm auf den Hinterbeinen saß und die Vorderpfoten bittend auf und ab bewegte.

»Billy«, rief eine Frauenstimme durch den Garten. Aber Hund Billy achtete nicht darauf, sondern fuhr fort, Herrn Hummel seine Ergebenheit zu beweisen, und dieser, der für Tiere ein weicheres Gemüt hatte als für Menschen, fütterte den Kleinen.

Die Schauspielerin kam eilig heran. »Bitte geben Sie dem unartigen Tiere keinen Kuchen, es sind Mandeln darin«, bat die Künstlerin und wehrte dem Hündchen.

»Ein hübscher Hund«, bemerkte Herr Hummel sitzend.

»Wenn Sie erst wüßten, wie gescheidt er ist«, sagte das Fräulein, »er versteht alle Kunststücke. Zeige dem Herrn, was du gelernt hast.« Sie hielt den Sonnenschirm hin, Billy sprang eifrig darüber weg und sofort mit einem Satze auf den Schoß des Herrn Hummel, dort wedelte er mit dem Schweif und versuchte ihm das Gesicht zu lecken.

»Er will Sie küssen«, sagte die Schauspielerin, »darauf dürfen Sie sich etwas einbilden, denn das tut er gar nicht Jedermann.«

»Es ist auch nicht Jedermanns Sache«, versetzte Herr Hummel und streichelte den Kleinen.

»Sei dem Herrn nicht lästig, Billy«, schalt das Fräulein.

Herr Hummel stand auf und überreichte den Hund, der auf seinen Kuß nicht verzichten wollte und immer noch nach dem Gesicht des Hausbesitzers züngelte. »Er ist treuherzig«, sagte Herr Hummel, »und hat ganz die Farbe des meinigen.«

Das Fräulein liebkoste den Kleinen. »Der Schelm ist leider sehr verzogen; er kriecht in meinen Muff, sooft ich in das Theater gehe, und ich muß ihn mitnehmen, obgleich das nicht geschehen soll. Erst neulich stand ich seinetwegen Todesangst aus, denn während ich als Klärchen unter den Bürgern jammerte, war Billy aus der Garderobe gelaufen, wedelte zwischen den Coulissen und machte mir Männchen.«

»Es war ein ergreifendes Spiel«, begann Frau Hummel.

»Ich fuhr wohl mehr umher als sonst«, entgegnete die Schauspielerin, »denn ich mußte bei jeder Wendung in die Coulisse rufen: Kusch, Billy!«

»Gut«, nickte Herr Hummel, »immer Besonnenheit.«

»Heut bin ich dem Unartigen dankbar«, fuhr das Fräulein fort, »denn er verschafft mir hier auf dem Lande die Freude, meine Nachbarn zu begrüßen. Herr Hummel, wie ich höre.«

Herr Hummel verneigte sich schwerfällig. Die Schauspielerin wandte sich mit einer Verbeugung zu den Damen, welche stumm ihren Gruß erwiederten.

An der Dame war Manches, was Herrn Hummel gefiel. Sie war hübsch, sah aus klugen Augen fröhlich in die Welt und trug etwas auf dem Kopf, was er persönlich kannte. Er ergriff also einen Stuhl und sagte mit einer zweiten Verbeugung: »Wollen Sie nicht die Güte haben, Platz zu nehmen?« Die Fremde nickte ihm zu und wandte sich an Laura. »Ich freue mich, Sie endlich so nahe zu sehen, Sie sind mir keine Fremde mehr, ich habe manchmal an Ihnen rechte Freude gehabt, und es ist mir lieb, daß ich Ihnen heut dafür danken kann.«

»Wo war das doch?« frug Laura beklommen.

»Wo Sie gewiß nicht daran dachten«, versetzte die Andere. »Ich habe ein scharfes Auge und erkenne über die Lampen jedes Gesicht der Zuschauer. Sie glauben nicht, wie sehr das zuweilen peinigt. Da Sie einen festen Platz haben, ist mir oft Erholung gewesen, auf Ihren Zügen auszuruhen und den lebendigen Ausdruck zu betrachten. Und mehr als einmal habe ich, ohne daß Sie es wußten, für Sie allein gespielt.«

»Ha«, dachte Laura, »das ist keine Fliege, das ist Frau Venus.« Aber sie fühlte eine Saite anschlagen, die reinen Ton gab. Sie sagte der Schauspielerin, wie ungern sie eine ihrer Rollen versäume, und daß in ihrem Hause die erste Frage vor dem neuen Theaterzettel sei, ob das Fräulein mitspiele.

Dies gab der Mutter Gelegenheit, sich an der Unterhaltung zu beteiligen. Dagegen rühmte die Schauspielerin, wie gütig man ihr überall entgegengekommen sei. »Denn das Reizvollste unserer Kunst«, fuhr sie fort, »sind die stillen Freunde, welche wir in den Stunden des Spiels gewinnen, Menschen, die man sonst vielleicht nie sieht, deren Namen man nicht weiß, und welche doch unser Leben mit Teilnahme begleiten. Lernt man bei Gelegenheit einmal dieses Wohlwollen Fremder kennen, so wird es reiche Entschädigung für die Leiden unseres Berufes, unter denen die zudringliche Huldigung gemeiner Menschen vielleicht das größte ist.«

Nun, die Huldigung des Doktors durfte sie zu diesen Leiden sicher nicht zählen.

Während die Frauen in solcher Weise miteinander sprachen und Herr Hummel beifällig zuhörte, traten auch einzelne Herren dem Tisch näher. Frau Hummel begrüßte zuvorkommend den zweiten Tenor, der im Hause der Frau Pate bisweilen ein Lied sang, und der würdige Vater der Bühne, welcher Herrn Hummel aus der Ressource kannte, begann mit diesem ein Gespräch über den Bau eines neuen Theaters. Darüber hatte Hummel als Bürger sehr bestimmte Ansichten, welche mit denen des würdigen Vaters ganz übereinstimmten.

So verschmolzen die beiden getrennten Gesellschaften, und der Tisch des Herrn Hummel wurde ein Mittelpunkt, den die Kinder Thalia's umschwärmten. Während die Schauspielerin mit Frau Hummel recht ehrbar und hausmütterlich die Übelstände ihrer Wohnung besprach, sah Laura nach dem Doktor. Er stand mehre Schritte von der Gesellschaft an einem Baum und sah nachdenkend vor sich hin. Schnell trat Laura zu ihm und begann mit fliegender Eile: »Mein Vater hat Sie beleidigt, ich bitte Sie um Verzeihung.«

Der Doktor sah auf. »Es tat nicht weh«, sagte er gutherzig, »ich kenne ja seine Art.«

»Ich habe sie gesprochen«, fuhr Laura mit bebender Stimme fort, »sie ist gescheidt und liebenswürdig und hat eine unwiderstehliche Freundlichkeit.«

»Wer?« frug der Doktor, »die Schauspielerin?«

»Verstellen Sie sich nicht gegen mich«, fuhr Laura fort, »das ist zwischen uns unnötig, es gibt Niemand auf Erden, der Ihr Glück so von Herzen wünscht als ich. Betrüben Sie sich nicht über das Kopfschütteln Anderer; wenn Sie der Liebe des Fräuleins sicher sind, ist alles Übrige Nebensache.«

Der Doktor erstaunte immer mehr: »Ich will ja aber das Fräulein gar nicht heiraten!«

»Leugnen Sie nicht, Fritz Hahn, das steht Ihrem wahrhaften Wesen schlecht«, rief die leidenschaftliche Laura wieder. »Ich merke wohl, wie sehr das Fräulein zu Ihnen paßt. Seit ich sie gesehen, bin ich überzeugt, für alles Gute und Große finden Sie bei ihr Verständnis. Bedenken Sie sich nicht und wagen Sie mutig Ihrem Herzen zu folgen. Denn sehen Sie, Fritz, eine Sorge habe ich um Sie. Ihr Gefühl ist warm und Ihr Urteil ist sicher, aber Sie hängen zu fest in den Banden Ihrer Umgebung. Ich zittere davor, daß Sie darum unglücklich werden können, weil Sie vielleicht nicht in der rechten Stunde einen Entschluß fassen, der Ihrer Familie ungewöhnlich erscheint. Ich kenne Sie von meiner ersten Kindheit und weiß sehr gut, daß Ihre Gefahr immer war, sich selbst für Andere zu vergessen. Darüber können Sie zu einem opfervollen Dasein kommen, und der Gedanke ist mir schrecklich. Denn ich möchte, daß Ihnen alles Gute zu Teil wird, was ihr redliches Herz verdient.« Die Tränen liefen ihr über die Wangen, als sie ihn liebevoll ansah.

Jedes Wort, das sie sprach, klang dem Doktor wie Lerchentriller und Geschwirr der Heimchen. Leise sprach er: »Ich liebe das Fräulein nicht, ich habe nie den Gedanken gehabt, ihre Zukunft an die meine zu fesseln.«

Laura trat zurück, über ihr Antlitz zog hohe Röte.

»Es ist eine flüchtige Bekanntschaft, nichts weiter für jene und mich, ihr Leben gehört der Kunst und schwerlich jemals ruhiger Häuslichkeit. Wenn ich für mich ein Herz zu begehren wagte, so wäre es nicht das ihre, sondern ein anderes.« Er sah nach dem Tisch hinüber, wo gerade ein lautes Lachen Herrn Hummel andeutete, und sprach die letzten Worte so leise, daß sie kaum bis in Laura's Ohr drangen, dabei blickte er schmerzlich vor sich hin, auf die Knospe des Fliederstrauches, in welcher noch die junge Blüte verborgen lag.

Laura stand unbeweglich, wie vom Stabe eines Zauberers berührt, aber die Tränen liefen noch immer von ihrer Wange herab. Sie war nahe daran, die Kirsche ihres Vielliebchens mit den Lippen zu fassen.

Da summten die lustigen Käfer heran, die Schauspielerin winkte ihr lächelnd zu, der Vater rief, das Märchen war zu Ende. Laura hörte noch, wie das Fräulein siegreich zum Doktor sagte: »Er hat mir doch einen Stuhl angeboten, er ist gar kein Brummbär, er war sehr gut gegen Billy.«

Als Fritz in seine Wohnung kam, schleuderte er Hut und Überrock von sich, sprang an den Schreibtisch und holte die kleinen Briefe der unbekannten Hand heraus. »Sie ist es«, rief er laut, »ich Tor, nur einen Augenblick zu zweifeln.« Er las jeden der Briefe wieder durch und nickte bei jedem mit dem Kopfe. Das war sein hochsinniges, wackeres Mädchen; wie sie sich sonst auch stellte, heut hatte sie ihm ihr wahres Antlitz gezeigt. Er wartete ungeduldig auf die Stunde, wo er Laura bei den Freunden treffen würde. Sie trat spät ein, grüßte ihn ruhig und war den Abend schweigsamer und weicher als sonst. Wenn sie sich an ihn wandte, sprach sie zu ihm ernsthaft wie zu einem bewährten Freunde. Sehr gut stand ihr die milde Ruhe. Jetzt gab sie sich ihm, wie sie war, ein begeistertes Fühlen, ein reiches Gemüt. Sprödigkeit und neckende Laune, die alten Schalen, welche den süßen Kern verdeckt hatten, waren zerbrochen. Auch die ruhige Vorsicht freute ihn, mit der sie unter den Freunden ihre Empfindung barg. Wenn die nächste Liedersendung kam, dann sprach sie zu ihm, wie jetzt beiden um's Herz war, oder sie gab doch ihm das Recht, offen an sie zu schreiben. Der Doktor zählte am nächsten Morgen die Minuten, bis der Briefträger sein Haus betrat. Er riß die Tür auf und eilte dem Manne entgegen. Fritz hielt einen neuen Brief in der Hand, er löste ungeduldig das Couvert, keine Zeile des

Absenders lag dabei, er entfaltete den alten Druckbogen und las die Worte des groben Liedes:

»Hei ha ho. Steck an den Schweinebraten, darzu die Hühner jung! darauf mag uns geraten ein frischer freier Trunk. Hol' Wein, schenk ein, trink mein liebes Brüderlein, heute muß Alles verschlemmet sein«, und der ehrliche einfältige Doktor frug wieder: ist sie es? oder wäre möglich, daß sie es nicht ist?

4. Unter den Studenten.

Wer dem Professor von Herzen gut werden wollte, der mußte ihn sehen, wenn er im Kreise seiner Zuhörer saß, der gereifte Mann unter der aufblühenden Jugend, der mitteilende Lehrer vor bewundernden Schülern. Denn des akademischen Lehrers schönstes Vorrecht ist, daß er nicht nur durch sein Wissen, auch durch seine Persönlichkeit die Seelen des nächsten Geschlechtes adelt. Aus den Vielen, welche einzelne Vorträge hören, schließt sich ein gewählter Kreis enger an den Gelehrten, im persönlichen Verkehr schlingt sich ein Band um Lehrer und Schüler, leicht gewebt, aber dauerhaft, denn was den Einen an den Andern fesselt, oft den Fremden nach wenig Stunden zum Vertrauten macht, ist ihr frohes Bewußtsein, daß Beide dasselbe für wahr, groß, gut halten.

Dieses Verhältnis, reizvoll und fruchtbar für beide Teile, ist die edle Poesie, welche die Wissenschaft ihren Bekennern gönnt. Fremde und spätere Menschen, welche den Wert eines Mannes nur nach seinen Büchern beurteilen, sie erhalten, wie hoch auch der Gelehrte selbst diese Art von Überlieferung schätzen möge, doch nur ein unvollständiges Bild des Entfernten; weit anders wird der lebendige Quell schöpferischer Kraft auf die Seelen solcher, welche von Lippe und Auge des Lehrers sein Wissen empfangen. Nicht nur der Inhalt seiner Lehre bildet sie, mehr noch seine Art, zu suchen und darzustellen, am meisten sein Charakter und die besondere Weise des Vortrags. Denn diese erwärmen dem Hörer das Herz und senken ihm Achtung und Neigung in das Gemüt. Solcher Abdruck eines menschlichen Lebens, der in Vielen zurückbleibt, ist für Arbeitsweise und Charakter der Jüngeren oft wichtiger als der Inhalt empfangener Lehre. In den Schülern arbeitet das Wesen des Lehrers neues Leben schaffend fort, seine Vorzüge, zuweilen auch Eigenheiten und Schwächen. In jedem Hörer färbt sich anders das charakteristische Bild seines starken Meisters, und doch ist in jedem Schüler der Lehrer, der an dieser Seele formte, vielleicht bis zur kleinen Absonderlichkeit erkennbar.

Die Lehrstunde, welche Felix für seine Frau festgesetzt hatte, war nicht die einzige, welche er in seinem Hause gab. Ein Abend jeder Woche gehörte seinen Studenten. Da kamen zuerst Einzelne, welche für ihre Arbeiten einen Wunsch hatten, mit Anfrage und Bitte. Später sammelte sich eine größere Zahl, auch Ilse's Zimmer wurde geöffnet, Gabriel bot Tee und einfaches Abendbrot, eine Stunde verlief in zwanglosem Gespräch und einzelnen Gruppen; bis sich allmählich die Getreuen in das Arbeitszimmer des Lehrers zogen und den Kreis dichter um sein geehrtes Haupt schlossen. Dann saß der Professor inmitten seiner Schüler und das Zimmer wurde zuweilen enge. Auch hier formlose Unterhaltung, bald ein launiger Bericht über Erlebtes, bald eingehende Erörterung, wobei der Professor seine jungen Freunde zu tätiger Teilnahme anzuregen wußte; dazwischen schnelle Urteile über Menschen und Bücher in schlagender Rede und Antwort, wie solchen natürlich ist, die aus flüchtigem Anschlage eine lange Melodie erkennen. Felix erschloß in diesen Stunden sein Inneres mit einer Offenheit, die er in seinen Vorlesungen nicht zeigte, er sprach über sich und Andere ohne Rückhalt und verhandelte behaglich, was ihm gerade auf der Seele lag. Aber wie verschieden die Unterhaltung dieser Abende dahinlief, immer waren es Männer derselben Wissenschaft, welche einander im Großen und Kleinen verstanden und selbst im Scherze ernster Geistesarbeit gedachten.

Auch Frau Ilse blieb dieser vertrauten Gesellschaft keine fremde Erscheinung. Die Teilnehmer, sämmtlich ernsthafte Männer, ältere Studenten oder junge Doktoren, freuten sich der ansehnlichen Hausfrau, welche in ihrer einfachen Weise gern mit den Einzelnen verkehrte. Im Jahre vorher war einmal ihre Freude an der Odyssee zu Tage gekommen, als sie die Herren zum Genuß einer Hinterkeule des erdaufwühlenden Ebers aufgefordert und den wohltuenden Wunsch ausgesprochen hatte, die Gesellschaft möge nicht verschmähen, ihre Hände nach dem bereiteten Mahle auszustrecken. Seitdem hieß sie in dem Kränzchen Frau Penelope, und sie wußte, daß dieser Beiname sich auch über die Wände des Hauses in die Studentenschaft verbreitet hatte.

Nun hatte Ilse auch unter den jungen Gelehrten ihre Lieblinge. Zu diesen gehörte ein wackerer Student, nicht der bedeutendste von den Zuhörern des Professors, aber einer der fleißigsten. Er war ihr Landsmann und Ilse hatte zuerst an ihm erkannt, daß auch zarte Empfindung in der Brust eines Studenten zu finden sei. Unser Student hatte in den letzten Jahren mit Erfolg daran gearbeitet, den Krater seines Innern durch Collegienhefte auszufüllen. Seiner Lyrik aber hatte er ziemlich entsagt; denn damals, wo der Professor ihm seine Gedichte zurückschickte, war er sehr in sich gegangen und hatte demütig um Entschuldigung gebeten; war auch seitdem mit Hilfe eines guten Stipendiums, das ihm Felix verschafft, zu einer weniger menschenfeindlichen Auffassung bürgerlicher Verhältnisse durchgedrungen. Er bewährte sich als ein treuer und anhänglicher Bursch und trug jetzt würdig den Titel Doctorandus, welcher nach Angabe unsrer Grammatiker einen Mann bedeutet, der zum Doktor gemacht werden soll oder muß. Dabei hatte er auch bei der Studentenschaft eine gewisse Geltung, er bekleidete in der großen Verbindung Arminia ein Ehrenamt, trug noch immer ihre Farbenmütze und wurde dort zu den bevorzugten Weisen gerechnet, welche an Trinkabenden von lästiger Verpflichtung befreit sind und die Pausen, in denen stürmische Jugend Atem holt, durch ernstes Gespräch über Menschentugend ausfüllen.

An einem Studentenabend brodelte die Unterhaltung schon in Ilse's Zimmer sehr laut und warf wissenschaftliche Blasen. Eine interessante Handschrift war in entlegener süddeutscher Bibliothek aufgefunden. Über den Fund und den Herausgeber wurde verhandelt, und Felix zählte behaglich mit einigen Auserwählten alle ähnlichen Entdeckungen auf, welche in den letzten zwanzig Jahren gemacht waren. Da begann unser Student, der gerade durch Frau Ilse eine Tasse Tee erhalten hatte, mit dem Löffel rührend, recht gemütlich: »Dürfte nicht auch in der Nähe noch Manches zu finden sein? So steht in meiner Heimat eine alte Kiste, welche Bücher und Papiere aus dem Kloster Rossau enthalten soll. Es ist nicht unmöglich, daß darunter etwas Wertvolles steckt.«

Das sprach der Student und rührte mit dem Löffel, dem Knaben gleich, welcher den brennenden Span in einer gefüllten Bombe herumdreht.

Der Professor fuhr von seinem Stuhl in die Höhe und warf dem Studenten einen Flammenblick zu, daß dieser erschrak und die Tasse schnell hinsetzte, um bei dem, was kommen mußte, nichts zu beschütten. »Wo soll die Kiste stehen?«

»Wo? weiß ich nicht«, versetzte der Student betreten, »vor einigen Jahren hat mir ein Landsmann davon erzähl, er war in der Gegend von Rossau geboren« – der Student nannte den Namen und Ilse kannte die

Familie. »Aber in unserm Fürstentum muß es sein, denn er hat dort als Hauslehrer an mehren Orten gelebt.«

»War er denn Philolog?« frug ein älterer Hörer ebensosehr im Jagdeifer als der Professor.

»Er war Theolog«, antwortete unser Student.

Ein bedauerndes Geräusch ging durch das Zimmer. »Dann ist die Nachricht doch unsicher«, schloß der Kritiker.

»Hat der Mann die Kiste selbst gesehen?« frug der Professor.

»Auch darüber bin ich nicht sicher«, erwiederte der Student, »ich hatte damals noch kein rechtes Verständnis für den Wert dieser Mitteilung. Aber er muß sie doch selbst gesehen haben, denn ich erinnere mich, er sagte, sie wäre dick mit Eisen beschlagen.«

»Unglücksmann«, rief der Professor, »schaffen Sie uns Kunde von diesem Kasten.« Er ging heftig im Zimmer auf und ab, die Studenten machten seiner Aufregung ehrerbietig Platz. »Die Nachricht ist wichtiger, als ich Ihnen jetzt sagen kann«, begann der Professor vor dem Studenten anhaltend. »Suchen Sie zunächst Ihre Erinnerungen zu sammeln. Hat Ihr Bekannter die Kiste offen gesehen?«

»Wenn ich mir Alles zusammenhalte«, sagte der Student, »möchte ich glauben, er hat selbst gesehen, daß alte Klostersachen darin liegen.«

»Dann war sie also nicht mehr verschlossen?« frug der Professor weiter. »Und wo ist jetzt Ihr Freund?«

»Er ist voriges Jahr mit einer Bauerstochter nach Amerika gegangen. Wo er sich aufhält, weiß ich nicht, das wird aber bei seinen Verwandten zu erfahren sein.«

Wieder ging ein mißbilligendes Geräusch durch das Zimmer.

»Ermitteln Sie den Aufenthalt des Mannes, schreiben Sie ihm und fordern Sie genaue Auskunft«, rief der Professor. »Sie können mir keinen größern Dienst erweisen.«

Der Student versprach das Menschenmögliche. Als die Herren sich entfernten, richtete Gabriel dem Studenten eine heimliche Einladung zu nächstem Mittag aus. Ilse wußte, daß ihrem Felix jetzt die Nähe des Vertrauten wohltun werde, der einen Bekannten besaß, der den Kasten gesehen hatte, der die Bücher von Rossau enthielt, unter welchen allerdings die Handschrift des Tacitus liegen konnte, wenn sie nicht irgendwo anders war.

Aber sie selbst hörte ohne Freude von der geheimnisvollen Kiste. Denn Ilse war leider in Sachen der Handschrift immer noch ungläubig, sie hatte einigemal den Gatten durch ihre Gleichgültigkeit verletzt und mied seit dem Unglück des Struvelius jede Erwähnung der verlorenen. Dazu hatte sie noch einen besonderen Grund. Sie wußte, wie sehr der Gedanke und jede Erörterung ihren Felix aufregte. Er fuhr dann in die Höhe, sprach in heftigen Worten und seine Augen blitzten wie im Fieber. Zwar bändigte er sich selbst nach wenigen Augenblicken und lachte wohl über seinen Eifer, aber der Hausfrau war solcher Ausbruch geheimer Leidenschaft unbehaglich, denn sie empfand bei dem plötzlichen Auflodern, daß der Gedanke an den Codex die Seele des geliebten Mannes wund drückte, und sie argwöhnte, daß er in der Stille oft darüber träumte und Feindseliges gegen die Mauern des Vaterhauses sann.

Auch heut hatte unser Student den Sturm aufgeregt. Noch spät wurde der Doktor gerufen, lange wurde erörtert und gestritten, Ilse war erfreut, daß der Doktor auf die Kiste nicht viel gab und durch verständige Einwürfe auch dem Professor wieder eine launige Bemerkung über seine heiße Jagdlust abnötigte.

Als der Student am nächsten Mittag die Briefe, welche er geschrieben hatte, als Zeichen seines Eifers mitbrachte, behandelte der Professor die Nachricht ruhiger. »Es ist eine unsichere Notiz«, sagte er, »selbst wenn der Erzähler Wahrheit sprach, mag noch jeder einzelne Umstand, sogar der Name des Klosters, unrichtig sein.« Als vollends aus der Heimat des Studenten die Kunde einlief, der Theolog habe sich irgendwo im Staate Wisconsin als Apotheker niedergelassen, und der Brief des Studenten in eine unsichere Ferne gesandt werden mußte, da ermäßigte sich der Strudel, welchen die auftauchende Kiste erregt hatte, zu gefahrlosen kleinen Wellen.

Der größte Vorteil erwuchs aus diesem Vorfall zunächst unserm Studenten. Denn der Professor teilte die Nachricht dem Kammerherrn mit und gönnte diesem eine Andeutung, daß in dem Kasten Sachen von hohem Wert verpackt sein könnten. Der Kammerherr hatte früher einmal durch mehre Jahre die Geschäfte eines Schloßhauptmanns besorgt und war mit dem alten Hausgerät einiger fürstlichen Schlösser bekannt, wußte jedoch auf keinem Boden etwas Verdächtiges zu finden. Da ihm aber der Student als Günstling des Hauses vor Augen trat, wollte er an dem jungen Mann seine Geneigtheit erweisen und forderte denselben auf, sich als Landeskind dem Erbprinzen vorzustellen. Das geschah. Eine Folge der Vorstellung war, daß unser Student zu einem Abend eingeladen wurde, an welchem der Prinz mehre akademische Bekannte bei sich empfing.

Es war für den Studenten ein bangsamer Abend, und der Armine hatte allerlei Ursache, argwöhnisch zu sein. Denn in diesem Jahr gährte es heftig in der Studentenschaft. Gerade die Händel zwischen dem Corps der Markomannen und der großen Genossenschaft Arminia hatten den Sturm aufgewirbelt. Und die letzte Veranlassung des Unwetters war seltsam und lehrreich für Jeden, der die geheime Verknotung irdischer Ereignisse beachtet. Jener Zwist der Professoren, welcher die Vertreter der Altertumswissenschaft voneinander schied, der Kampf zwischen Werner und Struvelius, hatte zu seiner Zeit die akademische Jugend durchaus nicht aufgeregt. Aber kurz darauf war unter den Studenten ein Lied aufgetaucht, in welchem die Abenteuer des Struvelius respektwidrig besungen wurden. Dies Lied war als Kunstwerk schwächlich, es lief im Bänkeltone und war mit einem wiederkehrenden Schlußreim geziert, welcher lautete: »Struvelius, Struvelius, heraus mit deinem Fidibus, wer sich verbrennt, der hat Verdruß.« Der Dichter ist nie ermittelt worden. Wenn man aber erwägt, daß dieses Lied, soweit sein possenhafter Inhalt erkennen ließ, feindselig gegen Struvelius und zu Werners Ruhm gedichtet war, und wenn man ferner erwägt, daß es zuerst unter den Arminen aufkam und daß unter den Kindern Armins einer mit lyrischer Vergangenheit war, daß dieser Eine zu Werners Kränzchen gehörte und daß im Kränzchen das Pergament einigemal verächtlich als Fidibus behandelt wurde, so kann man die vorsichtige Vermutung nicht unterdrücken, daß unser Student seine scheidende Muse, als sie gerade zur Tür hinausgehen wollte, noch zu dieser niedrigen Leistung entwürdigt habe.

Das leichtfertige Lied war bei den Arminen heimisch, sein Schlußreim wurde zuweilen in stiller Nacht auf der Straße gehört, es war den Professoren sehr ärgerlich und nicht zuletzt dem Teetisch Werners, aber mit Gewalt ließ sich nicht dagegen ankämpfen. Den Markomannen und ihren Bundesgenossen blieb das Lied und seine Veranlassung gleichgültig, aber sie sangen die Verse nicht, weil diese einem Trinkliede der Arminen nachgebildet waren. Gerade da Werner sein Rektorat antrat, saßen in einer Gastwirtschaft Studenten aller Parteien durcheinander. Als ein Markomanne seine Pfeife an der Gasflamme anzündete und sich dabei das Corpsband versenkte, sangen einige Arminen höhnend den Schlußreim. Die Markomannen sprangen auf und geboten Schweigen.

Die natürliche Folge waren zahlreiche Forderungen. Leider blieb es dabei nicht. Ein Haufe Arminen war vor das Lager der Markomannen gezogen und hatte auf der Heerstraße dieselbe unfreundliche Weise angestimmt, es war zu bedauerlichen Zusammenstößen zwischen den Parteien und der Stadtpolizei gekommen, Untersuchungen und ernste Strafen waren das Ende gewesen. Werner selbst hatte in vertraulicher Besprechung mit einzelnen Häuptern Alles getan, das leidige Lied zu dämpfen, und seinem Ansehen war gelungen, den Gesang wenigstens auf der Straße zu bändigen. Aber der Groll war in den Herzen zurückgeblieben. Durch allerlei widerwärtige Vorfälle wurde bemerkbar, daß die akademischen Bürger uneiniger als gewöhnlich und in widersetzlicher Stimmung waren.

Dies alles wälzte der Armine in besorgtem Gemüt, als er im Vorzimmer des Prinzen seine Mütze neben die Kopfzierden großer Markomannenhäuptlinge hing. Indeß verlief der Abend besser als er dachte. Die Markomannen beobachteten in dem geweihten Raume anständige Höflichkeit. Ja, das Zusammentreffen erhielt eine Bedeutung. Denn gerade in dieser Zeit war Veranlassung, ein Fest der Universität durch solennen Commers zu feiern. Aber wie häufig große Angelegenheiten unserer Nation, drohte auch dieses Trinkfest durch den Zwist der Stämme vereitelt zu werden. Jetzt, wo der Armine unter den Markomannen Eispunsch trank, äußerte der Erbprinz, daß er gern einmal einen feierlichen Commers ansehen würde, und Beppo, Führer der Markomannen, sprach gegen den Arminen eine Ansicht aus, wie der Zwist beigelegt werden konnte. Der Armine erbot sich, diese Vorschläge seinem Stamme zu überbringen. Als der Kammerherr Bedenken gegen eine Teilnahme des Erbprinzen am Commers erhob, versicherte der Sohn Armins, von Punsch und Gespräch begeistert, daß auch sein Volk gemütvoll die Ehre empfinden werde, die der Erbprinz dem Fest durch seine Gegenwart erweise.

Die Bemühungen unseres Studenten hatten Erfolg; das Kriegsbeil wurde begraben, die akademische Jugend rüstete sich zu einem gemeinsamen Feste. Ein großer Saal, reich verziert mit den Farben aller Genossenschaften, welche an dem Commers Teil nahmen, war mit langen Tafeln besetzt. An den Enden standen im Festschmuck die Präsiden mit ihren Schlägern, auf den Stühlen saßen mehre Hundert Studenten nach Verbindungen gereiht; unter den Markomannen der Prinz und sein Kammerherr, und der Prinz trug heut der Verbindung zu Ehren ihre Abzeichen. Rauschende Musik trug den vollen Klang der Lieder weit in die Runde, es war ein guter Anblick, so viele Männer, Hoffnung und Kraft des nächsten Geschlechtes, in festlichem Gesange und den alten Bräuchen der Akademie beieinander zu sehen. Ohne Störung verlief das Fest bis gegen das Ende. Als der Kammerherr bemerkte, daß die Wangen glühten, der Gesang wilder dahinfuhr und die Musik dem akademischen Pulsschlag nicht schnell genug tönte, mahnte er in der Pause zum Aufbruch. Der Prinz erhob sich, selbst erregt durch Gesang und Wein, vor ihm schritt der gesammte Adel der Markomannen, das wogende Volk zu teilen. Sie mußten sich durch die Menge drängen, welche von den Stühlen aufgestanden war und durch einanderschwirrte. So geschah es, daß der Prinz von seinem akademischen Hofstaat abgeschnitten wurde und mit einem trotzigen Arminen zusammenstieß, der, durch Wein gestärkt und durch unsanfte Berührung der Vorausschreitenden erbittert, den Weg nicht räumte, sondern mit den Ellbogen unbillig verengte und den Rauch seiner Pfeife ruhig vor sich hinblies, so daß der Dampf dem Prinzen um den kleinen Bart fuhr. Da hatte der Prinz die Unbesonnenheit, den Studenten anzustoßen und zu sagen: »Sie sind ein unverschämter Wicht.« Und der Armine sprach mit lauter Stimme das verhängnisvolle Wort aus, welches nach akademischer Sitte einen Zweikampf oder Ehrlosigkeit des Geschmähten zur Folge hat. Er war im Nu von den düstern Gestalten der Markomannen umdrängt und dasselbe Schmähwort regnete von allen Seiten wie Hagel gegen seine dreiste Stirn. Er aber zog höhnend seine Schreibtafel und rief: »Einer nach dem Andern, daß keiner von dem Hofstaat fehlt, wie der Herr, so das Gesinde.« Und da der Andrang größer wurde, schrie er hinter sich: »Hierher ihr Arminen!« und begann im wilden Basse den Schlachtruf seines Stammes: »Struvelius, Struvelius, heraus mit deinem Fidibus!« Im Saale brach das Getümmel los, über Stuhl und Tisch sprangen die Arminen ihrem gefährdeten Krieger zu Hilfe – nicht mehr einzeln, sondern wie Heckenfeuer flogen die schmähenden Worte und Forderungen hin und her. Vergebens riefen die Präsiden zu den Plätzen, vergebens fiel die Musik ein, zwischen das Geschmetter der Fanfare klangen die zornigen Rufe der streitenden Parteien. Zwar eilten die Präsiden auf einen Hauf zusammen und trennten, im Zuge dazwischenfahrend, die Zankenden. Aber auf das wilde Toben folgten leidenschaftliche Erörterungen, die Verbindungen standen getrennt, die einzelnen Haufen verhöhnten einander und suchten nach altem Kriegsbrauch die Gegner allmählich bis zum äußersten Worte zu treiben, schon waren einige Ausdrücke gefallen, welche durch den Sittencodex der Akademie gänzlich verboten sind, die Schläger blitzten in der Luft und mehr als eine Faust packte statt der Waffe die Weinflasche. Die Musik stimmte das Vaterlandslied an, doch die Weise klang den Empörten widerwärtig in ihren Zorn, von allen Seiten donnerte der Ruf: »Aufhören.« Die verschüchterten Musiker schwiegen und der neue Ausbruch eines ungeheuren Tumultes schien unvermeidlich. Da sprang ein alter Häuptling der Teutonen, der sein Volk kannte, auf das Orchester, ergriff eine Geige, stellte sich als Dirigent hoch auf einen Stuhl und begann die kindische Melodie: »Ach, du lieber Augustin, Alles ist hin.« Die Musik fiel in klagenden Tönen ein. Jeder sah nach der Höhe, man erkannte den ansehnlichen Mann, der angestrengt auf der Geige kratzte, die Stimmung schlug plötzlich um, es entstand ein allgemeines Gelächter. Die Präsiden schmetterten mit ihren Klingen auf die Tische, daß mehr als eine zersprang, und geboten Ruhe, die Führer aller Verbindungen traten zusammen, erklärten den Commers für aufgehoben und forderten ruhigen Heimgang der Stämme, weil sie selbst alles Weitere in die Hand nehmen würden. Zornig drängte die Studentenschaft zum Saale hinaus und zerstreute sich zu ihren Sammelplätzen. Aber in jedem Haufen wurden die Vorfälle mit leidenschaftlicher Erbitterung besprochen und eilige Gesandtschaften schritten durch die Nacht von einem Lager zum andern.

Den Prinzen hatte der Kammerherr nach dem ersten Zusammenstoß aus dem Gewühl gerettet. Der Prinz saß in seinem Zimmer, bleich und entsetzt über den Unfall und die Folgen, die er zu haben drohte. Auch der Kammerherr war bestürzt, denn auf sein Haupt fiel die Verantwortung für diesen Skandal. Dabei sah er mit wirklicher Teilnahme auf den jungen Fürsten, der die Kränkung seiner Ehre so tief empfand und wie gebrochen vor sich hinstarrte, unempfänglich für den Trost, daß der Plebejer seine fürstliche Ehre so wenig zu kränken vermöge wie der Sperling auf dem Baum.

Nach einer schlaflosen Nacht empfing der Prinz die Ältesten der Markomannen, welche kamen, um den Beschluß ihres Stammes zu verkünden. Sie erklärten, daß ihr erster Häuptling Beppo erwählt sei, die Stelle des Prinzen bei den weiteren Verhandlungen mit den Arminen zu vertreten, und der Senior bat ritterlich, ihm diese Ehre zu bewilligen. Er fügte hinzu: nach der Meinung seiner Genossenschaft habe der Armine überhaupt keine Ansprüche auf den Vorzug, daß dem verruchten Schmähwort eine Forderung folge, und wenn der Prinz jedes weitere

90

Eingehen verweigere, würden die Markomannen alle Folgen auf ihre Genossenschaft nehmen. Aber sie wollten nicht verbergen, daß sie mit dieser Ansicht allein stünden, ja daß sie in ihrem eignen Corps Widerspruch gefunden hätten. Und Alles erwägend hielten sie für die beste Auskunft, wenn der Prinz dem akademischen Brauch ein Zugeständnis mache, dessen Größe sie allerdings tief empfänden.

Der Prinz war noch fassungslos, der Kammerherr bat die Herren, Sr. Hoheit einige Stunden Zeit zur Erwägung zu lassen.

Unterdeß trug unser Student, den die Rücksicht auf seine Dissertation gebändigt und vor persönlichen Verwickelungen bewahrt hatte, die Kunde des Unheils bestürzt an den Doktor, da er sich in dieser Angelegenheit vor den Rektor nicht traute. Der Doktor eilte zum Freunde, der bereits durch die Pedelle und Berichte der Polizei von dem unerfreulichen Ereignis wußte. »Über den persönlichen Streitfall des Prinzen ist mir bis jetzt keine Anzeige geworden, es ist vielleicht für ihn selbst und für die Universität wünschenswert, daß eine solche nicht erfolgt. Ich werde wachsam sein und weitere Ausschreitungen zu verhüten suchen, und ich werde meine Amtspflicht nach jeder Richtung auf das Strengste tun, sorgt aber dafür, daß ich über diese Angelegenheit nur erfahre, was mir Grundlage zu amtlichem Eingreifen werden kann.«

Fast in derselben Lage wie unser Student war der Kammerherr, auch er stellte sich sorgenvoll beim Doktor ein, erzählte den Streit und frug, was der Doktor von der Verpflichtung des Prinzen halte, sich durch seinen Stellvertreter aus einen Zweikampf einzulassen. Der Doktor erwiederte mit Zurückhaltung: »Jedes Duell ist Unsinn und Unrecht. Wenn der Erbprinz von dieser Ansicht durchdrungen ist und die Folgen derselben für sein Leben und dereinst für seine Regierung auf sich nehmen will, so werde ich der letzte sein, der gegen dies Martyrium etwas einwendet. Steht aber Ihr junger Herr nicht so sicher und frei über den Vorurteilen seines Kreises und ist auch ihm die stille Ansicht eingepflanzt, daß es für Cavaliere und Militärs eine bestimmte Ehre gibt, welche noch etwas Anderes bedeutet als die Ehre eines Ehrenmannes, und welche in gewissen Fällen ein Duell nötig macht, sollte Ihr Prinz nach solchen Anschauungen urteilen und dereinst regieren wollen, so will ich Ihnen allerdings bekennen, daß ich ihm das Recht nicht zugestehe, den Ehrbegriffen unserer akademischen Jugend entgegenzutreten.«

»Sie sind also der Meinung«, frug der Kammerherr, »daß der Prinz sich auf die angebotene Stellvertretung einlassen müsse?«

»Ich habe weder Recht noch Wunsch, hier eine Meinung auszusprechen«, versetzte der Doktor. »Ich kann nur sagen, daß mir die Stellvertretung auch nicht gefällt. Mir scheint die Sache so zu liegen: entweder Vernunft oder wenigstens persönlicher Mut.«

Der Kammerherr stand schnell auf. »Das ist ganz unmöglich; es wäre nicht nur eine unerhörte Abweichung von dem Herkommen und würde für den Prinzen neue peinliche Verwickelungen herbeiführen, es ist auch so vollständig gegen meine Überzeugung von dem, was einem Fürsten erlaubt ist, daß davon unter keinen Umständen die Rede sein kann.«

Der Kammerherr entfernte sich, nicht angenehm von der radikalen Auffassung des Doktors berührt. Nach der Heimkehr sagte er dem Prinzen: »Die Angelegenheit muß schnell beendet werden, bevor der Fürst davon erfährt. Höchstderselbe wird bei der Persönlichkeit des Gegners Ew. Hoheit jede Nachgiebigkeit auf das Strengste untersagen; und doch sehe ich, daß die Beziehungen meines gnädigsten Prinzen zu der Studentenschaft und vielleicht sogar andere persönliche Verhältnisse auf das Äußerste gefährdet sind, wenn es nicht gelingt, den hier üblichen Ansichten einigermaßen zu entsprechen. Darf ich deshalb Ew. Hoheit einen Rat geben, so ist es immer der, daß Höchstsie dem Kreise, in welchem wir einmal leben, eine große Bewilligung machen und Herrn von Halling als Vertreter annehmen.«

Der Prinz sah gedrückt vor sich nieder und sagte endlich: »Das wird wohl das Beste sein.«

Der große Häuptling Beppo, eine der besten Klingen der Universität, sollte sich also für den Erbprinzen schlagen. Nun erwies sich aber, daß die Arminen mit dieser Vertretung keineswegs zufrieden waren, sondern den unverschämten Anspruch erhoben, den Prinzen selbst in Fausthandschuhen und Batisthemd vor sich zu sehen. Namentlich Ulf der Dicke, Urheber des ganzen Skandals, erklärte, daß er den Markomannenführer ohnedies in seiner Brieftasche finde und nicht auf die fröhliche Aussicht verzichten wolle, mit ihm in Privatangelegenheiten einen Gang unter kleinen Mützen abzumachen.

Das war nicht zu leugnen; indeß ein großer Rat aller Senioren, welchen die Markomannen schnell zusammenriefen, entschied dafür, daß der Stellvertreter anzunehmen sei. Dagegen wurde die listige Forderung der Markomannen abgelehnt, daß der Armine zuerst gegen ihre Corpsgenossen auf die Kreide trete. Sie wollten dadurch den Prinzen der ganzen Sache überheben, da anzunehmen war, daß auch die stämmige Kraft des Arminen lange beseitigt sein würde, bevor nur die Hälfte der Namen in seiner Brieftafel getilgt war. Es blieb also nichts übrig, als daß die beiden Kämpfer zu zwei verschiedenen Malen aufeinander loshieben, der Markomanne zuerst im Namen des Prinzen. »Wir wollen uns beide Mühe geben, daß das zweite Mal nicht nötig wird«, sagte der Markomanne beim Aufbruch bedeutsam zum Vertreter des Arminen.

Jede Vorkehrung war getroffen, den verhängnisvollen Zweikampf geheim zu halten, nur die Beteiligten wußten die Stunde, selbst den Stammgenossen wurde von anderen Tagen gesprochen, denn die Pedelle waren wachsam, die Universität bereits von der höchsten Behörde aufgefordert, mit allen Mitteln weitere Folgen zu verhindern.

Am Mittag vor dem Zweikampf lud der Prinz die Markomannen zu Tische, es war dabei so viel von ähnlichen Geschäften die Rede, daß selbst dem Kammerherrn unheimlich wurde. Kurz vor dem Aufbruch stand der Prinz mit dem Senior in einer Fensternische, plötzlich faßte er die Hand des jungen Mannes, hielt sie fest und ein heftiges Schluchzen erschütterte ihm die Glieder. Bewegt sah der tapfere Knabe auf den Prinzen: »Es wird Alles gut gehen, Hoheit«, sagte er tröstend.

»Für dich, aber nicht für mich«, erwiederte der Prinz und wandte sich ab.

Als gegen Abend der Erbprinz unstät durch die Zimmer ging, machte der Kammerherr, der selbst trübe Gedanken loswerden wollte, den Vorschlag, heut abend das Haus des Rektors zu besuchen. Dies war der einzige Ort, wo er sicher war, nichts von der widerwärtigen Geschichte zu hören, und er war scharfsinnig genug, zu ahnen, daß auch dem Prinzen dieser Besuch am ersten wohltun werde.

Ilse wußte Alles. Unser Student, der wider Willen die Elster gespielt hatte, welche Unheil stiftend zwischen den Parteien auf und ab lief, umkreiste immer noch ängstlich das Haus des Rektors, er wagte an einem Studentenabend bei Frau Penelope zurückzubleiben, als sich die Anwesenden in das Zimmer des Rektors zogen, erzählte der Fragenden den ganzen Streit, schilderte die gefährliche Lage des Prinzen und flehte, Sr. Magnificenz nichts von dem Vorfall zu sagen. Als heut der Prinz eintrat, war unter den Anwesenden eine Spannung bemerkbar, welche solchen, die in gefährliche Geschäfte verstrickt sind, die Unbefangenheit nicht zu erhöhen pflegt. Der Kammerherr war liebenswürdiger als je und erzählte hübsche Hofgeschichten, aber er machte keine Wirkung. Der Prinz saß verlegen auf seinem Platz neben Frau Ilse, auch aus ihren freundlichen Worten fühlte er den Ernst, er sah, wie ihr Blick traurig auf ihm ruhte und sich schnell abwandte, als er die Augen aufschlug. Endlich begann er mit unsicherer Stimme: »Sie haben mir früher die Köpfe berühmter Männer gezeigt, darf ich Sie bitten, mir den Band noch einmal zu weisen?«

Ilse sah ihn an und stand auf. Der Prinz folgte ihr wie neulich zu der Lampe des Nebenzimmers. Sie legte den Band vor ihn, er sah teilnahmslos darüber weg und begann endlich leise: »Mir lag nichts an den Köpfen, nur mit Ihnen allein zu sein. Ich bin hilflos und sehr unglücklich. Ich habe keinen Menschen auf Erden, der mir ehrlich rät, was ich tun soll. Ich habe einen Studenten gekränkt und bin schwer von ihm beleidigt. Jetzt soll ein Anderer für mich den Streit ausfechten.«

»Arme Hoheit!« rief Ilse.

»Sprechen Sie nicht so zu mir, gnädige Frau, wie ein Weib das ansieht, sondern als ob Sie mein Freund wären. Daß ich Ihnen mit meiner Angst zur Last falle, macht mich in diesem Augenblicke vor mir selbst verächtlich, und ich fürchte, ich werde es auch Ihnen sein.« Er sah finster vor sich nieder.

Ilse sprach leise: »Ich kann nur reden, wie mir um's Herz ist, haben Hoheit ein Unrecht getan, so bitten Sie es ab, sind Sie beleidigt worden, so verzeihen Sie.«

Der Prinz schüttelte das Haupt. »Das würde nichts nutzen, es würde mich auf's Neue beschimpfen vor allen Andern und vor mir selbst. Nicht darum frage ich Sie. Nur Eines will ich wissen, darf ich einen Andern meinen Streit auskämpfen lassen, weil ich ein Prinz bin? Alle sagen mir, ich müßte es tun, ich habe zu Keinem Zutrauen, nur zu Ihnen.«

Ilse stieg das Blut in das Antlitz: »Ew. Hoheit legen eine Verantwortung auf meine Seele, vor der ich erschrecke.«

»Sie haben einmal zu mir die Wahrheit gesprochen«, sagte der Prinz finster, »wie noch niemals ein Mensch auf Erden, und jedes Wort aus Ihrem Munde war gut und herzlich. Und deshalb fordere ich auch, daß Sie mir heut Ihre wahre Meinung sagen.«

»Dann also«, rief Ilse, ihn groß ansehend, und das alte Sachsenblut wallte in ihr auf, »wenn Ew. Hoheit Streit angefangen, so müssen Sie ihn auch selbst als Mann zu Ende führen, und Sie selbst müssen dafür sorgen, daß es in ehrenvoller Weise geschehe. Ew. Hoheit dürfen nicht zugeben, daß ein Anderer um Ihres Unrechts willen Ihrem Gegner trotzt und seine gesunden Glieder in Gefahr setzt. Denn einen Fremden zu

Unrecht verleiten und in Gefahr stürzen und dabei ruhig zusehen, das ist das Schrecklichste von Allem.«

Der Prinz versetzte kleinlaut: »Er ist mutig und dem Gegner überlegen.«

»Und wie dürfen Ew. Hoheit Ihren Gegner einer fremden Kraft preisgeben, die stärker ist als die Ihre? Wenn Ihr Stellvertreter gewinnt oder verliert, Sie werden ihm mehr schuldig, als man einem Fremden schuldig sein darf, und durch Ihr ganzes Leben wird Sie der Gedanke drücken, daß er Mut bewiesen hat, wo Sie ihn nicht gezeigt haben.«

Der Prinz wurde bleich und schwieg. »Ich fühle ebenso«, sagte er endlich.

»Furchtbar ist Alles, was auf diesem Wege liegt«, fuhr Ilse mit gerungenen Händen fort, »Frevel hier und dort und blutdürstige Rache. Aber ist Ihnen unmöglich, ein Unrecht zu verhindern, so besteht doch Ihre Pflicht zu sorgen, daß es nicht größer werde und daß seine Folgen nicht auf Anderer Haupt sinken, nur auf das Ihre. Und Alles in mir ruft: Sie selbst müssen tun, wo nicht, was Recht ist, doch was am wenigsten Unrecht ist.«

Der Prinz nickte mit dem Kopfe und saß wieder schweigend. »Ich darf keinem von meiner Umgebung etwas sagen«, begann er endlich, »am wenigsten dem dort«, er wies auf den Kammerherrn. »Wenn ich verhindern soll, daß ein Anderer an meiner Statt den Streit ausficht, so muß das in den nächsten Stunden geschehen. Wissen Sie Jemand, der mir dabei helfen würde?«

»Meinem Mann verbietet sein Amt, in dieser Sache etwas für Ew. Hoheit zu tun. Der Doktor aber.«

Der Prinz schüttelte den Kopf.

»Unser Student«, rief Ilse, »er ist Ew. Hoheit aufrichtig ergeben, er ist ein Landsmann und fühlt großen Kummer über die Sache.«

Der Prinz überlegte. »Wollen Sie mir Ihren Diener für einige Stunden dieses Abends erlauben, sobald Sie seiner nicht mehr bedürfen?«

Ilse rief Gabriel, der am Tische beschäftigt war, in das Zimmer und sagte zu ihm: »Tun Sie, was Se. Hoheit aufträgt.« Der Prinz trat an das Fenster und sprach leise mit dem Diener.

»Verlassen sich Ew. Hoheit ganz auf mich«, sagte Gabriel und ging zu seinen Tassen zurück.

Der Prinz trat zu Frau Ilse, welche unbeweglich dasaß und auf das Buch starrte. »Ich habe die Köpfe angesehen«, sagte er ruhiger als er noch den Abend gewesen war, »und ich habe gefunden, was ich suchte. Ich danke Ihnen.«

Ilse erhob sich und kehrte mit ihm zur Gesellschaft zurück.

Die Gäste hatten sich entfernt und Ilse saß allein in ihrem Zimmer. Was hatte sie getan! Vertraute eines Mannes bei blutigem Beginnen, geheime Beraterin bei gesetzloser Tat! Sie, ein Weib, war Verbündete eines Fremden, sie, die Gattin des Mannes, der jetzt ein Wächter des Gesetzes sein sollte, war Helferin bei einem Verbrechen geworden. Welcher finstere Geist hatte ihr die Sinne betört, als sie vertraulich der Rede des Andern antwortete und flüsternd mit ihm verhandelte, was sie dem eigenen Mann nicht zu gestehen wagte?

Nein, der sie verlockt hatte, ein Fremder war er nicht. Seit ihrer Kindheit hatte sie mit innigem Anteil von ihm gehört, er war der künftige Gebieter ihrer Heimat, einst Herr über Leben und Tod auf dem Felsen, von dem sie hinabgestiegen war in die Fremde. Seit er zuerst vor sie trat, so rührend in seiner freudelosen Jugend, in der weichen Hilflosigkeit seines Standes, hatte sie zärtlich um ihn gesorgt, und was er ihr erwiesen hatte seit demselben Tage, war ein liebenswertes, lauteres Gemüt. Jetzt faßte sie bebende Angst auch um ihn. Sie hatte ihn in sein Schicksal getrieben, sie trug die Schuld eines Beginnens, das seinem Stande für ungeheuer galt. Wenn ihm zum Unheil wurde, was sie geraten, wenn der Gegner den armen schwachen Jüngling bis zum Tode traf, wie wollte sie das ertragen in ihrem Gewissen?

Sie sprang auf und wiederrang sie die Hände. Der Gatte rief ihren Namen, sie fuhr zusammen, denn sie fühlte sich in einer Schuld gegen ihn. Und wieder frug sie bange: »Welcher böse Geist hat mich verwirrt? Bin ich nicht mehr, die ich war? Wehe mir, ich habe mich nicht gehalten wie einer Christin geziemt, nicht als eine bescheidene Frau, die den Schrein ihrer Seele öffnen soll nur vor Einem. Dennoch aber«, rief sie, ihr Haupt erhebend, »wenn er wieder vor mir stände und noch einmal früge, ob er als Mann handeln soll oder als ein Schwächling, ich würde ihm wieder dasselbe sagen und immer wieder. Der Herr schütze mich!«

–

Als Krüger in das Schlafzimmer trat, den Prinzen auszukleiden, gab ihm dieser in kurzem Ton Aufträge, welche den Lakaien höchlich befremdeten. Da er aber dadurch seine vertraute Stellung befestigt sah, versprach er Gehorsam und Schweigen. Er löschte die Lampen und ging auf seinen Posten. Nach einer Stunde führte er den Studenten, welcher von Gabriel abgeliefert wurde, durch eine Seitentür in das Schlafzimmer des Prinzen. Dort fand eine leise Unterredung statt, deren Folge war, daß der Student in großer Aufregung aus dem Hause eilte und dem harrenden Gabriel den Auftrag gab, zu früher Morgenstunde eine Droschke an die nächste Straßenecke zu bestellen.

In dem Saale eines abgelegenen Kaffehauses vor der Stadt war beim ersten Morgenlicht eine ernste Gesellschaft versammelt, die Blüte der Corps und Verbindungen, erprobte Gesellen von verwegenem Aussehen, für jedes Studentenherz ein gewaltiger Anblick; heut sollten nacheinander mehre von den vielen Blutverträgen jenes Abends ausgeführt werden. Das erste Geschäft sollte der Studentenehre des Erbprinzen gelten. Die Kämpfer waren ausgezogen und in ihre Fechtertracht gekleidet; Jeder stand mit seinem Secundanten und Zeugen in einer Ecke des Saales, der Doktor – es war der alte Teutone von der Geige – hatte in einem Winkel sein Verbandzeug ausgebreitet und sah mit grimmigem Behagen auf die bevorstehende Arbeit, welche ihm neue lehrreiche Curen versprach. Aber die Arminen waren aufsässig, noch einmal traten ihre Secundanten vor den Unparteiischen und erhoben Beschwerde, daß der Prinz nicht gegenwärtig sei, um wenigstens durch seine Anwesenheit den Vertreter zu bestätigen. Sie forderten deshalb, daß der bevorstehende Gang nicht für ihn gerechnet werde, sondern als persönlicher Kampf der beiden Studenten, welche miteinander in mehrfache zarte Beziehungen getreten waren. Da die Markomannen kein gutes Gewissen hatten, denn sie hatten bei den Verhandlungen diesen Punkt zweideutig zu umgehen gewußt, machten sie jetzt den Vorschlag, daß der Prinz nachträglich mit dem Arminen oder dessen Secundanten am dritten Ort zusammenkommen sollte, damit zwischen beiden die gebräuchliche Versöhnung stattfinde.

Noch wurde darum gehandelt, mit Erbitterung, aber in kurzen Worten, wie der Zwang dieser Stunde gebot, da pochte der Fuchs, welcher die Wache an der Treppe hatte – es war ein junger Armine –, zweimal an die Tür. Alle standen unbeweglich. Nur die Secundanten rafften die Schläger zusammen und warfen sie in eine finstere Kammer, und unser Student, der als Zeuge seinem Stammgenossen noch seidene Stränge über die Pulsadern der Hand legte, sprang schnell an die Tür und öffnete. Eine kleine Gestalt im Mantel und runden Hut trat herein, es war der Erbprinz. Er nahm den Hut ab, sein Gesicht sah etwas bleicher aus gewöhnlich, aber er begann mit ruhiger Haltung: »Ich bin heimlich hergekommen; ich bitte die Anwesenden, mir zu erlauben, daß ich mir selbst

Genugtuung hole, und ich bitte Sie, Nachsicht mit mir zu haben, wenn ich mich in dem Brauch ungeübt zeige, denn es ist das erste Mal, daß ich mich versuche.«

Es entstand eine Stille, so tief, daß man das leise Schwirren des Rappiers hörte, welches in eine Ecke geschleudert war, alle Anwesenden empfanden, daß dies ein wackeres Tun war. Nur Beppo, der Markomanne, stand bestürzt und begann: »Schon deine Gegenwart genügt, die letzten Schwierigkeiten zu beseitigen, ich bestehe darauf, daß nicht umgeworfen wird, was beschlossen ist«, und leiser fügte er hinzu: »Ich beschwöre Ew. Hoheit, nicht das Unnötige zu tun, es ladet uns allen eine Verantwortung auf, die wir nicht übernehmen dürfen.«

Der Prinz erwiederte fest: »Du hast dein Versprechen erfüllt, ich werde dir für den Willen ebenso dankbar sein als für die Tat. – Aber ich bin entschlossen.« Er zog seinen Rock aus und sagte: »Legt mir die Binden an.«

Der Secundant des Arminen wandte sich zum Unparteiischen. »Ich bitte, den Gegner zur Eile zu mahnen, wir sind nicht hier, um Artigkeiten zu wechseln; will sich der Prinz selbst Genugtuung holen, wir sind bereit.« Die Markomannen rüsteten den Prinzen, und man darf den tapfern Gesellen das Zeugnis nicht versagen, sie taten es mit so inniger Ehrerbietung und ängstlicher Sorgfalt, als ob sie in der Tat Krieger des Volksstammes wären, dessen Namen sie trugen, und ihr junges Königskind zum tötlichen Einzelkampfe stellen sollten.

Der Prinz trat auf den Kreidestrich, seinem Secundanten, einem harten Balafré zitterte die Waffe in der Hand, als er sich neben ihm auslegte. »Gebunden – Los!« Die Klingen sausten in der Luft. Der Prinz hielt sich nicht schlecht, eine lange Gewöhnung, sich vorsichtig zu beherrschen, kam ihm zu gut, er vermied, gefährliche Blößen zu geben, und sein Secundant zog sich eine herbe Warnung des Unparteiischen zu, weil er ohne Rücksicht auf seine eigenen Glieder im Bereich des feindlichen Stahles lag. Der Armine war an Kraft und Kunst weit überlegen, aber er gestand später seinen nächsten Freunden, es sei ihm doch störend gewesen, das Fürstenkind leibhaftig im Bereich seines Schlägers zu sehen. Nach dem vierten Gange strömte das Blut von Ulfs breiter Backe auf das Hemd. Sein Secundant forderte Fortsetzung des Kampfes, der Unparteiische erklärte den Streit für beendet. Der Prinz stand still auf seinem Platze, jetzt entfiel der Schläger seiner Hand, und ein leises Zittern bewegte die Finger, aber sein Mund lächelte, und es war ein guter Ausdruck in den frohen Zügen. Ein Knabe hatte durch die ernste Viertelstunde das Selbstgefühl eines Mannes gewonnen. Bevor der Prinz sich zu seinem Gegner wandte, fiel er dem Markomannen um den Hals und sagte: »Jetzt kann ich dir von Herzen danken.« Der Unparteiische führte ihn zum Gegner, der unwillig vor dem Doktor stand, und doch auch ein Lächeln nicht unterdrücken konnte, das ihm weh genug tat, und Beide reichten einander die Hände. Nun traten auch die Arminen grüßend zu dem Prinzen, während der Unparteiische in den Saal rief: »Zweiter Fall.«

Aber der Prinz, der seinen Mantel wieder umgetan hatte, ging zu dem Leiter des Zweikampfes und begann: »Ich kann nicht fortgehen, ohne eine große Bitte auszusprechen. Ich bin unglücklicher Weise die Veranlassung des peinlichen Vorfalles gewesen, welcher jetzt die Studentenschaft entzweit, ich weiß wohl, daß ich gar kein Recht habe, hier einen Wunsch zu äußern, aber es wäre mir eine freudige Erinnerung für immer, wenn ich dazu beitragen könnte, daß Versöhnung und Friede beschlossen würde.«

Von seinen Markomannen hätte er in diesem Augenblick das Schwerste fordern dürfen, aber auch die Andern standen unter dem Eindruck eines ungewöhnlichen Erlebnisses. Ein beifälliges Murmeln ging durch den Saal, sogar der Unparteiische rief mit lauter Stimme: »Der Prinz hat ein gutes Wort gesprochen.« Die düstern Blicke Einzelner wurden nicht beachtet, die Secundanten und Senioren berieten in der Mitte des Saales, das Ergebnis war, daß die schwebenden Forderungen zunächst zwischen den Anwesenden ausgeglichen und eine allgemeine Versöhnung eingeleitet wurde.

Der Prinz verließ, von den Markomannen umdrängt, das Haus und sprang in den Wagen, Krüger öffnete ihm die Tür des Schlafzimmers. Der Kammerherr war über die lange Ruhe seines jungen Herrn gerade an diesem Morgen sehr verwundert; als er nach der Meldung des Kammerlakaien zum Frühstück eintrat, fand er seinen Prinzen behaglich am Tisch sitzen. Nachdem Krüger hinausgegangen war, begann der Prinz: »Das Duell ist abgemacht, Weidegg, ich habe mich selbst geschlagen.« Der Kammerherr stand erschrocken auf. »Ich sage Ihnen das, weil es Ihnen doch kein Geheimnis bleiben würde. Ich hoffe, der Streit unter den Studenten wird damit abgemacht sein. Sprechen Sie mir nichts dagegen und regen Sie sich selbst nicht auf, ich habe getan, was ich für recht hielt, oder doch für das kleinste Unrecht, und ich bin froher als ich seit langer Zeit war.«

Die Häupter der Markomannen hatten von den übrigen Anwesenden das Wort erbeten, daß die einzelnen Vorgänge dieses Morgens nicht verbreitet werden sollten, und man muß annehmen, daß Jedermann sein Wort gehalten habe. Dennoch flog durch Universität und Stadt blitzschnell die Kunde, daß der Prinz selbst durch wackeres Verhalten die Händel ausgeglichen habe. Und der Kammerherr erkannte aus frohen Andeutungen der Markomannen und aus den freundlichen Grüßen, welche sein junger Herr auf der Straße erhielt, noch mehr aber aus der veränderten Haltung des Prinzen selbst, daß der heimliche Zweikampf doch eine gute Seite gehabt hatte, und das versöhnte ihn ein wenig mit dem ärgerlichen Ereignis.

Als der Prinz einige Zeit darauf das Haus des Rektors betrat, wurde er in das Arbeitszimmer geführt und Werner begrüßte ihn lächelnd. »Ich war genötigt, meiner Regierung über die letzten Vorfälle zu berichten, und, gemäß der übereinstimmenden Aussage der vorgeladenen Studenten, beizufügen, daß Ew. Hoheit Dazwischentreten wesentlich dazu beigetragen hat, den Frieden wieder herzustellen. Mir ist der Auftrag geworden, Ihnen dafür warme Anerkennung der akademischen Behörde auszusprechen. Persönlich erlaube ich mir, dem Wunsch Worte zu geben, daß Alles, was Ew. Hoheit in diesen Tagen erlebt, Ihnen immer eine angenehme und fruchtbare Erinnerung sein möge.«

Als der Prinz sich vor Frau Ilse verneigte, sagte er leise: »Es ist Alles gut gegangen, ich danke.« Ilse sah stolz auf ihren jungen Herrn, und doch war die bange Unsicherheit der letzten Tage nicht ganz von ihr genommen, sie war dem Prinzen gegenüber stiller als gewöhnlich.

5. Alles gestört.

Der Frühling flog lustig durch das Land. Die Blütensträucher und die Beete der Gärten prangten stolz in den Farben ihrer Verbindung, in diesem Jahre sangen wirklich Staare in den Kästen des Herrn Hahn, und auf der Waldwiese vor dem Garten des Herrn Hummel freuten sich Hahnenfuß und wilder Lauch der feuchten Wärme. Den akademischen Bürgern wurde es eine behagliche Zeit, die Händel des Winters waren abgetan, die Pedelle zogen um zehn Uhr das Nachtcamisol an, und die

Vorlesungen der Herren Professoren liefen gemütlich nebeneinander hin wie Mühlräder bei hohem Stande des Wassers.

Auch der Rektor genoß die Ruhe, und sie war ihm zu gönnen, denn Ilse sah besorgt, daß seine Wange hagrer war als sonst, und daß am Abend zuweilen eine Ermüdung über ihn kam, die er früher nicht gekannt. »Er solle auf einige Monate sein Arbeitszimmer verlassen«, riet der Arzt, »das würde ihm wieder für Jahre die Spannung geben, jedem Gelehrten tue zwei, drei Mal im Leben solche Erfrischung not, eine Reise wäre die beste Cur.«

Felix lachte dazu, aber die Hausfrau bewahrte den Rat in treuem Gemüt und suchte unterdeß den Gatten so oft als möglich von seinen Büchern in das Freie zu entführen. Auch heut zog sie ihn am Arm durch Wald und grüne Wiesen. Sie wies ihm Schmetterlinge, die über den Feldblumen flatterten, und Vögelschwärme, welche in der warmen Luft dahinzogen. »Jetzt ist die Zeit deiner Unruhe, von der du mir einst erzählt hast, fühlst du nichts davon?«

»Ja«, sagte der Professor, »und wenn du mit mir ziehen willst, so machen wir wenigstens in Gedanken eine gemeinsame Reise in die Ferne.«

»Du willst mich mitnehmen?« rief Ilse erfreut. »Ich bin wie ein Murmeltier, ich kenne nur die Höhle, aus welcher mein Herr mich geholt, und den Deckel des Kastens, in dem er mich füttert. Darf ich wünschen, so fordere ich mir Eisberge, welche hoch über die Wolken ragen, und Abgründe, die steil ins Unermeßliche fallen. Aber aus den Bergen steige ich hinab zum Ölbaum und Orange, seit Jahren habe ich von den Menschen gehört, welche dort gelebt haben, euch allen lacht das Herz, sooft ihr von dem blauen Meer und der Herrlichkeit alter Städte redet. Das möchte ich sehen, deine Worte dazu hören und die Freude fühlen, die du beim Wiedersehen von Allem hast, was dir dort liebgeworden ist.«

»Gut«, versetzte der Professor, »also die Alpen, dann bis Neapel. Ich habe nur zuerst einige Wochen in Florenz für den Tacitus zu arbeiten.«
Hui, dachte Ilse, da ist der Codex wieder!

Sie saßen unter der großen Eiche nieder, einem Riesen des Mittelalters, der das neue Baumgeschlecht im Stadtwald überragte wie die Kuppel Sankt Peters die Dächer und Türme der heiligen Stadt. Und unter dem hohen Laubgewölbe, zu dem Ilse gern die Schritte lenkte, machten sie lustige Reisepläne zu Pinien und Kaktushecken.

Als sie aus dem Gehölz in die nahe Lichtung traten, sahen sie unter den Wiesenblumen die Livree eines Lakaien, sie erkannten den Prinzen mit seinem Begleiter, neben ihnen einen Wirt aus dem nächsten Dorfe. Die Herren traten grüßend heran. »Hier wird ein Anschlag gegen einige Stunden Ihrer Muße gemacht«, rief der Kammerherr dem Professor zu, und der Prinz begann: »Ich habe den Wunsch, einige Herren und Damen von der Universität ins Freie zu bitten, da ich hier doch nicht die Freude haben kann, sie in eigenem Hause zu sehen. Es soll keine große Gesellschaft sein, und so ländlich als möglich. Wir haben an diesen Platz gedacht, weil die gnädige Frau ihn öfter gerühmt hat. Und ich werde Ihnen dankbar sein, wenn Sie mir noch mit gutem Rat aushelfen wollen, wie die Sache am besten einzurichten ist.«

»Wenn Ew. Hoheit den Frauen eine Freude machen will, so laden Sie auch die Kinder ein. Ist es zugleich ein Kinderfest, so sind Hoheit sicher, daß es allen eine gute Erinnerung hinterläßt.«

Das wurde angenommen. Es erschienen zierliche Einladungen, durch welche Rektor und Decane und die Herren Professoren, mit denen der Prinz persönlich bekannt war, nebst ihren Familien für ein Fest im Freien geworben wurden. Der Gedanke fand bei Großen und Kleinen Beifall, und unter den Bekannten der Frau Professorin regte sich frohe Erwartung.

Auch Laura hatte eine Einladung erhalten, und ihre Freude war groß. Als sich aber am Abend ergab, daß der Doktor nicht eingeladen war, wurde sie unwillig.

»Mir fällt nicht ein, seinen Anwalt zu machen«, sagte sie zu Ilse, »doch er ist genau in meiner Lage; wenn man mich um deinetwillen eingeladen hat, so mußte man deines Mannes wegen auch ihn auffordern. Daß man dies versäumt hat, ist eine Taktlosigkeit oder etwas Schlimmeres. Und da er nicht gebeten ist, bin ich entschlossen, auch nicht zu gehen. Denn Fritz Hahn mag sonst sein wie er will, eine Nichtachtung hat er von diesen vornehmen Leuten nicht verdient.«

Vergebens suchte ihr Ilse auseinander zu setzen, daß der Doktor dem Prinzen, von dem doch die Einladung ausgehe, keinen Besuch gemacht. Laura blieb eigensinnig und versetzte: »Du bist ein beredter Verteidiger deines Prinzen und in den Gebräuchen vornehmer Leute besser bewandert, als ich dir zugetraut hätte. Ich aber werde zum Feste schulkrank, darauf verlaß dich. Wenn nicht anging, den drüben zu laden, so geht es bei mir auch nicht an. Sag aber dem Doktor nichts davon, damit

Fritzchen sich nicht etwa einbildet, ich täte es ihm zu Liebe, es ist nicht Freundschaft für ihn, sondern Bosheit gegen die Hofherren.«

An einem Sonntag fuhr zuerst ein großer Vorratswagen mit Krüger und einem Koch in die Nähe der großen Eiche, Kutschen des Prinzen holten die Herren und Damen, ein Omnibus, mit Laubgewinden und Kränzen verziert, lud die Kinder der Familien zusammen. Auf der Wiese war ein Zelt errichtet, seitwärts durch Gebüsch verdeckt eine Breterhütte mit aufgestelltem Kochherd; eine Musikbande saß versteckt im Walde und empfing die ankommenden Familien. Der Prinz und sein Kammerherr begrüßten an der Waldecke und geleiteten zum Mittelpunkt des grünen Festraumes, wo ein ungeheures Werkstück höchster Bäckerkunst den Leuchtturm bildete, in dessen Nähe man sich vor Anker legte. Bald verriet Geklirr der Tassen, daß man sich der unvermeidlichen Vorbereitung zu gemütvoller deutscher Fröhlichkeit hingab. Im Anfang waren die Geladenen feierlich, das Ungewöhnliche des Festes verursachte Erwägung. Als aber Raschke seine Rockschöße faßte und sich im Grase lagerte, als die andern Herren ihm folgten und dargebotene Cigarren anzündeten, bekam die Wiese ein theokritisches Aussehen. Da saß der Rektor auf dem Rasen, die Beine wie ein Türke zusammengeschlagen, daneben der Consistorialrat auf einem Stuhle und etwas entfernt auf einem abgeschlagenen Baumstamm der immer noch feindliche Struvelius, mit seinem starrenden Haar und der schweigsamen Weise dem kummervollen Geist der alten Weide ähnlich. Abseits von ihnen aber thronte auf einem alten Ameisenhaufen, über den er sein Taschentuch gebreitet hatte, Magister Knips, er hielt seinen runden Hut ehrerbietig unter dem Arm und stand auf, sooft der Prinz in seine Nähe trat. Unterdeß war der Prinz bemüht, die Damen zu unterhalten, seit den letzten Vorfällen des Winters war er ohnedies Liebling der Frauen, heut eroberte er vollends durch verlegene Anmut die Herzen der Mütter und Töchter. Er sprach verbindlich mit jeder Einzelnen, winkte den Lakaien, wo es fehlte, war um Alles besorgt und lachte über sich selbst, wenn er nicht Bescheid wußte. Ilse und er arbeiteten im stillen Einverständnis einander in die Hände, der Frauenwelt Liebenswürdiges zu erweisen, Ilse, gehoben von dem Gedanken, daß ihr Prinz den Leuten so gut gefalle, und der Prinz im Herzen selig über die kleine gemeinsame Arbeit, die er mit der Frau Rektorin besorgte.

Noch nie hatte er sich ihr so vertraulich nahe gefühlt als heut. Er sah nur sie, er dachte nur an sie. Im Geschwirr der Redenden, unter den

Klängen der Musik lauschte er auf jedes Wort aus ihrem Munde. Sooft er zu ihr trat, empfand er das warme Leben der schönen Frau wie einen wonnigen Zauber. Sie faßte nach einem Baumblatt, ihr Spitzenärmel streifte sein Gesicht, und von der Berührung des feinen Gewebes rötete sich ihm die Wange. Ihre Hand ruhte einen Augenblick auf der seinen, als sie ihm einen bunten Käfer darbot, und er fühlte den flüchtigen Druck wie einen Schlag im Herzen. »Der Käfer weiß Ew. Hoheit Zukunft. Sie dürfen ihn fragen: Liebes Marienvögelein, wie lange werd' ich lustig sein? ein Jahr, zwei Jahr und so fort, bis er entfliegt.« Der Prinz begann den Spruch, aber war noch nicht bis zum ersten Jahr gekommen, als der Käfer davonflog. »Das gilt nicht Ihnen«, tröstete Ilse lachend, »der Kleine war noch böse auf mich.« – »Lieber will ich das Unglück tragen«, versetzte leise der Prinz, »als daß es Ihnen naht.« Da nun Ilse, betroffen durch den innigen Klang seiner Worte, sich zu den Frauen wendete, hob er verstohlen das Tuch auf, welches ihr von der Schulter geglitten war, und drückte es hinter dem Baum an seine Lippen.

Lauter wurde die junge Welt, als aus der Hütte hinter dem Busch zwei Männer hervortraten mit rotem Rock und Trommel und die Jugend zu einem Vogelschießen einluden. Der Kammerherr nahm die Aufsicht über die Knaben, Ilse über die Mädchen, Jäger und Lakai halfen bei den Armbrüsten, die Bolzen knallten ohne Aufhören gegen den Leib der aufgerichteten Vögel, denn das Treffen war bequem gemacht, und wer gerade nicht schoß, konnte Preise bewundern, welche auf zwei Tischen ausgestellt waren. Es ging Alles schnell, wie bei einem Hoffest schicklich ist, die Lakaien durchwanderten unaufhörlich die Gesellschaft mit jeder denkbaren Erfrischung, die Splitter der Vögel fielen wie Hagel, und der Prinz verteilte die Preise an die Kinder, die ihn umdrängten. Bertha Raschke wurde Schützenkönigin, ein kleiner Consistorialrat ihr Mitregent. Jauchzend zogen die Kinder mit ihren Geschenken hinter den Trommlern bis zu einer langen Tafel, wo ihnen eine Mahlzeit bereitet war. Sie mußten niedersitzen, in der Mitte König und Königin. Jäger und Lakaien trugen die Gänge eines feinen Soupers auf. Der Kammerherr hätte nichts Besseres erfinden können, die Eltern zu verbinden, auch die Väter traten hinter die Stühle und freuten sich innig, wie die Kleinen aus den Krystallgläsern unschädlichen Wein tranken und selig aus rosigen Gesichtern die gemalten Teller und silbernen Aufsätze der Tafel anstaunten. Bald wurden sie lustig, zuletzt erhob sich sogar der kleine Consistorialrat und brachte die Gesundheit des Prinzen aus, alle Kinder schrieen hoch, die

Trommler trommelten, die Musik fiel ein und die Eltern umstanden dankend den Festgeber. Ilse aber brachte eine Schärpe getragen, welche die Frauen von Feldblumen geflochten hatten, und bat den Prinzen um die Erlaubnis, ihm die Schärpe anzulegen. Er stand unter den frohen Menschen selbst gehoben durch die harmlose Freude, welche die Andern erfüllte, und durch die achtungsvolle Neigung, welche ihn aus allen Augen ansah. Mit stummem Dank blickte er zu Ilse herüber und ohne Veranlassung wurden ihm die Augen feucht. Und wieder schrieen die Kinder ihr Hoch und die Trommler wirbelten.

Da sprengte ein Reiter in fremder Dienertracht aus dem Walde heran, der Kammerherr trat bestürzt zu dem Prinzen und überreichte ihm einen Brief mit schwarzem Siegel. Der Prinz eilte in das Zelt, der Kammerherr folgte ihm.

Der junge Herr hatte bei Feldblumen kein Glück. Die Festfreude war dahin, die Gesellschaft stand teilnehmend und unsicher in Gruppen um das Zelt. Endlich trat der Kammerherr heraus; während er sich an den Rektor wandte und die Anwesenden ihn umdrängten, sah Ilse den Prinzen an ihrer Seite, tiefe Trauer im Angesicht. »Ich bitte Sie, mich bei den Damen zu entschuldigen, wenn ich mich sogleich entferne. Der Gemahl meiner Schwester ist nach kurzer Krankheit gestorben, und meine arme Schwester ist sehr unglücklich geworden.« Der Schmerz zuckte in seinem Gesicht, als er fortfuhr: »Ich selbst habe meinen Schwager wenig gekannt, aber er war gegen meine Schwester sehr gut, und sie fühlte sich bei ihm glücklicher als je in ihrem Leben. Sie schreibt mir in Verzweiflung, und das Unglück ist für sie ganz unsäglich. Wie die Verhältnisse sind, wird sie an ihrem jetzigen Wohnort nicht bleiben dürfen, ich sehe voraus, daß sie wieder zu uns zurückkehren muß. Das ist unser bitteres Schicksal, nirgend ruhig zu bleiben, immer wieder gewaltsam herausgerissen zu werden. Und ich weiß, mich wird ein ähnliches Unglück treffen. Ich fühle mich jetzt hier wohl, Ihnen darf ich das gestehen, auch mir macht dieser Todesfall Vieles unsicher, ich ahne, er wird auch mich von hier fortziehen. Ich reise morgen auf einige Tage zu meiner Schwester, denken Sie mit Teilnahme meiner.« Er verneigte sich und trat in das Zelt zurück, in den nächsten Minuten rollte sein Wagen der Stadt zu.

Ilse eilte zu ihrem Gatten, dem vom Kammerherrn die Bitte ausgesprochen war, bei der Gesellschaft seine Stelle zu vertreten. Man beschloß sogleich aufzubrechen. Die Kinder wurden in die Wagen gesetzt, die Erwachsenen kehrten in ernstem Gespräch zur Stadt zurück.

Unterdeß saß die schulkranke Laura in ihrem Stübchen und stöberte unter den alten Liederdrucken. Nach jener Begegnung im Dorfgarten war sie mit Schrecken zu der Erkenntnis gekommen, daß die Tage ängstlicher Sorge um den Doktor ihren Schatz sehr vermindert hatten, wohl ein Dutzend – und nicht der schlechtesten – war leidenschaftlich hinübergeschleudert, die Schnüre, an welchen sie das Sammlerherz drüben festhielt, drohten dünn zu werden. Deshalb war das Trinklied für längere Zeit die letzte Spende geblieben. Heut aber, wo Fritz eine Behandlung erfahren hatte, welche ihr mehr Kummer machte als ihm selbst, mußte sie auf einen kleinen Trost für ihn denken.

Ein schwerer Tritt auf der Treppe störte die Wahl. Laura hatte kaum Zeit, ihren Schatz in die geheime Schublade zu werfen, als schon die schwere Hand des Herrn Hummel auf die Klinke drückte. Das war ein seltener Besuch, und Laura empfing ihn mit der Ahnung, daß er auch heut nicht ohne ernste Veranlassung erfolge. Herr Hummel trat dicht vor seine Tochter und betrachtete sie sorgfältig, als wäre sie eine neue Pariser Erfindung. »Du hast also Kopfschmerz und konntest die Einladung nicht annehmen? Das bin ich an meiner Tochter nicht gewöhnt. Bei deiner Mutter kann ich nicht verhindern, daß ihr Gefühl zuweilen in das Gehirn steigt, von deinem Kopf fordere ich, daß er unter allen Umständen frei bleibe. Weshalb bist du also der Einladung nicht gefolgt?«

»Es wäre mir ein unerträglicher Zwang gewesen«, sagte Laura.

»Ich verstehe«, versetzte Herr Hummel. »Ich bin nicht sehr für Fürsten, ich bin auch nicht gegen sie. Ich kann nicht finden, daß sie einen größeren Kopf haben als andere Leute, und ich bin deshalb veranlaßt, sie als einfache Kunden der bürgerlichen Gesellschaft zu betrachten, welche nicht immer Numero Eins weder sind noch tragen. Jedoch, wenn dich ein Prinz mit andern anständigen Personen zu einem ehrbaren Sommervergnügen einladet, und du dich weigerst, so frage ich als Vater nach dem Grund, und zwischen dir und mir soll jetzt von Kopfschmerz keine Rede sein.«

Laura erkannte an dem unwirschen Blick des Vaters, daß er noch Anderes im Schilde führe. »Wenn du die Wahrheit wissen willst, ich mache dir kein Geheimnis daraus. Ich bin nicht meiner selbst wegen eingeladen, denn was liegt den Leuten an mir, sondern als Tischzugabe unserer Hausgenossen.«

»Das wußtest du doch auch, als die Einladung ankam, und damals fuhrst du vor Freude in die Höhe.«

»Mir ist der Gedanke erst nachher gekommen.«

»Als du erfuhrst, daß der Doktor von drüben nicht geladen war«, sagte Hummel. »Deine Mutter ist eine sehr brave Frau, vor der ich alle Hochachtung habe, aber ihr begegnet zuweilen, daß man ihr ein Geheimnis abschrauben kann. Wenn du also etwas spintisirst, was weder die Welt noch dein Vater erfahren soll, so wird es klug sein, das Niemandem anzuvertrauen, weder in unserm Hause, noch in einem andern.«

»Gut also«, rief Laura entschlossen, »wenn du es gemerkt hast, so höre es noch einmal von mir. Ich bin ein Bürgerkind wie Fritz Hahn drüben, er ist öfter als ich mit den Herren vom Hofe zusammengetroffen; daß man auf ihn keine Rücksicht nahm, hat mir klar gemacht, daß man meinesgleichen als eine überflüssige Beigabe betrachtet.«

»Also der drüben ist deinesgleichen?« frug Herr Hummel, »das gerade war es, was ich dir ausreden wollte. Ich möchte nicht, daß du deine Gefühle nach den Wettergläsern von dort drüben einrichtest. Ich möchte nicht, daß Hahn junior auf den Gedanken käme, einmal einen Schwibbogen über die Gasse zu bauen und in Schlafschuhen von einem Haus in das andere zu wandeln. Der Gedanke gefällt mir nicht. Ich will dir nur einen Grund anführen, der mit meinem alten Zorn gar nichts zu tun hat. Er ist seines Vaters Sohn, und er hat keine rechte Courage für das Leben. Wer aushalten kann, Jahr für Jahr in dem Strohnest zu sitzen und Bücher aufzuklappen, der wäre, wenn ich mich als Mädchen betrachte, nicht mein Mann. Es ist möglich, daß er sehr gelehrt ist und gerade die Dinge weiß, um die sich andere Menschen wenig kümmern, ich habe aber noch nicht gehört, daß er sich dadurch etwas Ordentliches verdient hat. Deshalb, wenn geschehen könnte, was nicht geschehen wird, solange das Grundstück drüben ein Hühnerhof ist, wenn ich, Heinrich Hummel, zugeben wollte, daß mein einziges Kind vor der weißen Muse Strümpfe strickte, so wäre dies für mein Kind selbst ein Unglück. Denn du bist meine Tochter. Du bist innerlich ebensosehr ein Dickkopf wie ich von außen, und wenn du unter solche schwachherzige Leut gerätst, wirst du sie jämmerlich unterbuttern, und du selbst wirst darüber unglücklich werden. Deshalb also bin ich der Meinung, daß dein Kopfschmerz eine Narrheit war, und ich wünsche nie wieder von Leiden dieser Art zu hören. Guten Tag, Fräulein Hummel.« Er schritt zur Tür hinaus und brummte auf der Treppe: »Blühe, liebes Veilchen, das ich selbst erzog.«

Laura saß am Schreibtisch und stützte das schwere Haupt mit beiden Händen. Das war ein fürchterlicher Auftritt, die Reden des gewaltigen Vaters rissen ihr die Seele wund. Aber in seiner höhnenden Betrachtung des Nachbarsohnes war doch eine Wahrheit, die ihr selbst schon wie eine feindliche Spinne über die bunten Blätter ihrer Teilnahme gekrochen war. Er mußte hinaus in die Welt. Unten die Freunde dachten daran, in die Ferne zu ziehen, ach, sie selbst war ein armer Vogel, der vergebens aufflatterte, weil die Fessel am Fuß zurückhielt. Er aber konnte sich lösen. Sie verlor ihn aus der Nähe, sie verlor ihn vielleicht für immer, aber das durfte sie nicht hindern, ihm die Wahrheit zu sagen. Hastig fuhr sie unter die alten Druckblätter, mit Mühe fand sie ein Reiselied, welches allerdings nicht recht auf den Doktor paßte, insofern es die Gefühle eines recht lüderlichen Landstreichers aussprach. Das Lied war schlimm, aber es gab nichts Besseres, unsre Vorfahren fanden, sofern sie sich nicht gerade der Wegelagerei befleißigten, geringes Vergnügen auf der Landstraße. Der Brief mußte das Beste tun. Sie schrieb also: »Die Sommervögel fliegen, auch die sehnsüchtigen Träume der Menschen suchen die Ferne. Zürnen Sie nicht, wenn der Absender Sie bittet, etwas von der Stimmung dieses losen Liedes in Ihr eigenes Leben aufzunehmen. Für Sie ist die Heimat zu enge, Ihr Wert wird hier nicht erkannt, wie Sie verdienen. Sie selbst entbehren in dem stillen Hause der Eltern die Erfahrungen, welche der Mann gewinnt, wenn er sich durch eigene Tüchtigkeit ein neues Leben formt. Wohl weiß ich, daß Ihre höchste Aufgabe immer sein wird, durch Schriftwerke Ihre Wissenschaft zu fördern. Das vermögen Sie überall zu tun. Aber Sie sollten doch nicht verschmähen, auch im persönlichen Verkehr auf Jüngere lehrend zu wirken und sich selbst an den Kämpfen Ihrer Zeit tätig zu beteiligen. Auf, Herr Doktor, auch Ihnen singt hier der unbekannte Vogel sein Wanderlied. Mit Schmerz werden die Zurückbleibenden Sie missen.«

Zu derselben Stunde saß Gabriel in seiner Kammer und bürstete die letzten Stäubchen von dem Festgewand, das er über den Stuhl gebreitet hatte, zu seinen Füßen leckte sich der rote Hund die Pfote und ließ zuweilen leises Geknurr hören, das fast wie ein Seufzer klang. Gabriel betrachtete unzufrieden den Hund. »Schöner bist du im letzten Winter nicht geworden und besser auch nicht. Dein tückisches Dasein ist nur auf deine Schüssel und die Beine der Vorübergehenden gerichtet. Ich wüßte nicht, daß einmal ein Hund der Menschheit so verhaßt gewesen wäre wie du, und kein Hund hat diesen Haß so verdient. Deine einzige Freude ist, zu verachten, was wohlanständig ist. Denn was ist dir der liebste Festtag? wenn es geregnet hat und die Pfützen auf dem Wege stehen und ein Sonnenblick die Leute verführt, in den Wald zu spazieren: Dann lauerst du auf der Steintreppe, und kommt ein junges Mädchen vor deine Augen in recht hellem Sommerkleide, so springst du mit einem Satz vor ihr in die Pfütze wie ein Frosch, daß ihr Kleid bis an den Hals bespritzt wird und ich eine Droschke holen muß, worin die Person nach Hause fährt. Was hat dir gestern der fliegende Cigarrenhändler getan? Sein Kasten stand auf einer Bank am Garten des Herrn Hummel, und das Geschäft versprach gut zu werden wegen der Mücken im Tale, aber da wurdest du Bösewicht hämisch. Der Cigarrenmann tritt zwei Schritte von seinem Kasten zu einem Bekannten, du springst gegen das Butterbrot, das auf dem Kasten liegt, dabei mit allen vier Beinen auf das Glas; die Glasscheiben brechen, die Splitter mischen sich mit den Cigarren, du trampelst Glas und Stinkadores zu einem Brei, und fährst in das Haus zurück. Du hast es durchgesetzt, Scheusal, dein Herr hat den Cigarrenmann angefahren, als dieser gegen dich klagte, und der Mann hat seinen Kram aufgepackt und ist mit einem Fluch von unserm Hause weggezogen. Auf welchen Nachtwegen bist du seitdem dahingefahren? Kein Auge hat dich gesehen.« Er beugte sich zu dem Hunde nieder. »Also diesmal ist dir's wirklich ins Fleisch gegangen, es ist mir lieb zu merken, daß du nicht nur Andern schaden kannst, sondern auch dir selbst.« Gabriel sah nach der Pfote und zog einen Glassplitter heraus. Der Hund blickte ihn winselnd an.

»Wenn ich nur wüßte«, fuhr Gabriel kopfschüttelnd fort, »was der Hund an mir findet. Sind es die Knöchel oder weiß er einen schlechten Streich von mir, der ihm Spaß macht? Er haßt alle Welt, knurrt auch gegen seinen Hauswirt, nur zu mir kommt er auf Besuch und benimmt sich wie ein guter Kamerad. Und noch verrückter ist er zu meinem Rektor. Ich glaube nicht, daß Magnificenz viel von dem Leben Speihahns weiß. So oft dieser Unhold aber meinen Professor sieht, guckt er ihn aus seinem Haargebüsch schlau an und tut sein Äußerstes, er wedelt mit der Quaste. Und wenn der Herr nach der Universität geht, läuft er hinter ihm her wie ein Lamm hinter seiner Mutter. Wie kommt er dazu, seine schwarze Seele gerade auf meinen Gelehrten zu richten? Was will er von unserer Wissenschaft? Sie glauben doch nicht an dich, Junker

Speiteufel.« Er sah sich mißtrauisch um und fuhr schnell in seinen Rock. Im Sonntagsstaat trat er vor die Haustür. Bei Hahns war Niemand zu Hause, denn Dorchens Gesicht sah aus dem Fenster der Putzstube. Sie lächelte und nickte, Gabriel faßte ein Herz und schritt in den feindlichen Hausflur. Die Zimmertür öffnete sich, Dorchen knixste auf der Schwelle und Gabriel begann, die Tür in der Hand, feierlich: »Wenn ich an diesem schönen Tag das Vergnügen haben könnte, mit Ihnen auszugehen, so würde er mir noch angenehmer.«

Dorchen erwiederte, an der Schürze zupfend: »Ich muß als Hausunke hier sitzen, aber das darf ja Sie nicht hindern.«

»Es fehlt mir dann die Heiterkeit«, versetzte Gabriel mit einer Verbeugung, »denn ich muß doch immer an Sie denken, und da ich Sie jetzt selbst vor mir habe, ist mir das viel lieber als das bloße Denken im Freien. Wenn Sie mich also ein wenig hier dulden wollen –«

»Treten Sie doch näher, Herr Gabriel.«

»Nur auf die Türschwelle«, sagte Gabriel eintretend und hielt die offene Tür in der Hand. »Ich wollte Ihnen nur bei dieser Gelegenheit sagen, daß ich die Nummer, von welcher Sie neulich geträumt haben, bei keinem Collecteur finden konnte, ich habe jedoch eine andere genommen, und ich habe sie von einem kleinen Betteljungen ziehen lassen, weil das Glück bringt. Es würde mich erfreuen, wenn Sie diese Nummer mit mir zusammen spielen wollten. Es ist viel, denn es ist ein ganzes Achtel.«

»Aber das wird ja keine gute Vorbedeutung, Gabriel«, entgegnete Dorchen in artiger Verlegenheit.

»Warum nicht, Fräulein? es war ein richtiger Betteljunge.«

»Nein, ich meine, wenn zwei zusammen spielen, die einander lieb haben.«

»Liebes Dorchen«, rief Gabriel nähertretend und faßte nach ihrer Hand.

Ein dumpfes Gegurgel unterbrach das Gespräch. Dorchen fuhr erschrocken von ihm fort. »Das war wie ein Geist«, rief sie.

»Dies ist unmöglich«, tröstete Gabriel, »erstens bei Tage, zweitens in einem neuen Hause und drittens ist es mit Geistern überhaupt soso. Es war nur auf der Straße.«

»Mir ist ein rechter Trost, daß Sie hier sind«, versicherte das furchtsame Dorchen. »Allein sein in einem großen Hause ist immer schreckhaft.«

»Und zu zweien in einem kleinen ist immer lustig«, ergänzte Gabriel unternehmend, »ach, Dorchen, wenn wir daran denken dürften.«

Wieder hörte man leises Gekrächz. »Es ist doch etwas hier«, schrie Dorchen, »ich fürchte mich.« Sie sprang von ihm weg in die Mitte der Stube. Gabriel ergriff eine Elle und suchte unter den Möbeln. »Also du bist's wieder«, rief er zornig und fuhr mit der Elle unter das Sopha. In einem Satze und Schrei sprang Speihahn hervor und auf den nächsten Stuhl, vom Stuhle auf den Pfeilertisch, worauf die Stutzuhr stand, er schleuderte die Uhr herunter, stürzte mit einem unförmlichen Sprunge nach und fuhr durch den Türritz ins Freie.

Es war die Stutzuhr, es war das Hochzeitsgeschenk, Herr Hahn zog sie jeden Abend auf, bevor er zu Bett ging; sie hatte zwei Alabastersäulen mit vergoldeten Krönchen, das Gehäuse war von amerikanischem Holz und stellte einen Triumphbogen vor. Jetzt lag das Kleinod in Trümmern, die Säulen gebrochen, das Holz zerborsten, das Zifferblatt zersplittert, in dem offenen Werke wirbelte ein einziges Rad mit fürchterlicher Schnelligkeit, alles Übrige war regungslos und tot. Dorchen stand entsetzt vor den Scherben und rang die Hände. »Das Scheusal«, seufzte Gabriel, bemühte sich vergebens um das verwüstete Kunstwerk, und suchte mit nicht besserem Erfolg sein armes Mädchen zu trösten, welche vor den Schrecken der nächsten Stunde zitterte.

»Mir hat geahnt, daß heut etwas passieren würde«, rief Herr Hahn nach der Heimkehr, »ich hatte gestern zum ersten Mal vergessen, die Uhr aufzuziehen. Aber jetzt ist meine Geduld zu Ende und es soll ein Krieg mit dem drüben werden auf Leben und Tod.« Drohend trat er auf das schluchzende Mädchen zu. »Bezeuge die Wahrheit«, gebot er, »das Gericht wird dein Zeugnis fordern, suche deine Rettung nicht in Heuchelei und Lüge. War er es, oder warst du es?« Dorchen berichtete noch einmal dramatisch die ganze Missetat Speihahns, sie rückte an dem Sopha, als könnte sie den Hund leibhaftig hervorholen, sie gab die geöffnete Tür weinend zu und erklärte Gabriels Anwesenheit aus einer Anfrage, die er getan. »Unglückliche«, drohte der zürnende Hausherr, »ich sehe deine Verlegenheit, du warst es selbst, dein Gewissen peinigt dich. Wie kannst du beweisen, daß er unter dem Sopha war? Von deiner Seele fordere ich handgreiflichen Beweis.«

»Hier ist er«, rief Dorchen immer noch schluchzend und wies in tragischer Stellung mit der Hand auf den Boden.

Und ein Beweis war unter dem Sopha unverkennbar, obgleich nicht gut handgreiflich, der Hund hatte zurückgelassen, was seinen Namen so sicher bestätigte, als hätte er sein Petschaft auf den Boden gedrückt.

Jetzt gab auch Frau Hahn zornig den Befehl, welcher einer Hausfrau vor solchem Greuel ziemte.

»Untersteht euch nicht«, rief Herr Hahn wieder, »hinweg mit Lappen und Tüchern, dies bleibt.«

»Aber Andreas«, klagte seine Frau.

»Dies bleibt, sage ich, es muß recognosciert und vidimiert werden. Holt sogleich Rote und seine Frau und wen ihr von sicheren Zeugen auf der Straße findet.«

Die Zeugen kamen und umstanden empört die Stätte des Verbrechens. Herr Hahn aber eilte an seinen Schreibtisch und schrieb einen kräftigen Brief an Herrn Hummel, worin er die Untat berichtete, die Zeugen nannte und drohend Schadenersatz forderte. Diesen Brief trug Rote mit einem Bret, worauf die Trümmer der Uhr lagen, zu Herrn Hummel hinüber.

Hummel las bedächtig den Brief und warf ihn auf den Tisch. »Ich lasse Ihrem Herrn zu dem neuen Sommervergnügen gratulieren«, sagte er kalt. »Tragen Sie diesen Präsentierteller sogleich wieder zurück, ich habe auf solchen Unsinn keine Antwort. Man mag tun, was man nicht lassen kann.«

Am nächsten Tage erhob wieder eine gerichtliche Klage ihr Medusenhaupt zwischen den beiden Häusern. Diesmal war auch Frau Hahn tief empört, und als sie am nächsten Tage Laura auf der Straße begegnete, wandte sie ihr gutmütiges Gesicht zur Seite, die Tochter der Feinde nicht zu grüßen.

Laura aber erhielt die Antwort des Doktors auf ihren Brief. Ein hübsches Gedicht rühmte das Glück des Elternhauses und als beste Freude des Nachbars Töchterlein, welche der Dichter im Garten unter ihren Blumen sah, sooft er über den hohen Zaun blickte. Dann las sie folgende Worte: »Die Mahnung, welche so herzlich aus Ihren Zeilen spricht, hat auch in mir geklungen. Ich weiß, was meinem Leben fehlt. Meine Wissenschaft macht mir überhaupt unmöglich, in größeren Kreisen Anerkennung zu finden, welche die Freunde eines Gelehrten ihm zuweilen eifriger fordern als er selbst; sie erschwert mir auch eine akademische Laufbahn, für welche ich jetzt auf einen zufälligen Ruf aus der Fremde angewiesen bin. Mit diesen Erwägungen bin ich leicht fertig. Aber die

Beschaffenheit meiner Arbeiten nimmt mir auch alle Hoffnung, daß jemals äußere Erfolge das Hindernis bewältigen werden, welches sich gegen die geheimen Wünsche meiner Seele aufgetürmt hat. Ich habe Stunden, wo selbst der große Gedanke seine Heilkraft verliert, daß Entbehren und Entsagen eine unerläßliche Bedingung für das Priesteramt ist, welches ich zu verwalten habe.«

»Armer Fritz!« rief Laura, »ärmer noch ich selbst. Sein Priesteramt! – Weshalb muß er entbehren, weil er Sanskrit treibt? Nicht Mut fehlt diesen Gelehrten, wie der Vater schmäht, aber die Leidenschaft. Sie sind selbst staublos und blutlos wie die alten Götter, von denen sie schreiben. Das knistert einmal in ihrem Leben und gibt einen Funken und man hofft auf eine mächtige Feuerflamme, aber sogleich ist wieder Alles gedämpft und durch kluge Erkenntnis zerdrückt.« Sie sprang auf. »Ha, könnte ich den Fritz beim Haar packen und hineinwerfen in das wildeste Getümmel, wo er sich blutig durchschlägt, dem Vater trotzt und etwas Großes auf's Spiel setzt, um zu gewinnen, was er, wie er leise klagt, für sich begehrt. Fluch dieser stillen, klaren, gelehrten Luft, sie macht langweilig, die in ihr atmen! Ihre stärkste Neigung ist ein schmerzliches Achselzucken über uns andere Sterbliche oder über sich selbst.« So zürnte die leidenschaftliche Laura in ihrer Dachstube, und wieder wurde ihr Papier von bittern Tränen befeuchtet, als sie in dem heroischen Vers Beruhigung suchte und die fremden Götter des Doktors in folgenden Zeilen ermahnte, gegen die Tücke Speihahns zu Felde zu ziehen.

Leuchtender Indra und ihr, glanzvolle Gewalten des Äthers,
Welche dem Erdengeschlecht jemals segnend genaht,
Eilt zur Rettung herbei, denn arg umdrängt uns das Unheil,
Schwarze Gestalten der Nacht füllen den friedlichen Hof,
Scheiden vom Kinde den Vater; und breit auf der Schwelle gelagert,
Knurret betörenden Fluch tückisch der greuliche Mops.

Der Friede blieb gestört, nicht nur den Nachbarn der Parkstraße, auch dem jungen Herrn, an dessen Fest die Verwirrung eingebrochen war. Der Prinz wurde einige Wochen in der Fremde aufgehalten, nach seiner Rückkehr lebte er in der stillen Zurückgezogenheit, welche ihm durch die Trauer auferlegt war. Die Vorträge auf seinem Zimmer wurden wieder aufgenommen, aber sein Platz an Ilse's Teetisch blieb leer.

Am Tage der akademischen Preisverteilung brachte die Studentenschaft ihrem Rektor einen großen Fackelzug. Durch die alten Straßen wogte der flammende Schein, die Fanfare tönte, kräftiger Männergesang brauste dahin, Giebel und Erker leuchteten in buntem Glanz, die Präsiden schwenkten lustig ihre Waffen, die Fackelträger spritzten die Funken gegen das andrängende Volk der Straßen. Der Zug wand sich in die Gasse am Tal, er hielt vor dem Hause des Herrn Hummel, wieder Musik und Gesang, eine Deputation betrat feierlich die Hausschwelle. Hummel sah stolz auf den langen Strom roten Lichtes, welcher heranflutete und sich an der Masse seines Baues brach. Die ganze Ehre galt nur seinem Hause, wenn er auch nicht verhindern konnte, daß Dampf und Lohe sich gleich verteilten und das feindliche Dachgesims verklärten.

Oben beim Rektor waren einige der nächsten Freunde versammelt, er empfing in seinem Zimmer die Führer der Studentenschaft zu Rede und Gegenrede. Während die Anwesenden nahe traten, die feierlichen Worte anzuhören, öffnete sich leise die Tür von Ilse's Zimmer; der Prinz trat ein. Ilse eilte ihm entgegen, er aber begann ohne Gruß: »Ich komme heut, Ihnen Lebewohl zu sagen. Was ich ahnte, ist eingetroffen, ich habe den Befehl erhalten, zu meinem Vater zurückzukehren. Morgen werde ich mit meinem Begleiter von dem Herrn Rektor und Ihnen förmlichen Abschied nehmen, ich wollte Sie vorher auf einen Augenblick sehen. Und jetzt, da ich vor Ihnen stehe, habe ich keine Worte, für das, was mich hertrieb. Ich danke Ihnen für alle Freundlichkeit. Ich bitte Sie, mich nicht zu vergessen. Sie sind es, die mir diese Stadt liebgemacht hat. Sie machen mir schwer, von hier zu scheiden.« Er sprach die Worte so leise, daß sie nur wie ein Hauch in Ilse's Ohr drangen, und er wartete ihre Antwort nicht ab, sondern verließ das Zimmer so schnell wie er eingetreten war.

Draußen auf dem freien Platze an der Parkwiese warfen die Studenten ihre Fackeln zu einem großen Haufen, hoch fuhr die rote Lohe in die Luft, der Dampf ballte sich bleigrau um die Wipfel der Bäume, er rollte an den Häusern entlang, drang durch die geöffneten Fenster und beengte den Atem. Niedriger wurde die Flamme, aus den verkohlten Bränden stieg dünner Rauch. Es war ein schnelles, lustiges Rot, ein flüchtiges Feuer, verglommen, zerweht, nur Rauch und Asche blieben zurück. Aber Ilse stand noch immer am Fenster und sah traurig auf die leere Stelle.

6. Vor dem Drama.

»Er war ein Tyrann«, sagte Laura, »und sie hatte Recht, ihm nicht zu gehorchen.«

»Er tat in harter Weise seine Pflicht und sie ebenso die ihrige«, versetzte Ilse.

»Er war ein querköpfiger, engherziger Bursch, der zuletzt gedemütigt wurde, sie aber eine edle Heldin, die Alles wegwarf, was ihr auf Erden lieb war, um mit großem Herzen die höchste Pflicht zu üben«, rief Laura.

»Er hat gehandelt in dem Zwange seines Charakters, wie sie nach dem ihren. Sie war stärker als er und ging siegreich in den Tod, ihn zerbrach das Gewicht seines Tuns, da er lebte«, entgegnete Ilse.

Die Charaktere, über welche die Frauen sprachen, waren Antigone und Kreon.

Der Professor hatte an einem Herbstabend die Tragödien des Sophokles auf den Tisch seiner Frau gelegt. »Es ist Zeit, daß du die schönste Dichterkraft des Altertums in ihren Werken verstehen lernst.« Er las vor und erklärte. In dem stillen Frieden des deutschen Hauses schwebten die hohen Gebilde der attischen Bühne. Ilse hörte Fluch und herzerschütternde Klage um sich her, sie sah ein dunkles Verhängnis einbrechen über Menschen von höchstem Adel der Empfindung und ehernem Willen, sie fühlte den Sturm der Leidenschaft durch gewaltige Seelen toben und hörte zwischen dem Schrei der Rache und Verzweiflung weich die Accorde rührenden Gefühls in unwiderstehlichem Zauber ertönen. Wohl war für Ilse die Zeit gekommen, wo sie Gestalt und Schicksal fremder Menschen mit gutem Verständnis in sich aufzunehmen vermochte.

Nicht immer liegt das Sonnenlicht auf dem Pfade des Menschen, in täuschender Nebelnacht sucht er seine Richtung nicht mit dem Auge allein, er lauscht dann auch auf geheime Stimmen in seiner Brust. Aus dem Kampf entgegengesetzter Pflichten, aus dem Drange der Leidenschaft rettet den Menschen nicht zumeist der kluge Gedanke, nicht würdiges Lehrwort, ihn befreit oder wirft in die Tiefe ein kurzer Entschluß, der wie eine Naturnotwendigkeit aus dem Innern bricht und doch hervorgebracht wird durch den Zwang des ganzen früheren Lebens, durch Alles, was der Mensch weiß und glaubt, gedacht, gelitten und getan hat. Was in der finstern Stunde treibt zum guten Ziel oder in das Verderben, das nennen die Leute Charakter, und wie der Wanderer den Weg sucht durch Hindernisse und Schrecken, das nennt der Zuschauer vor der Bühne dramatische Bewegung.

Nur wer einmal unter den gaukelnden Bildern der Nacht dahingegangen ist und ernsthaft auf die geheime Mahnung seines Innern gelauscht hat, nur der versteht völlig, wie Andern zu Mute war, die in ähnlicher Lage den Ausweg aus beengendem Irrsal suchten und sich Heil oder Verderben fanden.

Auch um Ilse's Haupt waren in einzelnen Stunden flüchtige Schreckbilder dahingefahren, auch sie hatte gebangt, ob sie auf rechtem Wege war.

Die siebente Tragödie des Griechen war gelesen, die kühnste Darstellung herber Leidenschaft und blutiger Rache. Ilse saß noch stumm und erschrocken über den fürchterlichen Ausbruch des Hasses aus dem Herzen der Elektra. Da begann der Gatte, um ihr befreiende Gedanken herbeizurufen: »Jetzt hast du Alles gehört, was uns von Kunst und Gewalt eines wundervollen Dichtergeistes geblieben ist. Du aber sollst mir berichten, welcher unter seinen Charakteren dich am meisten gefesselt hat.«

»Meinst du, wo mich die Gewalt seiner Poesie am meisten ergriffen hat, so ist mir immer die neueste Gestalt die größte gewesen, und heut ist es das ungeheure Bild der Elektra. Fragst du aber, welche Gestalt mir am meisten wohlgetan hat –«

»Die sanfte Ismene«, unterbrach lächelnd der Professor. Ilse schüttelte das Haupt. »Nein, der mir am meisten gefällt, ist der wackere Sohn des Achill. Erst will er dem listigen Anschlag des Genossen nachgeben und einem Unglücklichen Gewalt antun, aber nach längerem Kampf siegt die edle Natur. Er erkennt, daß er ein Unrecht begehen will und ermannt sich.«

Der Professor machte das Buch zu und sah seine Frau erstaunt an. »Denn sieh«, fuhr Ilse fort, »gerade in den größten Gestalten deines Griechen ist eine Starrheit, die mich erschreckt. Allen fehlt etwas, um Menschen zu sein wie wir, sie zweifeln nicht wie wir, sie ringen nicht, ob sie recht tun, ihre Größe ist, unverrückt etwas Fürchterliches zu wollen oder den harten Nacken gegen ein furchtbares Schicksal zu stemmen. Wir aber fordern von dem starken Menschen, daß er zwar gewaltig tut, was er nach seinem Wesen tun muß, Gutes oder Arges, aber unsern vollen menschlichen Anteil gewinnt er doch nur dann, wenn wir die Sicherheit haben, daß es in seinem Innern gerade so arbeitet, wie vielleicht in uns selbst.«

»Wie vielleicht in uns selbst?« frug der Professor ernst und legte das Buch weg. »Woher kommt dir diese Erkenntnis? Ilse, hast du ein Geheimnis vor deinem Manne?«

Ilse erhob sich und sah betroffen nach ihm hinüber.

Doch der Professor fuhr heiter fort: »Ich will dir erst sagen, weshalb ich frage und was ich von dir wissen möchte. Als ich dich heimführte aus Hof und Flur, da warst du trotz deinem innigen deutschen Empfinden nach mancher Rücksicht eine Gestalt, wie wir uns Nausikaa und Frau Penelope behaglich in ihrer Umgebung ausmalen. Unbefangen nahmst du die Bilder der Welt in dich auf, du standest sicher und stark in festumgrenztem Kreis von Rechten und Pflichten; mit kindlichem Vertrauen holtest du von der Sitte deines Kreises und aus heiligen Sprüchen die Richtschnur für Urteil und Handeln. Deine Liebe zu mir, die Berührung mit anders geformten Seelen, der Einblick in ein neues Gebiet des Wissens erweckten in deinem Innern leidenschaftliche Klänge, die Unsicherheit kam und der Zweifel, neue Gedanken arbeiteten heftig gegen alte Vorstellungen, die Forderungen deines gegenwärtigen Lebens gegen den Inhalt deiner Mädchenjahre. Du warst durch Monate unglücklicher als ich wußte. Jetzt aber bist du in einer Zeit, wo ich mich deiner fröhlichen Ruhe und deines Gedeihens freute, zu einem Verständnis des Menschen vorgedrungen, das mich überrascht. Oft habe ich in den letzten Abenden mit heimlicher Freude gesehen, wie warm deine Teilnahme und wie mild dein Urteil die Charaktere des Dramas begriff. Ich hatte erwartet, daß das Herbe und Ungeheure ihres Schicksals dich zuweilen abstoßen würde, und daß du behend sein würdest in Zuneigung und Abneigung, du aber hast dein Mitgefühl den dunklen Gestalten gegönnt wie den hellen, als wenn deine Seele selbst unter der Ahnung gezuckt hätte, daß sich im eigenen Leben Gutes in Böses verkehren kann und Segen in Fluch, und als wenn du in dir selbst erfahren hättest, daß der Mensch nicht nur dem äußren Sittengesetze zu folgen hat, wie erhaben sein Ursprung sei, sondern daß in Stunden der Not noch ein anderes Gebot dazu kommen müsse, welches aus der Tiefe der Menschenbrust heraufgeholt wird. Solche Einsicht aber wird dem Menschen wohl nur in Stunden der eigenen Gefahr. Es ist unwahrscheinlich, daß du dazugekommen bist ohne Erfahrungen, die mir fremd geblieben sind. Ich dränge mich nicht in dein Vertrauen, ich weiß, wie sicher ich deiner bin, aber ist dir's recht, so gib mir Auskunft, wie ist dir die feine Empfindung für die geheimen Kämpfe solcher Menschen aufgegangen, welche ein tragisches Schicksal fortreißt?«

Ilse faßte ihn an der Hand und zog ihn in ihr Zimmer. »Auf dieser Stelle war's«, rief sie. »Ein Fremder frug mich, ob er sich tötlicher Gefahr aussetzen solle um seiner Ehre willen oder ob er einen Andern der Gefahr preisgeben dürfe. Ich hatte ihm ein Recht zu solcher Frage gegeben, denn ich hatte schon früher zu ihm mit größerer Offenheit über sein Leben gesprochen, als für eine vorsichtige Frau klug war. Ich stand und rang gegen die Frage, die er mir stellte, aber ich konnte die Antwort nicht verweigern, und, Felix, Alles gesagt, ich wollte auch nicht. Ich gab einen Rat, der ihm ein blutiges Ende hätte bereiten können, ich gab den Rat heimlich, und ich war verstrickt in ein Verhängnis, aus dem ich mich nicht zu lösen wußte. Ich sah mich um nach dir, ich durfte dir nichts sagen, du wärest entweder untreu gegen deine Amtspflicht geworden oder du hättest das Ehrgefühl eines Andern für immer schädigen müssen; ich frug unsere heilige Lehre, sie rief mir nur zu, daß mein Rat sündhaft sei. Ich war unglücklich, Felix, daß ich in diese Lage gekommen war, noch unglücklicher, daß du mir versagen mußtest und unsere Lehre mich nicht heraushob. Aber ich habe in dieser Sache geraten, wie mir um's Herz war. Es ist nicht mein Verdienst, daß Alles besser geworden ist, als ich ängstlich gesorgt. Seitdem weiß ich, Felix, was Gewissenskampf ist. Und du kennst das einzige Geheimnis, das ich vor dir hatte. Tat ich ein Unrecht gegen dich, so urteile mild, denn, bei Allem, was mir heilig ist, ich konnte nicht anders.«

»Und der Prinz?« frug der Gatte leise.

»Er ist ein gutes, freundliches Herz, ein unerzogener Mann, ich aber bin dein Weib. Ihm gegenüber war kein Zweifel und kein Kampf.«

»Ich weiß genug, du ernsthaftes, ehrbares Weib«, sagte der Professor, »ich kann jetzt dir gegenüber meine Bücher zusammenpacken. Wenig gilt die Lehre, und sei sie noch so gut, gegen das Leben. Ein törichtes Studentenduell, in dem du unsichtbarer Beirat warst, hat für dein Inneres vielleicht mehr getan, als meine klugen Worte in Jahren durchgesetzt hätten. Sei gutes Muts, Frau Ilse von Bielstein, wie uns auch das Schicksal noch zausen mag, ich weiß jetzt, mit inneren Kämpfen wirst du fertig, und darum brauchen wir um die Gefahren, die von außen kommen, nicht zu sorgen. Denn was auch uns Menschen auf Erden störe und aufrege, wer sein eigenes Wesen einmal soweit kennengelernt hat, daß er auch die Geheimschrift anderer Seelen zu lesen vermag, der hat eine gute Schutzwehr gegen die Versuchungen der Welt.«

Was der deutsche Gelehrte sagte, der jetzt sein Weib so sicher in die Arme schloß, war nicht übel, nur schade, daß wir deshalb noch keine Sicherheit haben, die Geheimnisse anderer Seelen zu durchschauen, weil wir etwas von der Arbeit unserer eigenen belauscht haben; und schade, daß die größte Kenntnis fremder Seelenschrift nicht Schutzwehr wird gegen den Sturm der eigenen Leidenschaften.

Der Kammerherr, welcher als Hofmarschall des Erbprinzen fungierte, hatte beim Fürsten Vortrag über Angelegenheiten des Dienstes. Es galt unter Anderem, den Kammerlakai Krüger von der Buttermaschine in die Ehren und, was nicht weniger wichtig war, in das vollen Gehalt eines erbprinzlichen Kammerdieners zu befördern. Wider Erwarten war der Fürst bereit, auf die Vorschläge einzugehen, und der Kammerherr wollte bereits, der gnädigen Laune des Herrn froh, seinen Rückzug nehmen, als der Fürst ihm den Abgang durch die gütige Bemerkung hemmte: »Ihre Schwester Malwine sah leidend aus; sie tanzt doch nicht zu viel? Hüten Sie ihre zarte Gesundheit, nichts ist für solche Constitution schädlicher als eine frühe Heirat. Ich wünsche ihr freundliches Gesicht noch lange am Hofe zu sehen.«

Nun war aber Fräulein Malwine mit einem Offizier des Fürsten in der Stille verlobt, der Hof und die Stadt wußten es, die Verlobten aber waren arm und zu ihrer Verbindung eine Erlaubnis des Fürsten nötig. Um diese zu erhalten, wurde eine günstige Stunde abgewartet. Deshalb erschrak der Kammerherr über die Worte seines Herrn, er fand darin eine geheime Drohung, und während er für die huldvolle Teilnahme dankte, war auf seinem Gesicht deutlich die Betroffenheit zu lesen.

Nachdem der Fürst durch diesen kurzen Ruck am Wirbel sein Instrument gestimmt hatte, fuhr er gleichgültig fort: »Haben Sie eine Viertelstunde Zeit, so begleiten Sie mich in das Antikenkabinett.« Der Kammerherr verneigte sich.

Durch Corridor und Säle ging es in einen entfernten Teil des Schlosses, wo im obersten Stock eine große Sammlung von alten Münzen, geschnittenen Steinen und andern kleinen Überresten aus griechischer und römischer Zeit aufgestellt waren. Mehre Generationen regierender Herren hatten dazu beigetragen, den größten Teil hatte der Fürst selbst von seinen Reisen heimgebracht, er selbst hatte in früheren Jahren an Aufstellung der Sachen Anteil genommen und große Summen auf Ankauf verwandt. Allmählich war diese Liebhaberei geschwunden, seit Jahren hatte die Federbürste des Conservators den Staub nur für einzelne Fremde abgewehrt, welche zufällig in die fast unbekannte Sammlung gerieten.

Deshalb folgte heut der Kammerherr seinem Herrn mit der Empfindung, daß dieser ungewöhnliche Einfall irgend etwas bedeute, und obgleich er den sonnigen Höhen des Erdenlebens nahestand, neigte er sich doch zu der trüben Auffassung, daß das Bevorstehende nichts Gutes sein werde. Der Fürst nickte der tiefen Verbeugung des vernachlässigten Aufsehers zu, durchschritt prüfend die lange Zimmerreihe, ließ sich einzelne Behältnisse aufschließen, nahm das geschriebene Verzeichnis zur Hand und betrachtete angelegentlich die Goldmünzen Alexanders des Großen und seiner Nachfolger und eine Sammlung alter Glasgefäße und angeschliffener Glasscherben, an denen die kunstvolle Arbeit der alten Glaser auffallend war. Endlich frug er nach dem Fremdenbuch, in welches die Besucher ihre Namen einzeichneten. Nachdem er den Mann durch einen Auftrag entfernt hatte, begann er zu seinem Begleiter: »Die Sammlung wird weniger gesehen als sie verdient, ich habe längst daran gedacht, sie durch eine bessere Aufstellung und einen guten Katalog bekannt und für die Gelehrten nützlich zu machen. Sie ist eine von den kleinen Freuden meines Lebens gewesen, ich habe Manches dabei gelernt und Widriges auf Stunden vergessen. Wissen Sie Jemand, der geeignet wäre, die Leitung dieser großen und dankenswerten Arbeit zu übernehmen?«

Der Kammerherr besann sich, aber ihm fiel Niemand bei.

»Am liebsten ein Fremder«, fuhr der Fürst fort. »Das gibt ein vorübergehendes und ungezwungenes Verhältnis, er müßte natürlich als Gelehrter und als Mensch die besten Bürgschaften geben.«

Der Kammerherr nannte einen und den andern Sachverständigen aus anderen Residenzen; der Fürst sah ihn mit scharfem Blick an und schüttelte das Haupt. »Denken Sie darüber nach«, ermahnte er, »vielleicht fällt Ihnen doch Jemand ein.«

Die Besichtigung ging fort, bei einem antiken Gefäß erinnerte sich der Fürst mit Interesse, wie er dazu gekommen war. Eine Römerin, eine schöne, große Gestalt, war plötzlich an ihn getreten und hatte ihm das Stück angeboten, mit so vornehmer Haltung, daß er, wie er lächelnd äußerte, von der ungewöhnlichen Weise der Frau und ihrer klangvollen

Stimme überrascht, mehr gezahlt hatte als sie forderte. Dem Kammerherrn fiel noch Niemand ein.

Auf dem Rückwege nach seinen Zimmern blieb der Fürst in einem der einsamen Säle stehen und frug den Kammerherrn: »Ist Ihnen nicht aufgefallen, daß die Scarletti schlechte Toilette macht?« Der Kammerherr verneinte, denn die Tänzerin galt dafür, in Gunst zu stehen.

»Sie trug gestern Abend an der Brust einen unförmlichen Blumenstrauß. Wem von unsrer Jugend galt diese ungeschickte Aufmerksamkeit?«

Wieder erschrak der Kammerherr, jetzt wußte er, daß ein Hagelwetter gegen seine Saaten zog. »Da Sie heut in der Stimmung sind, nichts zu wissen«, fuhr der Fürst in scharfem Tone fort, »so bemerke ich Ihnen, daß ich ungern sehe, wenn der Erbprinz mit den Damen vom Theater irgendwelche Verbindung unterhält. Er ist nicht alt genug, um solche Verhältnisse mit dem nötigen Rückhalt durchzumachen, und die Eitelkeit der Erwählten trägt jede Gunst prahlend zur Schau.«

Der Kammerherr beteuerte bei seiner Ehre, daß er von dieser Artigkeit des Erbprinzen nichts gewußt und daß, auch wenn die Annahme seines gnädigsten Herrn begründet sei, nichts als ein flüchtiger Einfall des Prinzen diese Scene veranlaßt habe. »Ew. Hoheit werden überzeugt sein, daß ich zu so etwas nicht die Hand biete.«

»Ich will aber auch nicht, daß Sie die Augen schließen«, fuhr der Fürst bitter fort, »Sie haben in der Loge hinter dem Erbprinzen gestanden und Sie müssen die kokette Huldigung gesehen haben, welche ihm die Person darbrachte. Die Sendung ist wahrscheinlich durch den neuen Kammerdiener befördert. Machen Sie diesem bemerkbar, daß man in meinem Dienst nicht auf zwei Schultern trägt. Von Ihnen aber verlange ich«, fügte er ruhiger hinzu, »daß Sie Ihre Aufmerksamkeit verdoppeln. Die Gesundheit des Erbprinzen verlangt immer noch Schonung. Ich will nicht, daß er sich durch solche Verhältnisse körperlich zu Grunde richte. Er ist müßig und weich. Was beschäftigt ihn wohl jetzt?«

»Er besucht regelmäßig die kleinen Abende der Frau Prinzessin.«

»Und am Tage?« setzte der Fürst das Examen fort.

»Wie Ew. Hoheit bekannt, liebt er Musik, er spielt mit dem Concertmeister zu vier Händen.«

»Was liest er?«

Der Kammerherr nannte einige französische Bücher. »Darf ich mir einen untertänigen Vorschlag erlauben? Es würde Sr. Hoheit gewiß nach jeder Richtung nützlich sein, wenn derselbe die Freude hätte, etwas zu schaffen und einzurichten, vielleicht durch eine Parkanlage oder einen Bau. Ich wage anzuführen, daß sich eine ähnliche Tätigkeit junger Herren an andern Höfen als vorteilhaft bewährt hat. Vielleicht würde eines von Ew. Hoheit Schlössern für solche Beschäftigung geeignet sein.«

»Und der Erbprinz und Herr von Weidegg würden eigenen Hofhalt einrichten und mehre Monate des Jahres fern vom Hofe ihre Villeggiatura halten«, erwiederte der Fürst.

»Ich beteure, daß ich dabei nicht an mich gedacht habe«, antwortete der Kammerherr gekränkt.

»Ich verdenke es Ihnen nicht«, versetzte der Fürst mit zermalmender Leutseligkeit. »Die Rücksicht auf meine Kasse verbietet mir, Ihrem Vorschlag beizustimmen, aber ich will für die Zukunft daran denken. Daß der Prinz aus seinem Universitätsjahr kein Interesse mitgebracht hat, ist mir unlieb. Hat ihm denn diese Zeit auch kein persönliches Verhältnis zurückgelassen, das eine Bereicherung seines Lebens wäre?«

»Im Kreise des Professor Werner hat er sich sehr wohlgefühlt«, bemerkte zögernd der gute Kammerherr.

»Ich hoffe, er bewahrt seinem Lehrer eine dankbare Erinnerung.«

»Er spricht mit großer Teilnahme von ihm und seinem Hause«, entgegnete der Kammerherr.

»Es ist gut«, schloß der Fürst. »Die Beschäftigung durch einen Bau werde ich mir überlegen, und Sie vergessen nicht, ein wenig für meine Sammlungen zu sorgen.«

Diese neue Aufforderung brach die Kraft des Kammerherrn, noch schwieg er einige Augenblicke im inneren Kampf, während der Fürst weiterschritt, das Haupt auf ihn zugeneigt wie Jemand, der etwas Entscheidendes hören will.

»Für die Antiken wüßte ich allerdings keinen bessern vorzuschlagen als den Professor Werner selbst«, sprach endlich der Kammerherr.

Der Fürst blieb wieder stehen. »Sie halten ihn für geeignet?«

»Über seine wissenschaftliche Befähigung steht mir natürlich kein Urteil zu«, versetzte der Kammerherr vorsichtig.

Geärgert durch diesen feigen Versuch des Rückzuges frug der Fürst nachdrücklich: »Würde er einen solchen Auftrag annehmen?«

»Er hat dort eine angesehene Stellung und ist glücklich verheiratet, er würde sicher seine Häuslichkeit nicht für längere Zeit verlassen.«

»Vielleicht ließe sich das einrichten«, entgegnete der Fürst. »Also Werner? Er hat mir bei flüchtiger Begegnung einen guten Eindruck gemacht. Erinnern Sie mich doch heut Abend daran, daß wegen Bielstein etwas im Archiv nachzusehen ist.«

So bemühte sich ein Vater für das Gedeihen seines Sohnes.

Der Kammerherr erinnerte am Abend, daß wegen Bielstein etwas im Archiv nachzusehen sei, und der Fürst war dankbar dafür. Am nächsten Morgen wurde durch das Kabinet dem Archiv und einzelnen Zweigen der Hof- und Staatsverwaltung Befehl, alle auf Schloß Bielstein und Kloster Rossau bezüglichen Akten von einem gewissen Alter hervorzusuchen und einzusenden. Dieser Befehl veranlaßte ein starkes Aufrühren von Staub, fünf große Ledersäcke wurden mit Urkunden und alten Papieren angefüllt. Das Gesammelte wurde an den Professor gesandt; in einem Briefe sprach der Fürst seinen Dank für die Aufmerksamkeit aus, welche der Professor dem Erbprinzen erwiesen. Einer früheren Unterredung gedenkend, übersende er ihm zur Einsicht, was bei oberflächlichem Suchen über die Vergangenheit eines Ortes aufzufinden gewesen, an dem er Interesse nehme.

Diese Sendung bewegte zwei Forschern das Haupt zu schwerem Sinnen. Schon damals, als unser Student die unsichere Nachricht über eine erhaltene Kiste in den Frieden des Hauses geschleudert hatte, waren die Freunde wieder zu der Aufzeichnung des seligen Bachhuber zurückgekehrt und hatten jedes Wort derselben noch einmal sorgfältig erwogen: – »An einer hohlen und trockenen Stelle, *loco cavo et sicco.*« – Das Wort Stelle, locus, gab viel zu denken, es war darüber durchaus zu keiner Klarheit zu kommen. – »Des Hauses Bielstein, *domus Bielsteyn!*« – Hier war der Ausdruck Haus, domus, sehr merkwürdig. Bedeutete er, daß der Codex in dem Wohnhause selbst versteckt lag, oder war das Wort Haus in der veralteten Bedeutung Rittersitz, Gut, gebraucht? Der Doktor verfocht das Wohnhaus, der Professor den Rittersitz. Darauf aber kam sehr viel an. Denn wenn domus nur das Gut bedeutete, so konnte die Handschrift auch an irgendeiner andern Stelle auf dem Gutsgrund verborgen sein. – »Habe ich das alles niedergelegt, *haec omnia deposui!*« – Sehr tröstlich war das Wort Alles, *omnia*, denn es gab Sicherheit, daß der selige Bachhuber den Codex nicht zurückgelassen hatte. Aber das Niederlegen war um so zweifelhafter. Bezeichnete das Wort, daß der Codex nur in Bielstein deponiert, also den Bewohnern gewissermaßen anvertraut war, oder hatte Schreiber den Ausdruck gewählt, weil er das

Einsenken, in-die-Tiefe-Bergen andeuten wollte? Uns Laien im lateinischen Stil liegt freilich die Auffassung nahe, daß Bachhuber überhaupt froh war, eine lateinische Vocabel zu besitzen, durch welche er das Verstecken seines Schatzes andeuten konnte. Dagegen aber sträubte sich die Empfindung der Gelehrten.

Zuletzt vereinigten sich die Freunde in der Ansicht, daß die Hausmauern trotz jener Nachricht einer fortgesetzten Beachtung wert seien. Die hohlen Stellen, welche der Doktor verzeichnet hatte, wurden gemustert, der Wandschrank in Ilse's Schlafstube schien eine nicht verächtliche Möglichkeit darzubieten. Der Professor beschloß, in den nächsten Ferien wenigstens darüber Sicherheit zu erhalten. Zwar gestatteten die Geschäfte des Rektorats auch diesmal nur einen kurzen Besuch auf dem Gute, indeß vertraute der Professor auf seine gesellschaftliche Stellung, welche ihm Ilse's Zimmer und den Wandschrank öffnete.

Es war ein schöner Augusttag, der Vater ritt auf den Feldern umher, Ilse saß mit Clara in häuslicher Beratung, als sich in der Küche ein Aufstand erhob und die Mamsell außer sich in das Wohnzimmer stürzte: »Es spukt wieder!« Und in der Tat erschütterte ein lautes Pochen und Schlagen das Haus, die Mägde liefen im Flur zusammen, der Lärm kam aus dem menschenleeren Oberstock. Ilse eilte hinauf und traf, als sie die Tür ihres Zimmers aufriß, ihren Gatten in Hemdsärmeln, wie er mit allerhand Werkzeug des Gutsböttchers im Wandschrank arbeitete. Lachend empfing er sie und rief zur Beruhigung hinab, daß er die Breter am Wandschrank festschlage. Das war richtig, aber er hatte sie vorher ausgebrochen. Die Handschrift lag nicht dahinter, nichts war zu sehen als ein mäßiger, leerer Raum mit einigen Kalkbrocken. Nur ein Unerklärliches hatte sich gefunden, das doch gewissermaßen an den Codex erinnerte, ein kleiner blauer Tuchlappen. Wie der in die Mauer gekommen, war rätselhaft. Spätere Prüfung ergab, daß er nicht mit Indigo gefärbt, also wahrscheinlich schon vor Einführung dieser Farbe entstanden war. Ob ihn eine Maus in hausmütterlicher Sorge dort niedergelegt und deponiert hatte, zum Schmuck ihres Wochenbettes und zugleich als eßbaren Vorrat für verzweifelte Fälle, konnte nicht ermittelt werden, da gegenwärtig diesem Gesindel jede Überlieferung aus der Vergangenheit zu fehlen scheint, und die Täterin selbst wahrscheinlich schon vor einigen hundert Jahren von einer Ahnfrau unserer Katzen gefressen war.

Diese Entdeckung hätte eigentlich den Freunden die Zuversicht steigern sollen. Denn es gab jetzt bereits zwei Stellen, an welchen der Schatz zuverlässig *nicht* war. Aber in der Natur des Menschen ist viel Unlogisches. Auch der Doktor neigte sich jetzt der Auffassung des Professors zu, daß die Handschrift vielleicht gar nicht in dem Hause selbst stecke, ja daß sie wohl gar schon einmal aus ihrem Lager entfernt sei.

So stand die Angelegenheit, als die Sendung des Fürsten eintraf. Die Freunde saßen viele Stunden vor den Koffern und prüften sorglich die Akten. Für die Geschichte der Landschaft fand sich viel Wertvolles darin, lange nichts, was zum Codex verhelfen konnte. Endlich hob der Professor vom Boden eines Koffers ein dickes Bündel gehefteter Berichte, welche durch Beamte von Bielstein der fürstlichen Regierung übersandt waren. Darunter war das Schreiben eines Amtsverwalters aus dem Anfange des vorigen Jahrhunderts, worin dieser anzeigte, daß er bei schwebenden gefährlichen Zeitläufen sich beeile, Hohem Befehl gemäß, die an noch in seinem Verschluß befindlichen Truhen mit Jagdgerät und alten Büchern nach dem fürstlichen Lustschloß Solitude abzuliefern.

Zuverlässig hatte der Schreiber des Briefes nicht geahnt, welche Aufregung seine verblichene Schnörkelschrift unter späten Enkeln hervorbringen würde.

»Hier ist die Kiste des Studenten«, rief der Professor mit geröteten Wangen und hielt dem Freunde das Aktenstück hin.

»Merkwürdig«, sagte der Doktor, »es ist unmöglich, daß dies Zusammentreffen zufällig ist.«

»Die Kiste des Studenten war kein Nebelbild«, rief der Professor seiner Frau in ihr Zimmer. »Hier ist die Bestätigung.«

»Wo steht die Kiste?« frug Ilse neugierig.

»Das gerade ist es, was wir noch nicht wissen«, versetzte der Professor lachend. »Hier ist eine neue Fährte, undeutlich, von der alten Richtung weit abspringend, aber sie kann auf kurzem Wege zu dem verschwundenen Pergament leiten.« Die Freunde eilten in Weidmannseifer zu dem Aktenbündel zurück. »Alte Bücher«, rief der Doktor. »Das Haus war ein Jagdschloß, das Gut kam erst ein Menschenalter vor Abfassung dieses Briefes in den Besitz dieses Fürstengeschlechtes, es ist nicht wahrscheinlich, daß sie selbst bei ihren kurzen Jagdbesuchen dort Bücher aufgesammelt haben.«

»Alte Bücher«, rief auch der Professor. »Es können auch Jagdjournale und Rechnungen gemeint sein, aber unmöglich ist nicht, daß die Truhen wenigstens Einzelnes von dem alten Klostergut enthielten. Ilse, wo liegt das Schloß deines Landesherrn, welches Solitude heißt?« Ilse wußte nichts von einem solchen Schlosse.

»Es trifft sich gut, daß der Fürst selbst uns eine Veranlassung gibt, darüber Näheres zu erkunden.«

»Ach ihr armen Männer«, klagte Ilse in der Tür, »jetzt seid ihr viel schlechter dran als früher; solange der Schatz noch in unserm Hause lag, hielt wenigstens der Vater gute Wache, jetzt ist er in einem Kasten in die weite Welt gefahren, und sogar von dem Hause, in welches er getragen sein könnte, weiß man nichts mehr zu erzählen.«

Die Freunde lachten wieder. »Das Haus des Vaters bleibt deshalb noch verdächtig«, tröstete der Gatte.

Der Professor sandte Koffer und Inhalt an das fürstliche Kabinet zurück, sprach in einem Briefe an den Fürsten seinen warmen Dank aus und erwähnte, daß eine unsichere Spur ihm den Wunsch nahelege, die Erlaubnis zu persönlichen Nachforschungen zu erhalten.

Dieser Brief hatte für beide Teile die ersehnte Folge. Der Fürst erhielt die Genugtuung, welche für irdische Hoheit wertvoll ist, daß er eine Gunst zu gewähren schien, während er selbst eine suchte.

Der Professor aber war freudig überrascht, als umgehend ein Kabinetschreiben des Fürsten eintraf, in welchem dem Professor jede Förderung bei seinen Untersuchungen verheißen und daran ein Vorschlag geknüpft wurde. Der Fürst wünsche die Prüfung seines Antikenkabinets durch eine wissenschaftliche Größe, und der Fürst würde Niemandem lieber diese Tätigkeit anvertrauen als dem Professor. Er wisse wohl, wie wertvoll für Andere die Tätigkeit des Gelehrten sei, er hoffe aber, die Sammlung würde auch ihm wichtig genug erscheinen, um einige Wochen darauf zu wenden.

Zugleich schrieb der Kammerherr im Auftrage seines gnädigsten Herrn. Der Fürst werde sich freuen, den Professor für die Zeit seines Besuches in der Residenz gastlich aufzunehmen. Ein Gartenpavillon, der im ersten Frühjahr wohl bewohnbar sei, werde ihm zur Verfügung gestellt. Das Quartier sei geräumig genug, um außerdem noch seine Familie aufzunehmen, und es sei ihm befohlen, hervorzuheben, daß der Professor mit Gemahlin und Dienerschaft darin vollkommen Raum finde, da der Fürst nicht wünsche, daß der Gelehrte seine bequeme Häuslichkeit unterdeß ganz entbehre. Die ersten Wochen des Frühjahrs dürften für beide Teile die bequemste Zeit sein. Er, der Kammerherr, freue sich darauf, seiner Landsmännin in der Hauptstadt die Honneurs zu machen.

Der Professor eilte mit beflügeltem Schritt zu seiner Frau und legte den Brief in ihren Schoß. »Hier lies, was unsere Reise in die Ferne gefährdet, es beansprucht einen Teil der besten Reisezeit. Aber ich muß diese Einladung annehmen, denn jede Aussicht, auch die entfernteste, der Handschrift habhaft zu werden, zwingt mich, Alles einzusetzen, was der Mensch einer großen Hoffnung nur opfern darf. Willst du mit mir auf die Jagd ausziehen? Du siehst, die artigen Leute haben für Alles gesorgt.«

»Ich ein Gast unseres Landesherrn!« rief Ilse, in den Brief sehend, »nie hätte ich mir solche Ehre träumen lassen. Was wird der Vater dazu sagen! – Das ist für dich eine sehr ehrenvolle Einladung«, fuhr sie ernst fort, »und du mußt sie in jedem Fall annehmen. Für mich, wenn ich mir's recht überlege, ist es doch am besten, ich bleibe hier.«

»Wozu dich auf Wochen von mir trennen? Es wäre das erste Mal.«

»So schicke mich unterdeß zum Vater«, sagte Ilse.

»Ist das nicht dasselbe?« frug der Professor.

»Was soll ich unter den fremden Menschen?« fuhr Ilse ängstlich fort.

»Torheit!« rief der Professor, »hast du einen Grund, nicht mitzugehen?« und er sah ihr unruhig in das Angesicht.

»Nicht daß ich einen sagen könnte«, erwiederte Ilse.

»Dann also entschließ dich kurz und komm mit. Wir würden uns wahrscheinlich freier fühlen, wenn wir dort nach eigenem Gefallen leben könnten, aber im Gasthof einer fremden Stadt sehe ich dich zu wochenlangem Aufenthalt auch nicht gern, und nach anderer Rücksicht befreit diese Aufnahme beide Teile vor Anbieten und Zurückweisen einer Entschädigung. Wir bleiben dort, solange ich unumgänglich nötig bin, und dann geht's doch nach dem Süden, soweit wir kommen. Es ist zuletzt nur Aufschub der Reise von wenigen Wochen.«

Als die zustimmende Antwort des Professors eintraf, berichtete der Kammerherr in Gegenwart des Hofmarschalls dem Fürsten. »Sorgen Sie dafür, daß der Pavillon so bequem als möglich eingerichtet wird. Zur Tafel aufgetragen wird im Pavillon zu der Stunde, welche der Herr Professor angibt.«

»Und wie befehlen Ew. Hoheit, daß die Fremden zum Hofe gestellt werden?« frug der Hofmarschall.

»Das ist selbstverständlich«, versetzte der Fürst, »er hat das Vorrecht Fremder und wird gelegentlich zu kleiner Hoftafel eingeladen.«

»Aber die Frau Professorin?« frug der Hofmarschall.

»Ah«, sagte der Fürst, »die Frau, es ist wahr, sie kommt mit.«

»Also«, fuhr der Hofmarschall fort, »zwei Gedecke im Pavillon, zwei Logenplätze, ein Lakai ohne Livree.«

»Das genügt«, entschied der Fürst, »das Weitere wird sich finden. Wenn die Frau Professorin unsern Damen einen Besuch macht, so werden diese, wie ich annehme, die Artigkeit erwiedern. Im Übrigen wollen wir der Prinzessin nicht vorgreifen.«

»Was soll das mit der Fremden?« frug der Hofmarschall vor dem Palais den Kammerherrn. »Sie kennen ja die Leute.«

»Wie man sich in fremder Stadt kennenlernt«, versetzte der Kammerherr.

»Sie haben doch ihre Herkunft vermittelt?«

»Ich habe nur nach dem Befehl des Fürsten geschrieben. Der Professor ist ein angesehener Gelehrter von Ruf und durchaus Gentleman.«

»Aber was soll die Frau hier?«

Der Kammerherr zuckte die Achseln. »Er war wohl nicht ohne die Frau zu haben«, erwiederte er vorsichtig.

»Und doch lag dem Fürsten an ihr.«

»Ist Ihnen das aufgefallen?« frug der Kammerherr, »ich habe nichts davon bemerkt.«

»Er tat, als ob sie ihm sehr gleichgültig sei. Und sie ist gewissermaßen ein Landeskind.«

»Sie wissen, daß der Fürst der letzte wäre, welcher die Rechte des Hofes aus den Augen läßt. Es ist kein Grund zur Sorge.«

»In jedem Fall muß die Prinzessin sogleich ihre Stellung nehmen. Diese Frau Professorin gilt, wie ich höre, für eine Schönheit.«

»Ich glaube, sie ist ebenfalls eine Frau von Charakter«, entgegnete der Kammerherr.

Der Professor erhielt den erbetenen Urlaub. Ilse traf die Vorbereitungen zur Reise mit einem feierlichen Ernst, der ihrer ganzen Umgebung auffiel. Sie sollte jetzt mit ihrem Gatten in die Nähe des Fürsten kommen, den sie aus der Ferne mit scheuer Ehrfurcht betrachtete. Ihr fiel schwer auf das Herz, daß der Sohn nie von dem Vater gesprochen hatte, und daß sie von dem erlauchten Herrn nichts weiter kannte, als Antlitz und Geberde. Sie suchte alle Erinnerungen und alle Anekdoten zusammen, aber sein Wesen blieb ihr undeutlich, und sie frug sich ängstlich: wie wird er sein gegen Felix und mich? Ist er ein Kreon oder ein Odysseus oder Agamemnon der Völkergebieter? Und sie setzte sich aus diesen Gestalten ein Bild zusammen, das ihr kein Vertrauen einflößte.

Während Felix die Bücher und Aufzeichnungen, welche ihm für die Reise unentbehrlich waren, zusammensuchte, stand der Doktor kummervoll im Zimmer des Freundes. Er war innig überzeugt, daß der Professor sich der Pflicht nicht entziehen durfte, die Handschrift zu suchen, und doch war ihm diese Einladung des Hofes nicht recht. Der schnelle Aufbruch aus wohlbefestigtem Leben ängstigte ihn und er sah zuweilen prüfend auf Frau Ilse.

Laura saß am letzten Abend neben Ilse und lehnte sich weinend an ihre Schulter. »Mir ist, als stünde mir Großes bevor«, sagte Ilse, »und ich gehe mit Furcht. Dich aber verlasse ich ohne Sorge um deine Zukunft, obgleich dein kleiner Trotzkopf mich zuweilen geängstigt hat. Denn ein Anderer wird dir immer der beste Berater bleiben, auch wenn ihr euch wenig seht.«

»Ich verliere ihn zugleich mit dir«, rief Laura unter Tränen, »Alles entschwindet, was meinem Leben Freude gewesen war. In dem kleinen Garten, den ich mir in der Stille angelegt habe, sind die Blüten mit der Wurzel ausgerissen, auch für mich kommt die bittere Zeit der Entsagung, und der arme Fritz, der ohne dies mit stiller Resignation umherläuft, wird jetzt ganz in seiner Einsiedelei verkommen.«

Sogar Gabriel, der die Reisenden nach der Hauptstadt begleiten und ihre Heimkehr aus der Ferne auf dem Gut des Vaters erwarten sollte, war in diesen Tagen aufgeregt und verschwand öfter während der Dunkelstunde im Hause des Herrn Hahn. Am letzten Tage brachte er vom Markt ein schönes Kunstblatt nach Hause, worauf ein Vogel von ungewöhnlichem Aussehen durch aufgeklebte bunte Federn gebildet war, mit der Unterschrift: Prachthahn aus Madagascar. Gabriel schrieb dazu mit sauberer steifer Handschrift die freundlichen Worte: »Getreu bis an den Tod« und trug gegen Abend den Hahn in den Hausflur der Gegner. Man konnte dort ein Geflüster hören und ein Taschentuch sehen, welches über zwei betrübte Augen gewischt wurde.

»Es soll keine Anspielung sein auf den Namen dieses Hauses«, sagte Gabriel und hielt den Vogel noch einmal gegen den Mond, welcher durch das Treppenfenster seine Strahlen auf zwei traurige Gesichter herniederwarf, »aber es gefiel mir als Erinnerung. Denken Sie dabei an mich und die Worte, die ich darauf geschrieben habe. Denn Scheiden muß sein, aber es ist schwer.« Der ehrliche Junge fuhr nach seinem Tuche.

Dorchen nahm ihm das Taschentuch weg – sie hatte das ihre vergessen – und weinte sehr hinein. »Es ist nicht auf lange«, sagte Gabriel in seinem Schmerze tröstend. »Kleben Sie den Vogel in den Deckel Ihrer Truhe, und wenn Sie die Truhe öffnen und ein gutes Kleid herausholen, denken Sie an mich.«

»Immer«, rief Dorchen weinend, »ich brauche das nicht.«

»Wenn ich wiederkomme, Dorchen, sprechen wir weiter, wie es mit uns werden soll, und ich hoffe, es soll gut werden. Das Tuch, in das Sie geweint haben, soll mein Andenken sein.«

»Lassen Sie mir's«, bat Dorchen schluchzend. »Ich will's Ihnen nur sagen, ich habe Wolle gekauft und ich sticke eine Brieftasche. Die sollen Sie tragen, und wenn ich Ihnen schreibe, tun Sie meine Briefe hinein.«

Gabriel sah trotz seinem Kummer sehr glücklich aus, und der Mond blickte spöttisch herab auf die Küsse und Gelübde, welche gewechselt wurden.

Viertes Buch

1. Der Fürst.

Der Erbprinz ging mit dem Kammerherrn durch die Gartenanlagen, welche drei Seiten des fürstlichen Schlosses umgaben. Er sah gleichgültig auf die Farbenpracht der ersten Blumen und das junge Grün der Bäume, welches wie ein durchsichtiger Schleier um die Äste schwebte, heut war er noch schweigsamer als gewöhnlich; während der Vogel aus den Zweigen über ihm seine Weise pfiff, die Wellen der Frühlingsluft würzig von den Baumwipfeln wehten und gelben Blumenstaub auf seinen Hut streuten, klapperte er mit der Lorgnette. »Wer pfeift dort?« frug er endlich, aus seiner Teilnahmlosigkeit erwachend. Der Kammerherr sagte ihm, daß es eine Amsel sei. Der Prinz suchte den schwarzen Vogel mit den Gläsern und frug dabei nachlässig: »Was tragen die Leute vor uns?«

»Es sind Stühle für den Pavillon«, versetzte der Kammerherr, »er wird dem Professor Werner eingerichtet. Das Haus ist jetzt selten geöffnet, früher bewohnte es der gnädigste Herr zuweilen selbst auf einige Tage.«

»Ich erinnere mich nie darin gewesen zu sein.«

»Wollen Hoheit vielleicht die Räume betrachten?«

»Wir können vorbeigehen.«

Der Kammerherr lenkte auf den Pavillon zu, bei der Tür stand der Hofmarschall, welcher gerade zum Rechten sehen wollte. Der Erbprinz grüßte, warf einen flüchtigen Blick auf das Haus und wollte vorübergehen. Es war ein kleiner vergrauter Steinbau in verwegenem Zopfstil, um Tür und Fenster muschelartige Arabesken und dicke Gehänge von steinernen Blumen, welche von kleinen wassersüchtigen Engeln an Bändern gehalten wurden, die Bänder waren wie aus Elephantenleder geschnitzt, die Genien sahen aus, als wären sie aus schwarzem Sumpf gekrochen und eben erst in der Sonne getrocknet. Unter dem jungen Laub stand der finstere Bau wie eine große Kommode, in welcher alle gewelkten Blumen, die der Garten je getragen, und alle Moosbärte, die der Gärtner je von den Bäumen gekratzt, für spätere Geschlechter aufbewahrt werden.

»Es ist ein plumpes Haus«, sagte der Prinz.

»Gerade das düstere Aussehen hat dem gnädigsten Herrn immer wohlgefallen«, versetzte der Hofmarschall. »Wollen Ew. Hoheit nicht das Innere ansehen?« Langsam ging der Prinz die Stufen hinauf und durchschritt die Zimmerreihe. Noch war der Modergeruch in den langverschlossenen Räumen nicht durch das Räucherwerk gebändigt, in allen Kaminen flammten die Scheite, aber die Wärme, welche sie verbreiteten, kämpfte noch gegen die feuchte Luft. Die Einrichtung der Zimmer war durchaus regelrecht und vollständig. Schwere Türvorhänge mit großen Quasten und geschweifte Möbel mit vieler Vergoldung und weißen Kappen zur Schonung der seidenen Überzüge, Spiegel mit breiten Barockrahmen; um die Kamine Laubgewinde aus grauem Marmor, darüber geschnörkelte Vasen und Nippsachen aus gemaltem Porcellan. Im Ankleidezimmer stand auf einem Marmoruntersatz unter Glasglocke eine große Uhr, über dem Zifferblatt goß eine nackte vergoldete Nymphe aus ihrer Urne Wasser, welches zu gelbem Eis gefroren war. Alles war reich ausgestattet, aber die ganze Einrichtung, Möbel, Porcellan, Wände sahen aus, als hätte nie ein Auge mit Freude darauf geruht, nie eine sorgliche Hausfrau sich des Besitzes gefreut. Die Uhr war einst ein Geburtstagsgeschenk für den regierenden Herrn von einem gleichgültigen Verwandten gewesen, sie war flüchtig betrachtet beim Kauf und ebenso freudelos beim Empfange, jetzt war sie mit einer Nummer eingetragen worden in die große Liste, sie hatte sich in den ersten Jahren bemüht, durch Ticken ihr Zimmer behaglich zu machen, ihre Glasglocke hatte immer den Schall gedämpft, endlich hatte sie die unnützen Versuche aufgegeben und beharrte darauf, die zwölfte Stunde zu zeigen. Jetzt, wo der Kastellan sie von Neuem aufgezogen, tickte sie wieder müde und abgespannt, aber man sah ihr den Wunsch an, auch diese Anstrengung zu beenden. Es waren vornehme Allerweltssachen, sie hatten zuerst in den großen Gesellschaftsräumen gestanden, welche bei Hoffesten geöffnet werden, sie hatten aufgehört modisch zu sein und waren in Seitenzimmer gebracht worden. Jetzt war ihre Bestimmung, im Verzeichnis fortgeführt zu werden von einem Zeitalter auf das andere, und alljährlich einmal gezählt, ob sie noch vorhanden waren. So lebten sie ein unsterbliches Dasein, geschont und nicht gebraucht, bewahrt und nicht beachtet, und dabei sollten sie immer höher hinauf gefördert werden aus den Cavalier-stuben in die Zimmer der Unterbeamten, zuletzt nach langer Ruhe auf den Boden.

»Es ist feucht und kalt hier«, sagte der Prinz, an den Wänden umherblickend, und beeilte sich, wieder ins Freie zu kommen.

»Wie gefällt Ew. Hoheit die Einrichtung?« frug der Hofmarschall.

»Sie geht an«, versetzte der Prinz, »bis auf die Bilder.«

»Einige sind freilich etwas frei«, gab der Marschall zu.

»Meinem Vater wird lieb sein, wenn Sie diese bei Seite stellen. Wann wird Herr Professor Werner erwartet?«

»Heut gegen Abend«, versetzte der Kammerherr. »Haben Hoheit vielleicht den Wunsch, den Gast nach seiner Ankunft zu empfangen oder selbst zu begrüßen?«

»Fragen Sie deshalb an«, erwiderte der Prinz.

Als der Prinz mit seinem Begleiter die Treppe zu seinen Zimmern im Schlosse hinaufstieg, begann der Kammerherr: »Die Frau Professorin hat sich früher einmal über die Blumen gefreut, welche Ew. Hoheit ihr sandten, darf ich dem Hofgärtner den Auftrag geben, die Zimmer damit zu versehen?«

»Tun Sie, was Ihnen passend dünkt«, versetzte der Erbprinz kalt. Er trat in seine Wohnung, sah hinter sich, ob er allein war, und ging mit schnellen Schritten zu dem Fenster, von welchem er über den geschorenen Rasenplatz und die blühenden Gebüsche auf den Pavillon sehen konnte. Er starrte lange zum Fenster hinaus, dann nahm er ein Buch vom Tisch und setzte sich in die Sophaecke, zu lesen, aber er legte das Buch wieder auf den Tisch, ging hastig auf und ab und sah auf seine Uhr.

14

Die Hoftafel war vorüber. Die Damen warfen einen halben Blick hinter sich, ob ihr Hintergrund der Abschiedsverbeugung günstig sei, die Herren faßten die Hüte unter den Arm, der Hofmarschall trat in die Nähe der Tür und hielt mit gefälligem Anstand seinen Stock unter dem Goldknopf, sichere Anzeichen, daß die höchsten Herrschaften an den Aufbruch dachten. Die Prinzeß, welche noch in Trauer war, kreuzte den Weg des Bruders: »Wann kommen sie? Ich bin neugierig«, frug sie leise.

»Sie sind vielleicht schon da«, antwortete dieser vor sich niedersehend.

»Ich fahre heut zum ersten Mal ins Theater«, fuhr die Prinzessin fort, »kannst du, so komm in die Loge.«

Der Prinz nickte. Dem Marschall kam eine Meldung, er trug sie zu dem Fürsten. »Dein Lehrer Professor Werner ist angekommen«, sagte der Fürst laut zum Sohne, »du wirst den Wunsch haben, ihn zu begrüßen.« Er neigte sich gegen den Hof, die jungen Herrschaften schwebten hinter ihm aus dem Saale.

Der Kammerherr eilte dem Pavillon zu, ruhiger folgte der Hofmarschall. Ein fürstlicher Wagen hatte die Reisenden von der letzten Station abgeholt, die Bäume des Parkes, die Anlagen und die erleuchteten Fenster des Residenzschlosses flogen an den Reisenden vorüber. Der Pavillon war nicht mehr ein unförmlicher Bau, wie heut am Tage vor dem rücksichtslosen Strahl der Sonne und den gleichgültigen Augen der Hofherren. Der Mond beschien die Front, er übermalte mit schimmerndem Firnis die Mauern, versilberte die Backen der Engel und die dicken Tulpenblätter ihrer Blumengewinde und hob von der hellen Wandfläche die Schatten der vorspringenden Gesimse kräftig ab. Aus der geöffneten Tür drang Kerzenglanz, Lakaien in reichbetreßter Livree hielten die schweren Armleuchter. Der Haushofmeister, ein freundlicher Mann in Frack und Kniehosen, stand im Hausflur und begrüßte die Ankommenden mit verbindlichen Worten. Hinter den Lakaien stieg Ilse am Arm des Gatten über den Teppich der Stufen, und als der Diener den Türvorhang zurückschlug und die Zimmerreihe im Kerzenglanz strahlte, unterdrückte sie mit Mühe einen Ausruf des Erstaunens. Der Haushofmeister führte durch die Zimmer und erklärte kurz ihre Bedeutung, Ilse erkannte mit schnellem Blick, wie stattlich und bequem auch die Nebenräume waren. Bewundernd stand sie vor der Blumenfülle, die in Vasen und Schalen aufgestellt war, sie dachte, ob ihr kleiner Prinz diese zarte Aufmerksamkeit gehabt, und war einen Augenblick enttäuscht, als der

Beamte erklärte, der Herr Kammerherr habe dies gesandt. Während ihr ein artiges Mädchen vorgeführt wurde, das ausschließlich für ihren Dienst bestimmt war, stand Gabriel noch im Vorzimmer und überlegte, wohin er sich und sein Rüstzeug tragen sollte, damit die Stiefeln des Herrn Professors morgen früh dem Glanz des Hauses keine Schande machten, bis auch ihn einer der Lakaien in seine höhere Behausung einführte und kameradschaftlich auf die Laterne eines Gasthauses aufmerksam machte, das für ruhige Stunden vorzüglich gelegen sei.

Noch ging Ilse wie betäubt von der Herrlichkeit durch die Gemächer und prüfte gerade den Verschluß der Fenster, um frische Luft einzulassen, denn der starke Geruch der Hyazinthen bedrohte mit Kopfschmerz, da kam der Kammerherr und hinter ihm der Hofmarschall, auch ein artiger Herr von sehr feinem Wesen, und beide sprachen ihre Freude aus, den Professor und seine Gemahlin hier zu begrüßen, sie erboten sich zu jedem guten Dienst und erklärten an den Fenstern die Lage des Pavillons. Plötzlich riß der Lakai die Flügeltüren auf: »Des Erbprinzen Hoheit.«

Der junge Herr trat langsam über die Schwelle, er verneigte sich stumm vor Ilse und bot dem Professor die Hand: »Mein Vater trug mir auf, Ihnen seine Freude auszusprechen, daß Sie seinen Wunsch erfüllt haben«, und zu Ilse gewandt fuhr er fort: »Möchte Ihnen die Wohnung so bequem sein, daß Sie Ihr Quartier an der Waldwiese nicht zu sehr vermissen.«

Ilse sah mit inniger Freude auf ihren Prinzen; er war, wie ihr schien, noch ein wenig gewachsen, seine Haltung war immer gedrückt, aber die Wangen waren doch etwas gerötet, es ging ihm nicht schlecht, das war wohl zu sehen. Auch der kleine Bart war stärker und stand ihm gut.

Sie erwiederte: »Ich wage mich noch kaum umzudrehen, es ist wie in einem Feenschloß, man erwartet jeden Augenblick, daß ein Geist aus der Wand springen wird und fragen: befehlen Sie vielleicht, durch die Luft zu fahren? vier Schwäne halten mit einem goldenen Wagen am Fenster; man braucht auch keinen Stuhl, um hinein zu steigen, denn die Fenster reichen ja bis auf den Fußboden. – Die Parkstraße sendet ihre Huldigungen, und für die Sendung, welche mir der Herr Kammerherr unter die letzten Christbäumchen machte, sage ich Ew. Hoheit noch von Herzen Dank.«

Der Professor trat zum Prinzen, nannte ihm die Namen einiger Amtsgenossen, welche sich ihm zu geneigtem Andenken empfehlen ließen, und bat, dem Fürsten seinen Dank für die gastliche Aufnahme auszusprechen, bis ihm selbst die Ehre werde, sich dem hohen Herrn vorzustellen. Alles kräuselte sich in runden und zierlichen Schnörkeln, die Lampen und silbernen Armleuchter glänzten, die Hyazinthen sendeten aus allen Glöckchen süßen Wohlgeruch, die geschlossenen Vorhänge gaben den Zimmern ein trauliches Aussehen und an der gemalten Decke hielt ein fliegender Amor ein rotes Mohnbüschel über die Häupter der Gäste.

»Heut überlassen wir Sie der Ruhe, Sie müssen ermüdet sein«, schloß der Prinz den Besuch, und der Kammerherr versprach morgen bei guter Stunde dem Professor mitzuteilen, wann der Fürst ihn empfangen werde. Kaum hatten die Herren sich entfernt, als ein Diener meldete, daß zum Diner im Nebenzimmer serviert sei. »Jetzt am Abend?« wandte Ilse schüchtern ein.

»Das hilft nichts«, versetzte der Professor, »du hast den ersten Schritt getan, erweise auch ferner deine Tapferkeit.« Er bot ihr in dieser ritterlichen Luft den Arm, der Mann mit den Tressen führte in das Nebenzimmer und rückte die Stühle des reichgeschmückten Tisches. Die Gänge wollten kein Ende nehmen, trotz Ilse's Widerspruch schnurrte das volle Mahl ab, und sie sagte endlich: »Ich lasse mir Alles gefallen, diesen Geistern gegenüber hilft kein Sträuben; wer in einem Fürstenschlosse lebt, muß auch seine Dreistigkeit haben.«

Als die Mahlzeit endlich abgetragen und Ilse auch ihrer Sorge um Gabriel enthoben war, begann sie sogleich sich geschäftig einzurichten. Während sie auspackte und in Schränke und Schubkästen legen ließ, sagte sie heimlich zum Gatten: »Das ist ein sehr schöner Willkommen, Felix, und ich habe jetzt ein rechtes Vertrauen, daß Alles gut gehen wird.«

»Hast du denn je daran gezweifelt?« frug der Professor.

Ilse antwortete: »Ich habe eine heimliche Angst gehabt bis zu dieser Stunde, weiß selbst nicht warum, jetzt aber ist sie verschwunden, denn die Menschen sind hier alle freundlich und sehen gutherzig aus.«

Der Prinz ging durch die Anlagen dem Schlosse zu. Hinter ihm unterhielten sich die beiden Cavaliere.

»Das ist ja eine außergewöhnliche Erscheinung«, sagte der Hofmarschall, »eine Schönheit ersten Ranges, darin ist Race.«

»Es ist eine in jeder Hinsicht ausgezeichnete Frau«, versetzte der Kammerherr laut.

»Das haben Sie mir schon einmal gesagt«, erwiederte der Hofmarschall, »ich wünsche Ihnen nachträglich Glück zu dieser Bekanntschaft von der Universität.«

»Wie gefällt Ihnen der Professor?« frug ablenkend der Kammerherr.

»Er scheint ein gescheidter Mann«, entgegnete der Hofmarschall gleichgültig. »Nun, es ist lange her, seit der Pavillon eine solche Schönheit bewahrt hat.«

Der Prinz wandte sich um, er sah beim Schein des großen Kandelabers am Schlosse, daß die Herren einen schnellen Blick miteinander austauschten.

Der Wagen des Prinzen hielt an der Treppe, er stieg ein ohne Wort und Gruß für seine Begleiter und fuhr in die Oper. Dort trat er in den Salon der fürstlichen Loge.

»Wie gefallen sich die Fremden in ihrem Pavillon?« frug der Fürst freundlich.

»Sie sind mit Allem zufrieden«, versetzte der Erbprinz, »aber die Räume sind feucht, und sie werden für längern Aufenthalt ungesund sein.«

»Sie waren das doch bis jetzt nicht, soviel ich mich erinnere«, versetzte der Fürst kalt, »ich hoffe, auch du wirst dich davon überzeugen.« Und zu dem Kammerherrn gewandt befahl er: »Morgen nach dem Frühstück wünsche ich Herrn Werner zu sprechen.«

Der Erbprinz ging in die Loge seiner Schwester und setzte sich stumm an ihre Seite.

»Wo sind die Plätze der Fremden?« frug die Prinzessin.

»Ich weiß nicht«, erwiederte der Prinz. Die Prinzessin sah fragend hinter sich. »Gegenüber, die Fremdenloge«, erklärte der Kammerherr, »aber sie haben heut wohl noch mit ihrer Einrichtung zu tun.«

»Was ist dir, Benno?« frug die Schwester nach dem ersten Akt, »du hustest.«

»Ich habe mich ein wenig erkältet, es geht vorüber.«

Nach dem Theater zog sich der Prinz in sein Schlafzimmer zurück und klagte gegen Krüger über Kopfschmerz und rauhen Hals. Als er allein war, öffnete er das Fenster und sah über die Anlagen nach dem Pavillon, dessen Lichter wie Sterne durch die Nacht schimmerten. Der Prinz horchte, ob er einen Ton von drüben erlauschen könne. Ihm war warm, denn er nahm seine Halsbinde ab und stand lange unbeweglich am Fenster, bis die kühle Nachtluft sein Zimmer durchzogen hatte und drüben das letzte Licht erloschen war. Dann schloß er leise die Flügel und ging zu Bett.

Vorsichtig war das nicht, denn der Prinz, dessen Gesundheit ohnedies leicht gestört wurde, fühlte sich am nächsten Morgen stark erkältet, der Leibarzt ward eilig gerufen, der Prinz mußte das Bett hüten.

Als dem Fürsten die Erkrankung des Erbprinzen gemeldet wurde, geriet er in sehr üble Laune. »Gerade jetzt«, rief er, »er hat alles Unglück eines kränklichen Menschen.« Noch als der Professor gemeldet wurde, war die Weise, in welcher der Fürst die Meldung annahm, so kalt und wegwerfend, daß der Kammerherr um die nächste Stunde des Professors besorgt wurde. Indeß übten die lange Gewöhnung, sich huldreich darzustellen und die sichere Haltung des Professors besänftigenden Einfluß; nach wenigen einleitenden Worten versetzte der Fürst die Unterhaltung nach Italien, es fand sich, daß der Professor in Briefwechsel mit einem vornehmen Römer von ungewöhnlicher Gelehrsamkeit stand, den der Fürst zu seinen näheren Bekannten zählte, und daß er in Italien auch in den Kreisen gelebt, welche dem Fürsten bei seiner letzten Reise wohlgetan hatten. Dadurch wurde der Professor dem Fürsten allmählich in ganz anderes Licht gestellt, er hatte ihn als ein gleichgültiges Werkzeug herzugeholt und sah jetzt in ihm einen Mann, der persönliche Beachtung zu fordern hatte, weil er mit Andern bekannt war, deren Stellung der Fürst respektierte. Darauf frug der Fürst, wie es mit der verlorenen Handschrift stehe, und beobachtete lächelnd den leidenschaftlichen Eifer des Professors, als dieser ihm von der neuen Spur berichtete, die er in den Akten gefunden. »Es wird gut sein, wenn Sie mir in einer Denkschrift den ganzen Stand der Angelegenheit auseinandersetzen, das kommt meinem Gedächtnis am besten zu Hilfe; fügen Sie bei, welche Förderung Sie von mir oder meinen Beamten irgend wünschen.« Der Professor war dafür sehr dankbar.

»Ich lasse mir nicht nehmen, Sie selbst in das Antikenkabinet zu führen«, fuhr der Fürst fort, »ich will dabei erfahren, wie ein Gelehrter, der volles Sachverständnis hat, die stillen Freuden eines übel unterrichteten Sammlers ansieht.«

Die Türen flogen auseinander, der Gelehrte betrat an der Seite des Fürsten die weiten Säle. »Wir gehn zuerst flüchtig durch die Zimmer, damit ich Ihnen kurz Inhalt und Anordnung vorführe«, sagte der Fürst. Er berichtete, der Professor blickte auf eine Fülle von hübschen und lehrreichen Überresten des Altertums, auf Vieles, was ihm ganz neu war. Bald überließ der Erklärer den Gelehrten seinen eigenen Auge. Und jetzt gab dieser die Erläuterung: hier eine Inschrift, die wahrscheinlich noch Niemand abgeschrieben hatte, dort ein Tongefäß mit bedeutsamem Bilde, dort eine Statuette, merkwürdiges Nebenstück zu einem berühmten antiken Bildwerk, hier die unbekannte Münze eines römischen Geschlechts mit einem Familienwappen, dort wieder eine lange Reihe von Amuleten mit rätselhaften Zeichen. Es war dem Fürsten Freude, Unscheinbares als bedeutend zu erkennen und jeden Augenblick über Wert und Namen neue Aufschlüsse zu erhalten, der Professor aber hatte den Takt, lange Erklärungen zu vermeiden. Er selbst blickte mit frischer Freude auf die Sammlung. Gerade war für ihn eine Zeit gekommen, wo er, nicht durch größere Arbeit beschäftigt, eine heitere Empfänglichkeit für Eindrücke mitbrachte und bei jedem Schritte empfand, wie reizvoll die neuen Anschauungen waren, welche er erhielt. Denn sehr Vieles stand hier, was zu näherer Untersuchung lockte. Von dem schönen Behagen, welches er darüber fühlte, ging etwas auf den Fürsten über. Seine Fragen und die Antworten des Professors nahmen kein Ende, bei vielen Stücken freute den Fürsten zu erzählen, wie er dazu gekommen, und der Professor wußte ihn immer mit kleinen Geschichten ähnlicher Funde zu neuem Berichte zu veranlassen. So vergingen einige Stunden, ohne daß der Fürst Ermüdung merkte, und er war höchlich erstaunt, als ihm die Meldung wurde, daß die Stunde des Diners nahe sei. »Das ist nicht möglich«, rief er, »Sie verstehen die schwerste aller Künste, die Zeit vergessen zu machen. Ich erwarte Sie bei Tafel, morgen sehen Sie, ungestört durch mein Dazwischenreden, die Sammlung noch einmal an, dann gönnen Sie mir auch darüber schriftlichen Bericht, was die Aufstellung zu wünschen läßt, und wie zu machen ist, daß das Beachtungswerte auch der Wissenschaft zu Gute kommt.«

Bei Tafel – es war Niemand anwesend als einige Cavaliere, denen der Professor nach dem Rat des Kammerherrn schon am Morgen seinen Besuch gemacht – wurde die Unterhaltung fortgesetzt. Der Fürst erzählte viel von Italien und verfehlte nicht, im leisen Anschlag auch die persönlichen Beziehungen des Professors zu Bekannten des Fürsten durchklingen zu lassen, damit sein Hof über den Mann, der ihm gefiel, unterrichtet werde. Es war eine hübsche rollende Unterhaltung, und ehe der Fürst die Gesellschaft verließ, wandte er sich noch einmal zum Professor und sagte: »Ich wünsche lebhaft, daß Sie sich bei uns wohlfühlen, ich hoffe auf mehr als einen Tag, der für mich so anmutig wird als der heutige.«

Auch dem Professor war der Tag eine rechte Erfrischung gewesen, und in gehobener Stimmung sagte er beim Herausgehen zu dem Obersthofmeister: »Des Fürsten Hoheit versteht gut, Wohltuendes zu sagen.« Der Obersthofmeister neigte artig das weiße Haupt: »Das ist Beruf der Fürsten.«

»Wohl«, fuhr der Professor freudig fort, »aber so warmes Eingehen auf Einzelheiten bei einem ziemlich entlegenen Gebiete wissenschaftlicher Forschung war mehr, als ich vorausgesetzt habe.« Der Obersthofmeister machte eine höfliche Bewegung, welche andeuten sollte, daß er nicht gesonnen sei, zu widersprechen, ließ sich einen altfränkischen kleinen Mantel umhängen, neigte sich schweigend gegen die Herren, welche in ähnlicher Tätigkeit begriffen waren, und stieg in seinen Wagen.

Der Fürst war an Geist und Bildung der Mehrzahl seiner Standesgenossen überlegen. Er hatte viel von der Schwungkraft seiner Jugend in das höhere Mannesalter gerettet, sein körperliches Befinden war vortrefflich, und er pflegte seine Gesundheit sorgfältig, er durfte sich im Notfall noch Anstrengungen zumuten, welche einem jüngeren Mann hart gewesen wären. Als junger Herr hatte er sich den Wallungen der damals modischen Poesie mit offener Empfindung hingegeben, höher und freier fühlen als andere Menschen war ihm eine willkommene Lehre gewesen. Er hatte damals in Briefwechsel mit namhaften Gelehrten und Künstlern gestanden, erzählte gern, wie er einem hervorragenden Geist da und dort nähergetreten war, und eine berühmte Sängerin bewahrte noch in alten Tagen ein besonders kostbares Armband, das er ihr einst auf der Bühne in leidenschaftlicher Begeisterung selbst um den Arm gelegt hatte. Aber seine Jugend und Manneszeit war in einen schwachen, kränklichen Zeitraum unserer Entwickelung gefallen. In den Jahren, wo ein fremder Eroberer die deutschen Fürsten behandelt hatte, wie die große Mehrzahl derselben verdiente, hatte er auch, noch ein Jüngling, sich vor dem Fremden gebeugt und den Sinkenden zu rechter Zeit verlassen, um sich die Aussicht auf sein Land zu retten. Seitdem hatte er über verkümmerte Menschen geherrscht, denn er hatte sein Gebiet in einer Zeit großer Erschöpfung übernommen, er hatte wenig darin gefunden, was er zu ehren und zu scheuen gezwungen war, selten ein Recht, das von festen Männern gegen ihn geltend gemacht wurde, keine öffentliche Meinung, welche stark genug war, seinen Übergriffen die geschlossene Faust eines einmütigen Entschlusses entgegen zu halten. Sein Land wurde durch die Beamten regiert, die Beamtenstellen immer wieder vermehrt, über jeden verlorenen Schlüssel einer Dorfkirche wurde ein Aktenbündel angelegt, er ließ dies weitläufige Formenwesen, in dem die Bevölkerung wie erstarrt dahinlebte, ruhig gewähren und sorgte nur dafür, daß die Beamten, wo einmal sein persönlicher Vorteil in das Spiel kam, gefügige Diener waren, welche ihm Geld schafften und ein begangenes Unrecht ihres Herrn behend der Öffentlichkeit entzogen.

Er selbst war, wo er mit seinem Volk in Verbindung trat, leutselig und von bester Laune, machte den Bittenden leicht, ihm zu nahen, hörte gefällig alle Klagen und schob teilnehmend die Schuld auf die Beamten. Er war nicht unpopulär; zuweilen murrten Unzufriedene über die hohen Steuern und über kostspielige Ausgaben ihres Fürsten, hier und da drang eine Anekdote aus seinem Privatleben in die Öffentlichkeit, aber die neue Zeit, welche sich auch in seinem Lande regte, kämpfte nur schwach in unbehilflichen Anläufen gegen die Grundsätze seiner Regierung. Und obgleich er als Regent keine Neigung zeigte, Übelstände aus eigenem Willen zu bessern, erschien er den Fernstehenden doch als ein humaner, persönlich gutherziger Mann. Er hatte für Jeden einen freundlichen Gruß, ein gnädiges Wort bereit, er wußte viel von den Privatverhältnissen seiner Untertanen und erwies den Einzelnen bei Gelegenheit seine persönliche Teilnahme; er liebte die Kinder, denn er blieb bisweilen auf der Straße vor hübschen Knaben und Mädchen stehen und frug nach ihren Eltern, veranstaltete alljährlich den Schulkindern seiner Residenz ein Fest, erschien selbst dabei, lachte und freute sich über ihre Spiele.

Sein Hof war in vieler Beziehung ein Muster von Ordnung und gefälligem Schein. Auch gegen seine Umgebung blieb er der vornehme Mann und erreichte, was für einen Fürsten das Schwerste ist, daß die, welche ihn täglich umkreisten, fast immer ein Gefühl seiner Überlegenheit hatten. Er war nie Militär gewesen, er enthielt sich nicht sarkastischer Bemerkungen über die kriegerischen Neigungen anderer Friedensfürsten und sein Hof blieb lange Zeit frei von der militärischen Umgebung, welche an Nachbarhöfen den Dienst der alten Chargen in den Hintergrund drängte und Übelstände der früheren Hofordnung mit neuen vertauschte, welche nicht geringer waren. Doch allmählich machte er auch der Mode einige Zugeständnisse, auch seine Adjutanten wurden einflußreiche Mitglieder des Hofhaltes. Der Dienst bei ihm galt nicht für bequem, und er war trotz seiner Ruhe von den Herren seines Hofhaltes gefürchtet. Denn es gab Stunden, wo, wie es schien, sein gehaltenes Wesen nicht nur mit Härte versetzt war, sondern mit einer ganz fremdartigen Zutat, in solchen Augenblicken fiel ein cynischer Scherz oder ein brüskes, herausforderndes Urteil von seinen Lippen und er verlor jede Rücksicht auf Stimmung und Ansprüche seiner Umgebung. Aber Cavaliere und Adjutanten ertrugen die geheimen Dornen ihrer Stellung ohne die laute Kritik, welche sonst wohl von der Umgebung hoher Herren ausgeht. Denn der Fürst verstand es, sie vor Fremden zu heben. Er hielt streng auf Etikette, auch zu ihren Gunsten, vertrat geschickt ihren Vorteil bei den höflichen Geschenken, bei Orden und Brillanten, welche fremde Herrschaften seinem Hofe zu machen verbunden waren; er mutete ihnen nie zu, was gegen die Würde ihres Amtes war. Und er wußte Fremden gegenüber sich und seinen Hofstaat stets würdig zu behaupten.

Seine Gemahlin war früh gestorben; der bleichen, zarten Dame bewahrten die Bewohner der Residenz immer noch ein dankbares Andenken. Man erzählte, daß die Ehe keine glückliche gewesen sei, doch die Trauer des Fürsten nach dem Verlust war heftig und dauernd, er sprach noch immer mit großer Zärtlichkeit von der Geschiedenen und heftete selbst alljährlich am Todestage einen Kranz an ihr Grabgewölbe.

Er hatte zwei Kinder. Das älteste, die Prinzessin, war nach dem Tode des Gemahls an den Hof zurückgekehrt, und der Fürst behandelte sie vor den Augen des Hofes und des Volkes mit besonderer Rücksicht. Dem Hofprediger hatte er ihretwegen sein ganzes Herz aufgeschlossen. »Ich sähe sie gern auf's Neue vermählt, sie hat das Recht, Ansprüche an das Leben zu machen, das Herz ist warm, die Natur kräftig, und meinen Erfahrungen nach hat ein langer Witwenstand für eine Fürstin viele Übelstände. Aber ich fürchte, sie wird widerstreben. Ich bin gegen dies Kind vielleicht immer ein schwacher Vater gewesen. Sie wissen, hochwürdiger Herr, wie sehr sie immer mein Liebling war.« Darauf hatte der fromme Herr mit gefalteten Händen ausgerufen: »Ich weiß es, und ich weiß, wie warm das Herz der durchlauchtigsten Prinzessin an ihrem geliebten Vater hängt.« Auch das Volk merkte, daß der Fürst ein guter Vater war. An jedem Geburtstage der Tochter wurde großes Hoffest befohlen, und als der Fürst einst in dieser Zeit auf Reisen gewesen war, erschien er doch wider Erwarten am Abend des Geburtstages in der Loge der Prinzessin, küßte noch in Reisekleidern die hohe Dame vor allem Volk auf die Stirn und sagte, daß er seine Rückkehr beeilt habe, um ihr zum Feste seinen Glückwunsch zu bringen. Auch sonst versäumte er keine Gelegenheit, ihr kleine Artigkeiten zu erweisen, die bei jedem Vater den Eindruck liebenswürdiger Ritterlichkeit machen, beim regierenden Herrn doppelt wertvoll sind. Vor jedem Ball sandte er selbst der Tochter einen Blumenstrauß, und jedesmal ließ er sich denselben vorher durch den Hofgärtner in das Schloß bringen, um ihn anzusehen. Er hatte gern, wenn angesehene Reisende auch vor den Gemächern der Prinzessin ihre Ankunft meldeten, und achtete genau darauf, ob sie sich während ihrer Tournée durch den Saal auch gut unterhielt. Die Nebensterne irdischer Hoheit haben bei ihrem Umkreisen in der Gesellschaft auf die Bewegungen der Hauptsonne geheime Rücksicht zu nehmen, die Prinzessin vergaß wohl einmal vor einem angenehmen Gast diese Rücksicht, dann verzögerte der Fürst um ihretwillen seinen Aufbruch, sah lächelnd nach ihr hin und hatte einen bequem stehenden Cavalier noch etwas Scherzhaftes zu fragen. Der Hof wußte freilich, daß in solchen Augenblicken die Scherze herber Natur waren, und man beeiferte sich dann, gar nicht in seiner Nähe zu stehen. Denn trotz der großen Mühe, welche sich der Fürst gab, sein Verhältnis zur Prinzessin gut darzustellen, behauptete man doch, daß er sie in der Stille mit Abneigung betrachtete. Wohl ist einem Fürsten möglich, seiner täglichen Umgebung in wichtigen Dingen undurchdringlich zu bleiben, aber es ist fast unmöglich, sie dauernd zu täuschen.

Anders war die Stellung des Vaters zum Sohn. Dieser war als ein kränklicher, schüchterner Knabe durch die herrische Weise, in welcher der Vater seine Erziehung überwachte, noch unsicherer geworden. Der Knabe hatte keine Anlage gehabt, sich wirkungsvoll darzustellen, noch jetzt wurde ihm schwer, in der Unterredung mit Fremden seine Schüchternheit zu überwinden. Wenn ihm die Liste der Eingeladenen überreicht wurde und er überlegte, was er mit den Einzelnen sprechen solle, so fielen ihm selten gescheidte Fragen ein, und was er dann etwa vorbrachte, kam noch so ungeschickt heraus, daß man deutlich merkte, er hatte den Kram einstudiert. Selbst dem Hofe gegenüber war der Prinz schweigsam und teilnahmlos, Damen und Herren waren deshalb geneigt anzunehmen, daß er ein wenig bête sei. Der Vater behandelte ihn mit Nichtachtung, und dem Sohne gegenüber klang seine Stimme zuweilen kurz und hart, als wenn es sich nicht der Mühe lohne, die Geringschätzung zu verbergen.

Darin aber tat man dem Fürsten Unrecht. Ein regierender Herr sieht in dem Sohne leicht den jüngern Mitbewerber. Der Sohn wird sein Nachfolger, er ist dazu da, schon in dem nächsten Geschlecht seinen Vater vor aller Welt zu widerlegen, seine Einrichtungen umzustoßen, die Unzufriedenen und Gegner zu versöhnen. Es ist unvermeidlich, daß ihm einmal, wenn er Herr geworden, der Blick auf Vielem haftet, was unter der früheren Regierung nicht gut gewesen ist, daß ihm Alles zugetragen wird, was sein Vater im Geheimen gefehlt und gesündigt hat. Das war auch für den Fürsten Grund genug, den Erbprinzen fremd und kalt zu behandeln. Jetzt war er ein Nichts, ein machtloser Sklave, der jeden Taler nur durch die Gnade des Vaters erhielt, einst sollte er Alles sein. Aber der Sohn war in seinen Augen unbedeutend, wie willenlos bewegte er sich in vorgeschriebenem Gleise, er hatte nie getrotzt, war mit Allem zufrieden, hatte sich schweigend und ehrerbietig jedem Befehle gefügt, es war nicht anzunehmen, daß er in Wahrheit selbst regieren würde, er konnte den Vater schwerlich in Schatten stellen. So kam zu der ruhigen Nichtachtung, welche in der Seele des Vaters lebte, allmählich ein kühles, fast mitleidiges Wohlwollen. Die furchtsame Unterwürfigkeit des Prinzen war dem Fürsten sehr bequem, es wurde ihm behaglich, das schwache Rohr, welches die Zukunft seiner Familie tragen sollte, für das Leben mit den Stützen zu versehen, welche der Fürst zu geben verstand. Ihm gegenüber gab er sich, wie er war, was er etwa für ihn tat, geschah mit der Empfindung, daß er nicht sich, sondern einem Andern Gutes erwies.

Und gerade jetzt, wo der Fürst sich bemüht hatte, dem Erbprinzen eine Freude zu machen, wurde dieser krank!

Ilse ging mit Gabriel durch die Zimmer und versuchte die Einrichtung nach ihres Herzens Wunsch zu stimmen, sie rückte über den Tischen, prüfte den Zug an den Vorhängen und betrachtete mißtrauisch die Malerei der Porcellanvasen. »Kaufen Sie in der Stadt einen Lampenschleier, den hängen wir über die große Uhr.«

»Es ist ohnedies noch eine andere da, welche sich nicht weigert, zu gehen«, versetzte Gabriel. »Auch hört man die Uhr vom Schlosse, aber sie schlägt so traurig, daß man die Geduld darüber verliert. Mich wundert, daß in dieser schönen Einrichtung Eines fehlt, und das ist eine Uhr mit dem Kukuk. Der würde sehr passen, er macht Leben, wenn er seine Tür öffnet und tiefe Complimente schneidet, es ist ganz wie bei Hofe. Denn höflich sind sie hier, wenn auch das Gemüt hinterlistig ist.

Dem Lakaien traue ich nicht, er fragt mich zu sehr aus. Wie wär's, wenn man den abschaffte? Ich bin doch allein im Stande, mit dem Mädchen diese Wirtschaft zu besorgen. Gekocht kann nicht werden, es ist gar keine Küche da, man muß wegen jedem Topf warmen Wassers hinübergehen unter die Weißjacken, die im Keller wie Geister durcheinander wirtschaften.«

»Da hilft nun nichts«, entschied Ilse, »wir müssen uns in die Ordnung gewöhnen, Hoffahrt will Not leiden, Geheimnisse haben wir nicht und ich weiß, Sie werden vorsichtig sein.«

»Die Gärtner haben auch einen Tisch und Stühle vor das Haus gestellt und Blumen darum«, sagte Gabriel, »darf ich die Arbeit hinuntertragen? Die Sonne scheint warm.«

Ilse trat vor das Haus, neben der Tür war ein Raum durch aufgestellte Topfgewächse abgegrenzt, ein traulicher Platz im warmen Mittagslicht, man übersah aus dem grünen Versteck die Wege und den geschorenen Rasenteppich bis zu den Mauern des Schlosses. Ilse saß auf dem Gartenstuhl nieder, hielt ihre Stickerei in den Händen und blickte hinüber auf den großen Steinpalast, der sich mit seinem Turm und neuen Seitengebäuden einige hundert Schritt von ihr erhob. Dort wohnten die Großen der Erde, denen sie plötzlich so nahegekommen war. Sie zählte die Reihe der Fenster und dachte, daß viel mehr als hundert Stuben und Säle darin sein müßten, alle stattlich und vornehm eingerichtet, und sie überlegte, wieviel Menschen wohl dazu gehörten, ein solches Gebäude zu füllen, damit es nicht leer und öde aussehe. Der Tritt eines Mannes störte ihre Gedanken. Ein Herr in gesetzten Jahren ging auf dem Kiesweg, er näherte sich, es war der Fürst. Ilse stand erschrocken auf, der Fürst trat langsam auf sie zu. »Madame Werner?« fragte er, seinen Hut berührend. Ilse verneigte sich tief, ihr pochte das Herz, unvorbereitet stand sie dem Manne gegenüber, der ihr in der ganzen Mädchenzeit als der höchste Mensch auf Erden gegolten hatte. Wenn sie ihn einmal gesehen, war es immer nur in vornehmem Vorüberschreiten gewesen, und doch hatten ihre Gedanken seit den Jahren, wo sie ihn mit Krone und Scepter eines Kartenkönigs schmückte, in scheuer Ehrfurcht an ihm gehangen. Oft, wenn sie den Erbprinzen ansah, hatte sie versucht, sich vorzustellen, wie sein Vater sein müsse; was sie etwa über ihn gehört, hatte nicht geholfen, ihr die Bangigkeit zu vermindern.

Der Fürst sah mit Wohlgefallen auf das schöne Weib vor ihm, welches in stummer Betroffenheit den schmeichelhaftesten Gruß entgegenbrachte.

»Sie sind mir nicht fremd«, begann er, »und Sie haben Ursache, mit den Jahren zufrieden zu sein, welche seit meiner Fahrt über den Hof Ihres Vaters vergangen sind. Versuchen Sie jetzt, wie sich's bei uns lebt. Auch wir freuen uns des Frühlings, und ich sehe, die Sonne blickt freundlich auf den Platz, wo Sie sich ansiedeln.« Er setzte sich auf einen Gartenstuhl, indem er auf einen andern wies. »Lassen Sie sich in Ihrer Arbeit nicht stören, ich bin ein Spaziergänger, der einen Ihrer Stühle erbittet, wenige Minuten zu rasten.«

»Die Arbeit lag in müßiger Hand«, antwortete Ilse, »ich sah hinüber nach dem Schloß und überdachte, wie groß der Haushalt sein muß, der so viel Raum fordert.«

161 »Es ist ein alter Bau«, bemerkte der Fürst, »manches Jahrhundert hat gearbeitet, ihn zu vergrößern, und doch will nach der Meinung meiner Beamten der Raum immer noch nicht reichen. Man breitet sich leicht anspruchsvoll aus. Aber gerade dann erfreut es wieder einmal, sich ganz ins Enge zu ziehen, ich selbst habe sonst diesen Pavillon bewohnt, allein, mit wenigen zuverlässigen Dienern. Solche Einsamkeit tat wohl.«

»Das kann ich mir denken«, versetzte Ilse teilnehmend. »Uns kleinen Leuten aber ist neu, ein so großes Wesen so prächtig eingefaßt zu sehen. Schloß und Hofraum stehen unter den blühenden Bäumen, wie ein großer Edelstein im Golde. Mir ist's von Herzen lieb, daß ich Ew. Hoheit Haus und Leben jetzt so in der Nähe erblicke, man hat doch einen Anhalt und weiß, wie man sich die Umgebung des gnädigsten Landesherrn denken soll.«

»Sie betrachten sich also noch als Kind des Landes?« sagte der Fürst lächelnd.

»Das ist natürlich«, antwortete Ilse. »Von klein auf habe ich von Ew. Hoheit als unserm Oberherrn gehört, sooft ich in die Zeitung sah, fand ich Ew. Hoheit Namen unter den Befehlen, überall habe ich Ew. Hoheit Bild gesehen, und seit ich in die Kirche ging, habe ich für Ew. Hoheit Glück und Gesundheit gebetet. Das gibt ein Verhältnis, es ist freilich einseitig, denn Ew. Hoheit können sich nicht um uns alle kümmern, wir aber denken und sorgen viel um den Landesherrn.«

»Und besprechen ihn auch zuweilen unzufrieden.« versetzte der Fürst in guter Laune.

»Wie's gerade kommt, gnädigster Fürst«, erwiderte Ilse ehrlich, »man spricht auch von seinen Nachbarn nicht immer das Beste. Zuletzt in Ernst und Not kommt doch das gute Herz zum Vorschein. Ebenso ist es mit dem Landesherrn, Jeder macht sich von ihm ein Bild nach seinem Wissen und Meinen, hofft auf ihn und zürnt mit ihm, zuletzt denkt er doch daran, daß sein Fürst und er zueinander gehören.«

»Es wäre zu wünschen, daß so billiger Sinn sich an jedem Untertan erwiese«, entgegnete der Fürst. »Aber die Treue wankt, die persönliche Zuneigung schwindet.«

»Viele wissen auch zu wenig von ihrem Landesherrn«, entschuldigte Ilse, »wie soll man ihm gut werden, wenn man wenig von ihm sieht? Denn das Sehen tut viel; wir um Rossau haben selten die Ehre, unsern Fürsten mit Augen zu erblicken.«

»Die Gesinnung jener Gegend wird mir als unzuverlässig geschildert«, versetzte der Fürst.

»Wir sitzen im Winkel, aber wir haben auch unser Herz. Ew. Hoheit erinnern sich kaum noch an die Mädchen von Rossau, welche Ew. Hoheit vor siebzehn Jahren an der Ehrenpforte empfingen. Es waren ihrer zwanzig, mehr hatte die kleine Stadt nicht aufgebracht. Sie trugen aber Alle die Landesfarben an Mieder und Rock, die Kleider mußten sie sich natürlich selbst kaufen. Eine der Mädchen war blutarm, sie war aber hübsch und sollte nicht wegbleiben, da nähte sie wochenlang vorher in der Nacht, sich das Geld zum Kleide zu schaffen. Noch in ihrer letzten Krankheit, denn sie ist jung gestorben, bat sie, man möchte ihr im Sarge dasselbe Kleid anziehen, denn der Tag war ihre größte Freude und Ehre gewesen. Ew. Hoheit aber konnten sich damals gar nicht aufhalten, fuhren schnell durch die Ehrenpforte und haben vielleicht die Mädchen nicht einmal gesehen.«

Während Ilse sprach, warf sie verstohlen Semmelkrumen zur Seite. Der Fürst sah auf ihre Hand. Ilse entschuldigte sich. »Der Fink ruft seinem gnädigsten Landesherrn zu: Gib, gib! Die kleinen Brotesser hier sind gut gezähmt.«

»Sie werden wahrscheinlich von der Dienerschaft gefüttert«, sagte der Fürst.

»Die Tiere zu lieben ist auch unsere Landesart«, rief Ilse, »und zahme Vögel stehen einem Herrenschloß gut, denn hier soll Alles ein fröhliches Zutrauen haben.«

Dem Fürsten fiel der Handschuh zur Erde, die loyale Ilse bückte sich eilig darnach, der Herr sah einen Augenblick sinnend auf Ilse's Kopf und Büste. Er stand langsam auf. »Ich hoffe, Madame, daß auch Sie unter die Fröhlichen gehören, welche gutes Vertrauen zu dem Besitzer dieses Grundstücks haben. Als Hauswirt, der sich nach dem Befinden seiner neuen Mieter erkundigt hat, wünsche ich Ihnen, daß Sie hier selbst etwas von dem Behagen empfinden, mögen, welches Sie Andern mitzuteilen wissen.« Er grüßte artig zu Ilse's ehrfurchtsvoller Verneigung und ging dem Schlosse zu.

Dort erwartete ihn der Kammerherr, über das Befinden des Erbprinzen zu berichten: »Se. Hoheit ist leider noch genötigt, das Bett zu hüten.«

»Er soll sich ruhig pflegen«, versetzte der Fürst gnädig, »und das Zimmer ja nicht zu früh verlassen.«

2. Im Pavillon.

Die prächtigen Irisfarben, womit Ilse in den ersten Tagen ihren neuen Aufenthalt geschmückt hatte, verblichen allmählich. Wie an Stelle des Haushofmeisters und der empfangenden Lakaien jetzt ein einzelner Diener in dunklem Rock neben Gabriel trat, so kleidete sich auch alles Andere, was Ilse umgab, Wohnung und Menschen, in die bescheidenen Farben gewöhnlicher Erdentage. Das war in der Ordnung und Ilse sagte das selbst ihrem Gatten. Nur eines war ihr nicht recht, daß sie von ihrem Felix jetzt mehr getrennt war als in der Stadt. Den Morgen und einen Teil des Nachmittags arbeitete er im Antikenkabinet, viele Stunden auch für seine eigenen Zwecke im Archiv und unter den Akten des Marschallamtes, deren einfaches Zimmer ihm bereitwillig geöffnet wurde; kam er nach Hause, so hatte er zuweilen Eile, sich zur fürstlichen Tafel umzukleiden, und Ilse speiste allein. Wie gewandt der fremde Diener die große Zahl der Schüsseln auftrug, ihr war die einsame Mahlzeit ungewohnt und traurig. Nur die Mehrzahl der Abende verging ihr in neuer Unterhaltung, dann hielt ein fürstlicher Wagen vor dem Pavillon und entführte sie mit ihrem Gatten in das Theater. Als sie zum ersten Mal die geschlossene Loge nahe der Bühne betrat, freute sie sich des bequemen Platzes, der ihr erlaubte, ungestört durch das Publikum der Vorstellung zu folgen. Wenn sie sich in ihrer Loge zurücklehnte, sah sie nichts von dem Zuschauerraum, nur den Sitz des Fürsten gegenüber. Das Theater war sehr stattlich, Dekorationen und Kostüme viel reicher, als sie in der Universitätsstadt gesehen hatte, bei der Oper einige gute Sänger. Hingerissen von der Aufführung merkte sie nicht, wie neugierig das Publikum nach ihr hinsah, daß auch der Fürst sein Augenglas oft auf sie richtete. Bald kam sie zu der Ansicht, daß das Theater noch das beste Vergnügen der Residenz sei, und der Gatte hielt darauf, daß sie diese Zerstreuung nicht entbehrte, obgleich er selbst vielleicht vorgezogen hätte, über seinen Büchern zu bleiben oder ein Aktenbündel des Archivs zu durchsuchen. In den Zwischenakten sah Ilse dann neugierig hinunter auf die Menschen, die ihr alle fremd waren, und sagte zu Felix: »Hier ist doch die einzige Gelegenheit, wo ich noch Frauen in meiner Nähe habe.«

Denn in den Tagesstunden fühlte sie die Einsamkeit. Der Vater hatte einen Geschäftsfreund in der Stadt, sie war gleich am ersten Tage hingegangen, aber in der Familie des kleinen Kaufmanns fand sie Niemand, der ihr zusagte: sie war nach Anweisung des Kammerherrn mit Felix bei den Damen des Hofes umhergefahren, ihren Besuch zu machen, in den meisten Häusern war Niemand zu Hause gewesen und sie hatte Karten abgegeben. Spärlich kamen die Gegenbesuche, und es traf sich immer, daß Ilse, wenn sie einmal in die Stadt oder den Schloßgarten gegangen war, bei der Heimkehr die Karte einer Dame auf dem Tisch fand. Das war ihr gar nicht lieb, denn sie wollte doch wissen, wie sich mit den Frauen hier umgehen ließe. Zwar einige Herren des Hofes stellten sich in den Morgenstunden ein, der Kammerherr und der Hofmarschall, aber auch die Besuche des Kammerherrn wurden kürzer, er sah gedrückt aus und sprach fast nur von der anhaltenden Unpäßlichkeit des Erbprinzen.

Sehr begierig war Ilse, die Prinzessin kennen zu lernen. Am zweiten Tage nach der Ankunft brachte der Kammerherr die Kunde, daß Ihre Hoheit Herrn und Madame Werner zu festgesetzter Stunde sehen wolle. Ilse stand neben dem Gatten unter Seide und Vergoldung eines fürstlichen Zimmers, die Tür flog auf, eine junge Dame in Halbtrauer schwebte herein. Ilse erkannte auf den ersten Blick die Schwester des Erbprinzen, eine feine, zierliche Gestalt, dieselben Augen, nur kecker und glänzender, um den feinen Mund ein reizendes Lächeln. Die Prinzessin neigte gegen sie ernst das kleine Haupt, sprach einige artige Worte zu ihr und wandte sich dann zu Felix, mit dem sie sogleich in lebhaftes Gespräch kam. Ilse sah mit Bewunderung auf die leichten Bewegungen, auf den Takt, mit welchem die Prinzeß Freundliches zu sagen wußte, sie merkte bald, daß aus der schönen Hülle ein lebhafter Geist hervorblickte, den Antworten des Gatten folgten blitzschnell gescheidte Einfälle der erlauchten Dame. Zum Schluß wandte sich die Prinzessin wieder an Ilse und sagte, wie sehr ihr Bruder bedaure, daß seine

Krankheit ihn des Vergnügens beraube, sie hier zu sehen. Worte und Ton waren sehr gütig, und doch lag etwas von Stolz und fürstlicher Würde darin, was Ilse weh tat. Als der Professor bei der Rückfahrt mit Wärme von der liebenswürdigen Dame sprach und ausrief: »Das ist ein ungewöhnlich klarer Geist, wie ihr Aussehen, ist auch ihre innere Arbeit von elfenhafter Anmut«, da schwieg Ilse still, sie fühlte, daß der Gatte Recht hatte, aber ihr war, als hätte die Prinzessin sie ausgeschlossen von der Annäherung, welche sie ihrem Felix gestattete.

In dieser Stimmung war ihr eine Aufmerksamkeit überraschend und wertvoll. Seit jener Unterredung mit dem Fürsten überbrachte ihr der Hofgärtner jeden Morgen zu derselben Stunde eine Schüssel der prächtigsten Blumen im Auftrage des hohen Herrn. Dabei blieb es nicht, wenige Tage darauf kam der Fürst wieder heran, als Ilse vor der Tür saß. Er frug, ob ein leiser Windzug nicht ratsam mache, in das Haus zu treten; sie geleitete ihn in die Zimmer, er saß dort nieder, forschte angelegentlich, wie sie sich unterhalte, ob sie Bekannte in der Stadt gefunden, und war so gütig um ihr Wohlbefinden bemüht, daß Ilse dem Gatten nach seiner Heimkehr sagte: »Wie trügerisch ist doch die Ansicht, die man sich über fremde Menschen bildet. Als ich hierher kam, dachte ich mir den Herrn als einen recht hinterhaltigen Mann, und er ist so freundlich und sieht aus wie ein recht guter Hausvater. Nun – Strenge mag bei der großen Wirtschaft hier wohl manchmal nötig sein.«

Das kurze Ansprechen des Fürsten wiederholte sich. Beim nächsten Mal traf er den Professor neben seiner Gattin. Diesmal war der Fürst ernster als sonst. »Wie waren Sie mit dem Erbprinzen zufrieden?« frug er den Professor.

»Die Vortragenden rühmten seinen Fleiß, unter den Studenten hatte er Popularität gewonnen, man sah ihn allgemein mit Bedauern scheiden.«

Der Fürst horchte auf das Wort Popularität. »Wie hat der Prinz verstanden, sich diese zu erwerben?«

»Er hat Redlichkeit und entschiedenen Willen bewiesen, man hatte Zutrauen zu seinem Charakter.«

Der Fürst sah prüfend auf den Professor und erkannte aus der ruhigen Haltung, daß dies nicht unwahre Höflichkeit war.

»Die Zuneigung der Studenten hat sich auch beim Abgange des jungen Herrn durch ein feierliches Ständchen bewiesen«, fiel Ilse ein.

»Ich weiß«, versetzte der Fürst, »ich nahm an, daß Weidegg dabei etwas reichlich das Seine getan habe.«

»Es war freier Wille und warme Empfindung der Studentenschaft«, versicherte der Gelehrte.

Der Fürst schwieg.

»Auch uns Frauen ist der junge Herr lieb geworden«, setzte Ilse das Lob fort, »und in unserm Hause sahen wir traurig den Stuhl leer, auf dem Se. Hoheit an unsern Teeabenden gesessen hatte.«

Immer noch schwieg der Fürst, endlich begann er in herbem Ton: »Was Sie mir sagen, überrascht mich. Ich darf Sie als Lehrer des Prinzen betrachten und zu Ihnen offener sprechen als gegen meine Umgebung. Der Prinz ist eine schwache Natur und ich habe kein Vertrauen zu seiner Zukunft.«

»Bei uns machte er den Eindruck, daß hinter schüchterner Zurückhaltung doch Anlage zu einem wackern und charakterfesten Wesen vorhanden sei«, versetzte der Professor ehrerbietig.

Ilse dachte, daß jetzt der Augenblick sei, dem Prinzen etwas Gutes durchzusetzen. »Wenn ich wagen darf, vor Ew. Hoheit auszusprechen, was auch mein Gatte denkt, der Prinz wünschte sich nähere Kenntnis der Landwirtschaft; da ich auch vom Lande bin, so werden Ew. Hoheit mir verzeihen, wenn ich diese Schule unserem teuren jungen Herrn am liebsten gönnen würde.«

»Auf dem Gut Ihres Vaters?« frug der Fürst kurz.

»Wo es auch sei«, versetzte Ilse arglos.

»Mir selbst hat er nie etwas von solchen Wünschen gesagt«, schloß der Fürst, sich erhebend. »In jedem Falle bin ich Ihnen für den Anteil dankbar, den Sie an seiner Zukunft nehmen.«

Er entfernte sich mit gehaltenem Gruß zu den Geschäften des Tages. Der Tag wurde hart für Alle, welche mit ihm zu tun hatten. Er ritt mit seinem Adjutanten weit hinaus in eine hügelige Waldlandschaft, wo seine Soldaten nach einem Nachtmarsch Felddienst übten. Sonst kümmerte er sich wenig um militärische Einzelheiten, heut hetzte er die Leute und seine Adjutanten durch plötzliche Änderungen der Disposition weit umher. Als die Soldaten ermattet heimzogen, besichtigte er noch ein entferntes Gestüt und eine Waldpflanzung und strich stundenlang auf rauhen Bergwegen einher. Niemand machte es ihm zu Dank, nur Tadel und bittere Bemerkungen fielen von seinen Lippen. Am Abend war Hofconcert, todmüde stand der Adjutant im Saale und zählte die Minuten bis zu seinem Rückzuge. Da forderte ihn der Fürst, als er den Hof entließ, noch in sein Arbeitszimmer. Hier setzte sich der Fürst auf einen Lehnsessel in die Nähe des Kamins und sah in die Flamme, legte zuweilen ein Scheit an, hielt den silbernen Griff des Feuerhakens in der Hand und schlug nach längern Pausen mit dem eisernen Haken an die metallene Einfassung des Feuerrahmens. Unterdeß stand der Adjutant einige Schritt hinter ihm, eine Stunde, zwei Stunden, einer Ohnmacht nah, erst mitten in der Nacht erhob sich der Fürst und sagte: »Sie werden müde sein, ich will Sie nicht länger aufhalten.« Er sprach das mit sanftem Tone, aber in seinen Augen glitzerte ein unheimlicher Schein, und der Adjutant gestand später seinen nächsten Freunden, er werde den Blick nicht vergessen, solange er lebe.

»Zum dritten Mal hat der Fürst den Pavillon besucht«, berichtete der Kammerherr dem Erbprinzen, welcher mit verhülltem Hals in seinem Zimmer saß. Der Erbprinz sah auf das Buch nieder, das er vor sich hingelegt hatte. »Fühlen sich die Gäste wohl in ihrer Umgebung?«

»Von Frau Professorin möchte ich das nicht behaupten, ich fürchte, sie gerät hier in eine schwierige Lage. Die auffallende Auszeichnung, welche des Fürsten Hoheit ihr zu Teil werden läßt, und gewisse alte Erinnerungen, welche sich an den Pavillon knüpfen –«

Der Prinz stand auf und sah den Kammerherrn so finster an, daß dieser verstummte.

»Der Fürst war heute sehr ungnädig«, fuhr der Kammerherr gedrückt fort. »Als ich über Ew. Hoheit Befinden berichtete, fand ich eine Aufnahme, welche nicht ermutigend war.«

Der Erbprinz trat an das Fenster. »Die Luft ist mild, Weidegg, ich will versuchen, morgen auszugehen.«

Der Kammerherr war sehr unsicher, welche Aufnahme dieser Entschluß des Erbprinzen finden werde, er entfernte sich schweigend.

Als der Prinz allein war, riß er den Shawl von seiner Brust und warf ihn in eine Ecke. »Tor, der ich war, ich wollte sie vor dem Geschwätz bewahren und habe Schlimmeres herbeigeführt. Ich selbst sitze hier in der Kartause und der Fürst macht ihr an meiner Statt seine Besuche. Es war ein feiges Mittel. Vermag ich nicht abzuwenden, was über die Arme heraufzieht, so will auch ich meine Rolle in dem Stück spielen, das hier beginnt.«

Als der Prinz am nächsten Morgen bei seinem Vater eintrat, begann dieser mit ruhiger Kälte: »Ich höre von Fremden, daß du dir Einblick in eine Landwirtschaft ersehnt hast. Der Wunsch ist verständig. Ich will daran denken, wie du Gelegenheit erhältst, diese Kenntnisse irgendwo auf dem Lande zu erwerben. Das wird auch für deine Gesundheit vorteilhaft sein und deiner Neigung zu poetischem Stillleben entsprechen.«

»Ich werde tun, was mein lieber Vater mir befiehlt«, antwortete der Erbprinz und verließ das Zimmer.

Der Fürst sah ihm nach und murmelte: »Kein anderer Laut in seiner Kehle als feige Ergebung, stets dieselbe unterwürfige Geduld. Ihm 170 zuckte keine Miene, keine Wimper, als ich das Unwillkommene befahl. Ist möglich, daß dieser schlaffe Knabe in der Verstellung ein Meister ist, der mich und uns alle hintergeht?«

Wenn Ilse trotz der Auszeichnung, welche der Fürst ihr zu Teil werden ließ, doch etwas von den dunklen Schatten ahnte, welche über dem Pavillon lagen, weit anders war die Stimmung ihres Gatten. Er lebte bereits mitten in kleinen reizvollen Untersuchungen, zu denen ihm das Antikenkabinet Veranlassung gab, und die Poesie seines ernsten Geistes arbeitete geschäftig, ihm den Aufenthalt in der Residenz mit glänzendem Schein zu umziehen. Er war ein Jäger, der, reine Bergluft atmend, mit leichtem Schritt auf seinem Jagdgrund schreitet, während um ihn der Sonnenstrahl Moosgrund und Haidekraut vergoldet. Jetzt war für ihn die Zeit gekommen, wo in den Bereich seiner Hand kam, was er seit Jahren geträumt hatte. Zwar die neue Spur der Handschrift blieb undeutlich. Was aus jenen Truhen geworden war, die in dem alten Briefe erwähnt wurden, war noch nicht zu ermitteln. In der Bibliothek des Fürsten, in einer Büchersammlung der Stadt fanden sich weder Handschriften noch andere Bücher, welche aus der Habe des Klosters Rossau eingereiht sein konnten. Er hatte die Bekanntschaft mit dem Oberjägermeister erneuert, auch dieser wußte keinen Raum zu nennen, wo altes Jagdgerät aufbewahrt werde. Er durchlief alte Verzeichnisse des Marschallamtes, nirgend waren die Kisten zu erkennen. Aber befremdlicher blieb, daß der Name eines fürstlichen Schlosses Solitude auch in der Residenz ganz unbekannt war, kein Druckwerk, kein altes Papier enthielt den Namen. Wenn auch durch einen Brand in der Hofkanzlei viele Akten vernichtet waren, aus dem Erhaltenen mußte sich doch eine Kunde auffinden lassen. Doch das Schloß war, wie aus einer alten Sage, verschwunden und versunken; auch außerhalb des fürstlichen Gebietes, 17 in angrenzender Landschaft haftete nirgend dieser Name. Offenbar war er wenig bekannt und bald mit einem andern vertauscht worden. Wie seltsam aber auch dieser Umstand war, durch die Nachricht des Studenten hatte jener alte Brief des Beamten eine Bedeutung gewonnen, die dem Suchenden guten Erfolg wahrscheinlich machte. Denn erst vor wenig Jahren hatte Jemand, der von dem Wert solcher Nachrichten nichts wußte, die Kiste von Rossau gesehen, sie war nicht mehr ein täuschendes Bild aus ferner Vergangenheit, jeden Tag konnte ein glücklicher Zufall darauf führen. Vorläufig nur ein Zufall. Aber wenn der Professor auf das Schieferdach des fürstlichen Schlosses blickte und die großen Treppen hinaufstieg, kam ihm immer die frohe Ahnung, daß er jetzt seinem Fund nahe sei. Mit Hilfe des Kastellans hatte er bereits den ganzen Schloßboden durchsucht, er war unter den mächtigen Balkenlagen des alten Baues herumgeklettert wie ein Marder, und hatte alte Dachkammern geöffnet, deren Schlüsselbart vielleicht seit einem Menschenalter nicht im Schlosse gedreht war. Er hatte nichts gefunden. Aber es gab noch andere Häuser des Fürsten in der Stadt und Umgegend, und sein Entschluß stand fest, in der Stille eines nach dem andern zu durchsuchen.

In dieser Zeit treibender Unruhe, wo die Phantasie stets neue Aussichten öffnete, war ihm der Verkehr mit gefälligen Menschen sehr erfreulich. Er selbst innerlich angeregt, zeigte sich als guter Gesellschafter und beobachtete mit heiterem Anteil das Treiben seiner Umgebung. Der Fürst zeichnete ihn auffallend aus, die Cavaliere waren zuvorkommend, er schritt sicher und ohne Ansprüche neben ihnen dahin.

Der Kammerherr berichtete dem Professor, wie gut er der Prinzessin gefallen habe, und Felix freute sich, daß an einem Vormittage auch sie mit ihrer Hofdame das Antikenkabinet besuchte und um seine Führung bat. Als die Prinzessin sich dankend entfernte, bat sie ihn noch, ihr Bücher anzuweisen, aus denen sie sich selbst ein wenig über den Teil des antiken Lebens unterrichten könne, dessen Trümmer er ihr gewiesen, sie erzählte ihm von einer antiken Vase, die sie besitze, und forderte ihn auf, diese bei ihr anzusehen.

Jetzt stand der Gelehrte neben der Prinzessin vor der aufgestellten Vase. Er erklärte ihr den Inhalt des Bildes und erzählte Einiges über altgriechische Töpferarbeit. Die Prinzessin führte ihn in ein anderes Zimmer und wies ihm wertvolle Handzeichnungen: »damit Sie Alles sehen, was ich von Kunstsachen besitze.« Während er diese ansah, begann sie plötzlich: »Sie haben jetzt etwas von uns kennen gelernt, wie sind Sie mit uns zufrieden?«

»Man ist mir sehr freundlich entgegengekommen«, erwiederte der Professor, »das tut dem Selbstgefühl wohl, mir macht Freude ein Tagesleben zu sehen, das von dem meines Kreises abweicht, und Menschen, welche anders geformt sind.«

»Und worin finden Sie uns anders geformt?« frug die Prinzessin angelegentlich.

»Die Gewöhnung, sich in jedem Augenblick schicklich darzustellen und unter Andern seine Stellung zu behaupten, gibt den Personen eine leichte Sicherheit, welche sehr wohltuend wirkt.«

»Das wäre ein Vorzug, den wir mit jedem erträglichen Schauspieler teilen«, versetzte die Prinzessin.

»In jedem Fall ist es ein Vorteil, immer dieselbe Rolle zu spielen.«

»Sie meinen, es ist deshalb keine Kunst, wenn wir Gewandtheit erwerben und unsere Sache besser machen«, fiel die Prinzessin lächelnd ein, »aber darin liegt auch eine Gefahr, wir werden von klein so sehr daran gewöhnt, uns angemessen zu erweisen, daß unsere Aufrichtigkeit zuweilen in Gefahr kommt, wir beobachten die Wirkung unserer Worte, und wir denken leicht mehr an die gute Wirkung als den wahrhaften Inhalt der Reden. Ich selbst, während ich mit Ihnen spreche, bemerke mit Vergnügen, wie ich Ihnen gefalle, ich bin auch nichts weiter als eine arme Prinzessin. Aber wenn Ihnen an uns die Meisterschaft im Darstellen der eigenen Person gefällt, uns zieht ebensosehr ein Wesen an, das sicher in sich ruht, ohne auf Wirkung zu achten, und wir finden vielleicht Mängel in der Form, einen kräftigen Ausdruck und dergleichen gerade anziehend, immer vorausgesetzt, daß man uns nicht verletzt, denn darin sind wir empfindlich. Wer uns auf die Dauer gefallen will, der tut gut, unsere Ansprüche jeden Augenblick zu schonen. Ich will nicht, daß Sie mich so behandeln«, unterbrach sie sich, »aber ich denke dabei doch an Sie. Gestern hörte ich, wie Sie dem Fürsten geradezu widersprachen. Bitte, schonen Sie unsere Schwäche, ich möchte, daß Sie sich recht lange bei uns gefielen.«

Der Professor verneigte sich. »Wenn ich im Widerspruch wärmer wurde als nötig war, so bin ich einer Versuchung unterlegen, welche Männern meines Berufes gefährlich wird. Disputieren ist die Schwäche der Gelehrten.«

»Gut, wir rechnen mit unseren Eigenheiten gegeneinander ab. Sie aber sind in der glücklichen Lage, stets frischweg anzugreifen, wir immer in der entgegengesetzten, uns vorsichtig zu verteidigen. Die große Sorge, welche uns von Jugend auf jeden Augenblick am Kleide zieht, ist die, daß wir uns nichts vergeben. Bei Ihnen streitet man sich wahrscheinlich selten um den Vorrang, ich fürchte, auch Ihnen ist sehr gleichgültig, welche Stufe Sie in unserer Rangordnung entnehmen, uns ist dergleichen große Angelegenheit, nicht nur unserm Hofstaat, noch mehr uns selbst. Viele von uns sind Tage lang unglücklich, weil sie nicht bei Tafel den Platz erhalten, den sie beanspruchen. Mancher Besuch unterbleibt deshalb, alte Verbindungen werden abgebrochen, und es gibt allerlei unfreundliches Gezänk hinter der Scene. Treten wir einmal klugen Leuten von Ihrer Art gegenüber, dann lachen wir wohl selbst über die Schwäche, aber wenige sind frei davon. Auch ich habe schon um meinen Platz bei der Tafel gefochten und mit dem Fächer Wind gemacht«, setzte sie mit mutwilliger Offenheit hinzu.

»Niemand mag sich in jedem Augenblick von den Anschauungen seiner Umgebung frei erhalten«, versetzte artig der Professor. »Vor hundert Jahren war im Leben des Bürgers derselbe peinliche Eifer um Rang und gesellige Bevorzugung. Bei uns ist das anders geworden, seit unser Leben einen stärkern geistigen Inhalt erhielt. In Zukunft wird man auch bei Hof über dergleichen als veralteten Trödelkram lächeln.«

Die Prinzeß hob drohend den kleinen Finger. »Herr Werner, das sprach wieder der Gelehrte, verbindlich war das nicht. Wir bewegen uns nicht so sehr im Nachtrabe der Mode und guten Lebensart, daß wir hinter den Menschen zurückgeblieben sind, von denen wir uns gesellschaftlich abschließen.«

»Vielleicht gerade deshalb«, sagte der Professor, »weil man sich abschließt. Der wärmste Herzschlag unserer Nation war von je in der Mitte zwischen oben und unten, von da aus verbreiten sich Bildung und neue Ideen allmählich zu den Fürsten und in das Volk. Sogar Eigentümlichkeiten und Schwächen einer Zeitbildung steigen in der Regel ein halbes Menschenalter, nachdem die Gebildeten in der Mitte des Volkes darunter gelitten haben, auf die Throne, sie erlangen dort erst Geltung, wenn sie im Volke durch neue Zeitrichtung bereits überwunden sind. Auch deshalb wird es zuweilen schwer, daß sich Fürst und Volk in ernsten Dingen verstehen.«

»O wie haben Sie Recht«, rief die Prinzessin und trat näher an ihn. »Das ist Verhängnis der Fürsten, unser aller Unglück, daß die tüchtigste Bildung unserer Zeit selten freundlich auf uns wirkt. Die frische Luft fehlt dem Kreis, in dem wir leben, wir alle sind weich und stubenkrank.

Was uns nahetritt, muß sich unsern Vorurteilen anbequemen, und wir gewöhnen uns, die Menschen nur nach der künstlichen Ordnung zu schätzen, die wir selbst für sie erdacht. Haben Sie früher einmal mit einem unserer großen Herren in Verbindung gestanden?«

»Nein«, entgegnete der Professor.

»Haben Sie auch niemals, was Sie geschrieben, einem hohen Herrn übersandt?«

»Ich hatte dazu keine Veranlassung«, versetzte der Professor.

»Dann sind Sie sogar unbekannt mit der Scala von Huldbezeigungen, welche wir den Herren Gelehrten gegenüber feststellen. Jetzt mache ich die schöne Belehrung über Tonvasen quitt, die ich von Ihnen erhalten, auch ich gebe Ihnen Unterricht. Setzen Sie sich mir gegenüber, Sie sind jetzt mein Scholar.« Die Prinzeß lehnte sich in dem Sessel zurück und zog ihr Gesicht in ernste Falten. »Wir nehmen an, Sie sind fromm und gut und schauen ehrerbietig nach dem Stiele des Reichsapfels hin, den wir in der Hand halten. Ihre erste Sendung kommt, ein ansehnliches Buch; der Titel wird aufgeschlagen: Über antike Tonvasen. – Hm hm, wer ist der Mann? Man erkundigt sich ein wenig, es ist gut, wenn bereits gedruckte Notizen über Sie zu haben sind. Darauf anerkennende Antwort aus dem Kabinet, kurze Variation nach dem Formular Numero 1. Ihre zweite Sendung erscheint, ein hübscher Einband, ein angenehmer Eindruck, deshalb wärmere Anerkennung in verbindlichen Ausdrücken nach Formular 2. Dritte Sendung, wieder dick, der Goldschnitt ist untadelhaft, das Kabinet nimmt das Buch in die Hand und erwägt. Ist der Verfasser eine kleine Leuchte, so tritt er in das Stadium der Busennadel, ist er höherer Beachtung wert, durch bekannten Namen, oder was uns sicherer ist, durch einen Titel, so gelangt er in den Gesichtskreis des Ordens. Ein Orden hat Klassen, welche an Fremde genau nach ihrem Titel ausgeteilt werden. Aber wer beharrlich ist und nicht nachläßt, immer auf's Neue zu verpflichten, der hüpft allmählich wie der Laubfrosch in Jahreszwischenräumen nach der Höhe.«

»Ehrerbietigen Dank für die Belehrung«, erwiederte der Professor, »es
sei mir gestattet, in diesem Fall das Kabinet in Schutz zu nehmen. Was sollen die erlauchten Herren zuletzt auf gleichgültige Sendungen Anderes tun, zumal wenn sie in Menge einlaufen?«

»Es war nur ein gutmütiges Beispiel«, sagte die Prinzessin, »wie hübsch wir die Stufen zu unserer Gnade nach allen Richtungen gezimmert haben. Übrigens sind wir bei dem, was wir den Männern austeilen, nicht nur artig, sondern auch haushälterisch für uns selbst besorgt. Wer nicht bunte Bänder zu verschenken hat, fühlt sich sehr geniert. Aber«, fuhr sie in verändertem Ton fort, »in derselben Weise ist ein großer Teil unserer Tätigkeit auf eitlen Schein und leere Form gerichtet; und weil Hunderte so schwach und abhängig sind, daß sie sich dadurch anziehen lassen, meinen wir Millionen an uns fesseln zu können.«

»Manch kleiner Vorteil wird damit erreicht«, versetzte der Professor, »nur ein Irrtum ist in der Rechnung: wer die Menschen durch ihre Schwächen, Eitelkeit und Hoffahrt an sich bindet, der erwirbt den besten Teil ihres Lebens doch nicht; in ruhigen Zeiten ist dieses beflissene Anziehen unnötig, in der Gefahr erweist es nur die Stärke eines Strohseils.«

Die Prinzeß nickte eifrig mit dem Haupt. »Man weiß das auch recht gut«, sagte sie vertraulich, »und man fühlt sich gar nicht wohl und sicher, trotz dem massenhaften Ausstreuen von Huld. Was ich zu Ihnen sage, würde meinen erlauchten Verwandten wie Hochverrat klingen, nur weil ich es ausspreche, nicht weil ich so denke. Halten Sie mich nicht für einen weißen Raben, es gibt Klügere als ich, die in der Stille ebenso urteilen, aber wir finden uns aus den Schranken nicht heraus, und wir klammern uns daran, obgleich wir wissen, daß die Stütze schwach ist. Denn wie der Kolibri die Schlange, so betrachten wir das Antlitz, welches uns die neue Zeit entgegenhält, mit Schauder und hilfloser Erwartung.« Sie erhob sich. »Doch ich bin ein Weib und habe kein Recht, über diese großen Verhältnisse mitzusprechen. Wenn mir einmal bange wird, gebrauche ich das Vorrecht der Frauen, zu klagen, das habe ich Ihnen gegenüber reichlich getan. Denn mir liegt ernstlich daran, Ihnen zu gefallen, Herr Werner. Ich wünsche, daß auch Sie mich als ein Weib betrachten, welches Besseres verdient als gefällige Worte und höfliche Nichtigkeiten. Gönnen Sie mir recht oft die Freude, an Ihrem Urteil das meine zu berichtigen.«

Sie hielt dem Gelehrten mit herzlichem Vertrauen die Hand entgegen. Werner beugte sich tief herab und verließ das Zimmer. Die Prinzeß sah ihm fröhlich nach.

Der Professor trat warm von dem Gespräch in den Pavillon und erzählte seiner Frau den ganzen Verlauf. »Ich habe nicht für möglich gehalten«, rief er, »daß in Frauen dieses Kreises ein so freies und hochsinniges Verständnis ihrer Stellung zu finden sei. Das Schönste war die heitere Unbefangenheit ihres Wesens, ein Liebreiz, der sich jeden Augenblick in Accent und Bewegung aussprach. Die kleine Dame hat mich bezaubert. Ich will ihr sogleich das Buch zurechtmachen, das sie sich gewünscht hat.« Er setzte sich an den Tisch, strich gedruckte Stellen an und schrieb Bemerkungen auf kleine Zettel, die er hineinlegte.

Ilse saß am Fenster und sah mit großen Augen auf den Gatten. Es war kein Wunder, daß die Prinzeß ihm gefiel, Ilse selbst hatte mit dem Scharfsinn einer Frau erkannt, wie fein sie zu gewinnen wußte. Hier war eine Seele, die sich unter dem Zwang ihres Hofes nach dem Verkehr mit einem freigebildeten Mann sehnte, hier war ein kräftiger Geist, der sich über die Vorurteile seines Ranges erhob, gewandt, leicht beflügelt, mit schnellem Verständnis. Jetzt hatte diese Frau einen Mann gefunden, zu dem sie aufsehen mußte, und sie legte mit ihrer kleinen Hand die Fesseln um seine Brust.

Es wurde dunkel im Zimmer, noch saß Felix, machte Zeichen und schrieb. Die Strahlen der Abendsonne lagen auf seinem Haupt, um Ilse schwebten die dunklen Schatten des fremden Raumes. Im Rücken des Gatten erhob sie sich von ihrem Stuhl.

»Er ist gut gegen mich«, klang es in ihr, »er liebt mich, wie man an Jemandem hängt, den man sich gezogen und zum Vertrauten gemacht hat. Er ist nicht wie andere Männer, daß er meine Rechte hinwerfen wird an eine Fremde, er ist arglos wie ein Kind und merkt nichts von der Gefahr, die ihm und mir droht. Hüte dich, Ilse, daß du den Nachtwandler nicht weckst.«

»Ich Törin! welches Recht habe ich, zu klagen, wenn auch einer Andern seine reiche Seele zu Gute kommt? Bleibt nicht genug von dem Schatz seines Lebens noch für mich? Nein«, rief sie und schlang die Hände um den Hals des Gatten, »du gehörst mir und ganz will ich dich haben.«

Der Professor sah auf, sein erstaunter Blick brachte Ilse zur Besinnung. »Verzeih«, sagte sie tonlos, »ich war in Gedanken.«

»Was hast du, Ilse?« frug er gutherzig. »Deine Wange ist heiß, bist du krank?«

»Es wird vorübergehen, habe Geduld mit mir.«

Der Professor verließ sein Buch und beschäftigte sich ängstlich mit seiner Frau. »Öffne das Fenster«, bat sie leise, »die Luft in dem verschlossenen Raume legt sich schwer auf die Brust.«

Er war so herzlich um sie bemüht, daß sie wieder heiter auf ihn sah: »Es war eine törichte Schwäche, Felix, sie ist vorüber.«

3. Zwei neue Gäste.

Der Professor stand mit dem Kammerherrn im Arbeitszimmer des Fürsten. Dieser hielt in der Hand die Denkschrift, welche Werner über das Antikenkabinet verfaßt hatte. »Erst hierdurch erhalte ich ein Urteil über den Umfang des Katalogs, welchen Sie für nötig halten. Ich bin bereit, auf Ihre Vorschläge einzugehen, wenn Sie sich verpflichten wollen, die oberste Leitung der neuen Aufstellung und des Katalogs zu übernehmen. Können Sie uns diesen Dienst nicht erweisen, so bleibt Alles wie bisher, denn nur das große Vertrauen, welches ich zu Ihnen habe, und der Wunsch, Sie in meiner Nähe zu behalten, würde mich veranlassen, die nötigen Opfer zu bringen. Sie sehen, ich mache das Unternehmen von dem Grade der Zuneigung abhängig, welchen Sie selbst für diese Arbeit hegen.«

Der Professor entgegnete, daß seine Anwesenheit für die erste Einrichtung wünschenswert sein möge und daß er bereit , sei, einige Wochen darauf zu wenden. Später werde genügen, wenn er ab und zu die Fortschritte der Arbeiten prüfe.

»Damit bin ich vorläufig zufrieden«, sagte der Fürst mit kurzem Bedacht, »unser Vertrag ist also geschlossen. Ferner aber sehe ich, daß es darauf ankommt, einen Arbeiter zu gewinnen, welcher unter Ihrer Leitung die Aufnahme der Kunstgegenstände bewältigt. Der Conservator ist dafür nicht brauchbar?«

Der Professor verneinte dies.

»Und können Sie mir einen solchen Gehilfen vorschlagen?«

Der Professor musterte in Gedanken die älteren Mitglieder seines Kränzchens.

Diesmal fiel dem Kammerherrn sogleich der geeignete Mann ein. »Würde nicht Magister Knips für diese Arbeit passen?«

»In der Tat«, sagte der Professor, »Fleiß, Kenntnisse, seine ganze Persönlichkeit machen ihn vortrefflich geeignet. Ich glaube, daß er auf der Stelle zu haben wäre. Auch für seine Zuverlässigkeit gegenüber den Wertstücken könnte ich bürgen. Aber ich darf diese Verantwortung doch nicht übernehmen, ohne Ew. Hoheit mitzuteilen, daß er einmal in seinem Leben durch Mangel an Vorsicht in einen widerwärtigen Handel verwickelt wurde, der nicht mir, aber mehren seiner Bekannten das Vertrauen zu ihm verringert hat.«

Darauf erzählte der Professor schonend für alle Beteiligten die Geschichte von dem gefälschten Pergamentblatt des Tacitus.

Der Fürst hörte aufmerksam zu und erwog. »Über den Bestand der Sammlungen erlauben die alten Verzeichnisse augenblickliche Nachrechnung. Sie halten den Magister für unschuldig an jenem Betruge?«

»Ich halte ihn dafür«, sagte der Gelehrte.

»Dann ersuche ich Sie, dem Mann zu schreiben.«

Wenige Tage darauf betrat Magister Knips die Residenz. Er trug Reisetasche und Hutschachtel in eine anspruchslose Herberge, hüllte seinen Leib auf der Stelle in die Gewänder, welche er selbst gegen seine Mutter Lohndienertracht nannte, und suchte den Pavillon des Professors auf. Gabriel sah die Gestalt von Weitem durch blühendes Gesträuch heranziehen, den Kopf auf der Schulter, den Hut in der Hand. Denn Knips erachtete für anständig, im Bann des fürstlichen Schlosses das Haupt entblößt zu tragen, und durchschritt wie eine wandelnde Verbeugung den vornehmen Gesichtskreis. Auch der Professor konnte ein Lächeln nicht bergen, als er den höfisch zugerichteten Magister, glatt und duftend, mit zwei tiefen Verbeugungen vor sich sah. »Der Kammerherr hat Sie für diese Tätigkeit vorgeschlagen, ich habe nicht widersprochen. Denn unter der Voraussetzung, daß sie Ihnen in entsprechender Weise vergütet wird, bietet sie Gelegenheit zu einer großen Anstrengung, welche Sie vielleicht für immer aus kleiner Tagesarbeit heraushebt, und welche bei pflichtgetreuer Ausführung nicht nur Einzelne von uns, sondern die ganze Wissenschaft zu lebhaftem Dank verpflichten wird. Ihre Leistung hier mag deshalb für Ihr späteres Leben entscheidend sein. Denken Sie jede Stunde daran, Herr Magister, daß Sie Gewissenhaftigkeit und Treue nicht nur der Wissenschaft, auch dem Eigentum des Fürsten zu beweisen haben, welcher Sie vertrauend hierherrief.« 18

»Hochwohlgeborner und hochverehrter Herr Professor«, erwiederte Knips, »als ich Dero Brief durchgelesen hatte, war mir nicht zweifelhaft, daß Dero gütiges Wohlwollen mir Gelegenheit geben wollte, einen neuen Menschen anzuziehen. Deshalb, an die Pforte eines unbekannten Lebens tretend, flehe ich tiefbewegt vor Anderem um die Fortdauer von Dero guter Meinung, welche ich in treustem Gehorsam verdienen zu können vertraue.«

»Gut also«, schloß der Professor, »melden Sie sich bei dem Kammerherrn.«

Schon am Tage darauf saß Knips vor einer Reihe antiker Lampen, den Frack durch Überziehärmel geschützt, die Feder am Ohr, von Büchern der fürstlichen Bibliothek umgeben. Er schlug nach, verglich, schrieb auf und war rüstig in seiner Arbeit, als wenn er sein Lebtag Commis in einem Nippesgeschäft des alten Roms gewesen wäre. Der Kammerherr meldete vor der Tafel heiter dem Prinzen: »Magister Knips ist da«, und der Prinz wiederholte der Schwester: »Der weise Knips ist da.« – »Ah, der Magister«, sagte der Fürst ebenfalls mit Laune.

In derselben Woche wurde der Fürst von dem Kammerherrn in die Sammlungen begleitet, damit Knips gelegentlich unter die Augen des Herrn gestellt werde. Der Fürst sah neugierig auf den tiefgekrümmten Mann, dem der Angstschweiß ausbrach, und der jetzt völlig einer Maus glich, welche durch starke Bezauberung verhindert wird, in ihrem Loche zu verschwinden. Der Fürst erkannte sogleich, was er subalterne Natur nannte, und das bleiche breitgedrückte Antlitz, das zurückgezogene Kinn und die wehmütige Miene schienen ihn zu ergötzen. Im Begriff, weiter zu gehen, wies er auf den Bücherwall, aus welchem Knips emporgeschossen war: »Sie haben sich schnell heimisch gemacht, ich hoffe, daß Sie bei uns fanden, was Ihnen an Büchern unentbehrlich ist.«

»Maßlosen Wünschen entsagend«, jammerte Knips in hohem Ton, »habe ich aus Allerhöchstdero Bibliothek vieles Brauchbare zu entleihen mir in tiefster Untertänigkeit gestattet, Fehlendes aber mit Beihilfe verehrter Gönner aus den Büchersammlungen meiner Vaterstadt herbeizuschaffen gewagt.«

Der Fürst ging mit kurzem Kopfnicken weiter, Magister Knips blieb in der Stellung demütiger Hingabe stehen, bis der Fürst das Zimmer verlassen hatte, dann sank er auf den Stuhl zurück und schrieb, ohne links und rechts zu sehen, an dem angefangenen Worte weiter. Sooft der Fürst das Zimmer betrat und verließ, schnellte er auf und fiel zurück, durch Ehrfurcht in einen Automaten verwandelt.

»Sind Sie mit ihm zufrieden?« frug der Fürst den Professor.

»Noch über Erwarten«, antwortete dieser.

Der Kammerherr, froh seiner Empfehlung, erinnerte den Fürsten, daß derselbe Magister sich auch als vortrefflicher Wappenmaler erwiesen habe und merkwürdige Kenntnisse in Brauch und Festordnung der alten Höfe besitze. Als der Fürst den Saal verließ, streifte sein Auge vornehm über das gesenkte Haupt des Kleinen, aber Knips konnte mit dem Erfolge dieser Vorstellung zufrieden sein, er war sehr ehrerbietig und sehr bequem für fernere Verwendung befunden.

Ihm wurde sogleich Gelegenheit, seine Brauchbarkeit in einem außerordentlichen Fall zu beweisen. Die Ordnung des Hofes war in allen Stücken musterhaft, nicht am wenigsten, wenn der Fürst eine Aufmerksamkeit zu erweisen hatte. Ein vertrauter Kabinetsrat zog vor jedem 183 Geburtstag, bei welchem der Fürst durch sein Herz zu einem Geschenk verpflichtet war, nicht weniger vor Volksfesten, welche die Stiftung eines silbernen Bechers oder andern Beweis fürstlicher Teilnahme notwendig machten, den Tag des Festes nebst der für das Geschenk ausgesetzten Summe aus seinem Verzeichnis und sandte die Anzeige dem Kammerherrn. Denn dieser war mit dem ehrenvollen, aber schwierigen Amte bekleidet, etwas Passendes zu wählen und anzukaufen. Bei Geburtstagen der fürstlichen Familie hatte der Kammerherr aber nur Vorschläge zu machen, der Fürst entschied selbst über Geschenke und Preise. Jetzt nahte der Geburtstag der Prinzessin. Der Cavalier machte deshalb ihrer Kammerfrau einen Besuch und erkundigte sich unter der Hand, was die Prinzessin sich wohl wünsche. Auf diesem nicht ungewöhnlichen Wege wurde allerlei festgestellt, der Kammerherr fügte aus eignem Antriebe modische Kleinigkeiten bei, darunter Vorlegeblätter zu bunten Anfangsbuchstaben, welche gerade damals in Album und Briefbogen gemalt wurden, denn er wußte, daß die Prinzessin dergleichen gewünscht hatte. Der Fürst wählte aus der Liste und blieb zuletzt an den Vorlegeblättern hängen. »Diese Pariser Fabrikzeichnungen werden der Prinzessin schwerlich gefallen. Können Sie nicht gemalte Buchstaben alter Pergamente von einem Zeichner nachbilden lassen? Wer hat mir doch Ihren Magister Knips gerühmt? Er soll kleine Handzeichnungen recht zierlich anfertigen.«

Der Kammerherr freute sich ehrerbietig des hohen Einfalls und suchte den Magister auf; Knips versprach, alle Buchstaben des Alphabets nach alten Handschriften zu malen, der Kammerherr besorgte unterdeß die Kapsel. Als die Arbeit des Magisters dem Fürsten vorgelegt wurde, war dieser in der Tat überrascht. »Das sind ja schöne alte Miniaturen«, rief er, »wie kommen Sie dazu?« Jeder Buchstabe stand auf altem Pergament so gemalt, daß, wer flüchtig zusah, nicht erkennen mochte, ob die Arbeit alt oder neu war.

Lange sah der Fürst auf die Blätter. »Dies ist ein staunenswertes Talent; sorgen Sie dafür, daß der Mann nach dem Wert seiner Leistung entschädigt wird.« Knips geriet in ehrfurchtsvolles Entzücken, als ihm der Kammerherr die Zufriedenheit des Fürsten in glänzendem Gepräge zu erkennen gab. Dabei aber blieb es nicht. Denn kurz darauf besuchte der Fürst das Antikenkabinet in einer Stunde, wo Knips darin arbeitete. Der Fürst hielt wieder vor dem Magister an. »Ich habe mich über die Bilder gefreut«, sagte er, »Sie besitzen eine seltene Meisterschaft, Auge und Urteil durch den Schein des Altertums zu täuschen.«

»Allerhöchste Gnade möge verzeihen, wenn die Nachahmung wegen Kürze der Zeit nur unvollkommen ausfiel«, erwiederte der gebeugte Knips.

»Ich bin sehr damit zufrieden«, entgegnete der Fürst und musterte scharf Antlitz und Haltung des kleinen Mannes. Er fing an, dem Magister Anteil zu gönnen. »Es kann Ihnen nicht an Gelegenheit gefehlt haben, diese Kunst in lohnender Weise auszuüben.«

»Allerhöchster fürstlicher Huld blieb vorbehalten, meine geringe Fertigkeit für mich wertvoll zu machen«, versetzte Knips, »bis jetzt habe ich solche Nachbildung nur zu meinem eigenen Vergnügen geübt, oder hie und da als Scherz, um einmal Andere zu necken.«

Der Fürst lächelte und entfernte sich mit einer wohlwollenden Bewegung des Hauptes. Magister Knips war sehr brauchbar befunden.

Die Prinzessin saß an ihrem Schreibtisch, die Feder flog in der kleinen Hand, sie blickte zuweilen in ein Buch von gelehrtem Aussehen und schrieb Stellen ab, welche ihr durch Striche bezeichnet waren. Tritte im Vorzimmer störten die Arbeit, der Erbprinz trat ein, neben ihm ein Offizier in fremder Uniform. »Setzt euch, Kinder«, rief die Prinzeß.

185 »Lege deinen Sarras ab, Victor, und komm zu mir. Du bist ein hübscher Junge geworden, man sieht dir's an, daß du dich unter fremden Leuten behauptet hast.«

»Man schlägt sich durch«, erwiederte Victor achselzuckend und stellte den Säbel vorsichtig in die Nähe, daß er ihn mit der Hand erreichen konnte.

»Sei ruhig«, tröstete die Prinzeß, »wir sind jetzt sicher, er hat Geschäfte.«

»Wenn er das gesagt hat, wollen wir uns nicht darauf verlassen«, versetzte Victor. »Du bist ernster geworden, Siddy, auch das Zimmer ist verändert, Bücher und wieder Bücher«, er schlug einen Titel auf. »Archäologie der Kunst. Sprich, was tust du mit dem Zeug?«

»Man schlägt sich durch«, wiederholte Siddy achselzuckend.

»Siddy beschützt die Wissenschaft«, erklärte der Erbprinz. »Wir haben jetzt gelehrte Teeabende, sie läßt Stücke lesen mit verteilten Rollen. Nimm dich in Acht, du wirst auch daran müssen.«

»Ich lese nur Bösewichte«, entschied Victor, »und allenfalls Bediente.«

»Das Beiwerk ist mein Teil«, sagte der Erbprinz, »das Beste, was an mich kommt, ist ein gutmütiger Vater, der zuletzt seinen Segen gibt.«

»Er hat keinen andern Ton in seiner Kehle«, entschuldigte die Prinzeß, »als ruhigen Biedersinn, er wehrt sich, wenn er mehr als vier Verse hintereinander vortragen soll, dabei entsteht noch jedesmal eine Pause, in der er sich die Lorgnette zurechtrückt.«

»Sein eigentlicher Beruf ist Pastor«, spottete Victor, »er würde seiner Gemeinde den Genuß kurzer Predigten und eines tugendhaften Wandels verschaffen.«

»Höre, wenn er darin besser sein sollte als du, so wäre das noch kein Verdienst. Victor, du stehst bei uns in dem Ruf, immer noch sehr unartige Streiche zu machen, und uns wird die Bekanntschaft mit deinen Torheiten nicht erlassen.«

»Verleumdung«, rief Victor. »Ich bin bei meinem Regiment übel angesehen wegen allzu schroffer Grundsätze.«

»Dann bewahre uns der Himmel vor einem Einbruch deiner Kameraden. Mir ist recht, daß du deinen Urlaub in dieser Galeere zubringen willst, aber ich wundere mich darüber. Du bist frei, dir steht die Welt offen.«

»Ja, frei wie eine Dohle, die aus dem Nest geworfen ist«, versetzte Victor, »man hat doch Stunden, wo Einem einfällt, daß die Garnison nicht alle Reize einer Heimat hat.«

»Und die suchst du bei uns?« frug die Prinzessin. »Armer Vetter! – Aber du warst unterdeß im Feldzug, ich wünsche Glück. Wir hören, du hast dich brav gehalten.«

»Ich hatte ein gutes Pferd«, lachte Victor.

»Und du hast die große Rundreise bei den Verwandten gemacht?«

»Ich habe die Mysterien dreier Höfe durchgelesen«, versetzte Victor. »Zuerst bei der Cousine, unschuldiger Schäferhof und reizendes Stilleben. Der Hofmarschall trägt eine Stickerei in der Tasche, an der er unter den Damen arbeitet. Die Hofdame kommt mit ihrem Bologneser zum Diner und läßt ihn von der Küche füttern. Jede Woche werden zweimal Leute aus der Stadt auf Tee und Backwerk geladen. Wenn die Familie den Tee allein nimmt, wird um Haselnüsse gespielt. Ich glaube, sie werden im Herbst vom ganzen Hofe gesammelt. Dann ging's zum Großonkel an den Hof der sechsfüßigen Grenadiere, ich war der kleinste unter der Gesellschaft, den einen Tag waren Alle als Generäle gekleidet, den Tag darauf Alle als Nimrods in Jagdröcken und Gamaschen; heut wird exerciert, morgen gejagt, Pulver ist der größte Verbrauch des Hofes; auch das Ballet trägt, wie man sagt, unter dem Flor Uniformen. Endlich kam der große Hof der Tante Luise. Alle in weißen Köpfen mit Puder, hat Jemand jüngeres Haar, so sucht er es so schnell als möglich los zu werden. Abends tugendhafte Familienunterhaltung, wer medisiert, erhält am nächsten Morgen von der Fürstin eine Aufforderung zu Beiträgen für milde Stiftungen. Prinzeß Minna frug mich, ob ich auch fleißig zur Kirche gehe, und als ich ihr sagte, daß ich wenigstens mit unserm Feldprediger regelmäßig Whist spiele, fiel ich in Verachtung; sie tanzte den ersten Contretanz mit ihrem Bruder, ich bekam erst den zweiten. Die Abendgesellschaft genau nach ihren Würden aus den vier Schachteln geholt, jede in gesonderter Aufstellung. Saal der wirklichen Geheimen, der Kammerherren, des Kleinviehes vom Hofe und außerdem eine Vorhölle für unvermeidliches Bürgervolk, worin Banquiers und Künstler der höchsten Beachtung harren.«

»Dies steife Wesen macht uns vor aller Welt lächerlich«, rief der Erbprinz.

Die Prinzeß und Victor lachten über den plötzlichen Eifer. »Seit wann ist Benno rot?« frug Victor.

»Ich höre dies von ihm zum ersten Male«, sagte die Prinzeß.

»Ein Fürst soll nur Gentlemen in seine Gesellschaft laden, wer darin ist, steht dem Andern gleich«, belehrte der Erbprinz.

Wieder lachten die Andern. »Wir danken für den weisen Spruch, Professor Bonbon«, rief Siddy.

»In diesem Zimmer war's, wo wir dich als Eule anzogen, Bonbon, und wo du seufzend unter Siddy's Mantel saßest, als der Fürst uns überraschte.«

»Und wo du Strafe erhieltest«, versetzte Benno, »weil du mich armen Kerl so verunstaltet.«

»Mach's ihm noch einmal«, bat Siddy.

»Wie du befiehlst.« Victor nahm ein buntes Seidentuch, formte zwei Zipfel durch Knoten zu Ohrbüscheln und verhüllte den Kopf des Erbprinzen, der sich das Manöver ruhig gefallen ließ. Sein ernsthaftes Gesicht mit den dunklen Augenbrauen blickte abenteuerlich aus der Hülle heraus. »Jetzt fehlt der Federrock«, rief Siddy, »den denken wir uns dazu. Ich bin die Wachtel und Victor macht den Hahn. Ich kenne noch die Melodie, die wir uns als Kinder erdacht haben.«

Sie flog zum Flügel und fuhr über die Tasten, der Erbprinz drehte den Theaterzettel, welchen er in der Tasche trug, zu einer spitzen Düte und stöhnte hinein: »Uhü, uhü, Frau Wachtel, ich fresse Sie.«

Die Wachtel sang: »Pikwerwit, alter Uhu, 's macht sich nit.« Und der Hahn krähte: »Kikeriki, allerliebste Wachtel, ich liebe Sie.«

»Das ist nie wahr gewesen, Victor«, sagte die Prinzessin unter dem Spiele.

»Wer weiß«, entgegnete er, »Kikeriki.«

Das Concert war im besten Gange, Victor sprang auf den Teppich, schlug mit den Händen und krähte, der Erbprinz blies auf seinem Stuhle unermüdlich die Klagelaute des Uhu, Siddy bewegte ihr Köpfchen nach dem Takte, sang ihr Pikwerwit und rief dazwischen: »Ihr seid lächerliche kleine Jungen.« Da klopfte es leise, schnell fuhren Alle auf, der Säbel flog an seinen Riemen, die Wachtel war im Nu in eine vornehme Dame verwandelt.

»Des Fürsten Hoheit läßt ersuchen, Höchstdenselben allein zu erwarten«, meldete der eintretende Kammerdiener.

»Ich wußte, daß er uns stören würde«, brummte Victor aufbrechend.

»Hinweg ihr Kinder«, rief Prinzeß Sidonie. »Noch einmal, mich freut's, Vetter, daß du wieder da bist, wir Drei wollen zusammenhalten. Benno ist brav und mein einziger Trost. Vermeide, sooft der Fürst zugegen ist, dich mit mir zu beschäftigen, ich nehme dir nicht übel, wenn du dich gar nicht um mich kümmerst. Der Spion, welcher mir gesetzt wurde, ist jetzt mein Fräulein, die Lossau, jedes Wort, das du in ihrer Gegenwart sprichst, wird zugetragen. Die Herren kennst du, lustiger sind sie nicht geworden.«

»Da ist Benno's Kammerherr heraufgekommen«, forschte Victor, »der Fürst sprach heut lange mit ihm.«

»Er ist gutmütig, aber schwach«, bemerkte der Erbprinz, »und hängt ganz von seiner Stelle ab. Verlaß ist nicht auf ihn.«

»Sei diesmal hübsch artig, Victor«, fuhr die Prinzessin fort, »sei ein guter Chinese, trage deinen Zopf regelrecht, und benimm dich genau nach den Privilegien des Knopfes, den du auf deiner Mütze führst. Jetzt macht fort, dort hinaus, die Treppe meiner Kammerfrau hinab.«

Prinzeß Sidonie eilte dem Fürsten an die Tür des Empfangzimmers entgegen. Der Fürst durchschritt die Räume bis in ihre Arbeitsstube. Er warf einen Blick in das aufgeschlagene Buch. »Wer hat diese Zeichen gemacht?«

»Herr Werner hat mir die wichtigsten Stellen angestrichen«, versetzte die Prinzessin.

»Er ist mir lieb, daß du diese Gelegenheit benützest, dich durch einen ausgezeichneten Gelehrten fördern zu lassen. Er ist, wenn man von dem doktrinären Wesen absieht, welches an diesen Meistern der Bücher hängt, ein bedeutender Mensch. Ich habe den Wunsch, ihm für seine opfervolle Tätigkeit den Aufenthalt so angenehm zu machen als die Verhältnisse erlauben, und ich ersuche, daß du dabei das Deine tust.«

Die Prinzeß verneigte sich stumm, die Finger ihrer Hand schlossen sich krankhaft zusammen.

»Da es unmöglich ist, ihn und seine Frau dem Hofe näher zu stellen, so wünsche ich, daß du die Fremden einmal zu deinen kleinen Teeabenden einladest.«

»Mein gnädigster Vater wolle mir verzeihen, wenn ich nicht sehe, wie dies geschehen kann. Die Abendgesellschaft hat bis jetzt immer nur aus meinen Damen und den ersten Mitgliedern des Hofes bestanden.«

»So ändere das«, sagte der Fürst kalt, »es bleibt dir unbenommen, noch einen oder den andern von unsern Beamten mit ihren Frauen herbeizuziehen.«

»Verzeihung, mein Vater, da dies bis jetzt niemals geschah, würde Jedermann bemerken, daß die Änderung nur durch die beiden Fremden veranlaßt ist. Es muß üble Nachrede verursachen, wenn ein zufälliger Besuch umzuwerfen vermag, was an diesem Hofe bis zu diesem Tage für erlaubt gehalten wurde.«

»Die Rücksicht auf unartiges Geschwätz soll dich nicht abhalten«, antwortete der Fürst gereizt.

»Mein gnädigster Vater möge huldvoll die Rücksichten würdigen, welche mich verhindern, etwas dergleichen zu tun. Es würde doch mir, der Frau, nicht ziemen, mich über Sitte und Brauch wegzusetzen, welche mein Fürst und Vater für sich selbst bindend erachtet. Du hast geruht, Herrn Werner bei kleiner Hoftafel den Zutritt zu gestatten, ihn würde auch ich, ohne ungewöhnlichen Anstoß zu erregen, an meinem Teetisch sehen dürfen. Die Frau dagegen ist von meinem gnädigsten Vater niemals mit dem Hofe in Verbindung gebracht. Es würde der Tochter schlecht anstehen, zu wagen, was der Vater selbst nicht getan.«

»Dieser Grund ist ein schlechter Deckmantel für bösen Willen«, erwiederte der Fürst, »dich hindert nichts, den Hof ganz wegzulassen.«

»Ich kann keine Abendgesellschaft, und sei sie noch so klein, ohne meine Hofdamen laden«, entgegnete die Prinzessin hartnäckig, »ich darf von meinen Damen nicht fordern, an so rücksichtslos zusammengeladener Gesellschaft Teil zu nehmen.«

»Ich werde dafür sorgen, daß Fräulein von Lossau erscheint«, entschied der Fürst in bitterem Tone, »ich bestehe darauf, daß du im Übrigen nach meinem Willen tust.«

»Verzeihung, mein gnädigster Vater«, versetzte die Prinzessin in großer Aufregung, »wenn ich in diesem Fall nicht gehorche.«

»Du wagst mir zu trotzen?« rief der Fürst in einem plötzlichen Ausbruch von Zorn und kam der Prinzessin näher, die Prinzessin erblich und trat wie zur Abwehr hinter einen Stuhl.

»Ich bin hier die einzige Dame unseres Hauses«, sagte sie entschlossen, »und ich habe in dieser hohen Stellung Rücksichten zu nehmen, von denen mich nicht der Herr dieses Hofes, nicht mein eigener Vater entbinden kann. Führen Ew. Hoheit eine neue Hofordnung ein, ich werde mich willig fügen, was aber Ew. Hoheit heut von mir verlangen, ist keine neue Ordnung, es ist Unordnung, demütigend für mich und uns alle.«

»Freche, übermütige Törin«, rief der Fürst, seiner nicht mehr mächtig, »meinst du meinen Befehlen entwachsen zu sein, weil ich dich einmal aus meiner Hand ließ? Ich habe dich wieder hergezogen, um dich festzuhalten, du bist in meiner Gewalt, keine Sklavin ist es mehr. In diesen Mauern gilt kein Wille, als der meine, und wenn du dich nicht beugst, ich weiß verstockten Sinn zu brechen.« Er trat drohend auf sie zu. Die Prinzeß wich an die Wand ihres Zimmers zurück. »Ich weiß, daß ich eine Gefangene bin«, rief auch sie mit flammenden Blicken, »ich wußte, seit ich hierher zurückkehrte, daß ich in meinen Kerker trat, ich weiß, daß kein Schrei der Angst aus diesen Mauern dringt und daß eine Sklavin mehr Schutz findet unter den Menschen, als das Kind eines Fürsten gegen den eigenen Vater. Aber in diesem Zimmer habe ich eine Helferin, zu der ich oft flehend aufsehe, und wenn Ew. Hoheit mir jede Möglichkeit nehmen, bei Lebenden Hilfe zu suchen, ich rufe mir zum Schutz gegen Sie die Toten.« Sie riß die Schnur eines Vorhangs, das lebensgroße Bild einer Dame wurde sichtbar, in dem sanften Antlitz ein rührender Zug von Trauer. Die Prinzessin wies auf das Bild und sah nach dem Fürsten: »Wagen Ew. Hoheit die Tochter vor den Augen ihrer Mutter zu beschimpfen.«

Der Fürst fuhr zurück, ein rauher Ton drang aus seiner Brust, er wandte sich ab und winkte mit der Hand. »Verhülle das Bild«, sprach er tonlos. – »Rege dich und mich nicht unnötig auf«, begann er mit verändertem Ton, »willst du meinen Wunsch nicht erfüllen, es sei, ich bestehe nicht darauf.« Er nahm seinen Hut vom Tisch und fuhr in sanfter Stimme fort: »Du bist bei der Bürgerschaft beliebt, das Wetter ist sommerwarm und verspricht Dauer. Ich werde an deinem Geburtstage den Beamten und der Stadt ein Tagesconcert im Park veranstalten; die Liste der Einladungen werde ich dir durch den Obersthofmeister zuschicken. Am Abend ist Galatafel und Festoper.« Der Fürst schritt durch die Tür ohne die Tochter anzusehen, die Prinzessin folgte ihm bis an das Vorzimmer, wo die Dienerschaft stand. Die Prinzessin machte bei der Tür eine tiefe Verbeugung, der Fürst winkte ihr freundlich mit der Hand. Dann flog die Prinzessin in ihr Zimmer zurück, warf sich vor dem Bild auf den Boden und rang die Hände.

Die Prinzen gingen durch den Park, die Spaziergänger grüßten und sahen ihnen nach. Ehrbar und altbärtig rückte der Erbprinz seinen großen Hut, Victor fuhr leicht an die Husarenmütze und nickte zuweilen einem hübschen Gesichte vertraulich zu. »Alles alte Bekannte«, begann er, »es freut Einen doch, daß man hier zu Hause ist.«

»Du bist immer ein Liebling der Leute gewesen«, sagte der Erbprinz.

»Ich habe sie ergötzt und geärgert«, versetzte Victor lachend. »Ich fühle wie Herkules den mütterlichen Boden unter mir und bin zu jeder Missetat aufgelegt. Benno, sieh nicht so gelangweilt aus, das leide ich nicht.«

»Wenn du nur alle Tage zu derselben Stunde mit mir spazieren gingest, würdest du auch so aussehen«, erwiederte Benno und blieb vor einem leeren Wasserbassin stehen, worin vier kleine Bären saßen und nach dem Publicum schauten, das ihnen Brot hinabwarf. Der Erbprinz nahm aus den Händen des Wärters, der mit abgezogener Mütze zu ihm trat, einige Brotstücke und warf sie gleichgültig den Bären zu. »Und wenn du auf höchsten Befehl dich alle Tage als populären Freund des Volkes zeigen und die dummen Bären füttern müßtest, so würdest du die Bären auch langweilig finden.«

»Bah«, rief Victor, »es steht ja nur bei dir, diese Mondkälber unterhaltend zu machen.« Er sprang mit einem Satz in den gemauerten Raum unter die Tiere, packte den ersten Bär wie einen Hammel, der zur Wollschur getragen wird, und warf ihn auf den zweiten, ebenso den dritten auf den vierten. Ein greuliches Gebrumm und Ohrfeigen der Bären begann, sie balgten heftig miteinander, das Publicum jauchzte vor Vergnügen. »Ihre Hand, Kamerad«, rief der Prinz einem Zuschauer, welcher mit lauten Äußerungen des Beifalls dem Unfug zusah. »Helfen Sie heraus.« Der Angerufene, es war Freund Gabriel, hielt beide Hände herunter. »Hier, Excellenz, schnell, daß die Biester nicht in die Uniformhose beißen.« Er zog den Prinzen, der sich mit seinen Füßen an die Mauer stemmte, kräftig herauf, Victor sprang leichtfüßig auf den Mauerrand und gab seinem Beistand einen Schlag auf die Schulter. »Dank, Kamerad, wenn Sie einmal im Loch sitzen, halte ich Ihnen auch die Hand entgegen.« Das Volk schrie Bravo, es gab ein ehrerbietiges Gelächter, während unten das Fauchen, Kratzen und Beißen nicht aufhörte.

»Man muß Leben in die Verhältnisse bringen«, sagte Victor, »wenn mich dein Vater nicht wegjagt, soll es in acht Tagen an euerm Hofe zugehen wie hier in der Bärengrube.«

»Und ich hab's unterdeß weggekriegt«, versetzte Benno bekümmert, »Einer sagte zum Andern, wenn Der doch auch so viel Courage hätte, und damit meinte er mich.«

»Sei ruhig, du bist der Weise; vor einsichtsvollen Leuten setze ich deine Tugend ins helle Licht. Zunächst erbitte ich dein Vertrauen. Welcher Dame vom Theater gönnst du deine Aufmerksamkeit, damit ich dir nicht in den Weg komme? Ich wünsche nicht, meine Aussichten bei dir zu verderben.«

»Man will an mir dergleichen durchaus nicht leiden«, versetzte Benno.

»Nicht leiden?« frug Victor erstaunt. »Was ist das wieder für eine Tyrannei? Ist hier guter Ton geworden, tugendhaft zu sein? Dann gönne mir wenigstens eine Mitteilung, welche andere Dame aus politischen Gründen von mir nur aus der Ferne bewundert werden darf.«

»Ich glaube, daß du freie Wahl hast«, entgegnete Prinz Benno gedrückt.

»Heil mir, daß ich nicht Erbprinz bin. Was aber hat den Fürsten veranlaßt, mich so gnädig hierher einzuladen?«

»Wir wissen es nicht, auch Siddy war überrascht.«

»Und ich Narr glaubte, sie hätte die Hand im Spiele gehabt.«

»Hätte sie etwas dafür versucht, so wäre dir sicher keine Einladung geworden.«

»Daß er mich nicht gern sieht, ist klar, es war ein kühler Empfang.«

»Vielleicht will er dich verheiraten.«

»Mit wem?« frug Victor schnell.

»Er hat dich doch veranlaßt, bei den Verwandten herumzureisen«, erwiederte der Prinz vorsichtig.

»Er? durchaus nicht. Ich wurde aus einer Hand in die andere spedirt und überall wie ein netter Junge behandelt. Das Ganze war offenbar eine Verabredung.«

»Vielleicht steckt eine unserer großen Ehestifterinnen dahinter«, sagte der Erbprinz.

»Bei mir nicht, verlaß dich darauf. Ich bin bei sämmtlichen geheimen Müttern unseres Vaterlandes, welche die allerhöchsten Familiengefühle unter Aussicht genommen haben, sehr schlecht angeschrieben, die rühren meinetwegen keinen Finger.«

»Wenn's also der Vater nicht war und Niemand anders, so hat's der Obersthofmeister getan.«

»Sei gesegnet für diesen Verdacht«, rief Victor. »Wenn er mich hierher haben wollte, dann steht Alles gut.«

»Hast du ihn gesprochen?«

»Ich war bei ihm, er ließ sich sogleich vom Feldzug erzählen und sprach in seiner Art freundlich, nicht mehr als sonst.«

»Dann war er es, verlaß dich darauf.«

»Aber warum?« frug Victor, »was soll ich hier?«

»Das mußt du mich nicht fragen, um mich kümmert er sich wenig.«

»Warum lenkst du bei jedem Seitenweg vom Pavillon ab«, frug Victor, »habt ihr dort Fußangeln aufgestellt? Wetter, welch prachtvolles Gesicht! Sieh, du Duckmäuser. Also ihr seid tugendhaft geworden?«

Der Erbprinz errötete vor Zorn. »Die Dame dort oben hat Anspruch auf die rücksichtsvollste Behandlung«, sagte er finster.

»Das ist also die schöne Fremde«, rief Victor. »Sie liest. Wenn sie nur einen Blick herunterwerfen wollte, damit man mehr als das Profil sähe. Wir gehn hinauf, du führst mich ein.«

»In keinem Fall«, versetzte der Erbprinz, »wenigstens jetzt nicht.«

Victor sah ihn verwundert an. »Du weigerst dich, mich dieser Dame vorzustellen? Ich brauche dich nicht.« Er machte sich von ihm los.

»Du bist toll«, rief der Erbprinz, ihn zurückhaltend.

»Ich war nie mehr bei Sinnen«, entgegnete Victor. Er eilte einem Baum zu, der seine niedrigen Äste in der Nähe des Fensters emporstreckte, und kletterte mit der Behendigkeit einer Katze in die Höhe. Ilse sah auf, erkannte den Erbprinzen und einen aufsteigenden Offizier und trat vom Fenster zurück. Victor brach eine Gerte ab und berührte die Scheiben. Man hörte im Hause schellen, das Fenster wurde geöffnet, Gabriel sah heraus. »Immer in der Luft, Excellenz?« rief er, »was befehlen Dieselben?«

»Richten Sie Ihrer Herrin meine ehrerbietige Bitte aus, sie in einer 196 dringenden Angelegenheit nur einen Augenblick zu sprechen.«

Ilse erschien mit ernstem Gesicht am Fenster, hinter ihr der Diener; der junge Herr hielt sich mit einer Hand fest und griff mit der andern grüßend an seine Mütze. »Ich erbitte Ihre Vergebung, gnädige Frau, daß ich diesen ungewöhnlichen Weg wähle, mich Ihnen vorzustellen, mein Vetter dort unten hat mich wider meinen Willen hier heraufgeschickt.«

»Wenn Sie hinunterfallen, mein Herr, nehmen Sie die Überzeugung auf den Erdboden mit, daß das Klettern unnütz war, die Tür des Hauses steht offen.«

Ilse trat zurück, Victor verneigte sich wieder. »Die Dame ist ganz meiner Meinung«, rief er strafend dem Erbprinzen zu, »daß du sehr Unrecht getan hast, mich von der Tür abzusperren.«

»Es gibt nach dieser Etourderie keinen Ausweg, als daß wir sogleich hinaufgehen und um Entschuldigung bitten«, entschied der Erbprinz zornig.

»Das war ja gerade, was ich wollte«, rief Victor, »man muß den Menschen nur verständig zureden.«

Der Erbprinz trat mit seinem Vetter ein, Ilse empfing die Prinzen mit stummer Verbeugung.

»Dies ist derselbe Mann«, begann der Erbprinz, »von dem ich Ihnen, gnädige Frau, bereits erzählt habe, er hieß schon als Knabe bei denen, welche sein Wesen kannten, Junker Eulenspiegel.«

»Ew. Hoheit hätte es doch nicht tun sollen«, versetzte Ilse traurig, »ich bin hier fremd und einer Mißdeutung mehr ausgesetzt als Andere.« Sie wandte sich an den Erbprinzen. »Es ist das erste Mal, daß ich Ew. Hoheit seit Ihrer Genesung sehe.«

»Ich bin in Gefahr, wieder aus Ihrer Nähe verbannt zu werden«, entgegnete der Erbprinz, »und Sie haben das gewollt.«

Ilse sah ihn befremdet an.

»Sie haben meinem Vater den Inhalt einer Unterredung mitgeteilt, die ich einst mit Ihnen hatte«, fuhr der Erbprinz bekümmert fort. »Sie haben dadurch den Fürsten veranlaßt, zu beschließen, daß ich von hier auf das Land versetzt werde.«

»Ich möchte um Alles nicht, daß Ew. Hoheit von mir glaubten, ich habe ein Vertrauen verraten. Waren die harmlosen Worte, die ich zu Ihrem Herrn Vater gesprochen, gegen Ew. Hoheit Wunsch, so kann ich zu meiner Entschuldigung nur sagen, daß sie aus der wärmsten Empfindung für Ew. Hoheit hervorgegangen sind.«

Der Erbprinz verneigte sich schweigend.

»Dies Terzett ist nur aus Dissonanzen zusammengesetzt«, rief Victor. »Alle drei sind wir gekränkt, Jeder durch die beiden Andern; am tiefsten ich, denn mich hat mein ungefälliger Vetter in die Gefahr gesetzt, gänzlich aus Ihrer Gnade zu fallen, bevor ich sie zu gewinnen Gelegenheit hatte. Dennoch bitte ich um die Erlaubnis, mich Ihnen wieder vorzustellen in besserer Beleuchtung, als mir das Baumlaub dort draußen zukommen ließ.«

Die Prinzen empfahlen sich, im Freien sagte Victor: »Ich wollte nur wissen, was die Frau Professorin zu bedeuten hat, ich merke jetzt, daß es für mich in keinem Fall ratsam ist, meine Ehrerbietung geräuschvoll zu Füßen zu legen. Sei mir nicht böse, Benno, ich bin kein Spielverderber, kannst du mich brauchen, so befiehl über mich.«

Der Erbprinz blieb stehen und sah seinen Vetter so schmerzlich an, daß dieser auch ernsthaft wurde. »Willst du mir einen Dienst erweisen, für den ich dir dankbar sein werde, weil ich lebe, so hilf dazu, daß die Bewohner jenes Hauses unsere Gegend so schnell als möglich verlassen. Es bringt kein Glück, uns nahe zu sein.«

»Sag's ihnen doch geradeheraus, dir werden sie mehr glauben als mir.«

»Welchen Grund soll ich angeben?« frug der Erbprinz. »Es gibt nur einen, und ich bin der letzte, der ihn aussprechen darf.«

»Die Frau sieht wenigstens aus, als wüßte sie recht gut sich selbst zu beraten«, tröstete Victor. »Größere Sorge habe ich um dich, ich sehe, du bist in Gefahr, diesmal mit dem Fürsten zu sehr einer Meinung zu sein. Wirst du nicht wenigstens Einwürfe wagen, wenn er dich fortschicken will?«

»Mit welchem Recht?« frug der Erbprinz. »Er ist mein Vater, Victor, und mein Herr. Ich bin der erste seiner Untertanen, mir ziemt es, der

Gehorsamste zu sein. So lange er mir nichts befiehlt, was gegen mein Gewissen ist, bin ich verbunden, ihm auf der Stelle zu gehorchen. Das ist die Richtschnur, die ich für mein Tun gezogen habe. Aus innerer Überzeugung.«

»Gesetzt aber«, warf Victor entgegen, »ein Vater wollte seinen Sohn entfernen, um Andern Unheil zu brauen, denen der Sohn Anteil gönnt?«

»Ich meine, der Sohn müßte doch gehen«, versetzte der Erbprinz, »wie schwer es ihm auch wird; denn ihm ziemt nicht einmal, einen Verdacht gegen den Vater in seiner Seele zu dulden.«

»Mehr Sohn als Prinz«, rief Victor, »und wir sind am Ende, tugendhafter Benno. Ah, Bergau, wohin?«

Der angeredete Hofmarschall erwiederte bedrängt: »Nach dem Pavillon, mein Prinz.«

»Haben Sie Näheres über den Schrecken gehört?« frug Victor geheimnisvoll, »den man im Schlosse des Großonkels gehabt hat? über eine Frau oder vielmehr Erscheinung, die in Wirklichkeit ein Geist war, der als Gespenst auftrat, mit einem Getöse, welches als Gepolter anfing und mit einem Trauermarsch endete, wobei die Türen zitterten und die Kronleuchter klirrten wie ein Schellengeläut? Nichts gehört?«

»Nicht das Geringste; welche Erscheinung? wann? und wie?«

»Ich weiß durchaus nichts«, antwortete Victor. »Kommt Ihnen etwas zu Ohren, so bitte ich um Nachricht.« Das versprach der Hofmarschall und eilte vorwärts.

Der Hofmarschall war in seinem Dienst untadelhaft, er kannte alle Tafelgedecke und Gläser persönlich, überflog gewissenhaft die Rechnungen, sorgte für einen guten Weinkeller und verstand gründlich die Repräsentation seines Amtes. Außerdem war er ein wackerer Edelmann, fromm, mit reichem Kindersegen beglückt, aber er war nicht, was man einen großen Geist nennt. Diese letzte Eigenschaft machte ihn bisweilen zu einem wertvollen Kämpfer des Hoflagers, denn er verfocht mit der Sicherheit eines Fanatikers den geheiligten Brauch seines Hofes gegen unberechtigte Ansprüche fremder Gäste und wurde vom Fürsten wohl einmal als Sturmbock benutzt, um eine Mauer anzurennen, welche ein Anderer vorsichtig umging. Heut trat der Hofmarschall bei Ilse ein, im Herzen unwillig über den Auftrag, den er geschickt auszuführen befehligt war. Er traf die Frau Professorin in ungünstiger Stimmung. Die Dreistigkeit Victors, der geheime Vorwurf in den Worten des Erbprinzen hatten sie unzufrieden mit sich selbst gemacht und mißtrauisch gegen die unklaren Verhältnisse, von welchen sie umgeben war. Der Hofmarschall rührte lange die Bowle um, aus welcher er einzuschenken hatte, er drehte die Unterhaltung auf Ilse's Heimat und ihren Vater, den er nach seiner Annahme einmal bei einer Tierschau gesehen hatte. »Ein schönes Gut, wie man hört, höchst achtungswerter Charakter.« Ilse, über jedes Lob ihrer Lieben erfreut, ging arglos auf dies Gespräch ein und erzählte von Gütern und Nachbarn in ihrer Gegend. Endlich begann der Hofmarschall: »Herr Bauer ist jeder Auszeichnung würdig; verzeihen Sie mir deshalb eine Frage: Hat Ihr Vater denn niemals den Wunsch gehabt, geadelt zu werden?«

»Nein«, versetzte Ilse und sah den Hofmarschall groß an, »wie sollte er zu diesem Wunsch kommen?«

»Ich enthalte mich aller Bemerkungen über die günstigen Folgen, welche eine solche Erhebung für die Zukunft Ihrer Geschwister haben würde, sie liegen auf der Hand. Es ist leicht zu begreifen, daß bescheidenes Selbstgefühl einen Mann verhindern kann, sich um diesen Vorzug zu bewerben. Ich bin aber überzeugt, daß des Fürsten Hoheit auch im eigenen Interesse eine solche Verleihung gern sehen würde. Denn die Stellung Ihres Herrn Vaters zu meinem gnädigsten Herrn würde dadurch viel günstiger.«

»Es ist eine recht günstige Stellung«, sagte Ilse.

»Ich darf wohl bei den persönlichen Beziehungen, in welche Sie zu unsern hohen Herrschaften getreten sind, darüber offener sprechen«, fuhr der Hofmarschall sicherer fort. »Für des Fürsten Hoheit und für uns alle würde wertvoll sein, wenn Höchstderselbe bei gelegentlicher Anwesenheit in jener Gegend ein Haus fände, in welchem eine gastliche Aufnahme möglich wäre.«

Erstaunt unterbrach ihn Ilse: »Ich bitte, Herr von Bergau, mir das näher auseinanderzusetzen, ich verstehe von diesen Dingen gar nichts. Der Fürst hat doch schon einigemal unser Haus mit seiner Anwesenheit beehrt.«

Der Hofmarschall zuckte die Achseln. »Man hat in der Not das freundliche Anerbieten Ihres Herrn Vaters angenommen, es mußte immer ein kurzes, wie gelegentliches Absteigen bleiben, denn wenn auch Ihr Vater selbst in seiner amtlichen Stellung für diese Ehre nicht ganz ungeeignet war, so fehlte doch die Hausfrau, welche die Honneurs des Hauses machen konnte.«

»Ich vertrat diese Stelle, so gut ich vermochte«, sagte Ilse.

Der Hofmarschall verneigte sich. »Es hat Erwägungen gekostet, wie das Frühstück einzurichten wäre, ohne die Frauen des Hauses zu beleidigen, und es war sehr willkommen, daß Herr Bauer ganz davon absah, für die Frauen eine Teilnahme daran zu verlangen. Gestatten Sie mir endlich noch die Bemerkung, eine Standeserhöhung Ihres Vaters würde sogar für Sie sehr wertvoll sein. Denn Ihr Herr Gemahl ist als Gelehrter von ausgezeichneten Verdiensten ebenfalls in der Lage, daß ein angedeuteter Wunsch desselben ihm Rang und Stand verschaffen könnte, welche ihn bei Hofe etablieren. Unter diesen Voraussetzungen aber würde sich auch für Sie ein Zutritt bei Hofe, wenn auch mit Beschränkungen, durchsetzen lassen. Dem Fürsten und der Prinzessin wäre durch unsere Hofordnung Gelegenheit gegeben, Ihnen bisweilen im Schlosse bei Gegenwart der Chargen Zutritt zu gestatten, zu größerem Hofball und Hofconcert wären Einladungen möglich.«

Ilse stand auf. »Es ist genug, Herr Hofmarschall, jetzt verstehe ich. Was mein Vater tut, wenn ihm angeboten wird, wovon Sie sprechen, glaube ich zu wissen; er wird lachen und das Angebotene zurückweisen, und er wird sagen, wenn unser bürgerliches Haus unserm Landesherrn nicht gut genug ist, darin einzukehren, so verzichten wir auf diese Ehre. Ich aber habe im Zurückweisen nicht die Ruhe, welche ich meinem Vater zutraue, und ich sage Ihnen, mein Herr, wenn ich eine Ahnung gehabt hätte, daß ich als Frau der hiesigen Gesellschaft nicht für vollberechtigt gelte, ich würde keinen Fuß hierher gesetzt haben.«

Mit Mühe bezwang Ilse den Zorn, welcher in ihr arbeitete. Der Hofmarschall war bestürzt und versuchte sich in zudeckender Rede, aber mit Frau Ilse war nicht mehr zu verhandeln, sie blieb stehen und zwang ihn dadurch zum Aufbruch.

Der Professor fand seine Frau im dunklen Zimmer vor sich hinbrütend. »Willst du einen Adelsbrief haben?« rief sie aufspringend, »er wird auf der Stelle für dich ausgefertigt und für den Vater auch, damit wir alle den Vorzug erhalten, volle Menschen zu werden, mit denen die Leute im Schloß verkehren können, ohne sich gedemütigt zu fühlen. Es wird ihnen unbequem, daß sie uns nur wie gelegentlich sehen können. Ich weiß jetzt, weshalb ich allein speise, und weshalb der Fürst in Bielstein nicht unsere Wohnstube betrat. Uns tut ein neuer Name not, damit wir die Bildung und den Anstand erhalten, welche uns würdig machen, zu Hofe zu gehen. Uns noch nicht einmal, vielleicht unsere Kinder. Kannst du das anhören, ohne vor Scham zu erröten, daß wir hier sind?

Sie füttern uns wie fremde Tiere, die sie sich aus Neugierde anschaffen und wohl wieder aus dem Pferch hinausjagen.«

»Holla, Ilse«, rief Felix, »du verwendest mehr Pathos, als nötig ist. Was kümmern uns die Vorurteile der Menschen hier? Wir sind hergekommen, weil sie etwas von uns begehrten, wir etwas bei ihnen suchten. Hat der Fürst nicht Alles getan, uns den Aufenthalt in der Weise angenehm zu machen, wie wir sie gewohnt sind? Wenn die Leute hier durch den Brauch, in dem sie erzogen sind, und durch die Sitte ihres Kreises veranlaßt werden, den Verkehr mit uns durch bestimmte Formen abzugrenzen, was kümmert das uns? Wollen wir ihre Vertrauten werden und mit ihnen zusammen leben wie mit unsern Freunden daheim? Solches Aufschließen unserer Seelen haben sie sich doch noch nicht verdient. Als wir herkamen, traten wir in ein einfaches Contraktverhältnis, wir übernahmen auch die Verpflichtung, uns in ihre Lebensordnung zu fügen.«

»Und wir behielten die Freiheit, von hier zu gehen, sobald uns diese Ordnung nicht mehr gefällt.«

»Ganz recht«, versetzte der Professor, »sobald wir einen ausreichenden Grund haben, sie unerträglich zu finden. Ich meine, das ist nicht der Fall. Man verlangt von uns nichts Entwürdigendes, ja man zeigt uns beflissene Aufmerksamkeit, was kümmert uns der Teil ihres Lebens, den sie uns nicht geben und den wir zu begehren weder Recht noch Veranlassung haben.«

»Täusche uns beide nicht«, rief Ilse. »Wenn in unserer Stadt Jemand zu dir sagte, du darfst nur meine Schuhe ansehen, aber den Blick nicht bis zu meinem Gesicht erheben, du darfst nur im Freien mit mir zusammenkommen, aber nicht in meinem Hause, ich kann nur stehend bei dir essen, aber an deinem Tisch niederzusitzen verbietet mir meine Würde, was wirst du, der du so stolz in deinem Kreise stehst, einem solchen Toren antworten?«

»Ich werde nach dem Grund seiner Befangenheit fragen, vielleicht ihn bedauern, vielleicht mich von ihm wegwenden.«

»So tu's hier«, rief Ilse. »Denn wir sind geladene Gäste, vor denen die Hausleute die Tür zusperren.«

»Ich wiederhole dir, wir sind nicht Gäste, welche geladen wurden, mit den Menschen hier gesellig zu verkehren. Ich bin zur Arbeit hergerufen, und ich habe diesen Ruf angenommen, weil ich für meine Wissenschaft so Großes suche, daß ich weit andere Übelstände ertragen müßte als etwa unbequeme Gewohnheiten des Hofes. Dies wichtige Interesse darf ich nicht auf's Spiel setzen durch ein Auflehnen gegen gesellige Ansprüche, die mir nicht gefallen. Gerade weil ich ohne besondere Ehrfurcht auf diese Ordnung sehe, stört sie mir nicht die Laune.«

»Es tut aber weh und macht zornig, daß Menschen, an deren Leben man Anteil nimmt, an so greulich veraltetem Trödel hängen«, rief Ilse immer noch erbittert.

»Das also ist es?« frug Felix. »Wir sorgen auch um das Seelenheil der Anspruchsvollen selbst? Das läßt sich eher hören. Nun, an jedem Privilegium hängt ein alter Fluch, der die Meisten trifft, welche daran Teil haben. Das mag auch von den Vorrechten des Hofes gelten. Das Leben unserer Fürsten ist in den Bann bestimmter Kreise eingeschlossen, Anschauung und Vorurteil einer Umgebung, die sie sich nicht frei wählen dürfen, umgibt sie vom ersten Tage ihres Lebens bis zum letzten. Daß sie nicht stärker und freier sind, rührt zum großen Teil von der engen Atmosphäre, in welche sie durch die Etikette gebannt sind. Das ist ein Unglück nicht nur für sie selbst, ist für uns alle ein Leiden, daß unsere Fürsten so häufig die bürgerliche Gesellschaft mit den Augen eines Kammerjunkers betrachten. Diesen Übelstand mag man als Mitlebender schmerzlich fühlen. Und ich meine allerdings, der Kampf, welcher in unserm Vaterlande auf verschiedenen Gebieten entbrannt ist, wird nicht eher mit einem guten Frieden enden, als bis die Gefahren beseitigt sind, welche die alte Hofordnung der Erziehung unserer Fürsten bereitet. Auch scheint mir in der Tat, daß diese starre Ordnung schon an vielen Stellen durchlöchert ist, die Zeit mag kommen, wo das Unverständige darin ein Stoff für gute Laune und Satire wird. Denn die Etikette der Höfe ist zuletzt ein Überrest aus vergangener Zeit, wie unsere Zunftverfassung und ähnlicher veralteter Brauch. Darin hast du Recht. Wer sich aber persönlich so sehr reizen läßt, wie du in dieser Stunde, der setzt sich dem Argwohn aus, daß er nur deshalb zürnt, weil er sich selbst den Zutritt zu abgeschlossenen Kreisen begehrt.«

Ilse sah schweigend vor sich nieder. »Dir und mir«, fuhr der Professor fort, »geziemt bei zufälliger persönlicher Berührung mit solchen Anschauungen nur Eines: kühle Nichtachtung. Wir wünschen zum Vorteil unserer Fürsten die Schranken beseitigt, welche ihnen den Verkehr mit ihrem Volke einengen, aber wir haben durchaus nicht Wunsch und Drang, uns an die Stelle derer zu setzen, auf welche die Gebieter unseres Landes jetzt ausschließlich angewiesen sind. Denn im Vertrauen, wir alle, deren

Leben in angestrengter, geschäftlicher Tätigkeit verläuft, wir würden in der Regel schlechte Gesellschafter der Fürsten sein, uns fehlt nicht nur die zierliche Sicherheit der Form, die sich eher gewinnen ließe, auch die wohltuende Gefügigkeit im Tagesverkehr, die Stärkeren werden leicht durch Unabhängigkeit verletzen, die Schwachen durch haltlose Unterwürfigkeit verächtlich werden. Nur die Freiheit der Wahl fordern wir für die Regierenden. Ein Gefühl dürfen wir aber ohne Überhebung bewahren, daß Alle, die sich gesellig von unsern Kreisen scheiden, mehr verlieren als wir. Was die Herzen erwärmt, den Geist erhellt, muß man aus dem Volke holen. Wer sich das schwer macht, der entbehrt.«

Ilse trat zu ihm und legte ihre Hand in die seine.

»Deshalb, Frau Ilse«, fuhr der Gatte heiter fort, »laß dir ruhig für diese wenigen Wochen gefallen, was um dich vorgeht. Käme dir einmal die Aufforderung, in Wirklichkeit Gast für die Geselligkeit eines Hofes zu werden, dann magst du vorher über deine Ansprüche in Verhandlung treten, und wenn du in solchem Falle ablehnst, dann tust du's mit Lachen.«

»Sprichst du so aus sicherer Ruhe deiner Seele?« frug Ilse und sah den Gatten forschend an, »oder weil dir jetzt sehr viel daran liegt, hier zu bleiben?«

»Mir liegt Alles an meiner Handschrift«, versetzte der Professor, »im Übrigen entbehre ich der Ruhe weniger als du. Denn du hast in deiner Jugend und vollends im letzten Jahr mit warmer Empfindung um Personen dieses Fürstenschlosses gesorgt, du hast dich in einzelnen Stunden ihnen vertraulich nahe gefühlt, und deshalb bist du jetzt mehr verletzt, als nötig wäre.«

Ilse nickte bestätigend mit dem Haupt.

»Halt' aus, Ilse«, mahnte der Gatte herzlich, »denke daran, daß du frei bist und jeden Tag davon fliegen kannst. Aber mir wäre lieb, wenn du mich nicht allein ließest.«

»Ist dir das lieb, Felix?« frug Ilse weich.

»Ungläubige«, rief der Professor. »Heut lassen wir das Theater und nehmen unsere Leseabende auf. Ich habe mitgebracht, was dir die Grillen vertreiben soll.« Er trug die Lampe auf den Tisch, schlug ein kleines Buch auf und begann: »Es war an einem Pfingstentag, Nobel, der König von allen Tieren, hielt Hof« und so fort.

Frau Ilse saß, die Arbeit in der Hand, neben dem Gatten, wie sonst fiel das Licht der Lampe auf das Antlitz des Geliebten, sie suchte spähend darin zu lesen, ob er noch gegen sie fühle, wie ehemals; bis endlich die Freveltaten des Fuchses auch ihre Lippen zum Lächeln zogen und sie ihm das Buch aus der Hand nahm, um weiter zu lesen mit ruhigem Atem, behaglich, wie in der Heimat. –

»Wie geht es der kranken Frau von Bergau?« frug am andern Morgen die Prinzeß ihr Hoffräulein, die kleine Gotlinde Thurn.

»Schlecht, Hoheit, sie hat sich sehr aufgeregt über die plötzliche Abreise ihres Gatten, und ihre Entbindung wird jede Stunde erwartet.«

»Bergau ist verreist? warum jetzt?« frug die Prinzeß erstaunt.

»Der Fürst hat ihm den Einkauf von Porzellan in einer fremden Stadt befohlen.«

Die Prinzessin sah bedeutsam auf die Vertraute. »Verzeihen Hoheit, daß ich es auszusprechen wage«, fuhr das Hoffräulein fort, »wir alle sind empört. Bergau hat gestern, wie man vernimmt, einen Auftritt mit der fremden Dame im Pavillon gehabt, heut früh hat er von des Fürsten Hoheit den Befehl erhalten unter Ausdrücken, welche jede Einwendung unmöglich machten.«

»Was hat's denn im Pavillon gegeben?« frug die Prinzessin.

»Das weiß man nicht«, erwiederte das erzürnte Fräulein. »Aus den Andeutungen Bergau's muß man schließen, daß die Fremde Ansprüche erhoben hat, Zutritt bei Hofe gefordert und mit ihrer Abreise gedroht. – Die Anmaßung der Fremden ist unleidlich, wir alle bitten, daß Hoheit die Gnade haben, unsere Rechte zu vertreten.«

»Gute Linda, ich bin für euch ein gefährlicher Bundesgenosse«, versetzte die Prinzessin traurig.

Der Geburtstag der Prinzessin wurde von Hof und Stadt gefeiert. Viele Leute trugen Festkleider, lange Züge Glückwünschender bewegten sich nach dem Vorzimmer des Fürstenkindes, zwei Diener hatten vollauf zu tun, Listen und Federn darzubieten, damit die Ankommenden ihre Namen einzeichneten. Die Prinzeß empfing am Morgen den Hofstaat; sie erschien zum ersten Mal in hellen Farben und sah schöner aus als je. In dem geöffneten Seitenzimmer standen die Tische, welche mit Geschenken bedeckt waren, viel wurde von den Damen das prachtvolle Kleid bewundert, welches der Fürst seiner Tochter verschrieben hatte, und von den Weisen des Hofes kaum weniger die schöne Arbeit an den Miniaturen des Magisters.

Um drei Uhr begann das Concert im Schloßgarten, Herren und Frauen des Adels, der Beamten und Bürgerschaft traten in den gedeckten Raum, die Damen der Prinzessin begrüßten und ordneten die Frauenwelt durch leise Winke zu einem großen Kreis, hinter welchen die Herren als dunkle Einfassung traten, auf der einen Seite die Familien des Hofes, auf der andern die Stadt. Die Gäste fügten sich mit Behendigkeit dem Zwange der mathematischen Linie, nur auf der Stadtseite gab's kleine Unordnung. Der neue Stadtrat Gottlieb, ein ansehnlicher Fleischermeister, schob Frau und Tochter nach hinten und stellte sich breitbeinig in die Vorderreihe, und es bedurfte einer Aufforderung des Hoffräuleins, um die Zurückgestellten hervorzuziehen. »Ich zahle die Steuern«, sagte der gebändigte Gottlieb mit verlegenem Trotz zu seiner Umgebung, aber er begegnete auch bei seinen Nachbarn einem verurteilenden Lächeln.

Als Ilse neben dem Gatten in die fremde Gesellschaft trat, fühlte sie sich durch die kalten, neugierigen Blicke erschreckt, welche von allen Seiten gegen sie stachen. Der Kammerherr führte sie zu der ersten Hofdame, und die Baroneß machte nach kühler Begrüßung eine gehaltene Handbewegung, durch welche Ilse an das Ende der Hofseite gegenüber dem Eingange gestellt wurde. Pünktlich erschienen unter Vortritt der Marschälle die Herrschaften, am Arme des Fürsten strahlend und lächelnd die Prinzeß, hinter ihr die Prinzen. Die Kleider der Damen rauschten wie Wellen bei dem ehrfürchtigen Niedertauchen, hinter ihnen beugte auch der Männerkreis seine Häupter in feierlichem Schwunge. Die Prinzeß machte die tiefe Cercleverneigung, ein Meisterstück höchster Hoftechnik, und begann ihren Rundgang. Frau Sonne schien warm wie im Sommer, Alles freute sich des schönen Tages und des frohen Geburtstagskindes; die Prinzeß war wieder von bezaubernder Liebenswürdigkeit und erwies heut ihre Begabung, sich edel darzustellen, in der gehobenen Stimmung, welche, wie man sagt, von der Ausübung schöner Kunst unzertrennlich ist. Vor ihr bewegte sich die Hofdame, zog Einzelne noch durch einen Wink zur Vorderreihe und nannte die Namen, welche der Prinzeß etwa fremd waren. Die Prinzessin hatte für Jeden ein herzliches Wort oder doch ein Kopfnicken und süßes Lächeln, welche das Gefühl gaben, daß man wohl beachtet sei. Der Fürst aber stand heut unter seinen Bürgern mit aller Behäbigkeit eines guten Hausvaters.

»Eine große Zahl alter Freunde und Nachbarn«, sagte er dem Oberbürgermeister. »Ich wußte, daß dies ganz nach dem Herzen meines Kindes sein würde. Denn es ist für sie nach schwerer Prüfungszeit wieder das erste Mal, daß sie mit Vielen zusammentrifft, welche freundlichen Anteil an ihrem Leben nehmen.«

Aber keine von allen geladenen Frauen sah mit solcher Spannung auf den Cercle der Prinzessin, als Ilse. Sie vergaß ihren Zorn über Standesvorurteile, sie vergaß auch das Mißbehagen, welches ihr die eigene Einsamkeit unter den fremden Frauen bereitete, und blickte unverwandt auf die junge Fürstin. Etwas von dem Reiz, den die Huld der vornehmen Dame für die Anwesenden hatte, empfand doch auch Ilse. Diese Leichtigkeit, in wenig Minuten so Vielen etwas Wohltuendes von dem eigenen Wesen zu geben, war ihr ganz neu. Unruhig schaute sie nach ihrem Felix zurück, auch er beobachtete mit Freude die anmutsvollen Bewegungen der Prinzessin. Sie kam näher, Ilse vernahm ihre Fragen und die Antworten der Glücklichen, denen sie nähere Beachtung zu Teil werden ließ. Ilse sah auch, daß das Auge der Prinzessin flüchtig bis zu ihr hinabstreifte, und daß sein Ausdruck ernster wurde. Die Prinzeß hatte sich bei einem alten Fräulein, das vor Ilse stand, verweilt und angelegentlich nach dem Befinden der kranken Mutter erkundigt, jetzt schritt sie langsam an Ilse vorüber, neigte fast unmerklich das Haupt und sagte leise: »Ich höre, Sie wollen uns verlassen.«

Die unerwartete Frage und Kälte in Ton und Angesicht regten den Stolz der Professorin auf, unter dem Strahl ihrer großen Augen hob sich auch die Gestalt der Prinzessin, beide wechselten einen feindseligen Blick, als Ilse antwortete: »Ich bitte Ew. Hoheit um Verzeihung, wenn ich bei meinem Gatten bleibe.« Die Prinzeß sah auf den Professor, wieder flog ein fröhliches Lachen über ihr Gesicht, sie setzte ihre Wanderung fort. Auch Ilse wandte sich schnell zu ihrem Mann, er schaute durchaus harmlos und vergnügt in die Welt, er hatte von dem kleinen Auftritt gar nichts gemerkt.

Wohl aber der Fürst. Denn er schritt quer durch den Raum auf Ilse zu und begann: »Unter alten Bekannten begrüßen wir auch die neuen. Doch für mich und den Erbprinzen paßt der Ausdruck nicht. Denn wir sind der Gastlichkeit Ihres Hauses oft zu Dank verpflichtet gewesen, und es ist uns besonders wertvoll, daß wir Ihnen heut den Kreis zeigen, in welchem wir heimisch sind. Ich bedaure, daß Ihr Herr Vater nicht unter uns ist, ich hege warme Achtung vor seiner gediegenen Tüchtigkeit und ich weiß seine Verdienste um die Landschaft sehr wohl zu schätzen. Er hat bei der landwirtschaftlichen Ausstellung einen Preis erhalten, richten Sie ihm meine Glückwünsche aus. Ich hoffe, sein Beispiel wird für mein Land nicht verloren sein.«

Der Fürst verstand gut zu machen, was sein Hof an Ilse versah. Eine Professorfrau hat starke Bedenken gegen Hofbrauch und vornehme Ansprüche. Aber wenn denen, die sie liebt, in feierlicher Versammlung ein wohlverdientes Lob aus erlauchtem Munde zu Teil wird, das freut sie doch trotz alledem. Nach der verletzenden Frage der Tochter war die glänzende Auszeichnung durch den Vater eine schöne Genugtuung. Ilse sah den Fürsten mit einem Blick inniger Dankbarkeit an und dieser wandte sich jetzt freundlich zu ihrem Felix und blieb lange vor ihm stehen. Als er endlich zu Andern trat, hatte die ungewöhnliche Beachtung, welche er den Fremden vor seinem versammelten Volke gönnte, die landesüblichen Folgen; auch die Herren des Hofes schoben sich heran und erwiesen Ilse und dem Professor von der Seite ihre Aufmerksamkeit. Ilse sah jetzt ruhiger in den Kreis und bemerkte, wie der Erbprinz langsam durch die Reihen ging und Herren und Damen nach einer geheimen, wohlgeordneten Reihenfolge aussuchte, dabei mitunter auf dem Wege anhielt und sein Augenglas bewegte, als ob er etwas überlege; während Prinz Victor als Komet eine durchaus unregelmäßige Bahn wandelte, deren Punkte sich nur bestimmen ließen, wenn man die hübschesten Gesichter heraussuchte. Er hatte lange mit der Tochter des Stadtrat Gottlieb gesprochen und das Fräulein zu einem Lachen gebracht, über das sie selbst so erschrak, daß sie rot wurde und ihr Taschentuch vor den Mund hielt; als er plötzlich neben Ilse stand. »Eine solche Blumenausstellung ist lustig«, begann er nachlässig wie zu einem guten Kameraden. »Man muß freilich auch manchen stachligen Kaktus in Kauf nehmen.«

»Für die Herrschaften, welche mit so Vielen zu sprechen haben, mag sie doch ermüdend sein«, sagte Ilse.

»Glauben Sie das ja nicht«, versetzte Victor. »Es ist süß, soviel Leute vor sich zu sehen, welche nicht mucksen dürfen, wenn man's ihnen nicht erlaubt; für diesen Genuß erträgt fürstliches Blut noch größere Strapazen. Kennen Sie das Spiel: Dreh dich nicht um, der Plumpsack geht um? Dies hier ist eine Abart, welche zum Vergnügen hoher Herrschaften eingerichtet wurde. Nur daß die Klapse nicht auf den Rücken, sondern vorn verabreicht werden.«

Der Kreis geriet in Bewegung, der Fürst bot der Prinzessin den Arm und führte sie in ein großes buntverziertes Zelt, die Gäste folgten, eine

Schaar Lakaien bot Erfrischungen. Darauf nahmen die Damen hinter den hohen Herrschaften Platz, die Herren standen in der Runde. Das Concert begann mit majestätischem Paukenschlag und ging nach kurzem Verlauf, unter rasenden Einfällen sämmtlicher Geigen, zu Ende. Jetzt aber begrüßte die Prinzessin auch die Herren, diese allerdings mit minderer Regelmäßigkeit. Ilse ward von Fräulein von Lossau in ein Gespräch verflochten, die Prinzeß aber trat zu Felix Werner und tat eifrige Fragen, der Professor wurde warm und erklärte, die Prinzeß frug immer mehr, lachte und antwortete. Der diensttuende Obermarschall blickte verstohlen nach der Uhr, es war höchste Zeit für die Damen des Hofes, sich zum Diner umzukleiden, der Fürst aber winkte ihm zu, sah zufrieden nach der Prinzessin und sagte in bester Laune zu seinem Sohn: »Heut regiert sie, wir warten gern.«

»Meine liebe Hoheit vergißt uns alle über den Fremden«, flüsterte Fräulein von Thurn bekümmert dem Prinzen Victor zu.

»Beruhigen Sie deshalb Ihr treues Herz, Dame Gotlinde«, tröstete der Prinz. »Unsre Herrin Bradamante hat ihre siegreichen Waffen ein langes Jahr nicht gebraucht; sie würde heut ihre Kraft versuchen und wenn sie einen Kohlkopf vor sich hätte.«

Am nächsten Morgen saß die Prinzessin unter ihren Hofdamen, der vergangene Tag wurde besprochen wie Brauch ist, die Prinzessin bewundert, über Abwesende ein wenig geurteilt und über Kleidung und Haltung einiger Stadtmütter Erstaunen ausgedrückt.

»Aber mit der Stadtkämmerin haben Hoheit nicht gesprochen«, rief Gotlinde Thurn, »die arme Frau hat das als Zurücksetzung empfunden und nach dem Concert geweint.«

»Wo stand sie?« frug die Prinzeß.

»Nahe bei der Fremden«, antwortete die Thurn.

»Ah deshalb«, rief die Prinzeß. »Wie sieht sie denn aus?«

»Ein rundes Frauchen mit braunen Augen und roten Backen. Mein Bruder wohnt in ihrem Hause, daher kenne ich sie. Sie versteht ausgezeichnete Obstkuchen zu backen.«

»Mach's gut, Linda«, sagte die Prinzeß, »sage ihr etwas Freundliches von mir.«

»Darf ich ihr erzählen, daß Hoheit von ihrem guten Kirschsafte gehört haben und gern einige Flaschen davon erhalten würden? Das macht sie überglücklich.«

Die Prinzessin nickte. »Die Tochter des Stadtrat Gottlieb wird eine Schönheit«, lobte die Baronin Hallstein.

»Prinz Victor hat alle Andern über ihr vergessen«, rief die Lossau gekränkt.

»Wünschen Sie sich Glück, liebe Betty«, versetzte die Prinzessin scharf, »wenn Sie von meinem Vetter vergessen werden. Die Aufmerksamkeiten des Prinzen sind in der Regel beunruhigend für die Damen, denen er sie zu Teil werden läßt.«

»Aber dankbar sind wir alle«, rief die Hallstein, eine Dame von Mut und Charakter, »daß Ew. Hoheit gegenüber der Frau vom Pavillon den Hof vertreten haben. Die kühle Abfertigung hat allgemein gefreut.«

»Meinst du, Wally?« sagte die Prinzeß nachdenkend. »Die Frau ist stolz und hat mir getrotzt. Aber ich hatte sie zuerst verletzt und an einem Tage, wo ich im Vorteil war.«

213

4. Neckereien.

Das Jahr ließ sich nach jeder Richtung leichtfertig an. Die Schnepfen waren häuslich eingerichtet, bevor die Jäger ihre Wasserstiefeln angelegt hatten, und die Märzbecher hatten wirklich im März geblüht. Der Mond lachte zwischen dem ersten und letzten Viertel jeden Abend mit schief-gezogenem Mund, an den Höfen begannen Prinzessinnen mit Professoren nach verlorenen Handschriften zu suchen und in den Städten zeigten die Bürger eine ungewöhnliche Neigung zu Maitrank und zu gewagten Unternehmungen. Auch ruhige Köpfe erfaßte der Taumel, Stroh und Papier wurden mächtig. Alle Welt trug nicht nur Hüte, auch Mützen von Stroh, alle Welt beteiligte sich an Papiergeschäften und neuen Aktien. Das Haus Hahn kam obenauf. Die Bestellungen der kleinen Kaufleute liefen so massenhaft ein, daß sie gar nicht mehr ausgeführt werden konnten, in allen Winkeln des Hauses saßen Mädchen und nähten Strohbänder zusammen, der Schwefelgeruch wurde auf der Straße und in den Nachbargärten unerträglich. Herr Hummel saß des Abends auf seinem umgestürzten Kahn, wie Napoleon auf Helena als ein überwun-dener Standpunkt und aufgegebener Mann. Mit zorniger Verachtung schaute er auf den Taumel der Menschheit. Wiederholt forderten ihn seine Bekannten auf, die große Bewegung auf sich wirken zu lassen, Mitglied zu werden von irgendeiner Gesellschaft, eine Bank zu gründen, Kohlen zu graben, Eisen zu schmelzen. Er wies alle diese Zumutungen kurz von sich ab. Wenn er in seine tatlosen Werkstätten ging, welche sich fast nur durch den Kampf gegen Motten erhielten, und sein Buchhalter eine Vermutung über die nächsten Pariser Hutformen wagte, so lachte er wild und entgegnete: »Ich verbitte mir jede Mutmaßung über die Deckel, welche die Leute brauchen werden, wenn dieser Schwindel aufhört. Wollen Sie aber durchaus die nächste Mode wissen, so will ich sie Ihnen andeuten. Pechkappen werden die Leute tragen. Ich wundere mich, daß Sie noch an Ihrem Pulte sitzen. Warum machen Sie es nicht wie andere Ihrer Collegen, welche jetzt überall in den Weinhäusern liegen?«

214

»Herr Hummel, das erlauben mir meine Mittel nicht«, versetzte der gedrückte Mann.

»Ihre Mittel?« rief Hummel, »wer fragt jetzt darnach? Schwefelhölzer sind so gut wie baar Geld, die Eckensteher machen Wechselgeschäfte und schenken einander ihre Brustbilder. Warum leben Sie nicht wie der Buchhalter Knips von drüben? Als ich meiner Frau beim Italiener eine Apfelsine kaufte, sah ich ihn in der Hinterstube sitzen mit einer Flasche Champagner in Eis. Warum setzen Sie sich nicht auch ins Eis in dieser hitzigen Zeit? Es ist Alles ein greulicher Schwindel geworden, ein Sodom und Gomorrha, das Strohfeuer brennt, aber es wird ein Ende mit Schrecken nehmen.«

Herr Hummel schloß sein Comtoir und schritt im Zwielicht nach dem Stadtpark, wo er wie ein Geist an der Grenze seines Grundstücks auf und ab wandelte. Aus seinen Betrachtungen wurde er durch ein wildes Gekläff des roten Hundes geweckt, welcher an eine umschattete Bank des Parks stürzte und wütend in die Stiefeln und Beinkleider eines Mannes biß. Hummel trat näher, ein Männlein und ein Fräulein flogen auseinander. Hummel war Weltmann genug, sich nichts merken zu lassen, aber er zog sich eilig in seinen Garten zurück und setzte dort seine Wanderung im Sturmschritt fort. »Ich hab's gewußt, ich hab's gesagt, ich habe gewarnt. Der arme Teufel.« Dabei trat er zornig auf den eignen Buchsbaum und vergaß die Stunde des Abendessens, so daß seine Frau zweimal in den Garten rufen mußte. Auch als er bei Tische saß, finster und mit einem Wetter geladen, äußerte er eine so tiefe Menschenverachtung, daß die Frauen bald verstummten. Laura machte noch einen Versuch, das Gespräch auf die Frau Bürgermeisterin zu bringen, welcher Hummel große Verehrung bewies, sooft sie vorbeiging,

21

aber er brach in die entsetzlichen Worte aus: »Sie ist auch nichts Besseres als ein Weib.«

»Jetzt ist's genug, Hummel«, rief seine Frau, »dieses Benehmen ist sehr unerfreulich, und ich muß dich ersuchen, deine üble Laune nicht so weit zu treiben, daß sie dich des Urteils über weiblichen Wert beraubt. Ich kann Vieles verzeihen, aber niemals einen Frevel am Adel menschlicher Natur.«

»Bleib mir vom Leibe mit deinem menschlichen Adel«, versetzte Hummel, stand vom Tisch auf, rückte heftig den Stuhl an seinen Platz und stürmte in die Nebenstube, wo er im Halbdunkel wieder zornig auf und ab schritt; denn Gabriel lag ihm sehr im Sinn. Allerdings war die gesellschaftliche Stellung dieses Mannes keine hervorragende, er war nicht Verwandter, nicht Hausbesitzer, nicht einmal Bürger. Deshalb erwog Herr Hummel, daß eine Einmischung in die geheimen Gefühle desselben ihm selbst schwerlich anstehe. Aber zu dieser Erkenntnis drang er nicht ohne Kämpfe durch. Und er vermochte die Stimme, welche in einem Winkel seines Herzens zu Gunsten Gabriels brummte, durchaus nicht zum Schweigen zu bringen.

Unterdeß saßen die Frauen an dem verstörten Tisch. Laura sah finster vor sich nieder, ihr waren solche Auftritte nicht neu und sie wurden ihr immer schmerzlicher. Die Mutter aber war über den unverhohlenen Zorn gegen die Frauenwelt sehr bestürzt und versank unter den Wogen sturmbewegter Gedanken. Sie kam endlich zu der Überzeugung, daß Hummel eifersüchtig sei. Das war sehr lächerlich, und es gab durchaus keine erträgliche Veranlassung zu solcher Leidenschaft. Aber die Einfälle der Männer waren von je unberechenbar. Der Mime war den Tag vorher auf ihren Wunsch erschienen, er war sehr unterhaltend gewesen, Braten und Wein hatten ihm vortrefflich geschmeckt und er hatte ihr beim Abschiede mit kühnem dramatischen Blick die Hand geküßt. War es möglich, daß dieser Blick das Unheil angerichtet hatte? Jetzt ging auch Frau Hummel auf und ab, sah im Vorbeigehen nach dem Spiegel und beschloß als tapfere Hausfrau ihrem Mann noch heut Abend seine Torheit vorzuhalten. »Geh hinauf, Laura«, sagte sie leise zu ihrer Tochter, »ich habe mit deinem Vater allein zu sprechen.«

Laura nahm schweigend den Leuchter und trug ihn auf ihren Geheimtisch, sie stellte sich an das Fenster und sah nach dem Nachbarhause hinüber, wo die Lampe des Doktors durch die Vorhänge schimmerte.

Sie rang die Hände und rief: »Fort, fort von hier, das ist die einzige Rettung für mich und ihn.«

Unterdeß hatte Frau Hummel das Nachtmahl abräumen lassen, sie sammelte noch einmal Mut zu der bevorstehenden schweren Stunde und trat endlich an die Tür des Nebenzimmers, in welchem Herr Hummel noch immer umhertobte. »Heinrich«, begann sie feierlich, »bist du jetzt im Stande, den Fall, welcher dir alle Haltung geraubt hat, ruhig zu betrachten?«

»Nein«, rief Hummel und warf einen Stiefel an die Tür.

»Ich kenne die Veranlassung deines Zorns«, fuhr Frau Hummel fort und blickte verschämt vor sich nieder. »Darüber bedarf es keiner Erklärung. Es ist möglich, daß er sich zuweilen mit Blicken und kleinen Bemerkungen mehr herauswagt als nötig wäre, aber er ist doch ein talentvoller und liebenswürdiger Mann und man muß seinem Beruf etwas zu Gute halten.«

»Er ist ein elender Laffe«, rief Herr Hummel und schleuderte den zweiten Stiefel von sich.

»Das ist nicht wahr«, rief Frau Hummel eifrig. »Aber wenn es wäre, Heinrich, selbst wenn du ihm jede Unwürdigkeit zutrauen könntest, vergiß nicht, daß in dem Herzen des Weibes Stolz und Pflichtgefühl wohnen, und daß dein Verdacht eine Beleidigung gegen diese schützenden Genien wird.«

»Sie ist eine gefallsüchtige, einfältige Gans«, rief Hummel und riß seine Schlafschuhe unter dem Bett hervor.

Frau Hummel fuhr entsetzt zurück. »Diese Behandlung hat dein Weib nicht verdient. Du trittst mit Füßen, was dir heilig sein sollte. Komm zu dir, ich beschwöre dich, deine Eifersucht bringt dich dem Wahnsinn nahe.«

»Ich eifersüchtig auf solche Person?« rief Hummel verächtlich und klopfte heftig die Asche seiner Pfeife aus. »Dann müßte ich in der Tat verrückt sein. Laß mich mit all dem Unsinn in Ruhe.«

Frau Hummel ergriff ihr Taschentuch und begann zu schluchzen. »Er war mir manchmal eine Erheiterung, er erzählte Geschichten, wie ich sie in meinem Leben nie wieder hören werde, aber wenn er dich so aufregt, daß alle Vernunft deiner Seele schwindet und du deine Frau durch die unwürdigsten Vögelnamen beschimpfst – ich habe manches Opfer gebracht in unserer Ehe, auch er soll noch am Altar des häuslichen Friedens fallen. Nimm ihn hin, er soll nie wieder eingeladen werden.«

»Wer ist Er?« frug Hummel.

»Wer sonst als unser Komiker?«

»Wer ist sie?«

Frau Hummel sah ihn mit einem Blick an, der unzweifelhaft machte, daß sie selbst die Dame war.

»Ist es möglich?« rief Hummel erstaunt. »So schwimmen wir Äpfel? Warum willst du deinen Theaterhanswurst am häuslichen Altar schlachten? Setze ihm lieber etwas Geschlachtetes vor, das wird für alle Teile bequemer sein. Sei ruhig, Philippine. Du bist manchmal undeutlich in deinen Reden und du machst zu viel Geklatsch, du hast deine Theatergespinste im Kopfe und du hast deine Launen und verwirrten Einfälle, aber im Übrigen bist du meine brave Frau, auf die ich nichts kommen lasse, weder vor Andern noch in meinen Gedanken. Und jetzt fahre mir nicht mehr vor dem Lichte herum, denn ich habe mich entschlossen, und ich will ihm einen Brief schreiben.«

Während Frau Hummel sich betäubt auf das Sopha setzte und überlegte, ob sie durch das Lob ihres Gatten gekränkt oder beruhigt sein dürfe und ob sie sich selbst närrisch getäuscht, oder ob Heinrichs Wahnsinn nur die neue furchtbare Form der Bonhommie angenommen habe, schrieb Herr Hummel wie folgt:

»Mein guter Gabriel, gestern, den 17. *hujus*, Abends $7^3/_4$ Uhr, sah ich auf der Bank Numero 4 der Waldwiese die Dorothee von drüben und Knips junior zusammensitzen. Da Speihahn attakierte, flohen sie auseinander. Dies zur Warnung und weitern Beschlußfassung. Ich bin bereit, nach Ihrer Ordre zu verfahren. Stroh, Gabriel! Ihr affektionierter H. Hummel.«

Zu gleicher Zeit mit diesem Schreiben flog ein Brief Laura's an Ilse in den Pavillon. Recht kummervoll schrieb die treue Seele. Die kleinen Händel des Hauses und der Nachbarschaft kränkten sie mehr als nötig war, von dem Doktor sah sie wenig, und was ihr den bittersten Schmerz machte, sie hatte das letzte Lied ausgegeben, sie wußte dem Doktor nichts mehr zu senden und wollte den Briefwechsel ohne Beilage fortsetzen. Verwundert las Ilse einen Satz, dessen Sinn ihr nicht recht verständlich war. »Ich habe mir bei Fräulein Jeannette Erlaubnis ausgewirkt, einzelne Lehrstunden in ihrer Anstalt zu geben, ich will nicht länger ein unnützer Brotesser sein. Seit ich Dich aus meiner Nähe verloren, ist es um mich kalt und öde, mein einziger Trost bleibt, daß ich wenigstens vorbereitet bin, auch in die Fremde zu fliegen und dort die Körnchen einzusammeln, welche ich zur Fristung meines Lebens brauche.«

»Wo ist mein Mann?« frug Ilse ihr Mädchen.

»Der Herr Professor ist zu Ihrer Hoheit der Frau Prinzessin gegangen.«

»Rufen Sie Gabriel.«

»Er hat eine traurige Nachricht erhalten, er sitzt auf seiner Stube.«

Gleich darauf trat der Diener mit verstörtem Wesen ein. »Was ist geschehen, Gabriel?« frug Ilse erschrocken.

»Es ist nur in meinen eigenen Sachen«, versetzte Gabriel mit bebender Stimme, »es ist keine gute Nachricht, welche mir dies Papier zugetragen hat.« Er griff in den Rock und holte Hummels zerknitterten Brief hervor, wandte sich ab und legte den Kopf auf das Holz des Fensters.

»Armer Gabriel!« rief Ilse. »Aber noch ist eine Erklärung möglich, welche das Mädchen rechtfertigt.«

»Ich danke Ihnen für den guten Glauben, Frau Professorin«, sagte Gabriel feierlich, »aber dieser Brief meldet mein Unglück. Der ihn geschrieben hat, ist zuverlässig wie Gold. Ich wußte Alles, bevor ich ihn erhielt. Sie hat mir auf mein letztes Schreiben nicht geantwortet, sie hat mir die Brieftasche nicht geschickt, und gestern gegen Abend, als ich draußen umherging und gerade an sie dachte, flog neben mir eine Lerche in die Höhe und sang mir ein Lied, das mir Gewißheit gab.«

»Das ist Torheit, Gabriel, Sie dürfen nicht dadurch Ihr Urteil bestimmen lassen, weil Ihnen zufällig bei einem Vogel trübe Gedanken kommen.«

»Es war deutlich, Frau Professorin«, erwiederte Gabriel traurig. »Gerade als die Lerche aufflog und ich an die Dorothee dachte, fielen mir Worte ein, die ich als Kind gehört hatte und seit der Zeit nicht wieder. Es ist kein Aberglaube dabei und ich kann Ihnen den Spruch erzählen: Lerche, liebe Lerche, hoch über dem Rauch, was hast du mir Neues zu sagen? Dieser Gedanke kam mir, und darauf vernahm ich so deutlich, als wenn mir Jemand die Antwort ins Ohr spräche: Zwei Verliebte seh' ich am Haselstrauch, den dritten hör' ich klagen, zwei treten über den Stein in das geweihte Haus, der dritte sitzt allein und wischt sich die Augen aus.« Gabriel fuhr nach seinem Taschentuch. »Das war eine sichere Vorbedeutung, die Dorothee verleugnet mich.«

»Gabriel, ich fürchte, sie war immer ein Flattergeist«, rief Ilse.

»Sie hat selbst ein Herz wie ein Vogel«, entschuldigte Gabriel, »sie ist keine ernste Person und hat die Art, Alle freundlich anzulachen. Das wußte ich. Aber daß sie fröhlich und sorglos war und angenehm scherzte, hat sie mir lieb gemacht. Es war ein Unglück für mich und sie, daß ich von ihr weggehen mußte, gerade da sie ihr Gemüt auf mich richtete und die Andern abhielt, welche hübsch gegen sie taten. Denn ich weiß, der Buchhalter hatte schon lange ein Auge auf sie, er hatte ihr Aussicht gemacht, sie zu heiraten, und das war eine bessere Versorgung, als ich ihr geben konnte.«

»Hier muß etwas geschehen«, rief Ilse. »Wollen Sie nach der Stadt zurück und selbst zum Rechten sehen? Mein Mann wird Ihnen sogleich die Erlaubnis geben. Vielleicht ist es doch nicht so schlimm.«

»Für mich ist es so schlimm, als es sein kann, Frau Professorin. Wollen Sie die Güte haben und für die Dorothee sorgen, daß sie nicht unglücklich wird, so danke ich Ihnen von Herzen. Ich will sie nie wieder sehen. Ja, Frau Professorin, hat man Jemanden lieb, soll man ihn nicht alleinlassen, wenn er in Versuchung ist.«

Ilse versuchte zu trösten, aber sie fühlte die Worte Gabriels tief in ihrem Herzen. »Der Dritte sitzt allein«, klagte es in ihr fort.

Sie stand wieder allein im Saal und sah scheu auf die fremden Wände. Aller Schmerz, der je in diesem Raume eine Menschenseele bewegt hatte, Eifersucht und verletzter Stolz, fieberhafte Erwartung und hoffnungsloses Sehnen, Trauer um zerstörtes Glück und Grauen vor der Zukunft, Schrei der Angst und Stöhnen eines gequälten Gewissens, herbe Mißtöne aus ferner Vergangenheit, längst verhallt, zerflossen, verweht, sie sandten heut einen undeutlichen zitternden Nachklang in das arglose Herz des Weibes. »Es ist unheimlich hier, und wenn ich in Worte fassen will, was mich ängstigt, so versagen sie. Ich bin keine Gefangene, und doch umgibt mich die Luft eines Kerkers. Der Kammerherr ließ sich seit Tagen nicht sehen, und der Prinz, der sonst zu mir sprach wie zu einer Freundin, kommt selten, nur auf Minuten, und dann ist es schlimmer, als ob er nicht da wäre. Er ist gedrückt wie ich und sieht mich an, als fühlte er dieselbe namenlose Angst. Und sein Vater? Wenn er vor mich tritt, ist er ein freundlicher Herr, dem man gut sein könnte, und sobald er mir den Rücken wendet, verzerren sich vor meiner Seele die Züge seines Antlitzes. Es tut nicht wohl, den Großen der Erde nahe zu sein, sie neigen sich Einem zu, öffnen ihre Seele wie gute Freunde, und kaum fühlt man die Erhebung, daß das Höchste Einem so großes Anrecht gewährt, dann ziehen sich die neckenden Geister plötzlich wieder in ihr unsichtbares Reich zurück, und man kümmert sich, denkt an sie und regt sich auf. Solch Leben nimmt den Frieden.«

»Felix sagt, man soll nicht sorgen um diese Sorglosen. Wie kann man Anteil und Sorge meiden, wenn ihrer Seele Wohlfahrt ein Segen für Alle ist?«

»Ist es nur darum, Ilse«, frug sie, »daß die Gedanken ruhelos fliegen? Oder ist es Stolz, bald verletzt und bald wieder geschmeichelt, ist es Angst um Geliebtes, das sie mir in der Stille entreißen wollen?«

»Weshalb bangt mir um dich, mein Felix? Warum zage ich, weil er hier ein Weib gefunden hat, das seinem Geiste ebenbürtig ist? Bin ich es nicht auch? An seinem Licht bin ich heraufgewachsen, ich bin nicht mehr die unwissende Landfrau, die er sich einst von den Herden geholt hat. Fehlt mir auch der lockende Reiz der vornehmen Dame, was kann sie ihm mehr geben als ich? Er ist kein Knabe und er weiß, daß ich jede Stunde nur für ihn lebe. Ich verachte euch, ihr kläglichen Bilder, wie habt ihr Zugang zu meiner Seele gefunden? Ich bin keine Gefangene dieser Wände, und wenn ich hier weile, wo ihr Macht habt über die Menschen, ich bleibe um seinetwillen. Man soll nicht verlassen, den man liebt, das Wort ist auch für mich gesprochen. Aber meines Vaters Kind steht nicht kläglich in der Kammer und wischt sich die Augen, wenn der Geliebte auch einmal mit einer Prinzessin unter dem Haselstrauch sitzt.«

Gabriel schlich in einem abgelegenen Teil der Anlagen dahin, da fühlte er einen Schlag auf der Schulter, Prinz Victor stand hinter ihm. »Freund Gabriel?« – »Zu Befehl, Hoheit.« – »Wo gedient?« – »Blaue Husaren.« – »Gut«, nickte der Prinz, »wir sind von derselben Waffe. Ich höre, Sie sind ein zuverlässiger Bursch. Wo fehlt's Ihnen?« Er zog seine Börse heraus. »Wir teilen, nehmen Sie, was Sie brauchen.«

Gabriel schüttelte den Kopf.

»Dann sind die Weiber schuld«, rief der Prinz, »das ist schlimmer. Ist sie stolz?« Gabriel verneinte. »Ist sie ungetreu?« Der arme Bursch wandte sich ab. »Bei den Eltern bin ich leider ein schlechter Fürsprecher«, sagte der Prinz teilnehmend, »das Geschlecht der Väter gönnt mir wenig Zutrauen. Wenn's aber gilt, einem Mädchen ins Gewissen zu reden, dann rufen Sie mich.«

»Ich danke für den guten Willen, Hoheit, mir ist nicht zu helfen. Das muß hinuntergearbeitet werden.« Er wandte sich wieder ab.

»Pfui, Kamerad, haben Sie den Soldatenspruch vergessen: Alle gern haben, Eine lieben, sich um Keine grämen? Wird ja einmal das Herz schwer, so muß man nicht allein umherlaufen, wie Sie tun. In Ermangelung eines andern Gefährten nehmen Sie vorläufig mit mir vorlieb.«

»Das ist zu viel Ehre«, sagte der arme Gabriel, nach der Mütze greifend.

Der Prinz hatte ihn während dieser Reden von dem offenen Wege abgeführt in ein dichtes Gebüsch, er setzte sich jetzt auf die Wurzel eines alten Baumes und wies mit einer Handbewegung Gabriel an den nächsten Stamm.

»Hier liegen wir im Versteck, Sie sehen dort hinaus, ich hier auf den Weg, daß uns Niemand überrascht. Wie sind Sie mit Ihrem Quartier zufrieden? Haben Sie gute Bekannte gefunden?«

»Ich meine, es ist klug, hier Niemandem zu trauen«, antwortete Gabriel vorsichtig.

»Nun«, versetzte der Prinz, »ich bin nicht von hier, ich habe nichts dagegen, wenn Sie mit mir eine Ausnahme machen. Nehmen Sie an, wir säßen im Felde, an demselben Feuer und tränken aus einer Feldflasche. Sie haben Recht, es ist hier nicht Alles so sicher, wie es aussieht. Das nächtliche Spuken im Schlosse gefällt mir auch nicht. Sie haben davon gehört?« Gabriel bestätigte lebhaft. »In solchem alten Schloß«, fuhr der Prinz behaglich fort, »sind manche Türen, die Wenige kennen, vielleicht auch Gänge in der Wand. Ob's Geister sind oder etwas Anderes, wer weiß es. Das schleicht daher und kommt auf einmal hervor, wo man nicht dran denkt, und wenn man gerade sein Nachthemd angezogen hat, öffnet sich eine geheime Tür oder eine Diele des Fußbodens steigt in die Höhe und eine verdammte Erscheinung schwebt herauf, räumt ab, was auf den Tischen ist, und ehe man sich besinnt, ist's wieder verschwunden.«

»Wer's leidet, Hoheit«, erwiederte Gabriel tapfer.

»Ja, wer sich zur Wehr setzen könnte«, lachte der Prinz, »es streckt die Hand aus, und man ist unbeweglich, es hält dem Schlafenden einen Schwamm vor die Nase, und er erwacht nicht.«

Gabriel horchte hoch auf.

»Die Leute erzählen, auch in Ihrem Pavillon soll's nicht geheuer sein«, fuhr der Prinz fort. »Es wäre doch gut, wenn ein sicherer Mann einmal in der Stille Alles durchsuchte. Findet man einen Zugang, der nicht in Ordnung ist, so sperrt man ihn mit einer Schraube oder mit einem

Riegel zu. Es ist freilich unsicher, ob man etwas findet. Denn dergleichen Teufelswerk ist schlau angebracht.«

Er winkte bedeutsam zu Gabriel, der gespannt auf ihn starrte.

»Das ist nur ein Gedanke von mir«, sagte der Prinz, »wenn aber ein Soldat in fremdem Quartier liegt, so sieht er sich nach einer Sicherheit um für die Zeit, wo seine Leute schlafen.«

»Ich verstehe Alles«, versetzte Gabriel leise.

»Man muß Andern nicht unnötige Angst machen«, fuhr der Prinz fort. »Aber in der Stille tut man seine Pflicht als braver Junge. Ich sehe, das sind Sie.« Der Prinz erhob sich von seiner Baumwurzel. »Können Sie mich einmal brauchen oder hätten Sie mir etwas zu sagen, was Niemand sonst zu wissen braucht, ich habe einen Burschen, den mit dem großen Schnauzbart, einen guten stillen Menschen, machen Sie seine Bekanntschaft. Im Übrigen pflegen Sie sich hier. Da lungert ja bei Ihnen noch ein Lakai herum, ist ein Gang zu tun, so kann der ihn abmachen. Es ist gut für eine Herrschaft, wenn in fremdem Hause immer ein zuverlässiger Mann zur Hand ist. Guten Tag, Kamerad. Hoffe, ich habe Sie auf andere Gedanken gebracht.«

Er entfernte sich, Gabriel blieb in tiefem Nachdenken zurück. Die Neckerei des Prinzen hatte den treuen Mann aus seinem Schmerz aufgerüttelt, er wirtschaftete jetzt den ganzen Tag geschäftig im Hause, nur des Abends, wenn seine Herrschaft im Theater war, sah man ihn zuweilen neben dem Diener des Prinzen in geräuschloser Unterhaltung auf einer Gartenbank.

An die Wände des Pavillons heftete der Geist trüber Ahnung seine grauen Schleier, im Fürstenschloß aber wirtschaftete unterdeß ein unsichtbarer Kobold anderer Art, Große und Kleine verstörend.

Der Stall war in Bestürzung. Das liebste Reitpferd des Fürsten war ein weißer Ivenacker. Als der Reitknecht am Morgen zu dem Pferde trat, fand er ihm auf der Brust ein großes schwarzes Herz gemalt. Die schändende Farbe ließ sich nicht abwaschen, wahrscheinlich hatte der Bösewicht eine Tinktur, welche für das Haupthaar der Menschen ersonnen war, zu diesem Frevel angewendet. Die Sachverständigen erklärten, nur die Zeit könne den Schaden heilen. Es war unvermeidlich, dem Fürsten Anzeige zu machen, der Herr geriet in heftigen Zorn, strengste Untersuchung wurde angestellt. Die Nachtwache des Stalles hatte Niemand gesehen, kein fremder Fuß hatte den Raum betreten, nur der Reitknecht des Prinzen, ein schnauzbärtiger Kunde aus fremdem Volk, hatte zugleich mit der übrigen Stallbedienung ein Pferd seines Prinzen besorgt, welches dieser vor Kurzem von einem Verwandten zum Geschenk erhalten. Der Mann wurde verhört, er sprach wenig Deutsch, war nach der Aussage des übrigen Personals harmlos und einfältig, es war durchaus nichts auf ihn zu bringen. Zuletzt wurde der Stallknecht, welcher die Wache gehabt, aus dem Dienst gejagt. Er verschwand aus der Hauptstadt und wäre sehr ins Elend gekommen, wenn nicht Prinz Victor den armen Teufel in seiner Garnison untergebracht hätte.

Das Ballet geriet in Aufruhr. In dem neuen Ballo tragico »der Nix« hatte die Prima Ballerina Giuseppa Scarletti eine glänzende Rolle, in der sie grünseidene Höschen mit reichem Silberbesatz tragen sollte. Als sie vor der ersten Aufführung dies Gewandstück, welches für die Rolle bedeutsam war, anlegen wollte, war die Helferin so ungeschickt, ihr dasselbe verkehrt, die Rückseite nach vorn, zu reichen. Die Dame sprach kräftig ihre Ungeduld aus, die Garderobiere drehte das Stück um, wieder war die Rückseite vorn. Das Kunstwerk wurde näherer Betrachtung unterworfen, man fand mit Entsetzen, daß es wie eine geschlossene Muschel aus zwei Hohlseiten zusammengesetzt war. Die Scarletti geriet in Wut, dann in Tränen und nervöse Zufälle, der Regisseur, der Intendant wurden gerufen, die Künstlerin erklärte, nach dieser Schmach und Aufregung nicht tanzen zu können. Erst als Prinz Victor, den sie hochschätzte, selbst in das Ankleidezimmer kam, ihr seine tiefe Entrüstung auszusprechen, und erst als der Fürst ihr sagen ließ, daß die Kränkung auf's Strengste bestraft werden solle, gewann sie den Mut zurück, welchen die schwierige Rolle nötig machte. Unterdeß hatte auch die elfenhafte Schnelligkeit des Theaterschneiders den Schaden ihres Kleides gebessert. Sie tanzte entzückend, aber mit einem schmerzlichen Ausdruck, der ihr sehr gut stand. Schon war der Intendant froh, daß das Unglück so vorübergegangen war, schon wurde in der letzten Decoration die ganze Tiefe der Bühne erschlossen, da zeigten sich plötzlich in der Nixengrotte unter bengalischem Feuer die ausgetauschten Beinkleider, sie hingen friedlich an zwei Zacken eines silbernen Felsens, als wären sie von einem Wassergeist zum Trocknen aufgehängt. Darauf unruhige Bewegung, lautes Gelächter im Publicum, der Vorhang mußte fallen, bevor das bengalische Feuer niedergebrannt war. Alles schnob Rache, aber der Missetäter war wieder nicht zu ermitteln.

Der Dienerschaft sträubte sich das Haar. Man wußte, daß in schweren Zeiten des fürstlichen Hauses eine schwarze Dame durch Gänge und

Säle schritt und daß diese Erscheinung der hohen Familie ein Unglück bedeute. Der Glaube war allgemein, selbst der Hofmarschall teilte ihn, seinem eigenen Großvater war die schwarze Frau erschienen, als dieser einst in einsamer Nacht auf die Rückkehr seines gnädigsten Herrn wartete. An einem Abend hatte sich der Hof entfernt, und der Hofmar‐ schall schritt, den Lakaien mit der Leuchte vor sich, durch die leeren Säle, dem Flügel zu, in welchem der Prinz Victor als Gast wohnte, um nach Verabredung bei diesem eine stille Cigarre zu rauchen. Plötzlich fuhr der Lakai zurück und wies zitternd in eine Ecke. Dort stand die schwarze Gestalt, das Haupt mit dem Schleier verhüllt, sie erhob drohend die Hand und verschwand durch eine Tapetentür. Dem Lakaien fiel die Leuchte aus der Hand, der Hofmarschall tappte im Finstern bis zum Vorzimmer des Prinzen und sank dort auf das Sopha. Als der Prinz aus seinem Ankleidezimmer eintrat, fand er den Herrn in einem Zustand der höchsten Aufregung, selbst ein Glas Punschessenz, welches er ihm eigenhändig eingoß, vermochte den Gebeugten nicht aufzurichten. Die Kunde, daß die schwarze Dame erschienen sei, flog durch alle Räume des Schlosses, die bange Erwartung eines Unheils beschäftigte den Hof‐ staat und die Dienerschaft. Die Lakaien liefen des Abends im Schnell‐ schritt durch die Corridore und erschraken vor dem Wiederhall ihrer eigenen Tritte, die Hofdamen wollten ihre Zimmer gar nicht mehr ohne Begleitung verlassen. Auch der Fürst erfuhr davon, er zog die Augen finster zusammen und sah bei der Tafel verächtlich nach dem Hofmar‐ schall hinüber.

Sogar die Hofdamen blieben nicht verschont. Fräulein von Lossau, welche in dem Damenschloß, einem Flügel des Palastes, über den Gemä‐ chern der Prinzessin wohnte, kam zur Nacht in der glücklichsten Stim‐ mung nach ihren Zimmern. Prinz Victor hatte sie auffallend ausgezeich‐ net, er war sehr drollig gewesen und hatte ihr dabei einigemal Gefühl gezeigt, das bei ihm selten durchbrach. Sie ließ sich von ihrem Mädchen entkleiden und legte sich unter anmutigen Gedanken auf ihrem Lager zurecht, Alles wurde still, sie sank in den ersten Schlummer, das Bild des Prinzen gaukelte im Contretanz vor ihr. Da, horch, ein leises Ge‐ räusch, es knisterte, Etwas strich langsam unter ihrem Bett dahin. Sie fuhr in die Höhe, der unheimliche Ton hörte auf; schon war sie im Be‐ griff, sich selbst zu belügen, daß Alles nur eine Einbildung des Schlafes sei, da knisterte und fuhr es wieder unter dem Bett, es stieß an ihre Schlafschuhe, es kam rasselnd hervor, sie hörte ein furchtbares Stöhnen und sah beim matten Schein der Nachtlampe, daß sich eine Kugel langsam hinter dem Stuhle heranschob und vor dem Bette Halt machte. Halb bewußtlos vor Entsetzen fuhr sie aus dem Bett, berührte mit dem nackten Fuß einen fremden Gegenstand, fühlte an der Stelle einen scharfen Schmerz und sank mit einem Schrei zurück. Jetzt erhob sie im Bett gellenden Hilferuf, bis ihr Mädchen herbeistürzte und zitternd das Licht anzündete; das Fräulein wies immer noch schreiend in eine Ecke, wo die stachlige Gespensterkugel jetzt in ruhiger Furchtbarkeit verweilte und sich allmählich als ein großer Igel darstellte, der noch träumerisch von seinem Winterschlaf mit einer Träne an der Nase dasaß. Das Fräulein wurde vor Schrecken krank. Als der Arzt am frühen Morgen zu ihr eilte, fand er Lakaien und Kammermädchen in geschlossenem Haufen vor ihrer Tür versammelt. An der Tür war ein weißes Schild von Pappe befestigt, darauf mit großen Buchstaben zu lesen: Bettina von Lossau, fürstliche Hofspionin. Wieder wurde strengste Untersuchung befohlen und wieder wurde der Missetäter nicht ermittelt.

Aber der neckende Geist, welcher sich unter dem Schieferdache des Schlosses einquartiert hatte, trieb nicht nur mit Hof und Dienerschaft seine Possen, er wagte auch den Professor in gelehrter Arbeit zu stören.

Ilse saß allein und betrachtete zerstreut die Bilder zu Reineke Fuchs, als der Lakai die Tür aufriß: »Des Fürsten Hoheit.«

Der Fürst sah über das aufgeschlagene Bild des Buches: »Das ist also die Laune, mit welcher Sie unsere Zustände betrachten. Die Satire der Blätter ist bitter, aber sie enthalten eine unvergängliche Wahrheit.«

Ilse schloß errötend das Buch. »Die unartigen Tiere sind rohe Egoisten, das ist bei Menschen doch anders.«

»Meinen Sie?« frug der Fürst. »Wer darüber Erfahrungen gemacht hat, wird nicht so wohlwollend urteilen. Die zweibeinigen Tiere, welche ihre Zwecke in der Nähe des Herrschers verfolgen, sind in der Mehrzahl ebenso rücksichtslos in ihrer Selbstsucht und ebenso geneigt, ihre Anhänglichkeit zu beteuern. Es ist nicht leicht, ihre Ansprüche zu bändigen.«

»Neben einzelnen Argen bilden doch Bessere die Mehrzahl, bei denen das Tüchtige überwiegt«, wandte Ilse mit bittender Stimme ein.

Der Fürst neigte artig das Haupt. »Wer Alle übersehen soll, muß die Beschränktheit jedes Einzelnen lebhaft empfinden, denn er muß wissen, wo und wieweit er ihm vertrauen darf. Solche Beobachtung fremder Natur, welche stets bemüht ist, das Wesen von dem Schein zu trennen, die Brauchbarkeit zu prüfen und dem Beobachter ein überlegenes Urteil zu bewahren, schärft den Blick für die Mängel Anderer. Es ist möglich, daß wir bisweilen in der Stille streng urteilen, während Sie, eine Frau mit warmem Gemüt, in die liebenswertere Schwäche verfallen und das Menschenvolk allzu günstig betrachten.«

»Dann ist mein Loos doch glücklicher«, rief Ilse und sah den Fürsten mit ehrlichem Kummer an.

»Es ist schöner und beglückender«, sagte dieser mit Empfindung, »sich ohne Zwang seinem Gefühl hinzugeben, arglos mit den Wenigen zu verkehren, welche man sich frei erwählt, Unholdes durch eine leichte Wendung zu vermeiden, den Geliebten ein fröhliches Herz zwanglos zu öffnen. Wer aber in der kalten Luft der Geschäfte zu leben verurteilt ist, im Kampf gegen zahllose Ansprüche, welche einander feindlich kreuzen, der vermag dieses Dasein nur zu ertragen, wenn er sein Tagesleben mit einer Ordnung umgibt, welche ihm wenigstens eine gehäufte Last des Unwillkommenen fernhält und die Füchse und Wölfe zwingt, ihre harten Köpfe zu beugen. Solche Ordnung des Hofes und der Regierung ist kein vollkommenes Werk, oft wird darüber geklagt, vielleicht wurde Ihnen selbst Gelegenheit zu bemerken, daß Brauch und Etikette eines Hofes nicht ohne Härte sind. Dennoch sind sie notwendig. Denn sie erleichtern uns den Rückzug und erhalten uns in einer gewissen Absonderung, dadurch aber helfen sie uns die innere Freiheit bewahren.« Ilse sah vor sich nieder.

»Doch glauben Sie mir«, fuhr der Fürst fort, »auch wir bleiben Menschen, wir möchten uns gern der Stunde warm hingeben, und mit Solchen, die uns wert geworden, zwanglos zusammenleben. Wir müssen uns oft bescheiden, und wir erleben Augenblicke, wo solche Entsagung sehr schwer wird.«

»Aber innerhalb der Hohen Familie fallen diese Rücksichten doch weg«, rief Ilse. »Der Vater und seine Kinder, die Geschwister untereinander, diese heiligen Verhältnisse dürfen niemals gestört werden.«

Die Miene des Fürsten verfinsterte sich. »Auch sie leiden in der außergewöhnlichen Stellung. Man lebt nicht zusammen, man sieht sich weniger allein, und häufig von Andern beobachtet. Jeder kommt zum Andern aus seinem besonderen Kreise von Interessen, aus einer Umgebung, die ihn beeinflußt, und die ihm vielleicht das Zutrauen zu seinen nächsten Verwandten mindert. Mein Sohn ist Ihnen bekannt. Er hat alle Anlage zu einem gutherzigen offenen Menschen, Sie werden bemerkt haben, wie argwöhnisch und versteckt er geworden ist.«

Ilse vergaß kluge Gedanken und fühlte sich wieder ein wenig stolz als Vertraute.

»Verzeihung«, rief sie, »das habe ich nie gefunden, er ist nur schüchtern und zuweilen ein wenig ungelenk.«

Der Fürst lächelte. »Sie haben neulich eine Ansicht darüber ausgesprochen, was seiner Zukunft vorteilhaft sein würde. Er soll einmal die Geschäftsführung großer Familiengüter übersehen, ihm wäre allerdings gut, wenn er die Arbeit des Landwirts aus eigener Anschauung kennenlernte. Er fühlt sich ohnedies am Hofe nicht wohl.« Ilse nickte mit dem Kopfe. »Auch das haben Sie schon bemerkt?« frug der Fürst heiter.

Ich will meinem Prinzen doch Gutes raten, dachte Ilse, wenn es ihm auch nicht ganz bequem ist. »Dann wage ich zu sagen«, rief sie, »daß jetzt gerade die beste Zeit gekommen ist. Denn, gnädigster Herr, er muß doch die Frühjahrsbestellung lernen, und die ist in vollem Gange, er kommt nur noch zur Gerste zurecht, da darf man nicht aufschieben.«

Dem Fürsten gefiel dieser Eifer sehr. »Nicht so leicht ist der Ort gefunden«, sagte er.

»Wenn Ew. Hoheit hier in der Nähe eine Domäne haben, wobei ein Schlößchen ist.«

»Dann könnte er recht oft nach der Stadt kommen«, bemerkte der Fürst mit rauher Stimme.

»Das taugt nicht«, fuhr Ilse eifrig fort. »Er muß zuerst die Arbeit der Leute gründlich kennen und dazu regelmäßig auf dem Felde sein.«

»Einen bessern Ratgeber konnte ich nicht finden«, sagte der Fürst in vortrefflicher Laune. »In der Nähe fehlt die Gelegenheit. Ich habe an das Gut Ihres Vaters gedacht.«

Ilse stand überrascht auf. »Aber unser Hauswesen ist gar nicht eingerichtet, einen solchen Herrn aufzunehmen«, erwiderte sie mit Zurückhaltung. »Nein, gnädigster Herr, die bürgerliche Ordnung unserer Familie würde nicht für die Ansprüche eines jungen Fürsten passen. Ich schweige von andern Bedenken, die mir früher unbekannt waren und die mir erst hier auf die Seele gefallen sind. Deshalb, wenn ich nach meinem Gefühl sprechen darf, bin ich der Meinung, daß dies aus vielen Gründen nicht gut angeht.«

»Es war nur ein Gedanke«, versetzte der Fürst in der glücklichsten Stimmung. »Der Zweck würde sich vielleicht erreichen lassen, ohne

Herrn Bauer unbillig zu beengen. Meine Absicht war«, fuhr er mit ritterlicher Artigkeit fort, »Ihnen und Ihrem Vater einen offenkundigen Beweis meiner Achtung zu geben, ich habe dazu besondere Veranlassung.« Er sah Ilse bedeutsam an, sie dachte an den Geburtstag der Prinzessin.

»Ich weiß warum«, sagte sie leise.

Der Fürst rückte seinen Stuhl näher. »Ihr Vater hat eine große Familie?« frug er. »Ich erinnere mich dunkel, einige rotbäckige Knaben gesehen zu haben.«

»Das waren die Brüder«, lachte Ilse, »es sind prächtige Jungen, gnädiger Herr, wenn ich als Schwester loben darf. Sie werden einmal Ew. Hoheit Freude machen. Noch sind sie etwas ungeleckt, aber brav und gescheidt. Mein Franz hat mir erst gestern geschrieben, ich möchte Ew. Hoheit von ihm grüßen. Das kleine Kerlchen denkt, dergleichen geht nur so. Nun will ich doch, weil es die Gelegenheit gibt, den Gruß an meinen lieben gnädigen Herrn ausgerichtet haben, es ist ein dummer Kindergruß, aber er kommt aus gutem Herzen.« Sie nestelte an ihrer Tasche und brachte einen Brief hervor, der mit schönen Buchstaben bemalt war. »Sehen Ew. Hoheit, so hübsch schreibt das Kind. Ach, aber ich darf den Brief nicht zeigen, denn Hoheit werden darin wieder eine Bestätigung finden, daß die Menschen immer eigennützige Wünsche im Hintergrund haben, wenn sie an ihren Fürsten denken. Der unglückliche Junge hat auch einen Wunsch.«

»Da haben wir's!« sagte der Fürst.

Ilse wies ihm den Brief, der Fürst faßte gnädig das Papier mit ihr an und seine Hand lag auf der ihren. »Er ist so unverschämt, Ew. Hoheit um einen großen Lederball zum Aufblasen zu bitten. Der Ball ist bereits gekauft.«

Sie sprang auf und trug einen riesigen bunten Ball herzu. »Den schicke ich noch heut, und ich schreibe ihm dazu, daß es sich gar nicht zieme, einen so großen Herrn um etwas anzubetteln. Er ist schon neun Jahre, aber er ist noch sehr kindisch. Ew. Hoheit müssen ihm das zu Gute halten.«

Ergriffen von der unbefangenen Herzlichkeit entgegnete der Fürst: »Schreiben Sie ihm zugleich, daß ich ihm sagen lasse, er soll sich den heiteren Sinn und das loyale Gemüt seiner ältesten Schwester durch die Gefahren des Lebens retten. Auch ich fühle, wie sehr Ihr Wesen denen zum Segen ist, welche das Glück haben, in Ihrer Nähe zu atmen. In einem Treiben, welches mit aufreibenden Eindrücken angefüllt ist, wo Haß und Argwohn mehr von dem Frieden der Seele nehmen, als die Stunden der Ruhe zurückgeben können, habe ich mir doch Empfänglichkeit bewahrt für die unschuldige Frische eines Gemütes wie das Ihre ist. Ich freue mich Ihrer von Herzen.«

Wieder legte er seine Hand leise auf die ihre, Ilse sah beschämt durch das Lob ihres lieben Landesherrn vor sich nieder.

Da nahte ein eiliger Schritt, der Fürst erhob sich, der Professor trat ein. Er verneigte sich vor dem Fürsten und sah überrascht auf seine Frau. »Du bist nicht unwohl?« rief er fröhlich. »Verzeihung, gnädigster Herr, ich kam in Sorge um meine Frau. Ein fremder Knabe zog die Klingel am Antikenkabinet und brachte die Botschaft, der Fremde möge sogleich nach seiner Frau sehen, sie sei erkrankt. Gut, daß es eine Verwechslung war.«

»Ich bin dem Irrtum dankbar«, versetzte der Fürst, »da er mir Gelegenheit gibt, Ihnen selbst zu sagen, was ich vor Madame Werner niederlegen wollte: der Stall hat Befehl, Ihnen zu jeder Stunde einen Wagen bereit zu halten, wenn Sie bei Ihren geheimnisvollen Nachforschungen eine Reise in die Umgegend wünschen.« Er empfahl sich gnädig.

Der Fürst öffnete das Fenster seines Arbeitzimmers, die Luft war schwül, lange hatte die Sonne über der frohen Erde geglänzt, jetzt war sie verschwunden, schwere Wolken wälzten sich wie unförmliche Wasserschläuche über der Stadt und dem Schloß. Der Fürst holte tief Atem, aber die Gewitterluft preßte den Dampf aus den Essen des Schlosses herab an sein Fenster, und der Rauch fuhr wie ein grauer Nebel um sein Haupt. Er riß die Tür der Galerie auf, welche zu seinen Audienzzimmern führte, und schritt hastig über den Teppich. An den Wänden hing eine Reihe Ölbilder, Köpfe schöner Frauen, denen der Fürst einmal Beachtung geschenkt hatte. Sein Blick irrte von der einen zur andern, am Ende der Reihe war noch ein leerer Platz, er blieb davor stehen und seine Phantasie malte ein Bild hin mit blonden Haaren und einem treuherzigen bürgerlichen Licht in den Augen, rührend wie keines der andern Gesichter.

»So spät!« klang es in ihm. »Es ist die letzte Stelle und es ist das stärkste Gefühl. Toren, die uns sagen, daß die Jahre gleichgültig machen. Wenn sie mir begegnet wäre am anderen Ende«, er sah die Galerie hinab, »bei dem Beginn meines Lebens, als ich noch vor einem Rosenstrauch sehnsüchtig an die Wangen des Mädchens dachte und durch den Gesang einer Grasmücke empfindsam gerührt wurde, hätte damals ein solches Weib mir schützend erhalten, was ich für immer verlor?«

»Unnütze Frage, die um Vergangenes sorgt. Festhalten muß ich für die Gegenwart, was in den Bereich meiner Hand gekommen ist. Der schwache Jüngling ist ihr gleichgültig, aber sie selbst fühlt sich hier unheimisch, und wenn sie sich mir entwindet, ich bin ohnmächtig, sie zurück zu halten. Ich bleibe allein, täglich dieselben gelangweilten Gesichter, deren Gedanken man kennt, bevor sie ausgesprochen werden, denen man ansieht, bevor sie den Mund öffnen, was sie für sich wollen und wie sie sich vorbereiten, eine Empfindung zu lügen. Was sie von Witz und Willen haben, das arbeitet in der Stille gegen mich; was ich von ihnen erhalte, ist nur der künstliche Schein des Lebens. Es ist traurig, ein Meister zu sein, vor dem sich lebendige Seelen in Maschinen verwandeln, Jahr aus Jahr ein die Klappen am Kopf zu öffnen und das Räderwerk zu betrachten. Ich selbst habe es ihnen eingesetzt«, lächelte er, »aber mich langweilt meine Arbeit.«

»Ich weiß«, murmelte er, »daß unter diesen künstlichen Uhren der Zweifel aufkommt, ob meine unselige Kunst sie zu Lügen der Menschennatur gemacht hat, oder ob ich selbst nur ein Automat bin, welcher aufgezogen nickt und gedankenlos dieselben gnädigen Worte wiederholt. Ich weiß, es gibt Stunden, wo ich über mich selbst die Achseln zucke, wenn ich als Pantalon oder Bramarbas auf der Bühne stolziere, ich merke den Draht, der meine Gelenke bewegt, ich fühle ein Gelüst, meinen eigenen Kopf in den Schraubstock zu stellen und zu bessern, was in mir schadhaft wurde, und ich sehe einen großen Kasten geöffnet, in den man mich wirft, wenn meine Rolle ausgespielt ist.«

»Oh«, stöhnte er aus tiefer Brust, »ich weiß, daß ich wirklich bin, wenn nicht bei Tage, doch bei Nacht. Keinen von meiner Umgebung quälen die einsamen Stunden wie mich, ihnen pocht's nicht fieberheiß an die Schläfe, wenn sie sich in den Winkel legen, nachdem ihr Tagewerk abgeschnurrt ist.«

»Wo habe ich Freude zwischen den Ledertapeten dieser Räume oder unter den alten Schildereien der Mutter Natur? Lachen ohne Freude, Zorn über Nichtigkeiten, Alles kalt, gleichgültig, seelenlos.«

»Nur in den seltenen Augenblicken, wo ich bei ihr bin, fühle ich mich wie ein anderer Mensch, dann empfinde ich, daß flüssiges Blut in meinen Adern rollt. Wenn sie in ihrer ehrlichen Einfalt von dem Vielen spricht, was sie liebt und worüber sie sich freuen kann, die Frau mit dem Kinderherzen, dann werde auch ich wieder jung wie sie. Sie erzählte von ihrem Bruder Krauskopf. Ich sehe den Knaben vor mir, ein draller Bursch, mit den Augen seiner Schwester, ich sehe, wie der kleine Dummkopf in sein Butterbrot beißt, und mir ist das so beweglich, als läse ich eine rührende Geschichte. Ich möchte den Jungen zu mir heraufheben, als wenn ich sein guter Vetter wäre.«

»Sie selbst ist wahr und geradsinnig, es ist ein klares Gemüt und hinter ruhiger Milde birgt sich die starke Leidenschaft. Wie sie auffuhr gegen meinen Boten, den armen Widder Bellyn, der ihr den Adelsbrief in der Tasche zutragen sollte! Sie ist ein Weib, mit der zu leben der Mühe wert ist und für die ein Mann viel tun kann, sie zu erwerben.«

»Doch was vermag ich ihr gegenüber? Was ich ihr geben kann, das gilt ihr wenig, was ich ihr nehmen muß, wie wird sie das überwinden?« Er sah scheu auf die leere Stelle der Wand. »Dort sollte einst ein anderes Bild hängen«, rief er, »warum hängt es nicht da? Warum liegt die Erinnerung an eine Verschwundene seit alter Zeit in meinem Hirn wie ein Stein, dessen Druck ich fühle bei Tage unter den Menschen, und bei Nacht, wenn ich das müde Haupt mit meinen Händen presse? Das Weib von damals schlief in demselben Zimmer vor vielen, vielen Jahren, wo jetzt die Fremde ruht, und sie wachte nicht auf, als es klug gewesen wäre. Und da sie erwachte und zur Besinnung kam, zersprang in ihrem schwachen Geist eine Feder und sie schwand dahin, wo die Leiber fortleben ohne vernünftige Seelen.«

Ein Fieberschauer fuhr ihm durch den Leib, er schüttelte sich und sprang mit einem Satz aus der Galerie, blickte scheu hinter sich und schlug die Tür zu.

»Die rohe Leidenschaft ist verglüht«, fuhr er nach einer Weile fort, »man wird bedächtiger mit den Jahren. Festhalten will ich sie, wie es auch sei. Es ist nicht mehr die sengende Glut der Jugend, es ist das Herz eines gereiften Mannes, das ich ihr entgegentrage. Mit fester Geduld will ich erwarten, was die Zeit mir bereitet, langsam wird diese Frucht in der warmen Sonne reifen, ich harre aus. Aber festhalten will ich sie. Auch der Mann bei ihr wird aufmerksam, es war ein ungeschickter Vorwand, den er log, auch er entringt sich meiner Hand. Ich muß sie

halten, und für diese Kinderherzen gibt es nur ein kindisches Mittel.«

Die Schelle tönte, der Diener trat ein und erhielt einen Auftrag.

Magister Knips stand vor dem Fürsten, seine Wangen waren gerötet, in seinen Zügen arbeitete heftige Erregung.

»Haben Sie die Denkschrift gelesen, welche Professor Werner über die Handschrift abgefaßt hat?« frug der Fürst herablassend. »Was ist Ihre Ansicht darüber?«

»Es ist eine ungeheure staunenswerte Nachricht, Allerdurchlauchtigster, allergnädigster Fürst und Herr. Wohl darf ich sagen, daß ich diese Entdeckung in allen Gliedern fühle. Wenn es gelänge, die Handschrift zu finden, der Ruhm wäre unvergänglich, er würde bei jeder Ausgabe, worin von Handschriften die Rede ist, bis an das letzte Ende der Welt im Vorwort erneuert werden, er müßte den Gelehrten, welchem dieser größte irdische Glücksfall zu Teil wird, auf einmal hoch herausheben über seine Mitmenschen. Auch der erhabene Fürst, dem nach Titel 22 § 127 eines neuen Landesgesetzes unzweifelhaft das nächste Recht an dem gefundenen Schatz zusteht, Höchstderselbe würde als Schirmherr eines hohen Zeitalters unserer Kenntnis des betreffenden Römers von den Zungen aller Völker gefeiert werden.«

Der Fürst hörte zufrieden diesen schwärmerischen Ausbruch des Magisters, der in der Begeisterung seine demütige Haltung vergaß und pathetisch den Arm nach der Richtung ausstreckte, wo er die Strahlenkrone über dem Haupte des Fürsten schweben sah.

»Dies alles würde geschehen, wenn man den Schatz fände«, sagte der Fürst, »noch ist er nicht gefunden.«

Knips sank zusammen. »Allerdings ist der Gedanke vermessen, daß ein solches Glück einem Lebenden beschieden sei, dennoch wäre Frevel, an der Möglichkeit zu zweifeln.«

»Dem Professor Werner scheint viel an dem Funde gelegen«, warf der Fürst gleichgültig hin.

»Derselbe müßte nicht ein Gelehrter von gediegenem Urteil sein, wenn er nicht die Wichtigkeit dieses Gewinnstes ebenso tief empfände, als Höchstdero alleruntertänigster Diener und Knecht.«

Der Fürst unterbrach den Redenden. »Herr von Weidegg hat Ihnen den Antrag gestellt, in meinem Dienst zu bleiben. Sie haben angenommen?«

»Mit den Gefühlen eines geretteten Menschen«, rief Knips, »welcher Dank und Segenswünsche in unbegrenzter Verehrung zu Ew. Hoheit Füßen niederzulegen wagt.«

»Haben Sie sich bereits verpflichtet?«

»In feierlichster Weise.«

»Gut«, sagte der Fürst und hielt mit einer Handbewegung den Strom ehrfurchtsvoller Beteuerung in den Lippen des Magisters zurück.

»Man hat mir gerühmt, Herr Magister, daß Sie besonderes Glück haben, dergleichen Seltenheiten aufzufinden. Glück«, wiederholte der Fürst, »oder was dasselbe ist, Geschick. Halten Sie im Ernst für glaublich, daß die undeutlichen Spuren zu dem verlorenen Schatz führen?«

»Wer darf noch behaupten, daß ein solcher Fund unmöglich ist?« rief der Magister. »Ja, wäre mir erlaubt, in tiefster Ehrfurcht meine Ansicht auszusprechen, welche wie ein Freudenschrei aus meinem Innern bricht, es ist sogar – ich darf nicht sagen wahrscheinlich – aber es ist doch nicht unwahrscheinlich, daß ein Zufall daraufführt. Jedoch wenn ich mir gestatten darf, eine ehrfurchtsvolle Erfahrung in Worte zu fassen, welche vielleicht nur Aberglaube ist: wenn sich die Handschrift findet, so findet sie sich nicht da, wo man sie erwartet, sondern irgendwo anders. So oft mir bis jetzt in meinem bescheidenen Dasein das Glück eines Fundes zu Teil geworden ist – ich erwähne nur den italienischen Homer von 1488, so war dies immer gegen alles Vermuten; und was Allerhöchste Huld meine Geschicklichkeit nannte, das ist, wenn ich das Geheimnis meines Glückes zu offenbaren mich unterfange, im letzten Grunde nichts als der Umstand, daß ich häufig da gesucht habe, wo nach gemeiner menschlicher Vermutung ein Schatz zu liegen keine Veranlassung hatte.«

»Die Aussicht, welche Sie eröffnen, ist jedenfalls für einen Ungeduldigen nicht tröstlich«, versetzte der Fürst, »denn das kann lange währen.«

»Menschengeschlechter mögen schwinden«, rief Knips, »aber die Gegenwart und Zukunft wird suchen, bis der Codex gefunden ist.«

»Das ist mir ein schlechter Trost«, lächelte der Fürst, »und ich gestehe, Herr Magister, Sie täuschen durch diese Worte die heitere Erwartung, welche ich hegte, daß Ihre Spürkraft und Geschicklichkeit mir recht bald das Vergnügen machen würde, das Buch in den Händen des Professors zu sehen, das Buch selbst oder doch einen handgreiflichen Beweis seiner Existenz. Ich bin Laie in all diesen Sachen und ich habe durchaus kein Urteil über die Wichtigkeit, welche Sie der Entdeckung beilegen. Mir ist es zur Zeit nur um einen Scherz zu tun, oder, ich wiederhole die Worte, welche Sie mir neulich vor den Miniaturen sagten, um eine Neckerei.«

Ausdruck und Haltung des Magisters veränderten sich allmählich wie unter der Beschwörung eines Zauberers, er sank zusammen, legte das Haupt auf die Achsel und sah in ängstlicher Spannung auf den Fürsten.

»Kurz gesagt, ich wünsche, daß Herr Werner recht bald auf eine sichere Spur der Handschrift geleitet werde, wenn es nicht möglich ist, die Handschrift selbst herbeizuschaffen.«

Knips schwieg und starrte auf den Sprechenden.

»Ich ersuche Sie«, fuhr der Fürst nachdrücklich fort, »Ihr bereits bewährtes Talent für diesen Zweck in Tätigkeit zu setzen. Ihre Hilfe dabei müßte allerdings mein Geheimnis bleiben, denn ich möchte Herrn Werner gönnen, daß er selbst das Vergnügen empfindet einen Fund zu machen. So ist ja wohl der Ausdruck.«

»Es muß eine große Handschrift sein«, stöhnte Knips.

»Ich fürchte«, versetzte der Fürst nachlässig, »sie ist längst in Stücke zerrissen. Nicht unmöglich, daß sich einige zerstreute Blätter irgendwo erhalten haben.«

Der Magister stand wie vom Donner gerührt. »Es ist schwer, den Herrn Professor zu befriedigen.«

»Um so größer wird Ihr Verdienst sein, Verdienst und Lohn.«

Knips blieb zusammengesunken stehen und schwieg.

»Ist Ihre Zuversicht geschwunden, Herr Magister?« spottete der Fürst. »Es ist doch nicht das erste Mal, daß Ihnen ein solcher Fund gelingt.« Er trat dem kleinen Mann näher. »Ich weiß etwas von früheren Proben Ihrer Kunstfertigkeit, und ich bin über den Umfang Ihres Talentes durchaus nicht mehr im Zweifel.«

Knips schreckte zusammen, aber er fand noch keine Worte.

»Im Übrigen bin ich mit Ihrer Tätigkeit zufrieden«, fuhr der Fürst mit veränderter Stimme fort, »ich zweifle nicht, daß Sie nach mehrfacher Richtung verstehen werden, sich den Beamten meines Hofes nützlich zu machen und dadurch Ihre eigene Zukunft wohl zu beraten.«

»Hohe Ehre«, jammerte Knips und zog sein Taschentuch.

»Was die verlorene Handschrift betrifft«, fuhr der Fürst fort, »so wird der Aufenthalt des Herrn Werner, wie ich fürchte, nur vorübergehend sein. Ihnen würde die Aufgabe zufallen, die Nachforschungen in unserem Lande fortzusetzen.«

Knips erhob sein Haupt, und ein Strahl von Freude zuckte über sein verstörtes Gesicht.

»Hat die Handschrift in der Tat so großen Wert wie die Herren Gelehrten meinen, so würde, im Fall nach der Abreise des Professors noch etwas zu entdecken bliebe, für Sie bei uns gerade die Tätigkeit gefunden sein, welche Ihnen besonders zusagt.«

»Diese Aussicht ist die höchste und gnädigste, welche meinem Leben zu Teil werden kann«, erwiederte Knips mutiger.

»Gut«, sagte der Fürst, »verdienen Sie sich jetzt dieses Anrecht und versuchen Sie zunächst, was Ihre Geschicklichkeit vermag.«

»Ich werde mir Mühe geben, Ew. Hoheit zu dienen«, versetzte der Magister, die Augen auf den Boden geheftet.

Knips verließ das Kabinet. Der kleine Mann, welcher jetzt die Treppe hinabschlich, sah anders aus als jener glückliche Magister, der vor wenig Minuten hinaufgestiegen war. Das bleiche Gesicht war nach vorn gebeugt und sein Auge irrte scheu über die Mienen der Diener, welche ihn neugierig betrachteten. Er griff in Verwirrung nach seinem Hut und er, der Magister, setzte ihn noch im Fürstenschlosse auf sein Haupt. Er trat hinaus auf den Platz, der Sturm fegte durch die Straßen, trieb Staub in Wirbeln um ihn her und jagte ihm die Rockschöße vorwärts. »Er treibt«, murmelte Knips, »er treibt, wie kann ich widerstehen? Soll ich zurückkehren in die kalte Kammer zu meinen Korrekturen, soll ich mein Lebtag von der Professorengnade abhängen und den stolzen Tröpfen Bücklinge machen, immer in Sorge, daß ein Zufall diesen Gelehrten verrät, wie auch ich einmal ihr Meister war und sie höhnte?«

»Hier aber ein gutes Leben und Gelegenheit, unter Unwissenden der Klügste zu sein und ihnen unentbehrlich zu werden. Ich bin es schon jetzt, der Fürst hat sich zu mir gestellt wie ein Kamerad zum andern, und er kann, wenn ich seinen Willen tue, sich so wenig von mir scheiden wie das Pergament von der Schrift.«

Er wischte sich den kalten Schweiß von der Stirn. »Ich selbst finde den Codex«, fuhr er zuversichtlicher fort. »*Jacobi Knipsii sollertia inventum.* Ich kenne das große Geheimnis, und ich will suchen Tag für Tag, wo nur ein Kellerwurm kriecht und eine Spinne ihr Gewebe anhängt. Bei mir steht es dann, ob ich den Professor zum Gehilfen nehme bei der Herausgabe oder einen Andern. Vielleicht nehme ich ihn und er soll mir dankbar sein. Denn er findet schwerlich den Schatz, er ist viel zu vornehm, um zu horchen und zu spionieren, wo die Truhen versteckt sind.«

Der Magister beflügelte seine Schritte, hinter ihm pfiff der Wind in scharfen Tönen, riß vertrocknete Zweige des letzten Jahres vom Baum und warf sie an den Hut des kleinen Mannes. Schneller kreisten die Staubwirbel um seinen Leib, sie bargen das schwarze Festkleid in fahlem Grau, glitten fort mit dem Schreitenden und hüllten ihn ein, daß ihm das Grün der Bäume und die Gestalten der Menschen entschwanden und er in einer Wolke dahinlief, bedeckt mit Erdenstaub und toten Blättern. Er aber hob wieder sein Taschentuch, seufzte und wischte den Schweiß von seinen Schläfen.

5. Hummel's Triumph.

Es wurde schwül in der Natur und unter den geschäftigen Menschen. Der Barometer fiel plötzlich, Gewitter und Hagelschauer fuhren über das Land; das Vertrauen schwand, die Aktien wurden wertloses Papier, dem Übermut folgte Jammer, auf den Straßen stand Wasser, die Strohhüte verschwanden wie vom Sturm zerweht.

Wer in dieser wechselvollen Zeit die Gemütlichkeit des Herrn Hummel beobachten wollte, der mußte die Nachmittagsstunde vor drei Uhr wählen, wo er seine Gartentür öffnete und sich an den Zaun setzte. In dieser Stunde gab er wohlwollenden Gedanken Audienz, er hörte auf den Schlag der Stadtuhr und stellte die eigene, las etwas im Tageblatt, zählte die regelmäßigen Spaziergänger, welche alltäglich zu derselben Stunde in den Wald und wieder zur Stadt zogen, und hielt darauf, die Bekannten anzureden und ihren Gruß zu empfangen. Diese Bekannten waren meist Hausbesitzer, starke Köpfe, auch Mitglieder der Stadtverordneten und des Rats.

Heut saß er an der geöffneten Pforte, sah stolz nach dem Haus gegenüber, in welchem eine innere Bewegung erkennbar war, prüfte die Vorübergehenden und empfing würdig die Grüße und kurzen Anreden der Stadt. Der erste Bekannte war Herr Wenzel, Rentier und sein Gevatter, der seit vielen Jahren jeden Tag des Sommers und Winters denselben Weg durch die Parkwiese machte, um in wohltätige Wärme zu kommen. Es war das einzige feste Geschäft seines Lebens und er sprach deshalb auch von wenig Anderem. – »Guten Tag, Hummel.« – »Guten Tag, Wenzel.« – »Ist's geglückt?« frug Herr Hummel. – »Es hat lange gedauert, aber es ist geworden«, sagte der Rentier. »Ich darf nicht stehenbleiben, ich wollte nur fragen, wie geht's mit Dem drüben.«

»Wie so?« frug Hummel ärgerlich.

»Du weißt nicht, daß sein Buchhalter verschwunden ist?«

»Warum nicht gar!« rief Hummel.

»Sie sagen, er hat Börsengeschäfte gemacht und ist nach Amerika entwischt. Aber ich muß fort, es zieht längs den Häusern. Guten Tag.« Der Rentier entfernte sich eilig.

Herr Hummel blieb in großem Erstaunen zurück. »Guten Tag, Herr Hummel«, weckte die Stimme des Stadtrats. »Ein warmer Tag, achtzehn Grad im Schatten. Sie haben doch gehört?« er machte mit dem Stockknopf eine Bewegung nach dem Nachbarhause.

»Nichts«, rief Hummel, »man lebt an diesem Orte wie verraten und verkauft. Feuersbrunst, Seuche und Ankunft hoher Personen – es ist ein reiner Zufall, wenn man davon erfährt. Wie ist's mit dem entlaufenen Buchhalter?«

»Es scheint, daß Ihr Nachbar dem Manne zu viel Vertrauen geschenkt hat, dieser soll auf den Namen seines Prinzipals in der Stille tolle Aktiengeschäfte gewagt haben und diese Nacht geflohen sein. Man spricht von vierzigtausend.«

»Dann ist Hahn verloren«, sagte Hummel. »Unrettbar. Es sollte mich nicht wundern. Dieser Mann ist immer ein Phantast gewesen.«

»Vielleicht ist's nicht so arg«, tröstete der Stadtrat, sich losmachend.

Herr Hummel blieb mit seinen Gedanken allein. »Natürlich«, sagte er zu sich selbst, »das mußte so kommen. Immer oben hinaus, Häuser, Fenster, Gartenspielerei, keine Ruhe, der Mann ist aus wie ein Licht.«

Er vergaß die Vorübergehenden, bewegte sich in seinem Hauptgange auf und ab und sah zuweilen verwundert auf die feindlichen Mauern.

»Aus wie ein Licht«, wiederholte er mit dem Behagen eines tragischen Schauspielers, welcher den schrecklichsten Ausdruck für ein Kraftwort seiner Rolle zu finden bemüht ist. Ein halbes Menschenalter hatte er sich über den Mann dort drüben geärgert; ehe er noch den ersten Ansatz zu dem Bäuchlein erhielt, das er jetzt stattlich trug, hatte er dieses Mannes Hauswesen und Geschäft gehaßt. Dies Gefühl war seine tägliche Unterhaltung gewesen, es gehörte zu seinem Tagesbedarf wie sein Stiefelknecht und der grüne Kahn. Jetzt kam die Stunde, wo das Schicksal Dem drüben heimzahlte, daß er Herrn Hummel durch sein Dasein gekränkt hatte. Hummel sah auf das Haus und zuckte die Achseln, der Mann, der ihm dieses unförmliche Ding vor die Augen gesetzt, war jetzt in Gefahr, selbst hinausgeschleudert zu werden; er sah auf den Tempel und die Muse, dieses Spielwerk eines armen Teufels wurde nächstens von irgendeinem Fremden niedergerissen. Hummel trat in die Wohnstube, auch dort wandelte er auf und ab und erzählte seinen Frauen in kurzen Sätzen das Unglück, er beobachtete von der Seite, daß Frau Philippine erschrocken auf das Sopha eilte, sich zurechtsetzte und häufig die Hände zusammenschlug, daß Laura in das Nebenzimmer stürzte und ein lautes Weinen nicht bändigen konnte, und er wiederholte mit schauderhaftem Behagen die greulichen Worte: »Er ist aus wie ein Licht.«

Ebenso trieb er's in seiner Fabrik, er ging langsam in der Niederlage auf und ab, sah majestätisch auf einen Haufen Hasenhaare, nahm einen der feinsten Hüte aus der Papierkapsel, hielt ihn gegen das Fenster, gab ihm mit der Bürste einen Strich und brummte wieder: »Auch er geht zu Ende.« Sein Buchhalter kam heut das erste Mal in seinem Leben zu spät an das Pult, er hatte auf dem Wege von dem Unglück vernommen, berichtete aufgeregt seinem Prinzipal und wiederholte zuletzt schadenfroh die Unglücksworte: »Mit dem geht's zu Ende.« Da sah ihn Hummel mit durchbohrendem Blick an und schnaubte, daß dem Mann das furchtsame Schreiberherz tief hinabsank: »Sie wollen wohl auch Procurist werden, wie der Ausgekratzte? Ich danke Ihnen für diesen Beweis Ihres Vertrauens, ich kann solche Banditenwirtschaft nicht brauchen, ich bin mein eigener Procurist, Herr, und ich verbitte mir jede Art von Geheimniskrämerei hinter meinem Rücken.«

»Aber Herr Hummel, ich habe ja keine Geheimniskrämerei getrieben.«

»Das danke Ihnen der Teufel«, dröhnte Hummel in seinem wildesten Baß; »es ist kein Verlaß mehr auf Erden, nichts ist fest, die heiligsten Verhältnisse werden gewissenlos zerstört, auf seine Freunde durfte man schon lange nicht mehr vertrauen, jetzt gehen sogar die Feinde durch die Lappen. Heut legen Sie sich ruhig als Deutscher schlafen, morgen wachen Sie als Franzose auf, und wenn Sie nach Ihrem germanischen Kaffe seufzen, bringt Ihnen die Wirtin eine Schüssel Pariser Spinat ans Bett. Es sollte mir lieb sein, von Ihnen zu erfahren, auf welcher Stelle dieses Erdbodens wir uns jetzt befinden.«

»In der Talgasse, Herr Hummel.«

»Das sprach aus Ihnen der letzte Rest des guten Genius, den Sie noch auf Lager haben. Sehen Sie durch das Fenster, was steht dort?« Er wies auf das Nachbarhaus.

»Parkstraße, Herr Hummel.«

»Wirklich?« frug Hummel ironisch. »Seit der grauen Vorzeit, wo Ihre Voreltern hier auf den Bäumen saßen und Bucheckern knabberten, hieß diese Gegend die Talgasse. In dieses Tal habe ich den Grund meines Hauses gelegt und einen Zettel eingemauert für spätere Ausgrabungen:

Heinrich Hummel, Nummer 1. Jetzt haben die Umtriebe jenes verbrannten Strohmanns auch diese Wahrheit umgeworfen. Trotz meinem Protest beim Rat sind wir polizeilich in Parkarbeiter umgeschrieben. Kaum ist das geschehen, so schreibt sich auch der Buchhalter des Mannes in einen Amerikaner um. Glauben Sie, daß Knips junior, dieser Molch, seine Untat gewagt hätte, wenn ihm nicht der eigene Prinzipal mit gutem Beispiel vorangegangen wäre? Da haben Sie die Folgen elender Neuerungen. Zwanzig Jahre habe ich an Ihnen herumgestrichen, aber ich glaube, sogar Sie sind jetzt im Stande, Ihren Stuhl umzuwerfen und sich in ein anderes Geschäft umzuschreiben. Pfui, Herr, schämen Sie sich Ihres Jahrhunderts.«

Für die Familie Hahn war es ein Trauertag. Der Hausherr war am Morgen zur gewöhnlichen Stunde auf sein Comtoir in der Stadt gegangen und hatte vergebens seinen Buchhalter erwartet. Als er endlich in die Wohnung des jungen Mannes sandte, brachte der Markthelfer die Nachricht zurück, daß derselbe verreist sei und auf seinem Tisch einen Brief an Herrn Hahn zurückgelassen habe. Hahn las den Brief und brach an seinem Pult in jähem Schreck zusammen. Er hatte seinem Geschäft stets als treuer Arbeiter vorgestanden, mit geringen Mitteln hatte er begonnen, durch eigene Kraft war er zum wohlhabenden Mann geworden; aber er hatte in Geldgeschäften seinem gewandten Commis mehr überlassen, als vorsichtig war. Der Mann war unter seinen Augen aufgewachsen, hatte durch geschmeidigen Diensteifer allmählich sein volles Vertrauen gewonnen und war vor Kurzem mit dem Recht versehen worden, den Namen der Firma unter geschäftliche Verpflichtungen zu setzen. Der neue Procurist war den Versuchungen einer aufgeregten Zeit unterlegen, er hatte hinter dem Rücken seines Prinzipals wilde Speculationen gewagt. In dem Briefe legte er ein offenes Geständnis ab. Für seine Flucht hatte er eine kleine Summe veruntreut, seine Verluste aber hatte Herr Hahn am nächsten Tage mit ungefähr zwanzigtausend Talern zu decken. Der Blitzstrahl fuhr aus heiterm Himmel in das friedliche Leben eines Bürgerhauses. Herr Hahn sandte nach seinem Sohn, der Doktor eilte zur Polizei, zum Rechtsanwalt, zu Geschäftsfreunden und immer wieder nach dem Comtoir zurück, den Vater zu trösten, der wie gelähmt vor seinem Pulte saß und der Zukunft fassungslos entgegensah.

Der Mittag kam, wo Herr Hahn seiner Frau das Unglück mitteilen mußte, und der Jammer erhob sich in den Wänden des Hauses. Frau Hahn ging verstört durch die Zimmer, vor dem Herde schrie Dorothee und rang die Hände. In den Stunden des Nachmittags eilte der Doktor wieder zu Bekannten und zu Geldleuten, aber während dieser Woche eines allgemeinen Schreckens, wo Jeder dem Andern mißtraute, war das Geld verschwunden, der Doktor fand nichts als Mitleid und Klagen über die furchtbare Zeit. Die Flucht des Buchhalters machte auch zuverlässige Freunde argwöhnisch gegen den Umfang der Verpflichtungen, welche vielleicht auf der Firma lasteten, selbst auf das Haus war mit den größten Opfern keine ausreichende Summe zu erhalten. Die Gefahr wurde mit jeder Stunde drohender, die Angst größer. Gegen Abend kehrte der Doktor von dem letzten vergeblichen Gange in das Haus seiner Eltern zurück, dem Vater hatte er ein heiteres Antlitz gezeigt und tapfer getröstet, aber in seinem Haupt hämmerte unablässig der Gedanke, daß dieses Unglück auch ihn vollends von der Geliebten scheide. Jetzt saß er müde und allein in der dunklen Wohnstube und sah nach den erleuchteten Fenstern des Nachbars hinüber.

Er wußte wohl, daß ein Freund seinem Vater in dieser Not nicht fehlen würde. Aber der Professor war fern, auch war die Hilfe, welche dieser zu leisten vermochte, unzureichend, sie kam im besten Fall zu spät. Nur noch wenige Stunden, und die Entscheidung trat ein. Was dazwischen lag, eine Zeit der Ruhe für Jedermann, wurde dem Vater eine unendliche Qual, wo er hundertfach das Bittere des nächsten Tages durchmachen sollte mit starrem Auge und fieberhaftem Pulsschlag, und dem Sohn bangte um die Wirkung, welche die furchtbare Spannung auf den reizbaren Vater haben mußte.

Da schwebte es leise in das dunkle Zimmer, eine helle Gestalt stand neben dem Doktor, Laura faßte seine Hand und hielt sie mit beiden Händen fest. Sie beugte sich zu ihm herab und blickte in das kummervolle Antlitz. »Ich habe drüben die Not dieser Stunden durchgefühlt, ich kann die Einsamkeit nicht länger ertragen«, sagte sie leise. »Ist keine Hilfe?«

»Ich fürchte, keine.«

Sie berührte ihm mit der Hand das lockige Haar. »Sie haben das Loos erwählt, gering zu achten, was sich Andere so ängstlich begehren. Das Licht der Sonne, welche Ihr Haupt verklärt, soll niemals durch die Qualen dieser Erde getrübt werden. Seien Sie stolz, Fritz, nie dürfen Sie es mehr sein als in diesen Stunden, denn Ihnen kann solches Unglück nichts nehmen, was einer Klage wert ist.«

»Mein armer Vater!« rief Fritz.

»Ihr Vater ist doch glücklich«, fuhr Laura fort, »denn er hat sich einen Sohn erzogen, dem kaum ein Opfer ist, zu entbehren, was anderen Menschen das beste Glück erscheint. Für wen haben Ihre lieben Eltern gesammelt als für Sie? Heut dürfen Sie ihnen zeigen, wie frei und groß Sie stehen über diesen Sorgen um totes Metall.«

»Wenn ich auch für mein Leben das Unglück dieses Tages empfinde«, sagte der Doktor, »so war es nur um einer Andern willen.«

»Ist es Ihnen ein Trost, mein Freund«, rief Laura in ausbrechendem Gefühle, »so will ich Ihnen heut sagen, daß ich treu zu Ihnen halte, was auch geschehen möge.«

»Liebe Laura!« rief der Doktor, sie aber sang ihm weich wie ein Vogel in das Ohr: »Mir ist's recht, Fritz, daß Sie mir gut sind.« Fritz legte seine Wange zärtlich auf ihre Hand. »Ich mühe mich, Ihrer nicht unwert zu sein«, fuhr Laura fort. »Was ich armes Mädchen vermag, versuche ich im Geheim schon lange, um mich frei zu machen von dem kleinen Tand, der an unserm Leben hängt. Ich habe mir Alles überlegt, wie man haushalten kann mit sehr wenig, ich verwende nichts mehr auf unnütze Kleider und solchen Kram. Ich bin eifrig, auch etwas zu verdienen. Ich gebe Stunden, Fritz, und man ist mit mir zufrieden. Der Mensch braucht sehr wenig zum Leben, dahinter bin ich gekommen, ich habe in meiner Stube keine größere Freude als den Gedanken, mich unabhängig zu machen. Das wollte ich Ihnen heut schnell sagen. Und noch Eines, Fritz, wenn ich Sie auch nicht sehe, ich denke immer an Sie und ich sorge um Sie.«

Fritz streckte die Arme nach ihr aus, aber sie entzog sich ihm, noch einmal winkte sie an der Tür, dann flog sie über die Straße zurück in ihre Dachstube.

Dort stand sie im Dunkeln mit pochendem Herzen, von außen fiel ein matter Lichtstrahl durch die Scheiben und beleuchtete das Schäferpaar am Tintenfaß, daß es verklärt in der Luft schwebte. Heut dachte Laura nicht an ihr Geheimbuch, sie sah hinüber nach dem Fenster, wo der Geliebte saß, und wieder stürzten ihr die Tränen aus den Augen. Aber sie faßte sich mit kurzem Entschluß, holte in der Küche Licht und einen Topf mit Wasser, suchte Spitzenärmel und Kragen zusammen und

weichte sie in einer Schüssel ein, auch diesen Plunder konnte sie sich allein zurecht machen. Es war wieder eine kleine Ersparnis, es konnte doch einmal dem Fritz zu Gute kommen.

Herr Hummel schloß sein Comtoir und setzte seine Wanderungen fort. Die Tür zu Laura's Stube öffnete sich, die Tochter fuhr zusammen, als sie den Vater auf die Schwelle treten sah, feierlich wie einen Boten der Vehme. Hummel bewegte sich auf seine Tochter zu und sah ihr scharf in die verweinten Augen. »Also wegen Dem drüben?« Laura barg das Gesicht in den Händen, wieder bewältigte sie der Schmerz.

»Da hast du deine Glöckchen«, brummte er leise. »Da hast du deine Taschentücher und deine Inder. Es ist dort drüben aus.« Er klopfte ihr mit der großen Hand auf die Schulter. »Höre auf, wir haben ihn nicht umgebracht, eure Schnupftücher beweisen gar nichts.«

Es wurde dunkel, Hummel ging auf der Straße zwischen den beiden Häusern auf und ab, sah das feindliche Haus von der Parkseite an, wo es ihm weniger geläufig war, und sein breites Gesicht verzog sich zu einem siegesgewissen Lächeln. Endlich entdeckte er einen Bekannten, der aus dem Nachbarhause eilte, und ging mit starken Schritten hinter ihm her. »Wie steht's?« frug er, den Arm des Andern fassend, »kann er sich halten?«

Der Geschäftsfreund zuckte die Achseln, »es wird kein Geheimnis bleiben«, und berichtete über Lage und Gefahr des Gegners.

»Wird er Deckung schaffen?«

Der Andere zuckte wieder die Achseln. »Bis morgen schwerlich. Geld ist jetzt unter Brüdern nicht zu haben. Natürlich ist der Mann mehr wert, das Geschäft gut, das Haus unverschuldet.«

»Das Haus ist keine zwanzigtausend wert«, unterbrach ihn Hummel.

»Gleichviel, bei gesundem Stande des Geldmarkts würde er den Schlag ohne Gefahr aushalten. Jetzt fürchte ich das Schlimmste.«

»Ich hab's ja gesagt, er ist aus wie ein Licht«, murrte Hummel und drehte sich kurz ab nach seinem Hause.

Im Zimmer des Doktors saßen Vater und Sohn über Briefen und Rechnungen, an den Wänden glänzten im Lampenlicht die goldenen Titel der Bücher und der sauberen Mappen, in denen der Doktor seine Schätze barg, emsiger Sammelfleiß hatte sie aus hundert Winkeln zusammengeholt und hier in stattlicher Ordnung verbunden, jetzt sollten auch sie auseinanderflattern in alle Welt. Mutvoll redete der Sohn in die Seele des verzweifelten Vaters. »Ist das Unglück nicht zu wenden, das wie ein Orkan über uns einbrach, wir ertragen es mannhaft, deine Ehre vermagst du zu wahren. Der größte Schmerz, den ich empfinde, ist doch nur, daß ich dir jetzt so wenig nützen kann und daß der Rat jedes Geschäftsmannes mehr Wert hat, als die Hilfe des eigenen Sohnes.«

Der Vater legte das Haupt auf den Tisch, kraftlos und betäubt.

Da ging die Tür auf, aus dem dunkeln Vorsaal trat mit schweren Schritten eine fremde Gestalt in das Zimmer. Der Doktor sprang auf und starrte auf die harten Züge eines wohlbekannten Gesichtes, Herr Hahn aber stieß einen Schrei aus und fuhr von dem Sopha, um das Zimmer zu verlassen. »Herr Hummel«, rief der Doktor erschrocken.

»Natürlich«, versetzte Hummel, »ich bin's, wer sollte es auch sonst sein?« Er legte ein Packet auf den Tisch. »Hier sind zwanzigtausend Taler in ehrlichen Stadtschuldscheinen, und hier ist eine Empfangsbescheinigung, die Sie beide unterschreiben. Morgen lassen Sie mir dafür eine Hypothek ausstellen auf Ihr Haus, die Papiere werden mir in Natura zurückgezahlt, denn ich will nicht zu Schaden kommen, der Curs ist zu schlecht. Die Hypothek soll für mich auf zehn Jahr unkündbar sein, damit Sie nicht glauben, ich will Ihnen Ihr Haus nehmen, Sie können zurückzahlen, wann Sie wollen, das Ganze oder in Teilen. Ich kenne Ihr Geschäft, auf Ihr Stroh ist jetzt kein Geld zu erhalten, aber in zehn Jahren kann der Schade überwunden sein. Ich mache nur eine Bedingung, daß kein Mensch von diesem Darlehn erfährt, am wenigsten Ihre Frau und meine Frau und Tochter. Dazu habe ich meine guten Gründe. Sehen Sie mich doch nicht an wie die Katze den Kaiser«, fuhr er zum Doktor gewendet fort. »Setzen Sie sich hin, zählen Sie die Papiere und die Nummern. Machen Sie keine Worte, ich bin kein Mann von Gefühl, und Redensarten können mir nichts nützen. Ich denke auch an meine Sicherheit. Das Haus ist schwerlich zwanzigtausend Taler wert, aber es genügt mir. Wenn Sie's wegtragen wollen, werde ich's sehen. Sie haben gesorgt, daß es mir nahe genug vor den Augen steht. Zählen Sie und unterschreiben Sie, Herr Doktor«, befahl er und drückte den Sohn auf einen Stuhl.

»Herr Hummel«, begann Hahn etwas undeutlich, denn in seiner Gemütsbewegung wurden ihm die Worte schwer, »diese Stunde vergesse ich Ihnen nicht bis zu meinem Ende.« Er wollte auf ihn zugehen und ihm die Hand reichen, aber es kam ihm heiß aus den Augen und er arbeitete stark mit seinem Taschentuche.

»Setzen auch Sie sich nieder«, sagte Hummel und drückte ihn auf das Sopha. »Gesetztheit und kaltes Blut sind immer die Hauptsache, sie sind besser als chinesisches Zeug. Ich sage Ihnen heut weiter nichts, und Sie sagen mir auch kein Wort über diese Angelegenheit. Morgen wird Alles vor Notar und Gericht glatt gemacht, dann vierteljährlich pünktlich die Zinsen gezahlt, und im Übrigen bleibt es zwischen uns beim Alten. Denn sehen Sie, wir sind nicht bloß Menschen, wir sind auch Geschäftsleute. Als Mensch weiß ich ganz genau, was für gute Seiten Sie haben, auch wenn Sie mich verklagen. Unsere Häuser aber und unsere Geschäfte stimmen nicht. Wir sind zwanzig Jahr Gegner gewesen mit Haar und Stroh, mit unsern Liebhabereien und unserm Gitterzaun. Das soll so bleiben. Ihre Musen sind mir nicht recht und meine Hunde sind Ihnen nicht recht, obgleich ich jetzt glaube, daß es dieser Schurke von Buchhalter auch hinter Ihrem Rücken getan hat. Es ist dieselbe Geschichte wie bei den Wechseln, heimliche Vergiftung mit Auskratzen. Was also nicht stimmt, das braucht nicht zu stimmen. Wenn Sie mich borstig nennen und einen groben Filz, ich will grob gegen Sie sein und ich will Sie für einen Strohkopf halten, sooft mir der Ärger über Sie kommt. Demungeachtet kann daneben das ruhige Geschäft gehen, welches wir jetzt miteinander machen. Und wenn einmal, was ich nicht hoffen will, mich die Räuber ausplündern, so werden Sie auch da sein, soweit Sie vermögen. Dies weiß ich, und ich habe es immer gewußt, und deshalb bin ich heut gekommen.«

Hahn sah mit einem Blicke warmer Dankbarkeit zu ihm auf und griff wieder nach seinem Tuch.

Hummel legte ihm die schwere Hand auf den Kopf, wie einem kleinen Kinde, und sagte leise: »Sie sind ein Phantast, Hahn. – Der Doktor ist fertig, jetzt unterschreiben Sie und lassen Sie sich beide das Unglück nicht übermäßig zu Herzen gehen. So«, fuhr er fort und bestreute das Papier sorgfältig, »morgen um neun Uhr schicke ich Ihnen meinen Anwalt auf's Comtoir. Bleiben Sie hier, die Treppe hat schlechtes Licht, aber ich finde mich schon zurecht. Gute Nacht.«

Er trat auf die Straße und sah sich geringschätzig nach den feindlichen Mauern um. »Keine Hypothek?« brummte er. »H. Hummel, erste und letzte, zwanzigtausend.« In der Familienstube gönnte er seinen Frauen einige beruhigende Worte. »Ich habe mich erkundigt, die Leute werden sich halten. Ich verbitte mir also jedes weitere Geseufz. Wenn ihr wieder einmal der elenden Mode zu Gefallen einen Strohhut braucht, so könnt ihr das Geld eher zu den Hähnen tragen als zu Andern, ich gebe meine Erlaubnis.«

Einige Tage darauf trat Fritz Hahn in das kleine Comtoir des Herrn Hummel. Dieser scheuchte den Buchhalter durch einen Wink mit dem Finger hinaus und begann kühl von seinem Lehnstuhl: »Was bringen Sie mir, Herr Doktor?«

»Mein Vater fühlt die Verpflichtung, dem großen Vertrauen, das Sie ihm bewiesen, dadurch zu entsprechen, daß er Ihnen Einblick in den Stand seines Geschäftes gibt und Sie bittet, ihn in einzelnen Verwicklungen zu unterstützen. Er ist der Meinung, daß er, bis diese Erschütterung überwunden ist, nichts Wichtiges ohne Ihre Beistimmung tun darf.«

Hummel lachte hell auf. »Ich soll einen Rat geben, und Ihrem Geschäft? Sie bringen mich in eine Lage, welche ganz unnatürlich ist, und gegen welche ich mich wehre.«

Der Doktor legte ihm schweigend die Übersicht über Aktiva und Passiva vor die Augen.

»Sie sind ein seiner Kunde«, rief Hummel, immer noch erstaunt. »Aber für einen alten Fuchs ist dieses Tellereisen nicht schlau genug.« Dabei blickte er doch auf Credit und Debet und nahm einen Bleistift in die Hand. »Hier finde ich unter den Aktivis fünfzehnhundert Taler für Bücher, welche verkauft werden sollen, ich habe nicht gewußt, daß Ihr Vater auch diese Liebhaberei hat.«

»Es sind meine Bücher, Herr Hummel, ich habe in diesen Jahren weit mehr Geld dafür ausgegeben, als meinen Arbeiten unbedingt notwendig ist. Ich bin entschlossen, zu verkaufen, was ich entbehren kann; ein Antiquar hat sich bereits erboten, diese Summe in zwei Raten zu zahlen.«

»Handwerkszeug darf kein Executor pfänden«, sagte Hummel und machte einen dicken Strich durch den Posten. »Ich glaube zwar, daß es unleserliche Schmöker sind, aber die Welt hat viele dunkle Winkel, und da Sie einmal eine Vorliebe dafür haben, als Kauz unter Ihren Mitmenschen zu sitzen, so sollen Sie in Ihrem Loch bleiben.« Er betrachtete den Doktor mit einem ironischen Blinzen. »Haben Sie mir nichts weiter zu sagen? Ich meine nicht über das Geschäft Ihres Vaters, das mich gar nichts angeht, sondern über ein anderes Geschäft, das Sie selbst zu betreiben scheinen, wobei Sie den Wunsch haben, sich mit meiner Tochter Laura zu associieren.«

Der Doktor errötete. »Ich hätte einen andern Tag für diese Erklärung gewählt, welche Sie jetzt von mir fordern. Aber auch ich habe den heißen Wunsch, mich darüber mit Ihnen zu verständigen. Ich habe mich lange mit der stillen Hoffnung getragen, daß es der Zeit gelingen könnte, Ihre Abneigung gegen mich zu vermindern.«

»Der Zeit?« unterbrach ihn Hummel, »das ist mir lächerlich.«

»Jetzt bin ich durch die hochherzige Hilfe, welche Sie meinem Vater geleistet, Ihnen gegenüber in eine Stellung gekommen, welche für mich so schmerzvoll ist, daß ich Sie anflehen muß, mir Ihr Mitgefühl nicht zu versagen. Ich werde bei angestrengter Tätigkeit und glücklichen Zufällen erst nach Jahren in der Lage sein, eine Frau ernähren zu können.«

»Brotlose Künste!« unterbrach Herr Hummel brummend.

»Ich liebe Ihre Tochter und ich kann dies Gefühl nicht opfern. Aber ich habe die Aussicht verloren, ihr eine Zukunft zu bieten, welche den Ansprüchen, die sie zu machen berechtigt ist, einigermaßen entspricht, und die rettende Hilfe, welche Sie meinem Vater gebracht, macht auch mich so abhängig von Ihnen, daß ich meiden muß, was Ihnen Unwillen erregen könnte. Deshalb sehe ich für mich eine öde Zukunft.«

»Ganz wie ich erwartet habe«, versetzte Hummel, »miserabel.«

Der Doktor trat zurück, aber er legte gleich darauf seine Hand auf den Ärmel des Nachbarn. »Diese Sprache nutzt Ihnen nichts mehr, Herr Hummel«, sagte er lächelnd.

»Edel, aber miserabel«, wiederholte Hummel mit Genuß. »Schämen Sie sich, Herr, Sie wollen ein Liebhaber sein? Sie wollen sich unterstehen, meiner Tochter Laura zu gefallen, und Sie sind ein solcher schwachherziger Hase mit Seitensprüngen? Wollen Sie Ihre Gefühle nach meiner Hypothek regulieren? Wenn Sie verliebt sind, so fordere ich von Ihnen, daß Sie sich benehmen wie ein springender Löwe, jaloux und mordsüchtig. Pfui, Herr, Sie sind mir ein schöner Adonis, oder wie dieser Nicodemus sonst heißt.«

»Herr Hummel, ich bitte Sie um die Hand Ihrer Tochter«, rief der Doktor.

»Ich verweigere sie Ihnen«, sagte Hummel entschieden, »Sie verstehen meine Worte falsch. Mir fällt nicht ein, auch noch mein Kind in diese Masse zu werfen. Aber daß ich meine Tochter Ihnen nicht geben will, darf Sie gar nicht irremachen. Ihre verdammte Schuldigkeit ist, wie das Wetter hinterher zu sein. Sie müssen mich angreifen und in mein Haus dringen, wogegen ich mir allerdings vorbehalte, Sie hinaus zu weisen. Aber ich habe es immer gesagt, Ihnen fehlt die Courage.«

»Herr Hummel«, versetzte der Doktor mit Haltung, »ich erlaube mir die Bemerkung, daß Sie jetzt nicht mehr ausfällig sein dürfen.«

»Warum nicht?« frug Hummel. Der Doktor wies auf die Papiere. »Was hier geschehen, macht mir schwer, wieder grob zu werden, es kann Ihnen kein Vergnügen machen, einen Wehrlosen anzugreifen.«

»Diese Ansprüche sind mir nur lächerlich«, erwiderte Hummel. »Weil ich Ihnen mein Geld gegeben habe, soll ich aufhören, Sie zu behandeln, wie Sie verdienen? Weil Sie vielleicht nicht ganz abgeneigt wären, meine Tochter zu heiraten, soll ich Sie mit einer Sammtbürste streicheln? Hat man je solchen Unsinn gehört!«

»Sie irren«, fuhr der Doktor artig fort, »wenn Sie meinen, daß ich ganz außer Stande bin, Ihre Sprache zu reden. Ich gebe mir deshalb die Ehre, Ihnen zu bemerken, Ihre höhnende Laune versteht so zu verletzen, daß selbst die empfangene Wohltat ihren Wert verliert.«

»Bleiben Sie mir vom Leibe mit Ihrer Wohltat«, unterbrach Hummel, »ich war nur wohltätig aus Rachsucht.«

»Darauf will ich Ihnen ebenso ehrlich sagen«, fuhr der Doktor fort, »daß es auch für mich eine schwere Stunde war, als Sie auf mein Zimmer traten. Ich wußte, wie drückend die Verpflichtung auf meinem Leben lasten würde, die Sie uns auferlegten. Ich sah auf meinen armen Vater, und der Gedanke an sein Unglück schloß mir den Mund. Ich für meinen Teil wäre lieber betteln gegangen, als daß ich von Ihnen Geld genommen hätte.«

»Nur weiter!« ermunterte Hummel.

»Was Sie für meinen Vater getan, gibt Ihnen noch nicht das Recht, mich zu mißhandeln. Dieses Gespräch stärkt mich in der Überzeugung, die ich vom ersten Augenblick hatte, daß wir Alles aufbieten müssen, Ihnen so schnell als möglich die erhaltene Summe zurück zu zahlen. Sie haben den Posten für meine Bücher gestrichen, ich werde sie doch verkaufen.«

»Unsinn!« rief Hummel.

»Ich werde es tun, wie unbedeutend auch die Summe im Vergleich zu unserer Schuld ist; weil die Tyrannei, welche Sie über mich ausüben wollen, mir unerträglich zu werden droht. Ich wenigstens will Ihnen nicht in dieser Weise verpflichtet sein.«

»Sie wollen es doch in einer andern Weise, die Ihnen mehr zusagt.«

»Ja«, versetzte der Doktor; »da Sie das größte Opfer, welches ich Ihnen bringen konnte, so verächtlich zurückweisen, so werde ich fortfahren, um die Liebe Ihrer Tochter zu werben, auch gegen Ihren Willen. Ich werde versuchen, sie zu sprechen, sooft ich kann, mich ihr so wert zu machen, als ich im Stande bin. Sie selbst haben mir diesen Weg gezeigt, Sie werden sich gefallen lassen, daß ich ihn betrete, und wenn Sie nicht zufrieden sein sollten, werde ich auf Ihren Unwillen keine Rücksicht nehmen.«

»Endlich!« rief Hummel, »es kommt zum Vorschein. Ich sehe doch, daß Sie nicht ganz ohne Bosheit sind. Darum lassen Sie uns ruhig diese Angelegenheit besprechen. Sie sind nicht der Mann, den ich meiner Tochter wünsche. Ich habe Sie von meinem Hause ferngehalten, und es hat nichts genützt. Denn es hat sich doch ein verdammtes Gefühl entsponnen. Deshalb bin ich der Meinung, dies Geschäft jetzt anders zu betreiben. Ich habe nichts dagegen, wenn Sie manchmal in mein Haus kommen. Sie werden das mit Bescheidenheit tun, ich sehe es Ihnen an. Ich werde Sie als nicht vorhanden betrachten, meine Tochter wird Gelegenheit haben, Sie ruhig mit unsern vier Wänden zu vergleichen. Was daraus wird, warten wir beide ab.«

»Auf diesen Vorschlag gehe ich nicht ein«, sagte der Doktor entschlossen. »Ich bestehe nicht darauf, daß Sie mir in dieser Stunde die Hand Ihrer Tochter bewilligen; den Zutritt zu Ihrer Familie aber nehme ich nur unter der Bedingung an, daß Sie selbst sich gegen mich so verhalten, wie gegen einen Gast Ihres Hauses schicklich ist, und daß Sie gegen mich die Pflichten eines Wirtes freundlich erfüllen. Ich werde nicht dulden, daß Sie in der Weise zu mir sprechen, wie heut unter vier Augen. Eine Kränkung durch Worte oder Nichtachtung ertrage ich von Ihnen am wenigsten. Es liegt mir nicht nur daran, Ihrer Tochter zu gefallen, sondern auch Ihnen angenehmer zu werden. Dazu fordere ich Gelegenheit. Können Sie auf diese Bedingung nicht eingehen, so komme ich lieber gar nicht.«

»Humboldt, unternehmen Sie nicht zu viel auf einmal«, mahnte Herr Hummel kopfschüttelnd, »denn sehen Sie, ich schätze Sie, aber ich kann Sie wirklich nicht recht leiden. Deshalb will ich mir überlegen, wieweit ich Ihnen gefällig sein kann, ich versichere Sie, es wird mir sauer werden. Unterdeß nehmen Sie diese Papiere mit sich. Ihr Vater hat sich die Lehre gekauft, daß er seine Geldgeschäfte selbst besorgt. Im uebrigen steht die Sache nicht schlecht und er wird sich allein heraushelfen, Sie brauchen dazu weder mich noch einen Andern. Guten Morgen, Herr Doktor.«

Der Doktor nahm die Papiere unter den Arm. »Ich bitte um Ihre Hand, Herr Hummel.«

»Nicht so hastig«, wehrte Hummel.

»Es tut mir leid«, sagte der Doktor lächelnd, »aber ich kann es Ihnen heut nicht ersparen.«

»Nur aus angeborner Höflichkeit«, entgegnete Hummel, »aber nicht aus guter Meinung.«

Er reichte ihm die große Hand und ließ sie sich kräftig schütteln. »Ihre Bücher behalten Sie«, rief er dem Scheidenden nach. »Den Schwindel kenne ich, Sie werden sich das Zeug doch wieder anschaffen, und ich muß am Ende noch einmal mein Geld dazu geben.«

6. Ein Capitel aus der verlorenen Handschrift.

Tobias Bachhuber! Als deine Taufpaten beschlossen, daß du Tobias heißen solltest, haben sie deinem Leben und ihren eigenen Enkeln schlechte Dienste geleistet. Denn wer diesen Namen führt, wird vom Schicksal genötigt zu erleben, was niemals günstiger benamten Menschen zugemutet werden darf. Wann hat der Vogel Schwalbe gegen Andere gewagt, was er dem ersten Besitzer deines Namens durch unwürdiges Beschmeißen antat? Wer hat eine so elende Brautfahrt erlebt, als der arme Sohn des Blinden, Tobias der jüngere? Denn mußte dieser nicht fasten, die Gebetschnüre halten und mit einem mörderischen Geist kämpfen, gerade in den Stunden, in welchen sonst jedem Sterblichen geistiger Kampf höchlich verübelt wird? Auch an dir, seliger Bachhuber, hat sich das Unglück des Namens greulich bewährt. Ob vielleicht der ganze blutige Schwedenkrieg deshalb entstand, weil dem Schweden ein Gelüst nach deinem Codex ankam, soll hier nicht erörtert werden; man darf vertrauen, daß neue Geschichtsforschung auch noch diesen geheimen Beweggrund ans Licht ziehen wird. Aber unleugbar bist du selbst in dem Kriege jämmerlich draufgegangen, ja sogar an deinem Schatz, den du verstecktest und gleichsam deponiertest, hängt noch der Fluch deines Namens. Allen, welche damit zu tun haben, werden die Augen geblendet, und ein böser Geist würgt ihre Hoffnungen.

Auch den Professor quälte die Blindheit und ängstigte der Dämon. Er hatte nichts gefunden. Mancher wäre ermüdet und hätte abgelassen, ihm wurde der Eifer gemehrt. Denn er suchte keineswegs kopflos, er wußte sehr wohl, daß der Fund an einer langen Kette von Zufällen hing, welche sich jeder Berechnung entzogen. Aber er wollte tun, was in seinen Kräften stand; seine Aufgabe war, der gelehrten Welt die Sicherheit zu geben, daß Archive, Sammlungen und Wirtschaftsverzeichnisse des Fürsten gründlich durchsucht seien. Diese Gewißheit wenigstens vermochte er besser zu erlangen als jeder Andere, und er tat damit seine Pflicht gegen den Fürsten und seine Wissenschaft. Aber die innere Ungeduld wurde heftiger, die heitere Spannung der ersten Zeit steigerte sich zu unbehaglicher Aufregung, die lange Erwartung, immer getäuscht, störte ihm auch die Stimmung des Tages. Wieder saß er oft in sich gesunken, ja, er sprach täglich von dem Schatze und Ilse konnte es ihm nicht recht machen, ihre Einwürfe, selbst ihr Trost verletzten ihn, denn ihm war sehr ärgerlich, daß sie seinen Eifer gar nicht teilte. Er wußte genau, wie die Handschrift aussehen würde, dick, großes Quadrat, sehr alte Buchstaben, vielleicht aus dem sechsten Jahrhundert, verblichen, manche Blätter halb zerstört, er verbarg sich durchaus nicht, daß die Bosheit der Zeit, des Wassers und der Ratten arges Spiel damit getrieben hatte.

Heut trat der Professor mit geröteten Wangen in das Arbeitzimmer der Prinzessin.

»Endlich vermag ich gute Nachricht zu bringen. In einem kleinen Aktenbündel des Marschallamtes, das mir unbegreiflicherweise bis jetzt entgangen ist, fand ich auf einem einzelnen Blatt eine verlorene Notiz. Die Truhen, welche der Beamte von Bielstein im Anfange des vorigen Jahrhunderts nach dem verschwundenen Schlosse sandte, werden darin kurz als No. 1 und 2 bezeichnet, mit dem Vermerk, daß sie Manuscripte des Klosters von Rossau, außerdem alte Armbruste, Bolzen u.s.w. enthalten. Es waren also zwei Truhen, und Handschriften des Klosters lagen darin.« Die Prinzessin sah neugierig auf das Blatt, welches er vor sie hinlegte.

»Es war Zeit, daß diese Nachricht kam«, fuhr der Professor fröhlich fort, »denn ich gestehe Ew. Hoheit, das Gespenst verfolgte mich bei Tag und Nacht. Dies ist eine wertvolle Bestätigung, daß ich auf richtigem Wege bin.«

»Ja«, rief die Prinzessin, »ich bin überzeugt, wir finden den Schatz. Wenn ich nur ein wenig dazu helfen könnte! Wäre er durch Beschwörung zu gewinnen, wie gern wollte ich den Zaubergürtel umbinden und Frau Hekate anrufen. Leider ist dieser Weg, Geister zu bezwingen, veraltet, und die geheime Kunst, durch welche die Herren Gelehrten ihre Schätze heben, ist schwer zu erlernen.«

»Auch ich bin jetzt wenig besser als ein unglücklicher Geisterbanner«, antwortete der Professor. »Schlecht wäre ich empfohlen, wenn Ew. Hoheit meine Arbeiten nach der Tätigkeit beurteilen wollten, welche ich hier durch Aufrühren des alten Staubes beweise. Man freut sich und wird getäuscht wie ein Kind. Es ist ein Glück, daß das Schicksal uns Bücherschreiber selten durch solche Gaukeleien neckt; was wir etwa für Andere gewinnen, hängt nicht mehr vorzugsweise von zufälligem Funde ab.«

»Ich aber ohne etwas von dem Ernst der Arbeit, welche ich nicht sehe«, sagte die Prinzessin, »Ihre Güte hat mir wenigstens ein kleines Guckfenster geöffnet, durch welches ich in die Werkstatt der schaffenden Geister blicken kann. Ich begreife, daß die Arbeit der Gelehrten für Jeden, der zu ihrer stillen Gemeinde gehört, einen unwiderstehlichen Reiz ausüben muß. Ich möchte die Frauen beneiden, denen das Glück wird, solcher Tätigkeit durch ihr ganzes Leben nahe zu sein.«

»Wir sind kühne Eroberer am Schreibtisch«, erwiederte der Professor, »aber dem Eroberer und seiner Umgebung wird oft das Mißverhältnis zwischen innerer Freiheit und äußerer Unbehilflichkeit fühlbar. Wer das wirkliche Leben mit uns durchmacht, der wird uns leicht übersehen und unsere Einseitigkeit schwer ertragen. Denn, Hoheit, die Gelehrten sind selbst wie die Bücher, welche sie schreiben. In der Mehrzahl stehen wir schlecht gerüstet in dem Wirrwarr der Geschäfte, zuweilen hilflos in der vielgestaltigen Tätigkeit unserer Zeit. Wir sind treue Freunde solcher Stunden, in denen der Mensch neue Kraft sucht für den Kampf des Lebens, aber in dem Streit selbst sind wir häufig ungeübte Helfer.«

»Dachten Sie bei Ihren Worten an sich selbst?« frug die Prinzessin schnell.

»Nein«, versetzte der Professor, »ich trug ein Bild im Sinne, das ich mir aus den Zügen vieler Berufsgenossen zusammengesetzt hatte, aber wenn Ew. Hoheit nach mir fragen, auch ich bin nach dieser Richtung ein regelrechter Gelehrter. Denn ich habe oft Gelegenheit gehabt zu bemerken, wie unfertig mein Urteil in allen Fragen ist, bei denen nicht mein Wissen oder meine sittlichen Empfindungen mir Sicherheit geben.«

»Das ist mir gar nicht recht, Herr Werner«, rief die Prinzessin und lehnte sich würdevoll auf dem Sessel zurück. »Meine Phantasie war im besten Fluge, ich saß als Gebieterin der Welt da, bereit, meine Völker zu beglücken, und ich machte Sie zu meinem Minister.«

»Das Zutrauen tut mir wohl«, entgegnete der Professor, »aber wenn Hoheit einmal in die Lage kommen, einen Gehilfen der Herrschaft zu suchen, so könnte ich diese Würde nur dann mit gutem Gewissen annehmen, wenn Ew. Hoheit Insassen vorher alle in der Presse des Buchbinders zurechtgeschnitten wären, wenn sie ein Röckchen aus Pappe trügen und auf ihrem Rücken einen Zettel, der deutlich besagt, was jeder für einen Inhalt hat.«

Die Prinzessin lachte, aber ihr Auge ruhte innig auf dem ehrlichen Antlitz des Mannes. Sie sprang auf und trat vor ihn. »Immer sind Sie wahrhaft und klar, und hoch das Haupt.«

»Dank für die Beurteilung«, versetzte der Professor fröhlich. »Selbst Ew. Hoheit behandeln mich wie einen Geist, der in einem Buche steckt, Sie rühmen mich so offen, als ob ich die Worte nicht verstände, die man über mich spricht. Ich bitte um Erlaubnis, auch Ew. Hoheit meine Gefühle in einer Recension vorzutragen.«

»Wie ich bin, will ich von Ihnen nicht hören«, rief die Prinzessin, »denn Sie würden trotz der Harmlosigkeit, die Sie an sich loben, am Ende soviel aus mir herauslesen, als wenn auch ich Goldschnitt und einen Saffianrücken trüge. Aber mir ist ernst zu Mut, wenn ich Sie rühme. Ja, Herr Werner, seit Sie bei uns sind, geht mir ein besseres Verständnis für den Wert des Lebens auf. Sie wissen nicht, welcher Gewinn für mich ist, einen Geist zu beobachten, der, unbekümmert um das kleine Treiben seiner Umgebung, nur seiner hohen Göttin der Wahrheit dient. Uns bedrängt der Lärm des Tages, uns verwirrt die Begehrlichkeit; die Menschen, von denen ich umgeben bin, auch die guten, sie alle denken und sorgen behaglich um sich selbst und schließen bequeme Verträge zwischen ihrem Pflichtgefühl und ihrem Egoismus. Hier aber erkenne ich eine Selbstlosigkeit und eine unablässige Hingabe des eigenen Daseins an die höchste Arbeit des Menschen. Dies ist etwas so Großes und Gewaltiges, daß mich die Bewunderung weich macht, wenn ich Sie ansehe. Ich fühle den Wert solches Daseins wie ein neues Licht, das in meine Seele fällt. Nie habe ich bis jetzt gewußt, daß Andere neben mir einhergehen, begeistert, den Himmel im Herzen. Das ist meine Recension über Sie, Herr Gelehrter, sie ist vielleicht nicht gut geschrieben, aber sie kommt vom Herzen.«

Das Auge des Gelehrten strahlte, als er dem Fürstenkinde in das gerötete Antlitz sah, aber er schwieg. Es war eine lange Pause. Die Prinzessin wandte sich ab und neigte sich über die Bücher. Endlich begann sie mit leiser Stimme: »Sie gehen zu Ihrer Tagesarbeit, ich will es auch. Bevor Sie mich verlassen, bitte ich Sie, mein Lehrer zu sein, ich habe in der Kunstgeschichte, die mir Ihre Güte aus der Bibliothek brachte, eine Stelle bezeichnet, welche mir nicht verständlich war.«

Der Professor nahm das aufgeschlagene Buch zur Hand und lachte. »Dies ist die Theorie einer andern Kunst, es ist nicht das rechte Buch.« Die Prinzessin las: »Blancmanger zu machen.« Sie schlug den Titel auf. »Geistreiches Kochbuch der alten Nürnberger Köchin.« Erstaunt wandte sie das Buch um, es war derselbe einfache Bibliothekband. »Wie kommt dies hierher?« rief sie ärgerlich und schellte ihrer Kammerfrau. »Es ist Niemand hier gewesen«, beteuerte diese, »als vorhin die Prinzen.«

»Ja dann«, rief die Prinzessin kleinlaut, »da ist nichts zu hoffen. Wir stehen jetzt unter der Herrschaft eines schadenfrohen Kobolds und müssen warten, ob unser Buch sich findet. Leben Sie wohl, Herr Werner, wenn der Kobold das Buch herausgibt, rufe ich Sie zurück.«

Als der Professor entlassen war, kam die Kammerfrau erschrocken und brachte die verlorene Archäologie in trübseligem Zustande. »Das Buch lag im Käfig des Affen, Jocko hat emsig darüber studiert, er war wütend, als ich ihm den Band fortnahm.«

Zu derselben Stunde stand der Kammerherr vor dem Fürsten. »Ihre Freunde von der Universität haben sich bei uns eingelebt; ich setze voraus, auch Sie tun das Ihre, ihnen unsere Stadt lieb zu erhalten.«

»Professor Werner scheint sehr befriedigt«, entgegnete der Kammerherr mit Zurückhaltung.

»Hat Ihre Schwester Malwine die Bekanntschaft der Frau Professorin gemacht?«

»Leider ist meine Schwester genötigt, unsere kranke Tante auf dem Lande zu pflegen.«

»Das ist schade«, versetzte der Fürst, »sie mag Ursache haben, diesen Zufall zu bedauern. – Vor einiger Zeit haben Sie gegen mich die Ansicht ausgesprochen, daß dem Erbprinzen eine praktische Tätigkeit wohltun werde; der Gedanke hat mich beschäftigt. Es wird notwendig, im Bezirk von Rossau die Möglichkeit eines zeitweisen Aufenthalts zu schaffen. Die alte Oberförsterei ist dafür nicht übel geeignet. Ich habe mich entschlossen, das Haus durch einen Umbau in ein wohnliches Jagdschloß zu verwandeln. Der Erbprinz soll diesen Bau an Ort und Stelle ganz in seinem Sinn anordnen, Sie werden ihn begleiten. Der Baudirektor hat Anweisung, die Pläne nach den Befehlen des Erbprinzen zu zeichnen. Nur bei dem Kostenanschlag wünsche ich mitzusprechen. Unterdeß wird der Erbprinz sich mit den Zimmern begnügen, welche in der

Oberförsterei mir vorbehalten sind. Da aber der Bau nicht die ganze Zeit in Anspruch nehmen wird, so mag er seine Muße benutzen, in der Wirtschaft des Herrn Bauer einen Einblick in unsern Landbau zu erwerben. Er soll die Feldarbeiten und die Buchführung kennen. Das Jahr ist bereits vorgeschritten und macht schnellen Aufbruch wünschenswert. Es ist Befehl erteilt, die Zimmer einzurichten, rüsten Sie sich zur Reise. Ich hoffe, daß diese Anordnung einen Wunsch erfüllt, den Sie wohl 266 längst gehegt haben. Die schöne Landschaft und der stille Wald werden auch Ihnen nach dem Treiben des Winters eine Erfrischung sein.«

Der Kammerherr verbeugte sich erschrocken vor seinem Herrn, der so gnädig die Verbannung vom Hofe aussprach, er eilte zum Erbprinzen und berichtete das Unheil. »Es ist Exil«, rief er außer sich.

»Treffen Sie schnell Ihre Anstalten«, antwortete der Erbprinz ruhig, »ich bin vorbereitet, noch in dieser Stunde fortzugehen.«

Der Erbprinz ging zu seinem Vater. »Ich werde tun, was du befiehlst, und mir Mühe geben, deine Zufriedenheit zu verdienen. Wenn du, mein Vater, diesen Aufenthalt an entlegenem Ort für nützlich hältst, so sage ich mir, du verstehst besser als ich, was meiner Zukunft dient. Aber«, fuhr er zögernd fort, »ich darf nicht von hier scheiden, ohne eine Bitte auszusprechen, die mir sehr am Herzen liegt.«

»Sprich, Benno«, sagte der Fürst gnädig.

»Ich flehe dich an, entlaß den Professor und seine Frau so schnell als möglich aus der Nähe des Hofes.«

»Was soll das?« frug der Fürst rauh.

»Der Aufenthalt ist hier für Frau Werner nachteilig. Ihr Ruf wird durch die ungewöhnliche Lage, in welche sie gekommen ist, gefährdet. Ich bin ihm und ihr zu großem Dank verpflichtet, ihr Glück ist mir teuer, und mich quält der Gedanke, daß ihr Verweilen in unserer Gegend den Frieden ihrer Tage zu stören droht.«

»Und weshalb fürchtet deine Dankbarkeit eine Störung des Glückes, das dir so teuer ist?« frug der Fürst.

»Man nimmt an, daß der Pavillon ein verhängnisvoller Aufenthalt für eine ehrbare Frau sei«, erwiederte der Erbprinz entschlossen.

»Wenn durch die Wohnung gefährdet wird, was du Ehrbarkeit nennst«, sagte der Fürst bitter, »dann wird diese Tugend leicht verloren.« 26

»Es ist nicht die Wohnung allein«, fuhr der Erbprinz fort. »Die Damen des Hofes haben sich ganz zurückgehalten, die Fremden werden viel besprochen, Geschwätz und Verläumdung sind tätig, ihr schuldloses Leben falsch darzustellen.«

»Ich höre mit Erstaunen«, entgegnete der Fürst, »wie lebhaft deine Sorge für die fremde Frau ist, du selbst hast ihr doch, wenn ich recht vernahm, während dieser Wochen nur wenig von ritterlicher Aufmerksamkeit gegönnt.«

»Ich habe es nicht getan«, rief der Erbprinz, »weil ich mich verpflichtet fühlte, wenigstens für meine Person zu vermeiden, was ihr schaden konnte. Ich sah die spöttischen Blicke unserer Herren, als die Fremden ankamen, ich hörte geringschätzige Worte über die neue Schönheit, die in jenem Hause eingeschlossen sei, und mir drehte sich vor Scham und Zorn das Herz um. Deshalb habe ich mich mit Schmerzen bezwungen, ich habe vor meiner Umgebung Gleichgültigkeit geheuchelt und habe ihr selbst eine kalte Miene gezeigt, aber, mein Vater, es ist mir schwer geworden, und die letzten Wochen waren für mich voll bitterer Sorge, denn ich habe die glücklichsten Stunden meiner akademischen Zeit in ihrem Kreise verlebt.«

Der Fürst hatte sich abgewandt, er zeigte jetzt dem Sohne ein lächelndes Antlitz. »Das also war der Grund deiner Zurückhaltung! Ich hatte vergessen, daß du in den Jahren sanfter Regung stehst und geneigt bist, in deinem Verhältnis zu Frauen mehr schwärmerisches Gefühl aufzuwenden als für einen Mann gut ist. Und doch möchte ich dich darum beneiden. Leider gönnt das Leben so weicher Empfindung keine Dauer.« Er trat vor den Prinzen und fuhr gütig fort: »Ich leugne nicht, Benno, daß ich die Ankunft dieser Fremden in deinem Interesse anders ansah. Für einen Prinzen von deiner Anlage ist vielleicht nichts so bildend als zarte Neigung zu einer Frau, welche keine Ansprüche an das äußere Leben des Freundes macht und ihm doch den Reiz eines innigen Seelenbundes gewährt. Dir sind Liebeleien mit den Damen des Hofes oder mit anspruchsvollen Intrigantinnen gefährlich, du hast dich zu hüten, daß nicht eine Frau, der du dich hingibst, mit dir spielt und dich selbstsüchtig für ihre Zwecke benutzt. Nach Allem, was ich wußte, war dein Verhältnis zu der Dame im Pavillon gerade, was du für deine nächste Zukunft brauchtest. Aus Grundsätzen, denen ich die volle Anerkennung nicht versage, hast du vermieden, diese idyllischen Beziehungen wieder aufzunehmen. Du selbst hast nicht gewollt, was ich dir in guter Meinung bereitete; mir scheint deshalb, du hast das Recht verloren, in dieser Angelegenheit noch überhaupt etwas zu wollen.«

»Vater«, rief der Erbprinz und rang erschreckt die Hände, »daß du mir dies sagst, ist unbarmherzig. Ich hatte die dunkle Ahnung, daß die Einladung zu uns in geheimer Absicht geschehen sei, ich habe diesen Verdacht niedergekämpft und mich darum gescholten. Jetzt aber stehe ich entsetzt vor dem Gedanken, daß ich selbst die Schuld an dem Unglück guter Menschen trage. Deine Worte geben mir das Recht, meine Bitte zu wiederholen: entlaß sie so schnell als möglich, oder du machst deinen Sohn unglücklich.«

»Ich lerne dich von ganz neuer Seite kennen«, versetzte der Fürst, »und ich bin dir dankbar für den Einblick, den du mir endlich in dein schweigsames Wesen gestattest. Du bist entweder ein überspannter Träumer oder du bist mit einem Talent für Diplomatie versehen, das ich dir niemals zugetraut hätte.«

»Ich bin dir gegenüber nichts als wahr«, rief der Erbprinz.

»Soll die Frau nach dem Hause Bielstein kommen, um gerettet zu werden?« frug der Fürst höhnend.

»Nein«, erwiederte der Erbprinz leise.

»Deine Forderung verdient kaum eine Antwort«, fuhr der Fürst fort. »Die Fremden sind hergerufen für eine gewisse Zeit, der Mann steht nicht in meinem Dienst, ich bin weder in der Lage, sie fort zu schicken, denn sie haben mir keinen Grund zur Unzufriedenheit gegeben, noch sie wider ihren Willen hier zu halten.«

»Verzeihung, mein Vater«, rief der Erbprinz, »du selbst hast durch die gnädige Aufmerksamkeit, welche du der Frau täglich zu Teil werden läßt, durch artige Sendungen und öfteren Besuch dem Hof die Meinung erregt, daß du ihr eine besondere persönliche Beachtung zuwendest.«

»Ist der Hof so beflissen, dir vorzutragen, was mir, gegenüber dem unziemlichen Benehmen Anderer, schicklich erscheint?« frug der Fürst.

»Mir wird wenig von dem gesagt, was unsere Umgebung spricht, sei überzeugt, daß ich kein offenes Ohr für ihre Vermutungen habe, aber es ist unvermeidlich, daß auch ich zuweilen hören muß, was Alle beschäftigt und in Harnisch bringt. Denn man wagt sogar zu behaupten, daß sich jeder deine Ungnade zuziehe, der ihr nicht Aufmerksamkeit beweist; und man hält bereits für besonders achtungswert und charakterfest, ihr Artigkeiten zu versagen. Dich wie sie bedroht die Verläumdung. Vergib mir, mein Vater, daß ich es geradeheraus sage, du selbst hast durch deine Gnade die Frau in die gefährliche Lage gebracht, und deshalb liegt dir ob, sie daraus zu befreien.«

»Der Hof wird immer tugendhaft, wenn sein Herr eine Dame auszeichnet, welche nicht in die Hofkreise gehört; auch du wirst lernen, solche Sittenstrenge gering zu achten«, versetzte der Fürst. »Es ist eine ungewöhnliche Neigung, Benno, die dein furchtsames Wesen an die Grenzen der Redefreiheit treibt, welche dem Sohn gegen den Vater gestattet ist.«

Dem Erbprinzen rötete sich das bleiche Antlitz. »Ja, mein Vater«, rief er, »höre, was jedem andern Ohr Geheimnis bleiben wird. Ich liebe die Frau so warm und von ganzem Herzen, daß ich ihr mit Freude das größte Opfer bringen würde. Die Macht, welche Schönheit und Unschuld des Weibes auf einen Mann ausübt, habe ich bei ihr gefühlt, mehr als einmal habe ich mich an ihrem lauteren Gemüt aufgerichtet. Ich war selig in ihrer Nähe und unglücklich, wenn ich nicht in ihre Augen sah. In dem ganzen Jahre habe ich in der Stille an sie gedacht, in diesem schmerzvollen Gefühl bin ich zum Mann herangewachsen. Daß ich jetzt den Mut habe, vor dich zu treten, verdanke ich dem Einfluß, den sie auf mich geübt. Ich weiß, mein Vater, wie unglücklich solche Leidenschaft macht, ich kenne die Qual, das geliebte Weib für immer zu entbehren. Was mich erhoben hat in den bittersten Stunden des sehnsüchtigen Verlangens, das war allein der Gedanke an den Frieden ihrer reinen Seele. Jetzt weißt du Alles, mein Geheimnis habe ich zu deinen Füßen niedergelegt, ich flehe, mein Herr und Vater, schone dies Vertrauen. Hast du bisher für mein Wohl gesorgt, heut ist die Stunde, wo du mir den höchsten Beweis deiner Treue geben kannst. Ehre die Frau, welche dein unglücklicher Sohn liebt.«

Das Antlitz des Fürsten hatte sich unter den Worten des Sohnes verändert, der Prinz erschrak vor dem feindlichen Ausdruck. »Suche dir für deine Poesien das Ohr eines fahrenden Ritters, der begierig das Wasser hinuntertrinkt, in welches seine Dame ein Tränchen geweint hat.«

»Ja, ich suche deine ritterliche Hilfe, mein Fürst und Herr«, rief der Erbprinz außer sich, »ich beschwöre dich, laß mich nicht vergebens werben, ich rufe dich zu einem Dienst für mich und sie, als Prinz unseres erlauchten Hauses und als Mitglied derselben Genossenschaft, deren Wahlspruch wir beide tragen. Versage nicht deinen Beistand in ihrer Gefahr.«

»Wir stehen nicht im Ordenssaal«, versetzte der Fürst kalt, »und die Phrase klingt widerwärtig in die Stimmung des Werkeltages. Ich habe dein Vertrauen nicht begehrt, zu dreist hast du mir's aufgedrungen, wundere dich nicht, daß der Vater über die vermessene Rede zürnt und der Fürst dich ungnädig entläßt.«

Der Erbprinz erblich und trat zurück. »Der Zorn des Vaters und die Ungnade meines Herrn sind ein Unglück, welches ich tief fühle; aber noch furchtbarer ist mir der Gedanke, daß hier am Hofe ein Unrecht gegen eine Unschuldige verübt wird, ein Unrecht, an welchem auch ich Teil haben soll. Wie schwer dein Zorn mich treffe, ich sage dir doch, du selbst hast die Frau der Mißdeutung ausgesetzt, und solange ich dir gegenüberstehe, werde ich dir das sagen und [nicht] ablassen mit der Bitte: entferne sie von hier, um ihrer Ehre und um unserer Ehre willen.«

»Da deine Worte endlos um dasselbe Trugbild flattern«, antwortete der Fürst, »so ist es Zeit, dieser Unterredung ein Ende zu machen. Du wirst auf der Stelle abreisen, du wirst der Zeit überlassen, ob sie mich vergessen läßt, was ich heut von dir erfahren. Bis dahin magst du in der Einsamkeit darüber nachsinnen, daß du ein Tor warst, als du den Vormund Fremder spielen wolltest, welche vollständig in der Lage sind, für ihr eigenes Heil zu sorgen.«

Der Erbprinz verneigte sich. »Hat mein durchlauchtigster Herr noch einen Befehl für mich?« frug er mit zuckenden Lippen.

Finster entgegnete der Fürst: »Dir bleibt nur noch übrig, daß du selbst die Fremden gegen deinen Vater aufregst.«

»Ew. Hoheit wissen, daß mir dergleichen nicht geziemen würde.«

Der Fürst winkte mit der Hand, der Sohn schied mit stummer Verbeugung.

Der Prinz rief nach seinem Wagen und eilte zu seiner Schwester. Die Prinzeß sah ängstlich in sein verstörtes Gesicht: »Du sollst fort?«

»Lebe wohl«, sagte er, ihr die Hand reichend, »ich gehe aufs Land, uns noch ein neues Schloß zu bauen, wenn wir einmal die Scene wechseln wollen.«

»Wann kehrst du zurück, Benno?«

Der Erbprinz zuckte die Achseln. »Sobald der Fürst befiehlt. Ich habe jetzt den Auftrag, ein wenig Baumeister und Landwirt zu werden, auch dies ist eine nützliche Tätigkeit. Lebe wohl, Sidonie. Sollte der Zufall dich einmal mit Frau Werner zusammenführen, so würde ich dir verbunden sein, wenn du nicht auf das Geschwätz des Hofes achten, sondern daran denken wolltest, daß sie eine wackere Frau ist, und daß ich ihr von früher großen Dank schuldig bin.«

»Bist du unzufrieden mit mir, mein Bruder?« frug die Prinzessin ängstlich.

»Mache gut, Siddy, was du noch gutmachen kannst, lebe wohl.«

Prinz Victor begleitete ihn zum Wagen. Der Erbprinz faßte ihn an der Hand und sah bedeutungsvoll nach dem Pavillon hinüber, Victor nickte. »Es ist mein eigener Vorteil«, sagte er. »Ehe ich nach der Garnison gehe, besuche ich dich im Lande des Farnkrauts, ich erwarte, dich als Bruder Klausner zu finden mit langem Bart und einer Mütze von Baumrinde. Lebe wohl, Ritter Toggenburg, und lerne dort, daß die beste Philosophie auf Erden ist, jeden Tag für verloren zu halten, an dem man keinen dummen Streich gemacht hat. Besorgt man dies Geschäft nicht selbst, so übernehmen Andere die Mühe. Es ist immer lustiger, Hammer zu sein als Ambos.«

Der Fürst war heut während der Hoftafel so finster und schweigsam, daß es den meisten Anwesenden auffiel, nur kurze Bemerkungen fielen von seinem Munde, zuweilen ein herber Scherz, dem man anmerkte, daß die Seele des Fürsten nach Fassung rang; der Hof verstand, daß diese unheimliche Stimmung mit der Abreise des Erbprinzen zusammenhing, und Jeder hütete sich, den Verstörten zu reizen. Der Professor allein genoß den Vorzug, dem Fürsten ein Lächeln abzunötigen, als er gutlaunig von dem verzauberten Schloß Solitude erzählte. Nach der Tafel sprach der Fürst neben dem Professor mit einem Adjutanten, der Professor wandte sich an den Obersthofmeister, und obgleich er die unzugängliche Artigkeit des Mannes sonst mied, tat er heut doch eine gleichgültige Personenfrage. Der Obersthofmeister antwortete verbindlich, daß der nahe Hofmarschall sicher die beste Auskunft geben könne, und veränderte seinen Platz. Gleich darauf trat der Fürst, quer durch die Gesellschaft schreitend, an den Obersthofmeister, zog sich mit diesem in eine Fensternische zurück und begann: »Sie haben mich auf meiner ersten Reise nach Italien begleitet und, wenn mir recht ist, ein wenig meine Liebhaberei für Altertümer geteilt. Unsere Sammlung wird neu geordnet, an einem Katalog fleißig gearbeitet.«

Der Obersthofmeister sprach seine Anerkennung der fürstlichen Opferwilligkeit aus.

»Professor Werner ist sehr tätig«, fuhr der Fürst fort, »es ist erfreulich, wie schnell er einen Überblick zu geben versteht.« Der Obersthofmeister blieb stumm.

»Sie erinnern sich, Excellenz, wie belustigend uns in Italien die Sammler waren, welche den Fremden durch Lohndiener in ihre Kabinette zogen und um eine erloschene Inschrift endlos Mund und Arme bewegten. Wie die meisten Menschen an einer fixen Idee leiden, so auch unser Gast. Er argwöhnt, daß in einem Hause unseres Fürstentums eine alte Handschrift verborgen liege, deshalb hat er die Tochter des Hausbesitzers geheiratet, und da er trotzdem seinen Schatz nicht gefunden, sucht er jetzt in der Stille dies Nebelbild auf allen Böden der Residenz. Hat er nie gegen Sie darüber gesprochen?«

»Ich habe noch keine Veranlassung gehabt, sein Vertrauen zu suchen«, erwiederte der Obersthofmeister.

»Da haben Sie etwas verloren«, fuhr der Fürst fort, »er spricht in seiner Weise gut und gern darüber; es wird Sie unterhalten, einmal diese Art von Narrheit näher zu betrachten. Kommen Sie nachher mit ihm in mein Arbeitszimmer.«

Der Obersthofmeister verneigte sich und meldete beim Aufbruch dem Professor, daß der Fürst ihn noch zu sprechen wünsche.

Die Herren traten bei dem Fürsten ein, diesem eine erheiternde Unterhaltung zu schaffen.

»Ich habe Seiner Excellenz erzählt«, begann der Fürst, »daß Sie bei uns noch ein besonderes Interesse als Jagdliebhaber verfolgen. Wie steht's mit der Handschrift?«

Der Professor berichtete über seine neue Entdeckung und die beiden Truhen. »Der nächste Jagdgrund, worauf ich hoffe, sind die Böden und Kammern im Sommerschloß der Frau Prinzessin; weigern auch diese eine Beute, so weiß ich mir kaum noch eine undurchsuchte Stätte.«

»Es soll mich freuen, wenn Sie recht bald zum Ziele kommen«, sagte der Fürst und blickte zu dem Obersthofmeister hinüber. »Ich nehme an, daß es auch für Ihr eigenes Leben von Wichtigkeit sein würde, diese Handschrift zu finden. Sie werden sich ja wohl dazu verstehen, dieselbe durch den Druck bekannt zu machen.«

»Es wäre die höchste Aufgabe, die mir werden könnte«, versetzte der Professor, »vorausgesetzt, daß Ew. Hoheit Huld mir dies Werk anvertrauen wollte.«

»Sie sollen die Arbeit übernehmen und kein Anderer«, erwiederte der Fürst lächelnd, »soweit ich ein Recht habe, darüber zu bestimmen. Also das unsichtbare Buch würde für Ihre Wissenschaft in Wahrheit große Bedeutung haben?«

»Die größte Bedeutung. Aber der Inhalt wäre für jeden Gebildeten von hohem Wert, ich meine, er würde auch Ew. Hoheit fesseln«, sagte der Professor arglos und freudig, »denn der Römer Tacitus ist in gewissem Sinne ein Hofschriftsteller, Mittelpunkt seiner Erzählung sind die Charaktere der Kaiser, welche in dem ersten Jahrhundert unserer Zeitrechnung die Geschicke der alten Welt bestimmt haben. Es ist freilich im Ganzen ein trübes Bild.«

»Er ist ein Schriftsteller der Unzufriedenen?« sagte der Fürst.

»Er ist der große Berichterstatter über eine eigentümliche Verbildung der Charaktere, welche bei den Herren der antiken Welt eintrat, wir verdanken ihm eine Reihe von psychologischen Schilderungen der Krankheit, welche sich damals auf dem Throne entwickelte.«

»Das ist mir neu«, versetzte der Fürst, sich auf seinem Stuhl bewegend.

»Ew. Hoheit würden, ich bin überzeugt, mit dem größten Anteil die verschiedenen Formen dieser Seelenkrankheit betrachten, und Höchstdieselben würden in andern Zeiträumen der Vergangenheit, ja in früheren Zuständen unseres eigenen Volkes viele bedeutsame Seitenbilder finden.«

»Sie nehmen also eine besondere Krankheit an, welche nur die Regenten befällt?« frug der Fürst, »die Mediciner werden Ihnen für diese Entdeckung besonderen Dank wissen.«

»In der Tat«, rief der Professor eifrig, »ist die furchtbare Bedeutung dieser Erscheinung noch viel zu wenig gewürdigt, keine andere hat auf das Schicksal der Nationen so unermeßlichen Einfluß geübt. Was Pest und Krieg verdarben, ist wenig gegen die verhängnisvolle Verwüstung der Völker, welche durch dies besondere Leiden der Herrscher angerichtet wurde. Denn diese Krankheit, welche noch lange nach Tacitus unter den römischen Imperatoren wütete, ist kein Leiden, welches auf das alte Rom beschränkt war, sie ist zuverlässig so alt, wie die Despotien des Menschengeschlechts, sie befiel auch später in den christlichen Staaten zahlreiche Herrscher, sie brachte in jeder Zeit anders geformte, groteske Gestalten hervor, sie war durch Jahrtausende der Wurm, welcher, in der Hirnschale eingeschlossen, das Mark des Hauptes verzehrte, das Urteil vernichtete, die sittlichen Empfindungen zerfraß, bis zuletzt nichts übrig blieb als der hohle Schein des Lebens. Zuweilen wurde es Wahnsinn, den auch der Arzt nachweisen kann, aber in zahlreichen anderen Fällen hörte die bürgerliche Zurechnungsfähigkeit nicht auf und der geheime Schaden barg sich sorgfältig. Es gab Zeiträume, wo nur einzelne festgefügte Seelen sich völlige Gesundheit bewahrten, und wieder andere Jahrhunderte, wo ein frischer Luftzug aus dem Volke die Häupter, welche das Diadem trugen, frei erhielt. Ich bin überzeugt, wer den Beruf hat, die Zustände späterer Zeit genau zu untersuchen, wird im Grunde denselben Verlauf der Krankheit selbst noch in den milderen Formen unserer Bildung erkennen. Meinem Leben liegen diese Beobachtungen fern, auch zeigt der römische Staat allerdings die abenteuerlichsten Formen der Krankheit, denn dort sind die größten Verhältnisse und eine so mächtige Entfaltung der Menschennatur in Tugend und Verkehrtheit, wie seitdem selten in der Geschichte.«

»Den Herren Gelehrten aber macht es besondere Freude, diese Leiden früherer Herrscher ans Licht zu stellen?« frug der Fürst.

»Sie sind gewiß lehrreich für alle Zeiten«, fuhr der Professor sicher fort, »denn sie prägen durch furchtbare Beispiele die Wahrheit ein, daß der Mann, je höher er steht, um so stärkere Schranken nötig hat, welche die Willkür seines Wesens bändigen. Ew. Hoheit freies Urteil und reiche Erfahrung werden schärfer als Jemand aus meinem Lebenskreise beobachten, daß diese Krankheitserscheinungen sich stets da zeigen, wo der Regierende weniger zu scheuen und zu ehren hat als ein anderer Sterblicher. Was den Menschen in gewöhnlicher Lage gesund erhält, ist doch nur, daß ihm eine strenge und unablässige Controle seines Lebens in jedem Augenblick fühlbar wird, seine Freunde, das Gesetz, die Interessen Anderer umgeben ihn von allen Seiten, sie fordern gebieterisch, daß er Denken und Wollen der Ordnung füge, durch welche Andere ihr Gedeihen sichern. Zu jeder Zeit ist die Gewalt dieser Fesseln bei dem Regenten minder stark; was ihn einengt, vermag er leichter niederzuwerfen, eine ungnädige Handbewegung scheucht den Warnenden für immer von seiner Seite, vom Morgen bis zum Abend ist er mit Personen umgeben, welche ihm bequem sind, ihn mahnt kein Freund an seine Pflicht, ihn straft kein Gesetz. Hundert Beispiele lehren, daß frühere Herrscher selbst bei großen äußeren Erfolgen an innerer Verwüstung litten, wo nicht eine starke öffentliche Meinung und kräftige Teilnahme des Volkes am Staat sie unablässig zwang, sich selbst zu behüten. Es liegt nahe, an die riesengroße Kraft eines Feldherrn und Eroberers zu denken, den die Erfolge und Siege des eigenen Lebens ins Wüste und Maßlose getrieben haben, er war ein furchtbarer Phantast geworden, Lügner gegen sich selbst, Lügner gegen die Welt, bevor er gestürzt wurde, und lange bevor er starb. Doch dergleichen zu untersuchen, ist, wie gesagt, nicht mein Beruf.«

»Nein«, sagte der Fürst tonlos.

»Die entfernte Zeit«, begann der Obersthofmeister, »welche Sie im Auge haben, war aber nicht nur für die Regenten, auch für die Völker eine traurige Epoche. Wenn mir recht ist, war das Gefühl des Absterbens allgemein, auch bewunderte Schriftsteller taugten nicht viel, mir wenigstens sind solche Männer wie Apulejus und Lucian als eitle und kläglich gemeine Menschen erschienen.«

Der Professor sah überrascht auf den Hofmann.

»In meiner Jugend las man dergleichen häufiger«, fuhr dieser fort. »Ich verdenke den Besseren jener Zeit nicht, wenn sie sich mit Widerwillen von solchem Treiben abwandten und sich in das engste Privatleben oder in die thebanische Wüste zurückzogen. Deshalb, wenn Sie von einer Krankheit der römischen Imperatoren sprechen, möchte ich entgegnen, daß sie nur Folge einer ungeheuren Erkrankung der Völker ist, obgleich ich sehr wohl einsehe, daß sich während diesem Verderb der Einzelnen ein großer Fortschritt des Menschengeschlechts vollzogen hat, die Befreiung der Völker aus abschließendem Volkstum zu einer Cultureinheit, und der neue Idealismus, welcher durch das Christentum auf die Erde kam.«

»Zuverlässig ist die Form des Staates und die Form der Bildung, welche die einzelnen Kaiser vorfanden, entscheidend für ihr Leben gewesen. Jedermann ist in diesem Sinne Kind seiner Zeit, und wenn es gilt, das Maß ihrer Schuld zu bestimmen, dann wird vorsichtiges Abwägen ziemen. Aber was ich die Ehre hatte, Sr. Hoheit als besondern Vorzug des Tacitus anzuführen, ist auch nur die Meisterschaft, mit welcher er die eigentümlichen Symptome und den Verlauf des Cäsarenwahnsinns schildert.«

»Sie waren alle wahnsinnig«, unterbrach der Fürst mit heiserer Stimme.

»Verzeihung, gnädiger Herr«, entgegnete der Professor arglos. »Augustus wurde auf dem Throne ein besserer Mann, und nach der Zeit, in welcher Tacitus schrieb, haben noch manche gute und maßvolle Herrscher gelebt. Etwas von dem Fluch, welchen übel beschränkte Macht auf die Seelen ausübte, mag an der Mehrheit der römischen Kaiser erkennbar sein. In den besseren aber lag er wie eine Kränklichkeit, welche, nur selten bemerkbar, immer wieder durch Tüchtigkeit oder gute Natur gebändigt wurde. Eine Anzahl freilich verdarb durchaus, und in ihnen entwickelte sich die Krankheit nach einer bestimmten Stufenfolge, deren innere Gesetzlichkeit wir wohl begreifen.«

»Sie wissen also auch, wie den Leuten zu Mute war?« fuhr der Fürst auf, den Professor scheu anblickend.

Der Obersthofmeister trat in eine Fensternische.

»Der Verlauf der Krankheit ist im Allgemeinen nicht schwer zu verfolgen«, versetzte der Professor, erfüllt von seinem Gegenstande. »Die Übernahme der Regierung wirkt zunächst erhebend. Der höchste Erdenberuf steigert auch beschränkte Menschen wie den Claudius, verdorbene Buben wie den Caligula, Nero und Domitian während der ersten Wochen zu einem gewissen pathetischen Adel. Lebhaft ist das Bestreben, zu gefallen, beflissen die Arbeit, sich durch Gnade festzusetzen; die Scheu vor einflußreichen Persönlichkeiten oder vor dem Widerstreben der Masse zwingt zur Vorsicht. Die Herrschaft aber hat den Menschen zum Sklaven gemacht, und der Sklavensinn trägt eine Verehrung entgegen, welche den Kaiser äußerlich über andere Menschen hinausstellt, er ist von den Göttern besonders begnadigt, ja seine Seele ein Ausfluß der göttlichen Kraft. In dieser knechtischen Unterwürfigkeit Aller und der Sicherheit der Herrschaft wuchert bald der Egoismus. Die zufälligen Forderungen eines ungebändigten Willens werden rücksichtslos, die Seele verliert allmählich das Urteil über Bös und Gut, der persönliche Wunsch erscheint dem Regierenden sofort als Bedürfnis des Staates, jede Laune des Augenblicks heischt Befriedigung. Das Mißtrauen gegen Unabhängige führt zu kopflosem Argwohn, wer sich nicht fügt, wird als Feind beseitigt, wer sich geschmeidig anzupassen versteht, ist sicher, eine Herrschaft über den Herrscher auszuüben. Die Familienbande reißen, die nächsten Verwandten werden als geheime Feinde umlauert, der gleißende Schein eines herzlichen Vertrauens wird bewahrt, plötzlich durchbricht eine Missetat den Schleier, mit welchem Heuchelei ein innerlich hohles Verhältnis umzogen hat.«

Der Fürst rückte mühsam seinen Sessel von dem Kaminfeuer in das Dunkel.

Der Professor fuhr eifrig fort: »Die Idee des römischen Staates verliert sich zuletzt ganz aus den Seelen, ja sie wird als feindselig gehaßt, nur persönliche Anhänglichkeit wird gefordert, treue Hingabe an den Staat erscheint als Verbrechen. Diese Hilflosigkeit und das Schwinden des Urteils über die Tüchtigkeit, ja über die wirkliche Ergebenheit der Menschen bezeichnen einen Fortschritt der Krankheit, durch welchen bereits die Zurechnungsfähigkeit beeinträchtigt wird. In dieser Zeit werden die Bildungselemente immer beschränkter und einseitiger, das Wollen immer eitler und kleinlicher. Ein kindisches Wesen wird sichtbar, Freude an elendem Tand und eitlen Possen, daneben eine bubenhafte Tücke, welche zwecklos verdirbt, es wird Genuß, nicht nur zu quälen, auch die Qualen Anderer zu schauen, unwiderstehlich wird das Gelüst, 280 Hervorragendes in das Gemeine herab zu ziehen, ja auch Gleichgültiges zu vernichten. Sehr merkwürdig ist, wie mit dieser Abnahme der Denkkraft eine unruhige und zerstörende Sinnlichkeit über Hand nimmt. Ihre dunkle Gewalt wird übermächtig. Während sonst die Würde des höhern Alters auch dem Schwachen Haltung gibt, verletzt hier das widerliche Bild bejahrter Wüstlinge wie Tiberius und Claudius. In einer schamlosen und raffinierten Hingabe an Lüste wird die letzte Lebenskraft zerstört.«

»Das ist sehr merkwürdig«, wiederholte tonlos der Fürst.

Der Professor schloß: »So vollendet sich der Verderb in vier Stufen, zuerst maßlose Selbstsucht, dann Argwohn und Heuchelei, dann knabenhafte Unvernunft, das Letzte tut widerwärtige Ausschweifung.«

Der Fürst erhob sich langsam von seinem Sessel, er strauchelte, der Obersthofmeister trat ängstlich näher, aber der Fürst preßte die Hand auf die Lehne und wandte sich dem Professor zu; ohne ihn anzusehen sagte er verabschiedend: »Ich danke den Herren für eine vergnügte Stunde.« Man hörte den Worten die Anstrengung an, welche sie ihm kosteten. Im Hinausgehen frug der Professor leise den Obersthofmeister: »Ich habe den Fürsten gewiß durch die gedehnte Erörterung gelangweilt?«

Der Obersthofmeister sah erstaunt in das freundliche Antlitz des Gelehrten: »Ich zweifle nicht, der Fürst wird Ihnen sehr bald beweisen, daß er aufmerksam zugehört hat.«

Als sie auf der Treppe waren, klang ein heiserer Mißton aus der Ferne, der alte Herr fuhr zusammen und lehnte sich an die Wand.

Der Professor lauschte, Alles war still. »Das war wie der Schrei eines wilden Tieres«, sagte er.

»Es klang von der Straße«, versetzte der Obersthofmeister.

7. Der Hummeln Cäsarenwahnsinn.

Herr Hahn fuhr an seinem Gartenzaun dahin. Seine Seele war mit Dankbarkeit gefüllt; da diese aber verhindert wurde, durch das gewöhnliche Ventil freundlicher Rede auszuströmen, drang sie ihm in diejenige Kammer seines Hauptes, in welcher er die Pläne für Verschönerung des Gartens aufbewahrte. Der hochherzige Gegner von drüben feierte nächstens seinen Geburtstag, das hatte Herr Hahn auf weitem Umwege entdeckt. An diesem Tage durfte ihm vielleicht ein heimliches Zeichen der Achtung vor Augen gestellt werden. Der größte Schatz im Garten des Herrn Hahn waren seine Topfrosen, Bäumchen und Sträuche von jeder Größe und Farbe, prachtvolle Rosen, welche fast das ganze Jahr blühten und von den Vorübergehenden sehr bewundert wurden. Er trug sie eigenhändig im Garten hin und her und benutzte sie zum Ausputz verschiedener Gruppen. Diese Rosen beschloß er in stiller Huldigung zu widmen. Längst hatte er in der Mitte des feindlichen Gartens ein wüstes Rondel bedauert, das den ganzen Sommer tatlos dalag, als Lagerplatz für den roten Hund oder eine umherschweifende Katze. Wenn Herr Hummel an seinem Festtage in den Garten trat, sollte das runde Beet in eine blühende Rosengruppe verwandelt sein.

Dieser Gedanke verschaffte Herrn Hahn viele glückliche Stunden und erhob ihn ein wenig aus der Tiefe seines Kummers. Er trug also die Rosen in einen versteckten Winkel, stellte sie vor sich nach Größe und Farbe in Reihe und Glied und schrieb mit Kreide Nummern auf die Töpfe. Bei dem Hause des Parkwärters, welches jetzt als äußerster Vorposten der Stadt am Flusse stand, schwamm ein kleiner Kahn, diesen entlieh Herr Hahn in vertraulichster Weise für einige Nachtstunden. Vor dem ersten Morgengrau des feindlichen Geburtstages schlüpfte er aus seinem Hause, trug die Töpfe über den Parkweg in den Kahn und fuhr mit seiner Ladung bis zu der kleinen Treppe, welche aus dem Wasser in den Garten des Herrn Hummel führte. Er schlich mit seinen geliebten Rosen an das runde Beet, ordnete sie geräuschlos nach der Nummer, topfte jede einzelne aus und verwandelte die öde Stätte in ein prachtvolles Rosengebüsch. Als die Sperlinge in der Dachrinne ihre ersten Schimpfreden auf ihn hinabschrieen, hatte er die Erde des Beetes wieder mit kleinem Rechen geebnet. Noch einen vergnügten Blick warf er auf sein Werk, einen zweiten auf die dämmrige Hauswand, hinter welcher Herr Hummel der Überraschung des Morgens entgegenschlummerte, dann schlich er mit Grabeisen und leeren Scherben wieder in seinen Kahn, ruderte bis zum Hause des Parkwärters und barg sich und sein Gartengerät auf dem eigenen Grunde, bevor das erste Sonnenlicht seinen Schornstein rosig anmalte.

Herr Hummel trat zur gewöhnlichen Stunde in die Wohnstube, empfing in guter Laune den Glückwunsch seiner Frauen, blickte gnädig auf den Festkuchen, welchen Frau Philippine neben seinen Kaffe gestellt, und auf die Reisetasche, welche ihm Laura gestickt, nahm seine Zeitung zur Hand und weihte sich durch Teilnahme an den politischen Angelegenheiten der Menschen für die Geschäfte seines eigenen Lebens. Alles ließ sich gut an, er nahm in der Fabrik und im Comtoir die Gratulationen auf wie ein Lamm, er streichelte den knurrenden Hund und schrieb Geschäftsbriefe voll Hochachtung an seine Kunden.

Als er gegen Mittag zu seinen Frauen zurückkehrte, trat auch der Doktor von drüben in das Zimmer und brachte seinen Glückwunsch dar. Auf der sonnigen Stirn des Hausherrn lagerte sich eine dunkle Wolke und es wetterleuchtete unter seinen ambrosischen Brauen. »Sieh da, auch Saul unter den Propheten! Wollen Sie einen verlorenen Esel nach dem Hause ihres Vaters holen? Damit können wir nicht aufwarten. Oder wollen Sie einen Vortrag halten über die Sprache der Orangutangs im Kokoslande?«

»Meine Vorträge sind Ihnen noch nicht lästig geworden«, erwiederte der Doktor. »Ich komme nicht dazu, weil Ihre gastliche Zuvorkommenheit selbst die Mühe übernimmt, die Anwesenden durch Ergüsse Ihrer guten Laune zu unterhalten. Ich habe Ihnen bereits meinen Wunsch ausgedrückt, niemals Zielpunkt derselben zu sein.«

»So verteidigen Sie sich doch, wenn Sie können«, rief Herr Hummel.

»Nur die Rücksicht auf das Behagen der Anwesenden hindert mich«, versicherte der Doktor, »Ihnen in Ihren vier Wänden die Antwort zu geben, welche Sie zu wünschen scheinen.«

»Es würde mir leid tun, wenn Sie durch meine vier Wände in Nachteil gesetzt würden«, bedauerte Hummel. »Ich mache Ihnen den Vorschlag, stellen Sie sich mit mir auf gleichen Fuß, bleiben Sie drüben und stecken Sie den Kopf zum Fenster hinaus, ich werde dasselbe tun, wir können dann über die Straße einander ansingen wie zwei Kanarienvögel.«

»Jetzt aber bin ich hier«, sagte der Doktor mit einer Verbeugung, »und erhebe den Anspruch, dies Stück Geburtstagskuchen in Frieden und unter freundlichen Gesichtern zu verzehren.«

»Dann ersuche ich Sie, ohne übergroßen Schmerz auf mein Gesicht zu verzichten«, brummte Hummel. Er öffnete die Tür nach dem Garten und schritt unzufrieden die Stufen hinab. Schon von Weitem sah er die junge Rosengruppe im Tageslicht unschuldig lächeln. Er umkreiste die

Stätte, schüttelte den Kopf und lud seine Frauen in den Garten. »Wer von euch hat diesen Einfall gehabt?« frug er. Die Frauen bezeugten so lebhaft ihre Überraschung, daß er von ihrer Unschuld überzeugt wurde; er rief den alten Schließer, den Buchhalter, Alle bewiesen völlige Unwissenheit. Die Miene des Herrn Hummel wurde finster. »Was heißt das? Hier ist eingeschlichen worden, während wir schliefen, nächtlicher Gartenbau ist nicht nach meinem Geschmack; wer darf sich unterstehen, mein Grundstück ohne Erlaubnis zu betreten? Wer hat diese Naturprodukte eingeführt?«

Er ging unruhig die Wasserseite entlang, neben ihm schlich Speihahn. Der Hund kroch die Wassertreppe hinab, roch an einem braunen Holz, welches auf der letzten Stufe lag, stieg wieder zur Höhe, wandte sich gegen das Haus des Herrn Hahn und machte knurrend einen höhnischen Katzenbuckel. Es war so deutlich, als hätte er die freundlichen Worte gesprochen: »Wünsche wohl zu speisen.«

»Richtig«, rief Hummel, »der Einbrecher hat den Griff des Steuerruders zurückgelassen. Der braune Griff gehört zu dem Kahn des Parkwärters. Tragen Sie ihn hinüber, Klaus, ich fordere Antwort, wer gewagt hat, diesen Kahn hier anzulegen.« Der Schließer eilte mit dem Holze fort und brachte verlegen die Antwort, Herr Hahn habe sich in der Nacht den Kahn ausgebeten.

»Wenn es Ahnungen gibt«, zürnte Hummel, »so war dies eine. Nächtliche Schleicherei Ihres Vaters verbitte ich mir unter allen Umständen«, fuhr er den Doktor an.

»Ich weiß nichts davon«, entgegnete der Doktor. »Hat dies mein Vater getan, so ersuche ich Sie, auch wenn Ihnen an den Rosen nichts liegt, sich doch die gute Meinung gefallen zu lassen.«

»Ich protestiere gegen jede Rose, welche auf meinen Weg gestreut werden soll«, grollte Hummel. »Zuerst hatten wir giftige Klößchen aus übler Meinung und jetzt Rosenblätter aus guter. Ihr Vater sollte an etwas Anderes denken, als an solche Possen. Noch ist der Grund und Boden mein, und dies Scharren der Hähne gedenke ich zu verhindern.« Er fuhr wild unter die Rosen, packte Stämmchen und Äste, riß sie aus dem Boden und warf sie in einen wüsten Haufen.

Der Doktor wandte sich finster ab, Laura aber eilte zu dem Vater und sah ihm zornig in das harte Gesicht. »Was du herausreißest«, sprach sie nachdrücklich, »ich setze es mit meinen Händen wieder ein, daß du's nur weißt.« Sie lief in eine Ecke des Gartens, trug Töpfe herzu, kniete am Boden und preßte die Stöcke mit ihren kleinen Erdballen wieder in die Gefäße, ebenso heftig, als der Vater ausrodete. »Ich will sie pflegen«, rief sie dem Doktor zu, »sagen Sie Ihrem lieben Vater, daß nicht Alle in unserm Hause seine Freundlichkeit mißachten.«

»Tu', was du nicht lassen kannst«, versetzte Herr Hummel ruhiger. »Klaus, was stehen Sie da und glotzen auf Ihren Hinterbeinen wie eine Schildkröte? Helfen Sie Fräulein Hummel bei ihrer freundlichen Erdarbeit. Dann tragen Sie die ganze Einbescherung wieder hinüber zu dem jugendlichen Blumenzüchter. Eine Empfehlung, und er hätte im Dunkeln die Gärten verwechselt. Die Rosen möchte er selber begießen, bis wir jungen Mädchen miteinander zum Tanze gingen. Dann würde ich ihn um das Grünzeug zu einem Kranze bitten.« Er drehte der Gesellschaft den Rücken und ging mit starken Schritten nach seinem Comtoir. Laura kauerte am Boden und arbeitete an den gemißhandelten Rosen mit gerötetem Antlitz und düsterer Entschlossenheit. Der Doktor half schweigend. Er hatte seinen Vater wohl hinter dem Zaune gesehen und wußte, wie tief der Arme den neuen Trotz des Gegners empfinden werde. Laura hörte nicht auf, bis alle Blumen so gut als möglich in den Töpfen geborgen waren, dann tauchte sie die Hände in das vorbeifließende Wasser, und ihre Tränen mischten sich mit der Flut. Sie zog den Doktor nach dem Zimmer. Dort rang sie außer sich die Hände. »Das Leben ist schrecklich, wir gehen beide unter in dem kleinlichen Hader. Es gibt nur eine Rettung für Sie und für mich, sind Sie ein Mann, so finden Sie, was uns löst von diesem Jammer.« Sie stürzte aus dem Zimmer, die Mutter winkte heftig dem Doktor zurück zu bleiben, als dieser folgen wollte.

»Sie ist außer sich«, rief Fritz, »was meinen ihre Worte? was fordert sie von mir?«

Die Mutter setzte sich verlegen auf ihren Sorgenstuhl, räusperte sich und zupfte an ihren Ärmeln. »Ich muß Ihnen etwas vertrauen, Herr Doktor«, begann sie zögernd, »was für uns beide sehr schmerzlich ist, und doch weiß ich mir keine Hilfe, und alle Vorstellungen, die ich meinem unglücklichen Kinde mache, sind vergebens. Um Ihnen nichts zu verschweigen, es ist eine große Verirrung, und ich hätte nie erwartet, daß so etwas möglich wäre.« Sie hielt an und suchte Kraft in ihrem Taschentuche. Fritz sah ängstlich auf die verstörte Frau Hummel, ein Geheimnis Laura's, das er seit Wochen geahnt, sollte jetzt vernichtend auf seine Hoffnungen fallen.

»Ich will Ihnen ja Alles gestehen, lieber Herr Doktor«, fuhr die Mutter mit vielem Seufzen fort, »Laura schätzt Sie unendlich und der Gedanke, Ihre Frau zu werden, ist ihr, ich darf es im Vertrauen sagen, nicht fremdartig und auch nicht gerade unangenehm. Aber sie hat sich etwas in den Kopf gesetzt, was fürchterlich ist und was ich mich schäme über meine Lippen zu bringen.«

»Sprechen Sie es aus«, rief der Doktor in Verzweiflung.

»Laura will von Ihnen entführt werden.«

Fritz saß starr.

»Es ist unmenschlich, daß ich als Mutter diesen Wunsch gegen Sie aussprechen muß, aber ich weiß mir keinen Rat mehr.«

»Aber wozu?« frug der Doktor, immer noch betäubt.

»Das gerade ist das Schmerzlichste von Allem, und das soll sie Ihnen selbst bekennen. Wie sie auf den Gedanken gekommen ist, durch Dichtungen oder durch Zeitungsberichte aus der großen Welt, ich weiß es nicht. Aber in ihrer Stimmung, welche immer aufgeregt und tragisch ist, kann ich ihr keinen Widerstand leisten. Ich fürchte mich, meinem Mann darüber eine Mitteilung zu machen, ich beschwöre Sie, tun Sie das Ihrige, mein Kind zu beruhigen. Sie ist von Gefühlen zerrissen und ich vermag den innern Kampf dieser jungfräulichen Brust nicht mehr widerstrebend anzusehen.«

»Ich bitte um Erlaubnis«, versetzte der Doktor, »darüber sogleich mit Laura zu sprechen.« Ohne die Antwort der Mutter abzuwarten, eilte er die Treppe zu Laura's Zimmer hinauf. Er pochte. Als ihm keine Antwort wurde, riß er die Tür auf. Laura saß an ihrem Schreibtisch und schluchzte recht herzlich.

»Liebe, süße Laura«, rief der Doktor an ihrer Seite, »ich habe mit Ihrer Mutter gesprochen, lassen Sie mich Alles wissen.«

Laura fuhr auf. »Jede warme Empfindung wird mit Hohn beworfen, jede Stunde, in der ich Sie sehe, wird mir durch die Feindseligkeit des Vaters verbittert. Dem ärmsten Mädchen geht das Herz auf, wenn sie die Stimme des geliebten Mannes hört, ich aber muß fragen, ist das die Seligkeit der Liebe? Wenn ich Sie nicht sehe, bangt mir nach Ihnen, und wenn Sie zu uns kommen, fühle ich mich gequält und lausche ängstlich auf jedes Wort des Vaters. Sie selbst sehe ich freudenlos und niedergeschlagen. Fritz, Ihre Liebe zu mir macht Sie unglücklich!«

»Geduld, Laura«, sagte der Doktor, »halten wir aus. Mein Vertrauen zu dem Herzen des Vaters ist besser als das Ihre. Allmählich wird er sich mit meinem Anblick versöhnen.«

»Nachdem uns beiden der Mut gebrochen ist, eine große Neigung durch zahllose kleine Widerwärtigkeiten zerdrückt ist. Ich kann Ihre Frau nicht werden, Fritz, auf diesem Wege, zwischen den Händeln unserer feindlichen Häuser, mich verdirbt die enge Straße und der alte Haß. Oft habe ich hier gesessen und mich abgehärmt, daß ich kein Mann bin, der herauskann, sich selbst sein Glück zu suchen. Hören Sie ein Geheimnis, Fritz«, rief sie vor ihn tretend, und rang wieder die Hände, »ich werde hier hochmütig, boshaft und schlecht.«

»Davon habe ich noch wenig gemerkt«, erwiederte Fritz erstaunt.

»Ich verberge es Ihnen«, rief Laura, »aber ich kämpfe täglich mit unreinen Gedanken; ich bin gleichgültig gegen die Liebe der Eltern: wenn der Vater mich auf den Kopf drückt, so schreit der Teufel in mir, er könnt' es auch lassen; wenn die Mutter mich in ihrer Weise zur Geduld ermahnt, so ist mir ihre Rede in der Stille ärgerlich, weil sie vielleicht schönere Worte gebraucht als nötig wäre. Den Hund hasse ich so, daß ich ihn manchmal ohne Veranlassung knuffe. Das Gespräch am Sonntagstisch, die Geschichten des alten Schauspielers, der ewige kleine Klatsch der Straße erscheinen mir unerträglich. Ich fühle, daß ich ein garstiges Kind bin und ich habe manchmal auf dieser Stelle über mich geweint und mich selbst gehaßt. Aber die schlechten Anwandlungen kehren wieder und werden mächtiger. Das wird hier nicht besser, wo wir beide im Banne leben als zwei verwöhnte Kinder. Wir versinken, Fritz, in dieser Umgebung! Auch die liebende Sorge der Eltern hört auf zu beglücken. Was die Frau Base über Den und über Die klagt, und daß man sich nicht nasse Füße macht, wollene Strümpfe, und des Sonntags Kuchen mit Zuckerguß: – das alle Jahre, das ganze Leben hindurch!« Sie riß ihr Memoirenbuch auf und hielt ihm ein Bündel Gedichte und Briefe entgegen. »Hier sind Ihre Briefe, durch diese habe ich Sie liebgewonnen, denn hier sind Sie, wie ich Sie verehre. So will ich Sie immer haben. Wenn ich Sie dann wiederfinde zwischen Ihrem und unserm Hause, wie Sie die Schelte des Vaters ertragen müssen, wie Sie sich ängstlich mühen, es allen Teilen recht zu machen, und wenn ich merke, daß Sie bei jedem rauhen Lüftchen doppelte Shawls tragen, so wird mir heiß und bange auch um Sie, und ich sehe Sie als einen recht verwöhnten Stubengelehrten vor mir und mich als eine kleine dicke Frau mit einer

großen Haube und einem nichtssagenden Gesicht, welche bei der Kaffetasse sitzt und sich über die täglichen Spaziergänger aufhält, und dieser
Gedanke schnürt mir das Herz zusammen.«

Fritz erkannte seine Briefe. Längst war ihm zweifellos, daß Laura die
stille Vertraute gewesen, aber als er jetzt auf die Geliebte blickte, welche
den geheimnisvollen Briefwechsel in die Höhe hielt, da dachte er nicht
mehr der Laune, welche ihm soeben wehe getan hatte, er fühlte nur ihre
Treue und die Poesie des zarten Verhältnisses. »Liebe, liebe Laura«, rief
er, sie umschlingend, »unruhig pochendes Herz. Wo ist der fröhliche
Übermut hin, der dir damals die Hand führte, als du dem armen
Sammler das Seil um den Nacken legtest? Mir sind zwei Seelen, mit
denen ich innig verkehrte, zu einer geworden, du aber zerlegst mich
und dich selbst jetzt klagend in Alltagsmenschen und in höher berechtigte Naturen. Was hat dir dein fröhliches Vertrauen genommen?«

»Unsere Not, Fritz, und der Schmerz, ohne Freude Sie zu sehen, ohne
Erhebung Ihre Stimme zu hören. Sie sind bei mir und Sie sind mir oft
ferner als in jenen Tagen, wo ich Sie gar nicht sah oder nur in Gesellschaft der Freunde.« Sie löste sich aus seiner Umarmung. »Liebst du
mich und bist du der Mann, der dies geschrieben, so wage, mich aus
dieser Enge hinauszuziehen. Fange mit mir ein neues Leben an, ich will
mit dir arbeiten und entbehren, du sollst sehen, daß ich Kraft habe, ich
will Tag und Nacht darauf denken, wie ich den Tagesbedarf verdiene,
damit du ungestört durch die kleine Not in deiner Wissenschaft weilen
kannst. Sei frisch und keck, wirf die ewigen Bedenken von dir, wage
einmal zu tun, was Andere mit Achselzucken betrachten.«

»Wenn ich es täte«, antwortete Fritz ernst, »für mich ist das Wagnis
gering. Für dich steht auf dem Spiel, woran du jetzt nicht denkst. Wie
magst du wähnen, daß ein gewagter Entschluß dir heilsam sei, wenn er
einen neuen Mißklang in deine Seele wirft und dich für dein ganzes
Leben mit einer Schuld gegen Andere belastet?«

»Wenn ich ein Unrecht auf mich nehme«, rief Laura finster, »ich tue
es nicht nur für mich. Ich fühle, daß es ein Unrecht ist, ach sehr. Aber
ich wage es für unsere Liebe. Niemals wird mein Vater mit gutem Willen
Ihre Hand in meine legen. Er weiß, wie ich an Ihnen hänge, und ist
nicht so hart, mein Unglück zu wollen, aber er vermag seine Abneigung
nicht zu bekämpfen. Heut hat er sich zu der Ansicht gezwungen, daß
Sie der Mann sind, dem ich angehöre, morgen kommt ihm wieder die
gallige Empfindung, wie sehr ihm das verhaßt ist. Wagen Sie ihm zu

trotzen, und Sie werden ihm selbst einen Gefallen tun, beweisen Sie festen Willen, er wird zürnen, aber er wird sich dem Mutigen leichter versöhnen. Er liebt mich«, sagte sie leise, »aber er ist fürchterlich hart gegen Andere.«

»Ist er das immer?« frug der Doktor. »Nun, so kennt die Tochter doch nicht den ganzen Wert ihres Vaters. Ich würde in dieser Stunde ein Unrecht gegen ihn und dich begehen, wenn ich dir verschwiege, was nach seinem Willen für dich Geheimnis bleiben soll. Höre denn: als mein armer Vater in Verzweiflung neben mir saß, da trat dein Vater in unser Haus und gab uns in einer großartigen Weise die Mittel, um den drohenden Sturz abzuhalten. Weißt du nicht, daß sein Schmollen und Zanken oft Ausdruck eines rauhen Humors ist?«

Laura's Augen hingen an seinem Mund, als wollte sie die Worte von seinen Lippen stehlen. »Das hat der Vater getan?« rief sie außer sich, hob die Arme zum Himmel und warf sich zu ihrem Memoirentisch nieder. Fritz wollte sie aufheben. »Laß mich«, bat sie leidenschaftlich, »es wird vorübergehn, ich bin glücklich, laß mich jetzt allein, Geliebter.«

Der Doktor schloß leise die Tür und ging hinab zur Mutter, welche immer noch in Kummer versunken auf dem Sopha saß und alle aufregenden Scenen der Entführung in mütterlicher Angst durchkostete. »Ich bitte Sie, Laura jetzt nicht durch Vorstellungen zu ängstigen«, sagte er, »sie selbst wird die Ruhe wiederfinden, vertrauen wir ihrem wackern Herzen.« Mit diesen klugen Worten suchte der Doktor sich selbst zu trösten.

Unterdeß lag Laura auf den Sessel gestützt und bat dem Vater in Gedanken immer wieder ab, wo sie ihm Unrecht getan. Seit Jahren trug sie den Schmerz mit sich herum, der für das Herz eines Kindes am bittersten ist, heut war der Druck von der Seele genommen. Endlich sprang sie auf, zog ihr Tagebuch hervor, riß ein Blatt und wieder eins heraus, ballte die Blätter zusammen und errichtete in dem Ofen ein kleines Opferfeuer, sie sah zu, bis die letzten Funken am schwarzen Zunder hin und herliefen, dann schloß sie die Ofentür und eilte aus dem Zimmer.

Herr Hummel saß in seinem Waarenlager vor einem Bataillon neuer Hüte mit breiter Krempe und runder Kappe, welche zur Musterung vor sein Feldherrnauge gestellt waren, und er sprach strafend zu seinem Buchhalter: »Es ist das reine Barbierbecken. Der Mensch verliert seine Hoheit. Allerdings, bei diesen Deckeln wird verdient, Niemand merkt die Katzenhaare, die darin sind; aber sie rauben dem Kopf des deutschen

Bürgers den letzten Rest von freier Luft, den er bis jetzt in seinem Cylinder heimlich mit sich herumtrug. In meiner Jugend erkannte man einen Bürger an drei Stücken: auf dem Leibe trug er einen Rock von blauem Tuch, auf dem Kopfe einen schwarzen Hut und in der Tasche einen großen Hausschlüssel, mit dessen Bart er bei nächtlichem Überfall die Nasen der Meuchelmörder abdrehte. Jetzt schießt er in grauer Joppe auf sein Bockbier los, die Haustüren öffnet man mit kleinen Korkziehern und die letzten Cylinder werden nächstens für die Kunstsammlungen als Rarität aufgekauft. Sie können nur gleich eine Partie von unserm Fabrikat für die Altertumsforscher zurückstellen.«

Dies behagliche Gebrumm wurde durch Laura unterbrochen, welche heftig eintrat, den Vater mit flehendem Blick bei der Hand faßte und aus dem Waarenlager in sein kleines Comtoir zog. Herr Hummel unterwarf sich dieser Führung geduldig wie Lot, den der Engel aus den brennbaren Stoffen des Tales entführte. Als Laura mit dem Vater allein war, fiel sie ihm um den Hals, küßte und streichelte ihm die Wange und brachte lange nichts heraus, als: »mein guter edler Vater.« Herr Hummel ließ sich diese stürmischen Liebkosungen eine Weile gefallen. »Höre auf mit dem Edelmut. Was willst du? Diese Einleitung ist zu großartig für einen neuen Sonnenschirm oder ein Concertbillet.«

»Vater«, rief Laura, »ich weiß Alles, was du an unsern Nachbarn getan hast, ich bitte dich um Verzeihung, ich Unglückliche habe dein Herz verkannt und in vielen Stunden gegen deine Härte gegrollt.« Sie küßte ihm unter Tränen die Hände.

»Hat dieser Duckmäuser von drüben geschwatzt?« frug Hummel.

»Er mußte mir's sagen, und es war eine selige Stunde für mich. Jetzt will ich dir Alles bekennen, in Scham und Reue. Vergib mir«, sie sank an ihm nieder. »Vater, ich bin krank geworden in diesen Jahren, ich habe dich für lieblos gehalten, das ewige Gesumm und die Feindschaft mit den Nachbarn haben mich sehr unglücklich gemacht, und mir ist das Leben hier oft zur Qual geworden.«

Herr Hummel setzte sich ernsthaft zurecht, doch ein wenig betroffen über das Bekenntnis seines Kindes, und ihm war dunkel, als hätte er in Widerhaarigkeit allerdings etwas zu viel geleistet. »Jetzt ist's genug«, sagte er. »Das ist Alles aufgeregtes Zeug und Phantasterei. Wenn ich mich durch diese Jahre geärgert habe, mir ist es nicht schlecht bekommen, und ich denke, Den drüben auch nicht. Was ist das für eine unpassende Schwermut, daß du jetzt darüber Lamento erregst.«

»Habe Nachsicht mit mir«, bat Laura. »Es ist mir in die Seele gekommen als unwiderstehliche Sehnsucht, einmal hinaus zu springen aus dieser engen Straße. Vater, ich möchte mit einem Satze hinein in die Welt.«

»Nicht übel«, meinte Herr Hummel, »ich möchte auch einen Satz machen, wenn ich nur wüßte, wo diese lustige Welt zu finden ist.«

»Vater, du hast mir oft erzählt, daß du als Wanderbursch aus der kleinen Stadt zogst, wie leicht dir damals im Herzen war, und daß du durch das Wandern zu einem Mann geworden bist.«

»Das ist richtig«, bestätigte Hummel, »es war ein schöner Morgen und es waren acht Groschen in der Tasche. Mir war zu Mute wie einem geflügelten Spitz.«

»Vater, ich möchte auch wandern.«

»Du?« frug Hummel. »Mein Ränzel habe ich aufgehoben, es hat nur noch wenig Haare, aber du kannst dir die Stiefeln darüberbinden, dann sieht man's nicht.«

»Gut, Vater, auch ich will ausziehen und singen, ich gehe unter fremde Leute und suche, die mir gefallen, ich fange dort an, mein Nest zu bauen, ich prüfe meine Kraft und schlage mich durch auf meine eigene Faust.«

»Zieh dir Hosen an«, sagte Hummel, »du kannst doch nicht allein auf die Wanderschaft gehen.«

»Ich will mir auch Jemanden mitnehmen«, antwortete Laura leise.

»Unser Mädchen Susanne? sie kann dir die Laterne tragen: die Wege in dieser Welt sind zuweilen kotig.«

»Nein, Vater, ich meine den Doktor.« Sie erhob sich zu seinem Ohr und flüsterte hinein: »Ich will mich vom Doktor entführen lassen.«

»Pfui Spinne!« rief Hummel verwundert, »du vom Doktor? Wenn du den Doktor entführtest, dann wäre noch eher Verstand darin.«

»Das will ich auch«, versicherte Laura.

»Also Gegenseitigkeit«, sagte Hummel. »Höre, die Sache wird ernst, laß deine Umarmungen unterwegs, halt die Hände an den Leib und mache ein Gesicht, wie einer Bürgerstochter geziemt, und nicht wie eine Komödiantin.« Er drückte sie auf ein Stühlchen in der Fensternische. »Jetzt rede deutlich. Also du willst den Doktor entführen. Ich frage, womit? Denn dein Taschengeld reicht nicht weit und dort drüben ist auch nicht viel für solche Sonntagsvergnügen übrig. Ich frage, warum? Willst du ihn vorher heiraten, so würde dir die Entführung sehr verdacht werden, denn ich habe noch nicht gehört, daß eine Frau ihren angetrauten Mann gewaltsam entführt hat. Willst du ihn nicht heiraten, so gibt es etwas, was du von deiner Mutter her kennen mußt, und was man Sittsamkeit nennt. Also heraus.«

»Ich will ihn zum Manne«, bat Laura leise.

»Ah, so pfeift die Drossel. Und war dein Doktor bereit, dich vor einer anständigen Hochzeit zu bewahren und mit dir weg zu laufen?«

»Nein, er sprach wie du, und erinnerte mich, daß ich dir den Schmerz nicht machen dürfe.«

»Er ist in einzelnen Stunden menschlich«, versetzte Hummel, »ich bin ihm für die gute Meinung verbunden. Endlich frage ich, wohin willst du ihn entführen?«

»Nach Bielstein, Vater, auf das Gut. Dort ist die Kirche, in welcher Ilse getraut wurde.«

»Ich verstehe«, nickte Hummel, »unsere sind zu geräumig, und was nachher? wollt ihr auf dem Gute in Tagelohn arbeiten?«

»Vater, wenn wir reisen dürften«, flehte Laura.

»Warum nicht?« entgegnete Hummel ironisch, »etwa nach Amerika als Collegen des Knips junior. Du bist toll wie ein Märzhase. Die rechtmäßige und einzige Tochter von H. Hummel will mit dem Nachbarsohn, der ebenfalls in seiner Art rechtmäßig und einzig ist, ins Schlaraffenland laufen, von Vater und Mutter, aus einem massiven Hause und einem blühenden Geschäft. Daß diese Stunde in meinem Kalender stehen würde, hätte ich niemals gedacht.« Er ging bekümmert auf und ab. »Jetzt also höre deinen Vater. Wärst du ein Junge, ich hätte dich gestenzt und getriezt nach meiner Art, welche die Leute eine grobe Art nennen; du aber bist ein Mädchen geworden, die Mutter hat dich nach ihren Grundsätzen gebildet. Jetzt sehe ich mit Schrecken, daß wir dir zu viel Willen gelassen haben und daß du recht unglücklich werden könntest für dein ganzes Leben. Du hast dir den Doktor in den Kopf gesetzt, du hättest ebensogut auf einen lüderlichen tragischen Helden oder auf einen Prinzen verfallen können, und mir wird greulich, wenn ich daran denke.«

»Ich bin aber nicht darauf verfallen«, äußerte Laura kleinlaut, »denn ich bin meines Vaters Tochter.«

Hummel packte ihre Haarflechten und betrachtete sie kritisch. »Dickkopf«, sagte er, »aber die Mischung ist anders, es ist etwas von höherer Weiblichkeit dabei, Phantasie mit mimischen Einfällen. Jetzt ist das Unglück da. Und hier ist ein kräftiger Bürstenstrich nötig.« Diese

Worte wiederholte er einigemal und setzte sich nachdenkend auf seinen Stuhl. »Also du willst meine Einwilligung zu einer kleinen Entführung? Ich gebe sie dir. Unter einer Bedingung. Die Sache bleibt zwischen uns beiden, du tust nichts ohne meinen Willen, auch deine Mutter darf nicht wissen, daß du mit mir davon gesprochen. Du sollst in die Welt kutschieren, aber wie ich haben will. Im Übrigen danke ich dir für dies Angebinde, das du mir zu meinem Geburtstage machst. Du bist ein schönes Veilchen, das ich mir gezogen habe. Hat man je gehört, daß ein solches Gewächs sich selbst beim Kopfe packt und aus dem Boden reißt?«

Laura umschlang ihn wieder und weinte. »Setze dein Pumpwerk nicht in Bewegung«, rief Herr Hummel ungerührt, »das kann uns beiden

nichts mehr helfen. Glückliche Reise, Fräulein Hummel.«

Laura aber ging nicht, sondern blieb an seinem Halse hängen. Der Vater küßte sie auf die Stirn. »Mach dich fort, ich muß mir überlegen, mit welcher Bürste ich dich glatt streiche.«

Laura verließ das Zimmer, Herr Hummel saß lange allein an seinem Pulte und hielt seinen Kopf mit beiden Händen. Endlich begann er wieder leise den alten Dessauer zu pfeifen, für den eintretenden Buchhalter ein Zeichen, daß weiche Gefühle in ihm über Hand nahmen. »Springen Sie hinüber zu dem Doktor, ich lasse ihn ersuchen, sich sogleich hierher zu bemühen.«

Der Doktor trat in das Comtoir. Herr Hummel griff in sein Pult und brachte ein kleines Papier hervor. »Hier gebe ich Ihnen das Geschenk zurück, das Sie mir einmal gemacht haben.« Der Doktor öffnete, zwei kleine Handschuhe lagen darin.

»Sie können die Handschuhe meiner Tochter an dem Tage geben, wo Sie mit ihr getraut werden, und können ihr sagen, sie kämen von ihrem Vater, dem sie entlaufen wäre.« Er wandte sich ab, trat an das Fenster und trommelte auf den Scheiben.

»Ich habe Ihnen bereits früher gesagt, Herr Hummel, daß ich diese Handschuhe nicht zurücknehme. Am wenigsten tue ich es zu diesem Zwecke. Wenn mir der glückliche Tag heraufsteigt, wo ich Laura heimführen darf, so wird es nur so geschehen, daß Sie selbst die Hand der Tochter in die meine legen. Ich bitte, lieber Herr Hummel, heben Sie die Handschuhe bis zu diesem Tage auf.«

»Sehr verbunden«, versetzte Hummel, »Sie sind ein erbärmlicher Don Juan. Ich bin verpflichtet«, fuhr er in seinem gewöhnlichen Tone fort,

»Ihnen eine Mitteilung zu machen, welche Sie nahe genug angeht: meine Tochter Laura wünscht Sie zu entführen.«

»Was jetzt in Laura stürmt«, antwortete der Doktor, »und ihr diesen wilden Gedanken eingegeben hat, ist wohl auch Ihnen kein Geheimnis. Sie fühlt sich gedrückt durch das schwierige Verhältnis, in welchem wir beide zueinander stehen. Ich hoffe, die Aufregung wird vorübergehen.«

»Darf ich mir die bescheidene Frage erlauben«, frug Hummel, »ob Sie die Absicht haben, sich auf ihren Plan einzulassen?«

»Ich werde es nicht tun«, entgegnete der Doktor.

»Warum nicht?« frug Hummel kalt, »ich für meinen Teil habe nichts dagegen.«

»Das ist für mich ein Grund mehr, Ihnen gegenüber keine Unbesonnenheit zu begehen und keine zuzugeben.«

»Ich könnte mein Geld dem Spital vermachen«, spottete Herr Hummel.

»Auf diese Bemerkung habe ich nur eine Antwort«, erwiederte der Doktor, »Sie selbst glauben nicht, daß dieser Umstand mein Tun bestimmt.«

»Leider«, versetzte Hummel, »ihr seid beide unpraktisches Volk. Sie hoffen also, daß ich Ihnen zuletzt auch ohne Entführung meinen Segen gebe?«

»Ja, ich hoffe darauf«, rief der Doktor, »wie Sie sich auch gegen mich stellen, ich vertraue, daß die Güte Ihres Herzens größer sein wird als Ihre Abneigung.«

»Verlassen Sie sich nicht auf meine Nachgiebigkeit, Herr Doktor, ich glaube nicht, daß ich Ihnen jemals den Hochzeitsschmaus ausrichten werde. Mein Kind gibt sich mit Vertrauen in Ihre Hand, greifen Sie zu.«

»Nein, Herr Hummel«, sagte der Doktor entschieden, »ich tue es dennoch nicht.«

»Ist meine Tochter im Preis gesunken, weil sie so bereit ist, Ihre Frau zu werden?« frug Herr Hummel bitter und seine Stimme klang rauh. »Das arme Mädchen hat in der gelehrten Bekanntschaft allerlei Ideen bekommen, die zu dem einfachen Leben ihres Vaters nicht passen.«

»Das ist ungerecht gegen uns alle, auch gegen die abwesenden Freunde«, rief der Doktor unwillig. »Was Laura jetzt stört, ist nur ein wenig Schwärmerei, noch hängt etwas von der kindlichen Poesie der ersten Mädchenjahre in ihr. Wer sie liebt, der mag ihrer lauteren Seele in Allem vertrauen. Nur in Einem muß er ihr gegenüber festes Urteil behaupten, er wird hier und da milde Kritik ihrer poetischen Einfälle ausüben müssen. Ich aber wäre der Liebe ihres reinen Herzens nicht wert, wenn ich eine übereilte Handlung zugeben wollte, die ihr später Schmerzen bereiten muß. Laura soll nichts tun, was ihrer selbst unwürdig ist.«

»Dies also ist indisch?« bemerkte Herr Hummel, »es ist ein Funke von gesundem Menschenverstand in Ihren Botocuden und Braminen. Wissen Ihre gelehrten Bücher auch eine Entschuldigung dafür, daß die Tochter sich im Hause ihrer Eltern nicht wohlfühlt?«

»Daran sind Sie allein schuld, Herr Hummel«, sagte der Doktor ernsthaft.

»Hoho«, rief Herr Hummel, »auch dieses noch.«

»Verzeihen Sie mir eine offene Rede«, fuhr der Doktor fort. »Laura's Vater hat die Art, bei aller Liebe für die Seinen ein wenig zu sehr den Tyrannen des Hauses zu spielen. Laura ist von klein auf gewöhnt, mit furchtsamer Scheu auf Ihre kräftige Natur zu blicken, deshalb fehlt ihr die unbefangene Auffassung Ihres Wesens und die Freude an Ihrer närrischen Laune, welche wohl Fernstehende empfanden. Hätten Sie Laura's Entzücken gesehen, als ich ihr bekannte, was Sie an meinem Vater getan, Sie würden niemals an ihrem Herzen zweifeln. Jetzt ist ihr die Angst um unsere Zukunft übermächtig geworden. Seien Sie aber überzeugt, wenn Laura ihrer Phantasie nachgeben und sich von dem elterlichen Hause lösen dürfte, das nächste Gefühl würde ihr nagende Reue und Sehnsucht nach den Eltern sein. Auch deshalb handelt der Mann, welchem sie jetzt ein Opfer bringen will, nicht nur ehrlich, sondern auch klug, wenn er sich dagegen auflehnt.«

Herr Hummel sah grimmig auf den Doktor. »Da steht der alte Petz an einen Pfahl gebunden, die jungen Hündlein zausen ihm das Fell und die Hähne krähen über seinem Haupt. Lassen Sie sich warnen durch mein Schicksal. Vermeiden Sie unter allen Umständen weibliche Nachkommenschaft.« Er schlug mit der Faust auf die Handschuh, packte sie wieder ein, strich das Papier glatt und verschloß das Päckchen in seinen Schreibtisch. »So sperre ich mein Rabenkind wieder ein; im Übrigen bleibe ich Ihr ergebener Diener. Also Ihre alten Inder sagen Ihnen, daß ich ein drolliger Kauz bin und für fremde Leute ein lustiger Lebemann. Ist das Ihre Meinung von meinen natürlichen Gaben?«

»Nun«, entgegnete der Doktor mit einer Verbeugung, »ganz so harmlos sind Sie nicht. Gegen mich waren Sie immer ausgezeichnet grob.«

»Ich zanke mich mit Niemand lieber als mit Ihnen«, warf Herr Hummel anerkennend dazwischen.

Der Doktor verneigte sich wieder. »Wenn Sie mit andern Menschen spielen wie mit Kätzchen, so lassen sich die Andern solche Behandlung nur darum gefallen, weil sie im Grunde hinter Ihrem unwirschen Wesen die gute Meinung merken. Ich gerade kann Ihnen das sagen, weil ich zu den wenigen Menschen gehöre, denen Sie wirkliche Abneigung gönnen. Und da Sie nebenbei hartnäckig sind, so weiß ich sehr wohl, daß ich noch manchen Strauß mit Ihnen ausfechten muß, und ich bin gar nicht sicher, wie es zuletzt noch zwischen uns werden soll. Das hindert mich übrigens nicht, die verbissene Liebenswürdigkeit Ihrer Natur anzuerkennen.«

»Ich verbitte mir jede weitere Beleuchtung meiner Innerlichkeit«, rief Herr Hummel. »Ich erhebe Widerspruch dagegen, daß Sie mich wie einen Floh im Schattenspiel an die Wand malen. Sie haben eine nichtswürdige Weise, Ihre Mitmenschen mikroskopisch zu behandeln. Was Ihre Tätigkeit als Liebhaber meiner Tochter betrifft, so bin ich damit zufrieden. Sie wollen mein Kind nicht in der Art haben, wie sie zu haben ist? Ich danke Ihnen für Ihre Bedenken. Wir sind darin ganz einer Meinung, und Sie sollen sie jetzt gar nicht haben.« Der Doktor wollte ihn unterbrechen, Hummel winkte mit der Hand: »Jede weitere Rede ist unnütz, Sie verzichten auf die Tochter, aber Sie haben die Achtung des Vaters gerettet und Sie haben außerdem das Gefühl, zu Laura's Bestem zu handeln. Da Sie ein so großer Biedermann sind, werden Sie sich damit beruhigen. Sie wollen sich dem Zölibat ergeben, ich würde Sie beneiden, wenn mich nicht die Rücksicht auf Madame Hummel daran hinderte.«

»Das hilft Ihnen nichts, Herr Hummel«, versetzte der Doktor, »ich bin durchaus nicht gesonnen, auf Laura's Hand zu verzichten.«

»Ich verstehe«, erwiederte Herr Hummel, »Sie wollen fortfahren, mein Kind über die Straße anzuschwärmen. Dies stille Vergnügen kann ich Ihnen leider nicht mehr lange gestatten, denn ich bin allerdings der Meinung, daß Laura auf einige Zeit aus meinem Hause gehen soll. Und da Sie sich statt der Tochter die Hochachtung des Vaters erwählt haben, so wollen wir diesen Punkt in gutem Einvernehmen besprechen. Denn in Einem irren Sie, wenn Sie meinen, daß meine Tochter Laura ihre Phantasien auf gutes Zureden unterdrückt. Haben Sie nicht auch mir zuweilen ins Gewissen geredet? Es war wirklich für Ihre Jahre alles Mögliche, und es hat Ihnen bei mir gar nichts genützt. Gerade so ist's mit diesem hartnäckigen Kinde. Deswegen bin ich als Vater der Meinung, daß wir wenigstens in etwas dem Unsinn meines Wurms nachgeben. Überlegen Sie, wieweit Sie uns gefällig sein können. Sie will zu der Professorin. Nach dieser Residenz, wo mein Mieter kein Hauswesen hat, soll sie nicht, aber nach Bielstein ist sie mehrmals eingeladen.«

Der Doktor antwortete: »Ich habe dringende Veranlassung, in den nächsten Tagen meinen Freund aufzusuchen, gern werde ich den Umweg über Bielstein wählen, wenn Sie mir gestatten, für diese Fahrt Laura's Reisebegleiter zu sein. Ein Geheimnis aus der Reise mache ich nicht, am wenigsten meinen Eltern.«

»Diese Entführung ist so ruppig«, unterbrach Hummel, »daß ich als Mädchen mich schämen würde, dabei mitzuspielen. Aber man darf von Ihnen nicht viel verlangen. Ich will nicht zu Hause sein, wenn diese Abfahrt vor sich geht, das werden Sie natürlich finden. Über die nächste Zukunft meines Kindes habe ich bereits meinen Plan gemacht. Für die Reise übergebe ich Ihnen mein Kind mit Vertrauen.«

»Herr Hummel«, rief der Doktor unruhig, »ich erbitte größeres Vertrauen. Wie haben Sie über Laura's nächste Zukunft bestimmt?«

»Da Sie sich entschlossen haben, mich hochzuachten, so ersuche ich Sie, mit der vertraulichen Andeutung zufrieden zu sein, daß ich gar nicht gesonnen bin, Ihnen darüber eine Mitteilung zu machen. Sie behalten meine Wertschätzung und ich behalte meine Tochter. Unser Vertrag ist geschlossen.«

»Der Vertrag ist mir aber durchaus nicht recht, Herr Hummel«, warf der Doktor ein.

»Schweigen Sie. Wenn Sie in Folge dieses Vergleiches Ihre Theaterlaufbahn wieder aufnehmen, so gebe ich Ihnen nur den Rat, spielen Sie niemals Liebhaberrollen: die Zuschauer laufen Ihnen zu allen Türen hinaus. Also ich behandle die Leute wie Kätzchen? Dann wird also auch Ihr Vater, der behandelte Kater von heut früh wissen, daß ich nur mit ihm gespielt habe. Sie können ihm darüber eine Andeutung machen. Meine Frau hat heut zum Geburtstag einige Hähne gerupft; sollte dieser Braten Ihnen nicht peinliche Gefühle erregen, so wird mich freuen, Sie zu Mittag bei mir zu sehen. Sie werden nicht in die Verlegenheit kommen, mit meiner Tochter allein zu sprechen, denn der Hausmime ist eingeladen, er besorgt die Unterhaltung, Sie können stillsitzen. Guten Morgen, Herr Doktor.«

Wieder streckte ihm der Doktor die Hand entgegen, Herr Hummel schüttelte sie eine Weile und brummte dazu. Als er wieder allein in seinem Comtoir saß, klang aufs Neue die Melodie des alten Dessauers in dem engen Raume, und jetzt frisch und herzhaft. Nicht lange, und die zweite der beiden Arien, über deren Töne Herr Hummel unbeschränkt verfügte, brach aus seinem Innern, er ließ auch das liebe Veilchen blühen. Endlich mischte er gar die Trommelschläge des Dessauers und das Veilchen zu einem künstlerischen Mus. Der Buchhalter, welcher wußte, daß dieses Potpourri einen Zustand höchster Frühlingswärme bezeichnete, steckte ehrerbietig lächelnd seinen Kopf in das Comtoir.

»Sie mögen heut auch zu Tische kommen«, befahl Herr Hummel gnädig.

8. Alte Bekannte.

Seit jener Unterredung über römische Kaiser hatte sich der Fürst durch einige Tage seinem Hof entzogen. Er war krank. Seine nervöse Aufregung war, wie der Leibarzt erklärte, die gewöhnliche Folge einer Verkältung. Nur wenige Bevorzugte erhielten in diesen Tagen Zutritt – unter ihnen auch Magister Knips – sie hatten keine Veranlassung, sich ihrer vertrauten Stellung zu freuen, denn mit dem hohen Kranken war schweres Auskommen.

Heut saß der Fürst in seinem Arbeitzimmer, vor ihm stand ein älterer Beamter mit schlauem Gesicht, welcher die Tagesereignisse der Residenz berichtete, Urteile, die an öffentlichen Orten über den Fürsten und das hohe Haus gesummt hatten, kleine skandalöse Anekdoten aus Familien, aber auch Beobachtungen, welche im fürstlichen Schloß gemacht waren, wohin die Prinzessin am letzten Tage ausgefahren sei und wen sie bei sich gesehen habe. »Prinz Victor war von drei bis vier Uhr bei der Baronin Hallstein, die er jetzt täglich besucht, am Abend mit Offizieren seines früheren Regiments zusammen, er ist erst gegen Morgen zurückgekehrt. Der Diener hatte Befehl, ihn nicht zu erwarten.«

»Wie war's im Pavillon?« frug der Fürst.

»Nach dem Bericht des Lakaien kein Besuch aus der Stadt, auch keine Briefe, Alles wie gewöhnlich. Als die Fremden am Nachmittag vor der Tür saßen, sprach die Frau von einer Reise in die Schweiz, der Mann entgegnete, daß davon nicht die Rede sein könne, bevor er nicht hier zu glücklichem Ende gekommen sei. Darauf verstimmtes Schweigen. Am Abend waren beide im Theater.«

Der Fürst nickte und verabschiedete den Beamten. Als er allein saß, rückte er einen Stuhl an die Wand und lauschte auf den Ton eines Glöckchens, welcher kaum hörbar aus der Tiefe heraufzitterte; schnell öffnete er die Tür einer Wandnische und nahm die Papiere heraus, welche ein vertrauter Secretär durch eine Röhre in der Wand aus dem Unterstock heraufbefördert hatte. Es waren Schreiben von verschiedenen Händen, er durchflog schnell den Inhalt, behielt endlich ein Bündel Kinderbriefe in der Hand. Wieder lächelte er. »Also der große Ball zum Aufblasen hat bereits ein Loch.« Die Miene wurde ernst. »Ein echter Bauer, ihm fehlt jede Empfindung für die Ehre, die Stulpstiefeln eines Prinzen auf seinen Beeten zu sehen.« Er nahm einen andern Brief. »Der Erbprinz an seine Schwester. Es ist der erste Brief des frommen Johannes aus Patmos, nichtssagend, als wäre er für mich geschrieben. Das mag wohl auch sein. Der Inhalt ist dürftig und kalt, aber der ihn geschrieben, ist ein Gentleman. Er drückt den Wunsch aus, auch die Schwester möge die schöne Zeit auf dem Lande verleben. Wir sind darin einer Meinung«, setzte er in guter Laune hinzu, »Blumen pflücken und mit Gelehrten über die Tugend römischer Damen sprechen. Dieser Wunsch soll allen Teilen erfüllt werden.« Er legte die Briefe in die Nische zurück und drückte mit dem Fuß eine Feder am Boden, leise rauschte es in der Wand, die Sendung schwebte hinab.

Der Fürst erhob sich von seinem Stuhle und schritt durch das Zimmer. »Meine Gedanken fahren ruhelos um diesen Mann. Ich habe ihn zuvorkommend aufgenommen, ich habe sogar seine verrückten Hoffnungen mit größter Aufmerksamkeit behandelt, und mir begegnet, daß ein unpraktischer Träumer mich blasphemiert. Weshalb dieser tückische Angriff auf mich? Er tat ihn mit dem boshaften Scharfsinn eines Kranken, der besser erkennt als die Gesunden, wo es einem Andern fehlt. Was er schwatzte, war halb leere Reflexion und halb blöde Schlauheit eines Toren, der auch den Wurm in der Hirnschale mit sich herumträgt. Gleichviel, wir kennen einander wie der Augur den Genossen. Zwischen uns ist ein Familienhaß aufgebrannt, wie nur Verwandte gegeneinander fühlen, ein dauerhafter treuherziger Haß, der sich hinter Lächeln und artigem Beugen des Kopfes verbirgt. Streich um Streich, mein römischer Vetter, du suchst eine Handschrift, die bei mir verborgen liegt, ich aber etwas Anderes, was du mir vorenthältst.«

Er sank in den Sessel zurück und sah scheu nach der Tür. Dann fuhr er mit der Hand in einen Stoß Bücher und zog eine Übersetzung des Tacitus heraus. Mit dem Finger tippte er auf das Buch. »Der dies schrieb, war auch krank. Er spioniert unablässig um die Seelen seiner Herren; ihre Bilder füllen ihm die Phantasie so sehr, daß ihm das römische Volk und die Millionen anderer Menschen unbedeutend geworden sind, er beargwöhnt jeden Schritt seiner Gebieter und er vermöchte sie doch nicht zu entbehren, wie seine Zeit sie nicht entbehren konnte. Er starrt auf sie wie auf Sonnen, über deren Verfinsterung er grübelt, und die auch ihm, dem kleinen Planeten, sein Licht geben. Schon zweifelt er an einer vernünftigen Ordnung der Welt, das ist jedem Menschenhirn der Anfang vom Ende. Aber er hat noch Witz genug, einzusehen, daß seine Herren erkrankt sind durch die Erbärmlichkeit von Seinesgleichen, und seine beste Politik ist die des alten Obersthofmeisters, mit stummer Verbeugung zu ertragen.«

Er schlug die Blätter auf. »Nur Einer, den er in sein Buch gesperrt hat«, begann er wieder, »war ein Mann, von dem zu lesen beweglich ist. Das war die finstere Majestät des Tiberius. Der kannte das Gesindel und mißhandelte es, bis die elenden Sklaven zuletzt auch ihn unter die Irren steckten. Weißt du, Professor Tacitus, weshalb der große Kaiser zu einem schwachen Narren wurde? Niemand weiß es, Niemand auf Erden als ich und Meinesgleichen. Er wurde wahnsinnig, weil er nicht aufhören konnte, ein fühlender Mensch zu sein. Viele verachtete er und Viele haßte er, und doch konnte er das kindliche Gefühl nicht missen, zu lieben und zu vertrauen. An diesem Zipfel seines irdischen Lebens faßte ihn ein gemeiner Bursch, der ihm einmal persönliche Aufopferung gezeigt, und zog den starken Geist zu sich herab in den Schmutz. Eine armselige Schwäche des Herzens hat den harten Politiker des kaiserlichen Roms zum Toren gemacht. Uns alle verderben die weichen Gefühle, welche in einsamer Stunde aufsteigen, untilgbar ist dies Verlangen nach reinem Herzen und treuem Gemüt, unsterblich die Sehnsucht nach den idealen Zuständen des Menschen, welche der Dichter schildert und der Pedant glaubt.«

Er las mit halblauter Stimme eine Stelle: »So schreibt der römische Kaiser seinem Senat: Die Götter und Göttinnen sollen mich ärger strafen, als ich mich täglich gestraft fühle, wenn ich weiß, was ich euch, versammelte Väter, schreiben soll, oder wie ich es schreiben soll, oder was ich euch in diesem Augenblicke durchaus nicht schreiben darf.«

Er schlug auf das Buch. »Der hat's gefühlt. Den Brief könnte noch mancher Andere schreiben und er könnte weinen, daß er so schreiben muß.« Er seufzte tief, der Kopf sank ihm in die Hände und auf den Tisch.

An der Tür regte sich's leise: der Fürst fuhr in die Höhe. Der Kammerdiener meldete: »Hofmarschall von Bergau.«

Der Hofmarschall trat ein. »Die Frau Prinzessin fragt an, zu welcher Stunde sie Ew. Hoheit Lebewohl sagen darf.«

»Lebewohl?« frug der Fürst, sich besinnend. »Weshalb?«

»Ew. Hoheit haben anzuordnen geruht, daß die Frau Prinzessin heut auf einige Tage nach ihrem Sommerschloß abreist.«

»In der Tat«, versetzte der Fürst. »Mir ist heut recht wohl, lieber Bergau, ich wünsche mit der Prinzessin beim Frühstück zusammen zu treffen. Ist auch Ihnen angenehm, daß Sie dort den Dienst leiten?« frug er freundlich.

»Ich bin meinem gnädigsten Herrn dafür sehr dankbar«, erwiederte aufrichtig der Hofmarschall.

»Welche Dame hat die Prinzessin zur Begleitung gewählt?«

»Da Hoheit die Wahl freigestellt haben, ist Fräulein Gotlinde bestimmt.«

»Ich bin damit einverstanden«, sagte der Fürst gnädig. »Lassen Sie die gute Gotlinde zum Frühstück laden und stellen Sie sich selbst dabei ein, damit ich Sie alle vor der Abreise noch einmal um mich sehe. Noch Eins. Herr Werner wird Ihnen nachfolgen, er wünscht für seine gelehrten Zwecke Gerät und Räume des Schlosses zu durchsuchen. Seien Sie ihm in jeder Weise behilflich und lassen Sie es an keiner Aufmerksamkeit fehlen. Ich habe dabei einen vertraulichen Auftrag für Sie.«

Der Hofmarschall machte eine klägliche Miene, welche deutlich protestierte.

»Ich wünsche diesen bedeutenden Mann ganz für uns zu gewinnen«, fuhr der Fürst fort. »Sondieren Sie, welche äußere Stellung oder Auszeichnung ihm willkommen wäre. Ich bemerke, daß mir viel daran liegt, ihn festzuhalten.«

Der Hofmarschall antwortete bekümmert: »Ew. Hoheit beteure ich, daß ich das hohe Vertrauen ehrfurchtsvoll zu schätzen weiß, und doch consterniert mich dieser Auftrag. Denn er setzt mich wieder in Gefahr, den Unwillen meines gnädigen Herrn zu erregen. Mir wurde hinreichende Gelegenheit, zu bemerken, daß bei diesen Leuten auf ein dankbares Entgegenkommen nicht zu rechnen ist.«

»Sie müssen nichts bieten, nur aus ihm einen Wunsch herauslocken«, versetzte der Fürst trocken.

»Wenn dieser Wunsch aber in das Maßlose hinausschweifen sollte?« frug der Hofmarschall unsicher.

»So hüten Sie sich zu widersprechen, überlassen Sie mir die Entscheidung, ob ich ihn für maßlos halte. Senden Sie mir sofort Nachricht.« Der Fürst winkte Entlassung, beobachtete scharf Verbeugung und Abtreten des Hofmarschalls und sah ihm kopfschüttelnd nach. »Er ist noch nicht alt und schon trifft ihn der Fluch, er wird grotesk. Hier ist auch ein Rätsel menschlicher Natur für euch, ihr Gelehrten, daß Jemand, der alle Stunden Miene und Haltung beherrschen muß, der im täglichen Verkehr mit Anspruchsvollen Feingefühl und gute Form sehr nötig hat, daß gerade der in alten Tagen leicht dem Schicksal verfällt, diesen besten Erwerb seines Lebens zu verlieren, haltlos zu schwatzen und durch ungebändigten Egoismus lästig zu werden. Du weißt die Antwort darauf, Kaiser Tiberius, weshalb der Dienst bei dir, dem klugen Mann, deine Diener allmählich zu Zerrbildern ihres eigenen Wesens gemacht hat. Nun, sie haben sich an dir gerächt, es ist Alles in der Ordnung. In dem Gefüge der Welt ist eine verzweifelte Vernunft; Jammer, o Jammer, daß wir beide geringe Veranlassung haben, uns darüber zu freuen.« Er stöhnte, und wieder verbarg er das Haupt in den Händen.

Kurz darauf hielt Ilse im Pavillon neue Briefe aus der Heimat in der Hand. »Wie kann vierblättriger Klee aus gut geschlossenem Briefe verlorengehen?« frug sie den Gatten. »Luise hat an ihrem Geburtstage einige Kleeblätter gefunden und in dem vorletzten Briefe dir geschickt, damit du Glück haben solltest. Das Kind kommt in die Jahre, wo solches Spiel Freude macht. Der getrocknete Klee lag nicht in ihrem Briefe, und da sie flüchtig ist, schalt ich sie darum in meiner Antwort. Heut beteuert sie, ihn ganz zuletzt in das Couvert gesteckt zu haben.«

»Er mag dir selbst beim Aufbrechen des Briefes herausgefallen sein«, tröstete der Professor.

»Der Vater ist nicht mit uns zufrieden«, fuhr Ilse bekümmert fort, »ihm ist nicht recht, daß der Prinz in seine Nähe gekommen ist, er fürchtet Störungen für die Wirtschaft und das Geschwätz der Leute.

Worüber wollen die Leute schwatzen? Clara ist doch noch ein halbes Kind, und der Prinz wohnt ja gar nicht auf unserm Gute.«

»Alles ist grau auf der Erde«, klagte sie, »das Licht der lieben Sonne fehlt überall. Auch hier die Verstörung, der Fürst krank, unser Prinz verschwunden, wie vom Sturm weggefegt. Wie konnte der Prinz abreisen, ohne guten Tag, guten Weg zu sagen? Darüber kann ich mich nicht beruhigen. Denn das haben wir nicht um ihn verdient und nicht um seinen geschmeidigen Kammerherrn. Ich fürchte, er geht nicht gern auf das Land und er zürnt mir, Felix, weil ich einige Worte darüber gesagt. Wenn er unzufrieden ist, so wird er ganz schweigsam und gleichgültig sein, darauf kenne ich ihn, und darüber wird sich wieder mein Vater ärgern. Das kann nicht gut tun, und mir liegt die Sache schwer auf dem Herzen.«

»Läßt dir dieser Kummer noch Raum für die Geschäfte anderer Leute«, begann der Professor fröhlich, »so gönne auch mir einigen Anteil. Ich meine, das einsame Schloß gefunden zu haben, das ich so lange suchte, aus dieser Chronik sehe ich, daß noch im vorigen Jahrhundert der Landsitz, nach welchem die Prinzessin abreist, mitten im Walde lag. Ich höre, in den entlegenen Mauern wird viel alter Hausrat aufbewahrt. Mir ist zu Mute, wie in meiner Kindheit am Vorabend meines Geburtstages. Ich habe dem Schicksal einen großen Wunschzettel geschrieben, und wenn ich an die Stunde denke, wo diese Einbescherung mir werden kann, fühle ich dieselbe pochende Erwartung, die dem Knaben den Schlaf verscheuchte. Es ist ja kindisch, Ilse«, fuhr er fort, seiner Frau die Hand reichend. »Ich weiß es, habe auch du Nachsicht mit mir, ich habe dich oft mit meinen Träumen gelangweilt, das wird jetzt ein Ende nehmen. Denn dort endet zwar nicht die Hoffnung, den Schatz einmal zu finden, wohl aber ist dort die letzte Stätte, wo ich ihn zu suchen Veranlassung habe.«

»Wie aber, Felix, wenn du das Buch wieder nicht findest?« frug Ilse traurig und hielt seine Hand fest.

Die Stirne des Professors zog sich finster zusammen, er wandte sich kurz ab und sagte rauh: »Dann suche ich weiter. – Wäre doch Fritz gekommen.«

»Sollte er denn kommen?« frug Ilse verwundert.

»Ich habe ihn darum ersucht«, versetzte der Gatte. »Er antwortete, daß die Geschäfte seines Vaters und sein Verhältnis mit Laura ihn noch zurückhalten. Auch für ihn scheint sich eine Krisis vorzubereiten. Er erhebt gegen das Verzeichnis, das ich hier fand, Bedenken, die ich für unbegründet halte.«

»O wäre er bei uns!« rief Ilse, »ich sehne mich nach einem befreundeten Gesicht wie ein Reisender, der Tage lang durch öde Wildnis fährt.«

Der Professor wies zum Fenster hinaus. »Diese Wildnis sieht doch menschlich genug aus, und ein Besuch, den du dir forderst, fährt bereits vor das Haus.«

Ilse hörte das Rollen fremder Räder, welche unsichere Gleise in den fürstlichen Kies zogen. Ein Wagen hielt vor dem Pavillon, der ländliche Kutscher klatschte mit der Peitsche. Die Diener eilten vor die Tür, Gabriel knöpfte an der Lederdecke des Wagens, eine kleine Dame fuhr heraus, gab dem Lakaien ein Packet und Gabriel eine Schachtel und rief dem Kutscher zu, wegen des Anspannens nachzufragen. Eilig stieg sie die Treppe herauf und verschlang auf dem Wege die Malerei und die Gipsschnörkel mit ihren Augen.

»Das ist große Freude, Frau Oberamtmann«, rief Ilse erfreut an der Stubentür. Der Professor eilte der Fremden entgegen und bot ihr den Arm.

»Meine teure Ilse«, rief die kleine Dame, »verehrter Herr Professor, da bin ich! Denn Rollmaus hat für seine Geschwisterkinder die Aufsicht über ein Gut in der Nähe erhalten, und da er in diese Gegend reisen mußte, um zum Rechten zu sehen und nur kurze Zeit verweilen wird, so dachte ich wegen der Annehmlichkeit des Wiedersehens Ihnen beiden einen Besuch zu machen. Der Vater grüßt und die Geschwister, von denen Clara sich ausbildet wie Ihr jüngerer Zwilling.«

»Herein, herein«, rief Ilse. »Sie selbst sind der beste Gruß aus der Heimat.«

Die Rollmaus blieb an der Tür stehen. »Ich bitte nur einen Augenblick«, rief sie, auf die Schachtel zeigend.

»Sie kommen zu alten Freunden.«

»Ich bitte dennoch, damit ich diesem decolletierten Hause keine Schande mache.«

Die Frau Oberamtmann wurde in ein Nebenzimmer geführt, die Schachtel geöffnet, und nachdem die gute Haube aufgesetzt und weiße Randverzierungen um Hals und Arme gesteckt waren, flatterte die gelehrte Frau mit Ilse in die Wohnstube. »Prachtvoll«, rief sie und sah bewundernd nach der Decke, wo der Liebesgott ihr sein Mohnbüschel entgegenstreckte. »Man erkennt an dem Flitzbogen auf der Stelle, daß es ein Cupido ist, welchen man sogar öfter auf Pfefferkuchenbildern sieht, wo er zwischen zwei brennenden Herzen steht. Verehrter Herr Professor, das Glück, uns wieder zu sehen und in solcher Umgebung, ist wirklich sehr groß. Ich habe mich lange auf diese Stunde gefreut, wobei ich Ihnen zugleich meinen Dank sage für die letzten übersandten Werke, in denen ich bis zur Reformation vorgedrungen bin. Rollmaus wäre gern mitgekommen, aber die Brennerei macht ihm zu tun wegen der alten Blase, welche dort herausgenommen werden muß.«

Bei dieser Begrüßung fuhren die Augen der Frau Oberamtmann neugierig in alle Winkel der Stube. »Wer hätte gedacht, liebe Ilse, daß Sie und der Herr Professor mit unseren fürstlichen Personen in ein freundschaftliches Verhältnis kommen würden? Ich muß Ihnen gestehen, daß ich mich bereits beim Herfahren nach dem fürstlichen Hof umgesehen habe, welcher aber wahrscheinlich auf der andern Seite liegt, da ich hier nur Gartengewächse erblicke.«

»Es ist keine Wirtschaft bei dem Schloß«, erklärte Ilse, »nur der Stall ist geblieben und die große Küche.«

»Man spricht von sechs Köchen«, rief die Rollmaus, »welche alle vorzugsweise Mundköche sind, obgleich ich nicht weiß, für welchen andern Teil des menschlichen Körpers sonst noch gekocht werden soll. Aber die Originalitäten bei einem Hofe sind überhaupt sehr groß, wozu auch die Silberwäscherinnen gehören, von denen ich wirklich nicht glaube, daß sie ihre Pflicht tun; wenigstens ist das kleine Courant in unserm Lande sehr schmutzig, und es wäre ein großes Scheuerfest dafür notwendig. Man sagt, daß der junge Prinz jetzt auf die Oberförsterei kommt; unser Oberförster ist in voller Occupation, er flucht über die Einquartierung und hat sich neue Uniform bestellt.« Sie wurde ernsthaft, fiel in Gedanken, und es entstand eine Pause, aus welcher sie sich dadurch zog, daß sie ihre Nasenspitze faßte, Ilse gutmütig ansah und dieser die Hand drückte. »Es scheint Regenwetter zu kommen«, fuhr sie kleinlaut fort, »und die Landwirte klagen, daß der Käfer im Frühjahr den Raps gefressen hat. Hier freilich ist's wie im Paradiese, obgleich ich hoffe, daß keine wilden Tiere herumspazieren und jetzt auch keine Zeit ist, wo man Äpfel mit Vergnügen vom Baume brechen kann. Dagegen hat sich hier in der Residenz etwas aufgetan, was sehr merkwürdig sein soll. Denn wie ich mit Rollmaus nach dem Gute kam, erzählte der Inspecktor von einer Wahrsagerin, welche den Leuten dieser Stadt wunderbare Dinge prophezeit. Wissen Sie etwas Sicheres über ihre Qualität?«

»Wir haben wenig Bekannte«, antwortete Ilse, »Neuigkeiten erfahren wir nur aus den Blättern.«

»Mir wäre wirklich lieb zu hören, was an der Person ist. Denn ich habe in der letzten Zeit das Studium der Phrenologie angefangen und ich höre, lieber Herr Professor, daß auch diese Forschung von mehren Seiten angefochten wird. Ich selbst bin darüber unsicher. Ich habe den Kopf von Rollmaus untersucht und bin erschrocken, wie sehr an seinen Ohren der Zerstörungstrieb entwickelt ist, während er doch bei jedem Tassenhenkel, den die Mädchen abbrechen, unzufrieden wird. Wiewohl ich wieder, lieber Herr Professor, auf Ihrer Stirn das Denkvermögen bestätigt finde. Die Buckel sind sehr groß, womit ich nicht sagen will, daß sie Ihnen schlecht stehen. Um aber wieder auf die Wahrsagerin zu kommen, so hat sie dem Inspektor gesagt, daß er verheiratet war, daß seine Frau gestorben ist und daß er zwei Kinder hat, und daß er noch eine Frau nehmen wird, welche ihm wieder einen Nachwuchs von zweien importieren wird. Und das ist alles richtig, denn er geht bereits auf Freiersfüßen. Nun frage ich Sie, woher kann die Person das wissen?«

»Vielleicht kennt sie den Inspektor«, versetzte der Professor, unter seinen Papieren aufräumend. »Ich rate nicht, ihrer Kunst zu vertrauen, und ich kann Ihnen auch das Studium der Phrenologie nicht empfehlen. Jetzt aber lassen Sie uns wissen, wie lange Sie bei uns bleiben, ich bin genötigt, in das Museum zu gehen und will Sie bei meiner Rückkehr wiederfinden.«

»Ich kann einige Stunden bleiben«, tröstete die Rollmaus, »ich habe drei Meilen zu fahren, aber die Wege hier sind besser als bei uns. Obgleich auch jetzt über unserer Chaussee gebaut wird, die Wegebauer karren schon bei der Stadt Rossau, denken Sie, liebe Ilse, die steinerne Brücke zwischen der Stadt und Ihrem Gute ist bereits abgebrochen, sie haben eine Notbrücke gezimmert. Also auf einige Stunden bitte ich Sie, mit mir in Ermangelung eines Besseren vorlieb zu nehmen.«

Der Professor entfernte sich, die Frauen sprachen vertraulich über die Familien der Heimat, wobei die Rollmaus sich wissenschaftlicher Untersuchungen nicht ganz begab, denn sie fuhr mitten in der Unterhaltung mit dem Finger an Ilse's Schläfe und bat um Erlaubnis, ihren Scheitel zu befühlen, worauf sie erfreut sagte: »Es ist viel Aufrichtigkeit da, wie ich immer vorausgesetzt habe.« Dabei sah sie Ilse bedeutungsvoll an. Sie war redselig und herzlich, aber sie verriet eine Befangenheit, welche Ilse auf die ungewohnte Umgebung schob.

Nachdem die Frau Oberamtmann die Wohnung bewundert hatte, die Bilder beurteilt und den Stoff der Möbelüberzüge befühlt, wies Ilse auf das Sonnenlicht, welches aus den Regenwolken brach, und machte den Vorschlag, durch die Parkanlagen zu gehen. Erfreut stimmte die Frau Oberamtmann bei, sie wandelte mit festem Landschritt neben ihrer Führerin, und Ilse hatte viel zu tun, die Fragen der aufgeregten Dame zu beantworten. Dabei kamen sie in einen Teil der Anlagen, welcher in dieser Stunde den vornehmen Leuten der Residenz zur Promenade diente. »Welche Überraschung!« rief die Rollmaus plötzlich und faßte Ilse's Arm. »Hochfürstliches Costüm.« Bei einer Biegung des Weges wurde der Hut eines Lakaien sichtbar, die Prinzessin, begleitet von Fräulein Gotlinde und dem Prinzen Victor, kam gerade auf sie zu. Unter ehrfurchtsvollen Grüßen der Spaziergänger näherten sich die Herrschaften auch, Ilse trat zur Seite und verneigte sich. Die Prinzessin blieb stehen. »Wir sind im Begriff, Sie aufzusuchen«, begann sie freundlich, »mein Bruder war zu schneller Abreise veranlaßt, er wird Ihrem Vater sagen, wie leid ihm tat, daß er Ihre Grüße nicht in das väterliche Haus mitnehmen konnte.« Ihre Augen streiften über die Frau Oberamtmann, welche sich mit beiden Händen auf ihren Schirm stützte und den Kopf vorbeugte, um keine Silbe von den Lippen der erlauchten Dame zu verlieren. Ilse nannte den Namen: »Eine treue Nachbarin aus der Gegend von Rossau, welche für einige Tage hier in der Nähe weilt.« Die Rollmaus tauchte tief herab und sagte fast bewußtlos vor Schreck: »Es ist nur drei Meilen von hier, in Krötendorf, obwohl mit gnädigster Erlaubnis nicht mehr Kröten daselbst wohnen, als an andern anständigen Orten.«

»Sie sind auf dem Spaziergange«, sprach die Prinzessin zu Ilse, »wollen Sie mich nicht ein Stück begleiten?« Sie winkte Ilse neben sich und setzte zwischen ihr und dem Hoffräulein den Weg fort, Prinz Victor blieb zurück und gesellte sich zur Frau Oberamtmann.

»Also die Kröten werden auf Ihrem Gut nicht gemästet?« begann der Prinz die Unterhaltung.

»Nein, mein Gnädiger«, versetzte die Rollmaus, verlegen an ihrem Schirm nestelnd. »Ich weiß wirklich nicht, wie ich Sie durch eine richtige Titulatur coordinieren soll.«

»Prinz Victor«, erwiederte der junge Herr nachlässig.

»Ich bitte um Verzeihung, daß mir dieser ehrenvolle Name noch keine Befriedigung gewährt. Darf ich noch um die sonstige Titulatur bitten, welche bei Pfarrern durch Hochehrwürden ausgedrückt wird?

Denn bei fürstlichen Personen anzustoßen, ist nicht erfreulich, und mir sind diese Adressen nicht geläufig.«

»Nennen Hochwohlgeboren mich Hoheit, so wird uns beiden Recht geschehen.«

»Ganz wie Sie befehlen«, rief die Rollmaus erfreut.

»Sie sind näher mit der Frau Professorin bekannt?«

»Seit ihrer Kindheit«, erklärte die Frau Oberamtmann, »ich war ihrer seligen Mutter befreundet und ich darf wohl sagen, ich habe Freude und Trauer mit unserer lieben Ilse geteilt, Prinz Victor Hoheit kann ihr treues Herz unmöglich so gut kennen als Unsereiner. Zuletzt ist sie durch die gelehrte Bekanntschaft in andere Atmosphäre gekommen, aber schon vor der Verlobung, als die Fackeln brannten und ihre Geschwister Fichtenäste trugen, war mir deutlich, daß daraus eine Partie werden mußte.«

»Gut«, sagte der Prinz, »wie lange bleiben Sie in unserer Nähe?«

»Nur bis Ende der Woche, denn die Wirtschaft geht bei Rollmaus jeder Residenz vor, was auch gar nicht zu verwundern ist, da er nicht Neigung zur Wissenschaft hat, welche mich beseelt. Wozu in der Stadt bessere Gelegenheit ist, obgleich man auch auf dem Lande seine Beobachtungen macht an Köpfen und andern Naturgegenständen.«

»Das Wetter ist unsicher, Ihr Wagen ist doch von allen Seiten geschlossen?« unterbrach sie der Prinz.

»Es ist eine Britschka mit ledernem Verdeck«, entgegnete die Rollmaus. »Wogegen ich offenherzig gestehen will, daß es mir bei diesem Besuche ein ganz unerwartetes Vergnügen ist, Hoheit neben mir zu sehen, denn ich habe schon von Ihnen allerlei gehört.«

»Ich werde Ihnen sehr dankbar sein«, bemerkte der Prinz lächelnd, »wenn Sie mir ganz freundschaftlich sagen, was Sie gehört haben. Ich habe bis jetzt geglaubt, daß mein Ruf noch lange nicht so arg ist, als er sein könnte.«

»Es mag Jemand noch so edel sein, er entgeht der Nachrede nicht«, rief die Rollmaus eifrig. »Man spricht von Streichen. Ich fürchte, Hoheit werden mir verübeln, wenn ich diese Nichtswürdigkeiten in den Mund nehme.«

»Sprechen Sie nur etwas«, ermutigte der Prinz, »was es auch sei.«

»Man behauptet, daß Hoheit debuschieren, daß Hoheit als ein lustiger Vogel leben und noch Anderes, was ich zu wiederholen mich scheue.«

»Nur heraus«, ermunterte der Prinz.

»Daß Hoheit andere Leute zum Narren haben.«

»Das tut weh«, bedauerte der Prinz. »Ist Ihr Kutscher ein beherzter Mann?«

»Er ist nur etwas grob, sogar gegen Rollmaus, der ihm Vieles nachsieht.«

»Glauben Sie mir, Frau Oberamtmann«, fuhr der Prinz fort, »es ist ein trauriges Geschäft, Prinz zu sein. Unruhe vom Morgen bis zum Abend. Jeder will haben, und Keiner bringt etwas außer Rechnungen. Darüber geht die Heiterkeit verloren, man wird trübsinnig und schleicht durch die Büsche. Meine liebste Erholung ist am Abend ein friedliches Gespräch mit meiner guten alten Amme und Erzieherin, der verwitweten Cliquot, und eine kleine Patience, die ich mit meinen vier königlichen Freunden lege. Zuletzt zählt man die guten Werke zusammen, die man den Tag zu Stande gebracht hat, seufzt, daß ihrer so wenig sind, und sucht seinen Stiefelknecht. Wir sind die Opfer unseres Standes. Wenn ich die Frau Professorin um etwas beneide, so ist es ihr Diener Gabriel, ein zuverlässiger Mann, den ich auch Ihrem Wohlwollen empfehle.«

»Ich kenne ihn bereits«, fiel die Rollmaus freudig ein. »Wobei ich bekennen muß, daß die Selbstbiographie, welche Sie von sich geben, mit Allem übereinstimmt, was ich bei Hoheit an dem Organismus des Kopfes entdecke, soweit nicht der Hut die Aussicht benimmt, was freilich sehr der Fall ist.«

»Ich wäre meiner Hirnschale dankbar«, brummte der Prinz, »wenn sie bei Jedermann meinen Worten so leicht Glauben verschaffen wollte.«

»Es wird mir, solange ich lebe, sowohl Plaisir als Souvenir sein«, fuhr die Rollmaus mit einem schreitenden Knixe fort, »daß mir der Zufall diesen intimen Commers mit Ew. Hoheit verschafft hat. Die Erinnerung daran will ich mir, wenn ich dies sagen darf, durch Ew. Hoheit Bild vexieren, von dem ich hoffe, daß es in den Handlungen zu haben sein wird. Man stellt sich davor, wenn man sich gerade im Singularis befindet, wie jetzt mein Sohn Karl vor seiner Grammatik, und denkt an die vergangenen Stunden.«

Prinz Victor sah die Rollmaus mit einem Blicke innigen Wohlwollens an. »Ich werde nie dulden, daß Sie mein Portrait kaufen, ich bitte um die Erlaubnis, Ihnen ein Exemplar als Andenken zu übersenden. Es ist leider nicht so getroffen, wie ich wünsche. Der Maler hat mich stärker aufgefaßt, auch mit dem Anzug bin ich nicht ganz zufrieden, er sieht einem geistlichen Talar gar zu ähnlich. Indeß bitte ich, den Überfluß freundlich hinweg zu denken. Hält Oberamtmann Rollmaus auf gute Pferde? Zieht er die Fohlen selbst?«

»Immer, Hoheit, er ist deswegen bei den Nachbarn berühmt.«

Der Prinz wandte sich in einem ganz neuen Interesse zu der kleinen Dame. »Könnte man vielleicht mit ihm ein Geschäft machen? Ich suche einige dauerhafte Reitpferde. Wie ist er beim Handel?« frug er treuherzig.

»Er ist ein sehr guter Wirt«, versetzte die Rollmaus zögernd, und sah den Prinzen mit heimlichem Bedauern an. »In Pferden gilt er seinen Bekannten für sehr erfahren und – und wenn ich es sagen darf – für frottiert.«

»Was heißt das?« frug der Prinz.

»Ich bitte um Vergebung«, rief die Rollmaus ängstlich, »es würde für mich als Gattin nicht wohlanständig sein, wenn ich das unangenehme Wort gerieben verwenden wollte.«

Der Prinz zog die Lippen zu einem leisen Hauch zusammen, welcher wie ein unterdrücktes Pfeifen klang. »Also er ist Hochwohlgeboren sehr unähnlich. Dann wird schwerlich etwas zu machen sein. Hat Frau Professorin nicht Lust, Sie auf einige Tage im Dorf der Kröten zu besuchen?« 318

»Es wäre uns die größte Freude«, rief die Rollmaus, »aber das Haus steht leer und ist nicht eingerichtet, wir müssen uns behelfen, auch die Küche ist kalt.«

»Also nur für den äußersten Notfall«, sagte der Prinz.

Unterdeß schritt Ilse an der Seite der Prinzessin durch die Gruppe der grüßenden Städter, ihr war das Herz nicht so leicht als ihrer Frau Oberamtmann. Die Prinzessin sprach gütig zu ihr, aber über Gleichgültiges, wandte sich auch wohl nach der andern Seite zu ihrem Hoffräulein. Es war offenbar nicht der Wunsch, sich mit Ilse zu unterhalten, was die Aufforderung veranlaßt hatte, es war eine Schaustellung der Huld vor den Leuten, das empfand Ilse deutlich, sie fühlte die Absicht heraus, frug sich in der Stille, weshalb das nötig sei, und ihr Stolz bäumte gegen eine Huld auf, die nicht vom Herzen kam. In dem belebtesten Teil der Promenade wurde Ilse noch eine Weile von der Prinzessin festgehalten. »Ich verlasse heut die Residenz«, sagte die Prinzessin, »und gehe für Tage oder Wochen auf das Land, vielleicht wird mir das Vergnügen, Sie dort zu sehen.« Auch Prinz Victor rückte verbindlich an seinem Hut und sagte nichts als die Worte: »Die Luft wird schwül.«

Ilse grübelte über den kleinen Vorfall, als sie mit ihrer Begleiterin dem Pavillon zuging, sie antwortete zerstreut den begeisterten Reden

der Frau Oberamtmann und sah nur mit halbem Blick auf die Spaziergänger, von denen jetzt viele auch vor ihr den Hut zogen.

Gabriel hatte der Frau Oberamtmann zu Ehren für Kaffe gesorgt und
in dem abgeschlossenen Raume vor der Tür den Tisch gedeckt. Dort
saßen die Frauen nieder, die Rollmaus sah entzückt auf blühende Azale-
en, rühmte den Kuchen der Residenz und noch weit mehr die hohen
Herrschaften, und plauderte in ihrer besten Laune fort, während Ilse
ernsthaft vor sich niedersah. »Einige Fürstlichkeiten habe ich gesehen,
jetzt hätte ich noch Lust zur Wahrsagerin. Es ist merkwürdig, liebe Ilse,
daß meine schätzbare Verbindung mit dem Herrn Professor immer nach
dem Ahnungsvermögen hinarbeitet. Als ich ihn zuerst sah, kam das
Gespräch auf meine Jette, welche jetzt als Schenkwirtin recht dick wird,
und heut wieder auf die Wahrsagerin. Es ist wirklich kein Vorwitz, wenn
ich den Wunsch habe, diese Person zu befragen. Mir liegt nichts daran,
meine Zukunft zu erfahren, da ich ohnedies genau weiß, wie Alles geschehen wird. Denn wir leben gewissermaßen in natürlichen Verhältnissen; zuerst kommen die Kinder, dann wachsen sie groß, man wird älter,
und wenn man nicht stirbt, bleibt man noch eine Weile am Leben. Das
ist mir nie scrupulös gewesen, und ich wüßte nicht, was mir die Person
darin Neues entdecken könnte. Es müßte denn ein Unglück sein, das
uns passieren soll, und das will ich gar nicht prophezeit haben. Mir ist
es vielmehr nur um die Belehrung, ob eine solche Person mehr weiß
als wir andern. Denn in unserer Zeit wird auch das Ahnungsvermögen
bezweifelt, und mir selbst hat nie etwas geahnt, außer einmal bei Zahn-
schmerz, wo mir träumte, daß ich eine Pfeife rauchte, was denn auch
geschah und garstige Wirkungen hatte, welche aber nicht wunderbar
genannt werden können.«

»Vielleicht weiß die Wahrsagerin zuweilen mehr als Andere«, versetzte
Ilse zerstreut, »weil sie irgendwo die Kenntnis fremder Verhältnisse erworben hat.«

»Ich habe mir schon etwas ausgedacht«, rief die Oberamtmann, »ich
würde sie nur wegen der silbernen Suppenkelle fragen, welche auf eine
unerklärliche Weise aus unserer Küche verschwunden ist.«

»Was will die Frau daranwenden, wenn ich's ihr sage?« frug eine
hohle Stimme. Die Rollmaus fuhr in die Höhe. An der Hausecke stand
ein großes Weib hinter den Topfgewächsen, von den Schultern hing ihr
ein verschlissener Mantel, das Haupt war mit einem dunklen Tuche
verhüllt, hinter welchem zwei blitzende Augen nach den Frauen stachen.

Die Rollmaus faßte Ilse's Arm und rief erschreckt: »Das ist die Wahrsagerin selbst, liebe Ilse, ich erbitte Ihren Rat, soll ich sie fragen?«

Das Weib trat vorsichtig hinter dem Strauchwerk hervor, stellte sich vor Ilse und lüftete das Kopftuch. Ilse erhob sich und sah unruhig auf die scharfen Züge eines verfallenen Gesichts. »Die Zigeunerin!« rief sie zurücktretend.

»Eine Kesselflickerfrau«, sagte die Rollmaus unwillig, »dieses Ahnungs-vermögen kenne ich, es hängt mit Hühnermausen zusammen und mit noch schlimmeren Dingen. Erst stehlen sie und verstecken und dann verkünden sie, wo das Gestohlene liegt.«

Die Fremde achtete nicht auf den Angriff der Frau Oberamtmann. »Meine Leute sind gehetzt worden wie die Füchse im Wald, der Frost hat sie getötet, eure Wächter haben sie gefangen, die noch leben, liegen zwischen Mauern und klirren mit der Kette. Ich ziehe allein durch das Land. Schöne Frau, denken Sie nicht daran, was in jener Nacht die Männer getan, denken Sie nur an das, was ich Ihnen vorausgesagt. Ist es nicht eingetroffen? Jetzt sehen Sie auf das steinerne Haus dort drüben, und Sie sehen, wie er langsam auf dem Kieswege herankommt, bis in die Stube, in welcher der nackte Knabe an der Decke hängt.«

Ilse's Antlitz zog sich zusammen. »Ich verstehe den Sinn eurer Rede nicht, nur Eines höre ich, daß ihr hier Bescheid wißt.«

»Manches Jahr sind meine Füße durch den Schnee geglitten«, fuhr die Landstreicherin fort, »seit ich zum letzten Mal durch die Pforte dieser schwarzen Tiere getreten bin.« Sie wies auf die beiden Engel mit Tulpengewinden. »Jetzt hat die Krankheit auch mich geschlagen.« Sie streckte ihre Hand aus. »Geben Sie, junge Frau, einer Kranken von der Landstraße, die einst denselben Weg gegangen ist, den Sie jetzt schrei-ten.«

Ilse's Wange rötete sich, sie sah starr auf die Bettlerin und schüttelte verneinend das Haupt. »Nicht Geld will ich von Ihnen«, sagte das Weib eindringlich. »Bitten Sie für mich bei dem Geiste dieses Hauses, wenn er Ihnen einmal erscheint. Ich bin müde und suche ein Lager für mein Haupt. Sagen Sie ihm, die Fremde, der er das Zeichen umgehangen hat«, sie wies auf ihren Hals, »bittet um seine Hilfe.«

Ilse stand unbeweglich, ihre Wangen glühten, und ihr Auge sah zornig auf das unheimliche Weib.

»Was wenden Sie daran, Ihr Silber wieder zu finden?« frug zur Roll-maus gewandt die Bettlerin in verändertem Ton.

»Ihr also seid die Wahrsagerin?« fuhr die Rollmaus entrüstet auf sie ein, »nicht einen Kreuzer wende ich an euch. Wer euren Kopf untersucht, würde einen schönen Organismus daraus finden. Solche kauderwelsche Worte habe ich schon oft gehört. Macht euch fort, bevor die Polizei kommt. Eine von eurem Volk hat meiner Großmagd prophezeit, sie würde einen Gutsbesitzer heiraten, und ich mußte das Mädchen abschaffen, welche sonst brauchbar war, weil sie anfing, gegen Rollmaus selbst zu scharmuzieren, obgleich dieser nur darüber lachte. Geht, wir wollen nichts mit euch zu tun haben.«

»Denken Sie an meine Bitte«, rief die Fremde Ilse zu, »ich komme wieder.«

Die Frau wandte sich ab und verschwand hinter dem Hause.

»Es sind Bälger«, erklärte die Oberamtmann in tiefem Ärger, »glauben Sie nichts von Allem, was sie sagen. Diese hier sprach noch ärgern Unsinn als die andern. Ich glaube gar, liebe Ilse, Sie lassen sich zu Herzen gehen, was dieser Betteltanz parlierte.«

»Sie kennt dies Haus, sie wußte wohl, was sie sprach«, sagte Ilse tonlos.

»Natürlich«, versetzte die Rollmaus, »sie schweifen umher und gucken durch alle Ritzen, sie haben ein gutes Gedächtnis für anderer Leute Geschäfte, nur an ihre eigene Dieberei wollen sie nicht erinnert sein. Dieses Objekt hier habe ich sehr im Verdacht wegen meiner Suppenkelle. Wenn das die berühmte Wahrsagerin sein sollte, dann ist mir alle Forschung verleidet. Ach, und ich sehe, Ihnen auch.«

»Ich kenne das Weib«, erwiederte Ilse, »sie gehört zu der Bande, die unsere Kinder bestahl und den Arm meines Felix verwundete. Jetzt tritt die unheimliche Gestalt wie ein Gespenst vor meine Seele und ihre dunklen Worte erregen mir Grauen. Sie drohte, wieder zu kommen, mich faßt die Angst, daß dieses Weib noch einmal an mich heranschleicht. Hinweg von hier.«

Ilse eilte in das Haus, die Oberamtmann folgte und riet wohlwollend: »Kommt sie wieder, so wird sie weggejagt. Für dieses Ahnungsvermögen gibt es kein besseres Mittel als Gefängnis bei Wasser und Brot.«

Ilse stand im Wohnzimmer, auch dort sah sie sich scheu um. »Der ihr das Kreuz umhing, war der Herr dieses Schlosses; und als sie damals am Hoftor die wüsten Worte zu mir sprach, meinte sie nicht meinen Felix.«

»Acht Groschen meinte sie und nichts weiter«, tröstete die Rollmaus.

»Wie darf sie wagen, mein Leben mit dem ihren zu vergleichen? Wie weiß sie, ob der Herr dieses Hauses auf meine Worte hört?«

Die Oberamtmann mühte sich vergebens, durch verständige Betrachtungen über die Nichtswürdigkeit weiblicher Vagabonden zu beruhigen. Ilse sah mit gefalteten Händen vor sich hin, die Trostsprüche der wackern Freundin verhallten vor ihrem Ohr.

Im Hause sprachen fremde Stimmen, Gabriel öffnete die Tür und meldete den Hausmeister. Der alte Mann trat diensteifrig ein und bat, die Störung zu entschuldigen. »Mein gnädigster Herr befahl mir, anzufragen, ob vielleicht eine fremde Landstreicherin hier bettelte. Sie hat sich in das Schloß geschlichen, Zugang zu der Frau Prinzessin gesucht und diese erschreckt, als Hochdieselbe abreisen wollte. Seine Hoheit lassen vor der Fremden warnen, sie ist eine gefährliche Person.«

»Sie war hier«, versetzte Ilse, »und sprach wilde Reden, sie ließ merken, daß sie im Hause bekannt sei.«

Der Hausmeister sah bekümmert aus, als er fortfuhr: »Es ist lange her, da hatte die hochselige Fürstin sich einmal eines singenden Mädchens erbarmt, dem die Mutter an der Landstraße gestorben war. Sie ließ das Geschöpf unterrichten, und weil es drollig war und sich gut anließ, wurde es zuletzt ins Schloß genommen und zu kleinen Diensten gebraucht, aber es hat den Herrschaften schlecht gelohnt. In einer Zeit, wo die hohe Familie schweres Unglück traf, fiel die Person in die Gewohnheit ihrer Kinderzeit zurück, sie stahl und wurde unsichtbar. Heut will ein Diener in dem fremden Weibe das Mädchen wiedererkannt haben. Das hat der Kammerdiener Sr. Hoheit zugetragen, und der gnädige Herr, welcher ohnedies leidend ist, hat sich darüber aufgeregt. Bereits suchen die Landreiter auf allen Straßen nach der Fremden.«

Der Alte empfahl sich, Ilse sah ihm finster nach, aber sie sagte doch ruhiger zur Oberamtmann: »Daher also die Sprache der Landstreicherin, welche anders klang, als sonst bei bettelndem Volk, und daher ihr Wunsch, die Verzeihung des Fürsten zu erhalten.«

Jetzt aber saß die Rollmaus gedrückt und kleinlaut. »Ach, liebe Ilse, wenn die Hexe wirklich hier unter den fürstlichen Personen gelebt hat, dann mag sie Vielerlei wissen, was in diesem Hause geschehen ist, denn die Leute sprechen nichts Gutes davon, und sie sagen, daß in früherer Zeit hier fürstliche Amoretten gewohnt haben. Das Haus kann ja nichts dafür und wir andern auch nicht, es ist nur deshalb, weil der Erbprinz jetzt zu Ihrem Vater kommt und Sie ihn schon von der Universität kennen. Darüber schütteln die Menschen ihre Köpfe, es ist dummes Geschwätz.«

»Was für Geschwätz?« rief Ilse mit rauher Stimme und faßte die Hand der Oberamtmann.

»Man redet, Sie seien die Ursache, daß der Prinz in unsere Gegend kommt. Wir würden uns alle sehr freuen, wenn Sie vor Ihrer Reise noch den Vater besuchten, wie verabredet war, aber ich glaube wirklich, solange der Prinz dort ist, wäre besser, wenn Sie hier blieben oder auch wo anders. Es ist nur zur Vorsicht«, fügte sie beruhigend zu, »und Sie müssen sich das nicht zu Herzen nehmen.«

Ilse stand abgewandt, lautlos, unbeweglich, die Oberamtmann fuhr in tröstender Rede fort, aber Ilse vernahm kaum noch ihre Worte.

»Man lehrt nicht umsonst junge Prinzen landwirtschaftliche Maschinen drehen und sich duellieren, Frau Ilse; das Lehrgeld wird dir bezahlt, doppelt, in neuem Gepräge, wie Hofbrauch ist.«

Es war eine lange, bangsame Stille im Zimmer. Ilse sah wild umher, dann nahm sie einen Rohrstuhl, setzte sich der Oberamtmann gegenüber, ihre Finger flogen über einer Handarbeit. »Sprechen wir nicht mehr von solchen Verläumdungen«, sagte sie. »Was macht Ihr Sohn Karl? Sind Sie mit seinem Fleiß zufrieden? Und wie geht's mit dem Clavier? Es ist immer gut, wenn er etwas Musik versteht.«

Die Oberamtmann kam über den Tänzen, welche ihr Sohn Karl spielte, wieder zu guter Laune, sie schwatzte fort, Ilse hörte schweigend zu und zählte über den Stichen, welche sie mit bunten Wollfäden machte.

Der Professor kehrte zurück, kurz darauf fuhr der Kutscher vor. Frau Rollmaus verschwand in die Nebenstube, ihren Kopfputz in die Schachtel zu packen, dann nahm sie wortreichen Abschied von ihrem lieben Herrn Professor. Die letzten Worte Ilse's waren: »Es mag lange dauern, bis wir uns wiedersehen, erhalten Sie mir Ihre Freundschaft, auch wenn ich fern bin.«

»Was meinten deine feierlichen Worte beim Abschied der Nachbarin?« frug der Professor verwundert.

»Sie meinen, daß wir hier in einem Hause sind, in welchem einer ehrlichen Frau vor den Wänden graut«, rief Ilse mit flammendem Blick, »und sie meinen, daß ich fort will von hier und daß es für dich Zeit ist, dein Weib wegzuführen aus einem ungesunden Leben.«

Sie erzählte ihm mit fliegendem Atem, was ihr die Rollmaus geklagt, die Bettlerin zugeraunt.

»Ich bin verstrickt, Felix«, rief sie, »durch meine eigene Schuld, ich klage dir's. Wie ich mich gehalten gegen den jungen Prinzen, mein Gott weiß, ich habe keinen Gedanken gehabt, der deinem Weibe Unehre machte, aber ich bin unvorsichtig gewesen und ich büße dafür schrecklich, schrecklich! Jetzt verstehe ich, was mich wie eine Ahnung gequält hat in den letzten Wochen. Liebst du mich, so führe mich schnell fort von hier, denn der Boden brennt unter meinem Fuße.«

Auch den Professor packte ein scharfes Weh, als er sein Weib in Schmerzen ringen sah, die so bitter sind, daß sie die stärkste Seele einer Frau betäuben, die edelste Kraft für Stunden zerbrechen. »Mir ist widerwärtig und demütigend wie dir, dem Häßlichen in das nackte Angesicht zu sehen, ich bin bereit, Alles zu tun, was ich vermag, um dich von diesem Leide zu lösen. Laß uns ruhig erwägen, wie das geschehen kann. Nicht in solcher Leidenschaft darfst du, was dir ziemt, beschließen, denn dir fehlt jetzt die Freiheit, das Rechte zu wählen. An welchem alten Hause, das ein Mieter bezieht, das ein Gastwirt öffnet, hängen nicht peinliche Erinnerungen? Müßiges Geschwätz vermag selbst der nicht von seinem Haupte zu bannen, der in ungewohnter Umgebung gleichförmig hinlebt. Wende den Blick ab von dem Gemeinen. Um seinetwillen aufzubrechen wie Flüchtlinge, ziemt nicht dir und nicht mir. Was haben wir getan, Ilse, daß wir unser Selbstgefühl verlieren? Gegen die feindselige Arbeit des törichten Zufalls gibt es nur eine Weisheit, sicher vorwärts gehen und wenig darum sorgen. Dann verhallt und verklingt der Mißton von selbst im Geräusch der Straße. Wer sich davon stören läßt, der vergrößert ihn durch seine eigenen Schmerzen. Gesetzt, wir brechen plötzlich auf aus diesem Hause. Du würdest in die Fremde das Gefühl tragen, daß du als Besiegte von hier gehst, und unaufhörlich würde dich die Sorge verfolgen, daß ein mißtönendes Gemurmel hinter uns nicht zum Schweigen gebracht ist.«

»Du sprichst sehr kalt und verständig«, rief Ilse in innerer Empörung, »trotz deiner Worte fühlst du wenig die Kränkung deines Weibes.«

»Wärest du in der Fassung, die ich sonst an dir ehre, du würdest so ungerechte Klage nicht über deine Lippen bringen«, versetzte der Gatte finster. »Wenn ich dich in Gefahr sähe, ich würde noch diese Stunde mit dir fortziehen; habe ich erst nötig, darüber gegen dich ein Wort zu verlieren? Aber selbst gegen das Geschwätz der Schwachen ist dir dieser

Aufenthalt hier vorläufig der beste Schutz, denn der Prinz ist fern, du aber weilst zurückgezogen bei deinem Gatten.«

»Ich weiß, woher diese Gleichgültigkeit kommt«, murmelte Ilse.

»Du weißt, was mich hier fesselt«, erwiederte der Professor, »und wärst du mir, was du sein solltest, Verbündete bei meinen Hoffnungen, und hättest du dasselbe Gefühl für den Wert des Gutes, das ich suche, du würdest gleich mir empfinden, daß ich keinen ablenkenden Schritt tun darf, wenn ich nicht erkenne, daß er nötig ist. – Ertrage nur noch für den nächsten Tag diesen Aufenthalt, liebe Ilse, wie unbehaglich er dir heut erscheint«, fuhr er herzlich fort. »Ich bin eingeladen in dem Landschloß der Prinzessin zu suchen, dort wird sich, wie ich ahne, finden, was uns von hier frei macht.«

»Gehe nicht!« bat Ilse vor ihn tretend, »laß mich nicht allein in dieser fürchterlichen Unsicherheit, in einer Angst, die mich schaudern macht vor mir selbst und vor jedem fremden Laut, den ich in diesen Räumen höre.«

»Angst?« rief der Professor unwillig, »eine Angst vor Gespenstern. Selten ist das Leben in der Fremde so leicht und bequem, als uns dieser Aufenthalt. Mißklänge gibt es überall, und nur unser ist die Schuld, wenn wir sie übermäßig empfinden.«

»Gehe nicht!« flehte Ilse von Neuem. »Ja, es sind Gespenster, die mich verfolgen, sie hängen bei Tag und Nacht über meinem Haupte. Gehe nicht, Felix«, rief sie, die Hand erhebend, »dich lockt nicht die Handschrift allein, auch das Weib, das dich dort erwartet. Das weiß ich seit den ersten Tagen in dieser Stadt, ich sehe, wie der Zauber ihrer flüchtigen Seele dich umgarnt. Ich habe die Furcht bis heut in mir niedergekämpft mit dem Vertrauen, das ich zu meinem geliebten Manne haben muß. Gehst du jetzt, Felix, wo ich mich an dich klammern möchte, wo ich jeden Augenblick bei deiner Stimme Trost suche, so kommt mir der Zweifel an dir und der furchtbare Gedanke, daß meine Not dir gleichgültig ist, weil du selbst kalt gegen mich wurdest.«

»Wohin bist du geraten, Ilse!« rief der Gelehrte erschrocken, »ist mein Weib, das so spricht? wann habe ich dir je meine Empfindungen verhüllt? Und vermagst du nicht in meiner Seele zu lesen wie in einem aufgeschlagenen Buch? Das also war es, was so schwer auf dir lag! Gerade das hätte ich nicht für möglich gehalten«, sagte er treuherzig und bekümmert.

»Nein, nein«, rief Ilse außer sich, »ich habe Unrecht, ich weiß es, achte nicht auf meine Worte, ich vertraue dir, ich halte mich an dich, o Felix, ich müßte verzweifeln, wenn dieser Halt mir bräche.« Sie warf sich an seinen Hals und schluchzte. Der Gatte umschlang sie, auch ihm wurden die Augen naß bei dem Jammer seines Weibes. »Bleibe bei mir, mein Felix!« fuhr Ilse weinend fort, »nur jetzt laß mich nicht allein, ich bin immer noch ein kindisches einfältiges Herz, habe Geduld mit mir. Ich bin hier krank, ich weiß nicht, woher das kommt; ich liege an deinem Herzen, und ich zittere davor, daß du mir fremd werden könntest, ich weiß, daß du mein bist, und ich ringe dabei mit der ängstlichen Ahnung, daß ich dich hier verlieren werde. Wenn du zur Tür hinausgehst, ist 328 mir, als müßte ich einen Abschied von dir nehmen auf immer, und wenn du zurückkehrst, sehe ich dich zweifelnd an, als wärst du mir in wenig Stunden verwandelt. Ich bin unglücklich, Felix, und das Unglück macht mißtrauisch, ich bin schwach und klein geworden und ich scheue mich, dir es zu sagen, weil ich fürchte, daß du mich deshalb gering achten könntest. Bleibe hier, Geliebter, gehe nicht zu der Prinzessin, nur morgen nicht.«

Der Gatte faßte ihr Haupt und sah ihr in die verweinten Augen. »Wenn morgen nicht«, entgegnete er herzlich, »dann doch übermorgen oder an anderem Tage. Ersparen kann ich uns die kurze Fahrt von wenigen Stunden nicht, sie aufgeben wäre ein Unrecht, das wir beide nicht auf uns laden dürfen. Je länger ich zögere, Ilse, um so länger sehe ich dich festgehalten in diesen Wänden. Ist nicht klug, schnell zu tun, was uns frei macht, auch in deinem Sinne?«

Ilse löste sich aus seiner Umarmung. »Du sprichst verständig in einer Stunde, wo ich einen andern Ton aus deiner Brust hoffte«, versetzte sie ruhiger. »Ich weiß, Felix, du willst mir nicht wehe tun, und ich hoffe, du bist auch in dieser Rede wahr gegen mich und verbirgst mir nichts. Aber ich fühle mit tiefem Herzen ein altes Weh, das mich an trüben Tagen überfallen hat, seit ich dich kenne. Du denkst anders als ich, und du fühlst anders in manchen Dingen, der einzelne Mensch und sein Leiden gilt dir wenig gegen die großen Gedanken, die du mit dir herumträgst, du stehst auf der Höhe in klarer Luft und hast keinen Anteil an der Angst und Not im Tale zu deinen Füßen. Klar ist die Luft, aber kalt, und mich friert dabei.«

»Das ist die Art des Mannes«, sagte der Professor, tiefer bewegt durch den gehaltenen Schmerz seines Weibes als durch ihre laute Klage.

»Nein«, antwortete Ilse vor sich hinstarrend, »das ist die Art des Gelehrten.«

In der Nacht, als der Gelehrte längst im Schlummer lag, da erhob sich das Weib an seiner Seite vom Lager und spähte durch die Dämmerung auf das Antlitz des geliebten Mannes. Sie stand auf und ergriff die Nachtlampe, daß der gelbe Schein auf sein ruhiges Antlitz fiel, und große Tränen sanken aus ihren Augen auf sein Haupt. Dann setzte sie sich vor ihn, rang die Hände und bändigte mit Anstrengung das Weinen und den Krampf, welche ihr den Leib erschütterten.

9. Im Turm der Prinzessin.

Als die Prinzessin von ihrem drängenden Vater in die Heimat zurückgerufen wurde, hatte das erlauchte Haus, dessen Namen sie jetzt trug, nicht nur darauf bestanden, daß sie fortan einige Monate des Jahres an dem Wohnsitz ihres verstorbenen Gemahls zubringe, auch daß ihr in der Residenz des Vaters ein gesonderter Hofhalt eingerichtet werde. Darüber war ein Vertrag geschlossen, welcher allerdings den Zweck hatte, der jungen Fürstin eine gewisse Selbständigkeit zu wahren. Um den Wortlaut des Vertrags zu erfüllen, wurde der Prinzessin ein fürstliches Schloß auf dem Lande als Wohnsitz überwiesen, da in der Residenz selbst kein geeignetes Gebäude vorhanden war. Das Schloß lag eine halbe Tagereise von der Stadt, am Fuße belaubter Hügel, zwischen Wäldern und Dorffluren, im Sommer ein anmutiger Ruhesitz; die Prinzessin hatte dort bereits einige Monate ihres Trauerjahrs zugebracht.

Es war ein warmer Tag, an welchem der Professor nach dem Schlosse fuhr. Die Luft war durch das Gewitter der Nacht nicht abgekühlt, der strömende Regenguß hatte Furchen in die glatte Kunststraße gerissen, zwischen den Ackerbeeten stand das Wasser an dem üppigen Grün des Rasens, an den Blättern der Wegpflanzen hingen die Tropfen, eine feuchte Brutwärme lag über der Erde, der Wasserdunst färbte die entfernten Höhen mit dunklem Blau. Am Himmel zogen die Wolken flüchtig dahin, bald verhüllten sie neckend die Sonne und warfen ihre Schatten über die sprossende Flur, bald öffneten sie den Lichtstrahlen ein Tor, dann flog ein feuriger Glanz über Baumgipfel, Dächer und den fruchtbaren Grund. Schneller Schatten und heller Schein am Himmel und auf der Erde, erst deckte das Wolkenheer mit grauen Gewändern den geradlinigen Weg, welchen der Gelehrte fuhr, wieder lag die Straße vor ihm als ein goldener Pfad, der zum ersehnten Ziele führt.

Grelles Licht und dunkler Schatten flogen auch durch die Seele des Gelehrten. »Die Schrift wird gefunden; sie bleibt uns verborgen«, rief es in ihm, und sein Auge umwölkte sich. »Wenn sie nicht gefunden wird? Viele werden dann mit Verwunderung lesen, wie täuschend der Schein war, wie nahe die Möglichkeit; mancher wird bedauernd auf seine Hoffnung verzichten, die ihm über den Worten des Klosterbruders aufgeht; doch den Schmerz der Entsagung wird Keiner fühlen wie ich. Ein Gedanke, der durch Jahre die Phantasie unterhalten, die Augen auf einen Punkt gerichtet hat, ist mir übermächtig geworden. Mit tausend Eindrücken aus alter und neuer Zeit spielt des Mannes freier Geist, er bändigt ihre Gewalt durch abwägenden Verstand und Kraft des Willens. Mir aber ist ein kleines Bild aus verloschenen Zügen des alten Buches so tief in die Seele gedrungen, daß die Hoffnung zu erwerben das Blut in den Adern hüpfen macht und die Furcht zu verlieren die Spannung der Muskeln lähmt. Allzugroß ist der Eifer, das weiß ich, er hat mich hart gemacht gegen die kindliche Angst meines Weibes, auch ich bin nicht stärker geworden, seit ich auf dem unsicheren Pfad eines Wildschützen dahinfahre. Jeder hüte sich, daß ihm seine Träume nicht die Herrenrechte des Geistes verringern, auch der Traum guter Stunden, wo die Seele sich arglos einer großen Empfindung hingibt, mag abwenden von dem geraden Wege der nächsten Pflicht.«

Das goldene Licht flog über sein Antlitz. »Wenn sie aber gefunden wird. Es ist nur ein kleiner Teil unseres Wissens aus alter Zeit, der in ihr verborgen liegt. Und doch würde gerade dieser Fund eine verdämmerte Landschaft mit hellem Glanze füllen, und einige Jahrzehnte des alten Lebens würden für unser Auge in festen Umrissen sichtbar werden, als ob sie in nächster Vergangenheit lägen. Der Fund könnte hundert Rätsel lösen und tausend neue aufregen, jedes spätere Geschlecht dürfte der größeren Habe sich freuen und mit besserer Kraft neuen Aufschluß begehren. Auch ihr wünsche ich die Freude eines Fundes, welche dort im Schlosse so warmherzig meine Sorge teilt, auch ihr wäre eine große Erinnerung für immer, daß sie wohltuenden Anteil gehabt an der ersten Arbeit des Suchenden.«

Höher stiegen die Berge, farbiger wurden ihre Massen. Die Linien der Vorhügel schieden sich von der nebligen Ferne, zwischen dem schwarzen Wald öffneten sich blaue Mündungen der Täler. Der Wagen rollte in einen wohlgehegten Forst, gedrängte Föhren und Fichten schlossen eine Weile die Aussicht; als die Straße wieder ins Freie führte durch Rasenflächen und Baumgruppen, lag das Schloß gerade vor den Augen des Gelehrten. Ein mächtiger alter Turm mit Zinnen gekrönt ragte aus niedrigem Gehölz, über ihm stand die Sonne des Nachmittags und malte lange Regenstreifen in den Dunst der Luft. Das braune Mauerwerk hob sich in der einsamen Landschaft wie der letzte Pfeiler eines zertrümmerten Riesenbaues, nur an der hellen Steinfassung der wohlgefügten Fenster erkannte man, daß es wohnliche Räume enthielt. An den Turm gelehnt stieg das kleine Schloß herauf, mit steilem Dach und spitzbogigen Fenstern, in seiner mäßigen Größe ein seltsamer Genosse des gewaltigen Turmbaues. Aber trotz dem Mißverhältnis der verbundenen Teile war das Ganze ein stattlicher Überrest des Mittelalters, vielen Geschlechtern hatten die festen Mauern zu Schutz und Wehr gedient.

Wilder Wein sandte seine Ranken bis auf das Dach des Hauses und um die Fenster des Turmes, welcher in sieben Stockwerken aufstieg, durch starke Strebepfeiler gestützt. In der Höhe wuchs Quendel und Gras aus den Fugen des verwitterten Steins, aber die Grashalme, welche noch vor wenig Tagen den Grund bedeckt hatten, waren ausgerissen, Hofraum und Türen hatten sich für die neuen Bewohner festlich geschmückt, Blumentreppen und Topfgewächse waren reichlich aufgestellt. Nur an einer Ecke war die schnelle Arbeit nicht beendet, der grünliche Schimmer am Boden und ein Schwarm schwarzer Vögel, der um die Zinne des Turmes flatterte, gaben Zeugnis, daß der Bau leer von Menschen in einsamer Landschaft gestanden hatte.

Der Professor sprang aus dem Wagen, der Marschall winkte ihm von der Rampe Grüße zu und führte ihn selbst in das einfache Gastzimmer. Kurz darauf leitete er ihn durch einen gewölbten Gang des Schlosses in den Turm. Die Prinzessin stand, von einem Spaziergang zurückgekehrt, den Sommerhut in der Hand, am Eingang des Turmes. »Willkommen in meiner Solitude«, rief sie dem Gelehrten entgegen, »glücklich sei die Stunde, in welcher dies alte Haus Ihnen die Türen öffnet. Hier stehen Sie an der Pforte meines Reiches, ich habe mich fast in jedem Stockwerk des Turmes angesiedelt, er ist unser Frauenzwinger. Wenn diese feste Eichentür verschlossen wird, können wir Frauen ein Amazonenreich gründen und die ganze Männerwelt, soweit sie hier sichtbar wird, gefahrlos mit Tannzapfen bewerfen. Denn dies ist die Frucht, welche hier am besten gedeiht. Kommen Sie, Herr Werner, ich führe Sie der Stätte zu, auf welcher Ihre Gedanken jetzt mehr verweilen, als bei uns Kindern der Gegenwart.«

Eine steinerne Wendeltreppe verband die Stockwerke des Turms, jedes
enthielt Zimmer und Kabinette, nur das höchste war Bodenraum. Die
Prinzessin wies geheimnisvoll die Treppe hinauf. »Dort oben unter der
Plattform ist Alles vollgestopft mit altem Hausrat. Ich konnte schon
gestern der Neugierde nicht widerstehen, einmal in die Kammern zu
blicken, es liegt in wirrem Haufen durcheinander, wir werden Arbeit
haben.«

Der Professor sah freudig auf das wohlerhaltene Steinwerk der bogigen
Türen und auf die kunstvolle Arbeit des alten Schlossers. Es war in
neuer Zeit wenig getan, um den alten Schmuck der Wände ansehnlich
zu machen und kleine Schäden zu bessern. Aber wer Anteil nahm an
Meißel und Schnitzmesser der alten Bauherren, der erkannte überall
mit Behagen, daß der Turm leicht zu einem Prachtstück alten Stils geformt werden konnte. Der Diener öffnete die Tür zu den Zimmern der
Prinzessin. Auch diese waren einfach hergerichtet, die zerschlagene
Glasmalerei der kleinen Fenster war durch bunte Scheiben kunstlos
ausgebessert, nur Bruchstücke der alten Bilder hafteten in dem Blei.

»Hier ist noch viel zu tun«, erklärte die Prinzessin, »das soll in den
nächsten Jahren allmählich geschehen.«

Im Vorzimmer klirrten die Schlüssel des Kastellans, der Professor
wandte sich nach der Tür. »Einen Augenblick Geduld«, rief die Prinzessin, sie flog in ein Nebenzimmer und kehrte in einem hellen Mantel
mit Kappe zurück, der sie faltig umhüllte, nur das feine Antlitz war
sichtbar, die großen, strahlenden Augen und der lächelnde Mund. »Das
ist die Gnomentracht, in der ich den staubigen Geistern des Bodens zu
nahen wage.«

Sie stiegen zu dem höchsten Stockwerk hinauf. Während der Kastellan
am Gebund den Schlüssel suchte, befühlte der Professor das Holz der
Tür und bemerkte gemessen: »wieder schöne Schlosserarbeit.« Aber sein
Auge fuhr unruhig an den Umrissen der Tür umher.

»Ich hoffe«, sagte die Prinzessin leise.

»Alles sieht hoffnungsvoll aus«, versetzte der Gelehrte.

Die dicke Tür ächzte in ihren Angeln. Ein großer Raum öffnete sich
dem suchenden Blick. Durch enge Mauerluken fiel ein scharfes Licht
auf die geheimnisvolle Stätte, in dem eindringenden Luftstrom wirbelten
die Atome des Staubes, davor und dahinter dämmrige Dunkelheit.
Hochgetürmt, ineinandergeschoben lag hier alter Hausrat; riesige
Schränke mit ausgebrochenen Türen, plumpe Tische mit Kugeln am

Ende der Beine, Stühle mit geradliniger Lehne und Lederpolstern, aus denen das Roßhaar quoll; dazwischen Bruchstücke alter Waffen, Hellebarden, zerfressene Schienen, verrostete Helme. Undeutlich ragten die Formen durcheinander, Stuhlbeine, Holzplatten mit eingelegter Arbeit, eine Rundung von altem Eisen. Es war ein trödelhaftes Gewirr künstlicher Gebilde aus mehren Jahrhunderten. Die Hand berührte den Tisch, an welchem ein Zeitgenosse Luthers getrunken hatte, der Fuß stieß an einen Schrein, dem Kroaten und Schweden die Tür ausgeschlagen, auf dem weißlackierten Sessel mit dem verschossenen Sammetpolster hatte einst ein Hoffräulein gesessen, im Reifrock mit gepudertem Haar, jetzt ruhten sie zusammengeschichtet in wüstem Haufen, die abgetanen Hülsen früherer Geschlechter, halbzerstört und ganz vergessen, leere Puppengehäuse, aus denen die Schmetterlinge geflogen waren. Alles lag mit graulicher Leichendecke überzogen, mit dem letzten Schutt des geschwundenen Lebens. Zu Pulver zerrieben kräuselte sich in der Luft, was einst Form und Körper war, feindlich ballte der Staub seine Wolken gegen die Eintretenden, welche kamen, an seinem Besitztum zu rühren, das er mit dicken Lagen überzog; er hing sich an Haare und Kleider des neuen Lebens und quoll langsam durch die geöffnete Tür hinab den Räumen zu, wo bunte Farbe und glänzender Schmuck die Menschen umgab, um auch dort den endlosen Kampf der Vergangenheit gegen das Neue zu führen, den stillen Kampf, der sich täglich erneut im Großen wie im Kleinen, der Neues alt macht und Altes auflöst, um zuletzt die Keime jungen Lebens hilfreich zu nähren.

Der Professor sah wie ein Falk zwischen Tisch und Stuhlbeinen in den dämmerigen Hintergrund. »Hier ist vor Kurzem geräumt worden«, sagte er, »über die vordern Möbel ist gefegt.«

»Ich habe gestern versucht, ein wenig zu säubern«, sagte der Kastellan, »weil Ihre Hoheit den Wunsch aussprach, hier einzutreten, aber wir sind nicht weit gekommen.«

»Haben Sie das Gerät des Raumes früher einmal durchsucht?« frug der Professor.

»Nein«, erwiederte der Mann, »ich bin erst im vorigen Jahre durch des Fürsten Hoheit hierher versetzt.«

»Besteht ein Verzeichnis der Sachen?«

Der Mann verneinte.

»Wissen Sie, daß Kisten oder Truhen hier stehen?«

»Ich meine dergleichen bemerkt zu haben«, antwortete der Kastellan.

»Holen Sie die Arbeiter, das Gerät hinauszuschaffen«, befahl die Prinzessin. »Heut wird jedes Stück dieses Bodens betrachtet.«

Der Kastellan eilte hinab, der Professor suchte wieder durch die aufgetürmten Massen zu spähen, aber das grelle Licht in der Höhe blendete die Augen. Er sah auf das Fürstenkind; sie stand im hellen Gewande an der Tür wie die Fee des Schlosses, welche in die Wohnung der altbärtigen Hausgeister gestiegen ist, ihre Huldigungen entgegen zu nehmen.

»Es wird eine lange Arbeit und Ew. Hoheit werden sich an dem Umherschleppen der staubigen Möbel nicht erfreuen.«

»Ich bleibe bei Ihnen«, rief die Prinzessin. »Ist der Anteil, den ich an dem Funde haben kann, auch winzig klein, ich will ihm doch nicht entsagen.«

Beide schwiegen, der Gelehrte rückte ungeduldig über den Stühlen. In der Staubwolke flatterten Motten auf, und eine Mauerschwalbe flog aus dem Nest, das sie an der Fensterluke gebaut hatte. Alles war still, nur ein leises Klopfen klang regelmäßig wie der Pendelschlag der Uhr in dem wüsten Raum.

»Das ist die Totenuhr«, flüsterte die Prinzessin.

»Der Holzwurm tut seine Arbeit im Dienst der Natur, er löst, was abgelebt ist, in seine Elemente.«

Es wurde still im Holz. Nach einer Weile tickte der Wurm wieder, darauf ein zweiter, sie hämmerten und nagten emsig: dahin, dahin, hinab! Über den Häuptern der Suchenden aber krächzten die Dohlen, und aus der Tiefe zog leise der Gesang einer Nachtigall in das eifrige Schaffen der Totengräber.

Die Arbeiter kamen, sie trugen ein Stück des Gerätes nach dem andern auf Vorraum und Treppe. Dichter wirbelte der mißfarbige Staub, die Prinzessin flüchtete sich in den Vorsaal, der Professor aber verließ nicht seinen Posten. Er griff selbst zu, hob und rückte in der vordersten Reihe. Er trat einen Augenblick an die Tür, Atem zu holen, lachend empfing ihn die Prinzessin. »Sie sind verwandelt, als hätten auch Sie in der Kammer dieser Auferstehung geharrt. Und mir geht es, wie ich merke, nicht besser.«

»Ich sehe eine Truhe«, meldete der Professor und eilte zurück. Noch ein wirrer Knäuel von Stuhlbeinen und Lehnen wurde abgehoben, dann faßten die Arbeiter einen kleinen Kasten, welcher im Dunkeln stand. »Setzt hin«, rief der Kastellan und fuhr schnell mit dem großen Borstbesen darüber. Das Gefäß wurde an das Licht getragen, es war eine Truhe von Kienholz mit gewölbtem Deckel, die Ölfarbe des Anstrichs an vielen Stellen geschwunden, an den Ecken eiserne Beschläge, ein rostiges Schloß, das den Schließhaken festhielt, aber locker im Holze hing. Auf dem Deckel der Kiste war verstäubt und abgerieben eine 2 in schwarzer Farbe sichtbar. Der Professor ließ die Kiste zu den Füßen der Prinzessin niedersetzen. Er wies auf die Ziffer. »Dies ist wahrscheinlich eine der Truhen, die der Beamte von Rossau nach dem Schloß Solitude geschickt hat«, sagte er mit erkünstelter Ruhe, aber seine Stimme bebte. Die Prinzessin kauerte neben ihm nieder und versuchte den Deckel zu heben, das Schloß löste sich aus dem Holz, die Kiste ging auf.

Oben lag ein dickes Buch in Pergament gebunden. Schnell wie der Löwe nach seiner Beute fuhr der Professor darnach, aber legte es sogleich wieder hin. Es war ein altes Meßbuch, auf Pergament geschrieben, die Deckel schadhaft und zerrissen, die Lagen des Pergaments hingen locker am Bande. Er griff wieder in die Kiste, ein zerrissenes Jagdnetz füllte den übrigen Raum, außerdem einige schadhafte Armbrüste, ein Bündel Bolzen, kleines Eisenwerk. Er erhob sich, seine Wange war entfärbt, aber sein Auge glühte. »Das ist die zweite Nummer, wo ist die erste?« rief er. Er sprang in den Raum zurück, die Prinzessin folgte. »Vorwärts, ihr Männer«, befahl er, »holt die andere Truhe.« Die Männer hoben und räumten. »Dort steht noch etwas«, rief einer der Arbeiter; der Professor eilte vor ihm zur Stelle, hob und zog, es war nur ein leerer Kasten.

Die Arbeit ging fort. Auch den Hofmarschall hatte die Neugierde herbeigetrieben, er musterte eifrig die alten Möbel und ließ zusammenstellen, was nach seiner Ansicht noch ausgebessert und im Schlosse aufgestellt werden mochte. Die Treppe füllte sich mit Hausrat, auch ein Zimmer der Dienerinnen wurde geöffnet und mit alten Sachen besetzt. Eine Stunde war verronnen, der Raum wurde leerer, die Sonne stand tief, ihre Strahlen malten das Bild der Mauerluke rot an die entgegenstehende Wand, die andere Kiste fand sich nicht. »Schafft Alles hinaus«, rief der Professor, »das letzte Holz.« Ein Haufen alter Spieße, zerschlagene Gläser und Tonkrüge wurden aus dem Winkel hervorgeholt, abgefallene Tischbeine, gesplitterte Furniere, in der Ecke noch ein großer Zinnkrug, der Raum war leer. Auf dem Boden lagen zernagte Holzstückchen, an denen der Totenwurm sein Werk bereits getan.

Der Professor trat wieder in die Tür. »Diese Kammer ist geräumt«, sagte er mit künstlicher Ruhe dem Kastellan. »Öffnen Sie den Nebenraum.«

»Ich glaube nicht, daß sich darin etwas findet«, versetzte der ermüdete Mann. »Dort liegen wohl nur alte Breter und Öfen, die früher im Schlosse gestanden haben.«

»Hinein!« mahnte der Professor.

Der Kastellan öffnete zögernd die Tür, eine zweite Kammer, noch größer, noch weniger einladend, bot sich dem Blick, rußige Kacheln, Ziegel und Schieferplatten lagen berghoch am Eingange, darüber hölzernes Rüstzeug, das wahrscheinlich bei der letzten Reparatur des Schlosses gebraucht war.

»Mir ist lieb, daß ich dies sehe«, rief der Hofmarschall, »solche Belastung des Oberstocks ist ungehörig. Dies Zeug muß ganz aus dem Turm geschafft werden.« Der Professor war auf einen Berg von Schieferplatten gestiegen und suchte in der Finsternis nach der andern Truhe, aber das Chaos war wieder zu groß.

»Ich lasse sogleich aufräumen«, tröstete der Hofmarschall, »aber das mag längere Zeit dauern, wir kommen heut schwerlich zu Ende.«

Der Professor sah bittend auf die Prinzessin. »Nehmen Sie mehr Leute«, rief sie.

»Auch darüber vergeht die letzte Tageszeit«, bemerkte der Hofmarschall verständig. »Wir sehen, wieweit wir kommen. In jedem Fall soll der Herr Professor morgen bei guter Zeit den Zugang gebahnt finden.«

»Unterdeß schütteln wir den ersten Staub von unsren Gewändern«, sagte die Prinzessin, »und treten in meinem Bibliothekzimmer ab; es liegt gerade unter uns, Sie können von dort die Arbeit der räumenden Leute überwachen. Die Truhe schaffen wir zu meinen Büchern. Ich nehme sie mit mir und ich erwarte Sie.« Zwei Männer trugen die gefundene Nummer 2 in die Bibliothek, widerwillig ging der Professor nach seiner Stube, sich umzukleiden.

Die Prinzessin schritt, den Gelehrten erwartend, über den Teppich, auf welchen die alte Truhe gestellt war. Nicht mit freiem Herzen sah sie dieser Zusammenkunft entgegen, sie barg in ihrer Seele einen Wunsch und einen Auftrag. Ihr Abschied vom Fürsten war diesmal freundlicher gewesen als seit Jahren; der Herr hatte sie vor dem Aufbruch in ein Seitenzimmer geführt und zu ihr über Werner gesprochen. »Du weißt, daß man dem ehrlichen Bergau nicht allzuviel überlassen darf, mir wäre lieb, wenn auch du etwas dazu tätest, den Gelehrten in unserer Nähe zu halten. Ich habe mich in dieser kurzen Zeit an ihn gewöhnt und würde die anregenden Stunden ungern missen. Aber ich denke nicht an mich allein. Ich werde älter, deinem Bruder wäre gerade ein solcher Mann für sein ganzes Leben von höchstem Wert, ein Mann in voller Kraft, der gegenüber unsrem zerstreuenden Treiben immer gesammelt und sicher in seinen Interessen steht. Das Verständnis dafür wünsche ich euch beiden erhalten und gesteigert, auch dir, Sidonie. Ich habe mit besonderer Genugtuung gesehen, wie warm die Empfindung ist, mit welcher du die Studien unserer gelehrten Männer begleitest. Deine Seele wird durch das Zwitschern der artigen Vögel, welche uns umgeben, nicht hinreichend unterhalten, gerade dir mag einige Nachhilfe von kundiger Seite eine edlere Auffassung der Welt öffnen. Suche diesen Mann zu gewinnen, jede Art von lästiger Verpflichtung soll ihm erspart bleiben; was jetzt etwa seine Stellung unsicher macht, hebt sich von selbst, sobald er bei uns eingebürgert ist. Ich fordere nicht, daß du mit ihm sprichst, ich wünsche es nur; und ich möchte dir den Glauben beibringen, daß ich dabei auch an deine Zukunft denke.«

Ohne Zweifel war das der Fall.

Die Prinzessin hatte die Worte des Vaters mit der stillen Kritik gehört, welche diese beiden Blutsverwandten gegenseitig auszuüben gewöhnt waren. Aber der Ton, den die feine Zunge des Fürsten in ihre Seele sandte, klang diesmal so voll in ihr wieder, daß sie ihre Bereitwilligkeit aussprach, mit Herrn Werner zu reden.

»Wenn du etwas dergleichen unternimmst«, hatte der Fürst zuletzt gesagt, »so tue es nicht halb. Benütze den milden Einfluß, den du etwa auf ihn ausüben kannst; laß zu festem Wort und Versprechen werden, was der Gelehrte uns zu bewilligen geneigt ist.«

Jetzt dachte die Prinzessin unruhig dieser Worte. Ach, sie hätte dem werten Mann gern denselben Wunsch aus eigenem Herzen an das seine gelegt und sie empfand ein Mißbehagen darüber, daß ihr geheimer Gedanke auch Wille eines Andern war.

Der Professor trat in die Bibliothek der Prinzessin, er sah flüchtig auf die Gipsabgüsse und Bücher, welche frisch ausgepackt und ungeordnet umherstanden. »Schwer trägt sich die Erwartung«, sagte er, »wenn sie so heftig aufgeregt ist. Man könnte lachen über den höhnischen Zufall, der uns einen Bruder entgegengetragen, an welchem nichts liegt, und den andern vorenthält, der unermeßlich wichtig wäre.«

Die Prinzessin wies mit der Hand nach der Tür, draußen auf der Treppe klang der Tritt tragender Leute. »Nur noch kleine Geduld, ist's nicht mehr heut, dann morgen in der Frühe.«

»Morgen«, rief der Professor, »dazwischen liegt eine Nacht. Unterdeß pocht unablässig der Wurm, arbeiten die Kräfte der Zerstörung. Zahllos sind die Möglichkeiten, welche uns von einer Hoffnung scheiden, sicher ist nur der Erwerb, den wir in der Hand halten.« Er betrachtete die Truhe. »Sie ist weit kleiner, als ich wähnte, wie zufällig lag das Meßbuch darin, noch ist nicht einmal ganz sicher, woher sie stammt, und noch ist sehr zweifelhaft, was in der andern Kiste verborgen liegt.«

Die Prinzessin öffnete den Deckel. »Unterdeß halten wir uns an das Wenige, das wir gefunden.« Sie hob den Pergamentband heraus und legte ihn in die Hand des Gelehrten. Einzelne Blätter glitten abwärts, der Professor griff darnach, sein Auge zog sich zusammen, er sprang an das Fenster. »Zwei Blätter, welche nicht hineingehören.« Er las. »Ein Stück der Handschrift ist gefunden«, rief er. Er hielt der Prinzessin die Blätter hin, seine Hand zitterte und die Erschütterung arbeitete so heftig in seinem Antlitz, daß er sich abwandte. Er eilte an den Tisch und suchte in dem Meßbuch, Seite für Seite schlug er heftig um vom Anfang bis zum Ende. Die Prinzessin hielt die Blätter erwartungsvoll in der Hand, sie trat zu ihm; als er das Haupt erhob, sah er zwei große Augen in zärtlichem Mitgefühl auf sich geheftet. Wieder ergriff er die beiden Blätter. »Was ich hier halte«, rief er, »ist zugleich wertvoll und trostlos, man möchte weinen, daß es nicht mehr ist, es ist ein Bruchstück aus dem sechsten Buch der Annalen des Tacitus, das wir bereits einmal in anderer Handschrift besitzen. Dies waren zwei Blätter einer Pergament-lage, zwischen denen mehre verloren sind. Die Schrift ist wohlerhalten, besser als ich gedacht hatte, sie ist den Zügen nach im zwölften Jahrhun-dert von einem Deutschen geschrieben.« Er suchte im Licht der Abendsonne schnell nach dem Inhalt. Die Prinzessin blickte über seine Schulter neugierig auf die dicken Buchstaben der Mönchshand. »Es ist richtig«, fuhr er ruhiger fort, »der Fund ist von hohem Interesse. Es wird lehrreich sein, diese Handschrift mit der einzigen vorhandenen zu vergleichen.« Er sah wieder nach. »Ob es eine Abschrift ist«, murmelte er, »vielleicht weisen beide auf gemeinsame Quelle. Also auch die Handschrift, welche wir suchen, muß zerrissen sein, diese Blätter sind herausgefallen und vielleicht während des Einpackens in ein falsches Buch geschoben. Noch ist Manches rätselhaft, aber die Tatsache scheint fest zu stehen, wir halten hier einen Überrest der Handschrift von Ros-sau, und dieser Fund darf eine Bürgschaft sein, daß auch das Übrige nahe. Wieviel?« fuhr er finster aus, »und in welchem Zustande?« Wieder hörte er unruhig auf den Tritt der Männer, welche die Kammer räumten. Er stürmte aus dem Zimmer die Treppe hinan, aber er kehrte nach wenigen Augenblicken zurück. »Das geht langsam«, sagte er, »noch ist nichts zu sehen.«

»Ich weiß gar nicht, ob ich wünschen darf, daß es schnell gehe«, rief die Prinzessin munter, aber ihr Auge strafte den lachenden Mund Lügen. »Wissen Sie auch, daß ich uneigennützig bin, wenn ich Ihnen helfe, die Handschrift zu finden? Solange Sie suchen, gehören Sie uns. Haben Sie den Schatz gehoben, dann ziehen Sie sich in ihr unsichtbares Reich zurück und uns bleibt das Nachsehen. Ich habe Lust, die übrigen Kammern des Hauses vor Ihnen zu verschließen und nur Jahr um Jahr eine zu öffnen, bis Sie sich ganz zu uns gewöhnt haben.«

»Das wäre grausam nicht nur gegen mich«, versetzte der Professor.

Die Prinzessin trat ihm gegenüber. »Ich spreche nicht eitle Worte«, sprach sie schnell in verändertem Tone. »Der Fürst wünscht, daß Sie sich bei uns ansiedeln. Bergau hat Auftrag, über Äußerlichkeiten, welche Ihren Entschluß nicht bestimmen werden, mit Ihnen zu verhandeln. Wenn ich dieselbe Bitte ausspreche, so folge ich meinem eignen Herzen.«

»Sehr unerwartet tritt diese Forderung an mich«, entgegnete der Gelehrte erstaunt. »Mein Brauch ist, dergleichen still und in verschiedenen Stimmungen zu erwägen, ich bitte Ew. Hoheit, in dieser Stunde keine Antwort zu fordern.«

»Ich kann Sie Ihnen nicht ersparen«, rief die Prinzessin. »Denn ich möchte in meiner Weise selbst um Sie werben. Sie sollen Amt und Tätigkeit sich hier so frei wählen, als unsere Verhältnisse gestatten, man will Sie in aller Weise auszeichnen und jeden Wunsch, dessen Befriedigung in der Macht des Fürsten steht, erfüllen.«

»Ich bin Universitätslehrer«, erwiederte der Professor, »ich bin es mit Freude, nicht ohne Erfolg. Mein ganzes Wesen, der Gang meiner Bildung weisen mich auf diesen Beruf. Die Rechte und Pflichten, welche mein Leben umschließen, halten mich mit festen Banden. Ich habe Schüler, ich stehe mitten in dem Werk, das ich in ihre Seelen schreibe.«

»Sie werden nirgend Schüler finden, die Ihnen treuer ergeben sind und wärmer an Ihnen hängen, als meinen Bruder und mich.«

»Ich bin kein Lehrer, der auf die Dauer einen Fürsten zu fördern vermag, ich bin gewöhnt an den strengen Gang meiner Wissenschaft und die stille Arbeit unter meinen Büchern.«

»Der letzte Teil Ihrer Tätigkeit wenigstens geht hier der Welt nicht verloren. Gerade hier sollen Sie Muße finden, vielleicht mehr als unter Ihren Studenten.«

»Das neue Leben würde mir neue Pflichten bringen«, antwortete der Professor, »und als Mann müßte ich sie mir fordern. Es würde mir auch Zerstreuung bieten, an welche ich nicht gewöhnt bin. Sie laden sich einen Mann, den Sie für fest halten; wohl, er steht fest in seinem Kreise, es besteht keine Bürgschaft dafür, daß er Ihnen in anderm Leben ebenso erscheinen werde. Vertrauen Sie nicht, daß ich Ruhe und Sammlung, wie Sie der Arbeiter bedarf, mir in veränderter Stellung bewahrte, und mein Mißbehagen über innere Störungen würde auch meiner Umgebung fühlbar sein. Schmeichelnd tönt der neue Ruf mir in das Ohr. Aber selbst wenn ich hier für mein Haus und meine Privatverhältnisse Alles hoffen dürfte, was dem Leben Behagen gibt, ich müßte doch da verharren, wo ich meiner Persönlichkeit nach am besten nütze. Ich habe heut die Überzeugung nicht, daß mir dies hier gelingen würde.«

Die Prinzessin sah betrübt vor sich hin. Immer noch klangen von draußen die Tritte der Männer, welche die Handschrift von aufgehäuftem Schutt befreiten.

»Und doch«, fuhr der Professor fort, »wenn uns das Glück wird, die Handschrift zu finden, so werden viele Tage, vielleicht viele Jahre meines Lebens durch eine neue Aufgabe in Anspruch genommen, welche so groß ist, daß ich dann meine Amtstätigkeit als eine Last empfinden dürfte. Dann hätte ich das Recht zu fragen, in welcher Umgebung ich für dieses Werk am besten gefördert werde. Für diesen Fall würde mir auch das Recht zu Teil, die Akademie für längere Zeit zu verlassen. Finde ich nicht, so wird mir doch sehr schwer werden, von hier zu scheiden, meine Seele wird noch lange ruhelos um diese Stätte schweben.«

»So lasse ich Sie nicht frei«, rief die Prinzessin, »ich höre nur die Worte Pflicht und Pergament. Gilt Ihnen denn gar nichts die Neigung, welche wir Ihnen entgegentragen? Vergessen Sie in diesem Augenblick, daß ich eine Frau bin, und betrachten Sie mich als einen warmherzigen Knaben, der hingebend zu Ihnen aufsieht, und der nicht ganz unwert ist, daß Sie an seiner Seele Anteil nehmen.«

Der Professor sah auf den Schüler, der vor ihm stand und kein Weib sein wollte. Die Fürstin hatte nie verführerischer ausgesehen, er blickte auf die geröteten Wangen, auf die Augen, welche so herzlich an seinem

Antlitz hingen, und auf die roten Lippen, die vor innerer Bewegung zuckten. »Meine Schüler sehen sonst anders aus«, sagte er leise, »und sie sind gewöhnt, strengere Kritik auch an ihrem Lehrer zu üben.«

»Ertragen Sie einmal«, rief die Prinzessin, »daß Sie in einem empfänglichen Gemüt reine Bewunderung finden. Ich habe Ihnen früher gesagt, wie wertvoll mir ist, Sie zu kennen, ich bin keine Kaiserin, welche ein Reich regiert, und ich will Ihre Kraft nicht verwenden für meine Geschäfte. Aber ich würde für ein hohes Glück halten, Ihrem Geiste nahe zu sein, die edlen Worte aus Ihrem Munde zu hören. Ich fühle die Sehnsucht, das Leben mit den klaren Augen eines Mannes anzusehen. Sie haben mir leicht, wie spielend, Rätsel gelöst, die mich quälten, und Fragen beantwortet, mit denen ich seit Jahren rang. Herr Werner, Sie haben sich mir gütig zugeneigt; wenn Sie von hier gehen, werde ich da, wo ich jetzt am liebsten weile, mich vereinsamt finden. Wäre ich ein Mann, ich zöge Ihrer Lehre nach, ich bin hier gefesselt, und ich winke Sie zu mir.«

Hingerissen lauschte der Gelehrte auf die weiche Stimme, welche so innig zu überreden wußte.

»Ich bitte nicht für mich allein«, fuhr die Prinzessin näher tretend fort, »auch mein Bruder bedarf eines Freundes. Ihm wird einst die Aufgabe, für Viele zu sorgen. Was Sie an seinem Geiste tun, das gereicht Andern zum Heil. Wenn ich aus der Gegenwart mich träume in die Zukunft unseres Hauses, dieses Landes, so fühle ich stolz, daß wir Geschwister eine Ahnung von dem haben, was unsere Zeit von ihren Fürsten fordert, und ich fühle den Ehrgeiz, daß wir beide uns vor Andern würdig dieses hohen Berufes erweisen. Ich hoffe in meiner Heimat ein neues Leben entfaltet, den Bruder und mich umgeben von den besten Geistern unseres Volkes; was ein guter Fürst zu spenden vermag, reiche Einfassung eines wohlbefestigten Daseins, das sehe ich tüchtiger Geisteskraft zugeteilt. So leben wir verständig und ernsthaft, wie unsere Zeit verlangt, miteinander, es soll kein lustiger Hof werden in altem Stil, aber es soll ein herzlicher Verkehr sein zwischen dem Fürsten und dem Geist der Nation. Das wird uns freier und besser machen, es mag auch dem Ganzen zu gut kommen, es kann noch späteren Zeiten eine frohe Erinnerung sein. Wenn ich mir solche Zukunft denke, dann, Herr Werner, sehe ich Sie als lieben Gefährten unseres Lebens, und der Gedanke macht mich stolz und glücklich.«

Die Sonne sank, ihr letzter Strahl fiel glühend auf die Fürstin und das Haupt des Mannes. Süß tönte das Lied der Nachtigall im Fliederbusch, der Gelehrte stand schweigend der schönen Frau gegenüber, welche ihm das Leben so rosig malte; ihm pochte das Herz, und seine Kraft ward klein. Wieder sah er nahe vor sich zwei strahlende Augen, und noch einmal tönten die bittenden Worte: »Bleiben Sie bei uns« ihm mit hinreißendem Zauber in das Ohr.

Da rauschte es leise an der Prinzessin nieder, die Blätter der Handschrift, welche sie berührt hatte, fielen auf den Boden. Der Professor bückte sich darnach und schnellte in die Höhe. »Ew. Hoheit sehen mit fröhlichem Blick in die Zukunft«, begann er weich, »mein Auge ist gewöhnt, die einzelnen Zeilen in der Schrift vergangener Zeit zu lesen. Hier liegt meine nächste Aufgabe, um diese Blätter flattern meine Träume. Ich bin nur ein Mann der Schreibstube, und ich werde weniger, wenn ich mehr zu sein fordere. Ich weiß, daß ich Vieles entbehre: in dieser Stunde, wo das leichtbeschwingte Leben so schön vor mir glänzt, fühle ich dies tiefer als je. Aber mein bestes Glück muß sein, daß ich aus stillen Wänden in andere Seelen senke, was dort zur Blüte und Frucht wird. Und meine größte Belohnung muß sein, daß ein Anderer in guten Stunden, wo er sich der eigenen Tüchtigkeit bewußt wird, mit flüchtiger Erinnerung auch des entfernten Lehrers denkt, seines Lehrers, der nur einer war unter Tausenden, die ihn gebildet haben, nur ein einzelner Säemann auf den unabsehbaren Feldern unserer Wissenschaft.«

So sprach der Gelehrte. Aber als er mit mühsam erkämpfter Haltung sagte, was wahrhaft und ehrlich war, da dachte er nicht allein an die Wahrheit und nicht allein an den Schatz, den er suchte, sondern an den größern, den er verlassen, um mit der schönen Fee des Turmschlosses auf die Jagd zu ziehen. Er hörte die flehenden Worte: »Geh nicht, Felix!« und sie waren ihm eine Mahnung zu guter Stunde. »Wenn ich zu ihr kehre, wird sie wohl mit mir zufrieden sein«, sann der Arglose. Es wurde ihm erspart, sie darum zu fragen.

Unten rollte schnell ein Wagen heran, der meldende Diener nahte dem Zimmer. »So starr Ihr Wille, so fest Ihr Sinn«, rief die Prinzessin leidenschaftlich. »Aber auch ich bin eine hartnäckige Mahnerin; ich setze meine Werbung fort, Herr Werner. Krieg zwischen uns beiden. Auf Wiedersehen zum Abend.« Sie eilte die Stufen hinab. Das Abendlicht schwand hinter einer finstern Wolkenwand, der Wasserdampf schwebte in langen Streifen über die Wiesen und hing sich an die Wipfel der

Bäume, und um die Mauern des Turmes flogen krächzend die Dohlen. Oben knarrte die Tür der Kammer, der Kastellan rasselte mit den Schlüsseln, während der Gelehrte liebevoll auf die Blätter sah, welche er in der Hand hielt.

10. Ilse's Flucht.

Ilse war am Morgen dieses Tages von dem Abschiedsgruß des Gatten erwacht, sie saß an ihrem Lager und horchte auf die rollenden Räder. »Das war eine bangsame Nacht«, sagte sie, »nach den Tränen und der Angst kamen die Träume. Ich hing über einem Abgrund, tief unten im Nebel rauschte ein Wassersturz, Felix hielt mich von oben an einem Tuch, seine Kraft ließ nach, ich fühlte das an dem Tuche, aber ich hatte im Traume keine Sorge, es war mir lieb, daß Felix mich losließ und nicht mit mir hinabsank. Schwebe in Frieden abwärts, mein Traum, zu deiner Pforte von Elfenbein, du warst ein guter Traum, denn sonst habt ihr einen Hang zum Schlechten, und manchmal muß man sich euer schämen.«

»Er fährt dahin, und ich bin allein. Nein, mein Felix, du weilst bei mir, auch wenn ich deine Stimme nicht höre. Ich war gestern heftig gegen dich, das tut mir sehr leid. Ich trage dich doch in mir herum, ganz nach deiner Lehre vom Geist des Menschen, der in den Andern übergeht. Das Stück Felix, welches ich in mir bewahre, wollen wir heut in Ehren halten und still ausdauern in dem häßlichen Hause.«

Sie öffnete die Vorhänge. »Es wird wieder ein trüber Tag, die Finken sitzen schon am Fenster und schreien nach der säumigen Frau, die heut das Frühstück ihrer Kleinen verschlief. Draußen blüht es, und die großen Blätter des Rhabarbers blähen sich vor Behagen in der feuchten Luft. Dem Vater aber muß des Regens zu viel werden, die Saat leidet. Nicht Jedem kann es der liebe Gott zugleich recht machen, begehrlich sind wir alle.«

»In der Heimat schwatzen sie über mich. Die Nachbarin sagte nicht das Ärgste, was sie wußte. Dergleichen bin ich nicht gewohnt. Als ich das Weib meines Felix wurde, da meinte ich enthoben zu sein über jede Niedrigkeit der Erde, jetzt aber fühle ich die Stiche in meiner Seele.«

Sie hielt die Hand über die Augen. »Keine Träne heut?« rief sie aufspringend. »Wenn die Gedanken mir wild umherziehen, ich will mir selbst beweisen, daß auch ich etwas von einem Gelehrten habe, ich will ruhig auf mein eigens Herz sehen und sein Pochen stillen durch kluges Nachdenken. Als er zuerst zu uns kam und der schöne Inhalt seiner Rede mich aufregte, da verfolgte mich sein Bild in meine Kammer; ich nahm ein Buch, aber ich wußte nicht, was ich las, ich ergriff eine Rechnung, aber ich konnte nicht mehr zusammenzählen, ich merkte, daß es stürmisch in mir werden wollte. Und es war doch ein Unrecht, so an einen Mann zu denken, der mir derzeit noch ein Fremder war. Da ging ich mit meiner Angst in die Kinderstube, räumte allen Geschwistern ihre Sachen auf und sah nach, ob die Knaben etwas zerrissen hatten. Ich war damals ein sehr hausbackenes Ding. Ach, ich bin's immer geblieben; ich hoffe, heut soll es mir helfen. Ich suche den leichten Kram zusammen. Denn mir ist doch, als wäre mir die Reise nahe, dafür ist gut, wenn Alles gerüstet ist.« Sie öffnete Schrank und Kommode, zog ihren Koffer hervor und packte ein.

»Wohin?« frug sie leise, »in die Weite? Wie lange ist's her, da hatte ich große Flügel wie eine Schwalbe und flog mit meinen Gedanken froh in die Fremde, und jetzt sind dem armen Schwälbchen die Schwingen gelähmt, ich sitze allein auf meinem Zweig, ich möchte mich tief verstecken in die Blätter und ich fürchte mich vor dem Flattern und Schwatzen der Nachbarn.« Sie stützte das Haupt müde in die Hand. »Wo soll ich hin?« seufzte sie, »zum Vater soll ich nicht, wie soll ich jetzt Berge und alte Säulen mit Freude schauen? wie kann man ein Herz haben für die Bilder der Natur und für das Treiben vergangener Völker, wenn das eigene Leben nicht in Ordnung ist?«

»Man soll sich immer betrachten als das Kind des ganzen Menschengeschlechts, sagt mein Felix, und das Haupt frei halten für den hohen Gedanken, daß die Millionen Gestorbener und Lebender mit uns verbunden sind zu einer unauflöslichen Einheit. Wer aber nimmt mir ab von denen, die waren und um mich sind, was mir durch die Seele stürmt und was stets auf's Neue quälend in mir aufsteigt? wer löst mich von der Unzufriedenheit mit mir selbst und von einer heißen Angst um das Kommende? Ach, es ist eine Lehre für die großen Stunden des Menschen, wo er ruhig um sich schaut, aber die Lehre ist zu hoch für den armen Gequälten.«

Sie nahm die kleine Bibel von dem Schrank, welche ihr der gute Pfarrer auf dem Stein beim Abschied geschenkt hatte, und zog sie aus ihrer Kapsel. »Ich habe lange versäumt, in dir zu lesen, liebes Buch, denn wenn ich deine Blätter aufschlage, so fühle ich mich wie ein doppeltes Wesen, die alte Ilse wird lebendig, die einst deinen Worten ohne Grübeln vertraute, und dazwischen sehe ich wieder mit den Augen meines Mannes prüfend auf manche Blätter und ich frage, ob auch noch jeder Ausspruch, den ich hier finde, mein Gedanke sein darf. Das kindliche Vertrauen habe ich verloren, und was ich dafür erhalten, ich fühle, daß es vor Unsicherheit nicht schützt. Auch wenn ich die Hände zusammenlege und bitte, wie ich als Kind gelernt, so weiß ich, daß ich um nichts bitten darf als um die Kraft, selbst zu überwinden, was mir den Mut beschwert.«

Der Gärtner trat in das Zimmer, heut wie jeden Morgen, und bot einen Korb Blumen, welchen der Herr des Schlosses ihr sandte. Ilse fuhr auf und wies nach dem Tisch. »Setzen Sie hin«, sagte sie kalt, ohne den Korb zu berühren. Sonst hatte sie dem Mann oft ihre Freude gezeigt an dem schönen Blütenschmuck, den er gezogen, und der Gärtner, dem immer weh tat, daß die vornehmen Herrschaften über das Seltenste wegsahen, hatte sich an den warmen Anteil der fremden Frau so gewöhnt, daß er jeden Morgen selbst die Blumen brachte und ihr die neuen Lieblinge des Glashauses nannte. Das Beste, was er hatte, schnitt er für sie ab. »Die Andern merken es doch nicht«, sagte er, »und sie behält auch die lateinischen Namen.«

Heut setzte er gekränkt den Blumenkorb hin. »Es sind neue Pantoffelblumen dabei«, begann er vorwurfsvoll, »es ist mein Sortiment, Sie sehen diese Arten nicht wieder.« Ilse fühlte das Leid des Gärtners, sie trat mit Überwindung an den Tisch und sagte: »Wohl sind sie sehr schön. Aber die Blumen, lieber Herr, verlangen auch ein leichtes Herz, und das fehlt mir jetzt. Ich verdiene heut Ihre Freundlichkeit schlecht, seien Sie mir darum nicht böse.«

»Wenn Sie nur auf die graugefleckten achten wollen«, rief der Gärtner in Künstlerbegeisterung, »diese sind mein Stolz und sonst nirgend in der Welt zu haben.«

Ilse rühmte die grauen. »Manches Jahr habe ich mich gemüht«, fuhr der Gärtner fort, »ich habe Alles getan, um guten Samen zu erhalten, immer kam Gewöhnliches. Als ich fast den Mut verloren hatte, blühten in einem Jahre alle die neuen Arten. Nicht meine Kunst tat es«, fügte er ehrlich hinzu, »es ist ein Geheimnis der Natur, sie hat mir das Glück gegeben und die Sorge benommen ganz auf einmal.«

»Sie hatten sich doch darum bemüht und wacker das Ihre getan«, antwortete Ilse, »handelt man so, dann mag man auch dem guten Geiste des Lebens vertrauen.«

Der Gärtner ging beruhigt von dannen, Ilse sah auf die Blumen. »Auch er, der euch zu mir sandte, ist mir zur Angst geworden. Und doch war er der Einzige hier, der mir gleichmäßige Freundlichkeit und eine gute Haltung gezeigt hat. Felix hat Recht, es ist für uns kein Grund, seinetwegen unruhig zu sein. Wer weiß, ob er große Schuld hat an den häßlichen Reden, die um dieses Haus fliegen. Ich darf ihm nicht Unrecht tun. Aber wenn ich seine Blumen betrachte, ist mir jetzt, als läge eine Natter darin, denn ich weiß nicht, ist seine Seele lauter oder unrein, ich verstehe seine Art nicht, und das macht unsicher und argwöhnisch.« Sie stieß den Korb weg und wandte sich ab.

Das Mädchen, welches ihr zur Bedienung übergeben war, kam betrübt in das Zimmer und bat, ihr bis morgen Urlaub zu geben, weil ihre Mutter auf einem Dorf in der Nähe schwer erkrankt sei. Ilse erkundigte sich gütig nach der Krankheit, gab ihr mit Wünschen und gutem Rat die erbetene Freiheit. Das Mädchen schlich verstört aus der Tür, Ilse sah ihr traurig nach. »Auch ihr ist das Herz schwer. Es trifft sich gut, daß Felix nicht zu Hause ist, da kann ich mir allein helfen. Es wird ein stiller Tag werden, nach dem Sturm von gestern ist mir das recht.«

Wieder klopfte es, der Kastellan vom Schlosse brachte die Briefe, welche ihm der Postbote auch für den Pavillon abgab. Es waren heut Briefe der Geschwister, die den regelmäßigen Verkehr zwischen dem Stein und seiner entfernten Tochter unterhielten. Über das ernste Gesicht von Frau Ilse flog ein Strahl der Freude.

»Das ist ein guter Morgengruß«, sagte sie, »ich will heut meiner Bande ausführlich antworten, wer weiß, ob in den nächsten Wochen Zeit dafür ist.« Sie eilte an den Schreibtisch, las, lachte und schrieb, die Angst war von ihr genommen, sie plauderte als frohes Kind in den Redensarten und Gedanken der Kinderstube. Darüber verrannen die Stunden, Gabriel trug das Mittagsmahl auf und ab. Als er sie am Nachmittag wieder über die Briefe geneigt fand, blieb er hinter ihr stehen und kämpfte mit sich, ob er sie anreden sollte, aber da Ilse so tief in ihre Arbeit versenkt war, nickte er vor sich hin und schloß die Tür.

Zuletzt schrieb Ilse an den Vater. Wieder wurde ihr das Haupt schwer, und aus der Tiefe stieg die Angst und legte sich brennend um ihre Brust. Sie sprang vom Schreibtisch auf und ging heftig durch das Zimmer. Da, als sie dem Fenster nahe kam, sah sie, daß der Herr des Schlosses langsam auf dem Kieswege dem Pavillon zuschritt.

Ilse trat schnell zurück. Nicht ungewohnt waren ihr die kurzen Besuche des Fürsten, heut aber blickte sie scheu auf die Wände, das Blut schoß ihr zu dem Herzen, sie preßte die Hände auf die Brust und rang nach Fassung.

Die Tür flog auf. »Ich komme zu hören«, begann der Fürst, »wie Sie die Einsamkeit dieser Stunden ertragen. Auch mein Haus ist geräumt, die Kinder sind von mir gezogen, es ist leer unter dem Schiefer des großen Baues.«

»Ich habe die Muße benützt, mit entfernten Freunden zu verkehren«, antwortete Ilse. Sie wollte heut die Namen der Kinder vor dem Fürsten nicht nennen.

»Gehört zu diesen Freunden auch das kleine Volk, welches in der Ferne auf dem Steine umherspringt?« frug der Fürst lächelnd, »haben die Kinder vom Gute wieder ihre Wünsche ans Herz gelegt?« Er ergriff einen Stuhl und lud Ilse zum Sitzen ein.

Seine Haltung gab auch ihr größere Ruhe, er sah in diesem Augenblick aus wie ein kluger und wohlwollender Mann.

»Ja, Hoheit«, versetzte Ilse. »Diesmal aber war meine jüngere Schwester Luise die eifrigste Briefstellerin.«

»Verspricht sie Ihnen ähnlich zu werden?« frug der Fürst leutselig.

»Sie ist jetzt zwölf Jahr«, erwiederte Ilse gehalten, »sie hat Gefühle über Alles, und ihre Phantasie fliegt um jeden Strohhalm. Es sieht fast aus, als ob sie die Dichterin der Kinderstube sein wollte. Ich weiß nicht, wie dieser phantastische Sinn in unsere Wirtschaft gekommen ist. Sie erzählt mir in ihrem Brief eine ganze lange Geschichte, die ihr selbst begegnet sei, und die doch nichts ist als ein kleines Märchen, das sie irgendwo gelesen hat. Denn seit ich in der Stadt bin, sind mehr Märchenbücher auf den Stein gekommen als in meiner Jugend.«

»Wahrscheinlich ist es nur kindliche Eitelkeit«, sagte der Fürst freundlich, »welche sie antreibt, eine Erfindung für Wahrheit auszugeben.«

»So ist es auch«, antwortete Ilse lebhafter. »Sie will sich im Walde verirrt haben, und als sie einsam unter den Pilzen saß, kamen die kleinen Tiere unseres Hofes, die sie sonst füttert, die weiße Maus im Käfig, das Kätzchen und der Schäferhund, setzten sich um sie und liefen vor ihr her, bis sie sich aus dem Walde fand. Die Katze neben der Maus, Hoheit, das war dumm! Diese Geschichte erzählt sie dreist als Wirklichkeit und fordert mich noch auf, sie rührend zu finden. Das wurde doch zu arg, ich habe ihr aber auch meine Meinung gesagt.«

Der Fürst lachte, er lachte von Herzen. Es war ein seltener Klang, der an den Wänden des dunklen Zimmers dahinzog, und verwundert schaute der Liebesgott oben auf den lustigen Mann herab. »Darf ich fragen, welche Kritik dem poetischen Gemüt zuerteilt wurde?« frug der Fürst. »In dem Märchen ist doch eine poetische Idee, daß Freundlichkeit, welche man Andern erwiesen, zur rechten Stunde wieder vergolten wird. Das ist leider nur Dichtereinfall, die Wirklichkeit kennt solche Dankbarkeit selten.«

»Man soll auch im Leben nicht auf fremde Hilfe bauen«, versetzte Ilse fest. »Und man soll Freundlichkeit Andern nicht erweisen, damit sie vergolten wird. Es ist ja besondere Freude, wenn ein Ton, den man in die Welt gerufen hat, als Echo herzlich zu uns zurückklingt, aber man soll nicht darauf vertrauen; ein verirrtes Kind soll tapfer seine fünf Sinne zusammennehmen, damit es den Weg zur Heimat selbst findet. Vor Allem aber soll man nicht poetische Einfälle für ein erlebtes Ereignis ausgeben. Darüber gab's wieder Schelte, denn, Ew. Hoheit, Mädchen in diesen Jahren muß man immer zu richtiger Besinnung zwingen, sie verlieren sich leicht in Träumerei.«

Der Fürst lachte wieder. Wo weilen die klugen Tiere, Frau Ilse, welche dir freundlichen Rat geben in deiner Not?

»Sie waren zu streng«, sagte der Fürst. »Auch uns Erwachsenen täuscht die Hexe Phantasie ewig das Urteil; man ängstigt sich ohne Grund und man hofft und vertraut ohne Berechtigung. Wer immer vermöchte, das unbefangene Urteil über die eigene Lage zu bewahren, der wäre so frei, daß er das Leben schwerlich noch ertrüge.«

»Die Phantasie verwirrt uns«, antwortete Ilse umherblickend, »aber sie warnt uns auch.«

»Was ist alle Wärme der Empfindung, jede Hingabe an andere Menschen?« fuhr der Fürst traurig fort, »nichts als ein feiner Selbstbetrug. Wenn ich jetzt mir mit der frohen Empfindung schmeichle, daß es mir gelang, einen Anteil auch an Ihrem Herzen für mich zu gewinnen, zuletzt ist auch das nur eine Täuschung; aber es ist ein Traum, den ich mir sorgfältig erhalte, denn er tut mir wohl. Mit einem Genuß, den ich lange entbehrt, höre ich auf die ehrlichen Worte Ihrer Stimme, und mich peinigt der Gedanke, daß ich dies anmutige Behagen je wieder missen soll. Es hat für mich höheren Wert, als Sie wohl meinen.«

»Ew. Hoheit sprechen zu mir wie zu einem recht guten Freunde«, entgegnete Ilse sich hoch aufrichtend, »und wenn ich den Ausdruck, womit Sie mir dies Gütige sagen, zu Herzen nehme, so muß ich glauben, daß Ihnen ganz so zu Mute ist, wie Sie reden. Mir aber stört jetzt dieselbe Phantasie, welche Sie tadeln und loben, auch das Vertrauen, welches ich gern zu Ew. Hoheit haben möchte. Und ich will darüber nicht schweigen, denn mir tut weh, nach solchem lieben Wort etwas gegen Sie auf dem Herzen zu behalten.« Sie stand schnell auf. »Mir stört meinen Frieden, daß ich in einem Hause wohne, welches der Fuß anderer Frauen meidet.«

Der Fürst blickte überrascht auf die Frau, welche mit fester Haltung die innere Unruhe beherrschte. »Die Wahrsagerin«, murmelte er.

»Ew. Hoheit wissen so gut, welche Dienste die Phantasie tut«, fuhr Ilse schmerzlich fort. »Mich hat sie gequält, und mir wird schwer, in diesem Raum an die Achtung zu glauben, deren Ew. Hoheit mich versichern.«

»Was hat man Ihnen zugetragen?« frug der Fürst mit scharfem Ton.

»Was Ew. Hoheit aus meinem Munde zu hören nicht verlangen dürfen«, versetzte Ilse stolz. »Es ist möglich, daß ein Herr vom Hofe über dergleichen gleichgültiger denkt. Das sage ich mir selbst. Mir aber hat Unglück gebracht, daß ich hier bin. Es ist ein Fleck auf einem saubern Gewande, mein Auge haftet starr darauf, ich wasche ihn weg mit meiner Hand, und doch liegt er immer wieder vor mir, denn es ist ein Schatten, der von außen darüber fällt.«

Der Fürst sah finster vor sich hin. »Ich benütze die Ausreden nicht, welche Sie selbst dem Herrn eines Hofes in den Mund legen, denn ich fühle in diesem Augenblicke tief und leidenschaftlich wie Sie, daß man Ihnen ein Unrecht getan. Ich habe nur eine Entschuldigung«, fuhr er in gehobener Stimme fort, »Sie kamen her, mir fremd, und wenig ahnte ich, welchen Schatz man in meiner Nähe barg. Seitdem haben Sie bei

kurzem Gruß und Kommen für mich eine Bedeutung gewonnen, der ich mich widerstandslos hingebe. Selten erlaubt mir das Schicksal unverhüllt zu sagen, was ich empfinde. Ich scheue mich, die hochtrabenden Worte eines Jünglings zu gebrauchen, denn ich will Sie nicht beunruhigen. Glauben Sie aber nicht, daß ich gegen Sie weniger stark fühle, weil ich meine Bewegung zu verbergen weiß.«

Ilse stand in der Mitte des Zimmers, ein flammendes Rot fuhr ihr über die Wangen. »Ich bitte Ew. Hoheit, kein Wort weiter zu sprechen, denn mir ziemt nicht, das zu hören.«

Der Fürst lächelte bitter. »Schon habe ich Sie verletzt, und Sie machen mir schnell deutlich, daß eine Täuschung war, wenn ich auf Ihre Neigung hoffte. Und doch bin ich Ihnen gegenüber so arm, daß ich Sie bitte, Ihr Mitgefühl einer Leidenschaft nicht zu versagen, die so heiß in mir glüht, daß sie mir in dieser Stunde die Herrschaft über mich selbst genommen hat.«

Ilse flüsterte vor sich hin: »Hinweg von hier!«

»Entsagen Sie diesem Gedanken«, rief der Fürst in höchster Aufregung. »Ich kann Ihren Anblick, den Klang Ihrer Stimme nicht entbehren. Wie spärlich er mich erfreut, er ist das Glück meiner Tage, in einem Leben ohne Freude und Liebe das einzige große Gefühl. Daß ich Sie mir nahe weiß, hält mich aufrecht im Kampfe gegen Gedanken, die mich in düsteren Stunden betäuben. Wie der andächtige Wanderer auf das Glöcklein des Eremiten lauscht, so horche ich auf den leisen Ton, der aus Ihrem Leben in das meine klingt. Lassen Sie sich die Hingabe des einsamen Mannes gefallen«, setzte er ruhiger bittend hinzu. »Ich gelobe, Ihr Zartgefühl nicht mehr zu kränken, ich gelobe, mich mit dem Anrecht an Ihr Leben zu begnügen, das Sie mir in freier Wahl geben.«

»Mich aber reut jedes Wort, das ich zu Ew. Hoheit gesprochen, und mich reut jede Stunde, in der ich ehrfürchtig Ihrer gedacht«, rief Ilse in aufloderndem Zorn. »Ich war ein armes gläubiges Kind«, fuhr sie außer sich fort, »und ich habe für meinen Fürsten die Hände gefaltet, ehe mein Auge ihn gesehen, jetzt, da ich ihn kenne, graut mir vor ihm und ich raffe mein Kleid zusammen und spreche: Hebe dich weg von mir.«

Der Fürst fiel in einen Stuhl. »Es ist ein alter Fluch, der aus diesen Wänden in mein Ohr braust, es ist nicht Ihre Seele, die mich von sich stößt. Von Ihren Lippen soll nur das Wort der Liebe und des Erbarmens kommen. Nicht der Versucher bin ich, selbst ein Wanderer in der Wüste, nichts um mich als öder Sand und starrer Fels. Und ich höre verschmachtend ein Kinderlachen, ich sehe die blondgelockte Schaar bei mir vorüberziehen, ich sehe zwei Augen mit warmem Gruß auf mich geheftet und eine Hand, die dem Müden mit der gefüllten Schale zuwinkt, und wie ein Nebelbild ist Alles verschwunden, ich bleibe allein, und ich verderbe.« Er schlug die Hände vor die Augen. Ilse erwiederte kein

Wort, sie stand abgewandt und blickte durch das Fenster nach den Wolken, welche flüchtig am Himmel zogen.

Es war still im Zimmer. Keines regte sich und Keines sprach. Langsam erhob sich der Fürst, er trat vor Ilse, wie verglast waren seine, Augen und seine Bewegungen mühsam und gezwungen. »Hat Sie verletzt, was ich in überströmendem Eifer sprach, so vergessen Sie es. Ich habe Ihnen gezeigt, daß auch ich noch nicht frei von der Schwäche lebe, vergeblich auf einen verwandten Herzschlag zu hoffen. Denken Sie nur daran, daß ich ein Irrender bin, der bei Ihnen Trost gesucht hat, es war eine demütige Frage, können Sie keine Antwort geben, so zürnen Sie doch dem armen Bittenden nicht.« Ein langer Blick fiel auf sie, heiße Leidenschaft, tötlich verletzter Stolz und etwas Anderes, das der Frau Entsetzen erregte, lag in seinem Auge, fest und starr sah auch sie ihm in das Antlitz, er hob warnend den Finger und schritt zur Tür hinaus.

Sie lauschte auf die Tritte des Schreitenden, sie merkte jede Treppenstufe, die er hinabstieg, als sich die Haustür hinter ihm schloß, riß sie an der Klingel.

Gabriel, der im Vorzimmer gestanden, trat schnell herein. »Ich will fort von hier«, rief Ilse.

»Wohin, Frau Professorin?« frug der erschrockene Diener.

Wohin? brauste es in Ilse's Ohr.

»Zu meinem Mann«, rief sie, aber als sie die eigenen Worte hörte, fuhr sie zusammen; auch er war in einem Hause des Fürsten, er war bei der Tochter des argen Mannes, er selbst nicht sicher dort, sein Weib nicht sicher bei ihm. Wohin? wirbelte ihr im Hirn. Beim Vater auf dem Stein war der Sohn des argen Mannes; sie dürfe nicht hinkommen, hatte die Nachbarin gesagt. Sie senkte betäubt das Haupt, das Gefühl der Hilflosigkeit legte sich centnerschwer auf sie. Aber sie erhob sich wieder und trat nahe zu Gabriel. »Ich will dies Haus verlassen«, sagte sie, »ich will diese Stadt verlassen, noch heut, auf der Stelle.« Der Diener rang die Hände. »Ich wußte, daß es so kommen würde«, rief er.

»Sie wußten es?« frug Ilse finster, »und ich nicht und mein Gatte nicht? Lag denn auf der Straße für Jedermann sichtbar, was ihm und mir Geheimnis war?«

»Ich merkte, daß es hier sehr unheimlich ist«, antwortete Gabriel, »und daß Niemand dem vornehmen Herrn traut, welcher dort hinausging. Wie durfte ich Ihnen sagen, was nur mein einfältiger Gedanke war?«

»Es ist nicht gut, wenn man sich zu wenig um die Reden der Leute kümmert«, versetzte Ilse. »Ich will an einen Ort, wo ich eine Frau finde, Gabriel. Schaffen Sie mir sogleich einen Wagen und begleiten Sie mich zur Frau Oberamtmann. Wir lassen Alles hier, Sie kehren in das Haus zurück, damit Sie zur Stelle sind, wenn mein Mann eintrifft.«

»Woher soll ich den Wagen nehmen?« frug Gabriel zögernd.

»Aus der Stadt und nicht aus dem Marstall.«

359

Gabriel stand und überlegte, endlich sagte er kurz: »Ich gehe, Frau Professorin, haben Sie die Güte zu verhindern, daß der Lakai nicht zusieht, wenn Sie sich zur Reise bereiten.«

»Niemand darf es wissen«, rief Ilse heftig. Gabriel eilte hinaus, Ilse verriegelte die Tür und flog in das Nebenzimmer. Dort suchte sie das Unentbehrliche für die Reise zusammen, Hut und Hülle. Sie schloß alle Behälter und packte die Schlüssel in ein Bund. »Wenn Felix kommt, soll er nicht sagen, daß ich kopflos entlaufen sei.« Sie ging auch an seinen Arbeitstisch und versiegelte die Briefe in einem Packet. »Damit kein neugieriges Auge auf euch blickt«, sagte sie. Als sie die Briefe der Kinder und ihre eigenen Antworten zusammenschloß, überfiel sie ein Schauer und sie barg das Bündel schnell unter den übrigen Schriften. Sie war fertig, Gabriel kehrte noch nicht zurück, er säumte lange. Mit festem Schritt ging sie durch die Zimmer. »Fremder seid ihr mir geworden, je länger ich hier weilte. Die Pracht des ersten Abends, wo ist sie geblieben? Es war ein kalter Glanz, feindselig meinem Leben, könnte ich jede Erinnerung an euch aus der Seele reißen, es wäre mir lieb.« Sie setzte sich auf die Stelle, wo sie in der Nacht über den schlafenden Gatten geblickt. »Das war der letzte traurige Blick auf sein liebes Haupt, wann sehe ich es wieder? Ich gehe von dir, mein Felix. Wer uns das gesagt hätte, als wir nebeneinander vor dem Altare standen! Ich lasse dich zurück unter argdenkenden Menschen, dich, auch dich in Gefahr, und ich gehe allein in die Fremde, Rettung für mich zu suchen, weit weg von dir. Wer uns das gesagt noch vor wenigen Tagen, ich hätte ihn einen Lügner gescholten in sein Angesicht. Ich gehe, mein Felix, um mich zu retten für dich, denke daran«, bat sie vor dem Lager, »und zürne mir nicht. Um Kleineres ginge ich nicht.« Sie sank an den Kissen nieder und rang die Hände in tränenlosem Schmerz. Lange lag sie so, endlich pochte es an der äußern Tür, sie sprang auf und öffnete, aber sie fuhr zurück, als sie in das bleiche Antlitz des treuen Dieners sah.

360

»Ich habe keinen Wagen bestellt«, sagte Gabriel, »denn es würde nichts nützen.«

»Was heißt das?« frug Ilse finster.

»Der Wagen, welcher hier vorfährt, würde die Frau Professorin nicht dahin bringen, wo Sie wollen, nur dahin, wo Andere wollen.«

»So gehen wir selbst und nehmen in der Stadt ein Fuhrwerk, wie es auch sei.«

»Wohin wir gehen«, erwiederte Gabriel, »werden wir beobachtet, wenn ich einen Wagen rufe, wird er wieder abbestellt.«

»Sie sind selbst erschrocken, Gabriel, und Sie sehen Gefahren, wo keine sind«, erwiederte Ilse unwillig.

»Wenn auch ein ehrlicher Mann Sie zu der Frau Oberamtmann fährt«, fuhr Gabriel fort, »so ist doch zweifelhaft, ob Sie auf dem Gute ankommen. Sehen Sie den Mann dort unten am Schlosse? Er geht langsam wie ein Spaziergänger, aber er verwendet kein Auge von diesem Hause. Das ist einer von unsern Wächtern, und er ist nicht der einzige.«

»Wer hat Ihnen das gesagt?« frug Ilse.

»Ich habe einen guten Freund hier, der zum Schlosse gehört«, antwortete Gabriel zögernd, »zürnen Sie nicht, Frau Professorin, daß ich bei ihm anfrug, denn er kennt alle Schliche. Es ist ja möglich, sagt mir dieser, daß es glückt. Denn man kann die Leute in der Stadt doch nicht zu Räubern oder Betrügern machen, aber es ist unsicher und gefährlich.«

Ilse ergriff ihren Hut und Mantel.

»Ich gehe, Gabriel«, sagte sie ruhig. »Wollen Sie mich auf meinem Gange begleiten?«

»Liebe Frau Professorin, wohin Sie wollen«, rief Gabriel. »Hören Sie aber erst auf meinen Vorschlag. Der Bekannte meint, das Sicherste ist, wenn der Herr Oberamtmann Sie selbst abholen kommt und zwar am Abend. Die Abende sind finster, und Sie können dann vielleicht aus dem Hause gehen, ohne daß der Lakai oder ein Anderer es bemerkt.«

»Eine Gefangene!« rief Ilse. – »Wer ist Ihr Bekannter?« frug sie, Gabriel scharf ansehend.

»Er ist sicher wie Gold«, beteuerte Gabriel, »und ich werde es der Frau Professorin später gern erzählen, nur heut bitte ich mich nicht zu fragen, denn er hat wegen seiner eigenen Sicherheit gefordert, daß kein Mensch von ihm erfahre.«

»Ihrer Treue vertraue ich«, versetzte Ilse kalt, »aber Sie selbst können getäuscht werden. Fremdem Rat folge ich nicht.«

»Er hat mir ein Pferd angeboten«, rief Gabriel, »es steht bereits vor der Stadt. Wenn Sie mir eine Zeile an den Herrn Oberamtmann mitgeben, ich reite selbst und bringe den Wagen bei guter Zeit.«

Ilse sah finster auf den Diener. »Darüber vergehen viele Stunden, ich will nicht allein hier bleiben. Ich gehe zu Fuß auf der Landstraße zu meinen Freunden.«

»Sehen doch Frau Professorin nach dem Himmel, ein Wetter zieht herauf.«

»Es ist mir recht«, rief Ilse, »ich gehe nicht zum ersten Mal durch den Regen. Wollen Sie mich nicht begleiten, so erwarten Sie hier meinen Mann und sagen ihm, ich wäre hinausgegangen auf meine Heimat zu, wenn ich bei guten Leuten bin, werde ich ihm schreiben.«

Gabriel rang die Hände, Ilse knüpfte Hut und Mantel um.

Da erhob sich unten im Hausflur ein lauter Wortwechsel, Gabriel riß die Tür auf, eine fremde Baßstimme zürnte heftig gegen den Lakaien: »Ich aber sage Ihnen, Levkoi, oder was für eine Pflanze Sie sonst sind, ich bin nicht der Mann, der sich die Tür vor der Nase zuschlagen läßt; sie ist zu Hause.«

Ilse warf Hut und Mantel von sich, sprang an die Treppe und rief hinunter: »Herr Hummel!«

»Gehorsamster Diener, Frau Professorin«, rief Hummel herauf. »Ich komme sogleich, ich will nur erst diesem Majordomus meine Hochachtung aussprechen. Sie sind ein Intrigant, Herr, und ein Subjekt, dem ich diejenige Behandlung wünsche, welche es verdient: dreijährige Hasel und stramm angezogen. Ich komme, Frau Professorin.« Er stieg schwerfällig die Treppe herauf, Ilse flog ihm entgegen, führte ihn an der Hand in ihr Zimmer, und so übermächtig wurde ihr jetzt die Erschütterung, daß sie ihr Haupt auf seine Schulter legte und weinte.

Herr Hummel hielt still und sah teilnehmend auf Frau Ilse.

»Also das ist Hofbrauch?« frug er leise, »und in diesem Tone wird hier Conversation gemacht?«

»Mein Gatte ist verreist, ich will hinweg, Herr Hummel, helfen Sie mir ins Freie.«

»Das ist ganz mein Fall«, versicherte Hummel, »ich bin ohnedies mitten in einem Entführungsgeschäft; ich komme in diese Stadt, um Ihnen wegen meiner Tochter Laura eine Bitte vorzutragen und bei schwarzen Herren hierselbst Einiges in Ordnung zu bringen. Wohin wollen Sie reisen?«

»Zu guten Freunden, welche mich in das Haus meines Vaters bringen.«

»Dies ist der rechte Weg«, ermutigte Hummel. »In verzweifeltem Fall, wenn Alles in der Welt wankt, soll das Kind zum Vater zurück. Diese Treue bleibt, sie ist zwanzig Jahr alt, bevor die des Mannes anfängt. Da Ihr Herr Vater nicht vorhanden ist, so erlauben Sie, daß ein Anderer, der auch weiß, was Sorge um ein Kind heißt, bei Ihnen die Stelle des Vaters vertritt.«

Ilse hielt sich an ihm fest, Hummel drückte ihr in seiner Weise zart die Hand, es war doch ein kräftiger Druck.

»Jetzt Ruhe und kaltes Blut. Es kann keine geringe Sache sein, welche Sie so stark bewegt. Ich verlasse Sie nicht eher, bis ich Sie gut aufgehoben weiß.« Er sah auf Gabriel, der ihm ein Zeichen machte. »Sie also, Frau Professorin, kümmern sich um gar nichts. Setzen Sie sich ruhig hin und erlauben Sie, daß ich mich mit Gabriel bespreche. Ich sorge Ihnen für Alles, und ich stehe für Alles.«

Ilse blickte ihn dankbar an und setzte sich gehorsam nieder. Hummel winkte Gabriel in das Nebenzimmer. »Was ist hier vorgefallen?« frug er.

»Der Herr ist auf einige Tage verreist, unterdeß ist man unartig gegen die Frau Professorin geworden, hier gehen große Schlechtigkeiten vor, man will sie nicht abreisen lassen.«

»Meine Mieter nicht abreisen lassen?« rief Herr Hummel, »lächerlich! Ich habe einen Reisepaß bis Paris in der Tasche, wir springen über dieses Land hinweg wie Heupferde. Ich hole sogleich eine Fuhre.« Gabriel schüttelte den Kopf. Die Vertrauten handelten eine Weile miteinander. Herr Hummel kam zurück und sagte mit größerem Ernst zu Ilse: »Jetzt bitte ich, setzen Sie sich an den Schreibtisch und verfassen Sie einige Zeilen an den Herrn Oberamtmann; an den Mann und nicht an die Frau, sonst gibt's Verwirrung; er soll sogleich nach Empfang dieses Schreibens mit einem geschlossenen Wagen hierherkommen, er soll in der Vorstadt beim schwarzen Bär mit dem Wagen halten, er soll seinen Wagen nicht verlassen, es wäre ein großer Freundesdienst. Weiter nichts. Diesen Brief schafft Gabriel an die Adresse. Wie er ihn besorgt, ist ganz seine Sache und kümmert uns nicht, will er fliegen, wie dieser zweideutige Genius an der Decke, welcher seinen Paletot vergessen hat, so wird das um so besser sein. Also der Brief ist fertig, verzeihen Sie, wenn ich ihn lese. Alles richtig und genau. Schnell fort, Gabriel. Sobald Sie beim Schlosse vorüber sind, dann Carriere, bis dahin benehmen Sie sich als ruhiger Menschenfreund, ich erlaube Ihnen, meinen Dessauer zu pfeifen, wenn Sie das im Stande sind. Sollte man Sie fragen, so besorgen Sie für mich Geschäfte.«

Gabriel eilte zur Tür hinaus. Hummel rückte sich einen Stuhl vor Frau Ilse und sah auf seine Uhr. »Sie werden fünf Stunden auf den Wagen warten, wenn Alles gut geht. Unterdeß müssen Sie mich bei sich ertragen, ich verlasse dieses Haus nicht ohne Sie. Lassen Sie sich den Aufschub nicht leid sein, mir ist er lieb, denn ich habe mit Ihnen als mit einer braven Frau, vor welcher ich mit wahrem Respekt den Hut abnehme, auch über meine Angelegenheiten zu sprechen, welche mir sehr auf dem Herzen liegen. Wir haben Zeit genug dafür. Ich habe auch dem Herrn Professor einige Papiere mitgebracht, es kommt wenig darauf an, sie werden aber hier auf den Tisch gelegt, damit wir als Geschäftsleute einander gegenübersitzen. Dann aber werde ich mich freuen, wenn Sie dem Judas im Bedientenzimmer meinetwegen einen Auftrag geben. Haben Sie jedoch die Güte, vorher Alles wegzuräumen, was daran erinnert, daß Sie von mir entführt sein wollen.«

Ilse sah ihn unsicher an. »Was darf ich dem Mann sagen, Herr Hummel?«

»Sie sind eine so gute Hausfrau«, versetzte Hummel verbindlich, »daß ich Ihnen durchaus überlassen kann, was Sie mir vorsetzen wollen. Ich bin den ganzen Tag gereist.« Er machte eine kleine Handbewegung nach seiner Weste.

Ilse sprang auf, sie mußte trotz ihrer Angst lächeln über das sorgliche Wesen des Hauswirts. »Verzeihen Sie mir, Herr Hummel.«

»Das ist die rechte Stimmung«, bestätigte Hummel, »es gibt kein besseres Mittel gegen das Tragische, als einen gedeckten Tisch. Ich bitte deshalb nicht um einen Teller, sondern um zwei, es würde mir nicht munden, wenn Sie zusehen wollten. Glauben Sie mir, Frau Professorin, die edelsten Gefühle sind unzuverlässig, wenn nicht ein ehrliches Butterbrot gleichsam als Stempel daraufgedrückt worden ist. Das macht ruhig und fest. Und Sie werden heut diese Tugenden noch nötig haben.«

Ilse schellte. »Erscheint das Besteck«, fuhr Hummel fort, »so nennen Sie ihm meinen Namen und Firma. Ich reise überhaupt nicht incognito, und ich wünsche hier gar nicht mysteriös betrachtet zu werden.«

Der Lakai erschien, Ilse gab ihm Auftrag, im Gasthof das Nötige zu holen, und frug, wie er dazu gekommen sei, ihre Anwesenheit vor ihrem lieben Hauswirt zu verleugnen.

Der Mann stotterte eine Entschuldigung und entfernte sich eilig.

»Als ich in dies Haus kam, wußte ich bereits, daß hier nicht Alles in Ordnung war. Ich frug im Schlosse nach Ihnen und erhielt keine genügende Auskunft, ich frug hinter dem Schlosse einen Mann, welcher umherstrich, nach Ihrer Behausung. Er sah mich an wie ein Kreuzschnabel. Sie wären verreist, behauptete er und versuchte meine Geheimnisse auszupumpen. Darüber gab es eine kurze Unterhaltung, wobei Kreuzschnabel seine Bosheit kundgab, weil ich ihn wegen Unbekanntschaft mit seinem gewöhnlichen Titel einen Spion nannte. Der Wachtposten trat dazu und ich sah, die Herren Confratres hatten Lust, mich festzuhalten. Da kam ein junger Herr des Weges, frug die Andern nach dem Grund des Lärms und sagte, er wüßte, daß Sie zu Hause wären. Er begleitete mich bis vor dieses Haus, frug höflich nach meinem Namen, nannte mir auch den seinen, Lieutenant Baumläufer, und riet, ich sollte mich ja nicht abschrecken lassen, das Dienervolk sei unverschämt, Sie aber würden sich freuen, einen alten Freund zu sehen. Er muß auch Ihnen bekannt sein.«

Der Lakai deckte den Tisch. Sooft er Herrn Hummel die Teller bot, sah ihn dieser mit vernichtendem Blick an und beeiferte sich nicht, ihm sein Amt leicht zu machen. Dagegen bot er Frau Ilse ritterlich die Speisen und ermahnte sie durch ein bedeutungsvolles Räuspern, sich vorzusehen. Während der Diener abräumte, begann Hummel, sich zurechtrückend: »Jetzt erlaube ich mir, von unsern Geschäften zu sprechen, es wird ein langer Vortrag, haben Sie Geduld.«

Es war Abend geworden, Finsternis lag über dem unheimlichen Hause, das Wetter zog herauf, die Fenster klirrten im Winde und der Regen rauschte. Ilse saß wie im Traum. Zwischen dem heftigen Sturm des versinkenden Tages und der bangen Erwartung einer wilden Nacht lagerte sich vor ihr die behagliche Prosa der Parkstraße, furchtlos, sicher, mit sich und der Welt zufrieden, soweit diese Welt nicht gerade ärgerlich wurde. Aber sie fühlte, wie wohltuend dieser Gegensatz war, sie vergaß sogar ihre eigene Lage und hörte mit inniger Teilnahme auf den Bericht des Vaters. »Ich spreche mit einer Tochter«, sagte Herr Hummel, »die zu ihrem Vater zurückgeht, ihr sage ich, was ich Niemandem sonst erzähle, mir ist's hart, zu ertragen, daß mein Kind mich verlassen will.« Er sprach über das Kind, welches sie beide liebten, und jeder von ihnen hatte Freude an dem andern. So verrannen einige Stunden.

Der Lakai kam wieder und frug respektvoll die Frau Professorin, ob sie Gabriel weggeschickt.

»Er ist in meinem Auftrage ausgegangen«, brummte Herr Hummel gegen den Fragenden, »er besorgt für mich Geschäfte von Geldeswert, mit denen ich Ihre Ehrlichkeit nicht belästigen wollte. Wenn sich noch Jemand aus der Stadt nach mir erkundigt, so bitte ich Sie zu befehlen, Frau Professorin, daß dieser Mann nicht auch mich verleugnet.«

Er sah wieder nach seiner Uhr. »Vier Stunden«, sagte er. »War das Pferd gut und hat Gabriel sich nicht in der Finsternis verirrt, so können wir ihn jeden Augenblick erwarten. Ist's ihm nicht geglückt, so seien Sie immer ohne Sorgen, ich führe Sie doch aus dem Hause.« Unten schellte es, die Haustür wurde geöffnet, Gabriel trat ein. Die Freude lachte aus seinem Gesicht. »Punkt zehn Uhr hält der Wagen vor der Herberge«, sagte er vorsichtig, »ich bin schnell vorausgeritten.«

Ilse sprang auf, wieder flog der Schreck des Tages, die Sorge um die Zukunft durch ihr Haupt. »Bleiben Sie sitzen«, mahnte Hummel wieder, »starkes Umhergehen ist verdächtig, ich halte unterdeß mit Gabriel hier daneben noch einmal Rat.« Diese Beratung währte lange Zeit, endlich kam Herr Hummel zurück und sagte ernsthaft: »Jetzt, Frau Professorin, machen Sie sich bereit; wir haben eine Viertelstunde zu gehen, lassen Sie sich unser Tun ruhig gefallen, es ist Alles sorgfältig bedacht.«

Herr Hummel schellte, Gabriel, der zu dem Späher im Unterstock zurückgekehrt war, trat ein wie gewöhnlich, er zog Schlüssel und einen Schraubenzieher aus der Tasche. »Ich habe die kleine Hintertreppe schon in den ersten Wochen verschlossen und die Tür mit einer großen Schraube gesperrt, die Leute wissen nicht, daß ich die Schlüssel habe.« Er ging in einen Nebenraum der Hinterstube und öffnete den Zugang einer verborgenen Treppe. Herr Hummel schlich ihm nach. »Ich will wissen, wo ich wieder eingelassen werden soll«, sagte er zurückkehrend zu Frau Ilse. »Wenn ich Sie hinausgeführt habe, muß hier Jemand als Ihr Geist umherpoltern, sonst dürfte die ganze Mühe vergeblich sein. Gabriel führt Sie die Hintertreppe hinab, während ich zur Vordertür hinausgehe und den Lakaien unterhalte. Ich treffe Sie eine kurze Strecke von diesem Hause im Gebüsch, Gabriel führt Sie zu mir; ich werde mich zurechtfinden.« Ilse faßte ängstlich seine Hand. »Ich hoffe, Alles soll gut gehen«, sagte Herr Hummel bedächtig. »Sorgen Sie für einen Mantel, der Sie so unkenntlich macht als möglich.«

Ilse flog an den Schreibtisch und schrieb mit fliegender Eile die Worte: »Lebe wohl, Geliebter, ich gehe zum Vater.« Noch einmal überkam sie der Schmerz, sie rang die Hände und weinte. Hummel stand achtungsvoll zur Seite, endlich legte er die Hand auf ihre Schulter: »Die Zeit verrinnt.« Ilse sprang auf, schloß den Zettel in ein Cuvert, reichte ihn Gabriel und verhüllte schnell ihr Haupt. »Jetzt vorwärts«, mahnte Herr Hummel mit leisem Gebrumm, »zu beiden Türen hinaus. Ich gehe zuerst. Ich empfehle mich Ihnen, Frau Professorin«, rief er laut durch die offene Tür zurück, »wünsche wohl zu ruhen.« Wuchtig schritt er die Treppe hinab, der Lakai stand auf den letzten Stufen. »Kommen Sie einmal her, Jüngling«, rief Hummel, »ich wünsche Sie nach Ihrem Tode ausgestopft und vor dem Rathause aufgestellt als ein Musterbild von Wahrheitsliebe für spätere Zeiten. Wenn ich wiederkomme, und verlassen Sie sich darauf, ich werde mir wieder das Vergnügen machen, Ihnen meine Hochachtung auszusprechen, dann will ich dem Herrn Professor die ganze Erbärmlichkeit Ihres Daseins enthüllen. Ich habe große Lust, Ihre Nichtsnutzigkeit im hiesigen Tageblatte bekannt zu machen, damit Sie zur Vogelscheuche werden für Jedermann.«

Der Diener hörte mit gesenkten Augen zu und verneigte sich spöttisch. »Gute Nacht, Höfling«, rief Herr Hummel hinausgehend und schlug die Tür hinter sich zu.

Herr Hummel wandelte im Geschäftsschritt vom Hause abwärts zur linken Seite, wo ein Pfad in das Dickicht führte; dort verbarg er seine Gestalt dem trüben Licht der Laternen. Der Regen strömte und der Wind rauschte in den Gipfeln. Herr Hummel sah sich vorsichtig um, als er in die dichte Finsternis des Platzes trat, an welchem einst Gabriel und der Prinz von den Gespenstern des Schlosses zueinander gesprochen. Ein leises Rascheln im Gebüsch, eine hohe Gestalt trat zu ihm und faßte seinen Arm. »Gut«, sagte Herr Hummel leise, »vorläufig gerettet. Schnell zurück, Gabriel, und erwarten Sie mich zur Zeit. Wir aber suchen dunkle Wege und meiden die Laternen, im Hellen verbergen Sie Ihr Gesicht unter dem Schleier.« Ilse schritt am Arm ihres Hauswirts hinein in die Nacht, gedeckt durch den großen Schirm, welchen Herr Hummel über sie hielt.

Im Rücken der Flüchtigen schlugen die Turmglocken die zehnte Abendstunde, als sich die Umrisse der letzten Herberge vor dem Tor von dem düstern Himmel abhoben. »Nicht früher, nicht später«, sagte Herr Hummel und hemmte den Schritt der eilenden Begleiterin. In demselben Augenblick kam ihnen ein Wagen langsam aus der Finsternis entgegen. Ilse's Arm zuckte. »Ruhig«, bat Herr Hummel, »sehen Sie nach, ob das Ihre Freunde sind.«

»Ich erkenne die Blässe«, flüsterte Ilse atemlos. Herr Hummel trat an den verdeckten Kutschersitz, auf welchem zwei Männer saßen, und frug mit schnell erfundener Losung: »Kröten?«

»Dorf«, antwortete eine feste Stimme. Der Oberamtmann sprang zu Ilse herab, in dem Wagen rührte sich's, ein Zipfel der Lederdecke wurde geöffnet, eine kleine Hand fuhr heraus. Hummel ergriff und schüttelte sie. »Als Zugabe angenehm«, sagte er. Ohne ein Wort zu sprechen, knöpfte der Oberamtmann die Lederdecke auf. »Meine liebe Freundin«, rief von innen eine zitternde Frauenstimme. Ilse wandte sich zu Herrn Hummel. »Keine Worte«, sagte dieser, »gute Fahrt.« Ilse wurde hineingeschoben, die Frau Oberamtmann faßte Ilse's Arm und hielt ihn kräftig fest. Während Oberamtmann Rollmaus das Leder wieder zuknöpfte, begrüßte ihn Herr Hummel. »Ich freue mich«, sagte er. »Für Austausch der Namen ist die Gelegenheit nicht günstig. Auch ist unsere Klasse in der Naturgeschichte nicht dieselbe, aber die Pünktlichkeit zu rechter Stunde war gegenseitig und der gute Wille.« Der Oberamtmann schwang sich wieder auf den Kutschersitz und ergriff die Zügel. Er wendete den Wagen, Herr Hummel klopfte noch einmal an das nasse Leder, gemächlich trabten die Pferde ins Freie, dann hörte Herr Hummel einen kurzen Zuruf, mit gestrecktem Lauf ging es in die Finsternis hinein.

Hummel sah dem Wagen nach, bis dieser durch den dichten Regenschleier verdeckt war, warf noch einen prüfenden Blick auf die leere Straße und eilte wieder der Stadtgegend zu, in welcher das Schloß lag. Durch die entlegenen Teile der Anlagen suchte er den Pavillon; an derselben Stelle, wo Gabriel die Herrin ihm übergeben hatte, tauchte er in den tiefen Schatten der Bäume und tappte vorsichtig durch das nasse Gebüsch bis an die Hinterseite des Hauses. Er fühlte sich an der Wand entlang. »Setzen Sie sich auf die Schwelle«, flüsterte Gabriel, »ich ziehe Ihre Stiefeln aus.«

»Kann diese Hoftoilette mir nicht erspart werden?« summte Hummel, »Strumpfhosen sind gegen meine Natur.«

»Alles ist umsonst, wenn man Sie auf der Treppe hört.«

Hummel schlich hinter Gabriel die Treppe hinauf in finstere Stuben. »Hier sind die Zimmer der Frau Professorin. Sie müssen im Dunkeln auf und ab gehen und zuweilen mit den Stühlen rücken, bis ich Sie rufe.

Es ist jetzt noch ein anderer Aufpasser gekommen, sie sprechen unten miteinander, ich fürchte, sie haben einen Argwohn, daß wir etwas im Schilde führen, sie sehen mich sehr von der Seite an. Der Lakai trägt jeden Tag die Lampen aus den Wohnzimmern, daran darf nichts geändert werden, er schöpft Verdacht, wenn er nicht hört, daß Jemand in den Nebenstuben umhergeht. Ist Alles zur Ruhe, dann verläßt der Lakai das Haus, dann können wir miteinander sprechen.«

»Es ist gegen mein Gewissen, Gabriel«, brummte Hummel, »in einem fremden Hause ohne Erlaubnis des Eigentümers oder des Mieters zu verweilen.«

»Still«, mahnte Gabriel ängstlich, »ich höre den Mann auf der Treppe, schließen Sie hinter mir die Tür.«

Herr Hummel stand allein im Finstern, er setzte seine Stiefeln neben den Lehnstuhl, umkreiste beide und gab ihnen zuweilen einen Ruck. »Immer zart«, dachte er, »denn es ist der Tritt einer Professorsfrau. Die Anforderungen, die in diesen Zeiten an einen Hausbesitzer gemacht werden, übersteigen alle Gedanken. Entführung aus fremden Häusern und Damenrollen in nächtlicher Finsternis.« Draußen hörte man die Schritte der Männer, er stieß an seine Stiefeln. »Dunkelheit in fremdem Hause ist mit nichten wünschenswert«, fuhr er bei sich fort, »ich habe immer einen Haß gegen finstere Räume gehabt, seit ich einmal in ein Kellerloch fiel, dieser Nebel ist nur gut für Katzen und Spitzbuben. Das Jämmerlichste aber für einen Bürger ist, wenn man ihm seine Stiefeln vorenthält.« Er hörte einen leisen Tritt im Nebenzimmer, und wieder rückte er an dem Stuhl.

Endlich wurde es still im Hause, Herr Hummel setzte sich in dem Lehnsessel zurecht und sah sich müde in dem fremden Zimmer um. Von draußen fiel durch einen Ritz der Vorhänge ein matter Lichtschein an die Wand, die Quaste eines Vorhanges, der vergoldete Knauf eines Sessels schimmerten in der Dunkelheit. Jetzt zog Herr Hummel unwiderruflich die Stiefeln an und ergab sich noch eine Weile mißfälliger Beurteilung der Welt. Indeß, seine Bürgerstunde war gekommen, und heut hatte ihn die Reise ermüdet. Er versank allmählich in träumerisches Sinnen, sein letzter deutlicher Gedanke war: »nur in dieser fürstlichen Finsternis nicht schnarchen.« Mit diesem Vorsatz schloß er die Augen und sagte den Sorgen der Welt Lebewohl.

Im Schlafe war ihm, als höre er ein leises Geräusch, er öffnete die Augen und blickte in dem Zimmer umher. Undeutlich nahm er wahr, daß eine Wand anders aussah als sonst. Der große Spiegel, welcher in die Wandfläche gefügt war, schien verschwunden, ihm kam vor, als ob eine verhüllte Gestalt in der Wand stehe und sich bewege. Er war ein beherzter Mann, aber der Schreck fuhr ihm durch die Glieder. Er verschanzte sich hinter dem Stuhl. »Ist dies nur ein Schattenspiel«, begann er mit stockender Stimme, »so bitte ich, sich nicht stören zu lassen; ich bewundere die Kunst, aber ich trage meine Geldbörse nicht bei mir. Behaupten Sie aber ein Mensch zu sein, so fordere ich größere Deutlichkeit, ich fordere die landesüblichen Rundungen hinten und vorn. Ich selbst habe die Ehre, mich Ihnen bei dieser mangelhaften Beleuchtung vorzustellen. Hutfabrikant Heinrich Hummel, meine Legitimation ist in Ordnung, Reisepaß nach Paris.« Er fuhr mit der Hand nach der Brust-tasche. »Da ein anständiger Bürger verpflichtet ist, sich in diesen gefähr-lichen Zeiten zu schützen, so steht in meinem Paß polizeilich bemerkt: avec un pistolet. Bitte dies freundlich zu berücksichtigen.« Er zog ein Taschenpistol heraus und hielt es vor sich. Wieder sah er nach der Stelle, nichts war zu sehen. Der Spiegel stand wie vorher. Er rieb sich die Augen. »Dummes Zeug«, sagte er, »es war am Ende nur eine ver-schlafene Einbildung.«

Draußen wurde die Haustür geschlossen. Noch eine Weile stand er, argwöhnisch umherblickend, und der Schweiß trat ihm auf die Stirn. Endlich hörte er das Klopfen Gabriels an der Tür. Er öffnete, nahm ihm schnell das Licht aus der Hand, trat zu dem Spiegel und beleuchtete Rahmen und Wand. »Er steht eisenfest«, sagte er vor sich hin, »es war nur eine Täuschung.« Aber er ergriff doch eilig seinen Hut und zog den Diener aus dem Zimmer. »Für heut ist's genug«, brummte er, »ich wünsche, schnell aus diesem Hause geschafft zu werden. Mir ist nicht recht, daß Sie allein hier bleiben, Gabriel. Morgen früh suche ich Sie auf, ich habe den Tag über in der Stadt zu tun. Versuchen Sie zu schlafen, wir werden beide in unserm Bette an diesen Streich denken, und an sie, welche noch ein sicheres Dach sucht zum Schutz gegen Nachtwind und Gespenster.«

Ilse fuhr durch die Nacht. Um sie rauschte der Regen, der Sturm tobte durch die Bäume, hoch spritzte das Wasser aus den Gleisen um Pferde und Wagen. Nur zwischen den Gestalten der Männer auf dem Vordersitz sah sie ein Stück des Nachthimmels, der schwer und schwarz über der Flüchtigen hing. Zuweilen blickte ein Lichtfunke aus dem Fenster eines Hauses, dann wieder nichts als Regen, Sturm und schwarze Nacht. Die Nachbarin hielt immer noch ihre Hand, auch sie schwieg ängstlich während der unheimlichen Fahrt. Ilse fuhr hinein in die Welt, in eine lichtarme, sturmgepeitschte, tränenreiche Welt. Unsicherheit und bange Sorge überall, wenn sie an den Geliebten dachte, den sie in den Händen des Verfolgers zurückließ, wenn sie das bekümmerte Antlitz des Vaters vor sich sah, und die Fluren des Gutes, wo der Jüngling weilte, dessen Nähe ihr jetzt mit neuem Schmerz drohte. Aber sie saß hochaufgerichtet. »Wenn er zurückkehrt zu der Tür, über welcher die schwarzen Engel schweben, dann wird er vergebens nach seinem Weibe fragen. Ich aber habe getan, was ich mußte, der Herr meines Lebens walte über mir.«

Hinter dem Wagen klang Hufschlag, er kam näher; wo sich der Feldweg zum Gute schied von der großen Landstraße, fuhr auf schäumendem Pferde ein Reiter heran, er rief denen auf dem Kutschersitz zu, Wagen und Reiter stürmten einige Augenblicke nebeneinander vorwärts, dann hielt der Reiter sein Roß zurück. Der Oberamtmann warf einen Baumzweig in den Wagen. »Den hat der Reiter für Frau Ilse hergebracht, er sei von dem Baum unter ihrem Fenster und die Rechnung sei bezahlt.«

11. Der Obersthofmeister.

Zu derselben Stunde, in welcher Ilse den tröstenden Worten ihres Hauswirts lauschte, fuhr der Wagen des Obersthofmeisters an das Turmschloß der Prinzessin. Erstaunt hörte die Prinzessin die Meldung des Dieners und flog in ihr Empfangzimmer hinab. Der Professor ließ die Truhe mit ihrem Inhalt in sein Zimmer schaffen und hatte sich eben über die Handschrift gebeugt, als der Hofmarschall eintrat, um seines Auftrags ledig zu werden.

Unterdeß erwartete die Prinzessin den alten Herrn.

Das Amt des Obersthofmeisters teilte ihm den Ehrendienst bei der Prinzessin zu, es galt für eine achtungsvolle Entfernung von der Person des Fürsten. An dem Flügel des Schlosses, den die Prinzessin bewohnte, sah man seinen Wagen jeden Morgen zu derselben Stunde vorfahren. Sein persönliches Verhältnis zu der jungen Herrin schien kühl, in Hofgesellschaften wurde er von ihr, nur soweit schicklich war, ausgezeichnet, die Bittsteller erfuhren zuweilen, daß ihre Gesuche ihm mitgeteilt waren. In der Stadt galt er für einen gutherzigen Mann, er wurde wegen seiner

Wohltätigkeit von den Bürgern mit Achtung betrachtet und war der einzige unter den Herren des Hofes, über welchen nie ein abgeneigtes Urteil laut wurde. Er wohnte in einem altfränkischen Hause, von Gärten umgeben, war unverheiratet und lebte als reicher Mann, ohne nahe Verwandte, still vor sich hin. Er war, wie man annahm, ohne regelmäßigen Einfluß, er stand nicht in Gunst und wurde deshalb von den jüngeren Cavalieren mit ritterlicher Achtung behandelt. Trotzdem war er dem Fürsten und Hofe unentbehrlich. Er war der Großwürdenträger, notwendig für die Repräsentation, er war Ratgeber in Familienangelegenheiten, Gesandter und Begleiter bei feierlichen Staatshandlungen. Denn er war von früher an den meisten Höfen Europa's wohl bekannt, hatte Verbindungen in der großen Diplomatie, er genoß die besondere Gnade einiger auswärtiger Herrscher, an deren gutem Willen dem Fürsten gelegen sein mußte, und da bei unseren Höfen die Meinung, die ein Hofmann in der Fremde genießt, auch für das Urteil des Schlosses maßgebend zu sein pflegt, so machte den Obersthofmeister der Briefwechsel, in dem er mit den Leitern auswärtiger Politik stehen sollte, und die reiche Auswahl, welche ihm unter breiten Bändern freistand, für den Fürsten selbst zu einer Autorität, welche ebenso lästig als schätzenswert war, für den Hof aber zum stillen Berater und zur letzten Zuflucht in schwierigen Fragen.

Jetzt öffnete dem alten Herrn der Diener mit tiefer Verbeugung die Tür zum Empfangraum der Prinzessin. Gleichgültige Fragen und Antworten wurden gewechselt, dann trat die Prinzessin in das Nebenzimmer und forderte ihre treue Kammerfrau durch einen Wink auf, vorn Wache zu halten. Als die Unterredung vor dem Ohr jedes Lauschers gesichert war, änderte sich die Haltung der Prinzessin, sie eilte auf den alten Herrn zu und sah ihm fragend in das ernste Gesicht: »Ist etwas vorgefallen? Nichts Kleines hat Sie veranlaßt, sich hierher in die Wildnis zu bemühen. Was haben Sie Ihrem Töchterchen zu sagen? ist es Lob oder sind es Schelte?«

»Ich erfülle nur meine Pflicht«, versetzte der alte Herr, »wenn ich mich einstelle, um Ew. Hoheit Befehle entgegen zu nehmen und nachzusehen, ob der Aufenthalt meiner gnädigsten Herrin schicklich vorgerichtet ist.«

»Excellenz kommen zu schelten«, rief die Prinzessin zurücktretend, »denn Sie haben kein freundliches Wort für Ihr kleines Weibchen.«

Der Obersthofmeister neigte entschuldigend das weiße Haupt. »Wenn ich Ew. Hoheit ernster erscheine als sonst, so sind es vielleicht nur die Grillen eines alten Mannes, welche sich zu ungelegener Zeit eingestellt haben. Ich bitte um Erlaubnis, mich durch Ew. Hoheit Anblick davon zu befreien. Die leidende Gesundheit des Fürsten legt uns allen Sorge auf, sie mahnt an die Vergänglichkeit jedes Lebens. Selbst der guten Laune des Prinzen Victor gelang nicht, mich von trüben Gedanken zu lösen.«

»Wie geht es dem Vetter?« frug die Prinzessin leicht.

»Er überwindet die Schwierigkeit, ein Prinz zu sein, in seiner wunderlichen Weise«, erwiederte der Obersthofmeister, »aber es ist ein tüchtiger Kern in ihm, er vermag wohl ernste Sachen klug zu behandeln. Mich freut«, setzte der Hofmann hinzu, »daß meine gnädigste Herrin warm für einen Verwandten empfindet, der Höchstderselben treu ergeben ist.«

»Er war gegen mich stets nett und zuverlässig«, sagte die Prinzessin obenhin. »Jetzt aber haben Sie mich hart genug gestraft. Was Sie mir zu sagen haben, darf zwischen uns beiden nicht so verhandelt werden.« Sie faßte einen Sessel und schob ihn in die Mitte der Stube. »Hier sitzen Sie nieder, mein würdiger Herr, und mir erlauben Sie, daß ich die Hand des Freundes fasse, wenn er mir sagt, was ihm um meinetwillen Sorge macht.« Sie rückte sich ein niedriges Tabouret herzu, hielt mit beiden Händen die Rechte des alten Herrn und sah ihm spähend in die Augen. »Hoheit kennen das Mittel, mir zu dreister Bitte Mut zu machen«, sagte der Hofmann lächelnd.

»So ist's besser«, rief die Prinzessin erleichtert, »ich höre die Stimme und ich halte die Hand, denen ich am liebsten vertraue.«

»Ich aber wünsche Ew. Hoheit eine stärkere und nähere Stütze als mich selbst«, begann der alte Herr ernsthaft.

Die Prinzessin fuhr in die Höhe. »Das also war's, was Excellenz zu dieser Reise bestimmte?« rief sie ängstlich.

»Das war die Sorge, welche mich beschäftigte. Es ist nichts weiter als eine Ansicht«, entschuldigte der Obersthofmeister, sein Haupt neigend.

»Und das soll mich ruhiger machen?« rief die Prinzessin. »Was hat mir bis jetzt die Möglichkeit geschafft, zu leben, als Ew. Excellenz Ansichten.«

»Da Ew. Hoheit, noch in der Witwentrauer, zur Heimat gefordert wurden, war mir der Wunsch des Fürsten willkommen, weil ich dadurch das Recht erhielt, dies Gespräch mit Ew. Hoheit zu führen.« Es wies mit seiner Handbewegung auf den Sitz, die Prinzessin eilte wieder an seine Seite. »Auch jetzt, wo ich Ew. Hoheit vor mir sehe in dem heitern Glanz der Jugend, überreich ausgestattet, Andere zu beglücken und des besten Glückes teilhaftig zu werden, vermag ich den Gedanken nicht abzuwehren, daß Ihnen Unrecht ist, auf die Freuden des Hauses zu verzichten.«

»Ich habe dies Glück genossen und habe es verloren«, rief die Prinzessin. »Jetzt bin ich vertraut mit dem Gedanken, Manchem zu entsagen. 377 Ich suche mir dafür eine Entschädigung, welche auch Sie nicht für unwürdig halten.«

»Es ist ein Unterschied zwischen uns von mehr als fünfzig Jahren«, sagte der alte Herr. »Was mir, dem unbedeutenden Manne, freisteht, das wird der Tochter des hohen Geschlechtes nicht ebenso leicht gestattet. Ich bitte meine geliebte Herrin um Erlaubnis«, fuhr er mit leiser Stimme fort, »heut an den Vorhang zu rühren, welcher ein finsteres Bild aus Ihrer frühen Jugend verhüllt. Sie waren Zeugin der Scene, welche den Fürsten von Ihrer erlauchten Mutter schied.«

»Es ist eine dunkle Erinnerung«, flüsterte die Prinzessin, ängstlich zu dem alten Herrn aufsehend, »die Mutter machte dem Fürsten Vorwürfe, es war etwas über den unseligen Pavillon. Der Fürst geriet in eine Aufregung, die furchtbar war. Ich, das kleine Mädchen, lief herzu und umschlang das Knie der Mutter, er schleuderte mich fort –« die Prinzeß verhüllte die Augen. Der alte Herr machte eine abwehrende Bewegung und erwiederte ablenkend: »Die Nachwirkung dieses Ereignisses wurde verderblich für das Leben einer edlen Frau, aber auch für Sie selbst. Damals äußerte sich zuerst die krankhafte Reizbarkeit des Fürsten, welche seitdem seine Stimmung verdüstert. Von jener Stunde sieht der Fürst in Ihnen eine lebendige Zeugin dessen, was er selbst als seine Krankheit und seine Schuld empfindet. Er hat sich Jahre lang gemüht, Ihnen durch Güte und Aufmerksamkeiten jenen Eindruck zu verwischen, er hat nie geglaubt, daß ihm das gelungen ist. Scham, Argwohn, Furcht haben ihm stets wieder das Verhältnis zu Ihnen verdorben. Er will Sie nicht von sich lassen, weil er fürchtet, daß Ihr Vertrauen einem andern Menschen verraten konnte, was er selbst sich zu bergen bemüht ist. Er hat widerwillig der ersten Werbung nachgegeben, er wird auch eine zweite sehr unfreundlich empfangen, denn er wünscht nicht, Ew. Hoheit wiedervermählt zu sehen. Wohl aber freut er sich in den Stunden, wo über seinem ungewöhnlichen Geist finstere Wolken liegen, des Gedankens, daß Ew. 378 Hoheit das Recht verlieren könnten, ihm in der Stille Vorwürfe zu machen. In ihm nagt, daß er die fürstliche Würde seiner Gemahlin tötlich gekränkt hat, ihn beschäftigt jetzt der Gedanke, daß auch Ew. Hoheit über andern Verhältnissen vergessen könnten, was Beruf einer Fürstin ist.«

»Er hofft vergebens«, rief die Prinzessin außer sich. »Nie wird eine unwürdige Leidenschaft mich vor seine Füße werfen; nicht umsonst bin ich das Kind Ihrer Sorge gewesen.«

»Was ist unwürdig für eine Fürstin?« frug der Obersthofmeister nachdenkend. »Daß Ew. Hoheit sich frei erhalten von den kleinen Passionen, welche bei der Quadrille eines Maskenballs aufflattern, davon ist man überzeugt. Aber auch das geistvolle Spiel mit schönen und großen Interessen vermag einer Frau das Leben zu stören. Leicht hängt sich Schwärmerei an den feinsten geistigen Genuß, mehr als einmal ist ein Weib gerade da in der größten Gefahr gewesen, wo sie, von außen kräftig angeregt, sich höher, freier, edler fühlte als sonst. Es ist schwer, eine entzückende Musik zu hören und dem Künstler, der sie uns geschaffen, warme Teilnahme zu versagen.«

Die Prinzessin sah vor sich nieder.

»Gesetzt den Fall«, fuhr der Obersthofmeister fort, »daß ein Kranker in galliger Laune so grübelte und für solchen Zweck handelte, die Gesunde würde sich wohl hüten, ihm den Willen zu tun.«

»Sie würde sich aber auch nicht stören lassen in dem, was sie für Ehre und Reichtum ihres Lebens hält«, rief die Prinzessin, zu dem Alten aufsehend.

»Gewiß nicht«, versetzte dieser, »wenn solche Güter in der Tat durch die spielende Hingabe einer Frau an Kunst oder Wissenschaft zu erwerben sind. Am schwersten wird eine Fürstin dabei Befriedigung finden. Niemand verdenkt einer Frau aus dem Volke, wenn sie eine große Begabung zum Lebensberuf macht; vermag sie, als Sängerin oder Malerin sich zu befriedigen und Anderen zu gefallen, so lacht ihr alle Welt freudig entgegen. Wenn aber meine gnädigste Prinzessin ihre schöne musikalische Anlage benutzen wollte, öffentliche Concerte zu geben, weshalb würden die Menschen darüber die Achseln zucken? Nicht, weil Ew. Hoheit Talent geringer ist als das einer andern Künstlerin, sondern weil man Ihrem Leben andere Aufgaben zuteilt. Die Nation stellt an ihre Fürsten sehr bestimmte ideale Forderungen. Wenn leider den fürstlichen Herren unserer Zeit nicht leicht wird, diesen Idealen zu entsprechen, für die Frauen der erlauchten Geschlechter macht die ernste

Richtung der Gegenwart dies eher möglich als in meiner Jugend. Eine Fürstin unseres Volkes soll das edle Vorbild einer guten Hausfrau sein, nichts mehr, nichts Anderes. Treu und wohltuend und fest gegen ihren Gatten, sorgfältig in den Pflichten des Tages, warmherzig gegen Bedürftige, gütig und teilnehmend gegen Alle, denen der Vorzug wird, ihr zu nahen. Hat sie Geist, sie soll sich hüten zu glänzen, hat sie Talent für die Geschäfte, sie soll sich wahren, eine Intrigantin zu werden. Sogar die schöne Meisterschaft geselliger Tugenden wird sie mit größter Bescheidenheit üben. Wohlgewogenes Gleichgewicht der weiblichen Vorzüge ist der beste Schmuck einer Fürstin, ihre höchste Ehre, daß sie liebenswerter und besser ist als die Andern, ohne daß man darüber erstaunt, in Allem gut und tüchtig, nach keiner Richtung anspruchsvoll. Denn sie steht zu hoch, um für sich zu begehren und zu erobern.«

Die Prinzessin saß neben dem Sprechenden, das Haupt auf den Arm gestützt, sie sah traurig vor sich hin.

»Meine teure Fürstin hört dergleichen nicht zum ersten Mal aus meinem Munde. Oft habe ich um die Gefahr gesorgt, welche Ihnen ein hochfliegender Geist und die behende Einbildungskraft bereiten, das Wiegengeschenk einer neidischen Fee, welche Ew. Hoheit zu glänzend und verführerisch machte. Denn diese herrliche Begabung trägt die Schuld, daß Sie keine vornehme Natur sind, wie Ihr erlauchter Bruder, der Erbprinz. Zu lebhaft ist das Bedürfnis, sich geltend zu machen und auf Andere zu wirken. Den Bruder durfte man mit vollem Vertrauen seiner guten Art überlassen, jedes Einreden in seine Seele war bei dem vielgeplagten Kinde vom Übel. Die reiche Künstlernatur aber, welche mit so großen Augen auf mich sieht, habe ich stets vor einer feinen Koketterie der Empfindung zu schützen gesucht. Ich bin jetzt ein harter Mahner an hohe Pflichten, weil ich Gefahren ahne, welche diese eroberungslustige Seele über sich und Andere heraufbeschwört.«

»Ich höre aus liebevollen Worten einen harten Vorwurf«, erwiederte die Prinzessin gehalten. »Ich soll mich vermählen – um vornehm zu werden.«

»Meiner lieben Hoheit wünsche ich, daß sie dieses große Ziel erreiche als Hausfrau eines Gemahls, der Ihrer Hingabe nicht unwert ist. Nur auf diesem Wege darf eine Fürstin wahres Glück erwarten. Auch dies Glück wird nicht ohne Entsagung erworben, ich weiß es, Jedem ist schwer, sich selbst zu beschränken, wer im Purpur geboren ist, übt diese Tugend zehnmal schwerer als ein Anderer. Verzeihung«, fuhr er fort,

»ich bin geschwätzig geworden, wie uns Alten vom Hofe zuweilen begegnet.«

»Nicht zu viel hat mir mein Freund gesagt, noch zuwenig«, rief die Prinzessin bewegt. »Mir ist der Gedanke lieb geworden, still vor mich hinzuleben, umgeben von Männern, die mich das Höchste lehren, was eine Frau zu erwerben vermag. Auch auf diesem Wege finde ich zarte Pflichten, edle Bande, welche mich mit den Besten vereinen, auch ein solches Leben ist einer Fürstin nicht unwert; mehr als eine hat in früherer Zeit dies Loos gewählt, und die Nachwelt denkt ihrer mit Achtung.«

»Ew. Hoheit meint nicht Königin Christine von Schweden«, versetzte der Obersthofmeister. »Aber auch anderen war solche Wahl selten zum Heil. Denn Ew. Hoheit erwäge, wenn eine Fürstin sich mit weisen Männern umgibt, sie meint dabei immer einen Mann, der ihr der weiseste ist.«

Die Prinzessin schwieg und sah vor sich hin.

»Wir haben lange der Fürstinnen gedacht«, begann der alte Herr, »man darf auch das Schicksal der Männer beachten, welche durch zarte Bande an das Leben einer erlauchten Frau geschlossen werden. Gesetzt, es gelänge, einen Freund zu finden, der ohne unziemliches Fordern mit Selbstverleugnung und völliger Ergebenheit sein Leben den bewegten und wechselvollen Tagen einer Fürstin widmet: viel muß er aufopfern und entbehren. Recht des Mannes ist, daß das Weib sich ihm hingibt; hier soll ein Mann die Kraft, ja auch die Leidenschaft seiner Natur in Fesseln legen für eine Frau, welche nicht ihm gehört, der er nur vorsichtig in einzelnen Stunden nahen darf wie der Freund dem Freunde, die ihn selbst betrachtet als eine gewiß sehr wertvolle Habe, zuerst als schönen Schmuck, zuletzt im besten Fall als nützliches Hausgerät. Am schlechtesten steht auf diesem Posten der Künstler, der Gelehrte, ich habe immer vor solchem wandelnden Conversationslexikon eines fürstlichen Haushalts Bedauern gefühlt. Auch große Talente gleichen dann den Philosophen des alten Roms, welche mit langem Bart und dem Mantel ihrer Schule im Schweif einer vornehmen Dame durch die Straßen zogen.«

Die Prinzessin stand auf und wandte sich ab.

»Besser allerdings ist die Lage des Mannes«, schloß der Obersthofmeister, »dem seine Persönlichkeit gestattet, das ganze Leben seiner hohen Freundin durch stille Arbeit zu leiten. Aber auch er muß nicht nur selbst das Schönste missen, er wird auch seiner Herrin beim reinsten Willen nicht immer ein Glück sein. Wer mehr sein will als ein treuer Diener, der vermindert die Sicherheit seiner Herrin. Wird solche ritterliche Hingabe angeboten, so mag ein edles Weib zögern, sie anzunehmen; sie hervorzulocken, ziemt einer Fürstin nicht.«

Der Prinzessin stürzten die Tränen aus den Augen, sie wandte sich 382 schnell dem Alten zu. »Ich kenne ein solches Leben«, rief sie, »das in unaufhörlicher Selbstverleugnung drei Frauen unseres Hauses zum Segen war. O mein Vater, ich weiß wohl, was Sie uns gewesen sind, haben Sie Geduld mit Ihrem armen Pflegekinde, ich ringe gegen Ihre Worte, es wird mir schwer, ihnen mein Ohr zu öffnen, und doch weiß ich, Sie sind der einzige sichere Halt, den ich bis jetzt im Leben gehabt habe, Ihre Mahnung der einzige Zuruf, der meine Jugend vor dem Verderben bewahrte.« Wieder faßte sie seine Hand, und ihr Haupt sank an seine Schulter.

»Ich habe Ihre Großmutter geliebt«, erwiederte der alte Herr mit zitternder Stimme, »es war in einer Zeit, wo dergleichen leichtherzig aufgefaßt wurde, ein reines Verhältnis, ich habe für sie gelebt, ich habe ihr täglich entsagt; sie war doch unglücklich, denn sie war Gemahlin eines andern Mannes, und gerade die heiligsten Pflichten wurden ihr durch mein Leben erschwert. Ich habe Ihre Mutter als sorglicher Diener behütet, ich habe doch nicht verhindert, daß sie unglücklich wurde und in dem Gefühl ihres Elends starb. Jetzt halte ich das dritte Geschlecht an meinem Herzen und ich möchte, bevor ich von hier scheide, daß mein Leben und das Leiden der Mütter Ihnen zur Lehre sei. Habe ich je für Sie gesorgt, so tue ich es jetzt, hat mein liebes Kind je aus meinen Worten das Herz eines väterlichen Freundes gefühlt, so soll sie jetzt meinen Rat nicht gering achten, wie nüchtern er auch glänzende Träume störe.«

»Ich will Ihrer Worte denken«, rief die Prinzessin, »ich will mich mühen, zu entsagen, aber, Vater, mein gütiger Vater, es wird mir schwer.«

Der alte Herr rückte sich schnell zusammen und unterbrach ihre Worte. »Es ist genug«, sagte er in der Haltung seines Amtes, »Hoheit haben heut große Nachsicht gegen mich geübt, noch leben Andere, welche auch ihren Anteil an höchster Huld begehren.«

Es klopfte an der Tür, die Kammerfrau trat ein. »Der Diener meldet, 383 daß Fräulein Gotlinde und die Herren im Teezimmer harren.«

»Ich habe mit Sr. Excellenz noch über Geschäfte zu sprechen«, antwortete die Prinzessin leise, »ich lasse Gotlinde bitten, bei unserm Gast meine Stelle zu vertreten.«

Der Abend lag über dem Turmschloß, die Fledermaus flatterte aus ihrem Schlupfwinkel in der geräumten Kammer, sie zog ihre Kreise im Hofraum des Schlosses und schnalzte verwundert, daß sie in einer leeren Behausung erwacht war. Die Eule flog in die Turmluke und suchte mit runden Augen nach der alten Stuhllehne, von der sie sonst auf die dummen Mäuse gelauert hatte, und die Totenuhr, die der Gelehrte aus der einsamen Kammer unter die lebenden Menschen hinabgetragen hatte, nagte und tickte auf der Treppe und in den Zimmern des Schlosses. Der Regen schlug an die Mauern und der Sturmwind heulte um den Turm. Das Weib des Gelehrten fuhr durch die Nacht flüchtig wie ein gehetztes Wild, er aber schritt noch in seinem Zimmer auf und ab und formte träumend aus den gefundenen Blättern die ganze verlorene Handschrift. Und wieder wunderte er sich, daß sie ganz anders aussah, als er seit Jahren gedacht hatte.

Auch um das Fürstenschloß in der Residenz heulte der Wind und große Regentropfen schlugen an die Fenster, auch dort tobten die Gewalten der Natur und forderten Zugang in die feste Burg der Menschen. Säle und geschmückte Zimmer füllte das Dunkel der Nacht wie ein finsterer Rauch, nur die Laternen aus den Anlagen warfen ihren bleichen Schein durch die Fenster, er hing an den Hüllen der Kronleuchter und dem goldenen Zierat der Wände und machte die Öde der menschlichen Räume noch trauriger. Die Schloßuhr rief in melancholischem Schlage durch das Haus, daß die erste Stunde des neuen Tages gekommen sei. Dann wieder Stille, öde Stille überall. Zuweilen knisterte es in dem Parket des Fußbodens, und durch eine geöffnete Scheibe blies der Zugwind in die Vorhänge, welche schwarz um die Fenster hingen wie Leichenschmuck, der aufgesteckt wird beim Begräbnis eines Hausgenossen. Hier und da schien ein spärlicher Strahl aus der Tiefe auf die Bilder an der Wand, dort hingen in der fremden Tracht ihrer Zeit die Ahnen des Fürstenhauses, und wenn bei Tage der Kastellan die neugierigen Fremden durch die Säle geleitete, dann nannte er ihre Namen und sprach die Worte des Lobes über sie, welche er eingelernt hatte. Viele Geschlechter hatten in diesen Räumen gehaust, stattliche Männer und schöne Frauen hatten sich hier im Reigen geschwungen, in goldenen Bechern war der

Wein geflossen, gnädige Worte, festliche Rede und das leise Gemurmel der Liebe waren hier gehört worden, der Glanz jeder früheren Zeit war überboten durch reicheren Zierat der späteren. Alles aber war verschwunden und verweht, über den bunten Farben lag die Schwärze der Nacht und des Todes. Die sich einst hier verbeugt und des bunten Gewühls geladener Gäste gefreut, sie alle waren hinabgestiegen zur Tiefe, nichts war geblieben in dieser Stunde als traurige Leere und unheimliche Stille und eine einzelne Gestalt, welche geräuschlos wie ein Geist auf dem glatten Boden dahinschlich. Es war der Herr dieses Schlosses. Das Haupt vorgebeugt wie im Traume, ging er bei den Bildern seiner Ahnen vorüber.

»Das scheue Reh entlief«, flüsterte er, »der Panther sprang zu kurz, heulend schleicht er, das Haupt gesenkt, in seine Kluft zurück. Die große Katze konnte ihre Krallen nicht bergen. Die Jagd ist aus, es ist Zeit, den Hammer dieser Brust in Ruhe zu setzen.«

»Es war nur ein Weib, ein kleines, unbekanntes Menschenleben, aber die Gaunerin Phantasie hat meine Sinne an ihren Leib gebunden, ihr allein gehört, was ich von Wärme und Hingabe für das Menschenvolk übrig habe.« Er blieb vor einem Bilde stehen, auf welches das trübe Licht einer gedämpften Lampe fiel. »Du Alter im Harnisch weißt, wie Einem 385 ums Herz ist, der flüchtig von Haus und Hof zieht und seinem Feind überlassen muß, was ihm lieb war. Als du aus dem Schlosse deiner Väter eiltest, ein heimatloser Flüchtling, verfolgt von der Meute fremder Söldner, da war dir elend zu Mut und du warfst einen wilden Fluch hinter dich. Ärmer fühlt sich dein Enkel, der jetzt flüchtig durch das Erbe gleitet, das du ihm hinterlassen, dir blieb die Hoffnung im harten Herzen, ich habe heut Alles verloren, wofür zu atmen der Mühe lohnt. Sie ist meinen Wächtern entflohen. Wohin? Auf den Stein zu ihrem Vater! Fluch der Stunde, wo ich selbst, durch ihre Worte getäuscht, den Knaben in ihre Berge sandte.«

Er schlich weiter. »Die dritte Station auf dem Wege zum Ende«, grübelte er, »ist eitles und nichtiges Spiel und bubenhafte Tücke. So sagte der gelehrte Pedant. Es traf ein, ich bin entstellt zu einem kindischen Zerrbild meiner Natur. Kläglich ist das Geflecht des Netzes, welches ich um ihre Glieder legte, fester Wille vermochte es im Augenblick zu zerreißen. Er hatte Recht, knabenhaft war das Spiel. Durch einen Federbart wollte ich ihn festhalten, und bevor noch die Kunst des Magisters ihre Wirkung getan, störte ich mir selbst den Erfolg durch die zitternde Hast meiner Leidenschaft. Wenn ihm die Kunde kommt, daß sein Weib entflohen, dann schnürt auch er seine Bücher und höhnt mich in sicherer Ferne. Schlechter Spieler, der an die Spielbank trat mit gutem Vorsatz, Stück um Stück auf das grüne Tuch zu setzen, und der im Wahnsinn den Beutel hinwarf und durch eine Kugel Alles verlor. Fluch über ihn und mich! Er darf nicht von mir, er darf sie nicht sehen. Doch was nützt ihn zu halten, wenn ich nicht seine Glieder in Eisen schmiede oder seinen Leib da unten berge, wo wir alle geborgen werden, wenn die Andern Macht erhalten, sich unser zu entledigen. Du lügst, Professor, wenn du mich deinen alten Kaisern vergleichst. Mir graut bei dem Gedanken an Dinge, die jene lachend taten, und mein Hirn weigert sich zu denken, was einst ein kurzer Wink der Hand befahl.«

»Eine Kugel und ein Würfel für zwei«, fuhr er fort, »das ist ein lustiges Spiel, von Meinesgleichen erfunden. Wie's trifft, der Eine fällt, der Andere springt davon. Wir würfeln, Professor, wer von uns beiden dem Gegner diesen letzten Dienst erweist. Und ich werde dir zunicken, du Träumer, wenn ich der Glückliche bin, der zur Ruhe gebracht wird.«

»Reicht dein Witz aus, Philosoph, dein Schicksal vorauszusehen, wie jenem alten Sterndeuter gelang, den dein Tiberius nach der eigenen Zukunft frug? Laß uns versuchen, wie weise du bist.«

Er stand wieder still und sah unruhig auf die dunklen Bilder. »Ihr schüttelt mit den Köpfen, ihr Alten an der Wand, mancher von euch hat getan, was Anderen leid wurde, ihr seid alle ehrenvoll eingesargt mit Trauermarschall und Leichenpferd, man hat Lieder gesungen euch zu Ehren und die Gelehrten haben lateinische Wehklagen geschmiedet und geseufzt, daß der goldene Regen aufhörte, der aus eurer Hand auf sie herabfiel. Dort steht einer von euch«, rief er und sah mit starrem Auge in einen Winkel, »dort schwebt der Wehegeist heran, der schwarze Schatten, der durch dieses Haus fährt, wenn das Unglück naht, die Schuld und die Buße. Es fährt dahin, die Narren zu schrecken, wesenlos, ein Spuk meiner kranken Laune. Ich sehe, wie es die Hand hebt, es scheucht, und mir graut vor der Malerei meines Gehirns. Hinweg«, rief er laut, »hinweg! Ich bin der Herr des Hauses!« Er lief durch die Zimmer und strauchelte, der schwarze Schatten eilte hinter ihm. Der Fürst stürzte auf den Fußboden.

Er rief laut nach Hilfe in dem öden Raum. Als der vertraute Diener aus dem Vorzimmer des Fürsten herzueilte, fand er seinen Herrn auf der Erde liegen. »Ich hörte einen gellenden Ruf«, rief der Fürst, sich wild erhebend, »wer hat geschrieen über meinem Haupt?«

Der Diener versetzte zitternd: »Ich weiß nicht, wer es war, ich hörte den Ruf und eilte herbei.«

»Ich war es wohl selbst«, sagte der Fürst tonlos, »mich überkam die Schwäche.«

Am frühen Morgen rief der Professor den Kastellan und stürmte die Turmtreppe hinauf, er fuhr in der Kammer umher und rückte an Bohlen und Bretern, er fand manchen vergessenen Kasten, nicht den, welchen er suchte. Er ließ den Kastellan jeden Nebenraum des Schlosses öffnen, schritt durch die Böden und Keller, nirgend eine Spur. Er suchte bei dem Förster, welcher in einem Nebenhause wohnte, auch dieser wußte keine Auskunft zu geben. Als der Gelehrte wieder in sein Zimmer trat, legte er das Haupt auf seine Hände. Aber er schalt sich und bändigte sich. »Zu sehr habe ich die kühle Umsicht verloren, welche Fritz die höchste Tugend des Sammlers nennt. Gewöhne dich an den Gedanken, zu entsagen und prüfe ruhig die Hoffnung, welche noch dauert. Sei auch nicht undankbar für das Wenige, das du gewonnen.« Aber ihm wurde schwer, bei den gefundenen Blättern zu verweilen, und er ging wieder sinnend auf und ab. Er hörte Stimmen im Hofe, eiliges Laufen in dem Gange, endlich meldete ein Lakai die Ankunft des Fürsten, und daß dieser den Professor beim Frühstück zu sehen wünsche.

An der Turmseite, welche der Morgensonne entgegenlag, war unter blühendem Gesträuch die Tafel gedeckt. Als der Professor unter das Dach trat, welches die Stelle vor Regen und Sonnenstrahlen schützte, fand er neben der Dienerschaft auch die Forstbeamten aufgestellt, und außer dem Marschall den Oberhofmeister, welcher unruhiger als der Professor die plötzliche Ankunft des Fürsten bedachte.

Der alte Herr näherte sich dem Gelehrten und sprach Gleichgültiges. »Wie lange gedenken Sie hier zu bleiben?« frug er verbindlich.

»Ich werde um Erlaubnis bitten, in der nächsten Stunde nach der Stadt abzureisen, ich bin fertig.«

Es währte lange, bis die Herrschaften kamen. Als der Fürst aus der Tür trat, fiel sein leidendes Aussehen allen Anwesenden auf, seine Bewegungen waren hastig, die Züge verstört, die Blicke fuhren unstät über die Gesellschaft. Er wandte sich zuerst mit harter Frage an den Förster.

»Wie durften Sie das widrige Geschrei der Dohlen am Turme leiden? Es ware Ihre Sache, dort aufzuräumen.«

»Ihre Hoheit, die Frau Prinzessin, hatte in vorigem Sommer für die Vögel gebeten.«

»Mir ist der Ton unerträglich«, sagte der Fürst, »bringen Sie Gewehre und machen Sie sich bereit, einigemal darunter zu schießen.«

Da der Verbrauch von Jagdpulver zu den regelmäßigen Landfreuden des Hofes gehörte, und der Fürst auch in der Umgebung des Schlosses gern selbst einmal auf einen Raubvogel oder ein anderes lockendes Ziel sein Gewehr richtete, fand der Hof diesen Auftrag weniger hart als der Gelehrte.

Der Fürst wandte sich an den Obersthofmeister. »Ich bin überrascht, Excellenz hier zu finden, ich wußte nicht, daß auch Sie sich für dies Stillleben Urlaub erteilt haben.«

»Mein gnädigster Herr dürfte überrascht sein, wenn ich meine Pflicht nicht getan hätte. Es war meine Absicht, Eurer Hoheit noch heute in der Residenz über das Befinden der Frau Prinzessin zu berichten.«

»Also darum!« bemerkte der Fürst spöttisch, »ich hatte vergessen, daß mein Obersthofmeister seines Wächteramtes nicht müde wird.«

»Ein Amt, das man fast ein halbes Jahrhundert im Dienst des erlauchten Hauses geübt hat, wird zur Gewohnheit«, erwiederte der Obersthofmeister. »Ew. Hoheit haben den Eifer eines Dieners, der sich gern nützlich machen möchte, sonst mit Nachsicht beurteilt.«

Der Fürst wandte sich an den Hofmarschall und frug mit gedämpfter Stimme: »Will er bleiben?«

Der Hofmarschall versetzte gedrückt: »Es war kein Versprechen, nicht einmal ein Wunsch aus ihm zu holen.«

»Ich wußte es bereits«, unterbrach der Fürst rauh. Er kehrte sich zu dem Professor und zwang sich heftig zu freundlicher Miene, als er sagte: »Ich habe von meiner Tochter gehört, welchen Verlauf Ihr Feldzug gegen Stuhlbeine genommen hat. Ich wünsche darüber noch mit Ihnen allein zu sprechen.«

Man nahm Platz. Der Fürst starrte vor sich hin und trank einige Gläser Wein, auch die Prinzessin saß schweigend, es war eine einsilbige Unterhaltung. Nur der Obersthofmeister wurde gesprächig, er frug nach einer Büste Winckelmanns und sprach von dem lebhaften Anteil, welchen die Nation jedem ungewöhnlichen Schicksal ihrer geistigen Führer zuwendet.

»Es muß doch ein angenehmes Gefühl sein«, sagte er verbindlich zum Professor, »gewissermaßen von der ganzen gebildeten Welt gehütet zu werden. In hundert Fällen vergeht das Privatleben unserer großen Gelehrten ohne besondere Ereignisse und doch beschäftigt sich unser Volk so gern mit dem Lebenslauf der Geschiedenen. Wen ein günstiger Zufall mit Herren Ihresgleichen in Berührung setzt, der mag sich vorsehen, daß er nicht unter den Händen später Biographen für alle Ewigkeit mit einem entstellenden Strich versehen wird. Ich gestehe«, fügte er lächelnd hinzu, »daß diese Scheu mich mancher lehrreichen Bekanntschaft beraubt hat.«

Der Professor erwiederte ruhig: »Das Volk ist sich bewußt, daß es zuerst durch die Arbeit der Studierstuben aus dem Elend heraufgekommen ist, bei längeren Erfolgen im politischen Leben wird auch die Teilnahme an den Trägern unserer bisherigen Cultur auf ein bescheideneres 390 Maß zurückgeführt werden.«

»Ich habe dem Fürsten erzählt, daß Sie hier doch etwas gefunden«, bemerkte die Prinzessin über den Tisch.

»Da ist nahebei ein merkwürdiger Fund in altem Hünengrabe gemacht«, knüpfte der Obersthofmeister an und berichtete weitläufig über Totenurnen.

Aber der Fürst selbst wandte sich an den Gelehrten. »Jetzt ist doch Hoffnung, daß sich auch das Übrige finden wird.«

»Leider weiß ich nicht mehr, wo ich suchen soll«, entgegnete der Professor.

»Was Sie gefunden haben«, fuhr der Fürst mit Selbstüberwindung fort, »ist also unbedeutend.«

Dem Professor war nicht recht, daß die Rede wieder auf die Handschrift kam, er empfand Mißbehagen, von seinem Römer zu erzählen. »Es sind einige Kapitel aus dem sechsten Buch der Annalen«, versetzte er mit Haltung.

»Als Ew. Hoheit in Pompeji standen«, fiel der Obersthofmeister ein, »erregten die eingekratzten Aufschriften der Wände Aufmerksamkeit. In diesen Tagen fiel mir eine hübsche Abhandlung darüber in die Hand. Es ist fesselnd, das lebhafte Volk des alten Unteritaliens in den unbefangenen Äußerungen seiner Liebe und seines Hasses zu beobachten. Man fühlt sich bei den naiven Ausrufungen der kleinen Leute fast ebenso lebhaft in die alte Zeit versetzt, als wenn man jetzt ein Zeitungsblatt in die Hand nimmt, das vor mehren Jahren geschrieben wurde. Wer den

Bürgern Pompejis gesagt hätte, daß man nach achtzehn Jahrhunderten noch wissen würde, wen sie in zufälliger Verstimmung einmal feindselig behandelt haben, dem hätten sie es schwerlich geglaubt. Wir freilich sind vorsichtiger.«

»Also das war der Haß kleiner Leute«, bemerkte der Fürst zerstreut, »Tacitus weiß davon nichts, ihn kümmert der Skandal des Hofes.

Wahrscheinlich hatte auch er ein Hofamt.«

Die Prinzessin sah unruhig auf den Fürsten. »Ist von dem Inhalt der beiden Pergamentblätter auch etwas für uns Frauen belehrend?« frug sie wieder ablenkend.

»Nichts Neues«, antwortete der Gelehrte, »da, wie ich die Ehre hatte, Ew. Hoheit zu sagen, uns dieselbe Stelle bereits aus einer italienischen Handschrift bekannt ist. Es sind kleine Ereignisse im römischen Senat.«

»Zank der versammelten Väter«, warf der Fürst nachlässig ein, »es waren elende Sklaven. Ist das alles?«

»Am Schluß stand noch eine Anekdote aus dem Privatleben des Tiberius. Der verstörte Geist des Fürsten klammert sich an die Astrologie; er ruft Sterndeuter zu sich und läßt in das Meer schleudern, die er in Verdacht eines Betruges hat. Auch der kluge Thrasyllus wird über den verhängnisvollen Felsenpfad zu ihm geführt, er verkündet die verborgenen Geheimnisse des kaiserlichen Lebens. Da forscht Tiberius lauernd, ob er auch wisse, was ihm selbst der gegenwärtige Tag bringen werde.«

»Der Philosoph fragt die Gestirne und ruft zitternd aus: ›Bedenklich ist meine Lage, ich sehe mich in Todesgefahr.‹ An dieser Stelle bricht unser Bruchstück ab. Der Vorfall mag sich wiederholt haben, dieselbe Anekdote haftet an mehr als einem Fürstenleben.«

Um die Zinne des Turmes flog die Schaar der Dohlen, sie schwatzten und schrieen und erzählten einander, daß unten der Weidmann stand, der ein Wild suchte.

Der Fürst erhob sich schnell. »Diesem Geschrei der schwarzen Vögel soll ein Ende gemacht werden«, er winkte dem Büchsenspanner. Der Mann trat heran und legte ein Gewehr in die Hand des Fürsten. Der Fürst setzte den Kolben auf die Erde und wandte sich zu dem Professor, während die Prinzessin beunruhigt durch die letzten Worte des Gelehrten mit ihrem Gefolge abseits stand und um Fassung rang.

»Die Prinzessin hat mir gesagt«, begann der Fürst, »daß Sie Bedenken tragen, einen Wunsch zu erfüllen, der uns allen große Bedeutung gewonnen hat. Ich hoffe, daß die Hindernisse nicht unüberwindlich sein werden.«

»Mir ziemt«, versetzte der Professor, erfreut durch die gütigen Worte des Fürsten, »einen so ehrenvollen Antrag ruhig zu erwägen. Ich habe nicht nur auf meine Wissenschaft Rücksicht zu nehmen, auch auf Anderes.«

»Worauf?« frug der Fürst.

»Auf den Wunsch einer geliebten Frau«, sagte der Professor. Ein plötzliches Zucken kam über die Glieder des Fürsten.

»Und wie betrachten Sie Ihr Verhältnis zu mir?« frug der Fürst mit heiserer Stimme.

Der Gelehrte sah den Fürsten an, aus den Augen sprühte tötlicher Haß und der glitzernde Schein des bösen Blickes, er sah die Mündung des Gewehres gegen seine Brust gerichtet und daß der gehobene Fuß des Fürsten um den Drücker fuhr.

Der Wetterstrahl zuckte, kein Raum zur Flucht, keine Zeit zur Regung; der Gedanke des letzten Augenblicks fuhr ihm durch das Haupt. Er erblickte vor sich das verzerrte Antlitz des Kaisers Tiberius und er sagte leise: »Ich stehe auf dem Pfad des Todes.«

»Der Fürst sinkt!« schrie der Obersthofmeister. Er warf sich mit ausgestreckten Armen gegen den Herrn und ergriff seine Hände. Der Fürst wankte, das Gewehr fiel zu Boden, er selbst wurde von den Armen der Herbeieilenden aufgefangen.

Die Prinzessin flog herzu und sah fragend dem Gelehrten in das bleiche Antlitz. »Den Fürsten überkam ein plötzlicher Schwindel«, antwortete dieser ruhig.

»Der Herr wird ohnmächtig«, rief der Obersthofmeister. »Wie geht es Ihnen, Herr Werner?« Die Hände des alten Mannes zitterten.

Gebrochen hing der Fürst in den Armen seiner Begleiter, er wurde nach dem Schloß getragen.

Die Umstehenden sprachen in warmen Worten ihren Schreck über den Zufall aus, die Prinzessin eilte dem kranken Fürsten nach. Ehe der Obersthofmeister folgte, sagte er noch zum Professor, indem er ihm prüfend ins Auge sah: »Nicht zum ersten Mal erkrankt der Fürst an solchem Zufall, Ihnen kam das überraschend, Sie wußten nicht, daß der Fürst leidend ist?«

»Ich weiß es seit heut«, erwiederte kalt der Gelehrte.

Wenige Minuten darauf trat der Obersthofmeister in das Zimmer des Professors, welcher sich zur Abreise bereitete.

»Ich komme, Ihre Nachsicht zu erbitten«, begann der Obersthofmeister. »Denn ich muß Ihnen durch ein Bekenntnis lästig werden, welches für mich peinlich ist. Sie haben neulich in meiner Gegenwart dem Fürsten von dem Cäsarenwahnsinn römischer Kaiser berichtet. Was Sie damals sagten, war mir sehr lehrreich.«

»Ich ahne jetzt«, versetzte der Professor finster, »daß der Ort dafür sehr wenig geeignet war.«

»Mehr als Sie annehmen«, sagte der Hofmann trocken. »Für mich war vorzugsweise lehrreich, nicht was Sie sagten, sondern daß Sie es sagten. Ich hatte nicht für möglich gehalten, daß Jemand so scharfsinnig Vergangenes nachfühlen und so bereitwillig auf ein Urteil über seine Umgebung verzichten könnte. Sie haben damals einem Kranken seine eigene Krankheitsgeschichte erzählt.«

»Ich habe darüber soeben Beobachtungen gemacht«, antwortete der Gelehrte.

»Der Fürst ist gemütskrank. Es ist jetzt notwendig, daß Sie es wissen. Ich habe Ihnen noch ein zweites Bekenntnis abzulegen. Mir ist begegnet, daß ich Sie falsch beurteilt habe.«

»Es würde mir von Wert sein, wenn Ihr gegenwärtiges Urteil günstiger wäre als das frühere«, entgegnete der Professor mit Haltung.

»In Ihrem Sinne, ja«, fuhr der Obersthofmeister fort. »Ich habe Sie in Ihren hiesigen Beziehungen längere Zeit für einen vorsichtigen Mann gehalten, der klug seine Zwecke verfolgt, ich habe erfahren, daß Sie das nicht sind, sondern etwas Anderes.«

»Ein ehrlicher Mann, Excellenz.«

»Wir haben einander nichts vorzuwerfen«, antwortete der Hofmann, das Haupt neigend, »wie Sie den Fürsten, so habe ich Sie selbst unrichtig beurteilt. Aber mein Versehen ist das größere. Denn ich bin der ältere, und ich habe nicht wie Sie die Entschuldigung eines besonders reichen Geistes, welcher zuweilen erschwert, andere Naturen unbefangen aufzufassen. Eine Entschuldigung aber haben wir beide. Es ist selten leicht, solchen gerecht zu werden, welche in andern Kreisen aufgewachsen sind und in Tugenden und Schwächen fremdartige Mischung zeigen. Befriedigung oder Verletzung des eigenen Selbstgefühls irrt uns allen das Urteil. Wo die gemütlichen Neigungen abweichen, entfremdet Mißbehagen, wo kräftig Töne der eigenen Brust sympathisch wiederklingen, gefährdet schnelle Annäherung. So habe ich Ihre ehrliche Unbefangenheit zu niedrig geschätzt, ich zahle in dieser Stunde die Buße, denn ich übergebe Ihnen ein Geheimnis in dem Vertrauen, daß Sie es mit hohem Sinn aufnehmen werden.«

»Ich nehme an, daß Excellenz mir diese Mitteilung nicht ohne bestimmte Veranlassung machen.«

»Man geht damit um, Sie in unserer Stadt festzuhalten«, warf der Obersthofmeister hin.

»Mir sind seit gestern Anträge in dieser Richtung zugegangen.« Der Obersthofmeister fuhr fort: »Ich habe nicht nötig, um Ihre Antwort zu sorgen. Sie haben die Meinung kennengelernt, welche sich hinter artiger Hülle verbarg. Wissen Sie, weshalb der Fürst Ihnen den Antrag gemacht hat?«

»Nein. Bis zu diesem Morgen habe ich nicht gezweifelt, daß ein gewisses persönliches Wohlwollen und die Ansicht, daß ich hier nützlich sein könnte, der Beweggrund war.«

»Sie irren«, entgegnete der Obersthofmeister. »Man will Sie nicht bloß deshalb festhalten, um Sie für vergängliche Privatinteressen zu verwenden, das letzte Motiv sind, wie ich annehme, die Grillen eines Kranken, welcher in Ihnen bald einen Gegner sieht, bald einen Scharfsinn fürchtet, der schonungslos krankhafte Stimmungen vor der Welt aufdecken könnte. Sie sollen hier festgebannt werden, man will Sie streicheln, kratzen, beobachten, verfolgen. Sie sind ein Gegenstand des Interesses, der Scheu und Abneigung geworden.«

Der Professor stand auf. »Was ich erlebt und was Sie mir sagen, zwingt mich, diese Stätte augenblicklich zu verlassen.«

»Ich wünsche nicht«, sagte der Obersthofmeister, »daß Sie mit einem lauten Mißton von hier scheiden, wenn dies vermieden werden kann; um Ihretwillen nicht, und wegen manchem von uns nicht.«

Der Professor trat an den Tisch, auf welchem die Pergamentblätter lagen. »Ich erbitte Ihre Geduld, wenn ich nicht sogleich ruhige Haltung wiederfinde. Die Lage, in welche wir versetzt sind, ist wie aus einem fremden Jahrhundert, sie steht in furchtbarem Gegensatz zu der heitern Sicherheit, womit wir das eigene Leben und die Seelen unserer Zeitgenossen betrachten.«

»Heitere Sicherheit?« frug der Obersthofmeister traurig. »An Höfen wenigstens dürfen Sie diese nicht suchen, und nirgend, wo der Einzelne aus dem Privatleben heraustritt. Heitere Sicherheit! Auch ich möchte fragen, ob wir aus Einem Jahrhundert sind. Schwerlich hat es eine Zeit gegeben, wo so Vieles unsicher, das Alte so abgelebt und das Neue so schwach war.«

Der Professor hob erstaunt das Haupt bei der lauten Klage des Greises.

Der Obersthofmeister fuhr zürnend fort: »Ich höre überall von den Hoffnungen, die man im Volke hat, ich sehe häufig ein junges burschikoses Vertrauen. Es ist freilich noch weit von gereifter Kraft, aber ich verarge einem gemütvollen Manne nicht, wenn er darauf Hoffnungen setzt. Ja, ich darf einräumen, daß dieser jugendliche Mut in der Tat die beste Hoffnung ist, welche wir haben. Aber ich bin ein alter Mann, ich vermag dies Neue nirgend, wo es über die Interessen des Privatlebens hinausstrebt, bedeutend zu finden. Ich fühle die Abnahme der Lebenskraft in der Luft, welche mich umgibt. Meine Jugend fällt in eine Zeit, wo die beste Bildung der Nation den Höfen nahestand; meine eigenen Vorfahren haben durch sechs Jahrhunderte an den Torheiten und Verbrechen, aber auch an dem Stolz ihrer Zeit eifrig Teil genommen, ich bin zum Manne erwachsen in der Vorstellung, daß Fürsten und Adel die geborenen Führer der Nation sind. Ich sehe mit Trauer, daß sie auf lange, vielleicht für immer diese Führung verlieren. Manches, was Sie neulich erzählten, paßt genau auf die letzten Jahrzehnte, welche ich durchlebt. Es war eine schmerzvolle Zeit. Die dumpfe Schwäche im Leben des Volkes hat am meisten auf den Höhen verwüstet. Auch da hat es nicht an einzelnen ehrenwerten und kräftigen Männern gefehlt. Welche Zeit hätte sie ganz entbehrt? Aber, was die edelste Blüte der Volkskraft sein sollte, das ist gerade in dieser leeren und schalen Zeit am tiefsten erkrankt.«

Der Professor warf ein: »Ist Grund zur Trauer, wo vielleicht der Einzelne verliert, das Ganze gewonnen hat?«

»Zuverlässig nicht«, versetzte der Hofmann, »wenn nur der Gewinn für das Ganze so sicher stünde. Aber mit Erstaunen sehe ich, daß gerade die größten Angelegenheiten der Nation von allen Seiten schülerhaft klein betrieben werden. Vieles Wertvolle ist verloren, Besseres nicht gewonnen. Die Feinheit der Empfindung, welche sich sonst in allen Formen

des Verkehrs sehr wohltuend ausdrückte, vorsichtige Behandlung wichtiger Geschäfte werden selten. Wenn dieser Vorzug nicht ausreicht, Charaktere zu bilden, wie sie vielleicht die Gegenwart braucht, er machte doch das Leben gefällig und schön. Was einst häufig war an den Höfen und den Geschäften, sicheres Gefühl der Überlegenheit, graziöse

Herrschaft über Andere, das müssen wir entbehren. Die Diplomatie hat aufgehört, vornehm zu sein. Man brüskiert, man aventuriert, nicht nur der Adel der Gesinnung, sogar der anmutige Schein desselben fehlen, an den Höfen hat unsichere Kleinlichkeit, ein mürrisches, gereiztes, abschließendes Wesen über Hand genommen, in der Diplomatie Ungezogenheiten und Leichtsinn ohne Kenntnisse und ohne männlichen Willen. Unsere Prinzen klirren als bewaffnete Müßiggänger einher, die alte Hofzucht ist verloren, man fühlt sich haltlos auf der Defensive und sucht in törichten Übergriffen sein Heil. Es ist schwer, sich die Empfindung fern zu halten, daß es mit diesem Treiben unaufhaltsam abwärts gehe.«

Der Professor lächelte über die Trauer des alten Herrn.

»Ich verdenke Ihnen nicht«, fuhr der Obersthofmeister fort, »wenn Sie das Unglück dieser Verwandlung weniger schmerzlich empfinden als ich. Es ist nur schade, daß es immer noch die höchsten irdischen Interessen sind, mit welchen in solcher Weise gespielt wird.«

»Ist denn aber das Unglück so allgemein?« versetzte der Professor.

»Unserem vielgestaltigen Leben fehlt es nicht an glänzenden Ausnahmen«, sagte der Obersthofmeister. »Es war uns auch in der Zeit, wo wir vor der Welt die größten Trauerspiele aufführten, noch vergönnt, hier und da eine heitere Novelle ins Leben zu rufen. Kaum jemals hat es uns ganz an einem Lande gefehlt, welches die fünf Charaktere eines guten Hofes in dauerndem Zusammenleben vereinte: einen geradsinnigen Herrn, eine liebenswürdige Fürstin, einen hochgesinnten Staatsmann, eine geistreiche Hofdame und unter den Cavalieren einen überlegenen Geist. Aber die Stätten sind selten geworden.«

»Waren sie jemals häufig?«

»Sie waren in der Zeit, aus welcher meine ersten Erinnerungen stammen, der Stolz unserer Nation«, versetzte der Obersthofmeister.

»Gerade in jener Zeit haben wir auch Anderes gewonnen, worauf wir noch jetzt stolz sind«, entgegnete der Gelehrte. »Es waren kurze Jahrzehnte, in welchen die Höfe für Pflegestätten der freiesten Zeitbildung galten, und nur durch die seltsamen politischen Schicksale unseres Volkes ist diese Führerschaft möglich geworden. Jetzt ist sie auf andere Kreise übergegangen und für die vornehme Bildung Einzelner haben wir die vermehrte Tüchtigkeit Vieler eingetauscht.«

»Auch hierbei ist ein Verlust«, rief der Obersthofmeister, »daß vornehme Naturen überhaupt selten geworden sind. Ich bin bereit, die großen Fortschritte anzuerkennen, welche das Bürgertum in den letzten fünfzig Jahren gemacht hat. Aber die Tüchtigkeit, welche das Volk in Erwerb und Verkehr entwickelt, ist zu selten verbunden mit sicherem Selbstgefühl, ja auch selten mit der festgegründeten Stellung, deren eine politische Kraft bedarf. Zu häufig ist das Schwanken zwischen unzufriedenem Trotz und übergroßer Fügsamkeit, hoch fliegt die Begehrlichkeit, zu klein ist der Opfermut. Überall hat der Wohlstand zugenommen, wer dürfte das leugnen? Nicht in demselben Maße das Verständnis für die höchsten Angelegenheiten der Nation.«

»Die Lebenden kommen herauf«, erwiederte der Gelehrte, »die Söhne werden sicherer und freier stehen, auch auf diesem Gebiet gehört unsere Zukunft denen, welche emsig arbeiten.«

»Vieles mag verloren gehen«, sagte der Obersthofmeister, »bevor die Steigerung, welche Sie erwarten, so groß wird, daß sie den Aufstrebenden Anteil an der Herrschaft verschafft. Ich bin zu alt, mich von Hoffnungen zu nähren, deshalb vermag ich Ihre lichtvolle Auffassung unserer Lage mir nicht anzueignen. Ich wünsche unserer Nation Gutes, woher es auch komme, ich weiß, sie hat Ärgeres überstanden als das gegenwärtige Hängen zwischen einer niedersteigenden und einer aufsteigenden Bildung. Aber ich fühle, daß die Luft, in der ich lebe, immer schwüler wird, die Spannung der Gegensätze gefährlicher. Wenn ich zurücksehe auf ein langes Leben, so graut mir zuweilen vor dem Siechtum, das ich geschaut. Es war keine Zeit riesiger Laster, wie Ihre Kaiserperiode, aber es war eine Zeit, in welcher nach kurzem poetischen Traum die Schwäche dürftiger Seelen herrschte und verdarb. Die Gestalten, welche in dieser Zeit verkommen sind, werden der Nachwelt nicht fürchterlich erscheinen, aber grotesk und verächtlich. Sie, Herr Professor, leben in einem neuen Zeitalter, wo sich ein jüngeres Geschlecht unbehilflich müht, heraufzukommen. Mir fehlt Empfänglichkeit für die neue Art, und mir fehlt der Mut zu hoffen, denn mir fehlt jede Fähigkeit, die Jüngern bildend zu fördern.«

Er war aufgestanden. Der Greis und der jugendfrische Mann, der Diplomat und der Gelehrte standen einander gegenüber, der Eine Sprecher für die Welt, welche sich abwärts neigte, der Andere Verkünder der Lehren, welche unablässig die alte Welt erneuen. Auf dem ruhigen Antlitz des Alten lag stille Trauer, in den geistvollen Zügen des Jüngern arbeitete kräftig die Empfindung, ein hoher Sinn und ein feiner Geist schaute aus den treuen Augen Beider.

»Was wir einander zu sagen hatten«, fuhr der Obersthofmeister fort, »ist gesagt. Ich habe versucht gut zu machen, was ich gegen Sie versehen, möge Ihnen die geschwätzige Offenheit, mit der ich mich Ihrem Urteil hingab, eine kleine Genugtuung dafür sein, daß ich zu lange gegen Sie schwieg. Es ist die beste Genugtuung, die ich einem Manne Ihrer Art zu geben weiß. Was die krankhafte Stimmung Anderer betrifft, von welcher wir ausgingen, so bedarf es darüber zwischen uns keiner Worte; beide werden wir besonnen tun, was unsere Pflicht ist, um die Menschen, welche unserer Sorge vertraut sind, vor Gefahr zu hüten, auch uns selbst zu wahren, Herr Werner. Leben Sie wohl! Möge die Tätigkeit, welche Sie gewählt haben, Ihnen das freudige Vertrauen zu Ihrer Zeit und Ihrem Geschlecht erhalten, bis in die Jahre, welche ich auf meinem Scheitel trage. Dies höchste Glück des Menschen habe ich, der unbedeutende Mann, zuweilen mit Schmerzen entbehrt, wie sie Ihr großer Römer gefühlt hat.«

»Gestatten Excellenz auch mir, Ihnen eine Bitte auszusprechen«, versetzte der Gelehrte mit warmer Empfindung. »Noch oft mag die ungeübte Rührigkeit der Jüngern Ihnen ein bitteres Lächeln abnötigen, und nicht immer werden die unfertigen Werke, welche wir Pioniere der Wissenschaft aufwerfen, den Forderungen genügen, welche Sie auch an uns stellen; denken Sie, wenn Sie uns tadeln müssen, auch nachsichtig daran, daß unser Volk die Bürgschaft schöpferischer Jugend so lange in sich trägt, als die Ehrfurcht vor jeder geistigen Arbeit und die einfache Ehrlichkeit in Liebe und Haß ihm nicht verloren sind. Solange die Nation sich selbst verjüngt, vermag sie auch ihre Fürsten und die Leiter ihrer Geschäfte mit neuem Leben zu erfüllen. Denn wir sind nicht Römer, sondern warmherzige und dauerhafte Germanen.«

»Nero wagt nicht mehr, die Apostel einer neuen Lehre zu verbrennen«, erwiederte der Obersthofmeister mit trübem Lächeln. »Darf ich dem Fürsten von Ihnen das Herkömmliche sagen, das Sie ihm aussprechen dürfen, ohne Ihrer Würde wehe zu tun?«

»Ich bitte darum, Excellenz«, versicherte der Professor.

Der Professor eilte, sich bei der Prinzessin zu beurlauben, sie empfing ihn in Gegenwart ihres Fräuleins und des Hofmarschalls. Wenige Worte wurden gewechselt; während sie die Hoffnung aussprach, ihn recht bald in der Residenz wiederzusehen, wollte ihr die Sprache versagen. Als er das Zimmer verlassen, flog sie hinauf in die Bibliothek und blickte hinab auf den Wagen, in welchen die Truhe geladen wurde. Sie brach einige der Blumen ab, welche der Gärtner in ihr Zimmer gesetzt und schlang sie mit einem Bande zusammen. »Sein Auge sah auf euch und seine Stimme klang in dem Raum, in dem ihr euer flüchtiges Leben verbringt. Es war ein kurzer Traum! kein Traum, ein schönes Bild war's aus neuer Welt.

Wie sich die Frau fügt dem stärkern Geist in liebevoller Hingabe, ihr Auge auf das seine geheftet, das Glück habe ich geahnt. Nur einmal hat meine Hand die seine berührt, und doch habe ich an seinem Herzen gelegen, unsichtbar, körperlos, Niemand weiß es, er selbst nicht, ich allein empfand die Wonne. Leichtes, luftiges Band, gewebt aus den zartesten Fäden, die sich von einer Menschenseele zur andern ziehen, du sollst zerreißen und verwehen, nur das Gefühl bleibt, daß die Neigung, welche zwei Freunde zueinander zog, zum Segen wurde für eines der beiden.

Du ernster Mann gehst deinen Pfad, und ich den meinen, und wenn der Zufall uns zusammenführt, dann neigen wir uns artig voreinander und grüßen uns mit höflicher Rede. Lebe wohl, Gelehrter, sooft mir einer deiner Genossen entgegentritt, ich werde fortan wissen, daß er zu einer stillen Gemeinde gehört, in deren Vorhof auch ich demütig mein Haupt geneigt.«

Aus den Baumgipfeln, auf die das Fürstenkind niedersah, sangen die Vögel. Der Wagen rollte davon, sie beugte sich herab und hielt den Strauß in der ausgestreckten Hand, dann warf sie die Blumen mit kräftigem Schwunge in den Wipfel eines Baumes, sie hingen unter den Blättern, ein kleiner Vogel flog auf, doch er setzte sich im nächsten Augenblick wieder vor den Strauß und sang sein Lied fort. Die Prinzessin aber legte ihr Haupt an die Mauer des Turmes.

Der Gelehrte fuhr der Stadt zu, die Truhe, welche er gefunden, stand vor ihm. Schneller noch und stürmischer als auf der Herfahrt fuhren die wechselnden Gedanken durch seine Seele, er trieb den Kutscher zur Eile, und eine unbestimmte Angst heftete ihm den Blick an die Stelle, wo die Türme der Hauptstadt aufsteigen sollten. Dazwischen aber sah er immer wieder die Gestalt des Oberhofmeisters vor sich und hörte die traurigen Worte der leisen Stimme. »Unermeßlich groß ist der Unterschied zwischen den engen Verhältnissen dieses Hofes und der gewaltigen Größe des kaiserlichen Roms, unermeßlich groß auch der Unterschied zwischen dem bekümmerten Hofherrn und der düstern Gestalt eines römischen Senators. Und doch ist etwas in dem Gefüge der Seele, die sich mir heut aufgetan, was mich mahnt an ein Bild aus längst vergangener Zeit, und was er sprach, klingt in meiner Seele wie ein schwacher Ton aus dem Herzen des Mannes, dessen Werk ich vergebens gesucht. Denn wie wir Gegenwärtiges aus dem Vergangenen zu erklären bemüht sind, so deuten wir auch Zustände und Gestalten entfernter Zeit nach dem Gemüt der Menschen, welche uns lebend umgeben. Das Alte sendet unaufhörlich seine Geister in unsere Seelen und unaufhörlich legen wir uns das Alte zurecht nach dem Bedürfnis unseres warmen Herzens.«

Fünftes Buch

1. Des Magisters Ausgang.

Professor Raschke saß auf dem Boden seiner Wohnstube. Die Farbenpracht des türkischen Schlafrocks war vermindert, treues Beharren im Dienste wissenschaftlicher Theorie hatte ihm einen Schimmer von fahlem Grau verliehen, aber er umhüllte doch würdig die Glieder seines Herrn. Der Professor hatte sich zu seinem ältesten Sohn Marcus niedergesetzt, um diesem das Studium des ersten ABC-Buchs zu erleichtern; als der Kleine ermüdet bei den Bildern ausruhte, hatte der Vater, um diese Unterbrechung für sich zu nützen, ein Handexemplar des Aristoteles aus der Tasche gezogen. Er las und machte mit einem Bleistift Anmerkungen ohne zu beachten, daß sein Sohn Marcus längst das Bilderbuch weggeworfen hatte und mit den übrigen Kindern, unter denen auch der Pupus stolperte, um den Vater einen Kringeltanz aufführte. »Papa, nimm die Beine weg, wir können nicht drum herum«, rief Bertha, die älteste, von der man wirklich größere Klugheit hätte erwarten dürfen. Raschke zog die Beine ein, und da er seinen Sitz seitdem unbequem fand, ersuchte er die Kinder, ihm einen Stuhl zu bringen. Sie trugen den Stuhl herzu, er stützte sich mit dem Rücken dagegen. »Wir können wieder nicht herum«, riefen die tanzenden Kinder. Raschke sah auf: »Dann also werde ich mich auf den Stuhl setzen.« Das war den Kindern recht, und der Höllenlärm ging weiter. »Komm her, Bertha«, sagte Raschke, »du kannst mir als Pult dienen«, er legte das Buch auf ihre Zöpfe, las und schrieb. Die Kleine stand mäuschenstill unter dem Buch und schalt die Andern, weil sie Lärm machten.

Es klopfte, der Doktor trat ein.

»Pfui, Fritz«, rief Raschke ihm entgegen, »ich kenne Sie nicht mehr, ich muß mich wirklich auf Ihr Gesicht besinnen. Ist das recht, Ihre Freunde so hinten an zu setzen in einer Zeit, wo ein Freundesgruß Ihnen wohltun konnte? Laura hat mir erzählt, was Ihren lieben Vater betroffen. Ein schwerer Verlust«, fuhr er traurig fort, »wenn ich nicht irre, Zweimalhunderttausend.«

»Gerade eine Null zu viel«, sagte Fritz.

»Es kommt wenig darauf an«, versetzte Raschke, »wie groß die Summe war, nur auf das Leid, welches sie lieben Menschen bereitet hat. Ich war bei Ihnen, Fritz, in jenen Tagen, ich habe mich sogleich aufgemacht, es kam nur«, fügte er bekümmert zu, »ein Umstand dazwischen. Ich bin sonst gewöhnt, des Abends auf Ihre Straße zu gehen, und, es kurz zu sagen, ich geriet in ein falsches Haus und kam mit Mühe für die Vorlesung zurecht.«

»Bedauern Sie mich nicht«, entgegnete der Doktor, »freuen Sie sich mit mir, ich bin ein glücklicher Mann, gerade in dieser Zeit habe ich gefunden, was ich zu erreichen verzweifelte, Laura's Herz und die Einwilligung des Vaters.«

Raschke klopfte dem Doktor auf die Schulter und drückte ihm erst die eine, dann die andere Hand. »Der Vater«, rief er, »er war das Hindernis, ich kenne ihn etwas, und ich kenne auch seinen Hund. Wenn ich von dem Hunde auf den Mann schließen darf«, fügte er zweifelnd hinzu, »so ist er ein Original. Ist's nicht so, Freund?«

Der Doktor lachte. »Es ist alte Feindschaft über die Straße. Meine arme Seele wird von ihm mißhandelt, wie die Psyche im Märchen von Frau Venus. Er läßt seinen Zorn an mir aus und stellt mir unlösbare Aufgaben. Aber hinter seinem Trotze merke ich doch, daß er sich mit meiner Neigung versöhnt. Ich ahne Frohes, in diesen Tagen begleite ich Laura nach Bielstein. Nur um des Freundes willen habe ich gewünscht, diese Reise eher anzutreten. Ich werde eine Sorge nicht los. Mich beunruhigt, daß der Magister in der Nähe Werners ist.«

Raschke fuhr sich in die Haare. »Freilich!« rief er.

»Ich habe dazu bestimmte Veranlassung«, fuhr der Doktor fort. »Der Händler, welcher den falschen Pergamentstreif des Struvelius in die Stadt gebracht haben sollte, wurde von der Mutter des Magisters zu mir gewiesen. Ich behandelte ihn, wie natürlich war, er aber beteuerte, von jenem Pergament nichts zu wissen und niemals ein solches Blatt durch den Magister verkauft zu haben. Der Zorn des Mannes über die unwahre

Behauptung des Magisters hat mich ängstlich gemacht. Er bestätigt einen Verdacht, den ich gegen die Echtheit eines andern Schriftstücks, das mir Werner aus der Residenz mitteilte, bereits in einem Briefe geäußert. Ich kann die Sorge nicht fernhalten, daß der Magister selbst der Fälscher war, und Schrecken befällt mich bei dem Gedanken, daß er jetzt seine Kunst gegen unsern Freund zu üben versucht.«

»Das ist eine sehr ernste Sache«, rief Raschke, unruhig auf und ab gehend. »Werner vertraut dem Magister unbedingt.«

Auch der Doktor wandelte auf und ab. »Denken Sie den Fall, daß sein großartiges Vertrauen Opfer einer Gemeinheit würde. Stellen Sie sich den bittern Schmerz vor, den ihm das bereiten müßte. Mit einem peinlichen Eindruck, den wir andern ohne großen Kampf verwischen, wird er lange selbstquälerisch und hart ringen.«

»Sie haben ganz Recht«, rief Raschke und fuhr sich wieder in die Haare. »Ihm ist nicht eigen, sittliche Häßlichkeit ohne große Aufregung zu überwinden. Sie müssen ihn auf der Stelle warnen, und zwar Aug' in Auge.«

»Leider vermag ich das erst in mehren Tagen, unterdeß bitte ich Sie, 406 Professor Struvelius von der Aussage des Händlers in Kenntnis zu setzen.«

Der Doktor entfernte sich, Raschke vergaß den Aristoteles und bedachte ängstlich die Untreue des Magisters. Noch zürnte er mit dem kleinen Mann, als es klopfte und Struvelius mit Flaminia in der geöffneten Tür stand.

Raschke begrüßte, rief seine Frau, bat niederzusitzen und vergaß darüber, daß er im türkischen Schlafrock stand.

»Wir kommen mit einem Wunsch«, begann Flaminia feierlich. »Er gilt unserm Collegen Werner. Mein Mann will Ihnen mitteilen, was uns beide tief erschüttert hat.«

Raschke fuhr von seinem Stuhle in die Höhe. Der Gatte, dessen Erschütterung nur an seinem gesträubten Haar sichtbar war, erzählte: »Mir wurde gestern eine Einladung auf die Polizei. Als ein Bruder des Magister Knips nach Amerika entwich, belegte man seine Sachen auf Ansuchen kleiner Gläubiger mit Beschlag, und weil er den größten Teil seines Eigentums in der Wohnung der Mutter bewahrte, wurde auch dort weggenommen. Darunter einige Gefäße und Mappen, welche offenbar nicht dem Entwichenen gehörten, sondern dessen Bruder. Eine dieser Mappen enthielt Durchzeichnungen nach Handschriften, viele Versuche, alte

Schrift nachzuahmen, und beschriebene Pergamentblätter. Den Beamten hatte dies befremdet, er forderte mich auf, unter der Hand davon Einsicht zu nehmen. Nähere Betrachtung ergab, daß der Magister selbst sich lange um die Fertigkeit bemüht hat, Schriftzüge des Mittelalters nachzuahmen. Aus den Fragmenten aber, welche ich in der Mappe gefunden, ist unzweifelhaft, daß er noch andere Fälschungen im Vorrat hat, welche zum Teil jenem Pergamentstreif genau entsprechen.«

»Dies genügt, Struvelius«, begann die Gattin, »jetzt laß mich sprechen. Sie mögen denken, Herr College, daß uns zunächst Werner einfiel und daß wir uns der Angst nicht entschlugen, auch der Gatte unserer Freundin werde durch den Betrüger in eine Verlegenheit kommen. Ich forderte Struvelius auf, an Professor Werner zu schreiben, er aber zog vor, die Nachricht durch Sie zu befördern. Dieser Weg schien auch mir sachgemäß.«

407

Raschke zog, ohne ein Wort zu sagen, seinen Schlafrock aus, lief in Hemdärmeln durch das Zimmer und suchte in den Winkeln. Endlich fand er wenigstens seinen Hut, den er aufsetzte.

»Aber Raschke!« rief Frau Aurelie. »Wie so?« frug er eilig. »Hier gilt kein Säumen. Bitte sehr um Verzeihung, Frau Collega«, rief er, seinen Ärmel betrachtend, und fuhr wieder in den Schlafrock, behielt aber in der Aufregung seinen Hut und setzte sich so gerüstet den Freunden gegenüber. Bertha nahm ihm auf einen Wink der Mutter leise den Hut ab. »Hier ist ein schneller Entschluß nötig«, wiederholte er.

»Man hat keinen Grund«, fuhr Struvelius fort, »die Habe des Magisters seiner Mutter vorzuenthalten, indeß würde man Ihnen bereitwillig eine Durchsicht der Schriften gestatten.«

»Das wünsche ich gar nicht«, rief Raschke, »es würde mir den Tag verderben; Ihr Urteil, Struvelius, genügt.«

Noch ein aufgeregter Austausch der Ansichten, und der Besuch enthob sich. Wieder ging Raschke stürmisch einher, daß die Flanken seines Schlafrocks über die Stühle flogen. »Liebe Aurelie, erschrick nicht, ich bin zu einem Entschluß gekommen, ich werde morgen verreisen.«

Die Professorin schlug die Hände zusammen. »Was fällt dir ein, Raschke?«

»Es ist notwendig«, sagte er. »Ich verzweifle, durch einen Brief die festen Ansichten Werners zu erschüttern. Meine Pflicht ist, zu versuchen, ob geflügeltes Wort und ausführliche Darstellung größere Wirkung haben. Ich muß wissen, wie der Freund zum Magister steht, nach Andeutungen des Doktors befürchte ich von der Tätigkeit des Falsarius das Ärgste. Ich habe einige freie Tage vor mir, ich kann sie nicht besser verwenden.«

»Aber Raschke, du willst reisen?« frug seine Frau vorwurfsvoll. »Wie kannst du dich auf so etwas einlassen?«

»Du verkennst mich, Aurelie, in unserer Stadt bin ich allerdings zuweilen unsicher, aber in der Fremde finde ich mich überall sehr gut zurecht.«

»Weil du noch niemals allein in der Fremde warst«, versetzte die kluge Frau.

Raschke trat vor sie und hob warnend die Hand. »Aurelie, es gilt dem Freund, auf Kleinigkeiten darf man keine Rücksicht nehmen.«

»Du wirst nie hinkommen«, entgegnete seine Frau mit trüben Ahnungen.

»Es ist viel leichter, auf sicherem Fahrzeug durch die halbe Welt zu fliegen, als auf zwei Beinen durch die Gasse, halbe Bekannte sind am unbequemsten.«

»Und dann das Reisegeld, Raschke«, warnte Frau Aurelie leise, wegen der Kinder.

»Du hast in deinem Wäschschrank eine alte schwarze Sparbüchse«, mahnte Raschke schlau, »denkst du, ich weiß nichts davon?«

»Ich habe darin für einen neuen Frack gesammelt«, sagte die Professorin.

»Du willst mir meinen Frack nehmen?« rief Raschke hitzig, »gut, daß ich dahinterkomme. Jetzt würde ich nach jener Residenz reisen, wenn ich auch gar keine Veranlassung hätte. Heraus mit der Büchse.«

Frau Aurelie ging langsam, brachte die Sparbüchse und legte sie ihm mit stummem Vorwurf in die Hand. Der Professor zwängte das Geld sammt der Büchse in die Tasche seiner Beinkleider, schlang den Arm um seine Frau und küßte sie auf die Stirn. »Du bist mein liebes Weib«, rief er, »jetzt aber nicht gesäumt. Bringt mir den Plato und Spinoza.«

Plato war die seidene Mütze und Spinoza der dicke Mantel des Professors. Die Schätze des Hauses hießen so, weil sie von dem Honorar zweier Bücher über die beiden Philosophen gekauft waren. Das Aufsehen, welches die Werke in der gelehrten Welt gemacht hatten, war sehr groß, das Honorar sehr klein gewesen. Unter den Kindern entstand eine Bewegung, denn die schönen Stücke wurden nur zuweilen im Winter für einen Sonntagsspaziergang herausgeholt. Der kleine Haufe lief mit der Mutter.

»Bring Alles zurück, Raschke, ich habe Angst, etwas geht verloren.«

»Wie ich dir sage, Aurelie, auf Reisen kannst du mir sicher vertrauen.«

»Ich will doch eine Zeile an Werner schreiben, er soll darauf achten, daß du beides behältst, den Brief stecke ich dir in die Rocktasche, wenn du ihn nur abgeben wolltest.«

»Warum nicht?« rief Raschke unternehmend.

Am nächsten Morgen begleitete Frau Aurelie ihren Gatten zu der Reisegelegenheit und achtete darauf, daß er auf den richtigen Platz kam. »Wenn du nur erst wieder glücklich bei uns wärst«, klagte sie. Raschke küßte ihr ritterlich die Hand und setzte sich auf seine Reisetasche. »Die Sitze haben eine merkwürdige Höhe«, rief er und baumelte mit den Beinchen. Die Mitreisenden lachten, er sagte freundlich: »Ich bitte die Herren sehr um Entschuldigung.«

Die Laternen brannten, und der Mond schien aus weißem Dunst auf die Wand des Pavillons, als der Professor zurückkehrte. Kein Lichtstrahl fiel aus den Fenstern, düster und verlassen stand das Haus, von einem bläulichen Phosphorschein überzogen. Die Tür war verschlossen, der Lakai verschwunden. Der Gelehrte zog die Glocke, endlich kam Etwas die Treppe herab, Gabriel öffnete und stieß einen Freudenruf aus, als er seinen Herrn vor sich sah. »Wie geht es meiner Frau?« rief der Professor.

»Frau Professorin ist nicht zu Hause«, entgegnete Gabriel scheu. Er winkte seinen Herrn in das Zimmer, dort holte er den Brief Ilse's hervor. Der Professor las die Zeilen und hielt sie betäubt in der Hand. Auch dies war eine Handschrift, die er gefunden, sie meldete, daß sein Weib von ihm gegangen war; jedes Wort fuhr wie ein Messerstich in seine Seele. Als er zu Gabriel aufblickte, erkannte er, daß er noch nicht Alles wußte. Der Diener erzählte, der Gelehrte stieß den Sessel von sich, seine Glieder zitterten im Fieber. »Wir verlassen sogleich dieses Haus«, sagte er tonlos, »räumen Sie zusammen.«

Wie ein römischer Priester, der in geheimer Andacht zu seinem Gotte betet, hatte er sein Haupt verhüllt gegen die Klänge, welche von Außen in die Seele dringen. Ohr und Auge hatte er abgeschlossen von den Gestalten, welche ihn umwandelten, jetzt riß das Schicksal die Hüllen von seinem Haupte.

»Herr Hummel wollte nicht vor Ihrer Ankunft reisen«, fuhr Gabriel fort, »ihm ist es eilig.«

»Ich gehe nach seinem Gasthof, folgen Sie mir«, sagte der Professor, »im Schlosse melden Sie, daß ich ausgezogen sei.« Er wandte sich ab und verließ das Haus. Als er bei dem Schloß vorüberkam, warf er einen wilden Blick auf die Fensterreihe der Zimmer, welche der Fürst bewohnte. »Noch ist er nicht zurück, Geduld«, murmelte er; dann ging er vor sich hinbrütend zum Gasthof. Er forderte Wohnung und frug nach seinem Hauswirt. Gleich darauf trat Herr Hummel bei ihm ein. »Gute Botschaft«, begann dieser in seinem sanftesten Ton, »ein Bote des Oberamtmanns trug mir soeben die Nachricht zu, daß Alle glücklich fortgezogen sind. Es ist wohl aus Vorsicht geschehen, daß kein Brief an Sie beilag.«

»Es war wohl aus Vorsicht«, wiederholte der Gelehrte, und sein Haupt sank ihm schwer auf die Brust.

Herr Hummel setzte sich zu ihm und sprach ihm leise ins Ohr, bei den letzten Worten fuhr der Professor entsetzt auf und ein Stöhnen klang durch den Raum. »Der Mensch ist kein Uhu«, erklärte Herr Hummel begütigend, »und es ist eine Ungerechtigkeit, von ihm zu verlangen, daß er in der Finsternis Kopf und Schwanz einer Ratte unterscheiden soll. Aber jeder Hausbesitzer weiß auch, daß es nichtswürdige Erfindungen der Architektur gibt. Diese Andeutung widme ich nur Ihnen, sonst Niemandem. Ich habe mich vor mehren Tagen bei Ihrem Herrn Schwiegervater angemeldet. Fritzchen Hahn ist in Ihrer Abwesenheit zu einem Doktor Faustus geworden, der mein armes Kind durchaus auf seinem Höllenmantel nach Bielstein tragen will. Darf ich auch Ihre Ankunft dort verkünden?«

»Sagen Sie«, versetzte der Gelehrte finster, »ich werde in der ersten Stunde kommen, nachdem ich hier abgerechnet habe.« Er hielt Herrn Hummel fest an der Hand, als wollte er den Vertrauten seines Weibes nicht von sich lassen, und geleitete ihn so hinab in den Hausflur. Dort waren neue Reisende angekommen, ein kleiner Herr in Mantel und schöner seidener Reisemütze wandte sich, ohne unter dem großen Schirm aufzusehen, an den Professor und sagte: »Ich würde Ihnen sehr verbunden sein, wenn Sie mir ein Zimmer anweisen wollten. Ich bin hier doch am rechten Orte?« Er nannte den Namen der Stadt. Der Professor nahm dem Herrn die Reisetasche ab, faßte ihn ohne ein Wort zu sprechen, unter den Arm und führte ihn schnell die Treppe hinauf. »Sehr artig«, rief Raschke, »ich danke Ihnen aufrichtig, ich bin durchaus nicht ermüdet, mein einziger Wunsch ist, Herrn Professor Werner zu sprechen. Können Sie das vermitteln?«

Werner öffnete sein Zimmer, nahm dem Andern die Mütze vom Kopf und schloß ihn in die Arme.

»Mein teurer College«, rief Raschke, »ich bin der glücklichste Reisende der Welt; sonst ist ein Pilger auf der Landstraße zufrieden, wenn ihm kein Unglück begegnet, ich aber habe im Wagen bescheidene, denkende Menschen gefunden, der Kondukteur hat mir beim Wagenwechsel meine Mütze nachgetragen, man hat mich gütig bis vor dieses Haus begleitet, und jetzt, wo ich zum ersten Mal auf meinen eigenen Füßen stehe, finde ich mich am Arme dessen, nach dem ich ausgefahren bin. Es ist eine Freude zu reisen, College, bei jeder Meile merkt man, wie gut und warmherzig das Volk ist, in dem wir leben. Wir sind Toren, daß wir unsere Vorträge nicht im Wagen halten. Die Sorge unserer Frauen ist durchaus nicht gerechtfertigt; selbst ist der Mann.«

So frohlockte Raschke. »Wer wohnt in diesem Zimmer«, frug er, »ich oder Sie?«

»Hier oder daneben, wie Sie wollen«, versetzte Werner.

»Dann neben Ihnen, denn Freund, ich wünsche Sie so wenig als möglich zu entbehren.«

»Sie kommen zu einem Mann, dem warmer Zuspruch not tut«, sagte der Gelehrte. »Meine Frau ist bei ihrem Vater, ich bin allein«, setzte er mit stockendem Atem hinzu.

»Sie sehen aus wie ein Wanderer, der bei schlechtem Wetter den Mantel um sich zieht«, rief Raschke, »deshalb wird Sie, was ich zutrage, wenigstens nicht aus heiterer Ruhe stören. Denn mein Botenamt ist, eine Menschenseele in Ihren Augen zu erniedrigen, das ist hart für uns beide. Ich habe heut erlebt, was auch einen festeren Bau aus allen Fugen treiben kann. Wenig mag noch zurück sein, was mich erschüttert, ich bin gefaßt zu hören.«

Raschke setzte sich neben ihn und begann seinen Bericht, er fuhr dabei auf dem Sopha hin und her, klopfte dem Freund auf die Kniee, streichelte ihm den Arm und bat um Fassung.

Wieder war eine Hülle von dem Haupt des Suchenden gezogen, der allein mit seinem Gott zu reden glaubte. Der Gelehrte hielt still und zuckte nicht. »Das ist furchtbar, Freund«, sagte er am Ende. Damit brach er kurz ab, und den ganzen Abend gedachte er mit keinem Wort des Magisters.

Am nächsten Morgen saßen die Professoren wieder auf Werners Zimmer beieinander. Werner warf die beiden Pergamentblätter auf den Tisch. »Dies wenigstens hat mit dem Magister nichts zu tun, ich selbst habe es aus altem Geröll hervorgeholt. Dort liegt das Meßbuch auf der Truhe, es kostet mich Überwindung, den teuer erkauften Erwerb anzusehen.«

Raschke betrachtete das Pergament. »Sehr bedeutend«, erklärte er, »wenn dies wirklich ist, was es scheint.« Er eilte zu der Truhe und durchsuchte das Meßbuch. »Wahrscheinlich würde auch das Missale einen Anhalt dafür gewähren, ob es in dem Mönchskloster von Rossau gebraucht worden«, sagte er, »ich bedaure, daß zu dieser Prüfung meine Kenntnis der Klostergewohnheiten nicht ausreicht.« Er öffnete den Kasten und hob den Inhalt heraus. Von der Zerstreuung, welche ihn sonst wohl störte, war nichts zu bemerken, mit scharfen Augen sah er umher, als ob er die dunklen Worte eines alten Philosophen zusammensuche. »Sehr merkwürdig«, rief er, »nur Eines wundert mich. Ist die Kiste ausgefegt worden?«

»Nein«, versetzte Werner auffahrend.

»Die drei Begleiter einer hundertjährigen Ruhe fehlen, Staub, Spinngewebe und Insektenschalen, es müßte doch etwas im Innern des Deckels oder Bodens hängen, denn die Truhe hat Ritze, welche den Geschlechtern der Kerbtiere Zugang verstatten.«

Er räumte weiter und untersuchte den Boden. »Unter dem Holzsplitter hängt etwas Papier«, er zog einen winzigen Papierfetzen heraus, und über die edlen Züge seines Angesichts legte sich ein tiefer Schatten. »Lieber Freund, machen Sie sich gefaßt auf eine unwillkommene Beobachtung. Auf diesem Fragment stehen nur sechs gedruckte Wörter, aber es sind Lettern unserer Zeit, es ist unser Zeitungspapier, und eines der sechs Wörter ist ein Name, der in der Politik dieser Tage oft genannt wird.« Er legte das Papierstückchen auf den Tisch. Werner starrte darauf, ohne ein Wort zu sagen, auch sein Angesicht verwandelte sich, als ob ein Augenblick die Arbeit von zwanzig sorgenvollen Jahren getan hätte. »Die Sachen sind von mir ausgepackt und wieder eingelegt worden, möglich, daß das Papier dabei hineingefallen ist.«

»Möglich«, wiederholte Raschke.

Der Professor sprang auf und suchte in fliegender Eile sein Handexemplar des Tacitus hervor. »Hier sind die Lesarten der Florentiner Handschrift, ein Vergleich mit den Pergamentblättern wird Licht geben.« Er verglich einige Sätze. »Es scheint eine genaue Copie«, sagte er, »zu genau, ungeschickt genau.« Er hielt die Handschrift prüfend von der Seite gegen das Licht, er goß einen Tropfen Wasser auf eine Ecke des Pergaments und wischte mit einem weißen Tuch, im nächsten Augenblick schleuderte er Tuch und Pergament auf den Boden und schlug die Hände heftig vor sein Gesicht. Raschke ergriff die Blätter und sah auf die geschädigte Ecke. »Es ist richtig«, bestätigte er traurig, »eine Schrift, welche sechshundert Jahre auf dem Pergament gestanden hat, läßt andere Spuren in dem Stoff zurück.« Heftig ging er auf und ab, die Hände in den Rocktaschen, fuhr sich mit dem Tuch über das Gesicht und warf es, den Irrtum bemerkend, weit von sich. »Ich kenne dafür nur ein Wort«, sagte er nachdrücklich, »ein Wort, das der Mensch ungern über seine Lippen gehen läßt, und das Wort heißt: Schurkerei.«

»Es war ein Bubenstück«, rief Werner mit starker Stimme.

»Hier halten wir an, Freund«, bat Raschke, »wir wissen, daß eine Täuschung beabsichtigt war, wir wissen, daß der Versuch vor Kurzem gemacht wurde; wenn wir den Ort des Fundes und Ihr Hiersein zusammenhalten, so dürfen wir, ohne gegen Jemand ungerecht zu sein, als Tatsache annehmen, daß das Unrecht verübt wurde, Sie zu hintergehen. Wer es verübt hat, darüber haben wir nur Argwohn, stark begründeten Argwohn, keine Sicherheit.«

»Diese Sicherheit soll uns werden«, rief Werner, »bevor der Tag um viele Stunden älter wird.«

»Allerdings«, entgegnete Raschke, »diese Sicherheit muß gewonnen werden, denn Argwohn darf in des Menschen Haupt nicht dauern, er zerfrißt alle Bilder und Gedanken, welche ihm nahekommen. Uns ist aber die letzte Frage zurück: zu welchem Zweck ward das Unrecht verübt? War es der Mutwille eines Buben, dann wird der Frevel an Ehrwürdigem nicht geringer, aber die ärgste Schändlichkeit ist es nicht. War es überlegte Bosheit, um Sie zu schädigen, dann das härteste Urteil. Wie stehen Sie zum Magister?«

»Es war überlegte Bosheit, einen Menschen zu schädigen an Leib und Seele«, betonte der Professor mit feierlichem Ernst, »aber der Täter war nur das Werkzeug, den Gedanken gab ein Anderer.«

»Halt«, rief Raschke wieder, »nicht weiter, auch dies ist nur Argwohn.«

»Es ist nur Argwohn«, wiederholte der Professor, »auch dafür suche
ich Sicherheit. Man hat mich hingehalten, als ich den Weg nach dem
Landschloß machen wollte, von Tag zu Tag, unter kleinem Vorwand;
der Magister fehlte vor kurzem einen Tag bei der Arbeit, die ihm zugewiesen war, er entschuldigte sich mit Krankheit; als er wortreiche Entschuldigung aussprach, fiel mir sein scheues Wesen auf. Man hatte den
Wunsch, mich hier zu fesseln, aus Gründen, für welche Sie in dem Bereich Ihrer Empfindungen kaum ein Verständnis finden würden. Man
hoffte diesen Zweck zu erreichen, wenn man den fanatischen Eifer, an
dem ich erkrankt war, aufregte, ohne ihn ganz zu befriedigen. Das ist
mein Argwohn, Freund, und ich fühle mich elend, so elend, wie nie in
meinem Leben.« Er warf sich auf das Sopha und verbarg wieder sein
Gesicht.

Raschke trat zu ihm und sprach leise: »Kränkt Sie so sehr, Werner,
daß man Sie getäuscht?«

»Ich habe vertraut, und getäuschtes Vertrauen tut weh, aber ich denke
bei dem Jammer, den ich fühle, nicht allein an mich, auch an das Verderben eines Andern, der zu uns gehört.«

Raschke nickte mit dem Haupt. Wieder ging er heftig durch die Stube
und sah zornig auf die Truhe.

Werner erhob sich und schellte. »Ich wünsche Magister Knips zu
sprechen«, sagte er dem eintretenden Gabriel, »ich lasse ihn ersuchen,
sich so bald als möglich hierher zu bemühen.«

»Wie werden Sie zu ihm reden?« frug Raschke, besorgt vor dem
Freund anhaltend.

»Ich bedarf selbst so sehr der Nachsicht«, versetzte Werner, »daß Sie
meine Heftigkeit nicht zu fürchten haben. Auch ich bin ein Kranker
und ich weiß, daß ich mit Einem sprechen soll, der kränker ist als ich.«

»Nicht krank«, rief Raschke, »nur erschreckt, wie ich. Sie werden ihm
sagen, was notwendig ist, im Übrigen überlassen Sie ihn seinem Gewissen.«

»Ich werde nur sagen, was notwendig ist«, wiederholte der Professor,
vor sich hinstarrend.

Gabriel kehrte zurück und brachte die Nachricht, der Magister wollte
gegen Abend, wenn er das Kabinet verlasse, beim Professor vorsprechen.

»Wie nahm der Magister die Botschaft auf?« frug Raschke.

»Er schien erschrocken, als ich ihm sagte, daß der Herr Professor im
Gasthof wohnt.«

Der Professor hatte sich in die Ecke gedrückt, aber der Philosoph ließ ihm keine Ruhe, er sprach beharrlich von Angelegenheiten der Universität und zwang ihn durch häufige Fragen zur Teilnahme. Endlich äußerte er den Wunsch, ins Freie zu gehen, ungern gab der Professor dem Drängenden nach.

Werner geleitete vor das Stadttor, auch auf dem Wege antwortete er spärlich auf die lebhaften Reden des Freundes. Als sie zu der Herberge kamen, wo Ilse in den Wagen des Oberamtmanns gestiegen war, begann der Gelehrte mit rauher Stimme: »Dies ist der Weg, auf dem mein Weib aus der Stadt entfloh, ich bin schon heut am frühen Morgen dieselbe Straße gegangen und ich habe bei jedem Schritt gefühlt, was einem Mann die ärgste Demütigung ist.«

»Vor ihr war Licht und hinter ihr Finsternis«, rief Raschke. Er redete von Frau Ilse und gedachte jetzt der Aufträge, welche ihm seine Kinder an die Tante mitgegeben hatten.

So verging der Nachmittag; wieder saß Werner vor sich hinbrütend auf seiner Stube, als Gabriel die Ankunft des Magisters meldete. Bevor Raschke in das Nebenzimmer eilte, drückte er noch einmal die Hand des Andern und sah ihn bittend an: »Ruhe, Freund.«

»Ich bin ruhig«, versetzte dieser.

Magister Knips hatte sich dem bildenden Einfluß des Hofes nicht entzogen, sein schwarzes Kleid war von einem Schneider gefertigt, der ein fürstliches Wappen vor der Werkstatt führte, seine Haare waren frei von Federn und seine Sprache hatte neuern Ausdruck der Ehrerbietung angenommen. Jetzt sah er lauernd und trotzig aus. Werner maß den Eintretenden mit langem Blick; wenn ihm noch ein Zweifel geblieben war an der Schuld des Magisters, jetzt kannte er den Täter. Er wandte sich einen Augenblick ab, um seinen Widerwillen zu bekämpfen. »Betrachten Sie dies«, sagte er und wies mit dem Finger auf die Pergamentblätter.

Knips nahm das Blatt in die Hand, und das Pergament zitterte, als er sein blödes Auge darüberneigte.

»Es ist wieder eine Fälschung«, sagte der Professor, »die Lesarten des ersten Florentiner Codex, sogar die Eigentümlichkeiten seiner Orthographie sind mit einer ängstlichen Genauigkeit, welche jedem alten Abschreiber unmöglich gewesen wäre, auf diese Blätter nachgezeichnet. Auch die Schrift verrät sich als neu.«

Der Magister legte das Blatt nieder und erwiederte unsicher: »Es scheint allerdings eine Nachahmung alter Schrift, wie bereits der Herr Professor erkannte.«

»Ich fand diese Arbeit«, fuhr der Gelehrte fort, »im Turm des Land-schlosses, gepackt in jenes zerrissene Meßbuch, in jene Truhe gelegt, unter alte Möbel versteckt. Sie aber, Herr Magister, haben dies Blatt verfertigt, Sie haben es an Ort und Stelle geborgen. Das ist nicht alles. Sie haben schon vorher, um mich auf falsche Fährte zu bringen, das Verzeichnis der Truhen in alte Rechnungen gesteckt, Sie haben die Zif-fern 1 und 2 für die Kisten erfunden. Auch die Schrift dieses Verzeich-nisses ist von Ihnen gemacht, mich zu täuschen.«

Der Magister stand mit gesenktem Haupt und suchte die Antwort. Er wußte nicht, auf welche Bekenntnisse Anderer sich die feste Behaup-tung gründete. Hatte der Kastellan ihn verraten? hatte der Fürst selbst ihn preisgegeben? Ihn überkam die Angst, aber er entgegnete verstockt: »Ich habe es nicht getan.«

»Vergebens suchen Sie auf's Neue zu täuschen«, fuhr der Gelehrte fort. »Wenn ich nicht bereits Grund hätte, Ihnen ins Gesicht zu sagen, daß Sie dies taten, Ihr Benehmen vor diesem Blatt wäre vollgültiger Beweis. Kein Laut des Befremdens, kein Wort des Abscheues gegen solchen Versuch einer Fälschung. Welcher Gelehrte kann dergleichen ansehen und stumm bleiben, wenn ihm nicht das eigene Gewissen den Mund schließt? Was habe ich Ihnen getan, Herr Magister, daß Sie mir diesen bittern Schmerz bereiten? Geben Sie mir eine Entschuldigung für Ihr Tun. Habe ich Sie je gekränkt? Habe ich je in Ihnen finstere Leidenschaft gegen mich aufgeregt? Jeder Grund, der mir das Widerwär-tige begreiflich macht, wird mir willkommen sein. Denn mit Entsetzen sehe ich auf diese Verirrung einer Menschenseele.«

»Der Herr Professor haben mir niemals Grund zur Klage gegeben«, antwortete Knips gedrückt.

»Und dennoch«, rief der Professor, »mit ruhigem Blut, gleichgültig, in frevelhaftem Spiel das Arge getan, das war sehr schlecht, Herr Magi-ster.«

»Vielleicht sollte es nur ein Scherz sein«, seufzte der Magister, »viel-leicht wurde so zu dem gesagt, der die Schrift gefertigt. Er hat nur ge-handelt nach dem Befehl eines Andern, nicht in freier Wahl, und nicht mit eigenem Willen.«

»Welche Macht der Erde durfte Ihnen befehlen, gegen einen Andern so überlegte Tücke zu üben?« frug der Professor traurig. »Sie selbst wußten doch sehr gut, welche Folge diese Täuschung für mich und Andere haben konnte.«

Magister Knips schwieg.

»Mit mir sind wir fertig«, rief der Gelehrte, »kein Wort über den Plan, welchem diese Fälschung dienen sollte, und keinen weiteren Vorwurf über das Unrecht, das Sie gegen einen Mann geübt, der Ihrer Ehrlichkeit vertraute.«

Er warf das Pergament unter den Tisch, Knips ergriff schweigend seinen Hut, das Zimmer zu verlassen.

»Halt«, gebot der Professor, »nicht von der Stelle. Was Sie gegen mich persönlich versucht haben, darüber darf ich schweigen. Nicht vorzugsweise dieser Handschrift wegen habe ich Sie herbeschieden. Aber der Mann, den ich vor mir sehe, auf den ich mit einem Grauen blicke, das ich so noch nie gefühlt, ist noch etwas Anderes als ein gewissenloses Werkzeug im Dienste Fremder, er ist ein untreuer Philolog, ein Verräter an seiner Wissenschaft, Fälscher und Betrüger da, wo nur die Ehrlichkeit ein Recht hat zu leben, ein Verdammter da, wo es keine Sühne und Gnade gibt.«

Dem Magister fiel sein Hut zur Erde.

»Sie haben den Pergamentstreif des Struvelius geschrieben, jener Händler hat gegen Sie ausgesagt, Ihre Schreibübungen sind mit Beschlag belegt und in Ihrer Vaterstadt unter den Händen der Polizei.«

Immer noch schwieg der Magister, er fuhr nach seinem Taschentuch und wischte sich den kalten Schweiß von der Stirn.

»Jetzt wenigstens sprechen Sie«, rief Werner. »Geben Sie mir eine Erklärung des furchtbaren Rätsels, wie Jemand, der zu uns gehört, sich mutwillig Alles zerstören kann, was seinem Leben Halt und Adel gibt. Wie vermag ein Mann von Ihren Kenntnissen in so roher Weise gegen seine Wissenschaft untreu zu werden?«

»Ich war arm und mein Leben voll Plage«, versetzte Knips leise.

»Ja, Sie waren arm, seit Ihrer frühen Jugend haben Sie vom Morgen bis zum Abend gearbeitet, schon als Kind haben Sie auf Vieles verzichtet, was Andere gedankenlos genießen. Sie haben dafür das stille Bewußtsein erworben, daß Sie sich heraufrangen zu innerer Freiheit und zu demütiger Freundschaft mit dem großen Geist unseres Lebens. Ja, Sie wuchsen zum Mann unter zahllosen Opfern und Entsagungen, welche Andere fürchten. Sie haben dafür gelernt und gelehrt, was der höchste Besitz des Menschen ist. Vor jeder Korrektur, die Sie hilfreich für Andere lasen, vor jedem Wörterverzeichnis, das Sie zu einem Klassiker auszogen, haben Sie bei den Worten, die Sie verbesserten, bei den Zahlen, die Sie schrieben, das Bedürfnis gehabt, wahr zu sein. Gerade Ihre Tagesarbeit war ein unablässiger, emsiger Kampf gegen das Falsche und Unrichtige. Doch mehr als das und schlimmer als das, Sie sind kein gedankenloser Lohnarbeiter gewesen, Sie haben ganz und voll zu uns gehört, Sie waren in der Tat ein Gelehrter, bei dessen Wissen sich oft Anspruchsvollere Rat erholten, Sie bargen nicht nur eine Masse einzelner Kenntnisse in Ihrem Geist, Sie verstanden auch sehr wohl, welche Gedanken aus solchem Wissen aufsteigen. Das alles waren Sie, und doch ein Fälscher. Ganz treue Hingabe und Selbstverleugnung und dicht daneben frevelhafte Willkür; ein zuverlässiger und emsiger Gehilfe und dazwischen ein Betrüger, dreist und höhnend wie ein Teufel.«

»Ich war ein gequälter Mann«, begann Knips, »wer anders gelebt hat, weiß nicht, wie schwer es ist, immer in seiner Wissenschaft zu dienen und fremden Füßen nachzutreten. Sie haben nie für Andere, die weniger wissen als Sie, gearbeitet. Sie verstehen nicht, welches Gefühl es gibt, wenn die Anderen hochfahrend benutzen ohne Anerkennung und ohne Dank, was man ihnen von seinem Wissen gegeben hat. Ich bin nicht unempfindlich gegen Freundlichkeit. Der Herr Professor war der erste, welcher bei dem ersten Autor, den Derselbe herausgab, in den letzten Zeilen der Einleitung meinen Namen genannt hat, weil ich Denenselben bei der Arbeit gedient. Und doch habe ich weniger für Sie getan als für jeden andern meiner alten Gönner. Das Exemplar, welches Sie mir damals geschenkt, habe ich unter meine Bücher auf den Ehrenplatz gestellt. Sooft ich müde wurde von der Nachtarbeit, habe ich diese Zeilen gelesen. Dergleichen Freundlichkeit habe ich selten erfahren. Aber ich habe die Qual gefühlt, mehr zu wissen als ich bedeute, und mir hat die Gelegenheit gefehlt, mich herauszuarbeiten aus meiner Enge. Da ist's gekommen.« Er stockte und brach ab.

»Es war Stolz«, sagte der Professor schmerzlich, »es war Neid, der aus einem bedrängten Leben heraufquoll gegen Glücklichere, die vielleicht nicht mehr wußten, es war das Gelüst nach Überlegenheit über Andere.«

»Das war's«, fuhr Knips klagend fort. »Zuerst kam der Einfall, auch über Solche zu lachen, die mich benutzen und verachten, ich dachte, wenn ich will, kann ich euch in meiner Hand haben, ihr Herren Gelehrten. Dann wurde es ein Vorsatz, und es hielt mich fest. Ich habe manche Nacht gesessen und darüber gearbeitet, ehe ich soweit kam, und manchmal habe ich's wieder weggeworfen, Herr Professor, und unter meinen Büchern versteckt. Aber es lockte mich fortzufahren, es wurde mir ein Stolz, die Kunst zu gewinnen. Als ich sie endlich hatte, machte mir's Spaß, sie zu gebrauchen. Es war mir weniger um den Gewinn als um die Überlegenheit.«

»Es ist leicht«, versetzte der Professor, »Männer von unserer Art da zu täuschen, wo sie gewöhnt sind, sicher zu vertrauen. Wo der Scharfsinn versagt, den wir bei unserer Arbeit gewinnen, da sind Viele von uns wie die Kinder, und wer kälter ist und sie hintergehen will, der mag leicht eine Weile mit ihnen spielen. Es war ein schwacher Ruhm, die Kunst eines Satans gegen Arglose zu üben.«

»Ich wußte, daß es ein Teufel war, mit dem ich umging. Ich wußte es vom ersten Tage, Herr Professor, aber ich konnte mich nicht gegen ihn wehren. So war es«, schloß Knips und setzte sich erschöpft auf die Truhe.

»So war es, Herr Magister«, rief Werner sich aufrichtend, »aber so darf es ferner nicht bleiben. Sie waren einer von uns, Sie dürfen es nicht mehr sein. Sie haben ein Verbrechen begangen an dem höchsten Gut, welches dem Geschlecht der Menschen vergönnt ist, an der Ehrlichkeit seiner Wissenschaft. Sie selbst wissen, daß ein Todfeind unserer Seelen wird, wer diese Ehrlichkeit gefährdet. In unserm Reiche, wo der beschränkten Kraft des Einzelnen täglich der Irrtum droht, ist der Wille, wahr zu sein, eine Voraussetzung, die Keiner entbehren darf, ohne Andere in sein Verderben zu ziehen.«

»Ich war nur der Handlanger«, seufzte Knips, »und wenig hat man sich um mich gekümmert. Hätten mich Andere als einen Gelehrten geachtet, es wäre nicht geschehen.«

»Sie selbst haben sich dafür gehalten«, rief der Professor, »und Sie hatten ein Recht dazu, Sie fühlten den Stolz Ihrer Wissenschaft und Sie kannten wohl Ihren hohen Beruf. Sie wußten sehr gut, daß auch Sie, der demütige Magister, Teil hatten an dem Priesteramt und an dem Fürstenamt in unserm Reich. Kein Purpur ist edler und keine Herrschaft ist machtvoller als die unsere, wir führen die Seelen unseres Volkes aus einem Jahrhundert in das andere, unser ist die Pflicht, über seinem Lernen zu wachen und über seinen Gedanken. Wir sind seine Vorkämpfer gegen die Lüge und gegen die Gespenster aus vergangener Zeit, welche noch unter uns wandeln, mit dem Schein des Lebens bekleidet. Was wir zum Leben weihen, das lebt, und was wir verdammen, das vergeht. Von uns werden jetzt die alten Tugenden der Apostel gefordert, gering zu achten, was vergänglich ist, und die Wahrheit zu verkünden. Sie waren in diesem Sinn geweiht wie Jeder von uns, Ihr Leben verpflichtet Ihrem Gott. Auf Ihnen lag, wie auf uns allen, Verantwortung für die Seelen unserer Nation. Sie haben sich dieses Amtes unwert gemacht, und ich traure, ich traure, armer Mann, daß ich Sie davon scheiden muß.«

Der Magister fuhr in die Höhe und sah flehend zu dem Gelehrten auf.

Der Professor redete nachdrücklich: »Mein ist die Pflicht, dies auszusprechen gegen Sie und gegen Andere. Was Sie damals an meinem Amtsgenossen getan, was Sie noch von ähnlichen Versuchen bereitet haben, das darf kein Geheimnis bleiben. Die Ehrlichen müssen gewarnt werden vor der Kunst, welche zu üben ein Dämon Sie getrieben hat. Aber in der letzten Stunde, wo Sie vor mir stehen, fühle auch ich, daß ich zu wenig getan, Ihnen Hilfe gegen die Versuchung zu geben. Ohne bösen Willen habe vielleicht auch ich zuweilen mißachtet, was wertvoll in Ihnen war für Andere, auch ich habe wohl vergessen, wie schwer die Arbeit des Tages auf Ihnen lag. Hat meine Härte Sie je gedrückt und verbittert, so büße ich heut dafür. Denn als ich kurzsichtiger, irrender Mensch beförderte, was Sie herausheben sollte aus äußerer Bedrängnis, da lud ich eine Mitschuld auf mich, daß Sie hier der Versuchung auf's Neue verfielen. Das ängstigt mich schwer, Herr Magister und ich fühle wie Sie die Qualen dieser Stunde.«

Magister Knips saß erschöpft und zusammengekauert auf der Truhe, der Gelehrte stand über ihm, und seine Worte sanken wie Schläge auf des Magisters Haupt. »Ich darf nicht verschweigen, Herr Magister, daß Sie ein Fälscher sind, Sie dürfen nie wieder in unserm Kreise sich lebendig rühren, Ihre Laufbahn als Gelehrter ist durch Ihr Verbrechen geschlossen, Sie sind unserer Wissenschaft verloren, verloren für Alle, welche an Ihren Arbeiten einen Anteil nahmen. Sie sind geschwunden für uns, auf der Stätte, wo Sie unter uns gestanden haben, ist nichts geblieben als ein schwarzer Schatten. Eine Menschenkraft, mühsam heraufgezogen, ein Geist von ungewöhnlichem Scharfsinn und Inhalt ist uns verloren und tot. Und wie über einen Toten traure ich über Sie.«

Der Gelehrte weinte, Knips drückte sein Gesicht in die Hände. Werner eilte zum Schreibtisch. »Brauchen Sie Mittel, Ihr zerstörtes Leben in anderer Umgebung zu erhalten, hier sind sie. Nehmen Sie, was Sie bedürfen.« Er warf Geld auf den Tisch. »Versuchen Sie, Ihr Haupt zu bergen, wo Ihnen Niemand aus unserer Gemeinde begegnet. Möge Ihnen jedes Gut zu Teil werden, das auf der Erde noch für Sie übrig ist. Aber fliehen Sie, Herr Magister, meiden Sie die Stellen, wo man mit Trauer Ihrer denkt und mit dem Widerwillen, den der ehrliche Arbeiter gegen den untreuen empfindet«.

Knips erhob sich, sein Gesicht war noch bleicher als gewöhnlich, er blickte verstört umher. »Ich brauche kein Geld«, sagte er tonlos, »ich habe genug zu meiner Reise. Ich bitte den Herrn Professor, für meine Mutter zu sorgen.«

Der Gelehrte stand abgewandt, und der kräftige Mann schluchzte. Magister Knips ging an die Tür, dort blieb er stehen. »Ich habe den Homer von 1488, sagen Sie meiner Mutter, daß Sie Ihnen das Buch gibt. Wenn Ihnen auch der Gedanke an mich traurig ist, behalten Sie doch das Buch. Es war mir ein Schatz.«

Der Magister schloß die Tür und ging langsam aus dem Hause. Der Wind fegte durch die Straßen, er stieß an den Rücken des Magisters und beschleunigte seinen Schritt. »Er treibt«, murmelte Knips wieder, »er treibt vorwärts.« Auf dem freien Platz blieb er im Winde stehen und sah nach den Wolken, welche in eiligem Fluge unter dem Monde dahinfuhren, unförmliche Gebilde aus grauem Dunst schwebten und glitten über seinem Haupte. Er dachte an die letzte Korrektur, welche er in seiner Vaterstadt gelesen, und sprach griechische Worte vor sich hin, es waren Verse aus den Eumeniden des Äschylus: »Packt an, packt an, packt an, ihr Götterhunde.« Er ging hinauf zu dem Schlosse und blieb vor den erleuchteten Fenstern stehen, die vier Rappen, welche den Fürsten vom Turmschloß nach der Stadt zurückführten, flogen an ihm vorüber, er ballte die hagere Hand gegen den Wagen. Dann lief er um das Schloß herum auf die Parkseite. Dort drückte er sich unter den Fenstern des Fürsten an einen Baum, sah zum Schlosse hinauf, hob wieder die Faust gegen den Schloßherrn und seufzte. Er blickte auf den dunklen Ast, der über ihm ragte, starrte auf den Himmel und die grauen flatternden Schatten, welcher unter dem Mond dahinzogen, und verzweifelte Gedanken fuhren ihm durch den Sinn. »Wenn der Mond verschwindet, so soll es auch mir ein Zeichen sein.«

Er sah lange auf den Mond. Dabei zog ihm leise unter wilden Gedanken ein lateinischer Satz durch sein gequältes Hirn: »Der Mond und die Erde verhalten sich wie kleine Punkte zum Weltall, das sagt schon Ammianus Marcellinus. Ich habe die Handschriften dieses Römers verglichen, ich habe Konjekturen gemacht zu jeder Seite seines verdorbenen Textes, ich habe Jahre lang über ihm gesessen. Wenn ich hier tue, um diesen unwissenden Fürsten zu ärgern, was dem Haman getan wurde, so geht der Apparat zu meinem Römer verloren.« Er tauchte unter dem Baume hervor und lief in seine Wohnung. Dort raffte er seine Habe zusammen, steckte sein Handexemplar des Ammianus in die Rocktasche und eilte mit seinem Bündel dem Tor zu.

Man sagt, er sei in dasselbe Land, das vor ihm sein Bruder gesucht, tief hinein gen Westen gezogen.

Er entwich und barg sein Haupt, ein untreuer Diener und ein Opfer der Wissenschaft. Sein Lebelang hatte er über geschriebenem Wort gesessen, jetzt riß ihn aus der Heimat das lebendige Wort, welches von einer andern Seele in die seine drang. Bei Tag und Nacht hatten ihn die Buchstaben der Bücher umgeben und gelehrte Schrift, die aus dem Rohr auf das weiße Blatt geflossen war, aber ihm hatte zu rechter Zeit der Segen des Wortes gefehlt, welches aus dem Munde in das Ohr, vom Herzen zum Herzen klingt. Denn was wir als das Gemeinste gebrauchen, ist uns auch das Höchste. Geheimnisvoll ist uns noch heut, wie unsern Vorfahren, seine Gewalt. Das Geschlecht unserer Schriftzeit, geübt die Laute in ihrem Bilde zu schauen, gewöhnt, die Kräfte der Natur durch Maß und Wage zu schätzen, denkt selten daran, wie mächtig klangvolles Wort der Menschenbrust in uns waltet. Es ist Herrin und Dienerin, es erhebt und zerstört, es macht krank und schafft Heilung. Glücklich der Lebende, dem es voll und rein in das Ohr tönt, der den weichen Laut der Liebe, den herzhaften Ruf des Freundes unablässig empfängt. Wer den Segen der Rede entbehrt, die aus warmem Herzen quillt, der wandelt schon als Lebender unter den Andern wie ein Geist, der vom Leibe gelöst ist, wie ein Buch, das man aufschlägt, benützt, von sich abtut nach Gefallen. Der Magister hat durch geschriebenes Wort gesündigt, ihn hat der Schmerzensruf einer Menschenstimme in die dämmrige Ferne gescheucht.

2. Vor der Entscheidung.

Die Rinder brüllten und die Glöckchen der Schafherde läuteten, in den schossenden Halmen der grünen Saat wogte der Wind. Durch Haus und Garten schritt wieder das älteste Kind des Gutes, umgeben von den Geschwistern. Wo ist der frohe Glanz deiner Augen geblieben und dein herzliches Kinderlachen, Frau Ilse? Ernst ist das Antlitz und gemessen die Geberde, prüfend mißt dein Blick die Menschen und die Wege, auf denen du gehst, und ruhiger Befehl tönt aus deinem Munde. Die Heimat hat dir das Herz nicht leicht gemacht, und nicht wiedergegeben, was du in der Fremde verloren.

Aber eifrig übt sie ihr Recht, Liebe zu fordern und zu erweisen, vertraute Bilder sendet sie in deine Seele, und alte Erinnerungen weckt sie bei jedem Schritt. Die Menschen, die dich in ihrem Herzen treu gehegt, Tiere, die du gezogen, Bäume, die du gepflanzt, sie neigen sich grüßend vor dir und arbeiten geschäftig, mit heiteren Farben zu überdecken, was dir finster im Innern liegt.

Der erste Abend war schwer. Als Ilse in das Haus trat, geleitet von den Nachbarn, eine Flüchtige, die zu verbergen sucht, was sie quält, da warfen bei dem Schreck des Vaters, unter den neugierigen Fragen der Geschwister noch einmal Zorn und Angst schwarze Schatten über ihr Haupt. Aber an der Brust des Vaters, unter dem Dach des festen Hauses, drang mit dem Gefühl der Sicherheit wieder die alte Kraft des Bodens in die Glieder der Landfrau, und sie vermochte den Augen ihrer Lieben zu verbergen, was nicht allein ihr Geheimnis war.

Noch eine schwere Stunde kam. Ilse saß am späten Abend wie vor Jahren auf ihrem Stuhl, gegenüber dem Vater. Nach ihrem Bericht sah der starke Mann ängstlich vor sich hin, sprach ein hartes Wort über ihren Gatten und Fluch gegen einen Andern. Als er ihr sagte, daß auch im Vaterhaus noch Gefahr drohe, als er ihr Vorsicht befahl für Schritt und Tritt, und als er erzählte, wie in ihrer Kindheit ein dunkles Gerücht gegangen, daß schon einmal ein Mädchen vom Steine, ein Kind des früheren Besitzers, das Opfer vornehmer Herren geworden sei, da rang sie noch einmal die Hände zum Himmel. Aber der Vater hatte ihre Hände gefaßt und sie zu sich in die Höhe gezogen. »Unrecht begehen wir, daß wir über unsicherer Zukunft vergessen, wie gnadenvoll die Vorsehung dich behütet hat. Ich halte dich an der Hand, du stehst auf dem Grunde deiner Heimat. Wir tun, was der Tag fordert, und stellen alles Andere größerer Macht an Heim. Um die Reden Fremder sorgen wir nicht, schnell wechselt das Wetter. Halte still und vertraue.«

Die jüngeren Kinder plaudern sorglos, sie fragen nach dem schönen Leben in der Residenz, sie wollen genau wissen, was die Schwester geschaut, und vor Allem, wie der Herr des Landes gegen Ilse war, er, den sie sich denken wie den heiligen Christ, als den unermüdlichen Spender von Freude und beglückender Gunst. Aber die älteren wehren dieser Rede, ohne selbst zu wissen warum, mit dem zarten Gefühl, das Kinder für die Lage Solcher haben, die sie lieben. Ilse begleitet die Schwester Clara durch den Oberstock, sie richtet Zimmer ein für die Gäste, welche erwartet werden, und stellt einen Riesenstrauß ihrer Gartenblumen in die Stube, welche Herr Hummel bewohnen soll. Die Brüder ziehen sie durch den Obstgarten in das enge Tal, sie zeigen ihr den hohen Steg über das Wasser, welchen der Vater weiter oben zu der Grotte gelegt hat und der eine Freude für Ilse sein soll, weil er den Zugang zu ihrem Lieblingsplatz bequem macht. Ilse geht längs dem hochgeschwollenen Bach, das Wasser zieht gelb und trübe über die Felsblöcke, es hat den schmalen Wiesenstreif an den Ufern überschwemmt und fließt in starker Strömung talwärts auf die Stadt zu. Ilse sucht den Platz, wo sie einst unter Laub und wilden Wegpflanzen verborgen lag, als sie in den Augen ihres Felix das Bekenntnis seiner Liebe gelesen. Auch die heimliche Stelle ist überflutet, undurchsichtig rinnt der Strom darüber hin, die Blütendolden sind geknickt und übergossen, die Erlenbüsche bis an die oberen Zweige bedeckt, Rohrhalme und mißfarbiger Schaum hängen um die Blätter; nur der weiße Stamm einer Birke ragt aus der Zerstörung hervor, und um die tiefsten Äste wirbelt die Flut. »Der Schwall verläuft«, klagt Ilse; »in wenig Tagen taucht der Boden wieder an das Licht, und wo das Grün verdorben ist, treibt der milde Sonnenstrahl ein neues hervor. Wie aber soll es mit mir werden? Mir fehlt das Licht, solange er nicht bei mir ist, und wenn ich ihn wiedersehe, wie wird er gewandelt sein? Wie wird er, der ernste und eifrige, ertragen, was feindlich in mein Leben gedrungen ist und in das seine?«

Der Vater bewacht sorglich ihre Schritte, er spricht öfter im Hause ein als sonst; sooft er vom Felde zurückkehrt, erzählt er ihr von der Arbeit des Gutes, er denkt immer daran, daß seine Rede nicht an einen Gedanken rühre, der ihr Schmerzen macht, und die Tochter fühlt, wie zart und liebevoll die Aufmerksamkeit des Vielbeschäftigten um sie waltet. Jetzt winkt er ihr schon von weitem zu, neben ihm schreitet eine untersetzte Gestalt mit großem Kopf und wohlhäbigem Aussehen. »Herr Hummel!« ruft Ilse freudig und eilt mit beflügeltem Fuß auf ihn zu. »Wann kommt er?« fragt sie ihm erwartungsvoll entgegen.

»Sobald er frei ist«, versetzt Hummel.

»Wer hält ihn noch dort?« sagt die Frau traurig vor sich hin.

Herr Hummel erzählt. Bei seinem Bericht glätten sich die Falten auf Ilse's Stirn, und sie führt den lieben Gast in die alten Mauern. Herr Hummel steht erstaunt unter dem hohen Geschlecht, das auf dem Steine wächst, er sieht bewundernd auf die Mädchen und achtungsvoll auf die Köpfe der Knaben. Heut vergißt Ilse nicht, was einer guten Hausfrau gegen den willkommenen Gast ziemt. Herr Hummel aber wird fröhlich unter dem Landvolk, er freut sich über den Blumenstrauß in seiner Stube, er zwingt den drallen Buben Franz, sich auf seine Kniee zu setzen, und läßt ihn aus seinem Glase trinken bis zum Übermaß. Dann geht er mit dem Landwirt und Ilse durch die Wirtschaft, klug ist sein Urteil, der Wirt und er, jeder erkennt in dem Andern bedächtigen Verstand. Zuletzt fragt ihn Ilse herzlich, wie ihm ihre Heimat gefalle. »Alles großartig«, erklärt Hummel, »Wuchs, Kopf, Strauß, Viehstand und Häuslichkeit. Es steht zu dem Geschäft von H. Hummel wie ein Kürbis zu einer Gurke. Alles tüchtig und voll, nur für meinen Geschmack zu viel Stroh.«

Der Landwirt ruft Ilse beiseit: »Der Prinz will wieder abreisen, er hat den Wunsch geäußert, dich vorher zu sprechen. Willst du ihn sehen?«

»Heut nicht. Dieser Tag gehört euch und dem Gast. Aber morgen«, sagt Ilse.

Am Morgen des nächsten Tages trat Professor Raschke, zur Reise bereit, in das Zimmer des Freundes. »Der Magister soll verschwunden sein?« frug er ängstlich.

»Er hat getan, was er mußte«, versetzte Werner finster, »wie er auch lebe, wir haben ihn gestern bestattet.«

Raschke sah unruhig in das gefurchte Antlitz des Andern. »Gern sähe ich Sie auf dem Wege zu Frau Ilse, am liebsten mit ihr vereint auf dem Rückwege zu uns.«

»Kein Zweifel, Freund, ich werde beide Wege suchen, sobald ich Recht dazu habe.«

»Frau Ilse zählt die Stunden«, mahnte Raschke in größerer Sorge, »erst wenn sie den Geliebten bei sich festhält, wird sie ruhig sein.«

»Mein Weib hat die Ruhe lange entbehrt, während sie an meiner Seite war«, sprach der Gelehrte. »Ich habe nicht verstanden, sie zu schützen, ich habe sie den Krallen wilder Tiere überlassen, bei Fremden hat sie den Trost gefunden, den ihr der eigene Mann verweigerte. Die Nichtachtung des Gatten hat sie da geschädigt, wo die Frau am schwersten verzeiht. Ich bin zu einem schwachen Träumer geworden«, rief er, »unwert der Hingabe dieses reinen Lebens, und ich fühle, was ein Mann nie fühlen sollte, ich fühle Scham, mein gutes Weib wiederzusehen.« Er wandte sein Angesicht ab.

»Zu hoch gespannt ist dies Empfinden«, entgegnete Raschke, »zu hart der Vorwurf, den Sie jetzt zürnend gegen sich selbst erheben. Sie wurden durch listige Winkelzüge Weltkluger getäuscht. Sie selbst haben ausgesprochen, daß es ruhmlos leicht ist, uns da zu hintergehen, wo wir nicht viel klüger sind als die Kinder. Werner, noch einmal bitte ich, reisen Sie mit mir zugleich ab, wenn auch auf anderem Wege.«

»Nein«, versetzte kurz der Gelehrte. »Ich habe mein Lebelang die Beziehungen zu anderen Menschen reinlich behandelt. Halbheit in Neigung und Abneigung ist mir unerträglich. Fühle ich Neigung, so soll mein Händedruck und das Vertrauen, das ich gebe, den Andern keinen Augenblick in Zweifel lassen, wie mir um's Herz ist. Muß ich ein Verhältnis lösen, auch da habe ich die Rechnung stets ganz und voll geschlossen. Jetzt kann ich nicht aufbrechen wie ein Flüchtling.«

»Wer fordert das?« frug Raschke, »nur wie ein Mann, der die Augen abwendet von häßlichem Gewürm, das vor ihm auf dem Boden kriecht.«

»Hat das Gewürm den Mann geschädigt, so ist ihm Pflicht zu verhüten, daß das Schädliche auch Andern gefährlich wird, und kann er Andere nicht behüten, er wird sich selbst genug tun, wenn er seinen Weg säubert.«

»Wenn ihm aber der Versuch neue Gefahr bringt?«

»Er wird doch tun, was er vermag, sich selbst zu genügen«, rief Werner. »Das Recht, welches ich erhalten habe gegen Einen, ich lasse mir's nicht rauben. Die Kränkung meines Weibes mahnt, es mahnt das verlorene Leben eines Gelehrten, um welches wir beide trauern. Sagen Sie mir nichts mehr. Freund, mein Selbstgefühl hat in diesen Tagen große Schädigung erfahren, und mit Recht. Ich fühle meine Schwäche mit einer Bitterkeit, die gerechte Strafe ist für den Stolz, mit dem ich auf das Leben Anderer gesehen. Ich habe an Struvelius geschrieben, ich habe ihn um Verzeihung gebeten, daß ich die kleine Unsicherheit, die einst ihn störte, so hochmütig empfand. Hier ist der Brief an den Collegen; ich bitte Sie, die Zeilen abzugeben und ihm zu sagen, wenn wir uns wiedersehen, dann soll kein Wort über das Vergangene von unsern Lippen fallen, nur er soll wissen, wie schwer ich dafür gebüßt habe, daß ich gegen ihn hart war. Aber wie sehr ich die Geduld und Nachsicht Anderer bedarf, ich würde das Letzte verlieren, was mir den Mut gibt, die Augen aufzuschlagen, wenn ich von hier gehen wollte, bevor ich mit dem Schloßherrn dort oben abgerechnet habe. Ich bin kein Weltmann, der gelernt hat, seinen Zorn hinter einem höflichen Gruß zu verbergen.«

»Wer solche Abrechnung sucht«, warnte Raschke, »muß auch die Mittel haben, den Gegner dabei festzuhalten, sonst mag eine neue Demütigung werden, was Genugtuung sein soll.«

»Diese Genugtuung gesucht zu haben bis zum Äußersten«, versetzte Werner, »auch das ist Befriedigung.«

»Werner«, rief der College, »ich will nicht hoffen, daß Ihr erregter Zorn Sie hinabzieht in die gedankenlose Rachsucht der Schwachen, welche ein rohes Spiel mit dem eigenen Leben und dem des Andern Genugtuung nennen.«

»Er ist ein Fürst«, sagte der Professor mit finsterm Lächeln, »ich trage keine Sporen, und der letzte Versuch, den ich mit meiner Kugelform anstellte, war Nüsse darin zu quetschen. Wie mögen Sie mich so verkennen? Aber es gibt Forderungen, welche deutlich ausgesprochen sein wollen, damit sie zur Tat werden. Noch wohnt in dem Wort eine heilende Kraft, wenn nicht für den, der die Rede hört, doch für den, der sie spricht. Ihm sagen muß ich, was ich von ihm heische. Er mag zusehen, wie er das Wort hinunterwürgt in sein freudloses Herz.«

»Er wird weigern, Sie zu hören«, warf Raschke ein.

»Ich werde suchen, ihn zu sprechen.«

»Er hat der Mittel viele, Sie zu hindern.«

»Er gebraucht sie auf seine Gefahr, denn er nimmt sich dadurch den Vorteil, den er hätte, mich ohne Zeugen zu hören.«

»Er wird das ganze Rüstzeug gegen Sie in Bewegung setzen, das ihm seine hohe Stellung gibt, er wird seine Gewalt rücksichtslos gebrauchen, Sie zu bändigen.«

»Ich bin kein schreiender Wahrsager, der den Cäsar auf offener Straße anfällt, um vor den Idus des März zu warnen. Daß ich weiß, was ihn demütigt vor sich selbst und seinen Zeitgenossen, das ist meine Waffe.

Und ich versichere Sie, er wird mir Gelegenheit geben, sie zu gebrauchen, wie ich will.«

»Er verreist«, rief Raschke ängstlicher.

»Wohin kann er reisen, wo ich ihm nicht nachkomme?«

»Ihn wird die Besorgnis, welche Sie in ihm erregen, zu finsterer Tat treiben.«

»Er wage sein Ärgstes, ich will tun, was mir Frieden gibt.«

»Werner«, rief Raschke, die Hände erhebend, »ich darf Sie in dieser Lage nicht verlassen, und doch machen Sie dem Freunde fühlbar, wie ohnmächtig sein ehrlicher Rat gegen Ihren starren Willen ist.«

Der Professor ging auf ihn zu und küßte ihn. »Leben Sie wohl, Raschke. So hoch als ein Mann in der Achtung eines Andern stehen kann, stehen Sie in meinem Herzen. Zürnen Sie nicht, wenn ich in diesem Fall mehr dem Drang des eigenen Wesens folge, als der milden Weisheit des Ihren. Grüßen Sie von mir Frau Aurelie und die Kinder.«

Raschke fuhr sich über die Augen, zog seinen Rock an und steckte den Brief an Struvelius in die Rocktasche. Dabei fühlte er einen andern Brief, er zog ihn heraus und las die Aufschrift. »Ein Brief meiner Frau an Sie«, sagte er, »ich weiß nicht, wie er mir in die Tasche kommt.«

Werner öffnete, wieder flog ein kurzes Lächeln über sein Gesicht. »Frau Aurelie bittet mich für Ihr Wohlbefinden zu sorgen. Der Auftrag kommt zu guter Stunde; ich begleite Sie zur Stelle Ihrer Abfahrt, wir wollen auch Mütze und Mantel nicht vergessen.«

Der Professor führte den Freund zu der Reisegelegenheit, die Männer sprachen in der letzten Stunde über die Vorlesungen, welche beide im nächsten Halbjahr zu halten wünschten. »Denken Sie des Briefes an Struvelius«, war das letzte Wort Werners, als der Freund im Wagen saß.

»Ich denke daran, sooft ich Ihrer gedenke«, rief Raschke, die Hand zum Wagen hinausstreckend.

Der Professor ging nach dem Schloß zur großen Abrechnung mit dem Mann, der ihn in seine Hauptstadt gerufen. Ihn empfing die Dienerschaft mit verlegenen Blicken. »Der Herr ist im Begriff zu verreisen und wird erst in einigen Tagen zurückkehren. Wohin er reist, weiß man nicht«, sagte der Hausmeister bekümmert. Der Professor forderte, ihn doch bei dem Fürsten zu melden, sein Anliegen sei dringend; der Diener brachte die Antwort, der Fürst sei vor der Rückkehr nicht zu sprechen, der Gelehrte möge seine Wünsche einem der Adjutanten mitteilen.

Werner eilte zu dem abgelegenen Hause des Obersthofmeisters. Er wurde in die Bücherstube geführt, sah flüchtig auf den verschossenen Teppich des Bodens, auf die alte Tapete, welche durch Kupferstiche in dunklen Rahmen verdeckt war, auf große Bücherschränke mit Glastüren, von innen verhängt, als wollte der Eigentümer selbst was er las fremdem Auge entziehen. Der Obersthofmeister trat eilig herein.

»Ich suche vor der Abreise des Fürsten eine Unterredung mit ihm«, begann der Professor, »ich bitte Excellenz um gütige Vermittlung für die Audienz.«

»Verzeihen Sie die Frage, wozu?« frug der Obersthofmeister. »Wollen Sie mit einem Leidenden noch einmal über seine Krankheit sprechen?«

»Der Kranke versieht ein hohes Amt und hat Gewalt und Recht eines Gesunden; er ist seinen Mitlebenden verantwortlich für sein Tun. Ich halte für Pflicht, nicht von hier zu gehen, ohne ihm auszusprechen, daß er nicht mehr in der Lage ist, die Pflichten seiner Stellung zu üben, und ich halte für ein Gebot meiner Ehre, zu bewirken, daß er aus dieser Stellung scheidet.«

Der Obersthofmeister sah den Gelehrten erstaunt an. »Und darum müssen Sie auf dieser Unterredung bestehen?«

»Die Erfahrungen, welche ich seit meiner Rückkehr vom Lande hier gemacht, zwingen mich dazu; ich muß vor Anderm die Unterredung suchen durch jedes Mittel, welches mir erlaubt ist, was auch die Folge sei.«

»Auch die Folge für Sie selbst?«

»Auch diese. Der Fürst kann mir nach Allem, was geschehen, ein persönliches Zusammentreffen nicht versagen.«

»Was er nicht sollte, wird er doch versuchen.«

»Er tut es auf seine Gefahr«, versetzte der Professor.

Der Obersthofmeister stellte sich vor den Professor und begann nachdrücklich: »Der Fürst will noch heut nach Rossau abreisen. Der Plan ist Geheimnis, ich erfuhr zufällig die Befehle, welche für den Marstall erteilt wurden.« Der Gelehrte fuhr zurück. »Ich danke Ew. Excellenz von Herzen für diese Mitteilung«, sprach er mit erzwungener Fassung, »ich werde versuchen, vorher eine schnelle Warnung hinzusenden. Ich selbst reise ebenfalls dorthin, doch nicht eher, bis Excellenz meinen Versuch unterstützt haben, den Fürsten vor seiner Abreise zu sprechen.«

»Wenn Sie durch mich um eine Audienz nachsuchen«, sagte der Obersthofmeister überlegend, »so will ich als Beamter des Hofes und aus persönlicher Hochachtung für Sie Ihren Wunsch dem Fürsten sogleich vortragen. Aber ich verberge Ihnen nicht, daß ich eine Kritik vergangener Ereignisse durch Sie, Herr Professor, nach jeder Richtung für bedenklich erachte.«

»Ich aber bin von der Überzeugung durchdrungen, daß in diesem Fall nicht nur die Kritik geübt, auch eine Forderung gestellt werden muß«, rief der Professor.

»Nur in das Ohr des Fürsten? Oder auch vor andern Menschen?« frug der Obersthofmeister.

436

»Wenn mir Ohr und Sinn des Fürsten verschlossen bleibt, dann vor Jedermann. Ich erfülle damit eine ernste Pflicht gegen Alle, welche unter den finstern Einfällen eines zerrütteten Geistes leiden könnten, eine Pflicht, der ich mich als ehrlicher Mann nicht entziehen darf. Ich werde sein Ankläger vor Fürsten und Volk, wenn stille Vorstellung ihn nicht bestimmt. Denn es ist nicht zu dulden, daß die Zustände des alten Roms in unserer Nation gespenstig aufleben.«

»Das ist entscheidend«, versetzte der Obersthofmeister. Er ging zu seinem Schreibtisch, hob ein Schriftstück hervor und bot es dem Gelehrten. »Lesen Sie. Werden Sie auf eine persönliche Unterredung mit dem Fürsten verzichten, wenn dies Papier von seiner Hand unterzeichnet ist?«

Der Professor las und neigte sein Haupt gegen den Obersthofmeister. »Sobald er aufhört, zu sein, was er bis jetzt war, darf ich ihn als Kranken betrachten. In diesem Fall würde meine Unterredung mit ihm zwecklos. Unterdeß wiederhole ich meine Bitte, mir vor Abreise des Fürsten die erbetene Audienz zu erwirken.«

Der Obersthofmeister nahm das Papier zurück. »Ich werde versuchen, Ihr Anwalt zu sein. Aber vergessen Sie nicht, daß der Fürst in den nächsten Stunden nach Rossau reist. Sehen wir uns wieder, Herr Werner«, schloß feierlich der alte Herr, »so sei es an einem Tage, wo unser beider Haupt frei ist von der Sorge um etwas, das man selbst zuweilen gering achtet, wie Sie in diesem Augenblick tun, das man sich aber nicht gern durch den Einfall eines Dritten rauben läßt.«

Der Professor eilte zu dem Gasthof und rief seinen Diener. »Heut beweisen Sie mir Ihre Treue, Gabriel, nur ein reitender Bote kann zu rechter Zeit in Bielstein eintreffen. Versuchen Sie das Mögliche, nehmen Sie Courierpferde, schaffen Sie einen Brief in die Hände meiner Frau, bevor die Hofwagen dort ankommen.«

»Zu Befehl, Herr Professor«, sagte Gabriel in kriegerischer Haltung, »es ist auch für einen gedienten Husaren ein starker Ritt; wenn der Pferdewechsel mich nicht aufhält, so traue ich mich wohl den Brief zu rechter Zeit zu besorgen.« Der Professor schrieb in fliegender Eile und fertigte Gabriel ab; dann bestellte er sich selbst Postpferde und eilte in die Wohnung des Obersthofmeisters zurück.

Der Fürst lag in seinem Sessel, die Wangen bleich, die Augen erloschen, ein schwer erkrankter Mann; müde hing ihm das Haupt vom Nacken. »Ich hatte sonst doch andere Gedanken und vermochte, wenn ich auf die Tasten drückte, mehr als eine Melodie zu spielen; jetzt wandelt sich Alles in eine mißtönende Weise: sie ist fort, sie ist in der Nähe des Knaben, sie lacht des törichten Werbers. Nichts sehe ich vor mir als das Gleis der Landstraße, welche zu ihr führt. Eine fremde Gewalt hämmert in mir ewig dieselben Noten, ein schwarzer Schatten steht neben mir und weist mit dem Finger unablässig auf denselben Pfad, ich vermag mich nicht zu wehren, ich höre die Worte, ich sehe den Weg, ich fühle die dunkle Hand über meinem Haupt.«

Der Kammerdiener meldete den Obersthofmeister.

»Ich will ihn nicht sehen«, herrschte der Fürst den Diener an. »Sagen Sie Sr. Excellenz, ich sei im Begriff auf's Land zu reisen.«

»Excellenz bitten, es handle sich um eine dringende Unterschrift.«

»Der alte Tor«, murmelte der Fürst. »Führen Sie ihn herein. – Ich bin leider pressiert, Excellenz«, rief er dem Eintretenden zu.

»Ich wünsche die Zeit meines Durchlauchtigsten Herrn nicht lange in Anspruch zu nehmen«, begann der Hofmann, »Professor Werner bittet, daß Ew. Hoheit geruhe, ihn vor seiner Abreise zu empfangen.«

»Was soll die Zudringlichkeit?« rief der Fürst, »er war bereits hier, ich habe ihn abweisen lassen.«

»Ich erlaube mir die ehrfurchtsvolle Bemerkung, daß nach Allem, was vorausgegangen, ihm die Ehre einer persönlichen Verabschiedung nicht wohl verweigert werden kann. Ew. Hoheit werden der Letzte sein, welcher so auffallende Verletzung schicklicher Rücksicht loben würde.«

Der Fürst sah feindselig auf den Obersthofmeister. »Gleichviel, ich will ihn nicht sprechen.«

»Außerdem aber ist nicht ratsam, demselben diese Unterredung zu verweigern«, fuhr der alte Herr nachdrücklich fort.

»Darüber bin ich der beste Richter«, versetzte nachlässig der Fürst.

»Derselbe ist Mitwisser einiger Tatsachen geworden, deren Bekanntwerden man im Interesse fürstlicher Würde selbst mit schweren Opfern vermeiden muß, denn derselbe ist nicht verpflichtet, das Geheimnis zu bewahren.«

»Niemand wird auf den einzelnen Träumer achten.«

»Desselben Aussage wird nicht nur Glauben finden, auch gegen Ew. Hoheit einen Sturm erregen.«

»Geschwätz aus den Bücherstuben reicht nicht bis zu meinem Haupt.«

»Derselbe ist ein hochgeachteter Mann von Charakter und wird seine Beobachtungen benutzen, um vor der ganzen gebildeten Welt zu fordern, daß am hiesigen Hofe die Möglichkeit ähnlicher Beobachtungen aufhöre.«

»Er tue, was er wagt«, rief der Fürst mit ausbrechendem Grimm, »man wird sich zu hüten wissen.«

»Noch kann die Niederlage verhütet werden: es gibt dagegen aber nur ein letztes und gründliches Mittel.«

»Sprechen Sie, Excellenz, ich habe Ihr Urteil stets geachtet.«

»Was jenen Professor aufregte«, fuhr der Hofmann bedächtig fort, »das wird, zu allgemeiner Kenntnis gebracht, allerdings Geräusch und gefährliche Nachrede hervorbringen; schwerlich mehr. Es war eine persönliche Wahrnehmung, die ihm am Fuß des Turms aufgenötigt wurde, es war eine Vermutung, die er unter dem Dach desselben Turms hervorgeholt hat. Nach seiner Behauptung sind zwei Versuche gemacht, welche nicht zu folgenschwerer Tat wurden. Auf solcher Grundlage ein öffentliches Urteil der gesitteten Welt herauszufordern, ist mißlich. Wie redlich der Berichterstatter sei, er mag sich selbst getäuscht haben. Ew. Hoheit bemerkten richtig, der Eifer eines einzelnen Gelehrten würde unliebsames Geschwätz veranlassen, nichts weiter.«

»Vortrefflich, Excellenz«, unterbrach der Fürst.

»Leider tritt ein bedenklicher Umstand hinzu. Für jene persönliche Wahrnehmung am Fuß des Turms hat derselbe Gelehrte einen Zeugen. Und dieser Zeuge bin ich. Wenn er sich auf mein Zeugnis beruft, will sagen, auf meine persönliche Wahrnehmung, so werde ich erklären müssen, er hat Recht, denn ich bin nicht gewohnt, halbe Wahrheit für Wahrheit zu achten.«

Der Fürst fuhr in die Höhe.

»Ich war es, der die Hand festhielt«, bemerkte der Hofmann leise. »Und weil jener Gelehrte Recht hat, und weil ich desselben Ansicht über das Befinden meines gnädigen Herrn bestätigen müßte, sage ich, es gibt nur ein letztes und gründliches Mittel.« Der Obersthofmeister hob die Urkunde aus der Mappe. »Mein Mittel ist, daß Ew. Hoheit durch einen großen Entschluß dem Unwetter zuvorkomme und hochgeneigt geruhe, dies zur Willenserklärung zu machen.«

Der Fürst warf einen Blick in das Papier und schleuderte es von sich. »Sind Sie unsinnig, alter Mann?«

»An mir ist diese Eigenschaft noch nicht bemerkt worden«, versetzte der Obersthofmeister traurig. »Möge mein gnädigster Herr die Angelegenheit mit gewohntem Scharfsinn erwägen. Es ist leider unmöglich geworden, daß Ew. Hoheit die Anstrengungen eines hohen Berufes in bisheriger Weise ertragen. Selbst wenn Ew. Hoheit dazu bereit wären, hat sich die Schwierigkeit erhoben, daß getreue Diener in der peinlichen Lage sind, diese Auffassung nicht zu teilen.«

»Diese treuen Diener sind mein Obersthofmeister.«

»Ich bin einer davon. Wenn Ew. Hoheit nicht geruhen wollten, jenem Entwurf Höchstihren Beifall zu geben, so würde mir die Rücksicht auf etwas, das mir teurer sein muß, als Ew. Hoheit Gnade, verbieten, ferner im Dienst zu bleiben.«

»Ich wiederhole die Frage: Sind Sie kindisch geworden, Obersthofmeister?«

»Nur bewegt, ich meinte nicht, jemals wählen zu müssen zwischen meiner Ehre und meinem Dienst.« Er holte ein anderes Document aus der Mappe.

»Ihre Entlassung?« rief der Fürst lesend. »Sie hätten dazusetzen können: in Gnaden.« Der Fürst ergriff die Feder. »Hier, Freiherr von Ottenberg, Sie sind Ihres Amtes quitt.«

»Es ist kein freudiger Dank, den ich Ew. Hoheit dafür sage. Demnach aber spreche ich, Hans von Ottenberg, die ehrfurchtsvolle Bitte aus, daß Ew. Hoheit noch in dieser Stunde auch das andere Schriftstück zu unterzeichnen geruhe. Denn falls Hochdieselben zögern wollten, die flehende Bitte eines früheren Dieners zu erfüllen, so würde dieselbe Bitte von jetzt ab mehrfach Ew. Hoheit Ohr belästigen und von Seiten, denen Hochdieselben nicht soviel Nachsicht zu beweisen pflegen, als seither mir. Bis jetzt war's einer, der bat, ein Professor, jetzt sind's zwei, er und ich, in den nächsten Stunden wird die Zahl Ew. Hoheit lästig werden.«

»Ein früherer Obersthofmeister als Aufwiegler!«

»Nur als Bittender. Ew. Hoheit haben Recht, daß der höchste Entschluß, welchen ich zu beeinflussen suche, durchaus freiwillig sein muß.

Aber ich flehe nochmals an, zu erwägen, daß er nicht mehr zu vermeiden ist. Ew. Hoheit Hofstaat wird in der nächsten Stunde vor derselben Entscheidung stehen wie ich; denn die Rücksicht auf die Ehre dieser Herren und Damen wird mich zwingen, sämmtliche Gründe, welche mich bestimmten, auch ihnen nicht zu verschweigen. Ohne Zweifel werden die Herren des Hofes gleich mir Ew. Hoheit bittend nahen und gleich mir um Enthebung nachsuchen, falls ihr Flehen erfolglos bleibt; und ohne Zweifel werden Ew. Hoheit neue Diener finden. Die Rücksicht auf Ehre und Amt Ihrer Beamten wird mich verpflichten, Ew. Hoheit Ministern dieselbe Mitteilung zu machen. Auch diese mögen durch weniger bedenkliche Staatsdiener ersetzt werden. Ferner würde ich mich ans Ehrfurcht und Ergebenheit gegen dies Hohe Haus, aus Sorge um Leben und Wohlfahrt des Erbprinzen und seiner erlauchten Schwester sowie aus Anhänglichkeit gegen dies Land, in welchem ich ergraut bin, genötigt sehen, verwandte Regierungen um eine energische Wiederholung dieser meiner Bitte anzugehen. Solange ich am Hofe diente, zwang mich Eid und Pflicht zur Verschwiegenheit und zur Rücksicht auf Ew. Hoheit persönliche Interessen. Dieser Verpflichtung bin ich enthoben, und ich würde von jetzt für das allgemeine Wohl gegen Ew. Hoheit stehen. Ew. Hoheit mögen selbst ermessen, wohin das führen muß. Jene Unterschrift kann hinausgeschoben, nicht mehr vermieden werden. Jede Zögerung verschlechtert die Lage; die Unterschrift würde nicht mehr als freiwillige Tat eines hohen Entschlusses erscheinen, sondern als abgedrungene Notwendigkeit. Endlich erwägen Ew. Hoheit, der Professor hatte am Turmschloß eine aufregende Beobachtung gemacht, eine andere am Leben eines gewissen Magisters; mein Schicksal ist, Mehres zu wissen, was nicht Dienstgeheimnis war.«

Der Fürst lag in seinem Sessel, das Haupt abgewandt, er schlug die Hände vor das Antlitz. Es wurde eine lange, unheimliche Stille.

»Sie waren mein persönlicher Feind vom ersten Tage meiner Regierung«, fuhr der Fürst endlich auf.

»Ich war meines gnädigsten Herrn getreuer Diener; persönliche Freundschaft wurde mir nie zu Teil und ich habe sie nie geheuchelt.«

»Sie haben von je gegen mich intrigiert.«

»Ew. Hoheit ist wohl bewußt, daß ich als ein Mann von Ehre gedient«, versetzte der Freiherr stolz. »Auch jetzt, wenn ich noch einmal bitte, dieses Schriftstück in der gebotenen Form zu unterzeichnen, stütze ich mich nicht auf die Rechte, welche mir Ew. Hoheit vieljähriges Vertrauen gibt; ich berufe mich auch nicht, um dieses wiederholte Drängen zu entschuldigen, auf die Teilnahme, die ich an dem Ansehn und Wohlergehen dieses Hohen Hauses zu nehmen berechtigt bin. Ich habe noch einen andern Grund, von Ew. Hoheit Haupt die letzte Demütigung, das heißt ein öffentliches Besprechen Höchstihrer Gesundheit fernzuhalten. Ich bin ein loyaler und monarchisch gesinnter Mann. Wer noch Ehrfurcht vor dem hohen Amt eines Fürsten in sich bewahrt, gerade dem ist dringend geboten, zu verhüten, daß dies Amt in den Augen der Nation erniedrigt werde. Dies soll er verhüten, nicht dadurch, daß er Unzuträgliches verschleiert, sondern dadurch, daß er es austilgt. Deshalb steht seit jenem Ereignis am Turm zwischen Ew. Hoheit und mir der Streit so, daß ich, um Ew. Hoheit erhabenes Amt zu schützen, Ew. Hoheit Person opfern muß. Ich bin dazu entschlossen, und deshalb bleibt Ew. Hoheit nur die Wahl, ob Höchstdieselben das Unvermeidliche tun wollen: freiwillig und vor den Augen der Welt in Ehren, oder auf übermächtiges Drängen Fremder in Unehren. Die Worte sind gesprochen, ich bitte um kurzen Entscheid.«

Der alte Herr stand dicht vor dem Fürsten, fest und kalt blickte er in die unsicheren Augen seines früheren Gebieters und wies mit dem Finger unverrückt auf das Pergament. Es war der Wächter, der seinen Kranken bemeistert.

»Nicht jetzt, nicht hier«, rief der Fürst außer sich. »In Gegenwart des Erbprinzen will ich beraten und mich entscheiden.«

»Gegenwart und Unterschrift der Minister sind für das Document nötig, nicht die Gegenwart des Prinzen. Da Ew. Hoheit vorziehen, vor den Augen des Erbprinzen zu unterzeichnen, so werde ich mir die Ehre geben, Ew. Hoheit nach Rossau zu folgen, und einen der Minister bitten, zu diesem Zweck mich zu begleiten.«

Der Fürst sah nachdenkend vor sich hin. »Noch bin ich Fürst«, rief er aufspringend, ergriff die unterschriebene Entlassung des Freiherrn und zerriß sie: »Obersthofmeister von Ottenberg, Sie werden mich in meinem Wagen nach Rossau begleiten.«

»Dann wird der Minister in meinem Wagen Ew. Hoheit folgen«, sagte der alte Herr ruhig; »ich eile, ihn davon zu benachrichtigen.«

3. Auf dem Weg zum Steine.

Zu der stillen Landstadt, welche einst fromme Ansiedler um die Kloster-
glocke betender Mönche erbaut, zu dem Steine, worauf einst die Heiden-
jungfrau ihrem Stamm weissagende Worte geraunt, stiegen jetzt auf
verschiedenen Straßen Rosse und Räder mit lebenden Menschen, welche
Entscheidung ihres Schicksals suchen, hier fröhlich aufsteigendes Hoffen,
dort abwärts geneigte Kraft, hier holder Traum einer schwärmerischen
Jugend, dort wüster Traum eines finstern Geistes. Im Tal und über dem
Stein schweben die Geister der Landschaft, sie rüsten sich, die flüchtigen
Fremden nach dem Gastrecht der Heimat zu empfangen.

Das erste Morgengrau sandte seinen bleichen Schimmer in Laura's
Arbeitsstube, sie stand an ihrem Memoirentisch und warf den letzten
Blick nach dem vertrauten Buch, in welches sie mit flüchtiger Hand die
Schlußworte geschrieben hatte. Sie schnürte das Buch und die Gedichte
des Doktors zusammen und barg sie unter dem Deckel ihres Reisekoffers.
Noch einen langen Blick warf sie auf das Heiligtum ihrer Mädchenjahre,   444
dann flog sie die Treppe hinab in die Arme der ängstlichen Mutter.

Es war eine wundervolle Entführung, ein stiller Sonntagmorgen, geheimnisvolle Dämmerung, am Himmel düstere Regenwolken, welche
schauerlich von einem dunkelroten Morgenschein abstachen. Laura lag
lange in den Armen der weinenden Mutter, bis Köchin Susanne zum
Aufbruch drängte, dann schlüpfte sie aus dem Haus auf die Straße, wo
der Doktor sie erwartete, und eilte neben ihm zu dem Wagen. Denn
der Wagen war jenseit der Ecke an einen einsamen Platz bestellt, nicht
vor das Haus, darauf hatte Laura bestanden. Es war eine wundervolle
Entführung, ein bescheidener und wackerer Reisegenosse, das Haus der
geliebten Freundin als Reiseziel, zuletzt eine große Ledertasche mit kaltem
Braten und anderem Vorrat, welchen Frau Hahn selbst in den Wagen
trug, um ihren Sohn und Laura noch einmal zu küssen und mit Tränen
zu segnen.

Aber, um in der Sprache des abwesenden Herrn Hummel zu reden,
wenn unser Herrgott im Kutschwagen fährt, sitzt der Teufel auf der
Pechbüchse. Hier setzte sich der Teufel auf den kalten Braten. Speihahn
nämlich hatte in den letzten Tagen sein vereinsamtes Dasein schwer
ertragen. Seit der Abreise des gelehrten Oberstocks war er immer miß-
vergnügt gewesen, seit vollends der Hausherr verschwunden war, fehlte
seinem Leben die Anerkennung, welche auch ein Bösewicht ungern

entbehrt. Heut sah er mit kaltem Blinzeln, wie Laura um die trauernde Mutter schwebte, er sah mit einem Schielblick die heftigen Bewegungen der Köchin Susanne, welche den großen Reisekoffer zum Wagen trug, dann trollte er auf die Straße, um dort seinem Haß gegen das Nachbarhaus Ausdruck zu geben. Als aber Frau Hahn mit der Ledertasche zum Wagen eilte, merkte er ein Unheil und war bei der Hand. Er schlich der Nachbarin nach, und während diese aus den Wagentritt stieg, um ihren Fritz vor der rauhen Morgenluft zu warnen und Laura noch einmal zu küssen, benutzte Speihahn den Futtersack, welchen der Kutscher an die Vorderräder gestellt hatte, sprang hinauf und fuhr unter die Lederschürze des Kutschers, entschlossen, seine Zeit zu erwarten. Der Kutscher setzte sich, fühlte mit seinem Fuß an das zweideutige Wesen, er nahm an, daß der Hund zur Reisegesellschaft gehöre, hob unternehmend seine Peitsche und setzte den Entführungswagen in Bewegung. Noch ein Blick und Zuruf an die Mutter, und die waghalsige Fahrt begann.

Laura's Seele bebte unter dem Druck der leidenschaftlichen Gefühle, welche die langersehnte und gefürchtete Stunde hervorrief. Die Häuser der Stadt entschwanden, die Pappeln der Landstraße tanzten vorüber. Sie sah ängstlich auf ihren Fritz und faßte mit den Fingerspitzen seine Hand. Fritz lachte und drückte die Hand kräftig.

An seinem Mut richtete sie sich ein wenig auf. Sie sah ihm zärtlich in das treue Gesicht. »Der Morgen ist kühl«, begann Fritz, »erlauben Sie, daß ich Ihnen den Mantel schließe.«

»Mir ist sehr wohl«, versicherte Laura und fuhr mit der zitternden Hand aus dem Mantel, um sich wieder mit ihren Fingerspitzen an dem Geliebten zu halten.

So saßen sie schweigend nebeneinander, die Sonne guckte verschämt aus ihrer roten Gardine hervor und lachte Laura an, daß diese die Augen schloß. Ihr ganzes Kinderleben flog in flüchtigen Bildern an ihr vorüber. Zuletzt die bedeutsamen Worte, welche sie bei den jüngsten Besuchen von ihren Freundinnen gehört. Die Pate hatte zu ihr gesagt: komm bald wieder, Kind. Laura hatte bewegt gefühlt, daß das Wiedersehen in einer unabsehbaren Ferne lag. Ihre Gevatterin hatte herzlich gefragt: wann sehen wir uns wieder? In Laura klang rührend als Echo: wer weiß, wann. Rings um sie aber regte sich der junge Tag, ein Taubenschwarm flog über das Feld, ein Hase rannte längs dem Wege wie zum Wettlauf, ein prächtiges Büschel blauer Blumen stand am Grabenrand, rund umher glänzten die roten Dächer aus dem Kranz der Obstbäume, Alles auf der

Erde hoffnungsgrün, blühend und wogend im Morgenwind. Landleute kamen ihnen entgegen, welche nach der Stadt zogen, ein Bäuerlein saß aus seinem Wagen, der Rauch aus seiner Pfeife wirbelte lustig in der Luft, er nickte zu Laura Guten Morgen, und Laura hielt ihre freie Hand hinaus, als wollte sie der ganzen Mitwelt einen Gruß senden. Mit ihrem kleinen Wagen kam die Milchfrau, welche an der Straßenecke feilbot, auch diese grüßte: »Guten Morgen, Fräulein.« Laura fuhr zurück und sah Fritz erschrocken an: »Sie hat uns erkannt.«

»Kein Zweifel«, bestätigte der Doktor lustig.

»Sie ist geschwätzig, Fritz, sie kann's nicht verschweigen, sie erzählt's allen Dienstmädchen unserer Straße, daß wir zusammen diesen Weg gefahren sind. Mir wird angst, Fritz.«

»Wir fahren spazieren«, frohlockte der Doktor, »wir fahren zum Besuch bei irgend Jemandem, wir sollen auf dem Lande miteinander Paten stehen, machen Sie sich um diese Kleinigkeiten keine Sorge.«

»Bei dem Patenstehen fing's an, Fritz«, versetzte Laura beruhigt. »Die Katzenpfoten haben Alles verschuldet.«

»Ich weiß nicht«, meinte Fritz schlau, »ob das Unglück nicht schon weit früher anfing. Sie waren noch ein kleines Mädchen, da erhielt ich schon einen Kuß.«

»Davon weiß ich nichts«, sagte Laura.

»Es war um einen Korb bunter Bohnen, den ich Ihnen aus unserm Garten brachte. Ich forderte den Kuß. Sie ließen sich den Preis gefallen, aber Sie fuhren sich gleich darauf mit der Hand über den Mund. Sie gefielen mir seit damals besser als alle Andern.«

»Sprechen wir nicht von solchen Dingen, Fritz«, wehrte Laura ängstlich, »meine Erinnerungen aus der Urzeit sind nicht alle so harmlos.« 447

»Ich bin immer kurz gehalten worden«, rief Fritz, »auch heut. Es ist eine Schande. Das kann nicht so fortgehen, es wird ein ernstes Aussprechen darüber vor Allem nötig. Wenn man zusammen reist wie wir beide, will sich nicht schicken, daß man das steife Sie gegen einander gebraucht.«

Laura sah ihn vorwurfsvoll an. »Heut nicht«, sagte sie leise.

»Das hilft nun nichts«, rief Fritz entschlossen. »Ich lasse mich nicht länger als Fremden behandeln. Erst einmal habe ich das ehrliche Du gehört, und dann nicht wieder. Mir tut es weh.«

Das war nun Laura leid. »Aber nur, wenn wir ganz allein sind«, bat sie.

»Ich schlage Brüderschaft vor«, fuhr Fritz ungerührt fort, »ein für allemal, man verspricht sich sonst nur und es gibt Verwirrung.« Er bot ihr seine Hand, die sie ein wenig schüttelte, dabei machte sich's, daß seine Wange der ihren nahe kam, und ehe sie sich's versah, fühlte sie einen Kuß auf ihren Lippen.

Sie sah ihn zärtlich an, aber gleich darauf fuhr sie zurück und drückte sich in ihre Wagenecke. Fritz war heut weit anders als sonst, er sah unternehmend und trotzig aus. Zu Hause war er immer bescheiden gewesen, Laura hatte bei sich schon mehr als einmal an die Brüderschaft gedacht; »wenn zwei Menschen so mit ganzer Seele einander gehören, sollen sie sich das auch sagen«, hatte sie in ihr Buch geschrieben. Jetzt machte er wenig Umstände. Er legte sich kühn aus dem Wagen. Wenn Reisende entgegenkamen, beugte er sich gar nicht zurück wie sie seit der Milchfrau, sondern sah herausfordernd auf die Leute und grüßte zuerst. »Ich muß von den Indern anfangen«, dachte sie, »damit ich ihn auf andere Gedanken bringe.« Sie frug ihn nach dem Inhalt der Veda.

»Heut kann ich mich gar nicht darauf besinnen«, rief Fritz ausgelassen. »Mir ist so glücklich zu Mut, daß ich nicht an die alten Bücher denken mag. Sie haben vier Abteilungen, in jeder finde ich nur einen Gedanken: Laura, das geliebte Mädchen, wird mein. Ich möchte im Wagen tanzen vor Freude.« Und er hüpfte auf seinem Sitz in die Höhe, wie ein kleiner Junge.

Fürchterlich war Fritz verwandelt, sie kannte ihn nicht wieder, sie entzog ihm ihre Hand, wickelte sich in ihr Tuch und sah ihn mißtrauisch von der Seite an.

»Der Himmel hüllt sich in Wolken«, sagte sie mit trüben Ahnungen.

»Oben drüber scheint die Sonne«, versetzte Fritz behaglich, »sie kommt in wenig Augenblicken wieder hervor. Ich schlage vor, die große Ledertasche zu untersuchen, welche die Mutter mitgegeben hat, ich hoffe, es ist etwas Gutes darin.«

Die Prosa der Familie Hahn verriet sich. Laura sah mit geheimem Kummer, wie eifrig der Doktor in der Tasche kramte. Indeß auch sie hatte in der Anfregung wenig des Frühstücks gedacht, und als Fritz ihr den Inhalt bot, streckte sie doch die kleine Hand darnach aus, und beide aßen herzhaft.

Der Platz neben dem Kutscher verdunkelte sich, ein umförmlicher Kopf fuhr um das Fenster, ein mißtönendes Knurren wurde im Wagen gehört. Laura wies erschrocken auf den Kopf. »Wehe uns, da ist wieder

der Hund.« Auch der Doktor sah zornig auf die feindliche Gestalt. »Wir jagen ihn hinunter«, rief Laura, »er mag nach Hause laufen.«

»Er findet sich schwerlich nach Hause«, wendete der Doktor bedenklich ein, »was wird dein Vater sagen, wenn er ihm verloren geht?«

»Er war der Feind meines Lebens«, rief Laura empört, »und jetzt sollen wir ihn in die Welt mitnehmen? Das ist unerträglich, das ist eine schlimme Vorbedeutung, Fritz.«

»Vielleicht begegnet uns ein Wagen, der ihn zurücknimmt«, tröstete 449 der Doktor. »Unterdeß kann er nicht verhungern.« Er reichte ihm trotz des Abscheues, den er ihm redlich gönnte, ein Frühstück hinaus, der Hund verschwand wieder unter der Wagendecke.

Laura aber blieb verstört. »Fritz, lieber Fritz«, rief sie plötzlich, »lassen Sie mich allein.«

Der Doktor sah erstaunt zu ihr hinüber. »Das ›Sie‹ war ein orthographischer Fehler und muß gebüßt werden.« Er näherte sich wieder ihrem Munde. Laura fuhr zurück. »Wenn Sie mich lieben, Fritz, so lassen Sie mich jetzt allein«, rief sie händeringend.

»Wie kann ich das?« frug Fritz, »wir fahren ja miteinander in die Welt.«

»Setze dich zum Kutscher auf den Bock«, bat Laura flehentlich. Sie sah so ernst und gedrückt aus, daß Fritz gehorsam halten ließ, aus dem Wagen stieg und zum Kutscher hinaufkletterte. Laura holte tief Atem, sie wurde ruhiger. Ihr Wort hatte Einfluß auf ihn. Wie wild er auch war, er tat doch Manches nach ihrem Gefallen. Sie saß allein, ihre Gedanken flogen wieder mutiger in das Land hinaus. Der Doktor wandte sich häufig um, klopfte an das Fenster und frug, wie es ihr gehe. Er war doch sehr zartfühlend und liebevoll um sie besorgt.

»Auf mir liegt die ganze Verantwortung für seine Gesundheit«, dachte sie; »was bis jetzt seine liebe Mutter für ihn getan, das wird meine Pflicht. Eine süße Pflicht, geliebter Fritz. Vor Nachtarbeiten werde ich ihn hüten, denn seine Gesundheit ist zart, und alle Tage führe ich ihn spazieren, auch bei rauhem Wetter, damit er sich daran gewöhnt.« Sie sah zum Wagen hinaus, der Wind schüttelte die Baumblätter, sie klopfte von innen an das Fenster. »Fritz, es ist windig, Sie haben keinen Shawl um.«

»Ich soll ja keinen umhaben«, rief der Doktor von außen, »diese Verweichlichung wird nicht mehr gestattet.« 450

»Ich bitte, Fritz, seien Sie kein Kind, nehmen Sie ihn um, Sie werden sich sicher erkälten.«

»Mit ›Sie‹ nehme ich ihn nun gar nicht.«

»Nimm ihn, Herzensfritz, ich beschwöre dich«, flehte Laura.

»Das klingt anders«, sagte Fritz. Das Fenster wurde geöffnet, der Shawl wanderte hinaus.

»Er ist eisenfest«, sagte Laura, sich wieder auf ihrem Sitz zurecht rückend. »Wie gefällig er aussieht, er weiß sehr genau, was er will, und er wird mir nicht nachgeben, wo seine Überzeugung ihm das nicht erlaubt. Das ist auch gut so, denn ich merke, ich bin immer noch ein kindisches Ding und der Vater hat Recht, ich brauche einen Gatten, der ruhiger in die Welt sieht als ich.«

Es fing an zu regnen. Der Kutscher zog seinen Mantel hervor, Fritz breitete seine Decke aus und hüllte sich hinein. Ihr wurde angst um den Fritz, wieder klopfte sie an das Fenster. »Es regnet, Fritz.« Das konnte der Doktor nicht leugnen. »Kommen Sie herein, Sie werden naß und erkälten sich.«

Der Wagen hielt, Fritz kletterte wieder gehorsam in das Innere, Laura wischte die kleinen Tropfen auf dem Haar seiner Decke mit ihrem Taschentuch ab.

»Viermal ›Sie‹ gesagt«, begann Fritz strafend. »Wenn das so fort geht, wirst du eine große Rechnung zahlen.«

»Sei ernsthaft«, bat Laura, »mir ist feierlich zu Mut: ich denke an unsere Zukunft. Ich will darauf sinnen Tag und Nacht, Geliebter, daß du die Mutter nicht entbehrst. Deine liebe Mutter hat dir bis jetzt den Kaffe hinaufgetragen, das ist ungemütlich, du kommst zu mir herüber und nimmst dein Frühstück mit mir ein. Diese halbe Stunde muß mir Indien abtreten. Um zehn Uhr schlage ich dir ein Ei und schicke es dir hinüber, am Mittag kommst du wieder zu mir herüber, ich sorge für gute Küche, wir leben einfach, wie wir beide gewohnt sind, aber kräftig. Dann erzählst du mir schnell etwas aus deinen Büchern, damit ich weiß, was mein Mann treibt, denn dies ist das Recht der Frau. Am Nachmittag treffen wir uns auf der Straße.«

»Wie so?« frug Fritz, »herüber, hinüber und auf der Straße, wir wohnen ja doch zusammen.«

Laura sah ihn mit großen Augen an, langsam überzog die Röte ihr Gesicht bis an die Schläfe.

»Wir können als Mann und Frau doch nicht in verschiedenen Häusern wohnen?«

Laura hielt die Hand vor die Augen und schwieg. Da sie nicht antwortete, zog ihr Fritz leise die Hand vom Gesicht, große Tränen liefen von ihrer Wange herab. »Meine Mutter«, weinte sie leise. So rührend war der Ausdruck ihres Wehes, daß Fritz mitfühlend sagte: »Gräme dich nicht drum, Laura, wir wohnen, wie du willst, und wir leben ganz, wie dir's recht ist.« Aber auch die freundlichen Worte vermochten das arme Herz nicht zu trösten, um welches sich die mädchenhafte Angst vor der Zukunft legte. Der bunte Nebel war zerflossen, mit welchem ihre kindliche Phantasie sich das freie Leben in der Nähe des Geliebten verhüllt hatte.

Sie saß schweigend und finster.

Der Kutscher hielt vor einer Dorfherberge, seine Pferde und sich selbst zu erquicken. Die junge Wirtin stand, ihr Kind auf dem Arm, in der Tür, sie trat an den Wagen und lud artig ein, abzusteigen. Laura sah unsicher den Doktor an, er winkte, der Wagenschlag wurde geöffnet, Laura setzte sich vor der Tür auf eine Bank und tat, um die Sicherheit einer Reisenden zu erweisen, Familienfragen an die junge Frau. Die Frau antwortete zutraulich: »Es ist das erste Kind, wir sind erst seit zwei Jahren verheiratet. Um Vergebung, Sie sind auch junge Eheleute?« Laura erhob sich schnell, wieder glühte ihre Wange feuriger als die aufgehende Sonne, während sie ein leises Nein erwiederte.

»Na, dann sicher Brautleute«, sagte die Frau, »das sieht man auf zehn Schritt.«

»Woran wollen Sie das erkennen?« frug Laura, ohne die Augen aufzuschlagen.

»Man hat so seine Zeichen«, versetzte die Frau, »wie Sie nach dem Herrn ausschauten, das war deutlich genug.«

»Getroffen!« rief der Doktor glücklich, aber auch ihm war die Wange etwas gerötet. Laura wandte sich ab und kämpfte um Fassung. Das Geheimnis ihrer Reise lag offen vor Jedermanns Blick. In der Stadt wußten sie es, auf dem Dorfe sprachen sie davon. Sie war Braut geworden durch fremde Zungen. Die Eltern hatten ihr nicht die Hand in die des Geliebten gelegt, keine ihrer Freundinnen hatte ihr Glück gewünscht, jetzt kam die Fremde auf der Landstraße und sagte ihr auf den Kopf zu, was sie war. »Hätte die Frau erst Alles gewußt, daß ich von Fritz Hahn heimlich entführt bin ohne Verlobung und ohne Brautstand, welches Gesicht würde sie gemacht haben?« Laura rang unter dem Mantel die Hände, sie stieg in den Wagen, bevor der Kutscher die Krippe wegsetzte, und wieder rannen ihr die Tränen aus den Augen. Der Doktor, welcher von dieser Stimmung nichts ahnte, wollte einsteigen. »Bitte«, rief Laura außer sich, »setzen Sie sich zum Kutscher, mir ist sehr traurig um's Herz.«

»Weshalb?« frug Fritz leise.

»Ich habe ein frevelhaftes Spiel getrieben«, rief Laura, »Fritz, ich möchte wieder umkehren. Was wird die Frau von mir denken? Sie hat recht gut gesehen, daß wir nicht verlobt sind.«

»Sind wir's denn nicht?« frug der Doktor verwundert, »ich betrachte mich entschieden als Bräutigam, und die Freunde, zu denen wir reisen, werden die Sache genau so ansehen.«

»Ich beschwöre Sie, Fritz, lassen Sie mich nur jetzt allein; was ich fühle, kann ich keiner Menschenseele gestehen; bin ich ruhiger, so werde ich klopfen.«

Fritz kletterte wieder auf den Kutscherbock. Laura verlebte in der Einsamkeit ihres Wagens eine trostlose Stunde.

Sie fühlte etwas Fremdes an ihrem Mantel, sah erschreckt auf den leeren Sitz und fuhr zurück, neben ihr saß der Dämon, der Feind ihres Lebens, der rote Hund. Er stemmte seine Vorderbeine breit auseinander und hob seinen Schnurrbart hoch in die Luft, als wollte er sagen: Jetzt entführe ich. Der Doktor ist auf den Bock gesetzt, und ich, der alte Händelmacher, der Menschenfeind, ich, der an vielem Schmerz der Dichterseele neben mir schuld ist, der in ihrem Tagebuch durch Vers und Prosa verwünscht wurde, ich, die gemeine und unwürdige Wirklichkeit, welche vor ihren Füßen lag, ich sitze hier neben der Entführten, ein düsteres Bild ihres Schicksals, Gespenst ihrer Jugend und böses Omen für ihre künftigen Tage, ich lagere an der Stelle, wo ihre kindische Poesie lange einen Andern hinträumte, und ich höhne ihre Tränen und ihre Not. Er leckte seinen Bart und blickte unter seinen langen Haaren verächtlich auf sie. Und Laura pochte an das Fenster, um selbst den Wagen zu verlassen und sich auch auf den Bock zu setzen.

Unterdeß saßen die Mütter sorgenvoll in den feindlichen Häusern. Seit die Tochter abgereist war, zagte Frau Hummel vor dem Zorn ihres Gatten. Von Laura wußte sie, daß ihr Mann gegen die Reise nach Bielstein nichts hatte und sich nur unwissend stellte, um sein trotziges Wesen gegen die Nachbarn zu behaupten. Aber was dahinter lag, ahnte er nicht; wenn zur Entscheidung kam, was nun mit Laura und dem Doktor werden sollte, war von ihm noch Alles zu fürchten. Frau Hummel hatte die Reise befördert, um den Haustyrannen zur Einwilligung zu zwingen, jetzt wurde sie mißtrauisch gegen ihre eigene Klugheit. In ihrer Not warf sie die Mantille über ihr Morgenkleid und eilte aus dem Hause, um bei der Nachbarin Trost zu holen.

Das Herz der Frau Hahn war durch ähnliche Sorgen bewegt, auch sie war bereit, in Morgenkleid und Mantille bei Frau Hummel vorzusprechen. Die Frauen trafen außerhalb der Häuser zusammen, ein Austausch mütterlicher Sorgen begann. Sie benützten den neutralen Boden, der zwischen den feindlichen Gebieten lag, zu leisem Wechselverkehr und vergaßen darüber, daß sie auf der Straße standen. Die Glocken läuteten, die Kirchgänger kehrten nach Hause, immer noch standen sie beieinander und sorgten um Vergangenes und Künftiges. Da näherte sich ihnen in gewähltem Gewande der Mime. Schon von weitem machte er eine dramatische Handbewegung, welche angelegentlichen Gruß ausdrückte. Heut sah Frau Hummel mit Sorge auf den geschätzten Gast, sie fürchtete seine Vermutungen und noch mehr die scharfe Zunge. Das Gesicht des Künstlers glänzte vor Freude und seine Bewegungen wurden gefühlvoll. »Welche Überraschung«, rief er im Ton eines warmherzigen Onkels, »welche anmutige Überraschung! Der alte Streit ist abgetan, Blumengewinde ziehen sich von einem Hause zum andern, was der Zwist der Väter verschuldet, sühnt die Liebe der Kinder. Aus warmem Herzen bringe ich meinen Glückwunsch dar.«

»Wie meinen Sie das?« frug Frau Hummel betroffen, »und was bedeuten Ihre Worte?«

»Entführung«, rief der Mime und hob seine Hand zum Segen.

Die beiden Mütter sahen einander erschrocken an. »Ich muß Sie bitten, bei Ihren Ausdrücken mehr die wirklichen Verhältnisse zu berücksichtigen«, versetzte Frau Hummel, sich an den letzten Trümmern ihres Stolzes aufrichtend.

»Entführung«, rief der Mime wieder freudestrahlend. »Ganz dem Humor dieses Hauses angemessen, es ist ein Meisterstreich.«

»Daß Sie uns nicht beleidigen wollen«, betonte Frau Hummel erregt, »nehme ich im Vertrauen auf alte Freundschaft an. Aber ich muß Sie im Ernst bitten, Ihre Ausdrücke besser zu wählen.«

Der Mime erstaunte über den Widerstand seiner Gönnerin. »Ich wiederhole nur, was mir soeben die Stadtpost gemeldet hat.« Es zog ein zierliches Briefchen aus seinem Rock. »Ich bitte die verehrten Damen, sich selbst davon zu überzeugen.« Er wies das Billet hin und las mit lauter Stimme auf der Straße vor: »Die Verlobung des Doktor Fritz Hahn mit meiner Tochter Laura und die heut morgen ins Werk gesetzte Entführung desselben aus seinem elterlichen Hause zeige ich ergebenst an. Hummel. – Dies entspricht ganz dem Charakter unseres launigen Freundes.«

Noch standen die Frauen fassungslos, da rauschte ein seidenes Kleid von den Granitplatten heran, eilig kam die Frau Pate, ihr Gesangbuch in der Hand, und begann schon von weitem: »Was muß man erleben, ihr bösen Leute! Ist es recht, daß die Hausfreunde erst in der Kirche vom Prediger erfahren müssen, was hier vorgeht?«

»Was meinen Sie?« riefen beide Frauen völlig verwirrt.

»Daß Ihre Kinder heut in der Kirche aufgeboten sind, zum ersten, zweiten und dritten Mal. Es gab ein allgemeines Erstaunen, und wie unfreundlich Sie auch gegen uns gehandelt haben, daß Sie ein Geheimnis daraus machten, es war bei allen Bekannten eine innige Freude. Jetzt ist die ganze Stadt voll davon.«

Ohne ein Wort zu reden, flogen die beiden Mütter einander in die Arme. Mitten auf dem Fahrweg der Parkstraße, welche früher Talgasse hieß, gerade zwischen den beiden Haustüren, genau zwischen den beiden Gitterzäunen. Der Mime stand gerührt daneben und bewegte den Arm nach der Brusttasche, und die Frau Pate faltete die Hände.

Auch denen vom Gut war es ein unruhiger Sonntag. Während der letzten Nacht war in den Bergen ein Wolkenbruch niedergestürzt und eine wilde Flut wälzte sich über dem Wasserpfade dahin, den sonst der Bach zwischen Wiesen durchlief. Die ältesten Leute erinnerten sich nicht solches Wogendrangs, der Bach war ohnedies hoch angeschwollen seit dem Regen der letzten Wochen, jetzt brauste und donnerte er durch das enge Tal zwischen dem Stein und der Berglehne und übergoß die Felder, wo ihm nicht steiles Land und Fels trotzten. Jäh und zornig schoß das Wasser durch die Enge, es sprudelte über den Felsblöcken und um die Köpfe der Weiden. Auf seiner Oberfläche trug es gemähtes Gras der Wiesen, alte Rohrstengel, abgerissene Baumäste, aber auch Trümmer von Menschenwohnungen, die weiter oben von der Flut erreicht waren. Die Leute vom Gute standen an der Hecke des Obstgartens, sahen schweigend nach dem Strom hinab und nach den Überresten zerstörten Lebens, die er auf seinem Rücken dahintrug. Kam etwas angeschwommen, was von Menschenhand gemacht war, ein Reisigbündel, ein Bret, eine Haustür, dann ging ein Summen durch die Zuschauer. Aber die Kinder liefen geschäftig am Wasserrand entlang und zogen mit Stangen an sich, was sie zu erreichen vermochten. Sie erhoben lautes Geschrei, als von fern ein lebendes Tier heranschwamm, es war ein Zicklein, das auf dem Breterdach seines Stalles stand. Als das Kleine die Menschen sah, schrie es kläglich und bat um Rettung. Hans legte einen Brunnenhaken aus und faßte das Bret, das Zicklein sprang an das Land, wurde von den Kindern im großen Zuge nach dem Hofe geführt und dort gefüttert.

Ilse stand an dem neuen Steg zu der Grotte. Vor wenig Wochen war er gebaut, jetzt drohte auch ihm die Zerstörung. Schon neigten sich die Stützen zur Seite. Die Übermacht des Wassers arbeitete an den niedrigen Enden und lockerte die Klammern. Um den vorspringenden Fuß des Felsens, welcher die Grotte wölbte, wirbelten die Wasserblasen, die Gewalt des Staues zog tiefe Furchen in der Flut.

»Dort läuft Jemand vom Berge«, riefen die Gutsleute. Um die Grotte kam eilig ein Mädchen, ein großes Tuch mit frischgemähetem Berggras auf dem Rücken, ängstlich hielt sie auf der Felsplatte an und zagte, über den gebogenen Steg zu gehen.

»Es ist die Anna des armen Benz«, rief Ilse, »sie darf nicht drüben in der Wildnis bleiben, wirf deine Last ab, frisch Anna, schnell herüber.« Das Mädchen kam flüchtig über den Steg. »Sie soll die letzte sein«, befahl Ilse, »keines von euch betritt das Holz, es hält den Andrang nicht mehr lange aus.«

Der Landwirt kam herzu. »Die Flut verläuft noch diese Nacht, wenn nicht neuer Regen fällt, aber des Schadens, den sie tut, werden die Leute lange gedenken. Unten um Rossau sieht's noch ärger aus, das Wasser übergießt die Felder, Hummel ist hinabgeeilt, er sorgt um die Brücke und den Weg, den seine Tochter kommen soll. In unserm Dorf tritt das Wasser in die Stuben der letzten Häuser, die Leute schicken sich an, nach unserm Hofe zu räumen. Geht hinab zu helfen«, befahl er den Gutsleuten, und halblaut fuhr er zu seiner Tochter fort: »Der Prinz ist nach dem Dorf gegangen, dort den Schaden zu betrachten, er will dich sprechen, ist dir's recht, ihn jetzt zu sehen?«

»Ich bin bereit«, sagte Ilse.

Sie ging mit dem Vater längs der Hecke dem Dorfe zu, dort stieg sie zu dem Friedhof hinauf. »Ich bleibe in der Nähe; wenn der Prinz zurückkommt, laß mich rufen.«

Sie stand an dem Mauerrand und sah hinüber nach dem Grabe ihrer lieben Mutter und vor sich auf die Stelle, wo der alte Pfarrer neben seiner Frau ruhte. Die Äste der beiden Bäume, welche sie daneben gepflanzt, hingen ihr über das Haupt. Sie dachte, wie gern ihr alter Freund darüber gesprochen, daß es in der großen Welt im Ganzen genau so sei, wie in seinem Dorfe, Natur und Leidenschaften der Menschen überall gleich, und daß man in dem kleinen Tal dasselbe erleben könne, wie im Getümmel der Gewaltigen.

458 »Hier ist mein Vater der Herr«, dachte sie, »und wir die Herrenkinder, die Leute sind gewöhnt, uns zu gehorchen, und sich ebenso freundlich um uns zu kümmern, wie wir um jene dort im Lande. Ihre Kinder könnten auch erleben, wenn ein arggesinnter Wirt auf dem Stein wohnte, was Andere erfahren mußten. Aber sie dürfen ihr Recht suchen und sie finden Schutz zu jeder Stunde.

Wie wird er, der stolze Mann, ertragen, daß sein Weib nicht Recht findet und nicht den Schutz einer stärkeren Macht gegen die Kränkung, die man ihr angetan und ihm? – Wir sollen wohltun unsern Beleidigern. Wenn der böse Herr aus dem Lande jetzt zu mir käme, krank und hilflos, darf ich ihn aufnehmen in meinem Hause, und darf ich mich an sein Lager setzen, obgleich solcher Liebesbeweis mir auf's Neue verderblich wird? Ich habe einen weißen Mantel getragen; den Schmutzfleck, den er darauf geworfen, sehe ich jede Stunde, und keine Träne wäscht ihn weg. Er hat mir meinen reinen Mantel genommen, soll ich ihm, wenn er heischt, auch noch meinen Rock geben? Hohes, ehrwürdiges Gebot, das der tote Freund mich lehrte, ich stehe erschrocken vor dir. Denn es ist ein Streit der Pflichten, und der Gedanke an meinen Felix sagt mir Nein.

Ich bin fertig auch mit dem Erbprinzen, wie schuldlos er ist. Ich weiß, er hat sich einst den Zuspruch der einfachen Frau mit warmem Herzen begehrt, und meine Eitelkeit hat mir oft gesagt, daß ich ihm wert bin als eine gute Freundin in seinem vornehmen, einsamen Leben. Furchtbar habe ich gebüßt für diesen eiteln Stolz. Auch er ist mir von jetzt ab ein Fremder. Was kann er noch von mir wollen? Ich ahne, daß er geradeso denkt wie ich, er will nichts, als Abschied nehmen auf immer. Wohl, ich bin dazu gerüstet.«

Den Fußpfad vom Dorfe kam der Erbprinz herauf, Ilse blieb an der Kirchhofmauer stehen und neigte sich ruhig seinem Gruß. »Nach der Residenz habe ich den Wunsch gesandt, mit meinem Vetter eine größere Reise zu machen«, begann der Prinz, »ich hoffe, meine Bitte wird gewährt. Darum wollte ich auch Ihnen ein Lebewohl sagen.«

»Ich habe Ew. Hoheit so beurteilt, wie jetzt Ihre Rede Sie mir zeigt«, antwortete Ilse.

»Mir wurde in der Stadt wenig Gelegenheit, Sie zu sprechen«, fuhr der Erbprinz schüchtern fort, »mir würde wehe tun, wenn Sie mich des Undanks oder kalter Gesinnung für fähig hielten.«

»Ich kenne jetzt den Beweggrund, der Ew. Hoheit ferngehalten hat«, versetzte Ilse, vor sich hinsehend, »und ich bin dankbar für die gute Meinung.«

»Heut will ich Ihnen zugleich für Ihren Gemahl sagen«, fuhr der Prinz fort, »daß ich darüber arbeite, für meine Zukunft nützlich zu machen, was ich in Ihrer Nähe gelernt. Ich weiß, daß dies der einzige Dank ist, den ich Ihnen noch abstatten darf. Wenn Sie einst hören, daß man mit mir zufrieden ist, dann denken Sie, gnädige Frau, in der Stille daran, daß ich vor Allem Ihrem Hause die Stärkung meines Rechtsgefühls verdanke, ein unbefangenes Urteil über den Wert der Menschen und ein höheres Maß für die Pflichten eines Mannes, der das Wohl Vieler besorgen soll. Ich mühe mich, der Teilnahme, die Sie mir schenkten, nicht ganz unwert zu sein. Erfahren Sie von Andern, daß mir dies gelang, dann denken Sie an mich ohne Abneigung.«

Ilse sah ihm in das aufgeregte Gesicht, es waren die sanften, ehrlichen Züge, die sie so oft mit ängstlichem Anteil geschaut; sie sah, wie tief er fühlte, daß etwas Fremdes zwischen ihn und sie getreten war, und sie sah, wie bescheiden er sie zu schonen wußte. Dennoch ermaß sie nicht die ganze Gewalt des Schmerzes, welchen der junge Mann darum in sich trug, weil ihm der Vater die Poesie seiner Jugend gestört hatte. Sie ahnte nicht, daß die Strafe, welche dem Vater Gesetz und Urteil der Menschen nicht auflegen konnten, an der schuldlosen Seele des Sohnes vollzogen wurde. Was ihr der Vater zu Leide getan, das verdarb seinem Kinde das glücklichste Gefühl des jungen Lebens, die zarte Freundschaft zu der Frau, an der er mit schwärmerischer Neigung hing. Aber die warmherzige Ilse erkannte den wackeren Sinn des Mannes, der ihr gegenüberstand, ihre vorsichtige Zurückhaltung schwand, und mit der alten Offenheit sagte sie zu ihm: »Man soll nicht ungerecht sein gegen Unschuldige, und in seinem Herzen nicht untreu werden gegen Solche, deren Vertrauen man gehabt hat, wie ich das Ihre. Was ich Ew. Hoheit jetzt wünsche, das ist ein Freund; ich habe wohl gesehen, daß er Ihrem Leben fehlt, und ich habe gemerkt, wie schwer man sich vor niedriger Schätzung der Menschen bewahrt, wenn man immer nur von Dienern umgeben ist.«

An den freundlichen Worten Ilse's brach die mühsam behauptete Fassung des Prinzen. »Ein Freund für mich?« frug er bitter. »Mich hat das Unglück früh in die Lehre genommen, mir ist's vergällt, Freundschaft zu suchen und mich daran zu freuen. Über die Liebe, die ich gefühlt, ist ein Gift gegossen. Verzeihen Sie«, unterbrach er sich, »ich bin so gewöhnt, Ihnen zu klagen und bei Ihnen Trost zu suchen, daß ich mich selbst jetzt nicht enthalte, von mir zu sprechen, obgleich ich weiß, daß ich das Recht dazu verloren.«

»Arme Hoheit!« rief Ilse, »wie wollen Sie für das Wohl Anderer sorgen, wenn Ihr eigenes Leben leer ist an Licht? Wenn ich für Ew. Hoheit Zukunft ein Glück ersehne, so meine ich als Frau die Freundschaft im Hause, eine Seele, die Sie versteht, eine Gattin, welche auch eine Freundin Ihrer Gedanken ist.«

Der Prinz wandte sich zur Seite, ihr das Weh zu verbergen, das er bei dieser Rede empfand. Ilse sah ihn traurig an, sie war noch einmal die gute Beraterin von sonst geworden.

Um die Mauer des Kirchhofs schlich ein Bettelweib heran. »Darf ich heut bitten?« begann eine heisere Stimme in Ilse's Rücken, »ist's nicht der Vater, so ist's doch der Sohn.« Ilse wandte sich um, wieder sah sie in die hohlen Augen der Landfahrerin und rief entsetzt: »Hinweg von hier!«

»Die Frau kann mich nicht mehr fortscheuchen«, sagte die Fremde niederkauernd, »denn ich bin müde und meine Kraft ist am Ende.« Man sah, daß sie Wahrheit sprach.

»Die Reiter haben mich gejagt von einem Grenzpfahl zum andern. Wenn die Übrigen kein Mitleid haben, die Frau vom Steine sollte nicht so hartherzig sein, denn zwischen der Bettlerin und ihr ist alte Kamerad-schaft. Auch ich habe einmal mit den Vornehmen verkehrt, ich habe sie verlassen, und doch hingen meine Träume immer über den goldenen Häusern. Wer den Zaubersaft getrunken hat, wird die Erinnerung nicht los. Sie hat mich wieder in dieses Land getrieben und wieder, ich habe meine Leute hergeführt, sie liegen eingefangen wegen der alten Gedanken, die mich verfolgten.«

»Wer ist das Weib?« frug der Prinz.

Die Bettlerin hob die Hände in die Höhe. »Auf diesem Arme habe ich den Erbprinzen gehalten, da er ein Kind war und nichts von sich wußte, ich habe mit ihm gesessen auf dem Sammet in der Stube seiner Mutter, jetzt liege ich am Kirchhof der Landstraße und die Hand bleibt leer, die ich nach ihm ausstrecke.«

»Es ist das Zigeunermädchen«, sagte leise der Prinz und kehrte sich ab.

Die Bettlerin sah ihn höhnisch an und sprach zu Ilse: »Sie spielen mit uns, sie verderben uns, aber sie hassen die Erinnerung an alte Zeit und an ihr Verschulden. Lassen Sie sich warnen, junge Frau, ich kenne die Geheimnisse dieses hohen Geschlechts und ich kann Ihnen erzählen, was sie an Ihnen versucht haben und was sie einer Andern getan, die vor Ihnen in dem Hause auf jener Höhe aufgeblüht war, und die sie auch hineingesetzt hatten in den vergoldeten Kerker, an dem die schwarzen Engel schweben.«

Ilse stand über die Bettlerin geneigt, der Prinz trat zu ihr. »Hören Sie nicht auf das Weib«, rief er.

»Sprecht weiter«, sagte Ilse tonlos, »ich höre.«

»Sie war jung und hochgewachsen wie du, sie war eingefangen wie du, und als die Mutter dieses Mannes mich aus ihrer Nähe entfernt hatte, weil ich dem Fürsten gefiel, da wurde ich zur Dienerin bestellt für die Fremde. An einem Morgen mußte ich mich frei bitten bei der eingesetzten Frau von meinem Dienst, weil sie allein sein sollte.«

»Ich flehe, hören Sie nicht auf ihre Rede«, bat der Prinz und trat abwehrend hinzu.

»Ich höre«, sprach Ilse wieder über die Alte geneigt, »sprecht leise.«

»Als ich am nächsten Morgen zurückkam, fand ich statt des blondhaarigen Weibes eine Verrückte im Hause und ich floh mit Schrecken aus dem Schloß. Willst du wissen, durch welche Tür der Wahnsinn bei der Frau einschlich?« Sie fuhr fort in leisem Gemurmel. Ilse neigte das Ohr an ihren Mund, aber sie sprang plötzlich zurück, stieß einen gellenden Schrei aus und schlug die Finger vor ihr Antlitz. Der Prinz lehnte sich an die Mauer und rang die Hände.

Von dem Fahrwege klang ein lauter Ruf, ein Mann stieg eilend herauf, er hielt einen Brief und winkte schon von weitem. »Gabriel!« schrie Ilse und eilte ihm entgegen, sie entriß ihm den Brief, las und stützte sich zusammenbrechend an die Steine des Friedhofs. Der Prinz sprang herzu, sie aber hielt den Brief wie zur Abwehr gegen ihn und rief: »Der Fürst kommt hierher.«

Der Prinz sah erschrocken auf Gabriel. »Es ist keine Meile von hier«, meldete der erschöpfte Diener, »da überholte ich die fürstlichen Wagen, erst kamen sie mir zuvor, dann wieder ich. Die Pferde arbeiten noch auf der unfertigen Straße, die Brücke aber zwischen hier und Rossau ist kaum noch für Reiter und Fuhrwerk zu überschreiten, ich mußte das Pferd mit dem Postillon zurücklassen, ich glaube nicht, daß sie noch herüberkommen, wenn nicht zu Fuß.« Der Prinz eilte, ohne ein Wort zu sagen, auf dem Wege nach Rossau hinab. Ilse flog, den Brief in der Hand, den Stein hinauf zu dem Vater, der ihr mit dem Herrn von Weidegg entgegenkam. »Gehen Sie, Ihren Fürsten zu begrüßen«, rief sie wild dem Kammerherrn zu, »mein Felix kommt«, rief sie dem Vater zu und warf sich ihm an die Brust.

Vor der Notbrücke, welche nach der Flur von Rossau führte, sammelten sich die Leute. Auch Gabriel eilte an das Wasser zurück, er hatte dort Herrn Hummel getroffen, welcher am Uferrand auf und ab ging und unruhig über den Strom sah. »Die Welt ist erbärmlich klein«, rief Herr Hummel seinem Vertrauten zu, »man trifft sich immer wieder. Wer so gejagt ist wie Sie, sollte sich pflegen, Sie sind erschöpft und sehen mir sehr verändert aus. Setzen Sie sich auf diesen Klotz und behandeln Sie sich mit Hochachtung.« Er drückte Gabriel nieder, knöpfte ihm den Rock zu und klopfte ihm mit der großen Hand auf die Backe. »Ihnen tut eine Stärkung not, aber das Beste, was wir hier haben, ist ein ersoffener Kaulbarsch, und ich möchte Sie nicht als einen scheußlichen Neuseeländer behandeln, der in der Meßbude um einen Groschen Eintrittsgeld rohe Weißfische verzehrt. Nehmen Sie hier die letzte Hilfe eines alten Pariser Reisenden.« Er zwang ihm eine Tafel Chocolade auf.

Wenige Schritte davon an der Brücke stand der Prinz, er sah mit verschränkten Armen in das Wasser, welches auf der Seite von Rossau den Uferrand erreicht hatte und sich schnell über den Weidegrund und die niedrigen Felder der Stadt ausbreitete, es rauschte vom Damme und spülte die Erde zur Tiefe. Schnell wurde der Riß größer, weiter dehnte sich die Wasserfläche. Auch auf der nächsten Strecke des neuen Weges, welche noch nicht gepflastert war, schimmerten Wasserlachen zwischen den Sandhäuschen und den Karren der Erdarbeiter, der Weg ragte als ein dunkler Streif aus der lehmigen Flut. Noch kamen einzelne Leute von Rossau herüber, sie kneteten im Brei der Straße und hielten sich furchtsam an die glatten Stangen, welche das Brückengeländer ersetzten. Denn das Wasser stieß heftig an die Böcke, es floß dicht unter den Bohlen entlang, und der Ruf der Zuschauer auf der Bielsteiner Seite mahnte zur Eile. Von der Höhe eilte der Kammerherr herzu und sah ängstlich in das Angesicht seines schweigenden Herrn. Ihm folgte der Landwirt. »Dürfte ich tun, wie ich wollte, ich bräche diese wankenden Breter mit meinen eigenen Händen ab«, sagte er zornig zu Herrn Hummel.

»Die Wagen kommen«, schrieen die Leute. Aus dem Tor von Rossau fuhren in gestrecktem Trabe vier Pferde den Wagen des Fürsten heran. Neben dem Fürsten saß der Obersthofmeister. Finster hinbrütend hatte der Fürst die lange Fahrt gemacht, einzelne wilde Worte, ein Blick voll von heißem Haß, das war sein Reiseverkehr mit dem Begleiter gewesen.

Der Hofmann hatte vergebens den Fürsten zu ruhigem Gespräch veranlaßt, sogar die Rücksicht auf die beiden Diener, welche im offenen Wagen hinter den Reisenden saßen, hatte die Stimmung des Fürsten nicht gebändigt. Erschöpft von der stillen Anstrengung dieser Fahrt saß der alte Herr, ein Wächter neben dem Kranken, aber sein scharfer Blick beobachtete jede Bewegung des Nachbars. Als sie aus der Stadt ins Freie fuhren, begann der Fürst lauernd: »Sie kannten den Reiter, der so hastig uns überholte.«

»Er war mir fremd«, sagte der Obersthofmeister.

»Er trug die Botschaft unserer Ankunft in die Berge, man hat sich gerüstet, uns zu empfangen.«

»Dann hat er Ew. Hoheit einen Dienst geleistet, denn schwerlich hatte man im Jagdhaus eine Ahnung von Ew. Hoheit gewichtigen Entschlüssen.«

»Noch sind wir nicht am Ende unseres Dramas, Obersthofmeister«, sagte der Fürst lächelnd, »und die Kunst, das Kommende vorauszusehen, ist verloren. Auch Excellenz verstehen diese Kunst nicht.«

»Ich habe mich immer begnügt, vorsichtig zu deuten, was meine Gegenwart umgibt, ich habe dadurch zuweilen verhütet, daß die Zukunft mich unangenehm überraschte. Wenn ich durch einen Zufall verhindert würde, in dem Drama, von welchem Ew. Hoheit sprachen, meine Rolle bis zur letzten Scene durchzuführen, so ist dafür gesorgt, daß Andere meine Partie übernehmen.«

465

Der Fürst warf sich auf seinem Sitz zurück. Der Wagen fuhr in dem durchweichten Schutt. Die Pferde stampften und bäumten, der Kutscher sah unsicher zurück. »Vorwärts«, rief der Fürst mit scharfer Stimme.

»Der Erbprinz erwartet Ew. Hoheit zu Fuß an der Brücke«, sagte der Obersthofmeister. Im Schritt ging es vorwärts, der Kutscher bändigte mit Mühe die Pferde, welche vor der glitzernden Wasserfläche und dem Geräusch der Flut scheuten.

»Vorwärts«, befahl der Fürst von Neuem.

»Erlauben Ew. Hoheit dem Kutscher zu halten. Der Wagen kann ohne Gefahr nicht weiter.«

»Fürchten Sie die Gefahr, alter Mann?« rief der Fürst, und der Haß verzog ihm das Gesicht. »Hier sitzen wir beide im Wasser. Gleiches Schicksal, Herr Hofmeister, ein schlechter Diener, der seinen Herrn verläßt.«

»Ich wünsche auch Ew. Hoheit zurückzuhalten«, versetzte der Obersthofmeister.

»Vorwärts«, rief der Fürst wieder.

Der Kutscher hielt. »Es ist unmöglich, gnädigster Herr«, sagte er, »wir kommen nicht mehr über die Brücke.«

Der Fürst sprang im Wagen auf und hob den Stock gegen den Kutscher. Erschreckt peitschte der Mann auf die Pferde, sie bäumten und sprangen zur Seite.

»Halt!« rief der Obersthofmeister. Die ängstlichen Lakaien sprangen bereitwillig herab und hielten die Pferde. Der Obersthofmeister öffnete den Schlag und kletterte aus dem Wagen. »Ich flehe Ew. Hoheit an, auszusteigen.«

Der Fürst sprang heraus, warf noch einen Blick finsteren Hasses auf ihn und eilte zu Fuß vorwärts. Er betrat die Brücke, um ihn rauschte die Flut.

»Bleibe zurück, Vater«, flehte der Erbprinz. Der Fürst lächelte und ging weiter auf den wankenden Bretern. Er hatte die Mitte der Brücke und die tiefe Strömung überschritten, noch wenige Schritte, und sein Fuß betrat das Ufer von Bielstein. Da hob sich neben der Brücke eine zusammengedrückte Gestalt vom Boden und schrie ihm wild entgegen: »Willkommen in diesem Lande, durchlauchtiger Herr, Gnade für die arme Bettlerin. Ich bringe Eurer Hoheit den Gruß der blonden Frauen vom Steine.«

»Hinweg mit der Verrückten!« rief der Kammerherr.

Der Fürst sah stier auf die wilde Gestalt, er wankte und hielt sich an die Stange des Geländers, der Erbprinz flog ihm entgegen, der Fürst trat mit Widerwillen zurück, sein Fuß verlor den Halt, er glitt an der Seite des schlüpfrigen Bretes hinab in die Flut. Ein lauter Schrei der Umstehenden, der Sohn sprang ihm nach, im nächsten Augenblick war ein halbes Dutzend Menschen im Wasser, unter den ersten Gabriel, bedächtiger folgte Herr Hummel. Die riesige Gestalt des Landwirts ragte aus der Strömung, er hielt den Fürsten, Gabriel und Hummel faßten den jungen Herrn. »Dem Fürsten ist nichts geschehen«, rief der Landwirt dem Prinzen zu und setzte den Betäubten am Uferrand nieder. Der Erbprinz warf sich neben dem Vater auf den Boden. Der Fürst saß auf dem Kies der Straße, die fremde Bettlerin hielt ihm das Haupt, er sah mit verglasten Augen vor sich hin und erkannte nicht den knienden Sohn, und nicht das gefurchte Antlitz der Fremden, welche sich über ihn beugte. »Er lebt«, versetzte der Landwirt leise, »aber die Glieder versagen ihm den Dienst.« Auf der andern Seite des Wassers stand der Obersthofmeister, er rief dem Kammerherrn französische Worte zu, dann eilte er mit dem Wagen zurück, befahl zu wenden und nach Rossau zu fahren, um von da den nächsten sichern Übergang zu erreichen. Mit Mühe wurden die Wagen zurückgeschafft.

Unterdeß war am Ufer von Bielstein ein Bret der halbzerstörten Brücke abgerissen und der Fürst daraufgesetzt, so gehalten und getragen wurde er dem Gute zugeführt. Die Kinder des Landwirts liefen voraus und öffneten die Tür des alten Hauses. Im Hausflur stand Ilse, farblos wie ein Bild von Stein. Der Fürst war aus dem Wasser gerettet, hatten die Brüder ihr zugerufen, er nahte dem Dach des Hauses, dem er seit zwei Geschlechtern Fluch und Entsetzen war. Sie stand im Hausflur, nicht mehr die Ilse von einst, sondern ein wildes Sachsenweib, das dem Feind ihres Stammes den Götterfluch in das Gesicht schleudert, ihre Augen glühten und die Finger ihrer Hände schlossen sich krampfhaft zusammen.

Die Männer trugen den erschöpften Mann an die Stufen der Treppe. Da trat Ilse auf die Schwelle und rief: »Nicht hier herein.« So gellend war ihr Schrei, daß die Träger anhielten. »Nicht in unser Haus«, rief sie zum zweiten Mal und hob die Hand drohend zur Abwehr.

Der Fürst hörte die Stimme, er lächelte und nickte gnädig mit dem Haupt.

»Es ist Christenpflicht, Ilse«, rief der Landwirt.

»Ich bin das Weib des Gelehrten«, rief Ilse finster gegen ihn. »Unser Dach bricht über ihm zusammen.«

»Entfernen Sie Ihre Tochter«, sagte der Erbprinz leise, »ich fordere Einlaß für den Fürsten dieses Landes.«

Der Landwirt trat auf die Stufen und faßte Ilse's Arm. Sie riß sich los. »Du jagst deine Tochter aus dem Hause, Vater«, rief sie außer sich. »Bist du ein Diener dieses Herrn, ich bin es nicht. Hier ist nicht Raum zugleich für ihn und meinen Gatten, er kommt, uns zu verderben, seine Nähe bringt Fluch.« Sie riß die Tür des Gartens auf und flog unter den Bäumen dahin, sie brach durch die Hecke und eilte hinab nach der Tiefe. Dort sprang sie auf den Steg, von dem sie vor Kurzem die Leute des Dorfes gescheucht hatte, wild brauste unter ihr die Flut, das Holzwerk bog sich und stöhnte. Ein Riß, ein Krach, mit starkem Schwunge hob sie sich auf der andern Seite zum Felsen, hinter ihr wirbelten die Trümmer der Brücke talab. Sie stand auf dem Felsvorsprung vor der Grotte und hob mit wildem Blick die Hände zum Himmel. Hinter ihr kam der älteste Bruder vom Garten gelaufen und schrie laut auf, als er die Bruchstücke der Brücke dahintreiben sah.

»Ich bin geschieden von euch«, rief Ilse, »sage dem Vater, er soll nicht sorgen um mich, die Luft ist rein, ich stehe im Schutz des Herrn, dem ich diene, und mir ist leicht im Herzen.«

4. In der Höhle.

Das dunkle Wasser gurgelte und strömte zum Tale, der Wiederschein des Abendrots glänzte von den Erkerfenstern des alten Hauses, unter dem Stein der Höhle stand allein das Weib des Gelehrten. Wo einst die Frauen der alten Sachsen auf das Rauschen der Waldbäume gelauscht, wo das Weib des gejagten Räubers die Steine geschleudert auf die Verfolger, stand wieder eine flüchtige Tochter des Felsens und sah hinab auf das wilde Treiben der Gewässer und hinauf zu dem Hause, wo der Feind ihres Gatten im Lehnstuhl des Vaters lag. Noch hob sich ihre Brust in tiefen Atemzügen, aber sie blickte freundlich auf den braunen Fels, der sich über ihr zum schützenden Obdach wölbte. Unter ihr wälzte sich wilde Flut und Zerstörung, um sie herum spielte sorglos das kleine Leben der Natur. Die Libellen jagten einander über dem Wasser, die Bienen summten um die Kräuter der Berglehne, die Waldvögel sangen ihr Abendlied. Sie setzte sich auf die Steinbank und rang nach friedlichen Gedanken, sie legte die Hände zusammen und neigte das Haupt; das Wetter, welches durch ihr Inneres gefahren, schwand dahin in der Träne, welche ihr aus dem Auge floß. »Ich will nicht an mich denken, nur an meine Lieben. Die Kleinen werden nach mir verlangen, wenn sie zu Bett gehen, heut hören sie nicht die Stadtgeschichten, die ich ihnen zum Einschlafen erzählen muß. Sie waren alle naß von ihrer Fischerarbeit, und in der Verwirrung wird Niemand für trockne Strümpfchen sorgen, ich habe über Anderem vergessen, was ihnen nötig war. Der Jüngste besteht eigensinnig darauf, ein Professor zu werden. Mein Knabe, du weißt nicht, was du willst. Was mußt du lernen und an dir ändern! denn die Arbeit, die das Leben an uns tut, ist unermeßlich. Als ich hier neben dem Vater saß, glaubte ich einfältig, daß die Menschen um so edler sind, je höher ihr Amt ist, die vornehmsten unter Allen die besten, und daß alles Gewichtige auf Erden groß und mit seinem Geiste gemacht wird. Auch da die beiden Gelehrten kamen und ich an dieser Stelle mit Felix zuerst über Bücher sprach, da wähnte ich noch, was gedruckt zu lesen ist, das müsse ungefälschte Wahrheit sein, und Jeder, der schreibt, ein grundgelehrter Mann. So kindisch denken noch Viele. Aber ich bin ein Trotzkopf geworden, der sich heftig auflehnt gegen Andere, sogar gegen die Worte meines Mannes, der bei mir am höchsten steht.« Sie sah mit trübem Lächeln vor sich hin, aber gleich darauf neigte sie das Haupt, und wieder rannen die Tränen in den Schoß.

Vom Garten herüber erscholl der Zuruf des Bruders. »Holla, Ilse, bist du da? Noch sind die Fremden im Hause, sie binden einen Tragsessel für den Kranken zusammen, er soll nach der Oberförsterei geschafft werden. Der Vater hat zu tun, Boten auszusenden. Auch die Brücke nach Rossau ist mit dem Wasser davongegangen, wir können nicht nach der Stadt und Niemand aus der Stadt zu uns. Wir ängstigen uns, wie du zu uns herüber kommen sollst.«

»Sorge nicht um mich, Hans; sage den Mädchen, sie sollen unsern lieben Gast nicht vergessen über den Fremden, und grüße mir die Kinder, ich will nicht, daß sie zum Gutenachtgruß an den Wasserrand kommen, denn das Ufer ist glatt.«

Ilse setzte sich an den Eingang der Höhle und blickte in dem Raume umher, erst am Morgen hatte sie hier gesessen; als das hohe Wasser heranfloß, war sie über den Steg geeilt, die Geschwister zu warnen. Noch lag ihre Arbeit auf der Bank und ein Buch, das ihr einst, da sie noch Mädchen war, der Pfarrer geschenkt. Es war das Leben der heiligen

Elisabeth, von einem eifrigen Geistlichen ihrer Kirche geschrieben. »Als ich zuerst von dir erfuhr«, dachte sie, »Frau Ilse von der Wartburg, du vornehme Namensschwester, war mir dein Leben rührend, und Alles, was du getan und was die Sage von dir erzählt, schien mir ein Beispiel für mich selbst. Du warst ein Weib, fromm, verstandvoll und liebenswert und einem wackern Herrn vermählt. Da machte ihn die Sehnsucht, in seinem Ritterstand besondere Ehre und Kriegsruhm zu erwerben, blind gegen die nächste Pflicht seines Lebens, er verließ dich und die Bauern seiner Heimat und zog in die Fremde und das Land Italien. Wohl zwei Jahre ritt er umher, er kehrte müde und nüchtern zurück. Aber er fand sein liebes Weib nicht wie er sie verlassen. Du hattest dich in der Einsamkeit nach dem Manne gebangt, und in deiner Schwermut gegrübelt über die großen Geheimnisse des Lebens. Dein eigenes Dasein war voll Sehnsucht gewesen, darüber warst du zu einer frommen Büßerin geworden. Du trugst das härene Hemd und schwangst die Geißel über deinem Rücken, du beugtest Stirn und Gedanken vor einem unduldsamen Priester. Und du tatest, was nicht recht war und nicht schicklich, du legtest den Aussätzigen, um deinem Gott zu gefallen, in das Bett deines lieben Mannes. In deiner überspannten Frömmigkeit hast du dein warmes Herz und die schamhafte Weiblichkeit verloren. Du wurdest von den Geistlichen heilig gesprochen, aber du arme Frau hattest in deinem Ringen um das, was sie die Gnade Gottes nannten, menschliches Gefühl und milde Sitte hingeopfert. Es ist nicht gut, Ilse, wenn Mann und Frau sich ohne zwingende Not voneinander scheiden.

Wer gegen den Geliebten hart wird, der begeht dies Unrecht doch nur, weil er selbst ihm Leides getan oder weil er sich von ihm gekränkt meint. Woher kam es doch, daß du erkrankte Fremdlinge auf dem Lager pflegtest, das dein Gatte verlassen? Ich fürchte, heilige Elisabeth, es war der Trotz gekränkter Liebe und es war die geheime Rache über die lange vergebliche Sehnsucht nach deinem Gatten. Dein Beispiel ist für uns keine Lehre, es ist eine Warnung. Meine alte Freundin Penelope, das arme heidnische Fabelweib, war menschlicher, und sie war eine bessere Frau als du. Sie weinte jede Nacht um den Geliebten, und als er endlich zu ihr zurückkam, da schlang sie ihre Arme um ihn, weil er die geheimen Zeichen des Lagers noch kannte.«

Wieder klang es von der andern Seite des Wassers. »Hörst du mich, Ilse?« rief der Landwirt am Uferrand.

»Ich höre, Vater«, antwortete Ilse, sich erhebend.

»Die Fremden ziehen zum Hofe hinaus«, sagte der Vater, »der Kranke ist so schwach, daß er Andern schwerlich zu schaden vermag; du aber bist in Wahrheit von uns geschieden. Es dunkelt und es ist keine Aussicht, zur Nacht den Steg über das Wasser zu zimmern. Geh auf deiner Seite talab über die Hügel nach Rossau, dort bleibe bis morgen bei unsren Bekannten. Es ist ein weiter Umweg, aber du kannst vor Nacht dort sein.«

»Ich bleibe hier, mein Vater«, rief Ilse hinüber, »der Abend ist mild, es sind nur wenige Stunden bis zum nächsten Morgen.«

472

»Mir ist's hart, Ilse, daß mein wildes Kind unter dem Felsen ruhen soll im Angesicht ihres Hauses.«

»Sorge nicht um mich. Der Mond geht über mir und die Sterne; du weißt, ich fürchte mich nicht vor den Zwergen der Höhle, und auf meinen Bergen auch nicht vor Gewalt der Menschen.«

Die Dämmerung des Abends sank über das tiefe Tal, aus dem Wasser hob sich der Nebel, er schwebte langsam von Baum zu Baum nach der Höhe, er wogte und ballte sich und zog zwischen Ilse und dem Vaterhaus seine dämmrigen langen Schleier. Die Stämme der Bäume, das Schieferdach des Hauses verschwanden, die Höhle schwebte in Wolken und Luft, gelöst von der übrigen Erde, unter undeutlichen Schatten, sie hingen sich an das Tor des Felsens und flatterten an Ilse's Füßen dahin, sie fuhren zusammen und zerflossen.

Ilse saß am Stein des Einganges, die Hände über das Knie gefaltet, in ihrem hellen Gewande selbst einem Fabelweibe aus alter Zeit, einer Herrin der schwebenden Schatten vergleichbar. Sie blickte auf ihrer Uferseite entlang nach dem Bergweg, der von Rossau herführte.

Da schallte dumpf durch den Nebel der ferne Schritt des Wanderers, dem eine hilfreiche Göttin seinen Pfad in dunklen Wolken verbarg. Ilse faßte an den feuchten Stein. Neben ihr am Boden bewegte sich's, undeutlich huschte etwas vorüber, vielleicht eine Nachtschwalbe oder Eule. »Er ist es«, sagte Ilse leise, sie stand langsam auf, aber die kräftige Frau bebte und hielt sich an die Felsen.

Aus dem weißen Dunst trat die Gestalt eines Mannes, auch er hemmte erstaunt seinen Schritt, als er das Weib an der Felswand stehen sah. »Ilse«, rief eine helle Stimme.

»Ich erwarte dich hier«, rief sie leise. »Halte dort still, Felix. Du findest dein Weib nicht, wie du sie verlassen. Ein Andrer hat sich begehrt, was dir gehört, ein giftiger Hauch hat mich getroffen, man hat gewagt, mir

Worte zu sagen, welche ein ehrliches Weib nicht hören darf, und man hat mich betrachtet wie eine gekaufte Sklavin.«

»Du hast dich dem Feinde entzogen.«

»Ich habe es getan, darum stehe ich hier. Aber ich bin in den Augen der Leute nicht mehr, wie ich einst war. Du hattest ein säuberliches Weib; die jetzt vor dir steht, ist im Gerücht wegen Vater und Sohn.«

»Geräusch der Zungen verklingt wie der Wasserschwall vor deinen Füßen. Wenig gilt, was die Anderen meinen, wenn wir getan haben, was uns selbst befriedigt.«

»Mir tut wohl, daß dir die einzelnen Menschen so wenig sind gegen deine Gedanken. Aber ich bin nicht so stolz und frei. Ich berge mein Leid, aber ich fühle es immer. Ich bin erniedrigt vor mir und ich fürchte, Felix, auch vor dir. Denn ich habe mir mein Unglück selbst bereitet, ich bin zu herzlich gewesen gegen Fremde und ich habe ihnen ein Recht gegeben über mich.«

»Du bist erzogen im Glauben an die Autorität. Wer löst sich von frommer Gläubigkeit ohne Schmerzen?«

»Ich bin erwacht, Felix. Antworte mir noch einmal«, fuhr sie mit stockendem Atem fort, »wie kommst du zu mir zurück?«

»Als ein müder, irrender Mann, der das Herz und die Vergebung seines Weibes sucht.«

»Was hat dir dein Weib zu vergeben, Felix?« frug sie wieder.

»Daß mir die Augen geblendet wurden bei meinem Suchen und daß ich der nächsten Pflicht vergessen, um ein Traumbild zu jagen.«

»Ist das alles, Felix? Hast du mir dein Herz zurückgebracht, wie es sonst gegen mich war?«

»Liebe Ilse«, rief der Gatte sie umschlingend.

»Ich höre den Ton deiner Liebe«, rief sie leidenschaftlich und warf
ihre Arme um seinen Hals. Sie zog ihn in die Grotte, strich ihm mit den Händen die Wassertropfen aus dem feuchten Haar und küßte ihn auf den Mund. »Ich halte dich, geliebtes Leben, ich klammere mich fest an dich und keine Gewalt soll mich mehr von dir scheiden. Hier sitze, vielduldender Wanderer, ich halte deine Schultern und dein Haupt, laß mich aus deinem Munde hören allen Kummer, den du erlebt.«

Der Gelehrte hielt sein Weib im Arm. Er fühlte ihr Beben, als er von seinen Abenteuern berichtete. »Mich hetzte heißer Zorn und Angst hinter dem Fürsten her auf dem Wege nach Rossau«, schloß er seinen Bericht, »unerträglich schien mir der Aufenthalt beim Wechsel der

Pferde. Unten in der Stadt traf ich ein Wagengetümmel, ärger wie am Markttag, vor der Herberge Gewirr der Räder, Geschrei der Menschen, Landleute und Lakaien des Hofes, welche nicht über das Wasser kamen. In der Stadt erfuhr ich von Fremden, daß der Feind unseres Glückes durch die Hand des Schicksals getroffen ward, die in dem Wasser nach seinem Leben schlug. Man rief mir entgegen, daß die Brücke zu dir gebrochen sei, ich sprang aus dem Wagen, um den Fußpfad über die Berge zu suchen und den Weg hinter dem Garten. Da fuhr mir der Hund unseres Hauswirts um die Beine, ein Kutscher unserer Stadt trat grüßend zu mir und erzählte, daß er Fritz und Laura nach der Stadt gebracht, sie aber waren hinausgegangen, weit unten stromab einen Übergang zu finden. Du magst denken, daß ich zu warten nicht vermochte.«

»Ich wußte, daß du diesen Weg suchen würdest«, rief Ilse. »Heut bist du zu mir gekommen, zu mir allein, nur mir gehörst du an, heut bist du mir auf's Neue geschenkt, und zum zweiten Mal gelobst du dich mir. Die Menschenwohnungen um uns sind verschwunden, wir beide stehen einsam in dem wilden Geklüft der Zwerge, du, mein Felix, dem die ganze Welt gehört, der alle Geheimnisse des Lebens kennt, Vergangenes weiß und Künftiges ahnt, du hast jetzt nichts als die Decke dieser Felskluft und das Grastuch der armen Anna, worein ich dir die müden Glieder hülle. Noch ist der Stein warm, und ich streue dir das Gras unseres Berges zum Lager. Nichts hast du in der Wildnis, mein Held, als Fels und Kraut und die Ilse an deiner Seite.«

Jetzt ist stille Nacht, leiser rauscht die Strömung, um die Brombeerranken über der Höhle hängt sich der weiße Nebeldunst zu dichtem Vorhange. Dämmrige Schemen gleiten das Tal entlang, sie schweben in langem, weißem Gewande am Felstor vorüber, hinab in das Freie, wo sie ein frischer Luftzug zerweht. Hoch oben spannt der Mond sein weißes schimmerndes Zelt, aus Lichtstrahlen und Wasserdunst gewebt, über das Tal, und lustig lacht der alte Gaukler herab auf die Felsgrotte. Wie das täuschende Mondlicht die Sterblichen neckt durch wesenlosen Schein, so necken sie sich selbst durch die Bilder ihrer Phantasie, in Liebe und Haß, in Laune und Zorn; ihr Leben verrinnt, indem sie ihrer Pflicht gedenken und dabei irren, die Wahrheit suchen und dabei träumen. Der Geist fliegt hoch und das Herz schlägt warm, aber der Kobold Phantasie wirtschaftet unablässig zwischen dem Ernst des Lebens, der Klügste täuscht sich selbst, und den Besten betrügt sein Eifer.

475

Schlummre in Frieden, Frau Ilse. Du sitzest auf der Steinbank und hältst das Haupt deines Gatten im Schoß, selbst in der Seligkeit dieser Stunde fühlst du noch das Leid, das dir und ihm geschehen, und ein leiser Seufzer schwirrt wie ein Nachtfalter an dem Gestein der Höhle. Schlummre in Frieden. Denn du hast in diesen Wochen erlebt, was dir Gewinn wird für alle Tage deiner Zukunft. Du hast gelernt, aus der Tiefe deines eigenen Lebens Urteil zu holen und entscheidenden Entschluß. Sieh, Ilse, der leichtgebauten Erzählung von dem, was du erlittest, wollte nicht geziemen, die hohen Fragen über das Ewige, die du erhobst, den Zweifel und deine Gewissenskämpfe einzeln aufzuzählen. Das wäre zu schwere Ladung für den flüchtigen Nachen. Aber wie der rudernde Schiffer, welcher das Auge nach unten richtet, doch die Himmelswolken im Wiederscheine der Flut erkennt, so wird deine innere Befreiung aus dem Wiederschein deiner Gedanken sichtbar, aus Antlitz und Geberde und aus deinem Tun.

Schlummert ruhig, ihr Kinder des Lichtes, manche Hoffnung ward euch getäuscht und mancher holde Glaube ist durch rauhe Wirklichkeit zerstört. Gestalten vergangener Zeit, Gestalten, die ihr mit Ehrfurcht in eurem Herzen getragen, haben lebendig auch in euer Leben gegriffen. Denn was der Mensch denkt und was der Mensch träumt, das gewinnt eine Gewalt über ihn; was einmal in die Seele gefallen, das wirkt lebendig darin fort, erhebend und treibend, herabziehend und zerstörend. Auch um euch erhob sich ein Spiel phantastischer Träume. Tat es euch weh in einzelnen Stunden, die Kraft eures Lebens hat es doch nicht geschädigt, denn die Wurzeln eures Glückes liegen so tief, als dem Menschen, der vergänglichen Blüte der Erde, im Boden zu haften vergönnt ist. Schlummert friedlich unter dem Dach des wilden Felsens, Wärme haucht der Stein um euer Lager, und die uralte Wölbung der Decke spannt sich schützend über die müden Augen. Um euch ruht und träumt der Wald; am Eingange der Höhle sitzen die alten Bewohner des Felsens, weiß nicht, sind es die Erdmännchen, an welche Ilse nicht glaubt, oder sind es alte Freunde des Gelehrten, die kleinen gaißfüßigen Pane, welche ihr Waldlied auf der Rohrpfeife blasen. Sie halten ihre Finger an den Mund und hauchen zuweilen leise in ihr Rohr, daß es zu dem Rauschen des Wassers tönt, wie der sanfte Laut eines schlafenden Vogels.

5. Tobias Bachhuber.

Ilse berührte leise das Haupt des Gatten, welches in ihrem Schoße lag. Felix schlug die Augen auf, schlang den Arm um sein Weib und sah einen Augenblick befremdet auf die wilde Umgebung. Wie ein weißer Vorhang schwebte der Nebel vor dem Bogen der Höhle, der erste Schimmer des Morgens färbte in dem dunklen Gewölbe einzelne vorspringende Zacken mit hellerem Braun, das Rotkehlchen sang, und die Amsel pfiff, das holde Licht des Tages war nahe. »Hörst du nichts?« flüsterte Ilse.

»Die Vögel singen, und das Wasser rauscht.«

»Aber unter uns im Berge arbeitet eine fremde Gewalt. Es wühlt und stöhnt.«

»Es ist ein Waldtier«, sagte der Professor, »ein Fuchs oder ein Kaninchen.«

Lauter wurde das Geräusch um den Sitz der Beiden; Etwas stieß an den Stein der Bank, arbeitete und seufzte wie ein Mann, der eine schwere Last trägt.

»Sieh«, flüsterte Ilse, »es kommt heraus, es schleicht um unsere Füße, dort sitzt das fremde Ding, es hat glänzende Augen, es hat einen blitzenden Mantel um.«

Der Professor stützte sich auf seine Hand und schaute nach der dunklen Stelle am Boden, wo eine kleine Gestalt saß mit bärtigem Gesicht, den Leib verhüllt in steifem, schimmerndem Gewande.

Die beiden Gatten sahen regungslos auf die Erscheinung.

»Glaubst du jetzt an die Geister des Ortes?« frug leise der Gatte.

»Ich fürchte mich, Felix, ich sehe deutlich das Gold des Kleides, ich sehe einen kleinen Bart und ein häßliches Gesicht.« Sie erhob sich. ⁴⁷⁸

»Bist du der Zwergkönig Alberich?« frug der Professor, »und liegt hier der Nibelungenhort?«

»Es ist der rote Hund«, rief Ilse, »er hat ein Röckchen an.«

Der Professor sprang auf, der Hund legte sich ihm winselnd vor die Füße; der Gelehrte beugte sich nieder, fühlte einen fremden Stoff um den Leib des Hundes und riß die Hülle ab. Er trat in den Eingang und hielt sie gegen das Dämmerlicht; es war alter vermoderter Stoff mit Goldfäden durchwirkt. Der Hund fuhr befreit von seiner Last mit Geknurr aus der Höhle. Der Professor sah lange auf das zerschlissene Gewebe, ließ den Lappen fallen und sagte ernsthaft: »Ilse, ich bin am Ziel meines Suchens. Dies sind die Überreste eines geistlichen Meßgewandes. Der Hund hat dies aus einem Loch gezogen, in das er spürend gekrochen war, der Schatz der Mönche liegt hier in der Höhle. Ich bin fertig mit meinen Hoffnungen. Vor wenig Tagen hätte mich diese Entdeckung schwindeln gemacht, jetzt liegt eine so finstere Erinnerung darüber, daß mir die Freude an Allem, was die Tiefe bergen mag, fast geschwunden ist.«

Am andern Ufer wurden Stimmen laut; Hans rief wieder durch den Nebel ein Holla, er grüßte die Schwester und Felix, welche auf die Platte vor der Höhle traten, mit lautem Jubelruf: »Das Wasser ist gefallen.« Die andern Geschwister stürmten nach, traten dicht an das Wasser, jauchzten und schrieen; Franz brachte ein Butterbrod in Zeitungspapier und erklärte seine Absicht, dies Frühstück hinüberzuwerfen, damit die Leute drüben nicht verhungerten. Die Kinder bekämpften diesen Entschluß, und eifrig wurde über einen Plan gehandelt, Bindfaden an einem Ball überzuwerfen und das Butterbrot daran zu befestigen. Das Tagesleben des Gutes klang wieder in gewohnter Weise.

479 »Ist Fritz angekommen?« rief der Professor über den Strom.

»Sie sind noch in Rossau«, rief Hans, »die Brücke ist erst gegen Morgen fertig geworden. Herr Hummel ist auf und hinab.«

Auch der Vater kam, gefolgt von einem Trupp Arbeiter, welche Balken und Breter herzutrugen. Die Männer gingen ins Wasser und trieben dort eine Unterlage in den weichen Boden, auf der sie einige schlanke Baumstämme über das Wasser legten. Der Professor zog an dem zugeworfenen Seile; nach stündiger Arbeit war ein schmaler Steg errichtet. Der Landwirt war der erste, der zu seinen Kindern herüberkam. Die Männer wechselten ernsten Gruß. »Haben die Leute am Tage eine Stunde Zeit«, sagte der Professor, »so mögen sie hier noch ein letztes Werk tun; der Versteck des Mönches war in dieser Höhle.«

Zu derselben Zeit stieg Herr Hummel mit schnellen Schritten zur Stadt Rossau hinab. Noch arbeiteten die Zimmerleute über der Brücke, er warf einen bedenklichen Blick auf die Stelle, wo er im Wasser die Füße des jungen Prinzen gefaßt hatte, und brummte: »Er ging unter wie eine Kanonenkugel. Tüchtigkeit zur See fehlt diesem Volke oben und unten, sie haben in der ganzen Gegend nicht einmal einen Kahn. Vor zwanzig Jahren soll einer hier gewesen sein, wie das Gerücht geht; er ist zu Kaffeholz zerschlagen. Der beste Dank an diesen Bielstein für die

Unruhe, die wir ihm machen, wird sein, daß ich ihm einen Kahn unter seine Strohbündel schicke.«

Mit diesem Vorsatz trat er in die Tür des Lindwurms. Dort traf er auf den verschlafenen Wirt. »Wo ist das junge Paar, das gestern Abend hier ankam?«

»Sie werden wohl noch oben sein«, sagte dieser gleichgültig, »die Rechnung ist noch nicht bezahlt.«

»Sie sind ein Gastwirt für reisende Faultiere, aber nicht für Menschen«, rief Herr Hummel, »ich habe längst gewünscht, ein solches monströses Fossil lebendig zu erblicken. Natürlich, Ihr Hotel ist zu groß, als daß Sie sich um jeden gemeinen Reisenden kümmern könnten. Ihre Gäste putzen sich die Stiefeln, und Sie schreiben die Rechnung. Haben Sie die Güte, mir die Klingel zu Ihrem Portier nachzuweisen.« Als er zum Oberstock hinaufsteigen wollte, hörte er einen Freudenschrei. »Vater, mein Vater«, rief Laura die Treppe hinabstürzend; sie warf sich ihm an den Hals und hielt ihn fest mit so warmem Ausdruck ihrer Zärtlichkeit und Trauer, daß Herr Hummel gnädig wurde. »Gesindel!« rief er, »habe ich euch erwischt? Wartet, ihr sollt mir die Entführung teuer bezahlen.«

Der Doktor polterte ebenfalls von oben herab und begrüßte freudig Herrn Hummel. »Euer Wagen fährt mit den Sachen nach, wir gehen voran«, befahl Herr Hummel. »Wie war dein Don Juan?« frug er die Tochter leise.

»Vater, er hat wie ein Engel für mich gesorgt und die ganze Nacht auf einem Stuhl vor meiner Tür gesessen. Es war schrecklich, mein Vater.«

»Und wie gefällt dir eine solche Entführung? Sie ist poetisch, sie gibt große Gefühle, man vermeidet dadurch den Baumkuchen und die ungesalzenen Scherze des Mimen.«

Laura aber drückte sich an den Vater und sah ihn flehend an, bis Herr Hummel sagte: »Es war also eine Kur. Dann will ich gern die Rechnung des Lindwurms bezahlen.«

Sie schritten miteinander zum Tor hinaus, Hummel zwischen den beiden Entführten. »Wie war sie unterwegs?« frug er den Doktor vertraulich.

»Sehr liebenswürdig«, rief dieser, den Arm des Vaters drückend, »aber ängstlich, ich wurde viermal auf den Kutschbock geschickt, weil ihr die Reue ankam.«

»Warum sind Sie als Mann hinaufgeklettert?« frug Hummel entrüstet.

»Mir war lieb, daß sie das Ungewöhnliche der Reise so tief empfand.«

»Mir ist lieb, daß mein Pudel ins Wasser geht, sagte der Floh und ertrank«, spottete Herr Hummel. »Weshalb sahen Sie die Angst meines Wurms nicht ruhig an? Es hätte Ihnen manchen Tanz mit ihr erspart, wenn Sie gleich am ersten Tage fest gewesen wären.«

»Sie war noch nicht meine Frau, Herr Hummel«, sagte der Doktor.

»Also geduldige Bosheit«, versetzte der Vater, »Sie mögen Ihr Schicksal abwarten.«

Als sie in die Nähe des Hofes kamen, die Tochter am Arm des Vaters, den sie nicht mehr loslassen wollte, begann dieser: »Heut kein Wort über eure greuliche Entführung. Vor den Leuten hier habe ich deinen Unsinn vertuscht und einen Mantel umgehangen, damit du die Augen aufschlagen kannst. Ihr seid angemeldet und erwartet als ruhige Reisende. Wir bleiben heut hier zusammen, morgen spreche ich als Vater ein letztes Wort mit deiner Poesie.«

Vor dem Tore empfing die Wanderer fröhlicher Gruß der Hausgenossen. Der Professor und der Doktor lagen einander in den Armen. »Du kommst zu guter Stunde, Fritz, das Abenteuer, welches wir vor Jahren hier begannen, heut kommt es zum Ende. Der Schatz des Frater Tobias ist entdeckt.«

Nach einigen Stunden brach die ganze Gesellschaft zur Höhle auf, die Werkleute folgten mit Eisen und Hebebäumen.

Der Landwirt betrachtete den Steinblock im Hintergrunde der Höhle, unten an der Seite sah er ein Loch, dasselbe, aus welchem der Hund zur Oberwelt gestiegen war. »Diese Öffnung ist neu«, rief er, »sie war jedenfalls durch einen Stein verschlossen, der hinabgefallen ist.«

Die große Steinbank wurde mit Anstrengung weggewälzt, eine Öffnung, so weit, daß ein Mann ohne Schwierigkeit einkriechen konnte, zeigte sich dem Blick. Die Lichter wurden hineingehalten, sie erhellten eine abwärts geneigte Fortsetzung der Höhle, die noch mehre Ellen tief

in den Berg hineinging. Es war ein wüster Raum. Sicher war er in der Mönchszeit trocken gewesen, aber er war es nicht mehr. Baumwurzeln hatten den zerklüfteten Felsen auseinandergetrieben, oder Schichten des Gesteins hatten sich in nasser Zeit gesenkt, es war vom Berge her ein Zugang für Wasser und Tiere entstanden, Waldstreu und Knochen bildeten eine wirre Masse. Die Arbeiter fuhren mit ihren Werkzeugen hinein und räumten auf, neugierig saßen und standen die Anwesenden umher, der Professor trotz seiner Ruhe, dicht an dem Schatze. Den

Doktor aber litt es nicht lange zuzusehen, er zog seinen Rock aus und stieg in die Öffnung. Vermoderte Stücke eines dicken Tuches wurden heraufgebracht, wahrscheinlich war der Schatz in einem großen Sack zu seinem Versteck gefahren worden. Dann kamen Altardecken und geistlicher Ornat.

Ein froher Ruf, der Doktor reichte ein Buch hinauf, das Antlitz des Professors war hoch gerötet, als er darnach griff. Es war ein Missale auf Pergament. Er gab es dem Landwirt, der jetzt mit großem Anteil auf den lange geleugneten Schatz blickte. Der Doktor reichte das zweite Buch, Alle drängten sich herzu, der Professor saß auf dem Boden und las, es war eine jämmerlich zugerichtete Handschrift des heiligen Augustinus. »Zwei«, sagte er, seine Stimme klang rauh vor innerer Bewegung. Der Doktor reichte das dritte Buch, wieder geistliche lateinische Hymnen mit Noten. Das vierte ein lateinischer Psalter. Der Professor hielt die Hand hin, und die Hand zitterte; »gib her«, rief er.

Dumpf klang die Stimme des Doktors aus der Höhlung: »Es ist nichts mehr darin.«

»Sieh genauer nach«, sagte der Professor mit stockendem Atem.

»Hier das letzte«, rief der Doktor und reichte ein viereckiges Bretchen heraus, »und hier noch eins.« Es waren zwei Bücherdeckel aus festem Holz, die Außenseite mit geschnitztem Elfenbein überzogen. Der Professor erkannte beim ersten Blick an der gebräunten Platte, in den abgestoßenen Figuren die byzantinische Arbeit der letzten römischen Zeit, eine Kaisergestalt auf dem Throne, über ihr Engel mit der Glorie. Großes Quadrat, Arbeit des fünften oder sechsten Jahrhunderts. »Es sind die Deckel der Handschrift, Fritz, wo ist der Text?«

»Kein Text vorhanden«, tönte wieder die dumpfe Stimme des Doktors.

»Nimm das Licht und leuchte.« Der Doktor nahm auch die zweite Leuchte hinein, er fuhr mit Hand und Hacke an jedem Punkte des Felsens umher, er warf die letzte Nadel Waldstreu hinaus, und den letzten Überrest des Sackes. Es war nichts von der Handschrift zu sehen, kein Blatt, kein Fidibus. Der Professor sah auf die Deckel. »Man hat sie abgerissen«, sagte er tonlos, »wahrscheinlich hielten die Mönche den römischen Kaiser in Elfenbein für einen Heiligen.« Er hielt die Deckel an das Licht, auf der innern Seite des einen waren unter Staub und Moder in alter Mönchschrift die Worte zu lesen:

»Von Ausfahrt des Schweigenden.«

Jetzt fuhr der Schweigende aus seiner Höhle, aber er schwieg, sein Mund blieb stumm für immer.

»Unser Traum ist zu Ende«, sagte der Professor gefaßt, »die Mönche haben den unleserlichen Text aus den Deckeln gerissen und zurückgelassen, die Handschrift ging wohl nicht mehr in den gefüllten Sack. Der Schatz ist verloren für das Wissen unseres Geschlechtes. Die Hand berührt, was einst Hülle der Handschrift war, und uns wird das schwere Gefühl nicht erspart, um das Unwiederbringliche zu trauern, als wäre es vor unsern Augen untergegangen. Wir aber kehren besonnen an das Licht zurück und tun unsere Pflicht, lebendig zu machen, was erhalten blieb, für unser Geschlecht und für die, welche nach uns sein werden.«

»Bachhuber hieß dieser Genius«, rief Herr Hummel, »er war seinem Zeichen nach ein Esel.«

Der Landwirt aber legte die Hand auf die Schulter des Sohnes. »Gegen den Landwirt habt ihr Gelehrten zuletzt doch Recht behalten«, sagte er. »Schließt die Öffnung wieder mit der Steinbank«, befahl er den Arbeitern, »die Höhle soll werden, wie sie war.«

Still kehrte die Gesellschaft zum alten Hause zurück, die Knaben trugen die Bücher, die Mädchen die Bündel zerschlissener Mönchsgewänder, sie machten Pläne, die Goldfäden für sich herauszuziehen, der Professor hielt die Deckel der verlorenen Handschrift.

Als sie das Haus betraten, klapperte von der andern Seite Hufschlag, der Landwirt trat in die Tür, der alte Oberförster hielt auf seinem Rappen an. »Ich reite in Eile über den Hof, Bescheid zu sagen; bei uns geht's drunter und drüber, Hofbeamte, Minister, von allen Seiten werden Ärzte geholt, meine Leute sind sämmtlich fortgeschickt, ich muß selbst nach Rossau, einen Courier zu bestellen. Ich fürchte, mit dem Herrn steht's schlecht, er erkennt Niemanden. Jetzt erwartet der Erbprinz noch die Ankunft des Leibarztes, sobald dieser die Erlaubnis gibt, wird die Gesellschaft nach der Residenz aufbrechen. An allem Schrecken ist dieser unglückliche Umbau meiner stillen Wohnung schuld. Noch Eins, weil mir's gerade einfällt. Ihr Schwiegersohn sucht ja alte Papiere und Bücher. Da stehen bei uns noch einige Kisten mit solchem Plunder aus uralter Zeit, wo die Oberförsterei noch fürstliches Pürschhaus war, über der Tür ist unter der Tünche ein fremdes Wort zu erkennen: Solitudini, welches ›in der Einsamkeit‹ bedeuten soll. Die Kisten sind morsch, beim Bau werden sie doch von der Stelle geschafft. Ist's bei uns ruhiger, dann könnte der Herr Professor vielleicht einen Blick darauf werfen.«

»Da ist auch das Lustschloß Solitude mit den echten Kisten der Beamten«, rief der Professor. »Ich tue keinen Schritt mehr nach jenem Hause.«

Der Doktor ergriff seinen Hut, sprach leise mit Laura und dem Landwirt. »Ich bitte mich für heut zu beurlauben«, sagte er hinausgehend.

Erst am Abend kehrte er zurück. »In den Kisten sind Baurechnungen vom Ende des siebzehnten Jahrhunderts über Ausbesserungen am Klostergebäude und über diesen Hof. Außerdem einige Bände Corneille. Der Candidat, welcher nach Amerika ging, ist mit dem Oberförster verwandt.«

»Wir sind geneckt worden«, sagte der Professor ruhig. »Es ist gut, daß jeder Zweifel geschwunden ist.«

»Nun«, entgegnete der Doktor, »daß die alte Handschrift zerstört sei, dafür haben wir doch keinen Beweis. Es ist immer noch möglich, daß sie ganz oder in Trümmern irgendwo zum Vorschein kommt. Wer weiß, auf welchen Bücherrücken ihre Streifen kleben.«

»Auf den Büchern, welche der Schwede mit Flammenschrift in Rossau geschrieben hat«, versetzte der Professor mit trübem Lächeln. »Wir sind fertig mit der Handschrift, Fritz, die Quälgeister sind uns gründlich gebannt.«

In der frühen Morgenstunde des nächsten Tages fuhr eine Reihe Hofwagen von der Oberförsterei ab; der erste war dicht geschlossen, in ihm lag der kranke Fürst, behütet von seinen Ärzten, ein aufgegebener Mann. Vor der Fahrt winkte der Erbprinz den Oberförster an seinen Wagen. »Gibt es einen andern Weg nach Rossau als durch den Hof jenes Gutes?«

»Über die lange Höhe, durch den Wald, es ist ein Umweg«, erwiederte der Oberförster.

»Wir fahren den Waldweg«, befahl der Erbprinz. Unterwegs begann er zu seinem Begleiter: »Ich erwarte von Ihrem Charakter, Weidegg, daß Sie bei jeder Gelegenheit den Menschen, welche dort wohnen, achtungsvolle Zuneigung beweisen werden. Ich bin der Sohn des kranken Fürsten, welchem dort von einer Stimme die Aufnahme versagt wurde. Ich werde die Schwelle jenes Hauses nicht wieder betreten, und ich wünsche, daß Sie den Namen der Frau in meiner Gegenwart niemals erwähnen.«

Der traurige Zug bewegte sich nahe bei der Stelle vorüber, wo einst der Blitzstrahl die Fichte zerschlagen. Im Schritt fuhren die Wagen auf dem Holzwege des Bergrückens. »Fahren Sie voraus«, sagte der Prinz, »ich gehe eine Strecke zu Fuß«. Er trat auf den Gipfel des Berges, das junge Tageslicht färbte die düstern Büschel des Haidekrauts mit goldigem Grün. Von derselben Höhe, wo einst eine frohe Gesellschaft gerastet hatte, sah der Prinz hinab auf den Bielstein, welcher aus dem weißen Frühnebel ragte, auf Dach und Erker des alten Hauses. Lange stand der Prinz regungslos, von dem Turm der Dorfkirche klang das Glöckchen in die Bergluft hinauf, er neigte sein Haupt, bis der leise Ton verhallt war, dann streckte er grüßend die Hand nach dem Steine aus, wandte sich schnell ab und schritt den Waldweg entlang.

Auf dem Hofe des Bielsteins aber krähten zu derselben Stunde die Hähne, die Sperlinge schrien im Weinlaub, die Leute rüsteten sich zur Arbeit des Tages. Da pochte die Faust des Herrn Hummel dreimal an die Stubentür, hinter welcher seine Tochter Laura schlief. »Steh auf, entführtes Wurm«, brummte er, »wenn dir noch lohnt, von deinem verlassenen Vater Abschied zu nehmen.« Es fuhr im Zimmer umher und klapperte mit den Pantoffeln, Laura's Kopf guckte durch einen Türritz.

»Vater, du willst uns doch nicht verlassen?«

»Du hast mich verlassen«, versetzte Hummel, »wir wollen noch schnell die letzten Redensarten miteinander abmachen. Zieh dich ordentlich an, du sollst mich den Berg hinab begleiten, ich warte unten im Hausflur.«

Er mußte eine gute Weile seiner Tochter harren, ging ungeduldig auf und ab und sah nach der Uhr. »Glauben Sie mir, Gabriel«, versicherte er dem Diener, der in seinem besten Staat zu ihm trat, »vieles Unglück kommt von den langen Haaren der Weiber. Deshalb können sie nie zu rechter Zeit fertig werden, darin liegt ihr Vorrecht, womit sie uns vexieren, und darum behaupten sie, das schwächere Geschlecht zu sein. Ordnung und Pünktlichkeit werden nie erreicht, wenn nicht dem ganzen Frauenvolk an einem Tage der Zopf abgeschnitten wird.«

Laura schwebte die Treppe herab, hing sich an den Arm des Vaters und streichelte ihm mit der kleinen Hand die Wange.

»Komm in den Garten, Theaterprinzessin«, brummte er, »ich habe mit dir noch einige Augenblicke allein zu reden. Entführt wärst du, den Skandal hast du durchgesetzt. Wie ist dir zu Mut?«

»Bangsam, lieber Vater«, sagte Laura kleinlaut. »Ich weiß, daß es eine Torheit war, und Ilse sagt es auch.«

»Dann wird's schon richtig sein«, bestätigte Hummel trocken. »Und was soll jetzt mit dir werden?«

»Was du willst, mein Vater«, erwiederte Laura. »Fritz und ich sind der Meinung, daß wir dir unbedingt zu folgen haben. Ich habe durch meine Torheit jedes Recht verloren, dir einen Wunsch auszusprechen. Wenn ich noch bitten darf«, setzte sie furchtsam hinzu, »ich möchte einige Zeit hier bleiben.«

»Also du willst deinen Entführer wieder loswerden?«

»Er geht zu seinen Eltern zurück, und wir warten, mein Vater, bis er einen Ruf bekommt an eine Universität, er hat Aussichten.«

»So?« sagte Hummel kopfschüttelnd, »das alles wäre vor der Entführung verständig gewesen; jetzt ist es zu spät. Ihr seid bereits miteinander in der Kirche aufgeboten, einmal für dreimal.« Laura trat zurück. »Das taten die Leute nicht anders«, fuhr Hummel fort. »Als bekannt wurde, daß ihr ausgerissen seid, hat sich die Geistlichkeit nicht nehmen lassen, euch aufzubieten; ihr wart noch nicht lange zum Tor hinaus, als dieses Unglück vor sich ging.« 488

Laura stand erschrocken, ein heißes Rot fuhr ihr über die Wangen. In der Waldkirche unten läutete das Glöckchen. Herr Hummel zog ein Papier aus der Tasche. »Das sind diese verdammten alten Patenhandschuhe, ich wünsche dies Zeug endlich los zu werden. Hier hast du deine Ausstattung, weiter kann ich dir nichts mitgeben. Zieh sie schnell an, damit die Leute wenigstens an deinen Fingern merken, daß für dich heut ein Festtag ist. Bei der Geschichte mit dem Trauringe kannst du sie schnell wieder abziehen.«

»Vater!« rief Laura und rang die Hände.

»Du wolltest ja keinen Baumkuchen leiden«, spottete Hummel, »da muß das Hochzeitskleid und manches Andere auch entbehrt werden. Dieser Schrecken wäre passender gewesen vor der Entführung, jetzt wird unweigerlich geheiratet, entweder zur Stunde oder gar nicht. Meinst du, daß man nur zum Spaß in die Welt zieht?«

»Meine Mutter!« rief Laura, und die Tränen stürzten ihr aus den Augen.

»Du hast ja deiner Mutter entlaufen wollen, und wenn dein Vater nicht aus guter Meinung zu den fremden Leuten gekommen wäre, so hättest du das Geschäft ganz allein abgemacht. Unsern hausbackenen Bürgergefühlen wolltest du ja aus dem Wege gehen.«

Laura hielt sich mit zitternder Hand an einem Baum und sah den Vater flehend an. »Du bist doch nicht so kühn, als ich dachte, jetzt kommt der Banghase bei dir zum Vorschein.«

Laura warf sich an die Brust des Vaters und schluchzte an seinem Herzen, er streichelte ihr die Locken. »Kleine Hummel«, sagte er herzlich, »Strafe muß sein, und es ist keine harte Strafe; mir ist recht, daß du ihn heiratest. Er ist ein braver Mann, das habe ich gemerkt, und wenn es dein Glück ist, ich will schon mit ihm auskommen, du mußt nur nicht gleich summen und schwärmen, wenn ich einmal auf meine Art bürste. Es ist mir auch recht, daß du ihn heut heiratest, das ist jetzt für alle Teile gut, deine Brautgefühle kannst du später haben, mache nachher deine Rührung durch, wie du willst. Jetzt sei mein tapferes Kind, wir dürfen die Andern nicht warten lassen. Bist du bereit?«

Laura weinte, aber es klang leise wie ein Ja.

»Dann wollen wir den Bräutigam wecken«, entschied Hummel, »ich glaube, dies Opferlamm schläft noch ohne Ahnung seines Schicksals.«

Er verließ seine Tochter, eilte zur Tür des Doktors und sah in das Zimmer. Fritz lag in festem Schlummer. Hummel ergriff die Stiefeln, welche vor der Tür standen, und setzte sie hart vor das Bett.

»Guten Morgen, Don Juan«, brummte er. »Haben Sie die Güte, sich sogleich in dieses Leder hineinzubemühen. Dies sind Ihre Brautstiefeln. Meine Tochter Laura läßt Sie ersuchen, sich zu beeilen, der Geistliche wird ungeduldig.«

Der Doktor sprang mit beiden Beinen aus dem Bett. »Ist das Ernst?« frug er.

»Greulicher Ernst«, sagte Hummel.

Auf den Doktor brauchte er nicht lange zu warten. Er trat in den Garten, wo Laura noch immer allein in der Laube saß, ängstlich wie ein eingesperrter Vogel, der sein Bauer nicht zu verlassen wagt. Hummel führte den Doktor zu ihr. »Da habt ihr euch«, begann er feierlich. »Es ist ein schöner Morgen, gerade wie damals, wo ich als Wanderbursch auszog. Heut schicke ich mein Kind in die Welt, und das ist eine andere Sorte von Gefühlen. Ich habe nichts dagegen, wenn ihr glücklich miteinander lebt, bis zuerst eure Kinder von euch in die Welt laufen, dann die Enkel. Denn der Mensch ist wie ein Vogel, er müht sich und trägt die Halme zusammen für sein Haus, aber die junge Brut achtet das Nest der Eltern nicht. So wird der alte Rabe jetzt allein sitzen und Wenige finden, die sich über sein Krächzen ärgern. Nehmen Sie meinen Dickkopf hin, lieber Fritz, lassen Sie ihr nicht zu viel Willen. Ich habe Sie mir einige Zeit angesehen, und ich will Ihnen jetzt etwas im Vertrauen sagen, bei der Geschichte mit den Katzenpfoten fiel mir ein, daß Sie doch am Ende kein übler Mann für diese Hummel wären. Daß Sie Hahn heißen, ist zuletzt auch nur ein Unglück.« Er küßte Beide recht herzlich. »Jetzt kommt, ihr Ausreißer, denn die Andern warten.« Hummel schritt vor seinen Kindern nach dem Hause, er öffnete die Tür der Wohnstube, die ganze Familie war versammelt. Laura flog zu Ilse und verbarg ihr heißes Gesicht an der Brust der Freundin. Diese nahm den Brautkranz, den die Schwestern herzutrugen, und setzte ihn auf Laura's Haupt. Gabriel öffnete die Tür. Vor Jahren hatte der Doktor den Freund von den Brombeerranken an der Mauer in die Kirche gezogen, jetzt schritt auch er, die Geliebte an der Hand, in die kleine Dorfkirche, wieder streuten die Kinder Blumen. Als der Geistliche die Hände des Brautpaars zusammengab, faßte auch Ilse die Hand ihres Gatten.

»Die Mutter fehlt«, sagte Hummel zu der Neuvermählten, als diese ihm nach der Trauung um den Hals fiel. »Und des Doktors Wirtschaft auch. Ihr aber seid Bürgerkinder, und wie erhaben eure Gefühle sind, ihr werdet euch unserm Brauche fügen. Ihr reist von hier nach eurer Vaterstadt zurück. Dort werden die Mütter euch Nachhochzeit halten, und du, Landläuferin, sollst den schlechten Gedichten nicht entgehen. Ihr werdet mich entschuldigen, wenn ich an diesem Tage nicht zu Hause bin, ich mache meine Geschäftsreise, und zweimal in einer Woche sein Kind zu verheiraten, schickt sich nicht.« Leise erklärte er der Tochter: »Unter uns, ich mag nicht mit der Hühnerfamilie zusammen in den bewußten Brautkuchen picken.«

»Ihr sollt nicht bei mir wohnen und nicht in dem Hause drüben, das hat die Freundin hier geraten, und es ist mir ganz recht. Nach dem Hochzeitessen mögt ihr einige Wochen reisen, dann aber kehrt ihr in die Heimat zurück.«

»Die Brautreise macht ihr allein«, sagte der Professor, »nicht mit uns. Ilse und ich sind entschlossen, nach kurzer Rast zur Stadt zurückzukehren. Ich habe noch einige Monate dieses Sommers vor mir, ich will sie wenigstens für einen engern Kreis von Zuhörern nützlich machen. Unter den Büchern finden wir wieder, was uns in der Fremde entschwand, Frieden im Innern und Frieden mit unserer Umgebung.«

Es war um die Osterzeit des folgenden Jahres, da standen Herr Hummel und Gabriel, beide in festliches Schwarz gekleidet, vor der Tür des Hauses Nr. 1 in der Parkstraße.

»Ich war bei ihr«, begann Herr Hummel vertraulich zu Gabriel, »ich habe ihr diesmal das Geld selbst gebracht, weil Sie das wollten. Bei den Wirtsleuten und Nachbarn habe ich mich nach ihr erkundigt. Sie hält sich ordentlich, und das Wesen ist verändert. Viel Wasser, Gabriel«, er wies auf die Augen.

»Sie waren doch freundlich zu ihr?« frug Gabriel finster.

»Wie ein Lamm«, versetzte Hummel, »und sie gleichfalls. Die Stube war dürftig, ein einziges Bild hing darin ohne Rahmen, Gabriel, als eine Erinnerung an ihren glücklichen Stand in jenem Hause. Es war ein Hahn mit goldenen Federn.«

Gabriel wandte sich ab.

»Zuletzt wurde der Aufenthalt für meine trockene Constitution zu feucht. Aber es wird für sie gesorgt. Sie soll in ein anständiges Geschäft als Verkäuferin, und für den illegitimen Knips werden die Frauen sorgen. Ich habe mit Madame Hummel gesprochen und diese mit der Hahnfrau drüben, die beiden werden ihren wohltätigen Kohl zurecht kochen. Denn was Sie betrifft, Gabriel, allen Respekt, aber was zu viel ist, das ist zu viel.«

Herr Hummel faßte achtungsvoll einen Westenknopf Gabriels und drehte das abgewandte Antlitz mit dem Knopf wie durch eine Schraube auf sich zu. Dann sah er eine Weile in die trüben Augen, ohne ein Wort zu sprechen. Aber die beiden verstanden einander. »Es war eine schwere Zeit, es war eine tolle Zeit, Gabriel, in jeder Hinsicht«, begann Herr Hummel endlich kopfschüttelnd, »was wir mit Souveränen ausgeführt haben, war keine Kleinigkeit.«

»Er hatte wenig Gewicht«, sagte Gabriel, »und trug sich wie eine Feder.«

»Darauf kommt's gar nicht an«, erwiederte Herr Hummel, »die Sache war verdienstlich. Denken Sie, was das heißt, einen jungen Fürsten retten, das machen uns Wenige nach. Und mir kamen einen Augenblick ehrgeizige Gedanken. Nämlich der Kammerherr, kein übler Mann, und ein alter Bekannter von uns, rührte mich auf, als er neulich vorsprach.«

»Er hat auch mich rufen lassen«, unterbrach ihn Gabriel mit Selbstgefühl. »Der Prinz Victor hatte ihm aufgetragen, er sollte mir seine Grüße ausrichten und sagen, der Prinz würde jetzt die Prinzessin heiraten.«

»Auch diese Art von Hofbesitzern wird häuslich«, nickte Herr Hummel, »das ist doch wenigstens ein Anfang. Also der Kammerherr versicherte mich höchster Dankbarkeit, machte so seine Redensarten und stichelte endlich auf ein Prädikat, wissen Sie, was das ist?«

»Hm«, entgegnete Gabriel, »wenn es etwas ist, was man bei diesem Hofe verschenkt, so wird es sich wohl mit einer bunten Schweinsblase vergleichen, in welcher kein Tabak ist, es wird wohl ein Titel sein.«

»Getroffen«, entschied Herr Hummel. »Was meinen Sie zu Herr Hofhutfabrikant und Hausbesitzer Heinrich Hummel?«

»Schwindel«, antwortete Gabriel.

493

»Richtig, es war eine Schwäche, aber ich kam noch zu rechter Zeit dahinter. Denn ich fragte diesen Kammerherrn: welche Zumutung würden Sie dafür an mich richten? Gar keine, sagte er, als daß Sie ein ansehnliches Geschäft darstellen. Das ist mein Fall, sagte ich. Aber was für Hüte wird man bei mir suchen? Denn wer Erfahrungen gemacht hat wie ich, der wird mißtrauisch. Und sehen Sie, Gabriel, da kam der Schwindel heraus. Denn was war seine Ansicht und Zumutung? Ich war in seinen Augen ein Mann, bei dem auch Strohhüte umgingen. Da dankte ich für die Ehre und drehte ihm den Rücken.«

»Nun«, wandte Gabriel ein, »bei diesem Stoff muß eine Milderung eintreten. Wir sind ja jetzt gute Freunde mit Den drüben, und wenn Sie Ihre Tochter dem Hause verwilligt haben, warum nicht auch einen Artikel in das Geschäft?«

»Mengen Sie mir nicht diese Dinge durcheinander«, wehrte Herr Hummel ärgerlich. »Es ist schlimm genug, daß ich als Vater und gewissermaßen auch als Nachbar meinen alten Zorn verloren habe. Worüber soll man sich jetzt noch ärgern, wenn hier die Hand gedrückt und dort unter der verdammten Muse Familienpunsch getrunken wird? Nein, ich war ein schwacher Vater, ich war als Nachbar ein unverantwortlich leichtsinniger Mann. Aber, Gabriel, auch der Wurm, welcher getreten wird, behält noch seinen Stachel. Und mein Stachel ist das Geschäft. Darin bleibt die Feindschaft. Jedes Frühjahr die Rachsucht und bei der Winterkälte mein Triumph. Mein Kind habe ich verloren, mein Geld habe ich diesen Phantasten hinübergetragen, aber ich bin immer noch Manns genug, um es mit Dem da drüben aufzunehmen.« Er sah auf die leere Stelle der Freitreppe, wo sonst sein Hund Speihahn zu sitzen pflegte. »Dieser fehlt mir«, fuhr Herr Hummel fort, nach der Tiefe zeigend.

»Er ist dahin und aus der Menschheit ausgewischt«, sagte Gabriel.

»Er war ein Hund nach meinem Herzen«, beteuerte Hummel, »und ich habe daran gedacht, was meinen Sie, Gabriel, wenn ich ihm im Garten ein Denkmal setzte? Hier an der Straße, nur ein niedriger Stein, und darauf nur das eine Wort Speihahn. Wenn die Pforte offen steht, würde man's über die Straße lesen können. Es wäre ein Gedächtnis für das arme Tier und außerdem an die gute Zeit, wo man einem Hahn noch die Federn rupfen konnte, ohne wegen Kindesmord angeschrieen zu werden.«

»Es geht nicht«, versetzte Gabriel, »was würden die Schwägersleute drüben dazu sagen?«

»Pfui Teufel!« rief Herr Hummel und wandte sich ab.

Ja, Speihahn war der Menschheit entwischt. Seit jener Stunde, wo er im dämmerigen Morgengrauen den goldenen Chorrock des seligen Bachhuber als Halskrause um sich geschlagen hatte, war er verschwunden. Keine Forschung, kein Geldgebot des Herrn Hummel vermochten seine Spur zu ermitteln, vergebens wurden die Schäfer und Gutsarbeiter der Umgegend, sogar die Behörden von Rossau in Bewegung gesetzt, er war entwischt wie ein Geist. Die Stelle an der Freitreppe blieb leer. Die Lücke, welche er in der bürgerlichen Gesellschaft zurückließ, wurde durch jüngeres Hundegeschlecht der Parkstraße ausgefüllt; die Nachbarschaft fühlte bei jedem Gange auf der Straße ein Behagen, welches sie lange entbehrt hatte, der Cigarrenhändler stellte seine Bank wieder an Herrn Hummels Garten, und die weißgekleideten Fräulein, welche nach dem Stadtpark zogen, entsagten allmählich der Gewohnheit, vor dem Hause des Herrn Hummel abzubiegen und auf die Strohseite hinüberzuflüchten. Speihahn wurde von Vielen ohne Bedauern vergessen, nur bei alten Insassen der Straße blieb die Erinnerung an ihn als finstere Sage. Gabriel allein dachte jeden Abend an den Verlorenen, wenn er die kleinen Knochen für gleichgültige Nachbarhunde zurückstellte. Aber er wunderte sich über das Verschwinden des Hundes nicht. Er hatte längst gewußt, daß es mit dieser Kreatur so oder so kommen müsse.

Dieser Ansicht war eine Bestätigung geworden, an welche Gabriel sein ganzes Leben hindurch dachte. Denn als er im Herbst mit seiner Herrschaft wieder den Bielstein besuchte, hatte er sich einmal einen freien Nachmittag erbeten und war, wie er jetzt öfter tat, allein mit seinen Gedanken dahingeschritten. Er ging im Wald weit über die Oberförsterei hinaus, zwischen dicken, bemoosten Buchenstämmen, zwischen Farnkraut und Heidelbeeren. Es wurde Abend, graue Dämmerung legte sich um den Wanderer, er war über seine Richtung unsicher geworden und suchte unruhig den Weg nach Hause. Ganz in der Ferne rollte der Donner, und zuweilen fuhr ein gelber Schein über den Himmel und erhellte für einen Augenblick die Baumstämme und den Moosgrund. Bei solchem hellen Schein sah er sich plötzlich an einem Kreuzweg; er fuhr zurück, denn wenige Schritte von ihm schritt quer über den Pfad eine große dunkle Gestalt, einen breitkrempigen Filzhut auf dem Haupt, ein Gewehr auf der Schulter, ohne Gruß und lautlos glitt sie vorüber. Gabriel stand und staunte. Wieder ein Schein, und denselben Weg liefen zwei Hunde, ein schwarzer und ein rötlicher Köter mit dickem Kopf und gesträubtem Haar; plötzlich blieb der rote stehen, wandte sich gegen Gabriel, und dieser sah deutlich an dem Ende des Hundes eine Quaste, welche sich wedelnd regte. Im nächsten Augenblick tiefe Finsternis, Gabriel hörte vor seinen Füßen ein leises Winseln, und ihm war, als ob etwas seine Stiefeln lecke. Noch ein leises Rauschen, dann war Alles still.

Die auf dem Gute behaupteten, es sei ein Wilddieb oder der große Waldbelaufer jenseit der Grenze gewesen; Gabriel aber wußte, wer der Nachtjäger war und wer der Hund war. Der den Hund einst in Hummels Haus geschickt, ohne Geld und ohne Namen, der hatte ihn auch abgerufen. Der Hund bellte jetzt wieder durch die Nacht, wenn der Sturm wie ein Hifthorn blies, wenn die Wolken unter dem Monde dahinflogen und die Bäume ihre Gipfel ächzend zur Erde neigten. Dann lief er über die Berge von Rossau, durch die Gründe des Bielsteins, er heulte, und der Mond lachte spöttisch auf die Stelle herab, an welcher Tobias Bachhuber seinen Schatz deponiert hatte, darunter die Deckel der verlorenen Handschrift.

Aber wenn keinem Beobachter zweifelhaft sein konnte, was es mit diesem Hunde für ein Ende nehmen mußte, weit unsicherer ist das Urteil der Gegenwart über eine andere Schattengestalt, welche um die Höhle schwebt.

Was kann dein Schicksal sein, unseliger Frater Tobias Bachhuber? Dein Benehmen gegen die Handschrift war so, daß es Alles übersteigt, was man von einem Tobias erwarten konnte. Es stand sehr zu befürchten, daß dein Leichtsinn gegen die höchsten Angelegenheiten der Menschheit auch deiner gesellschaftlichen Stellung im Jenseits geschadet habe. Gegen deine Seligkeit, Bachhuber, mußten schwere Zweifel entstehen. Denn das Unrecht, das du an uns begangen, war so groß, daß es auch einem

Engel Tränen auspressen mußte. Uns Sterblichen ist unmöglich, deiner noch mit dem Vertrauen zu denken, zu dem uns deine treuherzigen Worte verführten: »haec omnia deposui«, dies alles habe ich niedergelegt. Das war eine Unwahrheit, Bachhuber, und die Wunde getäuschter Zuversicht wird stets aufs Neue brennen.

Antworte auf die Frage, Tobias, was waren deine Ansichten über den Zusammenhang des Menschengeschlechts? über die Verbindung der vergangenen und lebenden Geister? oder über das große Netz der Menschheit, in welchem du eine Masche warst? Deine Ansichten waren erbärmlich, du stopftest die große Handschrift, die Sehnsucht unserer Tage, in einen Sack, und da der Sack zu voll wurde, rissest du den Text heraus und bewahrtest für spätere Geschlechter die Deckel! Dreimal pfui!

Und dennoch schwebtest du ruhelos um die Höhle, und dennoch poltertest du seit der Schwedenzeit in den Kammern des alten Hauses umher! Wozu diese Geschäftigkeit, törichter Mönch? Solltest du vielleicht doch etwas bedacht und behütet haben, was zum Wohle der Enkel gereicht und dem erwähnten Zusammenhange des Menschengeschlechtes dient?

In der Tat, es wurde ein Schatz gehoben. Er sieht freilich anders aus als die Forscher vermuteten, da ihr Auge zuerst auf den undeutlichen Buchstaben deines Verzeichnisses ruhte. Der Schatz, den die beiden Gelehrten gehoben, hat kleine geballte Fäuste, runde Wänglein und liebe Augen. Er ist lebendig geworden, aber er verhält sich keineswegs schweigsam. Bachhuber, solltest du deine Ordensregel leichtsinnig behandelt haben? hast du diesen Schatz in zwei Wohnungen an der hohlen und trocknen Stelle deponiert, welche in unserer Laiensprache Wiege heißt?

Heut ist große Taufe in der Wohnung des Professors, es ist eine Doppeltaufe. Des Professors Sohn heißt Felix und des Doktors junge Tochter Cornelia. Die Kinder haben fast zu gleicher Zeit den Entschluß gefaßt, durch ihr Erscheinen diese überfüllte Welt zu verengen. Die Paten des Knaben sind Raschke und Frau Struvelius, die Paten des Mädchens Struvelius und Frau Raschke, Herr Hummel aber ist Doppelpate und steht in der Mitte, er schwenkt bald den einen, bald den andern Täufling.

»Es ist mir lieb, daß Ihres ein Sohn ist«, sagt er zum Professor, »er wird blond, und er wird lustig. Denn das weibliche Geschlecht nimmt über Hand und wird uns zu kräftig, wir müssen uns durch Zuwachs stärken, sonst findet ein völliges Unterbuttern statt. Es ist mir lieb, daß deines ein Mädchen ist«, sagt er zu seiner Tochter, »das Ding ist schwarz und borstig, es wird kein Hahn, sondern eine Hummel.«

Die Taufe ist vorüber und Professor Raschke erhebt das Glas: »Zwei neue Menschenseelen im Reich der Bücher, zwei Gelehrtenkinder mehr in unserer doktrinären, wunderlichen, pedantischen, grilligen Zunft. Ihr Kinder werdet eure ersten Reitübungen auf Folianten anstellen, euren ersten Helm und eure erste Schürze werdet ihr aus Korrekturbogen eurer Väter anfertigen, früher als Andere werdet ihr mit heimlichem Bangen auf die Bücher schauen, die eure rosige Jugend umstehen. Wir aber wünschen, daß auch ihr dazu helft, einem späteren Geschlecht den stolzen Sinn zu bewahren, mit welchem eure Väter das eigene Leben hingeben als Suchende, Denkende, Gestaltende. Auch ihr, ob Mann, ob Weib, sollt treue Bewahrer der idealen Habe unseres Volkes sein. Ihr werdet ein Volkstum finden, das stärker die Flügel regt und höhere Forderungen an seine geistigen Führer stellt. Wie die Gegenwart uns, wird auch euch eure Zeit zuweilen mit einem Lächeln betrachten; sorgt dafür, daß es ein herzliches Lächeln sei. Und sorgt dafür, daß dem Volke dies Amt wert bleibe, das ihr von euren Vätern überkommt, und das auch ihr verwalten sollt als ehrliche Arbeiter im Reiche der Wissenschaft, treu im Glauben an den guten Geist unseres Lebens.«

Raschke sprach's und schwenkte das Glas. »Bitte, es ist mein Glas«, rief die Struvelius, »trinken Sie meine Handschuhe nicht, sie liegen darin.«

»Richtig«, entschuldigte sich Raschke, »es ist Leder.« Er goß bedächtig den Wein aus seiner Flasche über die Handschuhe und rief sein Hoch!

Aber in der dämmrigen Ecke am Bücherschrank, wo das kleine Notizbuch des Fraters lag, erschien, von Jedermann unbeachtet, die demütige Gestalt Bachhubers, einer Kindermuhme ähnlich, sie grüßte und verneigte sich dankend.

Als die Freunde geschieden waren, saß Ilse am Lager, das Kind vor sich auf dem Schoß; Felix kniete an ihrer Seite, und beide sahen herab auf das junge Leben, das zwischen ihnen lag. »Es ist so klein, Felix«, sagte Ilse, »und doch macht Alles, was war, und Alles, was ist, die Mutter nicht so glücklich, als der leise Herzschlag in seiner Brust.«

»Ruhelos ringt der denkende Geist nach dem Ewigen«, rief der Gelehrte, »wer aber Weib und Kind am Herzen hält, der fühlt sich der hohen Gewalt unseres Lebens einig verbunden in seligem Frieden.«

Die Wiege schaukelte, wie von Geisterhand berührt. – So also sieht der Schatz aus, verewigter Bachhuber, den du einem spätern Geschlecht durch hilfreiche Tätigkeit vermittelt hast? Es ist wahr, du hast an uns Übles getan. Jedoch, wenn man wieder erwägt, wie sorglich du in dem alten Hause und anderswo bedacht warst, als Ehestifter späteren Menschen gutherzige Dienste zu leisten, so kann man dir am heutigen Tauftage auch nicht böse sein. Eins ins Andere gerechnet, darf man wohl sagen: du warst ein Unglückspilz, aber dein Herz war nicht schlecht. Und am Ende, Tobias Bachhuber, bist du doch nach vielen Bedenken aus alter Barmherzigkeit unter die Seligen aufgenommen, aber allerdings mit einem Fragezeichen: du trägst am Rücken deiner himmlischen Kutte als Nota für ewige Zeiten ein höllisches Schwänzchen – wegen der verlorenen Handschrift des Tacitus.

500

Ende.

Biographie

1816   *13. Juli:* Gustav Freytag wird in Kreuzburg (Schlesien) als Sohn eines Arztes und späteren Bürgermeisters geboren.

1829   Besuch des Gymnasiums in Öls.

1835   Studium der Germanistik in Breslau, unter anderem bei Hoffmann von Fallersleben.

1836   Fortsetzung des Studiums in Berlin (bis 1838).

1838   Freytag promoviert mit einer Arbeit über die Anfänge des Dramas zum Dr. phil. (»De initiis scenicae poesis apud Germanos«).

1839   Nach seiner Habilitation über die Poetik der mittelalterlichen Dichterin Hrotsvitha von Gandersheim wird Freytag Privatdozent für deutsche Sprache und Literatur an der Universität Breslau (bis 1847).

1843   Freytag bewirbt sich um eine Professur an der Breslauer Universität. Seine Bewerbung wird jedoch aus politischen Gründen abgelehnt.

1844   »Die Brautfahrt oder Kunz von der Rosen« (Lustspiel).
       »Der Gelehrte« (Schauspiel).

1845   Die Gedichtsammlung »In Breslau« erscheint.

1846   Übersiedlung nach Leipzig.

1847   »Die Valentine« (Lustspiel).
       Freytag verzichtet auf eine weitere akademische Lehrtätigkeit und widmet sich der schriftstellerischen Arbeit.
       Umzug nach Dresden.

1848   Rückkehr nach Leipzig. Freytag übernimmt die Schriftleitung der Leipziger liberalen Wochenschrift »Die Grenzboten« (bis 1861). Bekanntschaft mit Moritz Busch und Julius von Eckardt.

1850   Das Schauspiel »Graf Waldemar« wird veröffentlicht.

1851   Freytag zieht sich zeitweise auf seinen Besitz Siebleben bei Gotha zurück. Aus längeren Aufenthalten am Hof des Herzogs Ernst II. von Sachsen-Coburg-Gotha, einem der Hauptvertreter des Nationalliberalismus, entsteht eine enge Freundschaft.

1852   Mit der Uraufführung seines Lustspiels »Die Journalisten« (gedruckt 1854), in dem das zeitgenössische Pressewesen karikiert wird, erzielt Freytag seinen ersten literarischen Erfolg.

1855   Der Zeitroman »Soll und Haben« erscheint (3 Bände).

1859	Eine wissenschaftlich fundierte Textsammlung auf der Grundlage der historischen Quellen- und Flugschriftensammlung von Freytag stellen die »Bilder aus der deutschen Vergangenheit« (5 Bände bis 1867) dar.
	»Die Fabier« (Trauerspiel).
1863	Freytag verfasst eine Abhandlung über »Die Technik des Dramas«.
1864	»Die verlorene Handschrift« (Roman, 3 Bände).
1867	Im konstituierten Reichstag des Norddeutschen Bundes vertritt Freytag als Mitglied der nationalliberalen Partei einen Thüringer Wahlkreis (bis 1870).
	Freytag übernimmt erneut, nunmehr gemeinsam mit Julian Schmidt, die Herausgabe der »Grenzboten« (bis 1870).
1869	Veröffentlichung der Biographie »Karl Mathy. Geschichte seines Lebens«. In seinem gegen Richard Wagner gerichteten Aufsatz »Der Streit über das Judentum« setzt sich Freytag – in Abkehr von seinen früheren, teilweise antisemitischen Auffassungen – dafür ein, die Ghettostruktur abzuschaffen und die Integration der Juden in die deutsche Gesellschaft zu realisieren.
1870	Aus Enttäuschung über die Politik Otto von Bismarcks zieht Freytag sich aus dem aktiven politischen Leben zurück. Im deutsch-französischen Krieg 1870/71 hält sich Freytag als Begleiter und Berichterstatter des Kronprinzen Friedrich von Preußen in dessen Hauptquartier auf (bis 1871).
1871	Er redigiert zusammen mit Alfred Dove die Zeitschrift »Im Neuen Reich« (bis 1873), in der er zahlreiche politische Aufsätze publiziert.
1872	»Die Ahnen« (Romanzyklus in 6 Bänden, bis 1881).
1879	In den folgenden Jahren verbringt Freytag den Winter in Wiesbaden.
1886	Ernennung zum Geheimen Hofrat.
	»Gesammelte Werke« (22 Bände, bis 1888).
1887	»Erinnerungen aus meinem Leben« werden veröffentlicht.
1889	»Der Kronprinz und die deutsche Kaiserkrone. Erinnerungsblätter«.
	»Gesammelte Aufsätze« (2 Bände).
1891	Freytag bekämpft den entstehenden Rassenantisemitismus und tritt dem im Vorjahr gegründeten »Verein zur Abwehr des

Antisemitismus« bei.

1893 Ernennung zur Exzellenz. Verleihung des Ordens Pour le mérite der Friedensklasse.

1895 *30. April:* Gustav Freytag stirbt in Wiesbaden.